本著作系国家社科基金一般项目"基于两岸整合研究的赴台文人佚作辑录与年表编撰"（项目编号：14BZW140）之部分成果。

文海拾贝
—— 中国现代作家集外文考与年表编撰

（下册）

WENHAI SHIBEI
—— ZHONGGUO XIANDAI ZUOJIA JIWAI WEN KAO YU NIANBIAO BIANZHUAN

程桂婷　范桂真　朱晓莲　李　艳◎著
程桂婷　范桂真　李　艳◎辑校

中山大学出版社
SUN YAT-SEN UNIVERSITY PRESS
·广州·

版权所有　翻印必究

图书在版编目（CIP）数据

文海拾贝：中国现代作家集外文考与年表编撰：全二册/程桂婷等著；程桂婷，范桂真，李艳辑校. —广州：中山大学出版社，2022.5
（广东哲学社会科学成果文库）
ISBN 978-7-306-07502-4

Ⅰ.①文…　Ⅱ.①程…②范…③李…　Ⅲ.①中国文学—现代文学—文学研究—年表　Ⅳ.①I206.6-62

中国版本图书馆 CIP 数据核字（2022）第 065381 号

WENHAI SHIBEI: ZHONGGUO XIANDAI ZUOJIA JIWAI WEN KAO YU NIANBIAO BIANZHUAN

出版人：	王天琪
策划编辑：	金继伟
责任编辑：	叶　枫　金继伟
封面设计：	曾　斌
责任校对：	麦晓慧
责任技编：	靳晓虹
出版发行：	中山大学出版社
电　　话：	编辑部 020-84110283，84113349，84111997，84110779，84110776
	发行部 020-84111998，84111981，84111160
地　　址：	广州市新港西路 135 号
邮　　编：	510275　　传　真：020-84036565
网　　址：	http://www.zsup.com.cn　E-mail: zdcbs@mail.sysu.edu.cn
印 刷 者：	佛山市浩文彩色印刷有限公司
规　　格：	787mm×1092mm　1/16　49.75 印张　862 千字
版次印次：	2022 年 5 月第 1 版　2022 年 5 月第 1 次印刷
定　　价：	128.00 元（全二册）

如发现本书因印装质量影响阅读，请与出版社发行部联系调换

下册目录

第三辑　集外文选校

覃子豪集外文 …………………………… 程桂婷 辑校 2
一、诗歌类 ……………………………………………… 2
　　竖琴弛了弦 …………………………………………… 2
　　大地在动 ……………………………………………… 3
　　我不曾受伤 …………………………………………… 5
　　渡漳河 ………………………………………………… 7
　　炸弹的碎片 …………………………………………… 9
　　吉尔吉兹 …………………………………………… 12
　　欢迎黎明 …………………………………………… 15
　　采石者 ……………………………………………… 17
　　春天来了 …………………………………………… 18
　　老牛·水磨 ………………………………………… 20
　　白洛的葬歌 ………………………………………… 22
　　夜的水城 …………………………………………… 24
　　长人与侏儒 ………………………………………… 25
二、小说类 …………………………………………… 26
　　饿 …………………………………………………… 26
　　伙伴 ………………………………………………… 29
三、散文随笔类及其他 ……………………………… 33
　　从彭泽归来的人 …………………………………… 33
　　钱塘江上 …………………………………………… 38
　　再出夔门 …………………………………………… 41
　　关于两幅版画 ……………………………………… 44
　　关于《给我一杆来福枪》及其他 ………………… 47

记蒲风 ·············· 51
　　郭沫若先生
　　　　——东京回忆散记之二 ·············· 55
　　消灭歇斯特里的情绪 ·············· 63
　　动荡中的台湾
　　　　——台湾印象回忆 ·············· 68
　　怀念波兰罗德薇 ·············· 73

王平陵集外文 ·············· 范桂真 辑校 79
　一、戏剧电影类 ·············· 79
　　回国以后（独幕剧） ·············· 79
　　风与浪（四幕剧） ·············· 94
　　妇女夜（独幕剧） ·············· 111
　　重婚（电影本事） ·············· 126
　　生意经（电影剧本） ·············· 145
　二、小说类 ·············· 183
　　示威 ·············· 183
　　房客太太 ·············· 191
　　李小姐的商人路线 ·············· 207
　　战地春色 ·············· 218
　　猎人 ·············· 223
　三、散文随笔类 ·············· 227
　　现代妇女对于审美观念的误解 ·············· 227
　　中国剧运的启蒙时代 ·············· 234
　　秋意 ·············· 239
　　静静的玄武湖 ·············· 242
　　荒芜时期的中国诗坛 ·············· 244
　　论徐志摩的诗 ·············· 250
　　我与《文艺月刊》 ·············· 254
　　过文德里故居 ·············· 257
　　国防教育电影的建设 ·············· 260
　　新生活与文艺运动 ·············· 263
　　戏剧批评者的责任 ·············· 267
　　中国文艺往何处去？ ·············· 269
　　深入田间宣传的艺术 ·············· 272

故乡的烽火 275
　　重庆的"四夜" 278

纪弦集外文 李　艳 辑校 283
　一、诗歌类 283
　　生 283
　　偏见 284
　　赤子之歌 285
　　二十世纪的跋涉 286
　　夜雨 287
　　梅雨天的诗 288
　　对于机械的诅咒 289
　　伤风 290
　　有赠 291
　　影子和雾 292
　　八月十三日在苏州 293
　　航 297
　　迎一九四四年 298
　　《诗一束》读后
　　　　——呈亢咏兄 299
　　炸吧炸吧
　　　　——政治抒情朗读诗 301
　　异端的旗 304
　　流星与窗 305
　二、散文类及其他 306
　　二十五年前的张伯伦 306
　　纪念鲁迅 312
　　论诗之存在的理由 313
　　何谓新诗的厄运 315
　　银幕上的史诗 316
　　春夜 317
　　记炎樱 319
　　在友人Y的家里 322

第三辑

集外文选校

覃子豪集外文

程桂婷 辑校

一、诗歌类

竖琴弛了弦[1]

竖琴弛了弦
我戚伤失去了爱恋
我的心像清洁的湖水
在天旱时涸完

竖琴弛了弦
我的心儿凄楚
当黑夜袭来
我感到一切都是虚无

竖琴弛了弦
我流下一淌清泪
燕子为我太息
风儿也为我伤悲

一九三四,八,八,青岛。

---

[1] 原载1934年9月14日《华北日报》第8版。

大地在动[①]

哦：大地在动
地球在黑暗的轨道上前进
黑暗统治了世界
愚盲紧锁着人群
我紧张的心儿哟！你去吧
你去用殉道者的热忱
在死寂的漫漫的长夜里
在地球上去传播一个雄伟的呼声
去给古老的世界一个新的战栗
去给失败的人群一个死讯
去将恐怖散满地球每一个角落
去将生活在地层下的人群唤醒
去鼓动他们的脉搏
去奋发他们的心灵
去指挥他们一个大毁灭的波动
去告诉他们一个新世界的来临
大地在动，大地在动
去吧，我的心儿哟！你去吧
大地在动，大地在动
去吧！我的心儿哟！去告诉他们

哦，大地在动
地球在黑暗的轨道上前进
我紧张的心儿哟！你去吧
你告诉他们，这便是产生新世界的时辰
在死寂的漫漫的长夜里
地层下的人群都在地层下追寻

[①] 原载1936年3月上海《诗歌生活》第1期。

这变换成了宇宙中的一个奇迹
这奇迹便是创造者神圣的同盟
我紧张的心儿哟！你去吧
你在地球上去告诉他们
当旧世界全盘地被热流溶化了
告诉他们，新世界便会慢慢平静
新的人群布满了新气象的世界
他们努力，他们创造
他们的集体的力量在产生
从此世界不会有自私和残酷
更再不会有啮人的穷困
地球上会有宏大的呼声响应

哦！大地在动
地球在黑暗的轨道上前进
我紧张的心儿哟！你去吧
告诉他们吧！要兴奋，要热情
在死寂的漫漫的长夜里
要把毅力和勇气贯彻自己的全身
你告诉他们：一个大毁灭的波动
会将一个古老的世界全盘毁损
一个大毁灭的波动会扫去
世界上的暴力，地球上的不平
当黑暗的海洋在地球上汹涌
群山也在宇宙的大气里浮沉
旧时代的人们纵然嚎哭他们的命运
可是自私和刻毒已中伤他们的深心
地心的热流在崩坏的地壳上进展
将腐化的物质一齐卷入地层
自然和生物，凡是旧时代的遗留
一切一切都将化为灰烬
当黑夜被新的人群克服
地球会转自一个新的路程

我不曾受伤[①]

我听见我们胜利的枪炮在响。
我看见东洋兵吃了败仗。
我们获夺了坦克车
我们获夺了机关枪
我们包围了海军司令部。
占据了日本纱厂。
我只是向前，不曾受伤。
我只是向前，不曾受伤。
因为我的心是这样勇敢。
我的精神是这样健旺。
啊！亲爱的兄弟，为什么要用眼睛盯着我。
为什么又把我抬上病床。
啊！我的铜盔，我的绑腿，我的鞋哪
在哪儿去了呀！也不见了我胜利的枪。
啊！年青的兄弟！你们为什么老要看着我。
为什么又用绷带裹着我的脑袋。
裹着我的胸膛。
我的血啊！在奔流
我的心呀：在跳荡
啊！你们是在慰劳我么？
用你们那亲切的柔和的眼光，
可是呀：亲爱的兄弟，
我只是得了胜利，不曾受伤，
年青的兄弟，谢谢你们，劳驾你们，
请你们还我的钢盔，还我的鞋，还我的枪，
为了祖国，我要踏上战场，
亲爱的兄弟，你们听你们听，

[①] 原载 1937 年 10 月 4 日《社会日报》第 3 版。

听东洋兵残杀同胞的枪炮在响，
你们听，你们听，就在不远的黄浦江
啊！亲爱的兄弟！不要围着我，让我踏上战场，
纵然，我真是受了轻微的伤，
我还有回击敌人的力量。

一九三七·八·二六

渡漳河①

今夜我渡过漳河
月亮掉下苦涩的泪
家村的影子离我远了
想一想，仿佛跌进惨淡的梦寐

五年了，在黑暗的原野上我战斗着
那璀璨的"真理"在我耳边说
斗争哟，坚决地斗争啊
伟大的光明就会在你眼前闪烁

五年了，在黑暗的原野上战斗着
为了自由
悄悄流过许多血和泪
任青春的影子被秋风吹北风吹

今夜啊，把自己破烂的影子拖过漳河
一群雁子为我唱流亡的悲歌
可悲的雁子啊
我的泪泉已枯干了
正需要热和火
虽然你们会说
"火是毫无用处的，斗了一阵，
　　冒一阵烟，便熄了"

五年了，北方荒原上的路我已走熟
"自由"和"光明"依然在黑暗的林中悲哭
我还是紧紧握着我的断剑

----

① 原载 1938 年 5 月《五月》诗歌综合丛刊。

在黑暗的郊原上战斗着！战斗着
虽然后方是荒村狗泣，前面是鸱枭的
"啊，啊"

今夜，我渡过漳河
拿着我的断剑
要去攻击那些黑暗的城廓

炸弹的碎片①

七月十九日,敌机三十九架,分路进袭武汉,向三镇疯狂投弹,投弹地点,完全为平民区,约投大小炸弹二百余枚,死伤平民约六百余人,情形至为悲惨。

二、母和子底死

无数的没有手没有足的孩子呀
脑是破裂了
脑浆直流
焦黑的背
油黄的肚皮
像是厨房里烧烤的兔
像是太阳晒焦的粪土

一个孩子底嘴是张着的
死前的悲惨的喊叫早消逝了
他底手还紧紧地抓着尘土
可怜的孩子啊
你是抓着母亲的手呢
母亲已经在你底身边
她挣扎似地伏在地上
发髻烧成了黑灰
脸是焦烂的,张着嘴
露出白色的牙齿
她是在呼唤你呀
睁着恐怖的眼睛
她看见你受着强暴者底火刑

---

① 原载1938年9月武汉《诗时代》创刊号。共四首诗,第一首《棺材》后收入诗集《永安劫后》,台湾版三卷本《覃子豪全集》也有收录,故此处不再辑录。

孩子呀！疯狂的残暴
不能毁灭人类伟大的爱
同你一样命运的母亲
为了保护你
她拼死命地匍匐在你的身边

三、守着父亲哭泣

人们团团地围着
看见一个孩子
守着父亲的尸身哭泣

死者的身躯是健壮而高大
炸弹的碎片洞穿他的肚腹
牙根紧紧咬着，是在作无情的诅咒
胸脯的起伏早已停息
孩子肮脏的脸上挂着黄色的泪珠

孩子是年幼而瘦弱
人们问
"你的母亲呢？"
孩子伤心地回答
"母亲是死在战场里"

人们眼睛里是充满着同情的泪水
看见孩子是流着无辜的泪
人们眼睛里燃烧着复仇的火
看见死者流着无辜的血

人们在为孩子悲伤
为死者默祷
人们的泪水不再流
那是被复仇的火熏干了

四、死不瞑目

蒙难者呀！你死了
为什么不瞑目呢？
你是在向着天空憎恨
我知道你是不甘心
作一个未抵抗而死的人

你是未死还是死了
你底心脏已经被火烧毁
你是睁着白色的大眼
还在向生者作最后的宣告

你像是在说
"死呀！死得要有代价
我们是人呀
不是一群被屠杀的牛马
为什么我不在生前同强盗火拼
作一个果敢的复仇的人"

吉尔吉兹①

伊斯塞克②澄碧的湖
映着四季长青的山麓
软树木的浓荫和菜园的花朵
映入静静的水底
吉尔吉兹人，斯拉夫人，乌兹别克人
他们都生活在杂花的草原上
白云环绕着吉尔吉兹四围的高山
下边有无数的吉尔吉兹的少女在牧着绵羊
白云和原野是自然的天幕
四围的青山还美丽的屏队
在达拉寒河和米河的流域
他们像非洲人一样在牧着马群
吉尔吉兹的妇女像山花一样沉醉在风里
山谷的流水和出弦样的声音
少年们在山谷的森林里去猎野鸡
女儿们在河边去采集奇异的花朵
在勇敢进取的生活里
最充满着平安，快乐，自由和幸福
可是，吉尔吉兹的五公叛国的败种
把幸福，自由，都交给了俄皇
俄罗斯是一个庞大的帝国
亚历山大是一个专制的魔王
从此，吉尔吉兹的人民成为鞭笞下的奴隶
但是，不见吉尔吉兹一次流血的战争
他们忍着泪，眼中冒着愤怒的火

---

① 原载1939年11月10日《西部文艺》第1卷第3期。"吉尔吉兹"现通译为"吉尔吉斯"。
② 现通译为"伊塞克湖"。

心中怀着被压迫的沸炽的热情
一九一六年暴风雨来临的时候
俄皇把我们派到欧洲的战场
这是帝国主义的战争
威廉第二要作征服世界的君王
但是，这次的战争
便是吉尔吉兹人在寻求光明的路径
他们勇敢地燃烧争取自由的火线
野原上响彻着争取自由的炮声
亚历山大拼死命用武力压迫
残杀了吉尔吉兹成千成万的青年
小孩饿死，柔弱的妇女逃到中国的边境
被俄军杀戮的尸体布满了野原
吉尔吉兹，爱自由的国民
现在，忍着痛，面临着死境
为了争夺自由的旗帜
显示了吉尔吉兹伟大的精神
吉尔吉兹在伤亡中昏迷
正是十月革命的呼声响遍了俄罗斯的全境
于是吉尔吉兹伟大的国土
重新在日光之中苏醒
旧的吉尔吉兹在旧的俄罗斯蹄下死亡
新的吉尔吉兹在新的露西亚怀中生长
现在吉尔吉兹已经离开保姆的怀抱
健康地踏上和平幸福的路向
新生的吉尔吉兹在阳光中微笑
突击队员在开垦荒凉的野原
农妇们在地上使用着新成的农具
黄昏时的歌声响到遥远的地平线
米谷，糖葡萄，棉花
在伏龙斯和伊斯克库里湖区域有丰富的产量
游牧的民族渐渐有了文化

新的吉尔吉兹在新的文化中培养
吉尔吉兹,露西亚的兄弟,古中国的儿子
是在往文化最高的途上迈进
吉尔吉兹土地上响彻着一个伟大的名字
那便是十月革命的巨人

欢迎黎明①

迎一九四〇年元旦

隐藏着屠杀和掠夺的黑夜
带来灾害的可诅咒的黑夜
战栗地听着鸡鸣的声音
就会开始狼狈的逃遁
军号声现在从辽远的地方传来
催促着四百兆和平的人们
在大地上去欢迎黎明

我们民族的灾害
善良的人民底死亡
将和黑夜底权利一同消灭
像风把仇恨的种子播在土地上
在春天里开着灿烂的花朵
闪着抵抗侵略者底刺刀的光芒

健康的儿女,勇敢的战士啊
持着曾经为生存而奋斗的枪吧
张开在长夜中困倦了的眼睛吧
袒露曾经为恐怖所击袭过的胸膛吧
展开经过剧烈格斗的受伤的臂膀吧
我们向前跑着,头仰着,愉快地
行进在乳白色的大气之中
我们热烈地欢呼着去迎接黎明

只要我们努力向前行进
青年愁郁的面孔会浮出笑纹

---

① 原载1940年1月1日《前线日报·战地》。

妇女悲伤的哭泣会变成笑声
我们将没有悲伤，愁郁，死亡
因为，黎明将会把愉快的种子
播在广大的土地上

很久很久不见光辉的人们啊
黎明将面临在我们的面前
虽然阴云正弥漫着
我们已经离胜利的曙光不远
你看群山，田野，森林，将要醒了
向前进吧！民族的胜利者啊
在愉快的胜利的行进之中
在青天白日的天空下
用智慧和毅力，热诚地
来建造我们的中华，美丽的国家

采石者①

褴褛的一群,在薄雾里
在清晨吹着微风的高高的山峦
像一群乞丐点缀在一堆垃圾上

上面是绿色的茂林
下面是白色的河流
风吹过茂林发出哗啦哗啦的声响
河流在白色的雾里怒吼
那些年青的褴褛采石者
在高空有时发出吆喝吆喝的声音
鸟在林里嘤嘤地歌着
斧头,钻子,石头,在呼唱着"叮叮"
石头的火星在和青年眼里的火星相搏击
河流和劳动血液底节拍相应

没有烦怨
他们以歌来代替劳动的语言
凿着满山的红沙石

---

① 原载1941年《诗歌与木刻》第3期。

春天来了[①]

你听着斑鸠"咕咕"的叫声么?
他要我们知道春天来了

喂:同志,脱下你厚厚的棉军装吧!
穿一件衬衣就够了
因为,太阳会使我们温暖
然后,我们骑着白驹
向着绿野奔驰而去

你听着斑鸠"咕咕"的叫声么?
他要我们知道春天来了

喂!同志,你走出阴暗的屋子吧!
我的心已经郁闷得太久了
你能同我唱着小曲
默默地同穿过静寂的林子
到河边散步么?

唉!让我们踏着河边的春草
走到静寂的河岸边
躺下来,躺下来
让春风搓着我们的发
让太阳吻我们一千万遍

你听着斑鸠"咕咕"的叫声么?
他要我们知道春天来了

[①] 原载 1942 年 3 月 15 日《前线日报》。

喂：同志，来吧！来吧！
我们来举行一个野宴
我愉快的野宴终了之后
我拉着手风琴，你们唱吧！
让春风把我们的歌声远扬
当笑声溢过田野的时候
这是美好的时光
看啦！农夫们已在耕犁了
喂！同志，新的计划应该开始了啊

老牛·水磨[1]

老牛

老牛的颈项已经脱毛了
步伐是笨重而迟缓
当它拖着沉重的犁
小牛紧跟在它的后边

它的牛角没有了光亮
双眼有些朦胧
庞大的身躯移动着
吐出的气有些沉重

转一个弯,主人一声吆喝
沉重的鞭子抽在它身上
步伐虽是笨重而迟缓
而它没有耽误播种的时光

水磨

磨轮转动着
它唱出劳动的歌
小溪不息的奔流
与它的拍节相合

磨房是很古旧

---

[1] 原载1944年《联合周报》第4期。

磨轮是很老了
它为艰辛的磨主
弹出凄苦的哀调

白洛的葬歌①

为纪念 MT 而作

白洛！我们大伙儿把你抬着
经过黑暗的城市，经过黑暗悲哀的村庄
把你葬在林木葱漫的高山
让你的灵魂去接近温暖的太阳

白洛！我们大伙儿把你抬着
我们戴着无形的枷锁，心灵的枷锁
把你葬在林木葱漫的高山
让你的灵魂去听鸟雀自由的歌

白洛！我们大伙儿把你抬着
向苦难的桥行进，向怒愤的河行进
踏着你的血迹走向那座高山
不论谁都有一颗愤怒的心

白洛！我们大伙儿把你抬着
你不会从此就离开了我们
武器和任务交给了斗争的兄弟
未死人的心灵，永远和你接近

白洛！我们大伙儿把你抬着
已经来到这林木葱漫的山峦
你的灵魂在这高高的山上
永远看见兄弟们踏着你的血迹向前

白洛！我们大伙儿把你掩埋

---

① 原载 1947 年 2 月 13 日《大公报·文艺副刊》第 111 期。

大伙儿都唱着哀悼白洛的葬歌
我们要你藏在真理的永恒里
再见罢！白洛！亲爱的白洛！

夜的水城[①]

河流环绕着黑色的城廊
河流通过了灰色的街道

无数的船点缀着热闹的市场
无数的桥接连了喧嚣的街道

夜的水波
黑色的房屋
明亮的窗
又稀又密的
一丛丛的灯火
凄迷的夜
流浪人的夜啊

马达在响着
船又要开了
船上的人向岸上打着招呼
船已经穿过石桥了

平静的河水
被掀起柔软的波浪
击着岸边的浪花喃喃着
夜的水城底梦
待候黎明

---

① 原载 1947 年 3 月 12 日《新民晚报》第 2 版。

长人与侏儒①

纳粹主义的戈培尔说
——他是长人中的侏儒
那末,谁是侏儒中的长人呢?

德意志的侏儒
死在一九四五年的柏林
日本的侏儒
活在一九四七年的东京

日本的侏儒
有一颗刁猾的心
在亚洲放了一把火
它想烧到亚美利加去
激怒了美洲的长人

美洲的长人
一巴掌打在三岛上
巴掌嵌在泥土里
山姆叔叔看着火山好玩
再也不想回去

长人与侏儒坐在火山上
长人唱着武士道的悲歌
侏儒弹着三味线②
两个人发烧的眼睛
在盯视着俄罗斯的草原

---

① 原载 1947 年 4 月 15 日《新诗歌》第 3 期。
② 原文注:三味线,日本乐器名。

二、小说类

饿[①]

  他像一只蝙蝠似的,在黄昏时候出来,梦一样地在街上逡巡着。

  当他仍照了旧日的路线,踱上那繁华的长桥的时候,他却感到了异样的疲乏,在人群中东倒西偏地撞着,几乎绊倒在一个绅士的前面。他那饿昏了的眼睛看着这热闹的桥上,几乎他又疑心是在做着繁华的梦,他的意识虽然有些昏迷,他却很清醒地觉着巡警的眼光很凶恶地在注视着他,他有点着慌了,他的足步不由得加紧起来,他害怕再演一幕使他难堪的悲剧,因为过去的事情他是记得很清楚的,为得在一个水果摊前偷了两个梨子,那无情的警棍曾经在他瘦弱的身躯上重重地击过数次。巡警是把他的面孔认得很熟了。警棍的滋味他也是深深地领略过的。

  他的足步加紧在人与人挤踊的空隙间和车与车连接的空隙间互相地撞着,像一只被猎枪追捕的野兔拼命地往前逃窜。人们以为他是一个疯子,看着他褴褛的一身,赶快给他让路让他快些过去。

  近时正是晚秋黄昏时的景况,都市的梦正是繁华的时候。桥上的市集已经齐备了,渐渐游人多了起来,他冲过桥头,飘忽得不由得他自己便走到一个比较幽静的河畔坐着一个游人的座椅上休息起来,他现在是疲乏到了极点,像猪一样地躺在椅上呻吟着。

  暮色已苍然,天空散下黑暗的网,坐在河畔的他听着河岸的沙滩那边的船夫们的声音和那些水兵们的歌唱,他那睡意蒙胧的眼光不觉清醒起来,他的疲乏像消去似的丝毫没有感觉了。他爬了起来坐着,由那黑暗的一角望了出去。

  河畔的对面是无数水兵们的小汽船排列着,发着一些强烈的苍白的光和呼闹的歌音,他隐隐地可以看见那些水兵们在船上喝着大瓶的啤酒吃着大块的肥肉。那些苍白的衣服显得那些水兵们像无数的幽灵在魔宫里鬼混。他的眼睛不由得睁大起来,发出穷凶饿极的光芒。他感到饿又在迫逼他了。他长长地嘘了一口气,又倒了下去。半天没有一点动静。

  他这时候也许是饿得昏过去了。也许是在想寻找食物的法子。一阵载

[①] 原载1935年7月《国闻周报》第12卷第27期。

重车的震动的响声，使得他又醒了过来，他极力挣扎地站起来了。

他站了起来，河畔那惨白的路灯，照着他枯瘦的影子，他提起了足步，沉重地踱过街心。

他走到一个商店门前，突然间他看见一个惨淡的影子向他对面走来，凶恶的眼睛注视着他。他心中感到一阵剧烈的惊疑，他心中这样想着：那人我不是认识么？为什么凶恶地注视我呢？是的，正是很熟识的呢！那影子渐渐向他走近了，他又怀疑他是在做梦，他的意识现在的确是昏迷着了。他在那商店门口惊呆起来，过路的人在他身边撞着，在注视他，他仍惊疑那具有一副惨淡的面孔的影子。那面孔的确是苍白得可怕，两只眼睛深深地陷落了下去，头发乱得像一个鬼头，衣服正有些像他那样的褴褛，当他看见那惨淡的影子的一双受伤过的足，他有点怀疑这一定是一个梦幻。

最后，几个买物件的人，给他证实了。他才知道那惨淡的影子就是他自己，是在一个镜子里面的他。这个证明给了他一个很大的几乎致命的打击，他真想不到他变成了这个鬼样子，在前三月的时候，他不是很健壮么？虽然，没有工厂收容他，到处漂流，没有吃过饱饭，从来没有成这个可怕的样子。他觉得他完了，照这样的情形看来，现在纵有饭吃，也有不久人世的危险，他想到这里，他伤心起来，不觉之间流下几颗清泪。

悲哀和饥饿，无情地双方进攻他。他实在忍耐不着了。他心中想着。要想法子才对，我已经饿得成了这个鬼样子，人们见了我还没有一点怜悯的心吗？他们是太残忍了。见死不救，唉，可恶，他这时的确有些愤怒了。他像是疯了一样，他在行人道上跑，他的眼光在搜求往日看惯了的面包店，最后，终于达到目的了。他见了那黄皮面包，不觉之间感受着异样的香味。本来想直接冲上店里去，抢几块面包来吃一个饱。可是他看见那巡警手上那无情的警棍在向他狞笑，他又失去勇气了，他这时虽然感到昏迷，有时却又非常清醒。

他那旷野的心情变成可怜的样子了，他觉得很难受，他克制着心中的欲火，哀怜地向面包店的主人走去，面包店主人是一个大胖子，很悠闲地在观望街上的风景，突然，看见像乞丐一样的人向他走来，那悠闲的态度马上变成了严肃的表情，而且发出喷咤的恶声，叫他滚远些。这一来不但没有给他一点慰安，反增加了他一些愤恨，这时的他，心中的饿火和着愤怒燃烧起来，他不能再忍着饥饿了。不是愤怒和饿火在迫逼着他，他已经昏厥了过去。

他愤怒地想道：我还顾虑什么呢？我要活下去，已是没有别的法子了。我实在没有比较安全的路可以走了，受警棍的痛打难过，挨饿就不难过吗？

像这样不如暂时让我满足一下我的欲火罢。我实在顾不得什么了，唉，饿得要命。

他大喊了一声"饿得要命呵"，他跑上前去，几乎把那面包店主人吓昏了，他一拳头击破玻璃柜，把那陈列着的软软的新鲜的面包拿在手中，一面往口里吞着，一面往街那边的河畔拼命地跑去。

人声一时嘈杂，人们齐声地呼喊着，他拼命地往前跑，巡警拼命地追，还未跑到河畔，他已经被警棍击倒了。

街上好奇的人们像玩赏着稀奇的事物一样围了起来，四周发着啧咤的声音。

"这家伙，该死。"巡警一个胜利的声音。

"好野蛮呵。"另一个说。

"大概是饿昏了。"表同情的人说。

"什么，无聊的懒汉。"另一个反对的回答。

"前次，我看见他偷了人家的梨子，就被打了一顿，他现在还是这样，有什么办法呢？"又来了一个这样发着议论。

"大概没有死吧？"

"当然，只是把头皮弄破了。"巡警自圆其说。

在苍白的路灯下，许多人看着他的血从头皮上流了出来，乌黑的血流在未吃完的白色的面包上。

一九三五，六，一二，于东京

伙伴①

那是一个没有光明的深夜，铁窗外的雨下得非常凶猛，一些风夹着雨滴从窗外飞进来打在他的脸上。

他把脸紧缩在草堆里，一阵闪电，使得他从草隙里看见伙伴光明的脸。他心里不觉叹息一声："睡得好熟啊！"

他又翻了一个身，一声霹雳惊出他一身的冷汗。

风和雨越来越紧凑了，他静静地伏在草堆里坐了起来，头靠在那厚而坚实的墙壁，他听见风在林里间哀号的声音，雨打在屋顶上的声音，击着破窗门的声音，他微微地战栗了一下。他似乎感到了孤寂的恐怖。

他用手抚摩着他伙伴的头发，轻轻地在心里叹息着说："十年来忠实的同伴啊！我们的命运就算是在这儿完结了吗？"他望着那光明的闪电，流下几颗凄清的泪。

他带着泪又伤心地对自己说："是的，家我不曾有，钱我不曾有。爱妻爱儿更是我的梦想了，我有的只是，一个不幸的命运，一条艰辛的途程，一个'抢劫'的罪名，一个死，在等待我啊！完了一切都完了。我的伙伴便是我唯一的安慰了！"

他似乎在回忆着什么一样，沉默了。但窗外无情的风雨正猛烈地在向这两个旅途上辛苦的人袭来，他用了一种哀怜的眼光凝视着窗外风雨的狂暴。

雨仍是倾盆似的下着，像要洗去人间的不幸，风更刮得凶了，像要扫去世界的丑恶。在这小小的盥房里，他可以听见雨水冲击的声音，风拔着树木的声音，在盥房附近一条小河上的板桥，似乎被雨水冲走了，哗喇哗喇地响着。他似乎又听见每夜照过他们寂寞的路上的路灯，被风刮落下来，让雨水往河里冲，想到这路灯他便想到他每晚同他伙伴在这路灯下互相依傍睡觉的情形，他不禁又狂生感慨了。他又想到在桥那边的茅屋里，他想："那个老太婆，定是遭殃了，那茅屋的地势是怎样地倾斜啊，可怜的那老太婆救过我们的命，给过我们一两个馒头。她一定是很危险的，一定被凶猛的雨水连人同房屋一齐冲在河里。谁去救命呢？这些人么！他们很舒服的

---

① 原载于1936年10月28日《西京日报》。

在梦里，他们管么？平时作为人民的保障的警察，不是吃得饱饱的睡他们的瞌睡啊，没有人管，没有人去救命，我倒希望雨水也把我们这间屋子一齐冲到河里去，我们可怜的人痛痛快快地死在一起罢，除了同命运的人是没有人同情的，要死我们便死到一块，要活我们也得活在一起啊！

"啊！遭了，遭了！"他摸着他被雨水浸淋着的脑袋叫着说。

夜是一团黑，看不见，雨水是怎样地流下的。

雨水……雨水，"猪啰，还不醒吗？"他摇着他伙伴的脑袋。

他的伙伴翻个身。又呼呼地睡着了。

"唉！起身罢！雨水！雨水！"

伙伴仍不理他，他心中突然笑了，他想想伙伴究竟是比他要幸福啊！

他想：一定是屋顶漏水。他便把头靠他伙伴很近的地方。他又望到了窗外。

这时候，雨水冲击的声音是更响了。哗喇哗喇地流着，一个非常光明的闪电照亮了小小的盥房，一刹那间他看见墙头上那明亮的雨水顺着墙壁流了下来，喇喇地发着声音。我感觉到他的足有些湿了。他在疑惑水已浸进了盥房的时候，他听见伙伴的叫声。

"怎么，开什么玩笑呢？让我睡一些会儿罢！"

这句话使得他听着笑了起来。

"你真是不听话，老开玩笑……"

"起来罢，雨水冲进屋里来了！"

"怎么了！怎么了！"

他的足已经是完全被雨水没了。他一手拉了他的伙伴起来。

"你还糊涂么？雨水浸进屋里来了！"

"哦，难怪，难怪……啊呀！糟了，糟了，我的衣服已完全湿了。"

"你真是一条猪啰！瞌睡真香。"

"你怎么不早叫我呀！"

"哦，早叫你，你起来吗？"

他们两人不约而同地瞧着窗外。

"你听，太厉害了，我想，桥一定是被雨水冲走了！"

"也许，也许！"

"我想，那老太婆一定遭殃的。"

"什么老太婆？"

"你糊涂了么？"

"不知道。"

"救过我们的命呀!"

"啊!是的是的!"

话还没有完,突然听见房里水流的声音。

雨水是越进越多,淹没了他们的足胫——草堆完全流在水中,他们有些惊异了。

"怎么办呢?"伙伴问他。

"听天由命了。"他说。

"什么听天由命,我们要想法子逃生才对呀!"声音里面带着一点激愤。因为这时风雨小了一些,这声音在屋里分外清澈。

"万一雨水全冲进来,我们不是要活活地淹死么?"他接着又说。

"那么,你有什么办法吗?"

"人家想呀!"

他们又沉默了,这时候,暴风雨似乎已失去了它的威力。

"啊!有了!"伙伴对他细声说着。同时,他们俩把腰猫到墙根下。

"用力罢,就这样!"

他们俩用尽气力在掘水中墙根的泥砖。

"行!这是软软的。"

风雨快要消灭了。他们流着汗,四双手在泥水里不停地动,当他们掘穿了墙根的时候,他们已经听见远远的鸡声了。

一阵新希望潮漫了他的心,他的心跳动得厉害。

"就这样罢,伏着,你先出去!"伙伴轻轻地在耳边告诉他。

出去了,伏在臭水上,伙伴也照样出来。这时候,雨很小,东方有点发白。

"我们先到那老太婆那里去看看好吗?"

"什么老太婆!你不要命了!"伙伴激愤地斥责他。

"她救过我们啊!"

"快跑罢!少说空话!"

"往树林中去!"

他们俩跑着,听着足在雨水里的响声。

"唉!逃犯!逃犯!"

"赶快,赶快!"

他拼命地往树林中跑,他的伙伴在他后面跑着。一个白色的影子在追着他们啊!

"瞄准!"

他听见一声枪响,魂已经飞在天外了,他回头来看见他的伙伴伏着胸口慢慢地倒下,倒在雨水浸着的草上。

他回转身来,在伙伴身边伏下,伤心地吻着殉难者的污秽的脸。

一九三五,八,九,东京。

三、散文随笔类及其他

从彭泽归来的人①

从门边走过,看见一个挂着佩剑的军人,在圆桌的旁边,同着我的一个同事在谈话。

说话的声音是非常激昂而熟悉。

我跨进门口到他的身边,他的近视眼镜一动,便很惊奇地来握着我的手问我:

"你也在这里呢?"

"是的,是的,你回来了么?"

"告诉你,我是再生了!差一点儿看不见你们。"

他过去那种营养不良的面孔,现在是被奋勇添上了红润的色泽,无神的眼睛随时都流着惊奇,像是有许多奇异的故事要从很激情的谈话中,在很短的时间之内一齐流露出来一样,他的感情是非常激动,语调是非常急促,军装扑满了风尘似的旧了,脸上有一块小小的伤疤,在我们发出的许多问题中,他的冒险故事就开场了。

"我们分手之后,我像是负了很大的使命,在我的新生活开展之中,我想,对于军队的政治工作,下一番功夫:船到了九江,心里想着,我的工作,马上就可以开展了。

"我到了部队,会见×团长,他是非常热情地接待我的,他告诉我说:近来部队中的政训工作还无从着手,他们新近办了一个政训工作训练班,目的是要训练一批政训工作的下级干部,这些被训练的人的来历是本团的连排长,要我充当训练班的政治教官。

"当然,我所教他们的,是怎样从事政训工作,要用什么方法才能得到效果,尤其是,对于宣传民众,组织民众,说得详尽,我是希望这一批下级干部了解军民合作的真义。

"可是,训练班还未告结束,本部队就接到命令于×日要开往彭泽。

"于是,我领着训练班的学生,于本月二十五日晨,到达了湖口,湖口是三面临水,一面依山的,一个小小的城市。

---

① 原载1938年7月16日《抗战文艺》第2卷第1期。

"来到这里在一个饭店里边吃饭,我们就遇到敌机的空袭,西门的船多,很容易成为敌机轰炸的目标,因为他要轰炸兵船,于是,我们很迅速地离开西门,跑至东门,东门轰炸的目标很少,当然,危险性也较少,跑到东门时,看见敌机二十九架,在天空里作无情的怒吼,炸弹多得像秋天落树叶子一般落下,炸弹不断地轰炸,烟雾各处上升,我的心也随着炸弹的震动而颤栗,我不是为了爱惜我的生命而恐惧,倒完全是听到炸弹底爆裂声,而想到在这一瞬间牺牲无数无辜者的生活。"

他说话的声音,由激昂而转沉郁了,喘了一口气,接着又说:

"轰炸了半小时,敌机飞去之后,我无力地从东门转到西门,看见飞扬着尘埃的破屋断墙间,残留着不完整的尸体,血是那么殷红地流在地上,我像一个凭吊者一样很悲哀地走回饭店来,我的学生一个也不见了,所看见的,不是断了手,就是伤了足的学生,在地上打滚,在地上呻吟。

"我等到晚间,只好一个人搭上装子弹的船,到彭泽去,找我的部队。

"你们知道,在路上真是困难极了,时常都遇到空袭,船简直不能放心地走,两天之内,看见无数炸弹从头上落下来,炸弹落在江里,激起了许多的浪花。

"彭泽是一座空城,老百姓已经跑光了,街上是冷寂,只住有军队,彭泽在敌机疯狂的轰炸之下,差不多成为焦土!

"本部队的政训处听说在太平关,于是,我为了方便,我就将行李放在兵栈里,兵栈是几个老百姓的空屋,里面堆满了几百袋军粮,我想,将行李放在兵栈,不至于失去。于是我动身到离彭泽七十里的太平关。

"政训处是在太平关二十五里之遥的庙前街,我到了庙前街,什么人也没有看见,只遇见县政府里的三个人,县长早逃走了,这三个人是在此处给发难民的通行证。

"没有办法,我只好由太平关回到彭泽,太平关到彭泽有条水路,可是,船夫为了安全起见,他不能远去,只能去二十里,我没有办法,只好步行回到彭泽去。

"到彭泽时,天已经很晚了,在黑暗中摸进彭泽,到北门,原来的兵栈地方,兵栈的门是紧紧地关着,我敲门,没有人应,我心里真是急得有些发慌,这黑暗的城市里,没有一点灯光,难道连一个人也没有?后来,我想,这里决不会没人的,这里看守的人,一定在里边,听不见我敲门的声音,于是我发了怒似的,大敲其门,我敲门的结果,所得回来的应声,是一片凄凉的呻吟。

"'谁呀!谁呀!我是伤兵,没有法子来给你开门呀!'

"声音很微弱,很悲哀。

"这里只有我一个人呀!你从后门进来吧!

"于是,我照着他的吩咐摸索着往后门去。谁知道,这个兵栈是在江边,房子是很大的,我摸了很久,才绕过拐角,这时候,吹来一阵腥风,天空黑暗得很,连一个星子也没有,四周低垂着暗云,路非常崎岖,因为,水和地在黑暗里分不出来,一下子就落在江里了。

"江是深不可测,落下的时候,我的足就没有探到底,幸好,水势并不凶猛,我拼命地游泳,向着有高的黑影之处游去,游了四五丈远的光景,终于游上岸了。"

"有本领!"我说。

"幸好,我会游泳,不然,已经看不见你们,恐怕,连消息你们也不会知道的!

"还有件最侥幸的事,就是我的眼镜没有打破,佩剑没有失去了!"

"后来又怎样呢?"我的同事问。

"后来吗?听我说吧!我从水上爬起来,一点寒冷也不曾觉得,我的注意力完全集中在如何能找到后门。可是,后栈的房屋是那样长,我真不知道哪里是后门,我有些焦急了。于是拼命地喊伤兵,我问他是哪一个后门。我的呼声从江的对面回应过来,荡在墙壁上,使我有些不寒而栗,但是,伤兵连一点声音也没有,大概还好远,于是,我又摸索着残缺的墙壁走过去。我冷不防,一下就把我踢倒了。我一摸,摸到一个冰冷的头颅,啊!踢倒我的原来才是一副被敌机轰炸的尸体。"

他谈到这里,额上洒满了露水似的冷汗。

"我爬起来就走,而且,拼命地呼喊伤兵,目的地是达到了,远远地伤兵在答应我,我寻着伤兵的应声而去,听见伤兵的声音是非常清楚,可是,后门还是不见,我隐隐地看见身旁有被炸弹折断了的电线杆,我再也不想去找后门了,我将电线杆靠着墙壁,就从电线杆子爬上去,找到了一个天井,我丢了两块瓦,试探伤兵所在的地方,就想从天井上爬下去,我将手悬在屋檐,两足在下面去找依托的地方,结果,足探到了一个木条子,我以为踏在木条上,可以借此依靠,安然地爬下天井,当我全身的重量落在木条上时,我知道糟了,木条子'杂'的一下,我就从天井上滚下来,沉重地像一个货包从移重机上落在船舱的底面,我马上昏了过去,失去了知觉。

"差不多有二十分钟的光景,我醒转来,伤兵就在耳边不断地说着:你为什么不当心呀!落下来,跌伤没有呀!我慢慢地爬起来,眼前仍是一片黑暗，而且，头脑也有些发昏，像是在恐怖的梦里一般，为了寻找一点光亮，我仍然不断地摸索，我知道身体是跌伤了，然而，我不能就此停下来。

"在外边，我可以借一点微光，在黑暗中能看到物体黑暗的轮廓，在屋子里，黑影就没有浓淡之分，面前只是黑暗！黑暗！黑暗！……我摸着许多的兵粮袋，我就记起前次来此地的情形，在兵粮袋不远的地方就应该是食堂，然后，我摸到许多的桌子，跟随着桌子摸过去，在一张桌子上，我摸到碗，又摸到一块方的东西，一下子我高兴起来，我知道找着火了，这方块的东西该是打火机才对呢？手指一动，打火机燃了，我的眼睛真是不能抵抗这强烈的光线，眼睛昏眩了一阵，才清楚过来，然后，看见桌子上不但满放着碗筷，还有一盏煤油灯，急忙把煤油灯点燃，才看见伤兵躺在地板上，黑耸耸的一团。

"'副官呀！从昨天早上起，我就没有吃饭了，你给我烧一点水喝吧！谢谢你呀！副官！'

"给了伤兵的水喝，来找我的行李，军粮袋还是像从前一样没有动！而我的行李却不在了！

"天刚明，在地板上，我的疲劳一点也没有恢复！飞机声音又来了！于是，我开了门，就从空旷的地方跑。我还没有跑多远，飞机'胡呼'地吼着降低了，敌机师看见我，我也看见了敌机，飞机师就在我的头上，我知道他要杀死我，机关枪的炮弹就在我耳边飞过，我急忙躲在可以隐蔽的地方，敌机一下就飞了过去！我才顺便又躲在一个当铺里，敌机像是知道我还没有死，便在当铺周围投弹，我只见墙壁在倒，瓦片，哗喇，哗喇地落下来，当铺也震动了，我连忙躲在一张桌子下边！又是一个很大的轰响，当铺的房顶倒了，桌子上只是落下来破砖和瓦片，这时候，我以为我的生命就在这里告了结束。

"大概十五分钟之后，我知道生命尚还存在，而且，连轻伤都没有，只是脸被砖块打伤了，裤子撕破了，其余都平安，但是，我像在囚笼里不能出来，周围尽是些很重的瓦片、砖块，没有力量推开它们。同时，我需要暂时休息一下。

"不一会，我听见有人说话的声音：这地方全轰炸了，这里一定有受伤的人，我们在这里侦察一下吧！听到这样的声音，我知道救命的人来了！我用了全力将桌子顶起来，救护的人跑了过来，把我救出，他们都很惊异我没有受到重伤。"

"好侥幸啊！"我说。

"大患未死！必有大福！努力吧！"我的同事向他笑着说。

"此时日军离彭泽只有三十里,阵地上的机关枪声和大炮声很清楚地可以听见,在街上,我看见许多军队在开往前线,他们的英武,激动了我勇往的热情,快要流出兴奋的泪水。

"在路上,我遇见×师的团长,我问他知不知道×部队住的地方,他说不知道,我本来想跟着他们的部队开往前线去!可是,那个团长看见我戴着一副近视眼镜,身体这样瘦弱,很不愿意我同他们一道去!要我去找自己的部队!于是,我在彭泽等了两天,就搭船回到九江。"

停了一会,他又说:"我还是要去找我的部队去!"

我同我的同事,向这位挂佩剑的军人,紧紧地握着手。

钱塘江上[①]

乘着小船,到了萧山的第一天,我便到××××团部,见到陈团长,我把我所带去的金鸡纳霜丸和救急药水,以及二十余包书籍交给他之后,这位团长是很热情款待我。

团长是一个湖南人,黑色的面孔充分地表现出他是经过许多艰苦的战役,宽阔结实的下颚正显示着他的沉毅。他是无言的,是属于行伍中的典型人物,当我还没有和他见面的时候,因为我为寒热病躺在小船里不能动身,就叫一个公役拿了战地文化服务处的名片去团部,请团长派两位士兵同志来船上搬运慰劳品和书报。

公役约半点钟回来,他说:团长不要书报,要书报的时候,他会去买。

我说:是我们赠送的,不要钱,还是请团长派人来搬好了。

公役又去了半点钟,回来对我说,团长实在不要,要的时候,他会去拿。

糊糊涂涂的话弄得我莫名其妙,我的发烧是更加厉害,本想起来马上到团部去,亲自去见团长,我怕冒风把病弄得更沉重,我休息了半个钟头,热退了一些,天渐渐暗了。

我起来穿好衣服到团部去,约有三里路光景,好像走得很远,到了一个很古老的祠堂般的房屋门前,我递了一张名片给传达兵,传达兵进去出来之后,就请我进去,就见着这位面色黑黑的团长,很有礼貌。我说我来送书报的,他似乎很高兴。

我同他谈到前方的情形,我说我很愿意到最前线去一趟,不知道方便不?他迟疑了一下答应了,他约我明天早上在钱塘江岸的××××去参观前线的士兵和阵地。

告别的时候,这位团长一定要留我在那里住宿,我因为病的关系,却仍要回到萧山城里。临行的时候,他送了我几张敌人用飞机散发下来的荒谬的传单。

我仍然躺在小船里,冲破黑暗,回到萧山。

第二天的早上下雨,雨落得很大,我七点钟起来,我坐了黄包车,就

[①] 原载1939年《文艺月刊》第3卷第11期。

开始动身往钱塘江畔的××××去。

路很泥泞，车经过许多废墟的街道，上了弯曲的溜滑的路，快要到钱塘江码头的时候，经过一个和平的安静的田园，桑叶和麦穗非常茂盛，当车在沙泥上无声地疾驰的时候，一阵清新的空气使我感觉得非常爽快，在田野和菜圃，农民很安静地在操作，好像没有感觉到他们是面临着战争，这安静很使我惊异，因为，这些地方已经离阵地不远了。

车还没有到钱塘上码头，我看见一个军官向我走来，我便下车来，向他行了一个礼，问他，连部在什么地方。他很客气地问我：

"官长是哪部分呢？"

我说明了来意，并把我的护照拿给他看，他高兴地说："我就是机关枪连的连长，在那边去坐坐吧。"

我同他到了连部。

几间破旧的草屋，里面布置得很干净，这就是机关枪连的连部。

里面坐着几个长官，这位连长都一一地为我介绍了。他们都很热忱地欢迎我。好像，我之来给他们减少了不少的寂寞。

我问他们陈团长来了么？昨晚团长有电话来么？他们说，陈团长没有来，昨晚也没有来电话。

我的意思是希望陈团长把我带来的慰劳药品和书报运到阵地来，这样，我可以亲自散发给每一个士兵同志。我看看表，已经十点钟了，但陈团长还没有踪影，我想，大概是他把时间和地点记错了。

同他们谈到前线的书报时，他们是觉到很遗憾似的。一个排长感慨似的说：

"在这里，我们就简直看不见报纸，纵使看见，也是过时了的。先生，你来正好，可以解决我们的恐慌。"

我问到他们作战的情形。一个年青的军官请我去参观他们的阵地，我们一同出来，天仍然在落雨，在蒙蒙的细雨中，我们走过码头的石牌坊，站在石桥的头上，远远地可以望见钱塘江的对岸，一层灰色的雨雾弥漫在江面，但是，仍然可以看见钱塘江乳白色的微波，钱塘江的大桥炸成了几段，像古代恐龙残剩的骨骼。

"日本兵不能偷渡过来么？"我说。

这个年青的军官告诉我：

"官长，这是不可能的，日兵有几次乘着橡皮艇想偷渡过来，都被我们的士兵兄弟击沉，现在，再也不敢过来。同时，江面很宽，江水并不大。当橡皮艇离开水无能为力的时候，鬼子的足就陷江边的泥沼中，不能自拔，这样不但可以打死他，还可以捉活的，他怎样敢来冒险呢？

"有时，他没有办法，便在江的对岸无目地放炮，这些炮弹都落了空，我们毫无损伤。"

年青的军官，一面很热烈地谈话，一面手舞足踏地指阵地给我看。

"你看，这些就是我们兄弟筑的阵地，很结实的，但没有什么用处，因为，没有战事，兄弟们不愿在战壕里，很想打过钱塘江，打到杭州去。然而，上面没有命令，很使他们失望。"

阵地差不多都长满了青草。

"在这阵地下面，我们还筑得有阵地，可是江潮都把它冲没了。"一个军官说。

"晚上，我们可以看见对岸的灯光，我们常常听见火车的声音，由此可见日寇调动之频繁。在那边，我们派了不少侦探，有一团游击队在那边作战，常常有胜利品运回来。"连长很从容地说。

"有几次敌机飞来散传单，要老百姓赶快离开萧山，不然，就要调遣大军攻过来，但是，老百姓对于这种恐吓毫不畏惧，不但不搬走，反而同我们的士兵兄弟处得很好，很愿意帮助我们作战。你看，这里的老百姓不是很安静地在耕种么？"

同他们谈了许多话，又回到屋里来，他们叫勤务买了许多点心来招待我，后来，连长问我要不要召集兄弟训话。因为，我什么都没有给他们，同时，他们也有工作，我就说不必了。

雨已停了，我看这正是回萧山的时候，我便向他们说：

"谢谢你们热情的款待，我带来的书报和慰劳药品，你们的团长会交给你们，有工夫的话，我下次再来。"

连长一定要留我在那里午餐。我说：

"车子还在等我呢？同时趁这停雨的时候路上好走些。"

他们一致向我敬礼，要我下次给他们多带点书报来。

再出夔门[①]

　　船到巫峡的时候，我知道这是我第二次出夔门了。

　　昏黄的江水和峻峭的石壁，使我记起九年前经过此地的光景，那时我刚刚十八岁，在成都一个中学校毕了业，经过许多的艰难和自勉的话语得到父亲赴北平念书的允许。为了自己的前程，满怀着年青的希望和热情，第一次出夔门去赴艰辛的辽远的途程。

　　自幼就被文学的魅力眩惑着的我，对于任何事物都有一种美的观念和新奇的鼓舞，在封建气息未尽的过渡的家庭中，我们的读书早就被中国的经典所洗礼了。虽然，一种新的潮流在吸引我们。而中国的古文学已经在我们的心中根深蒂固。于是，我成为唐诗、李白、杜甫的勤读者。当我读到杜甫的《秋兴八首》"巫山巫峡气萧森"的时候，时常使我幻想着巫峡严肃的景色，尤其是郦道元描写巫峡的渔歌："巫山峡，巴山长，猿声三唳泣衣裳。"想像到巫峡的景色，颇使人有悲凉之感。

　　可是那时我出夔门正是七月，七月的日子恐怕是一年的最炎热的日子，我记得那时候经过重庆，在重庆时坐在房间里都要流汗，在船舱里也是一样，船到巫峡时，在汽笛悲抑的声浪之中，我看见刀似的石壁在屹立着，江水很深沉似的，然而却流得很轻缓，船在行驶着，四面都是被山包围着了。船像是不能找到一条出路，可是，船行驶在山的转角处，又发现一条路；但是我看到船的前面，又被山围着了，这样艰险的道路，是象征着我第一次出夔门后的我的前程。

　　在巫峡数十里的途程中，我找不着杜甫和郦道元所写的肃杀的景色，白云像古来的松树在巫峡山上生长，太阳从山的那边斜射过来，照在老的秃了毛发的山顶，与赤色的岩石，我看不见一只鸟，除了时有汽笛的呜咽声，没有秋风吹着遮蔽天日的树木的声音，更没有猿啼，只有原始的光和影映在我多幻想的心上。

　　行驶在那雄伟的综错的山峰下面的船，是显得多渺小啊！巫峡的伟大应该在这里罢！许多的小的峰顶，大的岩石，在拥护着它，连绵的巫山十一峰显出雄伟的姿势，表现出它是群山之中的权威。

[①] 原载1939年12月28日《前线日报·战地》。

山的腰间有一条羊肠似的小路，在日落之前，我们可以看见在那羊肠的小路上面弯腰屈背的行人，他们行路是那样慢那样渺小。一个反比例，证明我们是多么仓促，多么迅速啊！

转瞬间已经九年了。

白云和秃光的山顶，青色的山坡，和九年前的情景没有两样，而我的青春已经不是像春天的树木那样青绿，而是快像夏天繁茂的浓荫一样了呢！

在这九年之中所经历着的一切，与在九年前所幻想着的一切，在二次经过夔门的水程之中回味着，假如，这个人没有被世界上的污秽所麻痹，那么，他不会没有一点感慨的吧？

初出夔门之后，在这九年中所走过的道路，所看见的世界，所认识的人们，所读的书，所经过的青春的爱情之中的悲哀的与情热的往昔，我是没有好的方法来表达的。

不可否认的初出夔门是为着去寻求自己所渴望的眷恋，去健全自己的体魄，确立自己的人生观，在冒险的苦乐的境遇中去体验，自己回想这九年中所努力的，所遭遇的，所获得的，总算是没有白费。虽然，离我的理想的目标的距离还很远。

现在，我应该感谢伟大的北国，在那里它给我在性格上有许多好的影响，在那山野的故乡，我的性情是狭隘、伤感、柔弱，在北国的大风沙中酷寒的环境里，我的性格变得渐渐刚强了，那浩浩的北国大平原中，使我的胸怀变得广大了，看见北方诚朴、结实的人民，使我多么憎恨渺小、狡猾的市侩呵！在青春的初期，朴实的北方女郎给我在爱情上的永远的纪念，虽然灵魂上还有着创伤，然而，它使我认识人生的一面。

在这期间，我到了像昙花一样繁华的帝国日本东京，由于我是从半殖民地上落后的农村来的人，都市繁华的幻感，自然对于我有一度兴奋，然而那些可贵的日子中我却贫困得很，都市的夜是最迷人的、复杂的，而我住在一间小屋里面是最单调的、乏味的，没有新奇我不会觉出贫困，新奇愈多，而我的贫困愈显得厉害。在这里，我正应该感谢那种使我饥饿使我寒冷的贫困，贫困是我的导师，他教我认识，我的孩提似的新奇的幻想，浮夸的美的赞赏，理想的牧歌世界，都被现实的真实所粉碎了，最常有意义的，不仅贫困使我认识了现实，在帝国警察监视下的青年，使我在朋辈的镣与铐的伤痕之中认识了祖国，对于祖国由于深切的认识而深切地爱护了。

青年的智慧、力量、热诚，应该用在什么事业上去呢？再不能浅薄地呐叫，要深沉地去了解，去努力。

但是,青年们应该无疑地果决地参加在保卫祖国的阵营中。

因了一些事,由西南的陆路回归到多山的狭小的地带,最遗憾的是我不能趁这个机会回去看别了九年仍在生活重担之下的父亲、辛苦的母亲和弟妹,当我接到母亲的来信,知道父亲已经老了些,弟妹都长大了,想象到父亲的白发在混合着胡须生长,和弟妹天真的黑眼。这是多么有趣而又令人伤感的事呢?

我喜欢平原,喜欢海,这个个性使我不能在多山的地带久留,狭小、污秽的地带啊,当我离开你的时候,我像航海一样地愉快。

我经常工作的地带,在东战场,而这一次再出夔门也是赴东战场,多变化的局面,富于生命力的生活,才是奇异的、可贵的、年青的。

这一次出夔门在自己看来较之第一次还有意义,它是宁静的,不是浮躁的,因为,这次我已经不是浮夸的美的崇拜者,不单是一个文学的爱好者,而是走向保卫祖国的战场的一个士兵。

关于两幅版画[①]

我对于音乐和绘画都是外行，但其爱好的程度并不减于对音乐和绘画有素养的人，主要的我是一个诗作者的原故吧！因为，诗是具有音乐和绘画的条件，诗的节奏、旋律，便是属于音乐性的东西，而诗中的印象、形象之谓，便是属于绘画方面的了。

抗战开始以后，新兴的国防艺术到今日发展极其迅速，尤其是戏剧、音乐和绘画。为了诗和音乐，感觉有共通的关系，我很留意抗战中的木刻，有许多新进的木刻作者，对于主题的选择和技术的精进，都有相当的成功的，将来中国版图的发展，我们恐不能抹杀在抗战期中木刻作者所努力的功绩。

中国近代的木刻由于西欧和苏联木刻的介绍得了一个新的刺激，于是木刻被注意起来，而近年的木刻也多半受着苏联木刻的影响，尤其是新近的木刻学习青年多半以苏联新兴木刻作为模范。在中国暴风雨时代的艺术是一种力的表现。那古旧的有着东方特性的线条已经是不能表现暴风雨的时代了，中国的木刻，正是从大革命时代突出的苏联的新兴艺术中去寻求的启示和影响，这是一条正确的路。

因此，中国近代的木刻的作风没有 Rockwelle Kent 的木刻明朗的线条，和柔美的画面，也没有 Clement Sernean 的木刻复杂的色彩与画面、线条的谐和。反之，中国古代的木刻却有着 Solomon Judouin 木刻深沉而严肃的调子。

最近，我在壁报上发现一幅木刻，主题是"把光荣牺牲的将士抢救到后方来"。是马基光作的，这幅木刻留给我一个很深刻的印象，当时，我在这幅画前面停留了很久，因为一种含有同情、怜悯、悲哀组成的力量在吸引着我的视力，这便是整个画面给观众一个沉重的强有力的刺激，这主题是表现一个农民战士和一个农妇抢救一个受伤的战士，男的抱着战士的腿，面孔是颓丧和有力，女的扶着战士的头，面孔低垂着，凝视着受伤的战士的面部，战士痛苦的脸被阴影遮着，看不大清楚！但是由于农妇面上的怜悯和悲愁，已经给予读者以战士创伤的感觉了，那是多富有含蓄而深沉的一幅画面啊！农民战士和农妇是一直沉默着，然而，这情景正说明了人们

[①] 原载 1940 年 8 月 10 日《前线日报·战地》。

心中的悲哀。这幅木刻是用一种精细的白色的线条，好像缺乏凹凸的光与暗，但这平面形正表现了强有力的场面，这平面的暗示给人的印象却极明确。看过这幅木刻，我想起 Piskarev 所刻的《安娜·加里尼娜》死时那个场面，这种真挚的神情常常在我的脑中出现，我很想用文字来表现这悲伤的情景，用同样的主题来写一篇诗。

在政治部所编印的《抗战木刻选集》第二集中发现了王火化所刻的《哨兵》，这也是一幅成熟的作品，线条很均，笔调不乱，画面极为明朗，有点像 A. Kravchenko 的风格，主要成功是在一幅小小的画面表现出一个广阔的原野，在一株小树旁边立着两个哨兵，他们站立着的姿态是很自然，好像他们是聚精会神地在注视着敌人的动静，远远的山峰和丛树，在阳光中是很清楚地排列在他们的足下，愈是远处愈是明朗，哨兵就在这样的情境之中执行任务，如尼采所说"他们在寻找他们的仇敌"。这便是作者表现的中心，画面里的原野，不但给哨兵看得很清楚，同时给读者一个极为辽阔的印象。

由于这幅画的印象，我重复地看见"在大别山的顶峰上"壮丽的景色。在这里两幅画里，我发现诗与画，有着密切的共鸣之点。

前一幅板画给抗战中的木刻创造了一个新的风格，而后者给抗战中的木刻开阔了和谐明朗的途径。

中国青年木刻习作者，多半没有绘画的基础，其实没有绘画基础的木刻学习者，很难有良好的收获的，绘画是以笔来表现的，而木刻主要的是以刀来代替笔的功用。如果绘画没有基础，刀怎样能够代笔的任务？艺术是贵创造的，摹仿和抄袭是艺术的毒虫，这样不能产生新的艺术的，一个成功的木刻家断不能说他要制作版画时，便去请一个画家先给他画好画图，然后才来照线条雕刻的。或是去东抄西袭剽窃来构成他所要制成的画面。如果那样，主题绝不会很生动地自然地表现出来，而且，这位作者也不过是一个庸俗的木刻匠罢了！那与十字街头的刻字匠没有什么区别，因为，这种方法制成的版画是没有木刻者的生命力存在其中，换句话说，就是没有创造性。

《把光荣牺牲的将士抢救到后方来》和《哨兵》这两幅木刻，为什么是完美的呢？因为有独立的创造性存在其中，我们不要讲刀法，就画面来讲，已经是两幅成功的画，单是这一点已经成功一半，再加之刀法线条和浓淡的谐和，便成为完美的版画。

木刻本是中国固有的艺术之一，在宋、元、明、清的时代，极为发达。后来传到日本，日本便有"浮世绘"的产生，"浮世绘"传到欧洲后，欧洲才有所谓木刻这种艺术。在抗战中，由于新进木刻者习作的努力，复兴中国固有的艺术——木刻，是并不难的。因为，由上面两幅版画的证明，我们确信中国青年有这种艺术的天才。

关于《给我一杆来福枪》及其他[1]

目前有一部分批评诗歌的人，对于作品的批判不以科学的观点，去获得正确的认识和理解。而以一种臆造和偏见来判断作品是落伍或不正确的东西，或是以行帮主义和门户意识将批评意气地作为无意识的攻击，这是一种不能漠视的非常恶劣的现象。

拙作《给我一杆来福枪》和某一位作者《给我一根枪吧！》两诗，便在这种臆造和偏见的理论之下遭受了荒诞的批判了。

对于《给我一根枪吧！》的胆大和狂妄的评判，见《东南日报》李熟之《诗与时代》一文，我在《诗与读者》一文中已指摘过，李熟先生不应该没有弄清楚《给我一根枪吧！》的时间性，就判断了这首诗是赶不上时代的东西，完全抹杀了这首诗的意义，虽然，李熟先生曾经写过一篇《诗与时代》的"解"文，但是并没有触到问题的中心，答复我关于《给我一根枪吧！》的时间性，只是声明不是为我的拙作《给我一杆来福枪》而发，要我"放心这个"。由这一点看来，李熟先生还没有了解一个研究者的态度和一个学者的精神，把这种为真理而讨论的态度转移成感情的爱恶和攻击的上面，要我"放心"，这是多么可笑的事呢！其实一个诗歌工作者，不能忽视诗的一切问题，"为了诗运的健康"，我们应该虚心探讨、研究，不能因了某种关系而改变了一个诗歌工作者应有的态度和精神，难道李熟先生是故意地来避免正面提出的质问呢？所以，李熟先生至今没有答复《给我一根枪吧！》的作者和这首诗的时间性，这样举不出适当的例子来证实自己的理论，不能不用杜撰或影射的方式来自圆其说。

《诗与时代》一文中，这样说："谁不肯给这位诗人上前线呢，或者是，谁阻止了这位诗人拿枪！"李熟先生以为以这样幽默的笔锋就可以大刀阔斧地将《给我一根枪吧！》的价值砍掉，虽然，仅仅地是对《给我一根枪吧！》而发，但是《给我一杆来福枪》一诗也无形成了这攻击的目标，问题尽管是两个，其目的和作用则一，这是很明显的事实。

为了这个原因，我不能不举出拙作《给我一杆来福枪》来证明，来讨论诗人要一支枪上前线去应不应该，同时为了问题简单化，特别说明拙作

---

[1] 原载1940年10月2日《前线日报·战地》。

第一句便表明了时代性。

当我还没有正式同李熟先生讨论诗人应不应该要一支枪上前线的问题时，当我的拙作《给我一杆来福枪》还没在东南披露的时候，得到两个达郎诃特之类的论客的评论了。

第一个论客在《诗与诗人》一文中说：

"在文艺部门中，诗的'暗示性'尤其重要，差不多诗的技巧那是'暗示力'。严格说来，一句诗，断不能立刻便反映出时代性，否则，就不称其为诗了，譬如说：'原诗开头一句便表现了它的时代性，'这真是伟大的诗人，简直比莎士比亚还伟大，这不是天才是什么！我不禁顶礼膜拜起来！"

这位论客，牛头不对马嘴地咕噜了一大遍，还没有读过原作的全篇，就瞎子抱着象腿般地喊起"伟大"来。

不错，诗的"暗示力"尤其重要，差不多诗的技巧即是"暗示力"这是正确的，不过要把这样的理论当作一种机械论的公式来规范"原诗开头一句便表现了它的时代性"这样的诗，就必须要考虑它的问题了。能说第一句表现了时代性，就不是以"暗示"手法写的呢？更能说"没有将中心思想通过全篇而表现出"来呢？如果，我们的论客是将拙作作了一个立体的观察而得到了如是的结果，就是评论没有中肯，而其批评的态度总不失去客观和公正，但是，在我们论客批评的时候，还不知道这诗是什么内容，什么手法呢？

我肯定地说：一个文艺批评家不能没有具体地认识作品本身，就敢断定其作品的技术与内容之成功与否。

退一步说，是不是作品第一句便表现了它的时代性，就是恶劣的作品呢？这是这位论客应该认清的，倘如，这位论客认为这些评语不是乱谈和行帮主义的攻击，而是文艺批评底话，那么，应该知道批评不是建筑在臆造和猜想之中，否则，还是请这位论客在十字街头去拾烟尾比较适当些。

第二个论客在《诗与理解力》一文中说：

"至于覃先生提出认为'还想讨论'的'诗人应不应该发出呼吁要一支枪的问题'我以为很容易解答：就看诗人自己高兴罢！因为会写'阳春白雪'似的诗人，一定比'中学生'程度高，换句话说，可以作'小学以上的教师'或'委任'以上的官，依兵役可以缓役，不会'抽'去，那么，要想那枪，只要看自己高兴与否就得了！"

这段话很可以表现这个论客整个的人格，甚至他的人生观、世界观都暴露无遗，真是要在批评上去求进步，要使批评能够影响作家和读者的话，为什么不在这种主题的意义上去认识历史进步的要素，不问这样的主题是否反映了客观的真理，不问这样的表现是否是从现实出发，偏偏自己毫不迟疑地漠视了社会必然的现象，以自己的个人主义、利己主义的观点去度量一个青年对于环境的苦闷和爱国的热情，这是在抗战建国的过程中不应该发生的现象，然而，可悲的是这样的话却偏偏出在我们的评论家。

好！我也不用再将这些屎苍蝇赶出来，让大家闻到臭味，现在的问题是，诗人究竟是应不应该发出呼吁要以一支枪上前线去的问题呢？这问题确实值得讨论的。

海涅说：诗呢！剑呢！

这暗示是说，诗人不仅写诗，同时，要执剑为自由而战。这意义拿到现代的中国来说，中国的诗人不仅写诗，同时要执枪为祖国的自由而战，诗人应不应该拿枪这是很明显的了。那么，既然应该拿枪，就去拿吧！如李熟先生所说谁来阻止你呢！发出呼吁要一支枪不是废话么？然而，现实却不是理想那么简单。这在我自身早已深深地体验到了。《给我一杆来福枪》一诗，便是我自身的一个经验，同时就是我在抗战初期时的内心的呼声。

在西安事变后中国统一了，而当时的留日学生却整个地投入窒息时代中，卢沟桥抗战爆发后，许多留日学生自动地或被驱逐回国来了。这时候，我也像其他许多留日学生一样在心上盖满了被侮辱的烙印，在身上残留着无数被鞭打的创伤，回到祖国爱抚的摇篮里。到了上海，虽然"八一三"抗战的炮声最能够激动被窒息过的热情，意想不到地又被投入窒息的环境中了，在上海那样的环境中，单纯地参加一点救亡工作，都要经过相当的奋斗，上海学界的救亡热情正白热化的时候，租界当局却出来干涉我们的行动了，中立区不能有任何反日的行动，于是，我们的行动被监视，团体被解散，这时候，青年友人都愿意找一个拿枪的机会去实干。然而，刚刚开始抗战的祖国，对于青年这种热情的举动，是不容易接受的。这种青年不知有多少，像在"一·二八"淞沪战争的时候那样投笔从戎的大学生一样的急迫，我像许多青年一样处在四周的浓雾之中，不能不对于我的祖国发出内心的要求来，实则是抗战炮声的催促要许多青年前进的缘故，当环境最窒息的时候，这要求是更剧烈，于是，在那苦闷的环境中，我写出了批评家们认为不应该写的诗来，为了表明还是社会的必然与我内心真实情绪的要求，我希望批评家们深深地去理解一下拙作与现实的关系。因为，我对于这种爱国举动和热情的呼吁错误与否，丝毫没有功利心，不畏惧批评家们恶意为难的。

但是，对于我们的诗论家与论客们，我确有一个希望。就是要批评家了解批评本身的意义，和论客们了解自己不负责任的言论，是有害于"诗运的健康"。

批评家的成功，绝不是以行帮主义的凶恶或门户意识的偏见来抹杀作品本身底意义而成功的，同时，不能以"门外汉"这样的名词作为掩护，推却了一个批评家应负的责任，以为这样就可以随便地谩骂，其实对于作品本身毫无伤害，这样却完全表现了自己文化的程度和人格。倘如要从事诗歌评论的话，就希望我们的批评家严肃地去担负自己的任务，从作品本身科学地去认识，去理解，去批判，否则，我只好衷心地将诗人杨骚的一首诗转赠给我们的行帮主义和门户意识诗论家们。

  因袭与流行，
  独断与低能，
  诗论家哟！
  你们去吧！

记蒲风①

蒲风是去东京不久，一个晚上在青年会，由于一个朋友的介绍，认识他的。

中等身瘦削的脸孔，架一个近视眼镜，头发自然地卷曲，那晚上他穿着一件雨衣。

同我和华飞热烈地握了手之后，他告诉我们说：他们组织了一个诗歌社，要我们参加。

那个时候，蒲风，他的一部著作《茫茫夜》已经在上海出版一年多了，《茫茫夜》的确是一部有价值的诗集，它突破了当时沉寂苦恼的时代，在现代派盘踞着整个中国诗坛的时候，以现实主义姿态出现的《茫茫夜》无异给幻想缥渺的诗人们当头一棒。

《茫茫夜》表现了那一个时代小市民们的苦闷的呼喊，和一些劳苦人们生活的剪影。可是，蒲风到东京以后，恐怕是因为环境的使然，他再不产生比《茫茫夜》更好的诗作来。

我和华飞想努力学习日文，决心不愿意参加任何文学团体，但是蒲风热忱地邀请加入，我们终究加入了。

诗歌社的总负责人就是蒲风，当时会员每个出三元钱作为出版费，后来出版了一种名为《诗》的薄薄的一个不定期刊。

我抄了一首在烟台的旧作，名为《码头黄昏》给《诗》发表。蒲风和一些诗歌社的社员，因为避暑都在海边去了，当《诗》出版后，他们就在海边举行了一个座谈会，批评这一期的创作。

于意识太注重的蒲风，对我那首纯艺术的手法写的《码头黄昏》自然是给以严厉批评，在艺术手法方面他完全抹杀不谈。当时在海边的还有丁君，他对于蒲风只注重意识而抹杀技术的理论表示非常地反对。丁君认为《诗》的全部创作，只有我的《码头黄昏》才有诗的条件，其余的都是口号标语，当时蒲风和丁君曾经有一场激烈的辩论。

快到初秋，他们从海边回来了，那时我还不认识丁君，丁君为喜欢那首《码头黄昏》特地和林蒂来看我，他便告诉我在海边对我那首诗争辩的

---

① 原载1944年《福建青年》新第1卷第1期。

情形，我同丁君艺术的观点相同，自然是很谈得来。

听说蒲风在海边利用暑假的空闲，正着手写一部长诗，内容是描写革命的情形。他很虚心地将第一道稿子寄给我要我给他一些意见。

他改了两三遍，内容还是很空虚，暴风雨似的场面一点也没有，给读者的感觉和印象都不深，应该以沉重的笔调描写的场面，他却不费气力地轻描淡写。我读了他这部长诗，把我所有的意见统统告诉他。我记得我曾经以墨西哥革命的史实电影片《自由万岁》农民革命的情形，给他作比喻，教他给伟大的革命的时代和最复杂的场面给予有力的策划，才能影响读者对革命漠然的态度转变为积极的情绪。

他接到我的信之后，回了一信，表示衷心的感谢，且一定照我的意见予以修改，并且约我在礼拜日到他那儿去吃午饭，借此，可以谈心。

礼拜天，我和华飞一同到他那里去，蒲风表示非常高兴，他很遗憾的是，我们同谈的时间太少，他说他很感谢我写了八篇稿子的长信，他已经照我的意见删改了，要我再看一遍，还有没有再需要修改的地方。这种态度是谦虚的、诚恳的。虽然他作过一册《茫茫夜》在当时曾经有过好的反响，但是当他写这部长诗的时候，他知道他技术的修养不够。

他这部长诗，照我的意见是不能出版，实在没有出版的价值，可为了他的自尊心，使其不致太失望起见，我只能说比之前要好得多。

蒲风可以说把全副精力都贯注在诗的创作上，他节衣缩食省下钱来出版诗集，到七月间，他的长诗《六月流火》终究出版了。

《六月流火》的出版，诗坛没有一点反应，他没有点感觉他这部创作是完全失败。

有一天在青年会碰到他，他说他铁定辞去诗歌社总务组职务，顶好由我继任，诗歌社负责人都同意，我为了要想多读书的关系，婉言谢绝了，后来出版组负责人林蒂又来向我说，一定请我出来担任，在众多同人赞成中，我没有法再辞了。

我负责诗歌社总务的责任的时候，蒲风正埋头于诗论研究，他觉得诗创作产生太少，应该加紧创作，给诗划一个新的时代，于是他提出了诗歌的多产运动的口号。

当时他提出这个运动，也没有人赞成，也没有人反对，我当蒲风没有懂得诗人的原理，其他工作部门或可以应用多产运动的方法，但是，这方法绝不能应用在文学上，尤其是诗这一部门，我们就不谈诗需要灵感罢！因为，新文艺的理论家们认为那是不科学的说法，可是，诗不能没有情绪，更不能不经过多种多样的生活的过程，更不能缺乏长时间的艺术的修养。

蒲风忽视了创作的条件，和一个诗人努力的过程，而提出限定在某一个时间之内规定写若干部诗，他完全把诗当为普通生产品看待，机械地去规定量的生产，他没有想到这量的增多，由于时间的限制，会影响到质的低落。

结果：诗歌上的多产运动成为他自己的一个讽刺，因为，他也没有达到他规定的产量。

那时候他的处境不好，一部分朋友反对他，甚至有人用诗讽刺他，他感到很难堪。

他是一个诚挚的人，完全有着诗人的善良的性格，他从不曾对任何人钩心斗角，对于你的作品不满意时，他总是极直率地批评，他勇往直前地想给他所理想的诗开辟一条大路。因此，他是给予不合理想的诗以无情的扫荡。

可是，这企图他遭了失败，就是由于生活的贫乏和艺术武装的薄弱，他不能影响他周围的从事诗歌的朋友，使其信服他，他以现实主义为诗的口号，这是正确的，可是他不能把这种理论有系统地予以发挥。因此，那仅有二十余个社员他都无法领导起来，我觉得这是他的一个大的缺点，也是从事诗歌运动失败的主因。

在他的人格，感情上，人们是无可非难他的，并且很佩服他对于诗歌运动的努力，可是他有战斗的姿态，而无战斗的实质的缘故：他落伍了。

我们知道他很感到苦恼，由于居住得很远，见面仍是极少，记得我曾经去看过他一次，谈了一些诗的问题，我和他的意见始终有着距离。但他和我都在避免争辩。

不久，他回国了，他的回国是很悄然，据朋友说到上海以后，不久，就去广州了。在广州，他对于诗运的努力仍未放松，在广州领导一些青年在创办一个诗歌杂志，据说他还出版一册诗。

之后，石榆兄也由东京到了广州，他们合作得很好，对广东、香港的诗运，影响极大，我想石榆兄该是最了解蒲风了。

抗战开始以后，蒲风参加了军队工作，我听到了这消息很高兴。我想：这是给他一个体验生活的机会。在这艰苦的复杂的生活当中锻炼，他一定会产生比较充实的作品来。我想起他在东京时向我说的一句话："我从来没有需要用散文的方式来抒写我所感觉的东西"，这意思是，他只晓得做一个诗人。将来无疑对于诗有很大的成就。

不久，他失踪的消息传了出来，有的朋友说他被敌人俘虏了去，有的说他殉难了。总之，他没有消息是实在的，于是，许多刊物上都有纪念他追悼他的特辑，我就看到华飞有一篇追念蒲风的文章。

过了一些时间，说他并没有殉难，还在某某地方。我一直不信这是确实的消息。我想：假如是真的，为什么蒲风不发一个消息在报纸上声明尚在人间，或写篇文章表示对朋友们怀念的感谢呢？又过了一些时间，我看到衡阳的某报上蒲风一篇《横过南中国小记》，才知道他真的尚在人间，而且由湖南到江西上饶来了。

那时候我在金华，可惜当我看到他这篇文章时，他已经又从上饶到别的地方去了！不然的话，我一定从金华赶到上饶去，和阔别四五年的志友痛谈一次，可是这只是一个希望而已，以后，就一直没有知道他的消息。

自抗战开始以后，我一直没有看见过他新的诗作发表，我很奇怪，对于诗这样努力的他，能够搁笔不写吗？或者正埋头一部惊人的巨制呢？

当我孤处东南一隅，从事诗运的时候，我时常想起他对人的热忱，和对诗的热忱，因此，他留给我的印象愈久亦就愈深。

是前年罢？一个朋友告诉我，说他真的死了，是因肺病死于闽南。

后来，在《改进》半月刊上看到他一篇遗作，这消息才给证实。我感到蒲风的去世，是新诗运动的一个损失，他的毅力和热忱对于他的将来一定有贡献，短短的几年的新诗运动，他的名字已在青年心中有了不可灭没的印象。

郭沫若先生

——东京回忆散记之二[①]

一

在中学生的时代，我对于郭沫若先生就异常景仰，那个时候，我读过《我的幼年》《女神》《繁星》《少年维特之烦恼》等书，我们有个国文教师也姓郭，对于郭沫若先生也非常崇拜，在这位教师的影响之下，我们对于郭沫若几乎存在着一种神秘的观念。

到了东京，自然是有去拜访郭沫若先生的想头，可是终未敢贸然而去。

刚去那一年，东京的诗作者非常多，写诗的风气很浓厚，出版的诗集也有好几种，我也有个动机，就是把我所有的诗，集起来，出版一个小册子。

丁兄到我这里来，我把我要出诗集的事情告诉他，他很同意地说：

"你为什么不去看郭沫若先生，他还可以给你的诗一些意见。"

郭沫若先生对丁兄很赏识，因此，他这样说了。

"我不认识他，我也有这个打算，想去请教。"

"那有什么关系？我给你介绍一下。"

他马上写了一封介绍信，教我也写一封信，并且要我把讲稿也寄去。

我很兴奋，用了一晚上的工夫，写了一封长信，那信的内容是表示我对于郭先生已经崇拜有很多年了，自从喜欢文学以来，就一直受他的熏陶，差不多他的著作，就成为我的枕畔书，并且，告诉他我从事文学的经过。

这封信发出的第三天，我接到一张明信片，是千叶县寄来的，上面正署着郭沫若先生的名字，接到这张明信片，我感到很大的快乐。我还记着，那明信片上面的意思是这样：

"你清秀的字迹，已给我一个很深刻的印象，你是有基底的，你要在这基底上建造你新的愿望，我可以为你预贺，你最好同丁君来谈……"

于是我把这明信片拿给丁兄看。丁兄说：

[①] 原载1944年6月10日《公余生活》月刊第2卷第3期。

"郭沫若先生对你印象极好,我们明天一同去拜访他罢!"

第二天早上八时,我同丁兄,还有一位 M 君,拿着一卷宣纸,我们乘省线电车到千叶县去。

约有半个钟头的光景,到了千叶县,出了车站,我们步行两条街,走过一些僻静的路,经过一个松林,在一个很幽静的屋子门前,我们停了足步。

木门上,右边钉着一个木牌,上面写着"佐藤和夫",据丁兄说:"佐藤和夫"是郭沫若先生在日本时用的别名。

给我开门的,是一个中学生模样的少年,穿着一身黑色的学生服,丁兄说这是郭先生第二个公子。

一个小小的园子,花木青葱,给人一种静寂之感,一进门看见一幅单条山水画,转了一个弯,就是客厅,郭沫若先生听说有客来,就连忙地走出来。

我远远地看见郭沫若先生,同我所想象的郭先生不同,我想象的很年青,而郭先生实际上比我想象的要老些。

我想象的郭沫若先生只有三十多岁。因为,我在中学时看见《创造》月刊上一幅郭沫若先生的画像,那画像只有三十多岁的光景,我忘了时间的增长,又加之郭先生的诗、文章,随时都表露着年轻的热情,因此,我想象中的郭沫若好像永远年青的。

郭先生同我们打招呼,丁兄为我介绍了。

"啊!你就是覃子豪吗?"郭先生很热情地同我握手,他把我这个姓念成"谭"字的音。

丁兄听他把我的姓念错了,特地向他申明:

"郭先生,他这个'覃'字的音是念'秦'的。"

"啊!"郭先生怀疑似的应着,并且继续地向我说:"你的诗我读过了,《大地在动》写得很好!"

"请郭先生多多给我指正。"我说。

郭先生很和蔼地望着我,我最初不大敢随便讲话,看着他温和的态度,我胆大了许多。

"你是有修养的,你好好努力创作,必定有成就!你对于旧诗词也很有研究吗?"

因为,在我写给郭先生的信里,我曾提到对于旧诗词曾有一时的爱好。

"我曾经喜欢过一个时候。"

"独自莫凭栏,无限江山,别时容易见时难,流水落花春去也,天上人间……你认为这是什么语气呢？"郭先生念着这些句子问我。

"'天上人间'下面应该是一个问号。"我说。

"对了！你值得够称是一个诗人！胡适他们都弄错了。他们都把这句认为是肯定语气，怎么会成为肯定语气？这简直是一个大错。"

"在学校的时候，我曾同许多同学争论过，我始终坚持它是一个问号。因为那意思是春究竟是去到天上，还是去到人间。"我说。

"这是对的。"

那个时候，我已开始涉历法国文学，对于象征派的诗，我素来持反对的意见，但那个时候我已经认为象征主义自有它的优点，我很想知道郭沫若先生对于象征主义的意见。

"郭先生对于象征主义的意见怎样？"我问。

"象征主义和浪漫主义不同的特征，浪漫主义是向外发的，象征主义是向内收的。"

对于象征主义他没有什么批评。

我们由国内的作品，谈到国内一般作家，谈到林语堂的时候，他说：

"林语堂的文言文写得不好，他偏偏要写文言文。"

我告诉他，我在北平中法大学念书的时候，我们成立一个文学研究会，曾经请周作人先生讲演。那时候，周先生刚刚同徐祖正同游日本归来。我们要他讲演日本的观感。周先生以无适当讲题，就临时开一个座谈会。他要我们发问，他回答我们的问题。我们曾问他在日本见到郭沫若先生没有，周先生则欣然表示，他曾和徐祖正拜访过郭先生，说郭先生完全和他所想象不同。他说：郭先生是出乎意外地热情，他以为郭先生一定对他们很傲慢，其实对郭先生的印象极好。

郭先生听了我这些话之后，哈哈的大笑起来。他说：

"是的，是的，周先生是和徐先生一道来的！"

停了一下他又说：

"我把这件事曾经记入我的《浪花十日》一文里。我很羡慕周先生，他到日本来，有那么许多的日本友人欢迎他，我到日本来，却只有警察，刑事，暗探跟着我！我大有感想，《文学》向我要稿，我就把这篇文章寄他们。不料王统照先生却把我这点感想给删去了。我很不以为然！"

他说到这里，颇有点气愤，于是，我想到一个同学谈到郭先生的环境极苦，生活有时非常窘迫，在日本警察（厅）、刑事（厅）、监视（厅）之下，他根本是一点自由都没有了。他在《浪花十日》里发一点感慨，都被不了解他的编者删去，这自然是使他更加愤慨。

说完之后,他从写作室里拿出一本《文学》来,他指给我们看被删去的地方。

"一定是王统照删的。"丁兄说。

"当然啰!"我说。

"是什么意思呢?"M君说。

"王统照大概是怕得罪周作人。"丁兄说。

"真岂有此理!"郭先生说。

这时候太阳照在走廊上,明亮而暖和,郭先生说:

"我们坐在走廊上晒太阳!"

于是我们全体移动到走廊上。

郭先生的太太端来四杯红茶,向我们打招呼。

郭太太的个子很高,很单调,穿一身花布似的和服,好像已经很旧了。从她的不加修饰的容颜上看,可以看出她对家庭负担太重,操劳过度,颇为憔悴。

"这就是郭先生诗里指的安娜罢?"我心头这样想着。

郭先生的外国文极好,精通德文、英文。日文是不用说,是比他的德文和英文都好,我和他谈到歌德,他说:

"歌德的确伟大,他之伟大是在他的作品里盛满着青春的热情,就是在他老年所完成的《浮士德》中亦可以看出来,这种热情,随处都存在着,他的《少年维特之烦恼》的确是一部影响时代的伟大著作。"

"为什么郭先生不把《浮士德》第二部翻译出来?"我问。

"《浮士德》第二部没有第一部好,没有打算译它!"

"郭先生最得意的翻译是什么?"

"要算《少年维特之烦恼》了。"

"郭先生喜欢拜伦的诗吗?"

"拜伦是喜欢的,不过,我比较喜欢雪莱。拜伦英雄主义思想很浓厚,他从军希腊,希腊如果打胜土耳其,拜伦如果没有死,他一定会作希腊王,雪莱的思想完全是平民化的。"

"我看郭先生的诗受惠德曼的影响很深?"

"惠德曼是值得学习的,他的诗可以使人走向新时代。"

我们谈话一直谈了两个钟头,丁兄和我示意预备告辞了。

M君连忙把宣纸拿出来,请郭先生写字。郭先生马上叫人磨墨,挥毫而就,写了一副对联,一个单条。

郭先生的字体别创一种风格,柔和,遒劲,放逸,潇洒,如其人,如其诗。

他送我们出来，要我常常到他家里去谈天。

回来，在路上感觉郭先生肯接近青年，他和蔼可亲的态度，容易使青年拥服他。

二

记得有一次郭沫若先生应中华留日青年会之邀，讲演"中日文化之交流"一题，为了恐怕听众太多，讲堂容纳不下，于是出卖门票，大概是三元钱一张，我去得太迟，没有买到门票，就把这次听讲的机会错过了。这时，还是我去拜访郭先生之前一年。

据说那次郭先生的讲演，对中日文化之交流，发表了许多极精辟的见解，当时妙语风生，赢得听众掌声不少，不知道什么原故，当郭先生讲得兴高采烈的时候，听众当中忽然有人向他投掷苹果、梨子、香蕉。一场混乱，还没有讲完，喜剧就把这场面结束了。

第二天留东京新闻记者去访郭先生，叩问郭先生对于昨日讲演堂的情形，有什么感想。

郭先生便写了一联对，表示他的感想，这联对是这样：

妄把梨儿充炸弹
误将沫若作潘安

据说，郭先生当时幽默地付之一笑了事。

三

民国二十五年，国内文坛提出了"国防文学"问题，这一问题是针对着当时帝国主义对中国的压迫——尤其是日本帝国主义而提出的。对于这问题，凡是爱护国家民族的，都是无容异议拥服的，不过在口号的问题上，却起了一个很大的论争。

一个是以"国防文学"为口号。

一个是以"民族解放战争的文学"为口号。

于是文坛上对这一问题，分成为两派，"国防文学"派代表者为周起应、徐懋庸。"民族解放战争文学"派代表者为鲁迅和胡风。两派的论争很激烈,这争论自然也传播到留日学生群中,于是东京也引起热烈的论争。

郭沫若先生的意见,是赞成"国防文学"这一口号的,他认为"国防文学"这一名词,比较简单,比较醒目,而号召力也比较大。于是东京多数留日学生都是拥服"国防文学"这一名词为当前文艺运动的口号。

那时候关于口号问题的论战,非常激烈,鲁迅和徐懋庸的争论使文坛很注意,鲁迅对徐懋庸的抨击也极猛烈。

周起应写了一篇论文,意思要作家应该以"国防"为主题,茅盾提出反对的意见,向周起应请求给作家一点自由,不应非写"国防"题材不可。

于是郭沫若先生在当代文学上发表一联对:

> 鲁迅将徐懋庸格杀勿论,弄得怨声载道。
> 茅盾向周起应请求自由,未免呼吁失门。

结果这论争终于没有把口号统一起来,后来,不了了之。

当时,我深感觉在东京有许多拥服"国防文学"为口号的,在东京曾经发表对"民族解放战争的文学"绝对相反的意见,攻击鲁迅和胡风毫不容情。但这些人到了上海以后,又掉头攻击郭沫若了。我觉得他们不是在真正以至诚之心来拥服一种真理,而是学到一些政客的小手段想登上文坛。

我当时很少参加意见,因为那个时候我正在埋头译裴多菲的诗。

四

裴多菲是匈牙利的爱国诗人,我觉得当时中国需要裴多菲这样的诗人,对中国才有好处,裴多菲的诗我是从日文译出的。日译者为匈牙利人麦兹格尔,精通日语,在日本帝大执教多年。因而,我相信他的译笔是忠实原文的。太爱好裴多菲诗的原故,全部译出了。为了恐怕有错误,我就把它拿给郭沫若先生请他替我校对一遍。

他答应了。但是他对于裴多菲颇不感兴趣。而我则认为裴多菲的诗,其价值是很高的。因为裴多菲较之欧洲十九世纪其他诗人现实些,他虽是以浪漫主义的姿态出现,而他的诗已经有写实的成分在里面。他不像雪莱、海涅的抒情诗那样完全属于玄想的。他的诗是从他琐屑的生活中提炼出来的,我们同裴多菲相隔一百多年,读起来,毫不觉得是过去的东西,仍有它的时代性。郭先生对于裴多菲的诗的不感兴趣,是出乎意料之外。但是,我对于裴多菲的爱好,并没有因郭先生的不感兴趣而减轻。

我感谢郭先生,终究在百忙中,抽了最宝贵的时光,给我校对了一遍,承他给我许多可贵的指示。

五

我在东京和李春潮兄等组成了一个文海文艺社,并且发行文艺月刊一种,定名为《文海》。这名字是我们请郭先生给我们取的。

当时文海文艺社在东京举行一个文艺座谈会,我们大家的意见是要请郭沫若先生参加。初则,有一部分认为是不可能。因为当时,日本警察局恐怕郭先生在日本有所活动,就在郭先生住宅附近,随时有便衣警察在来往地巡回,据日本当局说,这是为保护郭先生,这句话当然是好听的,实际上完全是监视,这是尽人皆知的事情。要请郭先生到市内来,恐怕会惹起日本警察的注意。

李兄不以为然,他认为监视郭先生恐怕已不甚严密了,郭先生第二次到日本又有许多年了,这许多年当中郭先生并无意外的行动,又何必监视那样严密呢?讨论的结果,是派他作代表,到郭先生那里去征求郭先生的同意。如果郭先生自己认为可以莅会,当然不会有其他的问题发生。如果不参加就恐怕有意外了,这办法完全以郭先生的意思为转移。

我们决定在本乡区一个咖啡店里作开会地点。是日,李兄就去千叶县,我们就在那里等候。

还不到开会的时间,参加的人都到了,郭沫若先生和李兄也来到了。

大家非常兴奋,认为郭先生能够抽出宝贵的时间,而且经许多麻烦而来,是最难得的事。

那天郭先生穿了一套青色哔叽西装,兴致、精神都好,同每一个同学寒暄,他的风度不像一个文学家,像一个外交家和政治家的风度。

开会后,郭先生作了一个很简短的演说。

他大意是说:一个作家的态度,应该是少争论,多努力创作,没有埋头的一天,就没有抬头的一天。

席间,许多同学提出了许多文学上的问题,他都一一答复了。这次开会,同学们都认为是最有意义、最兴奋的一次集会。

六

对郭先生作最后一次访问,是在我大学毕业那一年,也是我回国那一年。

记得是一个天气晴明的早晨,我同魏晋、李华飞、宋寒衣,一同到郭沫若先生家里去。

那天的谈话完全是以国内文坛情形为主题。

对于鲁迅他没有发表什么意见,对于胡风他认为胡风的文章虽然写得不好,尚有霸气。

"什么霸气呢?"我心头自问着:"就是想独霸文坛那种霸气吗?"

那个时候,郭先生好像很疲劳的样子,说话时没有以前有精神,显然是为什么问题而苦恼着。

我们看见这种情形,不愿多麻烦他,就告辞了。临行时魏晋请郭先生站在花园里同我们合照了一帧照片。

七

民国二十六年五月我由日本回到上海不久,日本当局对留日学生大加逮捕,于是许多同学不能不回国了。当卢沟桥事件发生,回国的同学更多。

某天,我在一个码头去接从东京回上海的同学。还没有看见我所要接的同学,忽然,人群中有一个人一下子握着我的手,我抬头一看,令我吃了一惊,我不觉叫出声来!

"郭先生!"

郭先生穿了一身青色哔叽的西装,戴了一顶呢帽,呢帽的边很阔,几乎把面部遮完,郭先生向我示意,不要声张,他告诉我他的地址之后,就分手了。其后,我看见两个同学在追随着他。

我心头很佩服他,他勇敢地回国了。

第二天,我到旅馆里去看他,琐屑地谈了一些事情。

回国之后,不久,他写了一篇《我从日本归来》的文章,叙述他逃出日本的经过,令人深为感动。

其后又写了一篇怀念周作人的文章,那时候周作人困居北平,他盼望周作人能够出来。文章开头便是"闻击鼓之声,则思良臣",这可见他对周作人的怀念。可惜周作人辜负了郭先生的愿望。

我想,他对于周作人之关怀,与我在东京同郭先生对于周作人的谈话不无关系罢!

消灭歇斯特里的情绪①

最近在《笔会》上看到几篇有关波特莱尔②的文章，在讨论波特莱尔的诗是不是值得介绍给目前中国的读者。很可惜的是在乡下一时找不着林焕平先生的《波特莱尔不宜赞美》一文，只看到唐弢先生的《编者告白》，李白凤先生的《从波特莱尔的诗说起》，陈敬容先生译的波特莱尔的《盲人》，以及近乎波特莱尔的《新世纪的旋舞》。诚如编者所说，这样的研讨是有益的。因此，我就有了写这篇短文来说出所有关于波特莱尔意见的动机。

波特莱尔是法国蔚为象征主义的大师，一本薄薄的《恶之花》就奠定了波特莱尔在象征派的地位。法国在十九世纪末，虽然出了许多象征派的诗人，如魏尔仑、蓝波③、马拉尔美④，但都没有超过波特莱尔这一座顶峰。这固然是由于波特莱尔在艺术上有种新奇的成就，主要的原因是波特莱尔在作品里有着极浓厚的歇斯特里（Histeria）的情绪，十九世纪末病态的情绪。

歇斯特里的情绪是法国象征主义的特征，没有这种情绪，象征主义的作品就失去了特色。因为这种歇斯特里的情绪，不仅是象征主义诗人们特有的产物，还是十九世纪末没落的小布尔乔亚一个共通的产物。波特莱尔不过是一群没落的小布尔乔亚的代表。如李白凤先生所说："波特莱尔的时代，是旧的结束而新的尚未产生的时代，他希望却自知毫无目标，想呐喊却又为四周的高气压所窒息……"于是就伤感、忧郁、颓废、歇斯特里起来。因此，就首先产生了伤感文学，歌颂忧郁和颓废。这发轫于法国浪漫派先驱者夏多布里昂，他的《锐列》（Rene）就是伤感文学的代表作。他这部作品很为当时的读者欢迎。因为：对于现实失望的人们就在这伤感的文学中去求发泄和慰藉。不过浪漫主义的感伤成分和象征主义的感伤成分不同，浪漫主义虽则有感伤的气氛，但它有出世的狂飙的情绪。而象征主义的感伤气氛，完全是入世的歇斯特里的情绪。象征主义的诗人们由于痛恶现实，厌弃现实，而极端地禁闭在艺术之宫里去创造梦想的世界，借之以麻痹在现实中被痛楚所鞭策的灵魂，使灵魂在最高空的幻的艺术境界去陶

---

① 原载1947年2月9日《文汇报》第7版。"歇斯特里"现通译为"歇斯底里"。
② 现通译为"波德莱尔"。
③ 现通译为"韩波"。
④ 现通译为"马拉美"。

醉。波特莱尔就是在他所创造的最高的艺术境界里陶醉的一个诗人。

象征主义在十九世纪末能够支配一个时期，是它的时代背景和社会环境决定的。在艺术上我们自然不能否认它的价值。作为廿世纪的先驱诗人，凡尔哈仑就以象征主义的手法来歌颂了新时代的黎明、机器的文明和劳动、旧的没落和新生。俄国的布洛克的《十二个》就是以象征手法写的。可喜的就是他们消灭了象征主义的歇斯特里的情绪，而贯以前进的健康的精神。因此，对于波特莱尔我们不能否认他在艺术上的评价，我们只能非议他作品里深藏着歇斯特里情绪的毒质。

有新文学运动到现在，翻译界还没有把《恶之花》全部介绍过来。然而，我们并不认为这是一个损失，因为，适合于现代中国读者需要的世界文学名著还很多没有介绍。单就以诗这一部门而论，世界上名诗人的作品介绍得实在太少了。中国的诗作者贪杯的胃口很难满足。如果在这时候，介绍有着歇斯特里毒质的作品，对于饥不择食的读者，不仅无益，反而有害。歇斯特里是一种传染病，一经接触，就有难以摆脱的危险。在十年前我有一个爱好诗的朋友，读了徐志摩译的波特莱尔《尸》，就被波特莱尔异样的魅力迷惑着了。他像吸上了鸦片似的，沉醉在这个魅力里，为了要认识波特莱尔的真面目，他就下了决心读法文。几年以后，他传染到了波特莱尔的歇斯特里的病症，而作出了暧昧、朦胧呻吟的诗来。在《笔会》上读了陈敬容先生译的波特莱尔的《盲人》和他创作的《新世纪的旋舞》之后，也感觉到了陈敬容先生有波特莱尔同样的病症的现象，对于陈敬容先生的诗，我读得很少，仅仅是《新世纪的旋舞》，自然不敢断定有着很深的歇斯特里的情绪。但近于朦胧、暧昧的象征主义的形式是可以断言的。

现在，我就从波特莱尔的《盲人》和陈敬容先生的《新世纪的旋舞》来谈谈罢！

波特莱尔的《盲人》，纯粹是歇斯特里的情绪的。波特莱尔说：那些盲人像可怕的模型，滑稽、可怖、奇异，像梦呓者闪视着人家看不见的幽暗的眼珠。他们望着远方，但从没有朝着石路，只是"做梦似的垂着沉重的头颅"。这已经画了一个悲哀失望的轮廓，结果诗人终究发出了对于人生渺茫的疑问："他们找寻什么呢！这些盲人？"这首诗能够给予读者的是什么就可想而知了。以诗的艺术价值来论，以表现丑恶为诗艺术理想的美的标准来论，刻画得深刻细腻到了炉火纯青的地步。但这些境界必为健康的读者所不了解的。但是，会有人爱着这十四行诗。因为，它谨严的形式，锤炼的诗句，幻惑的境界，闪烁着神秘的艺术的光辉，哲理般的深沉，和毒蛇似的美丽的花纹。本来有着形式和节的美的波特莱尔十四行，非译文能够表现出来的,然《盲人》一诗仍有着异样的感染力,就可想而知,波特莱尔原诗的美丽。

至于《新世纪的旋舞》呢,我读了几遍,实在读不出一个要领来,我给予这首诗的理解力实在是要比给予《盲人》为多。而这首诗给予我的感应就实在是比《盲人》给予我的为少。《新世纪的旋舞》是象征大时代的变动么?作为一个"观众"的我,也"听"了,也"瞧"了。听到的是"弥漫了汹涌的海"的不懂的"音乐",看到的是神妙的"白的,蓝的,紫的波浪"和"伟大的舞台"上的一切。从"舞台"上的"音乐"和"波浪"起,到"诗人唱春"止,我实在不了解诗人的用意,从"海愤怒"起到末尾,我认识了诗人的用意是积极的。

> 谁是最先一个来
> 穿越过世纪
> 而最后一个死去

这个"谁"如果是不错的话,应该指的是创造世界的地之子民。诗人为什么不直接地说出是地之子民,而要读者像猜谜语一样去猜呢?猜谜语的手法,并不是象征,是一种游戏。固然,诗是表现,而不是说明,但诗的表现是以极真挚的情绪为基础,而不是矫揉造作,故弄玄虚,愚弄读者的感情的。"地之子民"并不是庸俗得不可以入诗。谁创造世界,谁就胜利,不是比猜谜语式的手法要有效果得多吗?在这儿我不过举个表现方法的例子,并无强迫非这样表现不可的。

最后,"世纪"像翻了一个身,革命成功了,诗人请"观众"看"金色的阳光照着一片新绿"。作者的企图是好的,在一场混乱之后,出现了光明。我们自不能用公式主义、尾巴主义、客观主义这一串新的名词来苛责作者。然而,暧昧、难懂、断续的呓语,却已经把读者的情绪弄得七零八落,啼笑皆非,实在是使读者感不到诗中所显示的新世纪来临应有的欢欣。因为,读者的希望又被"世纪的眼泪"所模糊而看不见了。

我们从《新世纪的旋舞》一诗中,可以了解作者是企图用象征的手法来表现旧世纪的崩溃和新世纪的诞生。但作者并没有了解象征主义的真义,没有学习到象征主义写作的手法。象征主义的作品绝不是新奇的词汇和自造些新奇的名词来连缀在诗中,而是意象地把感觉表现出来。布洛克表现俄国革命的现实的诗作《十二个》是用象征手法写的,但给予读者的印象,决不晦暗。而是像整齐的坚决的步伐一样，一步一步地打入读者的心坎。就拿波特莱尔的《盲人》来说罢！《盲人》所给予读者的印象是整个的，有具体的形象呈现在读者的眼前。读了《盲人》，读者就看见了的确可怕的奇异的形体，感到了生之不可捉摸的渺茫。它是一件浑圆的结晶，是一个具有实感的立体。而《新世纪的旋舞》这个题目就使读者无从想象，是一个挟空的、虚无的存在。

我们对于《新世纪的旋舞》作一个什么结论呢？就是陈敬容先生还没有模仿到波特莱尔的长处，也没有模仿到波特莱尔的短处。因为，波特莱尔在艺术上是完整的，在情绪上是深刻的歇斯特里的。艺术上的完整性是长处，深刻的歇斯特里的情绪是短处，《新世纪的旋舞》既无艺术上的完整性，又无情绪上的歇斯特里的深刻性。这一点作者有意地避免，至少在《新世纪的旋舞》里是这样。那么，这首诗就不是象征诗了么？是的，在中国读者心里，凡是用字比较新奇的，朦胧的，暧昧的，看不懂的都是象征诗。《新世纪的旋舞》归于象征诗一类，自然是不足为奇的了。但象征主义是有着歇斯特里的情绪的深刻性，是有着满天的"希望之星"的中国现实无法给予的。因为：没有由来。没有由来，就没有思想的基础，没有思想基础的情绪，是浅薄的没有深刻性的存在。如果，作者偏要在有"希望之星"的下面以一种自杀的情绪去培养歇斯特里的情绪，就产生了中国读者所认为的象征诗。心尽管是健康的，而脸色却是可怕的苍白这种人，也算是一种病态，也属于歇斯特里一类型。不过是一种变症罢了！

在中国的诗坛上纯粹歇斯特里的诗人曾经有过一些，什么颓废派，感伤主义，意象抒情等。那是在革命低潮的时候，没落的小布尔乔亚、意识薄弱的智识分子受不着逆流的冲击，就紧缩在蜗牛壳里孤芳自赏。但伟大的民族解放战争把这些人又卷入大时代的浪潮里面去。炮火和吼声掩盖了微弱的呓语和呻吟。人民所听到的全是争自由的富有生命力量的呐喊！抗战胜利以后，诗坛上又有所谓象征诗。就是变态的歇斯特里的情绪的发生。我们认为在目前的中国，伟大的现实还不能引导诗人去坦白唱出他真挚的歌么？还矫揉造作来愚弄读者的情感。实在是诗人走错了诗应有的健康的道路。走错诗的道路的是浅薄的歇斯特里的情绪在作祟。如果，陈敬容先生要改正走错了的路道，就首先要防御歇斯特里的情绪的传染，而消灭已经受了传染的、变态的歇斯特里的情绪。因为，在目前诗文学这个园地，也是讲卫生的，随时都在防御霍乱的侵入，歇斯特里的情绪和霍乱有同样的危险性，不如趁早消毒为妙。否则，无情的现实会替诗人消灭所有的毒菌的。这是我对于爱好诗艺术的陈敬容先生一个极真诚的告白。消灭歇斯特里的情绪，从蜗牛壳里走出来。不要再吟咏自己狭小的范围，去唱出胜利后还辗转在战火当中的人民的苦难。

一九四七，二，一日湖州脱稿

动荡中的台湾

——台湾印象回忆[①]

台湾最近发生了"二二八"惨案,不禁使我回忆起对重回祖国怀抱的台湾的印象了。

在抗战开始那一年,台湾独立运动团体曾经发表宣言,响应祖国的抗战。当时我在上海写了一首诗,是鼓励台湾同胞独立运动的,最后两句是:

美丽的岛屿,被奴化的台湾;
祖国的抗战,会粉碎你们四十三个铁环!

在开罗会议决定台湾重归我国时,我满心喜欢我寄予台湾的希望,就要兑现了。自胜利以后,我就由厦门到台湾去。我想看看他别离祖国五十一年的面貌。

从厦门到澎湖

胜利后,厦门到台湾的交通尚未畅通,我就同台湾革命领袖李友邦先生,搭他所领导的义勇总队的船去台湾了。由厦门去台湾是要经过澎湖的,李友邦先生为要视察他青年团的团务,就决定在澎湖耽搁一天。

澎湖是许多小岛组合而成,最大的是马公岛。澎湖的接收委员会、海军要港都在此地。接收委员会的主任委员陈某,和几个年青的同事,在努力复原工作。他们向我诉说复原计划和建设澎湖的复原工作。他们的热忱和苦干的精神,很使人感动。澎湖是一个毫无出产的贫瘠之地,粮食方面,只能出产少量的番薯,至于米还是要台湾本岛的供给。他们的复原计划,就是使澎湖贫苦的渔民,如何吃得饱,如何安居乐业。

在我理想中的澎湖,虽不繁华,至少是一个热闹的码头。其实不然,澎湖除作为日本的战略据点外,实在没有生产上的重大的价值。澎湖终年是风,因此房屋很低,连树木也长不高。几条满是灰尘的街道,看见街上

[①] 原载 1947 年 3 月 16 日《联合日报晚刊》第三版。

的居民，和一些错落的日本房屋，俨然是刚刚从事开发的荒岛。在澎湖，虽然看不出日本重大的建设，而全岛的交通，却是非常便利。有几个比较大的岛，和马公岛都有公路连接着。

欢欣变做愤怒

离开了澎湖，第二天下午五点钟就进高雄港了。港口是很狭小的，港口和港内满是盟机炸沉的日本船，码头和码头附近的建筑，被炸得不成样子。高雄本来是台湾靠南的最大都市，其繁华不亚于台北。盟机炸毁了高雄的建筑十分之八九，高雄的精华，就完全付之一炬，但是，在高雄的大街上，红红绿绿的灯光，华丽的咖啡店，有普罗意味的跳舞厅，都还可以看出高雄繁华的踪迹。朋友给我介绍了许多台湾朋友，他们见我是祖国来的，都热诚地欢迎我，请我喝酒，要我解答关于祖国、关于台湾今后的种种问题。我的答复很使他们满意。他们认为台湾重回祖国怀抱以后，台胞会安居乐业，建设新的台湾了。他们过度的热忱和希望，使我感到非常感动。

李友邦先生因公事去台北，我则为访友和观光，就去台南了。台南和高雄比较起来，是荣耀整齐得多，而居民的生活也很安静。在台南，我认识了许多医生，我为了想在台湾做一点文化上的事情，带了许多书报去。我把这些书报分给他们，他们对这些书报很是宝贵。台胞智识水准较高，年纪较大的人，都略懂汉文。台南有一位医生叫庄孟候，就对汉文修养很深，能作旧诗，对于中国新文学家的作品，读得不少。那位医生，并到过上海、汉口、广州等地，说得一口流利的北平话，谈起天来很幽默。

他懂得中国许多问题，他对于在台湾的政府，从没有抱过乐观。我想，这就是他彻底认识了问题的根本，他不肯盲目地信任在台湾的政府。他说，台湾人不管什么党，什么派，台湾人尽了义务，就要享受权利。他有许多写旧诗的朋友，他们的诗作，全是针对时弊而发。对接收大员的贪污和笑话，给予极辛辣的讽刺；对倒行逆施的政治，给以无情的抨击。他们把这些诗用油印印出来，送给许多友人传观。我曾看到了许多，可惜当时没有抄下来，现在也不记得了。但其中有一句给我的印象最深，他说：台湾人民的愤怒，终有一天会爆发出来。在今天，真的爆发出来了！

热情变做失望

台南还有一个妇女领袖，她年纪四十余岁了，坦白，至诚，处处流露出爱祖国、爱台湾的热情。她说：当政府军队和陈长官来接收台湾的时候，台湾全岛的人民，可以说是发狂了。但还不到四月，就使人失望。欢迎的三部曲，第一是热烈欢迎，第二，是平平，第三，就是失望了。有一天她请我吃饭，还请了许多陪客。她问我陈仪究竟是怎样的人。许多姊妹们的眼睛都盯着我解答这个与台湾有着极密切关系的问题。我只能安慰她们说：政府关于接收台湾的人选，曾郑重考虑过。台湾是一片干净土，不要把中国政治的怪风气带到台湾来。治理台湾的人选有三个人的呼声最高，一个是陈仪，一个是孙科，一个是吴铁城。结果政府还是决定了陈仪。因为陈长官有下列三个条件：第一，他是日本留学生，对日本问题有研究。第二，他做过福建省府主席多年，台湾和福建省有着极密切的关系，许多台湾同胞，都是闽南人，现在台胞所讲的都是闽南话。第三，他一向就对台湾问题感兴趣。他有政策，有气魄和决心，而且有干部，他应该可以把新台湾建设起来的。但她们接着对我说：你应该看到台湾的情形弄得这么糟，米粮贵了，工人失业了，在日本统治的时代，从没有小偷、盗贼，现在小偷和盗贼都出现了。工厂不开工，秩序也很混乱，物价比在接收以前，涨了几倍了。你看，令台胞痛心不痛心？我只好说，一个政策的实现，是需要经过比较长的时间的，你们要忍耐。当我还没有离开台南，政策的错误，官吏腐败的情形，就一天一天地更加暴露了。贪污几千万元台币的案子发生了，市长勾结豪绅刮削的现象出来了，专卖局、贸易局的大舞弊案，在报纸上公开发表了。台胞不但觉得我的话是欺他们的，就是我自己也何尝不是在欺骗自己呢！因为，我实在不愿对怀着满心希望的台湾人民头上淋一盆冷水。

陈仪在台湾

陈仪对于台湾感到兴趣，是台湾财富的诱惑。他的政策，就是恐怖；他的气魄，就是独裁；他的决心，就是压迫；他的干部，就是剥削地皮的干部。

有些台胞问我陈仪弄得这样糟，中央为什么不另外派一个人来呢？我说：换哪一个来呢？对台湾的政策不改变，什么人来，也是没有办法的。

到过台湾的人，就感觉到台湾一切都是特殊化的。陈仪就成了独揽军政大权、实行独裁的小国王。去接台湾的大小官吏，就是特权阶级。他们看不起台湾人，仍把他们当殖民地的奴隶看待。台湾人民在经济上政治上都说不上有平等待遇，有一个帝国大学毕业的台湾人，想做一个中学校长，也不可能。

对于台湾的真心话,我只能对那些写讽刺诗的台湾朋友说出来。一个台南的人民领袖开玩笑似的向我说:我们不欢迎贪官污吏,我们欢迎你这种干文化工作的人。如果,台胞到了忍无可忍,暴动的时候,你就住在我家里来,他们不会伤害你的。这句话,使我很受感动。我自己也想不到,当台湾人民奋发的时候,我已离开台湾快半年了。

在台南住得比较长久,我很欣幸,有一个机会到台南乡下去看看农民生活和乡村的教育。我是同台南县教育科长杨毅先生一同去的,杨先生是一个青年教育工作者,由于他的才智、热诚,以及流利的台湾话,许多服务数十年的小学校长和教师服膺他。台湾的农村算来还是康乐的。不过这种康乐,由于政治的腐败、工业的停顿,是在走下坡路。许多农民都感到了这情形的严重,在欢乐的外表上,包裹着一个沉重的心,台湾的小学教育是很发达的,我参观了差不多六十余个小学校,校舍比内地的中学还宽大讲究。每一所学校,学生都是二三千人,至少也是一千人以上,这个数目很使我们吃惊。日本人对于台湾的教育,在原则上,不求提高,只求普及。唯恐台胞不识字,又唯恐台胞有高深的学问。没有受过教育的人,不能成为现代化的工具,受教育太高的,有革命的危险,日本人的"苦心",可见一斑了。

伤心的台湾人

其后,我到过嘉义、台中、台北,对于台胞关于生活方面的印象,除台北比较趋向奢侈外,其余地方的人民,大多是刻苦耐劳,勤俭朴实。台胞的生活,本来是困难的。自接收以后,他们困苦的情形,就日甚一日。一个到台湾较早的军人对我说:初来台湾的时候,还可以看到台湾的康乐气象,现在这种气象,完全被接收风荡尽了。是的,我们不论在街上,在市场上所看见的人民,都是褴褛的,毫不讲究衣着。男的,就是一双木屐,一条短裤,一件衬衣;女的,就是一件上装,一个围裙,一双木屐。自行车非常普遍,商人大小都有一架。台胞对于西装笔挺的内地人,最初大都投以羡慕的眼光;继后,就改成鄙视的眼光了。因为,这些西装笔挺的人,不是贪污的官吏,便是来台湾发财的冒险家。在台北许多商店公司,都是官吏和内地商人合资的,大小官吏都忙于做生意,到北投去玩女人,到酒馆宴会,到跳舞场交际。"昏天黑地""花天酒地"得不亦乐乎,对于应尽的职责,全忘了。所以台湾人民说:"打走了一条狗,来了一条猪,狗还可以看家，猪吃了又睡，睡了又吃！"自接收以后，台湾长官公署教育处编了一种国语课本，第一章题目是《台湾人》："我是台湾人，你是台湾人，他是台湾人，我们大家都是台湾人。"而台湾人民都把它改成下列的句子："饿死台湾人，捏死台湾人，打死台湾人，我们大家毒死台湾人！"我们从这些话看来，台湾省政府已经把台胞和内地人的隔膜弄得愈加深了。这隔膜的加深，是错误的政策造成的。我在《伟大的响应》一诗中说："祖国的抗战，会粉碎你们四十三个铁环！"加上抗战八年，应该是五十一个铁环了，想不到台湾回到祖国的怀抱以后，又多增加了两个铁环呢！

那个荷兰人称为美丽的福尔摩莎啊，不幸又滚到血泊中去！我怀念台湾，我祝福台湾把最后两个铁环挣断！让自由的民主的祖国，来同合作建设新台湾。

怀念波兰罗德薇[①]

罗德薇（My Rodevith）小姐是我由桂林到重庆的途中认识她的，那是在一九三九年的春天。

那时候谁都知道桂林到重庆是一条艰险的长途，而且是不容易获得一个车位，我在桂林等了两个月之久，算是等候到车了，政治部由桂林去重庆载运物资的卡车。有三部车同时出发，乘车的，有阳朔和力扬兄，并有政工人员、演剧队员、司机家属，除此而外，还有一个令人注意的就是波兰罗德薇小姐。

在桂林动身的前一天，冯乃超先生告诉我，有一位波兰小姐搭我们的车到重庆去，希望我能够照料一下。

冯乃超先生是受人之托，并不认识她，无从给我介绍，在车子出发之前，我知道这位小姐是和我同车的。

政治部管理车子的人，因我负有任务去重庆，特别优待我，把我的座位安置在司机旁边，而这位波兰小姐倒和演剧队员挤在装满卷筒报纸的车中。人太多的缘故，极难坐得安稳，因此，车在出发的当天就闯了一个小祸。

快要到柳州的时候，车的速率过快，加之载量过重，在过桥下坡时，车身震动过大，把车门的开关震脱了，一个攀附在车门口的演剧队员立刻连人带被卷滚出车外，司机尚不知道出了意外，车照样行驶，直到后面的人齐声呐喊，车才停下来，但我们和被摔在车外的人相距已有半里之遥了！

不幸中之幸，被摔在车外的人受了一点微伤，波兰小姐很热诚地为受伤者包扎伤口，她显然是为受伤的将士服务过，绷带药棉药水都是齐全的，她纯熟的动作，证明她对救护是有相当经验。同车的人对她好像都表示着好感。

为安全计，我把前面安适的座位让给受伤者了，我便坐在那个受伤者曾经受过危险的地方。而波兰小姐就坐在我的旁边。

车重新开驰，速率显然慢了许多，然而坐在后边的我们，对于车身的震动确是有些伤脑筋。波兰小姐看见我在挣扎，忍不着地笑了。

[①] 原载1949年《台旅月刊》第1卷第2期。

"Êtes-vous Polonaise?"我用法语问。

"Non, je suis chinoise."她回答。

她眼睛盯着我，看我有些惊异，笑了一笑之后，就用中国话向我解释，她原籍波兰现在加入中国籍了。

我更惊异她说得一口流利的中国话，我讲法语是还不及讲中国话那样便利，而这位波兰小姐好像以能讲中国话为荣似的，于是我们就用中国话谈起来。

"你什么大名?"我问她，她用钢笔在纸上写了"罗德薇"三字，她说她的原名是 My Rodevith。

"你来中国很久了吗?"

"三年。"

"你到过中国很多地方吗?"

"到过山东、济南、青岛、上海、南京、长沙，我在济南和长沙住得比较长久。"听了她的话我才领悟她的话有些带山东口音的原因。

我们在路上欣赏着广西的山水，她把平原上那峋嶙的岩石，比成古罗马的废墟。

我问她中国抗战能不能胜利，她向我表示，她对于中国抗战的胜利抱了极大的信心；她从各方面给予证明她的说法是对的。她说她爱中国，如同爱波兰一样；这不仅是一种热情和内心的倾向而已，已经付诸行动了。她是陆军大学的德文教授，当陆军大学在长沙时，她常常利用课余的时间为抗战服务，她参加过长沙妇女慰劳队，创办难民工厂，她把脚抬起来向我说，她脚上穿的那双草鞋，就是她所办的难民工厂出品之一。

她毫不拘束地同我谈，谈话的范围是如是地广泛，由抗战谈到文学和艺术，在这许多有趣味的谈话中，我们忘记旅途的寂寞和痛苦，我们都感觉着愉快，有一种新奇的力量在鼓舞我们，使我们的谈话感觉着兴趣。

她到过许多国家，在波兰华沙她进的是法国大学，毕业以后她去巴黎。住了两年，就到苏联去了，其后到德国，不久就到中国来，她到过五个国家，懂得五国语言，我问她多少岁，她说二十五岁，我很惊异她如是年青，就学得了这许多语言，恐怕是由于用脑过度和经过了太多风尘的日子，她的相貌比她实际年龄要苍老，而她的天真仍和少女一样。她是勤于工作的人，她说，工作才能使她健康，不工作，就要生病。

有一天她在旅馆告诉我，说她有个理想：就是她将她的一切力量贡献给中国，中国抗战成功，如果中国政府认为她有功于抗战，她希望中国政府送她到美国去读书。

车到了贵州的境界,途程便险恶了,每当车爬山的时候,我们总是相互挽着臂膀,车门外就是千尺以上的悬崖,她看着不由地睁大眼睛,伸着舌头,过了险之后她会说"乖乖侬底东"。显然表明她把中国的土话都学会了。

贵阳是我们途程中首先到的一个大城市,为了消散数日的劳顿,修理车子,领队的人宣布在贵阳休息三天,她快活得像鸟儿一样,当我们一大队人第一次进四川馆子吃饭时,她表现了四川人和贵州人的特色,她把一碗白饭用熟油辣子染红,很快活地吃下,使同桌的人惊异,使我这位四川人逊色。

我陪她到贵阳红十字会去会她的美国朋友,然而,没有会着,在路上碰到了一个挂着少将领章的军人,很热诚地招呼她:"罗先生,罗先生。"她为我介绍,说是她的学生,在陆大参谋班。那位学生要请这位老师吃午饭,老师谢绝了,她说宁可同我在小馆子里去吃辣椒油拌包子。

贵阳时常落雨,雨天我们就在旅馆讲笑话,谈天,甚至打架,她虽然瘦削,但很有力气。

她的眼睛是灰蓝色的,头发是深棕色的,经常穿着一件毛质草绿色衬衣和同样色泽的围裙,她的头发很短,有一天我向她开玩笑似的说,我不喜欢女子蓄短发。她立刻拿出加入中国籍的证书,因为那上面有一张相片,是长发的。我看了连声说:"So beaut!"她又立刻打开箱子翻出一大批她过去的照片,从小孩时候到最近的相片,全部拿给我看。同她家人照的,伴着羊群,带着猎犬照的,她告诉我说:她有两条狼种狗,她非常喜欢,可惜死了一条,当爱犬死时,她曾经洒过泪,一条在离开长沙时送给朋友了。

车到了乌江,乌江是黑波滚滚的一条大河,无桥,人车渡河,均得候渡,我们的车是下午五点钟到,眼看有二三十部汽车,都在等候过渡,知道今天我们是没有希望过江了。领车的人宣布,今晚就地投宿。我们大队人马便各自寻找自己的住处,罗德薇便提着她的行囊,同我找住宿去,乌江渡口,并无旅舍,而仅有的一个像样的餐馆,均被司机们用高价订了!我同罗德薇只得到民家去想办法,刚刚找到一块可以容身之处,一个演剧队员飞跑来通知我们,他们找到了一个大楼,可以容纳我们全部人员。于是我们全部都住在那个堆满稻草的楼上,队员们把稻草打扫干净之后,这个楼就成为我们临时的宿舍了。我们买了几支蜡烛插在地板的中央,大家心头都充满了欢喜。有人提议,举行一个临时晚会,由提议的人首先表演一个节目,有人唱歌,有人讲笑话,轮到罗德薇表演时,大家都很注意她,她说她跳舞,她赤着足在灰色的车毡上跳起舞来,而且还唱了一个美国的流行歌，她的态度像一个天真的小姑娘。大家为她的活泼发狂地鼓掌，说再来一个。轮到我，我就唱了几句四川戏，我根本不会唱戏，我只零琐地唱了几句，开头一句就是"见得个乌鸦儿对对飞"，以后罗德薇见着我就学我"乌鸦儿对对飞"。

这一个晚会之后，同车的人都很喜欢接近她。她非常愉快。车到了重庆大家分手时，都有些依依不舍，许多人要求她告诉重庆的住址，她用她的名片——写了地址，她的中国字实在不像一个外国人写的。

她到重庆是做某要人的英文秘书，房子早已给她准备好了。我记得好像是在枣子岚垭附近。

可惜，我们到重庆正逢五四大轰炸之后，每天都忙于逃警报。真苦，我一有暇，就去罗德薇那里学习法文，常常同她去生生花园晚餐，因为她对于四川辣椒太喜欢了。

有天晚上敌机轰炸重庆了，大梁子中正路被轰炸了，人民死伤很多。我同了几个同学到大梁子去看灾区，我想走进青年会去看看，忽然一个人挡着我不要我进去，我抬头一看，才知道就是罗德薇，她急忙地取下口罩告诉我，不要进去，她说里面都是受伤的人，气味很难闻，原来她正同救护队在救护那些受难者。她的热诚真使我感动。

到重庆未及一个月，她胖了，面颊丰满，头发也蓄长了，间或也穿着漂亮的西装，好像恢复了从前的美丽。但我从没有看见她穿高跟鞋，她总是穿着草鞋，不过是红色的线织成的草鞋。

有一天刚刚敌机轰炸之后，我去看她，她正在屋里，我向她说："敌机轰炸的时候，我很担心你的安全，把这个漂亮的人儿炸死了，在哪里去找？"她笑着用力打我。

因为她是某要人的英文秘书的缘故，拜访她的人很多，每天都有人送她鲜花和糖果，她把那些人的名片拿给我看，都是重庆二三流要人。

有一天在她家里，遇见一个美国记者来访她，她为我介绍，她向记者说，我是中国的军官。因为，我由桂林到重庆都是穿的军服，独有那天穿的是西装。

她告诉我说，她要用英文写一部书名为《我在中国》。我说出版后我把它译成中文。

她住的地方是民间的屋子，在楼上，她告诉我说，楼下每天有人搓麻将，当抗战如此紧张，每天打牌是不应该的，你们中国的家庭主妇实在缺乏爱国心。

她告诉我，她有许多中国朋友，音乐家刘良模，文化人杜仲远，她说，杜仲远快要到新疆去了，盛世才要他去办《新疆日报》，她把她和杜仲远及其他许多友人合摄的照片给我看。她说，这些都是她的好朋友。

相处两个月，我们的友谊是更趋密切了，然而，当我负命到另外一个地方回来时，再去看她，她已经离开重庆了，据她的佣人说，她坐飞机到香港，两个礼拜回来，可惜我没有等到她回重庆时，我又负命去浙江，到浙江后曾去函重庆探知消息，却无音讯。回忆由桂林去重庆的途中，真觉得人生不可思议，我的脑中随时移动着她的影子。当希特勒的铁蹄踏遍波兰国土的时候，我想起波兰的爱国英雄毕苏斯尔基①。罗德薇，这位毕苏斯尔基的女儿知道她的故国受难的消息时，是会哭泣的。在一九四〇年，正当华沙被纳粹占领的时候，我为她写了一首诗，表示我对她有着深深的怀念。

毕苏斯尔基的女儿啊
辛苦的流浪已经十年了
你从不曾忘记你的故国
当你未来到中国光辉的战都
当毕苏斯尔基的土地上
还未留着毕苏斯尔基儿子的血液
我在你异国热烈的言语里
看见你眷恋故国的热情
在你少女般蓝色的眼里
看见你的怀乡病

毕苏斯尔基的女儿啊
你可记得在异国流浪的那些伤感的时间
当你离开美丽的故土
把青春的梦带到塞纳河畔
在有欢乐与悲哀浮游着的
耿耿夜空笼照着的水波上
你呀！在做着孤寂而静默的梦
梦里荡漾着想念故国的泪花
梦里荡漾着神秘的热和光

---

① 现通译为"毕苏斯基"。

那时候呀！你的头发卷曲得像美丽的藤萝
你的心呀！也忧郁得像纠葛的藤萝啊
然而，你的悲哀是隐藏在迷离的欢笑中了
你笑着，舞着，像一只云雀唱着歌
就这样欢欣去到歌德和尼采的故乡
浮泛于海涅赞美过的莱茵河上
你又驰过像你皮肤一样白的雪
度过北方大草原的黑夜

毕苏斯尔基的女儿啊
你的脸有莱茵河上的月亮一般洁美
你的头发里发出大草原的香味
你的皮肤是雪一样的白
你的血液里有劳动者和强者的血液

毕苏斯尔基的女儿啊
如今，你来到东方魅人的国
你仍然带着在故国时美丽的青春
可是，你的眸子已经有些灰暗
这是沉静啊，里面映着生活的远景
遗弃凋残的花朵一样你遗弃了抑郁
参加了中国儿女的营阵
高唱着次殖民地青年的战歌

毕苏斯尔基的女儿啊
你离开你的故国已经十年了
现在毕苏斯尔基的土地已成了废墟
不知你如今流浪在哪里？
假如，你仍参加在反侵略的阵营中
我希望最近能够得到你好的消息

这首诗的写成，已经九年了！纳粹德国早已毁灭，波兰亦已复兴，中国抗战已得最后胜利，毕苏斯尔基的女儿啊！你究竟到哪里去了呢？

王平陵集外文

范桂真 辑校

一、戏剧电影类

回国以后（独幕剧）[①]

时节，初夏。地点，上海。
剧中人：
林秋萍（女学生）
陈明道（留学生）
林太太（秋萍之母）
沈家驹（资本家的儿子）
翠凤（秋萍之婢）

（布景）
　　一个陈设精致的小小家园里，有六角形的松亭，石砌的方池，正是四月初夏的早晨，嫩绿的荷叶贴在水面或擎杆摇摆，六角亭的左侧通着一条曲径，路旁都是些带有夏意的绿树，密密地丛生，曲径的尽处是一座都是碧绿色翡翠色的大理石搭架起来的亭子，中间摆着几张古雅的松凳，围绕着一个四方形的石台，望上去充满着夏初清和的风趣。

　　林秋萍早晨起来，梳洗完毕，握着一本新诗集独自一人坐在石凳上低声吟诵，忽而凝神地默想，好像蕴藏着无限的思虑，不自知地在眉梢眼角里表现出来。

[①] 原载1929年5月1日上海《妇女杂志》第15卷第5期。

翠凤：（很匆忙地走进来，骤然唤喊）小姐！已经是进朝膳的时候了。

　　秋萍：（吃着一惊，徐徐把诗集搁起回答道）我今天朝晨起来，在园子里觉得很舒服，好像已经吸够了清鲜的空气，用不着再进什么牛奶饼干了。

　　翠凤：（急迫地说）请小姐快些去吧！太太在那里等着心焦呢！

　　秋萍：（含着怒意）翠凤，别多扰，我宁在这里多吸一点空气。

　　翠凤：小姐！你傻了！空气哪里可以充饥！那么，穷的人只需呼吸空气就够了，不要去向人家讨饭了；连我也不要跟着小姐，服侍小姐了。（言时，面上涌现着笑涡，随走随说，行近到小姐的身旁。）

　　秋萍：（又握着新诗集吟诵；停了半晌，忽然站立起来说）唔！你怎到这里来，打断我的诗兴，快走！

　　翠凤：（哀怨地说）小姐，不要太用功了。太太说，用了朝膳，要到北四川路姨丈家里碰和去，所以等着你很着急，她并且还有许多话要嘱咐你哩！

　　秋萍：（很惊奇地问）有话嘱咐我吗？什么话？

　　翠凤：（将信将疑地回答）我不知道，我好像听闻太太说，那沈家的少爷今天要接你回去了，嘱咐你早些预备预备。

　　（秋萍听到这句话骤然吃了一惊，忙把新诗集丢去，沉思半晌；旋取出怀中的信函，仔细研究；屈指计数日子，询问她的婢女。）

　　秋萍：翠凤！今天是什么日子了？

　　翠凤：阳历我记不清楚，今天已经是阴历的四月二十一了。

　　秋萍：（迟疑不决，面上现着十分不安的态度）翠凤！太太已用过朝膳没有？

　　翠凤：没有，她等着你呢！

　　秋萍：那么，你先去吧！说小姐今天已经用过朝膳了。（说完了话，翠凤去了，伊仍旧把新诗集随意翻阅，继又叹息，表示十分烦闷的神气。）

　　翠凤：是！小姐！

　　秋萍：（一个人默默地自言自语）这个，怎么办呢！前天接着他的密电还说从檀香山动身，怎么昨天夜里打电话来，说已到了上海，今天十点钟准来看我……如何是好呢？（沉思）唔……究竟还是见他一面的好……赶快去打电话吧！

　　（秋萍到花园六角亭内的电话机侧，电话沈家驹，说：喂！你是谁？三少爷吗？我今天身体不舒服，夜间不能熟睡，请你缓几天来接我吧！）

　　秋萍：（打完了电话，仍旧坐在原来的地方，没精打采地对着池荷出神。忽然感慨道）咳！人生的玩意儿，原来不过如此！

林太太：（因为秋萍不来，她亲自到花园里来了，刚到园门，听到伊的叹声，很惊诧地问道）秋萍，青年人，要叹什么穷气！我看到你近几日来，生活颇有点反常。圆圆的面庞也一天天消瘦了。（言毕噢噢地笑着。）

秋萍：（听得母亲的话立即起迎）母亲！我很好，没有叹穷气。

林太太：年轻人都是这样，离久了，倒没有什么；初别的几天，总有点像遗失了什么似的。好在沈三姑爷今天就要来接你回去了！赶快去预备预备呢！

秋萍：母亲今天到北四川路姨丈家里去吗？

林太太：是！今天是你姨丈的生日，我本想伴你去的，因为三姑爷今天要来，我不能耽误你们；但又不能不替你姨丈闹热闹热。所以我打算停一会儿就去了。你赶快去预备预备呢！

秋萍：母亲到姨家去，家中无人照料，爸爸昨夜又没有归来！我打算缓几天回去，已经电话三少爷了。

林太太：（听到她女儿的话，愤懑地说）好孩子！你们年青的人，都很规矩，倒是越老越靠不住！你的父亲昨夜被王老板邀得去，到此刻还没有归来，这个老糊涂，又不晓得看中着哪一位姑娘了。年纪老的人，真真该死！

秋萍：我想爸爸绝不至于做出这样糊涂的事！我看他平常规行矩步，活像一个道学先生。

林太太：（表示经验很深的神气）秋萍，你真是一个阅世未深的小孩子呢！你哪里知道道学先生在背后的行为呵！现在一般鬼头鬼脑阴恶险诈的人，表面上谁不是高高悬起一块道学先生的招牌呢！

翠凤：太太！请坐一会儿。你看花园里的花正怒放着呢！柳条儿也弯着腰儿欢迎太太。

林太太：（听着翠凤的话，漫步走到秋萍原来的地方坐下，翠凤侍左，秋萍侍右。忽然观见石台上一本花花绿绿的小册子，便惊问道）秋萍，这是谁的画谱？

秋萍：（声调很幽婉）母亲！这是冰心女士作的《繁星》，一本最有名的新诗集。

林太太：哎！什么诗歌、小说，都是噜噜苏苏的，说些无用的废话，你们女孩子们读它做甚！

秋萍：母亲！诗歌里充满着幽美的情调、谐和的音节，真是一味消忧排闷的圣药。

林太太：哈哈！好孩子，那沈家姑爷待你很不差，住的是洋房，吃的是佳肴，穿的是顶时髦的衣服，还有什么苦痛要利用无聊的诗歌小说来排遣呢！

秋萍：母亲！人类最苦痛的，是神经错乱，灵魂带着伤痕。

林太太：好了！又要牵涉到什么高深的问题了，这许多话，你还是不要常常挂在嘴上的好！（说完了话，听得门铃响了。）

翠凤：太太！门铃响了！怕是沈少爷来吧？

林太太：赶快去开门！

翠凤：太太！不是少爷，是一位着西装的，他给我一张名片。

林太太：（读名片）陈明道。……唔……是谁？秋萍你认得吗？

秋萍：（直截了当地回答）我认得的，他是我从前的老同学。

林太太：噢……噢……我真老昏了。他不是湖南陈联堂先生的大少爷吗？记得他从前常常到我们家里来玩的，似乎还有一点儿情谊。翠凤赶快请！

秋萍：（故意地说）母亲！你在这里接候他吧！我这样蓬头垢面的神气，总不能见客吧！须回去装饰装饰。（言毕秋萍姗姗地走了。）

林太太：怪要体面的女孩子！真真不得了！

翠凤：太太！客人来了！

（陈明道衣服整洁，形貌轩昂，机灵迅速，他的姿势态度，很能惹动人心。他走到花园里，便向着林太太低声和气地说）

明道：林太太！你老人家一向康健吗？

林太太：多谢你！大少爷！怎么几年不见，你倒生得格外漂亮了。怪到我们容易老！你好像几年没有来了！哎哟！我真糊涂，几乎忘记了少爷了。

明道：是！太太！我去国已经六年了。我自从和秋萍在上海学校分别以后，我就到美国去了。昨天刚刚到的。

林太太：一路辛苦了！翠凤！进茶来。

明道：幸亏天气清和，海风不作，倒没有什么！

林太太：在外国读些什么书。

明道：太太！我研究的是哲学，现在总算得着一个博士学位了。

林太太：恭喜！恭喜！真是少年英俊呵！

明道：算不了什么，哪里当得起太太的夸奖，林伯伯一向好吗？

林太太：哎，不要提起你林伯伯了！他现在专门挤在一辈世俗的队伍里，花天酒地，什么事情都不管了。你们少年人都好比初升的太阳，希望大得很，不要蹈他们老年人的覆辙呵！

明道：我愿意永远记住太太的教训。

林太太：大少爷！带些外国的消息来吗？我极喜欢知道些外国的风俗。听说外国的女孩儿们长大以后，就肩搭肩地伴着男子汉在一块儿跑，他们国里的男女婚嫁，都是孩子们自己做主，用不着做父母的替他们挂心担忧，真的吗？大少爷！

明道：（好像很熟悉的神气）林太太！外国的风俗，真真变化得快呵！何消说是青年男女在一起块儿肩搭肩地跑呢！在夏天的时候，他们在海滨裸着体沐浴，是极平凡的事；有时候在大街上或是在公园里相逢着，拥抱着接吻，他们还算是最亲爱不过的礼节呢！

林太太：哎哟！现在的世界，真搅得不成样子了，真真要天翻地覆了。阿弥陀佛！

明道：（指手画脚地说）太太！还有呢！就是他们父子之间，有时候意见不洽，动不动就怒目相向，甚至于……相待呢！

林太太：（表示异常慷慨的神气，并以手击案）唉！这个还有天理吗？我将眼看着这些人定要受最重的天讨呢！

明道：（左顾右盼，不见意中人，很惊奇地问）太太！怎么不见秋萍小姐呢？

林太太：（高呼着）秋萍！秋萍！怎么假惺忪作态！你的老同学陈明道博士回来了，快出来见礼。这个女孩子近来不知中着什么时髦病，天天朝晨起来，便执着一本花花绿绿的书，在花园里咿咿呀呀地不晓得念些什么。我常常劝她少做这些无益的事，她总是不理会我，我真气极啦！

明道：（装着安慰老太太的神气）太太！休要震怒！现在时代变了。我们决不能戴着十八世纪的老眼镜，来观察现在的时代呵！从前的女子都是深居简出，躲在闺房拈花捻线，所说是"女要藏男要眼"。现在的新女子都不是这样了，一个个都穿着蝴蝶般的衣服，出入跳舞厅，往来游云，好像得不着异性赞美，是一个不可洗雪的耻辱；而做男子的反躲在家里抚养小孩，整理房户，做菜煮饭，似乎是"男要藏女要眼"了。现在秋萍小姐欢喜模仿那些，满坑满谷的新式诗人，"的哩么呢"地哼着新诗，也正是时代使然，难怪难怪！

（林秋萍已把晓装解除，又换着一身精美不过的衣服；态度娇滴滴的使人可爱。她听见了陈明道和她母亲的谈话，骤然应声而出。）

秋萍：好了！好了！你们又要拿我做谈料了，我来隔断你们的话线呢！（回头，向着陈明道很庄敬地见礼）明道！我刚刚在书房里写回复朋友的信，失迎了，请原谅！

明道：唔！怎么几年不见，秋萍你倒很能说话呢！（哑哑地笑着）

秋萍：明道！休要见笑！我们在国内读书的，任凭你程度好到怎样，也只是一个泥塑木雕的偶像；如你们渡过太平洋的，何况额上还刻着博士的招牌；就是在外国做了几年梦，归国以后，也是一座光耀夺目的装金罗汉呢！

林太太：你们都不要客气吧！好在你们都是念过什么"爱，皮，西，提"的新学家。不懂事的女孩子，平时倒也喜欢谈谈高妙的玄理，我真不爱听，现在大少爷是研究哲学的，你们俩去谈谈吧！（骤然高呼翠凤）翠凤！现在什么时候了？

翠凤：不晓得，我去看看来。

林太太：（没精打采地说）太阳已经照到屋檐了，大约是有时候了。

翠凤：（忙跑来）太太！刚钟敲过十一句钟。

林太太：哎哟！不早了。我要到北四川路姨丈家里去了。翠凤！快把汽车夫喊来！

翠凤：是！太太！

林太太：（起身向外走，回头对明道示歉！）大少爷！恕我失陪了。

明道：（假装要去的神气，其实正希望林太太快走，可以趁此机会对着秋萍一倾情愫）林太太请便，我也要去了。

林太太：（忙接着说）请多坐一会儿，把你在外国学来的稀奇东西讲给秋萍听。现在外国人已经这样的文明了，你们何况都是老同学，不必避什么嫌疑呢！

（林太太走了，陈明道整一整衣服，对了林秋萍呆呆地瞪了一眼，然后发言。）

明道：秋萍！我万想不到你今天还是这样的美丽！我在外国的时候，简直没有一刻不记挂着你。可恨我没有照彻万里的望远镜，可以常常看见你娇柔的容貌；我好比沉没在深底的潜蛟，期待着海面日光的照临，已经六年了。

（秋萍听着他的话不觉惭愧起来，但因为自己先失了约，只得硬着心肝决绝地说。）

秋萍：明道！你的话太感伤了。在我从前那种细弱的心，实在经受不起呵！可是现在呢，我的心泉早就枯涸了；我的情焰早被狂风吹熄了。望上去好像一片荒凉的黄沙，再也引不起什么反应来了。

（明道聆着秋萍的话，骤然受着一个严重的刺激。又变更辞气，作试探的态度问道。）

明道：秋萍！我在檀香山发给你的密电，你接着没有？

秋萍：接着的。

明道：你知道我要来吗？

秋萍：知道。

明道：我沿路巴不得快一点儿到，那船偏偏故意行得很慢。

秋萍：恭喜你学成归来，我们是落伍者了。

明道：这算不得什么！秋萍！近来还研究音乐吗？记得我刚要去国的那一年，你正跟着关先生学习凡亚铃，有一天却巧是暮春的三月，夕阳挂在山岗上，你手握着一个玲珑可爱的凡亚铃，在樱桃花下，拉着《莫斯科的回想》，那种伟大悲壮的音调，真足以使人叹息！我到了美国，常听到临近的高楼上，有一种悠扬的琴音，在轻风里袅袅地吹来，牵动我的愁思，每使我聊想到秋萍。

明道：我们已经一别六年了，你能为爱你的人重复演奏一曲吗？弹一弹别后的相思泪吗？

秋萍：（表示冷酷的态度）明道，此调久已不弹了。谢谢你的谬赞。

明道：嘻！秋萍！你未免太客气啦！我的话都是由衷之言，绝不夹杂丝毫的虚饰。我现在对于一切的一切，都好像毫无生趣，只觉得秋萍是我心中最可爱的人，虽然秋萍不爱我，可是我……

秋萍：明道，你怎么说出这样的话来，我哪里有可爱之点？（言毕，眼望着他处，好像极不安的神气）

明道：哎哟！秋萍！你的如花似玉满堆着笑容的庞儿，正在爱的火焰里燃烧着的眼球儿，你的细腻柔顺光滑可鉴的发儿，哪一种不使人爱慕，哪一件不使人甘心拜倒！秋萍！我看见了你，只是自惭形秽，拿我去比你，真仿佛是把那些砂砾、泥灰，不值钱的东西，混合在贵妇人的手提匣里，就好比把枸杞子移接在葡萄树上。（言毕，两手支膝，眼不转睛地望着）

秋萍：明道，你不要这样往下诉说吧！我实在担当不起！（微露着严肃的态度）

明道：（高兴地说）秋萍！现在已经是我们快乐的日子了。好容易把你嘱咐我的目的，完全达到！

秋萍：（很惊骇地回答）以后怎样呢？

明道：以后的责任都在你身上。

秋萍：我吗？

明道：是的！

秋萍：明道！我不能……不能负责了！

明道：一个人只要挺得起腰，吃得起苦，什么责任都负得来！

秋萍：我的前途，好像是没有希望，怎么能挺得起腰来？明道！你现在总算是很有希望了。

明道：是的，我在外国整整住了六年，夜夜跟残月、白露、凄风冷，忙着翻参考书，做博士论文，这种辛苦，真是一言难尽！我也不是吃得来苦的，好在有你，你的丽影常常对着我微笑，鼓舞着我把魔鬼恶念，驱逐干净。现在总算有点成绩了，然这都是你的功劳！

秋萍：（态度似和缓一些）不敢当，明道你晓得现在国内的情势吗？你在外国究竟学些什么？

明道：我去国的那一年刚刚是国内的新思潮蓬蓬勃勃的时代，举国的青年们都好比发疯一般地贩运欧美的主义，今天一篇马克思，明天一篇牛克司，真热闹极了！我也少不得要去研究几个主义。

秋萍：主义吗？我觉得都是陈死人的骸骨，有什么用处？（表示藐视的态度）

明道：（接着说，好像极意迁就秋萍的神气）秋萍，你真是高见远瞩，佩服极了，后来我在外国住了一二年，也知道那些不三不四的主义已经过时了。那时候我看见国内的新式出版物里，一般青年作家正忙着赶造那些"杜威说，罗素说"的刻板文章，我便立刻改学哲学了。

秋萍：明道休要见气，我觉得哲学里所讲的东西，更是无所缥渺得很！也许都是迷魂阵。什么宇宙观哪！人生观哪！讨论来讨论去，仍旧是黑漆一团！

明道：（作焦灼状）不！不是。我在美国并不是仅是研究哲学。不过你要晓得哲学是好比王母娘娘的乾坤袋，满袋都是乾坤；所以研究哲学的人能得着博士学位，几乎是无所不晓，无所不精了。

秋萍：明道，历来的哲学家都是不修边幅的穷光蛋。我们如中国庄周一般的天才，也不过靠着打草鞋吃饭，荷兰的斯宝那沙①只是一个靠磨玻璃片吃饭的人，印度的开孛只是一个靠编渔网吃饭的人，我读到他们的行传，真使我们再也不敢窥探哲学家的面庞了。（秋萍语语暗射陈明道，而发言时声调颇斩截）

明道：（极力替哲学家辩护）秋萍！你不能拿古人作比较，他们都是自命清高、甘心饿死的人。要晓得学问是无价之宝，真真到不得已的时候，也可以拿去卖钱。我有几位留美同学，学问都是不怎么样；但是他们回

---

① 现通译为"斯宾诺莎"。

国以后，办了几期"骂人报"，做了几本哲学概论科学纲要一类的书，居然名噪一时，东也请他们演说，西也拉他们讲学，现在都住起高大的洋房来了，竟常常伴着他们的爱人坐着雪亮的汽车，在马路上兜风了。秋萍！难道学问真不值钱吗？像我这样……（目斜视秋萍，以手支案，表示自鸣得意的神气）难道还对不起你……

秋萍：（骤然把话插入）话不是这样说的。虽然……不过老实对你说能！明道，我终究不愿窥探哲学家的面庞呢！

明道：秋萍！我很知道的，现在中国妇女的心理，又在那里转换了。（语气颇激昂）

秋萍：转换些什么！

明道：（假装已知道的神气）我在外国的时候，就有朋友告诉我说："现代国内艺术空气很浓厚，什么都艺术化了。"秋萍你一定又中了艺术的魔了！

秋萍：我丝毫没有。

明道：无须掩饰，我很知道一般时髦的女青年，谁都喜欢轧上那些提着书箱的朋友，一则可以表示自己是多才多艺；二则可以表示自己是潇洒风流。

秋萍：（带有讥讽的语气）明道，你大约是艺术的专家，不然绝不会说出这些内行话。

明道：秋萍，闲话少说，现在中国的画风究竟怎样了？

秋萍：我一些都不知道。但我总觉得中国所谓大名鼎鼎的画家、雕刻家，太令人佩服了，除了替妇女们发明几件不中不西的新装束外，我真没有看见什么！

（讲到这里，明道认为时髦的东西，都不是秋萍所同意，不能投合其意，忽然想起她是爱好文艺的，不觉顿足地说。）

明道：唉！我真发昏了！我不应该在你面前啰啰嗦嗦说这些废话，我真应该自己捆自己的嘴巴。刚才我到府上的时候，林太太不是说你正喜欢拿着花花绿绿的书"的，哩，么，呢"地哼着新诗吗？我为什么便疏忽了这个重要的报告！我为什么便疏忽了这个重要的报告！

秋萍：（表示默认的态度）不错！明道！我每逢烦闷的时候，是欢喜读新诗的。

明道：（忙接着说）我也是这样，新诗人的作品确实能够消忧排闷的。

秋萍：明道，我想新文艺的地位，倘若遇到大人先生们的拥护，一定还要升高！

明道：当然，各种东西，只要经过名人的品评，自然就名贵啦！

秋萍：我巴不得我是一个新诗人，可以把我心头的烦闷充分发泄发泄。

明道：秋萍！现在已经是我们发现光明的日子了，还有什么烦闷呢？我真料不到你还是这般小孩子的脾气！

秋萍：明道！人生的一个大迷，我已经识穿了。大家都在那里互相欺骗，结果还是自己骗自己的。

明道：秋萍！话不要这样说，难道社会上没有一个好人了吗？

秋萍：我从没有遇着过真真的好人。我所尝着的滋味，只有那喂小孩子的糖果，从没有吸过母亲的乳汁。

明道：（仓皇急遽地说）秋萍！你难道把我俩从前的情境，完全忘却了吗？

秋萍：（似理不理地回答）以前的事吗？我是不大明白了。

明道：秋萍！六年前我将要去国的那一天，多蒙你亲自送我，同倚在邮船的铁栏杆上对着江心明月，默默无语，只见你扑簌簌的泪珠挂在胸前，这是我以后做人最大的机会。秋萍，我真真爱你，你那句"临别赠言"我是终身忘不掉的。

秋萍：（很沉痛地说）明道，你不要再说这些吧！我实在难过！

明道：秋萍！这是你嘱咐我的，我没有一刻一秒不深印在肺腑上，我曾对着上帝发了一个誓，非取得博士的头衔，绝不来向你说话。

秋萍：明道，我好像并没有这样的嘱咐过你！

明道：秋萍，我相信你是一个聪明正直的女子，绝不会自相矛盾，显出是二重的人格。

秋萍：我只觉得是一个空虚的梦！我深深悔恨以前太不懂得人生的意义。

明道：要懂得人生的意义，主要不走向回头路。

秋萍：明道，我就恨我自己没有早些走回头路。

明道：好了，这简直是一个闷葫芦，我真真不明白了。（垂头丧气地默想）

秋萍：我的事我会觉悟，难道你的事你不会明白吗？

明道：秋萍，你千万不要使我有这样的失望！

秋萍：明道，你原不该对我有这样的奢望！

明道：秋萍，我总希望你能够做一个聪明正直不撒谎的女子。

秋萍：像你们这样为善的态度再也不如揭开了虚伪的面目，爽爽快快去作恶！

明道：秋萍，你千万不要开倒车啊。

秋萍：明道，我看到你，看到社会，看到一切，我真想索性沉沦，沉沦到地狱里去！

明道：（态度非常凄切）秋萍，照你这样说来，我的前途不是绝对没有希望了吗？（突然又想起心事，面现微微的苦笑）但是我在归途的太平洋舟中，好像观见东方有一缕鱼肚白的光明，在那欢呼地接候我，我何等的兴奋！不料骤然起了一阵怪风，把缕缕的光明完全埋葬在浓雾里去了！可是我的心仍旧迫切地期待着光明的照临。秋萍，我看见了你，好比上帝推开我智慧之门使我重新发现做人的趣味，感觉着以前种种都是错误。秋萍，我以后绝不再干那些无谓的虚荣，浪费了我的青春了！秋萍，我是一匹沙漠里长途跋涉渴想着甘泉的骆驼，愿你赏给我一杯甜蜜的圣水吧！

（陈明道神经紧张声竭而嘶，秋萍故作不理会，表示非常的冷酷。正在情感激变的时候，忽而资本家的儿子沈家驹排闼而入。秋萍即回首笑向着沈家驹以示乐意。陈明道仍旧回到原来的位置上，呆呆地坐着。）

家驹：（沈家驹穿着缎褂呢袍，戴着镶宝石的便帽，携着手杖，架着黑边框的眼镜，右手中指上有一粒戒指闪闪发光，口里衔着一支雪茄很匆忙地走进来，并没有注意到陈明道，只眼不转睛地瞪着林秋萍微笑，表示说不出的快活，不自觉地选择他最近顶得意的事情对秋萍说）秋萍，几天不见你，好似相离很久了，此次李厚飞先生写快信来邀我到香港去，是为着银行分红的事情，总算还好，约么多到二十几万，近来东搭股西搭份，运气着实不差，我想这都是发财人带来的福泽。

秋萍：少爷，我此刻真真难过，我见着你这般面团团的富家郎，真写意呀！

家驹：我又替你在那个公司预订了一副很美丽的服装了。

秋萍：（非常快慰）值多少？

家驹：（把手一扬懒洋洋地说）五百两。

秋萍：不要这样太费啊！我不愿你过分把我装扮得像贵妇人的神气。

家驹：男人们看着他所爱的女人花钱是很有趣的。秋萍，我正恨你太老实。现在我希望你不要再是乡下佬的神气。（接续说下去）我宁波路的那所住宅，虽然还不错，我仍嫌它花园太小。最近我正在预备在静安寺路空气优美的地方，购一块地皮，再造一座高巍巍的洋房，特别划出一个顶好的地方给你。

秋萍：这恐怕不容易吧？

家驹：至多不过十几万，真正平常的事情。

秋萍：我刚接有电话通知你，你可知道吗？

家驹：我听得不清楚，你又说要来好像又说不来，我到底不知怎么一回事。

秋萍：（故作疑问）我究竟什么时候回去了呢？

家驹：立刻就走！我已经坐着自备的汽车来迎接你了？

秋萍：家中没有人，我母亲到姨丈家里去了，父亲昨夜被王老板邀得去，到此刻还没有来，我想隔几天回去，你先去吧！

家驹：家里有翠凤，还有男仆，不要紧，我们立刻就去。

（陈明道着实终于忍不住了，便站起来厉声地说。）

明道：足下！等一等，不要这样心急。

（沈家驹正和秋萍谈得有劲，不觉把呆坐在旁边的陈明道忘却了，骤然听着他的愤怨的声浪，不觉也惊奇地回答道。）

家驹：你是谁？

明道：你是谁？（厉声问）

家驹：我是上海沈百万的儿子沈家驹。

明道：我是美国刚刚回来的哲学博士陈明道。

家驹：（表示蔑视的神气）噢，失迎失迎，你原来就是陈博士，我久已在秋萍那里听到你的尊姓大名了。你们以前的事，我都知道。

明道：不客气！

家驹：到此地来有何贵干？

明道：我来邀秋萍同我回去。

家驹：（微带着尖峭的语气）你凭何资格？

明道：你问问她自己。

秋萍：（慌忙地插上来）明道，你不能信口开河呢！

家驹：陈博士，你现在可知道我和秋萍的关系吗？

明道：我一些都不知道。

家驹：我老实告诉你吧，她现在不能做你的朋友了，她已经是我的了，（语气婉转）嫁我了。

明道：（骤然觉悟，惊诧地说）喔喔，原来也是这样一个闷葫芦，但是足下，她先前曾经爱过我的，你不在乎吧！

秋萍：我谁也不爱，我的字典里找不到"爱"字，就同住在寒带上的人类不知道春天一样。（插入）

家驹：博士，你现在干什么贵业？

明道：我刚刚回国。

家驹：你将来预备找哪种职业？

明道：在大学里当哲学教授。

家驹：报酬好吗？

明道：笑话，你问它做什么？

家驹：博士，忍耐些，我不过喜欢问问就是了，你要知道秋萍的脾气一向是娇生惯养，受不住委屈的，可怜你一年到头辛辛苦苦所得的几个钱，还不够她……呢！

明道：那我给她用就是了。

家驹：（讽刺的语气）大学里的哲学教授吗？

明道：（勃然大怒）你难道笑我不会发财！

家驹：不错，你的话一些都不错，你为什么不想法去发财，去求什么哲学博士。

明道：足下，钱是用得完的，学问是用不完的。

家驹：哼！不要说得好听，在现代的中国，到哪去用学问啊！

秋萍：（微笑点了一个头）

明道：秋萍，你不应该这样欺骗我。你早知道自己要堕落，你为什么不早些通知我？

秋萍：明道，谁也不会欺骗你，只是你自己欺骗你自己，你们男人的耳真太软啊！

明道：秋萍！秋萍！你到底还爱我吗？（其声骤然婉转）

秋萍：我不爱谁，我只爱我自己。

明道：爱他吗？

秋萍：也不爱，我只爱我自己。

明道：你能保得住吗？

家驹：（忙接上说）哎！博士！你不要干这些闲事啦！这分明是我的责任！

秋萍：明道，这个你不必替我们担忧！

明道：秋萍，我毕竟还是真真的爱你，你虽然决心到地狱里去，我还想拼命牵拦你。（其声呜咽如泣）秋萍，怕你到床头金尽的时候，还不免要联想到从前那个真真爱你的傻子呢！

秋萍：（虽然一心实现自己的主张，究也不免有些不舒服，声调似乎带着凄哀的神气回答道）明道，我也不是愿意这样的，可是爱神给我的教训太厉害了。我看今许许多多的好人，年青的时候，搽些胭脂，搽些面粉，自然耳朵所听到的是情歌，嘴里所讲的是情话，眼里所观的是情书，到了面色皱起来，头发秃起来，身段缩起来，从前那些唱情歌、讲情话、写情书的朋友们，又死盯着新来的漂亮的女子吊膀子了。咳！马马虎虎过一天算一天，混到哪里是哪里，明道，你千万不要把人生观得太隆重啊！

明道：秋萍，难道我六七年的辛苦完全付诸流水？

家驹：这是你自讨苦吃，怪谁呢！但是我看你这般的心急，恐怕永世不会发财！

明道：发财也有秘诀吗？

家驹：发财的人，第一要放得开，第二要收得拢。

明道：屁话，你的钱怎样来的？你能发财吗？我看你们专门剥削劳工的脂膏，掠夺平民的血汗，造成许多铜臭的罪孽，诱惑好人去作恶，社会上就因为有了你们，才搅得愤愤不平，引起许多的乱根来！你们简直比……都不如！

家驹：博士，你的话真说得冠冕堂皇，好像只要有钱，就不是人了。我才晓得要入圣堂，只要装穷！

秋萍：（见他们形势紧张，即将用武，乃骤然插入，把空气缓和了）明道，请忍耐些，我要问你，你在美国六七年的工夫，究竟带些什么东西回来了？

（明道随即从皮包里伸手把文凭取出，提到秋萍的手里。被沈家驹瞥见了，大呼道。）

家驹：给我看（秋萍随手送过去，家驹翻来覆去的看了又看）……哈哈，一张洋纸，写着几个洋字，这个能当作中国银行的支票吗？

秋萍：明道，我劝你快些走回头路吧！

明道：（非常伤心）秋萍，你不配讲这些话，我无论如何总想把天下的好女子，从恶魔手里夺回几个来。

秋萍：明道，我劝你还是赶快从恶魔手里夺回你自己吧！

明道：我没有堕落。

家驹：噢噢，好笑，原来你们靠着一张文凭，想诱引一个女子，就不算是堕落？

明道：我不屑替你们这些东西答话。现在秋萍总算是你的尊夫人了，我愿你们有真爱情，我恭祝你们交好运！

家驹：博士，你不要说这些刺心的话！你毕竟太孱气了。我对于女人向来看得是随随便便的。我老实替你说，你赶快去发财，同秋萍一样美丽的女子，多得很。现在你非常爱她，得不着她，当然是最痛心的，但是你不立刻去想法发财，她就是跟着你，将来翻心覆意，你还要比现在难过十倍呢。

明道：足下好关心。

家驹：秋萍，汽车夫已经等着多时了，快些走，不要替那些专靠着一张文凭欺骗女子的人说话，使我听着发怒！（高呼女婢翠凤的名字）翠凤翠凤，快替你们小姐把东西预备预备。

翠凤：（从房内应声而出）是，少爷！

风与浪（四幕剧）①

时：耶稣圣诞节的晚上。

地：重庆

人：

李云生：一位有主张，有毅力，酷爱现代进步生活而又深懂"中国味"的青年，富于同情心及事业心，有牺牲自我以助人为乐的好品性。曾充当过报馆主笔，做过军队政训工作，此刻是担任了农场的主管，兼任新中国出版公司的总经理，年约三十四五岁。公余时，爱花，爱音乐，爱朗诵或写作诗歌，借以排除一个中年独身者的寂寥。

黄碧瑛：美丽，年轻，沉着中含有热烈的情操，她的聪敏能干、多才多艺，更增加了灵魂的纯洁与光辉，曾受过欧化式的高等教育。年约二十五岁，服装淡雅朴素，然形式具有创造性，不同凡俗，她那种崇高的风度，在任何场合中都是出类拔萃，引起了每个人不同的观感与敬意。她是李云生的英文教师。住在女青年会创办的妇女寄宿舍，外表虽然堂皇，而自己的生活都非常节约，不受任何人的支持，也不愿做公务员，就靠补习一般男女青年的英文，自力更生。她要出国深造，有一种急于向上的欲求，自甘放弃一切物质上的希望，忍耐孤零无依的痛苦。她是人人最爱敬的人物，而她应付每一个人都极好；所以，她又好像是大家可能追求的对象，少数有钱无处用的暴发户，也疑心她是可能捕获的猎物。

杨如雪：过时的交际花，有过她的黄金时代，此刻因年过四十，无情的岁月，逼着她退休了。由于她在过去接纳了若干有钱的人，所以手头有点经济力。同时，有些找出路的新女性，因为她在交际场中认识了许多有财有势的人，希望她的介绍和提拔，都自愿接受她的支配；正因为她握住了这一种神秘的魔力，那一群始终碰不到机会的饥渴者，也就变成她掌握中的人物了。她是李云生的座上客之一，他们的友谊很不错，彼此在事业上常常合作。她极端倾向李云生的为人；然自知无望，颇想在自己人物最宜的女性中，自告奋勇代找合格的人选，而李云生老是表示无可无不可的模棱态度，所以她对李云生所尊敬的人物——只要是他偶尔嘉奖的女性，

---

① 原载1945年1月《川康建设》第2卷第1期，署名西冷，与雪松合作创作。实际上只公开发表了第一幕。

必提出理由来反对。

沈曼莉：交际场中的人物，装束入时，是杨如雪控制的女性之一，她自称是杨如雪的小妹妹，和她熟知的人们，也就以小妹妹来称呼，她会唱歌跳舞，但都不算擅长。

查礼齐：本来是斯文中人，抗战初起，是不大不小的公务员，大武汉时代，也曾跟随抗战的怒潮，做过摇旗呐喊的工作。自来重庆以后，种种不景气的现象，造成沉闷的氛围，他便萌动了替自己打算的念头，大做其生意买卖了。他改得比别人早，机会好，捞到一些钱；他的生活，渐趋于堕落。因为他是杨如雪的老相知，也就变成李云生的座上客。

张明珠：大学未毕业，因生活穷困急于觅职业的女性。天真烂漫，在交际场中，还带有几分学生气；虽爱好文学，但读的是经济系，预备毕业后进银行的。新诗人胡飚很爱她，她也佩服他的诗，无奈彼此困于生活，都不敢进一步表示。胡飚是李云生的同好者——他们都爱作诗，便建立了友谊。因介绍她在李云生的出版部工作；又因同胡飚来到李云生的家，便认识了杨如雪、查礼齐；她为了解决生活，投靠查礼齐，而与胡飚不像过去的热烈了，胡飚只得以诗歌消除胸中的硬石块。

常青衡：年约四十余。富进取心，有正义感，与李云生友善，是新中国出版部的副经理。

胡坤：年约二十多岁，本来是大地主的儿子，为了逃避兵役，暂时充当李云生的勤务——是一位大少爷脾气的勤务。一向过着舒舒服服的生活，除了李云生可以呼他的名字外，其余，如有人对他不礼貌，或真当他勤务来看待时，他一定要反抗的。

郭延年：年少翩翩，笔挺的西装，是这一群男女青年们的歌舞导师。

丰沛堂：旧诗人，年约六十，着中国式的服装，尽力保持着旧文人那种潇洒风流、不拘小节的神气。

胡飚：新诗人，满口新典故，着一副破破烂烂的西服，年约三十多岁。

第一幕

（景）

在嘉陵江边一座精美的别墅中，有一个大客厅，从其壁上悬挂的西画、厅内的沙发、茶几、装饰品，及颜色的鲜明和谐，布置的艺术化来看，就知道这别墅的主人——李云生是酷爱现代进步生活的人。客厅面对嘉陵江，推开厅中央的门，可走到走廊。因为别墅的地势高，可瞭望江上的烟云，苍茫的山峰，日出月落，远帆近树，尽在视线下。

厅之右，有门通另一个大客厅，人们就由此门进出。左侧，是主人公李云生的卧室。

晚上，大厅内华灯明朗，充满圣诞夜的点缀，用松柏编制的圣诞树，结着无数的红球、彩灯，水晶似的耀眼。在厅中的圆桌上有一盆特出心裁的寿糕，上有五色缤纷的小洋烛二十二支，茶几上尽是白色的水仙花、菊花，和早开的梅花。

凑巧逢着李云生的英文教师黄碧瑛的生日。他便利用机会，邀请来宾们一面度一九四三年的圣诞，一面庆祝黄老师的生日。

幕启：在右首的客厅里正在举行 Tea Dance，新鲜的舞曲 Swing，Ramba，热烈地从话匣子里播送出来。宴会是沿用法国沙龙的方法，不拘形式，把食物摆在一边，大家在灯光下自由地站着，坐着，谈笑着。来宾们正沉浸在兴奋、欢舞的氛围里。

查礼齐：（走到圆桌边，看着精致的寿糕发呆，百思不得其解，回头对杨如雪说）我第一次参加今天的圣诞节，还有这么好看的寿糕，庆祝圣诞老人的寿星！

（杨如雪发笑，不作回答。）

（沈曼莉正要走到李云生的卧房里去，看来客们打沙蟹，"Show your hand!"忽听到查礼齐的话，转跑到查礼齐的跟前，略含妒意似的说。）

沈曼莉：查先生！你知道这些美丽的花、好看的寿糕，是为了谁呵？

查礼齐：不是为了圣诞老人吗？（他陷在沉思中）

（右侧客厅内，一曲甫罢，掌声、欢呼声大作。接着，又换上一张新调子。）

李云生：（以主人的资格，在内推荐这个新调子）朋友们！这是一九四四年美国纽约的舞厅里新流行的 Show foxtrot。在重庆除了我们这位歌舞乐师郭延年兄……

郭延年：（在内应和）李先生！过奖了！

李云生：（继续说）还有我的黄老师——黄碧瑛小姐，恐怕跳得好的很少……

沈曼莉：（在查礼齐之前，自作聪明地点点头，笑嘻嘻地说）你听到没有？李云生在介绍呢，"我的黄老师"。

查礼齐：（若有所恍）呵！就是李云生那位漂亮的英文教师黄碧瑛女士吗？她怎么样？

沈曼莉：（随便地回答）今晚上是学生替老师做生日呢！

杨如雪：你认识她吗？

查礼齐：她有一个妹妹，从桂林逃出来，就是搭我西南贸易行的车辆，最近，听说已经到贵阳了。

沈曼莉：呵！你们也是老朋友。

查礼齐：哪里的话，还不是李云生介绍的。奇怪！她和圣诞老人是同一个生日吗？

杨如雪：（从座上坐起，意思要走到舞厅的门口，看看他们，含讥带嘲地说）你去问圣诞老人吧！反正女人的年龄、女人的生日，只有天晓得！

沈曼莉：（拖住杨如雪）大姊！你到哪里去？

杨如雪：我要看看他们跳的是什么新步子！

李云生：（在内高声说）我现在正式推荐，就请黄老师和延年兄表现一番！

众：（内外拍掌附和）好！好！

（观众一窝蜂地挤进舞厅里去。只有查礼齐、李沛堂留着闲谈，不愿凑热闹。）

黄碧瑛：（连用清亮庄肃的语气在内说）我好久不跳舞了，恐怕叫你们失望。

众：（又拍掌欢呼）好！好！来一个！来一个！

丰沛堂：（括着一根烟，斯斯文文地在客厅里跳了几步，摸摸自己的胡子，感慨地说）唉！礼齐！我们落伍了！跟不上他们了！

查礼齐：哼！我倒不在乎，我现在只要手头有美金，城里有公司，乡村有别墅，出进有汽车，就是天上的仙子、地下的皇妃，也要巴结你。

丰沛堂：这年头，要不是李云生常常请我参加他的宴会，我老实说，已经三年不知肉味了。

查礼齐：（马上拿出金质的纸烟盒，自己取了一支三五牌。又把盒子送到丰沛堂的面前，丰沛堂说了一声谢谢。他便收藏起来，自鸣得意地说）老先生！我可不是李云生的食客，我是他的朋友。（踱了几步，骄傲地自言自语）他经营的马场、新开的出版公司，我和杨如雪是最大的股东，哼……哼……我简直是他的恩公！

丰沛堂：是的，云生并没有什么钱，也许不及老兄千万分之一；但他颇有小孟尝的风度，他愿意给朋友们方便。"安得广厦千万间，大庇天下寒士"，在古代需要这种人，在抗战到了第八年的今天，尤其需要这种人。

查礼齐：老先生！总要自己能发财，别人发了财，与你有什么相干！

丰沛堂：自然，最好自己能发财。不过，像李云生这样的人，我希望他发财，有些人，我巴不得他倒霉。

查礼齐：（气焰万丈，不可一世地瞥见）你是说我吗？（又解放古板的面孔，冷冷地笑着说）老先生！你希望发财的人，我敢担保永远不能发财。你如果要做孟尝君，就等于宣告破产，到你要做食客的时候，再也没有慷慨的孟尝君来收容你了。

丰沛堂：礼齐！不说废话，我问你对于跳舞的感想如何？

查礼齐：跳外国的舞，必须懂外国的音乐，我只会哼几句京戏，对于西皮、二簧，略知一二；我不懂什么叫 C 调、F 调、G 调、女高音、男高音；所以，我下了跳舞场，好像下了茫茫大海，诚惶诚恐，手足无措，尽管抱着漂亮的姑娘，一点不发生作用，只觉得在背脊上不住地淌冷汗。

（舞厅里表现告终，大家拍掌叫好。）

查礼齐：我佩服这一群帮闲的人，有了他们，才可以把无声无息的事情，闹得天翻地覆。

（来宾们都从舞厅里跑出来，说着，笑着，走到安放食品的几案上，各尽所能，各取所需。）

李云生：（高呼勤务）胡坤！胡坤！

胡坤：有！（从走廊上跑进舞厅的门）

李云生：请副经理来。

胡坤：（回到大客厅，高呼）副经理！总经理请你。

常衡青：（正和杨如雪开谈）是了！（说着，他走到舞厅里去）

丰沛堂：（问查礼齐）这位先生是谁？

查礼齐：新中国出版公司的副经理。

常衡青：（满脸笑容，从舞厅里转出来，对在座的来宾说）各位！黄碧瑛小姐要出来敬大家一杯酒。

（在李云生的卧室里，许多来宾，正在专心玩沙蟹，忽然一个投机得胜的朋友，得着大家的赞叹，一阵欢呼声泛滥到客厅里。）

查礼齐：（羡慕之至）他们玩得真有趣。

常衡青：（又走到李云生的卧室，对着房内一班玩沙蟹的朋友说）请各位出来呵！黄小姐要来敬酒了。

（就在这时候，李云生伴着黄碧瑛从舞厅里走出来。她的朴素的装束、自然的风韵，吸住了来宾们的视线。）

李云生：（和颜悦色，谦谦如也说）各位：今天是耶稣圣诞，刚刚又是黄老师的生日。我们痛痛快快干一杯，祝黄老师的健康！

众：（举杯高呼）祝黄老师的健康！

黄碧瑛：（微笑，向大家点点头，略表歉疚的意思说）谢谢各位！（大方，豪爽，举起酒杯）我还敬各位小姐、各位先生一杯酒。

众：（又举杯畅饮）

李云生：（向全客厅的来宾，看一看，又看看黄碧瑛）老师！在场的来宾，都认识吗？

黄碧瑛：不认识的，很少。这两位是？（指着两位着学生装的青年，问李云生）

李云生：噢！这位钱先生是中大高才生，这位冯先生是在复旦念书的，他们最近就要出国远征了。

黄碧瑛：（惊异，兴奋，热忱）呀！了不得！我看见新中国光辉的前途了！请容许我敬你们一杯酒。（李云生在旁特别留心她的话，低声说着："我想起一个人。"）

钱生、冯生：黄老师！不敢。青年从军，是我们青年人的责任，不算怎么一回事。

黄碧瑛：（坚决）不，我一定要敬你们一杯酒。

冯生：（天真，热烈）现在请保留这杯酒……

钱生：（接口插上来说）等我们打了胜仗回来，再喝黄老师的酒。

众：（劝进）喝吧！喝吧！

李云生：这是黄老师的美意。

（他们兴奋地干了一杯。）

黄碧瑛：两位住哪里？

钱生、冯生：我们就住在李先生的楼下客房里。他是我们父亲的朋友。

黄碧瑛：好，你们动身的时候，务必要告诉我，我一定来送行。（回头对李云生）我很羡慕你，在你的周围，有这许多年轻的朋友。

李云生：是的，我在一年四季，最爱鸟语花香的春天，人生的旅程里，只有青春最可爱；所以我愿意常常和青年在一起，呼吸一点青春的空气。

丰沛堂：（听得不舒服，挤到李云生那里，表示要告辞）主人！谢谢你，我要少陪了。

李云生：（诚恳地挽留）你千万不能走，我们还有很多节目呢！

丰沛堂：我老了，落伍了，跟不上你们了。

李云生：唉，什么话！我正要常常和老年人在一起，多多学习生活的经验呢！

（丰沛堂被说服了，不自觉地坐下来。）

杨如雪：（从旁对查礼齐说笑似的评衡李云生的为人）瞧！李云生真是

八面玲珑！（说着，向李云生笑一笑）

李云生：（笑着走过去）大姊！你也来取笑我。（看见查礼齐在旁）嗯！礼齐先生！你什么时候来的？

查礼齐：我可不是来庆祝圣诞，参加跳舞的。为了庆祝黄小姐的生日，就是你不邀请我，我也会做"不速之客"的。（说着，一面向黄小姐颔首，轻轻叫一声）黄小姐！

黄碧瑛：（连用庄严的步伐，走近查礼齐，手里端了一杯酒）查先生！为了我落难在黔桂路上的亲妹妹，得到你的帮助，能够逃到重庆来，我敬你一杯酒。

查礼齐：（受宠若惊似的）谢谢！（接过去干了一杯）多蒙云生兄看得起，能够叫我为黄小姐做点事，我很高兴，不过，你还得在明后天到西南贸易行来拿一封信，寄给你到了贵阳的妹妹，要她直接去找贵阳分行的经理，我同时再打一个长途电话到贵阳，叫他们少装一点货，让出一个空位给你妹妹坐。

黄碧瑛：（说不出的感激）太好了！我什么时候来拿信呢？

查礼齐：（考虑一会）就在明天上午八点钟吧！我请你吃早点，尝尝我刚从加拿大带来的巧克力、S.W. 的咖啡、鹰牌鲜牛奶……

黄碧瑛：（并不表示少见多怪的样子，淡淡地点点头）好！吃早点，怕没有工夫奉陪呢。（说着，望一望李云生，等候他的答复）

李云生：（对查礼齐）是的！黄老师明天上午要来教英文。

查礼齐：（无可无不可）再说吧！

（这时候，胡坤端了一盘新鲜的水果进来。）

胡坤：（高声）请各位尝尝我们农场上的水果！

丰沛堂：低声些！你做过勤务没有？

胡坤：（傲慢地）你这嗓子呵！在李公馆里，我第一次见到你这样的客人！

丰沛堂：混蛋，你是什么东西！

胡坤：我不跑出来当勤务，你给我当勤务，我一千个谢谢！

丰沛堂：混蛋！你逃避兵役，亡国奴！

李云生：（喝住胡坤）惭愧得很！这样不成熟的产品。实在拿不出来。

众：（边吃，边嚷）好极了！比以前的水果，进步多了。

黄碧瑛：（也拿一片广柑尝一尝）唔！的确很好，哪买来的？

李云生：不，这是我农场上的出品，老师如果需要的话，明天叫胡坤送来。

黄碧瑛：（欣然地回答）你买来的，我可不要，我看你经营的生产事业，能够发芽，开花，成长，并且能吃到这样甜美的果子，我比什么都欢喜。

李云生：（高兴）谢谢老师的鼓励！

来宾甲：（在李云生的卧室里等候玩沙蟹的朋友，等得不耐烦，便拿一副牌，跑到客厅里，向各位玩沙蟹的朋友前，做一个手势，边说）喂！朋友们！

（来宾们三三两两地又回到李云生的卧室里去。）

查礼齐：（跟他们进去，拿出几张麻将牌，兴高采烈地乱嚷）有没有对手？到老李房里开开新战场呵！

（大家不理会，有些小姐们抿着嘴好笑。）

查礼齐：（高呼）有没有人附议？（跑到沈曼莉那里，一把拉她进去）沈小姐！我们去来几围吧！

沈曼莉：（拒绝）不行呵！没有搭子呵！

（右首大厅里，音乐又在开始了。）

郭延年：（从舞厅走出来）Ladies and gentlemen：这是美国新流行的曲子，Ramba！

沈曼莉：（舍脱了查礼齐跑近郭延年）郭老师！请你教我的Ramba。（他们向舞厅走）

杨如雪：（自以为是地向大家建议）各位！今晚上是圣诞节，又是黄小姐的生日，难得的机会，我们要乐一乐，我正式提议，每一位来宾，都要来一个节目。

众：（附和）好！好！大姊先来一个。（要去跳舞和玩沙蟹的来宾，也边走边叫）

杨如雪：（又从舞厅里拖出沈曼莉到观众的面前，笑着说）让我们的小妹妹唱一支歌，你们赞成不赞成？

众：赞成！赞成！

沈曼莉：（撒娇似的）我不会，唱得不好。请黄老师唱一支外国歌给我们听听。

李云生：（走近沈曼莉）唱吧！唱一曲吧！

沈曼莉：（天真地）你请黄老师唱一支，我唱十支。

李云生：当真？

沈曼莉：让大姊作证人，我绝不推诿。（众拍掌附和）

李云生：（只得放松了沈曼莉，走到黄碧瑛跟前去请求）老师！是各位来宾的意思，也是我的请求，都要听你的英文歌。

（沈曼莉马上跟随郭延年去跳舞。）

黄碧瑛：（庄严地回答）可以。有钢琴没有？

李云生：（没精打采地）没有。今晚上，就是钢琴没办法。

查礼齐：（高叫）清唱吧！清唱吧！

众：（以为查礼齐失礼，嘘他一下）嘘……嘘……嘘……

李云生：就是有了钢琴也找不到伴奏的人。

查礼齐：（又不知趣地插上来）老李！有弦子没有？

众：（为了急于等候黄碧瑛唱外国歌，不耐烦听查礼齐的话，又嘘了一下）嘘……嘘……嘘……

丰沛堂：（走进查礼齐，低低地说）老兄！外国的新名堂，我们搅不清楚，算了吧！

（整个的氛围气，快要形成艰局的时候，新诗人胡飚伴着爱人张明珠闯进来。）

胡飚：（挽着张明珠的手，站在门口说了一句）唷，好一个紧张热烈的画面！歌舞沉醉的晚上？

李云生：（首先发现）呵！我们的新诗人来了！

杨如雪：胡彪先生！你来得好极！

沈曼莉：（从舞厅里出来）胡先生来了，要罚酒三杯。

（张明珠从没有见过这样的大场面，有些局促不安的神气，躲躲闪闪地站在胡飚的后面。）

常衡青：（以副经理的资格，满不在乎地请张明珠跳舞）张小姐，我们去跳一下。

查礼齐：（看中了她，问杨如雪）谁？长得很不错。

杨如雪：她不是出版公司的会计吗？

查礼齐：叫她到贸易行来做事，怎么样？我正需要一个女职员。

杨如雪：鬼东西，不怀好意。他是胡先生的朋友呵！

（查礼齐懒洋洋地发笑。）

张明珠：副经理！我不会，跳舞是艺术，我在大学里是学的会计，我没有学过这一课。

常衡青：（硬拖她进去）不要紧，我带你。（勉强跟进去）

（沈曼莉目睹张明珠的傻样子，好笑起来。）

胡飚：（走进沈曼莉）沈小姐！罚酒可不唱。我来敬酒好不好？

沈曼莉：你敬我没有理由。你先敬黄小姐？

胡飚：（马上转过脸，向黄碧瑛）好！祝黄小姐的健康！

（黄碧瑛接过去，一饮而尽。）

众：（高呼）还是诗人有面子。

杨如雪：请诗人做一首诗吧！

胡飚：好！难得有黄小姐这样豪爽的人，我做，我马上就做。（沉思一下，即口朗诵）"在圣诞节的晚上，目光如画，乐声铿锵，又似一番太平景象，我羡慕姑娘们的香鬟云衫，羡慕绅士们的面颊上，拥着一团欢乐的笑颜；叫我忘记耶稣在受难！唉！（顿足慨叹）流落在黔桂路上的同胞们呵！谁知道你们也在受难。"

众：（盲目地附和）好诗！好诗！Encore！Go on！

胡飚：献丑！献丑！

丰沛堂：（不以为然）嗳！泄气！泄气！

李云生：老先生！你来一首。

众：好！好！Go on！

丰沛堂：（拱拱手）云生兄！对不起，新诗我不懂，洋屁我更是莫名其妙。我只会哼几句旧诗，旧诗是古调，（打起哼唐诗的调调儿）"古调虽自爱，今人多不弹"了！

来宾们：（从舞厅里跑到门口，随便地嚷着）我们要吃黄小姐的寿糕。

丰沛堂：（颓然地）吃寿糕，还是请姑娘来分寿糕吧！

（黄碧瑛捋起衣袖，露出洁白的手臂，仔细地，慢慢地把寿糕中分一下。）

丰沛堂：（聚精会神地欣赏她的纤手，不自觉地叫起来）好！妙！（又念起背熟的唐诗来）"三日入厨房，洗手作羹汤。"（扬扬大拇指）唔！姑娘真是才貌双全！

众：（哄堂大笑）哈……哈……哈……

（黄碧瑛斜转头来，向丰沛堂睁了一眼，啼笑皆非似的冷笑了一下，随即把寿糕先送到舞厅里去，招呼李云生一同进去，把寿糕分给来宾们。）

（想先分到寿糕的来宾们，都跟进去。大厅内只留着杨如雪、沈曼莉、查礼齐、丰沛堂在闲话。）

查礼齐：（眼不转睛地望着她的背影）漂亮，文雅，又天真，又活泼。

丰沛堂：增一分则太高，减一分则太低。施朱则太红，擦粉则太白。

沈曼莉：（极不耐烦）算了！算了！你们把新的、旧的、时髦的、古色古香的，一切一切的好话，都加在她身上吧！

杨如雪：我很可怜她。她那苍白的面色，好像害了初期的肺病似的。

查礼齐：是哟！今天是她的生日，她并不十分高兴，还是穿一身白白净净的衣服。

沈曼莉：其实，一个女人，又何必这样骄傲呢？她今天还住在女青年会的寄宿舍里呢？

杨如雪：不知道是她的爱人，还是丈夫，还是未婚夫，（肯定地）多半是未婚夫吧！

查礼齐、丰沛堂：（齐声地问）怎么样？

杨如雪：听说是飞机师。当敌人围攻衡阳的时候，他的飞机受了伤，跳伞降落在敌人的阵地，到今天还不卜生死存亡呢！

丰沛堂：（颇表同情，从他的长胡子蒙盖着的嘴巴里冲出一口气）唉！真是"自古红颜多薄命呵"！

查礼齐：（另一种看法）也可以说是"落花无主"吧！

杨如雪：（拧他一把，带有酸意似的讥刺他）不要脸，你有钱，你顶有希望，赶快进攻吧！

查礼齐：（假装有点痛）唷！唷！放手！我的老朋友！

沈曼莉：（笑得一佛出世似的）哈……哈……哈……（又冷冷地说一句）可是她有一个怪脾气，她并不爱钱啊！

查礼齐：（不服气）不爱钱？世界上哪一个女人不爱钱！哼！她美金要不要？

（黄碧瑛捧着寿糕，从舞厅里出来，李云生跟在后面。钱、冯二学生手里握着寿糕同出来，嘴里热吵吵地说。）

钱生、冯生：多谢！多谢！我们先走了！李先生！黄老师！

黄碧瑛：我要你们在这里，你们不要走。

钱生：不了，命令一下来，就要出发，我们要去整理整理。

李云生：黄老师要留你们，你们就不要走啰！

钱生、冯生：李先生！我们要去休息休息，准备出发！

黄碧瑛：好朋友！健康第一，你们去休息吧！

钱生、冯生：（很诚恳的样子，又略带村气，边退、边说）我们走了，再见！黄老师，我们俩祝你的健康！

黄碧瑛：（一面分寿糕，一面向钱冯微笑地点点头）谢谢！好朋友！

查礼齐：是黄小姐的寿糕，我多吃一块。（自动在盘子里拿一块）

李云生：（对杨如雪）大姊再来一块。（伸手接过去）

沈曼莉：我也来一块。（自动拿了一块）

杨如雪：云生！可辛苦你了，为了黄老师的生日。（冷笑）

（黄碧瑛捧着寿糕，又走向李云生的卧室里去，李云生紧跟在后面。）

李云生：（发觉房里布置好了的第二战场，还没有开始，颇觉惊异，回头对查礼齐说）礼齐先生！怎么啦！没有成？

查礼齐：老兄！问题不在我，我生平无所好，就爱"自摸双"（回头征求丰沛堂的同意）老先生！我倒要问问你了，你对于麻将感想如何？

丰沛堂：（深中下怀，乐不可支地回答）哼！哼！你还用说吗？"寡人有疾，寡人就好打打麻将。"

查礼齐：（兴奋）来吧！来吧！（看表）时候还早，八圈有余，打快一些，十六圈还来得及。

丰沛堂：（寒酸状）可是，礼齐兄，"力不足也，今如画"。

查礼齐：嗳！没有关系，来吧！

杨如雪：（讥刺地）礼齐！你为什么这样高兴啊！

查礼齐：（马上跑近杨如雪，低低地说明得意的理由）你还不知道吗？我控制了十辆运输车，在柳桂路上尽量收买便宜货，我今天上午得到贵阳分行的电话，大部分已经安抵独山了。

杨如雪：有我的份吗？

查礼齐：大姊的事，不成问题。（边说，边走，拖着丰沛堂到李云生的卧室里去，准备打麻将）

丰沛堂：（摇头晃脑）这位姑娘，虽是"徐娘半老，然而风韵犹存"。

查礼齐：你不要瞧不起她。五年之前，她是这里的"Number one"（读作上海音）。

丰沛堂：现在呢？

查礼齐：现在是有一打的摩登姑娘、一打以上的男人，要听她支配。

丰沛堂：呵！了不起！了不起！

（他们已经走到李云生的卧室。只听得查礼齐高呼打沙蟹的朋友，来两位参加他们的新战场。）

（大客厅里只留着沈曼莉、杨如雪在谈话。）

沈曼莉：（很忧虑似的）大姊，李云生变心了，他今天全不理会我。

杨如雪：真是大傻瓜！起了"九牛二虎"的劲，要想巴结那个"风流活寡妇"，并没有听见她说一声好。

沈曼莉：可是，他不理我，是不行的。

杨如雪：（愤愤地）他敢吗？他的农场，出版公司要不要我帮忙，他跳不过老娘的手心。你看我叫他一声，他敢不出来。（走过几步，高声喊）云生！云生！

李云生：（急忙跑出）大姊！有何吩咐！

杨如雪：（松开笑颜）是小妹妹叫你，她要和你说几句话。（说着，走向李云生的卧室里去）

杨如雪：（内声）怎么？还没有来成？

查礼齐、丰沛堂：（内声）我来，还是"三缺一"啊！

李云生：（对沈曼莉望一望，悄悄地走近她，拍拍她的肩膊，亲切地问着）小妹妹！是你叫我。你觉得这一株圣诞树好不好？

沈曼莉：（庄重地回答）很好！（颇想说出自己的心事，但又格格不吐，最后还是说了一句无关痛痒的话）郭老师来了，最好请他表现一种新步子我们看看。

李云生：可以，等一会你提议，我附议。

沈曼莉：（沉闷地低下头来）你知道今晚上的黄老师会十分满意吗？

李云生：我相信她不会不高兴。（微微叹气）唉！美中不足的，就是缺少一架钢琴。

沈曼莉：你为什么不早告诉我，我上清寺的表姊家里有一架新钢琴。

李云生：是吗？（记忆起来）噢！是不是常来这里的姚小姐家里有钢琴？

沈曼莉：（点点头）唔！是的！

查礼齐：（内声）小妹妹！进来啊！大姊叫你。

（黄碧瑛捧着未分完的寿糕从房里走出来。）

李云生：（慌忙接过她的盘子，百般安慰）黄老师辛苦了，你坐下吧！

胡坤：（端了煮熟的咖啡进来）咖啡来了！

李云生：（马上端了一杯送给黄老师）老师！喝杯咖啡提提精神吧！

黄碧瑛：（微感困倦）还好，没有什么。

（舞厅里跳得正起劲，常衡青到大客厅里来找舞伴，给他看见沈曼莉。）

常衡青：小妹妹！你在这里，一张最风行的探戈（指唱片），请！请！

（沈曼莉预备起身，查礼齐又跑出了拉搭子。）

查礼齐：小妹妹！"三缺一"，大姊等。

常衡青：礼齐老兄！小妹妹是打沙蟹的 Member，跳舞的 Partner。

查礼齐：谁说的。

沈曼莉：常先生！你说话老是夹几个外国字，我听得怪不舒服。

查礼齐：（冷笑）哼……哼……这是重庆的新风气，新潮流。（回问黄碧瑛）是不是？黄小姐！

（黄碧瑛一面喝咖啡，一面微笑。）

常衡青：（满不在乎地）小妹妹！你不要笑我，我的外国话，是说得不像话，的确是风里夹浪，浪里带风；不过，你要知道中英美苏是同盟国，中国话里带外国字，正是同盟的语言。

沈曼莉：不是的，是"风与浪"的语言。

（大家笑。）

（沈曼莉说完，若忘记了查礼齐在旁，就跟随常衡青向舞厅里跑。）

查礼齐：喂！曼莉！曼莉！

沈曼莉：（回头说一句）对不起，打麻将，恕不奉陪。

查礼齐：（看见胡飚□着张明珠从舞厅出来，又一把拖住他们，走向李云生的卧室里去。）来！来！

胡飚：什么事？什么事？

查礼齐：时候不早了。"三缺一"。

（大客厅里只留着李云生，黄碧瑛他们在谈话。）

黄碧瑛：（抚摸几上的白菊花）这一株白菊花开的多美！

李云生：老师是喜欢白色，所以，今天是生日，还是着一身素净的衣服。

黄碧瑛：（看见炉里的火）那倒不是，我在冷冰冰的冬天，最爱炭炉里烧得红红的火。

李云生：是的！正如我们在这样冷酷的社会里，需要一点真实的温暖一样。

黄碧瑛：（走进炉）哟！我多么喜欢这红红的炭火呵！

李云生：今天是老师的生日，如果配上一件红色的，比这一朵粉红色的水仙花还美，还好看。（指着几案上的瓶花）

黄碧瑛：（沉重地）因为我始终记挂着一个人。

李云生：（惊讶）记挂着一个人？（感悟）呵！刚才好像听老师说起过。

黄碧瑛：是的！是一个把他的青春、爱情，他的宝贵的生命都贡献给祖国的英雄。

（钱、冯二学生匆匆忙忙闯进来。）

钱生、冯生：黄老师！李先生！你们都在这里，很好！

黄碧瑛：请坐！请坐！

李云生：（无可奈何地）你们坐吧！

钱生、冯生：我们不要坐。

冯生：我们回到房间里，看见招待所来了通知，明天早上四点钟就要入营了。

钱生：因为鸡一叫就将起身，我们来不及辞行了。

李云生：这么早？

钱生、冯生：是的！

黄碧瑛：我怕不能来送行了。

钱生、冯生：不敢！不敢！我们打了胜仗回来，一定来看黄老师。（说完，就欢欢喜喜走出去）

李云生：这一群年轻的学生，太可爱了！

黄碧瑛：他们都是新中国的国宝！（看看李云生，亲切地问）你很忙吧？又是农场，又是出版公司，还要读英文。

李云生：不忙！不过，我的朋友是多方面的，社会的情形，又是那么复杂，我觉得要做一个现代的中国人，真不容易。

黄碧瑛：（点头）唔！唔！

（李云生慢慢地坐到黄碧瑛那只沙发的边沿上。）

李云生：我要做事，我要忙，事业是我的生命，越忙我越高兴。

黄碧瑛：（渐被感动，回头望着他）你很好！今天的中国只需要两种人，一种是拼命打仗的好汉，一种是努力生产的英雄。

胡飚：（卧室里一路嚷出来）嗳！把光阴浪费在麻将上面，多无聊。

李云生：（从黄碧瑛的沙发边沿上站起）怎么啦！终于来不成。

杨如雪：（跟在胡飚后面走出来。）胡先生！还要请你去，张小姐说的，输了钱，她不负责。

张明珠：（内声）你来呵！

黄碧瑛：（移步走到胡飚面前）最近大作写得很多吧！胡先生！

胡飚：（叹气）唉！黄小姐！生活的重担，把我写诗的情绪，全部压碎了！

黄碧瑛：不是许多人正在发起援助贫病作家吗？

胡飚：黄小姐！托上帝的福，我没有病倒，穷是一般的现象，与我不相干。

杨如雪：（看不见沈曼莉，提高嗓子问）曼莉呢？曼莉呢？

李云生：也许还在舞厅里吧？大姊！

（舞厅里突然有人喝彩，群众疯狂地应和。一会儿，沈曼莉从舞厅里愤愤地跑出来，倒在沙发上生气。大家看见她。）

杨如雪：（走过来慰问）怎么啦？曼莉！

常衡青：（跟踪追出来，连声道歉）曼莉！对不起！对不起！

沈曼莉：只怪你带得不好。

李云生：什么事？曼莉！

胡坤：（从舞厅里笑出来，信口乱嚷）哈……哈……哈……沈小姐踩了一跤。

郭延年：（跟在胡坤后面，代沈曼莉辩护）胡说！没有的事！

沈曼莉：（看见歌舞导师为自己辩护，欢喜得什么似的跑到他面前，孩子气似地说）老师！教教我的新步子。

李云生：好！我们就请郭老师表现一九四四年的新步子！

众：（拍手附和）赞成！赞成！

郭延年：（客气）各位！我并不是在昨天从纽约坐了飞机，刚刚飞到重庆来，谈不上是什么新步子。

丰沛堂：（百无聊赖地从李云生的卧室里走出来）嗳！年轻人都不打麻将了！我们是落伍了！

（查礼齐挽着张明珠的手，一同从李云生房间里走出来，她好像是女儿似的依附着他，低声谈话。只听到他们最后的结语。查："说定了吧？"张："好，算数！"这以后，张明珠靠近胡飚的身旁站着。）

李云生：胡坤！把最近寄到的那张新唱片拿到这里，马上开起来！（客厅里播送新颖的舞曲）

李云生：郭老师！这是最近运到的新唱片。

郭延年：唔！不错！在重庆算是最新的调子了！不过，人家无论什么东西，只要是生活上所必需，都刻刻在进步。就说跳舞，在我们以为是新步子，在人家早就过时了！

李云生：（喟然叹息）唉！我们无论什么事，永远是故步自封，怕进步，不肯进步。真同跳舞一样，连跟也跟不上。

胡飚：（诚恳地赞同）是哟！我们要进步，就是进到百尺竿头，还要更进一步。不要怕强烈的光辉，刺激我们的眼睛！让畏惧光明的幽灵，躲避到地狱里去吧！

（郭延年公开跳了几下，请沈曼莉伴舞，沈羞怯地拒绝；不得已，只好请黄碧瑛，众拍掌，黄勉强应命。新的步伐，诗的旋律，协和的节拍。博得全体热烈的掌声。连丰沛堂，查礼齐也不自觉地拍起掌来。）

李云生：（对丰沛堂）老先生！连你也不反对了。

（丰沛堂好笑起来，不说什么话。）

查礼齐：云生兄，我不反对，还是因为我自己不会，我就是要学，也学不会了；所以，我只有反对。老实说，只要是我会的，我都赞成。（众哄堂大笑）

郭延年：（表现终了，向黄小姐点点头，表示谢意，侃侃地说）各位！这曲子叫做 Swing，是大时代的风与浪，它象征什么都在动摇，一切都在动摇中要求进步。

胡飚：（热烈地）勇敢的，年青的人们，要从大时代的风浪里爬起来！

李云生：现在，我以主人的资格，进一杯酒，谢谢各位来宾，祝黄老师的健康。祝各位进步！进步！百尺竿头，更进一步！

众：（高呼）我们大家进黄小姐和主人一杯酒。

（大家疯狂地拍掌。）

（闭幕。）

妇女夜（独幕剧）[①]

时：最近，

地：陪都靠近闹市的小客栈，

人：

康慕云：土律师，年近四十开外，身肥而短，常有不合身材的西装，面目可憎，语言无味，又自为富于热情的诗人；虽不能见爱于一切女人，但极喜在她们面前表示过分的殷勤。

林学文：国际文化协会的交际干事，是遥城市里最有名的"交际草"，三十岁左右的年纪，性格浮滑，认识他的人，比他所认识的人还要多。可是在风尘仆仆中竟没有一个比较知心的人，颇感人生的厌倦，苦于职务上的关系，不得不在冷冰冰的社会中鬼混下去。

郁丽华：是一位收事收榭的"交际花"，她只有尽量运用擅长的化妆术，掩盖额骨上的纹痕，春光消游的悲哀，此刻正闷居在小客栈里。

霍柏年：自命为国际问题专门家，近视，背微曲，中等身材，他的大作，并不为社会所欢迎，他便异想天开，划出几间廉价租来的住宅，开设"萍踪"小客栈。

康太太：康律师之妻，矮胖的身材，圆圆的面庞，戴深度的近视眼镜，时而把眼珠透出眼镜来看人，说话的声音，像男人一般洪亮，凶悍泼辣，但有幽默的风趣。

钱婀娜：郁丽华之友，欢喜着奇装异服的交际花，性格酷爱风骚，不避嫌疑，能对男人直供内心的要求。

布景：

沿着热闹繁华的马路边，有一破烂的矮屋，门旁挂一块"萍踪客栈"的小招牌，一盏尘灰遮满的低灯笼；在薄板制成的破门上，贴着"鸡鸣早看天，未晚先投宿"的诗句。

门前，是一条宽广的马路，各种车辆，诸色人等，都忙忙碌碌地走过来，走过去，像十分热闹的样子，只有这一家"萍踪"小客栈依然冷落无

[①] 原载1945年7月31日南京《女青年》第2卷第1期。

生气。客栈老板,我们的国际问题专家霍柏年先生常常穷得连衣食都不周全,再也没有多余的钱,可以把客栈的内部,略加装点,也能做到一个小客栈所应有的雏形,这直接可以影响到客栈的生意的。郁丽华小姐要算是一位常川的房客了,一间三用式的屋子,两旁是房间,门旁是一张账台。他在生意清淡,文章写不出的时候,就躺在最近账台旁的睡椅上,闭着眼睛,哼几句哼惯了的京戏,聊以解嘲。

厅中,有一张方桌,四张竹凳,各据方桌之一边。左首有一张半新不旧的茶几,其上搁一把茶壶,笼罩在麻织的茶套中。

客房的门上,悬挂着白色的门帘,门帘上贴着一个小"福"字,雨渗透在柱脚上,有霍老板自撰的联句:"睁开眼睛看风色,放大肚皮装闲气。"

幕启:在下午五点钟。屋子里冷清清的,只有霍老板一个人伏在账台上苦写国际有关的大文章。

一会儿,感觉文思阻塞叹一口气,放下笔管,在房子里踱了步,慢慢地躺在睡椅上,点一根"黄河牌"香烟,用力抽了几口,企图驱逐不堪忍受的烦闷。

霍柏年(以下简称霍):"黄河牌",我抽烟的资格,一天不如一天了。人家说"不到黄河不死心",可是我到了黄河心还没有死呢,(说着,他从睡椅上站了起来,像沉思似的踱步,又想不出什么,咳一声嗽,嚯地一口痰,吐在泥地上,立刻把脚底擦了又擦。忽听到客房里有人拉弦子,他跟着哼起来)我好比笼中鸟,有翅难飞,我好比南来雁,失群孤单,我好比浅水龙,困在沙滩……(喉咙又打了一个噎,呼噜噜有一口痰急于要吐,到茶几上倒了一杯茶,润润喉咙,一口吐在痰盂里,感觉舒畅一些,视线注射到旁边的柱子上,没精打采地读联句)"睁开眼睛看风色,放大肚皮装闲气。"

(正在这时候,郁丽华从理发室烫了发,急急忙忙地赶回来,听到霍柏年叨念诗的内容。)

郁丽华(以下简称郁):啃,好诗!好诗!

霍:不是呵!我是念柱栏上的联句。

郁:(气喘喘地)今天理发室的生意好吧,巴黎,上海,新中国,大光明,几家讲究的理发店,家家挤得满满的,许多爱时髦的女人,都把黄澄澄的长头发,串在铁架上,准备受电刑呢。

霍:(笑嘻嘻地)哼……哼……郁小姐,究竟受的什么刑法呢,是电刑还是肉刑。

郁：（生气，不言一发，撅过身去，向房里跑）

霍：（追上来，拖住她，连声道歉）对不起，我说错了！

郁：我的老朋友，你对女人真的是不礼貌，所以女人都不欢喜你。

霍：郁小姐，我对女人一向是规规矩矩的、诚诚恳恳的，女人并不欢喜我。

郁：（娇声娇气）你们男人也讨厌随随便便、不懂礼貌的女人吗？

霍：郁小姐，别人我不知道，至于小区区觉得女人越野越可爱，我最怕逢到循规蹈矩、一本正经的女人。

郁：（故作不悦意的神气）你又来了。

霍：（走到她面前，端一张竹椅给她）坐下来谈谈好不好？我看你走得够疲乏了。

郁：谢谢，不过我没有工夫摆龙门阵呢？

霍：郁小姐，为什么这样忙呢，打扮得这么漂亮，是不是有人说你做嫔相，今天晚上国际文化协会举行第一次"妇女夜"，他们要你去玩呢？

郁：（笑着坐下来）嗯，我有做嫔相的资格吗？

霍：噢，原来如此，"妇女夜"，这个名目真新奇，重庆的交际家，不，那些为交际花服务的"交际草"，真会想新花样。

郁：就是国际文化协会的交际干事林学文的主意呢！他来过没有？

霍：（若有所悟）林学文？我知道是一位大名鼎鼎的"交际草"，他在抗战以前，就是世界闻名的交际博士，现在充当国际文化协会的交际干事，倒是名副其实，恰到好处。

郁：（着急）嗳！我不需要你背他的履历呵！我要问你，他来过没有？

霍：（故弄玄虚）嗯……嗯……嗯……恐怕来过了。

郁：什么时候？

霍：恐怕是我刚刚出去的时候。

郁：究竟来过没有？霍先生！

霍：究竟没有来过。郁小姐！（痴痴地笑）哼……哼……哼……

郁：（不悦意地）唉！人家有事呢！（气鼓鼓地推开房门走进去）没有工夫和你说废话。呵！霍老板！

霍：（站在房门口哀求的眼神）郁小姐！我有一件要紧的事和你商量，你出来，出来，就出来。

郁：（在房间里回答）我知道，你又想向我讨房账了。告诉你，房钱今天没有，后天没有，大后天也没有，待我有钱的时候，我无须你开口。

霍：郁小姐！我没有问你讨房钱，我决不向你讨房钱。你哪一天有钱，就哪一天给我。我是一个国际问题的专门家，现在做小客栈的小老板，是万不得已。可是，郁小姐！你真的当我是小客栈的小老板，我可不答允你！（异常认真的样子）郁小姐！我认真地请求你，你能不能容许我到你的闺房里来坐坐，我真的有件要紧的事和你商量。

郁：好吧！请你回到账台上去，算账也好，写国际文章也好，我换件衣服，马上就出来。

霍：你身上这件衣服，我觉得蛮好的，蛮漂亮，何必多此一举呢？（叹气）唉？娘儿们最正确的解释，就是装饰！装饰！（一面走到自己的账台上去）

（门外有人敲门，外声！"喂！喂！有房间没有？"）

霍：（喜悦地叫喊）谁？请进来！（说着，从账台上走下来）

（外声："有房间没有？"）

霍：（连声说）有的，有的，请进来！

（康慕云律师推门进，堆着一脸的笑容。）

霍：噢！康律师是你！你要订房间做什么？

康慕云（以下简称康）：（笑嘻嘻地）哼……哼……哼……我是来看你的。（张望一回，惊问）唔！那位郁丽华小姐，不在家吗？

霍：哼……哼……哼……我知道，你是来拜访郁小姐的。

郁：（在房间里突然问起来）谁呵？

康：（乐不可支地走进她的房间）郁小姐！郁小姐！你在房间里做什么？哼……哼……哼……（笑）快出来！快出来！

郁：（盛装华服，开门走出来）呵！是康律师。康律师，什么风把你吹来的？

霍：康律师来了一刻了。

郁：（像要出去的神气）唉！可惜你来得不凑巧，我就要出去了。今天晚上七点钟，我有一个约会。

康：我问你，是不是为了参加国际文化协会的"妇女夜"？

郁：你也去吗？

霍：（插问）康律师！你说的什么？

郁：（抢着回答）我刚才告诉过你了，今天晚上七点钟，在国际文化协会举行"妇女夜"。

霍：（奇怪之至）"妇女夜"，这样一个新奇的名堂，一定是外国传来的。

郁：你去不去？霍老板！

霍：自然想去见识见识。

康：你有请柬吗？

霍：我没有呵，你呢？

康：（从西装插袋里，摸出一张请柬）我吗？请柬是算到了，（面向郁丽华）可是有什么用，没有舞伴。

霍：为什么？你让我去好不好？

康：老兄，就是这个问题。（朗读请柬背面向上的附注）"各位来宾，自带女友，单独参加，恕不招待。"

霍：（向郁请求）我们一同去好不好？郁小姐。

郁：（笑着）霍老板，你有舞伴吗？（边说边望下来）

霍：要舞伴做什么？

郁：（乐得承认）好的，我们同去。

康：不过，郁小姐，我就为了这件事来找你的。你同霍老去，我呢？

郁：霍老，必须要有请柬，请柬就是入场券。

霍：我们既然同去，你的请柬，难道我不能通融吗？

郁：不能，不能，绝对不能，各人是各人的。

康：郁小姐，我昨天下午听到国际文化协会在今晚举行盛会，我就跑到那里，却巧遇到林交际干事，他从前一笔离婚案，我帮过他的忙，他就立刻送我一张请柬。你知道，今晚上到场的，不是要人，就是红人，不是红人，就是最出色的美人。（把请柬在霍柏年面前一闪，借此示威）老兄！今晚的请柬，不是有天大的面子，是弄不着的。

郁：我同他们不认识，他们也不认识我，我同你一样，也只认识一个林干事，我又没有天大的面子，他为什么要请柬送给我呢？（自鸣得意）那真奇怪了。

康：你不能和我们相提并论。你正是我们所需要的女友啊，（胁肩笑笑）呵……呵……呵……

郁：康律师，看你呵，说出这样无道理的话。

康：我的话才有道理呢，哼……哼……哼……郁小姐。

霍：（气愤）嗯，真气人，今晚的盛宴，既然国际文化协会主催的，谁不知道我是一位国际问题的专门家，他们凭什么理由取消我参加的资格？为什么不请我？简直是荒谬，糊涂。

郁：霍老板，他也许以为你现在是"萍踪"小客栈的小老板了。

康：唔。他们以为你已经改行了。

霍：谁说的！（立刻跑到客栈的墙角落里去，捧来一大捆写成的从没有发表的文稿）郁小姐，你应该知道，我哪一天放弃过国际论文的写作？

康：可是最近的重庆报纸上，很不容易看到你的大文，也没有一家报纸刊登你的新闻，连《大公报》的滴点里，也不滴你的大名了，各大学，各个学术团体，甚至是什么修业进德会哪，什么同华公会哪，都听不见你提高着尖锐的嗓子，在讲台上开口抗战，闭口建国，向大家说教了，而且更没有一个新闻记者，在访不到古怪新闻的时候，就把老兄当作材料，来一篇特辑和报告文学之类，拿去装饰"土报纸"的篇幅了。（笑）哈……哈……哈……难怪今天的盛会，没有你的份的。

霍：我当然不是最出色的美人喔。（气闷地垂下头来，声音有些低沉）

康：你更是算不上是一个要人和红人喔！

霍：可是，我最近一天忙到晚，半点儿闲工夫都没有，我无论如何总当得起一个忙人吧！你知道，我是为谁辛苦为谁忙的，还不是为了抗战，还不是为了建国。

康：你忙，倒是真的。但不是一定是为了抗战，更不一定是为了建国。

郁：霍老板！你不要生气，我说，穷忙，穷忙，越穷越忙！越忙越穷。

康：（大笑）哈……哈……哈……真理！真理！是抗战中发明的逻辑！

霍：（自怨自艾）唉！只怪我自己不好。（说着从坐椅上站起来，在屋子里踱了几步）我的国际论文，本来无论哪一家报纸都抢先登载的。

郁：是的，我以前在报纸上好像见过你的大文了。

康：我从来没有见过霍老兄的文章，郁小姐！（带有嫉妒的意味）

霍：康律师！你不要这样小看我，我的国际文章只要今天见报，明天就有人翻成各国文字，在外国大报上露面了。（长吁短叹）唉！就怪我在前年十二月八日的前夜，在夜报上刊登一篇《日寇绝不敢进犯南洋》的短文章，谁知道，天刚刚亮，东方快要发白的时候，日本小鬼进犯南太平洋的消息，已经闹得满城风雨了。（叹气，顿足）唉！从此以后，我那国际预言家的金字招牌，便被我自己彻底打烂了。不过，我们的雄心……

郁：（插嘴）霍老兄！你的雄心，就只能当小客栈的小老板了。

霍：（没精打采地坐下来）其实，这城市里，一面做老板，一面又在做作家、剧作家、考古家的人，有的是，何止是我一个，我不知与人家何怨何仇，偏偏瞧不起我。

康：老兄！你太老实了！"萍踪"小客栈的小老板，你不应该直截了当用你的大名——霍柏年，到社会局去登记，因为霍柏年这个名氏，是你发表国际论文的名氏。你为什么不用另外一个名字？为了保全你在社会上的声望，就是用阿猫阿狗都可以。老兄！你这一点世故都不懂，我实在代你惋惜!

霍：不错，我是老实人，但我不懂一个写国际论文的专家，为什么不能兼做"萍踪"小客栈的小老板?!

康："二者不可得兼。"你一定要兼，至少也必须是兼一个特有任和前任之类，不过，你能有银行总经理可兼，也不至于损害你的声望。（康律师看了看小客栈的周遭，表示同情的叹息）唉！老兄！你现在是完了，完了，这样破破烂烂的小客栈，老实说，只要稍有出路的人，谁也不会光顾的。你的声望，所以一落千丈了。

郁：康律师！我是住在这里的，难道说，连我也是没有出路的吗？

康：（走近她，拍拍她的肩膀，假装非常亲切的样子）郁小姐！你是例外，你是例外。况且，我是明白你的苦心的，你是为了避免许多不要脸的男人（望了望霍柏年）来纠缠你，麻烦你，才躲到这个蹩脚客栈里来的，是不是？

郁：（康律师的话，装饰了她的面子，她欢喜地跳跃起来，兴高采烈地说）是哟！康律师你真了解我的苦心了。我多么感激你呵！

霍：郁小姐！你不要听这位土律师的鬼话。你看他的样子，眼睛红通通的，就像一只吃人的恶狼，你只要说一句"康律师的人，真好"，他马上会把你吃下去的。

康：老兄！今天的盛会，你是无法参加的了，你生气有什么用，他们没有请你，是事实。（回头对郁小姐说）郁小姐我们回去。（看看手表）呦！快六点了，我们可以走了，郁小姐！

郁：（站起，不自然地笑了笑）对不起，我已经有约了。

霍：（拍掌大笑）哈……哈……哈……今天晚上的盛会，我恭祝你能躬逢其盛，康律师！

康：我只要能够跨进国际文协的会堂，我认识的女朋友，有的是，因为抗战以来，这里大部分的"伪组织"，一定要争先恐后地和我跳舞呢。

郁：她们为什么不跟你同去呢？

康：（靠近了她，哀求苦怨）郁小姐！我是为了你呵！我早知道你也有了预约，我当然可以另打主意的。

郁：（看表）可是你此刻就是要另打主意，未免太迟了。

霍：我真想不到这里比较时髦的女人，也同国际文协的林干事一样，都是忙碌的交际家。

郁：林干事也许在五分钟内就要到，我的请柬，是他给我的。

康：我今晚不预备跳舞。郁小姐！你跟林干事说，让他派一件职务，如果招待人数不能增加，就是当临时茶房也可以。我非参加不可，我要看看在今天晚上，究竟有多少时髦的人。

郁：你自己和林干事说吧！我怎么能做主呢？

霍：（走到郁小姐面前，郑重其事地说）孔夫子说过"四十而不惑"，我现在早就越过"不惑"之年了。郁小姐，无论怎样时髦的人，也打不动我的心了。不过，这位康律师倒颇有点"醉翁之意不在酒"呢，至于我，只想趁此机会，会会许多"极舞会"的贵宾。我近来困居在这一间陋室里，暂充小客栈的主人，真是倒霉极了。我又懒得和要人周旋，我相信，我过去的历史——一位鼎鼎有名的国际问题专门家，要人们决不至忘记我，实在还是自己太懒惰，不肯和他周旋。

康：老兄！平素反对做官的，是你，一心一意要做官，也是你。

郁：康律师！霍老板如果做了官，就绝不会反对做官了，你说是不是？

霍：郁小姐！话不是这么说。做官是一件事，反对做官又是一件事。我做了官，在口头上也是要反对。

郁：为什么？

霍：我不知道为什么，也许这是中国人的老毛病。

康：（面对郁小姐）我是学法律的，但我不想做官。我很想找一个对象，把藏在心坎里的热情发泄一下。（叹气）诶！有热情而无处发泄的人，老实说，是世界上最痛苦最可怜的人呢！

霍：康律师！法律是条文，是冷酷的理知，不是热烈的情感，你假使也有一蓬火辣辣的热情，藏在心坎里，那你就不算是一位高明的法律家，不算是一位高明的律师。

郁：不，不，我们的康律师，谁都说他是风流律师呵！在他眼睛里，脑子里，周身的每一个细胞里，都充满着热情呢！

康：（冷笑）哼！你们要知道，中国的法律，不外乎人情，法无可恕，情有可原，才是中国的"法治精神"，所以，缺乏热情的人，绝不能做高明的律师。我最欢喜接受的生意，就是风流案子……

郁霍：所以，人家都称赞你是风流律师了。

康：（移动脚步，走向郁小姐跟前，声音低低地说）郁小姐，我做律师是为了吃饭，并非本意，我做了很多种新诗和旧诗，你见过没有？我也曾印过好多种集子了。

霍：噢！我有长到一点新的智识了。才知道我们的康律师原来是一位富于热情的诗人。

康：正同你一样，是"萍踪"小客栈的老板，又是国际问题的专门家。

郁：嗳！你们都是了不起的人才，无论到什么地方，无论在什么时代，都少不了你们的。（幽默地）

霍：可是今晚上的"妇女夜"，这样一个又热闹，又有趣的盛会，就没有我的份。

康：郁小姐！是谁预约你的？

郁：还不是那位林干事。

（门外有汽车声，在客栈门前停下来，一会儿林学文偕钱婀娜闯进来。）

林学文（以下简称林）：郁小姐！打扮好了没有？钱小姐也来了。

钱婀娜（以下简称钱）：（一面笑一面走进）哼……哼……丽华，丽华！我来约你呢！

郁：唷！你们都来了，我等得心急死了。（面向林学文）老林！再等你们一刻，你还不来，我就不去参加什么"妇女夜"了。

林：（笑容迎面）那怎么可以呢！今晚上参加的人，都是这城市里最漂亮，最年轻，最有钱的。（含讥带嘲地）丽华！你尽可以放出眼光来，扫射一圈，看看有没有中意的人？（笑）哼……哼……哼……

郁：老林！你老是说些没出息的话。你当我是什么样的人了。告诉你，你们男人没有一个是好东西，我要不是看你的面上，哼……哼……请我也不去。（搭架子的神气）

林：（像没有看见康律师霍柏年站在旁边似的，百般献殷勤）今晚上，绝对少不了你，你不去，今天的"妇女夜"，就同满天暗淡的星光，缺少一轮皎洁的明月，一定要大大减色的。

郁：得了，得了，你不要说得好听吧！婀娜！你们先走，我一定不去了。（说着，向房里走）

钱：嗳！时候到了，不必生气呵！反正是吃吃喝喝，跑跑跳跳，都是逢场作戏，没有什么了不起，你又何必认真呢！（说着跟向房里去）

康：林干事！入场券我是承蒙你的好意，总算弄到一张了，但是没有女伴，你们还是不招待，你要代我想法，你非想法不可！

林：噢！失敬！失敬！康律师也在这里。关于女伴，我实在爱莫能助；不过，你误会请帖上说明的意思了，如果没有女伴，只在跳舞这一项节目，恕不招待而已。但是，你照样可以凭请柬入座，吃大餐，喝洋酒，抽外国香烟，听要人训话、名人演说、美人唱歌……

霍：林先生！我也算是研究国际问题的专家，我写过许多国际论文，我也会出席你们召集的演讲会……

林：（抢上来说）是的！是的！霍先生是老资格。

霍：（继续说下去）再说，有什么外宾到重庆来，你们要号召一匹人马，跑到车站、飞机场去欢迎了，我都愿意参加，都有我的份，可是……

林：（仍旧抢上去说）可是……可是……威尔基先生到中国来，凡是国际问题的专门家，都到飞机场去欢迎了，我并没有看见霍先生……

霍：我……我……我……

林：你听我说……（立刻制止）我自从那一次起，我就疑心霍先生也许改行了，不再研究国际问题了。后来，我逢到郁小姐，她告诉我，就住在霍先生新开的"萍踪"客栈里。我才断定霍先生真的改行了。（走过几步，看见柱脚上的联句，朗读起来）"睁开眼睛看风色，放大肚皮装闲气。"（回头对康律师说）康律师！霍先生的联句，真是真理名言，你同意吗？

康：同意！同意！

霍：林干事！我开小客栈，是郁小姐告诉你的？

林：是郁小姐告诉我的；所以，我相信你是改行了，今晚上在参加"妇女夜"的来宾名额里，我就自作聪明，干脆把先生的大名除外了。

霍：（马上走到账台旁，搬来一大捆已经写成的文稿）林干事！你瞧！这些论文，没有一篇与国际的风云无关。我虽然在前年的十二月八日的前夜，在夜报上说日本人不会进攻南洋，算我第一次说错了话；但是，说实话，我今后的观察力，倒是非常真确了，人家说的话，我都能说，我说话，人家都说不出，只可恨没有一家报馆，愿意刊登我的文章了。

林：这些都是机会，机会。霍先生你不应该放弃欢迎威尔基先生的机会，只要威尔基先生肯和你拉拉手，或者你能从人群中挤上去，和威尔基先生寒暄几句，大家又会把国际问题专家的桂冠，挂在你头上的。你就是在前年十二月八日的前夜，在夜报上说日本人不会进攻南洋，但天刚刚亮，日本人就向南洋侵略了，人家会说你是故意从反面着笔，暗示日本人就要侵略南洋了，你只有更提高专家的地位，绝不会因此把地位一落千丈的！（叹息）你为什么放弃欢迎威尔基先生的好机会？！我替你打算！你现在只有"睁开眼睛看风色"，再静待机会了。

霍：林干事！就请你给我一个机会吧！听康律师说：今晚上参加"妇女夜"的来宾，都是要人和红人，我苦闷的时间，已经够长久了，请你容我坐着你们的汽车一同去参加，让我去碰碰机会！因为这些要人和红人，在平时是难得遇见的。我也有过光彩的黄金时代，只是和他们久不攀谈了。我但求有机会遇到他们，我就能替自己创造更好的机会。

林：霍柏年先生——我们的国际问题专门家，你过分看中我，是会加重你的失望的，你看我能够发请柬，邀来宾，找女伴，混在交际场中，和那些要人、红人称兄道弟，好像我也变成了要人和红人了。其实，我在国际方面，自从抗战以来，也没有让一切的机会，从我的手边溜过去，可是，我到今天还不过在国际文化协会充当一个起码的交际干事。但是，有许多人是站在我的肩背上，或者是在我的手掌里，爬上去，托上去飞黄腾达了。我呢？（惨笑）哼……哼……哼……承蒙他们都称赞我，长于交际，交际一职，非我莫属……那我就只能永远……永远……永远是一个交际干事了。

康：我们的交际家——林学文先生！从你手掌里托上去的人们，是数不清，算不明了。其中有升官的、发财的、成名的，也有名利双辉的，金玉其相的，不过，你的交际能从来力没有托起我的臀部，使我也能攀到高处的大树上去。好在我虽然是学法律的，我是不要做官，不必发财，也不一定要名利双辉，我的要求，最低也没有了，我只希望介绍几位比我老婆好看一些的女人，做做朋友，大家两相情愿的话，可以坐坐咖啡馆，谈谈笑笑，彼此既无所失，也无所得。林先生！我的老婆，你是见过的，我只要你介绍比她好看的女人，我想，绝不是过分的苛求吧！

林：容易，容易，那容易办。（高呼）郁小姐！郁小姐！走了！时候不早了。

（钱婀娜在内厅："就来了，就来了。"）

康：我的要求，是说在今天的"妇女夜"，希望老兄能够办到。

林：好的，好的，你同我们的车子去。

康：好极了！好极了！（狂喜之极）

（钱婀娜偕郁丽华上。）

霍：怎么！你们就准备走吗？

康：（一面看着一面骄傲得意地说）霍老板！不错，我们要走了！再不能把宝贵的光阴，浪费在贵客栈里了。

霍：林先生！我也跟你们去。（林学文不表示可否）

钱：（笑嘻嘻地）林先生！你瞧！丽华多好看呵！今天打扮得多漂亮呵！

林：（对郁丽华笑一笑地说）郁小姐！我以为你真的不高兴我了。谁知道你躲在房间里，又忙着打扮呢！

郁：学文！你瞧我嘴唇上的口红，怎么样，红不红？好不好看？

林：红，好看，在重庆找不到第二个。

康：郁小姐！今天晚上，是你的世界呢！

钱：走了！不说废话了。

康：好吧！就走！

林：（迟疑了一下）等一等！

钱：等谁？

郁：（故意说）霍老板是不去的，还有康律师是不愿去的。

霍：（对林学文）我要去！林先生！

康：我怎么不去。

林：（考虑地）是！是的，你可以去。不过，我们还少一个人。

郁钱：谁？谁？

林：（怡然自得的神气）唔……唔……康太太还没有来。因为康律师今晚要在"妇女夜"显显身手呢！

旁人：（大笑）哈……哈……哈……

康：（恼羞成怒，拉着郁丽华的手，就要向车子上跑）走！走！我们走，丽华小姐！

（康太太赶来，找寻丈夫，见康律师正拖着郁丽华的手，准备走向门外的车上去。）

（康太太走近，怒气冲冲地靠拢康律师的背后。康律师不知，依然亲亲密密地拉着郁丽华的手。）

（林学文、霍柏年、钱婀娜等均不作声，默默地发笑。）

康太太：（大怒）你们青天白日之下，这样拖拖拉拉，还成什么体统。

康：（窘态毕露，卑谦地向太太打招呼，企图自圆其说）我的太太，你来得好极了。（指着林学文说）这位林先生，是国际文化协会的交际干事，他本来要放汽车来接你呢！

林：康太太！今晚国际文化协会举行"妇女夜"，你们康律师要跳舞，我说最好请康太太同去，确实是我的主张。

康：太太！林先生说我要跳舞，并没有这回事，他希望你也去见识见识，倒是真的，你究竟去不去？

林：康太太！汽车在等我们呢！

郁：（不好意思似的看一看康律师）噢！喔！这位就是康太太！你们康律师正要拉我去跳舞呢！康太太！就请你同我们去吧！我今晚上已经答允人家了。（处处表示真实的神气）要是康律师早一些替我说，我反是逢场作戏跳跳玩玩，我也可以答允的。

康：太太！你千万不要听他们的话，我向来不喜欢跳舞，你是知道的。

（康太太睁开怒眼，凝视康律师，将要大发雷霆一般。）

霍：（乘机报复）康太太！你只要迟一步到，你们康律师就同郁小姐、钱小姐到了国际文化协会，和她们跳得火热了。

康：霍老板！你不要胡说八道！

康太太：好！好！你们都看中康慕云。（欲哭无泪，痛骂康律师）你这不要脸的东西，你最喜欢替人家打离婚官司，你干脆和我一刀两断，大家离开吧！（坐在椅子上，大哭起来）

康：（无可奈何）唉！我的太太！你千万不要小题大做呵！谁有闲工夫和她们跳舞呢？！

郁：谁有闲工夫和你跳舞呵？！

康：我告诉你吧！今晚上的盛会，和那些名人、要人、贵人，还有刚在走运的红人，周旋一番，对于我总是有百利而无一弊，你为什么要阻止我？

康太太：你们这些没有良心的东西！现在是什么时代呵！成千成万的老百姓，死在敌人的枪眼里，还有数不清的同胞们，都饿死冻死，你们就一点都不怜惜吗？你们还要踏在死人的枯骨上，跳舞作乐吗？

霍：（快慰之至，在屋子里踱了几步，不自觉地表示赞许）骂得好！骂得好！他们真放肆得不像样了！

（林学文、郁丽华、钱婀娜，他们都在哑然失笑。）

（霍柏年躺在睡椅上，又在运用低哑的嗓子，哼起京剧来。）

（康律师说不出愤怒，眼不转睛地对着自己的妻。）

康：你太不懂事了！你这样哭哭啼啼的，算什么呢！你不怕人家见笑吗？

康太太：他们还配笑我！

林：康律师！怎么样？

郁：康律师！我们就要走了。

（门外汽车声。）

钱：康太太！我劝你还是看破这些呵！男人要做的事，你不必阻止他们，阻止也阻止不住，不过是自寻烦恼。你就让康律师同我们去吧！

康太太：这位小姐是谁？我还是初次见面呢！

林：（争先介绍）康太太！这位钱婀娜小姐！（笑）哼……哼……你就是初次见面，你不至于听不到钱小姐的大名吧？！

康太太：（想了又想）唔！唔！我听到过了。钱小姐！你说得很好，我初次看见你，初次听到你的经验之谈。

钱：（勃然变色）康太太！我看中你是一位律师的太太，你不应该抱着微笑的态度，来回答我的正经话。

林：康律师！我们要先走了，我再放汽车来接你吧！

康：等一会！等一会！（说着见林等先走，急忙赶来）
（康太太立刻跟随追出。）
康：（面对其妻）喂！太太！你回去！
康太太：（大声怒吼）你到哪里去？
康：我马上要去参加"妇女夜"。
康太太：你敢去！我和你拼命！
林：（向康律师）你们的交涉办好没有？
郁：喂！你究竟去不去啊？林先生！
林：好……好……走！走！就走！
（林学文、钱婀娜、郁丽华同下。）
康：都给你赶走了，你总可以放心了。
康太太：下次不准再到这里来！
霍：康太太！我开的"萍踪"小客栈并没有连累康律师！
康太太：我看到这一群不要脸的女人，我几乎把你开的小客栈，当作三四等的窑子呢！
霍：（愤怒地）岂有此理！岂有此理！康慕云！康律师！你不能乱骂人，不能见人就骂。（叹气）唉！她骂我的话，真叫我忍受不住，要是这些话，出在你嘴里！我非打你几个耳刮子不可。
康太太：（怒叱康慕云）走！走！立刻离开这里！
康：我不走。
康太太：我问你，你待在这里做什么？这里是窑子，是堕落人性的活地狱，你待在这里做什么呵！
霍：混账！混账！这女人发疯了！喂！康太太！你不能连累我的客栈呀！你的丈夫是律师，你不至于毫无法律常识吧！
康：霍老板！你去起诉吧！我太太犯的是公然侮辱罪。她不但侮辱你，还侮辱我呢！
康太太：（得步进步）好！你说得好，我就要侮辱你，（走上来拧住康律师的耳朵，连声说）你替我走！走！立刻就走！
康：（只得无条件屈服，好声好气地承认）好……好……你放手，我走，我就走。（边走边说）
康太太：我从来没见过这样龌龊的地方，这些卑鄙无耻的人。（将出门，自言自语）
霍：（追出笑问）你骂我。
康太太：（外声）骂你，又怎么样？

霍：（只得退回来，无主意地坐下，把搁在桌子上的文稿，看了又看，忽然悲从中来，在寂寞中一页一页地撕毁。）

（立起在屋子里踱来踱去，抬头，又看到柱脚上的联句，不自觉地朗读起来："睁开眼睛看风色，放大肚皮装闲气。"一面朗读，一面把昂起的头低垂下来。）

（闭幕。）

重婚（电影本事）[1]

（一）

在南岭北支的尽头，太湖冲击着的一块盆地，有一个村落叫作樊川村，黄姓的子孙聚居在那里。浓密的树荫，红的野花，绿的桑麻，春天的桃李，秋天的稻香，随着大自然的变幻，一幕一幕地点缀着茫茫无际的原野，可说是江南最繁荣的一个角落。

黄春山是樊川村唯一的富农，他所以致富的原因，并没有秘诀，也不是侥幸，完全是出于勤俭。他虽然有了这样高大的房屋、丰富的田畴，可是，依然是"日出而作，日落而息"，从来没有怠工的时候。

黄文华是春山的独子。这孩子同时承顶着一支绝房，是双祧的。他从来不知道父亲在过去岁月中如何地辛苦而积成如许的家产。他出生的时候家道已不像从前那样破败了。春山及其妻程氏，异常宝贝这孩子。他们每逢到有算命先生经过，常常邀到家里来占卜文华的八字，算命先生十有九个都是这样恭维说：

"这孩子有文昌星高照，天德星守命，将来一定大富大贵，衣禄饭碗，吃用不尽。"

"这孩子落地的时候，家运就有转机了。真是你们黄家的宝贝，你们要当心地养。"

春山及其妻听了算命先生的话，心里欢喜得像开了一朵花，由此以后，工作格外地勤勉，用钱格外地节省，为的是要替他们的宝贝计划着将来的缘故。

（二）

樊川村在附近周围十里中是比较提倡文化的村落。村上识字的人特别多；就是到这村落里帮了一年多长工的人，也会温文尔雅地诌起文来的。

---

[1] 原载 1934 年 5 月 1 日《文艺月刊》第 5 卷第 5 期。

只有黄春山不识一个字,他家里向来没有一个人读过书,而有的是钱。

村庄上许多读书未成的长衫阶级,终年无所事事,就专门看中了黄春山由辛苦积得的钱,故意寻找他的缺点,敲他的竹杠,借以供给在街镇上酒肉烟赌的挥霍。

黄培林是村上一般长衫阶级的领袖,他有一群人辅助着实行敲竹杠的计划。有一天,黄春山家里的耕牛,误吃了黄培林祖坟上的草,刚好被黄培林在巡查田禾的时候捉住了。这真是黄春山飞来的灾祸。黄培林就以破坏了风水为理由,扬言要到城里去控告。结果不但被没收了一条牛,还要赔出五百块钱,才和息了这件案子。以后,他们又觉得闲着不耐烦了。大家又聚集在黄培林家里,筹商对付黄春山的计划。说是黄春山的住宅的墙脚,排在通村共有的道路上,非拆毁不可,要不然就要到县里去吃官司。

这消息一传到黄春山的耳朵里,着急得坐卧都不安宁。他一听到"吃官司"这三个字,常常会使他惊恐得起抖。她的妻观着他这样的窘态,便问道:"文华的爸,难道又发生了什么事了?"

"总是有钱的人不是呵!"春山一面叹息,一面愤慨地说。说完了这句话,从裤带里抽出一支烟杆来,拉上一大筒的烟叶,用力抽闷烟。眼神出神地想着。妻拍拍他的背,千方百计地安慰他,继续说:"不是有钱的人不是,是你自己有了眼乌珠不识一个字的不是呵!"

这实在是打中了春山心坎里的一句话,他警觉地回答:"是的!一点都不差!我们所以常常受欺的缘故,都是为此。"

"好在文华大了,快要从小学里毕业了,我们与其常常受人家的欺,不如给文华多读几年书,也让他到县里省里去长些见识。"妻说。

"文华的妈!你的话真有见识。况且,这孩子的八字是注定的大富大贵,念书吃饭,将来还怕什么呢!"春山的声音突然响亮起来,立即忍着些痛苦,请人去向黄培林那一群人设法疏通,拿出一千块钱,好容易总算又了结了这一件案子。

(三)

黄文华是春山及其妻年近四十才生的一个独生子,宠爱到一刻都不能离开身边的。一旦要到离家三十里的县城里去进中学,做父母的总觉得不十分放心。

是寒假的冰雪载途的一天,学校已届春季开学。春山雇了一只小船,送儿子到城里去上学。大雪不住地落下,飞在篷盖上,飞在摇船人的身上。

他们躲在船舱里谈谈笑笑，非常高兴，这老人满怀着儿子的将来的希望，毫不觉得雪天的寒冷。

到了城，春山担着儿子的行李在前走。文华跟在后面。大雪还在飘飘地落下。

到了县立中学校。这老人十分诚挚地拜托校内的执事，好好地教训他的孩子。

（四）

自从春山的儿子在中学读书以后，村上人的眼光果然两样了。从前常常欺侮他的那些土劣，果然有些畏避了。因为他的儿子在学校里认识了校长及许多先生，如果，村上人还有什么借端恐吓的举动，他的儿子就会立即请学校里的先生们援助。春山早就抱着这样的决心，宁可把钱送给城里的先生们，决不送给村上的那些土劣。黄培林之流，果然销声匿迹了。

邻村有一位马家彦老先生，是附近十里中最有势力的大绅董。他为着羡慕春山的家业，和他的儿子已到城中的学校里读书的缘故，情愿把自己的爱女马绣凤许给文华。春山在街上带了马家的庚帖回来，面上堆满着说不出的笑容。跨进门，笑嘻嘻地对妻说："文华的娘！生了儿子究竟要读书的。现在马绅董也愿意把女儿许给你做媳妇了。"

说完了话，把庚帖从怀中取出来，呈现在妻的面前。妻受宠若惊，一时禁不住从心底冲上来的喜悦，像害了伤寒症似的抖动。不自觉地说："文华的爸！我们高配得上吗？"

"这有什么呢？只要马绅董不看轻我们。俗话说：许女要低配，娶媳要高攀。"春山说。

"哈——哈——哈——"这老太婆从干枯的喉管里发出来的欢笑。春山抽出长烟管来，拉上一管烟，很得意地抽着。泰泰然地说："呵！呵！那些不要脸的东西！对我们没有法子了。文华的娘！我们的家产保得住了。"

妻应和着说："这也是孩子的福气呵！"

"那自然。算命先生的话，是不会欺骗我们的。"春山边抽烟，边回答着。

合家欢欢喜喜地在晚餐。房子里充满了吉祥的喜气。

（五）

黄春山观见儿子进了中学校，又和马绅董家高攀了婚事，他心里真是说不出的喜悦。这喜悦，特别地加增了他工作的勇气。在冬天下雪的天气，依然在外面拾狗粪，取杂草，或则在家里推草鞋，踏盐菜；夏天，太阳晒在背上，像背了一盆火，池塘里的水，起着沸滚的泡沫，他还是在田里拔草，热得气都喘不过来，常常昏晕过去，不省人事。

当着文华在城里读书的时候，春山的家运真是特别地景气。田里的稻，并不要很多的肥料，终比人家的见收，春蚕也意外地茂盛。春山在这样的顺境里工作着，感觉到从来所没有的兴味。每天早上荷着锄头到田里去，到夕阳挂在山冈上，挂在堤边的杨柳树上，便悠悠自得地一路哼着山歌归来。

他自己没有读过书，所以格外羡慕读书。有时候把他的儿子在小学里已经读过的书揭开来看看，都是画着各色各样的人物和山水，他几乎欢喜得嘴壳都合不拢来。

"洋鬼子的书，究竟和本书不同。"他默默地这样想。他深深地自悔早生了四十年，没有福分读他孩子所读的书。但立刻便有了另一个自慰自解的念头，袭上心来。

"能够给孩子多读几年，也是很好。"

（六）

文华进了县立中学校以后，终日无所用心，功课都茫茫然无一样能了解。在上课时，很勉强地坐在位置里，像生了针刺，两只手托着自己的下颚，避开教师的视线打瞌睡。或则蹲在茅厕上消遣上课的时间。有时候假装生了病，当着人家上课的时候，他还躲在被窝里伸懒腰。遇着大考和小考，就预先疏通了隔座的同学丢纸团。在星期那一天，文华常常是穿了时髦的服饰，同着城里的一般浪荡儿，专在街头巷尾追逐着女人的背影。

当着文华在街头游荡的时候，正是他父亲在田里辛苦地工作的时候。

（七）

黄文华在县立中学读书，已到将近毕业的年限了。最初，因为刚刚从乡下到城里，一切用费都很省。后来，年级一年高一年，而每年的用费，也就一年多一年了。但黄春山除觉得肩膊上稍微有些重量以外，对于他儿子的花钱，反而是十分的欢喜。他每每这样想："只要儿子能出人头地，多花一些钱也是应该的。因为我黄家并不是诗书门第。"

在暑期中，文华身上着的是雪白的帆布制服，或者是翻领的白西装，脚上是黄的黑的白的——各种颜色的皮鞋，派克牌的自来水笔插在口袋里，露出一个金黄色的夹子，头发光光的，香的，油腻的，几乎停不住一只苍蝇的脚。手里常常执着一册摩登的小说，大约是张资平的三角恋爱，及郁达夫的全集之类。嘴里衔着一支烟，自命不凡地在同伴面前夸耀。而在暑期中的真实的生活，是浪游街头，喝老茶，玩麻雀。

（八）

文华已在县立中学毕了业。

在文华到家的次日，家里便来了一大批拍马屁的贺客。都像故意搜索着枯肠，想出适当的话来恭维黄春山。例如：

"恭喜你！春山伯伯！生了贵子。"

"简直是合村挡风的大树呢！"

"希望步步高升，一步登天。"

这些话，使黄春山的耳管里感觉到非常地顺适。他连连地拱手，表示谦意道："靠福！靠福！"

贺客去后。

春山和其妻程氏便讨论到文华的今后。面上暴露着欢喜、担心、忧郁——种种的神气。

"文华的娘！儿子前途要紧，我看，应该连上为是。"春山说。

"不！老头子！我们老了，黄家的丁口又不旺，况且马府上的小姐，年纪也不小了。我看，还是抱孙要紧吧！"妻像商量的态度说。

春山沉默着，若有所思，最后，自言自语道："倒也不错，成了亲出去念书，也是一样。"

（九）

黄春山在极尽铺张地筹备儿子的婚事。

马绅董是乡下人公认为县里有名的闻人。嫁女的消息传出后，大家为着慑于马绅董的势力以及企图讨好于他的缘故，无不争先恐后地到马府去道喜。

马绅董亲为此事跑到城里去，恳求知事下乡一次，替他装一装门面。

乡下人听得县知事下乡道喜的消息，更增加了马绅董的名望和地位，也连带看重了黄春山。

春山在这种情形下，当然也决心拼一拼。

他一面请了许多泥水匠、木匠，修理房屋，扎彩，改换门面；一面吩咐儿子星夜进城，运动县立中学的校长向省里的名流政客求一幅画或聊句之类，争光门楣。

文华专为此事，拿着校长的介绍信，连夜赶到省里去，会见在省衙门里当科员的校长先生的老同学。好容易说尽了期求的诚意，才转而又转地得着衙门里一位科长先生的手迹："忠厚传家久，诗书世泽长。"

文华拿了手迹回来送给他父亲，欢喜得如获至宝。立即请裱糊师加工裱起来，悬挂在厅堂的中央。

喜轿进了门，爆竹齐鸣，鼓乐喧天。新娘盛装走出来，拜过了天地。合村的观客，都交口称羡道："好福气！好福气！"

春山和其妻忙碌着招待男女的来宾。

（十）

文华婚后，新妇马绣凤从养尊处优的旧乡绅家庭里，来到纯粹是农民式的家庭，最初，实在过不惯朴素的田家风。

春山和其妻因为马绅董的女儿进了门，一切的生活态度，已跟着起了积极的变化；处处在避开着旧时的粗陋的动作，免致给新妇所鄙视。

从前：春山终年不穿鞋袜，不着长袍，不着马褂，不戴帽，老在田间作苦工。

现在：常常是衣冠端正，温文有礼。虽然仍在田间工作，但在未进门之前，便偷偷里在大门外穿得齐齐整整地进来了。

从前：家里的一切陈设，都是破破烂烂，堆满着种田的农具。

现在：凡宜于绅士人家的种种陈列的装饰品，都应有尽有了。

从前：黄老太太是粗布衫，蓬头，破鞋。一切都充分象征着是一个乡下老太婆。

现在：不但举动文明了许多，也能很勉强地学施铅粉、香水以及种种化妆品了。

假定把黄春山的家庭环境和新妇未进门之先一比，确实已改变了不少。但在新妇的眼光里还是看不惯。因为这种动作，都觉得生疏不自然。马绣凤在这样的环境里生活着，依然是感觉到不调和的苦痛。

有时候，不免常常在翁姑的面前，夸耀母家的阔气。同时，觉得她自己也好像比翁家所有的人都阔气了许多。懒惰，骄傲，日上三竿，睡眠不起，家里应做的事，置之不理，专在自己的深闺，施铅粉，画眉毛，对镜自窥。

这些行为，究竟在一个纯粹农家风的黄老太太，是绝对看不上眼的。但因为新妇来自世家，只有无可奈何地忍耐着。

文华虽然受了一点新教育，归根结底是农家子。他除了充分巴结着妻的性情及投其所好以外，就不免受她的闲气。当他俩发生意见的时候，绣凤常说："你家是什么东西？你的父亲是做长工出身，我父亲和县老爷是最要好的朋友。"

文华那时候，就会联想到在结婚前到省里去弄来的一副对子，也就不客气地夸耀着说："你看见我家厅堂里的那副对子没有？省里的老爷，倒不比县里的老爷阔些。"

文华屡次受着妻的闲气，便种下了以后报复的心理。夫妇间所以不能发生怎样了不起的情感，妻的娇纵，瞧不起农家的生活，可说是一个重要的原因。

（十一）

到了暑假将满，各处的学校都在报端上登上了招生的广告。

有一天，文华从街镇上拿着一份报纸飞奔到父亲面前来。上面载着这样一个广告：

申江法政大学招生广告：本大学现招收法学系学生一班。凡中学毕业及有同等程度者，均可投考。学费每学期一百元。膳食自理。

校长陆独洪启

文华拿着广告，高兴地对父亲说："爸爸！我们不是常常受人家的欺吗？现在，上海的法政大学招生了，我决计去投考。凡是欺过我们的，我们都要给他一点厉害。"

黄春山几乎欢喜得疯狂起来，立即同意他儿子的意思。

便进一步地问："法政大学毕业以后，还有什么用？"

文华数一数二地对父亲说：

"要做官非进法政大学不可。

"凡是做官的人，大抵是法政大学出身。

"像我们没有脚力的人家，只有进法政大学，因为毕业以后，做不到官，至少，可以挂律师的牌子，敲人家的竹杠，或防止人家敲我们的竹杠。"

文华口讲指画地在父亲面前说得天花乱坠，把春山怂恿得眉飞色舞。

（十二）

黄春山送儿子到上海考"申江法政大学"。申江法政大学的大门，门上贴着一张招生广告，有许多男女学生进进出出。

上海亦有规规矩矩的学校，但文华颇有自知之明，是决计没有录取的希望的，只有像法政大学一类的学校，不限定什么资格和程度，只需有钱，无有不被学校当局所欢迎的。所以，申江法政大学，无异是一般无聊青年的收容所、将来社会上一般高等流氓的制造厂。

文华录取了，榜上有了他的名字，报纸上也登载被录取的广告。当文华把这好消息传给他父亲时，黄春山真是喜不自胜，便伸出朴素的农民风的手，拍着文华的肩背说："我们历代以来，没有出过念书人，现在风水转了，好儿子，用功些呵！"

他们在上海老半齐酒馆晚餐。这诚实的父亲，像接待贵客似的接待他的儿子。尽量把好吃的东西，省给儿子吃；好像儿子能够多吃一块肉，就多长一块肉似的。

（十三）

上海是一个大陷阱，意志薄弱的青年们，无有不日趋堕落的。

文华自进了法政大学后，每天的所见所闻，当然与县里的不一样，一切的生活形态，和在中学时代又跟随改变了。何况他的经济来源，自有他甘做牛马的父亲不断地供给，几有用之不尽取之不竭之概。

在这种情形下，这足以招致许多无聊的同学和他表示十分的亲善，尤其是一般浪漫惯的女同学。

这些青年们到这学校里来，并不是读书的。男的除了混资格以外，附带的条件就是找性友；女的也初无二致。反正学校当局但求学费能够收足而已。

李香芹小姐，是文华同级的同学。他俩的座位刚刚是排列在一起。在上课时，使彼此常有互通消息、传达情愫的便利。

文华在学问上是低能儿，但在爱情上却是高才生。一切的风流动作，都能表现得却到好处，使女性感觉到相当的满意。他俩便不知不觉地爱上了。

　　在爱河中游泳着的文华，把父亲的期望，早已完全忘记了。以后文华的课堂，是咖啡馆、跳舞场、戏院、妓院——以及一切不正常的消金窟。写情书是他的必修课；除了向父亲要钱而外，家书是从来不写也不回答的。正所谓"男女的私情愈密，骨肉的真爱愈疏"。

（十四）

　　文华的来信。春山执着信，伛偻地跑到文华的岳父那里去，请求解释。

　　那时候，马绅董——文华的岳父，正在茶楼里喝老茶。春山声音抖抖地说："亲翁，不多几天以前，才寄去二百元，现在又来了信了。不见得是再要钱吧？"

　　马绅董打了一个不失身份的招呼，徐徐地拆开信，低声读。

　　　父亲大人膝下：上次所寄款项已作订购春季服装之用。因为在上海不可过于老实，被人家讥笑，这亦是顾全父亲的面子。最近儿又要购办新书及各种应用物品，急需洋三百元，愿父亲速即邮汇，以解燃眉，不胜感祷。
　　　专肃敬颂
　　金安

　　　　　　　　　　　　　　　　　　　　　　儿文华鞠躬

　　马绅董看完了信，冷笑地摘着自己的胡须说："哼！哼！又是向你要钱。亲翁！怎么样？"

　　马绅董偏斜了头，带讽刺地向春山问，春山踌躇了好久，问答道："他要多少，拿去做什么用的？"

　　"三百元，据说是买书用的。"马绅董说。

　　"买书怎么要三百元呢？"春山惊奇地问。

　　"你知道现在的洋书是与我们从前的本书不同呵！洋书动不动就是十几块钱一本。如果说是买书的话，我很相信。"马绅董好像是内行似的回答着。

　　"那么，非寄不可吗？"春山问。

"非寄不可，孩子念书要紧。"马绅董斩钉截铁地回答。

春山回来筹寄儿子的用费，颇觉有些碍手了。为的是时荒年艰，银根周转不灵，而田家所出的谷粒，这几年来特别低贱，这于农民生活简直是致命的打击。春山焦灼地对妻说："从前儿子在未念书时，家中年年置田造屋，在小学时代还有盈余；后来在城里念书，虽没有盈余，也不至于虚空。现在进了大学以后，可是一年不如一年，一年虚空一年了，将来不知怎么办？"妻听了春山的话，也感到家庭的前途，是值得忧虑的。但为了解除丈夫的焦灼，又不得不好言安慰说："老头子！不要着急呵！儿子大学毕业以后，还怕不能发达吗？本大利宽，你尽管放心呵！"

这是春山最乐意接受的一句话。这句话更加紧了他筹款的勇气，便把仅存的二百石谷，加上五十石白米，都载到街镇上去，以最低的价值售得六百块钱。自己留下一百块钱做家用，其余的五百元，都寄给他的儿子了。春山免得他儿子常常向家里麻烦的缘故，索性忍痛多寄了二百元。

（十五）

早晨七点钟，邮差敲着黄文华宿舍的门。"快信！快信！"邮差叫门的声音。文华懒洋洋地醒来。听见有快信，立即从睡床上起来，他喜不自胜地拆信。一张五百元的汇票。

文华慌忙洗了脸，着上时式的服装，跑到爱人李香芹那里。

是阳春三月的天气，微微的清风，拂着深碧的海浪，绿沉沉的杨柳，娇媚的桃花，肥大的松树叶子，都像在清风中亲昵地点首。在海滨，在浓密的丛林中，在假山石旁，有一对青年，行着，坐着，往复徘徊着。那就是黄文华和李香芹。

"香芹！我决计不会欺骗女人的，尤其不敢欺骗我亲爱的人，像你！"文华当着面说出最后一句话，他轻微地回过头来，凝神看着李香芹，在这温美的柔声中，若含蓄着无限的爱意。"人家都说你已经结过婚了，我相信他们都是谎言，有意来离间我们的，是不是？"李小姐撒娇似的说。"香芹，我敢对天宣誓。我还是童男呢。我不是没有女人追求我；但谁也不能打动我的心，我相信，我一生是永远绝望的了！假使你不答应我。"说这话的时候，文华的态度非常诚挚和真切，他几乎流下泪来。

"那很好，就算说定了吧？"香芹说。"你没有考虑了吧？是不是还要征求父母的同意？"文华问。

"你真是十八世纪的脑筋！现在还用得着父母之命，媒妁之言吗？"李小姐怫然地回答。

"好姐姐！我错——这完全是我的错！请你不要生气吧！我想不到你是这样一位革命的女性。"文华向李小姐亲亲密密地赔罪。

李小姐高兴极了，不自觉地停止了脚步，默不作声地向文华丢眼锋。他俩索性地陶醉着。这时候，李小姐便进一步地要求说："文华，你这几天有现钱没有？我有一点用处。"

"钱？有的是。要多少？"文华说。他立即把父亲辛辛苦苦寄来的那张汇票拿出来，送给李小姐。

"我用不着这许多。"李小姐。

"好！你要多少，就拿多少。余下的，给我就得了。"文华说。

"我们总得还要一些结婚费吧？"李小姐问。

"那再说吧！我当然会得预备的。用不着你担心。"文华说。

他俩好像一切问题都解决了，李小姐心里是说不出的那种快乐，飞在面颊上现出桃花的红晕。到美丽的夕阳翻照着海波的时候，他俩才缓步归去。寥廓的天空中，好像就只有这一对幸福的人儿。

（十六）

春山因为儿子的问题，每年的用度，已无法维持过去平衡的情势，兼之，近几年来各业都不景气，尤其是农业经济，儿子总算是读到大学了，可是家庭的经济情况，乃一年不如一年，逐渐低落了。

儿子的资格愈高，家庭的生产愈低。文华的姿态，一天像样一天，春山的背脊一天弯曲一天了。

在以前，春山的工作不懈，为着儿子有上进的可能，是由于一种喜悦的鼓动，现在春山的劳苦不辍，已觉得儿子的前途渺无把握，完全是一种恐怖的催迫了。其实，黄春山是六十多岁的老人，再也不能像从前那样勤苦了。但他勤苦工作的情形，反而较从前更甚。

在春山攀高亲以前，家庭的日常生活，都是因陋就简，可省则省。现在，在春山眼光里，简直无处不是浪费。黄老太太在这种情形下，当然也是一样的感觉，而同时，又怕这种穷酸的窘态，被来自高门的媳妇所讥笑、鄙视。所以只得暗暗地叹息，揾泪，悔不当初。春山越是忍气宽容，文华越是放浪骄纵；黄老太太越是把粪土惜似黄金，做媳妇的越是把黄金当作粪土。

（十七）

文华别离了爱人，从海滨约会归来，独自在寓所，神志恍惚，他想起刚才为着要爱情的急于成熟，对李小姐说了许多的谎语，究竟觉得有些愧惭。

他躺在床上，辗转不能入睡，使他忆起以往的事：

一、年老的父亲在雪天摇着小船伴送他到县立中学去上学。

二、在结婚时多么热闹的一幕。

三、到上海来考申江法政大学，母亲的叮嘱，父亲的远送。

四、父亲当着炎热天在田间作苦的一幕。

如此种种，都好像是昨天的事，在文华的脑海上，一幕一幕地揭过去，良心偶然闪现，不免感觉到一阵心痛。他眼睛睁开着，痴呆地对着室内的灯光，目光渐渐在移动，突然接触到李香芹送给他的照片，那种美丽的姿态、媚人的妖劲，又使他不忍放弃了这种难得的机会。他被无限的思虑困顿着，不知如何是好。

（十八）

申江法政大学陆校长的律师办公室。学校将近暑假，种种须待结束，教师的薪水、拖欠五个月的房租、电灯电话费以及一切杂费，至少需要一笔大宗的收入，才能敷衍过去。而律师的生意，又是十分的清淡。陆校长在办公室独自慨叹着："唉！办私立学校，真不是容易的事。最初原想赚几个钱，现在，反而给钱赚去了。"在这时候，阍者持片进，黄文华求见陆校长。"陆先生，有事请教。"文华说。

"怎么事！请坐。"陆校长把猫头鹰似的眼睛透出老花眼镜的边缘用力向文华瞧着。

"为的是我的婚姻问题，要请教陆先生。"文华说。

"你结过婚没有？现在是第几次？对手方是谁？"陆先生问。

"结过了，现在是第二次，是我的同级同学李香芹。"文华犹豫地说着。

"呀！原来是李小姐，交际之花。很好！很好！我预祝你们成功。"陆校长讥讽地说。

"法律上不生问题吧？"文华说。

"你是独房，还是双祧？"陆校长问。

"双祧。因为我还同时承继着过世叔父。"文华干脆地回答。

"没有关系,在习惯法上可以承认两头大。"陆校长说。

"绝不生问题吗?"文华又追问了一句。

"绝不生问题。你放胆做去吧!"陆校长重着语气回答。忽地又把说话的声音迟缓了些,半吞半吐地说:"但是,须经律师签定婚书,才能生效。"

"就请陆先生好吗?"

"可以,不过,我这里有一定的规则。普通,谈话费每点钟十元,签订证婚书,规定是六百两。但学生可酌量优待,你看怎样?"陆校长在征求文华的同意。

"先生的意思,我都明白。但求没有问题,什么都可承认。"文华说。

"那么,你们立刻就结婚吧!愈快愈好。"说这句话的陆校长,好像比文华的表情还要着急。他记起就在一星期内承允付还房东的房租,便明白地替文华订定结婚的日期说:"下星期日如何?"

"很好,不过,家里的钱没有寄到。"文华现出很艰难的表情。

"大约多久可到?"陆校长问。

"我再打电话去催。"文华说。

文华很高兴地走出陆校长的律师办公室,觉得在爱情的础石上,又建筑了一层保障。

陆校长预料着在最近的将来,将有一笔意外的收入,也非常欣喜。他一面抽烟,一面在默默地微笑。

(十九)

文华催款的电报:

"父亲:儿已毕业,暑假暂不返。因有一县长缺准可到手,但需活动费二千元。机不可失,望父亲一星期内寄到。儿文华上。"

春山从街镇上带着文华的催款的电报回来。黄老太太正在和媳妇吵嘴。

"不要争吵了。儿子就要上任了。"春山说。

黄老太太啼啼哭哭,泪痕满面地回答:

"这种生活,我再也过不下去了。天天不为什么事,老是吵吵闹闹的。赶快打回电叫儿子回来吧!"

"文华的娘!要忍耐些呵!年轻人没有丈夫作伴,当然是苦恼的。你应该特别宽容些才好。"春山说。

"哇——哇——哇——"媳妇马绣凤的哭声。她在断断续续地诉苦:

"我出了娘胎,还没有受过这样的罪。"

"好罢!你们勾串一起来谋害我吧!"黄老太太像是极度的愤慨。

"文华的娘!儿子就要上任了,念书总算念出了头了。你还不欢喜吗?"春山极尽了安慰的能事。

斯时候,远近的亲朋,听得文华将要上任县长的好消息,都来贺喜。亲翁马绅董也闻讯而来了。春山如迎大宾似的迎接了进来。

马绅董对春山的态度,也有了相当的礼貌,不同以前那样的倨傲了。

春山颇有难色似的在诸亲友面前,提起筹备活动费的问题,大家为着攀龙附凤的缘故,都异口同声地愿意帮忙,尤其是有密切关系的马绅董。春山便把田契五百亩,拣选最值价的二百亩,由马绅董经手,向亲朋中抵借了两千元。他为着儿子的前途,立即电汇到上海。

亲朋散了。是晚,春山满怀着说不出的欢欣;并没有注意到婆媳之间因新旧不调和的缘故所发生的意见。他只在呼呼地做着安心的梦——为儿子辛苦了二十年,第一次的安心的梦。

(二十)

文华接得父亲大批的接济,一一依照陆校长的指示,实现与李香芹小姐同居的好事。

同居以后,一种沉醉的甜蜜的生活,消磨了这个年青人的意志,文华觉得一切都满足了,只可怜父亲的期望,早就抛到九霄云外了。

一天复一天,春山依然眼巴巴地在期待儿子上任的好消息。可是终于没有讯来。

(二十一)

黄春山到上海来探听儿子活动县缺的消息。

他径往申江法政大学,在门房那里调查到儿子的住处,是在西门路润安里八十三号。便在学校对面的一家咖啡馆里,坐下来午膳。

这时候,文华适伴着李香芹在另一间密室里啜咖啡闲谈。他突然瞥见父亲的踪影,立即草草了事,偷偷地把高贵的爱人送还到寓所。然后托故回到学校里去,等候他的父亲。

春山吃饱了饭,满以为文华不在学校,便直接寻找到他的寓所。叩门,进内。一个华丽的少妇,正躺在沙发上袒胸午睡。春山欲行又止地停住了脚步。李小姐从半睡眠的状态中惊醒过来，拨了拨眼睛，认清了是一个乡下老头儿。

"你找谁？"李小姐不经意地问。

"小姐！这里是黄文华的寓处吗？"春山声音抖抖地说。

"是的，他出去了。"李小姐似理不理地回答。

"多久才会来？"

"不知道。"

黄春山迟疑了半晌说：

"小姐！文华如果回来，请费心关说一声，我住在孟渊旅馆五十三号。"

春山在这样骄傲的贵妇人面前，不敢多说话，轻轻地便合上了门，退出了文华的寓所，回旅馆去。

李小姐不作一声。对于这位古怪的来客，只是表示充分吃惊的神气。

在五点钟光景，文华从学校里转来。神色匆促地问：

"有人来过没有？"

李小姐微笑着说：

"有人来过了。"

"怎么样的人？"文华问。

"一个从乡下来的人，生着兜腮胡子，穿着破破烂烂的衣服。"她说着，现出十分轻视的表情。

文华若有所悟地自言自语道："呵！那定是我家里的老长工，是为着送钱来的。"

"唷！了不得！了不得！你竟有这样一位好心肠的老长工，常常送钱给你花吗？"李小姐说完了话，发出咯吱咯吱的笑声。

"香芹，不要开玩笑吧！他住在哪里？替你说起没有？"文华说。

"他住在孟渊旅馆，号数我记不清了，我同你去，见识见识这位从乡下来的老长工。"李小姐装腔作势地回答。

文华听到李小姐要同去看他的父亲，比什么都恐惧，其实，在李小姐不过是一种试探的心理而已。后来，她也不坚决地要求了。

文华一个人来到父亲的寓所。

"爸！你怎么会来？"文华说。

"你想不到我会来。我好容易东凑西借，把好田好地拿出去抵押，才筹到两千块钱。县缺有没有眉目？"父亲很担心地问。

"快了！快了！"文华的回答。

"刚才，在你的寓所，我逢到一位女的，她是谁？"父亲问。

"那是房东的女儿。"文华不假思索地回答。

春山疑神默想了一回,继续说:

"亲戚朋友,都在等候你的好消息,我动身的时候,他们已在忙碌着筹备欢迎你了。文华!我想不到还有今天,我实在心满意足了。"父亲边抽烟,边说。

"爸!你放心吧,不要多少时候,你就是老太爷了。"文华说。

春山高兴极了,在他劳苦的充满着风尘的面颊上,露出深刻的笑痕。十分欢喜地说:

"文华!人家都笑你没出息,我想不到你真能替父亲出气,替祖上争光。你赶快回家一趟吧!也让一般瞧不起我们的人,知道你是成了功的。"

春山说:"我看你还是回去一次再来,况且,媳妇的脾气太坏,母亲年老了,吃不下她的气。她天天在我们面前,摆家里的威风。你不是快要上任了吗?不错!就算我做老子的是做长工出身,但她不能瞧不起你。你一定要回去。"

文华听了父亲的话,对于妻的暴戾当然非常愤慨;同时,想起他之所以与李小姐结合,完全是妻的无道,不是他的寡情。他并没有忏悔的地方,因此,面部的表情也就觉得很泰然了。

"好吧!我决计跟父亲回去。给她一点厉害,使她不敢再在母亲面前摆威风。"文华说。

文华从旅馆里回寓。假托许多要还乡的理由,就商于新婚的李小姐。费尽了唇舌,好容易才得着三天的假期。除去旅途的日程,文华在自己的故乡仅能作一天的逗留。

(二十二)

文华回到了离别好久的故乡。

乡下人知道他是不久就要上任的县老爷,都以认识他或与他父亲有一点深浅远近关系为无上的荣耀。从前凡瞧不起他的人,都侧目而视,如黄培林之流,甚至因畏罪而潜逃到别乡。

岳父马绅董知道了金龟婿有衣锦荣归的消息,早几天就到县城的轮埠去迎接。马绅董观中了一个农家子而果然有出人头地快要做县老爷的消息,地方上无论知与不知,均认为一时的美谈,大家竞相传播,几有遍及全县之势。

文华在这样的盛大欢迎之下,不知不觉地误了回上海的日期。乡下人愈是诚意地挽留，他愈是说不出的忧闷。他一心考虑着记挂着的，是回到上海以后如何应付李香芹的诘责，其实，乡间的一切，什么也不在他心上。

斯时候，他的妻马绣凤也听到丈夫将要上任的消息，果然不再在翁姑面前摆母家的威风了。她竟一切听命，服服帖帖如同小羔羊一般。

黄春山居然被人家上了一个尊号，都以"老太爷"相称了。家产给儿子浪费了一大半，他觉得到今天才换得了相当的代价。

（二十三）

一天又一天，李香芹焦灼地期待文华的复归。

她跟踪追来，访问文华的故居。

樊川村距县城虽只有三十里，但都是崎岖的山路、险僻的溪谷、深邃的幽林，这里，因为不是交通的要冲，所以很少有都市中人的拜访。

李香芹是一位十足的都市女性的典型，当她来到这世外桃源的乡间，乡下人都觉得见所未见，大大地引起了惊奇的注意。每一个在田间工作的人，都突然地停下来观望，每一个小孩都跑拢来包围着她，每一个农家的少女，当李香芹走过，都推开了窗扇四下张探。

文华的父亲正在欢宴宾朋的时候，李香芹突然的闯了进来。

所有的被邀请的宾朋，都呆住了，因为骤然见了这样一位新奇的来客。

春山好像有些面熟似的瞪开了眼睛，说不出一句话。

耻辱，惶恐，惭愧——被种种的情绪所搅乱着的文华，便从酒席上急赶到李香芹跟前，极尽其献媚的能事说：

"香芹！你怎么来的？辛苦你了。"

李香芹冷冷地一笑，随即摆着严正的面庞叱着黄文华：

"为着你过分的说谎，欺骗女人，玩弄女人，使我要对不起你，我实在抱歉！"

文华说："香芹！我没有什么对不起你，过去的事，都是两相情愿的。"

"我知道了。我到了县城，就探听到你是已经结了婚的人。你是学法律的，你知道，你是犯的什么罪？"

合座的宾客，都在惊惶咋舌。斯时候马绅董也是被邀请的一位，便像发了疯似的跳起来大骂着文华：

"混蛋！你在上海原来干着这样的好事。你把我的女儿放在哪里？从速还出交代来。"

可怜这忠厚的望子成龙的父亲，观着自己的儿子那种凄惨的窘状，急得没有法子，只是坐在椅子上叹气：

"唉！怎么闯出这样的穷祸来！"

文华的母亲，在旁嘤嘤地啜泣。

媳妇马绣凤从内房里像狮子一般地怒吼着："赶快打发我的下落，我不是没人要的贱妇。"

李香芹进一步地逼迫着黄文华：

"现在只有两条路：（一）把你的全部家产交出来由我支配。（二）要不然，我们在法庭上相见。听便你走哪一条路，我没有别的话可说。"

终于是没有结果。宾客们都不欢而散。李香芹悄悄地复回到县城。

（二十四）

李香芹向县城法院进行诉讼的手续。

法院传黄文华对簿公庭。

结果：香芹持有校长陆律师的证婚书及结婚照片，文华坐实了重婚的罪状，判徒刑一年又六个月，同时，并附带私诉，准由犯罪的一方，赔偿损失费一万元。

文华申明不服，继续上诉。

在上诉期间，马绅董以先发制人的手段，唆使其女儿马绣凤向县法院请求离异，法院准予所请，并批准赡养费五千元。

文华上诉终结，依然照原判执行。

所谓"两头大"者，现在变成了两头空。

可怜黄春山以一生的辛苦，积得如许的家产，到那时乃完全崩溃，至于无立锥之地。

当儿子锒铛入狱的时候，正是这可怜的父亲病殁在旅店的时候。

那是县城中一个最小的客寓，时期在初秋的黄昏，室内孤灯如豆，室外悲风萧条，一个鸡皮鹤发的老妪——文华的母亲，在垂死的老人的病榻之侧，哀哀地流着酸楚的血泪。这垂死的老人，想起他的儿子，想起他的家产，想起他的一生辛苦。在弥留时，神经错乱，嘴里犹喃喃地说：

"文华的娘！生了儿子，究竟要念书的呵！"

"文华的娘！我们的家族保得住了。"

"好儿子！我真想不到你真能替父亲出气，替祖上争光。"

"爸爸！你放心吧！不要多少时候，你就是太老爷了。"

这老人临终的时候，他只是挂念着过去幻灭了的光荣，企图摆脱了当前身受的痛苦；所以，在他最后的呼吸将要停止的瞬间，好像犹有一丝最后的微笑，呈现在他灰白的面颊上。

生意经（电影剧本）①

第一幕

布景：上海亭子间，穷作家的书斋，舞场，光陆酒店。

人物：著作家阮胄，阮妻陈秋云，子小胄。投机作家李悲世，爱人张爱娜。书店老板程望仙。

时间：现代。

地点：上海。

剧情说明：著作家阮胄流寓上海，终日在亭子间努力写作，可是常受书店老板的气，终不得售。妻多方劝慰，冀以杀其悲思。

其友李悲世为一最能投合时尚的作家，当他伴了爱人张爱娜倦舞归来时，汽车每经过阮之寓居，时已夜深，一缕微弱的灯光犹从破窗中射出，听得阮胄在呻吟苦思，尽力搜索枯肠，李则停车戏谑，讥其不识时务。待汽车开走，张爱娜发出娇滴滴的笑声，正与多天不得一饱的小胄因饥饿而发出的哭声，遥相应和。

第一场

（渐现）桌上的摆钟打着十二下。（退）

阮放下笔杆，开钟。

阮放下摆钟，振笔疾书；稍停，思索，搔首，又继续写下去。

阮翻阅参考书，忽然神会，狂喜高呼。

惊醒在摇篮里熟睡着的小胄，放声号哭。

陈秋云女士从棉被里伸长她的项颈睡眼蒙胧地瞧着她的丈夫。

陈秋云：你还没有睡吗？天亮了！

阮慌忙放下笔杆，跑到摇篮边，抱起小胄，尽力地安慰着。

阮胄：我怎么能睡着呢？

陈秋云亲切地说。

---

① 原连载于1937年《文艺月刊》3月1日第10卷第3期、6月1日第10卷第6期、7月1日第11卷第1期。

陈秋云：身体要紧呵！

阮胄：是了，你睡吧！

阮胄：小宝贝，不要噪，让爸爸再写完了三千字，就和你一块儿睡。

小胄接受了他父亲的安慰，也不作声了；阮胄把他送到母亲的怀抱里去。陈秋云从棉被里坐起把孩子接过去，温和着声音安慰她的孩子；又抬起头来，现出无限的忧郁，关心着自己的丈夫。

陈秋云：亲爱的，我们穷苦是命分，你不要为着我们拼命呵！我们每天的生活，真好比是吃你的脑汁，真伤心。

陈秋云在自言自语，抱着自己的孩子眼巴巴地看着自己的丈夫。

阮胄好像思路被打断了似的，烦恼地说。

阮胄：真讨厌！你为什么不睡，连累我一个字都写不出来了。明天的生活怎么样？你就一点儿都不关心吗？

陈秋云：我在关心你呵！

阮胄：谁不知道你在关心我！

陈秋云一面啜泣，一面只得伴着小胄睡下去。

阮胄在继续埋头写作。（化入）

第二场

亚东舞场的跳舞会，正在热烈地进行。

李悲世伴了爱人张爱娜暨海派文人若干人在一起，眉飞色舞地谈着、笑着。

李张在兴奋地共舞。从张的口中，时时发出娇声，把面庞倾斜到李的肩上去，现出十分亲昵的神气。

李张舞毕，其同坐各友都拍掌称赞，极尽恭维献媚的能事，李张很得意地返坐原位。

李高呼侍者，索取香槟酒，回头对张说。

李悲世：爱娜！你需要什么么？

张爱娜：来一杯惠士其苏打吧！

李悲世代为招呼，侍者应声至，张爱娜现出得意的微笑。

李的友人数辈，欲与共舞，张故意向李撒娇，表示需先向李征得同意，李微颔其意；张即伴其友人某热烈共舞。

李张舞兴既阑，起立，向座上客告辞先行。

李悲世把张爱娜拥入汽车，她发出亲昵的娇声，倒在李悲世的肩上，嘴里哼着华尔兹的旋律。

汽车风驰电掣地在马路上飞驰。(一条霞飞路的夜景)(化入)

第三场

阮甹夜深未睡,在亭子间里努力写稿。

李悲世的汽车从阮甹的亭子间前经过,稍停,从窗中互相答语。

李悲世:喂!喂!阮甹兄!还没有休息吗?

阮甹:谁?

阮甹随即推窗探望。

阮甹:啊!悲世!你打哪里来的?

李悲世:从舞场来。你真太辛苦了。何必呢?明晚我同你去舞场玩玩。

阮甹:舞场吗?实在提不起我的兴致。谢谢你。

李悲世:跳舞不但能提起你的兴致,而且能增加你的智慧的。你知道中国有许多成名的作家、成名的作品,都是从舞场里产生的呢!

阮甹:我没有你这样的闲工夫。你进来坐坐吗?

李悲世回顾身旁的张爱娜,像是要征求她的意见似的。

李悲世:不了,时候不早了,明天来看你吧!

阮甹:呵!你们的兴致真不浅呵!

张爱娜:阮先生你真是太用功了。

张爱娜在汽车要开动的时候,说着这一句话,立即倒在李悲世的怀中,尽量发出轻狂的笑声,像是对阮甹所发出的一种恶意的讥刺。

斯时,熟睡的小甹被闹醒了,哭泣的声音,正与张爱娜的笑声,遥相应和。

陈秋云女士百般地安慰着,但小甹因为缺乏营养,终于吵闹不休。

小甹:妈妈!我要吃东西,我饿。

阮甹:小宝贝!好生地睡呵!让爸爸写完一篇好文章,明天到书店去换了现钱来,买牛奶饼给你吃。

阮甹一面写稿,一面不经意地说着话,忽然一阵轻咳,打动了积久未能痊愈的肺痨,涌出一口血,含在嘴里,偷偷地背着自己的妻吐到痰盂里去。

陈秋云非常机警地坐起来向丈夫质问。

陈秋云:血?

阮甹:不,不是。

陈秋云:你不要这样和性命作对吧!

阮甹:这只有一个结论,文章快写完了,我因为要一气呵成,不能中途搁笔的。

陈秋云：写完了一个结论，你千万不能再写下去了。

阮胃：是了，我听你的话。

第四场

李悲世在汽车中和爱人张爱娜有谈有笑。

李悲世：今天玩得怎么样？不坏吧？

张爱娜：很好！可是我还是觉得不够。

李悲世：好吧，我明天给你个痛快。

张爱娜：阮先生真用功，我们每天晚上回来，老是看他埋头写文章。

李悲世：文章写得那么多，可是，卖不到一个钱。

张爱娜：哈！哈！哈！这个可怜的书呆子。

李悲世：像我，就绝不走这样的笨路，我非常懂得书店老板的生意经，他们要我写什么，我就给他们什么。

张爱娜：他们要你写《淫欲实鉴》。

李悲世：我就写《淫欲实鉴》。反正我为的是法币。

张爱娜：哈！哈！哈！亲爱的，你真聪敏。

李悲世：这个年头，你还说什么技巧、意识，你就得准备着饿死。（渐隐）

第五场

光陆书店的门市部，一群男女青年在翻阅各种陈列着的摩登出版物。

一群青年在把玩电影书报，注视着裸体女明星的小照。

另外一群青年在研究《妇女百媚图》，封面载明李悲世主编的，并且刊着坐着的近影。

青年甲：李悲世的确是名不虚传，能够把妇女的各种媚态书写得这样入神，写得这样精细。

青年乙：听说他是最长于此道的。

青年丙：他自己也真是漂亮，真是妇女们的大情人。

大家争先恐后地购取《妇女百媚图》，霎时间销去了几十本。

书店老板程望仙欢喜得眉飞色舞，常常走进书摊，仔细地捻着自己的胡须，表示得意的微笑。

几个摩登的女青年一面故意地拿着一本正经的书，而视线是偷偷地注视着《妇女百媚图》。

待那些购取《妇女百媚图》的男青年走过去以后，便飞快地走上一步，拿着一本《妇女百媚图》藏在大衣袋里，向柜台上付给了书价，面红耳赤地走出去。

老板程望仙故意向她们投射嘲弄的微笑，逼着这些女主顾愈加不好意思，现出非常局促的窘态。

老板程望仙看着一大批无人过问的书籍，摇头叹息。轻轻地和雇佣的书贾们讨论这些书籍的销路问题。

程望仙：上海的房租这么贵，还是把这些博古通今的杰作，来一次大廉价提早肃清一下吧！

书贾甲：程老板！恐怕打了一个倒九折，外加赠券，也没有人要。

书贾乙：现在除了电影书报，以及《妇女百媚图》以外，简直没有可销的书了。尤其是那些哲学书科学书，更没有人要。

程望仙：干脆烧了吧，至少还可以把房子让出来，另作别用的。

书贾们拍掌，表示绝对同意。

程老板吩咐工人清理关于科学哲学的书，运至天井里，着火焚烧。

就在这时候，阮胄拿着一篇关于讨论《哲学问题》的大文章，声言要会见程老板。

书贾们提着名片通报程老板。

阮胄和程老板在会客室谈话。

程望仙：阮先生近来有什么新著作？

阮胄：我正是为了这个问题来和先生商量的。就是贵局关于哲学类的稿子要不要？

程望仙：唷！阮先生！不必谈，不必谈，敝店就是因为这些劳什子的哲学科学书，弄得快要关门了。

阮胄：程先生！我还写了一本《文坛复兴史》呢。

阮胄将从他的破旧的西装插袋里，用着非常缓慢的手势，取出他的新著《文坛复兴史》来。

程望仙慌忙地劝阻。

程望仙：阮先生！你是内行，请体恤我们这里二十余位同事们的吃饭问题，把先生的《文坛复兴史》带回去吧！

阮胄把已经从插袋里取出的书，自己默默地玩赏。

程老板高呼侍者进茶，敬烟。

程望仙：仆欧！拿烟来！倒茶。

阮胄：丝毫不能通融吗？

程望仙：不能，绝对不能。

阮宵沉默了一息，和程老板面面相觑。

程望仙：阮先生！倘没有别的事，恕我不能久陪了。

阮宵不得已仍旧拿着自己的原稿，垂头丧气地走出光陆书店的大门。

待阮宵走出了一息，程望仙在自言自语。

程望仙：这小子真不识时务，这年头我们只要请李悲世先生替我们多编几本《妇女百媚图》，我们的文坛就复兴啦！哈……哈……哈……（渐隐）

第二幕

布景：剧作家的亭子间，光中书店，李悲世的宽敞华丽的住宅。

人物：李悲世，张爱娜，阮宵，陈秋云，小宵。

剧情说明：李悲世携其新著《劫后红泪录》来访阮宵，阮甚为鄙视；李则夸耀此稿已由启明书店的周老板以十元签字售去。李走后，阮与妻谈自己的作品，都是介绍世界不朽的名著，竟找不到出路，不胜叹息。妻力劝阮改变作风，免至冻馁。阮不为动。

阮之新著《文艺复兴史》，又被光中书店退回。

阮觉不能自存，某晚，妻陈秋云女士私往李悲世处借贷。

李正急欲偕张爱娜赴跑狗场，张已盛装待发，无暇多谈，陈秋云反遭奚落，含泪而返。

第一场

（渐现）阮宵在整理书桌，收拾用过了的各种参考书。仍旧坐在原位上，揭开一本书，悉心研究。

继而废书叹息，写信给光中书店，探问《文艺复兴史》的究竟。

信的原文：

> 经理先生：拙著《文艺复兴史》自信是青年们一部有用处的书，于一月前即挂号寄上，未得确实答复，深以为念！现在究竟如何？即系明示！幸勿把穷小子开玩笑也。
>
> 　　　　　　　　　　　　　　　　　　　　　阮宵

妻陈秋云从厨房里走出，手里端着饭器，小宵跟随她后面一同笑嘻嘻地走出来。

妻斜过头来，看见丈夫怒气冲冲地封折已经写就了的信。

陈秋云：写给谁的信？

阮甹：我的《文艺复兴史》寄给光中书店已经一个月了，要不要，总得要给人家一个人回信。

陈秋云：让我看！

阮甹：给你看有什么用处！

陈秋云放下饭器，跑过来看信。

阮甹靠书桌站着，一双手撑着下颚，不作声。

陈秋云：你不怕人家生气吗？你知道，我们是求教人家的。

阮甹：我就是这样干，他们一定不要我的稿子，就是向他们打躬作揖，摇尾乞怜，也没有用处。

陈秋云：我主张把最后的一句话取消。

阮甹：为什么要取消！

陈秋云：好，由你办！

阮甹把写好了的信接来，搁在桌子上。

他们开始吃午饭。阮甹苦闷地喝着白干。

陈秋云：少喝点酒呵！

阮甹依然拼命地喝着，面上现出无限的愤慨和不平，并朗诵《酒颂》中的两句话。

"惟有杜康，可以解忧。"

第二场

李悲世携其新著《劫后红泪录》来访阮甹。

阮甹起立恭迎，彼此就座。

阮妻陈秋云趋前问好。

李悲世见阮之书桌上有一封寄给光中书店的信。

阮慌忙拿起，交给妻的手中，吩咐赶紧寄出。

李悲世：催稿费的吧？是一部怎么样的书？

阮甹：一部《文艺复兴史》，寄给光中书店已经一个多月了，没有回信。

李悲世：《文艺复兴史》？老兄！恐怕太高深了吧？

阮甹：我们一面拿人家的钱，一面总得要顾到艺术家的良心才好。

李悲世：哈……哈……老兄！这年头你要顾到艺术家的良心，你就休想拿到人家一个大洋。

李悲世很骄傲地从皮包里取出他的新著，上面题着《劫后红泪录》的名称。自己得意地翻了一翻,随手送到阮胄的面前。

阮胄一观到书的名称,便现出非常鄙视的神气,终于因为碍于情面的缘故,很勉强地接过来,毫不开心地翻了一下,便向着书桌上一摆,用力吸着烟,游戏似的吞吐着烟圈儿,聊以解嘲。

李悲世勃然作色,仍旧把《劫后红泪录》从桌子上拿回来,放在皮包里,立即现出自鸣得意的神气,对阮胄说。

李悲世:哼……哼……老兄!你不要瞧不起这部书,有生意经是事实。

阮胄:怎么样?

李悲世:这是启明书店的周老板向我预约的稿子,十块钱一千字的稿费,先付一年,交稿付清。

阮胄表示半讽刺的微笑,向李悲世拱拱手,回答说。

阮胄:悲世兄!恭喜你发财。

阮妻陈秋云送了信回来,看见李悲世还没有走。

陈秋云:李先生还没有走吗?

李悲世:是的。我就要走了。

李悲世起立,提着皮包,向阮告别,走近门,对阮说。

李悲世:阮胄兄,我今天本来有很多话要规劝你,但你使我无处说起。我希望光中书店的老板,能够给你一个满意的答复。等着吧!再会。(化入)

第三场

阮胄把写成的原稿,一本一本地从书柜里拿出来,计有下列的数种:

(一)《莎士比亚论》,(二)《但丁神曲》,(三)《戏剧原理》,(四)《世界名著选》,(五)《阮胄自选一集》,(六)《阮胄自选二集》等等。

阮胄重新一本一本地放在柜里,自言自语。

阮胄:我不相信你们永远在我的书柜里!

妻陈秋云拿着一封信走进来。

陈秋云:光中书店来信。

阮胄慌忙跑过来,看信。

信的原文:

径启者:大著甚佳。惟目下此项作品无人过问,敝局殊难收受,只得割爱奉还,千祈鉴谅!

光中书店。

阮胄咬紧牙龈，眉毛紧锁着，把信扭成一团，双手捧着胸，几欲晕倒。

妻陈秋云急忙地抱着阮胄势将倾倒的身体，声音抖颤着说。

陈秋云：亲爱的，你……你……安静些吧！

小胄牵着他母亲的衣角，呼喊着爸爸妈妈。

阮胄抬起头来，看见孩子在号跳，他的眼泪不觉夺眶而出。

阮胄：小胄，将来长大以后，什么事都好做，千万不要像你爸爸一样，卖文章吃饭。

陈秋云扶持着丈夫坐在椅子上，倒着一杯热茶送到他的面前。

阮胄：使我想起李悲世的话，的确也有道理。"这年头要顾到艺术家的良心，休想向别人家拿到一个大洋。"

陈秋云：我也是这样想，李先生的话不算完全错。亲爱的，我劝你也学学李先生吧！

阮胄听着妻的规劝，酸痛地摇摇头。

阮胄：不，不，话不是这样说，我还不到出卖良心的时候。（渐隐）

第四场

（渐见）陈秋云偷偷地揭开盛米的木箱，发觉只有留着一顿早餐的粮食，焦灼，烦闷。

陈秋云又背着阮胄，检阅几只皮箱里的什物，除自己一件过冬用的棉袍以外，就只有几件较完整的小孩子的寒衣，及丈夫的一套旧西装。没有一样可以拿去换钱，又无可奈何地把箱子合拢了。

陈秋云坐在椅子上，持颐默想，计无所出。室内灯光如豆，照着自己的面容，格外显得苍白，她徐徐地站起，跑到在摇篮里熟睡着的小胄那里，替他盖好破旧的棉被，亲了一下嘴，又徐徐地走出房门。

阮胄正在努力写作，伏案沉思，一刻都不肯休息。

陈秋云瞧着这情形，轻轻地叹了一口气，便像下了决心似的从后门走出来。（化入）

时令已交初冬，凄凉的月光中有一个女人在寂寞的途中急忙地走着，走向李悲世的公馆。那就是陈秋云。（化入）

陈秋云已到达李公馆，局促地揿着门铃。陈秋云很不好意思地走进去。

李悲世正在预备赴跑狗场，对着镜子整理他的仪容。

张爱娜在画眉毛，点口丹，一面微笑着和李悲世说话。

张爱娜：悲世！怎么样？

李悲世：嘴唇还欠红，眉毛再画弯一些，要像新月的一弯，那才美呢！

张爱娜回头看见陈秋云走进来。

李悲世注意到张爱娜的表情。

张爱娜：有人来了。

李悲世：谁？

李悲世观见陈秋云走进来，慌忙走出去迎接。

李悲世：嗄！阮太太你怎么会来？

陈秋云：李先生！你是阮胃的老朋友，他的个性很强硬，你是知道的。

李悲世：是哟！那一天我很想规劝他一番，不必固执着自己的成见，替肚皮作对。吃饭是真功夫，什么叫艺术家的良心不良心。

陈秋云：李先生！不瞒你说，现在正是我们饿肚皮的时候了，阮胃的稿子，哪一家书店都不要，一寄出去，隔了几天，就退回来了，你能不能通融点钱？

李悲世：阮夫人，你何必这样着急！阮胃的文章总有一天"纸贵洛阳"的。你放心！

陈秋云：李先生！这不是说笑话。阮胃的身体，近来很坏，写不到几个字就是一阵咳，小孩子吵着要饭吃，当也当尽了，卖也卖光了，这种日子教我们怎么过？

陈秋云不自觉地泪随声下。

张爱娜化妆完了，不耐烦听他们谈话，她急于要赴跑狗场。连声高呼：

张爱娜：悲世！悲世！去百乐门的跑狗场，是时候了！

李悲世现出急于要结束这一场谈话的神色，连忙截断了陈秋云的要求。

李悲世：阮夫人！我不便借钱给你，如果你们要用钱让阮胃自己来。

陈秋云：李先生！借给我也是一样。

李悲世：阮夫人！你太愚笨了，难道要我把用人格、志气，向着书店老板们交换来的钱，给阮胃充正经学者吗？笑话！世界上哪里有这样名利双辉的事！

陈秋云：好！李先生！我完全懂得你的意思了。总算我的冒昧，我不应该来麻烦你们。再见。

陈秋云愤愤地走出去了。

李张赴跑狗场的汽车，已在门外急促地催着。他俩便肩搭肩地跨上汽车。

张爱娜把钱包放在丈夫的手里，点了一根吉士牌的香烟，抽着。

李悲世：你今天带来多少钱？

张爱娜：五百块。我一定要翻转昨天的本。

李悲世：假使再翻下去呢？
张爱娜：反正你的脑袋是一副打字机，再写一本小说就是了。
李悲世：小宝贝！我的材料写完了。我要把你去卖钱了。
张爱娜听了李悲世的话，娇然作态，拧着李悲世的嘴巴，连连地质问。
张爱娜：小东西！还出交代来，你怎么说？
李悲世连连地求饶，声音颤抖地说。
李悲世：不了，不了，我要替你写一本书呢！
张爱娜：写什么？
李悲世：写……写……写《爱娜小史》。
张爱娜：好……好……饶了你。
张爱娜得意极了，不自觉地发出一阵放纵的笑声。（化入）

第五场

陈秋云又回到自己的住宅。
她偷偷地走进了门，看见丈夫还在努力地写作。
小胄睡在摇篮里，还没有醒。
她重新把自己的箱子打开来看一遍，把留存着的几件衣服，仔细地研究了一下。
最后，决心把自己的一件过冬的棉袍拿出来，包好，秘密地放着。
她跑到摇篮那里，看看孩子，亲了一下嘴。
小孩子反转一个身，伸懒腰，她又替他把棉被盖好。
跑到房门口，从门隙里睁开眼睛，看着丈夫劳苦地写作。雨粒大泪珠悬挂在她的两颊。（渐隐）

第三幕

布景：申江大学，教室。
人物：阮胄，李悲世，陈秋云，张爱娜，一群男女大学生。
剧情说明：阮胄得友人介绍，在申江大学担任教职，学生以未曾闻阮之大名，以及从未在报纸及刊物上见过阮之著作，都存心鄙视。兼以阮之潦倒，衣服破烂，更为学生所不齿。结果以阮之讲解，未获青年的同意，致被驱逐。阮在极大的侮辱中，挟着书包愤愤归来。
同时，在盛名之下的李悲世，各大学都纷纷罗致，请其讲演。申江大学亦不能例外。

当被驱逐之阮胄，还在马路上彳亍归去时，学校正在派着汽车迎接李悲世来校讲演。

李与其爱人商量讲题，及至登上讲台，大受学生的欢迎，都双手捧着李之新著《劫后红泪录》，争求李之亲笔签字。女学生则竞向张爱娜献花，表示热忱的羡慕。

第一场

阮胄接友人来信，喜不自胜。阮妻陈秋云抱着自己的孩子，站在阮的背后，看信。阮读完了信，笑着，回头对陈秋云说。

阮胄：你看怎样？申江大学的文学教授，就不就？

陈秋云：怕现在的学生，不容易对付吧？

阮胄：大学是最高的学府，总应该是讲学问的。

陈秋云：听说现在的大学生专门谈恋爱，不念书。教书的先生们反而要拍学生的马屁的。

阮胄：进大学不容易呵，一年至少要花费几百块钱。大学生如果不念书，怎能对得起他们的父母？秋云！我不相信你的话。

陈秋云：好吧！你不妨承认下来，试试看。（渐隐）

第二场

申江大学的揭示处，一群大学生皆齐聚在揭示处，看学校当局的通告。

揭示处有着聘请阮胄充当文学教授的通告。

学生们均现出惊奇诧异的神气，互相诘问。

学生甲：阮胄？怎样一个人？从来没有听到过。

学生乙：也没有在报纸上、杂志上看见过他的文章。

学生丙：恐怕又是校长的什么舅子吧！

旁边站立着的许多学生们都轰然大笑起来。

众学生：等着吧！不合我们的胃口，轰他滚蛋。

学生甲：分数松一点，就留他几天。

从学生们的口中，又发生一阵得意的欢笑。（化入）

第三场

校长在讲台上介绍阮胄的来历。

（大意）："阮先生曾在美国留学，是专门研究古典文学的，尤其是对于莎士比亚、但丁、弥尔东①以及中国的甲骨文等等，最有心得"云云。

阮胄穿着一套过了时的西装，挟着一个破烂的皮包，在校长的旁边非常拘谨地站立着。

学生们听着校长介绍他是研究古典文学的，大家在眉间现出不自然的讥笑，都交头接耳的谈论。

学生甲：活像一个外国的叫花子。

学生乙：恐怕三天不吃饭了。

学生丙：观他的古董店里究有什么古典拿出来。

一群女学生观着他的衣服破烂，形容枯槁，都现出十分瞧不起的神气。她们简直都不注意校长的介绍，依然偷偷地在写情书，看各种书报及缩本《金瓶梅》《红楼梦》等小说。

校长介绍完毕。阮胄便应用着很不自然的姿势，从皮包里取出一篇讲演的稿子——《弥尔东研究》。

学生看见他拿不出一本洋装书，都在窃窃私语。

学生们：连一本洋装书都没有，怎么配做大学教授！

阮胄在黑板上写下一个题目，接着就讲：

"今天是介绍一位英国的大诗人——弥尔东……和诸位研究。"

有一部分学生便紧接着一阵倒采：

"通……通……"这声音刚在阮胄吐出弥尔东的"东"字以后。

阮胄又故作镇定，装作不理会，继续说下去。

阮胄：弥尔东是《失乐园》的作者。

一位锋头最健的学生，便早在跃跃欲试，主张提出问题来质问。待阮胄说完了"弥尔东是《失乐园》的作者"以后，他突如地站立起来说。

学生甲：请先生站在社会主义的立场上，介绍弥尔东。

一部分学生都失了知觉似的鼓着掌，连声说：

众学生：好……好……

阮胄目瞪口呆，局促不堪，不知所答。

其中又有一个学生装着态度很自然、很婉转的样子，站起来说。

学生乙：请先生站在安那其主义的立场上，介绍弥尔东。

一群附和甲方的学生，突然轰了一阵。

学生们：通……通……

同时，一群附和乙方的学生，又把甲方的学生，轰了一阵。

---

① 现通译为弥尔顿。

学生们：通……通……

终于由提出这两个问题的甲乙两方，站起来互争，互辩。

学生甲：为什么要站在安那其主义的立场，介绍弥尔东？

学生乙：为什么要站在社会主义的立场，介绍弥尔东？

学生甲：为什么不能站在社会主义的立场，介绍弥尔东？

学生乙：为什么不能站在安那其主义的立场，介绍弥尔东？

阮胄忍不住了，用力拍着桌子，算是给学生们一个静止的记号。然后再提高着嗓子说话。

阮胄：弥尔东是文学家，是诗人，我只晓得站在文学家、诗人的立场，介绍弥尔东。

全体学生大为不满，喧哗，吵闹，空气紧张，终于一哄而散。少数有锋头的学生并高呼口号："打倒时代落伍的阮胄！""驱逐开倒车的阮胄！"

阮胄无可奈何地被一群学生轰出了校门。

阮胄怀着无限的愤慨，蹀躞地走着，提着一个书包，垂头丧气地走回家去。（渐隐）

第四场

（渐显）李悲世正在听爱人张爱娜弹着钢琴，试着娇音，李在她后面击节称赏。

门铃响，邮差送来一大扎信件。

李在阅信，都是由不知名的男女青年读者写给他的信，对他的新著《劫后红泪录》极尽其恭维的能事。其中有一封是申江大学学生会请李悲世来校讲演的公函。

公函

敬告者：久仰先生为当代文豪，著作等身，一言一动，万流所宗，容特肃函敦请先生于明日下午二时驾临敝校，发挥宏论。届时敝校当派汽车恭迎，尚祈勿却为荷！

申江大学学生会启

李悲世欢喜如狂，招呼张爱娜走近些，高声讲给她听。张爱娜也显现着充分的得意。

张爱娜：悲世！你居然是当今文坛上唯一的领袖了。

李悲世：爱娜，我自从有了你，我的文章，便特别地比从前多，也比从前好了。我的荣誉，都是你造成的。

张爱娜：亲爱的！你的荣誉，就是我的骄傲。

门外有汽车声，一忽而，一学生代表持名片入，上面写着"申江大学学生会恭请"的字样。

李悲世：汽车已经来了。

张爱娜：讲题选定没有？

李悲世：没有。

汽车急切地拉回去。

李悲世搔首问天，竟无法想出一个适当的讲题。

张爱娜在旁代出主意。

张爱娜：最好是讲恋爱问题与社会主义。

李悲世忽然大觉大悟，拍手顿足，连忙抱着张爱娜兴奋地亲嘴。

李悲世：小宝贝！你真聪明，替我想出这样一个应时的好题目。

李悲世立即偕张爱娜坐着汽车，风驰电掣地奔赴申江大学。

李张在车中很高兴地谈着青年的恋爱问题和新社会主义的关系。

李悲世：爱娜！这样一个时髦的题目，亏你能够想得出。

张爱娜：就是社会主义代名词，我以为也太旧了，所以我们一定要再加上一个"新"字。

李悲世：是呦！一点儿都不错。

他俩得意的欢笑声，时刻从车窗里溢出来。

汽车行抵校门，自校长领导以下的教师，男女学生们都突然地严肃起来，丝毫不感觉到一种期待已久的痛苦。

这一群欢迎的人们，都忍住了片刻的呼吸，恭候李悲世及其爱人张爱娜的光降。

李悲世非常亲切地挟着张爱娜的臂膊，意气扬扬地走进来，头微微地连连地向主要的欢迎人们，打着一个无可无不可的招呼；张爱娜的粉颊上，只显出一堆欢喜的红晕。

学校的大门、墙壁，都贴满了标语："欢迎当代大文豪李悲世先生！""欢迎我们中国的高尔基！""李悲世先生是青年作家唯一的领导者！"等等。

校长在台上致恳切的介绍词。

李悲世开始登台讲演，在他刚从椅子上走起的时候，一阵全堂的掌声；到了台上预备吐出讲解的题目时，又一阵掌声。

李悲世稍微停一停，凝住了几秒钟的呼吸，全堂的听众，也就跟着凝住了气,造成了霎那间的极端的肃静。

待李悲世说出了讲题,及解释这讲题的第一句话:"恋爱就是生命,新社会主义就是新社会学的变相。"全堂的听众,又来了一阵非常热烈的掌声。

讲演完毕,女学生都蜂拥上来,向张爱娜献花,表示一片爱慕的诚意。

另外一群男女学生们都双手捧着李之新著《劫后红泪录》,拼命挨到李的跟前,请求他的亲笔签名。

当着李张的汽车开走时,掌声又雷动起来,延长到几分钟不绝。(渐隐)

第四幕

布景:亭子间,小押店,邮局。

人物:阮胄,陈秋云,客东太太。

剧情说明:阮胄既被逐于申江大学,闷而不告其妻。到明天,各报均载着关于阮胄的坏消息。其妻但暗自饮泣,秘而不示其夫。

房东太太催索房租,阮胄订定在十日内交清欠租。因此,阮虽在病中,不得不继续写稿,题曰《悲惨世界》。寄至启明书店。

第一场

(渐现)阮胄被逐归来,进门,放下皮包,面上现出不自然的苦笑。陈秋云正在给丈夫写信,突然见阮,非常骇异,立即丢下笔杆,飞快地跑向他的跟前,惊惶而亲切地问。

陈秋云:我正要写信给你,你怎么就回来了?

阮一时说不出理由呆住半晌,吞吐地回答。

阮胄:是的,我回来了。

陈秋云:身体不好吗?

阮胄:是的,身体不好。

陈秋云:到底为了什么?

阮胄:并没有为什么。

阮胄又现出不自然的苦笑,走近书桌,神经质地翻翻旧书,嘴里哼着有声无字的音调。

陈秋云看着丈夫那种慌张、苦闷的神色,已意料到学校方面必然有了问题,也就不再追究了。她走近些,安慰她的丈夫。

陈秋云:你好好休息一回吧!

阮胄：唉！这样的世界，这样的人生，我疲倦极了！

阮胄好像被一种意外的刺激所震撼，突然地昏晕过去。

陈秋云忙着扶持他到睡床上去。

小孩子在哭闹。

陈秋云：亲爱的！亲爱的！（高呼，哭）（渐隐）

第二场

（渐现）清晨，阳光从窗眼里射进来，阮胄熟睡着，在他瘦削的面庞上出现充分的疲颓。陈秋云故意把孩子着好衣服，抱他到有阳光晒到的地方，吸取暖意，好让她的丈夫静静地多休息一回。室内乃变成意外的寂寞。

一群买报的人，叫喊过去。

陈秋云从报贩那里，买到一份报纸。

在报纸的本埠新闻栏，标着一个用特大字排印着的题目，旁边并列着两个小标题（申江大学的文艺复兴运动）

——思想没落的阮胄教授被逐离校——
——欢迎当代文豪李悲世来校讲演——

陈秋云气恼得发昏，视线模糊不忍卒读。随即把着小胄走回家去，而阮胄还没有觉醒。

陈秋云看着丈夫那样的憔悴不堪，便立即从卧房中轻轻地走出来，决计不使报纸上所登载的坏消息，给丈夫知道。一面把报纸燃着了火在烧，一面扑索索地流泪。

第三场

房东太太在楼下咆哮，声色俱厉，向阮胄催索房租。

陈秋云赶忙跑下楼去，恳求宽限日期。

房东太太坚决不允，又跑上楼来，直接向阮胄大兴问罪之师。

阮胄四顾彷徨，无以为应。

陈秋云又从楼下跟上楼来，劝房东太太息怒。

陈秋云：老太太！我们并不是愿意拖欠你的钱，实在因为没有法子。

房东太太：现在没有法子也要付清。

阮胄：再宽限一个月了，我总得有办法。

房东太太：一个月？一辈子不付好了。最多宽限你们十天，过十天不缴，我也管不得许多了。

阮胃：老太太！请多宽限我们几天吧！免得再失你的信。

房东太太：不能，不能，绝对不能。（渐隐）

第四场

（渐现）阮胃撕去墙壁上的日历，距离缴付房租的日期，还只有一星期了。

时已夜深，室内灯光暗淡，阮胃抱病写《悲惨世界》。

陈秋云在旁，为丈夫抄写原稿。（化入）

第五场

陈秋云又拿着一封房东太太催索房租的信，送给阮胃。

《悲惨世界》写完。阮胃一面读，一面流泪。

陈秋云：赶快寄出去吧！房东太太又来信了。

阮胃：秋云！这是我一生的杰作，也可以说是我的自传！也许，我今后不会再写出这样动人的东西了。

陈秋云：我但愿我能找到一个工作，我再也不要你呕心呕血来养活我们了。

阮胃：女人哪里去找事呢？

陈秋云：别多说了，快把稿子寄出去吧！

阮胃：寄费在哪里？

陈秋云翻箱倒柜，寻不到一个钱，焦灼莫可名状。

最后，只得由阮把脚上的皮鞋脱下来，换着一双毛布鞋，到小押店里去押了五角钱。

阮拿着五角钱，跑到邮局，把新著《悲惨世界》，挂号寄到启明书店。（渐隐）

第五幕

布景：大厦，华丽的客厅，编辑室，理发室，海滨公园，苑花别墅。

人物：李悲世，张爱娜，海派文人赵痴鸦，商缘纹，程希雄等数十人，以及他们的情侣黄纹绢，郁美云，霍娇儿等。

剧情说明：李悲世的生日，在家招待文学家、出版家，由其爱人张爱娜主催。凡接受请帖的文学家们，都在忙碌着整理姿态，寻觅爱侣，准备参预盛会。而独缺少了阮胃。

来宾群集，李张盛服出迎，茶点之外，佐以跳舞。程希雄、商缘纹、赵痴鹗等主张编辑一九三六年的文艺年鉴，一致通过；并由程希雄自告奋勇写一篇《李公馆的茶舞会》，刊在文艺年鉴里当作回想的资料；公请李悲世写一篇自传，叙述他成名的经过；张爱娜小姐时当场一致选定为文艺皇后，而她的近照，就预定为文艺年鉴的封面。启明书店的周老板以为又是一笔生意经，首先抢着承印。

第一场

（渐现）张爱娜忙着写请帖。

李悲世指挥二人布置客厅。

门铃响。程希雄、商缘纹来访。

张爱娜起身欢迎。

张爱娜：唷！程先生、商先生什么风把你们吹来的？

程商：特地来道贺你们的。

李悲世从客厅走出来，与程商间谈。

李悲世：今天晚上我们举行茶会，务必请你们光降，如能招到漂亮的 partner，更所欢迎。

张爱娜斜视李悲世，撅起小嘴，表示不悦意说。

张爱娜：悲世！人家的 partner，干你什么事？

程希雄：悲世！还是陪一个礼吧！

张爱娜又撒娇似的对程希雄说。

张爱娜：程先生！悲世真不是好东西。他看见人家有漂亮的 partner，老希望替人家尽一点义务。

李悲世：上帝生了我，原本是要我为人类服务的。哈……哈……哈……

张爱娜拍桌子，摆着面孔，现出非常生气的神气说。

张爱娜：你再讲，不许你参加今天晚上的茶舞会。

程、商觉得非常难为情，现出缩手缩脚、十分不安的神气。（化入）

第二场

赵痴鹗在编辑室接得张爱娜主催茶舞会的请帖，立即放下笔杆，打电话给他的情侣郁美云。

赵痴鹗：喂：中央五〇三七六。

郁美云：谁？

赵痴鸦：你猜吧！我是谁？

郁美云：啊！知道了。什么事？

赵痴鸦：喂！美云！今天晚上八点钟有工夫没有？

郁美云：怎么样？

赵痴鸦：李公馆举行茶舞会，招待上海的文人，可否给我点面子？同去？

郁美云：不，不，我另有约会，不能奉陪。

赵痴鸦：好吧！我请求你，只是一次，因为今天到的人都是上海漂亮的人物，也许是给你一个出风头的好机会。

郁美云：不要开玩笑了，我哪里尽得起你们这样的抬举。

赵痴鸦：你是一九三五年的上海小姐，交际花，我们的 queen！

郁美云：哈……哈……哈……好吧！一同去。

赵痴鸦：说定了吗？八点钟！

郁美云：说定了，八点钟。（化入）

第三场

商缘纹偕其爱人霍娇儿在海滨公园游玩。

他俩选择了一块泉林清幽的场所，并肩坐着。

公园里的游人，从他们的后面经过，逼着他们不时割断了话线，回头探望那些经过的游人。

商缘纹：今天晚上八点钟李公馆的茶舞会，你高兴去吗？

霍娇儿：去的人一定很多吧？

商缘纹：很多，听说上海的文人都邀齐了。可是，你不去，我也不去。

霍娇儿：为什么？

商缘纹：没有女朋友多么无聊！人家热烈地舞着、跳着，自己孤零零地坐着，这不像是一个大傻瓜吗？

霍娇儿：缘纹！我能够去吗？我去不塌你的台吗？

商缘纹：谁有你漂亮！

霍娇儿堆满了一脸的笑容，倒在商缘纹的怀里说。

霍娇儿：怎么样？缘纹！

商缘纹：假使你肯使一点劲儿，一定会引起他们的忌妒的。那时候，我多么的骄傲呵！

霍娇儿：好吧！我决计让你骄傲一次，使他们忌妒你，忌妒你到用毒药害死你的程度，哈……哈……哈。

第四场

　　程希雄在理发室刮胡子。理发师因为过分小心的缘故，反而刮破了他的上颚。程希雄从睡椅上发了疯似的直跳起来，大骂着理发师。

　　理发师惊恐得呆若木鸡，连一句道歉的话，都好像说不出来。

　　理发师：对不起，先生！

　　程希雄：这不是对不起的事情！这是面子有关的事情呵！

　　程希雄刮好了脸，从理发室走出，立刻雇着车子到苑花别墅，拜访他的老相知黄纹绢小姐。程希雄一手抚着剃破了的伤痕，从百叶窗的玻璃上照了一照，不好意思地走进黄纹绢的书寓。

　　黄纹绢刚从外面转回来的神气，在房里换衣服，回头看见程希雄，第一印象，就注意到他面上的伤痕。

　　黄纹绢：什么事？面上挂了彩。

　　程希雄：为了要讨你的欢喜，反把我的上颚刮破了。

　　黄纹绢：真漂亮！真好看啦！

　　程希雄：求求你，不要再开我的玩笑了！喂！纹绢！今晚李公馆的茶舞会，一定要同我去装上一点面子。

　　黄纹绢：他们都是文学家、艺术家、女学生、阔小姐、高贵的太太们，凭我这样的人，配得上吗？

　　程希雄：怎么配不上！？他们比你高贵的地方在哪里？

　　黄纹绢：你还是另找别人吧！反正你们文学家有的是情人、女朋友。

　　程希雄：纹绢！不要挖苦我吧！我的路径很狭窄，我就只有你这样一个人能知道我、了解我。连你也不能成全我，那我只好自杀了。

　　黄纹绢：你以为我能不丢你的脸吗？

　　程希雄：你要是能去，正是壮我的威风。

　　黄纹绢：好吧！我一定同你去，也让我有个机会，瞻仰瞻仰那些贵妇人们。（化入）

第五场

　　李公馆的文艺沙龙在午后八点钟举行。许多被邀请的文人都挟着娇妻爱侣，纷然莅至。张爱娜充分表现交际的手腕，使每一个参加的来宾，都感到满意。

　　来宾们都在文艺客厅里选择了适当的位置坐着，并且表现着个人愿意表现的动作。

一会见商缘纹挟着爱人霍娇儿的臂膀进来了，他们左顾右盼，现出非常骄纵的神气。

李悲世笑嘻嘻地拍着掌，给大家一个暗示，随即站起来替大家介绍。

李悲世：诸位！这位是上海第一个美男子，妇女们的大情人商缘纹先生！

大家拍掌大笑。有几位恶作剧的来宾，故意对着漂亮的女宾们高声叫喊着。

来宾们：妇女们的大情人万岁！

商缘纹：算了！算了！诸位老朋友不要再开我的玩笑了。

霍娇儿看着这种情势，也觉得有些难为情似的，拼命拖着商缘纹的衣角到视线比较不集中的地位上坐下来。

赵痴鸮伴着爱人郁美云进来了。他一跨进客厅，便连连地向来宾们打着客气的招呼。

赵痴鸮：对不起，来迟了。

张爱娜慌忙跑过来和郁美云握手，介绍她到霍娇儿那里坐着。她们很随便地有笑有说。

李悲世又在高声地叫起来，忙着替来宾介绍赵痴鸮。

李悲世：诸位！这位就是上海文人中最长于分析妇女心理的赵痴鸮先生。

大家又是一阵表示欢迎的掌声。

李悲世引导大家到陈列着食物的桌子上各取所需。

张爱娜在开留声机，企图把每一位来宾的兴趣鼓动起来。这时候有些来宾在说起程希雄。李悲世立即去打电话给程希雄，要他立即到。

程希雄就在大家说起他的时候，伴着他临时雇佣的爱侣进来了。

大家对程希雄都表示了一个小小的惊讶。

来宾们：说到曹操，曹操果然到了。

程希雄特别地和主人表示亲切的寒暄，郑重其事地向他熟知的朋友们介绍黄纹绢女士。

黄纹绢第一次参加这样的盛会，现出非常不自然的诚惶诚恐的态度。

间或有几个好像见过黄纹绢的来宾，在那窃窃私语，这情形使程希雄也觉得到一种不安。

在音乐的旋律开始奏动的时候，客厅充满着和谐的空气，李悲世伴着他的爱人首先领导着旋舞，一对对的爱侣，都在兴高采烈地旋舞。

李悲世走过来，敬大家的酒。

李悲世：朋友们！今天是鄙人的生日，蒙诸位热烈地参加，非常荣幸！进一杯酒，祝诸位的健康。（大家起立欢呼）

来宾：大家再干一杯，祝李先生张女士的健康。

赵痴鸦在这时候正式站起来向大家提议。

赵痴鸦：上海是中国文艺复兴的意大利，我主张编辑一九三六年的上海文艺年鉴，记载诸位大文豪的名迹，给一般文艺青年们做一个榜样，不晓得大家的意思是怎样？

全体一致通过。当即公推商缘纹调查上海文人的生活起住居。

来宾中的某君，提议选择一九三六年的文艺女皇后，作为文艺年鉴上的封面照片。

赵痴鸦首先跑到程希雄那里，指着他所同来的女校书黄纹绢对大家说。

赵痴鸦：我主张公推黄纹绢校书作为一九三六年的文艺皇后。

全场哄然大笑。

内中有一位知道黄纹绢来历的人，故意讽刺地附和着赵痴鸦说。

来宾：我第一个赞成。用校书的丽影，刻在文艺年鉴上，真是无独有偶，再要适合也没有了。

程希雄大怒，几欲离席而去。张爱娜连忙跑过来好言安慰，平静了这一个纠纷。启明书店的周老板非常庄严穆地站起来提议。

周老板：今天是大文豪李先生的生日，同时又是李先生的爱人张爱娜女士出名请我们来的。我正式提议：公推张爱娜女士为一九三六年的文艺皇后，就用她的最美丽的造像，作一九三六年文艺年鉴封面。本书的出版、发行等等，一律归敝店承认。

全体赞成，欢声雷动。

赵痴鸦自告奋勇地接着说。

赵痴鸦：我愿意写一篇《皇后颂》，颂扬我们皇后的美丽。

大家鼓掌。

启明书店的周老板又站起来说。

周老板：刚才我还遗漏了一句话，应该补充。就是，文艺年鉴里，不能没有李悲世先生的文章，我主张请李先生写一篇"自传"，记述他成名的经过，就当作年鉴的序言。

大家站起来说。

来宾们：没有异议。

李悲世表示客气，很谦恭地说。

李悲世：朋友们太抬举我了。不过，我也有一个提议，程希雄先生的散文写得很好,上海文坛的"特写",他第一个发明的,我主张请程先生写一篇《李公馆的茶舞会》,把今天的盛会刻在文艺年鉴里,当作一种回想的资料。

大家异口同声地附和着。

来宾们:应该!应该!

大家又开始旋舞,歌唱的声音,充满了一屋子。张爱娜周旋其间,锋头最健,每一个参加的来宾,都以得着张爱娜共舞,像是一种无上的光荣。(化入)

第六幕

布景:书店,亭子间,大街。

人物:阮胄,陈秋云,小胄,启明书店的周老板。

剧情说明:各报都登载着李公馆召集文艺沙龙的纪事,阮胄在参加者的亲笔签名中,竟没有发觉到一个同意的人,不胜愤慨。

这时候,启明书店来信关于《悲惨世界》出版问题,须请伊面谈。

第一场

各报的本埠新闻均登载着李公馆召集文艺沙龙的纪事,并刻着许多大文豪的亲笔签名式。阮胄看到报纸中的记载,不胜愤慨,叹息。

陈秋云跑来,把报纸抢过去。

阮胄:你瞧吧!上海的三十六天罡,七十二地煞,都聚会在一起了。上海!上海!真不愧是中国文化的中心。

阮胄咳嗽大发,呕吐鲜血。

阮胄:哎!像我们这样不识时务的人,原应该早被他们打倒了。

陈秋云扶着她的丈夫,走到卧房里,在一张破旧的床榻上安睡下来。

陈秋云:你好好地休息一会儿吧!那些无聊的闲气,何必理会呢!

阮胄:哎哟!我支持不住了。真的给他们打倒了。

小胄病着,在摇篮里呻吟。

陈秋云:小宝宝又病了。

阮胄:给他找个医生来看看吧!

陈秋云:钱在哪里呢?

阮胄把头低垂着,表示无计可施的神气。

启明书店来信。

阮甯看来信，兴奋坐起，自言自语。

阮甯：《悲惨世界》一定有出路了！周老板要我当面去谈，好吧！我就去。

陈秋云看书店的来信，都是不肯定的语气，她预测这部稿子未必就有圆满的结果；而恐怕丈夫又遭了一个刺激回来，她非常焦灼地说。

陈秋云：你还是不要去吧！让我去问问周老板，看他怎么说。

阮甯：不，不要，你去有什么用。

陈秋云：我是担心你的身体呵！

第二场

周老板坐在沙发上衔着烟斗，似理不理地接待阮甯，充分表示出瞧不起的神气。

周老板手里拿着阮甯的《悲惨世界》，不关心地说。

周老板：文章写得很好，不过现在这种作风，已经过时了。

阮甯面现土气，局促不安，声音不自然地问。

阮甯：可以用吗？

周老板露着牙齿，冷笑了一回，又不经意地回答。

周老板：过了时的东西，找不到主顾，阮先生的大稿，实在……

阮甯：怎么样？

周老板：实在无法可以帮忙。

阮甯勃然作气，词严义正地说。

阮甯：周老板！我们是把自己的心血，来交换面包的！用自己的脑汁，来维持生命的。

周老板现出非常同情但无能为力的神情回答。

周老板：阮先生！你的话不错，我非常同情。不过，你们作家要吃饭，我们开书店的也要吃饭的呵！

阮甯深觉得周老板的话是一种无可见怪的实情，只得用着和缓的语气，向周老板咨询。

阮甯：《悲惨世界》一定不要吗？

周老板一面说，一面在微微地发笑。

周老板：阮先生你是一个能写文章的人，你既然要卖稿过活，为什么不注意一下中国眼前的市场？

阮甯不耐烦周老板故意替他兜圈子，干脆问他索回原稿。

阮甯：周老板！我不耐烦听你的生意经，《悲惨世界》不要，干脆给我拿走吧!

周老板又缓和着声音,替他情商。

周老板:阮先生!生气是没有用处的。再耽搁几天给你确实答复,好不好?

阮胄:周老板!小孩子病着,房租过期没有付,我们是等不到明天的。

周老板锁紧着眉毛,现出很忧愁,像是同情于阮胄的神气说。

周老板:那么,先拿十块钱去,以后的再说,怎么样?

阮胄沉思不语。

周老板:阮先生如果不同意,那么原稿在这里。

阮胄默然想到自己的孩子在病着,以及房东太太那种催索房租的鬼脸,逼着他忍痛接受周老板的十块钱。

阮胄:好吧!就照你这样说。

阮胄拿着十块钱,羞惭交并,走出了书店的大门,拖着沉重的脚步,从一条寂寞的街路上走回家去。

第三场

阮胄回到自己的亭子间,疲颓地倒在一张破旧的沙发上,把周老板给他的十块钱,在桌子上一掷,现出十二分的愤怒。

小胄病着,在摇篮里呻吟。

陈秋云见状惶恐,不知所措。

阮胄对于妻的表情,好像失了常态,疯狂地自言自语。

阮胄:唉!这年头像我们这些不识时务的书呆子,是应该饿死在亭子间里的。

陈秋云慌忙地走近阮胄的身旁,阮在气喘呕吐,陈秋云轻轻地扶着他的腰。

陈秋云:周老板那里怎么样?他不愿意收买,寄给别家书店出版,也是一样。

阮胄:你以为别家书店就一定要我们的稿子吗?不要的!他们只晓得出卖淫娃的色相,出卖荡妇的大腿,他们只晓得发财。

陈秋云:骂他们有什么用处?自己的身体要紧呵!

楼梯响着,房东太太在下面叫喊,声言要索取到期的房租。一忽儿,她就走到阮胄的面前。

房东太太:阮先生!听说你到书店里拿了钱回来了。

阮胄无力地回过头来,苦笑。

阮胄：哼……哼……房东太太！你真是来得太凑巧了。总共十块钱，小孩子的医药费在里面，明天的饭钱、冬天的寒衣，都在里面，看你怎么办吧！

房东太太：我管不了你这许多，我先拿五块去，其余的再宽限你一星期，到期不付，替我滚出去。

陈秋云含着眼泪对房东太太说。

陈秋云：老太太！看看我的孩子面上吧！

房东太太：怎样？你要我豁免你的房租吗？

房东太太干脆地拿着五块钱去了。嘴里又在叽咕着不知说些什么。

第七幕

布景：怡红歌舞剧社，试验室，导演室，亭子间，小客寓。

人物：刘导演，投考女演员若干人，陈秋云，房东太太，阮胄，小胄。

剧情说明：上海怡红歌舞剧社招考女演员，阮妻陈秋云毅然显露色相，冀以稍分丈夫的负担。

近以生活艰难，投靠女生有六十余人之多，经该社导演分别试验以后，陈秋云以第一名获选。刘导演叹为天生丽质，特别约陈女士到社中接受个别试验。

刘导演心生卑鄙、无聊，对陈女士施以非礼，陈大愤拂袖而归，哭倒在丈夫的怀中。

房东太太又来勒逼第二次到期的房费，阮计无所出，卒被逐出，至小客寓栖宿。

第一场

（渐现）上海怡红歌舞剧社登报招收女演员的广告。

陈秋云持广告与夫商量，毅然投考，冀以稍分家庭的负担。

陈秋云：瞧！怡红歌舞剧社招收女生。我想这是一条妇女找寻职业的大路，我可以去试一试吗？

阮胄：我不赞成你去，那些歌舞剧社，无非是一群流氓坏蛋，利用着良家妇女的色相，装满自己腰包的一种手段。

陈秋云：广告上不是明明规定着成绩优良的演员，每月有六十元至八十元的薪水吗？

阮胄：算了吧！亲爱的！你出卖的是色相，收到的是眼泪。

小胄在哭喊，因为饥饿的压迫，使他一刻都不能安静。

陈秋云：看小孩子面上，我也得要去试一试的，难道这个年头好人真没有路走吗？

阮胄：好，我不反对你，我但愿你碰到好运气。（渐隐）

第二场

（渐现）怡红歌舞剧院的刘导演在指挥一群投考的女生排列广场上，试验各个女生的身段。

一群投考的女生都在表演单纯的姿势。刘导演特别注意陈女士的身材、姿态，不自觉地鼓掌，称赞，点头，微笑，表示默许。

刘导演又把投考的女生，经过个别的口试；故意把陈女士挨到最后。

刘导演：陈女士，真了不起，真是天才，你的北京话说得真好。

陈秋云：我本来是在北京长大的。

刘导演：呀！怪不得，怪不得。

刘导演从座位上站起徐徐地移动他的脚步，靠近她的身旁，亲切地温柔地说。

刘导演：你被录取了，第一，明天上午十点钟请到这来，还有几个重要的表情，我要试你一试。

陈秋云：明天上午十点钟吗？

刘导演：是的，十点钟，我在导演室等你。（化入）

第三场

陈秋云为着生活不得不遵奉导演的命令，奔赴怡红歌舞剧社接受导演的试验。

刘导演已经等候得很心焦了，时时看壁上的挂钟，忙着对自己的时计。突然发现陈女士来到，欢喜若狂，陈秋云很恭敬地行了一个礼。刘导演微微地笑着说。

刘导演：本社此番录取的演员，以陈女士为最有希望。

陈秋云：希望先生多多指教。

导演走上一步，凝视着陈女士，试探她的态度。

刘导演：当然，只要陈女士肯……

陈秋云不答，把头斜过来，看着别处。

刘导演又退下一步，变更着语气说。

刘导演：我看陈女士是一个演悲剧的好材料。我愿意替你写一个戏。

陈秋云：谢谢你！

刘导演：你知道现在舞台上银幕上的红明星，大半是我一手造就的。导演要成全一个演员，很容易；同时任凭演员的天才多么高，要毁灭他，也非常容易。

陈秋云感觉些许的恐怖，她第一次认识到导演的权威，声音抖抖地现出其诚挚的态度说。

陈秋云：所以要请先生多多指教了。

刘导演立即走上一步，突然握住了陈秋云的手，神不附体地说。

刘导演：你跟我说一遍，音调对不对？"我爱你。"

陈秋云，现出惶恐、惊骇、避之若恐不及的神气说。

陈秋云：这是什么意思？先生！

刘导演又把神魂勉强镇定下来，发出一阵轻快的笑，态度装作很安详地说。

刘导演：这是试验你有没有表演爱情戏的能力。

刘导演在这种掩幕弹之下，尽量做爱情戏的试验。

刘导演：再说一次："我爱你。"

陈秋云坚决地反对，用着非常严肃的态度回答刘导演。

陈秋云：先生！现在并不是演戏，为什么要这样？

刘导演：不，不，本社第一个戏，就是爱情戏，此刻只有爱情戏最卖钱。我已经预定你是主角，其中有许多关于爱情的动作，演不好，关系太大了，我不能不负责试验你一下。

陈秋云为着自己的职业，总得还是忍耐着一切，迁就着刘导演的命令。

陈秋云：那么，让你去试验吧！

刘导演走上去就想拥抱。热烈地说。

刘导演：亲爱的！我要吻你。

陈秋云大愤，怒掴其颊，词严义正地痛骂。

陈秋云：我想不到你们这些当导演的人是这样不要脸的败类，中国的话剧之所以始终没有进步，就是你们这些不要脸的败类，毁灭了天才的前途！

陈秋云说完了话，愤愤地走了。

导演立刻追出来，请求她的原谅。

陈秋云已下了决心，饱含着眼泪，坚持不再回头望了。（化入）

第四场

陈秋云回家以后，痛诉陈导演给她的侮辱，哭地把眼睛都睁不开来。

阮胃：你不听我的话，我叫你不要上他们的当！
陈秋云：我宁可饿死，我不能受他们的侮辱。
阮胃：你还是回来得好。
阮胃气得发昏，吐了一口鲜血。（渐隐）

第五场

第二次交付房租的期限，又已经到了。房东太太用着极严厉的态度，向阮胃催索。

阮胃逼得没有法子，只有听候房东太太的驱逐。

一切比较值钱的东西，都被房东太太扣留。

阮胃的书籍文稿，在房东太太的咆哮里，在风中四处乱飞。

阮胃饱含着眼泪，托着病骨支离的腰架，一页一页地拾起来，仍旧当作宝贝似的整理在破箱子里。

陈秋云抱着患病的孩子，落着伤心的酸泪。

斯时，失望的房东太太，只是喃喃地从旁痛骂。

房东太太：现在这年头，连我的房子都租不到钱呢！我不相信你们这些放屁的文章能够卖到一个钱。（渐隐）

第六场

在风雨潇潇的夜里，街灯凄凉地照着一条寂寞的街头。

阮胃提着一个书包，陈秋云抱着自己的病孩，一滑一步，彼此扶助着走到一家小客寓里，找寻他们的栖宿。（渐隐）

第八幕

布景：李公馆，小客寓。

人物：李悲世，陈秋云，张爱娜，花店老板等。

剧情说明：各书店都不惜重价向李悲世征求文稿，几有无法应付的苦痛。各书店老板为要维持自己的营业无不恳求李悲世帮忙。李乃寻找阮胃，企图以廉价购买他的稿件，应付各书店的要求。

时，阮已贫乏不能自存，终于，将十年的心血，售以三百元的代价，与李悲世订定版权上的杜绝契约。

第一场

（渐现）光陆书店的老板程望仙来访。

李悲世迎入会客室阅谈。

程望仙：李先生近来有没有新著作？

李悲世：没有。

程望仙：今年的书店生意，太不景气了。我们什么花样都翻过，但是要破费人家几毛钱，买一本书看看，真是比登天都难。老实说，要不是李先生替我们写的那本《百美园》撑持一点门面，我们的书店，早就关门大吉了。

邮差递来一大扎信件。李悲世徐徐拆信，自言自语。

李悲世：糟糕！大家都是来索稿子的。你叫我怎样应付得了。

程望仙表示着急，意思是要李悲世有了稿子先尽他拿去出版。

程望仙：李先生是我们光陆书店的老朋友，你有了新著作，总得先尽我们出版的。

李悲世略略地皱一皱眉头，像现出有什么需要和困难的表示，程望仙跟着就说。

程望仙：李先生，如果需要用钱，我们可以全部预支的。

李悲世微微笑着，装出毫不在乎的神气说。

李悲世：再说吧！再说吧！

程望仙：不，不，很便当。我就走，等一回，把款子送到公馆里就是了。（渐隐）

第二场

（渐现）李悲世伴着张爱娜寻访阮胄的旧居。

李发现阮已迁居小客寓，便径往阮所住的小客寓寻访。阮夫人陈秋云出迎。

李张在逼窄的小客寓里，充分现出局促不安的神气。阮胄因宿疾大发，在病榻上呻吟。

李张走近阮的床前慰问。

李悲世：老兄，搬来多久了？没有来道喜，千万请你原谅！

阮胄：悲世！上海的亭子间，我们都没有福气住了。

李悲世：老兄！一般的书店老板们，只知道赚钱，哪里能够认识你。

阮胄：我不恨书店老板们，我只恨一般瞎了眼睛的读书人！

李悲世：阮大哥！你以为一般的读书人，比书店老板们照例要高明些吗？事实上哪有这回事！

阮胄在病榻上摇头叹息。

李悲世：老兄！我很知道你。你的天才，你的学问，你的人格，老实说，在你所有的朋友中，也只有我这样一个人是知道你的。现在，我愿意牺牲五毛钱一千字的稿费，承印你的稿子。

陈秋云出现惊奇的表情，插上来说。

陈秋云：李先生！他们——书店老板们都说阮先生的著作，已经不时髦了，你们拿去有什么用呢？

李悲世：不，不，阮夫人！你不懂得，现在的市场又转变了，他们正在高唱着整理文学的遗产呢。

阮胄对李的态度非常鄙视，把视线侧转来，表示不屑理会的神气说。

阮胄：朋友！请你走吧；我的文章不值钱，我的人格是值钱的。我不愿出卖我的灵魂。

张爱娜预料这事给李悲世弄僵了，便轻轻地走到陈秋云那里，拍着她的肩膀说。

张爱娜：你劝劝阮先生吧，这年头文章是最不值钱的，小孩子病着，房租没有付，住在这小客寓多苦。悲世既然肯承印阮先生的稿子，我以为也是好意。

陈秋云：张小姐！你的意思很好，不过，阮先生的个性非常强，我也不能做他的主。

张爱娜：那么，你们一辈子就这样过下去吗？

陈秋云想了一想，便抱着久病的小胄，走到她丈夫跟前，大着胆子说。

陈秋云：我以为这年头能够换到几个钱，也是好的。小胄的爸！这是李先生的好意。

阮胄愤愤地把陈秋云推过去，几乎跌倒，大声骂。

阮胄：滚开！你知道什么！

陈秋云悲痛地哭泣。

陈秋云：孩子病到这样，你忍心望着他吗？

阮胄看着这情形，虽然要宝贵自己的心血，但已有不可能之势了；最后决绝地对李悲世说。

阮胄：好！朋友！你就拿去吧！难得还有你这样一个知音的人，肯出五毛钱一千字。

李悲世大喜过望，立即对陈秋云说。

李悲世：阮夫人！快把阮大哥的稿子拿出来整理一下吧！

陈秋云把丈夫所有被书店退回来的稿件一一清理，计有下列的几种。

（一）《莎士比亚论》，（二）《但丁神曲》，（三）《戏剧原理》，（四）

《世界名著选》，（五）《阮胄自选一集》，（六）《阮胄自选二集》。

李悲世逐页计算字数，除去空白标点外，约记一个数目立即吩咐张爱娜说。

李悲世：大约六十万字，赶快把皮包打开，五毛钱一千，要付三百块钱。

李悲世一面很快地准备好一张版权契，请阮胄签字；一面拿着三百块钱，对阮胄说。

李悲世：请签字吧！这里是三百块钱。

阮胄忍痛签了一个字，并且含着眼泪说。

阮胄：朋友！我感激你！无论如何你都是我的知音者。

李悲世将一切手续办妥，便搀着爱人和文稿，开足了汽车回去了。

阮胄待李去后，喟然长叹。

阮胄：唉！三百块钱！十年的苦心！（化入）

第三场

李悲世返寓，慌忙把阮胄的文稿交至书店，重新变换一个封面的样式；且将阮原书的内容，亦妄加改动。例如，《阮胄自选一集》改作《李悲世自选一集》，《阮胄自选二集》改作《李悲世自选二集》，其余各稿，均改作"李悲世著"等字样。

凡阮胄原稿的序文，均一律取消，改作当代文人的题字。例如："文章师宗，领导群论，生花妙笔，绝妙好词"等。

第四场

（渐现）李悲世的书局中，充满了索取稿件的书店老板们。大家都不惜抬高稿费的价格，争取李悲世的新著。

光中书店的李老板、启明书店的周老板，都早已在李公馆了；接着环海书店的陈老板、陆洲书店的沈老板、华美书店的胡老板，又陆续前来。启明书店的周老板要求将《莎士比亚论》给他出版。

周老板：听说先生最近的大著《莎士比亚论》已经脱稿了。请你给我们出版吧，我们愿出十吊钱一千字。

环海书店的陈老板抢着说。

陈老板：李先生！我们愿出十五块钱一千字！

其余的书店老板们大家抢着说。

各书店老板们：我们愿出二十块。

李悲世逼迫得没有办法,便把廉价收买来的稿件,分给各书店老板。

李悲世:各位,不必争执了。这里是六部稿子,但都是你们认为过了时的东西,怎么样呢?

大家异口同声地回答。

各书店老板们:李先生!此一时,现在的市场,又和以前的不同了。

李悲世:为什么?

周老板:因为前几天是新写实主义流行的时代,今天是整理遗产的时代了。

李悲世:噢……噢……原来文章也和公债票一样,朝晚的市价,是捉摸不定的。

大家发声笑:哈……哈……哈……(渐隐)

第五场

(渐现)启明书店门前的大广告:"当代文豪李悲世的新著《莎士比亚论》出版"。

光中书店门前的大广告:"李悲世先生的自选集出版"。

环海书店门前李悲世新著出版预告。

华美书店门前一般购取李悲世新著的青年男女,非常拥挤,似有应接不暇之势。

陆洲书店门前的大广告:"请看大文豪李悲世先生整理文学遗产的伟绩;《但丁神曲》出版"。

各大报的全幅大红广告,尽量登载李悲世的新著,各大报副刊介绍李悲世新著的专号。

例如:《〈但丁神曲〉读后感》《介绍当代文豪李悲世先生》《推荐李悲世先生的自选集》《一九三六年文坛界的重镇》,等等。

各大杂志均有专论介绍李悲世的著作,并刊出他的近照,及其爱人的背影。(化入)

第九幕

布景:大风雪,报纸,李公馆,小客寓,马路。

人物:阮胄,陈秋云,小胄,李悲世,保镖若干人。

剧情说明:阮胄阅报,见自己的著作均被李悲世冒名出版,愤慨欲绝,抱病前往,与李悲世作最后的奋斗,终被李之保镖打出门外。阮受极大刺激归来，病发，终至不起。临死时，《悲惨世界》又被启明书店退回，时大雪纷飞，寒风迫人，阮抱着《悲惨世界》而长终。

第一场

阮胄阅报纸广告，见自己的著作，均被李悲世冒名出版，愤慨欲绝。

阮妻陈秋云默不发言，眼泪夺眶而出。

天寒大雪，北风怒号，客寓凄凉。阮胄从病榻上撑持着最后的力气，勉强坐起，指点着报纸的广告对夫人陈秋云说。

阮胄：你瞧！这是怎么一回事？

陈秋云：这就是他们成名发财的途径呵！

阮胄：我一定要登报否认，揭穿这些人的无耻。

陈秋云：他们不会登载我们的新闻的。他们反而会说我们是无赖。

阮胄：他明明是冒取我的文章！

陈秋云：谁相信？

阮胄：不管！我一定要和李悲世拼命去！

陈秋云：至少要问他一个明白，他不能榨取人家的脑汁。（化入）

第二场

阮胄持片会见李悲世。

李悲世正在听张爱娜练习钢琴，喜乐忘形，忽见侍者持阮胄片入，神志顿觉慌张。

张爱娜即停踏琴，回问李悲世。

张爱娜：谁？

李悲世：阮胄。

张爱娜：说不在家就是了。

张爱娜继续踏琴，声音娇滴滴地唱着情歌。侍者回报阮胄，阮不理，径直地闯进来，在客厅里坐着，声言要会见李悲世。李悲世嘴里衔着雪茄，意态潇散地迎见阮胄。

李悲世：阮胄兄！外面风雪这么大，来有何事？

阮胄：我问你，你原来是这样承印我的稿子的。世界上还有你这样无耻的人没有？

李悲世：呵！呵！这个，阮胄兄！我们已经办好交涉了。

张爱娜慌忙从后房赶出来，插嘴说。

张爱娜：阮先生，你不是已经签过字了吗？

阮胄：我不问那么多，我现在要讨还我的稿子。
李悲世：那做不到，阮先生！
阮胄：为什么做不到！是我的稿子。
李悲世：怎么样，你想来敲竹杠吗？
阮胄施用最后的力量，怒捆李悲世。
阮胄：混蛋！打你这个文坛的无赖！
李悲世立即拿出签字的契约，给阮胄看。
李悲世：瞧吧！这是谁签的字！
阮胄又预备继续打上来。
阮胄：谁要敲打你的竹杠！
李急起让开，高呼保镖。
李悲世：你当真要打人，好，出来几个人！
一群雄赳赳的保镖，蜂拥而出。
李悲世：把这个敲竹杠的无赖赶出去！混蛋！自己签了字定了约，又要来胡缠，你知道法律做什么的？
阮胄奋不顾身地向李悲世猛扑过来。
阮胄：法律！法律！法律不是叫你盗窃人家的文章的。
李悲世：把这个无赖赶出去。
一群保镖走上去，捉住阮胄的手，另外一个捶上一拳，阮立即吐了一口血，其余的把阮胄推出了门外，猛力地向雪地里抛过去，良久，才渐渐地觉醒过来。那时候，风在狂吼，大雪依然拼命地下着。（渐隐）

第三场

阮胄垂头丧气，悔恨交加地在雪地上彳亍归去。妻抱着小孩站在客寓的门外，面上堆满着希望的笑容，迎接丈夫归来。

妻看见丈夫远远彳亍的影子，逗引着小胄，也拍着小手，发出干枯的哑声，欢迎他的爸爸。

陈秋云：问爸爸要糖吃呵！爸爸拿着稿费回来了。

小胄对着在雪地上艰难行走的爸爸，尽力高喊着。

小胄：爸爸！给我糖吃呵！

阮胄歇尽了最后的力量，勉强走到自己的客寓，疲乏地倒在地上。妻丢下小孩，把他负到床上，燃起仅存的炭块，温暖这一间凄凉的客寓。

启明书店来信，并退还《悲惨世界》的原稿一件。

信的原文：

径启者：敝店因急于出版李悲世先生的近著《莎士比亚论》，尊稿无法收受，原件退还，乞谅！启明书店启。

阮接过原信之后，立即丢在熔炉里烧掉，无力地翻开《悲惨世界》的原稿。

深夜，凄凉的客寓里，点着如豆的灯光。雪花盖着屋顶，光的反射，隐隐地照着这一位可怜的作家，寂寂地，消失了生命地睡眠着。

在他最后的呼吸快要停止的时候，非常艰难地拨动着非常不灵便的嘴唇对着他的妻说。

阮胄：《悲惨世界》！这是我最后的生命！谁都买不去的生命！

小胄已哭喊得发不出声音，睡着了。

妻伏在丈夫僵硬着的身体上，流尽了最后的血泪。

《悲惨世界》紧紧地握住在死去的人的怀抱里，从瓦缝里漏进的雪光，把"悲惨世界"四个字，清清楚楚地在寂寞中显现着。（渐隐）

第十幕

布景：郊外的春光，刚在建筑中的别墅。

人物：一群建筑别墅的工人，游客，李悲世，张爱娜。

剧情说明：春光又来到人间，得意的人都在春郊走马，李悲世将出卖阮胄的文稿所得的丰富的稿费，在郊外建筑一座新颖的别墅，他俩在明媚的春光中，一面踏青，一面观赏。

第一场

（渐现）春初，白雪消融的郊外，阳光渲染着海滨，碧波如镜，白鸟吐着清音，野花散着芳香，幻成一幅天然的绝妙的书画。汽车中的男女游客，在快意的欢笑中，游赏天然的春光。由于廉价收买了阮胄的原稿而发了一笔大财的李悲世正携着爱人在上海的郊外，踏看自己正在兴筑中的别墅。

斯时候，陈秋云抱着小胄坐在竹轿里哭泣着，送着丈夫的薄棺到营葬的坟地。李悲世和张爱娜游赏春光的汽车径直地开过来，逼着扛柩车的工人们暂时停立在路旁。

张爱娜披着白狐的兜风，亲亲密密地倾在李悲世的臂弯里，李悲世一手拿着手杖，一手轻轻地扶着张爱娜的玉腕，尽情地游赏天然的佳境。张爱娜看着自己的别墅不久就要落成，不自觉地发出娇滴滴的笑声说。

张爱娜:亲爱的!我们就有新房子住了!

李悲世:爱娜!这都是我心血结晶呵!

接着大家发出一阵轻快的笑声,好像辽阔的天空中,只有这一对快乐的人。

一群兴筑别墅的工人们,都在哼着有弦无字的快乐的音乐,他们的工作在努力地进行着。(渐隐)

(全剧完)

二、小说类

示威[1]

  李悲世先生在下了办公厅以后，照例必去拜访一回老相知珈英小姐，替她谈谈一日间的感想和遭遇，或者是回溯以往的事。他常常借着珈英小姐做话架子，尽量地发泄与她毫不相干的牢骚；而珈英小姐也乐得有这样的一个人在旅途的寂寥中聊以解嘲，并不觉得十分厌恶。
  像他们那般的熟知，亲爱，无所不谈，谈必淋漓痛快，谁都不免疑心他们有着不能宣布的故事。其实，他们都各有怀抱，虽然，形式上亲密到令人嫉妒，可是，并没有更急切于比友谊更进一步的需要。像这种情形，有时候，连他们自己也会不相信，至于哑然失笑起来。
  李悲世先生从日本留学回国，快满三个足年了，这期间失业两年多，在最近两三个月以前，好容易东攒西营，托庇某要人的大力，才在某机关里谋得一个三等秘书的职务，月薪所入，对于一个月的经常用度，刚刚是恰到好处。这使他除了每天拜访一回珈英小姐以外，实在是没有力量干那比拜访珈英小姐更有趣的事。
  珈英小姐是一位曾经嫁过人的处女，她懂得许多于她的生活上所不应该懂得的经验。自从她最初接触到男人，和她现在看见了李悲世先生，情形完全不同了。她觉得，从前，只须是在生理上的粗细和她截然不同的人类，她总不免起着一种特别的感觉，引诱她的好奇心在怦怦地跳动；现在，她每天和李悲世先生谈着，笑着，忘形地相爱着，反而是平淡无奇了。
  她现在是一个人度着寂寞的孤独的生活，居住在一家过街楼上。因为在夏天，室内的空气，混合着各式化妆品的气味，是意外地重浊，几本读旧了的小说书，无秩序地摆在油腻堆积着的枕边，一件常常穿着的夏天的时样的服装，很当心地挂在衣架，上面盖着几张当天的报纸。一切都透出乏味的沉默，只有床前那双崭新的高跟鞋，在她所有的财产中，表示着意外的骄矜。
  她再也不忍作过去的回忆了。她想起过去，多少年青人为她疯狂，为她颠倒，为她倾家荡产，还有多少女人见着她深深地嫉妒她的美，仇恨她

---

[1] 原载 1935 年 2 月 1 日《文艺月刊》第 7 卷第 2 期。

的媚；为了她而遭受了丈夫遗弃的女人、责辱的女人，甚至是自杀的女人，更不知是怎样一个可怕的数目。她不免有一点惭愧，可是，她又觉得那时候正是她一生中最光荣的黄金时代。

现在，好像都成了过去的梦，虽然此刻还年青。她在幻想中出现微笑，晶莹的泪珠儿便在她微笑里跟着滚下来。

当她在×大学读书，每天总是吃着合适可口的饭，许多男同学以能请到她同桌吃饭为无上的荣幸，她每天不知道究竟承认谁的邀请好，她常常为这件事麻烦着，耗费了不少的考虑。她一年之中，自己不会单独吃过一顿饭，在缴纳膳费这件事，从来就没有列入她的预算里。许多男同学像都是研究心理学的专家，都知道她的需要，明白她的苦衷，到她缺乏某种需要的时候，就有人自告奋勇地设法使她满足了。

"唉！像这种值得使人回想的生活，现在都是梦了。"她每在一个人独居深思的时候，轻微地叹息着。

一天，星期日的晚间，李悲世先生百无聊赖地跨进门来。

"悲世！你又来了。"珈英小姐说着话，随即走到化妆桌前，撩着蓬乱的散发。

"怎么样？我来拜访你的。"悲世说。

"我给你拜访得够了，求求你少来几次吧！"

"不，不，今天是于你有些利益的。"

"算了吧，又是一场牢骚，两支纸烟。"

"你有工夫没有？黄培仁今晚在露天茶园请客。老黄最喜欢请女人吃饭，我们去扰他一顿。"

"我不认识他，不好意思。"珈英小姐忸怩似的说。

"那有什么关系，老黄很想见见你，因为我在他面前早已代你推许过。"

"谢谢你！"

珈英立即走到堆积着尘埃的桌子旁，拿起梳子，把懒得梳洗的乱发撩了一撩，低下头来偷窥一下镜子，不觉泫然感叹道：

"哎呦！老得不像样子了。"

"不老，不老，打扮起来，还很年青呢！"李悲世说。

"悲世！我想发一点财，你有办法吗？"珈英小姐问。

"那只有嫁人啰！"

"要嫁有钱的老头儿。"珈英说着这话时，微笑地窥他一眼。

"到哪里去找这样的好差使？"李悲世问。

"老黄这个人怎么样？"

"他是多钱的，但并不老，追求他的人还很多呢！"李悲世说。

"我现在太穷了，我只想嫁一个有钱的老头儿，这如同赌跑马票一样，是着冷门——拿得住必中的冷门。"珈英很得意地说。

"哈……哈……哈……你的话真有趣。"李悲世的话声跟着一阵狂笑的声音慢慢地吐出来。

"所以，我要好好地保全我这一份上帝赐给我的遗产。"珈英边说，边在探镜自窥。待发觉到面额上隐现着细细的皱纹时，她才恍悟到这一份天然的遗产，已经浪费了不少了。她在痛恨着过去那些浪费她的遗产的人，假如，现在站在她的面前，她恨不得把他们一口咬死。但那些人再也不会来了。他们好像已经平分她的遗产到无可再分的地步，剩下来的最小的一部分，留给她自己。当她听李悲世的话，突然引起许多感叹，不觉落下泪来。

"哭什么？赶快打扮吧！人家恐怕都到齐了。"李悲世一面安慰，一面催促着。

"今天还有别人吗？"

"很多。大家都早有充分的准备，侯三爷前一礼拜就预订了一位从南国新来的红豆，段二哥有他的老相知琴姑娘，就是那位老而不死的赵木瓜，也有他的一位妖娆的老姻戚伴着他来示威。今天我希望你打扮得特别好观些，到了那里，充分向我献一点殷勤，让我在他们面前骄傲一下，我愿意他们为了你引起了对我的嫉妒。"李悲世头头是道地说。

"你要我做你的示威的工具吗？"珈英小姐说。

"是呦！我难得请求你做过一件事，这是第一次。"

"你们男人为什么要这样势利？这多傻。"

"你不知道，只有在人家的嫉妒中，才可以显出自己真真的荣誉、赞美，和骄傲；现在，没有一个人嫉妒我，我正为这件事痛苦着。我觉得如果要减少一些痛苦，只有想法能够使人家嫉妒。"李悲世理智地解释着。

"好，就这样说定了吧！我决计成全你的骄傲，让今晚每一个参加的来客，见了你都发生嫉妒，嫉妒到要用毒药毒死你的程度。而且，也可说是我的命运的试金石，要是我不能做到那一步，就证明我无能，我已失了迷醉人的力量，我就没有生活的可能，这就算彻底宣告破了产。"珈英小姐坚决地回答。

她此刻在用尽方法打扮着自己。李悲世坐下来为她悉心尽气地擦高跟鞋。这在他是一件劳苦的工作，手法须轻重匀称，逼着他把嘴壳尖起来，凝住了呼吸管，视线跟随着手势作一致的活动，证明他完全是运用一种软功夫。

珈英小姐的面部工作，都做完了，拖着一双李悲世从日本带来送给她的木屐，徐徐地走近衣架，仔细把报纸揭开，取下了仅有那一件时样的服装，秋风一起就得要失去实效的服装，披在身上。又走向镜子那里，对准镜头瞧一瞧，她觉得所有的被许多年青人在她身上消耗了的损失，由于她懂得化妆的艺术完全弥补起来了。假使，在晚间各种颜色调和的灯光下，他意想着她将是怎样一个美丽的人儿啊！她喜欢得做一个鬼脸，镜子里的她也做一个鬼脸；她在发笑，镜子里的她也在发笑。她靠近卧床的一张破损的沙发上坐下来。

李悲世把擦好的皮鞋送过去。珈英伸直了腿，向着李悲世的腿部轻轻击触了一下，算是给他一个暗示，随即把眼睛笑成一条线，头斜倾着娇滴滴地对李悲世说："悲世！赶快着起来！而且，要跪下来着。"

"珈英！请免跪吧！"李悲世哀求地恳求。

"好！着吧！废话少说。"

李悲世非常高兴地履行他的职务。这在他并不算是侮辱，而是一种难得有机会遇着的荣幸。

"也许，这种荣幸，有很多人连做梦都想不着吧。"他以为。

一切都准备好了。李悲世跑到门外，去雇好车子，珈英选着一挂橙光灿亮的车子坐上去，李悲世跟从在后面像一个忠实的仆从。夏夜的轻快的风，扬起珈英小姐的黑发波浪似的飘动，肥白的脖颈露出在外面，映衬着蜜蜡黄的印度绸的单衫，这印象挑起李悲世一种神秘的说不出的感觉。他得意洋洋地坐在车上，当着每一个走路的年青人惊骇于珈英小姐的美丽而不自觉呆住在路旁的时候，他必然要提高着嗓子很亲昵地喊着她的名字，表示珈英是属于他的神气；珈英亦必是亲亲昵昵地应和着：

"喂！悲世！"

这时候，那些年青人立刻就会把视线从珈英身上移向到李悲世的面庞上，认一认是怎样一个人，待车子走了很远，才如同梦呓初醒，把他们的脚步慢慢地向前走动。

到了露天茶园，付了车资，他们手挽手地走进茶园。那里早就挤满了白天工作，晚上决心要享受一点清福的茶客。场子并不小，可是因为茶客的众多，也就不觉得怎样的清快；虽然并不清快，而来的人依然是源源不绝，几点灯光悬挂在高空像疏疏朗朗的星子，淡淡的光波散下来刚能辨得出茶客们各种不同的面影。

李悲世附在珈英小姐的耳边低声细语。

"瞧！圈子里西边的一个角落，他们在等着我们了。"

"悲世！把手靠紧一些。"珈英简单地回答。

"我们要像跳着华尔兹的步伐，跳到他们面前去。"

"只需你的脚步，能够跟上我的拍子。"珈英说。

李悲世的右手把珈英夹得紧紧的，像贴着在自己身上的一块多余的肉，左手提着一支手杖，嘴里还哼着华尔兹的旋律。

侯三爷第一个瞧见他们，吃了一惊似的站起来说话，同桌的人几乎疑心是茶园失了火，大家都吃着一惊。

"来了！来了！好熟练的华尔兹的步伐呵！"侯三爷说。

赵木瓜在避开了大家的视线侧过身子来整领结。

得意忘形的段二哥把刚在松解的裤带，用着飞快的手势重新紧起来。

那一晚的主人公黄培仁早就离开座席，迎头赶上去，接候这一对光降的来客。

这时候，参加的小姐们，远远地看见珈英小姐那样入时的装束，都不约而同地打开手提箱仔细地拍着粉，重浊的香气散开着，休止在每一个人的鼻尖上。

李悲世夹着珈英小姐的臂腕走近座席，像华尔兹跳到终局，突然把脚跟顿住，顺着这姿势的自然的进展，使珈英小姐的肩膀扛起，身子斜倾到李悲世身上，做出她从来所没有的亲密的媚态。段二哥有些忍不住了，尽是用力捏着琴姑娘的腿股，琴姑娘低低地发出咯吱吱的笑声。从前常常借假着老而妖娆的老姻戚以自重的赵木瓜，不免有点自惭形秽，特地靠拢珈英小姐坐着，试用百般殷勤的礼貌，怂恿珈英小姐喝着甜蜜蜜的葡萄酒。这情形使他带在一起的老姻戚非常不高兴，李悲世为调整这局面的平均的发展，不能不分出一点心思移动各个男客的视线和话线。那一天从不喝酒的侯三爷，忽然连喝了三大杯，和他同来的南国的姑娘，目睹着珈英小姐和李悲世的亲密的表情，也曾受着同化，和侯三爷亲密起来，关照他少喝一点酒。侯三爷并没有理会，还是尽量地运用苦肉计，勉强把眉毛皱起来喝着酒，企图能使整个的空气由平静而趋于逐渐紧张。

李悲世一向是给这些同伴们所轻视着的，大家肯定他在这方面是毫无办法的一个人。李悲世有时候也颇有自知之明，他因为不耐烦他们故意在他面前露出种种难堪的示威，老是肃静回避的。

"现在报复的机会来了。"李悲世这样想。

他轻轻地扭着珈英小姐的衣角给她一个心领神会的暗示。珈英立即站起来进大家的酒。赵木瓜和段二哥首先奋勇地附议，侯三爷的酒有些醉意了,懒懒地提着酒杯说:"好,大家来一杯。"

　　主催人黄培仁在殷勤地怂恿许多小姐们提一提兴致,来一个热闹。大家都站起来了,咯的一口,干了一杯。特别兴奋的赵木瓜一个人又接连地喝了两杯,算是表示拥护珈英小姐的意思。珈英慢慢地坐下,迷迷地笑视着坐在她旁边的李悲世,假装着带有醉意似的倒在他身上,发出像小孩子要母亲一般的娇声说:"悲世!我醉了,你伴送我回去。"

　　赵木瓜不由自主地走过来,安慰珈英小姐,立刻吩咐茶房拿水果来,段二哥,都帮忙呼唤。茶房因为忙着招料别的人,没有理会到他们,逼迫着黄培仁自己走起来买了一块钱水果拿回来。赵木瓜去净了水果的外皮,恭而敬之地送给珈英小姐。

　　"你们太要好了,让我先走吧!"赵木瓜的那位老姻戚,鼓着嘴,表示不高兴。

　　黄培仁再三地挽劝,好容易又留下来,但赵木瓜却始终没有听到她在说些什么。这老头依然是一片年青人的心,但越是这样,越是以为这世界值得留恋。他很容易满足,也是最容易骄傲,而体贴女人的那般善心,是谁也不及的,他能忍耐着女人给他的一切侮辱,依然替她们执行虽奴役都不屑为不忍为的贱役,劳苦而无怨声。女人因为这个缘故,也不好意思使他过不去的难堪,偶然给他一点好眼好颜,也是可能的事。可是,木瓜往往就凭着这一点好眼好颜,在他同伴面前示威,以为是了不起的奇迹,在平时首当其冲的当然是李悲世,因为他和他常常在一起。其实,这奇迹都是赵木瓜忍耐着过分的劳苦与侮辱所得着的仅能自慰的薄薄的报酬。在这薄薄的报酬中,谁都可以观出木瓜过去含辛茹苦的经历来。

　　"老了,头秃得像木瓜一样,又没有钱,除了用至大的善心,换得她们的和颜以外,还有什么更好的办法呢!"这是木瓜常常在感慨之余对朋友们说的话。凡是他的朋友都非常为他悲哀,可是,曾经接受过他的善心的女人,数目也不在少,却从来没有一个人能有延长一分钟的感动。

　　当他双手捧着水果献给珈英小姐的时候,珈英小姐故意伸出纤手来接过去,边吃,边和赵木瓜说:

　　"赵先生!谢谢你。"

　　"不客气,应该的,不周到的地方,还得请你原谅。"木瓜慌忙地回答。

　　在座的段二哥非常羡慕赵木瓜有这样美妙的好差使,他希望能想出一件让珈英小姐能够喜欢的事。他提议说:

　　"今天的盛会,我是忘不掉的,我预备写一首诗,送给你们;特别还要写一篇小说,献给珈英小姐。"

侯三爷听着有些麻烦，以为他在女人方面摆才气，自己当作是风流多情的人，而忽略了自己是天生的那副可怕的尊容，被砍断了的枯树一般的腰身。他便不客气地说：

"算了罢，二哥！你为琴姑娘已经写了一百万字了，问问琴姑娘，她究竟给了你什么！"

琴姑娘听着很不悦意，鼓着嘴在发气，段二哥一股火一般的热情，突然浇下一盆冷水，也气得鼓着嘴。除了他们，都高兴得在发笑。

李悲世观着这情形，将会发生可怕的结局，预料得到的狂风暴雨，不免要跟着这些朋友们的蕴藏在心头的云雾倾盆而来。他徐徐地站起，拍着珈英的肩。珈英问。

"怎么样？悲世！"

"走吧！时候不早了。"悲世说。

"悲世！你不应该这样势利！"赵木瓜愤怒地骂出来。

"人家的爱人呵！于你有什么相干呢？"侯三爷似乎含蕴着一肚子的酸气在慰劝着赵木瓜。

"悲世！你们还能多坐一刻吗？"黄培仁运用着一种不失主人的态度庄严而婉转地说着话。

"不，黄先生！今天悲世的心绪不大好，让我送他回去罢，路上好给他招料招料。"珈英的回答。

李悲世接着就向在座的客人打了一个别离的表示歉意的招呼，女客们都点点头，赵木瓜、侯三爷、段二哥他们都倾倒在椅子上像发了心脏病似的叹着气。

珈英夹着李悲世的臂膊，亲亲密密地走着谈着。

"悲世，今天的成绩不坏吧！"珈英说。

"不坏，这是你的胜利。"李悲世说。

"赵木瓜今晚有些神经错乱了。"

"不过……"

"怎么样？你还不能满足吗？"珈英问。

"还没有妒忌到用毒药毒死我的程度。"

"管它呢，示威的目的，总算完全达到了。"珈英说。

"这是我扬眉吐气的一晚，谢谢你，珈英。"

"也是我试验成功的一晚，我没有破产，我还年青，我相信能找到更好的机会，我真开心。谢谢你，悲世。"

他们怀着充分的喜悦走出茶园，满园的茶客，都把视线集中在他们身上。

  他们登上归车，在月光中得得地走着，清晰地观得出这一对幸运儿满带着希望的笑痕，夜风吹着柏油路旁的梧桐，时时低下头来，像欢迎这一对示威而胜利的人。

房客太太[1]

  自己因为在某某日报担任了编辑工作,就在报馆附近租赁到一进房屋。这屋子一共是六进,两端跨有两条长街,进门,穿过几重天井,到屋子的那端。照通常的慢步,大约需要一两分钟的时间,屋顶像斜倾的山坡,不得不"鞠躬如也"地徐趋,装出迎接外宾似的严重的礼貌来;就像我们那样瘦矮的人。挺直了腰,再把手伸出,要捕捉几只密布在屋脊上的蜘蛛,也断不是一件十分费力气的事。如果,遇着下雨天气,要到这两条街的任何一条街上去,可无须绕一个大圈,这要算是住在这里的客人绝无仅有的利益了。

  南京自成新都,一切都改了旧观;唯有这两条长街,因为南京土著的住户,特别是占有最多的数目,所以依然保存着南京原有的古风,他们都不肯把这些古风跟随着外来的习尚轻易改动了一点,即使是一句极简单的说话,他们都非常吝惜从老祖宗所传习下来的语根,房子的款式,当然也不会例外的。

  我所租赁的那进屋子,是六进中最讲究的一进,旁的几进,连地板都没有;而我的一进,是杉木、松根、断了腿的长椅所杂凑起来的地板,虽然情调很不协和,但因为它能抵挡了一阵潮湿的土气,称之为地板,是毫无愧色的。墙壁上都是大大小小的破洞,仿佛是大战后受过枪伤的残堡,啮齿类的小动物可无阻碍地进出,它们并不理会到一个在水面上永远感着缺陷的新闻记者需要有一点最低限度的安息,老是行所无事地打扰个不休。逼不获已,由我向房东刘先生上了一次带有请愿性质的奏本,控告那些啮齿类的小动物妨害治安的罪状,总算这位聪明的刘先生能够曲谅下怀,破费一点悭囊,吩咐匠公把所有的洞完全补好了;并且,为了形式上的美观起见,还糊上了几张半新不旧的报纸。

  当我正在表示十分感谢,预备写信去道谢刘先生的恩典时,刘先生突然驾临我的寓所。他很谦恭,略带一些赐恩者所应有的骄傲,把眼珠子透出他的近视镜扫射这刚刚修理过的房屋,用着非常迟钝的手势扣起颇有些重量的南京土布的长衫,坐下来。我从他的面部表情上了解他的来意,不

---

[1] 原载 1935 年 5 月 1 日《文艺月刊》第 7 卷第 5 期。

由你不假定他是一位真心诚意的赐恩者，极尽其接待的悃忱。妻立即打后房赶出来，递烟，献茶，和刘先生道着寒暄。我和她在彼此视线的流盼中默默地传达不约而同的意见。

刘先生是一位地道的南京人，他除了每年清明的季节到雨花台去玩赏一回风筝以外，很少把脚步离开南京的城门。在我们的经验中，总觉得大部分的南京人，假使给予人家十分之一的薄薄的好感时，就得要责望人家交付百分之百的酬报的；所以，我们从刘先生那里租来的房屋，无论是坏到怎样可怕的程度，终不敢向他轻于启齿。即使到忍无可忍非得向他启一回齿的时候，但一转念到刘先生是一位地道的南京人，便把向刘先生贡献的关于修理房屋的建议，自动地取消了。

最近，房子是修理过了，可是，这岂是出于我的本愿！我真是出于万不得已！老实说，我对于房子的诅咒，只不过是向刘先生发一点牢骚，并不希望他有事实的答复。此刻，刘先生是突然地驾临了，妻在每一回向我的流盼中，我察知她每一回都含蓄着抱怨我的意思。

要把情感来压服人们实际的要求，终于是不可能的。在大家说完了一切寒暄的话，沉默了一会的当儿，刘先生忽然开口说话：

"现在耗子还打扰你们吗？"

"不了，刘先生！谢谢你！"我说。

"这房子确实是有年代了，雇匠工修补破洞，连裱糊报纸在内，累我花费了不少。"刘先生故意在最后的一句话，着重声音说。

"刘先生！究竟花了多少？我们承认你一半罢！"妻在插嘴。

"不是这个说法，我的意思是说，钱绝不是白花的，这屋子的价值，也应该随着增高了。"刘先生慌忙撇开了妻提供的意见。

"那么！在刘先生要怎么样？"我问。

刘先生听了我的话，眉头一皱，无力地把瞳孔收拢了一回，又微微地睁开，然后答复我的质问。

"王先生！你是我们的老房客，绝不会欺负你，现在，我觉得从原有行租每月二十五元，再加上五元，凑足三十元一月，仍旧是非常优待的办法。"

刘先生边说，边从扣袋里掏出许多住在前后进的房客寄给他的信。他们都羡慕我那一进屋子。在刘先生以为就是把价格再抬高一些，也不愁没有主顾；而一面在证明行租不过是加了五元，的确是一种逾格的恩典。

我很想离开这里，干脆就让羡慕我那进屋子的人们进来填补罢！但又觉得在南京要找到一所适合身份的屋子，不比寻觅一个适合身份的工作更容易些。而且搬家的麻烦是谁都亲身体验过的。后来，我和妻商量的结果，还是把刘先生所认为还算是优待我们的恩典，忍痛地接受了。

房租涨了价，而我在某某报馆的收入，并没有跟着涨了价，一个起码的从手到口的工作者，每天的生活，都要十分仔细地运筹，才能平平稳稳地挨过去的。现在，每月必不可少的消费，突然又加增了五元，在我的确是一个值得考虑的问题。想了又想，还是在房子的本身上设法补救。决计把最精彩的一间腾出来，暂时使自己受一点委屈，把卧室、餐室、厨房、厕所，乃至许多零零碎碎的什物，都统一在另外的比较差一点的屋子里；同时，以十块钱一月的行租，在门前写了一个招告。

招告贴了出去，应招而来的人确实不少，一天之中多至数十起，少至十余起，断断续续，没有停止的时候。唯一经那些人实地观察以后，都呈现非常失望的样子，嘴里叽咕着不知说些什么，大约是后悔受了招告的欺骗，连跑进来一次都不值得的神气。

隔了好久，我的同事朱先生介绍了一位异样的房客来到我的寓所。"她是一位将近五十岁的老太太，丈夫姓周，大家都称呼她周太太，人很和蔼，并且是一个孤独的人。"朱先生这样告诉我。我和妻对于这样一位理想的房客，都衷心地感激朱先生的介绍。

当朱先生正正经经地介绍周太太的时候，她微微地笑着，人的确很朴质，不十分能说话，在生活上所必须有的动作，也因为年龄的关系，变成缓慢而单调。一切条件说明了以后，她操着杭州音，只和我们说了下面的几句话：

"我的先生，是在江苏某某县做县长的，他要我找到像你们这样忠厚的人家寄住，因为可以有招应些。我什么时候搬来呢？"

"什么时候都可以，周太太！"我的回答。

光阴很快，周太太正式做了我们的第二重房客，已经三个月了。由于她有爱好清洁的癖性，我们无论怎样小心盛意地接待，她终是拒绝的。一切关于生活上的琐碎事件，假使不经过自己的手，她宁可从略。我常常见她一清早就起来，手里握着一个吊桶，到井边取水，煮了一刻，洗面，待煮熟了以后，泡一杯杭州带来的龙井，喝了又喝，到不感觉还有什么清香的茶味时，便提了一个竹篮，上街买菜，老是几样应时的蔬菜。回来以后，经过仔细的洗濯，才投到汽锅里去，一样一样做好，仅是一顿极简单的饭，尽够她忙碌了。她并不觉得做一顿这样简单的饭要浪费这许多时间是一种苦痛；倒是闲得无事可做的时候，常听见她在叹息。

在无论哪一点观来，周太太好像是不善于交际的，尤其是不愿意亲近年青的女人。我们因为发生了宾主的关系，总不免有一点来往。我们很知道她的性格，除报之以客气的笑脸外，从来不敢和她多说话，她太容易生气了，有时候明明是一句恭维她的话，如说周太太清洁、周太太勤苦之类的，她会当做是一种讥讽，面庞上现出极难堪的表情来。不过，当你真的存着心讥讽她，如说周太太还很年青呢，周太太漂亮呵等等，她反而拍掌大笑，欢喜得像发了疯，她就会认你为知己似的到我们家里来坐坐，谈谈她过去的经历。她的过去，的确是有着一段光荣的历史的，当她叙说过去的时候，她的话出乎意外地多，决不问听话的人发生厌倦，她必然要说一个畅快。我们为要维持这位老太太的难得发现的欢心，不愿意让她裂开的笑痕从苍白的面庞上逃走，我们是很当心地把她的谈话的要点尽是停留在过去，决不使她从过去滑到现在，把现在的情形当作是谈话的材料。于是，她便更觉高兴，硬要拖我们到她那里去坐坐，我们是无法拒绝的。

她把一间房处理得非常整洁，两只皮箱，一张床，一张桌子，都能适当地安置着。书桌上放着一本破烂得不成样子的《高王经》，和一册古板的唐诗，书桌的中间是一尊小小的佛像，佛像的面前，点着一炷香，在书桌的脚跟，放着一盆万年青，还有一串佛珠儿冷清清地挂在墙壁上。房间里的每一件什物，在我们看来，都是静默的、枯索的，没有一样可以安慰周太太的寂寞。

周太太待我们很客气，忙着煮龙井茶给我们喝。

我说："周太太，你休息休息吧！不要为我们太忙了。"

"不，不，这是杭州真正的龙井茶，你们难得尝到的。"周太太说。

我们一面在喝周太太的龙井，一面听她讲关于她自己的故事；并且从箱子里取出她许多在黄金时代所保留的珍贵的纪念给我们鉴赏。我们遇有不明了来历的时候，她便不惮其烦地替我们解释。

"这些都是周先生在我嫁后一年中为我写的诗。"

是厚厚的一大本，这位周先生的诗兴真不浅，我在暗暗地惊叹着。虽然，论诗的技巧和风格，不免粗俗平庸；但正因为是粗俗平庸得可笑，我比读着拉马丁、雨果、拜伦、雪莱的名句，还要觉得饶有兴味。从这本诗的粉红绸质的装帧，以及用宝蓝丝线的缝订上看来，周太太对于这本诗的保存，是煞费了一番苦心的。我所难于索解的句子，她还能津津有味地背诵给我们听。奇怪！凡是不甚了了带有充分神秘性的句子，一经她的背诵，你就会从她的声调和表情的姿态上，约略明白这许多名句的意思的。

不自觉地我的好奇心，被她掀动起来了，逼着我要从她黄金的过去，联想到她衰落的现在，使我发生如下的疑问：

"周先生现在还有新作吗？"

"有的。"她不经意地回答我。

"那么，周太太能给我们见识见识吗？"妻的要求。

她突然听到这样一个要求，酸痛地摇摇头，面庞发了青，长叹一声说：

"哎！对于我，已经搁笔十年了。"

"那么，周先生现在不写诗了吗？"

"不，写的，写得比从前更认真了。"她愤恨地说。

"可不是为了我，为了他那个妖娆的贱妇，不要脸的贱妇，偷汉的贱妇。"

我的话，触动了周太太的要害了，她便像试放连珠炮似的痛骂了一阵。我也无法慰劝她，让她骂个够，尽量地发泄一回，也许，反而是于她的身体有些利益的。她便拿出几张从前和周先生的合影来给我们看。周太太穿着绸质的绣花的夹衫、缎料滚边的长裙，像加添了许多假发再仔细挽成功的一个大得使人吃惊的发髻压在肩膀上，梳剪得异常齐整的刘海，刚从眉梢的两边分开，面颊上好像敷了一层杭州孔凤春定制的香粉，使两条用墨笔画过的眉峰，格外显得漆一般的黑，这是相当于中国二十年代在北平、上海最流行的时装；在那时候，周太太的确是一位最摩登的女郎，难怪坐在她旁边的周先生握着水烟袋，翘起一只穿着厚底缎鞋的脚，欢喜得只用微笑来说明了。

据周太太告诉我们：那时候的周先生待她真是太好了，无论是什么东西，只要她需要，他总得会设法取来的。他唯恐周太太不爱装饰品，不能打扮得如他的心愿，遇着赴朋友的宴会，或是同到戏院里看戏，周太太必然是竭尽心力去打扮，期望能够合周先生的意。周先生总以为她打扮得不好，像是丢了他自己的脸似的，仍旧不免要严格地批评她，他们常常就为这件事而至于争吵起来。周太太在感觉到异常麻烦，怎样也不能合周先生的心愿时，她就会对周先生说出这样一句刻毒的话来："干脆你去讨一个婊子吧！"

现在，周先生因为周太太没有生育的缘故，给予他一个天经地义的理由，真的和一位出身不甚清白的女子同居了。这真是出于周太太意料的结局；同时，她又觉得是自己不好，没有能永远地维持自己的青春，或者能够生一个儿子，使周先生无法提出这个理由来作为借口。

周太太回忆到过去一段长长的岁月，觉得在青春时候的周先生，曾经当她像宝贝似的爱过的，她占据了周先生全部生命中最重要的部分，他俩在甜美的岁月中热爱地生活着，除爱情以外的一切，简直都认为是无关重要的多余的东西；所以，在那时候她并没有儿子的需要，她甚至看到一般女人在生产了几个孩子以后，面庞上的纹痕立刻就会添起来，作为她们无可避免的衰老的记号，是一件极端可怕的事。到周太太的年纪逐渐地堆积起来，怎样也不能挽留自己的青春时，她很清楚地发觉到周先生待遇她的态度，和从前有些两样了。而周先生又常常在她面前说起关于遗产继承的问题，她才感觉到如果能有一个儿子的话，至少，她还能由于儿子的关系，把自己快要消失了的爱，勉强维持若干时刻的；而且，周先生一向在社会上公认为有相当名望的人，就是他再也不能在周太太身上发觉到丝毫的满足，他也没有理由向她提出另找出路的要求的；但是，当周太太切急地需要有一个儿子的时候，儿子是再也不来了。关于这，她所有的方法都试用过，都是绝对无效的；看看自己又是一天老一天了，从前曾经怎样使周先生就范，使他不起任何野心而能服服帖帖听从周太太指挥的种种办法，她不是不能重复应用；可是，自己已有了一件被社会所一致承认的缺点，那些方法她也不好意思再来试用了，她知道就是再来试用，也不至于发生什么效力的。无奈她愈是体验到周先生在实际上不得不疏远她，她愈觉得一刻都离不开周先生。所以，她就不免忍耐着一切痛苦，用超过一向没有的诚挚，向周先生恳求，把他俩同居的时间，能够延长到若干时候，就延长到若干时候。她常常是含着眼泪对周先生说：她一定不至于辜负周先生的希望的，只要周先生还能够和从前一样的爱她。但，这在周先生，又怎么可能呢！他在周太太的逐渐衰老的面庞上，很容易看得见自己的将来，将是一个寂寞、孤凉、无人怜惜、没有亲骨血的老人，自己移动着自己的脚步，默默地走进自己的坟墓。他并非不爱周太太，周太太的无可奈何的苦衷，他也是非常怜惜的。可是，当他屈着指针算一下这茫茫的上帝给予他的可能的岁月究竟还有多少的时候，从内心里突然发生的过分的伤感，使他不得不紧咬牙龈，不顾一切地决定自己的步骤。周太太就在这情形下，被她的丈夫变相地遗弃了。

　　这所谓变相的遗弃，就是说她的丈夫并没有和他取消夫妻的名义，关于她的生活，周先生是绝对负责的，每月从县长任上，总有少至一百元，多至二百元的津贴费寄来，从未失过一次信用。并且，每逢寄款时，常有一封信，安慰周太太的近状，只不过像从前那样热烈的唱和诗，周先生在十年前已经写完了。

　　在生活上没有什么忧虑的周太太，使她格外感觉到，离开了周先生以后那种无可弥补的空虚。她除非把周先生思念得过分疲劳，而至于昏沉沉地睡去的时候，能够暂时忘记周先生，其余无论在什么时候，关于周先生的声音笑貌，一举一动，无不占据着周太太的心，甚至，在周先生每一件曾经用过的器具上，她一经接触，都能联想到过去的一段一段消失了的艳迹，牵引着自己的一颗还是新鲜的心，沉落到过去的幻梦里，撕开干瘪的嘴壳像做梦似的，现出欢乐的笑痕来。不幸，这欢乐的憧憬，其犹豫的时间，比到麻雀的鼻子还要短，只需一听到秋虫的淅沥或耗子在捕捉食物觉着非常辛苦以后的微微嘘气，就完全破灭了，所留剩给她的仍旧是无法容忍的寂寞和空虚。

她曾经把丈夫寄给她的钱，做过度的浪费，利用奢侈的物质生活，来解除心里的苦闷，甚至，沉浸在酗酒狂赌的生活里，企图麻醉自己的创痛，但这样过了些时候，反而觉得苦闷愈深，创痛愈加崩裂开来。在她平素所往来的人群中，经她由于种种实际的接触，发觉到无论是谁，不是仅仅在浪费她的钱，就是欺侮她、怜悯她的时候，她恍然地明白自己已经没有一点可以引起人家真切的爱怜了。以后，经过了极度的克制，又把放纵着的心灵凝结起来，使生活复归于清淡和简单。因此，她对于周先生每月寄给她的钱，实在不是必需，不是她在生活上所感觉缺乏的部分。同时，想到自己是孤单的一个人，丈夫已被人家夺取，钱，是算得了什么呢！这明明是丈夫对她的一种无可自赎的忏悔。所以，每当接到她丈夫寄来的汇票时，她没有一次不是愤怒地对着邮差，好像在发邮差的气似的，老是把邮票掷在地上，踏在脚底下，踹了又踹，然后，重新拾起来，自言自语：

"谁要你的造孽钱，你这没有良心的人。"

继而，她忽然又哀痛起来，眼泪淌满了双颊，她在后悔着错怪了丈夫，这明明不算是丈夫的罪恶。他辛辛苦苦地挣钱寄给她，养她这样一个对于他绝无用处的女人，无论如何总还算是丈夫有良心激动出来的善举，痛骂他，她觉得是不应该；而真正的敌人，她相信是那般年青妖骚的女人，她们靠着年青，和自己的妖媚，去迷惑有了妻子的丈夫，她们把嫁人当作找寻职业，以消费男人的血汗钱，当作由自己的妖媚狐惑所交换来的薪资；要是找不到这样相当的男人，便不顾一切地夺取人家的爱，破坏人家已结合的爱，满足她们自己，这与夺取人家的饭碗，作为自己的职业的人，是同样卑鄙，同样无耻。因此，周太太一见了年青的女人，她就狞目相向，只恨自己没有那样的权威，可以容许她杀尽天下那些不要脸的年青的、比较漂亮的女人。有时候我和妻不免有一点细小的冲突，周太太也许会以客观的态度劝我们息争，但实际上只忧虑我们不能把夫妻间的争端无条件地延长下去。如果遇着我们和颜悦色的时候，她立刻就会回想到从前的情景，把她和周先生的亲切的情话、亲切的爱抚，原原本本说给我们听，证明像我们那样,并算不了什么,要像周先生从前的对于周太太,才真的配称为一对恩爱夫妻呢!

在报馆里服务的我,因为限于职务的分配,常常非到上午三两点钟,没有睡眠的福分的。当我在半夜里回来,我生恐惊醒那些丢开一切责任而安心静养休息的人们,不得不很留神我的呼吸,当心走路的脚步,不使发出一点声音,但,周太太只需一听到我的轻悄的步音,她就立刻觉醒在床上了,我听着她在轻微地叹气。我的卧室,只和周太太隔开一层板,有一天,当我从报馆里回来,她便用灵敏的耳朵监视我们的行动,我比一个政治犯对于无量数机警的侦探的监视,还要当心到几十百倍呢!妻子虽然有时候被我的咳吐所闹醒,她尝试睁开眼睛,向我望一望,并且急速地摇摇手,给我一个应该留心的暗示,我也就只得洗尽了一切思想的源泉,息心静气地安睡了。那时候,我的听觉告诉我,周太太也安睡了。这好比机警的侦探们对于政治犯经过几次三番的侦查无动静自动地走开以后,又不免给予政治犯一个蠢动的机会一样,我立刻在这时候,和妻子谈谈日常的家务,甚至是说几句接近到爱情方面的话,也是偶然可能的事。但,周太太又立刻醒来了。想不到她为什么要这样关注我们的行动。她甚至于用手击着床沿,用脚敲着床板,蓬蓬的声音,在深夜里,使人听得格外清晰,接着就是不断地发叹。她是已经有年纪的人了,睡眠不足,于她是极有影响的。我便不得妻的同意,故意咳嗽一声,从床上走起,重着脚步,踱到另外一间厢房里去,在客床上过了一个通宵。我的天!周太太总算是很放心地睡着了,我在默默祝她有一个最美的梦。

到明天,周太太很高兴地到我们家里来,说话的声音,超过平时所没有的温顺,她像是觉着昨夜的行动有些对不住我们,而来表示歉意似的,我们都非常原谅她。只有我的女孩子一见周太太的影子,简直比无论什么可怕的印象,还要可怕。她的母亲逼着她喊一声周太太,是决计办不到的。周太太也并没有理会到我的孩子。这孩子和周太太的感情非常坏,原因是,她到周太太的房里去玩耍,没有一次不是哭丧着脸回来,跑到她母亲的怀抱里去诉苦:

"周太太打我,她说:我最不喜欢小孩。"

妻子常常为这件事鼓着嘴,骂周太太过分地没有情意。我对于妻子那种率直平坦的心胸,不禁哑哑地失笑。周太太也是女人,她何尝没有一般女人所应有的情谊!其实,都是因为她从来没有机会做过一次人类母亲的义务。何况,更因为这,丧失了做人家妻子的权利呢!

周太太到我们家里来,还只是第二次,虽然我们的距离,仅仅是隔开一层板。照例，不应该使她在我们家里感觉到丝毫的不快。我就故意迁就着她的意思，替她谈谈高兴听的话。

"周先生常常有信来吗？"

"有的，上一个礼拜，还寄钱来的。"

"周先生的为人真好，他这样把周太太放在心上，要是别的人，早就把你忘了。"妻说。

"是哟！我并不怪周先生，他待我一向都是很好的。"

"周太太每天把什么来消遣呢？"我问。

"没有什么可以消遣，读读《高王经》而已。"

"周太太信佛吗？"妻子在插问。

"是的，你们年青人是不会相信的。"

"我不信佛，我没有这样的耐性念《高王经》，我压根儿就不懂得阿弥陀佛是什么意思。"妻子不负责任地说着话。

"阿弥陀佛！"周太太像非常感动似的念了一句。"你们这些年轻人真不懂得呵！老实说，我同你们一样年轻的时候，我看见有人念佛就生气，我是杭州人，我的足迹，从来就没有到过虎跑寺。"

"现在呢？"我问。

"现在要是没有这一本《高王经》，我再也活不到今天，我早就死了。"周太太一面说，一面在唏嘘流涕。

当我正预备想出比较可能的方法安慰周太太时，忽的，从外面跑进来一个人，向周太太报到：

"周先生来了！"

周太太立即拭干眼泪，拂袖驾起，她为着急于要看见周先生，慌忙向来人问：

"在哪里？"

"进来了。"那人回答。

周太太连忙赶出去迎接周先生。她那种由于长久压抑而无从表白的亲切的情绪，看上去完完全全是出于真诚的，使我们都不免受了说不出的感动。

周先生边走，边和周太太寒暄，那些话无论是用之于任何一位久别重逢的朋友，都觉得还应该热烈点，真切点似的，所以，周太太虽然有说不完的心事要想和周先生说，终于因为周先生的煽动力不够，依然是无从表达，从周先生那种忧郁恬淡，毫不在乎的表现来看来，似乎到这里来看看周太太，只不过是在交际场中，一种最好是能够避免了的繁文缛节，要企图周先生再从周太太的热忱的感动中,发现一点亲切感,简直是比什么都困难了。我们越发觉得周先生胖胖的圆圆的脸上,常常听到周太太的说话,露出几丝冷酷的笑痕来。这是一张用惯了的细长的脸,专于为着敷衍一般讨厌的绅士们不断地向县长说废话的脸。周太太还以为他是自己的丈夫,在她以为对丈夫诉说一番别后的苦味,是做人家妻子的一种特殊的权利,所以她自己并不觉得话多,使周先生感觉不耐烦,时时逼着他把几根疏散的白发捻了又捻。周太太忙着打扫,整理床席,揩台抹几,她希望不至于因为这草草的接待,引起周先生的反感,但她终怪周先生来得突如,没有把行期提前通知她,使她可以有三五天的准备是一种深深的内疚。

周先生看见她伛偻着腰,非常吃力地忙着打扫,心里也会感觉着有些不安,发出带有怜悯的询问。

"为什么不雇用一个佣人呢?"

"为着你挣钱不容易呵!"

"这又算什么呢!我每月不是有钱寄给你吗?"

"我喜欢多吃些苦,我没有享福的骨头。"

周先生探出怀中的表,看了一看,站起来,做出要离开的神气。周太太颇有些惶惑似的希望多留他一刻,但为着另有一个不得不奔赴的约会,在催逼着他,他要走了。

"不能再多留一刻吗?"周太太问。

"不,有朋友要等着我。"

"你来吃晚饭吗?"

"说不定朋友会请我吃饭的。"

"那么,你明天来吃午饭吧!"

"好吧!我一准明天来。"周先生无可无不可地说着。

周先生走了以后,我从隔开一层木板的隙缝中,看着她那一晚,真是出于意外的兴奋,她欢喜得似乎一夜都不会合眼。

明天,天刚有点亮,她便起来了,忙碌着,从修饰自己身上的各个部分到整顿房子里的一切,足足地花费了两三点钟的时间。那一天,我第一次发现她拍面粉,点口丹,画眉毛,待披上较时式的衣服走出来,人家从她的姿态上,再也认不透她的真实年龄,望上去简直和三十多岁的老处女一般呢。到上午八点钟,就把所有要准备的盛馔样样购办齐集了,她一样一样地烧好,手法很敏捷灵活,并不同平时一般的迟缓,希望的芽,在她久已枯萎了的心田里萌动起来了。在平时,每天早上,总得要默诵一遍《高王经》的,但那一天,我只听着她一面忙碌着工作,一面非常高兴地背诵熟读了唐诗，和周先生在十年前赠给她的甜蜜的唱和诗。到十一点钟，把所有的菜都烧好了，她只希望周先生能够早一些来，和她谈谈话，因为她也需要知道周先生分别以后的情形的，屡次跑出去站在门外瞭望，远远地，企图在众多的过路人中辨出她的丈夫来，她好奋勇地迎上去，握着他的手，一同走回来吃午饭。可是，十二点钟已经敲过了，周先生还没有来。她疑心周先生忘记了，又没有探问到确实的住处，像这种茫然的期待，使她焦灼了起来。

　　是五月天多雨的季节，气候是非常的郁闷，在下午一点钟的时候，潮湿的空气便笼罩着四周，重云密密地压下来，被狂风飘起了的尘灰散漫在天空，迷失了人们的视线，一会儿，暴雨跟着倾注下来。就在十字街口，有一个年老的妇人，在期待着她的丈夫，眼不转睛地望着经过的汽车、人力车、马车，以及一切过路的行人。那就是周太太。无限的希望心和焦灼的情绪的综合，使她忘记了暴雨的打击，就是雨淋着她的全身，遍体淋得像落鸡汤一样，丝毫都不觉得痛，依然是撑着一把被风吹破了的伞，死命地挡住了风力。像电竿似的，站在暴雨里，一动也不动，一双老花眼死盯住前面，希望捉住了她所必得要捉住的影子。到雨将停息，时候已经下午三点钟了，照例午饭时刻早就过去了，她的心也死了，她想回来了。正在她预备把伞收起来，拭干衣服上的雨水，开始从泥泞中走回去的时候，忽然，后面发出一阵汽车的声音，她迟缓地旋转了头，仿佛看见坐在车厢里的人，是一个圆圆的胖胖的脸，短发，天青杭纺浸过的绸衫，旁坐的是一个漂亮的姑娘，鹅蛋形的脸，用电气烫过的柔发，被从车缝里袭进来的风，吹动着，像浪花一般，偶然因泥滑的高低不平的路，阻碍了车的行进，时时颠簸着，逼着她倾斜到这胖胖的堆满笑容的老年人身上去，这老人便像照顾他自己的女儿似的，把她拥抱在怀里，看他的不愿因车的颠簸，惊恐了那少女的苦心而表示的一片殷勤，又像是超过父女以上的爱，简直可以断定他俩并不是一种父女的关系。周太太在这刹那间所捉的印象，使她恍然地看出来，坐在车厢里的一对不调和的人，就是自己的丈夫，和他从不使她会面，今天忽然在无意中遇着的把自己的丈夫从她那里抢夺过去的敌人。她要试用平生所有的力气，痛骂坐在车厢里正在得意的人们，欢笑得像发了疯的人们，但是，无限度的低气压，紧紧地压住了她的心，收缩着她的发音器官，声音沙哑，连一个最低的声音都吐不出来，喉管里像梗塞了一块木头。她依然想死命地呐喊，仅是一种声音的呐喊而已，因为她所有的理智，已经不够把她所能呐喊的声音，形成一句适当的话，使坐在车厢里的人明白她的意思了。但她所要求的目的，不过是希望他们由于她的一种呐喊，而知道曾有一个人在这里，从上午十一点钟，像电杆似的屹立到现在，守候他们，等待他们。待尽全力的挣扎，刚吐了一个模糊的声音。

"你……你好！……你……"

那一对露出十分不调和的幸福的人们，已经坐着车子，像特别开足了马力似的，风也似的过去了，车厢里溢出一阵娇滴滴的亲切有味的欢笑。

周太太把高举了的项颈，顿然地低垂下来，手捧着一颗创痛的心，默无一言地走回去。眼泪如同涌不尽的泉水般流淌下来，把一清早起仔细装扮着的香的粉，黑的铅，红的口丹，都融化成一团，斑斑点点，看不清楚了。我骤然发现周太太这样的情形，不觉大吃一惊，连忙问周太太，她始终不回答我，只是无休止地流泪。妻疑心她受了人家的侮辱，百般地安慰周太太说。

"周太太！谁欺辱你的。"

"诶！真让我气死！"周太太说完了这句话，忍不住放声大哭起来。

"你逢到周先生了吗？"妻匆促地问。

"真开心！日子那么长，抱着那样年轻的女人，谁不疑心他抱着孙女儿在开心。"周太太愤愤地说。

"周太太！不要太伤心了，还是自己的身体要紧呵！"我在安慰。

"原来，这年头男人只要有钱，何况那个老畜生，就是他的高曾祖活转来，自然会有那些可以当作曾孙女的女人，愿意给他的高曾祖开心的。"周太太又补说了一句。

她走进来，看见桌子上摆着许多不曾吃过的菜，她突然起了一阵恶心，愤怒地把桌子掀翻了，碗碟蔬菜都狼藉了一地。周太太气得发了疯，像一个失去了知觉的人，她突然地昏迷过去。

我们到那时候，才更深切地认识这样一位奇异的房客，她给我们这许多奇异的故事，真使我们不能不感谢那位介绍周太太的朱先生。房子扰乱得这样糟，当然又是我们的责任呵！我便立刻吩咐佣人代周太太从事打扫，把破碗残碟，堆积在屋子的一隅，地板上再用清水洗过干净。

一会儿，周太太像做了一场大梦似的觉醒过来了，嘴里喃喃不已地默诵着《高王经》，她重复地读着同样的绝对不能了然的句子。

这位在一切人看来没有什么可爱的老太太，早就被一切人遗忘了，曾经为了她的媚，她的爱，写过一厚册赞美诗的丈夫，也把她遗忘了。但她是我们的房客，她的一切举动，都直接地使我们的生活发生影响，我们决不能遗忘她。

现在，我们报告周太太刚才骇人的经过给她听，她又能够笑了，又需要喝一点龙井茶了。感谢上帝！至少在周太太没有和我们脱离房主客的关系以前，给她平安吧！那时候压在我们肩膀上的大石头，又总算放下来了。我们便很高兴地离开周太太。

天色渐渐地昏黑了，窗外的雨，依然是淅淅沥沥地降落着，那伴着新人漫游京郊的周先生，无限的倦意逼着他倒在新人的怀中呼呼地睡着了，到醒来时，已经是下午八点钟了，他才记起周太太的约会。可是时间已经太晚了，失去了这样一个约，他觉得非常的抱歉，他一定要去看看周太太，为着拯救自己的良心。他愿意忍耐着一切，给她尽量地发泄了一回。

周先生好像是冒了一个险，大着胆到周太太那里，轻轻地推开房门，笑嘻嘻地和周太太点一点头。周太太突然地说："你来了！"

周先生故意把自己的头，亲切地击触一下周太太的头，仅是这样一种单纯的表情，好像已足抵消周太太一生的痛苦而有余了。她在默默地微笑。拂拭一下昏花的老眼，问周先生说：

"你吃过饭没有？"

"吃过了。"

"这有酒呢！"

"好！喝点酒吧！"

周太太忙着烫酒，热菜，周先生边酌，边谈，周太太坐在他旁边，他就是说出一句极平常的话，周太太都觉得非常有趣，面上尽堆满着笑。

周先生忽然看见角落里有许多破碎的碗片，他在无意中问起周太太。

"这些碗是谁敲破了的？"

"今天，预备了你的午饭，你没有来，我在外面等候你，给一只狗跑进房里来，桌子一翻身，完全毁了。"

"诶！可惜！可惜！"周先生喝了一杯酒，为了那些打破了的碗。

周太太很关心周先生接连娶了三位姨太太以后的情形。

"最近娶的一个有希望吗？"周太太问。

"也许有，因为，她的脾气很有些奇怪，和寻常的人不一样。"周先生像富于产科的经验回答周太太。

"后是不能绝的呵！"周太太很伤感似的说。

"是呵！我们都快老了，将来谁照顾我们。"周先生也不胜其自然之法。

"那么，为什么前几年娶的两个，连一个屁都没有放？"周太太在发生幼稚的怀疑。

"那只有上帝才知道了。"周先生也只能表示一种幼稚的回答。

"外面还落雨吗？"周先生问。

"雨下得很大呵！"周太太肯定地重着声音回答周先生。

"你不能留在这里吗？"周太太跟着再询了一句。

周先生向她望了一眼，又向窗外望望，随随便便回答说："倘若雨还是继续地落，再说吧！"

周太太在默念阿弥陀佛，祈祷窗外的雨声，永远不要停止，她一听到窗外的雨声，就使她发生一阵喜欣，这喜欣都是从内心发出的。因此，她也变得忽然聪敏起来，她复活了过去消失了的热情，她也复活了过去萎枯了的智慧，她又像在天国的乐园里偷食了一颗智慧的果，使她又了解一切，明白一切，看透一切。她偷偷地静悄悄地看着她丈夫的脸，同时，想起自己在过去的一切，她发现了一条真理，在她是认为琢磨不破的真理，就是：周先生到今天还没有儿子，病根是出在周先生自己，这责任都应该是周先生自己的，并不是周太太，这使她必得要留住了周先生。她想起自己无论运用怎样的方法——念《高王经》，盘佛珠儿，还不能使她彻头彻尾忘却了周先生，她证明自己并没有能斩断了情根。不过，为着自己取得了正当的名义，必得要留住周先生，至少是一晚，仅仅是一晚；再则，为了成全法律的价值，她必得要留住周先生；为着取得社会一般的信仰，她必得要留住周先生。法律，社会，都并不反对人作假，在过去，周太太有可以作假的机会而轻轻地放过，致造成今天这样的大错，她是多么的后悔呵！

无限的思潮，纷纷地烦恼周太太，她觉得要挽回这一段未来的厄运，就在今一晚，仅今一晚了！

"雨！雨！尽量地落吧！千万不要停止呵！"周太太在默默地祷祝着。

壁上的钟声，已敲着十二下，周先生忆起另外一个人在旅馆里守候，他心不由自主地说着语无伦次的话，他焦灼着立即就要离开了。

雨依然不断地落着。

从来不喝酒的周太太，也很高兴地喝了一大杯。

又过了一会儿，雨忽然停止了，风也息了，月光从云隙里射到周太太的卧房。

周先生欢喜极了，慌忙连喝了三大杯，站起来说："雨止了，我可以走了。"

"一定不能留你一晚吗？"周太太颤抖着声调，昏沉沉地摇摇头，吐出最后的一句话。

"因为我明天早上就得回去，县里的公事要紧办。"

"不能多请一天假吗？"周太太再三地恳求。

"好在我下个月还要来。"

周太太终于无法留住周先生，他在雨过天青的月夜，醉意朦胧地回到他的温柔乡，剩下了周太太一个人受尽人类所无法忍受的失望、羞辱和痛苦。

一切未来的希望，极有把握的计划，都因无法挽留周先生而成了泡影。经过这一次的打击，周太太的生活，又不比从前了，她愈益沉没到无底的深渊，无声无息地黯淡下去了。

周先生和她说的话，都没有能够使她记忆，她只记住了一句："下一个月我还要来。"

到了下一个月，周先生并没有来，逼着她连《高王经》都不再念了。

月复一月的过去，时季已到了深冬，气候是特别的寒冷，雪在不停地落着，冰柱从屋檐扑下来，像当空挂了许多烛样的灯，反映着无光的白色。我们的房子，虽承蒙房东老先生特意地为我们修理过，但这是一座中国式的老屋，在民国初年就应该倾圮的，能够延长到现在，也终算是不容易，高度的雪压，时时把瓦轮压抑着吱吱地发响。从瓦缝里滴下的雪水点点地落下；由于突然的寒冷，也多凝成了不到明年春天决不会消融的冰柱。周太太冷缩得像一只冻鸡，整日地躺卧着，她不再能起来到井边取水了，一副烧煮的饭器，足有一个多月，未经周太太试用，连锅心都起了锈。我们为了她，常常送火给她取暖，把已经烧熟了的东西吩咐我的女孩送给周太太。奇怪！周太太不讨厌我的女孩了，她常常死命地从床上举起头来，勉强从消瘦的仅露出一副骨骼的面颊上，现出几丝不能再着痕迹的笑容来，抱着我的女孩不断地亲切地吻着，并且，拨动她十分不灵便的嘴壳说着话："乖乖！妈妈爸爸都好吗？"

我的女孩，听到周太太这样诚诚恳恳的关顾，她也会不自觉地落下泪来。她以前见到周太太就怕，现在不怕周太太了。

在以前我们最讨厌周太太一个人在房间里无端地骂人，不住地呻吟叹息。

现在，周太太好久不骂人了，连呻吟叹息的声音，都低微到听不清了，我们是多么地担心这位老太太呵！

时季的催逼，已到十二月的末梢，距离明年的元旦，只有最后一天了。每一家人都忙碌着过新年，全国在元旦那一天，有一个最喜乐最甜蜜的团聚。我们也在忙碌着没有注意到周太太。

周太太竟在人家喜乐的一天，不呻吟，也不叹息了，只有她一个人是永远地寂寞了。我们撬开了她的卧房，她如同一尊雕刻的石像默默地睡着了。她到我们家里来，只是她一个人自己照顾她自己，她没有一点寄托，简直没有一点东西可以消费这冗长而厌倦的时光,没有人对她说过一句慈爱的话,她在病着的时候,没有一只亲切的手放在她的额骨上,连那比较温存的抚摸都没有——一切都没有,仅有从周先生那儿传来的她对于周先生是唯一的累赘而多余的消息。

我们为她打了一个电报给周先生,报告关于周太太的消息。

过了几天,周先生只派了两个在衙门当差的料理周太太的后事。他自己并没有来,只有八个扛柩车的人,默默地把她运送到最后的归宿。一个遗失了爱的人,什么都被人家遗忘了。

待关于周太太的一切都完结了以后,一向不曾光顾的房东刘先生,特别地又到我们家里面来,他的意思一面是凭吊周太太的身后,而实际上是试探我是否在周太太空出了这座房子以后,能不能不拖欠他的房租。我很明白刘先生的来意,我对他宣誓,我决计把房子空出三个月,忍痛不找人来顶住,照样地不欠刘先生的钱,作为我纪念这位老太太的微意。

老太太死了,一切都完了,我们在她的空空洞洞的屋子里,感觉到凄然。屋子里的一切,还是和从前一样,都在寂寞地凭吊这位被人家遗忘了的主人。

李小姐的商人路线①

星期日，何西豪起得很迟。最近，利用例假，多睡一刻，是他唯一的消遣的方法。此外，就只有依靠两条腿，在高低不平的山城里踱马路，在冷酒店里独酌一两杯冷酒，或者到朋友家里坐坐；但他们以为没有睡熟的时候可以忘记一切，为更适宜于卫生。起来之后，洗完脸，泡一杯热茶，斜躺在藤椅上，掠掠惺忪的倦眼，翻翻无关痛痒的书，也是他聊以解嘲之一法。不过，假使有几位"不速之客"闯进来，大家聚拢一起，来几圈麻将，不足或超过法定人数，便打打"山蟹"（Show hand）②，那自然比到独乐寡欢，尤胜一番。可是，他在星期日预约的几位朋友，江度、陈英，还有江度的那位漂亮太太李丽华小姐，都没有如约而来，他只能把跃跃欲试的心情，勉强压抑下去。屋子里静寂无声，壁上钟摆滴答，分外清晰，有些像催眠歌，他又沉沉思睡。马上把胖胖臀部使劲压动一下，叹一口气，从藤椅上走起，走近照衣镜，紧一紧领带。骨溜溜的眼睛，扫射屋子的四角，寻得了脱手已久的手杖，无可无不可地推开门，一脚跨出去，又轻轻关上，他决心另找出路了。考虑之余，不知到何处去，懒洋洋地打起乌龙院的调儿，哼了一句："哼！还是到江度那里去走走。"

前几天，这城市里为可怕的空气笼罩着，敌骑既在一两天之内占领了柳桂，又正式向贵州前侵，连贵州的门户，独山、都匀……都发现寇兵了。因此，住在山城里的人们，都怀着战栗的心，急忙退避，尽其所能的打算，使自己的生命、财产、娇妻、儿女，可以得到安全，虽然在表面上是清静无为，在内心里谁都是非常焦灼。幸而，侵入贵州的寇兵溃退，人们又像吃了一颗"定心丸"，打了一剂"强心针"似的，又恢复到"天下太平"的心境，买了许多吃的、穿的，看到好东西，准备在一九四五年的元旦，痛快地乐一回了。何西豪这样想，在元旦那一天，慰劳一下自己的"忧思余生"呢！

从他的寓处，到江度的家不算怎么远，他欢喜看街景，浏览张贴的壁报，当一些从军的知识青年在街上浩浩荡荡走过时，他又欢喜停住脚步，高呼几声欢送的口号，所以，走得意外地慢。他来到陪都，一个"七七"，

---

① 原载 1945 年 3 月 10 日《经纬副刊》第 1 卷第 5 期。
② 一种扑克牌游戏，"山蟹"为音译，也译为"梭哈""沙蟹"。

二个三个"七七",倏忽就是第八个"七七"了。在八个年头,七个长长的年头中,揉过一天,难于度过十年。但既经挨过了七年,也就等于眼睛的一瞬。七年来的变化可真大,他的勤务兵赵金堂,最初是在十字路口,摆一个纸烟摊,此刻已变成千万的富豪,在市郊风景区建起豪舍,左拥右抱,悄悄地享受清静了。想起过去的几年,有的是发财的机会,都从手边漏走了。七年前从南京逃到汉口,单是说现金就有六七万,他太太贵重的首饰还不在内,那时候,不必飞香港,跑河内,奔昆明,熬受过雨越风、雨宿风凄的辛苦,只要心灵神至,能就近搜寻一些便宜的黄金的话,折合眼前的法币,何尝不是天文学上的数字。他以为抗战就完了,同时,又深中一般热心人士的宣传,爱国爱民族,绝不肯甘落人后,不但没有在生意经上打主意,反把随身带来的现金,捐了又捐,后来眼看着物价天天往上涨,生活天天下坠,自己仅存的一些现钞,到斗米千金,一衣万金时,是不是心理作用在作祟,钱在手里,简直比鸿毛还轻,而自己的肩膀上渐渐有些重量了。为了支持"来日大难"的生活,只得缩小家庭的组织,把孩子们寄养在赵金堂的公馆里,是的,许多有身份的人物,都是"赵公馆赵公馆"那么地称呼了。他以为赵金堂譬如多雇用一个大班,照顾一下自己的孩子们正符合人类互助之义,万不得已,就是辞掉涨不死饿不死的苦差,去充当赵金堂的勤务,也是一种历史的循环,与面子无关。他一面商得了太太的同意,便在报纸上刊出一条离婚而不离居的自白,昭告社会,咸使闻之,让她也在无关轻重的报纸机关里,占一席闲曹,倒不是为了仅买一包幸福牌的薪水,主要是可以多领一石平价米。穷有穷算盘,对于自己最近的处置,颇觉自鸣得意,因此,当人家叫苦连天、长吁短叹时,他依然自乐其乐,绝不像一般人似的把个人的贫困,作为悲观和失望的标准,他深信抗战的胜利绝无问题,胜利以后,国家翻身了,像他这样的人才,何愁没有翻身的机会。况且现在就是有了百万,钱不值钱,徒惹起人家的注目,疑心不是囤积,就是居奇,兼而有之,还是两袖清风,比较干脆而清爽。过去的生活,当然很舒服,在生活的战线上,他自问是脆弱的,不配冒充勇敢的斗士。但国难当头,有何办法,现实的熔炉,已把他陶铸"乐天知命"的性格了。终年是那一套"捉襟见肘"的破西服。被子已经"空前绝后"了,也听它的便,要破到什么程度,就破到什么程度,脚上一双脱线的皮鞋,步步是"脚踏实地"。一袭白副绸的色彩,已破得无法再破了,抽紧领带,真是"不堪回首"。而自己的固定收入,永远是以不变应万变。像这样艰苦的生活,并不能动摇他乐观的哲学。他常常对朋友们说:"人生好比作战,何必过于认真,我一向是这世间的旁观者,世界无论怎样变,无论怎样复杂，在我旁观者的眼睛下，是非常清楚的。"

实在说，他这种远观的人生观，还是抗战以来的新演变。他欢喜喝酒，可没有多大的酒量；欢喜唱戏，有时有板，有时走板；欢喜抽烟，并无烟瘾；欢喜在阔绰的宴席上挑选几位长得好看、打扮时髦出色的女人，谈谈废话，可又说不上有多大的野心。他自以为对什么都不绝对，也不过于莫逆，都不冷淡，也不十分专一，都沾一点儿，不预备向嗜好的深渊里沉没，正是他活到四十开外，找不出一根白发的秘诀。

江度的太太是此刻走红的女演员，戏演得好，是风骚的角儿，大家称赞她，一提起她的大名，就好似天赋歌喉的麦唐纳、演朱丽叶而闻名于世的玛瑙希拉，何西豪常抱着戏剧性的姿态看人生，多少是接受江太太的影响，这也是他心绪不佳、百无聊赖时，欢喜到江家去走走的原因。还有，江度是轮船公司的经理，自己也爱喝点酒，惯从旧府泸州顺便带回几瓶地道的名酒。何西豪一无所为，就是到江度家喝一两杯开怀的大醉。在任何方面说，总不是损失。

"江太太——李小姐，李丽华小姐，在家吗？"何西豪接连变化了三种不同的声腔，在门外低声下气地叫唤。

"来了！来了！"李丽华活像梅龙镇上的凤姐儿，娇滴滴地从房里应和着。

"呵！何大哥！是你！"

"我听说老江回来了，我特地来拜访的。"何西豪问着，若所无事地踱进来。

"你来得真巧，他昨天才从泸州来，又带回一瓶三百多年老窖里头的酿的好酒。"

"那好极了！妙极了！我来试试看。"

李丽华看他心神不定的样子，知道他"醉翁之意不在酒"，就存心开他一个玩笑，把最起码的白干，倒一杯给他，他接过去，笑眯眯地喝了一口，连声赞叹："好酒！好酒！"

李丽华抿着嘴发笑，看他的傻样子，实在是一件怪有趣的艺术品。

"李小姐！我们的江太太，你笑什么？"何西豪不动声色地问。

"对不起，我们失约了。"李丽华答非所问地说了一句。

随后，他们便一呼一应，从最近的国际形势，谈到国内的战争，特别着重在黔桂线上的鬼子们的行动。接着，把谈话的中心，渐渐移转一个方向——从后方的物价高涨，谈到演戏的困难，无论什么名角儿登台，院子里也不肯上座等情况。何西豪瞧一瞧李小姐的眼色，再举起喝完的空杯，李小姐又给他斟上一点酒。他喜不自胜,像异常关切的神气,有意无意地盘问江度的态度。近几月来,常有许多离奇的耳边风,飘到他耳朵里来,说什么江度又爱上别人的女人了,江太太因为和丈夫兴趣不投,颇有离婚的可能呢。还有一说,当××剧团上演《茶花女》的时候,陈英这家伙,演过多情的阿芒,而李丽华正是担任痴情的茶花女,他们便弄假成真,真的爱上了……仅这一类的话,虽无从证实,但不能说全是鬼话。其实,在抗战的大后方,离婚,同居,离婚而不离居,双飞而不双宿……有的是,算不了什么。而唯对李小姐那么留心,主要的因素,恐怕是羡慕李小姐的美,妒忌那位轮船公司的经理,不应该独占大时代最有希望的红姐儿,如同摘取一朵鲜艳的红玫瑰,插在自己的胆瓶里,仅供个人的享受。这些从爱护艺术的立场所发出的公论,刺激了艺术家们古押衙式的义愤,便不自觉地抱着"取而代之"的野心,先对他们共同的假想敌,来一阵语言攻势了。

　　不过,在何西豪眼睛里,只认为是人生舞台上一个多余的插曲,抗战到了现阶段,还不够受吗?何必来节外生枝,自寻烦恼,万事能保持旁观,才能达观。名誉,金钱,异性,这三件东西,若不是生理上有缺陷,完全是白痴的人类,都是势所必争,争取了一分,不贪得无厌,马上退居旁观的地位,看人家为了这三件东西,拳打脚踢,面红耳赤,天天演全武行,争得死去活来,是多么好看的人生话剧,又何苦明知故犯,自己来充当话剧中的主角尽量残酷自己,让人家吃饱了饭,引起卫生的讥笑呢!所以,当李小姐把嘴一撇,显出不愿在这一个方向发展谈料时,他也就十分识相,立刻缩住了舌头,不再啰嗦了。

　　但李丽华虽然止住了他,自己觉得有些确是事实,这是她隐秘的心事,除了她自己知道,就是她心爱的人也无法明白。她不问做什么事情,总欢喜取主动,不愿受任何方面的约束,她要求精神上的宽敞和自由。因此,如果有人硬把爱力来牵制她,她受到一种不必要的爱力所威胁,同仁们也用恶势力勉强压伏她一样,是非常憎恶的。这几年江度对于自己的太太,总算是仁至义尽了,太太就算不爱他,但求太太决不爱他以外的人,他还是坚决爱她的。本来,江度对于年青的男女,粉墨登场,供人娱乐,绝引不起重视他们的念头。后来,因为太太是红极一时的红姐儿,又听太太常常说起戏剧是高深的艺术,也是一种抗战救国的武器,一向牢不可破的成见,便逐渐改变了。并且,自从和那般戏剧工作者周旋了相当的时间,自己的感觉,也被他们挑动起来,他就拿出大部分的经济、小部分的时间,组织了一个业余的剧团。他在轮船上常常带点私货所赚到的钱,花在太太的爱好上，是绝不吝啬的，太太由于他能"投其所好"，帮助她在舞台上得到荣誉，自能感到直接的愉快，他也能间接发生一种愉快的反映，让太太在精神上得到充分的自我陶醉，也就不会胡思乱想了。他以为这样地花钱，也等于是生产事业的投资。实在说，他并非有钱的人，不像拥资巨万的富翁，可以利用过剩的游资，向各方面发展。他已经把吃尽辛苦赚来的几个钱，大部耗费在太太的嗜好上，逼着他不能不减少应酬，缩小生活的范围，因为这样，李丽华总嫌弃丈夫不懂风情，毫无才思，是一个俗不堪耐的轮船经理，满肚皮是生意经，他的一举一动，都不能合上自己温柔的心弦，要不是逃难中遇到他，和他马马虎虎在一起的话，如果让她在平平静静的大后方，拿出自己的主张来选丈夫，再也不会选中了他。但他不以压制的手段，束缚她的自由，而且能牺牲自己的成见，无微不至地满足她的嗜好，同情她的事业，他那种近于愚蠢似的衷心，使她深深感激，只好在情感威胁下，暂时压制自己的苦闷，静待适当的解决。当何西豪道中她的心事时，她默默地想："奇怪！谁泄露了我的秘密。谁呢？"她百思不得其解，最后，想到了一个结论："唔？我必须隐忍下去，还不到公开的时候呵！"她便坚持态度，心平气和地对何西豪说："老何！你是我家里常来的客人，的确，你这人真是怪有趣的，可惜你是男人，要不然，我简直要比你是茶花女的老朋友柏吕唐斯了。"

"喂！李小姐！你弄错了，茶花女的老朋友是那位多情、年轻又貌美的阿芒呢！"何西豪说着，眨眨眼睛，做一个鬼脸，好像有所暗示似的。

李丽华假痴假呆地回答："唔！你别瞎说，我和江度在抗战那年结的婚，我们七年如一日。老何！你知道，朋友之中，哪一个不恭维我们是地上少有、天下无双的一对好鸳鸯！"

"那倒是老实话，一点不夸张。"何西豪拍拍自己的胸脯，提高嗓子继续说："凭我的天良，谁要你们拆散，谁就是混蛋！"再举起喝完的空酒杯，在李丽华面前扬一扬说："李小姐！我说是为了再喝一杯这样的泸州老窖，我也巴不得你永远做江度的太太——江太太呢！"

"噢！噢！你的酒又喝完了，还要喝吗？"李丽华嘻嘻地说。

"不喝了，不能再喝了，你知道，我高兴喝酒，并没有酒量，哼……哼……哼……"

"来啊！我给你斟上一杯真正地道的泸州大曲吧！"李丽华回答这话时，走上去，把他的酒杯抢过来。

她跑进内室，仔细揭开装酒的瓶口，一蓬酒香，沸腾在屋子里，冲入何西豪的鼻门，连连捏捏鼻子，不住狂叫："呀！好酒！好酒。"

李丽华小心翼翼地端着酒杯，骨溜溜的黑眼珠，睁视杯子里的酒，面颊雪白，两个酒窝凹下去，会心地微笑，张开她红红的薄嘴唇，卷发蓬松，乌云似的披散在肩上，摇动一下多肉而丰盈的臀部，像担心杯中的酒，将要倾倒在外面似的。

何西豪出神地望着她，恍恍惚惚，颠颠倒倒，不自觉地又打起梅龙镇的调调儿哼起来："好一个李丽华啊！"

李丽华哈哈大笑，快速跑近他，搭的一声，把酒杯放在桌子上，含嗔带望地说："你别开我的玩笑啊！我要拧死你。"

"呦！呦！呦！"何西豪假惺惺地呼叫，充满说不出的快愉。又挺起腰架，面对李丽华，半开了眼睛问："江度呢？到哪里去了，为什么不回来？"随后，喝了一口酒，闭一闭嘴唇。觉得这一杯酒，和刚才不大相同，怡然自得地自语："闲来无事，到你家里喝了一杯酒，真是抗战中一大乐事，江太太！"

"何大哥！只求你不瞎三话四，你天天来喝酒，我们都欢迎。"李小姐这样说了一句，便走到房里去，取出未打完的粉红毛线衫，坐在沙发上，继续打下去，一面心不在焉地答复何西豪无关宏旨的发问。

"叮……铃……铃……"门铃声起来，何西豪神经过敏地说："也许江度兄回来了。"

李丽华走去开门，一个健壮、活泼、高度适中、血气方刚的小伙子，穿了一副崭新的天蓝西服，颈项里圈着雪白的围巾微笑着出现在她的面前，一往情深地说："江嫂嫂！江度兄把我带回一封信，他到北碚去了。"

"是吗？什么事啊？"

"你瞧吧！在他给你的情书里，定会报告他爱人的行踪的。"

"陈英！你开我们的玩笑，鬼东西！"李小姐忸怩地说着，接过江度的信，对准陈英的腰肢，用力拧了一把，正触着陈英的痒处。

"格……格……格……好嫂子！"他又酸，又麻，发出放荡的懒洋洋的笑声。

随后，她便忘形地握紧他的手，像茶花女在夏天的乡村别墅里，第一次等候到阿芒从巴黎回来时的热辣辣的情境。他们亦步亦趋，慢慢踱进客厅来，瞥见何西豪在喝大曲，才把紧握的手，轻轻放开。

"喂！何先生！你在这里！"陈英突然地叫出来。

何西豪连忙搁下酒杯，向他瞧一眼，又斜顾李小姐的脸，有没有异状，若无其事地说："我们正在谈起你呢！你为什么不到我家里来？"

"因为剧团开会，要准备旧历年的新节目。对不起，失约了。"陈英的回答。

"又要上演新戏吗？好！看在老朋友面上，第四排当中的位置，替我留一个。"

"这一次是江度自编的剧本呢！他告诉大家是亲身在逃难中遇到的 Romance，上演的时候，准让那些发财的老爷抢着腰包。"陈英又把开会的情形、提纲简要地报告。

"啊！江度还有这一手，我要看，非看不可。陈英！位置！要第四排当中的一个，知道吗？"

"算数！哪一天，可不能限定，老何！"

"要得，听你的便。"

李丽华在他们一问一答的时候，折着丈夫的信，喃喃地自语："呵！公司要在北碚开董事会。呵！要一星期才回来呢！"看完了信，满肚子不舒服，用研究的态度问陈英："他为什么不从家里动身呢？难道连这一点时间都抽不出来吗？"

"江嫂子！那时刻车上已挤得水泄不通了！"

"谁要你叫我江嫂子？怪难听的！你们都是朋比为奸，我不信。"

陈英一本正经地说："骗你的，不是人，江嫂……"

"你再这么说，我要打你……"李丽华撅起小嘴，把手举得高高的，像要拍击他的背脊似的。

"呵！呵！我说，我们的茶花女，李丽华小姐。"陈英立即改换一个悦耳动听的称呼。

李丽华噗嗤地笑起来："饶了你吧！"

何西豪站在旁观者的立场，认定李丽华埋怨丈夫在去北碚前，不回家走一趟，向陈英提出怀疑的责问，都是热爱的表示。虽然，她也欢喜陈英，但陈英对于她，充其量，不过是朋友，曾经在一起演过一次戏的同事而已。何西豪的眼睛，告诉自己，他们的爱情，至少在抗战结束之前，是绝不至于宣告结束的。

陈英怀着不可言说的喜悦，在客厅里跳着单人舞，边说："李小姐！你要学吗？这是1945年在纽约新流行的探戈舞。"

"真妙！谁教你的，我要学。"李丽华情不自禁地说。

"好，告诉你，我绝不对你守秘密。"说着，瞧一瞧何西豪，"老何！我就要请你吃喜酒了！"

何西豪惊奇地问："真的吗？要请我吃喜酒？什么时候了还有多久？"

"快了！快了！"陈英一面练习新步子，一面随便地乱嚷。

"说啊！说啊！急死人了！"意想不到的袭击，伤了李丽华的心，逼着她状况失常地说着。

不以为意的陈英，还在半吞半吐，故弄玄虚，聚精会神地练习他的新步子。

李丽华勇敢地搂住他，拖他坐到沙发上，眼不转睛地望着他，重着声音问："告诉我！你要同谁结婚？谁做的媒？"

陈英不动声色地回答："江度公司里那位顶漂亮的女职员——张小姐，愿意和我订婚了。江太太！是江先生做的媒，你不会不同意吧？"

"坏家伙！封锁我的去路！"李丽华气得要发疯，不知所云地骂了一句，愤愤地向后退缩了几步。

"那很好，我就有喜酒喝了！江太太！江度做的媒，也就等于你做的媒，你应该快活。"

何西豪这样说，随即从沙发上走到她面前，做一个鬼脸，继续说："江度是真正爱你的人，他为了你，什么心计都用尽了，你要体贴他，原谅他，李小姐！"

"可是，白费心计，他认错了我，我不是出卖肉体的娼妓！"李丽华说着，几乎要哭，潮润的眼泪，隐藏在眼眶里。

真是站在旁观地位的陈英，却有些莫名其妙，不知道他们所说的话，究竟是什么意思。反正，结婚是自己的问题，与旁人无关，只要对手方的形式与内容，自己相信，自己满意，也就算了，何必要旁人共鸣呢！当他发现李丽华反常不高兴的时候，便不想再说什么，准备走了。

"你要走吗？"李丽华涨红了面孔问。

"是的！我有点事。"陈英惶惑地回答。

"听着！江度给我的信，是你带来的，我要你带回信给江度，不算是过分的请求。"

"那才好呢，我担任了你们的义务邮差了！"

李丽华赶忙回到房里去，写她急于要写的东西，像是灵机来了，不得不把自己的好文章，一口气写出来。

陈英、何西豪眼巴巴望着她向房里走，不知道她怀着什么心事，在给江度的回信中写什么。

一切都要争取主动的李丽华，现在是居于被动的地位，她想："我隐忍的秘密，只有当着大家的面，公开揭晓了。"她好像自己已经编成了腹稿似的，手不停地写下去，正写到要紧关头，江度抱着无限的希望和兴奋，忽然从门外闯进来。

"江太太！江度回来了！"何西豪高声叫着。

"他回来更好。"李丽华低低地应和，继续写。

"你没有到北碚去开会吗？太太急死了，正在房里写信给你了。"陈英没精打采地说。

"改期了。唉！吃了公家的饭，真是有苦说不出，连回家陪太太的时间，都被剥夺了。"江度自以为是地说着，"哼……哼……"地笑起来。马上走近房门，悄悄地敲一下："丽华，不要写了，我回来了……有客人在这里，快出来！"

李丽华开了房门，气悻悻地走出来，江度不知怎样安慰她才好，恨自己不应该托陈英带信来告别，为什么不亲自回家走一趟，和她说明去北碚的理由。太太的面色，很凝重，简直丝毫不留转弯的余地，极意迁就的江度，仅有引咎自责的一条路，不住地低声说："唉！我真不愿意到北碚去，我实在一刻都离不了家，待在家里多舒服，轮船经理不是人做的，我一定辞职了！"

"你很好！你和陈英做的媒。"李丽华冷笑地说了一句。

"江太太！这是一件好事，我们就可以吃陈英的喜酒了。"何西豪说着，显示笑容可掬的神气。

"太太！陈英很高兴，你不相信，可以问陈英。"江度诚惶诚恐地说。

"是的！我高兴极了！江先生真帮了我大忙了，江太太！"陈英接着说。

"我也有一个女人，一个你最欢喜，而她偏不欢喜你的女人，介绍给陈英，你知道不知道？"

"我一点都不知道，谁？你说吧！"江度提心吊胆地问。

李丽华冷冷地一笑，"明明白白告诉你！"这样说了一句，慌忙从口袋里摸出写好的信，不顾一切地说下去："是我，是我，就是我！"

意想不到的大雷雨，侵袭了江度的心，顿然沉陷在昏迷的状态，喃喃地吐出颠倒的梦呓："是你，你爱陈英，你要和他结婚！"

"是的，我要和他结婚。"

江度回头叫陈英："陈英！你！"露出咬牙切齿、怒目可怕的形象。

"这……这个！我实在不明白……不明白，江先生！"陈英说着，战战兢兢地倒退到门边。

"不要走，我们一同走！"李丽华大声叫喊。她一面正觑江度的脸，尽力压抑奋激的心情，有条不紊地说："这是一封未寄的信，我当面交给你，你如果能想起过去，在逃难中控制一个无辜的少女，勒迫她跟一个讨厌的男人，就会悟到今天的结局，是你应得的报应。"

"江太太！李小姐，李丽华女士！人生还不是假戏吗？何必这样认真呢！"何西豪在爱莫能助的情形下，又接连变化三种不同的称呼，企图逗引他们的愉快，挽回渐趋恶劣的僵局。

江度几乎手抖颤地捧着那封未寄的信，声音沙哑地读下去："……和不愿意同居的人住在一起，同永远禁闭在牢狱中受着狱吏的管束一样。七年来，你待我真是太好了，为了我，以一个厌恶艺术的你，也会同意我演戏，你辛辛苦苦挣来的钱，不惜对一切都不吝啬，甚至充分刻苦你自己，只要我能花费你的钱，便当做最大的快乐……朋友！还是毫无用处的！金钱，权势，地位……毕竟都是物质，决不能填满灵魂的空虚！你做了七年的大梦，在今天，可以醒了！"

"好文章！好文章！"江度连连说，昏沉地摇摇头。

陈英急忙插嘴说："江太太！我没有爱过你！我怎么能爱你呢，你是我朋友的太太啊！"

李丽华像没有听到似的，立刻把写好的离婚书，要江度画十字。

"丽华！你要考虑，你千万不要后悔啊！"江度握住笔杆，睁开眼睛看她。

"签字吧！"

"好！听你的吩咐！"江度机械地画了一个大十字，庄重地说："拿去！"

"何先生！你是我们的证人。"李丽华说，拿着急待签字的离婚书。

"我不签字，与我无关。"何西豪坚决地推辞。

李丽华捉着他的手，粗枝大叶地画了两笔。当她的脚步，向着陈英那里跑来时，陈英急切不能说话，学着何西豪的口吻，"我不签字，与我无关。"便径然地夺门而走了。

李丽华怅惘地转回来，收起离婚书，掷笔于地，叹一口长气，饱含着眼泪说："完了！什么都完了！"

江度勉强从沙发上站起，拖着沉重的脚步，踱到李丽华的面前，低声说："这里不是你的家了！是你的东西，都拿走！"

"我知道。"

何西豪走过来劝解："唉！你们何必这样认真呢！这幕戏，可以闭幕了，我不愿再看下去了！"

"谁爱你，你跟谁跑，我绝不阻止你。"江度说了又说。

李丽华一言不发，睁开眼睛，在这屋子的四周看了看，突然"哇"的一声，向门外冲出去了

江度也跟着"哇"的一声，哭倒在地板上。

这时候自以为站在旁边旁观立场的何西豪，才知道关于男女之间的问题，正同天气的变化一样，旁观者并不清楚，直到这一幕戏的最高峰，绝无隐秘地表演了以后，他在江度"荷荷"的哭声中，满怀着啼笑皆非的心情，转回家去。

战地春色①

"七七"事变以前,南京某机关有一个门房,名叫赵京堂,是江苏无锡人,说一口无锡的土白,为人一团和气,从来不同人斗嘴,有人欺辱他,老是笑一笑,决不挑起别人的火性;所以大家都欢喜和他做朋友,因为家境不好,父亲过世得早,念完了小学,就没有能上中学念书。

他在某机关做门房的时候,只有十八岁,不但做事认真,而且一有工夫,便努力用功,练字,看报,读书,尤其留心国家的大事,实在说起来,他的程度,比那些在机关里混饭吃的人,高明得多了。人也长得蛮威风,一双眼睛,黑白分明,红红的鼻子,有点像陕西的大红袍,再配一对胖胖的耳朵,看上去,气派十足,不知道底细的人,谁也不相信他在某机关看门房。某机关的男女职员,他常要先生小姐那么地称呼他们,便想到自己的身份太低了。"同是一个人,妈的,不过少念几年书,见人见鬼,都要这样低声下气吗?"他嘴上虽然不说,心里十分不舒服,早就打定了上进的主意,他相信人只要肯努力,砖头瓦片还有翻身之日的。不过,某机关的男女职员们,看到他那么刻苦自爱,并没有人瞧见他,部长室里有一位女职员叫作冯桂珍的,曾同他在小学里读过书,她知道赵京堂很聪明,每逢学期考试,总是第一名,他家里要是有钱,能够进中学,升大学,再到外国留学,真是了不起的人才,可惜他父亲死得早,母亲后来替人家帮工,家里连衣食都不周全,到今天只能到这里当门房。冯桂珍每见了他的面,老是代他抱不平,很同情他的不幸,所以,到了年终岁满,常给他许多赏钱。赵京堂心里非常感激她,但她是部长室的女职员,自己是门房,不便请她吃饭、听戏、看电影。冯桂珍之所以特别看得起他,一则是同情,小时候就认识了,二则因为他人品好、志气高,肯努力向上爬,再来呢,就是可怜他这样聪明的人,没有钱读书,不能养成有学问有才干的人,替国家出些力。她是无锡大户人家的闺秀,从小生长在有富有势的家庭里,受过教书派的新教育,装束时髦,会说流利的外国话,乌云似的柔发,常到理发店烫成顶新派的飞机式,水浪似的在风中飘,上弦有一段的眉毛,盖着多情的眼睛,白白净净的鹅蛋脸,笑起来,还同电影明星胡蝶小姐一样,有

---

① 原载1946年《中外春秋》8月23日新第1期,8月31日新第2期。

一个不深不浅的酒窝。她最欢喜凑热闹，某机关举行音乐会，她不是唱歌、唱戏，就是弹钢琴，一登台，就是一阵满堂彩，大家知道她还不曾结婚；所以，她是某机关唯一惹人注意的人物，也是共同想要夺取的对象；她在这一群爱慕者的环境里生活着，自然是高视阔步，谁都瞧不上眼，绝不会降低自己的身份，爱上一个门房的。同样的情形，赵京堂也知道自己高攀不上，决不想吃天鹅肉；但求能够得到一个为她帮忙的机会，就深以为荣了。

"七七"事变发生了，接着就到了"八一三"，日本鬼子又在上海逞起凶来。勇敢的国军，一下子就把登陆的鬼子们，打下大海，压回军舰上去。全中国的民心，听到国军大胜的好消息，剧烈地兴奋起来，不问男女老少，都愿意出力出钱，站在蒋委员长的领导下，和鬼子们拼命。如火如荼的抗日怒潮，立刻就打动了赵京堂的心。

"我机会来了！好男儿报国的时候到了！"

赵京堂每看到国军打胜仗，鬼子们不敢和我们招架的新闻，便大着声音不自觉地自言自语。他以为没有读过书的老百姓，平时种田完粮，战时当兵杀敌，国家既不曾花钱栽培他们，让他们读书识字，提高生活的技能，以前军阀时代的政府，还要扰乱他们的治安，加重他们的捐税；而多数的老百姓，并无怨言，也不愤恨那一个人，假使用得着他们，还是照样出钱，出力，出命。有些大学毕业和外国留学回来的人，都是国家耗费了许多的钱，经过穷年累月教育他们的，国家对他们的期望，当然比期望一般不识字的老百姓更大，更迫切。可是，现在已有种种事实现摆在大家面前：战事一起赶快逃到租界上享福的是他们；假借派赴国外宣传和募款的名义，实际是到纽约伦敦做寓公的是他们；赶快深入内地，躲避战争的火药气味的是他们；国军打了胜仗，唱戏，跳舞，喝酒，赌博，无所不为，一听到打了败仗，便垂头丧气，叫苦连天的是他们；好像有先见之明似的，抗战一起，便诸事不干，专做生意买卖，大发国难财的是他们；甚至拍卖自己的人格，昧着良心做汉奸卖国贼的也是他们！赵京堂想了又想，这一次鬼子们分明要灭我们的国，亡我们的种，和从前的军阀混战，自己打自己，完全不同了。为了挽救当前的难关，国家需要大家出钱出力，尤其需要有舍得把自己的生命捐献给国家的人。他并不想因为打仗而起家，出一名大兵升连排长，一直升到总司令；只想争一口气，多多帮到国家的忙。在国难临头的今天，他相信国家宁可需要勇敢牺牲的门房，决不需要那些贪生怕死的大人先生们。他每天最关心的，是各方面有没有招兵的消息，一有机会，就准备离开这里了。

沪战发动的第二天，鬼子们的飞机，就来光顾南京了。南京的市民，第一次听到"呜……呜……呜……"的警报，都吓得魂不附体，马上停止了工作，忙着寻觅避难的处所。街头巷口挤满了人，有的背包袱，有的提一只小皮箱，优先把生命同样重要的东西，安放在一起，万一这些东西注定与生命同归于尽也就算了。至于那些一听到警报发酸的女人们呢，只好抱着哭哭啼啼的小囡囡低着头危坐高墙的旁边，面上显露恐惧的土气。当市空中已隐约听到"轧轧"的机声时，热闹的南京市，就同脱去了美丽的服装，刹那间即沉入到肃静的睡乡。

赵京堂服务的某机关，已从繁华的花牌楼，迁移到城西的虎踞关，那里是一块未开辟的荒漠。距离某机关有半里路远，凿好了防空洞的小山岗，警报一鸣，大家不要命地狂奔，人造的恐怖，比敌机掷炸弹还可怕，使娇养惯了的冯小姐不能不有求于赵京堂的帮助，赵京堂真的得到报答冯小姐的机会了。

那时候，敌机有的从黄浦滩外的军舰上来，有的来自台湾，距离都不算怎么远；只要天不下雨，在南京几乎每天有空袭。赵京堂携带着冯小姐交给他的箱子，扶着她进防空洞，就是汗流浃背，心跳气喘，也不叫一声苦。冯小姐屡次要以金钱酬报他的劳苦，他便一本正经地拒绝：

"姑娘！我们小时候同在一个小学念过书，又是在一块儿长大的，你真当我是门房看待吗？"

"嗳！话不是这样说，你的收入太少呵！"冯小姐好心好意地回答。

赵京堂微微地笑了，又辛辛苦苦把她的箱子携出来，他已经是冯小姐患难中的朋友，救了她，她那脆弱的心，像强壮了一点。

九月里，星月皎洁的晚上，万里无云，碧空如镜，仿佛白昼一般样。狡诈的敌机，果然不肯放弃肆虐的好机会，当月亮爬到半天，鼓楼上的悲笛"呜……呜……呜……"地叫起来了。赵京堂接连听了一阵阵的警报，敌机由明孝陵、紫金山，闯入南京的市空。轰隆隆的高射炮，向空中震响，接着是敌机上丢下炸弹，像天崩地塌一般。赵京堂突然惊醒，急忙披起衣服，跑到冯小姐的宿舍，门关得紧紧的，里面传出酣睡的呼声。赵京堂拼命嘶喊："姑娘！快起来呵！敌机已经投弹了！"

冯桂珍睡得很熟的时候，耳边似乎有人在叫喊，睁开朦胧的眼，天空充满"轧轧"的机声，急得一佛出世，用力撑起身体，仅是穿了一套着肉的短衫裤，奔过去开门。赵京堂慌慌张张地说："不得了，姑娘！第一批敌机，已经投弹了！"

"是吗？"冯桂珍惊惶地说了一句，正想快速转回去穿衣服，谁知道第二批敌机恰巧从西窜进来，就在条目机关的近旁，先丢下几个弹，数十幢低矮的房屋，同时倒下来，冯桂珍也吓得倒下来。赵京堂什么都不顾了，救命要紧，立刻揭开自己的破大衣，把她搂紧在怀抱里，奋勇地狂奔，只想奔出敌机掷弹的范围。

在这样紧急的状态下，冯桂珍也只好装痴作聋，听凭他的摆布。

赵京堂抱着她继续狂奔，虽然无数的敌机还在头上，嗡嗡地叫，但他又一次接触到软绵绵的身体、光滑柔顺的皮肤，闻到芬芳的发香和肉香，使他不记挂死的威胁，他巴不得敌机再丢下一个弹，正炸中了他，立刻和这样一位时髦的阔小姐，肉和肉，血和血，混成一团呢！

其实，城西的虎踞关，是南京市最安全的地带，不过，机上的鬼子们为了急于交卸任务，好逃出我们高射炮的火网，赶速飞回上海休息的缘故，也就会把机上的炸弹，在绝无人迹的荒山绝谷，任意乱丢了。因此，好多抛不了的炸弹，依旧落在这里。赵京堂急忙抱着冯小姐卧倒在土墩旁，把自己的身体作她的掩护。当一个炸弹落到地面上，会裂开个大窟窿，飞片挟带上岗下的碎石块，飞到一里见方的周围，窗格上的玻璃片，无不在同一时间内，被战神的铁掌，擦得粉碎。

"哎唷！唷！"赵京堂惨痛地呼喊。

受了他的掩护幸免于难的冯桂珍，神志渐渐清醒了，异常着急的语气问："你怎么样了？"

"不要紧，姑娘。"一说着，连忙坐下来，右臂鲜血直流，两块小小的飞片，把他擦伤了，冯桂珍也在惊惶中坐起来，拉下了一块粉红绸质的短衬衫，慌手慌脚地替他裹创伤，她知道赵京堂的受累，完全是为了掩护自己，感谢到留下热情的眼泪，赵京堂接受冯小姐这样温柔的抚慰，是出了娘胎以来第一次，也兴奋得要哭。声音抖抖地说："姑娘！你待我太好了！我为你死都愿意。"

"为的是你的慈爱的心肠，深深感动了我，赵京堂！"

警报解除了，赵京堂脱下自己的破大衣，给她披在身上，抵御秋夜的寒冷，他们在回归的途中，边去边谈。

"赵京堂！我问你，你预备做一辈子的门房吗？"冯桂珍笑嘻嘻地问。

"唉！"赵京堂苦闷着叹了口气，继续说："姑娘！我虽说升大学，到外国去留学，我只要肯拼命，人家绝不以为我是门房，就瞧不起我。"

冯桂珍接着说："你不要介意呵！自古道，好汉不怕出身低。你的小学毕业文凭带来没有？"

"带来了，你问这做什么呢？姑娘！"

"我有一位亲戚在炮兵学校当教官,前天我看见报上刊着招生的广告,你有资格投考的,我可替你写一介绍信,叫我的亲戚帮帮忙。"

"那好极了!你救了我了,姑娘!我如果有翻身的日子,我一辈子忘不掉你,姑娘!"

猎人[①]

转了一个弯,再紧跑几步,我就跳进了邮政局的大门,雨来得猛而且急,只三两分钟,我的衣服已经完全湿透了。我摸出口袋里刚才沾满汗液的手帕,摸一摸两只肩膀、脸和湿淋淋的头发,衬衫口袋里的一包纸烟,也被一阵急雨淋透,只轻轻地一搓,烟纸就裂开来,潮湿的烟丝松落在地上。正当我狼狈地把烟包再放进衣袋里的时候,我听见我背后有人开口:"抽我的。"

我转过脸,一个将近三十岁的男子,正从他镀银的烟匣里抽出一支烟来递了给我。在这种躲雨的无聊的情况下,先前的狼狈情形又让人完全看到了,我再也无法坚持虚套的礼仪,毫不拒绝地把纸烟接过来,并且就着他的火抽上了。我就是这样认识了他——老赵。

风吹着急雨,马路上的行人也差不多绝迹了,我怕一时不会有住雨的希望。最初,除了那根纸烟使我有一点感谢的意思,对老赵那副女性美的风姿,我不具好感,然而也终于为了风雨中的寂寥,两人开始攀谈了。

"在什么地方服务?"他先问我。

"没有职业。"

"没有职业?"他笑了笑,"这是在逻辑上讲不通的,哪怕无业的流氓,他也有职业,他的职业就像上海人所说的白相。"

我惊奇地看了他一眼,我没有想到,他还会有一番自我见解的谈吐。

"那么勉强的算,念书是我的职业吧!"

"那真是好极了,乱世能够念书真是幸运的事。"

"有什么好,有什么难得幸运,在大学的教室里,从形而上的哲学,到单细胞阿米巴的生物学,还不是一套公式了事,机械的,死沉沉的。"

"知识就是这样,这正像几何学上的直线,找不到端点,今天科学给我们的,只是无头无尾的一段,如果,正如你说的,自形而上学至单细胞的生物学都是公式的话,那么我们就截取一段下来应用,如同几何学用一段段的线,组成三角形,或七百六十八边形一样。"

老赵这一套独具慧眼的理论,使我发生了极大的兴趣。这一位年轻绅

[①] 原载1947年9月14日《中央日报周刊》第1卷第7期,署名西泠。

士，日后我每次想起他来，总觉得他如同一位优秀的猎人，利用了各色的知识，了解了被猎者的心理，在社交的交友上居于主动。等到三十分钟的暴雨过去，他已经成了我非常钦佩的朋友了。

这一个聪明的狩猎者，虽没有做了我永远偶像，然而我终竟佩服了他的敏锐和勇敢。雨停了以后，我们走下邮局的石阶，一起搭公共汽车回家。因为刚刚一阵大雨，车厢里的人并不拥挤，但没有经过两站的时候，人就增多了。不知在什么时候，一位浓眉大眼的女孩子走上车来，站在我和老赵的面前。汽车在马路上颠簸着，她手抓着车厢中的木杆，波涛般地摇动，显得非常吃力，红润的脸上已有了微微的汗珠。我是在公共的交通上没有让位子的习惯的，虽然我知道这有缺青年的礼节与道德，然而终于为了惧怕好意的承让而换来恶意拒绝的难堪，我把那些礼貌修养问题推开了。尽管站着的女性怎样勉强地支持着震撼使我的良心微微不安，我终于是胆怯地默默地坐着。然而老赵却站了起来，而面前的小姐，微微地点了点头。最初，我想，那位陌生的女孩子，也许是以为老赵就要下来了，才大方地坐了下来，但等到老赵代替了她的位置，手把着扶杆站在我的面前的时候，她感到了一阵窘迫，脸更红了起来。

"就要下车了吗？"她抱歉地问老赵。

"不，到路底。"

她窘迫地望着老赵，红着脸笑了一笑，而后就沉默了。再经过两站，我身后的一位乘客站起来下车，我挪了一下，老赵就坐下来，坐在我和那位陌生小姐的中间。因为车子的响声，同时我又未十分留意，我没有听到他们偶有的谈话，再过了一站，我向老赵道了再见，下车，去学校。

那位叫丽亚的小姐，虽然比我晚半个小时认识的老赵，却比我更快地和他做了密友，我不知道他们是怎样相互交往的，但两周后当老赵第一次来电话约我看电影的时候，我后来知道他们已经同游了好多次了。

我已经忘记了那天的片子，电影院里的空气和他们两人的情感，使我无法沉静地去欣赏剧情，在花楼的座位是，我和老赵坐在丽亚的两边。那一天，这位女孩打扮非常美丽，老赵那一份对我饱尝的情态，完全失却，像一位忠厚的、毫未涉世的青年人一样。这晚上他没有抽烟，对我递给他纸烟，也每次都拒绝了。丽亚的声调是温和的；开演的全部时间，他们都是亲昵地低谈着，好像完全忘了我的存在。深夜的时候，电影散了场，在一家小吃馆里吃点心的时候，我突然对老赵的态度感到了说不出的厌恶。他低浅的修饰的笑容，种种模拟的动作，现出一种玩世的青年人的态度，但是丽亚却好像非常高兴。

那晚我住在老赵那里，为了他一晚上我看不惯的动作，我沉默着没有开口讲话。他躺在床上，解放了似的狂抽着纸烟；我忽然想起他在影院里，对我的纸烟拒绝的态度，忍不住地，讽刺地问：

"你每次看丽亚的时候，大约要先拼命地刷牙吧？"

"嗯，"他毫不像感觉到我讽刺语调回答，"讨厌得很，抽烟并不是一回不好的事，但女孩子大多都不喜欢抽烟的男人。好像数学一样，总不为孩子们喜欢的。"

这晚上，我对他的理由特别讨厌，满心有一种说不出的压迫。

"老赵，我真没有想到你是一位狩猎的能手。"

"那你可误会了。我认识很多朋友，因为在必要时，他们可以让我利用。人不能像天空里的星一样，各在各的轨道上。其实星辰也是在相互吸引着，才能维持自己的脚步，才不会在天上堕落的。"

"那么我这种笨蛋也有利用的价值吗？"我非常不快。

"每个人都有其个别的价值，我是你的朋友，也可以说是你的盲肠，不知什么时候就会带给你困难。"

我不想多辩，接着就默然了。事实上老赵并没有撒谎，两个星期后，我接到他急促的电话，要我在宿舍等他；不久，他就汗噓噓地跑过来了。同房间里的人正在看书，我给他们介绍以后，老赵竟奇怪地没有拿出他那一套社交手段。不久那个用功的同学走了出去，他方开口。

"我把丽亚介绍给你好不好？"

"怎么？玩腻了？"

"不要开玩笑，说真话，我觉得你们能合得来。你不是很喜欢她？"

"喜欢，可是她那份初恋的感情已是给你的了，残缺的感情，我不要。"

"啊！别固执，要不你暂时替我照顾她，陪她一两个礼拜？"

"到底为了什么？"

"我太太要来了。有一次我同丽亚散步碰见了一个亲戚，他宣传了一下，让我太太给知道了。"

"有了太太为什么要追求丽亚，这可活该。"

"唉，理智做不了感情的堤防，假使你不能替我担一些责任，现在陪我去看看丽亚怎样？"

在他寓所的房间里，丽亚正伏在他的床上哭泣。我不知道她已来了好久，哭了多少时候，老赵那个白色的枕头，湿透了一片。他抱着她的肩，沿着床坐了下来。

"丽亚？别哭，老马来了。"

她像全未听闻，最后突然歇斯底里地叫了两声。

"你赔我，你赔我。"

"赔我？"我有点愕然，我想不出这两句话的命意。看着老赵手足无措的态度，和那一个未涉世故的女孩动人的哭泣，没有作声，我就忧郁地走开了。我不知道他们僵局以后怎样地解决，当时我却兴奋地觉得，老赵的利用哲学在我的身上失效了。

一星期后他又来了，人变得有些清瘦，然精神上却仍颇轻快。

"去看一看我太太吧！她来了，人挺漂亮，她一定喜欢认识你。"

"喜欢认识我？"我故意地说几句难堪的话，"要是这样万一我爱了她，或者她爱了我，岂不是一幕悲剧。"

"有什么关系？"他苦笑了一下，然随即又恢复了他固有的态度，"人生本来是一场戏，要是这样，也不过是一段剧情，但是别忘了在我太太面前，替我遮掩一点。"

"好啊！"我答应着，但心里却想着，一定要给老赵一个永生的教训，在他太太面前，把他的全部的秘密揭露出来。

我们是约好在一家附有非营业性质地下茶舞的百货公司三楼上会面的，老赵的太太似乎比丽亚长得更美，态度也没有管辖丈夫的蛮横样子；也许她家世的优越吧，老赵这一个狩猎的能手也终于屈服在她裙角下了。

"老马，不陪我太太跳舞吗？"

"哈，我的本事你还不知道？"

"那么，"他站了起来，"我们要下池了。"

"算了吧，"赵太太说，"坐下来谈谈好了，丢下客人一个人在这里也不太礼貌。"

舞池里是拥挤的，浅水里游鱼的舞姿，困难地旋转着。一支舞曲刚完，赵太太满脸笑色地问我："老赵说的你那个漂亮的女朋友没来吗？"

"没有。"我含糊地回答。虽然最初我想揭破老赵的秘密，但终又因不想多管闲事而中止了。

这一晚老赵和他的太太玩得非常愉快，丝毫看不出爱情上有任何芥蒂，他健谈的技能，把丽亚、我、他太太完全欺骗了。第三天他送他的太太回家，我在码头上给他们送行，船将开的时候，老赵还挥着帽子说："替我们向你那位好友丽亚问候啊！"

我冷笑地望着他，从那个时候，我与这位狩猎能手的年轻绅士的友情中断了。

三、散文随笔类

现代妇女对于审美观念的误解[①]

我的欢乐树上,有一朵白沫样的花儿,还有一朵火焰般的红花,在夜间,我凭倚着花影,仿佛是含愁而歌——灰白色的花儿,微微地笑了,火焰般的,也感动起来了。

> White foam flower, red flame flower
>   on my tree of delight.
> Lean from the shadow
> Like singing in sorrow —
> Pale flower of thy smile,
> flam flower of thy touch,
> in my night.
>
>   *New Poetry*, Harriet Monroe 301

现代人——尤其是妇女们,似乎对于"好美"的本性,比从前发达得多了。不论是通都大邑,还是兰镇深村,不论是受过新式教育的女学生,还是楼闺深镇的小妮子,她们的姿态,自然而然地也会和通都大邑的同化起来;她们的装饰,有些地方,简直是和最时样的女学生装束,没有两样。在形式上观来,这个未始不是一种"美化"的扩张,殊不知这实在是一种不堪入目的奢侈淫靡的流行。这种流行病,传染的速力,恐怕比虎列拉那种杀人的微生物还要敏捷,其结果不过是疲劳许多大公司里的工人们,为她们日日赶造那些个无价值的装饰品,充其量,不过多创造几个比较华丽的奴隶及富于装作富于变化的比较有趣味的玩弄品罢了!如这类专一的肉感的"美",不但不足以提高女子的人格,实在是女子失了真实崇敬的结果。要晓得人类的美之态度,很容易被动摇于一时的风尚及时代的性质的;所以在美学里,社会的因子是比其他一般的假设还要重大。我们在这个时期——人欲纵横的时期,如果不预备一种真确不磨的"审美"的观念,这

[①] 原载 1927 年 7 月 1 日上海《妇女杂志》第 13 卷第 7 期。

些社会上形形色色的坏现象，难保不给予人们以恶劣的刺激，引起人们许多心理上的蛊惑与迷误，失了纯洁的机能的快感，蹈入孤注一掷的危险。可是现代的妇女们，对于"审美"的观念，全都弄错了，这不是我一人的武断，凡关心社会现象的，大家当有同样的感觉的。"审美"观念一弄错，因此行为动作也跟随错误了；所以校正妇女们"审美"观念的误解，未始不是解决一切妇女问题的第一着。

"审美"本来是一个教育上的术语——是根据美学之定理而造成的术语。我们要解释这个术语的含义，当然不可离开教育上及美学上的见解。由教育上的观点而研究审美，这是说把人类那种美好的本性，引导发展出来，养成温文尔雅的态度，增高人类生活上的兴味。因为美的态度，是人类精神上最高的象征，不但有巨大的影响及于个人的内心生活和文化的普遍提高；而且还能教人们注意到人类的精神和动作的新方面去。有许多人每日终是昏乱烦闷，得不着细微的慰藉，找不着一种合理的人生，于是始而怀疑，继生悲观，终至厌世，结果出于自杀，这也许是平时对于审美教育，非常缺少训练的缘故；所以审美观念，在现代教育上是有极重大之价值的。妇女们不明白这个道理，以为美，只是涂油抹粉就算了，实在是一个基本上的大误解。

再由美学的见解上而研究审美，则于美的定义，便不可不深深地注意一下。照康德（Kant）说，是离开利害观念的一种适意的快感。换句话说，是充分的纯粹感情，所表示的经验——即把感情作用，一方面和思考的过程相隔离，另一方面又和欲望及意志相绝缘，于是那纯粹的感情，便在美的态度以内涌现出来了。我们要明了这种态度，也只有了解纯粹感情的本质及其范围的一法；所以我们可以把美学作成一个简明最适切的定义，叫作"感情的哲学"（Philosophy of feeling）。

美学的原文 Aesthetic 一语，起于希腊文 Aisthanesthai，译作"知觉"之意，实际上就是说"感官知觉的学问"。最初用这个字义的人，是十七世纪的孛格登[①]（Baumgarten）氏，以为美是"感官认识的总全"。十八世纪法国美学者屠华士[②]（Dubois），以为美之态度的玩赏，就在"愉快"二字上面，所谓美，不过为着要供给精神上适意而练习的。席拉[③]（Schiller）的思想，以为美的感觉是人类所特有，它是智识道德及一切文化的源泉，这种

---

① 现通译为"鲍姆嘉通"。
② 现通译为"杜波依斯"。
③ 现通译为"席勒"。

思想，是在他所作的《艺术家》这首诗里，已经表现出来了。后来黑智耳①（Hegel）解释美，说是绝对精神的客观化当中最下等的阶级，反之，宗教和哲学，是属于最高等的。叔本华（Schopenhauer）解释美，以为是人类一切精神活动最高尚的所得物。到了费希罗（Fechner），他更把美的快感的法则，区别为直接和联想的二要素。例如，单一的饱和色彩，或色彩的配合，调音或乐音，以及某种形式或形体等，这些感官的印象，能直接地生出美的快感来；反之，伟大的绘画、庄严的雕像，以及特别的诗歌等，这些美的感应，都是间接的联想所唤起来的表象。现在对于美的定义之研究，未免长言之了。总之，凡盲目的及痴呆的生活意志、流行的习俗，和怪僻的新奇的现象，都要被真真的美化力所完全排斥的。现代妇女们并没有了解美化作用的真价值，是一种最深洞最高尚的"艺术之启示"，大家便盲目地唯新奇是求，怪癖是鹜，这实在也是一个基本上的大误解。

　　耶路萨冷博士②（W. Jerusalem, Ph. D.）在他的《哲学绪论》里，曾经说过了："凡美的对象，一定可以唤起人类机能的快感；绝不会使人惹起厌恶或'不快之感的情绪来'。"但是现在社会上的人或物所表示的外相，实在足以使人不快，使人发生无边的憎恨，这是什么缘故呢？一言以蔽之，实在是"美之为美，断不是一般眼光里所见到的美"。照我观来，凡事物的美化的条件，须出于自然的趋势，依赖人工的制作，便不美了。根据良知的自觉而发生的印象，是美的，由于欲望的要求而发生的冲动，便不美了。举个例子说：天上的星光，闪闪地放射它们微弱的光芒，遥望去是很美的；但是流萤的尾光，便觉不美了。西子湖畔随风摆动的春柳，龙华路上两旁开放的桃花，都不失掉"自然之美"的；但是被人养在盆子里的茉莉花、玫瑰花，便觉得不美了。苎萝村上的浣纱女，是天真的，是不失掉"朴素之美"的；但是一变了宫闱里的西子，为着要使第三者的悦意，便觉不美了。现代妇女们的求美运动，可以说是完全是一种欲望的要求，断不是根据良知的自觉，其结果反加上一些丑陋的外态，把本来的"美的真实性"完全丧失了，这不是一种可叹的事情吗？

　　什么都有美的，不独是人类，什么都爱美的，也不独是人类。最近我的朋友宗白华兄的《流云》诗集里，很有几首好诗，专是描写"自然之美"的。也有几首是描写"人生之美"的，如：

---

① 现通译为"黑格尔"。
② 现通译为"耶路撒冷"。

> 黑夜深，
> 万籁息，
> 壁上的钟声俱寂。
> 寂静！寂静！
> 微渺的寸心，
> 流入时间的无尽！

这首诗描写的是"夜"的美丽，使人们读到这首诗，不期然而然地会发生一种幽邃沉默的快感来。又如：

> 夜将去，
> 晓色来，
> 晓色清冷的蓝光，
> 进披几席。
> 剩残的夜影，
> 遁居墙阴。

这首诗描写的是"晨"的美丽，使我们读着这首诗，不自觉地也会引起一种明媚活泼的快感。又如：

> 我生命的流，
> 是海洋上的云波，
> 永远地照见了海天的蔚蓝无尽。
>
> 我生命的流，
> 是小河上的微波，
> 永远地映着了两岸的青山碧树。
>
> 我生命的流，
> 是琴弦上的音波，
> 永远地绕住了松间的秋星明月。
>
> 我生命的流，
> 是她心泉上的清波，

永远地萦住了她胸中的昼夜思潮。……

在这首诗里,可谓把"人生"的美丽,完全发挥无余了。我们读着这诗,可以明了人生的乐趣,可以提起向上的愿望。而在生活的历程上,更可获得一种温润清鲜之快感的……

有时候我们在青青的山坡上,或幽暗的丛林当中,孤独地行走,沉默地冥想,只觉得一阵阵的竹树,微微地摆动,小山涯倦乏的溪水,潺潺地流动,画眉儿清脆的歌喉不住地唱个不休,更夹着一缕一缕梅树的暗香,偷进人们的鼻子去,这种境地,便是自然界一种静穆清冷的"美丽"。有时候拔木的怪风,如狂狮野马一般怒吼,海洋里掀天覆地的巨浪,撼动了大地,照海灯上守夜的人们,从睡梦中惊醒了,只觉得瑟瑟的秋声——

一种愁惨的声响,笼罩着一个凄凉的心,在这种境地,便是自然界流动的"严肃"时候的美丽。前者是幽美,后者是壮美。幽美的情景,能使人们发生一种恬淡温雅的快感。壮美的情景,能使人们发生一种严肃伟大的快感。所以万有一切,都有美化势力的,都能引起人类的兴奋,助长人类审美的进步的。妇女们不晓得安放很好的灵魂,在此中修养,陶成和自然界一致的美丽——真真的美丽,偏偏喜在人性绝灭的都市社会里,拼命模仿那些肉感的、拙劣的丑态,便自以为是无上的美丽了,这岂不是令人可怜的事情吗?

总之,美的态度,是纯洁的内心的表现,是高尚的、最丰富的情感的结晶,是一切瞬息间的印象,很纯粹、很完全地再现于物质之间。至于美的玩赏,实在是人类所必需——如衣食住一般的必需。它能鼓舞我们,激励我们,又常常能使固执于我们心中的目的,战胜一切跟着事业而起的困难及不愉快的感觉。在进化过程中,人类的生理的、心理的有机体中所完成的一切机能和机关,有一种自然的倾向,常常须向着一定的感官当中活动着,这种活动,实在是人类有机体的保存和发展所必要的条件,人类的机能,如没有活动的机会,便要陷于萎缩的危险境中了。所以我们的机能,被长时间地障碍,便感不快;反之,机能如果充分活动,便觉快感了。同理,美的玩赏之情形,也是如此。美的玩赏,也是一种机能的满足——是由各样心理的活动而生之悦乐,视觉及听觉等感官知觉,有时候的感触,都能与要素的美之感情相结合。譬如单纯的和复合的色彩,虹或星,长夜天空时起变化的景象,往往能惹起美的快感来。由装饰所生的美之感情,则尤丰富,尤复杂。在此时所引起的视觉上机能,特别伴着一种快感从美的对象当中兴奋起来的,人们就称这种对象叫作美。所以由美的玩赏引起的悦乐，实际上不外由经验所得到的机能之快感，因此客观的、对象的性质，常常能成为美的判断之间接原因。人类为着要有不断的悦乐，所以不得不把客观的、对象的性质时起变化；人类为着要使美的判断永久地存在，非常地适切，所以更不能不把他们的自身，投入于美的对象中。但这都是纯艺术的表现，并没有其他卑陋的作用夹入在内。

可是现代妇女们好美的动机，大都不是"为美而求美"。明显地说，都只是一种求爱冲动的表现。严格地说，求美，不过是一种增长肉感的、爱情的手段。在美的真真价值上，是绝对讲不到的。因为高尚纯洁的美，万不能夹着许多丑陋的作用，如为着求爱而好美，美的真性，便变成机械的、虚伪的，它那种精神上的德行，便完全变成肉欲化了。固然，爱情和美的关系，从古就被人所认识，而且屡屡被人争议，但是在事实上研究起来，客观的实在的美，是原因，爱是它的结果。换句话，就是因为要美，所以求美，并不是说因为求爱，所以要美。为着求爱而表现的美，实在是不美，那所求得的爱，也绝不是高尚纯洁的爱。我们如果要使恋爱纯艺术化，使"恋爱之花"能够得着甘露，逐渐滋长发育起来，不致再受暴风雨的打击，那么最经济、最必要的手续，就是提高社会上一般美的欣赏的程度，这是任何人不能加以否认的，如我们现代社会上一般群众对于美的欣赏之程度，真是低得可怜。所以往往有些对象，在艺术家哲学家的眼光里观来，是极丑陋不堪的东西，而在群众的眼光里，反公认为鲜艳夺目、美丽无比了。巴黎市上的繁华，是人人所爱的；罗马古城的风景，便无人过问了。游新大陆的，只晓得留恋于纽约市俗陋的建筑，白宫那样高雅的美丽，便无人爱玩了。游埃及的，只晓得徘徊于金字塔之侧，羡慕其壮大雄伟，维克多利亚瀑布那般清白的自然美，便无人感觉到了。现代妇女们只晓得高跟鞋的妖娆玲珑，着长襟短衣那样的飘散自如，殊不知这种不中不西的怪态，不但不美，且令人感觉不快的。如这类被迫于求爱冲动所表现的态度，实在是"丑化"，绝不是"美化"，现代谈恋爱者失败的真因，便在于此了。然而纯粹的美化，是能发生真真的爱力的，因为美不独是爱的原因，往往也是爱的结果，由我们内心的美，照着我们的爱之对象，能时时使那对象，生出更新的爱力来。不论何人，都能有他自己的经验上说明这种爱力的。譬如讨人厌恶的儿童，他的母亲总还是看他是美丽不过的；卑劣的字体，偶然有爱着它的人，也会生出特殊的爱力；拙劣为文的印度人 Anquetil-du-Perron，做 *Upanishads* 经，从波斯语，重译作拉丁语，竟能为叔本华所爱玩——而且是很狂热的，这些便是爱的美化力最明显的好例。由这样的爱情而生的美，实在是我们所谓真的美，本来的美，从心里快乐而得的美。

由此样的美而生的爱情，也是纯洁的、崇高的爱情了。姐妹们呵！你们要饮一杯比较高尚的爱情之酒吗？那么，请你们先练习比较高尚的审美的眼光吧。

照不佞主观的见解，妇女们要练习比较高尚的审美之眼光，当从积极和消极的两方面入手。关于积极方面的，第一需注重内心的修养，养成健全的德行；第二需注重体质的锻炼，养成健全的精神；第三需多和自然相接近，领略纯美的对象；第四需多作艺术上的作品，多读关于美学的书籍，培养优美的情绪。关于消极方面的，应当绝对禁止外物的诱惑，不可疲劳于肉感的及不自然的修饰，最根本的一句话，就是要使我的美之态度和美之玩赏，要常常是主观的，不是客观的；常常是良知的，不是欲望的。能够照此去做，那么妇女们对于审美的观念，便能在不自觉中提高起来了。审美观念提高了以后，我想现在社会上种种的坏现象，至少总可以减削了些吧！原来在哲学的见解里，知情意最高的态度，就是真、善、美，就是康德在他的《纯粹理性批判》一书中报告我们的，所以知道审美的观念在学术上的地位，真是非常崇高。我希望社会上的一般的群众——尤其是妇女们，千万不要把他的地位看低，把他的见解弄错，那么，我这篇短文的创作，就不是徒然的事了。

中国剧运的启蒙时代①

前天和寿昌兄闲谈，他对于中国的剧运，非常悲观。真的，我也是这样；恐怕关心剧运的朋友们，都是这样；譬如王尔德的《沙乐美》，在域外不晓得上演过百次了，而我国到今天才由南国社把它搬到观众的面前，这是多么重大的耻辱呀！又譬如在域外的戏剧运动，虽不一定是适合时代的潮流，或跑在时代前面的；至少，终不至于把离开艺术不知几千万里的东西，在很齐整的观众面前上演，还能博得热蓬蓬的掌声。最使我们失望的，就是在中国的所谓学者社会里，还多不明了戏剧是什么。谁不是当它开心取乐的玩意儿呢！戏剧到了今天，终算是倒了霉；但，这绝不是戏剧本身的缺陷，实在是社会的不长进。

稍具常识的人，都应该知道戏剧是综合的艺术。戏剧里所包含的东西，要有和谐的音乐、美丽的绘画、温婉的舞蹈、清利而圆润的言语、适切而活泼的动作。要写一本好戏，顶起码的条件，情节要深切，言辞要流利，动作要允当，布置要适宜；要演一本好戏，至少，演员要熟练，舞台要合度，光线、色彩、背景、音调等等，都要有充分的准备。所以写戏难，写好戏尤难；演戏难，演好戏尤难。

我们假试不问戏剧与艺术的关系，只求投合观众的胃口，把太不像样的东西，搬到舞台上来，这是我们侮辱了艺术，对不起观众；万一观众们竟不爱看我们现在所表演的戏剧，而愿意去看太不像样的东西；我们不是权威者，决不能领一支生力军勒迫他们看我们的戏剧。最不同的是人类的嗜好，要强人所难，终觉得不自然，欠彻底；所以南国对于看众也正是听其自然而已，他们热烈地来，南国热烈地迎；他们掉首地去，南国热烈地送。自始至终，决不用任何广告的手段，诱惑看众的注意；叫看众投了这么一笔血汗换来的钱，在看完了我们的戏剧以后，发生无限的吝惜。如若认定戏剧是为民众叫喊，为自己叫喊的，南国当然是民众的；即以南国的本身而论，何尝不是由民众组织的团体？以民众的戏剧团体，来表现民众所需要的戏剧，这是南国的责任。至于民众是否需要我们所给予民众的需要，这个，我们可不能负责，要由民众自己去明辨而审择了。

---

① 原载 1929 年 7 月 20 日《摩登》第 1 卷第 2 期。

最近，我们接到许多关于南国的批评，有的当然是我们所服膺勿失，引为圭臬的；有的，却对于南国的认识，未免太近视了。我们决不因为人们的恭维，便引为同志，沾沾自喜；也决不因为人们的诅咒，便目为异己，愤愤不平。既非恭维，或恭维而不得要领，也非诅咒，或诅咒而近于谩骂。这是一种误会——没有认清南国而发生的错觉，我们一面要介绍南国给民众真正的认识，一面要表白艺术的旨趣和精神，似有归纳朋友的见解，加以说明或答辩的必要。

陈楚君的来函说："南国社所演各剧，为什么都是因爱的惨败而引起的失意的叫喊，如《南归》，《湖上的悲剧》，以及译作《沙乐美》等。何以不选择或创作些关于社会问题及带有革命性的剧本，拿来上演。倘若，尽量地演那些失恋戏，我觉得于社会是有害的，不但无益。"

我们的答复是：陈楚君只看见南国在那演《南归》、演《湖上的悲剧》；他没有看见南国还在那演《强盗》《火之跳舞》及《苏州夜话》呢！《苏州夜话》是非战的作品了，《火之跳舞》是描写阶级的悲哀，《强盗》是描写贫穷的压迫。而且即以《湖上的悲剧》及《南归》而论，也未必是专在写失恋的悲哀，青年们所以失恋的原因，很复杂的，有的是旧道德的束缚，有的是旧家庭的制裁，有的是因为社会的组织不良，所引起的恋爱的反常的现象。所以当我们看失恋的悲剧时，聪明的看众，未尝不可联想到其他，难道失恋的原因，竟像陈楚君所见的那般简单吗？况且文艺的题材，本来不外乎"死"和"爱"和"穷"，倘若生死观、恋爱观、贫穷问题都解决了，那文艺便根本不存在了。因为文艺离开了这三个难解决的原因，文艺还有何生命呢！这三个原因永久不能解决，文艺也是永久存在的。倘若陈楚君能担保中国青年们不再发生失恋的事件，则南国的《南归》及《湖上的悲剧》，决计从此不演！

傅况鳞君告诉我们说："……南国即以民众艺术为指标，吾以为真的为民众计，则理宜公演几次于公共体育场中，先由市民鉴赏，次赴乡间令乡民鉴赏……"

傅君写出这点意思告诉我们，动机是很诚恳的，我们当然非常地谅解。不过，傅君对于戏剧的艺术，或未能有更深的研究，关于在体育场公演这一点，不是我们不愿意照傅君所吩咐我们的去做，实在为着要维持艺术的空气、剧台的布置、灯光的放射、演员声调的运用，不许我们这样做。倘若，一定要照傅君所说的那样做，才算是真正的接近民众，那未免太笨了。我们未尝不知道通俗教育馆的面积，不能容纳多量的观众；但为着保全戏剧的意味，不得不用一种权宜的方法，把价格略略地提高，以示相当的制限。民众未必都能了解艺术，未必都愿意来鉴赏艺术，在这时候，民众可以随意选择我们的戏剧，难道不许我们选择民众吗？况且，要使一个戏可以正式地上演，是多么不容易的事情，写剧本，制布景，试灯光，训练演员，排演剧本，都非有极充分的时间，不能有相当的效果。南国尤其是几个穷朋友所组成的穷团体，不受任何机关的援助，任何机关也决不会来援助我们；向来就没有职业性，只是利用寒暑假休息的时间，临时召集各大学的教授和学生，作广大的艺术运动，与民众以艺术的认识和鉴赏而已。在此种情形里，如果同情于我们的，拿了一块钱，来交换艺术的享受，决不算是过分吧！决不算是离开了民众吧！

李遵君告诉我们的意见是："南国社所不可及的地方，是人才众多，尤其是女演员均能表示其独特的长处；所以能吸引观众的力量，也许在此吧！"

李遵君之为此言，动机似乎不很纯正。南国的女演员确较多于其他的剧团；不过，比到秦淮河旁各茶舫的清唱间，全是女演员，手执红牙签，咿咿唔唔，哼着南腔北调，还相差得远！观众们如为着女演员的缘故，到南国来，何如直截了当到清唱间去，听几节花鼓曲，演一回手势戏，为尤能满足，尤能够味呢！观众们如若抱着到清唱间去的观念，到南国来，一定要使你们失望的。真的，一定要使你们失望的。在最初，戏剧里的女角，本来是用男角扮演的，不但是中国，就是日本也是这样；英国在莎士比亚时代，也是这样，后来到高尔斯密次①（Goedsmith）才直接用女角饰女角。我们如果卸去了礼教先生的老花镜，而站在艺术的观点上，研究起来，女子自有女子的天性；声调，动作，态度，尤其是表情，都和男子绝对的不同。在戏剧里应当用女子的时候，任凭你拣选怎样逼肖女子的男子，究竟不能传达女子的情绪于万一；最使人难堪的，就是饰女子的男角，故意跷起了脚跟，袅袅婷婷地学着女子的莲步，多么不自然！男子本来都是阔嗓子，现在为着学女子，故意从声带里拼命逼出如鬼叫一般的又尖又俏的小声音，多么令人不舒服！所以，在近今的舞台上，直接用女子来扮演女子，已成为普遍的事实，无所用其怀疑了。况且，为推广女子的职业范围，练习演戏，也是最好的一种；欧美各国大学里走出来的女学生，献身手于银幕的，于舞台的，不知有多少，都能维持适当的生活，表现自己的天才。因为，要充分地发泄女子的天赋，再没有比演戏还能相宜的了。南国之所以容纳女演员，不但为企图艺术的完成，实在是打算在将来女子的职业上，

---

① 现通译为"歌尔德斯密斯"。

树立一点稳固的基础呢！

　　李无我君告诉我们说："南国社的分子，太浪漫了，内部直如一盘散沙，组织力可算是仅等于零；照这样干下去，南国一定要夭寿的。我为着酷爱着南国已有的成绩，因此愿意领导南国的田先生，赶快严密地组织，不要如浮萍一样的飘着东，飘着西边那种游牧的生活，把心志安定些，作艺术上的研究，成功一定要更多些吧！"

　　李无我君真是从慈悲的心肠里所发出来的一片婆心，我们除敬谨地领受以外，实在没有话说了。不过南国社的结合，是纯感情的纯艺术的结合，与任何政治团体带有互相利用的性质，完全两样。因为南国社的男女同志，还不晓得权利和虚名，究竟是什么东西，与人生有没有关系。他们只知道把所爱好的艺术，不论是绘画，是唱歌，是文艺，来用以替自己叫喊，替民众叫喊而已！有人说：南国社的分子，都是特异的天才。其实，他们蠢得真厉害，哪一个不是厨川白村的所说的呆子，他们在各处，从人类那里拿回来的报酬，除了一大串怪人呀！疯子呵！一类的尊称，还有别的吗？然而他们的精神——为艺术牺牲的精神，所以能始终勿衰，幸而都是些呆子，大家在那里把呆力气，拼了命去干呆事。因此，我们相信，南国的生命，是永久地潜藏在呆子们的心里，呆的程度越可以，南国的寿命越悠久；倘若，南国的分子也像一般人聪明起来，灵敏起来，也知道假装着小资产阶级的鬼气，不光明如耗子觅食一般地觅着权利，那南国的寿命，就不敢保险了。现在，绝不至于实现无我君的预言，因为南国的呆子，正多着呢！

　　我们要说的话，都不留余地地说完了。我们并非好饶舌，实在，每一位朋友所给予我们的教训，虽不能代表一阶级、一团体，至少可以代表一部分人的意见。所以，我们惮烦地一一加以解释，也正是企图社会对于我们的误会，能够逐渐地减少。误会是同情的暗礁，误会不除，同情无由而生。现在中国的剧运，正在启蒙时代，有些关于戏剧上的理论和态度，当然的，是很容易引起人们的不了解。我们在这时候，来干剧运，只有两条路，在消极方面，应该解释观众的误会，在积极方面应该唤醒社会的同情。我们很希望这个启蒙时代，赶快成为过去，让光明的时代，欢呼地到来罢！

　　编者按：平陵兄这篇答辩文章是在南国第二次旅京公演时，综合各方的批评加以解释说明，刊在《中央日报》副刊《南国特刊》三四两期上的。他知道《摩登月刊》也将出"南国社第二次公演专号"，特地把这篇文章又让给我们发表。关于他答辩的各点，大体都与我们的意思吻合；不过尚有应得补充一两句的，为了免去读者的误会起见，无妨再拖一条尾巴——

第一，平陵兄说："民众未必都能了解艺术，未必都愿意来鉴赏艺术，在这时候，民众可以随意选择我们的戏剧，难道不许我们选择民众吗？"他的本意是在说：我们的戏剧，有些未免陈义太高，不是一般民众所能了解；但是，我们不能因噎忘食，不能因为一般民众不能都懂得，我们就连在艺术上有它独特的崇高价值的剧本——譬如《沙乐美》一类的剧本——不拿来上演，所以有时候，在事实上不容我们不选择民众；——所谓"选择民众"，当然是指知识程度的高下而言，绝不是在物质立场上选择票价"一元"与"半元"的观众之区别，这是不待言的。唯"民众未必都愿意鉴赏艺术"一语，似有语病：我们以为民众之需要艺术，正如需要空气一样重要，尽管能否谈得上"鉴赏"又是一回事；至少他们是"愿意鉴赏"的，则敢断言。试以事实证明南国公演的前田河广一郎的《强盗》一剧，不是一般愚夫愚妇都能有相当的了解，而且都表极致的欢迎吗？所以，我们认为我们的戏剧，只患其不能与民众接近，却不愿推诿于"民众未必都愿意鉴赏艺术"而与"民众"远离。这一点，我相信平陵兄也许会同意的。

第二，关于南国社的组织方面，的确未见得十分严密；但也不如李无我君所说的"组织力几等于零"之甚。因为我们知道南国社在一年以前是没有完备的组织的；在半年以前经过一次改组，比较地已经好得许多了。所谓第一次、第二次的公演，即指改组后而言。平陵兄说"南国社是纯感情纯艺术的结合"，这一句话也有了遗漏，我们仍得补充一句：南国社虽然与任何政治集团不会发生关系，但也自有它的"社会意识"的立场。它的组织尽管尚嫌松懈，但它绝不会是无组织的、不要组织的！

此外，我们相信平陵兄的话可以解答其他一切误会了。

明中附议。
七月十四日于南京秦淮河畔民众茶社。

秋意①

秋天的树，颜色由青绿而转向沉黄，渐渐地凋零下去了。时序已在象征着衰老的标记，虽然夏气还留在长林的梢头。自己并不当作年老而觉得犹有作为的父亲，几年之间，慕树已经成荫了。从前够得上直呼父亲乳名的人，如今已无有存在的了；现在够得上直呼自己乳名的人，都老了死了；原因是，自己也做了一个孩子的父亲了。我感觉到同年龄的妻，光洁的面容上起了丝丝的纹痕，同年龄的朋友们，头发显出根根衰朽的白丝，他们都像秋天的树，走向衰老的途中，我在他们的意识里，也许是这样，可是我自己并没有意识到，如同他们不意识到自己的衰老一样。原因是，大家还疑心自己是孩子，在灰白色的幻梦里，依然憧憬着美丽的童年。

我在童年时代，最爱故园的秋天的风情，瞭望着八月初美丽的暮霭，淡紫色的夕阳，无力地挂在河干的榆树上，和那黄昏的街灯，洒满了秋原的稻秆，宇宙开始卸却它虚伪的夏天的装饰，穿起白色的衣裳，露出它严肃而天真的面目来。故园的前面，矗起一座小丘岭，长满许多山松，茂密的枝叶，阻碍着月光。夜是静寂的，山花放散着晚香，松果也很香，林木的反影，在清澈的涧泉里动也不动，迨明月从山背后移过去，黑色的帷幕，便渐渐地笼罩着一切。

有一天我独自到秋天的树林里去游戏，循着一条弯弯曲曲的山路，走过万木穿天的山腰，清风打着树叶的抖动声，与夫蟋蟀蚱蜢的唧唧唰唰声，这是秋天的音乐，像从我胸部的骨骼里迸出来，使我的僵死了的希望又在它们的充实里开了惨绿的花。我潜蛰在心里的幽郁，领受了自然的陶溶，把我一切的犹豫都带到死神的座前，蒙盖着灵魂的疑惑的雾，刹那间都幻灭。我相信"光明与爱情"是在平凡的生活里高高突起的山峰，它们是永存，虽然一切都免不了死灭。我就在这信仰的束缚里，窥测到自然的无垠。

别了美丽的故园，于今十年了。一到秋天，便想起故园，风情是依旧的吧，中天的月色，依旧是皎洁的吧，只是不堪憔悴的我，在惨白的面容上，被自然的画笔，又刻画了许多纹痕了。我满想趁着秋天归去，望望上了年纪的母亲，看看父亲的坟茔，浏览一回故园的秋天的风情，只是呵，

---

① 原载 1931 年 10 月 20 日《现代文学评论》第 2 卷第 3 期。

司命运之神,牵着我的衣裾,抱着我的步伐,这愿望正不知到何时才能实现呢!十年来的秋天,都在客中过去了。

前天我独自爬上台城,瞭望着低低地伏在城根的潮湿的乡野,汹涌的洪波,淹没了远近的轮廓,看不见耕地、牧场,也没有风景、故迹,什么可纪念的东西,仅露出一根两根农家的烟突,在幽暗的水面上凝视着自己的倒影,孤冷的无人居住的茅屋,门户洞开着,因为门前堆积着水量的缘故,有的仅出现一条线,有的缩小到像一个窗牖,丈余高的树巅在水面追逐浪花漂浮着,秋风里不断地传来群众饥饿的呼喊;"给我面包呵!给我面包呵!"这声音击动着我的心坎,像有点刺痛。近黄昏了,都市里的街灯,一星一星地显现,摩托车载着幸福的人们,如风驰电闪般驶过去,正在忙着奔赴快乐的宴会,欢笑声,从有灯光的屋子里发出来,充满着甜蜜和快愉,同为一个祖先的血脉里流传下来的苗裔,有的在欢笑,有的在号啕,有的安坐在象牙塔里,有的流落在十字街头。斯时候,都市里凡有灯光的人家,都已经是很温暖很快乐的吧,我在想。只是野外是一片单纯的白色,乡村,牧野,树林,都静悄悄地睡眠在水底,从扬子江上飘来的秋风,除感觉到薄薄的寒意以外,听不到萧萧的声音,但见浪花推送着水上的浮尸,渐渐地滑流到江浒,被激浪冲塌了的屋宇的梁脊,在水面上不住地浮沉,这是仅有的风信了。人在这样凄凉的境遇里,愈益感觉到落寞、孤独,我终于提着疲惫的脚步,走下台城,回到自己的寓所,如豆的孤灯,尘封的墨盘,不健全的椅和桌,在幽暗中期待着我。

来到首都,忽忽地已经两度秋天了。去年的秋天,朋友们都没有离开,他们常常到我这里来,喝酒,游山,在玄武湖里学习打桨。记得是一个秋天的早晨吧,大家携着爱吃的东西,到栖霞山看红叶去,留在镇江的朋友们亦约期来会,我们在山中踯躅了一天,斯时候,红叶都已凋残了,山中像落遍了红雨,秋天的阳光,映照在浩瀚的江上,翻着蓝色的波纹,白雾从都市的烟突里被清风吹起,卷缠在天际,像滋长着的苔藓,山岗上放着一群喘息的征马,在抚慰着过去的疮痕,斯地有多少英雄宁战死不投降,鲜血染遍了江南的秋草,阳光拖着苍白的瘦影,渐渐地漏进幽林深处,只剩着惨淡的余光,残留在游人的脚底,松虫在草际跳动,蟋蟀鼓着无力的翅膀发出单调的声音来。呵!自然的葬仪!呵!佳日的零余!我哀伤着逝去了的生命,恍惚在鸟道上巡礼。到今天,山中的景色,还是依旧,只是游山的人,都像晨星般疏疏朗朗地散开了。前天,接到了Y君自英伦来信:"人生真无意义,整日价做了生活的奴隶,我相信血肉不比面包贱!"一向放荡的Y君,言词忽然这般痛恻,说不定他在生活的历程里,尝到一些辣味了吧。热情的 C 女士,也已好久得不着她的消息,只是在去年夏天的傍晚,我们无意地会见在清凉山上,她见着我,于她伤感的胸臆里,牵出她缥渺似的旧梦来。她说:"现实的世界,是不值得留恋的,只有梦最美丽。被生活压榨着连梦都做不成的人,是顶痛苦的人;能够常常把梦的记忆召回来,毕竟还是最幸福的人呵。"她说着,面容上,显现出酸涩的苦笑,眼泪走她的唇边淌下来,"是甜的",她告诉我。我和她就在那一晚别离以后,一直没有看见过她,有人说"她此刻正在病中",在秋天生病,是够多么让人挂念的事情呵!从前常来这里的 L 妹妹,最温美可爱,不多几天前,我看见她,身体比从前高大些了,只是面容反显得苍白,然于活泼之中依然是流露着天真的稚气,不像是已经做了母亲的人呢。回想起昔日的游踪,我的心在微感着隐痛,不定的人事,跟随着无常的季候,在一同变化。但不知这变化是进化还是退化。姑不弄玄虚,单就艺术的立场上说,我觉得无论是退化、进化,都没有关系。可怜的人类,尽是向着退化的路上走,把欺诈、嫉妒、残忍的心理,充分地在黑暗中滋长,让光明永久地游避,照不到我们的头上,这在人生的各方面,不免是悲哀,可是在艺术的生命上,并没有丝毫的损失。艺术在丑恶当中,常能发现出无上的美丽来,也许,艺术就因为世界上有丑恶的存在,才能愈益发扬其生命吧!要这世界根本地脱掉虚伪的外衣,使人类已死灭了的情绪,从火葬着的柴堆里重新燃烧起来,我没有这样的野心和渴慕。虽然,世界尽是沉沦下去,人类尽是堕落下去,我并不懊悔,正因为这样,我才能更清楚地认识了人类,更密切地亲近了人类。"产生艺术的,是爱,真,美,善这些元素吧!但假使在艺术中抽出了罪恶,眼泪,以及人类的黑暗,憎恨,咒诅,那末艺术将要变成怎样的东西了呢。因为人类有丑恶,有憎恨,才有艺术。当然,这不是人类的光荣。"聪明的吉田弦二郎,他早已观到这里了。所以痴呆的工人绥惠略夫,经过阿尔支跋绥夫的描写,就变成使人流泪的资料;淫奔的曼侬莱斯加,在法国一位高僧的笔底,是怎样使我们表同情的人;兔子、小松鼠等类的小物件,一经都德当作了题材,我们并不觉得它们是渺小;玛克达拉的娼妇玛丽亚,也因为耶稣而成了圣母。

静静的玄武湖[1]

  人们把平常用惯的言语来称述月光照着的静静的玄武湖,我相信一定是不适当的。这不能像白天似的忙忙碌碌地走过去,就能捉着湖的秘奥,要用你的心去领略,你定会感觉到在这微妙的人生中活动的灵的艺术的奇异。你定会对于白天所做的一切,感到了烦厌,疲乏和忏悔。

  在晚间,月光破坏黑暗的湖畔,我睡在春花铺满一地的草床上,在我的舒畅的胸前,散乱的发际,静寂的耳边,每朵从树上跌落下来的红花都在选定它们的葬地。我几乎被惊不动湖波的微风催眠了。

  起来,走向湖畔,湖上泛涌起一片白色的雾,像浴女遮着的轻纱,是白天的太阳和湖波热烈地吻着留在嘴边的余沫。此时的湖,是一面不常用的镜子,上面有一层微微的薄灰,但,因为不算有风,也不算有声音,湖是静静的,依然看得清倒在湖底的影子,数得清映在湖心的星星。那高峰凸起两旁逐渐低下去的紫金山也把它的影子抛在湖里,中间隔着一线狭长的湖径,如果没有月光,应该是深褐色的,现在是浅红得可爱,望上去就是一对恋人的嘴,密合着,试用着全身的吸力,紧紧地衔着彼此的舌尖。此时,一切都欢欣,只有杨柳树低下头来,像懊恨着什么似的悼惜落在地上的白絮;它支持着垂老的躯干,注视着失去了的生命的细胞,又像在轻轻地嘘气:"青春复归于我!"

  有几只太古的木船,靠在远远的湖畔,船上的孤火射出来,照见湖上人家的茅屋,死一般地睡去了。白的湖波,青的树,绿的幼竹,红的野花,平铺的草床,都像不胜其白天的疲乏似的静静地睡去了。偶然间只听得一两种声音,是浪花翻起的泡沫传来的轻轻的低怨,是林间播出的蜜蜜的细语,这些声音,还没有跟随着时光消散。我把唤醒的回忆,轻掷在湖波里,痛苦挂在树梢上,我像从 Dionysus 的酒库里偷取一瓶欢快的圣酒,孤独地在不被人家觉察的世间尽量地喝,尽量地陶醉了。唉!千万不要记挂着别的吧,在这圣洁的湖畔!让坚实的忧患的硬壳,脱卸在这里,把温和的芳香带回去。决不要留恋呵——那些无意义的事,把欢快保存到不能保存的时候。人们一心要把晚上祈祷的欲望,超过于明天早晨所能达到的幸福。这

---

[1] 原载 1933 年 6 月 1 日《文艺月刊》第 3 卷第 12 期。

是多可怜的无所用的浪费！野外的镕镕的火焰已经熄灭了，我心中的火焰燃烧着，我未尝不想救护这已经熄灭了的火焰，可是我的肩膊太细弱了。总不能吗？在这美丽的湖上，把痛苦在欢快的时光里消灭掉。湖呵！美丽的湖呵！我们的兄弟们都在遗弃你，他们在你这里所拿走的，仅是你的渣滓，遗弃的都是你的精华。那些于他们有何用呢！看吧！天空的月亮，已围着一圈幽暗的影子，是暴风雨突来的征兆呵！可怜你的日子太短了，弟兄们还没有觉得需要你，他们把你依然冷清清地遗弃在这里，他们正滥用着宝贵的精力，在肉欲奔纵的世界里，争夺这卑污的人生所余剩的一点最后的卑污。湖呵！美丽的湖呵！你的名字，已经刻在流水上，你的荣誉的日子，像远寺静林中的钟声渐渐地变成最后的余音，假使幻想是真理第一次的表现时，在你的旁边，不久就会蹈着野兽们的脚步吧！夜已深了，月影抛落在山后，黑暗摆下阵势似的袭来，寒气侵略我的心，但是，我不忍离开你，我走上一步，看看自己的影子，再走上几步，回头看看隔岸射过来的木船上的孤火，我心想回去，但是，我怎忍离开你呢？因为我怀中的欢快的酒，也快喝完了。

荒芜时期的中国诗坛[1]

（一）

距今数十年前胡适之先生的《尝试集》可说是导中国用白话写诗的前路；虽然在《尝试集》所选录的诗，还不算是真正解放的诗、真正用白话来写的诗。

在当时，便有许多年青的诗人，应用白话来写诗、译诗；不到三年的努力，诗坛顿呈新鲜活跃的气象，较著名的诗人，有康白情、俞平伯、宗白华、朱自清、徐玉诺、刘延陵、汪静之、于赓虞等，都能各尽其天赋，自成一家的风格，比到《尝试集》中所选录的各篇，无论在内质与外形方面，都进步得多了。

待郭沫若的《女神》出版，丰富了诗坛的"实质"；刘大白的《旧梦》出版，发明了诗的"韵节"；徐志摩的诗集先后出版，固定了诗的"形式"。新诗的生命，因为这些人的积极创新和努力，愈加发扬起来了。这时期，中国的旧体诗，就被淹没而绝迹于文坛，即与新诗誓必站在反对方向的梅光迪、胡先骕辈都好像自知潮流所趋，无可抵抗，自动地偃旗息鼓了。在那时可说是新体诗的全盛时期。

可是，在大革命到来，中国的新诗运动，并没有跟随着革命的洪流，发出汹涌的涛；到现在，中国的诗风，反而衰歇，没落，一蹶不振，这真是深堪骇异的事！

我们试一检查过去新文学运动所能表现的成绩，谁都觉得进步最速，具备了新文艺的各种条件而还在一直向前进的，只有小说。唯有诗，是早已停止了生命的发展，令人有每况愈下之感了。诗，在这刻不但为书贾们所不理，益且为读者所厌弃，是无可掩饰的事实。

不多久以前，刘延陵先生到南京来，我遇见了他，当我一提起近代中国的诗坛，他便皱拢着眉头十分犹豫似的说；"从今以后，我再也不愿写诗了。"这是多么沉痛的一句话！

---

[1] 原载1934年4月《读书顾问季刊》创刊号。

再一观现代文坛上所表现着的是些什么？不是从前努力写新体诗而获着稍稍成就的，有些也在摇头摆尾哼着五言七绝了吗？有些自命为第一流的文艺刊物，不是连诗的一栏根本就被废除了吗？那些写惯了新诗的人，想要学写旧诗，也许是感觉到新诗的生命已葬入了坟墓；但配称为第一流的文艺刊物，突然把新诗废刊，真不懂得是什么意思。像这样，诚恐词的解放，未观厥成；而五言七绝的复活于今日的文坛，是必然之势了。假定，以前许多从事于新诗运动的人，早料定有今天这样消沉的情形，他们又何必白费了如许的心血和光阴呢？难道新诗的寿命，竟是不到十年就草草地夭折了吗？

（二）

诗，无论是怎样地遭遇着厄运，它在文学上的地位，终是谁也不能否决的。我们无须用夸张的言辞，来替诗辩论，诗被认为人类思想的最高绝的形式，民族的热烈的情绪所借以表白的最善的工具，由来已经很久了。人类是需要诗人的，诗人好比是神圣的花瓶，在其中保存着生命的酒浆、英雄的精神。

诗的构成，是诗人的灵感的自然的流露，它不借修饰的技巧，掩盖他们灵魂所接触的反响。诗人的情绪，像自高而降的瀑布，不得不听其自然地流走，又像是一朵花，到了春天它便自然地开放了，时代的悲哀的预言，人类的无可逃避的宿命，无不在诗人的一唱一吟之中充分地暴露着。人们用以记载时间的有钟表，记载人事的有历史，其实，钟表有快慢，历史都虚构，世界上还有什么东西能比到诗人的言语尤为真实可靠呢！

诗人虽然是仅为自己的情感而宣泄，但，这真实的情感，是好比映画似的从现实的世界所感受所摄取来的；诗人是善感的，也可以说，诗人是一个最能导演人生悲喜剧的戏剧家。诗人在诗中所表现着的，就是人类在现实生活里所表现着的活动的写真，所以，我们如果要了解西周末年的宿世的劫运，与其读历史，不如吟国风；我们要真实地体验晚唐的礼节，黎民的憔悴，与其读唐书，不如讽诵唐人的歌吟。

海涅说："诗是人类的病，如珍珠是蚌的病一样。珍珠是泪变成的宝石，诗是人类痛苦的结晶。"假定，这话是不错的，那么，我但愿诗人写不出诗，我祈祷人类永远没有痛苦，世界永远是幸福的吧！诗人！不祥的彗星！也许现在是正当太平盛世，所以不再出现了吗？要不然，为什么中国的诗坛，竟颓败到这步田地呢！

（三）

　　有些人说，"现在文坛上不是没有诗，写诗的人正多着呢"。这话，你能信以为真吗？在我，只觉得社会上充满着的是诗料，我们的诗人并没有给以适当的表现；时代正在暴风雨里，"九一八"的亡国之痛，"一·二八"的无情的炮灰，应该足够燃烧诗人的情绪而有余了，可是，我们的诗人也没有能在这期间敲响洪亮的警钟，喊出伟大的呼声，把这个老大的民族从垂死的病榻上唤醒起来。现在，有尽多的困苦，有尽多的事实，需要着写，需要着发泄，而我们的诗人反而寂然无声了。诚如俄国诗人美列兹可夫斯基① （D. S. Merezhkovsky）所说："在这夕阳的最后的留恋已经消失，而天空还没有一颗星发出细微之光。"

　　我决不怀疑诗歌在文艺的部门所站立着的地位，诗歌在各国大革命的历程上所贡献的效果。世界上伟大的诗人每当着国运颠沛、存亡绝迹的境候，他们的热情常是火一般地燃烧着，他们的眼泪常是泉水似的汹涌着，他们的诗，是热烈悲壮的号音，是回肠荡气的行军歌声，是沙漠中的甘泉，是瓦砾中的珠玉，是杀声中的妙乐，由于他们的诗，鼓励着许多勇敢的骑士们为自己的祖国疯狂似的猛扑到敌人的阵营，大家踏着弟兄们的血迹中杀过去，挥动着他们的刀锋，放射出美丽的火花。在一八一五年欧洲列强勒逼法兰西订城下之盟的时候，大诗人拉马丁首先举起了大革命的烽火，督率着勇敢的群众煽动第三次的大革命，建立了第二共和国，法兰西竟在诗人的领导之下脱离了暴虐者的束缚了。当普鲁士的铁蹄，蹂躏着巴黎的时候，六十八岁的大诗人维克多·嚣峨② （Victor Hugo）纵不能执戈荷矛参加对压迫者的反抗，然又不惜把自己的私产买大炮一尊，命名"嚣峨"大炮，赠送给保护民族的斗士，到今天我们读着他在那时写成的《恐怖的岁月》（L'Annee, terrible），这老诗人对于自己民族的前途，是何等的关切，何等的忧郁呵！在法兰西一八四八年二月革命的飓风到处吹遍了的时候，就是固执着艺术绝对自由的波特莱尔（Baudelaire）不但是抛弃了平日的主张，从事革命杂志的编辑，而竟于一八三〇年的二月间，扛着枪杆实行革命去了。欧战时在德意志铁蹄下的比利时，感到了覆亡就在眼前的痛苦，就是一向歌咏人生的诗人梵尔哈伦③（Verhaeren）也会提高着嗓子向国内的诗人

---

① 现通译为"梅列兹考夫斯基"。
② 现通译为"雨果"。
③ 现通译为"维尔哈伦"。

们高呼道："诗人呵！别人正在动刀动剑的时候，再不要把你们文艺的天秤拿稳着了。"还有呢？讴歌自然主义的英国诗人华兹华斯（Wordsworth）不是当着法国大革命爆发的时候，立即抛丢了清秀可爱的湖畔生活，直接去参加斗争的吗？

在这刻，我们所遭逢着的时代，是怎样的时代呵！白色帝国主义者早就毁灭了我们的藩篱，红色的号音阵阵地从沙漠上吹来，民族的生命仅留着一丝的呼吸了。我们的诗人呢，到何处去了？我期待着有写《哀希腊》，为希腊的独立而从军战死的拜伦（Byron）；我期待着有菲希脱①（Fichte）这样的人，于拿破仑的大兵压境之际，公开宣布德意志人的罪状，喊醒了德意志人的迷梦；我期待着有匈牙利诗人裴多菲为着祖国的自由，投笔从征，一去而不复返；我期待着有能写《铁与火》（*Par le Fer et Par le Feu*）的显克微支，加紧波兰的年青斗士们对普鲁士武力压迫的抗争。

（四）

愚妄的人，每以为诗歌是最无用的东西，是空空洞洞不具体的憧憬和迷梦，对于人生，社会乃至国家民族的盛衰，是不会发生多大关系的。然而，真是成功的伟大的诗人，却是在无形中推进这个时代机轮的原动力。更有一大批"食今不化"的批评者，以及别有会心的作家们，一面在为着自己的出头，不能不搬运似是而非的理论，炫惑读者的耳目，希图在一般高明的读者们面前假定自己是站在时代的最前线，而一面又不得不制造许多金箍棒，不得不招军买马，勾结无数的小喽啰，一唱一和地，此起彼伏地站在灞陵桥上大声吓退中国过去较有成就的作家们，使他们震慑于批评者的威权，自动地放下了笔杆。然而，他们再也没有知道真是伟大的诗人们，他们不能放弃时代的使命的，他们不放心这严重的使命搁在那些不能胜任者的肩上，他们更不放心让那些人利用着时代给予他们的机遇，便利于个人的私图，他们必须把当前的严重的使命，自己担当起来。所以，在法国大革命时代，率领着大众进攻敌人的堡垒的，只有浪漫诗人拉马丁，过二十余年营中生活的，也只有浪漫诗人维尼，突然抛了诗人生活勇猛地参加战斗的，只有恶魔诗人波特莱尔，只有歌咏自然主义的华兹华斯。他们爱他的民族，甚于爱自己的诗，也可以说，他们为着爱自己的诗，所以不得不更爱自己的民族。他们的情感是真挚的，他们的心胸是坦白的，他

---

① 现通译为"费希脱"。

们的行动是光明磊落的。他们在逍遥湖畔的时候,则歌咏自然,在热恋的时候,则赞美人生,在大革命的浪涛汹涌澎湃的时候,在敌人的铁骑到处蹂躏的时候,在民主的生命不绝如缕的时候,他们就放大了喉咙,高唱着铁马金戈,歌咏着大炮战甲,他们需要反抗,需要斗争。由于他们情感的真挚和猛烈,态度的坦白和磊落,所以写风花雪月的,是诗,写铁马金戈的,也是诗。他们也仅知道写的是诗,是文艺,真没有意料到如果是在写着暴露时代精神的作品,就不算是诗,他们更发现不出在文艺的领域除了一切的派别和作用外,还有所谓的"纯"文艺和"杂"文艺之分。

但是,像这些伟大的诗人们,在中国那般"食今不化"的批评者,是不足挂齿的。在中国那般别有用心的作家们看来,是落伍了的、颓废的、浪漫的、不革命的。不过,事实又告诉了我们,正当敌人的炮火,毫不留情地炸辽宁,毁上海,大轰着古北口的时候,中国革命诗人这样多,站在最前线的批评者这样多,而我们要找寻一个,像拉马丁、维尼这样的浪漫诗人都没有呵!

(五)

不幸得很,自从那些批评者们手握着丈八蛇矛,立在灞陵桥上大呼了一声"老子张!",竟把我们较有成就的诗人们,吓得像潮水似的倒退下去了。起来填补这空缺的,只有那些逞着逆流高涨乘时浮起的群蛙。他们都在高兴地击着蛙鼓,唱着蛙歌,"哇……哇……哇……"的声音,震聋了一切人的耳鼓。我相信如果这滔天的逆流还不到完全消沉的时候,这些乘机浮起的群蛙,不至于感觉疲倦的吧!唯使人深深悲哀的,就是蛙鼓的声音愈闹,而大吕的声音愈低,中国的诗风就这样默默地衰歇了!

这时候,周作人的晶莹可爱的小诗,早就辍响了,他在群情汹汹的时代,故意高标着沉默,俞平伯大作其五言七绝了,刘延陵声明不再写诗了,朱自清也不写诗了,康白情听说开咖啡馆去了,徐玉诺于庚虞汪静之之流,更是消沉没落,离开了人们的注意。中国的诗风,由胡适之仅仅开了一个头,他老先生在写了一首纪念徐志摩的短诗《狮子》以后,也不弹此调了,而不幸又陨落了几颗有希望的星,梁遇春夭折,徐志摩跌死,朱湘投海,刘大白客死在湖滨。近代的中国诗坛,只感觉得凄凉落寞,落寞凄凉,变成一片颓败的废墟。同时,许多拿着金箍棒的批评者们,时时逼迫着诗人们闭着了眼睛抛丢了时代的使命,逼迫着他们宁可不要诗歌,不可不恭颂苏俄,宁可听中国民族分崩离析,不可不鼓吹阶级。要不然,他们所写的就不是诗,如果是接受着他们的暗示而写出的东西,就是满纸是"丢乃吗,干它娘",都是好到了不得的诗,是革命的诗,是最前进的诗。

但是,我们活着在这时代的不幸的群众,无论是那些批评者怎样的乱吹乱捧,而终觉得不像是诗。这几年来,关于这一类的东西,自然是车载斗量,但始终苦于得不到读者的共鸣,早就无疾而终了。至于一般静默着的比较有成就的作家们,未尝不明白这时代所需要着的是什么,读者所急切需要着的又是什么,更未尝不明白自己所遭逢着的是什么境遇。不过,终于因为慑服于那些批评者的淫威,不得不硬着心肠抛弃了时代的严重的使命,收缩着热烈奔放的情绪,或者自甘于消沉,或者寄情于风花雪月,聊以敷衍悠悠的岁月。时代是这样的严重,诗人们反而是那般的悠闲,中国无量数的在困苦中煎熬的群众,怎么能感到满足呢!所以,近几年来,只需一提起了诗,谁都感觉着头痛,真是无怪其然。但是,其责任应该唯中国的诗人们是问,与诗的本身无关。

中国的诗人们,为什么要避开了现实的教训,放弃了时代的使命,自甘于没落呢!诗的本质,绝不是玄妙的梦,是大众的现实生活里所散发出的怨苦的叫喊,是代表一个民族的最伟大最沉痛的呼号。诗人们!如果还希望在已经熄灭了的冷灰中复活我们的诗魂,那么,你们为什么不放胆地歌唱呢?这并不损害于你们的令名呵!这是你们应该负起的义不容辞的责任!在你们的前面,已经有了许多的大诗人做了你们的榜样,你们还有什么顾忌呢!哎!我们的周围,太沉闷了!我们的呼吸,太短促了!这个民族的复活的洪钟,要等待你们来击撞呵!这个民族的反抗的烽火,要等待你们来燃烧呵!这个民族的枯萎了的情绪,要等待你们来灌溉呵!

论徐志摩的诗[1]

诗人徐志摩先生之死，的确是中国文艺界一个很大的损失，假使，徐先生不死，至少，中国的诗坛绝不至于冷落到这步田地的。

我们看到现在诗坛的零落，虽然要忘记了徐先生，怎么可能呢！我第一次读着徐先生的作品，是在民国八年，那时候新文化运动初起，然国内应用口语写诗的人，已经不少，但终没有徐先生给我第一次所读着的《康桥！再会吧！》那样的感人之深、动人之切了。

在那首诗里，徐先生暴露了他稀有的诗才，这时，韵节的自然，情感的真挚，我觉得在我所能读着的新诗中是第一首成功的好诗。那首诗是登在新报《学灯》里的，后来好像并没有收进徐先生的诗集里去，现在的那些诗人们恐怕没有福气能够读到，真是一件憾事。

在印度诗哲泰戈尔来中国讲学的那一年，徐先生伴着他到南京来，在从前的东南大学体育馆，举行公开的演讲，徐先生担任翻译，我在记录他们的演辞，原文载在《时事新报》的《学灯》栏，曾经被吴稚晖先生讥为是一篇洋八股的典型文章。的确，泰戈尔先生那天讲得真够味儿，加之，徐先生运用其如簧的辩才，译得尤为生动灵活、实在，还是我记录得不很好。

自从那一天会见了徐先生以后，再没有见过他一面。这是十年以前的事了。

那时候，徐先生真配称为"年少英俊"。他给予一般朋友们的印象，以那时为最好。

十八年的春天，他跨教南京中央大学，我曾经有好几次向他征文，承蒙他屡次答允，没有拒绝。其间有三次的约会，一次在徐悲鸿先生的画室，一次是鸡鸣寺，最后一次是伊凡女士带来他的讯；约我在星期三到他那里去谈一谈，结果，大家因突然的事故的牵连，都没有能见到。

忽然，徐先生以坠机丧命闻。这一位诗人之死，是使我们留着永远的回想的。

徐先生的诗，就我所读到的，只有《云游》与《猛虎》集二种。其余

---

[1] 原载1934年8月5日《创作与批评》第1卷第2期。

散刊在各种杂志的，亦复不少。他的诗，特别注意的部分，是诗的格律与音韵。他与许多同时的诗人有些两样的地方，就是他仍旧能不被格律与音韵限制了奔放的天才，依然是潇散地自然地流露；而且也没有神秘到连自己都不甚了了的句子。

他所以要特别在诗的形式方面努力，据接近于徐先生的朋友们说，他是有鉴于自由诗散文诗的太无拘束，几乎有流入于"打油诗"的趋势，将失却了新诗的真正的意义，故不得不从诗的形式方面入手，先铸就一种诗的典型，让学诗的人有所规范，知道学诗并不像比写"打油诗"还容易，而能格外奋发，丰富新诗的生命。这话，是否是事实，我们用不着考据。但，徐先生在中国诗学方面已经有很大的贡献，是无可否认的。

徐先生是一位有天才而兼能用功夫的诗人。他的诗，我觉得大半是从拜伦、雪莱、夏芝这几位英国诗人的作品里融化而来的。例如，在《云游》里的那首《爱的灵感》，我觉得有些像雪莱的 Letter to Maria Gisborne。甚至句子都很神似。

> 不妨事了，你先坐着吧，
> 这阵子可不轻，我当是已经完了，
> 已经整个的脱离了这世界，缥缈的，
> 不知到了哪儿。

雪莱在 Letter to Maria Gisborne 中，有句云：

> You are not here! the quaint witch Memory sees
> In vacant chairs, your absent images,
> And points where once you sat, and now should be
> But are not. ——

当我们读着雪莱的那首诗，就仿佛是读着徐先生的《爱的灵感》。他的诗，得着雪莱的帮助太多了。仅此一点，便可证明徐先生的写诗，并不是像当今诗人们的仅凭着个人的幻想，任意把幻想杂凑上几个新奇的中国字而已，他的确在外国诗——尤其是英国诗先有过深切的研究而后才动手写他的诗的。

什么都要有一点基本的修养，何况是写诗。现代中国满坑满谷都是新诗人，而从来就不会使我们读着一首比较像样的诗，这原因，并不是中国的诗人们不努力写自己的诗,实在是中国的诗人们不努力读人家的诗呵!

到现在,中国的新兴文化运动,唯有诗的成就最少,像徐先生这样领导的人,是不能死的。以后,如果要在中国诗坛建树新的基础,我以为还应该多做介绍工作,把域外的名著能介绍多少,便介绍多少,使中国诗人们有一个很好的借鉴,也许,诗的前途比现在有希望些。要不然,大家只是闭着眼睛,胡乱地写下去,就是大家再写十年,也不见得有什么惊人的收获的。

徐先生死后,我们读着许多评论他的文章,纪念他的诗歌,大概都是出之于自居为徐先生朋友的手笔。这些先生们好像是很知徐先生似的。其实,我们就没有能读着一句对于徐先生有比较中肯的评语。最接近于徐先生的,当莫过于他的夫人陆小曼女士:"说实话,他写的东西是比一般人来的俏皮。"像这样的话,我以为是根本错误了的。徐先生也许与陆女士谈心的时候,不免使陆女士觉着俏皮;但是,他的诗和散文,都是很严肃的,就是抒情的诗,也没有开玩笑的态度,至少,俏皮的成分在他的诗集中,是不容易发见的。

陆女士又说:"……有些神仙似的句子看了真叫人神往,叫人忘却人间有烟火气。"

像这样的评语,是更可笑了。徐先生绝不是诗仙,他的诗,很有几首富于社会的意义。如《火车禽住轨》那首诗,就是一个显明的例。

> 火车禽住轨,在黑夜里奔:
> 过山,过水,过陈死人的坟;
>
> 过桥,听钢骨牛喘似的叫,
> 过荒野,过门户破烂的庙,
>
> 过池塘,群蛙在黑水里打谷,
> 过嗫口的村庄,不见一粒火;
>
> 过冰清的小站,上下没有客,
> 月台夜露着肚子,像是罪恶。

就在这几行轻描淡写的诗句中,我们可以体验到农村的荒凉、战后的寂寞,而写法非常生动自然,胜过用十万字来写的小说。像这些都是带着深刻的"人间味",绝没有像陆女士所说的脱除了"烟火气"呵!果如陆女士之所以云云,徐先生的诗,乃真为少奶奶小姐们的玩物,毫无价值可言了。诶!陆女士未免错观了你的达达吧!

有许多人像陆女士似的批评徐先生的诗,以为他是唯美的、抒情的、浪漫的。在我看来,都是错误的。徐先生的诗有很多是带着严肃的社会意义的。即是写爱情,也没有出之以开玩笑的态度。徐先生在活着的时候,很有许多年轻的诗人跟着他学习,他的确给予后进以极大的启发。使中国应用口语写诗的人,渐渐地知道所谓的语体诗应该直接从外国诗里学,而并不是一种变相的词曲的解放,这是他不可淹没的功劳。

徐先生死后,曾经他诱掖的青年诗人,希望继续他的志趣,努力于这一种新兴文艺的建树,使中国没落的诗坛重新活跃起来。同时,更希望当代出版界能够给予较多的助力,使正在努力着的青年诗人们有充分发展的机会。那么,未来的诗的生命,一定有无限止的进展,而过去许多诗人们的努力,就不至于完全等于白费了。

我与《文艺月刊》[①]

《文艺月刊》从创刊到现在,已有整整六年的历史。这刊物在它诞生的时候,我曾追随朋友们之后,参与过它的庆典,后来,原始的创刊人都因为人事的变迁不定,一个个地跑开了,只有我一个人始终是没有离开它一步。眼巴巴地看着它的兴衰起落,看着它的遭人诽谤(虽然,嫉妒也是被诽谤的原因之一种),看着它的作为好事者忙碌着制造谣言的资源,看着一向是和它表示要好的作家们,忽然默默地走开,又在另一个同样性质的刊物里出现……这许多变化不定的场景,如果应用着 Disselve 的手法,一一把它们回想起来,倒也是一部有趣味的拷贝呢!

无论是哪一种刊物,在发刊时,都有一大套的宗旨和目的,预先报告读者们的。《文艺月刊》当然也不能例外。不过,我在这里不愿重提到这些话。因为说得太谦虚,说的人不高兴,说得太夸张,读者不相信。聪明的读者,不至于强人所难地要求一个主编者说出不顺口的话的。如果,定要明白这些,好在有它六年中所发表的那些。

在六年前,中国的纯文艺刊物,比较像样的,在我个人观来,似乎只有郑振铎所主编的《小说月报》,形式旧一些,不算是它的错误,内容总是规规矩矩站在文艺的本质上努力的。当时,虽也有许多以新的姿态出现着的文艺刊物,然病在所选取的作品,踏入了前期革命时代所流行的口号式的喊叫,并没有什么东西留给我们,终于是被人遗忘了。后来《小说月报》停刊,继起的《文学》《现代》及《文学季刊》,还没有创刊,在这一段将近两年的空隙中,《文艺月刊》为着一般作家的发表的便利,以及不至于使技巧荒疏而有待于后来各种权威刊物的继起,它就在这时期创刊了。

经营文化事业,我觉得刊物的销数激增,营业发达,生意兴隆,不能当作是一件真正的收获。就是年代久远,也不算是光荣。实在说,文化工作的收获,是无形的、看不见的,而且是整个的。我们只有把现在的作品,和过去的一比,是否是有了进步,是别种刊物的收获,也就是《文艺月刊》的收获。没有,是别种刊物的失败,也就是《文艺月刊》的失败。所以,但求这刊物的性质和内容,真是为整个的中国文化的水准,你设法尽其提

[①] 原载 1935 年 2 月 2 日《人言周刊》第 2 卷第 1 期。

高的责任的，就是办了一两星期便夭折，或者是因为销路激退而停版，总之，在办刊物的真正的意义上，无论如何还是一种光荣，在无形之中，依然是有绝大的收获的。

在四海困穷，读者购买力大非昔比的时候，每一种刊物的主编者，苟非在营业上用尽心计，加重刺激，真是不容易存在。而《文艺月刊》在这时候，并没有像此刻流行的刊物似的，为着取得读者的激赏，把不当痛骂的人，无故痛骂了一顿，或者把不当恭维的人，平白地拍了一阵马屁；更没有发明简笔字，提倡大众语；也没有扬言要整理文学遗产，他压根就不会打算到那一套，一切还是率循旧章，顽强地显出学院式的傻气，因此，它的不能和当世流行的刊物，竞争销数的多寡是无可讳言的事实。《文艺月刊》未尝不想在这些方面用一点手腕，欺骗一下读者的同情，但，这于它究竟有多少意义呢？结果，还是始终保持着一贯的傻气。然也有将近一千多个读者，从未间断地订下去，深深地表同情于它的傻气。这真是深堪自慰的一件事。

《文艺月刊》在创刊的时候，本想借此结合几个同时代的同好，办作"同人杂志"那样的性质的。后来，感觉到所见太狭，而且有招军买马、自树擂台的嫌疑，便无条件地把原来的主张扬弃了。我们认定文化是公器，不但无人与人间的障隔，而且没有国与国间的区别；所以还是放宽门户，欢迎大家踏进这块园地里来。在这不长不短的六年中，我们对于曾经耗过心血热忱发护《文艺月刊》的作家们，除了表示衷心的感激以外，实在无别的话可说。虽然这其中有些作家并谈不上什么好感，而只是一手交钱，一手交货的公平交易，但，在我们也是一样的感激。因为我们所交易的货品，至少是耗过心血的文章，而不是毒害身心的烟土、枪上丸。

《文艺月刊》在中国配称为同样的纯文艺刊物中，它是没有地位的，因为它在六年的过程中，并不曾树立起一个门户，也并不曾创造出"只此一家，并无分设"的诗格和文体；而还有一层绝对不能使国内贤豪长者特别通融和谅解的，就是它的出版地是在南京，没有在上海和北平。因此，在两年前的《文艺月刊》曾经译载过的稿子，两年后再被人移译到别地的文艺刊物里，就算是了不起的时髦作品了。天时，地利，人和，在《文艺月刊》都谈不到了；所以，它虽然无声无息地工作了六年，并不能像别地的刊物似的一出世就有了不可磨灭的地位。这是我们可以非常爽气地向读者实说的。不过，有一点，我们可告无罪于读者的，就是，这几年内坊间所出版的单行小说集、诗集、戏曲等等，凡比较像一点样子的作品，如巴金的《雨》、靳以的《青的花》、老舍的《大悲寺》外，王鲁彦的《屋顶下》、孙毓棠的《海盗船》、臧克家的诗集、袁牧之的戏曲《母归》等等，都是承蒙他们先把初夜权送给《文艺月刊》的。

　　《文艺月刊》出版到现在，忽忽六年了，光阴是这样容易过去的！我在它创刊时，既然参与过它的庆典，我当然不能留在这里专为办理它的丧礼。不必说是为着文化的前途，或者说是提倡文艺运动那样的大题目，退一万步说，就单单为着一千多个始终表同情于它的傻气的读者，也应该从今年起，重新振作一下，以报答他们的厚意的。好在《文艺月刊》的读者，已成为固定的形式了，在过去我们多登几篇成名的作品，销数并不能激增；少登或不登成名的作品，也不会激退。我们根据这一点信念，从六卷一期起，愿意把整个的《文艺月刊》的园地，完全出让给新兴者耕耘。我们希望做到篇篇都是富于朝气的新鲜的作品，但没有一个被人素所熟知的名字。

过文德里故居[①]

  距今六年前的一个夏天，由于伊凡小姐常常和我说起方玮德，也和方玮德说起我，我们才开始熟悉了彼此的名氏。以后，见面的机会便很多了，但从不交谈接话，彼此只默默地点点头，报以相知有素的微笑。从那时候起，我们便特别地关心到各自所发表的作品，留意着朋友们对于我们的批判。真怪！如果有人在我面前说起方玮德这样好，那样好，我会感觉到莫名其妙的欣喜的。据朋友告诉我，他对我也是一样。后来，不知在哪一次的见面，也不知由于哪一种动力的感召，我们不自觉地在同一的最短促的时间，亲切地大着声音喊出彼此的名氏，我们便省略了初相见所需要的通姓氏，道寒暄，和彼此拉拉手的种种仪式，变成了最知己的朋友。

  这个年青人的清快、恬静而略带幽默性的气质，深深地感动着我的全体。看上去，也好像是懂得一点世故的人，其实，他对于比较复杂的问题，并不能十分有把握地处理，但，你能在他明知是不着边际和无关痛痒的说话中感得趣味。他讨厌应酬，讨厌不投合的人不断地向他拜访，他根本就不知道什么叫作敷衍和应酬，要他故意说出几句通常的习惯语，让他认为讨厌的人们感觉得怎样的满意，是绝对不可能的。有一天，邵洵美从上海来，我邀宴于金陵春酒家，玮德是陪客中的一位，那天，邵先生同来的宾客，什么样的典型人物都有，逼着他到席终都不说一句话。嗣后，一有人提起邵洵美，他总忘不了那一天的宴会，常常说："想不到洵美的交游，也和他所知道的东西一样的广博呢！"

  如果，环绕于他身旁的人，都是趣味相同的朋友，他最喜欢说话。常常把诗、爱情、月亮、海，作为谈话的主要的题材，以很大的注意静听着朋友们对于他的赞颂，他的脸上会欣喜地现出一种高贵的光辉。有时候，遇着一群男的、女的集会中，或许被他注意到某一件事，可喜的，或是可爱的，他在当时并不表示着什么，只有在事后偶然地同意起来，他会像小孩子一般地发笑的。

  有一年，正当南方的太阳非常酷热的季节，他住在文德里一所古老的洋屋，屋侧，是一条小溪，跨过架在两岸的浮桥，便到达他的门前；溪旁，

[①] 原载 1935 年 6 月 1 日《文艺月刊》第 7 卷第 6 期。

还有几株杨柳,远远地从松散的绿荫中窥视这屋子的外形,过浓重的城市气氛是没有的。他的兄弟在这屋子的小圆果园栽种了许多花卉,玫瑰花,蔷薇花,还把一大串紫色的葡萄藤盘绕在架山石上。他自己呢,则专于他独自占有的一间书房的内部,极尽其点缀的能事,桌子上常常摆着雪莱、拜伦、济慈……许多热情诗人的杰著,又像是根据他的信仰似的选择几位大诗人的画像,悬挂在墙壁上。就在他的写字桌上还有一件最珍贵的纪念,倾全生命所爱护所尊敬的圣迹,是黎小姐给他的美丽年青的近影。这,展开了他将来的希望,象征着他将来的光明。他预料着必然能在朋友们口中发出一阵热忱的赞美诗,他对于我们常川往来的几个朋友,是非常骄傲的。有了黎小姐,他觉得也要把自己修养得更伟大些似的;所以,他在那时候最努力,《紫色的萝》《问》《煤山》、*Hai-Alai*……这几首值得流传的作品,都是在那时候写成给我在本刊发表的。

由于他的热情的感染,逼着我为中国荒漠的诗坛,和热情凋残,冷酷到如同结了冰一般的年青人的心田里,开始介绍热情诗人拉马丁的《新沉思》。他常常反复诵读我所译出的《十字架》《落寞》《山谷》……拉马丁这几首怀忆艾薇夫人的名作,他心感到流泪,为要鼓励我,竟把他最喜欢的刊在拉马丁集子里的一张艾薇夫人的艳影,忍痛地割下来赠给我,我至今还郑重地保存着呢!但是,从玮德到了北方,把最不幸的信息传来后,我再也没有那样的勇气介绍拉马丁的《新沉思》了!

我最爱读他的 *Hai-Alai*,这是他对我说过深深地不满意于新月派的作风而另向一个新的方面独创的尝试。这首诗,我也觉得的确是他最大胆地毁坏了新月派的诗的铁则,放纵他束缚着从未发现过的天才的结晶。后来,我在一篇小说《烟》的描写中,不自知地写进了他的句子,我特地跑到他那里告诉给他听,他表示着意外的兴奋。后来,他把这件事告诉他的姑母方令孺、他的表兄宗白华,还有被我们共同熟知的朋友唐小姐、李小姐,和译《西哈诺》的方于女士。他们都把 *Hai-Alai* 读了一遍,都觉得不坏,同时,他也在他们面前推荐我那篇小说《烟》呢!那时候,我们这一群,几乎常常在一起,樱花开遍的玄武湖畔,红叶缤纷的栖霞山中,还有月光泻照着的台城之夜。

在玮德最有趣味的事情,就是散步,他往往伴着他的姑母在晴美的天气,拜访首都近郊的胜迹,看赏许多怡神的景物;如残落的午后的朝雾,碧静的天宇,高举的晚星,倾听那贴近古寺中所发出的神圣的钟音;像这样一位慈爱的姑母对于他在修养上的帮助,在现代年青的作家中是不多见的。这与十九世纪英国华士渥斯受着她的姐姐铎罗香(Dorothy)的熏陶是完全一样的。华士渥斯常常说："我的目，是我的姐姐给我的，我的耳，也是我的姐姐给我的；她又送我以谦和的胸怀，喜悦的恐怖。"我相信，如果玮德不永远地离开他的姑母，他一定也会这么说的。

方玮德真是一个谁都见了感觉到非常喜欢的年青人，对于我们生长的南方，对于我们时刻照临着的太阳，对于方玮德，要说一句再见，真是很困难的。现在，我们是永远不能再看见他了！固然，我们这一群，也有聚会的时候，也有高兴的时候，但，我们终觉得永远缺少了一个人！

"九一八"以后，我被一种"正义感"所激动，尽五个月的时间，写出一本《狮子吼》，歌颂正义的斗争，想不到玮德在北方，由于一种"正义感"的激动，情不自已地写了一篇文章载在《大公报》的文艺副刊，介绍我的《狮子吼》，我为着不算是浪费了的无名斗士们的鲜血而必须要在良知良能尚未丧尽的同胞们的心中竖立起一块纪念碑的缘故，我是多么地感谢玮德的推荐呵！以后，他预备把新旧作集拢来印一个单行本，并且要我写出点意见、跋或序，我老是存着心等候他的单行本的问世。想不到乃在这秋风潇飒、白蛾扑灯的深夜，写着《过文德里故居》！

拜伦，雪莱，济慈，志摩，玮德，都是这样年青就消逝了。许多人都是早熟的美果，甚至是不结果的好花。他们的生命是短促的，他们的诗，是永远活着的。在英国并没有发现把寿数活到胡子长过胸的老头子能够写出一首诗，比这些短命的孩子们更好；中国有的是诗人，少壮的，年老的；量，当然会比玮德更多，质，我不相信一定会比玮德更好，就在这一个世纪以内。

文德里的故居，也许会由于他的诗之存在，便成为文学史上的古迹吧！听到玮德病没在北方的消息，我便驱车过文德里，凭吊这年青的诗人的故居，那正是落花的时节，园子里的玫瑰花、蔷薇花，都没有先前的鲜艳了，已没有人在花园里徘徊，寻觅他的诗绪了；从前充满着愉快的小小的书房，使我在一切寂寞的陈设中感到空虚；伟大的诗哲的书像，还是挂着的，书桌上似乎堆积着一层薄薄的灰；从前来时，我常看见黎小姐的美丽的造像，给她的心爱的人儿拂拭得干干净净、鲜妍夺目的，现在不知被谁收拾起来了。等我肃穆地静听着一位小弟弟述说他哥哥生前的故事时，我忽然在书房的角隅里看见挂着一个年青人的像，穿着潇洒的贵族孩子的长袍，围着白丝巾，头发分开，一双温和微笑的眼，手弯夹着短毛的大衣，和时式的呢帽，他是何等样的一位聪明热情而有希望的年青人呵！

国防教育电影的建设[①]

关于国防文艺,国防经济等等,贡献意见的人,已经多极了,我没有再就这些问题发表意见的必要;唯电影在这时代是否也应该担当某一部分的责任,却很少有人讨论过。在这里,我特别提出这问题,并不是由于一种凑热闹的心情,写作那些像到了春天照例应该诌几句"迎春花儿开得正娇艳"的应景诗句;或是作为"迎宾曲"似的欢迎我们参加无锡教电年会的嘉宾;而是想对此问题先由我抛一块瓦砖,引出许多珠玉般的意见来的。

电影之在中国,因为历史的短促、物质环境的贫陋,似乎在过去的作品中,还未能在国民的一般生活上发生了多大的作用;要不是欧美各国那么地重视电影,企图把电影当作黑板似的在课堂上显出其功能,在中国人的心里,恐怕电影的作用,至多只能在已有各种消遣时间的方法中,又多了一种时髦的娱乐工具而已。电影之是否能在其他方面,挥发其更大的意义,有些人一定还在怀疑着呢!

看看苏联吧!在第一次五年计划起始的一年,合全国只有三千五百家放映院;但在五年计划完成的那一天,就增加到三万五千家,刚刚是超过十倍的数目。在第二次五年计划中,他们就想做到平均每千人有一所放映院,不论农村、城市、工厂、街道、家庭、学校等地方,要使电影像教科书一样普遍地流传。苏联的五年计划,老实说就是一个国防计划,在这计划中,不但是没有放弃了电影,而且是把电影当作整顿军备似的重视着,必须要在国防上发挥其极大的功能的。在他们每一个放映院里,随处可以看到富于刺激性的热情的标语,他们的民众,都是接受政府所发出的命令,站在同一"生产战线上"活动着、奋斗着;而电影就在这时候,加紧制造关于科学研究,鼓励大众军事训练,以及改进生产技术的作品,奋发大众的情绪,策动大众的步伐,向着他们预定的必得要实现的目标,勇敢地前奔。电影在苏联,是用了特殊的力量,显示给大众一种教育和指导,他们的幕前的警语,非常兴奋而诚挚地告诉观众们说:"生产战线上的伙伴们!你们到艺术战线上争斗的同志们那里去完成你们的教育吧!"

现在,他们是收了电影的实效了,我们看到苏联关于扫除文盲的成绩,

---

① 原载 1936 年 4 月 20 日《教育与民众》教育电影特刊。

就是一个显明的证据。

在时时刻刻都有灭亡可能的中国的处境，举国的民众可说是已遭遇到从所未有的非常的命运；但，我们要从民众们日常生活的动态中，以及朝野上下的一切措施上，观出一点像是在准备似的切实而有计划的动作，还是非常渺茫的，电影在这时候，好像更觉是无足轻重的了。因此，我们不能不向中国从事于电影事业的同志们，发出一个切实的要求；就是，我们只有自动地站起来，把电影的方向，准对着充实国防的目标，努力迈进。如果，能由于电影界的努力，唤醒了熟睡的大众意识，因而激动朝野的注意，具体地计划一个国防的计划，大家如期实现我们必须要实现的目标，那就救了我们的民族，也就救了我们的电影。

谁都知道中国电影界的自身，已在陷于无法自救的厄运中，勉强支持残余的一线呼吸等待自动的溃灭。最大的原因，就在他们不肯放弃都市里的消闲的观众，不惜浪掷极难筹措的有限的血本，和奢侈无度的外片死命争取这一部分消闲的观众。结果，能事已尽的国片，仍旧是无法满足他们消闲的欲望；而国片的前途，便已笼罩着幽暗凄惨的愁雾，面对着西归的夕阳，渐渐地消沉了。中国电影界尚不觉悟到揭开都市里一部分消闲者的钱袋之不可能，而毅然决然变更一个方向，在广大的人群中找寻他们最基本的观众，不能不算是极大的失策！

渴望消闲的观众，不能充当实现国防计划的战斗的一员；为着少数消闲者而供给消闲的电影，即使能如愿地揭开他们的钱袋，但大多数的民众必以为电影界放弃了国防的重要使命，发生无边的缺望。在此刻，我们的民众，是何等焦切地希望明了自己的责任，完成自己的责任呵！

一般人都以民族意识的消沉、爱国情绪的松懈，寄托遥深的忧虑；其实，这些都是把握不住实感，所引起的心理上的空虚的感觉。我们就是在电影中放进一点关于唤醒民族意识的材料，是绝对填不满心理的空虚的。世界上只有埋头苦干的民族，才能培养自己的实力，只有实力充足的民族，才能表现民族的意识；所以，中国电影界如果要在这非常的时代，恪尽电影的使命，吸住广大的群众，只有竭其全力领导民众走向国防的战线上去，使他们尽早准备，并且指示如何准备。

电影作为国防的用度，实际上并无须耗费多量的资金，因为大多数的民众，急于要知道的是救亡图存的知识。我们要使民众都够得上充当战斗的一员，就得把关于军事方面的常识，摄制短片，老老实实地告诉他们；如果是感觉到生产落后，不足以应对非常的需要，就得把改进生产的技术，指示他们；如果要在极短的时间收得肃清文盲的功效，那么，电影便是已有成效的最好的工具。当然，像这样的观众，在都市里是不容易找寻的；但这样的观众，正有着最广大的一群，他们在工厂里、在学校里、在街头、在巷侧、在田庄上、在夏夜星光照着的农场上……

　　电影既然给予了民众们关于实际的救亡图存的知识，同时，必可因为得着民众们同情，积少成多地获得丰富的物质上的胜利。所以，我们可以这样说：电影而能作为国防的用度，救了我们的民族，也就救了我们的电影。

新生活与文艺运动①

一般人好像认为文艺思潮是空洞的抽象的幻梦,对于人类的生活没有多大的关系的。至多也不过是当作一种人生的点缀,在欢乐时借以娱情,悲哀时借以消愁的工具而已。然而,真的是伟大的文艺作品,却是推动时代机轮的原动力。我们绝不能怀疑文艺在各方面所贡献的效果,文艺是人类最切要的精神的粮食,是人类全文化中最重要的一部门,是无可否认的事实。因为人类是富于情感的动物,文艺是诉之于情感的。人类在日常生活中所接受的客观的刺激与主观的反应,一切痛苦与喜悦、忧戚与怀疑,我们都可以在文艺作品里充分地领略到。所以,文艺终是一个时代革命的灯塔,它的光芒照射到四周,在风浪险恶中的人们,常因为文艺的指示而渡登彼岸;文艺终是表同情于弱者的慈母,被困于暴力者铁蹄下的苦难的大众,常因为他的救援而逃出火坑。但丁的政治理想的《王国论》(De Monarchia)不是做了意大利文艺复兴运动的前驱吗?歌德、席勒的唯情主义的文艺,不是起了一阵狂风暴雨,摧毁了德意志一切陈腐的典型吗?卢梭的《爱弥儿》《忏悔录》,不是法兰西大革命的前夜所显现的彗星?托尔斯泰的《复活》《战争与和平》,以及普希金与柴孟霍夫②的国民文艺,不是曾经播散了俄罗斯大革命的火种,而到一九一五年的十月才整个地爆发吗?世界上凡没有灭亡的民族,以及早已经灭亡还在企图复兴的民族,没有不认清了文艺的力量,没有不从多方面努力于文艺的设施,扩大文艺的运动,俾能根本地树立国民向上的精神,建筑民族生存的基础,加强民族奋斗的毅力。文艺家正当着一个民族十分危殆的时候,断没有还是安居在象牙塔里漠不相关的。他们绝不肯放弃时代所给予的使命,他们不放心这严重的使命搁在那些不能胜任者的肩上,他们更不放心让许多人利用着时代所造成的机会,便利他们个人的私图,他们必须把当前的严重的使命,自己担当起来。所以,在法国大革命时代,率领着大众进攻敌人的堡垒的,只有诗人拉马丁;过了二十余年营中生活的,也只有诗人维尼;突然地抛弃了诗人的生活勇猛的参加斗争的,只有恶魔诗人波特莱尔,只有歌咏自然主义的华兹华斯。诗人们爱他们的民族,有甚于爱自己的诗,也可以说,

---

① 原载1937年4月1日《火炬》第1卷第6期。
② 现通译为"柴门霍夫"。

他们为着爱自己的诗,所以不得不更爱自己的民族。他们情感是真挚的,他们的心胸是坦白的,他们的行动是光明磊落的。在热恋的时候,则赞美人生,在大革命的浪涛汹涌的时候,在敌人的铁骑到处蹂躏的时候,在民族的生命不绝如缕的时候,他们就放大了喉咙,高唱着金戈铁马,歌颂着大炮战甲,他们需要反抗,需要斗争。

时至今日,如果有人看到中国的现状一天天地纷乱,颓丧,麻木失去知觉,毫无一点振作的活气而深致其悲哀,那么,为什么不把民族精神所赖以托生的文艺思潮,积极地发扬起来呢?如果有人看到中国充满着乌烟瘴气的文艺界而寄托无穷的忧悉,那么,为什么不能吹起一阵狂风,扩清黑漆一圈的乌烟瘴气,在太阳光下面找出了我们的大路,大家合力奔赴,如期到达我们的鹄的呢?过去的历史,以往的事实,都在确实的罗列着中国走向灭亡的根源;同时,摆在我们眼前的,是人家的美丽的艺术的光辉,是人家的坚甲利兵,一切的一切,都无待思索,立刻使你有一个相形见绌的对比。可怜呵!我们大多数的麻木的群众,再也没有感觉到这些呵!他们只觉到个人的利益,不如某某的富厚,并没有感觉到民族的利益一天一天地崩溃呵!他们只在计划着打算着必如何方能满足个人的私图,并没有顾虑到民族的危殆呵!他们好像都预存着"覆巢之下,还有完卵"的确信,还有安安稳稳做奴隶的可能,所以也就忍心背理,把整个的民族的危难轻轻地丢在脑后,只是加速力地计划着个人的前途了。你听着吧!充满于我们的耳鼓的,尽是因为抢饭碗而起的殴打和骚扰的声音;呈现在我们眼前的,尽是为着各个人鲸鱼似的欲壑始终不能满足的缘故所互相残杀的血肉;环绕于我们周围的,都是忙碌于个人利益的争夺而感觉着十分疲劳、十分颓唐的活尸。我怪可怜的同胞兄弟们,把所有的精力,都浪费在这些上面了,这些都是个人的极微细的争执,然而谁都不肯退让,谁都不肯放松,终得要使别人多损失一些,才觉得放心似的;而对于外来的大耻辱,整个民族的大耻辱,反而是泰然视之,毫无反应了。像这种自私到极端、麻痹到极端的生活,我想绝没有几分钟的延长,中国整个的命运,立刻就会宣告入墓的。但是,这种病态的心理的造成,已有了四千多年的历史做了它逐渐发展的基础,我们有什么法子能把它连根毁灭呢!

新生活运动的突起,确实地负有拯救起衰的使命的,确实地负有匡时救国的责任的。中国人几十年来那种传统的病态的生活,如果不能根本地改变,是绝没有复兴的可能的。如果,不能使中国人的生活,绝对舍弃个人的自私,积极地努力于集体意识的发展,是绝没有向上的可能的。如果,不能使中国人那种顽固的、守旧的、懒惰的生活,变为合理的、知耻的、勤奋刻苦的生活，决不能接收现代的科学文明，进而为现代的国家的。所以中华民族如果不至于在世界史上不幸变为历史的名词，不至于消沉没落而独有一线转机的话，我想，这个把握着时代核心的新生活运动，准对着时代的沉疴所诊断的药方，必能深入到国民的心坎，为国民一致所愿甘切实奉行的最普遍而又最崇高的训条，是无待料的。

文艺是离不开生活而独自存在的。文艺不仅是有着关于生活现象的判决的意义，不仅是一种生活的偶然的部分的再现，也是说明生活的全体的，也是具体的生活的反映。明显地说，文艺是由大众的现实生活里所发出的怨苦的叫喊，是从现实的环境里所压榨出来民族的最沉痛最热烈的悲哀，文艺的本质，绝不是玄妙的东西，它的生命，就是因为能表达人类的生活而存在着，而发扬着的。所以，在某一种时代，就应该有某一种文艺；换句话说，在某一种文艺正在流行着的时代，便不难推判是某一种时代正在支配着人类的生活。离开了生活的文艺，就与居留着这个时代的大众，发生不出利害的关系，偶然在空气中一现的美丽的肥皂泡，闲暇无事者所消遣的古董和玩具而已。如果我们还希望中国的文艺思潮，从已经熄灭了的火灰中燃烧起来，那么，就必得认清了我们所居留着的时代，握住了这时代的核心，使文艺变成大众的生命的力，变成大众的必不可少的生活的资源。

这生气勃勃的新生活运动，它已成为国民生活唯一的准绳，它已成为新兴文艺的中心思想了。在此刻，它虽然像一轮明亮的太阳照耀在我们的头上，然一考其所由发生的背景，是非常悲哀的。生长在这个时代的大众，尤其是从事于文艺的工作者，还不能明白谁在那里榨取我们的脂膏？谁在那里抽吸我们的血液？谁在那里封锁我们的咽喉？谁在那里束缚我们的四肢吗？中国的民族，到今天实已被无量数黑暗的势力围困在垓心，仅存的一线呼吸，实已抵不过赤白帝国主义者的夹攻，贪污土劣的剥夺，一切封建势力的篡窃了。在这存亡绝续的时候，我们要企图集合整个民族的力量，凝聚整个民族的精神，一致整个民族的步伐，使大众犹能鼓其最后的余勇作最后挣扎，如果，不能使中国人过去的病态的生活积极地改新，怎么可能呢！所以，新生活运动的突起，绝不是偶然的，实有一大段无穷悲哀的历史在。我们干脆地说一句吧：凡只图个人的利益，而把整个民族的利益抛弃在脑后的人们，一定是没落的；凡只图一阶级的利益，而不惜牺牲整个民族的利益，做他们达到某种欲望的工具的，一定是没落的；全世界民族的斗争，已达到了尖锐化，而有些人还在企图分化自国民族的组合力，勉强塑成各个阶级的对立，以挑拨阶级斗争为能事的，一定是没落的。文艺如果不幸为上述的一切人所利用，给他们当作了工具，无疑的，也一定无从开展它的生命同归于没落的。

　　被压迫的中国的大众呵！时代正在暴风雨里，太平洋的狂涛，惊醒了我们的沉梦，起来罢！中国的大众。赶快揭开蒙盖着你们眼球上的网膜，认一认敌人的真面目；赶快拍醒你们模糊的神经，设想一下自己处境的危险。在这里，我祷祝着新生活运动的发扬，我更期待着新文艺运动的勃兴！

戏剧批评者的责任[①]

戏剧在演出前后,为着诱致观众,广告与新闻纸的报道,是少不了的;但尤为重要的,我以为还是在戏剧的演出方面能常有合理的指示与批评。

合理的戏剧批评,不容易写。作者与戏剧有关系的各种知识,应该是相当的丰富,而对于创作者写作的动机,题材发生的来历及社会背景,都是要深切地明了;这样,才能使剧评的效力,不只是等于广告和新闻纸的报道。

在新旧交替的现中国,一切都渴望着有新的进展,人们为着有许多急迫的要求立待实现,都在日夜忙碌着,没有片刻的休息;所以,对于各部门文化事业的推动,并不会十分关心过——戏剧也在内。到今天为止,中国戏剧进展的速率,仍旧是异常缓慢的。

中国的戏剧,在以前可说是毫无基础,旧戏这一部分遗产,能采用的真是极少。事实上不能不在域外已具成果的舞台艺术中多多学习;但又被物质的客观条件所限制,不能尽量发展。同时,一般观众沉浸在小市民的可怜的幸福里,像已感到极度的满足,不再做进一步的打算,连对现状表示一点疑问的勇气也是没有的,他们绝不会自动地向创作者要求更适合于时代性以及在艺术上有着价值的作品;而创作者和大多数从事于创运的人们,又仿佛是从社会的波涛中孤立化似的,他们都不肯在广阔的现实的血海里,努力去游泳,生活经验是那么的薄弱,情调是那么的苦闷与狭窄,甚至常常堕落在情欲里、平淡的卑俗里,只以观照的眼光面对着社会的动向;所以,新鲜、有魄力、富于时代精神的伟构,在此刻是产生不出的。戏剧批判者是戏剧的催生者,有着帮助产生好作品的责任。现在,好作品的难产,具有催生责任的戏剧批判者,应该加紧工作,担当着助长戏剧文化的使命,贡献其最大的努力的。

谁都知道,我们观众,是听惯皮黄戏的观众,对于新兴的戏剧,并非不爱好,实在是由于他们的目的,仅仅希望在戏院里调剂一些困倦和郁塞,都不耐烦接受戏剧中潜藏着的意义,也无暇多用脑力去推敲;因此,新兴戏剧的观众,不过是极少数的一部分。我们要创造新兴戏剧的观众,就有

[①] 原载1937年5月1日《文艺月刊》第10卷第4、5期合刊。

赖于写剧评的作者，能够把剧作者的中心意识，运用浅显的叙述，尽可能地介绍给观众，帮助他们在剧作者所要传递的一切，更容易了解，更容易感得趣味。这于新兴戏剧的推动，是有极大的关系的。

剧评者的责任，不仅是就此而止的，应该在演出的各方面，忠实而善意地指示技术上的谬误，介绍新颖合理的舞台面及装置上的构图，使戏剧艺术能因比较研究而逐渐发展。凡观众需要知道的东西，例如，剧作者的作风，创作这剧本的动机与目的，导演的成功及失败，演员的动作表情——合理的与错误的，最好是都在写剧评的时候，一并使观众有明白的机会；此外，剧评的作者，当着观众既同情于戏剧的演出时，最好是扩大观众的欲望，多多地介绍剧情相类的作品，引诱他们诵读、研究，强调其对于戏剧的爱好，使能自动地发生批判的力量。

我们眼看到已有将近二十年奋斗历史的中国剧运，还未能建立一个牢固不拔的基础，原因是很多的；但从没有人能专心一志在戏剧批评上努力，实在是最大的原因。所以，严正学养充实的戏剧批评者，在此刻真是急迫的需要！

有人说，合于我们理想的戏剧批评者在中国是不容易产生的；我们所需要的严正的戏剧批评，并不是无人称职，而实在是由于此刻干剧运的朋友们不爱听评剧者的老实话。这不能不说是一个理由。不过，剧评者的态度，真是纯正不阿的，所批评的各点，对事而非对人，而且是在理论上站得住的说话；那么，干剧运的朋友们，对于剧评者的意见，是无法拒绝的，正因为他们的热望着中国剧运的进步，比剧评者还要急切的缘故。可是，不幸的事实在告诉我们，在此刻关于戏剧批评的作品，除了友情的捧角，广告式的吹嘘，断章取义，吹毛求疵，以及恶意中伤而外，比较严正的戏剧批评，是难得发现的。这责任绝不在干剧运的朋友们不爱听剧评者的老实话，实在是我们剧评者从来就没有说过老实话。

中国文艺往何处去？[①]

现在，在新生活运动勃兴的时候，中国的一切，多少将有一度的发展，是无可疑虑的事实。我们的文艺，将于此际往何处去？这是本篇所必须讨论的主点。

在未入正文之先，有几点须得附带说明的理由：

（一）当前的国难，谁都知道是空前的严重，但只要我们有毅力，有组织，有步骤，切实作雪耻图存的准备。国难无论怎样的严重，绝不是我们"非灭亡不可"的原因。革命不是旦夕可以完成的工作，世界上无论哪一国在革命的过程中，如凶荒、饥馑、内乱、外患等都是无可避免的灾难，历时常常是几十年或将近百年之久。中国正在奋起图存的时期，那些障碍的横生都是当然的事实，毫无害怕战栗的必要。而且，唯其如此，遂更足以磨砺我们的勇气，振发我们的精神的。如果革命的伟业，不费气力而完成，则文化的根基不坚定。是一时的侥幸，究后必归于崩溃的。然而真正的革命伟业，绝没有可以侥幸成功的事！我觉得这当前严重的国难，正是给我们一个从根本上反省我们之弱点，使我们努力于文化建树，图存雪耻的好机会。虽然，在此刻多数的民众，还依然朦胧着，我相信他们不要多久就可以觉醒过来，大着胆子，牺牲一切，加入"民族复兴"的队伍里来，跑向"民族复兴"的最前线去。

（二）有人说，中国在革命的潮流还没有输入以先，国民的生活，都是很安逸的。革命以后，倒觉得不如从前那样的太平自在了。持了这种现象来污蔑革命的价值的，可以说在一般中级社会中已经成为颇有力量的论据。其实这是完全错误了的。中国好比痨病鬼一样，普通患痨病的人，置之不理，一样能苟且偷活着，而往往一经治理，反而是非常危险的。这就是说，一经治理以后，把形成痨病的原因，全部爆发了。革命以后的中国，也正是这种情形。换句话说，就是把中国几千年潜伏着的病原，全都用了革命的手段，一起暴露出来了。所以，在表面上观来，好像是革命把它革坏了一样。其实要企图有恢复健康的一天，这是必经的阶段。

上列的理由，好像无关于本篇的主旨，但，为了要进一步讨论到中国

[①] 原载 1937 年 6 月 1 日《火炬》第 2 卷第 1 期。

文化的根本建设，实有提前说明的必要。为的是，使一般人有一个明显的概念，就是："要把一个国家弄好，绝不是垂手可成的事，也由不得我们心急，终要从国家民族所托命的文化基础上一点一滴慢慢地建树起来。"

政治也是文化的产物，较进步的政治，必有较进步的文化做它的基础；最进步的政治，必有最进步的文化，做它的基础。世界上绝没有文化落后，而政治的设施特别走上轨道的国家，亦没有文化有了根基，而政治特别落后的国家。

在整个文化范围内，文艺是占据了最重要的部门，是无待烦言的，今有人看到中国枪炮不如人，便会联想到科学落后的缘故，立刻放声高喊："我们要科学呵！要科学才能救国呵！"像这样呼救的声音，当然谁也不能不表示深切的同情。但，因为急于要科学的缘故，便又不负责任地说："文学，艺术，这些东西有什么用呢？还不束之高阁吗？还不干脆丢在茅厕缸里吗？"这便大错特错了。

文艺可以说是人类的精神粮食，人类仅有物质的满足，是不够生存的要素的。而有时候物质条件的增加却全赖乎精神生活的推动，换句话说：科学的进步，政治的改革，都须得有文艺复兴的力量，做它们的前锋，做它们唯一的推进机，才有成功的可能。这于各国革命的历史上，已有明显的事实给我们证明了。所以，真正的文艺运动，是跟着一时代新的生活的精神共同进展的，也是同样地站在科学的基点上发扬它们自己的生命，促进人类的精神文明，改善人类的生活要素的，至少，它是绝不违背科学所要完成的使命的。

消灭人类的隔膜、丑恶、虚伪，使之能循着真善美的方向，渐渐地追求生存的意义，这是文艺的消极的效果；尽量发扬人性的优点，提高人类优秀奋发的精神，丰富人类至高的情操，坚持其为公服务的信念，这是文艺的积极的功用。但，文艺家在写作的时候，并没有预存着某一种成见，希望他们的作品将来在社会上、政治上产生如何的影响。而实际上凡是成功的作品，无不与当代的社会和政治，发生密切关系的。所以，文艺家的最大努力，但求在文艺的本体上及其在可能范围内所应当担负的使命有恪尽厥责的成就，并不期望他们顾虑到许多琐碎的、枝叶的问题。固然，文艺家能不多干闲事，不被任何种倾向、刺激所诱惑，而能终其身尽瘁于文艺，这当然是我们所希望的，无奈，中国人所干的文化工作，并不是这样，都不过是乘着一时的高兴，大家凑凑风趣和热闹而已。在从前的制举文艺，稍后的礼拜六派文艺，更后的礼拜五派文艺，以及最近的普罗文艺……这些多文艺的流派，虽然因着时代的潮流所激荡，变更了许多不同的方式，而因为想出风头，献媚女人，投机取巧，博得俗世的盲目的恭维，可以说完全是一样。至于，认干文艺为自己的兴趣，为自己的责任，穷干，苦干，到死不懈，不期求人们浅薄的了解和同情，像这样苦修力行的文艺家，正是国家社会的至宝，他们虽然不表白自己是为政治社会的代言人，但是无形之中，却多量地增加了国家和社会的福利，可惜，在现代的中国，蹈破了绸鞋，简直是找不着一个。所以中国无论哪一个时期的文艺运动，都好比是摩登少女适应着寒热的气候，配合某种美丽的服装，借以惊世炫俗而已，说有多少意义包含着，我是绝对不相信的。

现在，新生活的潮流，正在积极高涨的时候，我们的文艺家，都应该在这时期有了一个彻底的反省和觉醒，如何规定自己将来的工作计划了。如果，当代的文艺家还不能从文艺的本身上，自己的生活条件上，埋头做一点基本的修养工作，依然是大家空喊一阵口号，乱跳乱躁一阵，我以为无论把世界上哪种最新颖最时髦的东西，搬到中国来，都是毫无用处的。

在这里，我们应该老老实实忏悔以前的错误，痛痛快快否认过去盲从的路线，重新鼓起勇气，负起责任，燃起我们已熄灭了的崇高的热情，唤起我们锢蔽着的泪没了的理智，努力在新生活运动所指示的方向和步骤中，救起自己，救起文艺。

深入田间宣传的艺术[1]

停留在都市的人们,如果在战时从未跑过战区,便不会知道此刻最切要的工作,还应该是唤醒全民众共同站在一条血线上,切实协助抗战的推展。

中国在抗战期中的实力,除了我们忠勇的将士,以及觉悟的知识分子外,尚有着最巨大的潜力,如同潜伏在地底的矿物财宝一样,还没有全盘地发掘,那就是深藏在田间的占有最大多数的三万万农民的力量。

我们的抗战,并不像怕死的敌人,完全是一种消耗材料的战争,而是准备彻底牺牲的精神的抗斗。农民的力量,就是最宝贵的精神上的矿产,只有深入田间去,实施有效的宣传工作。

固然,这大时代所掀起的浪潮,已把每个同胞所急需负担的使命,像潮水似的泛滥到全国平和的农村,但中国大部分的农民,未必都能明白中国这一次的奋起抗敌,其巨大的意志,究竟何在?而他们自己即使要参加这神圣的战争,一定有很多人不知道从何下手。在高呼着全面抗战的今天,三万万农民的力量,是绝不能无视的。所以,负有领导责任的知识分子,都应该不顾一切牺牲和危难,深入田间去,让农民们切切实实做一点抗战的工作,负一点抗战的责任。

现在,无论公私所派出的内地宣传团,据报纸上所告诉我们的消息,确实是很多了。在此刻,我们要企图内地宣传的工作,发生实际的效果,便不能不注意到宣传的艺术。

一般人都以为内地的社会现状,是很单纯的。其实不然。我们根据调查的事情,常可发现住在乡间的读书人,往往故步自封,不理会城市的读书人,反之,城市的知识分子,每以为乡下读书人不曾见过世面,心存鄙视;同时,老年的绅士,瞧不起年青人的活动,年青人不屑与老年人合作,虽然,抗敌自卫的工作,是每一个国民神圣的义务;但因为缺乏中心组织,以及领导全体的人物,在后方终于不能顺利地进展。内地的党政机关,又多不明白地方的实情,不先与实际社会接触,从人才的调查与分配入手,所以,即有妥善的计划,也是一筹莫展,无法推动的。在此刻,我们要使

---

[1] 原载 1937 年 11 月 1 日《文艺月刊·战时特刊》第 1 卷第 2 期。

"田间宣传"发生切实的效果，仅仅和地方的党政机关交换一下意见，或拜会一二个绅士，面受计议，可说是毫无用处的。我们必然要在各地指定少数才德经验为多数人悦服的忠勇同志，留在各地，任劳任怨，抱定绝对胜利的决心，和谐新旧各派，混合在野在城的知识分子，大家在一个健全的组织下，努力于救亡的工作。这是实施田间宣传的最基本的工作。

我们要使抗战的意义，深入全民心坎，一面展开堂堂的宣传之阵，揣着一切帮助宣传的工具，如漫书、标语、传单、小册子、电影新闻片，甚至如街头演剧、化妆说书等等，散布到各地去，郑重而公开地向民众宣传，当然是绝对应该的；但在又一面我们必须使散布到各地的知识分子，个个负起宣传的责任来，接受我们的策动，采取游击的宣传方式，时时刻刻，不论在哪里，（茶馆、酒店、街坊，都是施行宣传的地方）用着亲切的谈话指示民众，训练民众，这样，宣传的力量，才更能普遍而深入。

田间的知识分子，与有力的分子，除一部分绅士阶级外，各乡村学校的校长、教师，以及小学生们，都是我们最好的宣传员，他们天天和农民接近，他们所说的话，常能获得农民绝对的信任。我们要设法与他们密切地联合起来，指示工作的方案与动向，作为"田间宣传"的最重要的组合。

以上所云，仅是关于宣传的人事上的分配，我们当进一步考查宣传的材料问题。

宣传的材料，在原则上最重要的一点，就是，切实、简明、提供有效的方法，便于抗战的进展。至于热烈的口号与标语、空疏的演说与传单，在战争初发动时，是用得着的，在这离战区的地方，还是用得着的，至于密接于前方的后方，是完全不通用了。他们所急需知道的，是切实有用的方法，是解决抗战所发生的种种实际问题，是人民对于国家应该努力的，究竟是什么，要怎样去完成农民应该负担的使命。

在抗战初发动时，后方民气的激昂，是空前所没有的，抗战情绪的奋发，也是空前所没有的，可是，抗战已经两月，因为于抗战所引起的亟待解决的问题，我们尚未能予以彻底的解决，徒恃空泛的民气与情绪，是难于持久的，这一点，凡是负有宣传责任的党政机关，以及全国知识分子，是不能不深切注意的。因此，在此刻而干宣传的工作，不仅是宣传打倒汉奸，我们应进一步指示民众以检讨汉奸的方法；不仅是宣传劝募救国公债，我们要指示民众如何就能筹凑一笔钱，作为救国公债的用度；不仅是在口头宣传防空、防毒，我们要把建筑防空壕的经验、图样，以及卫生、交通、运输方面的知识，具体地告诉民众；尤其是要使民众在战时能有纪律，有计划地实行集团的生活，尽可能地避免不必要的牺牲。

近代的战争，已没有前方与后方的区别，我们非做到全体民众都成为战斗的一员，是不能持久的，是不能应付大时代的艰巨的。这责任现在都搁在全国知识分子的肩上，知识分子是不能不加紧努力的！

故乡的烽火[1]

我是去年十一月中旬离开故乡的。我的故乡，雄踞京杭国道的中心，丘陵起伏，湖沼纵横，敌人的重兵器是无法发挥威力的，我们为要打通吴长线，规复我们的天堂——杭州，并联合宣芜合线的国军，聚歼东战场的日寇，这还是一个比较重要的据点。从去年东战场改变了战略，一片青葱的绿野，如花似锦的江南繁华地，便随处不免兽啼鸟迹的蹂躏了！

故乡的兄弟们，在江南是以强悍著称的，敌人踏入我们的邑界，随时随地，都能遭遇游击队的袭击，自沦陷之日起，已经三得三失了，此刻正在炽烈的血斗中。因此，凶暴的敌人，对于我们故乡的老百姓，也最为痛恨。

城陷之次日，那些尚未逃出城的壮丁与妇女，便首先不免残酷的蹂躏。比较像样的屋宇，都烧毁了，壮丁们用粗大的铁钉，剥去了衣服，钉死在墙壁上、大门上；在钉死的壮丁中，有的是被奸的妇女们的丈夫，敌人便勒迫着她们扫净丈夫的鲜血；当她们看见丈夫的惨痛尸体时，都禁不住放声大哭起来。但敌人不爱听她们的哭声，她们的生命，立刻就在敌人的枪口里，宣告结束了。杀人、放火与强奸，好像是他们唯一爱好的游戏。

他们在初进城的当天，都像饥饿的耗子一般，忙碌着出入于大街小巷，搜寻他们所需要的一切，特别是青年的妇女。据从虎口里逃出来的朋友们告诉我，他们把城内的妇女，都捆绑起来，关闭在一间宽大的屋子里，逼令她们赤裸着身体，躺卧在地板上，仅有薄薄的绒毡，（是从市上抢夺来的）笼罩着她们的身，如果把绒毡揭开，就同四月里的春蚕，蠕蠕地移动，恐惧与寒冷，使她们的颤栗的心，全失去抵抗的力，当凶暴的敌人握着杀人的武器，骤立在她们面前时，她们只会睁开淡魆魆的眼睛，像遇着鬼似的发出惨绝的喊叫：四肢僵呆，血液停滞，丝毫没有一点的人色。待她们的神志略绝清醒，一种不免于侵害的恐怖，逼着她们仅能哀怨、哭泣，充分表现着最低限度的本能的防御，企求避免可怕的暴虐。但是，她们无遮盖的肉体，反使敌人的不可遏制的兽欲，如同放了一把火，越发火烈起来，无论她们怎样悲哀地祈求，也不能免于魔鬼的蹂躏的。这其中，也有不堪

---

[1] 原载1938年12月25日《中山半月刊》第1卷第4期。

压迫的孕妇，魔鬼们由于好奇的冲动，便偷偷地使用锋利的刺刀，突然剔开孕妇的下腹，哇的一声，痛得昏晕过去，接着是一阵细小的哭声，就是从剖开的血肉模糊的腹中滚出一个血淋淋的小娃娃，小娃娃还不到出生的年月，受不住空气的压迫，经过几分钟的收缩，僵硬着像一只煮熟的小白鼠，垂死的母亲，手脚拘挛，颊骨突起，又在勉强拖延着最后一丝的呼吸，睁开猪血似的眼珠，瞧着小腹中滚出的一块亲骨肉；母亲轻轻地摇摇头，立刻怀着无限的怨恨，永远不再呼吸了。她的眼睛始终没有合过，依然死盯住她的孩子。胜利的魔鬼一边发出疯狂得意的狞笑，一边在擦拭道口上的鲜红的血点。

我的朋友周君，吃尽千辛万苦，最近方从故乡来到重庆。他是故乡游击队中负责的一员——最勇敢的一员，曾在一次夜袭中，打死了五个敌人，活捉到一个。今年二月里一个惨凄月夜，他化装苦力，逃出县城的东门，走了几里路，听到敌寇威吓叫喊的声音，他便快速地躲避到就近的山谷中，在朦胧的月光下，隐约看见一个青年的少妇，匆忙地夜奔。连击的枪声，向空中放射，这少妇即掩藏在河干的草丛里，敌寇站在河干，东张西望，死命地搜索着，终于发现了，便紧紧地握住少妇的头发，从草丛里倒拖出来，敌寇们像饥饿的猎犬捉到一只稚兔似的欢跃着，用枪柄轻轻拍击她的腿股，肉的响声，成为一种非分的诱惑，异常强烈地刺激着敌寇们的心，眼睛里射出欲火，围着一圈红晕，面上的横肉不住地颤抖，从他们根根笔直的短须上，充分暴露着人类原始的兽性，嘴唇一开一合，如同寒热病患者时刻发出昏睡的梦话，掀开吃人的牙齿，魔鬼一般地狞笑着。这少妇从没有见过这样骇人的形象，惨痛的尖声音，震尽辽阔的夜空。当着一个敌寇将要扑上去撕开少妇的下衣时，她逼迫着无路可走，便不顾一切地冲入河心，随着浪头的激动，渐渐地，渐渐地，沉没在河底。敌寇们算是遭遇着意外的失望，还是呆立在河边，眼巴巴地凝视着从河底翻上来的水星。

故乡沦陷后，最初一两个月常川驻县的敌寇，也有将近一联队的数目；这以后，军事重心移动到长江，寇兵不服分配，仅在交通要冲，略有防御而已。这些驻县的寇兵，至多不过四五百人，常常和邻县对调的。敌人的用意，也许是不准他们居留日久，和当地的老百姓发生关系的缘故吧！敌寇之中比较认识清楚的，早知道自己的命运，终于免不了悲惨的结局，是否能重回三乌，再看见自己的母亲和爱人，在他们已成为一个巨大的疑问。他们是孤立的，在他们的周围，没有温暖的同情，没有人类爱，时时刻刻在四万万七千万人的恨心中生活着，他们给恐怖忧疑的氛围笼罩着，急切地盼望回到自己的故国；但是他们的军阀不到全部崩溃、山穷水尽的时候，是不会觉悟的。

　　侵占我故乡的敌寇，是不敢离开城圈一步的，胆小如同耗子一样；可是，遇着落单的壮丁，失去了抵抗力的妇女，他们却是异常的暴虐和勇敢；因为这样，留在故乡的兄弟们都团结起来，怒吼起来了。他们已经看清楚敌人的弱点，他们已经明白了丢失一座破烂的古城，是绝不能动摇"最后胜利"的信心的，我们有的是广大的田野，有的是取之不尽用之不竭的资源，有的是在敌人残酷的炮火中训练成长的新武力。他们为着要保住自己的祖国，只有联合在一起，为着要保住自己的故乡，也只有联合在一起，他们是挨着饥饿，受着痛苦，被迫到无路可走，除了联合在一起，是没有别的方法的。他们都抱着胜利的希望，充满了斗争的热情，几万穿着草鞋的脚，列成无限长的大队，沿着乡村的道路，勇敢地前进了！他们的心里要求什么？解放！自由！他们的铁肩上荷担了什么？大时代的使命，要他们流血！血钟响了，他们都站在一条战线上，故乡的烽火，已经弥漫着江南了！

重庆的"四夜"①

法国大诗人虞赛②曾经写过一部有名的诗集,是将《五月之夜》《八月之夜》《十月之夜》《十二月之夜》集合成册,名之曰《四夜集》,这是他与女作家乔治·桑热恋、失恋时的抒情诗,极尽了缠绵悱恻、哀感顽绝的能事,在法国是家传户诵,尤为一般情窦初开的少女们所爱好。(这有名的诗集,我已与徐仲年兄译成中文,叫作《虞塞的情诗》,在商务出版)在这里,我想套用这个充满诗意柔情的题目,来描写重庆的"四夜",即春天的雨夜、夏天的晴夜、秋天的月夜、冬天的雾夜。这四个夜,都有奇妙的特色,只有住在这里相当长久而又时刻用心体验的人,才能捕捉到大自然的秘密,然亦只能意会,难于言宣。可惜我不是画家,不能用线条画出重庆的夜景,我仅能乞怜于生硬的方块字,写出我所能憧憬的印象,传语一般没有到过重庆的朋友们。

春夜的悲喜剧

每到春天,重庆便常常下雨,好像是一个多雨的季节,天气是怪阴沉的,迷糊的云雾,像牛奶一般的颜色,低压在山峰树尖,和城圈里高巍巍的屋顶,人们的视线被阻隔了,就是夜里的街灯,也黯然失色。在春雨之夜,街头巷角,尤其是宽广的马路上,还是挤满了人,大家展开旧雨盖,卷起裤脚管,扣住长袍的边沿,臂弯里还要夹带一捆重得可以的杂件,低着头,默默无言地疾走。在晴天,看上去颇像柏油抹过的马路,雨天,是泥泞不堪,今年因为修理下水道,石子和泥块,暂时遮没了过路,受到雨的洗礼,更感觉行路难,就是经过几万双忙碌的脚步,"苦之苦之"踩过去,也无法踩干湿漓漓的潮润,老爷们的小汽车减少了,要不然,当呱呱的小汽车疾驰而过时,你恭候在道旁,包管你泥泞满身,把你久经星霜的一套破西装,再涂上些黑色斑斓的"勋章"。究竟是春天到了,谁都关不住春心,那伴送舞娘们到私家乐园的吉普车,在春雨之夜特别多,也足使徒

---

① 原载 1947 年 3 月 15 日、3 月 22 日《和平日报》副刊《和平副刊》第 4 卷第 4 版,署名秋涛。

② 现通译为"缪赛"。

步跋涉的人感到头痛，如果你来不及肃立回避，飞上一身泥浆，或滑跌了一跤，在你是飞来的"悲剧"，而那些花枝招展、涂脂抹粉的舞娘们，却当作是赏心悦目的"喜剧"似的，拍手打掌，倒在绅士们的怀抱里吱吱咕咕，其乐陶陶地笑过去。你只能唾面自干，哭不得，笑不得，啼笑皆非，抹去面上的泥浆，忍痛从地上爬起来，再一滑一步，滑到自己躲在烟雨苍茫中的归宿。路边新种的短树，仿佛不怀好意，在春雨里鬼鬼祟祟地站着，要从过路者的身上侦探什么秘密似的。在忽明忽灭的街灯下，照见一群忙碌者，都像是熟悉的面孔，不过叫不出他们的名姓，也许连他们的尊姓大名也是熟悉的，不过，没有和这些熟悉的面孔，发生了正确的联系；因此，大家就这样"莫逆于心，相视而笑"地走过来、走过去，他们并未遗失了什么，也像永远寻找什么一样。当你从暗憧憧的民生路、较场口，以及偏窄的陋巷里走过时，突有亲切的软绵绵的声音，从街角里传来，不住地向你低唤，待你寻到这声音的来历，你就能刮见打扮得绰约多姿的可人儿，向你含羞地招手。她们为要抗拒生活的重压，哪管春夜的风风雨雨，侵蚀自己的风韵，哪管无情的风雨压海棠，从她们面颊上挂下来的，不知是雨脚，还是泪痕。

夏夜星光闪烁，热气像一顶帽子

　　到了夏天的重庆，正如《茶花女》的剧本里，那支《劝酒歌》所唱的，"是东方的老晴天"，生活在一把火伞下的人们，无不渴望下一阵凉爽的雨，来熄灭地面的热气团，而下雨的时候偏是极少。有时候，虽也有一丝风，但从太阳蒸发过的热气中吹来，就同拨来一蓬火，煎熬着汗水渍透的人体。在成圈里，当黑色的夜闹，笼罩大地，马路上的热空气，便冲向蒸笼一般的屋子里，人们都涌出户外去，挨次蹲伏在路边，孩子们剥得精光围绕母亲的周遭，给蚊子咬着了瘦弱的腿股，不住喊叫，希望减少些苦楚、无奈，他们的妈妈，也被热气团压得够受，对于孩子们的苦楚，是爱莫能助的。
　　夏天的晴夜，星光闪烁，丝丝的白云，在碧空掠过去，地面亮晃晃的，树尖动也不动。夜深了，街路上还是拥挤不堪，都只不过穿一条粗布的短裤，把湿漓漓的汗衫挂在背脊上，露出上体的全部，手里拼命挥着油纸扇、蒲扇、芭蕉扇，各式各样的扇子，拍挞，拍挞，肩膊碰肩膊，臀部擦臀部，想加速施用自己的两条腿，击动空气而成风，借以吸取一丝凉意。不错，当你卷起裤管，羽翼似的张开双臂疾趋时，确有一阵"人来风"拂动潮湿的头发，不过，身上的汗，反淌得更厉害，过度的疲乏，使你挥不动扇子，那时候，充塞在四围的热空气，像有重量的物质压下来似的，在每个人的头顶，仿佛戴上了一顶脱不了的帽子。

在重庆的夏夜，因为四周是山，白天热辣辣的火团，照在地面，照在河上，无法逃逸，街心的路灯，常为热气所模糊，只有把视线透过薄薄的白雾，则一片蔚蓝，星光闪烁，百步见人。到黎明时分，才觉得有清凉的好风，轻轻摇移山顶的树尖，一般白天劳苦的工作者，才情愿拖着疲倦的脚步，心灰意懒得转回蒸笼一般的屋子里去。

秋月江滨树影，月光婆娑

重庆的秋色，是在高雅的山中，碧波荡漾的江上，而不在繁杂的城圈里。在月明如昼的"秋之夜"，你如果到山中去，作一次哲学的散步，边行，边想，直可使自己的心灵，与大自然冥合，抛尽了一切的利害得失，飘飘欲仙似的。或则你高兴徘徊在江滨的树尖荫里，那婆娑的月光，从茂密的叶缝里，散碎影于江滨，金黄色的波纹，在微微的秋风里，随波上下，就同举行婚礼的新嫁娘散开白色绸质的披纱于金光闪亮的地板上一样。江滨的小村落，都在宁静的月光下，悄悄地睡着了。傍岸的木船，仿佛一群水鸟浮在水面上，从船窗里透出星星的灯火，当我接触到这一幅自然的图画，便不自觉地挑起悠然怀古的情绪来。

我在抗战八年中，寓居在风景幽美的南山麓，那里四季花开，景色如昼，住在那里，使我不感寂寞，离开那里，使我常寄回想于山中的家。

山中的秋月，分外凄艳，一尘不染，当它在林子里抖抖上升时，看上去像是一位美丽年轻的寡妇，穿一袭淡妆素服，愁容上喷发着清辉，淡淡的光影，如淌在面颊上的泪点。我遇到过这样的良夜，是绝不放过大自然给予人类的厚惠的，我必然要踱到屋后的山坡上去，在月光下，寻得松球铺满的羊肠小道，慢慢地依仗而行，到南山去踏月。其时秋虫唧唧，秋蝉鸣月，正在林子里举行晚间的歌唱会。在夏天田野的禾秆上学会了跳舞的流萤，还在山脚下偷偷地舞蹈呢！因为深邃的山谷，犹未照到月光，偶然洒落在暗角里的光影，几疑心是镶嵌在皇冠上的宝石。我在山中行，真像重温欧阳修《秋声赋》，除了呼呼的松风，激起满山的松涛之外，还有种不可描述的怪声，忽在树间，忽在山腰，忽在累累的像面包似的坟冢上传下来，使你毛发悚然，清风入骨。月光在黑魆魆的松针里筛下来，曲折的光源，幻成诗的节奏、音乐的旋律，清风梳弄松林的黑发，清光荡满在我的衣襟，使我想起两句凄丽的名句："雪满山中高士卧，月明林下美人来。"

记得在战时的秋天，正是轰炸的季节，凶恶的寇机，最爱选择秋高气爽、月明如昼的日子，光顾陪都，使得城市里的摩登少女们不能不纷纷下野，躲避在南山的别墅里；因此，在月夜的林丛里，只要一闻警报，你就能发现许多美人儿从月明的林下，姗姗地走来。这情景在平时是不会有的，在中国社会里，哪有这样的脱出尘俗、爱好山林泉石的美人儿呢？她们是倒在绅士们怀抱里不住地娇喘，以摘摘他们嘴边的小胡子为笑乐的，她们是都市的歌舞台榭里，搔首弄姿、争妍斗艳的人物，是电影院、咖啡室、酒吧间最主要的主顾；但只有战时是例外，想不到"月明林下美人来"这句诗，竟不期而言中，难道那些不朽的名句，真是时代的预言吗？

冬天的雾夜，有如银幕的笼罩

现在是冬天了，正是雾气渐浓的时节。重庆为什么有雾？是因为四周的山峰，挡住了平原上的冷气，又有两条大江左拥右抱，怀抱着这一座山城，日光蒸发江上的水蒸气，遇到实际的薄寒，就幻成银幕似的大雾，把人们都笼罩在迷雾里。

在战时，这迷雾是天然防空网，使凶恶的寇机无法找到目标，施行残酷的轰炸；所以，自秋尽冬来，一直到来年的春天，在战时的陪都，是歌舞升平的好日子，一般疏散下野的达官贵人，名媛闺秀，名目繁多的专家名流，都已涌进城里来，使得冷落的市场，又骤然繁荣起来。

冬天的重庆，弥天的大雾，遮掩了整个轮廓，虽在白天，如在黑夜；而这里的电力公司，又无能为力，一到夜色侵袭，街灯忽明忽昧，街路上的行人，只有面面相觑时，才能勉强辨识自己的熟友，但仍看不出彼此面部上的表情。充其量，你只能听到一种单纯的毫无变化的咳嗽声，擦鼻涕的声音，"克图，克图"，吐痰的声音。奇怪！在雾的季节，重庆最流行的要算是伤风症了！这也许是难得接受日光的缘故吧！

这浓厚的雾，遮没了日光，损害人们的健康，带给人们以各种各样的疾病，使流寓此间的"下江佬"，不免要缅怀"冬日可爱"的江南。不过，战时的陪都却幸有此天然的防空网，得安静半年那么久，使沦落的市容，重趋繁荣。当大家在雾季来临，从乡下搬进城来，无不欣然色喜，这一年一度的雾季，就好比是大家的"复活节"，不但没有厌恶之意，而且深深觉得雾之可爱了。

的确，重庆冬天之雾，也自有可爱之处，这是说午后阳光窜出重雾，有夕阳返照的傍晚。这时刻天气不冷，温暖如迷糊的艳阳天，晚雾渲染天边一片红,未消失的残雾,隐现在夕阳的余晖里,如从碧天降下粒粒的金砂。你如沿嘉陵江滨慢慢行,则苍波烟树,倏忽变幻,无从捉摸,一会儿夜色冥合,上天下地,连成一团,如"混沌初开",又如原子弹投掷在重庆,炸得烟尘弥天一般,要不是对岸的江村,间有点点灯火像霎眼的星星,谁知道在面前横隔一条大江。这时,倘伴送自己的爱人儿归去,手揣着手,紧紧贴在一起,在雾夜中摸索,一半儿心悸,一半儿欢喜,真是别有一番滋味在心头呢!

纪弦集外文

李 艳 辑校

一、诗歌类

生①

世界是太大了
哪里将是我的去处呢

我就停留在这里吧
这里老是令人寒栗的

我将披着缥缈的衫子
走入一个梦的国土吗

我将长起一双翅
飞上另一星球去

（想入非非了
你去诅咒真空吧）

唉，我将如一化石
永久伫立于此

---

① 原载 1936 年 1 月 15 日《绸缪月刊》第 2 卷第 5 期。

偏见[①]

不要问太阳的死亡
　　彗星的跋涉
也不要问
天体之外还有天体
至于人类底命运
那原是个永恒的谜
天圆地方——
世间无绝对的真理
而诗人所歌唱的
亦只是他底偏见而已

---

① 原载1936年1月15日《绸缪月刊》第2卷第5期。

赤子之歌[①]

砭骨的是二十世纪的朔风啊
我瑟缩于全人类的寒冷
爱者底眼睛亦冻结了

生命岂是一个永恒的冬季
赤子的燃烧啊——
冰雪掩埋了的火山

[①] 原载1936年3月1日武昌《文艺》第2卷第5、6期合刊。

二十世纪的跋涉[1]

二十世纪的跋涉啊!
我底疲惫的腿,
无数针尖排成的路,
我底赤着的脚。

那些同时代的跋涉者,
他们引吭高歌——
与毁灭以俱来的
是冉冉的晨曦一轮。

我乃把眼睛合上。
明天于我何有!

---

[1] 原载 1936 年 4 月《青年界》第 9 卷第 4 期。

夜雨[1]

当夜雨说着凄其，
在病了的在旅人的窗外，
思乡的眼泪，
遂亦有其涔涔了。

令人神往的
是那隔着山岭
隔着重洋的
辽阔的
故国之原野！
（沐着五月的熏风，
爱听麦浪之微语。）

而家的怀抱自是温柔的，
纵无旨酒佳肴，
淡味的日子
如一杯清水，
没有太大的烦忧。

黄昏里
揣着儿曹
倚门而望的
妻的眼睛，
当已为我而寂寞了。

怀无限的乡愁，
听着窗外的夜雨，
旅人的病是凄其的。

---

[1] 原载 1936 年 8 月 15 日《红豆月刊》第 4 卷第 6 期。

梅雨天的诗①

听见小巷里飘来的叫卖,
知是近端午了。
我想起枇杷的粽粮子味,
和雄黄酒的味。

当三点钟打完了呵欠,
疲倦的病菌,
遂从小黑猫的眼睛里
传染到我的身上。

啊,暴雨来了——
有着《马赛曲》的旋律感的,
而碎在院子里,碎在屋上的,
是谁自云端里撒下来的珍珠啊?

人却在雨声中荡着轻舟,
悠徐地荡出了港口,
迷失在重重的海雾里了;
在舒适地躺着的沙发上。

待到雨住人醒时,
又听见小巷里的叫卖了。
而有着一对黄绿色的眼睛的
小黑猫已离开了我。

---

① 原载 1936 年 8 月 15 日《红豆月刊》第 4 卷第 6 期。

对于机械的诅咒①

统治着陆地天空与海
机械,你二十世纪的伟大的魔呀
万灵之灵创造了你
你却恶意地揶揄了他们
啊,你给他们以严重的侮辱了
当你吞噬了他们
你伸一双铁的手臂到田野去
圣处女的乳房也洞穿了
你一声怪叫,划破了长空
蔚蓝的海的无邪的梦也遭你碾碎了
哦,受我永远的诅咒与否定的
机械,你二十世纪的万魔之魔呀

——廿五春,东京。

---

① 原载 1936 年 8 月《诗林》双月刊第 1 卷第 2 期。

伤风①

一群奏着管弦乐的鸽子
飞着飞着——
回旋于我的两太阳穴之间；
而旅行了我的头的全世界的
是一声破哑的锣鸣。

---

① 原载 1936 年 12 月 10 日《新诗》第 3 期。

有赠[①]

悟彻了一切有毒植物之
必有其魅人的艳
你到彼女之谜做的
唇的夜花园中
去散一回步吧:
在那里,你将有
冉冉之姿,如一轮
"嵌着三颗星的月亮"。

[①] 原载 1936 年 12 月 10 日《新诗》第 3 期。

影子和雾[1]

我们乃是些
生活于雾里的人。
我们缄默着:
互以影子说话。
你却是唯一的声音,
唯一的光亮和色彩;
而在我们的心脏上,
你是唯一的爬山家。
从一到无数地攀越着:
你是最黑色的一个!
当你帐幕设在
我们的山巅上,
我们已缄默了
整整一百个世纪。
于是有热风来了,
时间亦溶解着,
我们的影子
乃吞噬了雾。

---

[1] 原载 1937 年 5 月 10 日《新诗》第 2 卷第 2 期。

八月十三日在苏州[①]

一

一九三七年
八月十三日的早晨，
我临窗而坐，
兴奋地
读着当天的报纸。
我看见了上海的毁灭
和中国的新生，
我看见了兽性的跳舞
和正义的翅膀的招展：
我激动着。
当我伏在窗台上，
良久地注视了
那条玩具似的摆设着
一幢幢漂亮的洋房的
整丽的街，和街上
络绎的行人与车辆，
不禁默念着：
"你这江南的名地，
天堂的苏州啊，
有这么一天，你也要
变成灰烬焦土的！"

二

于是我拿了手杖，

[①] 原载 1937 年 11 月 21 日《文艺战线》（武昌）第 3 期。

到外面去散步。
我的邻人走过来，
亲热地和我道了早安；
然后他告诉我
马上他就要
离开这座危城了。
他预料日本的空军
早晚要来袭击，
炸弹，机关枪，无法躲避。
他在一个礼拜以前
就拿定了主意，
逃到重庆或成都去，
那里再安全也没有。
他们一共是五个人，
全家撤退：他的太太，
他的少爷，他的小姐，
他自己，和一个娘姨。
他们带了整整
八十件全行李，
衣服和软细，
样样都是必需。
他虑然地叹了一口气：
"这种乱世啊！……"
他还好意地警告着我：
"这里实在是太危险了！"
我点点头，笑笑，什么也没说；
我在想着，他的那幢
花了七千元建筑起来的
西班牙式的小别墅，
是无法携之以俱去了。

三

公园里寂寞得

有如冬季般，
往日的那些游客们
不知道哪儿去了。
但是大街上却显得
异常地骚动和紧张：
搬家，逃难。
一部人力车飞也似的
从我身边掠过，
车上的绅士向我挥着手，
匆匆地说着再见。
我认出了
他便是我的那位
挺阔气的邻人。
看他那不安的神色，
似乎连一秒钟
也不敢在这里停留。
难道火山爆发了吗？
洪水淹来了吗？
这些懦弱，可耻的，
自私的东西啊！

四

晚上，我在门口卖号外。
卖号外的是个穷孩子。
"我们打了胜仗啦，
你高兴？"我问他。
"哦，真是高兴极了，先生！"
他的眼睛里闪耀着
一种喜悦的光耀。
"如果他们打到苏州来，
你逃不逃呢？"
"我不逃，先生，
就是逃也逃不了的！"

多么使我感动的
坚决的口气啊!
接过我手中的铜钱,
他又喊着"号外,号外,
第三次的号外",
向着前边跑去了。

五

回到我的楼上来时,
正敲十一点。
而我是兴奋得难以入睡了:
一个思想严重地占据着我。
我于是来回地踱着,
唱着歌,流着眼泪。
我懂得了战争,
懂得了它的全部意义,
并且懂得了其他。
远远的一声汽笛
随着夜风传来——
啊,这时候,我知道,
正有满载的兵车
一列一列地离开了车站,
向着前线的东方
庄严地驶去。

十一月十一日,汉口。

航[1]

积雪的浪的群山间,
船是年轻而又勇敢的;
撇下了每一个无人的岛屿,
前面是连续的地平线
和太长的寂寞的时间。

水手们有强壮的体魄;
船长的眼睛却是茫茫的。
当一阵咸味的风
携着海鸥的呼啸掠过时,
船栏上有灰白的盐渍了。

一月廿六日汕头

---

[1] 原载 1939 年 3 月 5 日《文艺新潮》第 1 卷第 6 期。

迎一九四四年[①]

哦！新年的一九四四，
我欢迎你。我欢呼。

明知你带来的
是更多，更大的苦难；
千百倍，万千倍于今日的
吓人的生活指数下，
更黑更黑的日子。
但我欢迎你。
因为你将把我的意志
锻炼成更坚强的钢铁体，
你将使我勇于生活，
勇于对恶人，
对社会的不正义之搏斗，
不挠不屈，
凭我的笔
和歌，
像一个
堂堂正正的男子。

哦！新年的一九四四，
我欢呼。
我热烈地欢迎你，
张开我的
瘦如枯柴的两臂。

---

① 原载 1944 年 1 月 1 日《中华画报》第 1 卷第 6 期。

《诗一束》读后
——呈亢咏兄①

拜读了你的《诗一束》，
我昔日的歌声起了——
起自辽远的国土，
　那如烟的记忆；
起自窗外的秋空，
　那夕烧的一抹。

二十代的年华，
多强明的色：
榴红、金黄、紫、朱、赤、
天青和海绿。
你正青春。
你正情热。
你的抒情诗如淙淙的小河川，
流逝着有绮丽的梦幻
如云霞之倒影。
你赞美。

一切诗是赞美。
你的诗是青春和情热的赞美。
你是夜莺，
我倾听——

---

① 原载1944年10月10日上海《家庭》第11卷第5期。（原注一）《诗一束》为俞亢咏先生十年来之诗作结集（见后俞氏《束外集》序），末附路易士先生《读后》一篇，路氏为《诗领土》主笔，著有《出发》《三十前集》等诗集，时名藉甚，当毋得介绍也；而此篇之作，节奏和谐，情意亲切，尤为绝唱，特先刊而于此，以飨本刊读者。《诗一束》现已付印，即日出版，书摊有售，希密切注意。

倾听你送发①的决心。
倾听你迎发②的耐心。
送发也是赞美。
迎发也是赞美。
你是诗人，
所以赞美。

你赞美灰色，
你赞美山魈和大虫的催眠曲，
你赞美彗星，
你赞美忧郁和愁思，
你赞美咸腥的海，海的咸腥，
你赞美梦和幻影，
你赞美毁灭了星火和枯树的根，
甚至大蟒蛇的盘绕，
艰啮和吮血……
我铭感。

今天，我铭感于
你的青春和情热的小夜曲；
明天，愿你为全人类
唱一篇雄浑生风里③。

---

① （原注二）《诗一束》计收短诗三十七首，长诗两首。长诗一名《送发》，一名《迎发》，皆俞氏新作，从未在任何书报杂志发表者也；缠绵悱恻，慷慨激昂；音韵铿锵，犹其余事，深为一般文士诗友所赞赏，观路氏斯篇可见。
② （原注三）见注二。
③ （原注四）Symphony 之音译，或译"交响曲"。

炸吧炸吧

——政治抒情朗读诗①

一个中国人说：
"我们的飞机来了。"
另一个中国人说：
"那是美国的。"

嘿嘿你们飞得多高！
请问那是同温层吧？
好像害什么羞似的。
干吗瞧都瞧不见啊？
只听得飞机满天响，
炸弹一个一个落下。
你们太英雄了！
　　　　太英雄了！

你们的飞机 B29（Made in America）
你们的思想也是"阿美利加制造"。
可是哪里有什么思想，
你们这批奴才走狗！
如果毕竟有点思想，
你们就该扪心自问——
　你们盲目投弹，
　命中民房，
　任务完成，
　安返原防，
　知否这里，
　哭哭啼啼，

---

① 原载 1945 年 1 月 1 日上海《文友》第 4 卷第 4 期。

炸死了的，
都是中国的老百姓，
自己的同胞？
没有一个恶人，
没有一个坏蛋，
个个是无辜的，贫穷的，
吃苦耐劳的，
善良的，
爱国的（比你们爱国的），
民众，民众，民众！
虽然他们脑筋简单，
知识有限，
文盲占了大半。
他们觉得死了也情愿的，
如果死在祖国的空军下。
但那分明是外国的飞机，
你们不过是人家的工具。

炸南京是政治的意义。
炸上海是经济的目的。
乒琳乓琅一阵炸，
罗斯福拍手笑哈哈。
对啦，对啦！
炸吧，炸吧！
物价愈抬愈高了。
人心愈离愈远了。
而且打仗愈打愈糟了。
失地愈失愈多了。
——何苦来啊？

你们口口声声
长期抗战，
最后胜利，
教老百姓等着。

可是要到什么时候
蒋介石
才骑着马回来？
也许要到
这里的中国人
　炸死的炸死了
　饿死的饿死了
连一个也不剩着时
他才从天而降
洒几滴凭吊之泪
在这个
极目荒凉一片瓦砾的
废墟上吧？
然而怕只怕的是他
永远不回来了。

怕只怕的是他
即便打了胜仗
荣归他的故乡
也没有广大的神通
收拾残破局面。
唉唉怕只怕的是他
为了一己的政权之贪恋，
宁可背弃了全民之祈愿，
从此就
陪着宋美龄，
老死在重庆了。……

异端的旗[①]

一

扯起我们的旗,
招展,飘扬,歌唱,
在五月的青空下。
一切的教义我们不信仰。
一切的权力我们不害怕。
喝老酒,写诗,
拥护艺术,拥护文化,
成立我们的社
发行机关杂志:
我们以"异端"的姿态出现,
每个人是他自己的上帝。

二

异端。是的,我们。
但绝非偶像崇拜者。
而那个生癌病的偶像(你们把他当作神圣),
我们看见他
高高坐在克列姆林宫中
沙皇从前坐过的宝座上,
摸着胡子,
抽着美国板烟,
"人民,人民"地装模作样。

一九四八年五月

[①] 原载 1948 年 6 月 5 日《中坚》第 5 卷第 2 期。

流星与窗①

一流星划过夜半的窗
其灿然且极快速的下沉
对于窗的直角
恰成九十度的偏斜

窗的矩形天空像块石板了
因而流星的划
便是小学生用石笔写的
阿拉伯数字

---

① 原载 1948 年 10 月 10 日诗刊《异端》出发号。

二、散文类及其他

二十五年前的张伯伦①

自去年秋天明兴会议②以迄,最近的欧洲局势,和二十五年前一九一四年世界大战前夕相仿佛。当其局者果然是战战兢兢,如履薄冰;论其事者亦莫不谈虎色变,相惊伯有。真有山雨欲来、万物无声之象。不过上次大战的惨状,记忆犹新。这次战事的恐怖,或将十百倍于前次,其破坏力的惨酷,简直令人无可想象。所以各国的政治家,一方面虽则尽量扩军,一方面仍努力防止战事的爆发,至少限度亦尽量使战争爆发的时期拖延下去。这次尽瘁于和平的政治家,当然要首推英国首相张伯伦了,虽则他的努力,在目下是否有效,尚在未定之天;虽则各方面对他个人及其所推行的政策尽量攻击,然而他的一番努力的功绩,终是不可掩没的。他自己于本年一月二十八在伯明罕珠宝业公会年宴上说:

> 一般人对于明兴协定,及于企图以个人接触的方法,稍弥世界上巨大灾祸之行为,纷予批评。此项批评,来自方面。但有一共同之现象,即彼等无一人负有余之责任,亦无人能充分明了政府所处之环境。至于余个人方面,现时回溯,并无愧疚,亦无发现任何理由,应采取其他途径。现代战争,对参加影响者至为可怖,即在场旁伫观者,亦将蒙受重大之损失。故除非试尽种切实与荣誉的方法,不能加以阻止时,吾人终不应听其爆发也。

这一种政治家的风度,是多么值得钦佩,舆论的批评是不负有责任的。当局的政治家,应当知道自己的力量,应当明了所处的环境,应当不顾毁誉,毫无愧疚,替国家替人民免除惨祸。岂可利用不负责任的高调,一意孤行,保持一己的政权呢?又于本年三月十七日,其时希特勒已进兵捷克,撕毁明兴协定,张伯伦在伯明罕演说,仍说明其苦衷曰:

---

① 分上、下两部分原载于 1939 年 7 月 15 日、22 日上海《更生》周刊第 2 卷第 4、5 期。
② 即 1938 年的慕尼黑会议。

批评者谓捷克之被占据，乃去秋余游德国之直接结果，今明兴协定既彼撕毁，谓余德国之行，完全失败。余觉此说全无理由。余之往游德国，其第一主要原因，为当时局势险恶已极，可挽回欧洲战争之唯一机会，似仅在此而已。余游德国之第一目的卒能达到，而欧洲和平赖以保全。苟无此游，则欧洲今日哭者，不知几十万家。

几十万家的哭泣，在有良心的政治家当然不忍听闻。如有消弭之法，应不顾任何的责难，不惜一己的生命而消弭之。即不能永久消弭，亦应当努力使之迟迟发生。事在人为，成败由天，有良心的政治家，莫不如是也。

吾人论及今日英国的张伯伦，不禁回忆起二十五年前一九一四年当时英国外交部长格雷（Edward Grey, Viscount Fallodon）氏于一九〇五年就任外长以后，努力于维持欧洲的和平，经一九一四年之大战，至一九一六年始与首相阿斯基士（Herbert Henry Asquith, Earl of Oxford and Asquith）同时辞职。关于大战当时发生之情形，及阻止大战发生的努力归于失败的经过，详细记载于氏所著之《二十五年》（Twenty-five Years 1892–1916）一书中。是书于一九二五年出版，传诵一时，不啻为格雷的自序传。张伯伦是现时国际政局的中心人物，同样地，二十五年前格雷是当时的中心人物。我们追忆二十五年的"张伯伦"的努力的经过，承前启后，不为无益吧。

谁都知道欧洲大战是一九一四年六月二十八日，奥国皇储（皇帝之甥）法郎西士·斐迪南夫妇在奥属玻赛尼亚①的京城被刺而爆发的。这次暗杀事件本身之原因，迄今无人明白。不久，战争就开始，这次暗杀案，也没有仔细调查。事件发生之后，奥国激昂愤慨到了极点。当时便武断是一向和奥国邦交不睦的塞尔维亚所主使，而向塞国提出了最后通牒。格雷是一向同情于奥国的，不过这一次也觉得奥国将暗杀的责任一口咬定归于塞国是不合理的，并且也不喜欢因奥塞两国间这种小问题而使全欧洲卷入战争的漩涡。英国也没有为塞尔维亚出兵的意思。所以格雷劝告塞国极度容忍，接受奥国之要求。照格雷所说，好像当时俄国的外交部长赛柴诺夫，也确是真诚劝告塞国让步的。否则，塞尔维亚亦不至那样地委曲求全。我们一方面觉得奥国的要求苛刻得惊人，一方面又觉得塞国的让步，出于意料之外。然而奥国对塞尔维亚极度让步的回答，仍旧认为不值一顾，于是事态乃趋恶化。

战事发生前一星期以内的事情，格雷记载得很详细。依据这些记载，

---

① 今译为"波斯尼亚"。

可以看出当时慌乱之际，格雷心中主要的顾虑，是在战事万一不免，英国当然不能坐视法国之被蹂躏，必须加以援助，而英国之内阁、议会、国民究竟有无如此重大的决心。倘在紧要关头，英国竟不能援助法国，则将如何？在这种情形下，他说，他只有辞职的一法。据他所说，对俄对法，英国决不能使其失望。俄法恃英国为后援而与德开战，英国若坐视不顾，这责任是很重大的。当然他的提议倘若不能通过于内阁及议会，那么他必须辞职。但是他的辞职仍是救不了法俄两国的困难。因此，他运用种种可能的手段，想消弭战祸。万一终于爆发，他必须使英国能不负法俄二国的希望。最后他提议召集欧洲列强会议，也包括德、英、俄、法等国。但是这提议终被德国拒绝。

当时德国的外长雅豪和内阁总理班特曼·霍尔欧士，曾分别与英国驻德大使阁森会见，力陈召开欧洲列强会议之无益。那时阁森致格雷的一篇报告书，《二十五年》内全都载着。其后距英国宣战（八月四日）之前一星期，阁森大使又由柏林拍来一电，要点如下：

> 余（大使）承德国总理之约，即往谒见。总理谓彼确愿和平努力。但若俄国攻击奥国时，德国因系奥国之同盟国，故不得不参加战争。如是欧洲大战势将难免。不知英国能否严守中立？总理又谓，据彼所知，英国决不能坐视法国之灭亡。然德国亦并无亡法之意。若英国却能严守中立，则德国虽在战胜法国之后，亦不割取法国之领土，此点可向英国保证。至于荷兰，若德国之敌国不侵犯其中立，德国亦必尊重其中立。德国对比利时采何种行动，则须视法国之行动而定。但在比利时不与德国为敌之前提下，德国愿保证战事结束后，比国之领土完整。总理又称，彼之理想在与英国成立之谅解。彼已拟有与英国签订一般的中立条约之提案，虽其细目，现在未至讨论之时。但若英国能保证严守中立，则此理想大有实现之可能。总理并询余谓贵国格雷部长对此提议，不知作何感想。余答事已至此，恐怕格雷部长对任何束缚英国行动之条约，未必赞同。

格雷接电此后之感想，他在书中写着：

> 我假如答应了德国要求中立的提议，那便使英国永久蒙受不名誉的耻辱。战争开始以后，英国若不援助法国，我决辞职。因此，中立条约等等，根本未曾想到。可是英国也有主张不参战的人。假如此种

人真能和德国议妥了何种条件而保守中立，那么不问条件的内容如何，总是英国的不名誉。我所不解的是霍尔欧士的心理。他难道不晓得英国倘若依照德国提议的条件而保守中立，那便是英国的不名誉吗？还是他一时懵懂，未曾注意及此呢？他连这一点都不明白，他究竟是怎样一个人呢？莫非他竟轻视我们，以为我们英国人连这一点也不明白么？

格雷于是立即拍发阁森一个回电：

德总理的提议，不能允诺。照此提议，法国要失去殖民地，同时便失去其强国的地位，将来法国的政治非追随德国，仰其鼻息不可。英国若以法国为牺牲，而与德国成立此种协定，将使英国蒙受永久不可磨灭的耻辱。德总理劝我们对比利时如遭侵犯，不加顾问，此点亦非吾人所能接受。请将此意转达德总理。

翌日，即七月三十日，格雷又分电德法二国，要求二国保证若其敌国不侵犯比利时之中立，则自国亦不侵犯之。此一要求，系效法一八七〇年普法战争时之先例，当时英国内阁也曾向普法两国提出与此相同之要求，普法两国也都允诺。但这一次法国虽然仍旧允诺，德国却加以拒绝。

此时德国唯一的要求，是在制止俄国的动员。而据格雷所说，英国当时对这一点实在是无能为力。假如英国制止了俄国的动员，俄国竟意外地受到攻击，那是对俄国非常不利的。所以英国要制止俄国动员，俄国便要求英国确切答复在俄国受到攻击时英国能不能立加援助。然而那时候，英国对这点实在不能决定。因为英国假如帮助俄国，更非同时帮助法国不可。而那时英国的内阁连援助法国与否，也还不能决定，当然谈不到俄国了。格雷一方面被俄法二国逼着催问战争开始后能不能加以援助，一方面英国国内的公私议论，对此毫无决定。这种夹在中间左右为难的苦处，使格雷脑中留着很深刻的印象。

在一般人民已经意识到欧洲大战即将发生的时候，英国内阁中尚有所谓非战派的活动。不过这种活动尚未明白表现在阁议中。因为在内阁开会时，格雷本人及其同僚在和平未绝望以前，都不坚决地确定参战或不参战。会议时诸人发言莫不小心谨慎，仅对全体阁员意见一致的事情及如何可使战争不致发生等等，加以讨论罢了。但当时非战派中亦有颇具势力的阁员，如果真个发生争执，足以使内阁瓦解。格雷也并不要和非战派对抗，也并不向其他阁员说明英国必须参战之理。因为格雷对外交上的种种事务，忙得无暇及此。即使有暇，格雷也以为英国倘若参战，非以英国国民举国一致的信念与感情为基础，注其全部心力于战争不可。果能如此，则现时反对战争的人，也就不会反对了。倘国论不能趋于一致，因此而英国不能参加战争，那么英国确以不参加为宜。

情势愈逼愈紧，法国愈益焦急了。最后，竟公开要求英国予以援助。格雷以为若把这个要求提付阁议，实在毫无益处。若勉强要求阁议作一确切的回答，徒然逼使内阁因分裂而瓦解。因为那时不仅内阁的意见尚未一致，即民间舆论，亦未能举国一致。英国一部分人，以为德国的军国主义为英国之敌。可是，一般人民却都希望和平。德国人亦有对英国之参战不加谅解的。这是因为他们没有理解英国参战的真正动机之所在，而臆造了种种不正确的推测。譬如说，英国参战的理由，是因为受到了德国工商业发展的威胁。这便完全与事实相反。英国的工商业区域，尤其是兰开夏等处，恰巧是最最反对参战的。因为那时工商业的情况很好，产业界因此渴望和平的保持。

那时英国内阁中虽有主战和非战的两派，可是这两派的人，毫无意气之争，不过各自向着维持欧洲和平的共同目标而努力。他们恰巧走着一条在尽端地方分歧着的路，在没有走到尽端的分歧点时，大家保持着和洽的态度。格雷称赞这种态度说是非常贤明。当时还有介在两者间的中立阁员，中立阁员的态度也很值得尊敬。他们所以不轻易作任何决定，并不是模棱两可或骑墙观望，实在是因为认识了时局的过于严重。当时内阁处境困难，不能向法国保证必能出兵援助，所以俄法两国催逼英国答复他们的问题时，格雷的确无法置答。

格雷和法国驻英大使康本常常会见，每次会见，使格雷感到非常痛苦。格雷在《二十五年》内记载着说："我感觉很是苦楚，但康本君恐怕比我要苦痛。何以何故呢？因为那时法国是站在强盛与衰亡的分歧点上，而英国之背足以决定法国的命运。所以康本君的焦急，可以不言而喻。英国在战争开始以后，觉悟到自己的命运也系于这一战的胜败。但是在战争未发生前，英国的确没有痛切地感觉到这一点。英国在普法战争时，并未牵涉在内，所以仍以为是岛国而不必担忧。"

当德国将要破坏比利时中立的时候，英国的国论才决心参加战争。英国宣战的前一天，八月三日，格雷要到议会中去演说。在演说前一小时，格雷先到外交部，那时秘书便告诉他说，德国大使等在那里，要和部长会谈。格雷想时间已很促，倘若德政府有何申诉的事，能在演说之前听到最好。于是格雷便和德大使会见，会见的情形，格雷记载着说：

> 大使既至，余仅聆其最初数语，已能断定柏林方面并未有新训令。彼询余阁议作何决定，议会中意见如何，宣战之布告如何。余答以并非宣战，惟欲一述英国之条件。彼又恳切询余条件为何。余思李希诺斯基大使乃一衷心嫌恶战争爱好和平之人，若以私交论，实愿罄心相告。但又思若果明言，则必电告柏林。如是则余之演说，柏林方面能较他人早一小时知悉，此实不甚相宜。余乃答谓再过一小时余之演说，将尽人皆知，目下则未便明言。大使又询比利时之中立是否为条件之一，余仍答以未便明言。大使又谓无论如何请勿以比利时之中立为条件，因余虽不知德国参谋部之计划如何，或将使德国军队经过比利时之一角，此则在现时情况下已无法变更云。李希诺斯基大使谓不知德国参谋部之计划如何，此或系实情。但余只可仍以不能明言一语答之。此次会议因时间匆促，秘书未曾记录，除在此处所记者外，并无其他记录。此为余在外交部与德大使最后一次的会见。余对此次会见，所留印象甚深，略一回忆，历历在目。当时大使背户而立，余因时间迫促即将外出，故立于大使之旁。

格雷在议会中演说甫毕，比利时方面报告德国向比提出最后通牒，要求允诺德国军队通过比境的电报来了。格雷当即报告议会，从此就发动了战事。

就目前欧局的形势加以分析，则德奥意方面之联系较一九一四年当时更为强，因德奥已合而为一，德意又如胶似漆，意国态度已不若上次大战时之暧昧。而日本这一个远东的重要砝码，亦有加入在这一方面的可能。至于英法苏方面的阵线也和上次差不多，英法的紧密联系不变，而苏联的态度很有问题，加进去的有波兰和土耳其，不过砝码的分量太轻了。上次还有英日同盟，英国可以不顾太平洋的防务，这次情形却不同了。虽则说双方壁垒大致仿佛，可是实质上亦多少有些不同。英国的处境也和二十五年前并不一样。所以现在的张伯伦和当年的格雷其困心衡虑的苦衷虽同，而表现的方向却未必一致。我们看了二十五年前格雷的经过，尤其应当谅解二十五年后今日之张伯伦的苦心。读上段的记载最值得我们注意的，就是格雷在和平绝望后，虽则自己主张必须参战，却没有一定强迫别人要赞同他的主张。一直到国民自动决定参加战争的时候，战争才开始起来。这种政治家的处心，这种政治家的态度，其光明磊落之处，真值得吾人效法啊。

纪念鲁迅[①]

《中华副刊》的编者要我写一点纪念鲁迅的文章，这使我沉吟了起来。在我迄今所写的一切文章里，从来就没有提到过鲁迅其人及其作品，那是因为提到他的人太多了，而我的怪癖之一是素不爱凑热闹。我之所以静观那些捧或骂，那些赞成或反对，而沉默着不发一言者，倒并不是由于我对鲁迅没有什么意见之故。"是不是因为从前鲁迅曾经骂过第三种人？"经他这样一问，我的沉吟倒停止了下来。我说："不是。我可以写一点的。什么时候缴卷？"他说至迟明晚。我说好。明晚就是今晚。今晚就是现在。现在我是正在执笔为文纪念鲁迅。

《阿Q正传》的作者，作为小说家的鲁迅、艺术家的鲁迅，是受我尊敬的。但是遗憾的是，他的小说，在数量上实在太少，倘和那些著作等身的占世界地位的作家们比较一下，未免显得凄凉。鲁迅的小说，为什么如此之少呢？这个原因，不是在于鲁迅的写作才能之大小或题材之有无上，而是其大部分的时间和精力都消耗在杂文的写作上去了。这是可惋惜的，虽则换一种立场来说，杂文这种文体，其社会价值，我是并不否认的。但在这里，我对鲁迅的杂文，不拟表示什么意见。李长之论鲁迅曾称之为战士。而作为战士的鲁迅，他所持有的武器，究竟是什么呢？是那些杂文吗？关于这个问题，也不是我想在此讨论的。总而言之，我对鲁迅的不能多写几部小说这件事觉得十分惋惜；而对当日包围着他的那些被称为鲁门弟子的一群，表示愤慨。这便是我个人纪念鲁迅的两点意见。

[①] 原载杨之华主编的《文坛史料》，中华日报社1944年版，第70–71页。

论诗之存在的理由[①]

诗之存在的理由,在于其自身,而无关乎什么社会的需要、人生的需要。

没有诗,社会仍是社会,人生仍是人生。

社会不需要诗,人生不需要诗,诗仍存在。

诗有诗之存在的理由,正如其他文学、其他艺术一样。

或许,诗之存在的理由,较诸其他文学,其他艺术更顽强些,更不可动摇些也未可知。

但在这里,关于此点,可以暂不置论。因为那已涉及更广泛得多了的文学论和艺术论的范围,而非单独一部门的诗论所必须加以处理的问题。

相对于社会,人生之抽象的性质,诗之存在是具体的。

古来迄今,人类既已拥有不少的雄篇与秀篇了。

我们可以任意举出但丁的《神曲》,屈原的《离骚》,保尔·梵乐希的《水仙辞》,T. S. 艾略特的《荒原》,惠特曼的《草叶集》,芭蕉、无村的名句,李白、杜甫的杰作,马拉尔梅或被誉为创造了一种"新的战栗"的波特莱尔的作品,或任何一位诗人的任何一首诗来做例子,说,看哪,这就是诗,这就是具体存在的诗。

只要有一首诗(伟大的或纯粹的)放在这里,就可以沉默地然而是雄辩地说明诗之存在的理由了。

诗乃经验之完成。

说得详细些是,以"诗的"方法完成了的"诗的"经验即诗。

因为其他文学、其他艺术,无一而非经验之完成。

特其他文学、其他艺术,各以其特殊方法完成其特殊经验而已。

所谓诗的经验,有殊于一般经验:前者具诗的可能性,后者不具。

当诗人从包围着他的社会和他所通过的人生摘取诗的经验时,总该挑选那最富于诗的可能性者。

只有那些"普罗诗人""大众诗人"才对日常的一般经验表示好感而自以为此即所谓"把握现实"。其实那是最无知的、最愚蠢的事情。

[①] 原载1944年3月《诗领土》创刊号。

于是，当诗人以诗的方法完成其所摘取了的诗的经验，使成为一艺术品，一全新的生命，一具永久秩序之整体时，诗之存在的理由便告成立了。而诗人乃其创造物之耶和华。

这和社会的需要与否、人生的需要与否毫无关系。虽则诗的经验乃是摘取自社会与人生的，然而不能据此即谓诗之存在的理由有待于社会、人生之需要而始成立。

诗不因社会、人生之需要而存在，亦不因社会、人生之不需要而消灭。

作为经验之完成的诗，作为艺术品的诗，作为全新的生命的诗，作为具永久秩序的诗，其自身即存在的理由，无人能推翻，无人能否定。

（二月二十三日于居无室）

何谓新诗的厄运[①]

现在这里，限于篇幅，不能像谭维翰先生那样的在大型刊物上高谈阔论。我只提出下列二个问题，请他答复：

第一，所谓"新诗的厄运"是否由我造成了的？如果是的，根据何在？如果不是的，是谁，并且根据何在？

第二，我的《脱袜吟》（一九三四年所作）是否即足代表我的诗的全部？陈孝耕的《失恋的楼头》是否即足代表他的诗的全部？又，单是"何其臭的袜子，何其臭的脚"这两行是否即系《脱袜吟》之全部？单是"今夜是十五，明夜是十六"这两行是否即系《失恋的楼头》之全部？又，当批评或论断一个诗人时是否应该仅以一首诗的两行为根据？

如果所谓"新诗的厄运"的确是由我造成了的，则我从此以后停止诗的发表（不是写作）也未尝不可以。但在我们看来，所谓"新诗的厄运"似乎是并不存在着的。而存在着的，倒毋宁是通俗故事制造者（有殊于小说家）的横行与跋扈吧。

还有一点，要请谭维翰先生注意的是，作为我们的同仁之一的陈孝耕君，现在还只是一个二十岁左右的很年轻的中学生，而发表在《诗领土》第一号上的他的两首诗，在他乃是第一次的发表。对于一株稚嫩的树苗，最好是多怀一些善意，予以灌溉，予以保护，寄以期望，而不必施以暴虐的皮靴子的践踏，即使有什么看了不顺眼处。

[①] 原载1944年4月25日《诗领土》第2期。

银幕上的史诗[①]

看完了《春江遗恨》之后，我有感想和希望各一，写在下面。

感想：这部影片不受一般"消遣本位"的鸳鸯蝴蝶派的爱读者——诸如老板少奶奶姨太太之类——欢迎是必然的。彼等注意力所集中之点，较诸几个主要的演员之演技，三位名导演之手法，镜头、灯光、录音、史实、理念，与夫制作意旨等等，毋宁是在于担任"瘦子杨"与"胖子林"的两个滑稽的角色的"噱头"上面。但是无论如何，透过了银幕表面，看到了影片内在的深处与高处，得到了历史的教训与启示的观众也还是有的。至少，我就是大为这一作品所感动的一个。我承认这是一首很好的史诗，它不仅仅乎只是一部影片而已。可以说，《春江遗恨》这一作品乃系一首描写在银幕上了的史诗，而且是"纯东亚的史诗"。如果仔细一点阅读，你还可以发现它的悦耳的韵律、悲壮的声调，与夫完美的形式。而特别使我满意的是最后那码头握别的一幕，其所含之暗示实太丰富了。我不懂，为什么我们这个文坛上的作家们不在内容题材上多多注意于"有意义的东西"之把握与表现，而偏偏要去迎合一般人的低级趣味，老是写些无聊之极了的鸳鸯蝴蝶派的所谓"小说"，把个文坛水准愈弄愈低了呢？——诚乃不可饶恕之至！

希望以《春江遗恨》为始，我希望今后看见有新的中日合作之影片之出现；并且希望除了在"历史片"的方面继续努力之外，也不妨拍一两部以今次亚洲战事为主题的"时事片"，而带点罗曼蒂克气息的椰子林的"南方片"，也希望能够让我们看到。总之，我所要求的不是给予一般观众的低级趣味的满足，而系对于彼等具有启蒙与教育之作用意味的比较高尚的深刻的东西。愿大家努力吧！

[①] 原载 1945 年 1 月 20 日《新影坛》第 3 卷第 5 期。

春夜[①]

一

春寒料峭之夜,我有海的怀念、沙滩的怀念和贝壳们的怀念;我有昔日的怀念、家的怀念、湖的怀念、古老的巷的怀念和小城市的怀念;我有许多的友谊的怀念,而我的朋友们是在流离失所中,在远方,在生活的重大的压迫之下,窒息着,和我一样。

啊啊,生活,张开血盆般的大口,吃我们!吃我们的青春,吃我们的幸福,而且,吃我们的理想和意志。

海、沙滩和贝壳们死去;昔日,家、湖、古老的巷和小城市死去;许多的友谊死去。我是孤独的,孤独的一个。如今,我是一无所有的了。凡我所曾经有过的,悉皆葬送于生活那狞恶的魔的血盆般的大口里去了,除了这剩下来的最后的一个理想和一个意志。

是的,一个理想和一个意志,我所仅有的了。它们是我的存在的理由,是我的生命的灯和引擎。我要保护它们,不让生活扑过来一口把它们吞掉。如果连这也被吃掉,那么,我就完了,虽活着也是死的。

我一点也不否认在生活的重大的压迫之下,我的理想曾经一度几乎归于幻灭,我的意志曾经一度几乎发生动摇。啊啊,多么可怕!多么危险!但在今天,我挺着胸,叉着两手,站在这里,像一个铁人,像一个铜像,而我的两眼遥遥地注视着那使人发狂的地平线:那是希望。

哈哈哈哈,生活你这可诅咒的魔鬼,来吧,任你一口把我吞掉,我不害怕。我宁愿以我的肉体的死换取我的理想和我的意志的生,不是普通的生。是永生。

二

在这春寒料峭之夜,油盏灯下,我工作着,很愉快地,因为我是有自

[①] 原载 1945 年 5 月 1 日《文帖》第 1 卷第 2 期。

觉的。我自觉的我的理想和意志的永生较之我的肉体的生命尤为重要。我不能出卖它们！我绝不以我的理想和意志去贿赂生活，换得温饱。让饥饿和寒冷继续迫害我吧，我是微笑着的。

家中的米已没有了，由他！冬季大衣已卖掉了。再说！一切必须死去的必须死去，哭什么！一切不可挽回的不可挽回，想怎样！你以为我很冷酷吗？不，不，谁要是真能够熬得过这眼前的一段荆棘路，那么走完了它之后，谁就一定可以看见圣土辉煌的塔、永不凋谢的花和常春的树，还有音乐和酒。

三

我想我应该给天南地北的朋友们寄一些消息去，告诉他们，在这样的夜里，我有太多的怀念；而现在是十一点。我也应该向我曾经住过的每一城市说晚安，愿它们太平，愿它们好。但是我连一分邮票也没有了。我想大声呼喊，喊他们的名字。除非他们说是顺风耳。他们当然听不到的。也许他们已经忘记我了。唉唉，我也忘记他们算了。可是，朋友的名字也永远忘记不了。因为我有记忆，它是个大坏蛋，常常使我心烦意乱。但我咬咬嘴唇：我只得冷酷些。否则，我就哭吧！但这成什么话，我是一个男子，堂堂正正。不许伤感！

我有一个意志和一个理想。

我是孤独的，今天，孤独一点是好的。为什么要成群结党，像那些狐群狗党。我简直瞧他们不起。让他们去花天酒地，享受一个痛快。至于我，欢迎生活，那狞恶的魔鬼，不妥协地活着。朋友们哪，我曾经住过的每一个城市哪，如果你们晓得了我是如此，你们就可以放心吧：我没有堕落。这是能以告慰于你们的。相信我吧，如果甘心堕落的话，我早就饱而且暖了；而且像这样的文章，我也不必写了。

相信总有这么一天，天南地北的朋友们重又和我在一起了。

相信总有这么一天，我去旅行，向我曾经住过的每一个城市作亲切而愉快之拜访。

记炎樱[①]

首先，读者诸君，请你们不要吃豆腐，我要谈的虽然是一个写文章的印度女孩子，但我替《语林》写这篇东西，依然是规规矩矩的，故所以不是什么捧场式的"访问记"之类，只是一种简单的印象的文艺批评而已。

最初看到她的文章，是在《苦竹》第二期上。那篇文章的题目是《生命的颜色》。觉得不错。其次是《苦竹》第一期上的《死歌》也好。我是不大看别人文章的，偶尔翻翻书报杂志，印象好的也有，也有全无印象的。

本来对于一个人的文章，觉得好或不好，并不一定看了许多之后才有印象，而主要是决定于最初的印象。这一点我想，不仅仅乎是我一个人如此，大家都如此吧。

炎樱的文章，我只看过这两篇，但我已经很满足了。听说她现在和张爱玲计划开一个什么设计衣服样子的店，也许已经开幕了，也许生意很好，但是这些事情不要管吧，因为这些，都不引起我的兴趣。而引起我的兴趣的，是她的文章。

先说人。

四月某日，应某友之约，到某地点去吃咖啡，在座的有炎樱，还有张爱玲。张爱玲已经见过好几次了，但是炎樱，还是初见。我的英语，蹩脚万分，不能直接和这一位阿拉伯种的印度女孩子交谈，便由张小姐和友人某君替我们翻译。因为比较简单的中国话，她能够说得流利而且文法正确，这使得翻译的人省力不少。如果我的蹩脚英语是四十分的话，那么炎樱的中国话，应该给她六十分了。她说她很懒，不常写东西。其实这不要紧，与其粗制滥造写一百篇劣等文章，不如偶尔写一两句警句，而炎樱的《生命的颜色》就句句都是警句。《生命的颜色》是由张小姐给翻译了出来的。但是《死歌》，据说是她直接以中文写了的。能有这样的中文程度，那真是可惊异的了。

炎樱是圆脸，微黑的肤，会说话，中等的身材，其整个的感觉，不是"西洋"的，也不是"东方的"，而是"世界的"，是"现代的"。当然，我说这话的意思，并非指"物质生活"的现代化，而系指"精神状态"的现

[①] 原载1945年6月1日《语林》第1卷第5期。

代化。什么是真正的现代化？是舞场里的派对之类吗？决不。那些形式主义！无聊之至！那些是中国人的浅薄，特别是上海人的浅薄！浅薄的上海人，以为"狐步"跳得圆熟，西装穿得笔挺就是"现代化"了，岂不太可笑吗？那些浅薄的上海人，是不懂得怎样使他们的精神生活现代化的。丢开他们不要谈了，那些使人作三日呕的绣花枕头、小白脸！

炎樱，她主要的生命力的消耗（我的意思：一切艺术、文学及其他文化的活动，无一而非生命的消耗，正如恒星必须放射它们的光与热，从事艺术、文学及其他文化活动的人，也必须消耗其饱满而丰富的生命力）是在绘画上，文学倒是次要的。我没有看见过她的画（封面之类不算），不晓得画得究竟怎样。但是文章有怎样的成绩，绘画上的才能，想一定很高吧。那天，我们曾经谈到绘画，她的见解是很对的。我喜欢塞尚、马蒂斯和毕加索这些人，她也喜欢。我喜欢新派是因为他们是真正的绘画、本格的绘画。这个意思，炎樱全懂。她说，绘画总不如摄影那么"毕肖"吧，一定要"像真的一样"，可以不必作画了，拿照相机去拍照吧，——这话就对极了。他们知道我本来是学画的，而现在放弃了，都认为很可惜。为什么不继续拿着画笔在画布上涂颜色呢？我告诉他们，有两个原因：其一，我太穷了，颜料之类买不起，而且即使有钱，买不到上品的，劣等颜料我不高兴用；其二，生活不太安定，忙得没有画的心情，只好将来再说。他们问我为什么不画水彩呢，那是比较轻便些，也经济些的。我说：不够表现。非画油画不可。顶好是拿大刷子在墙壁上扫来扫去，那才痛快。炎樱也是喜欢画壁画的，听了我这句话，几乎要拍手了。

炎樱读过我的诗《人间有美》，那是张小姐从我的集子《夏天》里找出来译了给她听的。她说要在我的集子的下面每一首都给画上一点什么。我说可以。便把随身带着的一本《夏天》签了名送给她，让她画去。听说她给废名、开元合著的诗集《水边》每一首都画上了一种颜色，那是恰巧象征着诗的情绪的。这可真有趣呢。

那天张爱玲的头发样子变了，卷上去，好像剪短了似的。因为我问，才知道是炎樱亲手替她打扮了的。炎樱有个理由：身材高的人，头发宜乎短些；反之，身材不高的人，头发宜乎长些。这话，我不十分赞成。而在这一点上，炎樱与我不同。她到底是个女孩子，不能完全看见我们男人的审美的世界，正如我是男人，也不能完全赞成她的理由一样。为了礼貌起见，当时我没有批评她。可是现在，我要说出来了，无论是身材高的或不高的女人，头发总宜乎长长地披在两肩上，才有风致，而这风致，是天然的，不可把它破坏。为什么女人的头发应长披及肩呢？因为长发披肩的感觉是温柔的、神秘的,而男人对于女人的看法,往往温柔第一,神秘也很重要。

总之,炎樱,这个女孩子的见解,有许多地方的确是可称赞的。那些写了论文要恶意地攻击现代新兴绘画的人们,应该听听炎樱说的话!

现在,我要抄几行炎樱的文章给大家看看了:

> 每一种情调,每一件事的奇偶可以用一个颜色来翻译。……各个人也都是颜色的跳舞,色调的舞剧。
>
> 她新烫的头发总之是不该怎样就怎样。但她最使人注目的一部是她涂得鲜红的厚嘴唇,把她的脸切成两半……而她的突出的,高高低低的牙齿永远露在外面。整个地使人想起了破开了的红瓤黑籽的西瓜。
>
> 要灵魂,先得伺候胃脏。但怎见得是身体的饥饿而不是精神上的?
>
> 男主角肩膀垫得很高,腰束得细细的,这给了他一个完美的V式的上身。他的热烈的拥抱,痉挛性的,时候发作,使看客的神经紧张过度,因为不由得要替他担忧,可会抱错了,抱了他父亲。
>
> 看男人的衣服,就像永远戴着黑眼镜来观看人生。……即使是无牵无挂的独身,喝酒作乐,闹闹嚷嚷,看上去也有那丧葬的气氛。
>
> ——生命的颜色

就只是信手抄下了的这些句子,读者诸君,请欣赏吧,真是值得向你们推荐的。而她的那些小题目,也是很可爱的:毒粉红,埃及的蓝,权威的紫,牢监的灰,春雨绿,土地的绿,处女的粉红,风暴的蓝,Van Gogh的向日葵的黄等等。

炎樱对我说,她的文章,恐怕人家看不懂吧。我的回答是:何必要许多的人都懂?而好文章,往往是没有几个人真能看得懂的。请问谁晓得"风暴的蓝"究竟是什么?可是我晓得这种蓝,只要一两个人晓得就够了。例如,现在打仗,天下大乱,就是在这样动荡不安的年代,偶尔有一天,下午,在一家咖啡店里,几个人坐着,谈谈文学,谈谈绘画,整天的匆忙里抽出来的很少的一点闲暇,不也是一种"风暴的蓝"吗?

在友人 Y 的家里①

有一晚在友人 Y 的家里。太太出远门去了。Y 君的日子,应该是很寂寞的了吧。六时半,来吃夜饭的客人们都到齐了。除我,还有 C 君、S 小姐和 L 小姐。S 小姐和 L 小姐都是 Y 君的高足,爱好文艺,也常写点东西,并不比那些出了名的女作家们有太多的逊色。但是她们毕竟还是学生时代的女孩子,不脱一般女学生的习气,随身都带着有文艺书以外的纪念册。当然,我同 C 君都不得不涂一点什么上去,便涂了。我涂的是自己的诗句,C 君涂的是钢笔画。C 涂完了,C 君的兴致很好的样子,他在另外的一张纸上,又画了一点房子和树,递给我看,并且告诉我说,那就是他的故乡的家,从上海启程陆路回去,费十一天工夫可到,而他是决定再过几天工夫就真的离开上海啦。

"是吗?"我说:"可别忘记了给我们来信哪!"

"当然写信给你们的。"他说。

我说:"真是可羡慕的,有家的人。至于我呢,我是既没有家,也没有故乡的啊。"

Y 君和两位小姐都有点黯然起来了。于是我点一支烟抽,把自己的感伤抑制下去。

静了一会,C 君告诉我们说那房子的图样当初是他父亲亲自设计了的。

"真有趣呢!" Y 君和我同时称赞着。

"他是工程师吗?" S 小姐问。

"不是," C 君说,"是在南洋一带做生意的。"

"现在在上海吗?" L 小姐问。

"不," C 君说,"已经去世了。"

天气很热,饭还没有弄好,我便走到凉台上去吹吹风。我忧愁地看看弄堂里的那些房子,那些房子使我忧愁。这么大的上海,这么多的房子,竟没有我住的地方!不是没有我住的房子,是没有住着心里舒服一些的房子。搬来搬去我已经受够了那些二房东的气了。

人家说,有家归未得。但我是根本没有家的,从而也没有真正的故乡

---

① 原载 1945 年 7 月 1 日《文帖》第 1 卷第 4 期。

了。所以我是连这一句话都没有资格说的啊。

然则，大丈夫四海为家吧。这才够多么豪壮的。本来天南地北，于我是一样的。我到过许多的地方，看见过不少的名山大水，听见过各种各样的土语方言。但是，人在身心两疲了的时候，总得找个休息之所，以是家与故乡，有其重要的意义。而在我的字典上，所谓故乡，它的解释，便是有自己的房子存在着的地方，那是可以回去休息一个时期的。至于原籍、祖籍之类，我是根本不管它的。我当然也有我的籍贯。可是如果回到我的原籍、祖籍的地方去，我也是除了寄居亲戚家里之外，便只有开旅馆的房间了。因此，原籍、祖籍之类，在我看来，不成其为故乡。假如我在上海有一所自己的房子，不管它是怎样小法，怎样陋法，我也要认上海为我的故乡的。假如我在外国的某一地方有一所属于我自己的房子，我也同样承认它是我的故乡的。而在这一点上，我才算是一个四海为家的人呢。四海漂泊、到处流浪，不是我的字典上的四海为家的释义。

对于C君有一个可以归的家，我真是说不出来的羡慕。Y君在他的故乡，也有一个可以悠悠然度其田园生活的家。S小姐也有。L小姐也有。只有我是一无所有的啊。

"有家可以归"的人们是第一等的大幸福。

其次是"有家归未得"的人们。

再次是"在家想出门"的人们。

最不幸的是"无家可归"的人们。而我，便是属于这个第四类的。

夜饭开上来时，Y君招呼我进去吃。C君还在画着。S小姐和L小姐还在谈着。我坐下去，大家举起杯子来谢了主人。我努力把方才站在凉台上吹风时所想的一大串心事，捺入自己的灵魂的箱子，锁起来了。

本著作系国家社科基金一般项目"基于两岸整合研究的赴台文人佚作辑录与年表编撰"（项目编号：14BZW140）之部分成果。

文海拾贝
——中国现代作家集外文考与年表编撰
（上册）

WENHAI SHIBEI
—— ZHONGGUO XIANDAI ZUOJIA JIWAI WEN KAO YU NIANBIAO BIANZHUAN

程桂婷　范桂真　朱晓莲　李　艳◎著

程桂婷　范桂真　李　艳◎辑校

中山大学出版社
SUN YAT-SEN UNIVERSITY PRESS
·广州·

版权所有　翻印必究

图书在版编目（CIP）数据

文海拾贝：中国现代作家集外文考与年表编撰：全二册/程桂婷等著；程桂婷，范桂真，李艳辑校. —广州：中山大学出版社，2022.5
（广东哲学社会科学成果文库）
ISBN 978-7-306-07502-4

Ⅰ.①文… Ⅱ.①程… ②范… ③李… Ⅲ.①中国文学—现代文学—文学研究—年表 Ⅳ.①I206.6-62

中国版本图书馆 CIP 数据核字（2022）第 065381 号

WENHAI SHIBEI：ZHONGGUO XIANDAI ZUOJIA JIWAI WEN KAO YU NIANBIAO BIANZHUAN

出 版 人：	王天琪
策划编辑：	金继伟
责任编辑：	叶　枫　金继伟
封面设计：	曾　斌
责任校对：	麦晓慧
责任技编：	靳晓虹
出版发行：	中山大学出版社
电　　话：	编辑部 020-84110283，84113349，84111997，84110779，84110776
	发行部 020-84111998，84111981，84111160
地　　址：	广州市新港西路 135 号
邮　　编：	510275　　传　真：020-84036565
网　　址：	http：//www.zsup.com.cn　E-mail：zdcbs@mail.sysu.edu.cn
印 刷 者：	佛山市浩文彩色印刷有限公司
规　　格：	787mm×1092mm　1/16　49.75 印张　862 千字
版次印次：	2022 年 5 月第 1 版　2022 年 5 月第 1 次印刷
定　　价：	128.00 元（全二册）

如发现本书因印装质量影响阅读，请与出版社发行部联系调换

《广东哲学社会科学成果文库》
出版说明

　　《广东哲学社会科学成果文库》经广东省哲学社会科学规划领导小组批准设立，旨在集中推出反映当前我省哲学社会科学研究前沿水平的创新成果，鼓励广大学者打造更多的精品力作，推动我省哲学社会科学进一步繁荣发展。它经过学科专家组严格评审，从我省社会科学研究者承担的、结项等级"良好"或以上且尚未公开出版的国家哲学社会科学基金项目研究成果，以及广东省哲学社会科学规划项目研究成果中遴选产生。广东省哲学社会科学规划领导小组办公室按照"统一标识、统一封面、统一形式、统一标准"的总体要求组织出版。

广东省哲学社会科学规划领导小组办公室
2017年5月

前 言

2014年6月，我所主持的国家社科基金一般项目"基于两岸整合研究的赴台文人佚作辑录与年表编撰"获批立项。该课题中的"赴台文人"特指那些在大陆时已取得一定文学成就、在20世纪40年代中后期因政局变动而奔赴台湾的文人，如胡适、林语堂、梁实秋、覃子豪、王平陵、台静农、谢冰莹、纪弦等。这些作家在赴台前即在大陆或积极从事文学创作、翻译、批评活动，或组织社团、创办与编辑文艺报刊等，他们赴台后将传统文化和五四新文化的薪火传播到台湾，成为台湾文坛的中坚力量。这是中国现当代文学史上一个较为特殊、非常复杂而又十分重要的群体。但由于众所周知的历史和政治的原因，这个群体并没有得到充分的研究。特别是海峡两岸长期对立的特殊状态，给史料的搜集工作带来了很大的不便，这些赴台文人中有很多人至今没有全集出版，甚至不见有较为详细可信的年表问世；而像林语堂、覃子豪等已出版全集的，作品也遗漏甚多。因此，该课题的主要任务就是搜集史料、辑校佚作、编撰尽可能详尽的文学年表，从而为出版更完善的全集和推动进一步的整合研究打下基础。应该说，这是一项很有意义也很有价值的工作，但也是一项极为繁重和艰巨的任务。所幸我带着三个在读的硕士研究生在历经五年的四处奔波和挑灯夜战后，终于有了较为丰硕的成果，于2019年5月顺利结题，并获得良好的评价。

第一，在集外作品辑校方面，我们搜寻到林语堂佚文100多篇、覃子豪佚文150余篇；由于梁实秋、王平陵、谢冰莹、纪弦尚未有全集出版，我们则尽可能地搜集了在大陆与台湾可见的这些作家未结集出版的作品。因为已搜集到的集外佚作与相关文献太多，所以辑校的任务也非常繁重，而如果想要将这些文献全部辑校完毕（保守估计也将超过1000万字），尚需时日。为了能在项目有效期内结题，我们只选校了一小部分集外文。"选校"的标准大致来说，注重考虑两点：一是尽量顾及文体的全面性，如一个作家在小说、剧本、诗歌、散文、评论、翻译等多个领域都有著述，我们会在各种文体中各选一些集外文进行辑校；二是尽量顾及时间的延续性，如一个作家从发表处女作到最后的封笔之作，往往有几十年的时间段，我们会在各个时期各选一些集外文进行辑校。至于"校"的程度，我们是尽量保留了原文的风貌，只对明显的脱字、错字、衍字酌情加以订正。

第二，在年表编撰方面，由于学界目前对这些赴台文人的研究参差不齐，有些如胡适、林语堂等，在大陆与台湾都已有全集出版，并有多种传记与年表问世；而有些如王平陵、谢冰莹等，在大陆与台湾都尚无全集出版，有些甚至未见有传记与年表。基于这样的研究现状，我们在编撰年表时也有所区别。像林语堂和梁实秋，我们仅编撰了《林语堂集外拾遗简编》和《梁实秋集外拾遗简编》；而对于其他研究比较匮乏的赴台文人，我们则编撰了较为详尽的文学年表，如《王平陵文学年表》《谢冰莹文学年表》《覃子豪文学年表》《纪弦文学年表》。其中又因大陆学界对王平陵研究甚少，我们对他的年表编撰用力最多，几次三番地沿着他的生命足迹奔波各地，尽力搜集资料，最终为其编撰出7万余字的文学年表，基本涵盖了他一生的文学活动。

第三，我们撰写了近20篇研究文章。在佚作搜寻与史料整理的过程中，我们发现了不少问题。比如，我们发现林语堂还有一个鲜为人知的笔名叫"予宰"，而常常出现在诸多林语堂简介中的"岂青"其实并不是他的笔名；我们发现梁实秋的处女作是在他就读京师公立第三小学时就发表的《读薛煊〈猫说〉书后》，是年，他才虚岁十三；我们发现覃子豪并不像目前学界所认为的是1947年初次赴台，而早在1945年12月7日，他就搭乘台湾抗日领袖李友邦所领导的义勇总队的船去了台湾；等等。当然，对于我们所搜集和整理的堆积如山的史料和佚文来说，这些研究远远不够，还有很多问题都值得探讨，例如林语堂对中西文化翻译传播的选择问题、梁实秋人文主义精神的起源与发展问题、谢冰莹的革命诉求与女性意识的冲突问题、王平陵的办刊主旨与抗战活动问题、纪弦在上海沦陷时期的历史问题，等等。我们对以上问题都很感兴趣并有所思考，只是还未来得及写成正式的论文。而有些论文是课题组中的在读硕士研究生所写，其行文与思考也还颇显稚嫩。

需要特别说明的是，原本胡适与台静农也是本课题所包含的主要研究对象，但在课题进行的过程中，黄乔生主编的11卷13册《台静农全集》

于2015年10月问世了，这当然是一件喜事，只可惜我们费时费力辛苦搜寻的许多资料基本上无用武之地，我们只能依据新出版的《台静农全集》查漏补缺，撰写了《〈台静农全集〉补正》一文，补充了该全集所遗漏的35篇佚文，并更正了年表中的一些错误。鉴于这样的教训，当闻悉台北"中央研究院"胡适纪念馆正在筹备出版60卷本的新版《胡适全集》时，我们立即停止了对胡适佚作的搜寻工作，以便将更多的时间和精力投入到其他赴台文人的研究当中。

说实话，虽然随着课题的进展，我们收获渐多、成果日丰，但我不止一次地感到沮丧，因为这几乎是一项永无止境的工作：史料无法竭尽，佚文层出不穷，而诸如黎烈文、傅斯年、钟鼎文等赴台文人还未进入研究计划……我也不止一次地感到懊恼，这本应该是一个重大项目的选题，应该有更强大的队伍和更多的经费来保证课题全面、深入地开展……然而就在沮丧与懊恼之中，我们不得不赶在最终期限到来之前申请了结题。但正如我在结题材料的前言中所写的："结题只是项目形式上的终止，而研究可以与生命一起继续同行。"申请《广东哲学社会科学成果文库》以便成果早日出版，也并不意味着研究工作的结束。唯愿这些辛苦得来却未必尽如人意的成果，能早日面向读者发挥它们应有的作用，以慰藉我们无数个埋首旧报、苦中作乐的夜晚。

回首六年前撰写此课题申报书的寒冬，我尚居南昌，大女儿李鲁西未满两周岁，"申报书"大概是她最早认识的几个汉字了；那时的我还远不曾料到，多年以后整理完书稿并撰写前言的盛夏，我已迁居汕头，父母在侧，小女儿李鲁南刚刚降临人间。多事的庚子年，新冠病毒仍在全球肆虐，百年难遇的滔天洪水正威胁着我的故乡鄱阳。世事如梦，人生几度秋凉，所幸我所热爱的学术研究与世俗生活都还在继续。

课题组中的三位硕士研究生：致力于王平陵研究的范桂真同学已是河南大学中文系的博士研究生；分别承担了谢冰莹与纪弦研究任务的朱晓莲与李艳同学也都硕士毕业，开启了自己的教育事业。相信历经了这样艰苦而严格的学术锻炼之后，她们的人生道路会越走越宽。作为课题组成员，她们有各自的分工，当然要文责自负；但作为一个整体，本成果中所有的疏忽、错误之处，还应由我一人承担。

最后，衷心感谢在此课题立项、进行、结项，以及在申报《广东哲学社会科学成果文库》的过程中，给予我无私帮助的已知或未知的师友们！本成果中的部分文章已在《中国现代文学研究丛刊》《新文学史料》《鲁迅研究月刊》《台湾研究集刊》等刊物发表，特别感谢这些给予了我大力支持的编辑老师们！另外，还要感谢我的爱人李斌，他多年从事中国现代文学的史料研究工作，出版有《欧阳予倩年谱（1889—1962）》《欧阳予倩佚文辑校与研究》，积累了丰富的经验，本成果中的许多史料都来自他的辛苦搜寻。

程桂婷
2020 年 7 月 15 日于汕头大学

似乎有必要做些补充说明。2019 年 2 月，我在国家社科基金鉴定结项时提交的成果是 105 万字；因考虑到出版经费等问题，2019 年 9 月，我在申请《广东哲学社会科学成果文库》时将成果删减到 70 万字；2020 年 7 月，我将入选《广东哲学社会科学成果文库》的 70 万字书稿提交给出版社，只对"前言"略做修改。然而，现在又由于版权等原因，不得不删去林语堂、梁实秋、谢冰莹三位作家的集外文选校部分。

很遗憾，这部书稿越来越薄。在此万分感谢纪弦之子路学恂先生的关心和支持，若没有他的慷慨授权，这部书稿将会更薄。也非常感谢为这部书稿的出版花费了很多时间和精力的审读专家与编辑们，没有他们的辛苦付出，这部书稿或将不能如期问世。

程桂婷
2021 年 6 月 6 日于汕头大学

总　目　录

上册目录

第一辑　史料研究 …………………………………………… 1

第二辑　年表编撰 …………………………………………… 215

下册目录

第三辑　集外文选校 ………………………………………… 1

上册目录

第一辑　史料研究

《台静农全集》补正 ······ 程桂婷　2

新发现林语堂笔名与佚文二十九篇考论

　　——兼谈林语堂的汉译活动 ······ 程桂婷　15

林语堂佚简释读与笔名"岂青"献疑 ······ 程桂婷　28

林语堂佚简与史天行的骗术及其他 ······ 程桂婷　36

《社会月报》所载林语堂佚文三则 ······ 程桂婷　43

新发现梁实秋十三岁时处女作《读薛煊〈猫说〉书后》

　　——兼及梁实秋早年多篇佚文考论 ······ 程桂婷　52

覃子豪赴台时间考与集外诗文四篇 ······ 程桂婷　64

覃子豪与郭沫若的交游及其翻译事况钩沉 ······ 程桂婷　74

王平陵：五四潮流激荡出的进步文人 ······ 范桂真　83

王平陵与民族主义文艺运动 ······ 范桂真　95

王平陵在抗战时期的文艺活动 ······ 范桂真　110

史料发掘与谢冰莹小说的再认识 ······ 朱晓莲　126

谢冰莹的《从军日记》与"大文学"写作 ······ 朱晓莲　136

谢冰莹的《抗战日记》与抗战时期的文学活动 ······ 朱晓莲　148

谢冰莹主编的《黄河》与西北国统区文学 ······ 朱晓莲　162

路易士诗观考述 ······ 李艳　173

纪弦与台湾现代诗的发展 ······ 李艳　184

诗人纪弦的意识流创作浅析 ······ 李艳　193

论纪弦的现代诗美学 ······ 李艳　204

第二辑 年表编撰

林语堂集外拾遗简编 …………………………… 程桂婷 216
梁实秋集外拾遗简编 …………………………… 程桂婷 227
覃子豪文学年表 ………………………………… 程桂婷 233
王平陵文学年表 ………………………………… 范桂真 256
谢冰莹文学年表 ………………………………… 朱晓莲 339
纪弦文学年表 …………………………………… 李　艳 397

第一辑
史料研究

《台静农全集》补正

程桂婷

  黄乔生主编的 11 卷 13 册《台静农全集》（以下简称《全集》）[①] 于 2015 年 10 月问世，这对于台静农研究无疑是功德无量的一件大事。虽然此前海峡两岸暨香港亦有不少结集台静农作品的单行本出版，如内地有《死室的彗星》[②]《台静农散文集 1947—1989》[③]《台静农艺术随笔》[④]《台静农代表作》[⑤]，台湾有《台静农短篇小说集》[⑥]《龙坡杂文》[⑦]《静农论文集》[⑧]《我与老舍与酒——台静农文集》[⑨]《台静农先生辑存遗稿》[⑩]《台静农先生珍藏书札》[⑪]，香港有《台静农诗集》[⑫]，等等；但一套系统、全面的《全集》的出版，仍有其不言而喻的价值和意义。

  作家全集的编撰历来是一项费时费力的浩大工程，但因种种原因鲜有全集概无遗漏。《全集》也并未符合编者"除书画作品外，收录目前所能见到的台静农的所有作品"[⑬] 的初衷，竟然遗漏了台静农文学作品多达 35 篇。《全集》不全在所难免，但《全集》第 11 卷《台静农年谱简编》（以下简称《年谱》）中的诸多讹误更让人惋惜。为方便《全集》修订本及补遗本的编辑出版，下文即将笔者所发现的问题择要述之。

---

① 黄乔生主编：《台静农全集》，海燕出版社 2015 年版。
② 胡从经编：《死室的彗星》，百花文艺出版社 1985 年版。
③ 陈子善编：《台静农散文集 1947—1989》，人民日报出版社 1990 年版。
④ 陈子善编：《台静农艺术随笔》，上海文艺出版社 2014 年版。
⑤ 舒乙编：《台静农代表作》，华夏出版社 1998 年版。
⑥ 台静农：《台静农短篇小说集》，台湾远景出版公司 1980 年版。
⑦ 台静农：《龙坡杂文》，台湾洪范书店有限公司 1988 年版。
⑧ 台静农：《静农论文集》，台湾联经出版事业公司 1989 年版。
⑨ 陈子善、秦贤次编：《我与老舍与酒——台静农文集》，台湾联经出版事业公司 1992 年版。
⑩ 《台静农先生辑存遗稿》，台湾"中央研究院"中国文哲研究所筹备处 1993 年版。
⑪ 《台静农先生珍藏书札》，台湾"中央研究院"中国文哲研究所筹备处 1996 年版。
⑫ 许礼平编注：《台静农诗集》，香港翰墨轩出版有限公司 2001 年版。
⑬ 《出版说明》，见黄乔生主编《台静农全集》，海燕出版社 2015 年版。

一、集外佚文 4 篇

这里的"集"既包括《全集》,也包括此前海峡两岸暨香港所出版的各种文集,特别是陈子善与秦贤次跨海合作、历时 3 年编辑出版的《我与老舍与酒——台静农文集》,辑有台静农前期(1921—1949)佚文(包括小说、散文、剧本、论文)40 余篇。但笔者仍发现有 4 篇佚文,在《全集》与各文集中均未收录,《年谱》未曾提及,连台湾学者罗联添所著的《台静农先生学术艺文编年考释》①(以下简称《编年考释》)也不曾提到。

(1)《江汉篇》,发表于 1928 年 8 月 13 日《新晨报副刊》(第 8 号),署名青曲。全文如下:

江汉篇

离开武汉,匆匆十余年。武汉的一切大半是模糊了;所剩余的,仅仅是些迷离的回忆而已。这种回忆倒不觉得怎样的甘苦,不过只是微温的怅惘。

北来以后,遇见从武汉来的朋友们。我总要向他们问长问短,好像是见了从故乡来的人,同他们打听故园消息似的。

但我所纪念于武汉的,倒不是著名的古迹和名胜,却是当时所感受的一种意趣。这意趣自然无法向人说出,所以结果我所问于人者,并不是我心中所纪念的;而别人所回答者,尤不是我所要知道的。因此更形成一种虚空的幻想。

每次想将这幻想记下,总觉不能够。这幻想有如图画,再用文字写出,倒不免率然了。

烟波中

在中学时,所喜欢的,不是星期日,却是星期六的下半天。我总是爱在这下半天到武昌去。

---

① 罗联添:《台静农先生学术艺文编年考释(上下两册)》,台湾学生书局 2009 年版。

武汉是常常有雨的，不像北京这样的少。星期六遇雨，倒是常有的事。要是有雨的星期六下半天，我非常地有兴趣；我却不急于要赶到码头过江，故意推到黄昏的时候，穿了皮鞋，打着雨伞，傍着垂柳的长堤，经过上面写着"铁血精神"的烈士墓。

走到码头，独自雇了过江的划船。打着伞坐在船头上，伞上的雨声，和着舟子的双桨声，渐渐地划到苍茫的烟波中了。在这斜风细雨中，招呼舟子随着微波缓缓地走。遥望去，晴川阁黄鹤楼矗立在烟云迷漫中，令人想象到海上楼阁的幻相。忽地江鸟两三成阵掠过水面，飞到划船的左右，遽然地随波上下。忽悠又重行飞起，拍着水波，渐飞渐远，渐失踪迹，便隐没在烟波中了。

逼近汉阳门，人声嘈杂起来，这景象便失去了；我悄然的登岸，在泥泞的道上，参差在人群中走去。

旅　况

初到武昌，住在粮道街的某旅馆中；粮道街比较僻静，并不繁华，所常见的人便是学生多。

那时的离故乡，总是想家。终日忧闷在旅馆小楼上，除了看所不愿意看的书以外，什么地方也不愿意去，成日恹恹地躺在床上。但是一觉朦胧，便回到家中了，或同姊妹们一起，或向母亲说笑，或独自在花园里看书。兀然醒来非常的凄楚。白天睡得太多，一到晚间便苦了。在床上辗转着，老是睡不下去。于是就想到离家时情况。晨鸡刚叫，残月尚未西沉，晨星灿烂在天际，家中人都起来了，母亲叫厨子做饭。饭后，东方才发鱼白色，家人围坐在院中，母亲叮咛嘱咐，我只是默默地坐在一旁。……这样想下去，越发睡不了；起床摸了火柴，将旅馆的小煤油灯燃着，倚卧在床上读唐诗。有时夜风忽起，吹着窗户，震撼地响。院中的落叶，有时猛然打着窗棂，更觉可怕。这时候，孤独地对着昏灯楼角，格其难受，恨不得即刻飞到故乡。

今年春天，在幽声之中读周美成词，内有"似楚江暝宿，风灯零乱；少年羁旅"，顿使我回想到十余年前，初到武昌的情况。如今旅居北国，将近十年，这里已成了第二故乡。往日的乡想，早已消逝这寂寞的沙漠中了。

(2)《"举一个例"》，发表于1939年重庆《青年生活》半月刊第8、9期合刊，第13页，署名台静农。全文如下：

"举一个例"

鲁迅先生对于读史的意见这样说过："史书本来是过去的陈旧的账簿，和急进的猛士不相干。但先前说过，倘还不能忘情于呻吟，倒也可以翻翻，知道我们现在的情形，和那时的何其神似，而现在的昏妄举动，糊涂思想，那时也早已有过，并且都闹糟了"。（这个与那个）在急进的猛士献身于民族战争的今日，那"陈旧的账簿"，似乎与今不相干。然而伟大的洪流中，多年沉下的腐尸，受不了急流的冲洗，不免要浮泛起来，显露一下他那臭烂的尊容。因此，我们不妨翻翻那"陈旧的账簿"和当前泛起的腐尸对照的看看。可是过去的账簿，记留下来的太多了，不能细举，姑且"举一个例"罢——这是汪精卫向日本军阀膝下投诚的名文的题目，不妨借用一次。

我们读明代史时，见明一代沿海诸省受倭寇的侵掠和屠杀之烈，同现在的情形正是一模一样；但是那时汉奸之甘心为倭寇效忠，较之现在，复绝无二致——好像当时汉奸的子孙，遗传到几年来以后的今日，趁时而起，承继了乃祖乃宗的遗绪，俨然是孝子慈孙的勾当似的。即如明史日本传云：

当是时，日本王虽入贡，其各岛诸倭岁常侵掠滨海，奸民又往往勾之。

而大奸汪直，徐海，陈东，麻叶辈，素窟其中，以内地不得逞，悉逸海岛为主谋，倭听指挥，诱之入寇，海中巨盗，遂袭倭服饰旂，并分掠内地，无不大利，故倭患日剧。

（嘉靖）三十二年，三月，汪直勾诸倭大举入寇，连舰数百，蔽海而至，浙东西江南北滨海数千里，同时告警，破昌国卫。四月，太仓，破上海县，掠江阴，攻乍浦。八月，劫金山卫，犯崇明及常熟，嘉定。三十三年，正月，自太仓掠苏州，入崇德县。六月，由吴江掠嘉兴，还屯柘林……是时，倭以川沙洼拓林为巢，抄掠四出。明年正月，贼夺舟犯乍浦海宁，陷崇德，转掠塘栖，新市，横塘，双林等处，攻德清县。五月，复合新倭，突犯嘉兴，至王江泾，乃经击斩千九百余级，余奔柘林。其他倭复掠苏州境，延及江阴，无锡，出入太湖。大抵真倭十之三，从倭者十之七，倭战则驱其所掠之人为军锋，法严，人皆致死。

　　这史实告诉我们的,便是明中叶之所以"倭寇日据"者,不是倭寇有什么力量,而是中国人自己太不争气,于是为倭寇主谋,为倭寇先锋,为倭寇效死。几百年后的现时代的汪精卫,被剥下了中山装,裸露了久已沉烂的腐尸,穿上了和服,于是泄露了国防会议的秘密,跪向敌人乞怜,为敌人划策——如何进兵,如何轰炸,这些勾当,同几百年前的大奸汪直还不是一模一样么?所不同的,汪精卫不久前还是"总理原始之信徒,党内之副总裁"(吴敬恒先生语),而终因抗战的洪流,把他那腐尸的本质冲洗出来——原来是这样一幅臭烂不堪的嘴脸!自从他这幅嘴脸被冲出来以后,亦有人震于他过去的赫赫,不免有所惊异,其实秦桧初出山时,金人攻打汴京,要求三镇,秦桧就是力主不割地不投降的,及朝廷百官计议时,秦桧依然坚持着不割地不投降,不久,那大汉奸的真面目就暴露了。汪精卫过去何尝没有许多假惺惺的地方?然而无情的全民族抗战的洪流,终于将已经沉下了(的)腐尸浮泛起来——这腐尸除了恶臭以外,并无意义,行见这腐尸迎风而化,剩下的,不过敌人眼中的一架媚骨而已。

四月,二十四日

(3)《聚奎学校六十周年之感想》,发表于1940年《聚奎六十周年纪念刊》,第27—29页,署名:霍邱 台静农。全文如下:

聚奎学校六十周年之感想

　　今之聚奎中学,其前身为书院。由书院而学校,至今六十年矣。此六十年中,满清主政与中华建国各居其半。值国家多事之秋,新旧交替之会,聚奎能屹然一隅,延续至六十年之久者,诚我国近代教育史所罕见。然非有热心宏愿以赴之者,曷足致之。中枢迁蜀以来,白沙绾上游交通。于是四方流寓或取道白沙者。莫不知黑石山有聚奎中学。又莫不交誉其规模之宏远与夫办理之完善。盖自有其特立之精神在非偶然也。综其要可得而述者二:

　　(一)以学校为社会:学校生活本无异于社会生活,特其范围较为单纯耳,故教育青年者若使之与社会生活相隔离则如温室养花,未有不迎风而萎者。然竟有努力于此者,学生所有服用往往强制划一,甚至因时而异。但博观瞻，忽于实际。家庭既疲于供给，学生复习于奢侈。戕贼青年滥费物力，莫此为甚。聚奎学风则不然。粝食弊衣，赤顶草履，欣欣然不以为苦。灌园壅苗春碓饷畜，且优为之。于以知生事之艰难，益淬厉于学问。此以学校为家庭，又以家庭为社会也。

（二）为修己而求知：近代我国教育，大都模仿西洋，未必适合国情。其来自农村之青年，往往一受都市文化之熏染，即不易回复其旧日生活。若矢此志而谋社会之改进，尚不失为善因。特多不作根本之计，骛求享受，竞趋腐败，此诚吾人意外之恶果。聚奎学风大异于是。观其历年毕业生之众，除深造者外，其商者仍复为商，工者仍复为工，农者仍复为农，不以曾受现代新知而羞侪于齐民。反之为治生入世而求新知。倘举国基本教育如此，则中国社会当早跻于健全之境矣。以上两端，但就管见所及者述之。教育专家对之，谅更有深切之感想也。抑又闻之吾友周光午校长，聚奎之能有如此悠久之历史，与今日之进步者，纯有赖于继起者之贤劳。如无邓蟾老之斥巨资，则聚奎无以固其基本，若无邓褵老之致辛勤，则聚奎无以具此远模。褵老今犹芒鞋席帽，亲群工之中，指挥而不疲；蟾老亦时策杖来黑石山。英英年少，弦诵不辍，每相顾而微笑。皤然二老之有造于乡邑而及于国人者，为何如耶？世之贤达，亦有闻其风而兴起者乎？企予望之。

（4）《谈台湾歌谣》，发表于1947年上海《远风》半月刊创刊号，第38—39页，署名孔嘉。全文如下：

谈台湾歌谣

梁任公游台湾，曾有台湾竹枝词之作，其作法为依据台湾民歌原意，而略变其辞藻，亦有一首仅变其二三句者——此与用竹枝词体咏风土者又不尽相同。任公序云："晚凉步墟落，辄闻男女相从而歌，译其辞意，恻恻然若不胜谷风小雅之怨者，乃掇拾成什，为遗黎写哀云尔。"任公之来台湾，当在戊戌政变以后，其于台湾民歌，虽非搜辑性质，但总算是注意台湾民歌最早的人了。

在日本方面则有平泽丁东编辑的《台湾之民歌》，印行于大正七年，即一九一八年，上距台湾之丧失已二十四年，所搜虽仅二百首，已是最早的台湾民歌之总集了。而钟敬文曾在国内发表的《台湾情歌集》，实系据《台湾风俗志》中抄出者；厦门谢云声的《台湾情歌集》，又系据泉州绮文堂刻的《台湾采茶歌》而改题书名的，绮文堂刻本，出书于何时，虽不确知，据友人云是在《台湾民歌集》之后。

至日本昭和二年六月——即一九二七年，《台湾艺苑》连载《台湾国风》四十余首，民歌之出现于文艺杂志，此为创例。五年则有《三六九》报的《黛山樵歌》专栏，刊载共有百余首；六年，有醒民氏者在《新民报》上提倡整理歌谣，得懒云氏及全岛同好者的支持，又刊出一百余首，而研究的范围从此也就扩大了。十一年台湾文艺协会印行了李献璋君编辑的《台湾民间文学集》，辑得歌谣将近千首之多，可谓洋洋大观了。

李君自序云："虽然是为我自己的不中用所致，但辛苦地费了两三年的死功夫，好容易才把这近千首的歌谣与二十三篇故事，搜集拢来校订或整理而付印。现在要拿这带有许多使命的小册子送出江湖了，真教我禁不住做开荒者的无限感慨。"序中且说到中间经过许多的非难与谩骂，而被日本统治了四十余年，早以日本话为国语，以日本文为国文的时代，竟有人以本民族的文字，搜辑自家的真实的歌唱，当然会招致许多非难的，此所以李君不免有"无限的感慨"也。

然而获得同情与支持者，亦大有人，如为李君作书序的懒云氏便是。懒云氏姓赖名和，懒云是其字，为免日本特务的关系，还有很多的笔名。因从事解放运动生平两次入狱，以此损坏了身体，五十岁就死去了，死年为民国三十二年。他是台湾新文化开拓者之一，故李献璋君以及上面提到的醒民氏的搜辑工作，均得了这位开拓者的支持。其为李书序云："这些被一部士君子们所摈斥的民间故事与歌谣，到了现在，还能够在民众的嘴里传诵着，这样生命力底继续挣扎，我们是不敢轻轻看过的；何则？因为每一篇或一首故事和歌谣，都能表现当时的民情，风俗，政治，制度；也都能表示着当时民众的真实的思想和感情。所以无论从民俗学，文学，甚至于从语言学上看起来，都具有保存的价值。"这里虽只淡淡地说出"生命力底继续挣扎"，却包含了无限的愤怒与悲慨，也就是梁任公所说"若不胜谷风小雅之怨者"。

本文题目原是《谈台湾歌谣》，但迄未触着歌谣的本身，实在惭愧；真个来谈台湾歌谣，第一必须有许多闽南歌谣，作为比较材料，因为今之台湾人，大部分皆来自闽南；第二必懂得台湾话，这是研究任何地方歌谣，而必要以懂得他的语言为条件的。这些我都不能胜任，而如此写来，又不免取巧，但使国内读者略知过去的台湾文学者曾经对于这方面的努力，也就满足了。

二、《全集》遗漏已发现佚文 31 篇

这里的 31 篇佚文是指在台静农先生亲自编定的《地之子》《建塔者》《龙坡杂文》《静农论文集》等文集之外陆续被发现,且海峡两岸已有文集收录,在《年谱》与《编年考释》中均有提及,却被《全集》遗漏的文章。因这些文章已有文集收录,下面仅辑录其篇名及初刊处,署名凡是为台静农的均不再标注。

(1) 小说《负伤的鸟》[①],载于 1924 年 7 月 25 日上海《东方杂志》半月刊第 21 卷第 14 号,署名青曲;

(2) 散文《奠六弟》,载于 1926 年 2 月 25 日《莽原》半月刊第 4 期,署名静农;

(3) 小说《途中》,载于 1924 年 8 月上海《小说月报》第 15 卷第 8 期;

(4) 小说《死者》,载于 1925 年 5 月 8 日《京报·莽原周刊》第 3 期,署名静农;

(5) 散文《压迫同性之卑劣手段》,载于 1925 年 5 月 24 日北京《京报副报》第 158 期,署名静农;

(6) 散文《铁栅之外》,载于 1925 年 6 月 23 日北京《京报·莽原周刊》第 10 期,署名静农;

(7) 小说《懊悔》,载于 1925 年 8 月 24 日北京《语丝》周刊第 41 期;

(8) 散文《记》,载于 1925 年 10 月 16 日北京《京报·莽原周刊》第 26 期;

(9) 散文《去年今日之回忆》,载于 1925 年 11 月 3 日北京《民众》第 44 期;

(10) 散文《梦的记言》,载于 1926 年 3 月 10 日北京《莽原》半月刊第 5 期,署名静农;

(11) 散文《病中漫语》,载于 1926 年 10 月 10 日北京《莽原》半月刊第 20 期,署名静农;

(12) 小说《登场人物》,载于 1937 年 3 月 25 日上海胡风主编《工作

---

① 台静农在晚年已将其收入《台静农短篇小说集》(台湾远景出版公司 1980 年版)。

与学习丛刊》第二辑《原野》，署名孔嘉；

（13）小说《电报》①，载于1939年2月21日《文摘战时旬刊》第44、45合期；

（14）小说《大时代的小故事》②，载于1938年12月18日重庆《文摘战时旬刊》第39期；

（15）散文《谈"倭寇底直系子孙"》，载于1939年1月21日重庆《抗战文艺》周刊第3卷第5、6期合刊；

（16）散文《国际的战友》，载于1939年1月28日重庆《抗战文艺》半月刊第3卷第7期；

（17）小说《被侵蚀者》，载于1939年2月5日重庆《全民抗战》第52期；

（18）小说《么武》，载于1939年4月15日重庆《抗战文艺》半月刊第4卷第2期；

（19）论文《鲁迅先生整理中国古文学之成绩》，载于1939年11月15日重庆《理论与现实》季刊第1卷第3期，署名孔嘉；

（20）散文《"士大夫好为人奴"》，载于1939年8月25日上海《现实》半月刊第3期；

（21）散文《鲁迅眼中的汪精卫》，载于1939年10月1日重庆《中苏文化》月刊第4卷第3期，署名闻超；

（22）散文《填平耻辱的创伤》，载于1940年1月29日香港《星岛日报·星座副刊》第489号；

（23）散文《历史之重演》，载于1940年3月11日重庆《新蜀报·蜀道》副刊第68期，署名闻超；

（24）散文《秀才》，载于1940年3月13日重庆《新蜀报·蜀道》副刊第70期，署名释耒；

（25）剧本《出版老爷》，载于1940年5月24日重庆《新蜀报·蜀道副刊》第128期，署名孔嘉；

（26）散文《关于贩卖生口》，载于1940年5月28日《新蜀报·蜀道》副刊第131期，署名孔嘉；

（27）散文《关于买卖妇女》，载于1940年5月29日重庆《新蜀报·蜀道》副刊第132期，署名孔嘉；

（28）论文《记钱牧斋遗事》，载于1940年10月重庆《七月》月刊第5卷第4期，署名孔嘉；

---

① 台静农在晚年已将其收入《台静农短篇小说集》（台北远景出版公司1980年版）。
② 台静农在晚年已将其收入《台静农短篇小说集》（台北远景出版公司1980年版）。

（29）论文《读〈日知录〉校记》，载于1941年3月20日重庆《抗战文艺》月刊第7卷第2、3期合刊，署名孔嘉；

（30）论文《锏党史话》，载于1946年10月18日上海《希望》月刊第2卷第4期，署名释耒；

（31）论文《〈古小说钩沉〉解题》，载于1948年1月1日台北《台湾文化》月刊第3卷第1期。

三、《年谱》勘误

《年谱》中讹误较多，限于篇幅，笔者仅就台静农前期著作部分略举几例。

（1）关于小说《遗简》《铁窗外》《白蔷薇》《历史的病轮》《被饥饿燃烧的人们》《死室的彗星》的发表时间、发表刊物以及初次发表时的署名与题名等问题。

台静农曾在1930年7月26日所作的《建塔者》后记中写道："本书写于一九二八年，始以四篇登载于《未名》半月刊，旋以事被逮幽禁。事解，适友人编某报副刊，复以笔名发表者五篇。《井》一篇，作最迟，未发表。"台湾学者罗联添在其著作《编年考释》中即据此推断出《遗简》《铁窗外》《历史的病轮》《被饥饿燃烧的人们》《死室的彗星》五篇小说"以笔名发表于'某报副刊'"。而《年谱》中关于这几篇小说的记述也沿袭了罗联添的推断。

台静农在当时未写明友人及副刊的具体名字，当然是有所顾虑；罗联添未加以考证，或难以考证，也情有可原——他是台湾学者，虽是台静农入室弟子，跟随台静农40余年，但因隔海交通不便，对台静农早期作品的搜寻考证自然是十分困难。然而大陆学者要考证这几篇小说的发表情况似乎并不是太难。看过鲁迅与许广平的《两地书》的读者大概会有印象，鲁迅在1929年北京之行时给许广平的信中曾两次提到台静农在和孙祥偈谈恋爱。① 这位孙祥偈笔名孙荃，时任北平《新晨报副刊》的编辑，台静农数篇

---

① 《290517致许广平》："台静农在和孙祥偈讲恋爱，日日替她翻电报号码（因为她是新闻通讯员），忙不可当。"《290601致许广平》："晚上来了两个人，一个是为孙祥偈翻电报之台，一个是帮我校《唐宋传奇集》之魏，同吃晚饭，谈得很畅快。"见《鲁迅全集》第12卷，人民文学出版社2005年版，第165、183页。

小说即发表于此。翻阅 1928 年的《新晨报副刊》可知，台静农在《建塔者·后记》中的说明也有误，5 篇小说并不全以笔名发表，而《编年考释》与《年谱》中关于这几篇小说的推断则错误颇多。为方便对照，列表 1 如下。

表 1　《年谱》相关记载与笔者考证情况对照

《年谱》原文（第 13—15 页）	笔者查证后的实况
（一九二八年）八月三日作小说《遗简》，以笔名发表于"某报副刊"	小说《遗简》发表于 1928 年 8 月 6 日《新晨报副刊》（第 2 号），署名台静农
十二日，改写五年前所作小说《负伤的鸟》为《白蔷薇》，未单独发表……	小说《白蔷薇》发表于 1928 年 8 月 20 日《新晨报副刊》（第 15 号），署名青曲
作小说《历史的病轮》，以笔名发表于"某报副刊"	小说《白骨》1928 年 10 月 20 日、22 日连载于《新晨报副刊》（第 75 号、77 号），署名青曲；后改为《历史的病轮》，收入《建塔者》
八月十五日，作《被饥饿燃烧的人们》，以笔名发表于"某报副刊"	小说《老柯——K 的自述》发表于 1928 年 10 月 19 日《新晨报副刊》（第 74 号），署名靓；后改为《被饥饿燃烧的人们》，收入《建塔者》
（一九三〇年）作《死室的彗星》，以笔名发表于"某报副刊"；后收入《建塔者》	小说《死室的凄怆》1928 年 8 月 29 日、30 日、31 日连载于《新晨报副刊》（第 25 号、26 号、27 号），署名萧艾。后改为《死室的彗星》，收入《建塔者》

此外，《年谱》第 13 页还记有一条：

（一九二八年）七日，作小说《铁窗外》，以笔名发表于"某报副刊"。

据笔者查证，小说《铁窗外》也发表于《新晨报副刊》。在 1928 年 10 月 2 日的《新晨报副刊》（第 58 号）上刊有孙荃的《本刊编辑室谈话》，其中写道："现在，我们的时代风驰电掣一般的向前演进，而本刊一月以来所发表的作品，除了《阶下》《在草灰里》《死室的凄怆》《铁窗外》等类的创作以外，大半是时代以后的作品，这是本刊对读者十分抱歉的地方。"但因国家图书馆与北京大学图书馆收藏的《新晨报副刊》均有缺失，笔者未见到小说原文,故无法查证出其发表日期及署名情况。

(2) 关于《跋后汉两碑文》与《瞻乌仰止于谁之屋》两篇文章的发表刊物及后改题名的问题。

《年谱》第31页:

> (一九四〇年)作《跋后汉两碑文》,载于十月廿八日重庆《新蜀报·新蜀副刊》第二百六十七期,署名"孔嘉"。
>
> 作《瞻乌仰止于谁之屋》,十一月廿二日刊于重庆《新蜀报·新蜀副刊》第二百八十九期,署名"释耒"。民国卅五年十月合此篇及稍前所作《跋后汉两碑文》,另作一节有关《党锢列传》事,构成《党锢史话》,载于上海《希望》月刊。

《年谱》第42页:

> (一九四六年)在白沙作《党锢史话》,载于十月十八日上海《希望》月刊第二卷第四期,署名"释耒"……

《年谱》中这几段文字也参考了罗联添的《编年考释》一书,导致以讹传讹。此处错误有二:第一,这一时期《新蜀报》的副刊有《蜀道》《七天文艺》《戏剧新闻》等,但并未有《新蜀》。这两处《新蜀报·新蜀副刊》都应为《新蜀报·蜀道》(姚蓬子主编)。第二,台静农的确是先作《跋后汉两碑文》《瞻乌仰止于谁之屋》两文,后又抄录这两篇旧文,再加一节文字,合成了另一篇文章,发表于上海《希望》月刊。但那篇文章的标题不是《党锢史话》①,而是《锢党史话》。

(3) 关于《追思》与《许寿裳先生》两文内容并不相同的问题。

《年谱》第45页:

> (一九四八年)四月,作《追思》,载于五月五日台北《台湾文化》第三卷第四期。又载于同年同月上海《中国作家》月刊第一卷第三期。又载于同年十月上海《青年界》月刊,改题《记许寿裳先生》。

---

① 舒芜也曾将台静农的《锢党史话》误记为《党锢史话》:"我知道他在抗战初期,又曾动笔写小说,发表过一个短篇《电报》,我劝他再写些新文学方面的东西。结果,他写了一篇杂文《党锢史话》,发表在《希望》杂志2卷4期上,署名'释耒',是他以前常用的笔名之一。"(舒芜《忆台静农先生》,见陈子善编《回忆台静农》,上海教育出版社1995年版,第62页。)

《年谱》中这段文字仍是参考了罗联添的《编年考释》一书，自然也就延续了罗书中的错误。上海《青年界》月刊所载台静农的短文题为《许寿裳先生》，并没有"记"字；而这篇《许寿裳先生》仅为 200 字左右的人物速描①，与《台湾文化》和《中国作家》所刊载的大约 2000 字的《追思》一文完全不同。为证实笔者所言，也因《全集》与以往的各文集都未收录这篇短文，现将其照录如下：

许寿裳先生

　　鲁迅先生老友许寿裳先生，是一位六十七岁的老人，而面色红润，倒不像他那么样大的年纪；头发和须眉，却已银白中夹着焦黄色了。厚嘴唇上，两撇胡须同那具有特征的双眉一样浓厚；眼角有些下垂，长眼波上永远挂着微笑，慈祥，静穆，慢吞吞儿说话，像从没有发过脾气似的。其实不然，他会同青年人一样的激越，能以愤怒的眼光久久的钉着你；例如，有次听人说，鲁迅先生的讽刺是从绍兴师爷学来的，他立刻变色道："说这话的人简直是混蛋！"

　　此外，《年谱》中还有诸如将《奠六弟》一文误为《奠六弟文》②、将《因为我是爱你》一文误为《因为我爱你》③之类的小错，在此不再枚举。

---

　　① 1948 年 10 月的上海《青年界》月刊（总第 83 号）这一期有"人物素描特辑"，台静农的短文《许寿裳先生》即发表于此。
　　② 见黄乔生主编《台静农年谱简编》，海燕出版社 2015 年版，第 3 页。
　　③ 见黄乔生主编《台静农年谱简编》，海燕出版社 2015 年版，第 9 页。

新发现林语堂笔名与佚文二十九篇考论

——兼谈林语堂的汉译活动

程桂婷

林语堂是现代著名作家,学贯中西,又擅长双语写作,手不停毫,在20世纪三四十年代即名满天下。与同时代的民国文人一样,林语堂在发表著述时,也时用笔名,其笔名如毛驴、宰予、宰我等也颇为世人所知。在众多与之相关的散文选集、研究论著、文学史教程、名人辞典乃至笔名索引等书籍中,均不乏列出这些笔名而一笔带过的简介,如《二十世纪中国散文精选》①《林语堂年谱》②《台港澳文学教程新编》③《台湾文学史》④《民国文化名流百人传》⑤《当代台湾人物辞典》⑥《台港澳暨海外华文文学大辞典》⑦《中国现代作家笔名索引》⑧《民国人物别名索引》⑨ 等。但若考虑到林语堂的著述浩如烟海,这些笔名可能并未能涵盖所有。令人惊喜的是,笔者在历时数年搜集林语堂佚文、编撰《林语堂集外拾遗简编》的过程中,发现林语堂还有一个鲜为人知的笔名:予宰。林语堂用这一笔名连续发表了27篇文章。因这一笔名与这些文章在现有的林语堂研究文献中都不曾提及,笔者特撰文考论,以见教于大家。

---

① 吕秋艳编:《二十世纪中国散文精选》,吉林出版集团有限责任公司2010年版。
② 《林语堂年谱》,见杜运通《伊甸园之歌——林语堂现象透视》,河南大学出版社1997年版。
③ 曹惠民主编:《台港澳文学教程新编》,复旦大学出版社2013年版。
④ 刘登翰等主编:《台湾文学史》第3册,现代教育出版社2007年版。
⑤ 谢世诚主编:《民国文化名流百人传》,南京出版社2013年版。
⑥ 崔之清主编:《当代台湾人物辞典》,河南人民出版社1994年版。
⑦ 秦牧等主编:《台港澳暨海外华文文学大辞典》,花城出版社1998年版。
⑧ 苗士心编:《中国现代作家笔名索引》,山东大学出版社1986年版。
⑨ 蔡鸿源主编:《民国人物别名索引》,吉林人民出版社2001年版。

一、林语堂笔名"宰予"及佚文两篇

在考释新发现的林语堂笔名"予宰"之前，笔者有必要先对林语堂的笔名"宰予"略做论述。

"宰予"的确是林语堂的笔名无疑，因为这是林语堂早年曾公开承认的。《论语》创刊号上载有一篇署名"宰予"的文章《弥罗妙文》，以非常戏谑的笔调调侃李宝泉①的文章《致爱神弥罗》："有'泪水'，有'烛油'，有'颤抖'，有'跳跃'，有泄悲酸，有喊口号，可当现代风行文学的代表著作。"李宝泉这篇文章发表在《时事新报》的《弥罗》创刊号上。《论语》上署名"宰予"的《弥罗妙文》刊发后，李宝泉十分气愤，认为这一文风既有违《论语》"谑而不虐"的"纯正主张"，而其"同化力"也会使自己声名"大杀"，于是写了一封长信质问林语堂。林语堂将李宝泉的来函在《论语》第3期的"群言堂"栏目中照登出来，并附以复信，信中开头即坦承："《论语》第一期，有涉及《弥罗》文字，承过爱，以至诚恳之词规劝，敬当采纳。批评《弥罗》水龙头文字，由我作，由我负责。"

以笔名"宰予"发表于《论语》的文章还有《如何救国示威》与《拟某名流为李顿报告发表谈话》②两篇，都已于1936年被林语堂收入《我的话（下册）：披荆集》，在上海时代书局出版。这亦是"宰予"确实为林语堂笔名的有力佐证。

另外，笔者还发现两篇署名"宰予"的佚文未被收入林语堂任何文集、选集或全集。一篇是发表于《论语》的译文《散文与诗》③，另一篇是发表于《立言画刊》的十七字诗《题美人夏睡图》④。《题美人夏睡图》这首诗内容简短，现照抄于此：

---

① 李宝泉是20世纪30年代上海较活跃的文艺批评家。他原习绘画，曾留学法国，20世纪20年代末从巴黎回到上海，积极参与现代主义艺术探索与实践。其1933年出版的《致弥罗》，是姚明达主编、上海女子书店出版的"弥罗丛书"之一。

② 这两篇文章都载于《论语》1932年第3期。

③ 莫利安著，宰予译：《散文与诗》，《论语》1933年第24期。此文虽不见于林语堂各文集，但在朱立文所编《林语堂著译及其研究资料系年目录》中有编目。

④ 宰予：《题美人夏睡图》，《立言画刊》1939年第43期，图为"招司"制。此文在朱立文所编《林语堂著译及其研究资料系年目录》中未见编目。

> 美人喜夏睡。撤去红绫被。不用湘妃床。肉柜。
> 海棠夏睡足。汗流像水煮。一双肥乳峰。赛鼓。
> 远看一堆煤。酣声吼似雷。借问跳墙谁？李逵。

这首配图的打油诗让人忍俊不禁，大概正是林语堂所提倡的"谑而不虐"的幽默风格。

在20世纪30年代，林语堂提倡幽默可谓是身体力行、不遗余力。宰予原是孔子的弟子名，姓宰名予，字子我，也称宰我。因能言善辩，被孔子列为言语科之首。林语堂很是尊崇孔子，曾写过英文名著 Wisdom of Confucius[①]（《孔子的智慧》），将孔子重塑成一个顺乎人性且幽默可爱的智者。林语堂创办提倡幽默的刊物，并取名为《论语》，即是取《论语》处处可见"孔子燕居与门人谈笑幽默之风度"[②] 的意思。林语堂又自取笔名为宰予，以孔子位列言语科之首的弟子自居，亦见其提倡幽默的态度与决心。

二、新发现的林语堂笔名"予宰"及佚文27篇

在以笔名搜集林语堂佚文的过程中，笔者意外发现20世纪40年代初的民国报刊上有署名"予宰"的译文27篇。为方便论述，先将这些文章的发表时间、篇名、署名及刊物等信息列表汇总（见表1）。

表1　林语堂以笔名予宰发表的译文

发表时间	文章名	署名情况	所发刊物
1940年6月15日	《民主与独裁之不同》	By Edwin L. James 予宰 译	《天下事（上海）》第1卷第10期
1940年7月15日	《左右为难之罗马尼亚》	By Basil Davidson 予宰 译	《天下事（上海）》第1卷第12期
1940年8月1日	《生命之火焰的测量》	By Kar Siebert 摘译自柏林 Die Woch 杂志 予宰 译	《世界杂志精华》第1期

---

① 此书在1938年由美国兰登书屋出版。
② 林语堂：《〈论语〉第三期编辑后记》，《论语》1932年第3期。

续表1

发表时间	文章名	署名情况	所发刊物
1940年8月15日	《一个改造家的画像：希特勒之心理的研究》	By Otto D. Tolischus 予宰 译	《天下事（上海）》第1卷第14期
1940年9月1日	《挪威沦亡目击记》	By Leland Stowe 予宰 译	《天下事（上海）》第1卷第15期
1940年9月16日	《托洛斯基》	By Lawnence Martin 予宰 译	《天下事（上海）》第1卷第16期
1940年10月15日	《德国七年备战记详》	By Otto D. Tolischus 予宰 译	《天下事（上海）》第1卷第18期
1940年11月1日	《荷印阿乐尔岛人的还债方法》	By Cora Du Bois 予宰 译	《天下事（上海）》第2卷第1期
1940年12月1日	《高等难民》	By L. H. Robbins 予宰 译	《天下事（上海）》第2卷第2期
1941年1月	《卓别林访问记》	By Robert van Gelder 予宰 译	《天下事（上海）》第2卷第3期
1941年3月	《轴心之弱点》	By Edwin L. James 予宰 译	《天下事（上海）》第2卷第5期
1941年5月	《法国之中流砥柱》	By G. H. Archambault 予宰 译	《天下事（上海）》第2卷第7期
1941年6月	《阿比西尼亚》	予宰 译	《天下事（上海）》第2卷第8期
1941年7月16日	《关于侦探小说》	By L. H. Robbins 予宰 译	《宇宙风：乙刊》第48期
1941年7月16日	《人物与身材》	By Basler Nachrichten 予宰 译	《宇宙风：乙刊》第48期
1941年8月	《闪电战之运筹帷幄者》	By Hanson W. Baldwin 予宰 译	《天下事（上海）》第2卷第10期
1941年8月	《纽约之平民居住问题》	By James Ford 予宰 译	《天下事（上海）》第2卷第10期

续表1

发表时间	文章名	署名情况	所发刊物
1941年8月1日	《时装百年史》	By Elizabeth R. Valentine 予宰 译	《宇宙风：乙刊》第49期
1941年8月10日	《华盛顿的外交团》	By Igor Cassini & Eugene Narner 予宰 译	《国际间》第4卷第3期
1941年8月25日	《赫斯之英德平分世界计划》	By Johannes steel 予宰 译	《国际间》第4卷第4期
1941年9月1日	《美国之代价券》	By J. H. Pollock 予宰 译	《宇宙风：乙刊》第51期
1941年9月	《美国学生界对于战争之态度》	By Willard Thorp 予宰 译	《天下事（上海）》第2卷第11期
1941年9月	《巴拿马之新防御设备》	By Harold Callende 予宰 译	《天下事（上海）》第2卷第11期
1941年10月	《不列颠之吉普西人》	By Edward Harvey 予宰 译	《天下事（上海）》第2卷第12期
1941年10月	《继续奋斗的挪威》	By Trygve Lie 予宰 译	《天下事（上海）》第2卷第12期
1941年11月	《德国的战略祖师：舒里芬生平及其计划》	By Tom Mahoney 予宰 译	《天下事（上海）》第3卷第1期
1941年11月25日	《如果美日开战》	By Clark Beach 予宰 译	《国际间》第4卷第10期

从表1中不难看出，这些同署"予宰 译"的27篇文章还有几个共同点：一是发表时间集中在1940年夏至1941年冬；二是所发刊物集中在《天下事（上海）》《宇宙风：乙刊》《国际间》三种；三是除《阿比西尼亚》一篇外，其余26篇文章在署名"予宰译"的同时都标明了原文的作者；四是这些文章都着力于对当前世界局势的介绍，特别关注战争、经济、外交、民生方面。从以上共同点来看，这27篇译文显然出自同一人之手。这个人是不是曾取笔名"宰予"的林语堂呢？如林语堂在译作中署名"予宰"倒是可以理解的：因为英文署名的习惯就是名在前姓在后，既然中文名为

"宰予",英文署名自然就倒过来成了"予宰"。当然,笔者不能仅凭这一点就妄下结论。笔者下面即从六个方面来展开论证。

第一,从时间上来看。林语堂 1936 年 8 月率全家赴美,居住纽约。1938 年 2 月起偕妻女同游欧洲。1939 年因欧战爆发,全家回到纽约。1940 年 5 月,林语堂率全家回到国内,于同年 8 月重返美国。而这些译文最早发表的时间是 1940 年 6 月 15 日,与林语堂的回国时间大致吻合。

第二,从所发刊物来看。《天下事(上海)》《宇宙风:乙刊》《国际间》均为上海的刊物,其中《天下事(上海)》与《宇宙风:乙刊》均由陶亢德主编,《国际间》的主编是朱雯。陶亢德原是《生活周刊》的编辑,经邹韬奋向邵洵美推荐,接替林语堂成为《论语》的主编,同时应林语堂之邀兼任《人间世》的编辑。1935 年 9 月,陶亢德与林语堂共同出资创办《宇宙风》,1936 年 8 月林语堂赴美,让其兄林憾庐与陶亢德合编《宇宙风》。但在抗战时期,《宇宙风》几经迁址,加上林憾庐与陶亢德多有不睦,《宇宙风》遂一分为二:林憾庐在桂林继续编辑出版《宇宙风》;陶亢德则在上海另办《宇宙风:乙刊》,该刊物于 1941 年 12 月出至第 56 期时因上海全面沦陷而停刊。在上海,陶亢德除编辑出版《宇宙风:乙刊》外,还创办了在香港和上海同时出版但侧重点有所不同的综合性翻译刊物《天下事(上海)》,并邀朱雯合编。朱雯与陶亢德早年即相识,曾在苏州一起组织过文艺研究社,并共同创办早期新文学旬刊《白华》。① 1940 年年初,朱雯与吴铁声合办同样性质的翻译刊物《国际间》半月刊,遂辞去《天下事(上海)》的主编职务。从刊物主编与林语堂之间的人际渊源来考量,这三种刊物都向刚刚回国的林语堂约稿是极有可能的。

第三,从原著的语种及覆盖面来看。一是关于原文语种,从文章署名的标注以及文章开篇前的简介可以看出,这些译文原著大部分是来自英文,但也有来自德文的,而无论是英文还是德文,都是林语堂所擅长的。二是原著的覆盖面十分广阔,关涉美国、德国、法国、英国、挪威等多个国家,论及战争、经济、外交、民生、历史等多个领域,这样骋怀游目的视野与话题,与林语堂刚刚结束的为期一年多的欧游经历及其以往一贯宽泛的兴趣,也是十分契合的。

第四,从汉译的水准与风格来看——这是最复杂也是最关键的问题所在。关于林语堂的汉译主张及风格,学界已有很多评述。但笔者认为最为直观的莫过于林语堂在《谈郑译〈瞬息京华〉》② 一文中,为批评当时盛行

---

① 冉彬:《上海出版业与三十年代上海文学》,上海文化出版社 2012 年版,第 124 页。
② 林语堂:《谈郑译〈瞬息京华〉》,《宇宙风》1941 年第 113 期。

的佶屈聱牙、文法欧化的直译风格所举的例子：

> 八二页　曼妮对木兰说，"这些事情都是前定的……好像你和我会面，假使你不失散，我怎样会和你会面呢？有一种不可见的力量控制我们的生命……"① 曼妮系前清山东乡下塾师的姑娘，何能说这句洋话？读者或以为译文应该如此冗长，或以谓中文没法表示此句。"不可见的力量"者何，神明也，作者原意"冥中有主"四字而已，在英文不得不译为 there are unseen forces governing our lives，正中文"冥中有主"也。故曰冗长即文笔未熟所致，未得恰当词语以表其意，与"文法谨严"无关。再看首句"前定"二字完全达意。何以故？因译者用字恰当，故无需累赘。"失散""会面"二语亦不当，应作"走失""相会"。"你不走失，我们怎能相会呢？"上假使二字可省。

林语堂认为翻译重在用字简洁、恰当，能传神达意，且主张以地道的白话入文。陶亢德在《林语堂与翻译》② 一文中也谈到林语堂的这种意译主张：

> 不过他对于译外国作品的心目前并不很热，对于怎样翻译的问题却在闲谈中常可以听到（写成文章发表的有《翻译论》，载开明版《语言学论丛》）。他似乎不赞成直译。他说我不大明白直译的直是什么意思，假如说是照字或照句直译呢，那末这译文一定难于下咽。Thank you 直译"谢谢你"是对的，但 How are you 怎样直译法呢？不赞成直译就赞成意译了。所谓意译，自然包含信与达，决非以小人之心度君子之意这种意译。又十一期《宇宙风》上的那篇《猫与文学》似可代表他的译法。

下面不妨以陶亢德所标榜的林语堂的译文范本《猫与文学》中的一段与署名"予宰"译的《时装百年史》中的一段做比较。

> 不久以前，我遇见一位青年。他有志做小说家，因为知道我操此业③，所以来请教我如何着手，才能成功。我尽力给他开导。我说：

---

① 这一句下的着重号为林语堂原文即有。
② 陶亢德：《林语堂与翻译》，《逸经》1936 年第 11 期。
③ 着重号为笔者所加。

"第一件事就是买许多纸张,一瓶墨水,和一管笔。买来之后,只管写就是了。"但是我的朋友还不满意。他仿佛觉得有一种内庭饮膳正要,开列无数文学烹饪良方,只要依法炮制,你便可成一个狄根司,一个詹姆斯,一个弗罗伯——至于加点油盐酱醋,增减酸辣甜淡,"因人而异,随意点缀"就是了,如烹饪良方作者所常说……

(节选自《猫与文学》①)

她在盛装之后,她的身体已差不多完全受了束缚,除了张口说话和缓缓跨步之外,更没有做其他动作之可能。所以,她的一生真可说是完全受了时尚的控制,自己并没有丝毫的自由。每年被推为"装束最为入时"那个女性当然也暂时享到一些风光②,但她也未尝不受其累,因为她须把自己的生活去迁就服装,而再不能自由地把服装去迁就生活。

(节选自《时装百年史》)

《猫与文学》中"操此业"的"操"与《时装百年史》中"享到一些风光"的"享"都是地道的白话,与上文《谈郑译〈瞬息京华〉》中的"前定"有异曲同工之妙。而"饮膳正要"与"最为入时"都是高度概括的达意之词,与上文的"冥中有主"一样颇费推敲。这些显然都是意译的结果,如是直译大概不会这般简洁。笔者在通读了以《时装百年史》为代表的署名"予宰"的27篇译文后,大致认为其汉译水准、风格与林语堂一贯的汉译水准、风格颇为一致。

第五,从译介对象的具体内容来看。这27篇译文内容与林语堂在20世纪三四十年代的著述有不少相近或相似的地方。上述《时装百年史》中对服装束缚人的自由的议论,就很容易让人联想到林语堂不爱穿西装以及屡屡批评西装,他甚至把领带贬之为"狗领",因为他认为西装是对人体的极端束缚。③ 有关"二战"局势的讨论如《德国七年备战记详》《挪威沦亡目击记》《如果美日开战》等,与同一时期林语堂从纽约寄给《大公报》副刊主编的系列信函④中介绍国际局势的主旨颇为接近。

---

① Aldous Huxley 著,林语堂译:《猫与文学》,《宇宙风》1936 年第 22 期。
② 着重号为笔者所加。
③ 林语堂写过两篇批评西装的文章,一是《行素集》中的《论西装》,一是《生活的艺术》中的《西装的不合人性》。
④ 1941 年 2 月至 12 月,《大公报》重庆版、桂林版、香港版都陆续刊登了林语堂从美国纽约寄来的一系列信函,笔者目前所见有 8 封,内容多谈及当时国际局势与动态。

最为值得注意的是《阿比西尼亚》一文。这是 27 篇译文中唯一没有标明原著作者或出处的。是编者制版时不慎遗漏所致还是译者原本就未标注呢？从这篇文章的标题，笔者联想到前不久搜集到的两篇文章，题目分别是《我想到阿比西利亚去》[①]和《我要到阿比西尼亚去》[②]，这是林语堂同一英文原著由不同译者译出的两篇文章。前一篇的译者是卧龙，后一篇的译者是陈宗仁。译者虽不同，但大意相似。在该文中林语堂用一贯的幽默口吻，嘲讽行政院改组后的新贵们多为日本留学生，而戏谑自己一生最大的错误就是没有到日本去留学，别无他法，既然报国无门，只好选择去阿比西尼亚（即埃塞俄比亚）做阿比西尼亚人。文章最后才道出原委：因为阿比西尼亚国是由"人"所组成的，而不是"磕头虫"。相较于幽默风趣、卒章显志的林语堂英文原著《我想到阿比西利亚去》，"予宰"所译的《阿比西尼亚》更像是对这一志向的历史梳理与正式表达。《阿比西尼亚》一文简述了阿比西尼亚人在列强的欺凌中奋勇抵抗捍卫独立的艰难过程。笔者因此有一个大胆的揣测："予宰"所译《阿比西尼亚》的英文原著会不会就是林语堂本人所为？正因为是译自本人著作，所以在署名时也就不必再标明原作者了。

这里有必要指出，林语堂是经常英汉自译的。如 *Between Tears and Laughter* 原是林语堂 1943 年在纽约出版的英文著作，后来林语堂与徐诚斌合作，将其翻译成中文著作《啼笑皆非》并在重庆出版，其中前 11 篇是林语堂自译，后 12 篇为徐诚斌所译。再如《论语》所载《广田示儿记》[③]也是林语堂自译之作，他在正文前的小引里写得很明白："……前为文饭小品译氏所作《慈善启蒙》，乘兴效法作一广田示儿记，登英文中国评论周报，兹特译成中文。"

第六，从译介对象的文体风格来看。这 27 篇文章虽多着眼于世界局势，但均非一本正经的政论时评，而都堪称幽默轻快的小品文，极为符合林语堂的审美趣味。如《德国的战略祖师：舒里芬生平及其计划》一文，且不说标题中的"祖师"一词就颇为俏皮，然其开头是这样的：

> 六十年以前，一位德国马队军官的太太倘若能免于盛年夭折，则上次的欧战也许即不会发生，而我们的生活也许即会完全换了一个样子。这位军官就是身材瘦小、抱苦行主义的阿尔弗雷·冯舒里芬伯爵；

[①] 林语堂英文原著，卧龙译：《我想到阿比西利亚去》，《实报半月刊》1936 年第 7 期。
[②] 林语堂英文原著，陈宗仁译：《我要到阿比西尼亚去》，《为小善周刊》1936 年第 5 卷第 5 期。
[③] 林语堂：《广田示儿记》，《论语》1935 年第 65 期。1994 年东北师范大学出版社出版的 30 卷本《林语堂名著全集》在第 17 卷《拾遗集》（上）中收录了此文。

其时，他是一个少校。他因抱了丧偶之痛，即从此埋头于作军事研究以遗悲怀，但不料竟被他想出了许多毁灭他人的神机妙策，以至于其结果竟改变了世界历史的进程路线。

将复杂重大的历史事件轻描淡写地归因于一个军官太太的"盛年夭折"，将一个军官的军事研究与决策看作是"丧偶之痛"的"以遗悲怀"……这些大抵也是林语堂所倡导的"谑而不虐"的幽默吧？

综上所析，笔者断定"予宰"即是林语堂的笔名无疑了。

三、关于林语堂的汉译活动

林语堂著述浩繁，其生前已结集出版过的中英文著作多不胜数。在林语堂生前或身后，除各种文集单行本外，以大型丛书形式问世的选集、文集乃至全集亦有多种。如1969年台北读书出版社出版的《林语堂选集》10卷，1978年台北开明书店出版的《林语堂文集》4卷，1986年台北金兰文化出版社出版的《林语堂经典名著》35卷，1994年东北师范大学出版社出版的《林语堂名著全集》30卷，1995年作家出版社出版的《林语堂文集》10卷，2002年至2007年间陕西师范大学出版社出版的《林语堂文集》22卷以及《林语堂散文精品文库》5卷。由于林语堂长期使用双语写作又多地发表、出版的复杂现象与历史原因，这些文集或全集在收录林语堂著述时很难求"全"，这是可以理解的。但如果仔细探讨这些文集或全集在收录林语堂著述时的选择标准，就会发现一个奇怪的现象：中文版的林语堂文集或全集里的大部分中文并非林语堂所为。

而上述署名予宰的27篇译文，以往众多的林语堂选集、文集乃至全集中都不曾收录。虽然这些译文的失收在很大程度上与林语堂这一笔名鲜为人知有关，但一直以来林语堂的汉译活动不受重视也是不争的事实。为更直观地呈现这一问题，笔者即以东北师范大学出版社1994年出版的《林语堂名著全集》30卷为例，编目如下（见表2）。

表2　东北师范大学出版社1994年版《林语堂名著全集》编目

卷数	题名	著译情况
第1、2卷	《京华烟云》（上、下）	林语堂英文原著，张振玉汉译

续表 2

卷数	题名	著译情况
第 3 卷	《风声鹤唳》	林语堂英文原著,张振玉汉译
第 4 卷	《唐人街》	林语堂英文原著,唐强汉译
第 5 卷	《朱门》	林语堂英文原著,谢绮霞汉译
第 6 卷	《中国传奇》	林语堂英文原著,张振玉汉译
第 7 卷	《奇岛》	林语堂英文原著,张振玉汉译
第 8 卷	《红牡丹》	林语堂英文原著,张振玉汉译
第 9 卷	《赖柏英》	林语堂英文原著,谢青云汉译
第 10 卷	《林语堂自传》《八十自叙》等	林语堂英文原著,工爻等汉译
第 11 卷	《苏东坡传》	林语堂英文原著,张振玉汉译
第 12 卷	《武则天》	林语堂英文原著,张振玉汉译
第 13 卷	《剪拂集》《大荒集》	林语堂著
第 14 卷	《行素集》《披荆集》	林语堂著
第 15 卷	《讽颂集》	林语堂英文原著,今文汉译
第 16 卷	《无所不谈合集》	林语堂著
第 17、18 卷	《拾遗集》(上、下)	林语堂著
第 19 卷	《语言学论丛》	林语堂著
第 20 卷	《吾国与吾民》	林语堂英文原著,黄嘉德汉译
第 21 卷	《生活的艺术》	林语堂英文原著,越裔汉译
第 22 卷	《孔子的智慧》	林语堂英文原著,张振玉汉译
第 23 卷	《啼笑皆非》	林语堂英文原著,林语堂、徐诚斌汉译
第 24 卷	《老子的智慧》	林语堂英文原著,穆美汉译
第 25 卷	《辉煌的北京》	林语堂英文原著,赵沛林等汉译
第 26 卷	《平心论高鹗》	林语堂著
第 27 卷	《女子与知识》《易卜生评传》等	罗素夫人等著,林语堂汉译
第 28 卷	《成功之路》	马尔腾英文原著,林语堂汉译
第 29 卷	《林语堂传》	林太乙著
第 30 卷	《吾家》	林阿苔等英文原著,潘荣蜀汉译

从表 2 粗略统计一下即可发现，30 卷本的《林语堂名著全集》当中，竟有 18 卷半是他人汉译的林语堂英文著作，而林语堂自己的中文著译作品只有 9 卷半（其中 7 卷为中文原著，2 卷半为译著），尚不及全书的 1/3。笔者的疑虑是，这样的中文版林语堂全集能真实体现林语堂的中文水准吗？良莠不齐的他人汉译之作是否会拉低林语堂著作的整体品质？如上文所提及的《广田示儿记》，遗憾的是，林语堂这篇自译之作并没有被收入他本人的汉译本《讽颂集》。1941 年国华编译社出版的汉译本《讽颂集》的译者是蒋旗，这篇文章的题目被译作《广田与孩子》；1994 年东北师范大学出版社出版的《林语堂名著全集》第 15 卷汉译本《讽颂集》的译者是今文，译出的标题也是《广田与孩子》，这与林语堂自译的《广田示儿记》高下立判。他人汉译与作家原著自译总是难以比肩的。或许提倡幽默小品且著述浩繁的林语堂却没有一部像梁实秋的《雅舍小品》那样脍炙人口的散文集广为流传的原因即在于此？而林语堂最为普通读者所欢迎的长篇小说《京华烟云》也是他人汉译之作。

曾有朋友评论林语堂，说他最大的长处是"对外国人讲中国文化，而对中国人讲外国文化"①。但一直以来学界颇为看重的是林语堂"对外国人讲中国文化"，也就是林语堂的英译及英语创作活动，而林语堂"对中国人讲外国文化"的汉译创作方面却未得到应有的关注。其实从 20 世纪 20 年代起，林语堂就在各种刊物上发表过不少从英文、德文选译或节译的译介文章。正因为看到林语堂在汉译方面的才能，当林语堂致力于办杂志提倡幽默小品的时候，鲁迅才会不无遗憾地致信林语堂，劝他多翻译一些英文名著。但林语堂的回信让鲁迅产生了林"嘲笑他老了"的误解。陶亢德曾就此询问林语堂，林语堂解释说："我的原意是说我的翻译工作要在老年才做，因为中年的我另有把中文译成英文的工作。孔子说四十而不惑五十而知天命，现在我说四十翻中文五十译英文，这是我工作时期的安排，哪里有什么你老了只能翻译翻译的嘲笑意思呢！"② 再看以笔名"予宰"发表系列汉译文章的 1940 至 1941 年，此时的林语堂果真是年过不惑而近知天命了。可惜天不假年，鲁迅没有看到林语堂后来的努力。笔者以为，一定还有不少林语堂的汉译之作散佚在外。

综上所述，编辑一套真正能体现林语堂中英文双语创作成就及贡献的《林语堂全集》，应该重点收录林语堂的英文原著、中文原著以及林语堂本

---

① 林语堂英文原著，工爻译：《林语堂自传》，见《林语堂名著全集》第 10 卷，东北师范大学出版社 1994 年版，第 31 页。

② 陶亢德：《林语堂与翻译》，《逸经》1936 年第 11 期。

人的汉译之作。林语堂英文原著的他人汉译著作可以作为附录收入，但不该堂而皇之地占为重中之重。而较之于参差驳杂的他人汉译之作，林语堂本人的汉译作品无疑更能反映他的语言风格与翻译水准。因此，搜集、整理、研究林语堂的汉译之作或许是一项艰难的工作，但也是必要的工作。

林语堂佚简释读与笔名"岂青"献疑

程桂婷

　　谢冰莹曾在林语堂逝世一年后为悼念林语堂写了一篇散文《忆林语堂先生》①，文中抄录了林语堂写给她的两封信。这两封信在现有的各种林语堂选集、文集乃至全集②中均未见收录，林语堂年表或年谱③也未见提及。虽偶有林语堂评传及相关研究论集④提到谢冰莹这篇悼念文章，但也未注意到这两封信及其所隐含的重要信息，特别是其中一封信关涉到林语堂的笔名问题。

　　林语堂作为名满天下的现代著名作家，他的笔名如毛驴、宰予、宰我、岂青等也颇为世人所知。在众多与之相关的传记年谱、研究论著、散文选集、文学史教程、名人辞典乃至笔名索引等书籍，如《林语堂年谱》⑤《林语堂学术年谱》⑥《传统与现代的变奏——〈论语〉半月刊及其眼中的民国》⑦《二十世纪中国散文精选》⑧《二十世纪中国文学》⑨《民国文学史研

---

① 谢冰莹：《忆林语堂先生》，台湾《传记文学》1978年第32卷第1期。
② 如1969年台湾读书出版社出版的《林语堂选集》10卷，1978年台湾开明书店出版的《林语堂文集》4卷，1986年台湾金兰文化出版社出版的《林语堂经典名著》35卷，1994年东北师范大学出版社出版的《林语堂名著全集》30卷，1995年作家出版社出版的《林语堂文集》10卷，2002—2007年陕西师范大学出版社出版的《林语堂文集》22卷以及《林语堂散文精品文库》5卷。
③ 如杜运通著《伊甸园之歌——林语堂现象透视》（河南大学出版社1997年版）中附录的《林语堂年谱》、子通主编《林语堂评说70年》（中国华侨出版社2003年版）中附录的《林语堂年表》、郑锦怀著《林语堂学术年谱》（厦门大学出版社2018年版）。
④ 如万平近著《林语堂论》（陕西人民出版社1987年版）、施建伟编《林语堂研究论集》（同济大学出版社1997年版）、刘炎生著《林语堂评传》（百花洲文艺出版社1997年版）、王兆胜著《闲话林语堂》（中国国际广播出版社2002年版）。
⑤ 《林语堂年谱》，见杜运通《伊甸园之歌——林语堂现象透视》，河南大学出版社1997年版，第323页。
⑥ 郑锦怀：《林语堂学术年谱》，厦门大学出版社2018年版，第3页。
⑦ 李英姿：《传统与现代的变奏——〈论语〉半月刊及其眼中的民国》，齐鲁书社2012年版，第44页。
⑧ 吕秋艳编：《二十世纪中国散文精选》，吉林出版集团2010年版，第119页。
⑨ 乔福生、谢洪杰主编：《二十世纪中国文学》，杭州大学出版社1992年版，第252页。

究》①《民国文化名流百人传》②《中国社会科学家辞典》③《中国近现代人物名号大辞典》④《民国人物别名索引》⑤《中国现代作家笔名索引》⑥ 等，均不乏一一列出这些笔名的简介。但在谢冰莹抄录的林语堂给她的回信中，林语堂似有否认自己曾用过这些笔名。是上述这些"简介"都在以讹传讹，还是林语堂因年事已高记忆有误？下面笔者先照录这两封信的内容，再加以释读和考证。

一、林语堂致谢冰莹的两封信

（一）1939年9月5日致谢冰莹函

冰莹：

你自称小兵，实我对你们小兵只有惭愧。新著小说木兰名 Moment in Peking《瞬息京华》，即系纪念前线兵士。此书系以大战收场，暴露日人残行（贩毒走私奸淫杀戮），小说入人之深，较论文远甚。弟在国外，惟有文字尽力而已，余不足道，打胜仗还是靠诸位小兵。已嘱诸女寄上《吾家》一书，奉呈左右（妆次！）。照片越多越好，以便选用。材料以①探儿；②第四次逃奔；③在日本入狱为重要材料，随时寄来得及。贵团体活动情形照相亦可寄来，希望明春在昆明见面。祝你康健！

弟　语堂　九月五日

时赐来信为何

---

① 汤溢泽、廖广莉主编：《民国文学史研究》，吉林大学出版社2011年版，第144页。
② 谢世诚主编：《民国文化名流百人传》，南京出版社2013年版，第88页。
③ 《中国社会科学家辞典》（现代卷）编委会编：《中国社会科学家辞典》（现代卷），甘肃人民出版社1986年版，第507页。
④ 陈玉堂：《中国近现代人物名号大辞典》（全编增订本），浙江古籍出版社2005年版，第757页。
⑤ 蔡鸿源主编：《民国人物别名索引》，吉林人民出版社2001年版，第90页。
⑥ 苗士心编：《中国现代作家笔名索引》，山东大学出版社1986年版，第268页。

谢冰莹文中给这封信做了两个注释，一是"贵团体活动情形照相"注释为"指我所率领的'湖南妇女战地服务团'在前方工作情形"；二是最后说明"林如斯女士及语堂先生原函墨迹，我在本刊第十八卷第六期所写《悼念如斯》一文中已制版刊出，读者可以参阅"。原信上没有写明年份，谢冰莹推算"大约是一九三九年（民国二十八年）"。谢冰莹的推算应是准确的，因为林语堂的长篇小说 Moment in Peking 正是 1939 年在美出版①，且就在给谢冰莹写这封信的前一天，林语堂致信郁达夫②，因由陶亢德手札得知郁达夫应允了将 Moment in Peking 译成中文的请求，林语堂在信中详细解说了 Moment in Peking 的主要内容及人物关系，并建议郁达夫将书名译为《瞬息京华》。

在抄录林语堂这封信前，谢冰莹还抄录了林语堂的长女林如斯的一封信，林语堂这封信是附在林如斯的信后面，同日所写、一并寄出的。林如斯信中主要谈及她和妹妹无双合译谢冰莹的《女兵自传》并即将在美国出版的事情。林语堂在信中提到的"照片越多越好"以及补充"材料"，自然都与《女兵自传》英译本的内容有关。林如斯与林无双合译的英译本《女兵自传》由林语堂作序，于 1940 年在美出版。

（二）1967 年 8 月 25 日致谢冰莹函

冰莹：

示悉。赐赠照相当不错，可留为纪念。前函谈及弟所用笔名毛驴等，连我自己也不记得。宰予、宰我、岂青恐未必是我用的，不知何所根据？又弟不大用笔名。

《慈航》文章未知何时可以交卷。

文化复兴委员中有您的名甚喜。

语堂　五六、八、廿五

---

① 据钱锁桥著《林语堂传》（广西师范大学出版社 2019 年版），该书出版信息为：Moment in Peking: A Novel of Contemporary Chinese Life. New York: The John Day Company, 1939。

② 这封信原题为《关于我的长篇小说》，发表于《宇宙风：乙刊》1939 年第 15 期。

> 我们已经迁入新居,有中国庭院,闲时请来参观,正在永福站后边,门牌33(三十三)号尚未钉上,电话依旧。

谢冰莹文中也给这封信做了两个注释。一是笔名问题,谢冰莹标注道:"在中国作家笔名录上,看到林语堂,原名林玉堂,笔名有毛驴、宰予、宰我、岂青、萨天师等,所以我问他。"二是关于"慈航",谢冰莹解释:"《慈航季刊》是自立法师主编,清和姑在马尼拉发行,现已停刊。有次我拿这本刊物去请林先生赐稿,他翻了翻,稍微看了十几分钟,居然一口答应写篇文章,后因事忙,没有写,我也不敢再催了。"

众所周知,林语堂与谢冰莹有半个世纪的深交。1927年春,为逃婚而毅然从军并接受了三个月军事训练的谢冰莹在武汉与孙伏园、林语堂等文化名人相识。当时孙伏园为《中央日报》副刊主编,林语堂任国民政府外交部英文秘书兼《中央日报》英文副刊主编。随后谢冰莹的《从军日记》连载于《中央日报》副刊,林语堂将其译为英文,发表于《中央日报》英文副刊。1929年3月,在林语堂和孙伏园的鼓励下,谢冰莹在上海春潮书局出版了由林语堂作序、丰子恺作封面画的《从军日记》,从此声名鹊起。

若单凭林语堂与谢冰莹数十年的情谊而论,林语堂在这封信中对笔名一事的答复是"可信"的。较之于笔名数不胜数的鲁迅、郭沫若等同时代文人,林语堂确实如他信中所言"不大用笔名"。他不仅认为现代很多文人的笔名已"没有什么寓意""只是随便捏造两个字,以避麻烦",而且对时人滥用笔名发表一些"烂污作品"而不负责任很是反感。他因此提出用真名著述的呼吁:"在充溢卑鄙性,缺乏西洋'费儿泼赖'(Fair Play),又缺乏中国士义道风的现代中国人,讲修养及内心的制裁真太不容易了,还是以用真名为做负责的文章最好的保障。"① 林语堂在发表文章时也多用真名,偶用的"语堂"也是真名的略写。

林语堂曾将近现代文人好取笔名的习气比作传统风雅名士喜取字取号的风俗。他分析士人取字取号的心理原因是:"对本有之名的不满,以为不足代表其个性,或因生平经历有所感慨,或因思想转变,看重某一字,为表示爱好,以为能深抉其性癖嗜好,遂改名以寄意。"他还戏谑地写道:"一人小名似乎是父母择配的正室,而士人笔名才是自由恋爱之意中人。"又举例说:"远如'六一居士''东坡居士',稍近一点,如袁伯修以'白苏'名斋,沈复以'三白'为号,叶天寥之自号'流衲木拂',吴敬梓之自

---

① 林语堂:《有不为斋随笔:笔名的滥用》,《人间世》1934年第16期,发表时署名语堂。

号'文木老人',至如袁子才之取'随'字,梁启超之取'任'字,周作人之取'知'字,都在一字中寄寓他生平的人生哲学。"① 再联想到林语堂本名林玉堂,他将"玉"改为"语",也正是在这一字中寄寓着他"生平的人生哲学"吧。

林语堂在信中还说"宰予、宰我、岂青恐未必是我用的"。考虑到林语堂写此回信时已年过七十,他的记忆恐怕也难免有误。他自己也说"所用笔名毛驴等,连我自己也不记得"。他不仅是忘了笔名"毛驴",还忘了自己在主编《论语》时曾偶用的笔名"宰予"。在《论语》第3期的"群言堂"栏目中刊有一封李宝泉的来函,李宝泉因《论语》创刊号上署名"宰予"的《弥罗妙文》专门戏谑调侃他发表在《时事新报》副刊上的《致爱神弥罗》一文,大为光火,于是写信质问林语堂。林语堂将其来函照登出来,并附以复信坦承"批评《弥罗》水龙头文字,由我作,由我负责"。1936年林语堂在上海时代书局出版散文集《我的话》上下两册,也将《论语》上署名"宰予"的《如何救国示威》与《拟某名流为李顿报告发表谈话》② 两篇文章一并收入下册《披荆集》。可见"宰予"确为林语堂笔名无疑。③ 而"宰予"之名取自因能言善辩而被孔子列为言语科之首的弟子,仍是与林语堂生平深爱的"语"字的寓意密切相关的。

但若说林语堂信中所言"宰予、宰我、岂青恐未必是我用的"完全是年高多忘事,也并不尽然。经笔者查证,"岂青"的确不是林语堂的笔名。

二、岂青并非林语堂笔名

在各种林语堂文集中,笔者并未见有文章署名"岂青"。在1934年4月16日出版的《论语》半月刊第39期上,有一篇署名"岂青"的《宣城植树记》。除此之外,在20世纪30年代上海其他较有影响的报刊上,仅有一篇署名"岂青"的《安庆印象记》,发表于1934年3月24日出版的《新生周刊》第1卷第7期。这两篇文章显而易见的一个共同点是,记述地点都在安徽。那么,林语堂在1934年或在此之前是否到过安徽呢?

---

① 林语堂:《有不为斋随笔:笔名的滥用》,《人间世》1934年第16期。
② 这两篇文章都载于《论语》1932年第3期。
③ 关于林语堂笔名"宰予"的详细考证,可参见拙作《新发现林语堂笔名与佚文二十九篇考论——兼谈林语堂的汉译活动》,《中国现代文学研究丛刊》2019年第4期。

  林语堂最初与安徽发生关联是与郁达夫有关。郁达夫曾三次前往安庆高校任教，其小说中时常出现的"A 城"即指安庆。1929 年 9 月，郁达夫第三次赴安庆，是到安徽大学任教，但不久即因被列为"赤化分子"而仓皇逃回上海。后经交涉，安徽大学同意赔偿损失，即支付半年薪水，并请郁达夫力邀林语堂前往安徽大学任教。1930 年 2 月 19 日，郁达夫日记中有记载云："傍晚接安庆来电，谓上期薪金照给，并嘱我约林语堂氏去暂代。去访林氏，氏亦有去意。"① 但紧接着在 2 月 21 日的日记中则云："约林语堂去代理的事情，大约是不成功了。"林语堂最终并未赴安徽大学任。

  不过，林语堂在 1934 年春的确是到过安徽的。1934 年 3 月 29 日，东南五省交通周览会组织当时在浙江的郁达夫、林语堂、潘光旦、叶秋原、全增嘏、吴基、徐成章、金甫八位文化名人沿新建的徽杭公路从杭州到徽州去观光。正是在这次游历之后，郁达夫写了游记《屯溪夜泊记》《出昱岭关记》《游白岳齐云之记》等，并作诗数首。林语堂也写了《安徽之行》，提到这次游历中三处印象最为深刻的景致："第一自然是公路边离唐家洞不远的花岗石天然游泳池"，第二是"天目山的松林竹叶"，第三是屯溪，安徽南部的"商业中心"。② 在同一时期所写的散文《家园之春》里，林语堂也几处提到这次徽州之行，例如文章开头即写道："我由安徽旅行归来以后，我的花园呈现着一片春景。"又言："我到安徽旅行，看到玉灵观附近的花岗石游泳池以后，我的春病已经告愈。"③

  或许正是因为 1934 年春林语堂曾到安徽一游，这时间与地点上的巧合都让人误以为署名"岂青"的《安庆印象记》与《宣城植树记》均为林语堂所作，而"岂青"也就是林语堂的笔名了。金肽频主编的《安庆新文化百年 1915—2015 随笔卷》，即将《安庆印象记》作为林语堂的随笔收入，并在题注中说："1929 年，郁达夫因惧怕政治迫害从安徽大学不辞而别，安大欲邀林语堂替之，但林语堂脱不开身。五年后，也即 1934 年他特意来到安庆一趟，于是就有了这篇《安庆印象记》。"④

  然而，在郁达夫、林语堂等人的游记中都未曾提到他们此行到过安庆和宣城。郁达夫游记中对徽州之行的路线有详细记载："去临安，去於潜，宿东西两天目，出昱岭关，止宿安徽休宁县属屯溪船上，为屯浦桥下浮家

---

① 吴秀明主编：《郁达夫全集：第五卷 日记》，浙江大学出版社 2007 年版，第 280 页。
② 林语堂：《安徽之行》，见林语堂著，蒋旗译《讽颂集》，国华编译社 1941 年版，第 118 - 119 页。原作为英文，收入 With Love & Irony，1940 年于纽约出版。
③ 林语堂：《家园之春》，见林语堂著，蒋旗译《讽颂集》，国华编译社 1941 年版，第 120 - 121 页。
④ 金肽频编：《安庆新文化百年 1915—2015 随笔卷》，安徽文艺出版社 2016 年版，第 157 页。

之客；行尽六七百里路程，阅尽浙西皖东山水，偶一回忆，似已离家得很久了，但屈指计程，至四月三日去白岳为止，也只匆匆五六日耳。"① 行程中并没有提到安庆和宣城，而从浙西到皖东的"六七百里路程"，也显然不可能包括位于皖西南的安庆。而且林语堂并未参与全程旅游，也许是因为在这次旅行中不幸患了重感冒，也许是挂念即将在上海创刊的《人间世》半月刊，林语堂于出游后的第六天（4月3日）即匆匆而返。郁达夫在游记中写得很清楚："同来者八人，全增嘏、林语堂、潘光旦、叶秋原的四位，早已游倦，急想回去，就于四月三日的清晨，在休宁县北门外分手；他们坐了我们一同自屯溪至休宁之原车回杭州，我们则上轿，去城西三十里外的白岳齐云游。"②

同时，仔细阅读《安庆印象记》和《宣城植树记》，也会产生很多疑问。第一，《安庆印象记》文末标注的写作时间和地点是"三月二日安徽宣城"，《宣城植树记》的开头也明确交代事件发生的时间是"民国二十有三年三月十六日"。但并无相关记载显示，林语堂在1934年3月底与郁达夫等同游徽州之前，就曾专程到过安庆或宣城。第二，这两篇文章都是以记者的口吻记叙而成，与林语堂的散文风格颇为不同。第三，从两篇文章的内容来看，并不像一个初到安徽的游客的浮光掠影，而更像是一个已深谙安徽本地政府公务之现状的长住居民的透视与思考。在此不妨摘录《安庆印象记》中的两段：

> 现在呢？总算"年关"已过，生意既是萧条，就理应该有许多店铺关门大吉呀，然而，事实上却很少，这是为了什么呢？据记者愚见：以为维持安庆的命脉除长江外，还有一个省政府，因了是省政府的所在地，公务人员的人数就很可观，再加上学校里的教职员、大学生，这些薪水阶级的消费者维持了安庆的商业，虽然欠薪二三月，可是他们的购买力还比老百姓高出无数倍。如果省政府迁居，那安庆的衰败情形一定要很显明地排在眼前。
>
> 说起此地的公务人员，似乎也有一点和别地不同；记得去年六月省政府改组，新主席在第一次的训话，就下令公务人员必须改着短服，并且还禁止宴会。关于禁止公务人员宴会的效果如何，因为无确实的

---

① 郁达夫：《游白岳齐云之记》，见吴秀明主编《郁达夫全集：第四卷 游记 自传》，浙江大学出版社2007年版，第105页。
② 郁达夫：《游白岳齐云之记》，见吴秀明主编《郁达夫全集：第四卷 游记 自传》，浙江大学出版社2007年版，第105页。

调查，记者不敢说。（据云，有的真不"宴"客了，不过是请来"便饭"）但是改装短服一事，却非常的明显排在事实上。……

这里所写的诸如省政府公务人员的人数与购买力、"去年省政府改组"以及"新主席的第一次训话"之类，显然不是一个短暂逗留的游客所能了解到的。而《宣城植树记》记载的则是宣城县政府建设科在"土地公公千秋寿诞之期"邀请各界人士举行隆重的植树庆典的事情。下面摘录文章开头一段：

> 民国二十有三年三月十六日，即"夏历"二月初二，土地公公千秋寿诞之期；宣城各界应建设科之邀，于是日上午十时行植树典礼于Y山之麓。（所谓各界者，非"士农工商"或"农工商学兵也"，乃系依本城之分算法指"军政警绅商学"之谓也。特此郑重注明，工农不在内。）记者恭逢盛会，于九时许安步当车而出北门焉。风和日丽，景色殊佳；鸟语花香，应接不暇。（虽然花尚未开，然为行文起见不得不然。）既抵双塔寺下，乃由主人招待入寺。见四大金刚怒目视我，不寒而栗，又睹金刚脚下各踏小鬼一二，乃不禁喟然叹曰："佛界尚无平等，而况人乎？"至客堂，略进茶点，杂以闲谈。无何，时间已到，"请各位到那边行礼去！"记者摸表一观"中国钟"十时，恰等"瑞士制"的表十一时十二分。

《宣城植树记》文辞戏谑，颇有林语堂的幽默之风。但这篇文章既然发表于《论语》，自然是因其符合刊物所倡导的幽默风格，并不一定就是林语堂本人所写。而作为一个游客的林语堂，即便是在郁达夫冒雨漫步屯溪时，闲卧于船舱看书打瞌睡，也万万不会无聊到要去参加宣城县政府的植树典礼吧？更何况他还不曾到过宣城。

综上所述，笔者认为，署名"岂青"的《安庆印象记》与《宣城植树记》均非林语堂所作，岂青也并不是林语堂的笔名。

林语堂佚简与史天行的骗术及其他

程桂婷

1934 年 4 月，林语堂离开《论语》另创《人间世》杂志，至 1935 年 12 月共出 42 期后停刊。1936 年 3 月，史天行在武汉主编发行了同名杂志《人间世》第一期，并在该期的目录页背面，赫然醒目地刊登了林语堂的一张近照和一封手札。因是同名杂志，且又印着林语堂的近影和手迹，这似乎是编者在有意暗示着林语堂的《人间世》与"汉出《人间世》"的某种渊源或联系。当然，读者很快便明白，史天行的《人间世》并非林语堂的《人间世》在武汉的复刊或续刊，史天行不过是盗用了一个时负盛名的"商标"来混淆视听以扩大销量而已。此前，文坛就有史天行窃取文稿的传闻①，及至鲁迅在 1936 年 5 月出版的《文学丛报》月刊上发表《关于〈白莽遗诗序〉的声明》一文，痛斥史天行化名齐涵之，以出版白莽遗稿《孩儿塔》为由骗取鲁迅作序的无耻行径，史天行的臭名才算是文人皆知了。

然而鲜为人知的是，"汉出《人间世》"第一期所刊的林语堂近影与手札也是史天行煞费苦心地行骗所得的。但或许林语堂没有鲁迅那样多疑，事后并未曾醒悟到自己被骗；也或许林语堂较为宽容闲散，即便事后得知被骗了也懒得揭穿。笔者在辑校林语堂致史天行的一封佚简时，无意中发现了史天行化名向林语堂行骗的事实经过，且略述如下。

---

① 郁达夫在 1930 年 6 月 23 日致周作人的信中曾愤愤地写到史天行盗取他未完稿件偷去发表的丑事。除鲁迅在《关于〈白莽遗诗序〉的声明》中提到的《社会日报》1936 年 4 月 4 日至 5 日发表的《史济行翻戏志趣》一文外，揭露史天行窃稿恶行的文章还有《文艺新闻》1931 年第 5 期发表的《偷窃原稿乎？》与同年第 25 期发表的《凡是偷稿事件都与史济行有关》。

一、林语堂的两封手札

先照录"汉出《人间世》"第一期所刊林语堂手札的内容①：

子英先生：

　　冒昧之至，由斋衍先生函得知先生处有《浮生六记》全本、沈三白小像、印谱、家谱，喜不可言。因弟正四出搜求全本及三白佚事遗迹，去秋曾二度至姑苏求三白先生画而未得（凡沈复大师足迹行过如仓米巷、洞庭、君祠——访寻），又二度至西跨塘福寿山访三白芸娘坟，亦空手而归。盖因去年将书译成英文已登英文《天下月刊》，将在美国出专书，故访求全本已半年矣，而一无所获。今一了夙愿，喜何如之。可否开示尊府住址，以便专诚拜谒并睹三白先生遗像？专候明教，即颂冬安。

　　　　廿五年正月十七日　　　　　　　　　　　　　　　　弟林语堂
　　　　上海依定盘路四十三甲

龚明德曾撰文指出这封信的写信时间换算为阴历是1936年2月9日，而"汉出《人间世》"第一期即在3月16日正式出刊，并由此认为："林语堂把这封信写了邮寄给'子英'，很快便被《人间世》编者从'子英'处征集并拿去制版印刷，可谓神速。"②龚明德未能查证出"子英""斋衍"到底为何方人士，只能推测"子英"是一个也喜欢搜集《浮生六记》作者物事的藏家，与"斋衍"有来往，与史天行也是熟人。

如果挖掘不出更多关于"子英"或"斋衍"的可靠资料，仅从上面这封信的内容来看，龚明德的推论也算合情合理。但笔者恰好发现了另一封林语堂的手札，正是写给这位"斋衍先生"的。它未见于现有的各种林语堂全集、文集与年表。内容辑录如下：

---

① 龚明德曾在《林语堂关于〈浮生六记〉的两封信》中辑录过此信，笔者所录与龚明德所录略有个别字词与句读的差异。

② 龚明德：《林语堂关于〈浮生六记〉的两封信》，《华文文学评论》2016年。

斋衍先生：

得快信。知先生编印古佚丛书，至喜。而所谓《浮生六记》全本消息，犹叫我欣喜无量。附此沈子英先生函，乞航邮转寄。弟急切待往常州一访沈君也。弟对此书之热诚，可参睹以前（四十期左右）《人间世》，英译《浮生六记·序》，此书已全译好，将在美国出版。嘱撰《同根草·序》，虽可应命，而由个人兴趣论，当与平伯对调，盖《浮生六记·序》我要说的话多也。

耑此候复

廿五年正月十七　林语堂

将两封信对照即能明白，这两封信是林语堂在收到"斋衍"快信，得知"子英"处藏有《浮生六记》全本的消息后，同日所写，并一同寄给"斋衍"的。为什么将写给"子英"的信也寄给"斋衍"？显然"斋衍"在给林语堂的快信中并未详细介绍"子英"其人，至少没有给出具体的住址，所以林语堂只能请"斋衍"将信转寄"子英"，并在给"子英"的信中请求"开示尊府住址"以便拜访。这个"斋衍"究竟是谁呢？笔者所见的林语堂这封手札原件藏于中国现代文学馆，在馆藏文献系统里，这封手札的电子版文献条目标注的是"林语堂致史天行函"。也就是说，这个寄快信给林语堂并让林语堂欣然回复了两封手札的"斋衍"其实就是史天行。

据史天行称藏有"《浮生六记》全本、沈三白小像、印谱、家谱"的"子英"又是何方神圣呢？1935年前后，为求得《浮生六记》全本，林语堂可谓是踏破铁鞋。不仅自己几度奔赴苏州访寻，又托人到宁波一带查找，还托旧书铺在苏州、常熟访求。1935年年底，林语堂发现王均卿交给世界书局出版的《浮生六记》全本是伪造的，大失所望后即撰文直言"均卿老先生实在太冒渎三白而儿戏我们了"[1]。可见关于《浮生六记》全本，但凡有一点线索可循，林语堂都会尽力查个水落石出的。然而，在史天行告之"子英"有所藏之后，并未见林语堂在寻访全本之事上有任何进展，即便像王均卿所编伪作之类也不曾见到。由此可以推测，史天行所谓的"子英"其实是子虚乌有。

史天行熟知文坛掌故，素有"文坛包打听"的称号[2]。为了骗取林语堂

---

[1] 林语堂：《记翻印古书》，《宇宙风》1935年12月16日第7期。
[2] 参见叶平《宁波两作家：一、乌一蝶，二、史济行》，《十日谈》1934年12月30日第48期。

的信任，史天行写给林语堂的快信当然并非全是谎言。林语堂对古书珍本很感兴趣，不仅喜读《浮生六记》，也曾盛赞章衣萍重金购得的张潮《幽梦影》抄本①，还在《宇宙风》发表有《记翻印古书》一文。史天行熟知林语堂这一喜好，因此他写给林语堂的快信即从"编印古佚丛书"之事谈起。据笔者所查，1935年，光华书店出版有一套古佚丛书，但并非史天行所为；1936年4月，千秋出版社出版有一套中国奇书丛刊，其中的确有史天行校注的唐代张文成的《游仙窟》②和清人张潮的《幽梦影》③两种。史天行对林语堂所言"编印古佚丛书"一事算是真假参半吧。

林语堂四处寻访《浮生六记》全本，并在《人间世》发表有《〈浮生六记〉英译自序》，史天行一定有所留意。所以在给林语堂的快信中，史天行投其所好地杜撰了"常州沈子英"这样一个从籍贯到姓氏都似是沈家后裔的藏家来，目的就是骗取林语堂的手札和序文。从林语堂回信中提到的"嘱撰《同根草·序》"来看，史天行应该是谎称要翻印古书《同根草》，而请林语堂为之作序。据笔者所查，清代浙江临海望族屈氏有姐妹二人名茝纕与蕙纕，合著有《同根草》诗集四卷，史天行所言大概如是。

史天行信中应该还提到了要请俞平伯为即将刊印的"《浮生六记》全本"作序。因为在林语堂英译《浮生六记》之前，俞平伯算是对《浮生六记》推崇最甚的现代文人了。俞平伯校点的《浮生六记》由霜枫社于1924年5月出版，其中收录了《重印〈浮生六记〉序》两篇④和《〈浮生六记〉年表》，后又作《〈浮生六记〉考》⑤。但因林语堂的兴趣全在《浮生六记》全本上，并无意为翻印诗集《同根草》作序，而俞平伯素来写诗，又对诗歌有所研究，所以林语堂即提出"当与平伯对调"，然后欣欣然奉上了一张近照和两封回信。史天行虽未能如愿骗得序文，但有林语堂这样一张近照和一封手札登在"汉出《人间世》"第一期上，也算是"事半功倍"了，

---

① 见章衣萍《〈幽梦影〉前记》，《幽梦影》（章衣萍校订），中央书店1935年11月初版。

② 史天行校注的《游仙窟》在中国现代文学馆唐弢文库中有收藏。见陈建功主编《唐弢藏书·图书总录》，文化艺术出版社2010年版，第165页。

③ 史天行注解的《幽梦影》由千秋出版社于1936年4月初版，此前已有章衣萍校订的《幽梦影》由中央书店列为国学珍本文库第1集第10种于1935年11月28日初版。应是章衣萍校订在前，史天行注解在后。然而奇怪的是，很多著作或文章都误以为是史天行注解在前，章衣萍校订在后。如邹博主编的《唐诗宋词元曲鉴赏辞典》（北京线装书局2011年版）、刘以林编绘的《明清清言一百句》（吉林文史出版社2012年版）等。

④ 序一原题为《拟重印〈浮生六记〉序》，发表于1923年10月29日《时事新报·文学》周刊94期；序二原题为《〈浮生六记〉新序》，1924年2月作，发表于1924年8月18日《时事新报·文学》周刊第135期。

⑤ 俞平伯的《〈浮生六记〉考》发表于《文字同盟》1927年第3号。

何况翻印古书《同根草》一事也是子虚乌有。

二、两个史岩

　　史天行又名史济行，另有笔名史岩等，浙江宁波人。鲁迅在日记中多次记载"得史济行信""得史岩信"，因此这里的史济行与史岩当是同一人无疑。

　　在徐迺翔主编的《中国现代文学词典》小说卷中，录有两条关于史岩著作的条目：

> 　　《模型女》，中篇小说。史岩（史济行）著。1927年10月上海光华书局初版。①
>
> 　　《蚕蜕集》，小说戏剧集。史岩（史济行）著。1929年上海广益书局出版。②

　　这两个史岩都被编者标注为史济行，是否真是同一人呢？
　　张泽贤曾在《民国版画闻见录》中录过一本由史岩编著的《艺术版画作法》，当时认定该史岩即是"原名史天行，字济行"的浙江鄞县人③；后在《中国现代文学小说版本闻见录1909—1933》一书中，录有1927年10月初版的中篇小说《模型女》的封面和版权页，并录有书前作者于1926年6月25日在宜兴隔湖西滨所写的小引。在注意到小引所写地点后，张泽贤仍断定这两个史岩是同一人，都是史天行，只是"籍贯有点小错"，"是江苏宜兴人，而非浙江人"，并补充介绍道："他早年毕业于上海大学美学系，历任金陵大学文学院副教授、中国文化研究所研究员、国立敦煌艺术学院华东分院图书馆馆长、浙江美术学院教授等。他的专业特长是美术史，曾著有《东洋美术史》《中国雕塑史图录》《中国美术全集》《五代两宋雕塑》等。"④另外值得注意的是，张泽贤在《中国现代文学戏剧版本闻见录1912—1949》中收录1929年11月1日初版的《蚕蜕集》时，未对著者史岩

---

① 徐迺翔主编：《中国现代文学词典》第1卷（小说卷），广西人民出版社1989年版，第249页。
② 徐迺翔主编：《中国现代文学词典》第1卷（小说卷），广西人民出版社1989年版，第268页。
③ 张泽贤：《民国版画闻见录》，上海远东出版社2006年版，第403页。
④ 张泽贤：《中国现代文学小说版本闻见录1909—1933》，上海远东出版社2009年版，第122页。

的生平做任何介绍，但在谈到《蚕蜕集》的封面图、扉页画、尾饰及多幅插画时，他评价道："这些插图画得极其蹩脚，可见史岩作画的水平相当一般。"① 这不由得让人心生疑问，如果这两个史岩是同一人，一个毕业于上海大学美学系又出版有众多美术史著作的专业人士，作画的水平会如此不堪吗？

的确，徐洒翔将《模型女》和《蚕蜕集》的作者史岩都认定为是史济行，而张泽贤将《模型女》和《艺术版画作法》的作者史岩也都认定为是史济行，其实都是不对的。经笔者考证，其时上海应该有两个史岩。其中一个史岩的确是浙江宁波的史天行，1906 年生，1926 年年初南下广州，在私立广东国民大学读书，同时在中山大学旁听。北伐战争打响后，到上海入上海大学读书，1927 年下半年转入上海艺术大学学习，1929 年初版的《蚕蜕集》即是其所作。钱茂伟主编的《史家码村史》中有一节《进步文人史天行》② 以 11 页的篇幅详细介绍了史天行的生平和著述，因所述内容多取材于史天行后代所保存的史天行遗著《甬小记》，故难免有主观溢美之嫌，但所录史天行一生著述近 20 种大致可信，其中即有《蚕蜕集》和上文提到的校注本《游仙窟》与《幽梦影》，但没有中篇小说《模型女》。

而另一个史岩则出生于江苏宜兴世家，1924 年毕业于上海大学美术系，中篇小说《模型女》和《艺术版画作法》是他所作。这个史岩早年大概也爱好文学，文字功底甚好，张泽贤曾夸赞他《艺术版画作法》一书的序言写得"极有功力""也较少见"③。当然，这个史岩在美术史方面更有建树，1949 年后在浙江美术学院（今中国美术学院）任教。曾有一篇回忆文章提到这位史岩教授，饶有意味：

> 吴明永毕业后，留校任史论教师，给史岩教授做助教。当代有两个史岩，另一个在上海，也是研究美术史论的，被鲁迅先生骂过，从"隐蔽的大纛"下拉出来"晒太阳"的。凡遇政治运动，美院的学生就贴史岩教授的大字报，标题即是"被鲁迅骂过的史岩"。史岩先生惶恐分辩："我不是那史岩，那史岩不是我！"没有人想澄清，半个世纪以来，历次政治运动，都重复地，明知故犯地扮演这个故事，史岩教授

---

① 张泽贤：《中国现代文学戏剧版本闻见录 1912—1949》，上海远东出版社 2009 年版，第 68 页。
② 钱茂传主编：《史家码村史》，浙江大学出版社 2017 年版，第 50 - 60 页。
③ 张泽贤：《民国版画闻见录》，上海远东出版社 2006 年版，第 404 页。

到死也未能分辩清楚。①

可怜这位饱受冤屈的史岩教授大概不会想到,数十年以后仍有人将其和笔名史岩的史天行混为一谈吧。

---

① 周素子:《情感线索》,花城出版社 2013 年版,第 204 页。

《社会月报》所载林语堂佚文三则

程桂婷

  1934年6月15日创刊于上海的《社会月报》是综合性月刊，由陈灵犀编辑，胡雄飞发行，上海社会出版社发行，次年9月停刊。该刊虽然存在的时间短暂，却有曹聚仁、何香凝、徐懋庸、陈子展、杨邨人、黎锦晖等著名人士为其撰稿。在该刊物上，笔者发现了林语堂的三篇佚文：一篇是《说骂》，另外两篇是关于大众语问题的书信与发言。

  目前出版的林语堂文集、全集、传记和研究著作等都未收录或提及这三篇佚文。例如：台湾金兰文化出版社出版的《林语堂经典名著》[①]、东北师范大学出版社出版的《林语堂名著全集》[②]、作家出版社与群言出版社以及中国联合出版公司出版的《林语堂文集》[③] 都没有收录；刘炎生著的《林语堂评传》[④]、林太乙著的《林语堂传》[⑤]、万平近著的《林语堂评传》[⑥]、李勇著的《本真的自由：林语堂评传》[⑦] 等，均未曾提及；朱立文编的《林语堂著译及其研究资料系年目录》[⑧]、冯羽著的《林语堂与世界文化》[⑨]、杜运通著的《伊甸园之歌——林语堂现象透视》[⑩]、张晓霞编的《林语堂学术文化随笔》[⑪]、子通主编的《林语堂评说70年》[⑫]、陈亚联编著《林语堂的才

[①] 林语堂：《林语堂经典名著》，台湾金兰文化出版社1986年版。
[②] 林语堂：《林语堂名著全集》，东北师范大学出版社1994年版。
[③] 林语堂：《林语堂文集》，作家出版社1996年版、群言出版社2010年版、北京联合出版公司2013年版。
[④] 刘炎生：《林语堂评传》，百花洲文艺出版社2010年版。
[⑤] 林太乙：《林语堂传》，北岳文艺出版社1994年版。
[⑥] 万平近：《林语堂评传》，上海远东出版社2008年版。
[⑦] 李勇：《本真的自由：林语堂评传》，南京师范大学出版社2005年版。
[⑧] 朱立文编：《林语堂著译及其研究资料系年目录》，厦门大学碧海斋2007年版。
[⑨] 冯羽：《林语堂与世界文化》，江苏文艺出版社2005年版。
[⑩] 杜运通：《伊甸园之歌——林语堂现象透视》，河南大学出版社1997年版。
[⑪] 张晓霞编：《林语堂学术文化随笔》，中国青年出版社1998年版。
[⑫] 子通主编：《林语堂评说70年》，中国华侨出版社2003年版。

情人生》①、杨青编著的《林语堂人生智慧书》②等所附的林语堂年表,也都有遗漏。故而笔者辑录这三篇佚文于此,以期对林语堂研究有所增补。

一

说骂

灵犀先生来函,谓"骂人快事也,挨骂亦快事也,足下同情否?"因就数语拉起来说,作为答书,并实《社会月报》。

夫挨骂快事也,而余于无意中得之。尝细思之,其快有三。第一,洋场恶少,无聊党贩,骂我牛马,骂我犬豕,尚不曾骂我为出尔反尔,毫无志操,投降武人之党报机关小编辑,则其骂尚不十分恶毒。第二,前年有人造我谣,谓我亦入××团,今《社会新闻》骂我,足证明吾未卖身投降。某方又造谣,谓我左倾,今得《自由谈》骂我,又足证明我未左倾。两相对骂,适抵于无,胜于我之自辩多多矣。夫无意中得我敌人为我洗刷,还我一身清白,岂非应三跪九叩头至《社会新闻》及《自由谈》编辑室之门而致谢意乎?第三,环观骂我者,无一为我所敬重之好友,亦无一用真姓名之光明正大人,皆匿名作洋场恶少文学瘪三小把戏,如此岂不使我心地泰然。倘有吾之畏友骂我,则我必自警惕中心不安也。今无之,岂非快事中之大快事乎?甚至一篇好文章,骂得痒,骂得妙,骂得巧者亦无有,惟南京《中央日报副刊》曾为我作一墓志铭,实在太好,当算例外。夫骂与挨骂,在中国卑鄙鬼祟之社会,何足为奇?吾知骂我之青年党贩,与我相见,还不是大家笑笑,说"那不过是拿稿费或饭碗问题,或迎合上峰意旨"。而莫不承认我私人生活比他严肃,我的志操比他坚毅。大家一把手,不是又是好弟么?所以揭穿了,真不值一笑。不但不笑,且可发生慈悲心肠,赔我皮肉,养几个青年饭碗,亦无不可。总之,此回所谓骂,我不当为理论的,只当为政治的。或系上峰命令,或系含有作用。我甚愿站开,让《自由谈》与《社会新闻》对骂,看看光景也。何以言政治的。彼义愤填胸骂幽默为颓废,我似可着急矣;然一反思,彼辈不敢骂顾

---

① 陈亚联编著:《林语堂的才情人生》,东方出版社2006年版。
② 杨青编著:《林语堂人生智慧书》,中国广播电视出版社2010年版。

祝同，不敢骂汤玉麟，则我心下泰然。彼义形于色骂小品文为清谈误国，似又应着急矣；然一看彼辈不敢骂逃禅误国，则我心下亦较安些子。夫逃禅何事也，而举国若狂，尊班禅若父母，敬喇嘛若神明，若谓王何清谈足以亡晋，则逃禅佞佛足以灭中华而有余。乃因此辈耳目口心，皆非己有，舌端笔下，已卖他人，对于此一节一个屁亦不敢放。然则此辈而自谓不"颓废"有"气节"，则吾非力求"颓废"不可。俗语曰"眼不见为净"，吾欲装作不见，则满天下皆比我关心国事之正人也。此是我由聪明转入糊涂，赚得之一服定心丸药。公之足下，以为何如？

《说骂》是林语堂应编辑陈灵犀的来信所作，发表于《社会月报》创刊号。作为社会的名流人物，林语堂曾挨过不少骂，可是他竟写出一篇称"挨骂亦快事也"的文章。林语堂从三个方面来说明挨骂是快事：其一是"骂尚不十分恶毒"，只是骂他为牛马、犬豕；其二，两相对骂，免去了自辩，还了一身清白；其三，骂人者系"洋场恶少""无聊党贩"，或为稿费饭碗问题，或迎合上峰意旨，无一为敬重之好友。"幽默大师"林语堂以"快事"回应挨骂，然而其字里行间却透出愤激之情。林语堂为什么会挨骂呢？《社会新闻》与《自由谈》为何与他过不去？这与林语堂提倡幽默性灵的小品文相关。

1932 年 9 月 16 日，《论语》半月刊出版，林语堂任主编，创刊号一炮打响，销路极佳。《论语》成为当时销量、影响极大并有争议的刊物。林语堂主编至 26 期后辞去主编，陶亢德接任。林语堂尽管从此不再参与编务活动，但仍是该刊的主笔之一。林语堂主编《论语》时极力倡导幽默，政治上采取中立姿态。《论语》第 3 期《我们的态度》一文明确说明："《论语》半月刊以提倡幽默文字为主要目标。……人生是这样的舞台，中国社会，政治，教育，时俗，尤其是一场的把戏，不过扮演的人，正正经经，不觉其滑稽而已。只须旁观者对自己肯忠实，就会见出其矛盾，说来肯坦白，自会成其幽默。所以幽默文字必是写实主义的。我们抱这写实主义看这偌大国家扮春香闹学的把戏，难免好笑。我们不是攻击任何对象，只希望大家头脑清醒一点罢了。"《论语》连载的《论语同人戒条》十条中的首条就是"不反革命"。《论语》第 6 期《编辑后记》则说："对于思想文化的荒谬，我们是毫不宽贷的，对于政治，可以少论一点，因为我们不想杀身以成仁。"

当陶亢德接编《论语》时，林语堂在致他的信中说："大概有性灵、有骨气、有见解、有闲适气味者必录之；萎靡、疲弱、寒酸、血亏者必弃之。其景况适如风雨之夕，好友几人，密室闲谈，全无道学气味，而所谈未尝不涉及天地间至理，全无油腔滑调，然亦未尝嬉笑怒骂，而斤斤以陶情笑谑为戒也。两脚踏东西文化，一心评宇宙文章，是吾辈纵谈之范围与态度也。"① 有论者说："林语堂执编《论语》时，在政治上力求保持中立的姿态，在文学上准备抱写实主义的态度，对现实问题发表一些意见，对社会国家起一点积极作用，并且力求用幽默文字来反映现实生活，用'笑'来促使人们'头脑清醒一点'。这样的办刊态度，应该说是较为严肃认真的。"② 这种评论是确切的。

在文艺思潮空前政治化的20世纪30年代，《论语》不谈政治、不左不右的办刊态度，使得无论是左派还是右派都对其讨伐。陶亢德曾说："世人对于《论语》愤怒咒诅者实在不少，无论左派右派，第三种人，对《论语》均曾挥其如椽之笔，大肆诛伐，好像《论语》不死大祸不止似的。左派说《论语》以笑麻醉大众的觉醒意识，右派说《论语》以笑消沉民族意识。等等等等，不遑枚举。"③ 甚至到了1935年，林语堂还发出这样的感慨："事实上义务检查员既多，我被发觉的毛病自也不少，个人笔调也错，小品文也错，谈古书也错，甚至谈人生也错，虽然个人笔调，小品文，幽默，古书，大家都跟我错里错。《论语》讽刺社会之黑暗，则曰，将军阀罪恶化为一笑了之；不讽刺，则又是消闲之幽默。"④

林语堂辞去《论语》主编职务后，又于1934年4月5日创办并主编了《人间世》半月刊。《人间世》提倡小品文，"特以自我为中心，以闲适为格调""《人间世》之创刊，专为登载小品文而设"。⑤ 与《论语》相似，《人间世》也打出中立旗号，从第2期开始，《〈人间世〉投稿规约》以醒目的文字提示："本刊地盘公开。文字华而不实者不登。涉及党派政治者不登。"第2期《编辑室语》说："小品文意虽闲适，却时时含有对时代与人生的批评。我们敬以此刊贡献于学思并进之人，尽量发挥其议论。"

"两相对骂"是指来自《社会新闻》与《自由谈》的攻击。《社会新闻》是国民党"中统"主办的综合性刊物，1932年10月4日在上海创刊，初为三日刊，由新光书局社会新闻社发行，有小评、时事特讯、现代史料、

---

① 林语堂：《与陶亢德书》，《论语》1933年第28期。
② 刘炎生：《林语堂评传》，百花洲文艺出版社1994年版，第93页。
③ 陶亢德：《〈论语〉何不停刊》，《论语》1934年第49期。
④ 林语堂：《写中西文之别》，《宇宙风》1935年第6期。
⑤ 《发刊词》，《人间世》1934年创刊号。

特别资料、党政秘闻、文化情报、国外通讯、译丛、小说等。从第 8 卷起改为旬刊，第 13 卷起改为半月刊，第 14 卷起更名为《中外问题》，内容有新闻报道、国内外时事评论，并刊登小说、杂文、现代史料等。此刊物宣传国民党的内外政策，维护国民党的一党专政，也反对日本侵略和汉奸卖国。1937 年 10 月停刊。《自由谈》是《申报》的副刊，1932 年 12 月 1 日黎烈文接编后，锐意革新，因而这里逐渐成为左翼作家的战斗阵地。林语堂在文中两次提到《自由谈》与《社会新闻》对骂，可见此事对于他的影响之大。

文中所提的"墓志铭"，是指石岳崧在 1934 年 4 月 17 日《中央日报·中央公园》上发表的《拟幽默大师墓志铭》。《中央公园》是《中央日报》的副刊，由储安平担任编辑。其时在《中央公园》上批评林语堂的文章还有苏九的《从幽默到没有》、幽槐的《讨林语堂檄》、低吟的《拟幽默大师诉冤》、宗白华的《悲剧的与幽默的人生态度》等。或许因为《中央日报》是国民党的中央党报，林语堂将这些"骂"文"不当为理论的，只当为政治的"，认为是"迎合上峰意旨"。

林语堂办《论语》《人间世》，主张远离政治，提倡性灵、幽默的小品文，对于现代文学的发展当具有一定的积极意义，但是在社会政治氛围浓厚的 20 世纪 30 年代，这无疑会招致来自不同党派的批评。而林语堂自身的办刊态度是严肃的，《论语》与《人间世》刊发过不少对社会人生的批评文章，难怪林语堂会对来自不同党派的批评耿耿于怀。

二

除了文学方面的贡献外，林语堂在语言学方面颇有建树。林语堂曾入德国莱比锡大学专攻语言学，努力研究中国语言学，1923 年获博士学位。回国后在北京大学教授语言学，其著作《语言学论丛》于 1933 年由上海开明书店出版。在 1934 年的大众语论争中，林语堂表达了自己的看法。

1934 年 5 月 4 日，国民党御用文人汪懋祖为适应蒋介石推行"新生活运动"和"尊孔读经"的需要，在《时代公论》第 110 期发表《禁习文言和强今读经》一文，要求小学自五六年级开始教文言，初中读《孟子》，高中读《论语》《大学》《中庸》及《左传》《史记》《诗经》《战国策》《庄子》《荀子》《韩非子》等，甚至还说"主张尊孔读经，可谓豪杰之士"。

汪懋祖的言论在文化界引起一场激烈论战。6月18日和19日，《申报·自由谈》先后发表陈子展的《文言——白话——大众语》和陈望道的《关于大众语文学的建设》，提出了建设大众语的问题，接着文化界就此展开了讨论。《社会月报》编者曹聚仁于7月25日发出一封征求关于大众语意见的信，信中提出了五个问题："一，大众语文的运动，当然继承着白话文运动国语运动而来的；究竟在现在，有没有划分新阶段，提倡大众语的必要？二，白话文运动为什么会停滞下来？为什么新文人（五四运动以后的文人）隐隐都有复古的倾向？三，白话文成为特殊阶级（知识分子）的独占工具，和一般民众并不发生关涉；究竟如何方能使白话文成为大众的工具？四，大众语文的建设，还是先定了标准的一元国语，逐渐推广，使方言渐渐消灭？还是先就各大区的方言，建设多元的大众语文，逐渐集中以造成一元的国语？五，大众语文的作品，用什么方式去写成？民众所惯用的方式，我们如何弃取？"①

《社会月报》第1卷第3期设有"大众语问题特辑"；在"大众语论坛"中，有"林语堂先生的复信"，原文如下：

聚仁子展兄：

（上略）大众语，近日大热闹；因太热闹，故想避开，亦非有意悬奇，实则半年来思想，未尝须臾弃此问题。煅炼俚语入文之文，容回沪后写来，恐有一大堆话也。我看大众语作标语，纠正今日白话之食洋不化，则若靠这些食洋不化之时髦文人写去，仍弄不出什么结果，仍跳不出白话范围也。夫白话，胡适之解为明白之白，岂不甚好，而廿年后结果如此不明不白，则大众语将来亦不能大众可知。即以今日我提倡俚浅文语，尚不得大家谅解，文人之病入膏肓者若此。三百年前之中郎，敢以俚语入文，更不得不佩服矣。说来说去，总是文字一宗作孽；今人无勇气说俚语，有此勇气，不但大众语成功，白话亦必成功也。普通人文字总讲做文藻之文，不讲做文理之文，只知雕斫之文，不知云石之纹，只知油盐酱醋之味，未知清汤本色之味，故作文天然流于雕斫。原来文章文理，皆言云霞湖石自然之纹路，文章所以为文章，亦言文字中之议论条理层层滚出，或山外见山，或如平湖秋水，有其理，便有其文，此肤理之文，非皮毛之文也。只要懂得此种道理，红楼梦凤姐说话，篇篇好文章也。今人做文，因不会说话故不

---

① 见《社会月报》1943年第1卷第3期。

会说凤姐的话,其肤理亦已无文章可言,乃用古文辞用新名辞以文其陋,以蔽其枯,长此下去,大众语亦必做得不好。凤姐文佳处且看不到,何来煅炼大众语入文。近日作一篇《〈有不为斋丛书〉序》(《论语》发表),即有意模仿凤姐口气凤姐文章也。无论左翼右翼,肯放去滥调用俚语说话,则心头喜欢,大众语不请自到,若有一点看轻俚语之意,不识俚语趣味,口中喊"意识意识",仍与大众无关也。为此种种,颇不想加入讨论,幸谅之。

弟　语堂　八月十一日

"大众语问题"发生时,林语堂并未立即发表议论。然而林语堂在1933年《论语》第26期发表过《语录体之用》,文中就明确说:"今人作白话文,恰似古人作四六,一句老实话,不肯老实说出,忧愁则曰心弦的颤动,欣喜则曰快乐的幸福,受劝则曰接收意见,快点则曰加上速度。吾恶白话之文,而喜文言之白,故提倡语录体。依语录体老实说去,一句是一句,两句是两句,胜于蹩扭白话多多矣。文人学子,有一种恶习惯,好掉弄笔墨,无论文言白话皆如此。语录体之文,一句一句说去,皆有意思。无意思便写不出,任汝取巧无用也。"林语堂明确说,"吾非好作文言,吾不得已也",文人"好掉弄笔墨",所作的白话文"不明不白",故而提倡语录体。在《怎样洗炼白话入文》中,林语堂的观点是大众语和白话文并无区别,主张扩大白话文的范围,他认为白话文的弊病不在白话自身,而在"文人之白话不白而已"。

林语堂的这封复信,即简单明了地对大众语问题发表了自己的看法,认为另起炉灶没有意义。林语堂始终拥护白话文,即如其所言:"须知吾之拥戴语录,亦即所以爱护白话,使一洗繁芜绮靡之弊,而复归灵健本色之美……然则吾之爱白话诚甚,且更甚于欲脱离白话另起炉灶之大众语文人也。"[1]

信中所提及的《〈有不为斋丛书〉序》,作于1934年8月5日,"廿三年八月五日龙溪林语堂序于牯岭",发表于1934年9月1日《论语》半月刊第48期,1934年9月5日在《人间世》第11期重载。

---

① 林语堂:《怎样洗炼白话入文》,《人间世》1934年第13期。

三

林语堂的另一篇佚文属发言，见于《北方学者对于大众语各问题的意见》（以下简称《意见》），载于《社会月报》第 1 卷第 3 期。该《意见》开头有这样一段话："前儿，北京西北园九号热闹得很，钱玄同、黎锦熙是主人，到的客很多，我认得的有胡适、周作人、刘复、赵元任、林语堂、顾颉刚、孙伏园、俞平伯、魏建功、江绍原，还有南边来的无锡老头儿吴稚晖，他们酒酣耳热，谈得十分起劲。我坐在角儿上，静静地听，默默地记；现在从头至尾，一五一十把他们的谈话记了下来。"其中所记录的林语堂的发言是：

我的意见还是让我一条一条的说来：
一、中国不亡，必有二种文字通用，一为汉字，一为拼音字。
二、汉字是废除不了的，但是必逐渐地变简单化。
三、汉字之外，必须有一种普遍可用的易习易写的拼音文字。反对一种普通可用的易习易写的拼音文字而以汉字美质为词者，是普及教育的大罪人。
四、凡文字有"美"与"用"两方面。知道"美"不知道"用"的人不配谈文字问题，也不配谈普及教育开通民智的话。
五、拼音文字不过是拼说话的声音。凡话，听时可以懂的拼下来，看时也必可以懂，不懂便是拼写上的乖谬所致。说话本是一个字，拼下来分为两字，便是拼写上的乖谬，便惹人家不懂起来。犹如不说"牌楼"而说"牌"，再说"楼"，也是说话说的乖谬。说"东"及"动"，听起来时是极端不同，拼写时把他弄成同了，也是拼写的乖谬。果使说话时的确有意义不相同而音相同的，文字上拼为相同之字，其错不在字而在话。说话时不明之处少，文字的不明处也必少；说话时有法子使此不明白的话变为明白，文字上也有法子可使不明白的变为明白。
六、天下没有一种话（语）言不可拼音的，只有中国语言不可拼音，奇不奇？别种语言的拼音字读起来都可懂，中国的拼音字读起来倒必不可懂，此亦是奇闻。

七、拼音本很容易，只不要学究及发音大家来干涉，便样样好弄。我的意见如此。

对于林语堂的第二条意见，在其 1933 年所写的《提倡俗字》一文中，就表达过类似的观点："今日汉字打不倒，亦不必打倒，由是汉字之改革，乃成一切要问题。如何使笔墨减少，书写省便，乃一刻不容缓问题。"① 林语堂的倡导引起了不少人的响应，从而形成一场汉字简化运动，取得很大收获。

---

① 林语堂：《提倡俗字》，《论语》1933 年第 29 期。

新发现梁实秋十三岁时处女作《读薛煊〈猫说〉书后》
——兼及梁实秋早年多篇佚文考论

程桂婷

梁实秋是现代著名学者,不仅散文集《雅舍小品》名扬天下,在翻译方面的造诣也为人称道。近些年来,学界对梁实秋的研究也日益丰富,虽然尚未有《梁实秋全集》出版,但在梁实秋著译作品的搜集整理方面已有不少值得一提的重要成果。如余光中、陈子善等编的《雅舍轶文》① 稽考、辑校了近百篇梁实秋以笔名发表的散文、诗歌与小说,以及20余封给友人的书信,堪称是梁实秋佚作搜寻稽考的集大成者。之后,杨迅文主编的《梁实秋文集》15卷② 对梁实秋作品的辑录可算是目前为止最为详尽的版本。在年表编撰方面,台湾学者陈信元编选的梁实秋《文学年表》③ 较为翔实可信,还有白立平编撰的《梁实秋翻译年表》④ 对梁实秋译作的爬梳也甚为细致。

目前可见的梁实秋文集与年表,都以1919年2月27日与3月6日连载于《清华周刊》的《述吗啡之害》一文,为梁实秋见之报章的第一篇作品。解志熙在《癸亥级刊》上发现的《胸战》《戏墨斋丛话》《驱蚊檄》等佚文⑤亦是在1919年6月问世的。是年,梁实秋16岁,虽然还只是清华学校中等科的学生,但已才气初露。

然而,笔者最近发现了一篇更早的文章《读薛煊〈猫说〉书后》,是梁实秋就读于京师公立第三小学时发表于《京师教育报》的。这才是梁实秋的处女之作,当时他年仅虚岁十三。另外,笔者还在《小说月报》与《清华周刊》发现了梁实秋早年发表的数篇文章,均不见于上述文集与年表。

---

① 余光中、陈子善等编:《雅舍轶文》,山东画报出版社2009年版。
② 杨迅文主编:《梁实秋文集》,鹭江出版社2002年版。
③ 见陈信元《台湾现当代作家研究资料汇编·梁实秋》,台湾文学馆2011年版。
④ 见白立平《翻译家梁实秋》,商务印书馆2016年版。
⑤ 见解志熙《从"戏墨斋"少作到"雅舍"小品——梁实秋的几篇佚文及现代散文的知性问题》,《新文学史料》2005年第2期。

现将这些佚文一并捡录并略做考释，以飨读者。

一、处女作《读薛煊〈猫说〉书后》

《读薛煊〈猫说〉书后》是一篇文言短文，全文如下：

读薛煊《猫说》书后

美哉！薛煊之《猫说》也。余读之，有百回不厌者。然余非徒读之，而有所感焉。非徒感之，而尤有所悲焉。首段言猫之形大爪铦，鼠闻声则遁，窥形则逃，金不敢出。极言猫之猛，足制鼠矣。次段言猫噬雏，不忍击之。反引有能者必有病之理以释之。其说理之正确，诚浅见所不及者。三段犹述猫无所为，鼠伏不出，此文气之圆足处也。及猫不捕鼠，复捕鸡雏，特申猫之罪也。四段数猫之无能而有病，遂逐之。本欲罪猫，而首次段之夸扬，唯恐不及此，非文法中之欲抑先扬者耶？诚绝妙之文章也。夫猫以无能有病，则为弃材。由此可知，人若无能而有病，安得不为弃材，而同于猫之贻人笑乎？读之能无所感哉！猫为弃材则被逐，庸知人为弃材，不尤为人所逐耶？是以，余读之，而尤有所悲也。

京师公立第三小学校高等二等级三学期 梁治华 十三岁①

这篇文章载于 1915 年 1 月 15 日出版的《京师教育报》第 12 期，署名"梁治华"。梁实秋本名治华，字实秋，后以字行。梁实秋于 1912 年入京师公立第三小学就读，用的学名即梁治华。

《京师教育报》是京师学务局于 1914 年 1 月创办的月刊，1919 年 2 月停刊，1919 年 11 月起改名《教育行政月刊》继续发行，1925 年后又改名《京师学务公报》发行。《京师教育报》在教育界颇有声誉，它以研究教育改良为主旨，所涉内容十分宽泛，不仅刊载与教育密切相关的法令、文牍、纪事、社会调查等，也发表与教育有关的小说、传记等文艺作品，还辟有供教师交流的"模范教案"以及奖掖学生的"优良成绩"等专栏。梁实秋

---

① 《京师教育报》上所载梁实秋文章均无标点，此处标点为笔者所加，下同。

的《读薛煊〈猫说〉书后》即刊载于第12期的"学生成绩"栏目。这大概是梁实秋平时的一次作业或一次考试中的作文受到了老师的好评，所以发表出来。

薛煊是明代著名的理学家，在文学方面也颇有造诣，著有《河汾诗集》等，其散文《游龙门记》被认为是明代散文名篇，《猫说》亦是其散文佳作，常被选入中小学生的语文课本。《读薛煊〈猫说〉书后》虽然只是少年梁实秋的一篇习作，但仍有让人佩服的地方。首先，时为小学生的梁实秋并没有去解读薛煊文中诸如针砭朝政、指摘奸臣之类的微言大义，而其对薛文极力称赞之处在于，一是薛煊所言"有能者必有病"的道理，二是薛煊"欲抑先扬"的文法。其次，这篇习作已表露出少年梁实秋浓厚的感伤的人道主义情怀。在薛文最后，猫因无能有病而被逐，梁实秋由猫及人，生发出"人若无能而有病，安得不为弃材"的感慨，并深陷于"人为弃材"亦"为人所逐"的悲哀。

倘若联想到梁实秋在20世纪30年代所提出的"人性论"的观点，以及与鲁迅等左翼文人的论战，再回头看看这个由猫及人而感伤不已的少年，或许不难发现，梁实秋终其一生对人的生存境况的敏感与关注，对人道主义精神的弘扬与追求，并不全是源自他青年时期赴美留学所受到的白璧德等人文主义思想的影响与冲击，而很大程度上也跟他与生俱来的温和的性情、伤感的气质和柔软的内心密不可分。

二、《京师教育报》所载其他短文

在京师公立第三小学就读的梁实秋，成绩十分优异，除了国文，在历史、地理、化学等课程中也有不俗的表现。1915年7月15日出版的《京师教育报》第18期，在"学生成绩"栏目一连刊登了他的四篇问答，照录如下：

> 问：诸生于高等小学毕业后，或考中学及师范学校，或入军界及实业界，境遇不同，趋向自异，试各言其志。
>
> 答：夫当今竞争之世，欲立国于世界，发扬其国威，保护其疆土，其道维何，首曰军备。国与国之交涉，固有公理为之判断，而处如今之世，公理不过对于同等国施之。不同等者交涉，若万一不能和平解

决,唯以战争为后盾。而战争则尤贵兵士平时教练之有方。然则军备为立国之不可缺明甚。观夫彼兵备不善之国也,主权既失,土地复丧,要求挟制,接踵而至,外患齐臻,国势斯衰,呜呼!使其军备训练有方,皆知牺牲性命以卫国家,则他国恭畏之不遑,何敢欺凌之哉。余行将高小毕业,不过稍具普遍之智识,浅近之学术,但素愿投身军界,牺牲一己之性命,以谋公众之乐利。马革裹尸,效命疆场,亦幸矣。唯以余之年龄既稚,资格不及,意必不能遂余之愿。故余欲先入中学,及毕业后,年龄既高,学问自必稍增,再入军界,亦为不迟。故余述此,为异日进行之趋向也可。

问:阿非利加洲滨临何洋?以何海何河与亚欧两洲为界?

答:阿非利加洲,东滨印度洋,西临大西洋,北临地中海,以红海及苏伊士运河与亚洲为界,以地中海与欧洲为界。

问:中日之战割地偿费以和,当是时列强对于中国曾有若何行动?试详陈之。

答:中日之战,割地赔款以和。是时列强见我国之日衰也,佥欲得利,于是德人以教士被害为词,首以海军据胶州湾,迫清廷租借,以九十九年为期。俄租旅顺口大连湾,英租威海卫,法租广州湾,纷纷要索,瓜分之议遂起。美人恐列强竞争,挠世界和平,故提议开放门户,保全领土,列强从之,瓜分之议稍息。

问:试述水之浮力。

答:凡物之重量小于水,置于水中则必上浮。盖以水有浮力故耳。试取一物,以天平衡之,记其数码。若再以此物置水中衡之,则其重量必减,此水有浮力之证也。

此四篇短文之后皆署名"京师公立第三小学校学生梁治华"。1915 年夏天,梁实秋以应届毕业生会考第一名的成绩从京师公立第三小学毕业,后考入清华学校。这年 8 月 15 日出版的《京师教育报》第 19 期刊载了署名梁治华的毕业答词:

京师公立第三初高等小学校初高等毕业:学生答词

我国自革改以来,政治维新,教育宗旨,亦为之一变。民国元年秋,本级改组,迄今三载,实为高小受完全新教育之始。今届毕业,经观摩之试验,幸列前茅。考本级之分数,尚多及格。成绩虽未能尽臻优美，而学生等竟无一人留级，其为本校之荣幸何如。虽然谓此出于学生之勤学，学生所不敢承。谓此出于家庭之辅助，家庭所不敢受。然则伊谁之力欤？非教育长官之提倡得法，我贤师长之教授有方，曷克臻此。忆师长于此三年，尽心竭力，循循善诱，生等获益殊非浅鲜。夫小学纵非高深，而求学之基础则自此始，生计之途径则自此辟。凡我同学，异日倘有尺寸进，固不敢忘今日提撕之功也。今又承教育长官及师长之训饬，谆谆以向学劝诫，学生等不胜感激之至。自兹以往，惟将训词书绅铭座，谨记终身，努力求学，勿稍怠忽。冀具高尚之道德，求实用之学科，大则可为国家立卓绝之功业，小亦不失为完全人格，以仰答国家设教之苦心，而或不负今日过分之期许。生等不敏，窃有愿焉。

三、《小说月报》所载译文《顽童》

　　白立平编撰的《梁实秋翻译年表》记载了梁实秋在 1920 年翻译的两篇短篇小说，一是《药商的妻》（俄国柴霍甫①原著），载于 6 月份《清华周刊》增刊第 6 期，这通常被认为是梁实秋的第一篇译文；二是《执旗的兵》（法国窦德②原著），载于 12 月 25 日《小说月报》第 11 卷第 12 期。③ 其实在这一年，梁实秋还翻译了一篇柴霍甫的短篇小说《顽童》，载于 10 月 25 日的《小说月报》第 11 卷第 10 期，署名"梁治华"。全文如下：

顽童

　　拉柏金，同着安娜——一个很美丽的女子——走到河岸的斜坡上，找了一个椅子坐下了。这个椅子离水边很近，四围全是密密丛丛的黄柳。好一个幽静的地方啊！坐在那里好像在世外桃源一般，只有鱼能看见你。有时候猫在那里闪闪的击水四溅。这两个青年男女，装好了钓竿、鱼钩、筐子、鱼饵等用的东西，便坐着钓起鱼来了。

　　"我们两个人可在一起了，"拉柏金说着，四面望了望，"安娜，我

---

① 即契诃夫。
② 即都德。
③ 《梁实秋翻译年表》，见白立平《翻译家梁实秋》，商务印书馆 2016 年版，第 336 - 337 页。

有许多话要告诉你——很要紧的……我第一次看见你的时候……鱼吃你的饵了……那时候我很明白，我一定要有一个满意的女子，才不空负我一生的辛苦……好大一条鱼……我看见你的时候，便爱你到极点，这是我有生以来第一次恋爱！……先别动，让他吃一点饵不要紧……吾爱，告诉我——你可以给我一个希望吗？不能罢！我不敢妄想——我可以希望那……快拉！"

安娜举起手来，把钓竿往上一拉，就看见一条银绿色鱼在空中闪闪的发光。

"好哇！一条鲈鱼！快帮忙！要滑出去！"这条鱼果然从钩中脱出来，在草里跳了几跳，照直的往老家那边走……跳到水里去了。

拉柏金只顾追那一条鱼，没留心拿着安娜的手了，不知不觉地把她的手凑近自己的嘴唇，吻了几下。她赶紧的把手缩回，但是太晚了；两个人情不自禁，便接起吻来了；这实在是无可如何的事哟！他们吻了又吻，后来就甜言蜜语的谈心……最舒服的时候！但是要知道人生就没有完全快乐的事情。倘若快乐里边不含有几分苦恼，苦恼会从外面掺进去的。正在这个时候，你猜怎么样？两个人正在接吻，忽然听见一阵笑声。他们呆呆地望着河，吓得非同小可。原来是安娜的弟弟克利阿站在河边上，望着他们冷笑。

"哈哈！接吻！"他说，"好哇！我给你们告诉母亲去。"

"我希望你——你是诚实人，"拉柏金红着脸说，"你侦察我们是很不对的，告诉母亲更可以不必。你是诚实人……"

"给我一先令，我才能不声张；"这个诚实人说，"如若不然，我还是告诉母亲去。"

拉柏金掏出一先令给了克利阿，他拿在湿手里揉着玩，得意洋洋地走了。这一对青年男女不敢再接吻。

第二天拉柏金从城里买了许多颜色同一个皮球，送给克利阿，他的姊姊安娜也送给他许多空药匣子。以后又送他一副木质的小狗。这个顽皮的孩子，快活的了不得；又恐怕他们以后不再给他玩物，所以更不能不侦察他们了。拉柏金同安娜走到哪里，他就跟到哪里。一时一刻的不离开他们。

"畜类！"拉柏金咬牙切齿地说，"这样大的岁数，就这样顽皮！将来不定变成什么东西！"

七月里整整的一个月，这一对情人不能离开他。他不时拿告发恐吓他们，并且要求他们送给他东西。没有一样东西使他满足——后来他想要一个金表。没有法子他们只好答应给他一个表。

有一次，在吃饭的时候，将上过饼干，他扑哧的一笑，向拉柏金说道："我可要告诉啦？哈——哈！"

拉柏金立刻红了脸，拿饭巾当作面包嚼起来了。安娜跳起来就跑出去了。

一直到了八月底，拉柏金才向安娜求婚。好快活的日子啊！他得到她父母的允许，立刻就到花园里找克利阿。捉着他就揪他的耳朵。安娜也来了，揪他那一只耳朵。他们两个人满脸的喜气，克利阿不住地哀求道：

"好哥哥！好姊姊！我再也不敢了！饶我罢！"他们两个人，以后都认作揪他的耳朵的时候，是他们恋爱的最快乐的时候。

梁实秋并不懂俄文，这篇译文是由英文转译而来。不知鲁迅是否看到过梁实秋这篇译文，因为在10多年后，主张直译的鲁迅在从德文转译契诃夫的8部短篇小说时①，也包括这一篇，篇名译为《坏孩子》。我们不妨来看看鲁迅译文的第一段：

伊凡·伊凡诺维支·拉普庚是一个风采可观的青年，安娜·绥米诺夫娜·山勃列支凯耶是一个尖鼻子的少女，走下峻急的河岸来，坐在长椅上面了。长椅摆在水边，在茂密的新柳丛子里。这是一个好地方。如果坐在那里罢，就躲开了全世界，看见的只有鱼儿和在水面上飞跑的水蜘蛛了。这青年们是用钓竿，网兜，蚯蚓罐子以及别的捕鱼家伙武装起来了的。他们一坐下，立刻来钓鱼。②

对照鲁迅与梁实秋的译文，不难看出，梁实秋为追求语言的简练和语句的流畅，在这一段中省略或者说简化了好几处：一是简化了人名的翻译；二是省略了男主人公"风采可观"的外貌描述；三是省略了女主人公颇有特点的"尖鼻子"特写；四是将繁杂的钓鱼工具的叙述简化成了"钓竿、鱼钩、筐子、鱼饵"这样朗朗上口的表达。如再参照其他译本，还可发现，在这段译文中，梁实秋将"在水面上飞跑的水蜘蛛"错译成了"猫在那里

---

① 鲁迅在《〈坏孩子和别的奇闻〉前记》中很清楚地写道："这里的八个短篇，出于德文译本。"见北京鲁迅博物馆编《鲁迅译文全集》第7卷，福建教育出版社2008年版，第315页。
② 鲁迅：《坏孩子》，见北京鲁迅博物馆编《鲁迅译文全集》第7卷，福建教育出版社2008年版，第317页。

闪闪的击水四溅"。

当然，这是梁实秋早年的译作。而除去这些不足的方面，《顽童》仍可算是一篇生动晓畅的译文佳作。特别是篇名所用"顽童"较之于鲁迅所译的"坏孩子"，似乎更得神韵。同时，文中时时闪现的"世外桃源""老家""没有法子""扑哧的一笑"等，都是地地道道的汉语词汇，颇能传神达意；语句也较为简洁通顺，完全没有五四时期翻译作品中常见的"欧化文"。如不是文中出现的多少有些俄罗斯气息的人名"拉柏金""安娜"与"克利阿"，恐怕没有人能读得出这是一篇由英文转译而来的俄国小说。简明晓畅、达情达意，一直是梁实秋在翻译中的追求。他后来批评"欧化文"、批评鲁迅的"硬译"乃至"死译"，大抵也是出于这样的追求吧。

四、《清华周刊》所载数篇佚文

1921年，梁实秋就读于清华学校高等科三年级，与闻一多成为好友。他听从闻一多的建议，将之前与同班同学顾毓琇等组成的"小说研究社"改扩成"清华文学社"，吸收了闻一多、吴景超、朱湘、孙大雨等新社员。1922年9月，梁实秋升入高等科四年级，并开始担任《清华周刊》的文艺编辑。在此之前，梁实秋的名字已常见于《清华周刊》。诸如诗歌《〈重聚之瓣〉的几段》《〈春天的图画〉十首之二》《送一多游美》《二十年前》《对墙》，以及翻译小说《一个乞丐》等，在《清华周刊》发表时均署名"梁实秋"。但梁实秋自从担任《清华周刊》的编辑后，似乎再没有在此发表文章了。不过，笔者仔细检阅这一时期的《清华周刊》，发现里面有三篇短文，署名分别是"华"和"秋"（两篇），笔者认定均为梁实秋所作。为方便考论，先将此三文全文照录如下：

一周之回顾

人类一切的进化，全是由于打破现状入手。所以除了愿意退化的人以外，对于打破现状的举动，大概是无人不赞成的。但是先要把现状之所以必须打破的道理宣示大家，然后才能得到大家的同情。上期周刊上有人倡议"村制"——制度之好坏，吾先不论——这个制度若是实行，结果便是打破现状。村制一行，学生组织必至根本变更，学生会绝对地没有立足之地。所以我愿赞成村制者先说明现在学生组织之所以必要打破的理由，然后村制才有讨论的余地。

（载于1922年9月23日《清华周刊》第251期，署名"华"）

一周之回顾

我觉得清华的出版事业（Publication）到现在已经凋零得不成样子了！除了一本新闻性质的《周刊》，和一本纪念性质的《年报》以外，便一无所有了。想起从前清华鼎盛时代，真令人不堪回首。考出版事业之所以衰退，有两个原因：一由于学生的惰性；一由于功课的繁杂。学生整天抱着课本挖S，出版事业当然不暇顾到了。于是清华在社会上的活泼的声誉，渐趋于沉寂死静。好了物极必反，现在已到了出版事业中兴的时代了；研究学术的团体的勃兴，便是清华学术 Renaissance 的征兆；出版事业的前途，似乎有些希望。我们如果希望清华出版事业发达，那么，（一）学生的努力（二）学校的辅助，皆是刻不容缓的。

（载于1922年9月30日《清华周刊》第252期，署名"秋"）

一周之回顾

我读 Tom Brown School Days① 的时候，很佩服 Dr. Arnold 的教育手腕的高妙——他把一个文弱的 Arthur 派与 Tom 同寝室，结果使两人都得到真正的密友的益处。

清华现在实行的顾问制度，在七年前已然实行过一次了，（不过这次的顾问里面有教员，这是异点）。我凭着七年前的经验，敢说这种钦定的顾问的制度是很难成功的。这种制度是机械的。人与人相处，不仅是无机的组织；当一个要 Influence 别人的时候，信仰和情感的根据都是不可少的。

所以我觉得清华现行的顾问制度，实在是勉强矫揉的办法。被聘做顾问的未必尽有充分的情感，况且对于派定的几个年幼的同学又都

---

① 书名有误，应为 Tom Brown's School Days（《汤姆·布朗求学记》），英国人休斯著。

是素未谋面，更是格格不入了。年幼的同学对于指派的顾问也未必有充分的信仰，那么顾问的言行，对他们又有什么影响呢？

（载于1922年10月7日《清华周刊》第253期，署名"秋"）

这三篇短文分别刊于《清华周刊》第251、252、253期的"一周之回顾"栏目，除栏目名外，没有篇名。但每一期的"一周之回顾"并不是只有一篇短文，详情可见表1。

表1 《清华周刊》第251—253期"一周之回顾"栏目刊文情况

《清华周刊》期数	"一周之回顾"栏目中短文篇数	各篇作者署名
第251期	2	华、超
第252期	3	秋、超、樵
第253期	2	景、秋

相信熟悉梁实秋在清华学校时期的同学及交游情况的读者，看到这三期"一周之回顾"中短文的署名情况时，都会有和笔者一样的恍然大悟之感。这里的"华"是梁治华即梁实秋，"秋"还是梁实秋，正如这里的"超"是吴景超，"景"还是吴景超，"樵"是顾一樵即顾毓琇一样，都是取其名或字中的一个字来当笔名而已。他们三个是同学兼社友及好友，而吴景超又是《清华周刊》的总编辑，他们一起撰写这样的短论是很自然的事。

这里特别值得注意的是第三篇短文。文章开头写到的 Dr. Arnold 应该就是对梁实秋的文艺思想产生了重要影响的阿诺德。梁实秋后来以古典主义对抗浪漫主义的批评立场，与阿诺德思想的影响密切相关，学界对此多有共识，并也认为梁实秋受阿诺德的影响，是缘于他赴美留学时师从白璧德，而白璧德对阿诺德的思想多有认同，因此通过白璧德的中转，梁实秋间接传承了阿诺德的思想。但从这篇短文中，可以清楚地看到，其实梁实秋早在清华学校时期就开始接触、阅读，并十分信服阿诺德的著述了。正如上文所分析过的梁实秋的人道主义精神的起源一样，对梁实秋文艺思想的研究恐怕不能简单地以其赴美留学为起点，或许更为复杂的关系还蕴藏在他与生俱来的某种气质和禀赋中吧。

1923年春天，梁实秋辞去《清华周刊》的编辑职务，8月赴美留学，之后仍常在《清华周刊》发表文章，如诗歌《题璧尔德斯莱的图画》、译作

《秋声》，以及与顾一樵合写的《大波斯顿清华同学重聚会纪》等。1923年12月21日《清华周刊》第299期，刊有一篇题为《珂乐拉度大学情形》的通讯文章，署名"梁治华"。因其不见于现有的梁实秋文集与年表，亦照录如下：

珂乐拉度①大学情形

现在珂泉（Colorado Springs）的同学共有九人，在十一月三日"珂泉清华同学支部"正式成立。会员的姓名和近况兹简单分述如左：

陈肇彰，王国华，谢奋程，麦健曾，学习经济，一九二四年六月卒业。

盛斯民，学习哲学，一九二五年卒业。

曹与平，学习经济，一九二六年卒业，即前在清华肄业之曹权君。

闻多，学习美术。

赵敏恒、梁治华，学习英文，一九二四年卒业。

本会的职员：干事陈肇彰，书记梁治华。

珂泉风景绝佳，附近有世界驰名之徘客峰（Pikes Peak），俨如清华左近之西山而壮丽过之。学校建筑亦极宏伟。此地气候为全美冠，各处来此养病者不可胜数。学校甚小，只有学生五百余人，而声誉颇佳。教授有与哈佛交换者；关于商业管理一科，设备最善；各科学位，哈佛等著名大学类皆承认。

珂泉民风敦厚质朴，对待中国学生备极欢迎。居民类皆和蔼可亲，虽不相识而道旁巷口常举手为礼。据从东部移来同学谓此乃鲜有之事。学校及住家区域离城市颇远，故无尘嚣之乱耳，对于"矿夫"最为适宜。

国庆日同人等举行聚餐典礼，虽无牌楼火把之盛而一块面包，一杯咖啡，亦足以畅叙乡情。嗣后本会定于每月举行俱乐会一次，以资联络。每月当与诸君通讯一次，作为笔谈。

明夏大一诸君如有愿来此就学者，本会极表欢迎，如承询问一切，请与书记通信，当竭诚以告。

谨祝诸君进步

十一月十日

---

① 即科罗拉多。

1923 年 8 月 17 日，梁实秋从上海搭乘"杰克逊总统"号邮轮赴美留学，同行者有数十位同班同学，同往珂乐拉度（科罗拉多）大学的也有几位。但闻一多早一年赴美，原本在芝加哥美术学院学习，只因梁实秋到达珂泉（科罗拉多泉）后，给闻一多去信炫耀珂泉的风景，闻一多竟然就转学到珂乐拉度大学来了。梁实秋曾在《谈闻一多》一文中记述了这件趣事："我找好了住处之后立刻寄了一封信给一多，内附十二张珂泉风景片，我在上面写了一句话：'你看看这个地方，比芝加哥如何？'我的原意只是想逗逗他，因为我知道他在芝加哥极不痛快，我拿珂泉的风景炫耀一下。万万想不到，他接到我的信后，也不复信，也不和任何人商量，一声不响地提着一个小皮箱子，悄悄地乘火车到珂泉来了！"① 当然，闻一多也并非"一声不响"，他至少在一封家书中坦陈了自己转学的理由："现拟往科泉与实秋同居。科泉离此需一日之旅行，我行期约在一星期后。科泉有美术学校或不及芝校，然与实秋同居讨论文学，酬唱之乐，当远胜于拘守芝城也。"② 多么至情至性并且自由合理的选择啊！一百年后，我们再读这些极富情感和脉动的文字，仍不禁要为当年这些杰出文人的精神和情怀击节赞赏！

---

　　① 梁实秋：《谈闻一多》，见杨迅文主编《梁实秋文集》第 2 卷，鹭江出版社 2002 年版，第 506－507 页。

　　② 闻一多：《致闻家驷》，见《闻一多全集》第 12 卷，湖北人民出版社 2004 年版，第 185－186 页。

覃子豪赴台时间考与集外诗文四篇

程桂婷

覃子豪（1912—1963），是20世纪40年代赴台的著名诗人，有"海洋诗人"和"诗的播种者"之美誉。20世纪50年代主编《新诗周刊》《蓝星》诗刊，创办蓝星诗社，在台湾诗坛享有很高声誉，与纪弦、钟鼎文并称台湾当代"诗坛三老"。陈义芝曾评价覃子豪说，他"人生行旅不长，但成就丰伟，影响久长""不仅具有创作诗人身份，在台湾还有诗人领袖的地位"。① 在1963年覃子豪病逝后，钟鼎文、彭邦桢等友人历时十余年搜集整理其作品并陆续出版了3卷本《覃子豪全集》②。但正如研究者所言："由于海峡两岸长期的分离，覃子豪在大陆时期出版的和发表的著译作品，在台湾是很难征集齐全的。"③ 笔者在1947年3月的《联合晚报》④上发现覃子豪佚文四篇：诗歌《雾河》（1947年3月10日，第2版）、《雨天的村庄》（1947年3月12日，第2版），散文《动荡中的台湾——台湾印象回忆》（1947年3月16日，第3版）、《文化统制在台湾》（1947年3月20日，第3版）。四篇文章均署名"覃子豪"。但《覃子豪全集》没有收录，也未见有研究者提及。

其中，《动荡中的台湾——台湾印象回忆》与《文化统制在台湾》尤为重要，是覃子豪从台湾回到上海不久、惊闻"二二八惨案"后写下的台湾印象记，对陈仪（台湾光复后的首任省政府主席）接收初期的台湾，从经济政策到文化统制、从报刊出版到乡村教育、从地方领袖的认知到普通民

---

① 陈义芝编选：《台湾现当代作家研究资料汇编·08·覃子豪》，台湾文学馆2011年版，第67页。
② 《覃子豪全集》第一卷为诗歌作品，1965年出版；第二卷为诗论，1968年出版；第三卷为译诗、游记、书简及年表，1974年出版。
③ 田野：《〈覃子豪全集〉不全》，见广汉市文史资料研究委员会、广汉市覃子豪纪念馆筹建组编《广汉文史资料选辑》第10辑《覃子豪纪念馆落成专辑》，1988年版，第162-163页。
④ 《联合晚报》也称《联合日报晚刊》。其前身《联合日报》1945年9月21日创刊，是在中共上海地下党领导下公开发行的一份报纸，每日销量曾高达20余万份，引起国民党上海当局的注意，于11月30日被迫停刊。1946年4月15日以《联合日报晚刊》之名复刊，4月19日起报头改题"联合晚报"，栏头眉标仍为"联合日报晚刊"。1947年5月24日被查封。

众的生活等,都有深入而生动的描述。这两篇文章不仅为考证覃子豪第一次赴台的时间及文化活动提供了重要线索,也为考察台湾光复之初的政治、经济、文化以及台胞生活情形提供了丰富信息。

一、覃子豪赴台时间考

无论是大陆还是台湾,现有研究资料多认为覃子豪于1947年赴台。《覃子豪全集》附录《诗人年表》中记载"民国三十六年 三十六岁 十二月任台湾省物资调节委员会专员"①。在古远清《台湾当代文学理论批评史》②、刘登翰《华文文学:跨域的建构》③、陆耀东《中国新诗史1916—1949》④、杨宗翰《台湾新诗评论:历史与转型》⑤、黄万华《多源多流:双甲子台湾文学史》⑥等著作中,提及覃子豪的赴台时间均为1947年。

事实上,覃子豪此前曾于1945年12月赴台。覃子豪在《动荡中的台湾——台湾印象回忆》一文中明确写道:"胜利后,厦门到台湾的交通尚未畅通,我就同台湾革命领袖李友邦先生,搭他所领导的义勇总队的船去台湾了。由厦门去台湾是要经过澎湖的,李友邦先生为要视察他青年团的团务,就决定在澎湖耽搁一天。""离开了澎湖,第二天下午五点钟就进高雄港了。"陈在正曾在《李友邦传记与台湾近代史》中记述:"(1945年)12月7日,李友邦率台湾义勇队总队分乘胜利、胜兴两艘汽船离开厦门,是夜寄泊于澎湖,12月8日傍晚安抵高雄港,终于回到了阔别20年的故乡台湾。"⑦ 陈在正的记述与覃子豪的回忆完全吻合。因此可认定,覃子豪初次赴台的时间是1945年12月7日。

覃子豪此次赴台是雄心勃勃地要去开创台湾的新闻事业。此前,覃子豪在漳州任《闽南新报》主笔,后到厦门任《立人日报》主笔。《闽南新报》《立人日报》都有"军统"背景,覃子豪对此并不满意,于是积极筹备并创办了自己的晚报《太平洋报》。1945年9月28日,《太平洋报》在厦门

---

① 《覃子豪全集》第三卷,台湾覃子豪全集出版委员会1974年版,第400页。
② 古远清:《台湾当代文学理论批评史》,武汉出版社1994年版,第202页。
③ 刘登翰:《华文文学:跨域的建构》,福建人民出版社2007年版,第273页。
④ 陆耀东:《中国新诗史1916—1949》,长江文艺出版社2009年版,第351页。
⑤ 杨宗翰:《台湾新诗评论:历史与转型》,台湾新锐文创2012年版,第62页。
⑥ 黄万华:《多源多流:双甲子台湾文学史》,广州花城出版社2014年版,第184页。
⑦ 陈在正:《李友邦传记与台湾近代史》,台湾台北县文化局2001年版,第117页。

中山路（门牌号为125号）出版，为厦门光复后发行的第一份晚报。[①] 但因国统区币值猛跌，物价飞涨，报纸印刷成本高昂，又因覃子豪12月赴台，《太平洋报》也成了厦门光复之初的办报热潮中"首先宣布停刊"的一家报纸。[②] 覃子豪此时赴台是为《太平洋报》谋发展，他在《文化统制在台湾》中写道："由于许多台湾同胞愿出资，请我去创办一个太平洋报台湾分版，我就抱着无限的希望，去开拓台湾——这个文化的处女地了。"然而，因为陈仪"不让内地的文化人和记者在台湾发展文化"，满怀热情与希望的覃子豪在台湾处处碰壁，不仅找不到办报所需的房子，办理杂志登记更是毫无头绪。覃子豪在《文化统制在台湾》一文中痛斥陈仪在台湾施行的文化统制"也和日本没有两样"，是"愚民政策"。

为筹办《太平洋报》台湾分版，覃子豪在台湾滞留近一年时间，但依然办报无门，终因生活无着，于1946年10月离开台湾，到上海寻找出路。在上海，覃子豪经章伯钧介绍加入中国民主同盟，与章伯钧、蔡力行一起创办《现代新闻》月刊。佚文《动荡中的台湾——台湾印象回忆》与《文化统制在台湾》是覃子豪在上海惊闻台湾"二二八惨案"后所写。然而，覃子豪大概并未料到，写作此文后不久，他就不得不再次赴台。因《现代新闻》思想进步，才出版两期，蔡力行即被国民党当局逮捕，传闻覃子豪也上了特务的黑名单。情急之下，覃子豪于1947年4月再次赴台，并改名"覃基"，12月接任"台湾省物资调节委员会专员"一职，此后即长期寓居台湾。

二、佚诗两首：《雾河》与《雨天的村庄》

诗歌《雾河》全文如下：

雾，你掩盖了河/封锁不了河//你没有冰坚硬/没有霜凛冽//一切都看不见/一切都要行动摩挲/船夫仍在岸上拖着绳/船儿在河里穿梭//我穿过你的魔障/用手戳破你的魔障/彼岸的声音可以传来/我的声音可以达到彼岸//水蒸气落在我的发上/水蒸气扑在我的脸上/等着瞧吧！/太阳就要出来/河水就要放光

[①] 《厦门新闻志》，鹭江出版社2009年版，第70页。
[②] 胡立新、杨恩溥：《厦门报业》，鹭江出版社1998年版，第10页。

诗人笔下的"雾""河"已经超越了自然事物本身的含义，它们另有所指，不是写实的，而是隐喻、象征的。诗歌开头即列出"雾"的罪状与无能：雾，"掩盖了河"却"封锁不了河"，并以"冰"和"霜"来与雾比较，指出"雾"的孱弱。"一切都看不见／一切都要行动摩挲"，是雾所造成的恶果；即便如此，"行动"依然存在："船夫仍在岸上拖着绳／船儿在河里穿梭"。诗歌的第四节人称转换成"我"——显然与前两节的"你"形成鲜明的对立。"我"穿过雾的魔障，用手戳破雾的魔障，显示出抒情主体的积极主动精神，于是彼岸与"我"的声音可以互相传达。水蒸气"落在我底发上""扑在我的脸上"，诗人坚信："太阳就要出来／河水就要放光"，结尾充满了希望，以积极的姿态回应了开头"雾"暂时的统治。联系到诗歌的写作时间，可以推测，"雾"象征着国民党反动派黑暗而腐朽的统治。

诗歌《雨天的村庄》全文如下：

> 流不尽的寡妇们的眼泪啊／滴不完的农民们的汗水啊／雨，敲打着雨笠／敲打着油纸伞／敲打着船篷／敲打着瓦屋和茅檐／／雨的路是泥泞的／雨的河是迷蒙的／人们的声音是微弱／雨的歌是凄清的／／山沉默着／树低垂着／房屋哭泣着／鸟儿屏息着／他们在受着雨的洗礼／／雨水流在河里／寡妇们的眼泪流在心里／雨水流在田里／农民们的血汗流在地主们的手里／雨的歌啊／唱不完辛酸的哀曲

古今诗人笔下的"雨"，常常被用来抒发浪漫的感情或愁苦的哀怨，《雨天的村庄》显然属于后者。诗歌的开头即用雨来比喻寡妇们的泪水和农民们的汗水，而且是"流不尽""滴不完"。一切都在雨中，"雨笠""油纸伞""船篷""瓦屋和茅檐"，这是雨中人们的乡村——这样的乡村是不美好的："雨的路是泥泞的／雨的河是迷蒙的／人们的声音是微弱／雨的歌是凄清的"。自然景物也在雨中感受到了痛苦："山沉默着／树低垂着／房屋哭泣着／鸟儿屏息着／他们在受着雨的洗礼"。结尾回应开头，再次写到寡妇们的眼泪和农民们的血汗，回环往复，似乎看不出任何出路。诗人最后直抒胸臆："雨的歌啊／唱不完辛酸的哀曲"。这首诗歌，读来令人情感压抑，但也令人体会到作者的悲悯情怀。

这两首诗歌选取的意象常见，采取象征、隐喻的手法赋予其超越自身的社会意义，表达出诗人的不满或悲悯情怀。韵律和谐，言近旨远，耐人寻味。

三、佚文《动荡中的台湾——台湾印象回忆》

《动荡中的台湾——台湾印象回忆》由"从厦门到澎湖""欢欣变做愤怒""热情变做失望""陈仪在台湾""伤心的台湾人"五个部分组成。文章开篇即交代了作者的写作缘由：

> 台湾最近发生了"二二八"惨案，不禁使我回忆起对重回祖国怀抱的台湾的印象了。
>
> 在抗战开始那一年，台湾独立运动团体曾经发表宣言，响应祖国的抗战。当时我在上海写了一首诗，是鼓励台湾同胞独立运动的，最后两句是：
>
> 美丽的岛屿，被奴化的台湾；
> 祖国的抗战，会粉碎你们四十三个铁环！
>
> 在开罗会议决定台湾重归我国时，我满心喜欢我寄予台湾的希望，就要兑现了。自胜利以后，我就由厦门到台湾去。我想看看他别离祖国五十一年的面貌。

"从厦门到澎湖"写覃子豪随李友邦去台湾经过澎湖时的见闻。澎湖的"接收委员会"努力复原和建设澎湖。当时的澎湖并不热闹，终年是风，房屋很低，连树木也长不高，几条满是灰尘的街道，一些错落的日本房屋，俨然是刚刚从事开发的荒岛，然而全岛的交通却是非常便利。

覃子豪离开澎湖，第二天下午到了高雄，当时的高雄被战争破坏得极为严重，十之八九的建筑物被炸毁。因为是从祖国大陆来到高雄，覃子豪受到台湾同胞的热诚欢迎。大家请他喝酒，要他解答关于祖国大陆、关于台湾今后的种种问题。他们很满意覃子豪的答复，认为台湾重回祖国怀抱以后，台胞会安居乐业，建设新的台湾，他们对此充满了"过度的热忱和希望"。覃子豪为访友和观光到了台南，认识了许多医生。有一个叫庄孟候的医生，汉语水平很高，能作旧诗，也读过不少中国新文学家的作品，到过上海、汉口、广州等地，懂得中国许多问题，不肯盲目地信任台湾的政府。他和许多朋友写旧诗针砭时弊，"对接收大员的贪污和笑话，给予极辛辣的讽刺；对倒行逆施的政治，给以无情的抨击"，其中一句"台湾人民的愤怒，终有一天会爆发出来"，给覃子豪印象最深。而一年多以后爆发"二二八"事件应验了这句话。

台南的一位妇女领袖告诉覃子豪，当政府军队和陈仪长官来接收台湾的时候，台湾全岛的人民欣喜若狂，但是还不到四个月，人民就失望了。"欢迎的三部曲，第一是热烈欢迎，第二，是平平，第三，就是失望了。"在一次多人参加的饭局上，该妇女领袖和朋友们痛心地指出台湾的情形很糟糕：米粮价高、工人失业、小偷和盗贼出现，秩序很混乱，物价与接收以前的相比，涨了几倍。覃子豪实在不愿往怀着满心希望的台湾人民头上淋一盆冷水，于是安慰说："一个政策的实现，是需要经过比较长的时间的，你们要忍耐。"然而，政策的错误、官吏腐败的情形，一天一天地暴露了。覃子豪看到了政治方面的糟糕状况："贪污几千万元台币的案子发生了，市长勾结豪绅刮削的现象出来了，专卖局、贸易局的大舞弊案，在报纸上公开发表了。"这样安慰的话，连覃子豪自己也感到是"自欺欺人"。

覃子豪在"陈仪在台湾"一节中，甚至语气激烈地大加挞伐：

> 陈仪对于台湾感到兴趣，是台湾财富的诱惑。他的政策，就是恐怖；他的气魄，就是独裁；他的决心，就是压迫。他的干部，就是剥削地皮的干部。
>
> 到过台湾的人，就感觉到台湾一切都是特殊化的。陈仪就成了独揽军政大权，实行独裁的小国王。去接台湾的大小官吏，就是特权阶级。他们看不起台湾人，仍把他们当殖民地的奴隶看待。台湾人民在经济上政治上都说不上有平等待遇，有一个帝国大学毕业的台湾人，想做一个中学校长，也不可能。

这样的批评令人感到知识分子可贵的批判精神、大无畏精神。

台湾人民痛恨政治的腐败，痛恨从大陆来到台湾"接收"的贪官污吏，但对从大陆来到台湾的文化工作者抱欢迎的态度。台南的一位群众领袖开玩笑似的对覃子豪说，如果真的到了台湾同胞忍无可忍而暴动的时候，覃子豪可以住到他家里来，台湾同胞不会伤害覃先生的。"二二八"事件发生时，覃子豪已回到上海近半年，但这样的情形在欧阳予倩那里得到了印证。欧阳予倩亲历了"二二八"事件，他在《台游杂拾》① 一文中写道："'二二八'事件中，台湾人民对那些到台湾工作的文化人士，并未加以伤害，

---

① 欧阳予倩：《台游杂拾》，《人世间》1947 年第 2 期。

反而设法保护。"

覃子豪在台南住的时间比较长，曾同台南县教育科长杨毅去台南乡下考察农民的生活和乡村的教育。台湾的农村还算是康乐，不过由于政治腐败、工业停顿，农民生活在走下坡路。因此，许多农民表面上欢乐，内心却很沉重。台湾的小学教育很发达，覃子豪参观了大约60多所小学，校舍比大陆的中学还宽大讲究，而多所学校在校学生达到二三千人，最少的也有一千人以上。覃子豪分析说："日本人对于台湾的教育，在原则上，不求提高，只求普及。唯恐台胞不识字，又唯恐台胞有高深的学问。没有受过教育的人，不能成为现代化的工具，受教育太高的，有革命的危险，日本人的'苦心'，可见一斑了。"

覃子豪到过台南、嘉义、台中、台北，他对于台胞生活方面的印象，除台北比较趋向奢侈而外，其余地方的人民"大多是刻苦耐劳，勤俭朴实"。台湾同胞自"接收"以后，"他们困苦的情形，就日甚一日"。与台湾同胞困苦的生活形成鲜明对比的是大小官吏"花天酒地"的生活。"台湾政府已经把台胞和内地人的隔膜弄得愈加深了，这隔膜的加深，是错误的政策造成的。"文章最后呼吁："让自由的民主的祖国，来同合作建设新台湾。"表达出作者对于自由民主的渴望和对于建设新台湾的期待。

四、佚文《文化统制在台湾》

《文化统制在台湾》分为"文化处女地""报纸与杂志""阻碍与留难""愚民的统制"四个部分。覃子豪初赴台湾是为了创办《太平洋报》台湾分版的，自然特别留意台湾文化方面的情形。在这篇文章中，覃子豪对陈仪在台湾推行的文化专制政策毫不留情地加以抨击：

> 日本人对台湾的文化统制，和经济统制一样的严密。台湾人不了解祖国，祖国的人也不了解台湾。自台湾光复以后，台湾人民梦想着日人在台湾的经济统制和文化统制，是会随着日本武力底消灭，而同告消灭。想不到光复以后的台湾，经济的统制，固然仍旧存在；文化的统制，也和日本没有两样。
>
> 在文化上的统制，对台湾人民的反应，似乎不大强烈。因为，台湾人民对于经济的统制，已到了疲于奔命的地步，吃不饱的人，对于

文化也就无力要求了。因此，内地人只知道台湾的经济统制；对于文化统制，也就不大注意。

对于台湾的物资短缺与文化萧条状况，张羽在《光复初期台湾与东北地区的文艺重建研究》一文中指出："同样的'胜利灾'情形也出现在台湾。光复后，国民党当局为了反共内战搜刮民脂民膏，加之不法奸商的倒卖活动，致使物价飞涨、物资匮乏、饥饿、米荒造成普通民众的生存危机。""1947年，台湾文化市场严重萎缩。纸荒亦严重影响了台湾的杂志图书出版业。""文化市场的萧条闭塞，更让当时知识分子精神上充满苦闷。"① 因为要办报，覃子豪特意考察了台湾的报业，并在文中做了颇为详尽的介绍：

> 在台北有长官公署的新生报②，创刊号虽然发行四十余万份，而这个发行额是根据日本朝日新闻在台湾的旧订户分配的，带有勉强性。创刊号是新生报发行的最高峰，其后由于内容空洞，全是捧场的官方报道，不满足台湾人民的要求，发行数字就日渐低落。临我离开台湾时，新生报的发行额，只有四五万份了。在台北，还有一个民报。民报是台湾人自己的报纸，历史已有数十年。虽被日人几次压迫停刊，然终维持到现在。内容虽然没有什么精彩，尚敢于说话。短论尖锐有力，颇得读者欢迎，销路不恶。其次还有一个宋斐如办的人民导报，内容虽不十分精彩，但还敢发表官吏贪污舞弊的消息。该报正极力扩展中。台北还有一个大明晚报，资本为一个台湾人独资，编辑都是些留日学生。在小型报当中，大明晚报是首屈一指的。编辑新颖，内容丰富，为有些大报所不可及。高雄的国声日报，印刷纸张都好，但内容较空，成为官报的特点。台南有中宣部直辖的中华日报，在大报当中，他是比较出色，内容编辑都比其他的大报较高一着。言论方面，极力想显示它是站在台湾人民的立场，取两面讨好的态度，销路较新生报为佳。台中有个国防部所属的和平日报，该报经济困难，完全是几个年青的新闻记者在干，因背景强硬关系，有时说话尚胆大。其次

---

① 张羽：《光复初期台湾与东北地区的文艺重建研究》，《台湾研究集刊》2015年第6期。
② 原文没有书名号，后文中出现的报刊，如系直接引用，依原文不添加书名号。

尚有台湾人民自己办的三日刊或周刊，约有十余种。①

"至于杂志，书籍，出版非常少。除了日文的《三民主义》和翻印的《中国之命运》而外，就很难看到内地出版的新书。黄色方形刊物却很多，这些都是上海去的。在车站上黄色刊物的销路，可占第一位。"台湾本地的公务员和女孩子，都还是读菊池宽的恋爱小说。由于文化的统制，台湾虽然光复了，而台湾人民的文化生活，"还是和日本统制时代一样，并没有进步"。覃子豪指出这种文化状况的存在并非台湾同胞不求上进，而是文化专制的恶果——官方的文化不能满足他们的要求，而他们又无从获得新的文化，再加上政治上和经济上的压迫，他们对于祖国的语言、文字也失去了学习的热情。

覃子豪以自己在台湾办报得不到帮助反而被限制、刁难终至办报不成的经历——"在这样的情形之下，我的办报就和其他许多人办杂志办报纸一样，流产了"——揭露陈仪的文化专制政策本质："俨然，台湾的天下，就是陈仪的天下。"

覃子豪的批评非常尖锐："陈仪的文化政策，是想蒙蔽台湾人民看不见祖国，看不见世界。就和日本人一样，不希望台湾人民有新的智识，籍（藉）以杜防对政府的不满，对他的统制抵抗。因此，就实行了愚民政策。"作为从大陆到台湾去的文化人之一，覃子豪自然感受到了这种文化统制的压迫。他十分敏锐地指出这样的文化专制政策，是陈仪想要杜防民众对政府的不满，切中肯綮；但说陈仪想要"蒙蔽台湾人民看不见祖国"，恐怕言过其实。

文中覃子豪还举例说明陈仪为什么不让大陆的文化人和记者在台湾发展文化：

> 上海侨声报曾写过一篇社论，是指摘陈仪在台湾施政的不当和官吏的贪污。侨声报，台湾人民是看不到的；但作为长官公署喉舌的新

---

① 此段引文为覃子豪原文，有些表述不甚严谨。其中"新生报"应指《台湾新生报》，台湾省行政长官公署接收《台湾新报》，并于1945年12月25日改名《台湾新生报》；"民报"发刊于1945年10月10日，因延续了20世纪20年代《台湾民报》的风格和特色，故覃子豪说"历史已有数十年"；"大明晚报"的准确报名应是《大明报》，1946年5月5日创刊，因其晚报性质，故覃子豪记为"大明晚报"；"国声日报"的准确报名应是《国声报》，1946年6月1日创刊，初为不定期出版，后改为日报，是以覃子豪记为"国声日报"；台中《和平日报》的前身为国民政府国防部机关报《扫荡报》，《和平日报》的社长李上根即原国民党台中驻军第七十师《扫荡简报》的负责人。此引文中的"中宣部"指当时的国民党中央宣传部；"国防部"指当时国民政府的国防部。

生报,却发表了一篇社论,《驳上海侨声报》,这篇社论发表之后,所起的作用,完全和新生报当局所希望的相反。因为《驳上海侨声报》一文,一条条的例行原文来反驳,结果成为自我弱点的暴露。如果没有这篇驳斥的社论,台湾大多数人民还不晓得陈仪政府的无能与腐败到这种地步。

在文化专制下,台湾人民不了解祖国大陆,就连久居台湾的大陆人,也感到如同处在荒岛上一样,不知道大陆的真相:"而内地人又有几个地方知道台湾的真相呢?"《侨声报》的记者在台湾失踪一事,覃子豪在台湾从没有听到过,直到他来上海后才知道。覃子豪在文章结尾愤而感慨:"台湾是被陈仪的文化统治封锁在祖国以外了!想使台湾成为愚民的国度。"

综上所述,《动荡中的台湾——台湾印象回忆》与《文化统制在台湾》两篇佚文,一篇是覃子豪从剖析"二二八"惨案发生缘由的角度描述自己于光复之初在台湾游历的印象记,他目睹了台湾人民"欢欣变做愤怒""热情变做失望"的伤心历程;另一篇是覃子豪作为一个意欲在台湾办报的文化人,对台湾光复初期的文化制度及报业发展状况的考察记,他对陈仪在台湾的文化统制和愚民政策大加挞伐。这两篇佚文信息丰富且真实可信,为人们更好地了解台湾光复之初的政治、经济、文化以及台胞生活情形提供了鲜活可见的场景和内容翔实的佐证,因而有着重要的史料价值。

覃子豪与郭沫若的交游及其翻译事况钩沉

程桂婷

覃子豪是台湾现代著名诗人，有"海洋诗人"和"诗的播种者"的美誉，曾参与创办"蓝星诗社"，主编《蓝星周刊》等，与纪弦、钟鼎文一起并称为台湾"诗坛三老"，深刻影响了台湾新诗的发展。在1963年10月10日覃子豪病逝后，好友钟鼎文、彭邦桢、纪弦、痖弦等人组织"覃子豪全集出版委员会"，广泛搜集覃子豪作品，前后历时十年，分别于1965年、1968年、1974年，分三卷编辑出版了《覃子豪全集》。但正如田野所说："由于海峡两岸长期的分离，覃子豪在大陆时期出版的和发表的著译作品，在台湾是很难征集齐全的。"① 的确，覃子豪赴台之前著述甚丰，出版有诗集《自由的旗》与《永安劫后》，以及散文集《东京回忆散记》，在青年读者中享有很高声誉。特别是在抗日战争期间，覃子豪奔波于东南前线，积极参加各种抗日活动，集战士、诗人、记者、主笔、主编等多重角色于一身，同时还致力于翻译介绍裴多菲、雨果、叶赛宁、普希金等诗人的诗作，出版有译诗集《裴多菲诗》与《复仇的女神》。但这两种译诗集均不见于台湾三卷本的《覃子豪全集》。而《覃子豪全集》在收录其散文集《东京回忆散记》时，又因政治原因删掉了三篇文章，其中一篇是《郭沫若先生——东京回忆散记之二》，里面有一部分内容与覃子豪的翻译活动有关。下面即从《覃子豪全集》不收或失收的文章与译诗集入手，将覃子豪与郭沫若的交游及其在翻译方面的贡献略做钩沉。

一、覃子豪与郭沫若的交游

覃子豪早在1926年就读于广汉县立初级中学时开始接触新诗，就特别

---

① 田野：《〈覃子豪全集〉不全》，见广汉市文史资料研究委员会、广汉市覃子豪纪念馆筹建组编《广汉文史资料选辑》第10辑《覃子豪纪念馆落成专辑》，1988年版，第162-163页。

喜欢郭沫若、闻一多等诗人的新诗。覃子豪在《郭沫若先生》的开头就写道:"在中学生的时代,我对于郭沫若先生就异常景仰,那个时候,我读过《我的幼年》《女神》《繁星》《少年维特之烦恼》等书,我们有个国文教师也姓郭,对于郭沫若先生也非常崇拜,在这位教师的影响之下,我们对于郭沫若几乎存在着一种神秘的观念。"① 1932 年夏,覃子豪进入北平中法大学孔德学院高中部二年级预科班学习法语。与覃子豪同班并成为好友的贾芝后来也曾回忆他们当时对一些国际知名诗人的喜爱以及对郭沫若的崇敬之情:"我们喜读世界名家拜伦、雪莱、歌德、惠特曼、普希金、莱蒙托夫等人的作品,我们曾在一起朗诵郭沫若译的那首热情的《浮士德》序诗,我与覃子豪对郭的译文交口称赞。"②

1935 年 3 月,覃子豪与诗友李华飞等人赴日本东京留学,当时郭沫若正索居于东京近郊的千叶县。在友人的介绍下,覃子豪给郭沫若写了一封长信,并寄上了自己的诗作。很快,覃子豪收到郭沫若回复的一张明信片,上面的内容是邀请覃子豪与友人一起去他的居所见面详谈。覃子豪接到邀请后异常兴奋,第二天就与友人一起兴冲冲地赶去千叶县拜访了郭沫若。在散文《郭沫若先生——东京回忆散记之二》中,覃子豪详细叙述了他们第一次见面的情景以及交谈的内容:他们从"独自莫凭栏,无限江山,别时容易见时难,流水落花春去也,天上人间"这一句旧诗词的语气谈起,谈到法国文学,又谈到国内作家,谈到林语堂和周作人,最后谈到外国文学及翻译。这次见面他们"一直谈了两个钟头"才告辞。

之后,覃子豪在东京与贾植芳、李春潮等人组建文学社团,并创办文艺刊物,刊名《文海》即是请郭沫若取名的。文海文艺社在东京举行文艺座谈会,打算邀请郭沫若参加。起初很多人都认为郭沫若不会参加,因为日本警察对他监视甚严。然而,郭沫若不仅提前出现,还在会上做了简短的演说,让与会者都大为兴奋。遗憾的是,由于东京警察厅的严密监视,《文海》月刊仅出版一期就被查封了。

在东京留学时期,覃子豪除从事诗歌创作外,还开始着手翻译法国诗人雨果的《惩罚集》,并自日文转译匈牙利诗人裴多菲的诗集。覃子豪对裴多菲诗作的喜爱最早源自鲁迅的翻译介绍。贾芝曾回忆说:"鲁迅翻译介绍的匈牙利爱国诗人裴多菲的名作:'生命诚可贵,爱情价更高,若为自由

---

① 覃子豪:《郭沫若先生——东京回忆散记之二》,《公余生活》1944 年第 2 卷第 3 期。这里所列举的《少年维特之烦恼》为郭沫若所译。
② 贾芝:《忆诗友覃子豪》,见广汉市文史资料研究委员会、广汉市覃子豪纪念馆筹建组编《广汉文史资料选辑》第 10 辑《覃子豪纪念馆落成专辑》,1988 年版,第 32 页。

故，二者皆可抛'，虽只寥寥四句诗，当时也只知裴多菲的这一首诗，却使我们终生难忘，对我们都愿为祖国奋斗献身发生了极大的鼓舞作用。这也可说是后来在抗日期间覃子豪还翻译出版了《匈牙利裴多菲诗抄》（1941）的最初的缘由。"① 但贾芝有所不知，覃子豪的这本译诗集《裴多菲诗》在其东京留学时期就已译成，并且是请郭沫若校对、审定的。覃子豪在散文《郭沫若先生——东京回忆散记之二》中有这样一段记载：

> 裴多菲是匈牙利的爱国诗人，我觉得当时中国需要裴多菲这样的诗人，对中国才有好处，裴多菲的诗我是从日文译出的。日译者为匈牙利人麦兹格尔，精通日语，在日本帝大执教多年。因而，我相信他的译笔是忠实原文的。太爱好裴多菲诗的原故，全部译出了。为了恐怕有错误，我就把它拿给郭沫若先生请他替我校对一遍。
>
> 他答应了。但是他对于裴多菲颇不感兴趣。而我则认为裴多菲的诗，其价值是很高的。因为裴多菲较之欧洲十九世纪其他诗人现实些，他虽是以浪漫主义的姿态出现，而他的诗已经有写实的成份在里面。他不像雪莱、海涅的抒情诗那样完全属于玄想的。他的诗是从他琐屑的生活中提炼出来的，我们同裴多菲相隔一百多年，读起来，毫不觉得是过去的东西，仍有它的时代性。郭先生对于裴多菲的诗的不感兴趣，是出乎意料之外。但是，我对于裴多菲的爱好，并没有因郭先生的不感兴趣而减轻。
>
> 我感谢郭先生，终究在百忙中，抽了最宝贵的时光，给我校对了一遍，承他给我许多可贵的指示。

大概是在 1937 年春天，覃子豪即将大学毕业回国之前，他曾与李华飞等友人一起最后一次去千叶县拜访郭沫若。或许因为即将回国，那天谈话的内容都与国内文坛的情形有关。谈话中，覃子豪感觉到郭沫若好像很疲劳，似乎为什么问题而苦恼着，所以不久就匆匆告辞了。临行前一行人与郭沫若在花园里合照了一张照片。贾芝在《忆诗友覃子豪》一文中对这张照片略有描述："也是 1936 年，我收到了覃子豪的一封信，并寄我一张他

---

① 贾芝：《忆诗友覃子豪》，见广汉市文史资料研究委员会、广汉市覃子豪纪念馆筹建组编《广汉文史资料选辑》第 10 辑《覃子豪纪念馆落成专辑》，1988 年版，第 32-33 页。覃子豪的译诗集《裴多菲诗》是在 1940 年 5 月由浙江金华诗时代社出版的，与贾芝的回忆稍有出入。台湾版三卷本《覃子豪全集》也误记为"民国三十年由金华青年书店出版"。

在东京附近的千叶县与郭沫若先生的合影。郭沫若先生身穿和服，双手锁袖。"① 与覃子豪同行的李华飞则一直珍藏着这张珍贵的照片，后由李华飞提供，这张照片影印在《覃子豪纪念馆落成专辑》中。

1937年5月，覃子豪由日本回到上海。由于日本当局对留日学生大加速捕，许多留日学生都不得不回到国内，"七七事变"后，回国的留日学生则更多。让覃子豪十分意外的是，有一天他去码头迎接从东京回上海的同学，突然有人在人群中一下子就握住了他的手，他抬头一看，这个人竟然是郭沫若！"郭先生穿了一身青色哔叽的西装，戴了一顶呢帽，呢帽的边很阔，几乎把面部遮完，郭先生向我示意，不要张声，他告诉我他的地址之后，就分手了。其后，我看见两个同学在追随着他。"② 第二天，覃子豪就去旅馆看望了郭沫若。郭沫若回国后即投身于抗日活动。1938年4月，国民政府军事委员会政治部第三厅在武汉组建，郭沫若出任厅长。1938年秋，覃子豪受第三厅的派遣，前往浙江前线任《扫荡简报》的编辑，这应该也与他和郭沫若的相识交好有关。

短短两年多的日本留学生活给覃子豪留下了终生难忘的印象，但直到1944年4月，覃子豪于回国七年后在福建永安与友人们谈到东京的情形时，才开始决心写作《东京回忆散记》。从5月至8月，覃子豪先后写了《"三顾茅庐"——东京回忆散记之一》《郭沫若先生——东京回忆散记之二》《三上谦——东京回忆散记之三》《我的房东——东京回忆散记之四》，分别发表于福建永安《公余生活》月刊第2卷第2、3、4、5期。这些文章于1945年5月结集为《东京回忆散记》，由福建漳州南风出版社出版。大概因为郭沫若是台湾当局所忌讳的中共革命分子，台湾三卷本《覃子豪全集》在收录此散文集时，删去了这篇《郭沫若先生——东京回忆散记之二》③。由此，覃子豪与郭沫若在日本时期的交游也就渐渐成为一段尘封的历史，少有人知了。

---

① 贾芝：《忆诗友覃子豪》，见广汉市文史资料研究委员会、广汉市覃子豪纪念馆筹建组编《广汉文史资料选辑》第10辑《覃子豪纪念馆落成专辑》，1988年版，第35页。
② 覃子豪：《郭沫若先生——东京回忆散记之二》，《公余生活》1944年第2卷第3期。
③ 台湾三卷本《覃子豪全集》收录散文集《东京回忆散记》时删去了三篇文章，除这篇《郭沫若先生——东京回忆散记之二》外，还有《记蒲风》与《记李华飞的放逐》两篇。

二、覃子豪的四种译诗集

如上所述，覃子豪的译诗集《裴多菲诗》在东京留学时期便已完成，并经过郭沫若校对、审定。但因覃子豪回国后的生活动荡不安，居无定所，一直到1940年5月，《裴多菲诗》才由浙江金华诗时代社出版。该诗集收录了覃子豪所译裴多菲诗作25首，依次是《生呢？死呢？》《起来吧！马扎儿人哟！》《战歌》《我愿意死在沙场上》《军队生活》《从窗外窥看》《我的平原》《奇莎河》《冬天的草原》《乞丐之墓》《村庄附近的酒店》《没有结果的计划》《饮吧》《笑成为什么》《黄昏》《我在特普列晴市内的冬期》《希望》《恋人吗》《我的死》《乘驴的牧羊人》《我们在一起融合》《雪上的橇》《交换》《好酒屋主》《九月之末》，诗集前有评介文章《匈牙利争自由的诗人裴多菲》①，后附《后记》。

1942年4月，覃子豪的第二本译诗集《复仇的女神》，作为诗歌与木刻社主编的"诗木丛书"之一，由江西泰和尖兵书店出版。它集中收录覃子豪或从法译本或从日译本转译来的尼克拉索夫、普式庚②和叶赛宁三位俄国诗人的部分诗作。但这本诗集现在国内尚未发现藏本，具体目次无从稽考。目前可见的与之有关的资料是覃子豪为其所作的《〈复仇的女神〉题记》，发表于1941年9月28日的《前线日报》。覃子豪在《题记》中简略介绍了这本译诗集的大致情况，这里摘录前面几段：

> 这个集子是旧俄时代的三个诗人的合集，尼克拉索夫（N. A. Nekrasov）、普式庚（A. S. Pauchkine）、叶赛宁（S. Ecenin）这三位诗人在中国读者中已经不是陌生的，用不着我来详细介绍了，除普式庚、尼克拉索夫在中国有很多作品介绍外，叶赛宁作品的介绍却是很少的，这是事实。
>
> 尼克拉索夫我是法译本的《露西亚抒情诗选》（*La Poaele Lyriue*

---

① 这篇评介文章在台湾三卷本《覃子豪全集》中有收录，题为《匈牙利爱国诗人裴多菲》。《覃子豪全集》仅收有此译诗集中的6首诗，分别是：《战歌》、《九月之末》、《起来吧！马扎儿人哟！》、《村庄附近的酒店》（《覃子豪全集》中题为《村尽头的酒店》）、《我们在一起融和》（《覃子豪全集》中题为《如果你是花朵》）、《没有结果的计划》（《覃子豪全集》中题为《还家》）。

② 即普希金。

Russe）译出的，此书出版尼克拉索夫诗法译本尚未全译，其余未译的原因乃法译者 Andre Lirondelle 所摘译残缺不全之故，本书中所译，尚能代表尼克拉索夫的风格。

　　普式庚的诗是从法国 J. L. Pouterma 所著的《普式庚》（Pauchkine）一书中译出的，普式庚自然有许多很好的抒情短章，可惜在 Pauchkine 书里却很少，主要的原因这是本研究普式庚的书，连普式庚的生平、信札、研究论文都有，所选的诗自然就很少，而且选译者的眼光不同。因此，Pauchkine 一书中所代表普式庚的诗，结果，不完全是普式庚的代表作，在这里，只转译了几篇，作为普式庚的爱好者一点兴趣。

　　叶赛宁这位年青的天才的田园诗人，他的作品对于青年有着异样的魅力的，他的死，他的传记，在中国曾有几个人介绍过，在戴望舒所译《苏联诗坛逸话》，记载叶赛宁的生平和死的原因，极为详尽，然这位诗人的作品在中国却很少看见。

　　这里所译的是我在东京读日译本叶赛宁诗译出的，那是随读随译的，完全为爱好及兴之所至而译，一部分发表于申报自由谈，一部分则发表于诗时代及其他刊物，本拟再译几篇，以供爱好叶赛宁的读者，然原书在上海，只好这样了。

　　覃子豪去台后依然热衷于翻译和介绍外国诗作。1958年3月，覃子豪的第三本译诗集《法兰西诗选》第一集由高雄大业书店出版，收入译诗24首。之后，覃子豪又着手翻译《法兰西诗选》第二集。然而不幸的是，第二集未及出版，诗人即病逝于台大医院。台湾三卷本《覃子豪全集》在编定《法兰西诗选》第二集时，将覃子豪病前所译诗歌一并收入，总计有85首之多，足见覃子豪日常的勤奋及其对翻译诗作的热情。

三、覃子豪去台前译作系年编目

　　因覃子豪去台前所译诗作大多未见于台湾三卷本《覃子豪全集》，且覃子豪第二本译诗集《复仇的女神》亦不见有藏本，现特将笔者历时多年搜集整理的，散佚于各地报刊的覃子豪去台前译作简要编目如下。

　　（1）1936年8月15日，译诗《播种之夕》（雨果作）发表于《文海》第1期；

（2）1936 年 11 月 16 日，译诗《战歌》（裴多菲作）发表于天津《大公报·文艺副刊》；

（3）1937 年 1 月，译诗《从窗外窥看》（裴多菲作）发表于《草原月刊》革新号第 2 卷第 1 期，又于同年 6 月 1 日发表于《春云》第 1 卷第 6 期；

（4）1937 年 3 月 1 日，译诗《我的平原》（裴多菲作）发表于天津《海风》第 5、6 期合刊；

（5）1937 年 4 月 2 日，译诗《我离开了空色的露西亚》（叶赛宁作）发表于《申报·文艺专刊》第 71 期；

（6）1937 年 5 月，译诗《乞丐之墓》（裴多菲作）发表于《诗歌杂志》第 3 期；

（7）1937 年 8 月 1 日，译诗《没有结果的计划》（裴多菲作）发表于《春云》第 2 卷第 2 期；

（8）1938 年 6 月 15 日，译诗《起来吧！马加尔人哟》发表于重庆《文艺月刊·战时特刊》第 1 卷第 11 期；

（9）1938 年 8 月 16 日，译诗《生呢？死呢？》（裴多菲作）发表于重庆《文艺月刊·战时特刊》第 2 卷第 1 期；

（10）1939 年 12 月 4 日，译诗《我愿意死在沙场上》（裴多菲作）发表于《前线日报·战地》；

（11）1939 年 12 月 6 日，译诗《我在特普列晴市内的冬期》（裴多菲作）发表于《前线日报·战地》；

（12）1939 年 12 月 13 日，译诗《从窗外窥看》（裴多菲作）发表于《阵中日报（曲江）》第 4 版；

（13）1939 年 12 月 14 日，译诗《恋人吗》《我的死》《雪上的橇》（裴多菲作）发表于《前线日报·战地》；

（14）1939 年 12 月 15 日，译诗《冬天的草原》（裴多菲作）发表于《前线日报·战地》；

（15）1939 年 12 月 16 日，译诗《村庄附近的酒店》（裴多菲作）发表于《前线日报·战地》；

（16）1939 年 12 月 30 日，译诗《交换》《希望》《笑成为什么》（裴多菲作）发表于《前线日报·战地》；

（17）1940 年 1 月 3 日，译诗《黄昏》《如果你是花朵》（裴多菲作）发表于《前线日报·战地》；

（18）1940 年 1 月 4 日，译诗《乘驴的牧羊人》（裴多菲作）发表于

《前线日报·战地》；

（19）1940年1月17日，译诗《生呢，死呢》（裴多菲作）发表于《前线日报·战地》。①

（20）1940年2月22日，译诗《啊！这是愚蠢的幸福》《风雨之国》（叶赛宁作）发表于《前线日报·战地》，译诗《啊！这是愚蠢的幸福》后又于同年7月23日发表于浙江於潜《民族》第20期；

（21）1940年3月1日，译诗《乞丐之墓》（裴多菲作）发表于江西上饶《东线文艺》创刊号；

（22）1940年5月10日，译诗《饮吧》（裴多菲作）发表于《救亡日报》桂林版；

（23）1940年5月24日，译诗《薄暮的小径》（叶赛宁作）发表于《救亡日报》桂林版；

（24）1940年5月，译诗集《裴多菲诗》由浙江金华诗时代社出版；

（25）1940年6月1日，译诗《军队生活》（裴多菲作）发表于广州《中国诗坛》新第4期；

（26）1940年7月7日，译诗《星》（雨果作）发表于浙江於潜《民族》第19期，又于同年9月1日发表于广西桂林《诗》第2卷第1期；

（27）1940年7月26日，《匈牙利争自由的诗人——裴多菲》发表于《力报》第4版；

（28）1940年8月7日，译诗《恋人哟！一起来坐着吧》（叶赛宁作）发表于《前线日报·战地》；

（29）1940年9月18日，译诗《尼罗王纵乐之歌》发表于《前线日报·战地》；

（30）1940年10月5日，译诗《温暖的池沼哟》（叶赛宁作）发表于江西赣州《文化服务》第1卷第3期；

（31）1940年10月16日，译诗《可爱的国家哟》（叶赛宁作）发表于《前线日报·战地》；

（32）1940年11月13日，译诗《初雪风景》（叶赛宁作）发表于《前线日报·战地》；

（33）1940年12月1日，译诗《俄罗斯》（尼克拉索夫作）发表于江西泰和《诗歌与木刻》创刊号；

（34）1941年1月8日，译诗《在俄国谁能生活得很好》（尼克拉索夫

---

① 与1938年译的《生呢？死呢?》是同一首，只有个别标点符号不同。

作）发表于《前线日报》；

（35）1941年2月15日，译诗《在战争恐怖的中心》发表于《文化服务》第1卷第5、6期合刊；

（36）1941年3月12日，译诗《滑铁卢》（雨果作）发表于《前线日报》"诗时代"双周刊；

（37）1941年4月24日，译诗《自由》（尼克拉索夫作）发表于《宁夏民国日报》第2版；

（38）1941年5月1日，译诗《马惹巴》（雨果作）发表于重庆《中国青年》第4卷第5期，又发表于同年6月11日的《前线日报》；

（39）1941年5月28日，译诗《波斯王》（雨果作）发表于《前线日报》"诗时代"双周刊；

（40）1941年6月10日，译诗《回忆》（普式庚作）发表于《江南文艺》第1期；

（41）1941年7月，译诗《卓雅》发表于江西上饶《东南青年》第1卷第2期；

（42）1941年8月1日，译诗《诗人》（普式庚作）发表于《新青年》第5卷第9、10期合刊；

（43）1941年9月28日，《〈复仇的女神〉题记》发表于《前线日报》；

（44）1941年11月15日，译诗《给莽娜》（普式庚作）发表于《东南青年》第1卷第5期；

（45）1942年3月29日，译诗《啊！回忆，春天，黎明》（雨果作）发表于《前线日报》；

（46）1942年4月20日，译诗集《复仇的女神》作为诗歌与木刻社主编的"诗木丛书"之一，由江西泰和尖兵书店出版；

（47）1942年4月26日，译诗《鼓手的未婚妻》（雨果作）发表于《前线日报》副刊《诗时代》第44期。

从以上编目或可推断出覃子豪失传的译诗集《复仇的女神》的大致目次，至少包括了译自尼克拉索夫的3首：《俄罗斯》《在俄国谁能生活得很好》《自由》；译自普式庚的3首：《回忆》《诗人》《给莽娜》；译自叶赛宁的8首：《我离开了空色的露西亚》《啊！这是愚蠢的幸福》《风雨之国》《薄暮的小径》《恋人哟！一起来坐着吧》《温暖的池沼哟》《可爱的国家哟》《初雪风景》。当然，这本译诗集肯定不止收录这14首译诗，应该还有一些译诗不曾发表，而另有一些已发表的译诗尚有待人们去发现。

王平陵：五四潮流激荡出的进步文人

范桂真

对于新文化运动的开展时间，学界说法不一，但一般认为是从 1915 年开始，至 1923 年结束，因此本章涉及的新文化运动的时间节点也以此为参照。之所以说王平陵是五四潮流激荡出的文人，与他在这一时期的活动经历有很多关联：五四初期，王平陵在杭州第一师范学校求学，随后辗转到奉天第一师范学校、溧阳县立同济中学、南京美术专科学校任教，1922 年在震旦大学南京分校攻读法文。在求学和任教的过程中，王平陵一直勤于学习和创作，1920 年发表了第一篇小说《雷峰塔下》，另外还有《逻辑漫谈》《哲学底要旨和论据》（Lerusslem 著，王平陵译）等文章陆续在京沪各报刊发表。在新文化运动时期，王平陵深受新文艺的熏陶，曾积极鼓吹个性解放、倡导自由民主，也曾积极译介西方的文学作品，走的是比较典型的新文化人的道路。赵丽华也曾提到，"国民党政府内主持宣传工作的官僚，如张道藩、王平陵等，也是在新文化运动的激荡中成长起来的，与新文化活动有着密切的关联"[①]。

一、《学灯》——新文化运动的接力

1924 年，王平陵从震旦大学毕业后，应上海《时事新报》的聘请，主编该报副刊《学灯》。《学灯》是自"五四"以来，在京、沪各大报章中热烈支持新文化运动，并具有贡献的少数知名副刊之一，"与《民国日报》副刊《觉悟》、《晨报》副刊，同被称为新文化运动的'三大副刊'"[②]，撰稿者大多是当时享有盛誉的学者和作家。王平陵得此机缘，结识了许多名士，

---

① 赵丽华：《民国官营体制与话语空间——〈中央日报〉副刊研究（1928—1949）》，中国传媒大学出版社 2012 年版，第 6 页。

② 张仲礼主编：《上海社会科学志》，上海社会科学院出版社 2002 年版，第 895 页。

在学术上的交流也比较广泛，这使他的学术修养日益增进，在新文坛的声望和地位也日益提高。

（一）介绍实证主义美学

新文化运动十分注重对外来思想的学习和借鉴。"中国文学现代化的历史就文艺思想与外国的关系而言，是与外来文艺思潮的影响分不开的。"① 在新文学的文体和创作实践中，文人们都会直接或间接地参照外国的文艺理论或创作经验，与此相伴而行的是对外国文学作品的译介。王平陵在主编《学灯》期间，十分注重对外来思潮的介绍，他曾发表《"科哲之战"的尾声》《实证主义浅说》《罗素研究》等文章对实证主义美学进行介绍。

1923年，北京大学教授张君劢在清华大学做了题为《人生观》的演讲，后发表在《清华周刊》272期上。此文从科学与人生观的五个对立点着手，意在说明科学无法解决人生观的问题。其演讲得到了张东荪等人的支持，而丁文江和胡适、唐钺等人对此持反对意见，梁启超则以调和派的态度出现，一场"科哲论战"由此拉开。王平陵的《"科哲之战"的尾声》就是围绕这场论战而写的，王平陵在文中围绕科学与哲学的论争问题，主要谈了两点："第一，科学的一元论（实证论）的见解，于事实上及历史上显然是不能成立。""第二，补合的二元论之见解，却有可取的地方了。（一）就是承认科学与哲学，有并立的可能性。（二）就是确知其在作用上，为对立的而非一元的。"②从他的表述可以总结出：科学与哲学密不可分且对立互补。此外，他还从研究对象、目标、机能、统一原理、职能等方面条理清晰地分析了二者之间的差异。"在1923年的科玄之争中，就科学和玄学、知识和智慧的关系问题而言，王平陵的探讨也许是最为深入和全面的。随着中国现代哲学的进一步展开，他的上述见解在后起的哲学家那里，产生了共鸣和同响。并得到了更为详尽深入的阐述和发挥。"③这篇文章虽然短小精悍，但极有分量，故被辑录在上海亚东图书馆出版的《科学与人生观》《人生观之论战》中。

另外，他在《实证主义浅说》中比较详细地对实证主义进行了介绍，并结合法国、英国、德国和美国的实证主义进行了进一步论述，也对实证

---

① 朱栋霖、丁帆、朱晓进：《中国现代文学史》，高等教育出版社2011年版，第20页。
② 王平陵：《"科哲之战"的尾声》，《时事新报·学灯》1923年第5卷第7册。
③ 郁振华：《形上智慧如何可能 中国现代哲学的沉思》，广西师范大学出版社2015年版，第14页。

主义和实验主义的观念进行了对比，认为二者在根本精神上是契合的，不同之处在于实证主义论者是单重感觉，而实验主义者兼重意志、感情和感觉。这些关于实证主义的知识经验和相关看法在当时还比较前卫，所以"使人觉得他年轻时读书面广"①。除此之外，王平陵还编写了《西洋哲学概论》，对西方的哲学思想进行了系统的介绍，这在后面会详细论述。

（二）肯定散文诗的存在和艺术价值

五四时期，散文诗因摆脱律诗束缚，以散文的形式自由抒发诗的情思，适应了五四个性解放的需求而为许多文人所倡导，如刘半农、沈尹默、许地山等人都有散文诗发表，鲁迅、郭沫若、朱自清等作家的散文诗创作在当时也产生比较大的影响。即便如此，当时也有人坚持"不韵则非诗"的信条，不承认散文诗的艺术价值。"为了确立散文诗在新文苑的地位，1920年前后，在《民铎》《学灯》《少年中国》《文学周报》上发表了郭沫若、康白情、郑振铎、王平陵、滕固等人讨论新诗和散文诗的文章。他们的观念和刘半农一致，都认为散文诗是诗，是'用散文写的诗'。"②

王平陵这篇讨论散文诗的文章是《读了〈论散文诗〉以后》。该文首先以西谛对散文诗的观点为引子，然后从诗的形式和实质两个方面谈起，认为诗在形式上要自然，越是自然，越是接近天籁，越为高妙，而不要严守着呆滞的声调与格律，减少活泼的诗机。在实质（即内容）上，认为诗是自然情感的流露，是写出来的，不是可以做出来的，但可以去整理。随后，作者又将现代的诗况和古代的诗况进行对比，得出"由韵文诗而进为散文诗，是诗体的解放，也就是诗学的进化"③ 的结论。有学者认为王平陵在文中的见解也体现出了一定的理论价值："就这段话来看，王平陵似乎比郑振铎更强调诗体解放本身的现代意义，这种强调恰好与作为文体的现代散文诗的内在精神产生了某种程度的契合。虽然在整体上这仍不算是文体论上的探索，但就这一点有意无意的契合而言，也已是中国现代散文诗历史上值得纪念的理论成绩了。"④

王平陵对散文诗的认识与理解，对散文诗在初创时期的破旧立新有重

---

① 古远清：《为右翼文运鞠躬尽瘁的王平陵——从南京到重庆的文艺斗士》，《涪陵师范学院学报》2002 年第 4 期。
② 汪文顶：《现代散文学初探》，人民出版社 2014 年版，第 67 页。
③ 王平陵：《读了〈论散文诗〉以后》，《时事新报·文学旬刊》1922 年第 25 期。
④ 张洁宇：《散文诗与中国新诗传统》，见王光明编《诗歌的语言与形式——中国现代诗歌语言与形式学术研讨会论文集》，社会科学文献出版社 2014 年版，第 771 页。

要的推动作用,他的这篇文章也得到了文学界的认可,被收录于《中国新文学大系·文学论争集》。汪文顶在《现代散文学初探》一书中也认为郭沫若、康白情、郑振铎、王平陵、滕固等人所写的文章,对于散文诗创作起了解放思想、廓清道路、开阔视野的积极作用,无疑是一场"及时雨"。

(三)对社会人生的关注

文学与社会人生的关系、文学的独立性一直是文人关注的话题。王平陵在主编《学灯》期间,发表了许多关注社会人生的文章,这些文章关注的范围,小到对于个人情感的描写,如《雷峰塔下》;其次到对学校制度的批判,如《我对于学校现行制度根本的怀疑》;大到对社会活动的认识,如《农村社会改造谈》《从历史上观察近代妇人运动底历程》《社会实际的活动》等文章。

《雷峰塔下》是王平陵的第一篇小说,当时在《时事新报》发表后获得好评。这篇小说以景物描写见长,而细腻的情感描写、优美的语言风格也很符合初涉小说领域的作家的写作习惯。王平陵在具体的写作过程中对结构的布局、细节的点缀,使整篇文章脉络清晰、自然流畅,散文化的风格、诗化的语言也使这篇小说别具特色。

相对于小说创作,王平陵对时事的批评更能引起人们的关注。"青年俱乐部"作为《学灯》的讨论栏目,以"反对'一言堂',提倡自由表达"而颇受关注。1919年10月,"青年俱乐部"开展了一场关于"废止考试"的讨论。这场讨论在开始之初就异常热烈,后来发生了中学生因英语考试作弊被发现而受训扣分,以致投江自杀的事情,这就进一步加强了知识界对教育体系的反思。与此同时,"青年俱乐部"也发表了许多文章,如《我们对于"废止学校现在考试制度"的意见》(星之)、《我对于学校现行制度根本的怀疑》(王平陵)等,均表达了对学校考试制度的反思和批评。"后来,这场以'青年俱乐部'为主要阵地的讨论还蔓延到其他报纸杂志,各种各样、甚至矛盾对立的意见异彩纷呈,自由争鸣,形成了良好的公共讨论氛围,产生了较大的舆论影响。"① 在王平陵的主持下,"青年俱乐部"还举行过其他社会问题的讨论,如对于"农村社会"问题的关注。当时王平陵在专栏上发表了《农村社会改造谈》,认为改造农村社会应该深入了解农村实情,"大刀阔斧""斩头去尾",从根本上做起来,而不是在城市中高

---

① 吴静:《〈学灯〉与五四新文化运动》,复旦大学2009年博士学位论文,第98页。

谈阔论各种学说和主义，却没有实际作为。

除此之外，王平陵也表现出对妇女运动和社会活动的关注：《从历史上观察近代妇人运动底历程》对英国、美国、北欧三国、法国、德国等国家的妇女运动进行了介绍；《社会实际的活动》从"简单的活动""复杂的活动"两大方面展开论述，又从"政治、经济、文化、法律"各个方面对社会活动进行了细化论述。从文章的内容可以看出王平陵对社会人生问题的高度关注，从文章的写作视角也能反映出他分析问题的广度和深度，这种严谨的学术态度和开阔的文学视野在新文化运动时期是难能可贵的。

二、新文艺思想下的编著成果

20世纪20年代，中国文学界出现了一个普遍的现象，那就是根据中国的社会实情并结合外来文艺思潮的影响，对文学体裁革新的同时，对各种学科理论也都给予了普遍关注，并涌现出了一大批文学译著。王平陵的《社会学大纲》《美学纲要》《西洋哲学概论》《中国妇女的恋爱观》也是在这一背景下编著完成。

（一）《社会学大纲》——致力于社会学教育的一片热忱

经过五四运动的洗礼，社会改造的呼声日益强烈，知识分子也产生了各种社会改造的思想主张。如果单就《社会学大纲》的书名而言，文人们普遍将其视为"改造中国、解决社会问题"的书籍，但王平陵在此书的序言中表明了他另一番意图。

王平陵认为社会现象是最复杂、最普泛的，所以要把社会现象列为科学的研究并非易事。他编此书的目的主要有三点：一是"感于中国青年均有研究社会现象的兴趣，而苦于无适当的概括的门径书，引导他们做更深的研究"，所以给热衷于研究社会现象的青年们提供一个门径；二是表明纯粹社会学本身"并不是为着要解决社会问题而后成立为一种科学的。现代的青年，很有些人误会这个意思了"，他想借此澄清一下；三是为学校的教育提供可资借鉴的资源。"国人对于社会学的研究，近年进步的速力，殊令人可惊。大学校既设有专系，中学校亦列为必修了。在这时期，社会学的编辑，真是刻不容缓。"①

基于以上三个动机，王平陵从"社会学及其与各科学的关系""社会学的性质""社会的心理的基础""社会的物理的现象""社会的初期进化史""社会进步的元素""群众的社会"等方面对这门学科进行了比较系统的介绍。虽然说内容上不可避免地要参考外国的文学成果，但王平陵是在阅读原著的基础上有选择地进行摘录，而不是在中国的译介作品基础上照搬全抄，如，*The Elements of Sociology*（Giddings 作），*Principles of Sociology*（Spencer 作），*Sociology and Modern Social Problem*（Ellwood 作），*Democracy and Liberty*（Lecky 作），*Outlines of Sociology*（Ward 作），*An Introduction to Social Psychology*（Ellwood 作），等等。这些参考资料在很大程度上丰富了《社会学大纲》的内容，而且在结构布局和一些内容的填充上，王平陵确实也花费了一番心思。为了能使书籍的内容更好地契合最初的编辑动机，王平陵大量查找资料，并在此基础上完成了第八、九章"人群的构造及分布"的翻译，为读者展示出各个地区的人口分布详情和人们之所以集居的原因。

除此之外，书籍中也收录了王平陵发表的文章和表达的观点，如"合作的意义"这一章节，是王平陵在对人群、社会组织、实际活动分析的基础上进行的延伸。王平陵认为合作包含三层含义：互助、彼此防止侵害、适用于政治组织，并且认为按照这种方式去观察，人类社会的各种活动都不外乎是一种合作的形式。

总体来说，《社会学大纲》是有其内在的逻辑的，除了介绍社会学的基本知识外，作者还将内容从社会细化到人群，又从社会的组织细化到社会的实际活动，最后从合作的意义升华到民治主义，给青年学习社会学提供了一个良好的范本。孙本文写的《当代中国社会学》一书将王平陵的《社会学大纲》列为"中国社会学重要文献"②，可见其价值所在。

（二）《西洋哲学概论》——一部较早且较全面介绍西方哲学的入门书

《西洋哲学概论》是一部较早介绍西方哲学的入门书，与一般的哲学史教科书相比，此书在结构上从纵横两个视角进行论述，在内容上比较全面地对西方哲学进行了梳理和把握。主要论述了哲学与宗教、科学、进化论、心理学的关系，又对其本体论、认识论和美学做了介绍。

---

① 王平陵：《社会学大纲》，泰东书局1928年版，编者之言第2页。
② 孙本文：《当代中国社会学》，胜利出版公司1948年版，第288页。

此书以席勒（Thilly）所作的《哲学史》与耶鲁萨冷（Jerusalem）、包尔生（Paulsen）、克尔泼（Kulpe）所著的《哲学概论》为依据，兼取各家学说，并加入了作者自己的见解。"取材以简明精确为主，凡旁枝曲节、无关宏旨的主义和主张，一概排屏不用。"① 这就很大程度上加强了此书的实用性和针对性。

从《西洋哲学概论》的取材准则可以看出，王平陵很注重教材的实用价值。同时，他也很重视调查研究的真实性。比如对罗素新唯实主义的研究，早在1924年，王平陵就在《学灯》上发表过《罗素研究》，当时就指出了罗素的哲学与其他一般哲学家的不同之处，认为罗素的哲学在理论与实用方面是完全不同的，究其原因，主要在于罗素对理性和经验认识的区别，在理论方面，罗素很蔑视行动，但在人生行为方面却将行动提高到重要位置。在编写《西洋哲学概论》时，王平陵将康德的批评哲学、叔本华的新理想主义的哲学、新康德派价值的哲学等多种哲学类型放在一起介绍，在一定程度上呈现出了20世纪20年代西方哲学的概貌。

在具体的编排过程中，为了方便读者分析和了解，王平陵全部使用白话叙述，并且在翻译上都是以最基本的术语和人们常使用的习语为准，这在很大程度上增强了此书的实用性。因此，《西洋哲学概论》被称为"一部较优秀的研究哲学的参考用书"②。

（三）《中国妇女的恋爱观》——恋爱问题的真知灼见

五四时期，在西方妇女解放思潮的影响下，许多作家如冰心、庐隐、凌叔华等都表现出了对女性问题的关注。王平陵在1922年曾与章锡琛通信《恋爱问题的讨论》，这篇文章随后发表在上海《妇女杂志》第8卷第10期，这是王平陵首次公开表现出对女性恋爱问题的关注。而随着女性问题的关注度不断提升，王平陵对妇女恋爱问题的看法也逐渐深化，最后著成了《中国妇女的恋爱观》。

王平陵认为，现在的妇女们是觉悟的少而盲从的多，前进的少而退化的多，乐观的少而悲哀的多。要解决这一问题，仅靠女子教育是不行的，还需要通过女性的自救和自觉，而自救和自觉的最经济的方法就是从解决恋爱问题开始。这种观点看似将女性放在对男性的依附性位置上，实则不然。回顾历史上所有与女性相关的争论可以发现，它们都不可避免地要涉

---

① 王平陵：《西洋哲学概论》，泰东图书局1924年版，"凡例"第1页。
② 李超杰、边立新：《20世纪中国哲学著作大辞典》，警官教育出版社1994年版，第825页。

及男性和婚姻。王平陵认为恋爱若能得到正当的解决，则男女间便各有人格上、经济上、政治上的均等。既然对于大部分女性来说，恋爱问题是不可避免的，王平陵认为正确的态度就是正视这一问题，他写作此书的意图也很明显，即"倘能因此而得着妇女们的反省与反动，那是作者所最欢迎的了"①。

在这本书中，王平陵首先歌颂了恋爱的伟大，意在告诉广大女性，恋爱和婚姻并不是可怕的事情，它也是幸福的源泉。人类的恋爱是物质和精神的调和，所以不能仅仅满足于性的要求，而更多的是要满足对爱与美的追求。男女要步入到婚姻，一个重要的途径是恋爱，即"恋爱的结婚"才是有道德的结婚，这个观点主要是对古代包办婚姻的强烈反对。而一旦步入婚姻，夫妻间"责任的自觉"就显得尤为重要。此外，王平陵还谈到了婚姻中的经济问题，认为历史上"大多数的妇女们，被包围于经济结婚的陋习，牢不可破，寄生于男子的肘腋之下，只得诿之于命运"②。所以，女性及其父母要转变婚姻观念，不能以金钱作为衡量婚姻的标准。爱情更多的是心灵之间的沟通，是"两方面心与心之对照，不是心与心的补足，一方有了缺陷，一方专事补足，这种爱情，不是真正的爱情"③。

从王平陵对恋爱问题的探讨可以看出，《中国妇女的恋爱观》是一部比较详细探讨妇女恋爱的著作，"对妇女问题，有其深刻而独到的见解"④。而且，这些"深刻而独到的见解"也逐渐成为中国现代优秀的思想资源，被收录于《中华现代思想宝库》。

三、《大道》《青白》：对艺术本体性思考的一面

1929年，王平陵由上海教育界转向南京政界工作，开始供职于国民党中央宣传部，因此有学者就将1929年视为王平陵人生道路的一个转折点。从外在形式上来说，王平陵供职于国民党中宣部之后，他所从事的文学活动在一定程度上都会带有官方色彩。但王平陵毕竟深受五四思潮的影响，

---

① 王平陵：《中国妇女的恋爱观》，光华书局1927年版，自序第2页。
② 王平陵：《中国妇女的恋爱观》，光华书局1927年版，第24、25页。
③ 王平陵：《中国妇女的恋爱观》，光华书局1927年版，第67页。
④ 常州市地方志办公室、常州市人民政府侨务办公室、常州市人民政府台湾事务办公室编：《海外常州人》，方志出版社2006年版，第45页。

因此他常常以文人的自觉和独立的思考面对从事的文学事业。一方面，他在意识形态的指导下从事文学活动，替"官方"做事，即有"御用文人"的一面；另一方面，他又坚守文学本位，有自己独立的思考，对所从事的活动都有自己的理解和主张，所以往往在"官方"的指导下又偏离了"官方"的轨道，体现出一个文化人的自觉性，从而使其主编的刊物避免成为意识形态的传声筒。这种独立思想在他所从事的文学活动中都能体现出来。《大道》《青白》是王平陵第一次与党政文艺接轨的文化刊物，在他的主编下，这两个刊物很大程度上保留了对艺术本体性的思考，同时在一定程度上促进了戏剧团体的发展和优秀戏剧作品的诞生。

（一）对"普罗文学"对抗策略的转变

《中央日报》创刊后，应总编辑严慎予之邀，王平陵担任其副刊《大道》《青白》的主编。按照当时国民党的办刊方针，党报副刊也是其政治传声筒的一种形式，如《青白之园》就很明确地实践了国民党对抗"普罗文艺"的方针；而《大道》《青白》虽然也不免带有意识形态色彩，但在王平陵的编辑实践中，这种意识形态色彩不但被淡化，而且很大程度上带有编者个人的编辑理念和探索气息。

1927—1928年，"普罗文学"出现并迅速成为一股潮流，其基本观点是倡导无产阶级文学，以工农大众为服务对象。它强调文学为政治服务，革命者要有一种"要超越时代，创造时代，永远站在时代前列"的"时代情怀"。面对无产阶级文艺的强劲势头，国民党以《青白之园》为文艺阵地，矛头直指"普罗文学"，并且对其多有攻击谩骂之辞。在《青白之园》停刊之后，《觉悟》基本上沿袭了《青白之园》的办刊思路，只是在出刊方式和组稿方式上有所改变。到了20世纪20年代末，《大道》《青白》创刊，当时"普罗文学"正值强势，"是《青白》与《大道》在20年代末遭遇的最强大的'敌人'"[1]。不过与《青白之园》等刊物相比，《大道》《青白》所刊登的文艺评论文章很少与"普罗文学"进行正面的交锋，也很少谩骂之辞，更多的是"学理上的厘清和文艺上的自我建构"[2]。

面对"普罗文学"的强势话语，《大道》《青白》总归要寻找自我建构

---

① 赵丽华：《〈青白〉、〈大道〉与20年代末戏剧运动》，《中国现代文学研究丛刊》2007年第1期。

② 赵丽华：《〈青白〉、〈大道〉与20年代末戏剧运动》，《中国现代文学研究丛刊》2007年第1期。

的文艺方式，以争夺文艺的主动权。王平陵在文艺探索中寻找的途径就是刊载各种文艺类文章和创作，尤其是戏剧创作，以文艺创作代替散漫的"各类文字"，以有意义的文学成果代替攻击谩骂的无聊争论，以此来对抗作为强势话语的"普罗文学"。

（二）对戏剧的倡导

翻阅《大道》和《青白》，可以看出二者在20世纪20年代末对戏剧运动的集中关注，而这种关注方式从其对戏剧作品的刊载情况、对戏剧团体活动的重视和支持上都能体现出来。

《大道》《青白》对戏剧作品的刊载情况主要体现在三个方面：一是对戏剧评论的重视，二是大量戏剧作品的刊载，三是对戏剧作品篇幅限制的放松。在王平陵主编期间，《大道》《青白》刊发了许多戏剧家的评论文章，如田汉的《艺术与艺术家的态度》、陈大悲的《演员之心理训练》、洪深的《政治与艺术》等。除此之外，还有史本直、阎折梧、肖作霖、杨非等人也发表了此类文章，对戏剧本身、戏剧与历史、戏剧与民众等问题进行了探讨。此外，《大道》《青白》对戏剧作品的刊载量也不容小觑，刊载过田汉、陈大悲、万籁天、徐德佑等人的作品，尤其是对陈大悲的戏剧，从五幕剧《五三碧血》到哑剧《真解放》，刊载的时长达8个月之久。不仅如此，《青白》本来多次声明，来稿以短小精悍为主，即"千字以上者，概不刊载"[①]，即使对篇幅的限制一度有所放松，基本上也要求在两千字以内，但在实际刊载过程中，戏剧剧本所占的版面却远远超出了这一限制，由此也可以看出文艺副刊对戏剧作品的独特关注。

除此之外，《大道》《青白》也极力宣传南国社、摩登社、民众剧社等社团的活动。据《（1927—1937）国民党的文艺统制》记载，"1929年6月22日第二次进京公演，《青白》文艺副刊不但在'戏剧专号'宣传和介绍'南国社'，而且为此专门出版整个版（平时占半个版面）的三期'南国特刊'。除发表王平陵、葛建时、肖作霖等人的欢迎和介绍'南国社'的宣传文字之外，还发表'南国社'田汉、洪深等人的文章"[②]。同时，王平陵十分注重对年轻剧团的提携，曾腾出版面给金陵剧社、樱花剧社等剧团，也曾设立"戏剧界消息""剧讯"等栏目，密切关注各地的戏剧发展态势。

[①] 编者：《征稿启事》，《中央日报·青白》，1929年3月7日。
[②] 牟泽雄：《民族主义与国家文艺体制的形成——国民党南京政府时期（1927—1937）的文艺政策研究》，云南人民出版社2013年版，第207页。

作为文艺性的刊物，《大道》《青白》对文艺思想的传播，对戏剧家、社团的扶持，以及在促进文艺多样性方面的努力都不可忽视。作为《大道》《青白》的主编，王平陵没有完全站在官方的立场，而是从文艺的角度出发，选择刊物编辑的侧重点，扶持和培养了一批优秀的剧作家和社团，对文艺事业的发展尤其是对现代戏剧的成长做出了一定的贡献。

（三）对艺术本体性的追求

在王平陵主编《青白》副刊之前，它的创刊思路是刊登"各类文字"，既有诗歌、独幕剧、社会杂感等，也夹杂着滑稽故事、通讯、轶闻等短小文字。如梁实秋所言，"三五十年前报纸副刊大都是消遣性或是通俗性的。内容不外乎小说、诗词、杂感、轶闻之类。五四以后，最初仅是易文言为白话，仍不脱'杂俎'的味道，在整个报纸上不占重要位置"①。《青白》在王平陵担任主编之后，一改之前的杂俎风气，开始以刊登文艺类文章为主，并且专注于对艺术本体性的追求。如王平陵在与陈大悲的通信中就谈到了对《青白》未来发展的看法：

> 自一号（八月一号）起，我想把《青白》的地皮，专在艺术上努力，暂定为诗歌、小说、剧本、绘画、雕刻、音乐、舞蹈、影戏等八种，倘偶有多种同性质的佳稿，则临时发行特刊。②

从这段话可以看出，王平陵想改变《青白》副刊通俗性和趣味性的状态，使其走上一种艺术化的道路。这种思想在对待南国社时显得更为突出："本刊颇思因南国之来，作纯粹艺术之宣传，绝非为南国捧场而设；然苟有以艺术之立场，对于南国拟演各剧，为忠实的批评，亦而欢迎。"③这就表明了王平陵在戏剧倡导方面对纯粹艺术的追求。虽然这种努力最终要服从于政治集团的利益和目标，但王平陵"为艺术而艺术"的思想是值得肯定的。

综观王平陵在20世纪20年代的文学活动，无论是在《学灯》上发表

---

① 梁实秋：《梁实秋散文集》第2卷，时代文艺出版社2015年版，第63页。
② 转引自牟泽雄《民族主义与国家文艺体制的形成——国民党南京政府时期（1927—1937）的文艺政策研究》，云南人民出版社2013年版，第210页。
③ 转引自牟泽雄《民族主义与国家文艺体制的形成——国民党南京政府时期（1927—1937）的文艺政策研究》，云南人民出版社2013年版，第211页。

的文章，还是他的编著成果，抑或他在主编《大道》《青白》时对艺术本体性的坚持，都能体现出新文化运动对他的影响。这一影响又具体表现在他对外来思想的学习、对个性解放的追求和对社会问题的关注等各个方面。20世纪30年代，随着国内矛盾的激化和民族危机的到来，王平陵在保持文艺自觉性的同时，增加了一份关注民族文艺的责任心和使命感。

王平陵与民族主义文艺运动

范桂真

从 1920 年发表第一篇短篇小说《雷峰塔下》开始,王平陵逐渐在文坛崭露头角,随后在京沪各报发表作品并主编《时事新报》副刊《学灯》与《中央日报》副刊《大道》《青白》等。这一系列的文学活动使他声望日增,但他开始得到文化界普遍关注的契机是"民族主义文艺运动"的开展以及与鲁迅展开的论争。

一、王平陵与民族主义文艺运动的倡导

1930 年 6 月,在国民党中央组织部的支持下,前锋社(即"六一社",以其成立于六月一日而得名)发起"民族主义文艺运动"。随后,王平陵与潘公展、朱应鹏、范争波等发表《民族主义文艺运动宣言》。此宣言作为民族主义文艺运动的理论纲领,内容涉及广泛,从现实到历史,从艺术、文学到政治,全面阐述了民族主义文艺运动的理论主张。《民族主义文艺运动宣言》认为"文艺的最高使命,是发挥他所属于的民族精神和意识。换一句说:文艺的最高使命,就是民族主义"。民族主义文艺运动的倡导者自负的使命就是以唤起民族意识为中心,建立民族主义文学与艺术。

在派别之争上,民族主义文艺运动开展的直接原因是为了对抗左翼所倡导的无产阶级文艺运动。从社会文化背景来看,当时的国内局势十分紧张,军阀混战使"民生、民权"得不到保障,民族危机也日益加重。所以,在这种国内外局势的动荡之下,"民族主义文艺"被提上日程并且随着局势的发展而愈演愈烈。王平陵晚年的回忆也证实:

叶楚伧先生首先倡导"民族主义"的文艺运动,力图挽救颓风。

我在他的指导下，担任下列四项工作，一、创办大型文艺刊物——《文艺月刊》，我从十九年创刊号起，担任总编辑，直到三十一年才辞去。二、民国廿一年，叶先生创办正中书局，组织出版委员会，他担任主任委员，我是七个委员中之一，主编"时代文艺丛书"。为了鼓动读者风气，又推我主编《读书顾问》季刊。三、叶先生在中央宣传部特设"全国报纸副刊及社论指导室"，派我担任主任一职。我即拟定文艺的指导纲要，颁发全国各报纸，在各大都市的主要报纸，创办十二个《文艺周刊》，聘请忠贞爱国的作家担任主编，密切适应"民族文艺"运动的需要，执行批评和介绍的任务。在当时发生了显著的功效。四、叶先生派我担任"电影剧本的评审委员。[①]

由上可观，国民党中宣部 1930 年拟订了四项措施以促进民族主义文学运动，组织委员会、出版报纸期刊、聘请主编等事项的具体性和广泛性，一定程度上反映出民族主义文艺运动的强大阵势，而指派王平陵负责这些工作，可看出他在这项运动中所扮演的重要角色。此外，陈立夫于 1936 年插手电影工作，通过教育部成立"中国教育电影协会"，委派王平陵主编 500 万字的《电影年鉴》。"王平陵如此受重用，除了他的才华外，还因为他任劳任怨、恪尽职守的工作态度。"[②]

前文已经提及，民族主义文艺运动的开展既有派别之争的直接原因，也有社会文化背景的复杂因素。下面的论述也将围绕王平陵在促进民族主义文艺运动发展过程中负责的几方面工作，对派别之争的具体情况进行分析；同时通过梳理王平陵在工作中的文学主张和实际做法，对其在社会文化大背景下所持有的文艺观点和文艺倾向进行深入剖析；从侧面窥探民族主义文艺运动的面貌，并在一定程度上还原王平陵在民族主义文艺运动中的真实处境。

---

① 转引自王平陵先生遗著编辑委员会编辑《王平陵先生纪念集》，台湾正中书局 1975 年版，第 162、163 页。

② 李钧：《生态文化学与 30 年代小说主题研究》，山东师范大学博士学位论文，2006 年，第 32 页。

二、民族主义文艺运动的重要阵地：
中国文艺社和《文艺月刊》

（一）"民族主义文艺"还是"三民主义文艺"？

虽然"民族主义文艺运动"由六一社发起，但在具体的开展过程中，六一社发挥作用的时间并不长，"《前锋月刊》毁于'一·二八'战火，'前锋社'随之解体。代之而起的是民族主义文学的另一种重要期刊，即王平陵任主编的《文艺月刊》，它团结了大批知名作家"①。所以，在六一社发起"民族主义文艺运动"的号召之后，其短暂的存留意味着在这一运动中真正起到实质性作用的是《文艺月刊》（1938年改为半月刊）。学者古远清也提到，《文艺月刊》是"鼓吹'三民主义文学'和'民族主义文学'的阵地"②。古远清一方面肯定了《文艺月刊》是宣传"民族主义文艺运动"的重要文艺阵地，另一方面也提到了"三民主义文艺"，这就引起了争议，即《文艺月刊》究竟是为提倡"民族主义文艺"还是提倡"三民主义文艺"？而在此之前，首先需要了解《文艺月刊》所属的机构——中国文艺社。

对于中国文艺社的成立缘由，《矛盾月刊》曾描述：中国文艺社是最早、最大的社团，是为倡导"民族主义文艺运动"随着刊物的筹办而成立的。上海的《民国日报》对"民族主义文艺"还是"三民主义文艺"这一争议有比较明晰的记载：

> 中国文艺社，是王平陵、金满城、洪为法等组织的，对外界而言，中国文艺社被认为是倡导"三民主义文艺"的，但是对社内成员来说，他们普遍认为中国文艺社是提倡"民族文艺"的。③

---

① 李钧：《生态文化学与30年代小说主题研究》，山东师范大学博士学位论文，2006年，第26页。
② 古远清：《为右翼文运鞠躬尽瘁的王平陵——从南京到重庆的文艺斗士》，《涪陵师范学院学报》2002年第4期。
③ 转引自牟泽雄《民族主义与国家文艺体制的形成——国民党南京政府时期（1927—1937）的文艺政策研究》，云南人民出版社2013年版，第103页。

中国文艺社是《文艺月刊》的所属机构,所以二者的思想倾向是一致的,这在下文会有详细阐述。既然对于社内的成员来说,"中国文艺社"是提倡"民族文艺"的,那为什么许多论点都认为它是提倡"三民主义"文艺的呢?其实在前文中也提到过,20世纪30年代,国内局势混乱,民不聊生,民生根本得不到保障;在国民党一党专政下也没有民权可言;在"民生、民权"都无法实现的情况下,只有"民族主义"才符合当时的社会环境。所以,社内成员普遍认为文艺社是提倡"民族文艺"的,这也是他们自成的一套逻辑。

(二) 王平陵在两大阵地中的重要地位

作为"中国文艺社"的骨干成员,王平陵在倡导"民族主义文艺运动"时自然十分卖力。中国文艺社初设地址是王平陵的家①,后来由于经费不足等问题,社团进行了改组。而在改组前后,《文艺月刊》始终是中国文艺社最主要且最具有影响力的文艺活动之一。对于这一点,丁谛曾经这样概括:"可以说,'中国文艺社'就是《文艺月刊》,《文艺月刊》就是中国文艺社。这一时期,一直到民国二十四年秋冬为止。"②徐仲年也回忆说:"民国十九年秋,南京左恭、王平陵等设立中国文艺社,创刊《文艺月刊》,先由左恭主编,后由王平陵继任,而彼时的'社'徒有其名,它的唯一活动便是主持月刊。"③

从丁谛、徐仲年的回忆可以看出,他们基本上将《文艺月刊》等同于"中国文艺社",表明了《文艺月刊》在中国文艺社的地位和作用。而"民国二十四年秋冬"这个时间节点表明,在1935年即"中国文艺社"重组以前,社团的活动核心基本上只有《文艺月刊》,在社团重组以后,其文艺政策发生了一些变化,即社团的组织进一步扩大,活动也较之前有所增加,但唯一不变的是《文艺月刊》的地位和影响。《中国文艺社始末及相关史实辨证》有如实记录:"1941年,'中艺'并入'中宣运委'时,标志'中艺'作为'民间文艺团体'的结束。同年,《文艺月刊》出版了最后一期停刊,'中艺'已名存实亡,1942年,王平陵离开,'中艺'基本上停止了运

---

① 丁谛:《记中国文艺社》,《新流》1943年第6期。
② 丁谛:《记中国文艺社》,《新流》1943年第6期。
③ 转引自牟泽雄《民族主义与国家文艺体制的形成——国民党南京政府时期(1927—1937)的文艺政策研究》,云南人民出版社2013年版,第113页。

动。"① 由"《文艺月刊》出版了最后一期停刊,'中艺'已名存实亡"可见《文艺月刊》在中国文艺社改组之后的地位和作用。结合前面的论述可以得知,《文艺月刊》在中国文艺社的作用是贯穿始终的。但民族主义文艺的倡导是否也贯穿《文艺月刊》始终,或者说《文艺月刊》对这一运动的阐释和提倡有没有发生意义上的变化,这就值得进一步思考,这一点将会在后文中论述。另外,"1942年,王平陵离开,'中艺'基本上停止了运动"②,这又间接表明了王平陵在中国文艺社中的重要地位。

从以上可以看出,无论是创立中国文艺社,还是编辑《文艺月刊》,王平陵自始至终都发挥着不可替代的作用。基于此,他在倡导"民族主义文艺"时才有足够的资本和充分的话语权。

三、王平陵与民族主义文艺运动的开展

(一) 王平陵与鲁迅之间的论争

民族主义文艺运动开展的直接原因是为了对抗左翼文艺。为了展开这场论战,民族主义文艺的倡导者花费大量的时间和精力组社团、办刊物,以宣传民族主义文艺思想。与此同时,他们还与左翼文人进行了笔战。

自《民族主义文艺运动宣言》发表以来,左翼文化界人士如茅盾、鲁迅、瞿秋白都曾先后写文章对"民族主义文学"进行了揭露和批判,如鲁迅的《"民族主义文学"的任务和命运》一文将"民族主义文学"视为"锣鼓敲得最起劲的宠犬派文学",对苏凤的《战歌》、甘豫庆的《去上战场去》、邵冠华的《醒起来罢同胞》等诗歌进行了批判,尤其对黄震遐的《黄人之血》进行了彻底的解剖。面对鲁迅的攻击,苏凤、王慈、邵冠华等人一一著文回应。

作为民族主义文艺运动的倡导者,王平陵也与鲁迅就此展开了文字战。在民族主义文艺运动开展初期,鲁迅作《不通两种》讽刺民族主义文学者属于次等聪明的人,认为他们在竭力粉饰自己的"不愿通"和"不肯通"。

---

① 转引自陆建生、沈玲、彭建玲《多维视角下的国际教育》,四川大学出版社2014年版,第243页。
② 转引自陆建生、沈玲、彭建玲《多维视角下的国际教育》,四川大学出版社2014年版,第243页。

王平陵随后在《武汉日报·文艺周刊》上发表《"最通的"文艺》，揭发鲁迅用"何家干"笔名在《申报》的《自由谈》上发表短文，并污蔑以鲁迅为首的革命作家写"对苏联当局摇尾求媚的献词"；然后还诽谤大多数左翼人士白天写工人和斗争，晚上过着灯红酒绿的生活；最后还谈到了中国文化亟待振兴、文艺工作者应该立誓做一些基本的功夫。鲁迅旋即写了《官话而已》，对王平陵的指责一一辩驳，认为他在无的放矢、含血喷人，所写的文章不过是"十足的官话"。王平陵在上海的《大美晚报》副刊《火树》刊载了《骂人与自供》，指责鲁迅常常"以己之心，度人之心"，未免"躬自薄而厚责于人"了。鲁迅在《准风月谈·后记》中说："所以如果想到了，那么，说人反动的，他自己正是反动，说人匪徒的，他自己正是匪徒……且住，又是'刻毒的评语'了……这坏习气只以文坛为限，与官方无干。"① 王平陵与鲁迅展开的一系列论争，从侧面体现出他对民族主义文艺运动的投入。对于这一点，江石江在回忆王平陵时谈道："我与平陵兄订交是在南京，大家提倡'民族文艺'时，尚有卜少夫、欧阳沙雁、王梦鸥三位，我们结为盟友，他是老大，誓为'民族文艺'工作而奋斗。"②

既然王平陵誓为"民族文艺"工作而奋斗，那么他所谓的"民族文艺"究竟是指什么？关于这一点，他在《什么是民族文艺？》一文中有比较明确的阐释：

> （一）凡与中国民族有利益的艺术，（不论中国的与外国的）都可说是民族文艺。（二）民族文艺的内容，并不专限于掘壕沟，挡炮灰，凡能增进国力，民德等等作品，都是民族文艺。（三）如果有人专于研究莎士比亚，弥尔东，立志在增进中国文学的遗产，建设文化的百年计划，也是于民族有利的文艺运动，也可说是民族文艺。③

王平陵认为应该从一切有益于民族的艺术中汲取营养，而吸收的来源是不分国界的，因为最终目的是"民族文艺"的发展。他对"民族文艺"的理论概括在其主编的《文艺月刊》中有更清晰的阐释。

---

① 鲁迅：《准风月谈》，万卷出版公司2014年版，第177页。
② 王平陵先生遗著编辑委员会编辑：《王平陵先生纪念集》，台湾正中书局1975年版，第24页。
③ 王平陵：《什么是民族文艺》，《火炬》1937年第1卷第10期。

(二)《文艺月刊》对民族主义文艺运动的推动

既然《文艺月刊》是中国文艺社的重要刊物,又是"民族主义文艺运动"的重要阵地,自然会着重宣扬民族主义文艺。《文艺月刊》创刊号的征稿简章上就明确声明:"本刊以站在革命文艺的立场,发扬民族精神,介绍世界思潮,创造新中国文艺为宗旨。"① 既然如此,王平陵在《文艺月刊》的编辑策略上,是如何倡导民族文艺的呢?

1.《文艺月刊》对弱小民族作品的关注与译介

《文艺月刊》从1930年8月15日创刊直至1937年8月1日停刊(1937年10月份开始改名为《文艺月刊·战时特刊》),一直体现出比较包容和开放的姿态,所刊登的作品体裁非常丰富,包括小说、诗歌、散文、短评、通讯、社论、翻译。在诸多体裁当中,所占比例较大且与"民族主义文艺运动"息息相关的当属译介作品。

有学者以《文艺月刊》第2卷作为统计样本,发现"第2卷共十二期总目刊登作品147篇,外国绘画作品、翻译文艺作品及外国作家作品介绍就占了57篇(幅)"②,而如此大的占比是否也出现在其他卷中,为了进一步核实,笔者对《文艺月刊》其他卷期进行了随机统计,结果如表1所示:

表1 《文艺月刊》中不同卷期所刊译介作品数量及比例

卷期	总数/篇	外国文学翻译/篇	外国文学、作家介绍/篇	译介比/%
1卷1期	25	0	10	40
1卷2期	24	5	0	21
3卷2期	14	4	0	29
3卷7期	22	4	2	27
3卷8期	14	7	2	64
3卷9期	15	4	4	53
3卷11期	19	6	2	42
3卷12期	21	10	2	57
4卷4期	17	5	2	41
4卷5期	25	5	3	32

---

① 编者:《征稿简章》,《文艺月刊》1930年第1卷第1期。
② 陆建生、沈玲、彭建玲:《多维视角下的国际教育》,四川大学出版社2014年版,第231页。

续表 1

卷期	总数/篇	外国文学翻译/篇	外国文学、作家介绍/篇	译介比/%
4 卷 6 期	32	8	1	28
5 卷 1 期	52	13	6	37
5 卷 2 期	38	10	5	39
7 卷 2 期	23	5	5	43
7 卷 4 期	29	6	7	45
8 卷 1 期	29	7	9	55
8 卷 2 期	22	8	0	36
9 卷 1 期	25	5	2	28
9 卷 3 期	25	6	3	36
10 卷 1 期	27	8	0	30
10 卷 2 期	23	3	4	30
11 卷 1 期	24	4	1	21

笔者的统计以《文艺月刊》第 1 卷到第 11 卷（1937 年）为止，一是因为"民族主义文艺运动"开展了七年（1930 年至 1937 年），二是由于抗战全面爆发后，《文艺月刊》改名为《文艺月刊·战时特刊》，其编辑策略和刊物的内容也随之发生相应变化。从这 11 卷的编辑实践可以看出，译介作品一直占据很大的比例，《文艺月刊》的编者在创刊号就谈到，"本期，除《达赖满的声音》，系表示本社对于中国文艺运动的方针和主张而外；似乎所选材料，略偏于海外名著的介绍，而于理论创作两方面，稍嫌单调"①。编者虽然认识到了选材的两个问题，一是海外名著介绍偏多，二是理论创作欠缺，但从上述表格可以看出，编者在编辑实践中对于前一倾向并未刻意改变，而且在许多卷本中都会附上"文艺情报"一栏，如 4 卷 4 期、4 卷 5 期、4 卷 6 期等卷本就有专栏对外国文艺进行介绍。

这些译介作品中有一部分是英、法、美等国的文章，如秋涛（王平陵）写作的《介绍梁译莎翁名剧》、唐锡如翻译的《樱草的路》（英国 D. H. Lawrence 著）、岩大椿翻译《不识相的狗》（法国 Ajax 和 Alex Fischer 合著）等，除此之外，占据更多篇幅的是对弱小民族文学作品的译介。而为什么要大量译介弱小民族的作品呢？编者认为：

---

① 编者：《最后一页》，《文艺月刊》1930 年第 1 卷第 1 期。

> 因为在弱小民族文学中,不但也有可以和强盛的国家的文学相颉颃的作品,而且对于民族的解放,对于平等博爱自由的希求,对于人生的热情和悲感,在她们的作品中,有时候表现得非常深挚而动人。①

从上述文字可以看出,这些"弱小民族"与本民族有相同的际遇,其文学作品所反映的社会现实也有相似之处。编者希望在了解他们民族文艺的同时,在其中寻找民族自信,所以对弱小民族的文学作品具有情感共鸣。除此之外,编者也强调,"本刊海外的文艺介绍,过去似乎以弱小民族的方面为多,将来如果可能,还想这样做"②。由此可以明显看出编者的编辑意图,即通过译介弱小民族文艺来贯彻"民族主义文艺"的立场。这对"推动中国现代文学的发展和成熟,促进中外文艺的交流做出了重要贡献"③。实际上,编者不仅通过对弱小民族文艺的关注来贯彻这一立场,还在编辑策略中比较注重对中国古代文学的继承和现代文学的发展。

2.《文艺月刊》对古代文化的关注和对现代文学的鞭策

在民族危机加剧的时刻,如果一味借助外来民族的文化来寻找共鸣,增加民族自信,则显得不合时宜。所以,许多文人通过对本民族历史文化的重温和书写,来寻找民族力量的根源:

> 文艺已渐渐向着民族方面去进展,这是年来一种可喜的现象;也是现代文艺必定趋向的一条大路。但是我们认定提倡民族文艺,并不仅仅是高喊着口号,是要把我们民族的祖先,在历史上所遗留的"威武不能屈"和"独立不拔"的精神,在现在"沉醉"和"享乐"的迷梦中,重新恢复到固有的地位,使人们加上一种"警惕"和"自信"。这才是民族文艺的真精神。④

从这段话可以看出,一个民族的文化发展归根结底还是要从本民族的文化积淀中汲取营养。外国文学作品表达的思想,可能因与本民族的文化境遇有相似之处而值得借鉴,但只有本民族的文化积淀才能够提供源源不断的文化滋养,只有历史上遗留的精神才是民族文艺的真精神。

---

① 编者:《最后一页》,《文艺月刊》1930年第1卷第3期。
② 编者:《最后一页》,《文艺月刊》1930年第1卷第3期。
③ 王晶:《一份不应湮没的刊物——〈文艺月刊〉》,《华北水利水电学院学报(社会科学版)》2013年第3期。
④ 编者:《编辑后记》,《文艺月刊》1937年第10卷第6期。

《文艺月刊》自创刊以来一直比较关注外来文学的译介工作，一个很重要的原因是希望通过外来文学寻找民族自信，另外一个不可忽视的原因就是编者深深感到中国现代文学作品的缺乏：

> 这一期，翻译的材料，似乎多了一些。如果，有人以为是本刊这一期的缺点，那毋宁说是中国作家不肯拼命努力之所致。在闹创作荒的现代中国文坛，我们不得已的办法，也只有译出几篇较有价值的作品，以及介绍一些创作的理论和于技术上有帮助的东西，作为我们的借镜。①

编者认为"中国作家不肯拼命努力"才导致中国现代文坛的创作荒，虽然这样的定论不够准确，但1936年，确实是中国现代文学发展的转折点："两个口号"之争给现代文坛造成很大影响；鲁迅的去世也给当时的文化界带来很大冲击；知识分子开始接受改造，并且"在精神文化领域的发言权越来越弱"②；日寇侵略加剧和国内局势的新变化。这一系列的事件都对当时和以后的文学及文化思潮产生了影响。正是由于当时文化和社会现状的波动造成了知识分子短暂的彷徨，他们并不是不努力，只是在文学的转折时期不断摸索前行，所做出的成绩可能不尽理想。虽然编者对现代中国文坛不尽满意，但言语之间也充满了鞭策和激励，希望文人们对一些比较有价值的文学作品加以借鉴，最终目的是要鼓舞现代作家多下功夫，为现代文坛做出一番贡献。

振兴"民族主义文学"不能仅仅停留在对外来文学的译介和对古代文化艺术的继承上，更重要的是提高现代作家自身的文学素养，从而创作出比较优秀的文学作品。编者将这一厚望寄托在青年一代民族脊梁上，《文艺月刊》在8卷1期的编后语中写道："我们固然希望成名的作家源源赐稿，以光篇幅；但也希望青年作家踊跃投寄稿件，我们绝不会辜负他们的盛意的。"③ 在王平陵的理念中，他一直对青年寄予厚望，认为青年期是人生最宝贵的阶段，青年的精神是人生最崇高的性格，所以青年应该在朝气蓬勃的时期做一些于国于民有益的事情，承担起时代赋予的责任；而在抗战时期，青年的责任就是"不顾任何困难，努力深入民间，散播抗战的佳种，

---

① 编者：《编辑后记》，《文艺月刊》1936年第9卷第3期。
② 张武军：《1936年：20世纪中国文学发展道路中的转捩点》，《东岳论丛》2016年第5期。
③ 编者：《编辑后记》，《文艺月刊》1936年第8卷第1期。

使我们可以在每个中国的国民身上，都可以收获敌忾同仇的成果"①。此外，他在《战时青年怎样学习写作》《怎样激发青年的爱国情绪》等文章中继续鼓励青年磨砺习作、提高写作水准，用真情实感之作来丰富抗战文艺。

四、文艺阵地对民族主义文艺运动的"背离"

从中国文艺社的成立缘由和《文艺月刊》的编辑策略可知，它们都是提倡"民族主义文艺"的阵地，笔者也比较详细地阐述了《文艺月刊》在具体的编辑过程中对这一主张的大力支持。但在"民族主义文艺运动"开展过程中，这两个文艺阵地也表现出了对"民族主义文艺"的"背离"。

（一）中国文艺社对民族主义文艺运动的"背离"

"民族主义文艺运动"是在国民党中央组织部的支持下，由六一社发起，而且发起人潘公展、王平陵、朱应鹏、范争波、黄震遐当时都在国民党身兼多职或要职，且这一运动在当时又得到了国民党中央组织部的大力支持，运动的发起者派头十足，按常理来说，进展也应该十分顺利。但对于这一声势浩大的文学运动，纪弦在回忆录中曾这样记载：

> 那时候，我的意思是指一九三四年前后，不单指这一年，所谓"三十年代"，整个的文艺界，呈现出一种鼎足三分的形势。一是国民党的文艺阵地，以南京的"中国文艺社"为代表，王平陵主编的月刊《中国文艺》，提倡"民族主义"文学，内容相当够水准。可惜中央拨给他们的经费很有限，能够维持按期出版已是大不易，更何况还出了一套丛书，那真是难能可贵的了。②

由纪弦的回忆可以看出，"中国文艺社"在当时的文艺界享有很高的地位，在六一社短暂的存留之后，继续倡导"民族主义文艺运动"的重任就交接给了中国文艺社。但由于"中央拨给他们的经费很有限"，中国文艺社在活动开展过程中遇到很多挫折。对于中国文艺社的经费来源问题，各方

---

① 编者：《编辑后记》，《文艺月刊》1936年第8卷第1期。
② 纪弦：《纪弦回忆录第一部：二分明月下》，台湾联合文学出版社2001年版，第64页。

说法不一。按常理，中国文艺社既然是国民党中央宣传部扶持下的文艺团体，经费就不应该存在问题。左翼刊物《文艺新闻·南京通讯》和左联的机关刊物《文学导报》都曾报道，中国文艺社经济来源富裕，津贴有"一千二百元"①。但《文艺新闻·每日笔记》随后也有一则消息称"中国文艺社月刊编辑左恭赴湘，王平陵近颇潦落，缪崇群患病，故各方面之进展极其消沉"②。该社社员石江在《介绍中国文艺社》中也说："此后两年，因人事上的变迁，便趋于沉寂了。月刊也因负责人和经费的关系，时断时续，一切工作停顿的也不少。"③ 由此可见，中国文艺社倡导"民族主义文艺"虽然属实，但由于文艺气息超越了党政色彩，并未达到党政要员的最初期盼；而且，在中国文艺社的具体运行期间，党政要员也没有直接参与其中，不然就不会出现经费紧张、社员潦倒的局面。虽然中国文艺社在1935年改组之后，人员不断扩大，经费缺乏的状况也得到改善，但该社仍然是"以民间团体的身份出现，真正把'中艺'体制化，变成'中央宣传部文化运动委员会'的附属机构，是在抗战爆发后'中艺'迁往重庆之后"④。这就更加证实了一点，前期的中国文艺社虽然是倡导民族主义的文艺阵地，但只是以民间团体的身份出现，并不是"中央宣传部文化运动委员会"的附属机构，也不是他们意识形态的传声筒。

（二）《文艺月刊》对民族主义文艺运动的"背离"

而作为"民族主义文艺运动"的另一文艺阵地，《文艺月刊》在办刊初期便被赋予了倡导"民族主义文艺"的重任。王平陵确实也在编辑策略上通过译介外来文学、挖掘古代文学、扶植现代文学的方式倡导"民族主义文艺"。而且王平陵在《文艺月刊》创刊六周年所写的《我与文艺月刊》中，这样描述《文艺月刊》的编辑立场：

> 《文艺月刊》在创刊的时候，本想藉此结合几个同时代的同好，办作"同人杂志"那样的性质的。后来，感觉到所见太狭，而且有招军买马，自树擂台的嫌疑，便无条件地把原来的主张扬弃了。⑤

---

① 陆建生、沈玲、彭建玲：《多维视角下的国际教育》，四川大学出版社2014年版，第238页。
② 陆建生、沈玲、彭建玲：《多维视角下的国际教育》，四川大学出版社2014年版，第238页。
③ 石江：《介绍中国文艺社》，《中心评论》1936年第1卷第1期。
④ 陆建生、沈玲、彭建玲：《多维视角下的国际教育》，四川大学出版社2014年版，第241页。
⑤ 王平陵：《我与文艺月刊》，《人言周刊》1935年第2卷第1期。

王平陵所说的"放弃了创刊时的狭隘思想",一方面是不想把《文艺月刊》办成受意识形态控制的官方刊物;另一方面是本着文人的自觉,想把《文艺月刊》办成在中国具有一定地位的,像《小说月报》《文学季刊》这样的配称为"纯文艺"的刊物。但这一思想与之前所倡导的"为民族、为国家"的思想是否矛盾呢?这一问题不仅受到了当代学者的质疑,也受到了同时期文人的关注,王聪在给王平陵的信中就有此疑问。随后,王平陵在《什么是民族文艺?》一文中公开畅谈了这一问题:

> 弟所主持的《文艺月刊》,一向是抱着不挂出任何招牌,而是埋头在文艺的本身上、技巧上,以及读者的需要上,努力去做的。在《文艺月刊》里,诚然是看不见民族文艺的口号,但自信在《文艺月刊》所包含着的内容,无一不是民族文艺所急迫地需要的。①

文中谈到《文艺月刊》"不挂出任何招牌,而是埋头在文艺的本身上,技巧上",这就道出了其"纯文艺"的办刊指向;而后又说刊物在内容上,"无一不是民族文艺所急迫地需要的",又显示出"民族文艺"的编辑策略。这看似矛盾的话语背后,蕴含着编者的一种文艺情怀——"纯文艺"侧重于文艺本身的技巧,但如果一味为艺术而艺术,处在民族危亡时刻的中国文艺则会显得空洞无实;如果为了提倡"民族文艺",忽略了文艺本身的技巧,则最终会变成口号文学。所以,王平陵随后说道:"在这年头与其喊口号,不如多学习;与其写空疏的理论,不如捉住现实的课题,埋头去创作。"②

王平陵长期任职于国民党中宣部,"国民党御用文人""右翼文人"甚至"反动文人"等称号很大程度上遮蔽了学界对他的认知。他虽然在国民党中宣部任职,但并不负责党政工作,而更多是参与文艺工作。据丁谛回忆:

> 中国文艺社的人物有一部分是当时做党政工作的,里面有几个更可以说是有相当地位的人,另外一部分是前中央大学的教授和自由职业的文艺作家。③

---

① 王平陵:《什么是民族文艺?》,《火炬》1937年第1卷第10期。
② 王平陵:《什么是民族文艺?》,《火炬》1937年第1卷第10期。
③ 丁谛:《记中国文艺社》,1943年《新流》第6期。

针对丁谛的这段回忆，陆建生、沈玲等在其主编的《多维视角下的国际教育》中具体指出了这两部分人员的组成："前者主要是叶楚伧、左恭、钟天心等人，后者主要是金满成、洪为法、华林、缪崇群、宗白华、王平陵、潘子农（后脱离该社，成立'开展文艺社'）等人。"① 需要注意的是，在丁谛的回忆和陆建生等人的论述中，王平陵并没有被划分为党政工作者，而被认为是自由职业的文艺作家，这主要是因为他多次提倡"学术自由"的主张。在《再论王平陵："民族主义文艺"还是"三民主义文艺"》以及《〈青白〉、〈大道〉与 20 年代末戏剧运动》等文章中，王平陵被多次提及并肯定，这在一定程度上也反映出王平陵在文艺上的思想倾向。他并不是国民党的"御用文人"，也不是政治的附庸，相反，他在一定程度上是反对政治文学的：

> 他是个国民党的老同志，可是他对政治并不感到兴味，所以，在他的文章里，从来没有看到政治斗争的字样。作品很广泛，他写小说，写剧本，写散文，也写文艺批评，意识方向，倒是挺前进的。似乎前几月，他在《申报》的《春秋》上发表文字，主张政治应退出文艺氛围，各地响应的人，纷纷群起。②

文中所说的"他是个国民党的老同志"指的是王平陵长期在国民党中宣部任职一事，虽然"在他的文章里，从来没有看到政治斗争的字样"，但是他的个别文章里却避免不了意识形态话语。然而作为一个受五四文学思潮熏陶的文人，王平陵仍然保持了文人的自觉性和思考力，所以他不止一次发表"文学独立性"的话语，警醒文人们"千万不要削尖了头壳，拼命向政治的牛角尖里钻，充当政治的捐客和贩子"③。王晶认为他"这种反对将文学沦为政治宣传工具的见解在当时是难能可贵的"④。

总之，虽然王平陵倡导"民族主义文艺"，但他对"民族主义文艺"的理解是广义的，即"凡与中国民族有利益的艺术，都可说是民族文艺"。王平陵一直保持着文艺的自觉性，在文学被当作话语权争夺工具的 20 世纪 30 年代，他一贯坚持自己的认识和主张。王平陵在"民族文艺"的立场上与

---

① 陆建生、沈玲、彭建玲：《多维视角下的国际教育》，四川大学出版社 2014 年版，第 237 页。
② 天行：《记王平陵》，1947 年《礼拜六》第 87 期。
③ 王平陵：《文艺的使命》，《申报》，1946 年 11 月 29 日。
④ 王晶：《一份不应湮没的刊物——〈文艺月刊〉》，《华北水利水电学院学报（社科版）》2013 年第 3 期。

鲁迅据理力争，虽然表现出与左翼派别上的对立，但也不能以此对其全盘否定，应该从他对民族主义文艺的开展形式、内涵认知以及办刊理念等方面综合分析他的文艺观念，看到他在"纯文艺"和"民族主义文艺"之间寻找平衡的努力，以及他从新文化运动中所汲取并坚守的"文艺本位"立场。同时，应该看到他所提倡的民族主义文艺，在中国少数民族文学、国外文学（尤其是小国与弱小民族文学）的研究上，起到了积极的促进作用，并为其后的抗战文学兴起起到了积极作用，对后来形成的以阿英、周贻白、王统照、萧军等人为代表的"后期民族主义文学"也有一定的影响。正是这种维护文学自由健康发展的理念，使官办的《文艺月刊》具有兼容并蓄的特点，也使王平陵所负责的文艺有力地避免了意识形态的控制。

王平陵在抗战时期的文艺活动

范桂真

抗日战争全面爆发后,文艺界成立了小说、诗歌、戏剧等各类抗战文艺组织,其中,中华全国文艺界抗敌协会(以下简称"文协")是这一时期国内最大的文艺组织,它以"联合全国文艺作家共同反对日本帝国主义的侵略,完成中华民族自由解放,建设中华民族革命的文艺,并保障作家权益"[1]为宗旨。这样一个具有时代意义的文化组织,从筹备、成立直到抗战胜利,王平陵都发挥着不可替代的作用。除此之外,王平陵在这一时期也进行了大量的文学创作。

一、组织筹备文协的努力

抗日战争的全面爆发激发了文化界人士的抗日热情,而抗日民族统一战线的形成,则为全国文艺界人士提供了联合起来共赴国难的先决条件。对于文协的组织,古远清有这样的描述:"1938年南京沦陷后,文艺重镇转移到武汉。为了抗战需要,需要一个超越阶级和党派,以联合全国文艺界人士共赴国难,完成中国民族自由解放的统一组织。国民党中宣部便将这个重任交给王平陵去完成。"[2] 王平陵从接手文协的筹备工作开始,一直为此四处奔走,可以说为文协的成立立下了汗马功劳。

(一)筹备文协的契机

在国共合作抗战的号召下,许多文化组织如全国戏剧界抗敌协会和全

---

[1] 武汉地方志编纂委员会办公室编:《武汉抗战史料》,武汉出版社2007年版,第569页。
[2] 古远清:《为右翼文运鞠躬尽瘁的王平陵——从南京到重庆的文艺斗士》,《涪陵师范学院学报》2002年第4期。

国电影界抗敌协会纷纷成立，这更增强了广大文艺工作者要求团结起来以促进抗敌宣传的决心，此时成立一个全国性的文艺组织已然成为各界文化人士的共识，即认为成立文协，"在抗战阵营上，是急需；在文艺本身的发展上，是必需"①，阳翰笙在为文协成立五周年而作的纪念文章中，清楚地记载了最初倡议成立文协的历史情形。段从学在《文协是怎样建立起来的》一文中对此有比较清楚的说明，即阳翰笙有了组织文协的想法之后，便立刻想找一个在中国文艺社方面负责的朋友来商谈，王平陵作为中国文艺社的主要负责人之一，自然是最合适的人选。当阳翰笙在作家之间奔走联络时，大家都很赞成他成立一个文艺协会的想法，而且还要他去跟王平陵多交换意见，这说明了王平陵在文协筹备和成立工作中的关键作用。胡风晚年的回忆也指出阳翰笙只是出面"劝说国民党文艺和宣传方面的头面人物发起组织统一战线的文艺界抗日团体"②的事实。1938年2月6日，国民政府军事委员会政治部成立，并设立了从事有关宣传事项管理的第三厅，"郭沫若、田汉、阳翰笙、冯乃超等，都在第三厅担任了公职，没有时间来做文协的群众工作"③。因此，虽然阳翰笙提出了组织文协的想法，但从发起组织文协到临时筹备工作结束这个关键性阶段，自始至终参与其中并且负主要责任的，实际上是担任临时筹备会总书记的王平陵，这就更加体现出王平陵在文协成立过程中发挥了不可或缺的重要作用。

（二）筹备文协的过程

王平陵听了阳翰笙的建议之后，便立即请示了国民党中宣部部长邵力子，在得到批准之后，王平陵就开始着手文协的筹备事宜。

1. 烦琐的筹备工作

从计划筹备文协开始，王平陵负责的中国文艺社开始借座普海春，接待留在武汉的作家们聚餐，讨论成立文协的有关问题。为方便筹备工作，中国文艺社召集作家成立了临时筹备会，经过多次详细协商，产生了14位临时筹备员。根据王平陵执笔的《组织概况》记录，"由老舍、胡风、楼适夷、老向、姚蓬子、王平陵、陈纪滢、吴奚如、马彦祥、冯乃超、叶以群、穆木天、沙雁、安娥等组织在正式筹备会未产生以前的临时筹备会，并推

---

① 王平陵：《中华全国文艺界抗敌协会筹备经过》，1938年《文艺月刊》第1卷第9期。
② 胡风：《胡风回忆录》，人民文学出版社1993年版，第93页。
③ 胡风：《胡风回忆录》，人民文学出版社1993年版，第96页。

王平陵为总书记，胡风、冯乃超为书记，进行一切初步的筹备工作"①。

筹备文协的事务非常烦琐，14位临时筹备会成员责任重大，其他非临时筹备会成员如阳翰笙、张庚等人也积极参与其中，作为临时筹备会的总书记，王平陵的任务也十分艰巨。他曾多次组织临时筹备会和小型会议，"在一段时间里，王平陵借座中国文艺社先后召开21次筹委会议"②。1938年2月左右，王平陵、茅盾、田汉等人联名发表《中华全国文艺界抗敌协会发起旨趣》，旨在号召全国文艺界人士共同联合起来，投入到抗战文化事业当中。1938年2月4日下午6时，王平陵召集临时筹备会召开工作会议，随后，王平陵、老舍、楼适夷在内的11人起草会章，调查国内外文艺作家，从事组织全国文艺作家抗敌协会。直到2月16日，文协临时筹备会共召集了6次会议，主要完成了以下工作："《全国文艺界抗敌协会发起旨趣》，由楼适夷起草；《全国文艺界抗敌协会简章》草案，由冯乃超起草；《全国作家调查表格》，由王平陵拟定；由正式筹备会名义，分致各地文艺界负责人公函，由老舍、王平陵起草。"③ 2月16日的最后一次临时筹备会通过了上述四个文件，并决定"定期由筹备人列名，广邀全武汉文艺界开会，成立正式筹备会，通过拟就文件，由全体列名发起，寄递散居各地负责人，分请调查各地文艺作家，征求同志，按章入会"④。至此，经过一个月的筹商，文协的正式筹备会才成立。

上述中的四个文件基本上奠定了文协的理论、章程和人员基础，所以在临时筹备期间，王平陵、老舍等人所做的工作为正式筹备铺平了道路，也一定程度上保障了文协的顺利成立。

2. 筹备困难重重

王平陵正式接手筹备事宜后，花费了大量时间去做筹备和商议工作。虽然筹备工作比较烦琐，但从工作量来看，真正耗时耗力的是征集作家入会、会员资格审查和大会的相关程序问题，每一个细节问题都需要慎重考虑。"在'文协'尚未正式成立，没有自己的办公和通信地址的情形下，事实上也只有中国文艺社适合承担繁杂的对外通信联络。"所以文协正式筹备

---

① 文天行、王大明、廖全京编：《中华全国文艺界抗敌协会史料选编》，四川省社会科学院出版社1983年版，第34页。

② 章绍嗣、章倩砺：《血火中的文化脊梁 抗战作家在武汉》，湖北人民出版社2014年版，第68页。

③ 文天行、王大明、廖全京编：《中华全国文艺界抗敌协会史料选编》，四川省社会科学院出版社1983年版，第6页。

④ 文天行、王大明、廖全京编：《中华全国文艺界抗敌协会史料选编》，四川省社会科学院出版社1983年版，第8页。

阶段的主要工作同样是由王平陵和其所在的中国文艺社承担的。在筹备阶段，对于王平陵而言，其中一项比较大的困难就是人员协调问题。由于党政关系的复杂以及左翼文人和右翼文人之间的隔阂，王平陵花费大量的时间和精力去协调冯玉祥派系的作家和以郭沫若为首的左翼文人，经过多番努力才将他们说服。正如王平陵在《庄严热烈的文艺阵———记全国文艺界抗敌协会筹备大会》中所言，文协"从极端困难中产生，也即是从极端慎重中产生"①。王平陵在临时筹备阶段的重要作用是有目共睹的，所以苏雪林称文协是"王平陵极力奔走"②组织起来的。

（三）筹备的结果

经过艰难的协商，1938 年 3 月 27 日，中华全国文艺界抗敌协会正式成立。文协成立大会在汉口总商会大礼堂举行，到会的会员与来宾共计 500 多人。王平陵、郭沫若、茅盾、胡风、老舍、巴金、郑振铎、朱自清、郁达夫等 45 人当选为理事。开幕仪式中有一项重要内容，即王平陵担任大会秘书并报告文协筹备经过，这一方面表明王平陵对整个筹备过程的参与度和熟知度，另一方面也等于公开承认了他在临时筹备阶段的关键作用。会上，王平陵被选为常务理事。王平陵在后来担任组织部主任和文协会刊《抗战文艺》编委，并一直连任到抗战胜利。从组织筹备文协到文协成立后的尽职尽责，王平陵对抗战时期文艺事业的贡献是无法忽略的。

总的来说，文协的顺利成立以及组成如此大的成员阵容，以王平陵为首的中国文艺社成员付出了艰辛的努力并发挥了重要作用。

二、王平陵在文协成立后的活动

王平陵为成立文协四处奔走，立下汗马功劳；在文协成立后的八年间，他始终担任常务理事。对于这一职务的重要性，段从学曾说，"在'文协'，真正发挥实际作用的是常务理事会"③。而王平陵能长期担任此职，与他为

---

① 文天行、王大明、廖全京编：《中华全国文艺界抗敌协会史料选编》，四川省社会科学院出版社 1983 年版，第 8 页。
② 苏雪林：《苏雪林自传》，江苏文艺出版社 1996 年版，第 91 页。
③ 段从学：《"文协"与抗战时期文艺运动》，北京大学出版社 2012 年版，第 64 页。

筹备文协付出的努力固然相关，但主要还是他在文协工作期间恪守职责。在任组织部主任一职期间，他积极参与各种文学形式的组织讨论、不辞辛劳筹办文协分会及理事会的选举事宜，为文协以及抗战期间文化事业的发展壮大付出了艰辛的努力。

1938年4月4日，文协在武昌福音堂冯玉祥家中召开第一次理事会，老舍与王平陵、胡风、郁达夫等15人被理事们推举为常务理事。根据常务理事相互推举的结果，王平陵被推选为组织部主任，"这是实际掌权的一个职务"[①]，具体职责是分掌调查、联络等事宜。

（一）文协分会的联络和总会迁渝事宜

1. 王平陵负责的文协分会事宜

王平陵在筹备文协前就显示出很好的组织才能，担任组织部主任之后，他和其他常务理事一样，都是通过勤恳的工作，为文协的发展、壮大默默奉献着。由于文协分会的筹组事宜比较烦琐，涉及的地域也比较广泛，在王平陵担任主任后，组织部面对繁忙的组织事宜，出现了人手不足的现象。

文协成立之后，组织部的工作正式开展。文协于1938年9月到渝，10月12日借座中苏文化协会四川分会，举行第一次重庆会员大会。但由于组织部人员不齐，许多工作要由王平陵负责，正如《中华全国文艺界抗敌协会资料汇编》中所载，"副主任楼适夷由汉去香港，干事叶以群亦未入川，组织部工作，由正主任王平陵负责办理"[②]。为了团结全国作家、加强抗战文艺宣传，随后，由组织部建议，理事会通过并组织成都、桂林、昆明、贵阳、香港、宜昌、襄樊等各地分会的筹备员着手各地分会的筹备工作。就这样，文协分会的筹备逐渐拉开了帷幕。

由于文协分会较多，组织部在工作过程中遇到了许多困难。对于这一点，老舍在《一年来文协会务的检讨——四月九日在年会上的报告》中这样描述：

> 关于组织部，我们最感困难的有两点：第一，是关于分会的。按会章上的规定，有会员十人以上得组织分会……人少的地方，本会也

---

① 古远清：《为右翼文运鞠躬尽瘁的王平陵——从南京到重庆的文艺斗士》，《涪陵师范学院学报》2002年第4期。

② 文天行、王大明、廖全京编：《中华全国文艺界抗敌协会资料汇编》，四川省社会科学院出版社1983年版，第36页。

尽力地联络，分头成立通信处，如北碚嘉定等处。不过因战事关系，会员们分散到各处，有许多可以成立通信处的地方，本会无从晓得。同时，二三会员也许在战区，也许在交通不便的地方……事前，他们来不及通信总会，事后，他们诚恳热烈的来请求总会的指导与援助……可是，同时，我们又需顾及会章。我们在十分为难中只好宣告改为通信处，假若必须维持分会名义呢，就应先把愿入会的人的名单交付总会审查，有了十位会员，分会可以存在。可是很显然的，会员的资格限制很严，而审查又不便通融，结果是费了事而仍无变通的办法。和分会问题有联带关系的，也就是我要说的第二点，是本会没有充足的财力，使组织部的负责人到各处去联络。①

按上述所论，文协组织部面临的两大困难就是分会的成立和因财力不支导致的无法与各地有效联络。分会的成立问题一直是让组织部头痛的事情，因为战事关系，会员分散各处，各地人员不断变动，而且按照章程，只有十人以上才能成立分会；因为牵涉到会章要求和入会的资格审查，所以导致一些地方的分会成立事宜屡次变动。如长沙分会事宜，由于文协亟待扩展组织，所以在汉口时，组织部就着手组织长沙分会，遗憾的是总会迁渝，长沙也开始疏散，成立长沙分会的事项也逐渐停顿。因总会留在长沙的会员较少，按章不能成立分会，所以将长沙分会改称"长沙全国文艺界抗敌协会通讯处"。除了分会事宜外，资金问题也是一大困难。因为没有充足的资金，所以王平陵等人无法与各处分会取得直接联系，也就不能及时知晓各处文艺工作者的入会意愿，这在一定程度上导致了文协人才资源的流失。同时，在一些组织事项中，资金不足给会内人员的活动带来了困扰，如长沙分会成立时，"指定郁达夫、王平陵、适夷、胡风、穆木天、老舍、篷子前去参加；假若会议找不出钱来，一切用费应各自去想办法"②。所以，资金问题在很大程度上给组织部乃至整个文协的正常运行带来了许多困扰。

王平陵等人在分会筹备上遇到了许多困难，但也取得了一定的成果。1939年4月，组织部在其会务报告中概述了一年来的工作情况：

---

① 文天行、王大明、廖全京编：《中华全国文艺界抗敌协会资料汇编》，四川省社会科学院出版社1983年版，第55页。

② 文天行、王大明、廖全京编：《中华全国文艺界抗敌协会资料汇编》，四川省社会科学院出版社1983年版，第101页。

> 现在，关于总会成立经过，暨分会组织情形，约如上述，本部因人少事繁，工作上未能做到预期的目的，实为遗憾！惟经一年来的艰苦奋斗，组织的规模，已粗具雏形，全国大学文学院院长，教授，作家，名记者……已大率由于情感的融洽，时代的感召，责任的督促，踊跃入会，将来进一步努力，自不难在抗战中加强文艺武器的力量，在建国中发扬文艺复兴的光辉。①

从报告中可以看出，经过王平陵等人一年的努力，文协的规模不断扩大，并且招揽了全国许多知名的文人、学者入会，对抗战时期文艺界人士的团结、文学的发展有重要的推动作用。

2. 王平陵在总会迁渝过程中的作用

1938年6月，随着武汉战事告急，文协打算将文艺阵地转移至重庆，但此时重庆分会还没有成立。根据文协总会的安排，王平陵先奔赴重庆，负责文协总会的迁移和重庆分会的筹建事宜。

7月4日，周文在致胡风的信中曾谈道：

> 王平陵到重庆指导重庆分会成立，已动身否？我们这里，是就请王平陵顺便来一下，还是派别人来好？请帮忙向总会负责人商量一下。这事太迫切了，请你帮助吧！无论如何请你回我一个信。我迫切地等着。②

就在周文写信的当天，王平陵抵达重庆，所以还不知晓重庆分会的具体事态，也没能及时和周文取得联系。虽然周文对迫切的"这事"未加说明，不过由王平陵在抵达重庆第二天写的《重庆——美丽的山城》可知：

> 我离开汉口时，总会委托我一个使命，要我到重庆以后，先拜会总会留渝的理事会同筹组重庆的全国文艺界抗敌协会分会。这在我是一件大事，我不敢冒昧从事的。③

如王平陵所言，他到重庆之后就要先与留渝的理事会接洽，而要完成的一个重要使命就是筹组重庆分会。周文信中所提到的迫切的事情，应该

---

① 《组织概况》，《抗战文艺》1939年第4卷第1期。
② 周七康：《周文致胡风的信》，《新文学史料》1998年第3期。
③ 王平陵：《重庆——美丽的山城（通讯）》，《抗战文艺》1938年第2卷第2期。

是和重庆分会有关,由此可见当时文协事务之繁忙。而王平陵赴渝,不仅仅是为了筹组重庆分会,还因总会方面有迁渝的打算,所以事先让他奔赴重庆负责迁渝的准备工作,以方便和老舍等留在武汉的作家在重庆会合。"文协"总会将此重任交给王平陵,可见他在文协中的重要地位。但王平陵对这一重任并没有十足的把握,主要是因为他对重庆一切都十分陌生。他在抵达重庆后的第二天,就写下了自己最初的感受:

> 我想在最短的时间内,先看看重庆的山色,风色,甚至也去浏览一回重庆的水色;再访遍留在这里的朋友们,仔细辨一辨朋友们和我见面以后的气色,而后决定总会所交给我的命令,是否可以遵照办理。①

从这段话可以看出,王平陵对重庆方面的情况有所担忧,但具体有哪些担忧,他没有明说,而是通过"山色、风色、水色、气色"等语含蓄表达出来。除此之外,王平陵还有另一层面的担忧,这在1946年他写的同一题目的文章中可以看出。在这篇文章的前言部分,他对初到重庆时所写的这篇简讯进行了说明:

> 抗战第二年的夏天,我从汉口流播到重庆时,曾在文协总会的会刊上写过一篇通讯,为要告诉留滞汉皋的作家们不必视蜀道为畏途,故意标出一个诱惑性的题目——美丽的山城,极尽歌颂的能事。②

由此可见,王平陵身负使命来到重庆,不仅对重庆方面有所隐忧,而且还担心留在武汉的作家们对文协迁渝一事有所顾虑,所以还特意以《美丽的山城》为题,借对重庆的赞美来消除作家们的顾虑。

(二)前线访问活动及保障作家生活运动

1. 前线访问活动

抗战全面爆发后,一些作家自愿奔赴前线,投笔从戎。孔罗荪、姚蓬子、王平陵等人也多次呼吁文协有计划地组织文艺作家深入战地,推进战地文艺工作的开展。王平陵曾谈道:

---

① 王平陵:《重庆——美丽的山城(通讯)》,《抗战文艺》1938年第2卷第2期。
② 王平陵:《美丽的山城》,《申报》1947年1月19日。

我们为了丰富写作的题材，充实作品的内容，与前方的工作同志们建立联络的关系，使今后的文艺宣传工作能做得更好，更圆满，更有实效，我觉得此刻在后方的作家实有类似'笔部队'这样的组织，轮流着巡视战地之必要的。①

王平陵的提议在很大程度上反映了后方作家普遍存在的愿望。"笔部队"作家群之一孔罗荪在《送作家战地访问团出发》一文中谈到，文协组织的战地访问团出发之后，接到了一些分会和会员们的来信，他们均表达了参加战地访问团的愿望。

1939年5月21日，文协理事会商议全国慰劳总会的前线劳军事宜。据《"文协"五年来工作志略》记载："五月二十一日开理事会，决定由老舍、胡风、王平陵、姚蓬子参加慰劳总会慰劳团前往南北两路劳军。"② 6月28日，老舍、王平陵、胡风、姚蓬子等人代表文协参加了全国慰劳总会慰问团，到前线进行慰问，自此开始了长期奔波劳碌的生活。他们在164天内横跨8省，行程近18500里，足迹遍及第一、二、五、八、十战区。由于深入战区，王平陵才有机会仔细观察战区的战局及生活状况，从而写出许多真情实感的战时文章。这年冬天，王平陵任桂南战地记者，亲赴前线，写了中国军队收复昆仑关的综合报道，鼓舞了军民士气，对全国的抗战产生了积极影响。同年，王平陵目睹日寇占领信阳的情景，奋笔写了长篇新闻《泌阳之捷》，发表在上海英文报刊——《密勒氏评论周报》（The China Weekly Review）上，同时附上时任泌阳县长陈浴春的照片及传略。作家战地访问团和南北两路慰劳团的活动，切实推动了战地文艺工作的开展，加强了文协与分散各地的文艺工作者之间的联系，同时促进了敌后文艺工作者与大后方文坛的联系。

2. 保障作家生活运动

抗战期间，不少知识分子生活在饥寒交迫之中。为了进一步落实作家的生活保障问题，1940年1月27日，姚蓬子、老舍、胡风、王平陵等人举行了以"如何保障作家战时生活"为主题的座谈会。会上，王平陵建议

---

① 平陵：《组织笔部队》，《抗战文艺》1938年第4卷第1期。

② 文天行、王大明、廖全京编：《中华全国文艺界抗敌协会史料选编》，四川省社会科学院出版社1983年版，第235页。

"争取作家的职业"①,让他们做一些"所能愉快胜任的"如"教员、编辑"等工作。在提高稿费、争取版权问题上,他认为可以分"先礼""后宾"两个步骤。为了进一步保障作家生活、促进战时文学的发展,1942年,国民党社会部与有关机关联合组织"文艺奖助金管理委员会"(以下简称"文奖会"),聘请郭沫若、阳翰笙、王平陵、姚蓬子等为委员,分文艺、戏剧、音乐、美术、电影五组征集抗战文艺作品。但随着文奖会的运行,其缺陷日益暴露,主要表现在"'文奖会'成了少数人谋利的工具、政策的实行与制定之间存在出入"这两个方面。为了避免上述情况的出现,王平陵、华林等人向文奖会提议通过定期补助文艺刊物的形式提高该刊物的稿费,从而使更多的作家群体受惠于这一政策。王平陵等人的倡议得到了文奖会的重视,随后,该会特制定颁布了"补助文艺刊物稿费办法",加大了保障作家权益的力度。

抗战胜利后,中华全国文艺界抗敌协会更名为中华全国文艺界协会,从而正式结束了这一段光荣历史。纵观全面抗战爆发八年来文协的历史贡献,有人评论说:"这个抗敌文艺协会,不能忘记阳翰笙、王平陵、老舍,他三人功莫大焉!"② 由于文协是为抗战而组织的文艺协会,所以它的活动贯穿了抗战的全过程。王平陵作为文协成立的组织者,参与并亲眼见证了它创立、发展的全过程。可以说,文协是王平陵极力奔走组织起来的,也是他和老舍等人不断努力支撑起来的。

三、王平陵在战时的创作活动探析

抗战时期,饱受战争之苦的中国人民在离乱中艰难求生。面对国难,不同阶层、不同境遇的人做出不同的反应与抉择。作为一位作家,王平陵将视线投入到社会的各个方面,以高度的家国情怀书写战时的社会百态。在写作意图上,他指出:"作者的主要任务,是要使人物由于生活的变化所发生的活动和意向,给读者以清楚的认识,全盘的印象,要使当时的读者,能够明晰社会的现实,将来的读者,可以体察时代的背景。"③ 王平陵写于

---

① 文天行、王大明、廖全京编:《中华全国文艺界抗敌协会史料选编》,四川省社会科学院出版社1983年版,第294页。
② 孔祥云、陈兰荪:《回眸下江人》,重庆出版社2006年版,第15页。
③ 王平陵:《关于写小说》,《文学修养》1942年第2期。

抗战时期的文学作品十分丰富，不仅发表了对战时小说、诗歌、移动演剧等各种体裁的文艺观点，也通过文学创作的形式对当时的社会现实给予了深刻的揭露，全面地反映了当时的社会现状，为读者了解特定的时代背景提供了很好的素材。

（一）王平陵战时创作概观

抗战时期，王平陵除了参加文协组织的各项外部活动外，也积极参与各项议程并提出理论层面的指导意见，同时在文学的写作实践中奉献了一腔热情。

王平陵在抗战期间进行了大量的文学创作，体裁十分丰富，包括小说、诗歌、散文、戏剧、电影剧本、短评、通讯等；在"战争"这一大的题材范围内描写了农村、农民（难民）、士兵、知识分子、汉奸、女性、青年、儿童、公务员、教育、社会改造、工业化、婚姻等各个方面的内容。笔者根据目前搜集的资料统计，王平陵在抗战期间写文280余篇，主要发表在《文艺月刊·战时特刊》《抗战文艺》。杨义在《中国现代文学图志》中记载："《抗战文艺》的经常撰稿人包含了一大批著名作家，如郭沫若、茅盾、老舍、郁达夫、姚雪垠、适夷、以群、艾青、任钧、罗荪、宋之的、胡风、吴伯箫、吴组缃、雪峰、沙汀、欧阳山、草明、莲子、王平陵等。"[①] 这不仅说明了王平陵是《抗战文艺》的撰稿人，也肯定了他"著名作家"的地位。除此之外，王平陵也在《东方杂志》《新蜀报·蜀道》《国防周报》等刊物多次发表文章，其中有的作品后来结集出版，如小说集《期待》《东方的坦伦堡》《送礼》《湖滨秋色》《残酷的爱》《晚风夕阳里》《夜奔》等，戏剧《狐群狗党》《情盲》《维他命》等，以及诗文合集《副产品》、论著《战时文学论》。笔者搜集到的资料是有限，实际上王平陵在抗战时期创作的文学作品比以上所述更为丰富。

当战争的硝烟在中国的领土上弥漫开来，许多文人都义不容辞地投身于文学创作中，以笔杆当枪杆，为抗战文化事业尽一分力量。王平陵在战时的文学创作如此丰富，与战争带给他的情感和心境变化有很大的关系。他认为：

> 文学与战争，是同样由情感出发的。缺乏情感的人，不能为国牺

[①] 杨义、中井政喜、张中良：《中国现代文学图志》，生活·读书·新知三联书店2009年版，第472页。

性；也不会纯粹站在利他的立场，悲天悯人喊出这时代的沉痛的呼声。所以，当战神开口的时候，也就是文学抬头的时候，战争能毁灭许多东西，文学不仅要在战争时期产生许多新的东西，而且是要把战争能毁灭的东西，设法保存：传之于永久的。在战时的文学家，有比一般人更重要的责任，文学在战时，怎样才能完成文学家所应尽的责任？是值得我们注意的。[1]

从这段话可以看出王平陵思想的三个层面：首先，他认为无论是文学还是战争，都是由情感出发的，所以情感是激发写作灵感的一个重要因素；其次，在战争时期，文学有责任去记录和保存被战争毁灭的东西；最后，文学家们不仅有责任去肩负文学的重任，也应该思考如何更好地完成这份责任。在这种思想的驱动下，他完成了《战时文学论》的创作，也写出了一些震撼人心的篇章。

（二）王平陵战时文艺观与其创作的关系

抗战全面爆发前，王平陵在《中国文艺往何处去？》中就表达了对中国文艺发展方向的关注，而将这种文艺情怀细化到战时文艺发展的各个方面，则是从《战时文学论》开始的。这本书于1938年3月25日出版，从王平陵为此书作序的时间（1938年1月21日）可以看出，成书的实际时间还要更早一些。这本完成于全面抗战初期的著作，代表着作者对革命事业的热情和对战时文学的关注；在内容上，该书包含了作者对战时小说、诗歌、报告文学等文学体裁的观点和看法；同时，这些文艺观点与他在这一时期的文学创作产生了一定关联。

王平陵在"战时诗歌论"中使用"热烈""瀑布"等词语表达出对诗歌创作的观点，如诗歌《咏闸北八百壮士》《觉醒吧！出卖祖国的奴役！》《感谢》等，短小的诗体中都包裹着慷慨激昂的旋律。也有一些诗歌的旋律"自然""率真"，如"花朵"般绽放，比如《扬子江上》：

> 深夜，孤月爬上船顶，
> 舟中人在谈心，
> 尽是江南的乡音，可怜无家可归的难民群。

---

[1] 王平陵：《战时文学论》，上海杂志公司出版1938年版，短序。

> 我爬上船顶,
> 想捕捉孤月的阴影,遥托一缕深情,
> 存问我白发苍苍的母亲。
> 晓雾中现出庐山的顶,
> 天空残留几粒孤星,船在江中寂寞的游泳,
> 心随东风吹落到各自的乡井。①

诗中"孤月""难民群""孤星"等意象传达出作者内心的孤寂和战乱带来的离伤,虽然字里行间渗透着背井离乡的寂寞和感伤,但诗歌旋律却十分自然、流畅,在平淡、悠缓的语言中表达出了离乱的情绪。

小说方面,王平陵认为作家的本位工作就是"用笔杆,为这时代留下忠实的记录",在他的小说中,就有对战时汉奸、农民、知识分子等人物形象的比较忠实的描写。此外,王平陵对战时的戏剧、报告文学、移动演剧,甚至是农民文学、阵地文学等都有所关注,他在战时的许多文艺观都能在其作品中得到体现,但这种体现往往也会出现失调的现象。这种失调现象主要表现在三个方面:其一,虽然王平陵表现出对各种体裁的关注,但在他的作品中,一个比较明显的现象是各种体裁的作品比例严重失衡,其中占比最大的是小说创作,其他体裁如戏剧、诗歌、电影剧本、报告文学也都有涉及,但这些体裁的作品数量远不及小说的数量;其二,王平陵在这一时期的文艺观点涉及比较广泛,虽然许多观点都能在其作品中得到体现,但总体来说这类著作还很缺乏,这样就造成了"论多著少"的现象;其三,王平陵的一些创作中会出现重复现象,如果说将小说改编为电影剧本属于正常现象,一部作品的重复发表也属于正常现象,但在王平陵发表的作品中,却不止一次出现只更换作品标题、人名而重复发表的现象。如《父与子》与《重压》,《湖滨秋色》与《晚风夕阳里》,《荒野的号哭》与《二兄弟》,《到空中去》与《小飞行师》都是标题不同,但内容完全一样;《娇喘》其实是在《重庆的一角》基础上的续写,只是对作品中人物的名字做了改变。

综上所述,虽然王平陵的战时文艺观比较广泛,并且对其文学创作有一定影响,但他的某些文艺观的实践性是有待商榷的,并且其文艺观和相应的文学创作也的确存在失调的现象。

---

① 王平陵:《扬子江上》,《文艺战线》(武昌)1937年第1卷第4、5期合刊。

（三）王平陵对战时小说、戏剧创作的关注和积极实践

全面抗战时期，各种文学体裁都以其独特方式发挥着不可替代的作用。纵观王平陵在这一时期的文学创作可以发现，其小说创作虽然以数量取胜，但在总体质量比较一般的小说创作中仍能找到震撼人心的作品；王平陵的戏剧创作数量虽少，但由于他的创作大都取材于社会现实，所以具有比较深刻的现实意义。

1. 王平陵战时小说创作

在王平陵的创作观中，他一直认为小说创作并非易事，即"'小说'在诸多文艺部门中，是最难讨好的一种"①。既然王平陵认为小说创作是比较困难的，为何他在战时的小说创作还如此丰富？如果要创作出优秀的小说，作家需要具备哪些条件？王平陵认为：

> 写小说的最要紧的一点，还不仅是作家须有熟练的技术，尤其是作家有没有丰富的阅历和经验，透视人生的哲学的根底，分析人性的心理学的基础，解剖各种社会问题的社会科学的较高深的知识。所以，我们要发现一篇成功的作品，即在成功的作家中也是非常稀有的。②

在这段话里，王平陵强调作家不仅要具备阅历和经验，还要熟悉哲学、心理学、社会科学等方面的知识。这些写作要求与他在 20 世纪 20 年代所从事的文学活动有很大关系，可以说是五四思想的存留和延续。虽然王平陵在 20 世纪 20 年代广泛阅读并翻译了哲学、心理学、社会科学等方面的书籍，但在战时的创作中，他对这些学科知识的运用也比较有限，即使是他自己的作品，大都也是基于个人阅历和经验，而很难达到上述要求。所以，他随后谈到作家的趣味以及生成这种趣味的创作环境等因素对创作也会产生一定的影响。这种文艺观点与战时的文化环境算是比较契合，那么在战时的大环境下，王平陵都创作出了哪些小说呢？

王平陵的小说创作，有的是敌我矛盾的书写，一方面是《荣归》《委任状》《湖滨秋色》《做戏》等批判投敌卖国的汉奸的作品，另一方面是《血祭》《大地震》等揭露日军阴谋和罪行的作品；有的是歌颂誓死不屈的国魂，如《阴谋》《血祭》；有的是描写军民团结的友谊，如《泌阳之捷》

---

① 王平陵：《战时小说的创制》，《民意》（汉口）1938 年第 12 期。
② 王平陵：《战时小说的创制》，《民意》（汉口）1938 年第 12 期。

《东方的坦伦堡》等；有的是赞扬巾帼英雄的大义凛然，如《国贼的母亲》《女优之死》《到天空去》等；有的是倡导青年一代的奋起，如《新亭泪》《母与子》等；有的是描写小人物的苦闷生活以及职场的尔虞我诈，如《铁练》描写了想挣脱婚姻铁链而无能为力的老张，在平凡生活中的无聊苦闷，《送礼》主要讲述了职场的腐败、人际关系的错综复杂、上下级之间的钩心斗角，批判了职场之间的腐败风气；有的是描写知识分子的受难及大发横财者的骄奢淫逸，如《娇喘》《进城》等；有的是批判封建思想的根深蒂固，如《文昌星》《重压》《救国会议》等。

王平陵写于战时的小说，以中短篇为主，这些小说的写作素材大多是来源于战时的社会生活，所以，基本上涵盖了战时中国社会的各个层面，是对战时小说题材丰富性的积极实践。

2. 王平陵战时戏剧创作

从 20 世纪 20 年代主编《大道》《青白》开始，王平陵就表现出了对戏剧的独特关注，在全面抗战时期，这种关注也依然在继续。

在抗日民族统一战线的影响下，为了中华全国戏剧界大联合，在阳翰笙、王平陵的发起和田汉、洪深等人的附议下，中华全国戏剧界抗敌协会于 1937 年 12 月 31 日正式成立。次日，王平陵发表了《中华全国戏剧界抗敌协会成立过程》（署名秋涛），对这一协会的成立进行了报道。"中华全国戏剧界抗敌协会的成立，标志着抗战初期武汉戏剧活动的繁荣和全国戏剧队伍的团结，同时有力地推动了救亡戏剧的进一步发展。"①

除了在戏剧的组织活动方面积极奔走外，王平陵也花费了一定的时间和精力进行戏剧作品的创作。他在抗战期间就创作出了许多剧本，（以下按发表时间排序）如短剧《冰》（1939 年 12 月发表于《阵中文艺》第 1 卷第 2、3 期）、三幕剧《狐群狗党》（1940 年 3 月由重庆中国戏曲编刊社出版）、五幕剧《维他命》（1942 年 5 月由北京青年出版社出版）、独幕喜剧《自作孽》1943 年 1 月 1 日发表于《川康建设》第 1 卷第 1 期）、独幕喜剧《大风暴》（1943 年 1 月 31 日发表于《时代精神》第 7 卷第 4 期）、独幕剧《卖瓜者言》（上、中、下）［1943 年 5 月 15 日、6 月 15 日、7 月 15 日分别发表于《中国青年》（重庆）第 8 卷第 5、6 期和第 9 卷第 1 期］、四幕剧《情盲》（1944 年 3 月由商务印书馆出版）、四幕剧《风与浪》（西冷、雪松合著）（1945 年 1 月，发表于《川康建设》第 2 卷第 1 期）、独幕剧《妇女夜》［1945 年 7 月 31 日发表于《女青年》（南京）第 2 卷第 1 期］。这些剧

---

① 北京艺术研究所、上海艺术研究所编：《中国京剧史（中卷·上）》，中国戏剧出版社 1990 年版，第 875 页。

本深刻地反映了当时的社会现实，有些在当时还产生了一定的影响。如三幕剧《狐群狗党》是王平陵应中华全国戏剧界抗敌协会之邀所写的，主要揭露了汉奸汪今危（汪精卫的谐音）祸国殃民的罪行，此剧"在重庆上演了一个多月，社会效果良好"①。五幕剧《维他命》反映的是抗战期间，后方某城市米价暴涨，民不聊生，而奸商唐怀宝和商会会长金达全借机囤积居奇，大发国难财的丑恶行径，此剧"在鼓舞士气、安定人心和增强斗志上都起了一定的作用"②，在当时也产生了一定的影响。1944年6月9日，师范学校为献马募捐公演，他们选择了王平陵《维他命》作为演出剧本，在汉文会公演，并最终取得成功。这部戏剧的影响力很大，甚至受到了《新疆日报》的关注。1944年11月，远在重庆的王平陵看到《新疆日报》关于《维他命》成功演出的报道后，特致信《新疆日报》表示感谢。这封回信于1945年3月6日刊登在《新疆日报》的《作家书简》上。除此之外，王平陵耗时两年又三个月写成的四幕剧《情盲》获得了教育部颁发的戏剧奖。

由此可见，王平陵的戏剧在当时确实产生了一定的影响力，也得到了一定的认可。他在战时的戏剧创作因及时而深刻地反映社会现实，成为战时文艺的重要组成部分。

---

① 中国人民政治协商会议重庆市委员会学习及文史委员会：《重庆文史资料》第6辑，重庆出版社2002年版，第140页。

② 章绍嗣、章倩砺：《血火中的文化脊梁》，湖北人民出版社2014年版，第69页。

史料发掘与谢冰莹小说的再认识

朱晓莲

在中国现代文学史上，驰骋沙场而后名满天下的女作家，谢冰莹无疑是第一人。1927年5月，谢冰莹随中央独立师北伐，同时在孙伏园主编的《中央日报》副刊发表《从军日记》。《从军日记》一经发表，立即引起轰动，并有多种译本在国外刊行，罗曼·罗兰还曾致函谢冰莹，赞许其为"一个努力奋斗的新女性"[①]。《从军日记》所取得的巨大成功，给谢冰莹带来了前所未有的鼓舞与冲击。之后，她陆续创作了《麓山集》《湖南的风》《军中随笔》等7部散文集和大量的战地报告通讯。1936年出版的《一个女兵的自传》更是名噪一时，奠定了其不可撼动的"女兵文学祖母"的地位。

也正因为谢冰莹在散文、报告文学以及传记文学上所取得的辉煌成就，一直以来大陆与台湾学界对她的研究多限于此。其实谢冰莹的小说创作也表现不俗，阎纯德就曾称赞："以高度的真实，强烈的感情色彩，细腻的刻画，构成了她小说的感人力量。"[②] 据统计，赴台前，谢冰莹出版有中短篇小说集6部、长篇小说1部；赴台后，又陆续出版了中短篇小说集5部、长篇小说2部。可由于年代久远，再加上海峡的阻隔，她的许多小说往往不容易被研究者看到；又因谢冰莹笔名众多，先后有芷英、紫英、格雷、林娜、小兵等，致使许多小说散佚在各种报纸杂志上。目前仅笔者发掘到的没有结集出版的谢冰莹小说就有12篇。为方便研究者们对谢冰莹的小说创作给予整体性观照与评介，特将谢冰莹小说钩沉如下。

一、已结集出版的小说

谢冰莹作品至今没有出版全集，且有一部分小说较难查阅。基于此，

---

① 谢冰莹：《作家印象记》，台湾三民书局1978年版，第190页。
② 阎纯德：《谢冰莹及其创作》，《新文学史料》1982年第1期。

笔者先将谢冰莹已出版的 11 部中短篇小说集和 3 部长篇小说的简况整理如下，方便研究者查阅。

（一）11 部中短篇小说集

（1）《前路》，上海光明书局 1932 年 9 月出版，收录《抛弃》《清算》《给 S 妹的信》《梅姑娘》《林娜》，共 5 篇；

（2）《血流》，上海光华书局 1933 年出版（尚未找到藏本）；

（3）《伟大的女性》，上海光华书局 1933 年出版（尚未找到藏本）；

（4）《梅子姑娘》，西安新中国文化出版社 1941 年 6 月出版，收录《毛知事从军》《晚间的来客》《伙夫的泪》《三个女性》《苗可秀》《梅子姑娘》《银座之夜》《夜半的哭声》，共 8 篇；

（5）《姊姊》，西安建国出版社 1943 年 12 月出版，收录《姊姊》《炭矿夫》《一个殉难者的妻》《还俗》《女客》《两个小鬼》《李妈》，共 7 篇，正文前有谢冰莹所作《前言》；

（6）《谢冰莹佳作选》，上海新象书店 1947 年 2 月出版，收录《抛弃》《给 S 妹的信》，共 2 篇，正文前有《谢冰莹小传》；

（7）《圣洁的灵魂》，香港亚洲出版社 1954 年 2 月出版，收录《姊姊》《咏芬》《一个韩国的女战士》《圣洁的灵魂》《英子的困惑》《感情的野马》《爱的幻灭》《断指记》《神秘的房子》《烟囱》《红鼻子》《王博士的魔术》，共 12 篇；

（8）《雾》，台南大方书局 1955 年 4 月出版，收录《雾》《夜半的哭声》《李老太太》《血的故事》《当》《慈母的泪》《疑云》《利瞎子》《倩英》《一个女游击队员》《聋子》《梅子姑娘》《晚间的来客》《毛知事从军》《苗可秀》，共 15 篇，正文后有谢冰莹所作《后记》；

（9）《空谷幽兰》，台北广文书局 1963 年 9 月出版，收录《离婚》《失足》《爱与恨》《元宵夜》《玲玲》《空谷幽兰》《文竹》《林觉民之死》，共 8 篇，正文前有谢冰莹所作《序》；

（10）《在烽火中》，台北中华文化复兴出版社 1968 年 7 月出版，收录《在烽火中》《伙夫李林》《怪医生》《道是无情却有情》《诉》《美容》《一个家庭教师的日记》《金门之莺》《翠谷常春》，共 9 篇，正文前有谢冰莹所作《自序》；

（11）《谢冰莹自选集》，台北黎明文化事业公司 1980 年出版，收录《姊姊》《圣洁的灵魂》《疑云》《壮烈牺牲的林觉民》《一个韩国的女战士》

《苗可秀》《梅子姑娘》《烟囱》《断指记》《离婚》，共 10 篇。

（二）3 部长篇小说

（1）《青年王国才》，上海开华书局 1933 年出版，以民国初年的校园生活为背景，描写两位个性迥异的高中学生努力摆脱社会的枷锁，投身革命的过程；

（2）《红豆》，台湾红桥书店 1954 年 3 月出版，以战后的台湾为背景，描写一对因省籍问题而感情受阻的恋人经历重重阻碍、终成眷属的故事。正文前有谢冰莹所作《自序》；

（3）《碧瑶之恋》，台湾力行书局 1957 年 2 月出版，以菲律宾为背景，讲述青年陈克强与杨淑美的爱情悲剧。

二、集外小说佚作

谢冰莹已出版的小说，其珍贵性不言而喻，但其散佚之作也不可忽视。据自传与年表记载，谢冰莹主编和参与投稿的刊物众多，如《黄河》《小说月报》《中央日报》等，笔者根据谢冰莹的生平活动踪迹，仔细查阅相关报刊，发掘出她的集外小说共 12 篇。

（一）赴台前小说佚作 8 篇

（1）《可怜的她》，1927 年 7 月连载于《现代青年》（广州）第 147、148 期；

（2）《理智的胜利》，1931 年 3 月 1 日载于《读书月刊》第 1 卷第 6 期；

（3）《一封最初亦即最后的信》，1931 年 12 月 10 日载于《小说月报》第 22 卷第 12 期；

（4）《泪的代价》，1934 年 6 月载于《小说》（上海）第 2 期，署名"英子"；

（5）《邻家》，1937 年 7 月 15 日载于《中国文艺》第 1 卷第 3 期，署名"林娜"；

(6)《一颗石子》，1944年9月载于《文境丛刊》第1期；

(7)《恋爱的故事》，1947年9月载于《妇女月刊》第6卷第3期；

(8)《误会》，1948年8月15日载于《黄河》复刊号第6期。

（二）赴台后小说佚作4篇

(1)《原子笔上当记》，1949年7月26日载于台湾《中央日报》第6版；

(2)《产婆》，1949年10月29日载于台湾《中央日报》第7版；

(3)《阿婆》，1954年5月16日载于台湾《中国劳工》第85期；

(4)《有毒的玫瑰》，1956年4月载于台湾《中国文艺》第4卷第11期。

三、创作标准下的原型坚守

谢冰莹晚年在总结自己的创作经验时曾说，她的文学创作坚守的标准不外乎三个字——真、直、诚。谢冰莹小说中的许多人和事都是有原型的，那么她借用了哪些人物原型？她又为什么一直对这种创作手法情有独钟？

（一）自我形象的原型性

与许多同时代女作家不同的是，谢冰莹是真正经历过炮火洗礼的，曾先后参加北伐战争和抗日战争。从军的经历深深影响了她在1927—1948年的创作。该时期最有代表性的除了《女兵自传》外，还有《梅子姑娘》《抛弃》《咏芬的死》等一批"女兵抗战"题材的小说。从文风来看，这类作品，行文走笔都充满了女兵的坦荡与真挚。

长达20多年的求学生涯也给谢冰莹留下了不可磨灭的印象，除对"女兵"题材的热衷外，她对以学生为代表的小知识分子题材也格外青睐。谢冰莹的第一部长篇小说《青年王国才》就是通过描写高中学生王国才从恋爱到为革命而分手的经历，表现了大革命时期小知识分子的境遇与选择。还有《林娜》中为了革命事业而拒绝教员追求的女学生林娜，以及《给S妹的信》中为了物质生活的充裕而委嫁军官的女学生S妹等。

值得注意的是，这两类题材的小说都巧妙地嵌置了一个"革命＋恋爱"

的小说模式。这种小说模式与蒋光慈的"革命+恋爱"小说又不一样。蒋光慈认为,"革命"和"恋爱"的关系是可以相辅相成的,因此他的许多小说都是"爱情受挫—参加革命—革命洗礼—收获真爱"的既定模式,如《冲出云围的月亮》。谢冰莹一方面肯定蒋光慈小说中"个人的即社会的"责任意识,承认恋爱在一定程度上对革命有促进作用;但另一方面,在爱情欲望与革命理性的悖论碰撞中,她更多地认为爱情一旦进入革命性集体话语,势必要被压制,这时候恋爱会成为革命的阻碍。所以无论是林娜还是王国才,抑或《女兵自传》中的"我",在"革命"与"恋爱"的两难选择中,都明确表示站在"革命"这边。从这点看,谢冰莹小说中的"革命"意识要比蒋光慈更为激进、更为热烈与更为决绝,而这种发展趋势,恰恰迎合了20世纪30年代以后很长一段时间内左翼文坛对革命纵深发展的需要。

(二) 小人物群像的原型性

除了女兵和学生的自我形象原型,谢冰莹还喜欢对身边普通小人物进行加工改造,甚至变形,以达到从生活真实到艺术真实的转化。例如,小说《抛弃》写的就是身边朋友为了革命而抛弃刚出生孩子的故事;中篇小说《离婚》则是取材于一个因丈夫出轨而离婚的普通读者的故事。在《抛弃》完成后,谢冰莹就曾明确地表示:"《抛弃》里面的男女主角都是我的朋友,而女主角姗姗更是与我同过两次学的同学。"① 在《离婚》发表后,有许多人甚至一度认为文中的吴旅长太太就是谢冰莹本人,但1947年谢冰莹在《申报·自由谈》上澄清了这一误会。这种取材自身边小人物的创作方法一直延续到谢冰莹1948年赴台后。《圣洁的灵魂》中的全部12篇小说皆取材于真人真事。小说佚作《产婆》讲述的就是谢冰莹自己的亲嫂嫂的难产悲剧。

无论是赴台前还是赴台后,谢冰莹这类小说都带有"问题小说"的痕迹和烙印,写法上注重问题意识,通过描写周边小人物的故事来暴露现实社会一些亟待解决的问题。与谢冰莹同时代的许多作家,在五四启蒙浪潮的冲击之下,都表现出对社会问题密切的关注。像五四"问题小说"的代表人物冰心,她的小说喜欢用"爱的哲学"来疗救人们受创的心灵,但是并没有彻底拯救深陷其中的人们,只是给予一些暂时缓解痛苦的安慰。相

---

① 谢冰莹:《我怎样写出〈抛弃〉》,《战时文艺》1941年第1卷第2期。

较于冰心，谢冰莹的此类小说显得更具有独到性与思辨性。例如《离婚》就提出，女性要想在男权主导的爱情与婚姻里获得应有的尊严与人格，最根本的就是要寻求经济独立，而获得独立的途径，则可以是参加相关从业培训，靠技艺养活自己。但是同时谢冰莹表示，受时代和环境的限制，女性的解放之路与幸福之路必定荆棘丛生。其见解之深刻、顾虑之周全，在那个年代具有高度的前瞻性与现实意义。且从时间的持续性来看，赴台后，谢冰莹的这种问题意识有增无减，特别是1963年台北广文书局出版的中短篇小说集《空谷幽兰》，全书8篇小说皆以爱情和婚姻为主题，探讨男女在恋爱前、恋爱中及结婚后遇到的种种问题。所以无论是从思考的深度还是时间持续性上看，谢冰莹创作"社会问题小说"是付出了不懈的努力。

（三）原型坚守原因探微

无论是赴台前还是赴台后，为什么谢冰莹一直在执着追求这种原型创作？笔者认为有三点原因。其一，谢冰莹散文的写实精神对小说创作的高度影响。1927年《从军日记》问世之初，林语堂随即称赞道："自然，这些《从军日记》里头，找不出'起承转合'的文章体例，也没有吮笔濡墨，惨淡经营的痕迹……这种少不更事，器宇轩昂，抱着一手改造宇宙决心的女子所写的，自然也值得一读。"[1] 这样的高度评价，让谢冰莹一度体会到文学的成功离不开真切的现实塑造，以至于后来她在谈及自己写作时就表示："文学既是现实的一面镜子，社会上的一切现象，无论是美的丑的，恶的善的，文学都要真实地反映出来，影响人生，改造人生。"⑤ 所以我们可以看到，她在1927年后的作品都紧跟时代的步履，努力寻找时代与文学的契合点，用小说来反映当时社会的弊陋与讴歌革命的流血牺牲。其二，从军的深刻体验，对她的思想与性情有着莫大的刺激。看多了硝烟与炮火，听多了嘶哑与哀鸣，革命军人的刚毅直率的作风，让谢冰莹养成了朴实、善良而又坚韧的性格。"人风即文风"，经过这样长期的熏陶之后，一切虚伪而矫揉的"闺阁"之风实在难以为她所接受。再加上从军生涯的随遇而安，常常容不得她去细细构思，而身边又有太多可歌可泣的事迹值得她去书写。其三，"湖湘文化"的民风与气节深深影响了谢冰莹。谢冰莹出身于湖南冷水江市，湖湘文化传统中一个突出的特点就是"重践履""重经世致用"。在这种浓重的经世致用的学风浸染下，谢冰莹从小就表现出叛逆耿直的气

---

[1] 林语堂：《林语堂全集》卷九，群言出版社2011年版，第243页。

骨,在步入社会参加革命后,她又有太多的"不平之鸣"。而这时候,小说就是一个很好的宣泄口,口诛笔伐,写人生、写战争、写纷乱时代的悲欢,把个人命运与民族兴亡紧紧联系在一起。

四、时代风云下的思想变动

虽然谢冰莹在小说取材上一直坚持原型塑造,但小说背后所表现出的思想,却是随着世事沧桑的变化而暗流汹涌。这些起伏变化集中表现在她左翼立场的转变上。

(一) 左翼思想的形成

谢冰莹在晚年时曾说:"三十岁以前不左是傻瓜,三十岁以后再左是呆瓜。"① 三十岁以前的谢冰莹不论在政治思想还是文学创作上都具有明显的左倾痕迹。

从文学创作上看,谢冰莹赴台前创作的小说处处流露出革命的激情、浓厚的爱国意识。以短篇小说集《前路》中的《给S妹的信》为例,她强烈地表达出参加革命、努力奋斗的紧迫性:"不要犹豫,不要徘徊!你应从锁链中挣扎,挣扎解放你泥泞的身心,你更要奋斗,争取你失掉的青春!"她反复强调对革命的忠贞:"我的思想,是革命的思想,热情是革命的热情,心是革命的心。"她反对军阀势力:"军阀这样摧残教育,压迫学生,压迫痛苦的民众,我们非除掉他们不可!"② 革命成就了她生命人格的理想,而实现人生的出路也是她文学创作的理念与追求。

从谢冰莹左翼思想的实践来看,为反抗封建包办婚姻,她四次逃婚;为支持革命,她两度从军;为女性解放,她致力于妇女运动。除此之外,许多的资料都表明,她在 1930 年左右曾参与了"北方左翼作家联盟"的筹备、创建与领导工作,如杨纤如在《北方左翼作家联盟杂忆》一文中就提到过:"我在北方左联筹备会上先后会过段雪笙、潘训、谢冰莹等人,我只参加过两次,一次是在辅仁大学张鼎和宿舍里,一次是在浐水河谢冰莹家

---

① 谢冰莹:《写给青年作家的信》,大东书局 1942 年版,第 17 页。
② 谢冰莹:《前路》,上海光明书局 1932 年版,第 159 – 167 页。

里"① 在他披露的"北方左联"9位执委的名单中,谢冰莹的名字也赫然在列。

(二) 左翼思想的转变

然而就是这样一位思想激进的革命斗士,1948年赴台后却极力隐藏和修正自己的左翼思想。一方面,她坚决否认自己曾加入过左联或相关组织。1981年,谢冰莹在致函魏中天的书信中特地提到:"我不是左联发起人,因为教书、上课太忙,所以没有工夫参加工作……我从来没有参加过(福建)人民政府活动,也没有被通缉过,更没受流亡之苦。"② 显而易见,晚年的谢冰莹对这件事很敏感,甚至很抵制,但这并不能抹杀她与左联关系密切的历史事实。另一方面,她在赴台后对自己此前创作的表现出左翼倾向的作品进行销毁、删改。《焚书稿》一文就提到过,她曾经销毁过《前路》《梅子姑娘》两本小说集,其原因她是这么说的:"为了这本书(指《前路》),也曾经给我带来不少麻烦:左翼作家批评它是小资产阶级玩意儿;右翼作家说它有左倾嫌疑。"③ 将1948年上海晨光版与1956年台北力行版两个版本的《女兵自传》进行对照分析,也可以发现她的这种拒绝与转变:晨光版的《女兵自传》中有《最紧张的一夜》《血的五月》《公开的秘密》《多难的"三八"》,而力行版则删去了这4篇文章。从这些都可以看出谢冰莹的思想意识已经较为中立。

(三) 从信赖到怀疑

从一个思想激进的左翼拥护者到后来思想保守的中立者,这样的转变并不是一蹴而就的,其实早在1931年8月她的《〈从军日记〉的自我批判》一文中就初见端倪:"在上海时,曾为了左翼的问题,闹得天花乱坠。报纸杂志上只看到一些我打倒你,你打倒我的内战文字,而没有看到他们共同为了国家为民族前途努力的文章。"④ 在此之后,虽然她跟左联还保持着或

---

① 杨纤如:《北方左翼作家联盟杂忆》,《新文学史料》1979年第4期。
② 谢冰莹:《第十六封信》(1981年7月24日),见钦鸿编《永恒的友谊——谢冰莹致魏中天书信集》,中国三峡出版社2000年版,第33页。
③ 谢冰莹:《故乡》,台北力行书局1958年版,第181页。
④ 徐续红:《谢冰莹与"左联"》,《新文学史料》2013年第3期。

多或少的联系，但总体来说对其推崇与信赖之情在慢慢削减。

谢冰莹1941年出版的短篇小说集《梅子姑娘》可以看作是1931—1942年间她的思想从左翼向中立过渡的一个文学信号。《梅子姑娘》共包含8个短篇小说，相较她1932年的短篇小说集《前路》，在题材上虽然同样取材于抗战，但是关注点却有一些微妙转变。如果说在《前路》里她的革命激情是感性胜于理性，她关注的侧重点在于革命，要以摧枯拉朽之势打倒封建势力，那么在《梅子姑娘》中，她的视野已经从单纯的革命投向更深一层，注视到革命内部阵营所存在的阻碍和争议。例如她在《〈梅子姑娘〉前言》中就针对《晚间的来客》中"妓女"身份的刘婉云能不能参加革命、可否有爱国的资格等问题提出了自己的理解，并表达出深厚的人道主义关怀。此书的第一页更是以几个醒目的大字表达了自己出版这本书的初衷——"谨以此书献给为国奋战牺牲的男女战士"①。在这里，党派之争、团体之争、身份之别对她来说已经变得不那么重要，她关注的重心在"爱国"二字。这一转变在她1942年出版的短篇小说集《姊姊》中体现得更明显。《姊姊》收录的7篇短篇小说，革命意识更加淡化，更多是关注战乱中各类小人物的生存百态，例如《还俗》流露出的是对出家修行人的悲悯，《李妈》表达的是对家中保姆的眷恋与思恋。从这些皆可以看出，20世纪三四十年代，谢冰莹的左翼思想已没有20世纪30年代以前那般炙热。

（四）转变原因解析

那么谢冰莹的这些变化到底是主动选择还是被迫自保？笔者认为这两种可能皆有。于个人而言，据杨纤如回忆，1931年中共六届四中全会对北方紧急会议筹备事件进行了处理，认为北方"紧急会议筹备者"为"右派筹备处分子"，而谢冰莹作为"筹备处"的活跃分子，理所当然成了处罚对象，被开除党籍。这件事对谢冰莹的打击很大，因此她于1931年离开北平南下。1940年3月，谢冰莹与贾伊箴结婚，因贾伊箴强烈反感谢冰莹与左联有任何瓜葛，所以谢冰莹在这方面一直讳莫如深。于时代而言，20世纪50年代的台湾，高压政治环境让当时的文坛人心惶惶，左翼思想成为台湾当局的大忌，许多作家为求自保不得不做出相应的调整，谢冰莹自然也不例外。这些心路的变化，恰恰可以看出一个伟大的女作家在时代风云下的

---

① 谢冰莹：《〈梅子姑娘〉前言》，见《梅子姑娘》，新中国文化出版社1941年版，第1页。

无奈与矛盾。

　　整体来说，谢冰莹的文学之路，是一条发现生活美的原型寻觅之路，也是一条心灵跌宕的逃亡之旅。无论是赴台前还是赴台后，她的小说创作都独树一帜，是社会价值与艺术价值较为完善的结合，并拓宽了女性文学的审美范畴。我们应该在注重史料的基础上对其进行深入研究，客观公正地还原其本来的历史地位与文学价值。

谢冰莹的《从军日记》与"大文学"写作

朱晓莲

考诸史籍,"大文学"一词最早见于学术著作是在日本学者儿岛献吉郎写于1909年的《"支那"大文学史》。稍后,谢无量的《中国大文学史》于1918年出版问世,"大文学"的提法才正式进入民国文学史。谢无量的书中所说的"大文学"之"大",实则是指文学史编撰视野上的体制宏大、内容广博,侧重于文化层面。中国固有的"文学"本身就包含"文章"和"文化"两大范围。20世纪伊始,辛亥革命瓦解了封建帝制统治,第一次世界大战后的休整也使得帝国主义暂时放松了对中国的侵略,中国民族工业得到发展,新兴的社会力量不断增长,开始出现一批有现代科学文化知识、有自主开放意识的新型知识群体。在这样的大背景下,"功用主义""游戏消遣"等各种文学思想作为封建制度及其思想体系的产物被加以否定;表现人生、反映时代的积极的文学思想,成为一般新文学作者的共识。所以,在民国这一特定的历史时期,"大文学"最重要的并不是它内部构成的复杂多样,而是要看它的格局是不是"大",格调够不够"高"。正如学者李建军所言:"'大文学'最重要的是要有自觉的反思意识和反讽精神,要敢于正视历史和现实的异化性生活图景,不回避,不遮掩,为人们的内心生活提供支持性的精神力量。"① 因此,本文中的"大文学"并不是指文化视域下"文史哲不分家"的多元杂糅,也不是指仅仅流连于玩味形式和满足于"私人叙事"及"身体叙事"的"小文学",而是承载了民族生存的宏大命题,饱含着对人生现实的根本关怀。这样的"大文学"更意味着品质的上佳和境界的高远,属于道德情感和伦理精神意义上的"大文学"。从这个角度来看,谢冰莹的《从军日记》就是这样一部真正具有"大文学"精神内核的作品,它在当时所形成的轰动效应与民国文学场域和《中央日报》副刊的推波助澜有着不可分割的关系。

---

① 李建军:《大文学与中国格调》,作家出版社2015年版,第2页。

一、20世纪20年代的"大文学"写作趋势

1917—1927年是革命民主主义文学的诞生和发展期，同时是"大文学"的产生期。这一时期，各种文学团体和文艺刊物滋生蓬勃。据粗略统计，仅在1922—1925年成立的文学团体以及出版的文学刊物就不下100个（种）。在北京有语丝社、沉钟社和未名社；在上海有民众戏剧社、弥洒社、南国社、狂飙社；在长沙有湖光文学社；在武汉有艺林社；在天津有绿波社，其数量之多、分布之广形成了民国时期独特的文学景观。这些文学团体发展到后期，逐渐有了阵营的分化，其中以文学研究会和创造社为代表，前者标举的是真实地观照现实、表现人生、改造人生的文学价值取向；后者崇尚"为艺术而艺术"。双方为争夺文艺阵地与话语权展开了旷日持久的论争。

1922年8月1日，郁达夫在上海《时事新报·学灯》上发表了《论国内的文坛及我对于创作上的态度》，谈及文艺的功利性问题。他认为："都是文艺的堕落，隔离文艺的精神太远了。这种作家惯会迎合时势，他在社会上或者容易收获一时的成功，但他的艺术就不会有永远的生命。"[①] 对于文学研究会提倡的描写下层人民"血与泪"的文学，他也表示不赞同："由个人的苦闷可以反射出社会的苦闷来，可以反映出全人类的苦闷来，不必定要赤裸裸地描写社会的文字，然后才能算是满纸的血泪。"[②] 对于这些指责，沈雁冰（茅盾）撰写了《介绍外国文学作品的目的》和《文学与政治社会》。他引用大量的事实来说明带有政治意味和社会色彩的作品并非都为下品，并且说道："处中国现在的政局之下，这社会环境之内，我们有血的，但凡不曾闭了眼，聋了耳，怎能压着我们的血不沸腾？从自己热烈地憎恶现实的心境发出呼声，要求'血与泪'的文学，总该是正当而且合于'自由'的事。"[③] 论争的要点，从本质上说，以郁达夫为首的创造社受西方的纯文学审美理念的影响，坚持文学是语言艺术构建起来的，要求遵循心灵，回到文学本身，一切文学周边的因素都是对文学纯粹性的一种伤害；

---

① 吴秀明主编：《郁达夫全集》，浙江大学出版社2007年版，第22页。
② 吴秀明主编：《郁达夫全集》，浙江大学出版社2007年版，第24页。
③ 贾植芳、苏兴良、刘裕莲等编：《文学研究会资料》（上），知识产权出版社2010年版，第589页。

以沈雁冰为首的文学研究会则认为,"为艺术而艺术"对于内外交困的中国人民来说远远不能满足其精神诉求,文学需要紧扣时代脉搏,成为另一种形式的革命力量。

文学研究会和创造社所形成的论争态势,再加上日益尖锐的社会矛盾,促使大批新文学人士开始反思文学与时代、文学与社会的关系,其表现之一是后期创造社成员的分化。1925年,创造社许多主要成员参加国民革命战争,开始转向无产阶级立场,提倡写实主义的革命文学。与此同时,革命文学思潮也初步显现,邓中夏、沈泽民等早期共产党人主张文学要反映社会生活,表现民族精神,为民族民主革命服务。这些文学社团的转变和文学思潮的出现从整体上强化了文学的政治倾向性和功利主义色彩。随后,"五卅"惨案、"八一三"惨案、北伐等革命形势的急骤变化把文学与社会、民族、革命的联系推向了高潮,具有鲜明革命意识和历史使命感的"大文学"写作开始成为文坛主流,例如蒋光慈的《野祭》《冲出云围的月亮》等。但是与如火如荼的革命相比,反映现实战争与前线生活的文学作品还是远远不够,报纸刊物上登载的多是一些口号标语式的"气质大于本质"的作品;大多数的作家只是凭着想象与经验揣测前线环境与事件,真正深入前线进行创作的作家却少之又少。人们迫切地希望能有反映真实的战争动态,揭露最底层社会现象的作品出现。可以说,正是这样一种写作趋势以及民众饥渴的阅读期待,为《从军日记》的爆红奠定了深厚的基础。

二、《从军日记》与《中央日报》副刊

1927年5月,谢冰莹作为黄埔军校第六期女生大队学员随中央独立师北伐,在途中为防止自己已写好的战地速写丢失,遂将文稿寄给当时在武汉主编《中央日报》副刊的孙伏园。孙伏园看后立即以《行军日记》为题刊发在24日的副刊上,其后又陆续发表了《一个可喜而又好笑的故事》(5月25日)、《行军日记三节》(6月1日)、《寄自嘉鱼》(6月6日)、《说不尽的话留待下次再写》(6月21日)、《从峰口至新堤》(6月22日),谢冰莹因而开始在文坛崭露头角。1929年年初,在孙伏园与林语堂的鼓励下,谢冰莹将这6篇速写连同新写的3篇文章《几句关于封面的话》《写在后面》《给KL》一起交付上海春潮书局出版。此后,《从军日记》的编排及内容经历了3次修改增删的过程才最终固定下来,具体情况如表1所示。

表1 《从军日记》3种版本的基本信息

版本	上海春潮版	上海春潮版	上海光明版
出版时间	1929年3月	1929年9月	1931年9月
过程	初版	修改版	定型版
刊印册数	1500册	3500册	3000册
修订情况	增加《编印者的话》《冰莹从军日记序》（林语堂）	增加《再版的几句话》《革命化的恋爱》《出发前给三哥的信》《给女同学》	标题《行军日记》改为《从军日记》；《行军日记三节》改为《从军日记三节》；删去《几句关于封面的话》；新添《〈从军日记〉的自我批判》

截至1942年年底，《从军日记》在国内共印行了14版，此外还有英、日、法、俄、德等多种译本问世。可以毫不夸张地说，谢冰莹是民国时期作家文集印刷次数最多的女作家之一。当时许多主流刊物和文人学者都对《从军日记》给予了高度评价。《春潮月刊》的《从军日记》增订再版广告中是这样介绍的："这是革命怒潮澎湃的时候一个疆场上的女兵的日记……这的确是真纯的革命热情的结晶。"① 1929年，时任上海大东书局总编辑的衣萍看完《从军日记》后，专函遥寄林语堂，对《从军日记》给予了高度的肯定。他认为在文字上留着1927年革命踪迹的，"一是茅盾的三部小说：《幻灭》《动摇》《追求》，一是汪静之的《父与女》中的一篇《火坟》，一是冰莹女士的《从军日记》"②。见深认为："这里（指《从军日记》）有的是热血、悲泪和弥满的精力所渲染成功的一幅图画，使每一个曾经在最近两年动乱的场合中生活过来的人，唤起了极强烈，极痛切的哀感。""二十世纪的中国革命文献，若有人费心来编纂的话，我敢介绍冰莹的《从军日记》做压卷。"③ 1932年，法国大作家罗曼·罗兰还亲自写信给谢冰莹，盛赞她是一个"努力奋斗的新女性"。

面对《从军日记》取得的如此高的热度与成就，谢冰莹本人似乎并不满意。其实早在《从军日记》发表之初，谢冰莹就对自己的作品满怀质疑，

---

① 转引自毛迅、李怡主编《现代中国文化与文学》（第8辑），四川巴蜀书社2005年版，第226页。

② 衣萍：《论冰莹和她的〈从军日记〉——给林语堂兄的信》，《春潮》（上海）1929年第7期。

③ 见深：《读冰莹女士〈从军日记〉》，《春潮》（上海）1929年第8期。

在《寄自嘉鱼》中,她颇为无助地对孙伏园倾诉:"伏园先生,我的《从军日记》太单调了!太没有生气了!太没有引起人看的兴味了!我很知道,然而我写不出别的什么来,莫名其妙,我总写不出活泼的东西来,即如以后所写的何尝不是一样呢?"① 字里行间流露出的是她对《从军日记》能否满足读者阅读期待的极度不自信。这种不自信的情绪一直积蓄到1931年,在《〈从军日记〉的自我批判》中,谢冰莹坦言《从军日记》的发表和出版纯属偶然,并言辞犀利地指出如下几方面的问题:

没有组织,没有结构,我素来写文章有一个最大的毛病就是缺乏思索。虽然有时写一篇论文或小说免不了要费时间去思索,可是写起来时很少照着原来的计划写,而只想到那里便写到那里,这种错误尤其在《从军日记》里表现得特别浓厚。因此如果说《从军日记》是小说当然讲不通,日记?又有些并不是日记。散文呢?也应该有组织的。那应到底怎么说它好呢?只好以不成东西的东西名词加在它的头上,虽然滑稽一点,但的确它太没有资格列在文章之列了。②

《从军日记》万万谈不上技巧两个字的。说老实话,那时我还不懂得什么叫技巧,我不过写出当时的一段生活留作我生命史上的痕迹,我做梦也没想到它会跑到群众中来有如此大的影响。我悔恨,悔恨写时为什么不留心一点,不然也许不会弄到如此糟糕!有几位朋友也会说到这部东西的技巧不好,可是我说他们太客气了,我是要说它根本谈不上技巧的。③

从这两段文字中很容易发现谢冰莹认为《从军日记》不配列在文章之列的原因不外乎有三个:没有组织,没有结构,没有技巧。而"组织""结构""技巧"恰恰是属于近代西方以"审美"和"美术"为标杆的"纯文学"的范畴。很显然,谢冰莹和当时的许多文界同仁一样,内心深怀对"纯文学"的写作追求,所以社会的赞誉和销售市场的火爆都不能抵挡其内心随之而来的自责与担忧。不可否认,《从军日记》的确是有缺陷的,且在当时也不乏批评之声。周寺中在中央大学校刊上指出,《从军日记》的文字只是记载了一些似乎给人消遣以革命为游戏似的散文。林语堂在《从军日记》序中也说:"这些'从军日记'里头找不出'起承转合'的文章体例,

---

① 范桥:《谢冰莹散文》(上集),中国广播电视出版社1993年版。
② 冰莹:《从军日记》,上海春潮书局1929年版,第133页。
③ 冰莹:《从军日记》,上海春潮书局1929年版,第134页。

也没有吮笔濡墨,惨淡经营的痕迹……"① 尽管如此,为什么《从军日记》依旧可以刺激普通读者和专业人士的敏感神经?为什么孙伏园会对谢冰莹这个初出茅庐的后辈几次三番提携,并且把那些"不成体例"的随笔毫不犹豫地发表在《中央日报》副刊的重要版面上呢?如果说 20 世纪 20 年代中国文坛的"大文学"写作趋势以及当时的政治时局是《从军日记》风靡一时所不可或缺的背景因素,那么《从军日记》和《中央日报》副刊之间所形成的彼此成全的良性关系则是使其声势浩大的最关键性因素。

《中央日报》副刊的成立有着深厚的政治背景。1926 年 12 月,为适应革命形势的需要,国民党中央党部和国民政府迁往武汉;1927 年 3 月 20 日,武汉国民政府正式成立。武汉国民政府为确立正统地位,掌握舆论话语权,于 3 月 22 日在武汉创办《中央日报》,因此《中央日报》副刊的政治属性也就不言而喻。在武汉国民政府作为国共合作组织形式的特殊历史时期,《中央日报》副刊肩负着对国民革命的报道、评述与指导责任。主编孙伏园对《中央日报》副刊更是寄予了厚望,他希望副刊能以"首都大报"的胸怀,突破地域制约,发展全国学术、文艺,并起到指导革命的作用。这一点在《中央日报》副刊的发刊词《中央副刊的使命》中可窥一二:"副刊负有对社会、学术、思想、文学艺术……的批评责任,要用学术的眼光,有趣味的文笔,对于眼前(包括时间的与地域的)发生的事情,记载与批评。"② 具体而言,孙伏园认为大报之副刊应该具备学术性、趣味性、时间性等特征,这也是他录用副刊文章的重要标准,而谢冰莹的《从军日记》与他的这种编辑理念和择稿需求存在一定程度的契合。

首先,《从军日记》透露出丰富的趣味性。孙伏园早期担任《晨报副刊》编辑时就很重视副刊的趣味性,刊登了许多生动的新文艺内容。他认为副刊虽然有着介绍、传播学术的重任,但是枯燥的学术并不具有吸引读者、启发民众的目的,也并非副刊真正的任务。所以到了主持《中央日报》副刊时期他就更加强调趣味性,认为趣味性是提高阅读量的一个最重要的因素。《从军日记》的这种趣味性一方面表现在文章语言的新鲜活泼、真诚率性上,例如,"凉风拂拂地吹,火车如风驰电掣般地飞跑,我唱歌,我欢呼,这时真是我自从坐火车以来第一次得到的快乐!""他们心中是怎样快活!但是呵,还有几千大洋我们没有夺回,不然,通通退与民众是多么痛快呀!"③ 喜怒哀乐就这样不加掩饰地展露出来,使读者读起来畅快与自然;

---

① 林语堂:《林语堂文集》,吉林摄影出版社 2000 年版,第 307 页。
② 孙伏园:《中央副刊的使命》,《中央日报》副刊 1927 年第 1 期。
③ 范桥、王才路编:《谢冰莹散文》,中国广播电视出版社 1993 年版,第 289 页。

另一方面则体现在谢冰莹作为"女兵"的身份上。女性在男权社会中一直处于被边缘化的地位，她们被排斥于政治、经济、军事、文化等事业之外，只能按照男权社会构建的价值标准在狭小的家庭空间里消耗一生。在西方，女性的处境、地位和权利同样受到男权社会的压制。女性从军对于现代中国来说无疑是开天辟地的壮举，本身就具备巨大的话题争议性。事实证明，当时许多读过《从军日记》的读者还特地询问谢冰莹的真实性别。谢冰莹在《从军日记》里也多次描写到当时的普通民众对她女兵身份的震惊："不知为什么他们总能认识我是女兵，而且说'她怎么能背得起枪呢？'"[①] "我真难为情了，我已经做了西洋镜里的'古董玩器'，不，新时代的怪人物。她们从我的头顶一直望到脚跟，我的头发多少恐怕她们都数清了！"[②] 可见，女兵的身份引起了人们极大的兴趣与新鲜感。其实，在谢冰莹之前也有人写过这种军中随笔，如1924年，文翰就在《京报副刊》上连载过他的《从军日记》（1至27期）；1927年，黄克鼎的《沙场日记》与田倬之的《随军杂记》都曾在《中央日报》副刊上发表过，但是轰动性远远不及谢冰莹的《从军日记》。从这里也可以看出，谢冰莹的女性性别影响力是男性作家所远远不及的。孙伏园深谙大众对这种"异样人生"的关注和好奇心理，所以他说："这是中央军事政治学校女生队留下的一点痕迹。"[③] 对于孙伏园来说，《从军日记》不仅给《中央日报》副刊赢得了大量的读者群，且对于鼓舞军民士气，对于争取北伐胜利，对于妇女解放都有着重要的启蒙意义。

其次，《从军日记》表现出鲜明的时间性。这个时间性并不是指要和新闻稿一样讲究争分夺秒，而是指紧扣时代的脉搏，善于抓住潮流。在20世纪20年代，时代的主题不外乎两个方面。一是战争，北伐战事的一举一动都牵动着亿万国人的心。当时国内战地记者相当缺乏，虽然武汉《大公报》报道过辛亥革命，《申报》记者也描述过中法战争、甲午中日战争，但是整体来看，中国报刊对战地的报道直到抗战全面爆发之前都没有形成规模。在西方，战时是有专门的战地记者及时为后方群众报道战地的最新动态，像罗伯特·卡帕、威廉·拉塞尔、费利斯·比托等人。对于这种情况，谢冰莹在《关于〈从军日记〉》中就曾提到："为什么没有战地记者？对于前线的生活和当时的民众，那种如火如荼的革命热情，很少有报道的，除了我那十几篇短短的文字之外，很难找到当时的材料。"[④] 究其原因，一方面，

---

① 艾以、曹度主编：《谢冰莹文集》，安徽文艺出版社1999年版，第304页。
② 艾以、曹度主编：《谢冰莹文集》，安徽文艺出版社1999年版，第302页。
③ 谢冰莹：《从军日记》，上海春潮书局1929年版，第58页。
④ 范桥、王才路编：《谢冰莹散文》，中国广播电视出版社1993年版，第30页。

当时许多作家记者明哲保身，流血、牺牲与死亡的恐惧足以使人退却，真正愿意深入前线的作家文人少之又少，大多数人更愿意选择待在相对安稳的后方写一些虚构的革命文字；另一方面，中国刚刚从落后的冷兵器时代走来，几乎没有完善的前线信息通信保护制度，而且各方面技术条件都不足以满足民众对前线战事的强烈关注。所以，像《从军日记》这样取材于真实的前线生活、描写北伐大事记的作品在当时并不多见。谢冰莹这种时代意识与孙伏园的时间观不谋而合，《中央日报》副刊在创刊伊始面对稿源缺乏、阅读量较少的状况，配合大事件的时间节点合理地编排文章，引导舆论，掌握话语权显得尤为迫切与必要。

最后，《从军日记》显示出强烈的革命意识。五四风潮的狂飙过后，20世纪20年代的中国文坛处处充满革命的激情。在这些豪情和梦想背后，是中国人骨子里激荡着的民族情结和家国情怀。但是并非任何人都有机会去革命，去践行自己血脉深处暗流汹涌的"舍生取义""杀身成仁"的"天下"观念，更多的"革命人"都被现实生活和社会消磨掉自己的抱负与追求，就像毛一波所言："两年前，武汉一带的暴风雨，我也是经过来的。从南昌到武昌，自己也发过一回奇冷的战抖，和热烈的同情。然而，革命的火花是怎样的易于消失呵，一刹那，也只有那一刹那！"① 在残酷的现实面前，梦想的火苗极易熄灭。但这并不代表国人胸中的希望已经消散，很多知识分子和普通民众心中仍然积蓄着一股力量，只是锁着这股力量的大门需要有人去开启，而《从军日记》就是打开这扇大门的一把钥匙。虽然从纯文学的角度来看，《从军日记》不成章法，但那种摧枯拉朽、轰轰烈烈的革命情怀却力透纸背，文中也不乏一些质朴、真诚且鼓舞人心的语句，例如，"同志们，睡足你们的瞌睡，鼓起你们的精神，做这最后一次的争斗吧！"② "我出来当兵是下定决心的，即使我马上死了，我是很愿意的。为革命而死，为百姓利益而死，这是多么痛快的事呀！"③ 正是这样火一般的文字唤醒了人们心中被压抑的革命精神和民族气节，所以，见深读完《从军日记》后，激动万分地写道："《从军日记》是赤裸裸直抒胸臆的，所以便毫无姑息地把读者从内心的深处，猛戳一下，我的灵魂在内里呼号，我的心血在胸头澎湃，我的悲哀竟像一副夹子，把我那久已干涸了的热泪，又复压榨出来。"④ 可以说，《从军日记》中洋溢着的革命激情与武汉革命大本

---

① 毛一波：《从〈春潮〉读到〈从军日记〉》，《春潮》（上海）1929年第6期。
② 范桥、王才路编：《谢冰莹散文》，中国广播电视出版社1993年版，第12页。
③ 范桥、王才路编：《谢冰莹散文》，中国广播电视出版社1993年版，第15页。
④ 见深：《读冰莹女士〈从军日记〉》，《春潮》（上海）1929年第8期。

营的语境高度契合，鼓舞了亿万中国读者的心灵。

女性、战争与革命都是属于现实人生的范畴，但是对于大革命时期的中国人来说，这些文学周边的因素恰恰是他们最为关注的对象。相反，纯粹的语言艺术并不能满足人们的阅读期待。所以像《从军日记》这样的作品并不是单纯意义上的语言艺术，更不能以严格意义上的"纯文学"标准去衡量它，它有着更为深厚和宽广的时代内涵与精神意义。作为副刊主编的孙伏园很清醒地意识到了这一点，所以尽管这部作品"不成文学"，他仍然毫不犹豫地予以发表。而且《中央日报》副刊筹办仓促，在创刊之初，仅有孙伏园一人写文章、编辑出版报纸，每期篇幅也只有四页八版。《从军日记》所引起的热烈反响，也在一定程度上扩大了《中央日报》副刊的影响力。总体而观，《中央日报》副刊和《从军日记》存在相辅相成的关系：一方面，特殊的历史背景和《中央日报》副刊的合力，让初出茅庐的谢冰莹站在了舆论的风口浪尖，自此踏上文学之路，命运迎来转折；另一方面，《从军日记》所包含的"女性""战争"和"革命"的热点话题也扩大了《中央日报》副刊的影响力。

三、对"大文学"写作理念的思考与突破

《从军日记》所取得的巨大成功和知名度给谢冰莹带来了前所未有的冲击，也让她根植下了"时代＋个人生存体验"的"大文学"写作理念。"七一五"反革命事变发生后，中央军事政治学校女生队被解散，谢冰莹从前线回到湖南老家。急流勇退之后，随之而来的是理想的幻灭和对未来的恐慌。摆在她面前的有两条路，一条是遵从母亲心愿结婚生子，另一条就是走出去闯出新的天地。对于谢冰莹而言，前者通向绝望，后者通向希望。1928年，谢冰莹毅然逃婚，离家投奔当时在上海主编《贡献》综合月刊的孙伏园。在孙伏园的帮助下，谢冰莹得以进入上海艺术大学读书。

此后，谢冰莹在学业、感情和生活的压力下似乎消沉了一段时间，连林语堂都曾一度认为："冰莹现在沉寂下去了。文章既不肯做，又绝无'硬冲前去'的精神。我知道她正在安分守己，谋'读书救国'及修炼'薄弱的心志'了。许多认得她的朋友都是劝她不要这样自暴其天才；但是这有

什么法子？闺秀的文章不便做，'革命文学'又非坐在租界洋楼所能向壁虚构。"① 言辞中饱含惋惜与责备之情，但也指出了一个不争的事实：战争过后，这批在硝烟炮火中成长出来的作家陷入了"做什么"和"不便做"的尴尬境地。该如何自处是每一个革命文人要共同面对的问题。谢冰莹自然也意识到了这一点。对于一个作家而言，要想不被时代的洪流所淹没，就要在紧跟时势的同时不断提升自己的文学素养。文学素养的提升就涉及"纯文学"方面的内容，所以从1930年至1937年抗日战争全面爆发，谢冰莹对文学进行了深邃的思考和探索。她努力在"大文学"写作理念和"纯文学"之间找一个平衡的支点，想要在兼具文学性的同时准确把握急剧变化的社会人生。这主要表现在两个方面。

在文学创作方面。1930—1936年，谢冰莹的创作进入逐渐成熟的阶段，出版了短篇小说集《前路》《血流》《伟大的女性》，长篇小说《青年王国才》《一个女兵的自传》，散文集《湖南的风》《麓山集》等诸多作品。与大革命时期相比，这时期她开始注重文章整体的构思、文字的提炼、题材的选取以及意境的追求。她曾在《关于〈女兵自传〉》中叙述了这一转变："我喜欢把故事里面的情节人物，翻来覆去地在脑子里再三思索，一直到腹稿已经打好，许多对话，我朗诵出来，这才开始动笔。"② 不仅如此，她在兼顾构词谋篇的同时，也非常注重作品主旨意义的深化，继《从军日记》后出版的《麓山集》就表现出这一变化，如《二两猪油》择取了生活中富有典型意义的情节，深刻揭示了下层妇女的悲惨命运；《湘鄂道上》则截取普通生活中的片段，赋予其新的内涵；《麓山拾掇》追忆手足之情。这些文章写得情景交融，凄美哀婉，颇有一唱三叹之余韵，将女性作家所特有的细腻柔婉表现得淋漓尽致。在以表现下层民众生活风貌为主的散文集《湖南的风》中，谢冰莹的创作手法更为纯熟，而且她的思想感情也从《麓山集》时期的苦闷彷徨中走了出来。在创作理论上，谢冰莹认为"通"与"好"是写出一篇成功作品的关键。"通"就是"通顺"。她认为，写文章要做到文字流畅、语句简洁，不能滥用成语、堆砌字句。在文学的选择与欣赏上，她也颇具见解，认为好的作品，首先，在内容上必须主题正确、情节动人、词句优美、结构紧凑、技巧高明；其次，作品的主题内涵能代表某个时代、某个社会或某个典型，能使读者看了深深地感动，能在情感、

---

① 林语堂：《林语堂文集》，吉林摄影出版社2000年版，第307页。
② 谢冰莹：《谢冰莹文集》，安徽文艺出版社1999年版，第6页。

道德或思想上引起共鸣；最后，在永恒性上，作品得经得起时间的考验，历数百年、数千年而不朽。并且在 1935 年，她开始反省自己的作品，直言小说《给 S 妹的信》"说不上结构，而且文字方面也很幼稚"；认为小说《林娜》"文字的流畅，美丽，的确会使读者不感到枯燥"①；评价《清算》"有的是血与泪的交流，理智与情感的冲突"②；觉得《清算》无论是从内在气韵和语言文字美上都使她满意。从这些都可以看出，《从军日记》后她在保持"大文学"写作的精神内核的同时，尽力弥补语言技巧上的不足。

在具体的文学活动方面。1930 年 9 月，谢冰莹加入北方左联，与朋友段学笙、潘漠华、台静农、刘尊棋、杨刚、孙席珍等人被选为执委。左联团体积极推行富于革命意味的新的现实主义，在创作上主张不拘章法，大胆创新，要求作品思想锐利、情感激昂，既具有文体形式的先锋性，又具有文学市场的轰动效应。为了提升自己的文学素养，她在 20 世纪 30 年代曾经两次东渡日本留学。第一次是在 1931 年，其间她研究日本文学，参加日本普罗文学的文学活动，与胡风、任钧、以群一同加入了中国左翼作家联盟东京支盟；再渡扶桑是在 1935 年，就读于日本早稻田大学文学研究院，师从日本作家实藤惠秀、本间久雄教授等学习西洋文学，且努力学习日语，计划把托尔斯泰、狄更斯、巴尔扎克、罗曼·罗兰等作家的作品译介到中国来。

综观谢冰莹在 20 世纪 20 年代末至 30 年代中期的文学创作和文学活动，《中央日报》副刊和民国历史的合力使她一举成名，笔法质朴、取材于真实随军经历的《从军日记》是那样深刻地影响过一干读者、编者和评论者。《从军日记》之后的谢冰莹在"大文学"思潮的影响下，一方面不断地自我反省和批判，在文学创作和文学活动方面都做出了诸多努力，力图克服自己在写作技巧上的不足，努力做一个在语言艺术、结构技巧方面都同样出色的作家；另一方面，她并没有完全放弃这种展示个人经历体验的写作方式，例如她的《女兵自传》《新从军日记》等作品，从题材选择到结撰成集的模式都跟《从军日记》异曲同工。这说明，虽然谢冰莹对"纯文学"有过种种的思考与尝试，但是融写实和情感于一体的叙述方式已然根深蒂固，这种创作手法既是源于中国文学历史实录的文学传统，也是古代文学到近代文学的转变过程中必然出现的文学现象。值得注意的是，五四文学革命

---

① 谢冰莹：《我认为满意的短篇小说》，《文艺电影》1935 年第 2 期，第 6 页。
② 谢冰莹：《我认为满意的短篇小说》，《文艺电影》1935 年第 2 期，第 7 页。

后，越来越多的知识分子自觉地把自己置身于"公共事务"之内，他们通过文字来反映社会现实，同时也不断地训练、发展、完善自己，"大文学"的写作理念也随之定型，成为民国时期文学的有机组成部分。

（本文受到汕头大学文学院妇女研究中心"女性文学/文化"专项研究项目"革命话语与女性意识的双重言说——以谢冰莹的女兵书写为中心"的经费支持。）

谢冰莹的《抗战日记》与抗战时期的文学活动

朱晓莲

1937年7月7日,抗日战争全面爆发,褪去军装整整10年的谢冰莹又重新把它穿上,深入前线。在此期间,国统区文艺界呈现出非常复杂的状况,思想斗争和文艺论争激烈而频繁。与北伐时期相比,谢冰莹在饱受了生活的磨砺与情感的挫折后逐渐成熟。这种积淀的阅世智慧,使她在面对国仇家恨时,依旧意气风发但不再盲目;置身于杂语共生的论争场域内,能够抛弃党派意识、阶级意识,遵从自己内心的信仰与选择。这一时期她的文学创作呈井喷之势,其中报告文学的成果尤为出色。

一、多元文学形态论争的国统区文学

抗日战争全面爆发后,文化界人士迅速团结起来,抗日救亡成为他们共同的思想倾向和价值原则。在国统区,文化界的统一抗战组织有两种形式。一是国民政府军事委员会政治部第三厅和文化工作委员会。这两个机构分别成立于1938年4月和1940年10月,最初是蒋介石为了掩盖其独裁目的而建立的,发展到后期,汇集了当时文化界众多的名流巨子,成为国统区文化界抗日战线的堡垒。二是规模较大的群众性统一战线组织,主要包括中华全国戏剧界抗敌协会、中华全国文艺界抗敌协会、中华全国电影界抗敌协会、中华全国美术界抗敌协会、中华全国歌咏协会等。这些官办组织和民间协会共同汇聚成了两股强劲的潮流,在全国上下形成了最广泛的文化界统一战线。从表面上看,1938年、1939年和1940年是国统区文化界高度团结的时期,但这并不意味着矛盾和斗争不存在。换句话说,战争虽然迫使惯有的文学观念做出相应的调整,但是并没有完全消解各派作家原有的思想观念。文艺思想的分化、融合和冲突,随着战局形势变化及"国共分治"下文坛内部矛盾的激化而呈现出错综复杂的面貌,国统区的文艺论争实则相当激烈而频繁。

　　首先是抗战全面爆发初期围绕梁实秋"与抗战无关论"的论争。1938年12月1日，梁实秋在《中央日报》副刊上发表了《编者的话》，文章认为："现在抗战高于一切，所以有人一下笔就忘不了抗战，我的意见稍为不同。与抗战有关的材料，我们最为欢迎，但是与抗战无关的材料，只要真实流畅，也是好的，不必勉强把抗战截搭上去。至于空洞的'抗战八股'，那是对谁都没有益处的。"① 同年12月6日，梁实秋又发表了《"与抗战无关"》一文。梁实秋的主张得到了沈从文、施蛰存、朱光潜等人一定程度上的认可，但是这样的思想立场显然与当时文坛紧张激昂的抗战氛围格格不入，因而遭到了文艺界众多同仁的谴责，例如宋之的的《谈"抗战八股"》、姚蓬子的《一切都"与抗战有关"》、魏猛克的《什么是"与抗战无关"》等批驳了梁实秋的观点，《新蜀报》《大公报》《国民公报》也相继发表了批评文章。不可否认，抗战文学在初期的确存在公式化、概念化的倾向，但是需要明确的是，文学艺术从来都不是游离于社会、群众之外的独立个体，它不可能超越现实孤立存在，尤其是在民族危亡的关头，文人作家更应该肩负救亡与家国这些安身立命之外的崇高责任。所以，以梁实秋为代表的"与抗战无关论""为艺术而艺术"的思想显然是狭隘的。

　　其次是关于民族形式的论争。1938年，毛泽东在中共六届六中全会上做了《中国共产党在民族战争中的地位》的报告，指出要把"国际主义的内容"和"民族形式"结合起来，创造"新鲜活泼的，为中国老百姓所喜闻乐见的中国作风和中国气派"。② 毛泽东的号召直接推进了"民族主义问题"的讨论。这场讨论很快就波及了国统区，并引起了极大争议，其中的焦点问题就是怎样理解民族形式的源泉，也就是民族形式和旧形式的关系。论争的一方是向林冰，他认为应当注重民间旧形式。1940年3月，他发表《论"民族主义"的中心源泉》，主张"以民间形式为民族形式的中心源泉"③，一再强调创造新的民族形式的途径就是运用民间形式，并错误地否定了五四以来新文学借鉴外国的成功经验。这种狭隘的观点遭到了普遍的反对。胡风认为："说五四底新文学是'大学教授、银行经理、舞女、政客以及其他小布尔的'，那仅仅只能是'新的国粹主义者'底污蔑。"④ 此后，

---

① 梁实秋：《编者的话》，《平明》1938年第1期。
② 夏文先：《四十年代文学争论与当代文学规范建构》，安徽大学出版社2015年版，第78页。
③ 徐乃翔编：《文学的"民族形式"讨论资料》，广西人民出版社1986年版，第5页。
④ 胡风：《文学史上的五四》，见胡风编《民族形式讨论集》，华中图书公司1941年版，第126页。

许多作家学者都撰文发表自己的看法，例如葛一虹的《民族遗产与人类遗产》《民族形式的中心源泉是在所谓的"民间形式"吗?》、郭沫若的《"民族形式"商兑》、罗荪的《论争中的民族形式"中心源泉"问题》等。这些文章都试图站在客观公正的立场对向林冰的论点进行批评，强调民间形式的局限性和新文学传统自身的先进性。这场论争持续的时间很长，论争双方的态度也出现一定程度的片面与偏激。

最后是关于"暴露与讽刺"的论争。1938 年 4 月，张天翼的《华威先生》被发表在《文艺阵地》创刊号的醒目位置。小说塑造了一个"抗战官僚"的形象，旨在揭露抗战期间华而不实、空喊口号、整天只忙于开会抓权的一批政府官员。小说一经问世，立刻引发了关注，反对方与支持方各执一词。反对的一方苛责张天翼，写这样的文章"足以引起一般人的失望，悲观，灰心，丧气"，认为"于抗战无益反倒有害"①，主张回避黑暗注重光明。另一方则认为，黑暗和光明共存的状态才是真正的抗战现实，文学作品不应该只谈光明的一面，敢于揭露黑暗的态度恰恰是积极的。针对这样的问题，茅盾专门撰写了《暴露与讽刺》一文进行过详细的说明，他认为："现在我们仍旧需要'暴露'与'讽刺'。"② 之后，周行、吴组缃、以群等都撰文阐述了自己的观点。

在多种政权形式共同存立的革命战争年代，文艺与地缘政治有着融合与分裂的矛盾依存关系，不同作家的立场、观点与选择既有共性也有不同，国统区内的作家队伍庞杂且立场异质现象颇多。除以上所举，还有关于"战国策"派的论争，国民党主流文人阵营与左翼阵营的摩擦，自由主义作家对国民政府文化专制的批评，关于"现实主义"的论争，等等。这些论争规模不一、形式各样，是属于转折和深化阶段的文学思潮，且涉及的范围非常广泛，有关于纯艺术，有关于文艺与政治的关系，有对异己文学思潮的批判，但是许多论争都只是浅尝辄止，论争的内容也多停留在较浅的层次，存在辩论逻辑层面的不同、气盛于辞、政治立场和艺术问题混淆等问题。

在这种杂语共生、多元文学形态共同发展的文学生态环境内，谢冰莹保持着一种独立的姿态。谈到文学论争和党政问题，她曾直言不讳："我没有说是哪一派，哪几个是好得不得了，哪几个是很不好的。也许我来写文学批评的话啊，那么我会站在第三者，站在客观的立场写的，我绝对不会有成见。""我对于什么党什么派都不高兴。我都不喜欢。……我爱我的国

---

① 何容：《关于暴露黑暗》，《文艺月报·战时特刊》1939 年第 7 期。
② 韦韬、陈小曼编：《茅盾杂文集》，生活·读书·新知三联书店 1996 年版，第 581 页。

家，爱我们的中华民族。"① 的确如此，当多数作家还在大后方为立场和文艺归属权彼此明争暗斗、争论不休之时，她在第一时间选择了披甲上阵，到抗日的最前线获取最新鲜的随军动态，体味最真实的生死存亡，在文学创作上，始终坚持"民族本位"的艺术追求。

二、文艺工作者与女兵身份的构建

1937年8月，谢冰莹的父亲谢玉芝去世，她回到湖南老家料理完后事，便怀着悲痛的心情立即于同年9月赶到长沙组织湖南战地服务团，并担任团长。三年时间里，她随军辗转于淞沪、徐州、武汉等各大战场，足迹几乎踏遍了中国的大江南北。与北伐战争时相比，这次从军她对自己的身份与责任有着更明确的定位。北伐时期她是黄埔军校第六期学员，初出茅庐，"女兵"是她的主要身份，《从军日记》的成名对她而言更多的是个偶然。换句话说，她无意于做一个文艺工作者，就算有想法，也只是单纯地想上前线吸取一些创作上的题材。但抗日战争时期，她认识到自己已经不仅仅是一名普通的女兵，更是一个作家，一个文艺工作者。戎马倥偬之际，虽然条件艰苦，身体不适，但是她尽全力平衡了这两者之间的关系，构建了"文艺工作者"与"女兵"的双重身份，为抗战的胜利及中国新文学的发展做出了不可多得的贡献。

（一）组织妇女战地服务团，从事救护工作

1937年9月14日，谢冰莹凭着丰富的作战、组织经验，仅用四天时间就于长沙成立了湖南妇女抗战服务团。该服务团最初有团员17人，分为4个小组，随国民党第四军开赴淞沪前线。服务团本着牺牲一切、为国家民族奋斗到底的精神，与士兵共甘苦，同生死。服务团在成立初期资金周转困难，所需救护伤员的物资也极度缺乏，谢冰莹及团员不仅要为伤兵擦洗伤口、端水喂饭、包扎换药、代写家信、安抚情绪，还需要进行筹款、募捐等工作。1937年10月，谢冰莹前往上海向文化救亡团体征求救亡书报，向上海妇女慰劳会求捐药品、纱布、棉被。此外，她还发表文章，代表前

---

① 孟华玲：《谢冰莹访问记》，《新文学史料》1995年第4期。

方受伤将士向后方的同胞们呼吁,希望他们以后捐送慰劳品时能按照前线的需要募集;指出前方最需要的是担架床和救护人员,药品和医用器具,饼干、面包和咸菜、棉大衣、油布与鞋袜等物品;并表示"帮助前方的将士,就是帮助国家。没有国家,就根本没有个人的生命,保卫国家,就是保卫自己,要团结四万万五千万颗爱国的赤子之心来挽救有五千年悠久历史的中华民国!"①1938 年 10 月,谢冰莹响应"针线救国"运动,"希望男女同胞,每个人都动员起来,不能出钱的就出力,不能出力的就出钱,女同胞们除了自己更需要努力缝纫之外,更要发动广大的家庭妇女,各校女生,各机关女职员,以及难民女工等"②。其本人也以身作则、身体力行,带领妇慰会的妇女群众在蹇家桥 26 号缝制了 1000 多件棉背心。湖南妇女战地服务团的成立掀起了一股妇女上前线的热潮,此后又先后出现了西北妇女战地服务团、上海劳动妇女战地服务团、广西学生军、云南妇女战地服务团、贵州妇女战地服务团等组织。1939 年 4 月,鄂中战局紧张,谢冰莹组织了宜昌妇女抗战训练团前往前线。和士兵一样,训练团需要接受严格的军事训练,"从徒手教练开始,经过持枪各个教练,班教练,排教练,步枪射击教练,手枪教练,一直到野外演习"③,每一个项目她们都要一一熟悉掌握。随后 6 个月里,谢冰莹带领宜昌妇女抗战训练团随军转入武汉战场的汉口、宜昌、当阳等地,创办前线救护人员训练班,沿公路设 12 处伤兵招待服务所,慰问张自忠第 33 集团军将士,为湘雅医院战地服务队当向导,到湖北浠水、广济、黄梅等地救援,后转战到老河口前线。值得注意的是,无论是湖南妇女战地服务团还是宜昌妇女抗战训练团,都是既不属于国民党领导,也不属于共产党党政系统,他们是在抗日救亡的特殊背景下由一批进步青年自发建立起来的群众性组织,为抗战胜利做出了突出贡献。

  以谢冰莹为首的这样一批知识分子深入前线的勇气和精神鼓舞了广大妇女群众参与抗战的热情,也启发了当时许多的作家和学者。1939 年,文化界人士以"精神动员"为主题,组织了作家战地访问团,杨骚、杨朔、方殷、葛一虹、以群等作家纷纷加入。谢冰莹组织妇女战地服务团的壮举,间接促进了文化界人士走上前线,推动了民众思想的解放和全国性抗日战争的胜利。

---

① 谢冰莹:《代表前方受伤将士向后方的同胞们呼吁》,《抗战情报》1937 年第 1 期。
② 谢冰莹:《针线救国》,《全民抗战》1938 年第 29 期。
③ 谢冰莹:《活跃的训练团》,《宇宙风乙刊》1939 年第 8 期。

（二）进行多种文学活动，全方位宣传抗战

除了履行女兵职责、组织战地服务团外，谢冰莹认识到自己更是一位文艺工作者，理应担负着比上阵救亡更为深广的使命，为此她进行了多方面的文学抗战活动。

1. 充当战地记者

主要表现为积极宣传抗战和采访抗日名将。1938 年和 1939 年，谢冰莹先后采访过第五战区长官李宗仁将军、白崇禧将军和李品仙将军等人，并著有《白将军印象记》《白崇禧将军访问记》《李品仙将军畅谈淮南胜利的经过》《会见迟师长》《会见赵侗将军》《李宗仁将军会见记》等一系列文章。三年时间里，她笔耕不辍，每到一处都把当地的战情、民众的状况及随军期间发生的各类事件及时写成文章，反馈给后方民众及前线将士。其作品数量之多、报告范围之广都令人叹为观止。这些真实的抗战书写至今为止都具有重要的史料价值和文学价值。

2. 编辑救亡刊物，并关心、支持其他抗战刊物的发行

1938 年，谢冰莹慢性鼻炎病情严重，于重庆市立医院做完手术后，她利用休养的间隙编辑了《新民报》副刊《血潮》，并担任教育部特约编辑，为前线将士和后方群众提供了精神食粮。除自己亲自办刊物，她对文艺界其他编辑和作家所创办的救亡刊物也颇为关心和支持。例如，1938 年 3 月，她在与华飞先生的通信中就提到："我虽看不到《春云》的出版，却希望你能将它寄到战地来给我看，关于它的内容，我有一点意见，觉得应多载地方性的作品，多登实际材料的文章，空的理论和太平凡的文艺作品，可以少载，以免占了宝贵的篇幅。"① 谢冰莹认为这些报纸刊物所选登的文章和传播的思想对国民的思想有着莫大的指导作用，应该慎重选稿。这种关切之情在与芳兰女士的通信中表现得更为强烈。她曾恳切地建议《潇湘涟漪》能增加文坛动态、新书杂志介绍及批评和暴露女性痛苦的文学等内容，并要求知道下一期的发稿日期，以便如期寄奉文章。

3. 加入文协分会

1939 年 7 月 27 日，谢冰莹在老河口参加了中华全国文艺界抗敌协会襄樊分会，并主持襄樊第三次文艺座谈会，与会人员有臧克家、姚雪垠、世勤、元尘等文艺社成员。谢冰莹认为文协应当承担相当的责任，希望每个

---

① 谢冰莹：《一封信》，《春云》1938 年第 3 期。

文协的同志都把精神集中起来,帮助文协发展这样几项工作:"扩大组织,坚强组织;联络会员感情,加紧会员工作;健全领导机关,成立前后各方分会,与总会取得最严密之联系;建立文艺图书馆,使会员或者非会员可以自由借阅;设立青年创作指导委员会,使许多有志从事文学创作的青年朋友,得有机会学习;设立文艺工作者询问处,负责介绍新杂志及文友通信处等;有计划地编印士兵读物,民众读物;组织前线服务团或后方考察团,深入队伍与民间宣传抗战。"①

4. 积极进行战区演讲活动

在前线的三年间,谢冰莹针对抗战中出现的各类问题,尤其是妇女参加抗战的问题,做了许多演讲。谢冰莹认为女性加入抗战运动不仅有利于增大抗战的人员力量,且对于女性自身的解放和思想的进步都有巨大作用。为此,她曾多次针对这样的问题进行了相关的演讲活动,例如在中央广播电视台和在湖南省立第一女子师范学校的演讲。这两次演讲的题目分别为《抗战期中的妇女训练问题》和《怎样发动广大妇女参加抗战》,对妇女参加抗战的意义、妇女参加抗战的效能和方法都做了充分的建议和说明。从语言风格上来说,这些演讲发言既理论严谨又生动活泼,并结合抗战实例和当时战局发展的阶段做到了深入浅出,颇具鼓动性。

三、《新从军日记》与报告文学的勃发

长期的实地抗敌经验为谢冰莹提供了大量的写作素材,这一时期她的文学创作呈井喷之势,尤其是在报告文学方面。1937年7月,《新从军日记》由汉口天马书局出版,此书是谢冰莹继《从军日记》后又一报告文学力作。除《新从军日记》外,还陆续出版了《在火线上》《第五战区巡礼》,这三部作品在1981年总汇为《抗战日记》,由台北东大图书公司出版。全书分《上集·抗战日记》《中集·在火线上》《下集·第五战区巡礼》三部分,收录《重上征程》《在车厢里》《旧地重游》《南京一瞥》《恐怖的"九一八"》等123篇作品。正文前有作家照片、谢冰莹《〈抗战日记〉新序》、谢冰莹《〈新从军日记〉原序》,正文后附谢冰莹《抗战期中的妇女训练问题》《怎样发动广大的妇女参加抗战》及《后记》。除此之外,笔

---

① 谢冰莹:《精诚团结,抗战到底》,《抗战文艺》1939年第4期。

者还搜集到她散佚在各类报纸杂志上而没有被收录进集的报告通讯 28 篇，钩沉如下：

（1）1937 年，《神圣的工作》载于《抗战半月刊》第 1 卷第 6 期；

（2）1937 年 10 月，《代表前方受伤将士向后方的同胞们呼吁》载于《抗战情报》创刊号；

（3）1937 年 10 月，《火线上的东北问题》载于《国闻周报》第 14 卷第 39 期；

（4）1937 年 12 月，《哀痛的开始》载于《青年界》第 12 卷第 1 期；

（5）1937 年 1 月 10 日，《老向会见记》载于《谈风》第 6 期；

（6）1937 年 1 月 20 日，《"世界变了"两则》载于《逸经》第 22 期；

（7）1937 年 7 月 15 日，《邻家》（署名林娜）、《一个殉难者的妻》载于《中国文艺》第 1 卷第 3 期；

（8）1938 年 10 月 16 日，《在敌人铁蹄下的东北妇女》载于《时事类编》特刊 第 24 期；

（9）1938 年 10 月 25 日，《西班牙的妇女：何登夫人谈话记之二》载于《全民抗战》第 32 期；

（10）1938 年 10 月 9 日，《针线救国》载于《全民抗战》第 29 期；

（11）1938 年 2 月 10 日，《三个老太婆》载于《时事类编》特刊第 9 期；

（12）1938 年 3 月 15 日，《一封信》载于《春云》第 3 卷第 3 期；

（13）1938 年 4 月 1 日，《火线上的伤兵问题》载于《时事类编》特刊第 12 期；

（14）1938 年 5 月 26 日，《沙漠中的甘露》载于《抗战》（上海）第 75 期；

（15）1938 年 7 月 16 日，《冰莹答季寒筠函》《一年来的妇女救亡工作》载于《宇宙风》第 71 期；

（16）1938 年 9 月 25 日，《纪念"九一八"与动员民众》载于《春云》第 4 卷第 4、5 期合刊；

（17）1939 年 10 月 25 日，《精诚团结，抗战到底》载于《抗战文艺》第 4 卷第 1 期；

（18）1939 年 11 月 5 日，《火葬日本兵》载于《通俗文艺》第 15 期；

（19）1939 年 1 月 14 日，《从十碗小毛谈到教育难童的方法》载于《教育通讯》（汉口）第 2 卷第 3 期；

（20）1939 年 1 月 1 日，《倭寇的暴行》载于《弹花》第 2 卷第 3 期；

（21）1939 年 1 月 1 日，《钟进士杀鬼》载于《文艺月刊》第 2 卷 9、

10 期合刊，《珍贵的同情》载于《时事类编》特刊第 29 期；

（22）1939 年 4 月 16 日，《两点意见》载于《文艺月刊》第 3 卷第 3、4 期合刊；

（23）1939 年 4 月 4 日，《炮火中锻炼出来的孩子》载于《今日儿童》创刊号；

（24）1939 年 5 月 1 日，《红萝葡和黄萝葡》载于《宇宙风：乙刊》第 5 期；

（25）1939 年 6 月 16 日，《活跃的训练团》载于《宇宙风：乙刊》第 8 期；

（26）1939 年 6 月 25 日，《宜昌妇女训练团》载于《上海妇女》第 3 卷第 4 期；

（27）1939 年 7 月 25 日，《敌军在鄂东沦陷区域的暴行》载于《时事类编》特刊第 38 期；

（28）1939 年 7 月 5 日，《前方的紧张工作》载于《大风》（香港）第 42 期。

这批著作与佚文奠定了谢冰莹在中国报告文学史上举足轻重的地位。报告文学产生于五四文学革命时期，后随着日本侵华战争的愈演愈烈而日益发达与成熟。与小说、戏剧、诗歌等体裁相比，报告文学体式灵活，容量可大可小，且更具有新闻性、战斗性和群众性。正如学者田仲济所说："作家的生活随着现实激变而发生了剧烈的变化，他们感受着纷繁复杂的生活印象和经验，激起了炽烈的热情和丰富的生活印象，逼着他们选取直接而单纯的形式，迅速而敏捷地记录出生活的事实，并企图使这种记录直接地影响社会的改革，发生社会的效果，而报告文学就是最适合于完成这种任务的文学形式。"① 报告文学正是因为具有这种即时和便捷的特质，才得到谢冰莹的热衷，她的报告文学涉及的内容非常广泛，主要有四个方面。

第一，对随军生活及救亡工作的真实记录。如《新从军日记》重点记录了谢冰莹在 1937 年间组织湖南妇女战地服务团，随部队转战江苏嘉定、苏州、南京、徐州、安徽六安、淮北、山东济南、台儿庄、湖北浠水、武汉、宜昌、当阳、河南南阳、叶县，奔走千里的战场实录。与《从军日记》相较，《新从军日记》记录的内容更为细腻和丰富，也更具新闻报道价值，如对前线救亡环境的描写："从玻璃、瓦片、屋梁、泥土、血肉混在一起的血路上走过，你的心会不知不觉地沉重起来……在这儿，环境不容许你停

---

① 田仲齐：《报告文学的产生及成长》，见黄俊英编选《小说研究史料选》，四川教育出版社 1988 年版，第 496 页。

留,不容许你凭吊那些被牺牲者的幽灵,细认那些被轰炸的区域;因为敌机并没有离开苏州,而且还在你的四周继续轰炸。你明明看到一个受伤的在对面血泊里呻吟,你想去找副担架床来抬他,但不到五分钟,你还没有找到你所需要的东西,那个伤兵却第二次被炸成两段了。"①"天,这还是人间吗?到处是死尸,到处是血迹,到处是惨叫悲号的声音,到处是火焰。"②又如对女兵住宿条件的描写:"大家睡在一间关马的铁箱里,没有窗户,只有中间开了一道铁门。地下满是灰和稻草,十八个人,就这样蜷伏在一堆。"③ 除此之外,《嘉定城巡礼》《到上海去》《火线夜行》《再渡浏河》《征募慰劳品》等文章对于每天的救亡工作也做了详尽的记录。

  第二,对敌人轰炸与屠杀罪行的揭露。日本侵略者侵华期间对中国人民实施了各种丧心病狂的屠杀与轰炸行动,谢冰莹有《恐怖的"九一八"》《我们是死不完的》《战地炮火》《苏州城的炮火》《他中了汉奸的毒》《血战三日记》《冒着敌人的炮火前进》《浏河的弹痕》《苏州的警报》《火线夜行》《恐怖的一日》等诸多文章对日本的战争罪行予以报道和揭露。这部分的报告文学,基调普遍悲壮、激越,还原了战场上山河破碎、血流成河的悲惨场景。梅林、魏伯等人对日本侵略者这样的滔天罪行也有过报道,但从数量上来看他们都不如谢冰莹多;从内容真实性来看,他们也并非取材于实际的战场体验,往往凭着想象和揣测来塑造情节和人物,这样的做法势必造成文本与现实人生的脱节。正如谢冰莹所说:"至于在后方的作家呢?譬如什么张德胜放步哨,李德标打游击哪!或者是一个什么排长连长杀了五六个鬼子哪!虽然他们并没有眼见耳闻一切战争的情形,却很能写,很会写,写出来的文章,也很使人感动。但是,当你正式跑到前方去看,那就相差得太远了。"④

  第三,对难民和伤兵生活的报道。难民和伤兵是抗战报告文学主要的创作题材之一。谢冰莹在战场目睹过太多难民流离的场景,对伤兵和难民的精神状态和生活情况也有着深刻的体会,如《长了蛆的伤口》中就记录了受伤的战士因为得不到及时的疗救,密密麻麻的伤口溃烂长蛆;《血的故事》描写了前方将士冒着炮火奋勇杀敌;《伟大的战士》记叙了战死沙场的年轻排长;《三个老太婆》描写了敌机轰炸下弱小民众对死亡的恐惧与食不果腹的困窘之状……这些作品讴歌了前线将士置生死于度外、英勇顽强的

---

① 谢冰莹:《抗战日记》,台湾东大图书股份有限公司1981年版,第185页。
② 谢冰莹:《抗战日记》,台湾东大图书股份有限公司1981年版,第187页。
③ 谢冰莹:《抗战日记》,台湾东大图书股份有限公司1981年版,第7页。
④ 谢冰莹:《抗战文学与生产文学》,《长郡青年》1943年第2卷第1期。

精神，报道了难民们非人的生活和遭遇，也揭露了日本帝国主义侵华的罪恶行径和残暴面目。

第四，宣传鼓动性作品。除了描写真实的战场实况，谢冰莹也意识到动员群众的重要性。她写了许多宣传鼓动人民加入、支持抗日的文章，如《动员工作在安徽》《动员民众与抗战到底》《中国人不打中国人》等，并且还经常率领小分队于俘虏营、前线和信息不畅通的民村进行启蒙教育工作。

除了内容上的广博性，谢冰莹的报告文学在文体风格、艺术构思等方面都独树一帜。在风格上，文章质朴而激越，延续了北伐战争时期直率真诚的作风，对前线发生的事情往往秉笔直录，但是在语言的表达上要求精益求精，力求恰当、准确、传神地描绘出事件本来的面貌。与此同时，她对日本侵略者的仇恨、对难民流离的痛心疾首、对前线战士的歌颂赞赏却是力透纸背，情感状态始终饱满而激昂。这份激昂有别于北伐时的血气方刚，更多了一份成年的理智和自持，是苦难与岁月沉淀下来的对家国理想矢志不渝的坚定。如《浏河的弹痕》中描写遭受轰炸后的城市：

> 马路旁边，有好几座很高的洋楼，都没有炸毁，独独一些平房和文化机关，都成了瓦砾。敌人的狼心毒计，真可谓达到了极点。①

又如描写受伤将士将死之前的场景：

> 头上虽然裹着绷带，但已经被血液染成暗紫色了，白里透红的脑浆，流在他的右眼角上，呼吸声更来得急促了；有时右手还能移动一下，拼命地在胸部抓什么，好像要一手把心肝挖出来似的那么难受，所有围着他看的医生、看护兵和我们，都难过得说不出话来，我蹲下去摸摸他的脉搏，跳得特别厉害，唉！快完了！英勇的战士，快要壮烈地牺牲了！②

两段语言都质朴自然，融纪实与情感于一体，像战鼓声，力道醇厚而又振奋人心，极大地增强了谢冰莹报告文学作品的感染力。这无疑得益于谢冰莹不拖泥带水、准确而又生动的写作功底。

在艺术构思上，综合运用多种创作手法。关于报告文学和文学性之间

---

① 谢冰莹：《抗战日记》，台北东大图书股份有限公司1981年版，第102页。
② 谢冰莹：《抗战日记》，台北东大图书股份有限公司1981年版，第171页。

的关系,茅盾曾经这样说:"(报告文学)具备小说所有艺术上的条件——人物的刻画,环境的描写,氛围的渲染等等……"① 周行也认为,报告文学作品不仅需要善于对材料进行剪裁和加工,也需要以"文艺的手法去写作。不如此,则写作结果依然只是一篇记事新闻,而不是一篇感动人的报告文学作品"。② 作为写报告文学的时代妙手,谢冰莹深谙其道,她的报告文学作品自觉地运用了小说、诗歌等多种艺术手法进行创作,使作品融纪实性和文学性于一体,具有浓厚的艺术感染力。

其一,诗歌化的抒情手法。谢冰莹善于使用优美的语言对特定的心理或画面进行抒发和描摹,节奏舒缓自然,与紧张激烈的战场氛围形成鲜明对比,文章显示出跌宕起伏的韵味。例如《在车厢中》对北伐从军时人和事的追忆:

> 车子走得很慢,每到一个小站,至少要停五分钟,经过蒲圻,咸甯,土地堂……时,十年前从军的生活,像电影似的在脑海中映放。十年,像轻烟似的消逝了,人世沧桑,不知经过了几许变化;假如那些当年的勇士,不被社会的陷阱摧残的话,如今都是民族战士的先锋!③

寥寥几语,背后却蕴含了十年岁月的伤逝之痛和对已故战友的怀念之情。

又如对行军沿途风景的描摹:

> 远远望去,惠山的风景,使我忘记了走路的辛苦。鱼鳞般的小石,铺在金黄色的山顶上。像初春的小雪,洒在平原上那么美丽。有时小白石从翠绿的松林透出来,又像挂在天空里似的时隐时现。一块块的红叶,更是鲜艳如醉。走完马路,遇着邓副官打发专令兵来接了,沿着一条小溪,走了约有四里多路才抵军部。矮小的房子,完全深藏在树林里,是一个多么富有诗意的所在呵。④

---

① 茅盾:《关于"报告文学"》,《申报》1937 年第 11 期。
② 周行:《新形式——报告文学的问题》,《文艺阵地》1938 年第 5 期。
③ 谢冰莹:《抗战日记》,台北东大图书股份有限公司 1981 年版,第 8 页。
④ 谢冰莹:《抗战日记》,台北东大图书股份有限公司 1981 年版,第 206 页。

平原、小雪、松林和枫叶同框，似一幅绝妙的冬景图，精美醉人。这些诗化的语言恰好中和了报告文学严肃、乏味的传统因子，使文章精练严谨的同时又生动活泼。

其二，小说化的对话方式。综观谢冰莹的报告文学，这种方式的运用几乎存在于每一篇作品中。她通过人物间的对话在动态中展现人物在战争环境下的种种思想、处境或引出事件发展的全貌，从而切实增强了文章的可读性和趣味性。例如在《冒着敌人的炮火前进》[①] 一文中，有如下对话：

> 我走进一间黑房子里，床上正躺着一个病重的女人在那里呻吟：
> "快一点，唉！阎罗王哟，你快一点收了我的命去，我再也不愿听大炮声了！"
> 我给她一块钱，她一手摔在地上说："不要，不要，我只希望快点死！"
> 另一个老太婆告诉我，她是被飞机大炮吓病了的，已经四天不吃饭了，尿屎都撒在身上。
> "先生，你说我们怎么办呢？就这样活活地等死吗？"她带着颤抖的声音问我。
> "你逃走吧。"我说。
> "逃到哪里去呢？我们一个钱也没有，别的地方不也是和这里一样有飞机大炮吗？"

这一段与受灾区老太婆的对话就形象反映出当时战区受灾群众绝望、悲惨的生活遭遇。老人因为害怕飞机大炮被硬生生吓出病，因为没有钱只能孤寂地在废屋中等待死亡的来临，战争给民众心理和身体上造成的巨大伤害触目惊心。

综上所述，谢冰莹直率激昂的文体风格和多维度艺术手法的运用，在抗战时期的文坛上独树一帜。与《从军日记》相比，以《抗战日记》为代表的一批报告文学无论是从文章结构还是文笔措辞来看都精进不少。相较于前期，作家的思绪越来越趋向冷静、全面，作品的文学色彩也得到了相应加强；相较于同时代其他作家，她的作品洋溢着强烈的真实感与现实感，并以其独特的女性视角针砭时弊。这些作品的传播与解读也使得她成为民

---

① 谢冰莹：《抗战日记》，台湾东大图书股份有限公司1981年版，第55页。

国时期报告文学的倡导者与奠基者之一，更为揭露日本帝国主义的罪恶行径提供了史料支撑。

（本文受到汕头大学文学院妇女研究中心"女性文学/文化"专项研究项目"革命话语与女性意识的双重言说——以谢冰莹的女兵书写为中心"的经费支持。）

谢冰莹主编的《黄河》与西北国统区文学

朱晓莲

1940年,谢冰莹退居战场后方,于西安参与筹备和创办大型文艺刊物《黄河》。《黄河》的创办极大地繁荣了西北国统区的抗战文艺,使荒凉的西北文苑呈现出前所未有的生机。在办刊宗旨与指导思想上,谢冰莹始终奉行审美与社会关怀双重标准,培养出了一大批优秀的青年作家。

一、战时西北文艺概况

抗日战争时期,中国文学呈现出区域化的特点。20世纪30年代末,原来的以上海为中心的单一文学格局被打破,呈现出根据地文学、沦陷区文学、国统区文学三分文坛的局面。随着战事的愈演愈烈,东北、华北和华东等沦陷区的文人逐渐南迁、西迁,最终在重庆、成都、昆明和桂林这几个地方形成文化城。文人团体分布空间的形成带动了相关地区文艺思想和文学刊物的发展。据资料显示,1940—1945年,国统区的文学刊物约有262种,而重庆、成都、桂林、昆明四个西南城市的文学刊物数量就占了4/5,当时极具影响力的《新华日报》副刊、《抗战文艺》《文艺阵地》《扫荡报》等刊物也都聚集在西南地区发行。相比西南国统区文艺的热烈活跃,以西安为中心的西北国统区文艺则显得分外荒凉。西安是西北抗战的中枢神经,是前线与后方的调节站,从建设文艺阵地方面说,它应当肩负着前哨的神圣任务,但是当时的面貌更像一片荒漠。笔者粗略统计,1937—1945年西安境内共发行刊物65种,其中,刊登过文艺作品的刊物有28种,具体情况如表1所示。

表 1　1937—1945 年西安刊物刊载文艺作品情况

创刊年份	发行刊物数量/种	刊有文艺作品的刊物数量/种	刊有文艺作品的刊物名称	持续时间
1937	15	10	1.《学生》	3 个月
			2.《东北》（西安）	4 个月
			3.《救亡》	3 个月
			4.《东北呼声》	不详
			5.《抗敌呼声》	2 个月
			6.《革命青年周刊》	2 年
			7.《西北妇女》	1 年
			8.《烽火》	1 年
			9.《抗战与文化》	4 年
			10.《汉啸》	1 个月
1938	6	3	1.《大团结》	不详
			2.《王曲》	5 年
			3.《西北研究》	4 年
1939	7	3	1.《西北晨钟》	3 年零 5 个月
			2.《西北文艺》	2 个月
			3.《战时妇女》	2 年
1940	15	7	1.《舆论》	1 年
			2.《思潮》	4 年
			3.《青年劳动》	5 个月
			4.《民族青年》	6 个月
			5.《韩国青年》	3 个月
			6.《力行》（西安）	4 年
			7.《黄河》（西安）	4 年 6 个月
1941	9	2	1.《边疆》	2 年
			2.《文化导报》	3 年 3 个月
1942	5	1	1.《文艺月报》	1 年
1943	2	1	1.《读书选刊》	不详
1944	1	0	—	—
1945	5	1	1.《文化周报》	2 个月

从表 1 可以看出，1937 年和 1940 年这两年刊物数量较多，其余年份相对较少。另外，在刊登过文艺作品或设有文艺栏目的 30 份刊物中，有 27 份属于综合性刊物。也就是说，文学作品在这 27 份刊物上只占很小的版面，每版刊登的作品寥寥可数。纯文学刊物实际上只有 3 份，分别是 1939 年发行的《西北文艺》，1940 年发行的《黄河》和 1942 年发行的《文艺月报》。面对这种现状，谢冰莹不无担忧地认识到："从表面看，好像每个地方的出版物至少也有二三十种之多，但真正的能运输到前方供给士兵的精神食粮的，恐怕少于凤毛麟角吧，抗战五年来，不但前方将士的精神食粮问题没有解决，而且近半年来简直连后方无数千万学生青年的精神食粮也几乎断绝了，这是多么严重的事！"①

除了种类少，西北文化刊物还面临着持续时间短的问题。由于出版条件艰苦、资金周转不灵、稿源缺乏及政府的钳制等原因，许多文学刊物非常"短命"，有的甚至出刊一两期就停刊。例如中国国家图书馆馆藏只收录了《西北文艺》第 1 卷，《文艺月报》微缩胶片也只拍摄到第 2 卷第 1 期和第 2 卷第 2 期。虽然史料抢救有缺失，但笔者基本可以推断这两种刊物持续的时间都很短暂，传播的广泛性和知名度也不高。与之相比，《黄河》在抗战时期共存在了 4 年 2 个月，这样的发行时间长度不仅在西北地区，放眼当时整个中国文坛都不多见。在当时能够坚持 1 年以上的期刊在全国范围内仅约 110 种，所占比例不超过期刊总数的 10%。除了持续的时间长，《黄河》的销量也异常火爆，创刊第一年就刊印了 5000 份，第二年激增到 32000 份，影响范围从西北后方延伸到战场前线，乃至辐射整个国统区。看见这样的盛况，也就不难理解白戬所说的"两年以来，《黄河》成为这沙漠中的唯一的绿洲"②。

二、《黄河》的创办与争议

《黄河》的出版社和编辑部设在西安香米园德化里 38 号，先后经过了创刊、休刊、复刊、终刊四个阶段，按时间可以划分为前后两个时期：1940 年 2 月至 1944 年 4 月为前期，1948 年 3 月至同年 8 月为后期。前期共出版 36 期，复刊卷则为 6 期。值得注意的是，《黄河》并非单纯的文艺刊物，它

---

① 谢冰莹：《开展西北文化运动》，《黄河》（西安）1942 年第 3 卷第 1 期。
② 白戬：《我的希望》，《黄河》（西安）1942 年第 3 卷第 2 期。

创办发行的背后有强大的政治背景。

抗战进入相持阶段后，国民党以几十万兵力封锁了陕甘宁边区，并组织各种力量对共产党及进步文化进行"围剿"，而西安作为西北重镇受到当局的重点盯防。1938年10月，胡宗南率军队进驻西安，为了遏制中共势力的壮大，他先后创建了各种军事训练学校、训练班，还严格控制文艺舆论。1940年，胡宗南成立新中国文化出版社，社里的工作人员大都是由七分校、战干团及胡宗南的"长官部"调入。胡宗南还网罗了一大批文人学者，例如有着"民族主义诗人"之称的黄震遐、"河大"教授王佛崖等人。出版刊物不仅有《黄河》，还有《思潮月刊》、《军学月刊》、《国土》（半月刊）、《士兵知识》（连环画）等。由此可见，《黄河》的确有着深厚的政治背景，是国民党在大西北文化机构属下的机关刊物。在主编《黄河》之前，谢冰莹一直活跃在抗战前线，做着救护伤员、撰写通讯报告的工作，对于党派纷争则有意回避，坚持"民族本位"。那么，是什么原因让她选择退居战场后方，并且不惜冒着卷入政治漩涡的风险也要毅然主编《黄河》呢？

冯超与李继凯先生曾在《谢冰莹对国统区抗战文艺的认同与疏离》一文中披露，谢冰莹远赴西安主编《黄河》是因为其三哥谢国馨的举荐。谢国馨是民国新闻界一支健笔，曾在抗战全面爆发时任李宗仁领导的国民党第五战区长官部中校秘书，1939年又调任西安战地干训团上校秘书。他在西安文化事业萎靡不振之际的确曾向胡宗南举荐过谢冰莹："有妹谢冰莹者对编撰文化刊物有专长时。"① 随后又致电谢冰莹称："开展大西北文化运动的计划已拟定，胡先生之魄力了不起，眼光远大，出版社前途不可限量，千万要来。"② 不可否认，谢国馨的举荐和胡宗南的邀请的确是促使她赴西安的直接原因，但是笔者认为谢冰莹主编《黄河》与其个人境遇和文学使命认知也有着莫大的关联。

据原妇女战地服务团成员甘和媛女士回忆，当时谢冰莹所在的第五战区实际上存在着诸多弊端，例如对于伤兵的救护问题。医护人员通常都是抓着伤员的两只脚腕将其从车板上拖下来，公路上也常见被遗弃的伤兵，伤兵部门缺乏管理，等等。谢冰莹也曾作《火线上的伤兵问题》抨击了这一乱象，指出"战士是为国家民族受伤的，凡是中国人都有救护他们的义务和权利"，并呼吁"这种包运伤兵的畸形现象，希望再不发生"。③ 在后来与李宗仁将军的谈话中，甘和媛直言不讳地指出这种现状，但是这种做法

---

① 文戈庄：《胡宗南先生与国民革命》，《浙江月刊》（台北）1988年第9期。
② 文戈庄：《胡宗南先生与国民革命》，《浙江月刊》（台北）1988年第9期。
③ 谢冰莹：《火线上的伤兵问题》，《时事类编》1938年第12期。

随后就遭到国民政府军事委员会的忌惮，于是军事委员会派出"战地党政考察团"前往第五战区"考察"。"考察"的结果直接波及甘和媛所在的服务团，谢冰莹作为团长理所当然地受到牵连，被认为是"带着一批异党分子在五战区大肆活动"，受到战区政工部门的严加防范。由此可见，当时国统区的言论并不自由。这件事发生不久，谢冰莹就前往西安。另外，在前线的3年时间里，谢冰莹的身体状况并不乐观，1938年8月在重庆市立医院做了治疗慢性鼻炎的手术，1939年8月又于海棠溪第九重伤医院做了盲肠切除手术，再加上常年患有胃病，她终于感到力不从心。她曾在致第十、十二总队同学的信中，不无忧伤地说道："我被这无情的病魔绊住了，所以我觉得'心有余而力不足'这句话，好像是古人针对着我今日的处境和内心的苦闷而产生的！"①

除了处境上的艰难和身体上的伤害，内心深处对于文学使命的认知才是谢冰莹愿意主编《黄河》的根本因素。中国的知识分子大多怀有"天地之心，生民之命"的济世情怀，他们无论是居庙堂之高还是处江湖之远，都始终不忘肩上的责任与担当，这从屈原的"哀民生之多艰"②到近代无数仁人志士的以身殉国皆可证明。谢冰莹也不例外，她充分意识到文学在国破家亡时的"功用作用"和"战斗作用"，认为"文化食粮在抗战期间，它是和吃饭一般重要。若讨论起它所及的抗战建国的使命，那就更重大了。它守在自己的岗位上，用笔代替了枪，用字代替了子弹"③。1938年，随着抗战进入最艰难的相持阶段，这种利用文学抗战救国的使命感与迫切感表现得越发强烈。在与《春云》杂志的编辑华飞先生的通信中，谢冰莹忍不住写了以下两点：

> 我在两天内就要离开重庆赴前线工作了，我虽看不到《春云》的出版，却希望你能将它寄到战地来给我看，关于它的内容，我有一点意见，觉得应多载地方性的作品，多登实际材料的文章，空的理论和太平凡的文艺作品，可以少载，以免占了宝贵的篇幅，而又与青年大众无益，不知你以为如何？④
>
> 在重庆的这两个月，我的精神算是苦够了，前方英勇的战士在流着血，牺牲性命与敌人死拼，后方的人却在过着歌舞升平、醉生梦死

---

① 谢冰莹：《寄毕业同学》，《王曲》1943年第9卷第6期。
② 文怀沙：《屈原离骚今绎》，百花文艺出版社2005年版。
③ 南芷：《再论作家与生活》，《黄河》（西安）1940年第1卷第8期。
④ 谢冰莹：《一封信》，《春云》1938年第3期。

的生活，两下比较起来，真的一方面是庄严的工作，一方面是荒淫与无耻，盼望在这里负责推动文化工作的朋友们，多多替这些麻木的群众打吗啡针，救一救他们可怜的灵魂。①

由此可知，谢冰莹实际上对市面上所出版的杂志并不是太满意，她期盼着切合实际，能够启迪民智、疗救国民灵魂的刊物出现，所以才在信中对《春云》的出版寄予希望。对她而言，"文学"是另一种形式的"武器"，且这种"武器"在某种程度上比枪杆子的威力更大，它是能直达人灵魂深处的，是能够唤醒人心的利器。这种情绪的酝酿为她主编《黄河》奠定了深厚的思想根基。综合来看，政治舆论的高压使得前方战场没有她的容身之所，身体与精神上的煎熬无疑是雪上加霜，但是理想和使命还在，权衡之下，奔赴西安才是她最好的去处，主编《黄河》才是她最好的选择。换句话说，是个人境遇、文学使命认知和西北政治局势这三者的合力让她接受了《黄河》这一带有政治色彩的刊物的主编一职。

除了创刊的幕后因素，学界对《黄河》究竟是不是由谢冰莹一手创办的也众说纷纭，《黄河》创刊号具体的出版时间也值得探讨，在这里稍做简要说明。其实对于《黄河》出版的具体时间，谢冰莹曾在《本刊的过去与将来》一文中有过确切的说明："我是一月十七日才到西安的，而二月二十五号以前就必须出版创刊号，好在来这里的几位朋友如冀野，念慈，海萍，郁臧，佛千他们都能按时交稿，而老向，丹林，东平三位远道的朋友，又都用航空或快邮寄文章来，终于使《黄河》在二月二十八那天初次和读者相见。"② 由此可知，从谢冰莹抵达西安到《黄河》正式出版第 1 期，中间约隔有 41 天，除去安置生活琐碎的时间，实际留给谢冰莹筹办《黄河》的时间不到 1 个月。以当时西北的经济和通邮条件，谢冰莹不可能一个人在 1 个月内就能出刊。另外，《黄河》创刊号上的主编者署名为"黄河文艺月刊编辑室"，从第 3 期开始主编者才正式署名为"谢冰莹"。从这基本可以推断出《黄河》并非谢冰莹一手创办，或者说她只是参与过《黄河》的创办筹备事务。在《黄河》的整个历程中，谢冰莹也并不是唯一主编，1943 年《黄河》第 5 卷第 2—4/5 期由厉厂樵任主编，从第 5 卷第 6 期起才由谢冰莹继续担任主编。

---

① 谢冰莹：《一封信》，《春云》1938 年第 3 期。
② 谢冰莹：《本刊的过去与将来》，《黄河》（西安）1941 年第 2 卷第 1 期。

三、对三民主义文艺政策的取舍与背离

1942年5月,毛泽东发表了《在延安文艺座谈会上的讲话》(以下简称《讲话》)。为了抵制《讲话》的传播,同年9月,国民党中央宣传部部长、中央文化运动委员会主任张道藩在《文化先锋》创刊号上发表了《我们需要的文艺政策》,提出三民主义文艺政策。这一政策迅速成为国民党消灭异己的思想武器。身处其中的谢冰莹自然深受影响,但是表达政治意图并不是她主编《黄河》的主要目的和初衷,打倒帝国主义、争取民族解放和国家独立才符合当时她对战时中国的想象与认知。所以在三民主义话语的钳制下,她仍然保持着一定的文人自觉性和思考力,力图在一定程度上降低政治敏感度,实现抗日救国的理想,这一点从《黄河》的办刊宗旨和编辑特点可以看出。

《黄河》在创刊伊始立足于"肃清倭寇,复兴民族"的宗旨,这一点无论是在第3期谢冰莹正式担任主编之前还是之后都表露无遗。在发刊词中,其三哥谢国馨满怀一腔赤诚写道:"你下游入海的故道,你从新游荡的东海,都被倭骑践踏,倭舰污辱了!你和你的兄弟长江珠海黑龙江都遭遇了同样的厄运,受到魔鬼的侵凌,为历史上所没有的奇耻大辱,你能够忍受吗?不!决不!我相信你会怒吼起来!会战斗起来!""这是黄河在抗敌反攻的时候了!……我相信在最近的将来,将在复兴民族的历史中写下最光荣的一页!"① "战斗""反攻""民族"这些铿锵有力的字眼揭示了宣传抗战和动员群众才是《黄河》的中心任务和现实目标。这样的目标绝不是谢国馨一己之思,而是包括谢冰莹在内的整个《黄河》编辑同仁的共同使命和初衷。这样的宗旨在张佛千《我对于民族抗争文学的一点意见》一文中得到了印证。张佛千在接到谢冰莹的求稿信后,立即慷慨赐稿,并坦言道:"这两年来,许多朋友办的报纸杂志,承他们的好意,向我索稿,我一个字都没有写,因为一方面是懒于提笔,一方面是不能说我要说的话,所以只好一任朋友们的责备,不过你来信说,你的刊物的性质,是提倡民族战争文学,此意甚善。"② 很显然,促使张佛千重新提笔的由头不是党派倾轧,也不是利益驱使,而是《黄河》的性质,是它背后为民族为国家而战的崇

---

① 国馨:《黄河(代发刊辞)》,《黄河》(西安)1940年第1卷第1期。
② 张佛千:《我对于民族战争文学的一点意见》,《黄河》(西安)1940年第1卷第1期。

高使命。也只有这样的定位才能激动千千万万作家和读者的心,才能慰抚战争中民众饱受磨砺的日渐绝望的灵魂。当时西安新中国文化出版社旗下还有《思潮月刊》《军学月刊》《中外导报》等众多刊物,《思潮月刊》旨在宣传新文化运动,推崇三民主义,抨击一切与其相斥的政党体系及其观念;《中外导报》多宣传国民党当局的政策,抨击中国共产党;《军学月刊》更是国民党当局宣扬党政文化的载体。与之相比,《黄河》无疑是一股清流,虽然国民党当局确实赋予了它争夺文艺阵地的政治任务,但是谢冰莹及《黄河》编辑部同仁都把侧重点放在了抗日救国的职责上。

这样的宗旨落实到具体的刊物编撰上,具体呈现两方面的特点。

第一,文章选材全面地突出抗日救国的主题,对三民主义文艺政策中的先进部分进行适当的阐发。《黄河》前36期中抗日救国的题材所占比重非常大,主题内容都高扬抗日大旗,坚持民族抗战信念,如报告文学《临潼行军》《壮烈的五月》《在黄河前线》《敌寇总崩溃前夕的晋南》《裸体杀敌的战士》《中条山突围记》《宁寨血战记》《俘虏收容所参观记》《蚌埠一夜》;戏剧《第一军人》《张店之夜》《正义血战》《梅子姑娘》《赏赐》《狂欢之夜》;诗歌《修路工人》《血的季节》《青年在后方》《哀江南曲》《战斗吧,朋友!》。从第2期起还特设"北征之曲"专栏,专门登载与抗战有关的诗歌。值得一提的是,为更好地宣传抗日,警醒世人,《黄河》还创造性地在第1卷第6期设"纪念七七专号";第2卷第4期又设"日本反战志士文艺专号",刊载了16篇日本反战人士揭露日军侵华战争罪恶行径的文章,如《我是怎样轰炸南京的?》(武田进、鸣岗)、《森下九郎同志遇难一周年纪念》(田中照子)、《伟大的黄河》(押切五郎)、《一觉醒来》(田中早彦、罗月焕)等。这在当时的中国是一个创举,所引起的社会意义非同凡响。除此之外,作为主编的谢冰莹善于用理性的思维审视国民党当局的文艺政策,有选择性地响应它。全面抗战爆发后,国民党把文艺政策调整到抗战建国上,在一定程度上契合了民族救亡的时代主题,有其积极的一面。谢冰莹积极响应了这一政策,写了一批很有建设性的理论文章,如《抗战文学与生产文学》《建立生产文学》《国防与国防文学》,发表在《黄河》上。谢冰莹认为"只写抗战文学,而忽视生产文学,那等于只有抗战,没有建国"①,因而提倡"把写作的范围扩大到每一个参加抗战的士兵和民众身上去"②,因为要想赢得战争的最终胜利,文艺是应该担任抗战和建国双重任务的。正如王平陵所说:"文艺虽然不是生产的工具,但文艺是生产

---

① 谢冰莹:《抗战文学与生产文学》,《长郡青年》1943年第2卷第1期。
② 谢冰莹:《抗战文学与生产文学》,《长郡青年》1943年第2卷第1期。

的推进机。"①

第二，文艺气息超过了党政色彩。虽然是隶属于国民党当局的刊物，肩负着当时的政治使命，但是《黄河》并没有如国民党当局期盼的那样成为政治的传声筒，其文艺气息远远超过了党政色彩，这一点从夏登全的《扩大西北文艺运动》一文就可以看出。夏登全在文中对《黄河》这本杂志的定位非常高，他希望《黄河》成为西北的大动脉，引领西北文艺的主流，特别强调"要使它的浪涛注入到每一个角落，每一颗跳动的心灵，发挥文艺的伟力，巩固大西北防线"②。谢冰莹把它刊登在《黄河》第3期重要位置，足见其重视程度与认可倾向。1942年7月，谢冰莹在《开展西北文化运动》一文中又重申了这一理念，并呼吁"无论是官办或私办的刊物，此后应充实内容，登载国内国外的抗战文艺"③。对文艺的重视程度还表现在对作品挑选的严格上，她力求刊登的作品兼具文学性和功用性。从创刊开始到1940年年底，《黄河》共收到1586篇稿件，但是收录的只有211篇，其中40%为作家的作品。在向稿件未被录用的作者深表歉意的同时，谢冰莹坚决表示"宁可得罪一个作者，绝不发表一篇使千万个读者看来不高兴的文章"④，并且决定从第2卷起就要充实内容，多刊登些文艺通信、译文、文学理论以及前辈作家的写作经验等文章。所以可以看到，从1941年开始，《黄河》上诗歌、戏剧、小说和关于创作经验的文章相较之前明显增加，仅谢冰莹分享创作经验的书信就有8封之多。同时，《黄河》还增设"文化情报"一项，介绍作家生活及当地文化动态，如《孤岛出版界的一断片》《剧的热流在陕南》《战时中国画坛》《沦陷中的华北文艺》等。

四、《黄河》对西北统战区文学的贡献

《黄河》的官办色彩曾使谢冰莹深受质疑，贾植芳就认为："这个1926年参加过大革命军队工作，进过国民党军官学校，又一度加入'左联'的女作家，这时已完全成了国民党的御用文人。"⑤ 不可否定，身在西北国统

---

① 靳明全、宋嘉扬：《重庆抗战文学理论》，重庆出版社2005年版，第272页。
② 夏登全：《扩大西北文艺运动》，《黄河》（西安）1940年第1卷第3期。
③ 谢冰莹：《开展西北文化运动》，《黄河》（西安）1942年第3卷第1期。
④ 谢冰莹：《本刊的过去与将来》，《黄河》（西安）1941年第2卷第1期。
⑤ 贾植芳：《暮年杂笔》，汉语大词典出版社1997年版，第49页。

区,《黄河》要想存活下去,就不得不对国民党当局的文艺政策有着或多或少的应和与妥协。但是总体而言,《黄河》的基调都始终是朝着抗日救国的方向发展的,对西北国统区文学的发展也做出了一定的贡献。

一是加强了西北文坛与全国文坛的区域互动。谢冰莹在创刊伊始就希望《黄河》能成为西北文艺的大动脉,并借夏丏尊之口指出要实现"地方性与全国性的融合",认为"文艺本来是没有地域的,然而为了切合实际的需要和地理的环境,地方性有注意的必要,尤其在西北积极需要文艺培养之下,这一运动更要注意其特殊环境,应以开发西北民众力量为标识,然后由地方性的扩大而为全国性的,使两者切实地融合起来"。①《黄河》从第1期起就有意识地关注全国各地的文坛动态。据统计,在谢冰莹担任主编的36期中,介绍各地文坛动态的文章就有29篇,并且在第2卷第10期还特设"文艺动态专号"。这29篇文章从华北到西南,从国内到国外都有涉及,如《大别山的文化动态》《鄂北文化运动的活跃》《孤岛出版界的一断片》《沦陷中的华北文艺》《苏联作家之作品的销售统计》《欧洲的艺术珍宝》等。不仅如此,谢冰莹还善于把握文艺的最新趋势,制造热点话题,以此推动西北文坛与全国文坛的良性互动。例如,《黄河》第4卷第8期刊载了姚珞的《论民族文艺运动与文艺政策》,其目的就是为了紧跟文坛动向,形成论争态势。谢冰莹在同期编后语中就阐明:"自张道藩先生发表《我们所需要的文艺政策》一文,重庆和各大都市的文艺作家纷纷加以讨论,而在西北,还没有热烈的讨论。……本刊希望西北的文艺作家,也就此问题予以讨论,姚珞先生的大作就算是引玉之砖。"②《黄河》凭借着与全国文坛的密切联系,得以畅销全国。

二是卓有成效地壮大了西北文艺队伍。因为交通闭塞、文坛萧条,《黄河》在创刊初期面临稿源不足的危机,但是这种状况持续的时间非常短暂,从第2期起,《黄河》的刊载文章数就由第1期的17篇骤增到41篇,此后更是有增无减,内容也更加多样和充实。这首先得益于谢冰莹广泛的文坛人脉关系。她广发信函,向熟识和交好的作家索稿并得到了良好反馈,孙伏园、梁实秋、赵景深、老向、李长之、柳亚子、冯玉祥、陈鲤庭、姚雪垠、李朴园、丰子恺、沈葆心等人都为该刊撰写过作品。不仅如此,谢冰莹还非常注重对青年作家的培养。对于优秀的作品,不管作者名气大与否,只要是技巧得当、血肉丰满,她都会选择刊登;对于不符合择稿标准的作品,她也非常珍惜,鼓励作者要有再接再厉的精神。谢冰莹还亲自写了大

---

① 夏登全:《扩大西北文艺运动》,《黄河》(西安)1940年第1卷第3期。
② 谢冰莹:《编后》,《黄河》(西安)1943年第4卷第4期。

量的有关创作经验的文章，开辟"黄河信箱"专栏，尽最大努力对青年进行写作指导。正是抱着这样公正且惜才的编辑精神，许多爱好文艺的作家都积极地向《黄河》投稿。也正因为如此，《黄河》培养了一大批优秀的青年作家，如黄碧野、陆印泉、谢东平、段念慈、张十方、张海平、海戈、立山、尹雪曼、李莎、涂翔宇、上官予、王蓝、赵清阁、林清、薛玉军、胡曲、百云等人。可以说，《黄河》网罗了一大批优秀的作家和学者，为西北文艺的繁荣打下了坚实的基础。

三是推动了西北大后方的文化建设。1942年，在《开展西北文化运动》一文中，谢冰莹对成立两三年的《黄河》做出了这样的评价："西北素来是被人家比做沙漠一般荒凉的，但近二三年来，他也一天天活跃起来了。"[①]的确，《黄河》在荒漠般的西北文坛开辟出了一片绿洲，滋养了前方战士和后方群众干涸的心灵，更推动了西北的文化建设。在抗日战争期间，《黄河》发表了大量的战地报告通讯，如《裸体杀敌的士兵》《记反侵略剧团》《壮烈的五月》，极大地鼓舞了前方将士的信心，并满足了后方对战争态势的了解等；除此之外，还刊登了大量的小说、诗歌和文论，如《我的创作经验》《臧克家的诗》《写给青年作家的信》等。但最值得一提的是，它善于贴近群众，积极宣传普通民众所爱好的文艺样式，如戏剧、歌曲等。1940年，战干剧团15部大型话剧的公演，在西北乃至全国都产生了巨大反响。谢冰莹除了刊登大量的戏剧作品外，还特地推出了"戏剧专号"，对戏剧理论、戏剧内容及戏剧的艺术性做了多方面的剖析。这些通俗作品的发表及相关理论的阐发极大地推动了西北文艺的建设。

综而观之，在抗日战争的时代背景下，谢冰莹以编辑文艺刊物《黄河》的方式，为西北国统区抗战文艺的兴起做出了突出贡献。尽管这一时期谢冰莹本人的思想在一定程度上受到了三民主义文艺政策的影响，她却能保持文人的清醒意识和独立思考，并以一种或隐或显的方式影响着《黄河》的办刊宗旨和编辑理念，使其避免成为政治的传声筒和党派纷争的工具。体制内办刊无疑是各有利弊的，能最终跳出藩篱，在追求民主与和平的征程中连连发声的人，必然有着强大的勇气和力量。所以，对于谢冰莹这样的战斗型文人，我们应该秉持理性的态度去做出客观的评价。

[①] 谢冰莹：《开展西北文化运动》，《黄河》（西安）1942年第3卷第1期。

路易士诗观考述

李 艳

纪弦,生于河北清苑,祖籍陕西秦县,本名路逾,字越公,是中国现代派诗歌的倡导者,台湾现代诗学的点火人,他将中国现代诗歌引向现代主义,开创了中国诗歌的一个新时代。纪弦被誉为"诗坛常青树",诗歌创作伴随其一生。台湾时期是纪弦诗歌理论和实践的高峰时期,但大陆时期的诗歌创作无疑对其后来的诗学理论和创作实践产生了重要影响。1933年12月,纪弦以"路易士"为笔名,出版了第一部诗集《易士诗集》,自此正式开始其诗歌创作生涯,直到1945年抗日战争胜利,才改笔名为"纪弦"。在以"路易士"为笔名的十余年中,纪弦出版多部诗集,创办多部诗刊,对现代主义诗学进行艰难探索。前人或以纪弦1948年赴台为分界点,或以1957年现代主义的论战为分界点,以文本细读和理论分析的方法探究其诗歌创作,为后来的纪弦研究提供了重要依据。与前人的研究角度不同,本文以文学史料为立足点,考察纪弦在"路易士"时期诗观的形成与发展,对梳理其前期的诗歌创作脉络、探究其后期的诗学理论和诗歌实践具有重要意义。

一、初入文坛

1929年,16岁的路易士开始写诗。"此时夜正深,何处是我魂?魂已遥般去,常随我爱人。"[①] 这首处女作是路易士初恋时所作,用词稍显稚嫩。翌年,路易士完成诗作《初恋》。但写诗不是路易士的初衷,1933年,路易士毕业于苏州美术专科学校,办过两次画展,第二次画展失败后,才弃画写诗。路易士在1924年考入江苏省立第五师范附属小学时打下了坚实的文

---

① 纪弦:《纪弦回忆录第一部:二分明月下》,台湾联合文学出版社2001年版,第35页。

学功底，恩师刘乐渔和龚夔石先生对其国文素养具有启蒙意义，另一位音乐老师储三籁先生对其影响也颇深，"以乐治心"的教育理念，坚定了路易士崇尚自由的人生理想和文学品格。

1933年12月，《易士诗集》出版，收录了路易士1929—1933年创作的60余首诗。"路易士"的笔名是苏州美术专科学校的同学林家旅所取，一直沿用至1945年。纪弦在"路易士"时期的诗作主要收录在《易士诗集》中。《易士诗集》的出版颇费周折，出版社以"印行诗集是亏本生意"为由拒绝了路易士，这使路易士很受打击，最后由路易士自掏腰包才得以出版。《易士诗集》中的诗作大多是路易士探索诗学的习作，艺术成就不高，但对路易士今后步入现代主义诗学的道路奠定了重要基础。路易士于1929年开始写诗，彼时中国新诗经历了第一个十年后正向第二个十年过渡，新诗艺术处于前期发展阶段。胡适在1920年出版《尝试集》后打破旧体诗词的文言形式，开创了白话诗的新纪元，但新生期的白话诗艺术处于较低水准；后以徐志摩、闻一多为代表的新月派主张格律诗和"三美理论"，提升了直白通俗的白话诗的艺术水准；到20世纪30年代出现了以戴望舒、施蛰存为代表的现代派，他们提倡"纯诗"理念和散文诗的形式，并借鉴西方现代主义的手法进行创作。路易士的诗坛生涯开始于新月派诗歌的背景中，发展于现代派的文学活动中。

受新月派诗歌的影响，《易士诗集》中收录的诗体形式"十之八九为格律诗"①，但路易士在《易士诗集》的自序中谈道："在形式上说，我是不懂得十四行和律体的……我也没有研究过但丁和荷马，杜甫和李白，徐志摩和朱湘。"② 由此来看，路易士未对新月派的格律理论进行深入研究，虽在形式上模仿新月派的格律体，但与新月派是不同的风格。一方面《易士诗集》中的诗歌大都为情诗（如《初恋》《姑娘再来一个》《相思》等），且不像新月派那样追求暗示和隐晦的艺术境界。路易士一向以直白的风格袒露自己的心声，这种直白晓畅的诗风与初入文坛的路易士在诗学方面的造诣不甚成熟有关。《易士诗集》作为路易士的第一部诗集，其中的许多诗在文字技巧和题材手法上不免稍显稚嫩。路易士自认为创作手法较为成熟的是《八行小唱》："从前我真傻，没得玩耍，在暗夜里，期待着火把。如今我明白，不再期待，说一声干，划几根火柴。"③ 句型凝练，简短有力，从"期待火把"的彷徨到"划几根火柴"的干劲，路易士尝试了用象征的

---

① 纪弦：《纪弦回忆录第一部：二分明月下》，台湾联合文学出版社2001年版，第58页。
② 路易士：《易士诗集》，中和印刷公司1934年版，第1页。
③ 纪弦：《纪弦精品》，人民文学出版社1995年版，第4页。

手法来表达内心隐秘的情感。另一方面，新月派诗人"向往的是一种健康的、合理的、常态的人性准则"①，他们追求积极的人生理想和美好向上的情感态度，对于丑恶、黑暗之类的消极情感和意象只是予以揭露和鞭挞；而路易士抛开道德标准，将丑、恶、肮脏的客观物象作为一种审美方向，像西方现代主义那样将美丽与丑恶放在平等的地位上予以表现。如《易士诗集》中收录的《殡舍中底少妇》一诗，刻画了一具殡舍中的女尸的形象，其氛围之阴森恐怖使读者不寒而栗；而诗的最后两句："送她些什么呢？唉，赠她以阴间的鲜花"②，又将读者的恐惧心理拉回到了对生死的敬畏当中，使读者体验了以丑为美的审美感受。

　　初入文坛的路易士除了借鉴新月派诗歌外，还受到李金发的象征主义诗风的影响。路易士早期学习西方美术时曾订阅李金发主编的《美育》杂志，《美育》不仅刊载西方绘画，也刊载李金发的诗作。受李金发象征主义诗风的影响，路易士的诗歌也不乏象征色彩。如《六行诗》："薄得像一张毛边纸——裹着骷髅的青春。迅捷有如一支箭——在死以前的生。薄纸经不起撕！生之箭只有一支！"③ 简单明了的意象和晓畅易懂的象征意义是路易士初步涉猎象征主义手法的表现，经不起撕的毛边纸犹如不可荒废的青春，在"迅捷有如一支箭"的光阴面前，富有生机的青春终变成一具骷髅。路易士此时诗作的艺术水平虽然不及赴台后的诗作，但值得肯定的是，他善于在平淡的生活中体察出独特的象征意象，这些意象往往不同于大众熟知的公共意象，而是路易士在生活经验中体悟出来的专属于其个人的象征意象。路易士赴台后出版的《新诗论集》中曾用大量篇幅介绍波特莱尔、马拉美、梵乐希、阿保里奈尔等象征主义诗人，足以看出他对象征主义的青睐。路易士的象征主义诗作与中国新诗的象征主义色彩一样，都是始于李金发对西方象征主义的引进。李金发于1925年出版的《微雨》是中国第一部象征主义诗集，20世纪30年代后，戴望舒、施蛰存等人陆续开始创作象征主义诗歌，路易士就是在现代派的影响中逐步加固其象征主义手法的。他对象征主义的青睐一方面离不开其文人的性情特质：出身于西方绘画专业的路易士钟情于西方印象画派，叼着烟斗或拿着手杖是他自画像中常有的形象，无论在艺术创作还是日常生活中都表现出浓浓的西式做派和浪漫情怀；另一方面，当时文人的时代处境是诗人转向象征主义的重要原因：在以左联的革命文学为主流的文学环境中，自由文人不愿政治意识干预文

---

① 黄昌勇：《新月派文学思想论》，《文学评论》1995年第5期。
② 路易士：《易士诗集》，中和印刷公司1934年版，第32页。
③ 路易士：《易士诗集》，中和印刷公司1934年版，第9页。

艺自由，于是避开写实的革命文学而选择了象征主义等艺术创作。个人和时代的双重原因促使路易士在象征主义创作之路上越走越远。

与李金发对路易士的影响相比，戴望舒对路易士的影响是决定性的。戴望舒早期也接受了新月派对新诗艺术的发展成果——诗的格律美，如其代表作《雨巷》一诗就体现了音乐美的渗透。经过了对诗作的初探阶段后，戴望舒的诗愈加散文化，他在《望舒草》中突出强调韵律对诗情的束缚，称"诗的韵律不在字的抑扬顿挫上，而在诗的情绪的抑扬顿挫上，即在诗情的程度上"①。所谓"韵律在诗情"是指诗人通过情感传递使读者产生共鸣，在感受诗人情感的同时形成读者情绪的起伏，以此产生情感的波动。这一点与素来喜欢以情绪作诗的路易士不谋而合，并成为他作诗的重要审美原则。路易士在其回忆录中谈道："要不是读了他（戴望舒）的《望舒草》，相信我还不会那么快地抛弃'韵文'之羊肠小径，而在'散文'之康庄大道上大踏步地前进。"② 在戴望舒的影响下，路易士逐渐告别新月派式的格律诗而开始写自由诗了。1934年5月，路易士初次向外界杂志投稿，在戴望舒、施蛰存和杜衡编辑的《现代》杂志上成功发表《给音乐家》一诗，这给了初入文坛的他莫大的鼓舞。接着在9月份的《现代》发表《时候篇》一诗后，21岁的路易士作为自由诗选手跻身于20世纪30年代现代派的名家之林，奠定了他在文坛上的地位，这对其赴台后建构现代主义诗学产生了重要影响。以戴望舒、施蛰存为代表的现代派将新诗发展的目光转向了西方现代主义，使新诗在新月派的基础上产生了新的艺术水准，"其在美学趣味上反拨浪漫主义，精神上返回自我，诗形上散文化自由体等特点"③ 成为路易士赴台后建构现代主义诗学的重要内容。

二、"第三种人"文艺观的形成

路易士早期由于受倾向左翼立场的同学的影响，其诗歌偶尔也有些左翼色彩。如作于1933年的《栽秧号子》写道："富人嘴里，那白白的米，

---

① 戴望舒：《望舒草》，复兴书局1936年版，第112页。
② 纪弦：《纪弦回忆录第一部：二分明月下》，台湾联合文学出版社2001年版，第75页。
③ 陈旭光：《中西诗学的会通·20世纪中国现代主义诗学研究》，北京大学出版社2002年版，第188页。

软软的面包！""穷人身上，这挥着汗的，日夜辛劳！"①，揭露了富人对农民的剥削，赞美了农民的辛勤劳作并为农民的苦难呐喊。再如《拉车的话》《农民放火队》等也具有明显的左翼色彩。路易士加入现代派后，现代派成员杜衡的反左思想制止了他的左翼倾向，对其今后的"第三种人"文艺观产生了决定性的作用。

路易士在《现代》发表《给音乐家》与《时候篇》后成为现代派的一员，免不了参加文艺界的各种活动。这类活动以徐迟为代表的"现代派诗人群"和以杜衡为代表的"第三种人集团"为中心，至于左翼作家群，路易士则与他们素不往来。"第三种人"认为左翼作家以政治干预文学的做法破坏了文艺自由，在小说上以模式化的"革命＋恋爱"主题来表现英雄主义和浪漫主义，形成了僵化的、机械的文学；在诗歌方面以写实主义手法写诗的做法使诗歌成为时代的宣传口号，毫无诗味可言。路易士也反对左翼作家的文学观，坚持文艺自由不可侵犯，以"为文艺而文艺"的理念进行诗歌创作。路易士的这种反左立场是在杜衡的带动下渐渐坚定起来的。《现代》第1卷第3期发表了杜衡的《关于"文新"与胡秋原的文艺论辩》一文，以声援胡秋原的自由文艺思想为由头，引发了20世纪30年代的自由文艺论辩。在杜衡看来，左翼文学是借文学服务于政治，其功利性已使文学失去了文学本身，而变成了政治斗争的冲锋号和宣传工具。鲁迅则在《论"第三种人"》中称杜衡等"第三种人""生在有阶级的社会里而要做超阶级的作家，生在战斗的时代，而要离开战斗而独立生在现在而要作给予未来的作品"②。鲁迅认为"第三种人"的自由文学违背时代趋势，不可能在当时的环境中成为主流文学；并指出杜衡将"第三种人"的困境归咎于左翼作家是不正确的，在那个阶级分化的时代，即使没有左翼作家也会有其他阶级群体来阻碍所谓"第三种文学"的发展。杜衡读了鲁迅的《论"第三种人"》后对其观点表示赞同，但对左翼文人曾粗暴地排斥"第三种文学"的行径仍有不满。初入文坛的路易士在这场论战中深受杜衡的"第三种文学"理念的影响，并确立了今后"第三种人"的自由文艺观。在"第三种人"文艺观的影响下，路易士坚持创作自由、"为艺术而艺术"和不受政治束缚的文艺观。在路易士看来，一个优秀的文学工作者，既不是共产党也不是国民党并不是一件不体面的事，这种根深蒂固的自由文艺观将路易士今后的文艺活动拉上了"第三种人"的轨道，对路易士的诗歌理论和实践产生了深远影响，并推动了之后现代派（以纪弦为代表的台湾现

---

① 路易士：《易士诗集》，中和印刷公司1934年版，第58页。
② 倪雪君：《旧事风雨知多少》，厦门大学出版社2005年版，第136页。

代派）新诗艺术的发展。

　　此后，路易士始终坚持文艺自由，开展自由文艺活动。1934年12月20日，路易士在上海独资创办了《火山》诗刊，"小32开道林纸本，54页。火山诗社地址在上海浦石路圣母院路瑞金一路口"①，这是路易士出版《易士诗集》后独资创办的第一部诗刊，运营这本诗刊对当时年仅23岁的路易士来说是异常艰辛的事情，他多次提到当时租住在亭子间的艰难生活，如1935年在《文艺大路》创刊号发表的《亭子间》一诗即书写了当时的困顿。另外，路易士在《火山》创办的前两个月，于《甘肃民国日报》第8版发表文章《家》，其中也叙述了当时的流浪心境："在都市里我每一天都流浪着，从一条街到另一条街。"②他在文中提到了四次因孤独困苦而泪下的经历，其文学之路的艰难可见一斑，而《火山》诗刊在上海出版两期后就停刊了。该年春，戴望舒、施蛰存创办的《现代》也停刊了；杜衡等人又组成"星火文艺社"，在1935年5月15日创办了《星火》半月刊。在杜衡的影响下，路易士以"第三种人"的文学立场联合镇江、扬州的青年文学家组成了"星火文艺社江苏分社"，在《苏报》副刊出版《星火》周刊。《星火》"虽然仅出版八期，但在中国现代文学史上却自有其地位，因为它是由'第三种人'文学集团编辑出版的第一份刊物"③。"星火文艺社"在当时办得有声有色并掀起了一股自由文学的浪潮，路易士也从该年开始在上海文坛走红。

　　杜衡、路易士等人在"星火文艺社"解散后继续进行"第三种人"的文学活动——创办"未名书屋"，出版"未名书苑"丛书，路易士的第二部诗集《行过之生命》是该丛书之一部。该诗集由杜衡作序，施蛰存作跋，共收录161首诗，包括路易士作于1933年前的10首诗（选自《易士诗集》）、作于1934年的92首诗以及作于1935年1—8月的59首诗，可见路易士在20世纪30年代诗歌产量之丰。施蛰存在为《行过之生命》作的跋中谈到路易士的创作："在一切的日常生活中，心有所感，意有所属，情有所激，就写成他的诗了。"④以这样的创作态度作诗，路易士的诗往往创作得很快，日常有感即作一首诗，所以施蛰存说路易士的诗往往生产快而缺乏凝练。路易士在回忆录中也谈道："收在这个集子里的东西，至少有一半

---

① 虎闻：《旧书鬼闲话》，河北教育出版社2005年版第42页。
② 路易士：《家》，《甘肃民国日报》1935年10月12日。
③ 鞠新泉：《无效的自救——〈星火〉月刊的漩涡里外》，《东方论坛》2008年第5期。
④ 路易士：《行过之生命》，未名书屋1935年版，第331页。

以上是令人脸红的'坏诗'与'非诗'。"① 尽管如此，《行过之生命》与他的第一部诗集《易士诗集》相比，在风格走向上变得愈加成熟，不再过多书写对艺术、爱情的向往与热情，而更多地表现在希望与失望之间徘徊的忧郁，书写的多是自己的梦和自己凄凉的存在。经历了生活洗礼的路易士渴望改变污浊的社会现实，但生活却让他在屡屡碰壁后悲观消沉，如其诗集后记中所言："本来，二十世纪做人难，倘痛痛快快让一切都毁灭了，倒也算了；偏是活在这腥臭的粪坑里，而我自己又不得不在蛆群里苟延残喘。"② 因生活的困顿失意，《行过之生命》中的诗不乏寻梦主题，如路易士在《追求》一诗中写道："在光明的后面，我追它/我想捉住它来细细把玩/但我的有限的速率追不上它/我疲乏至于失望了/我停留在一个山巅上/看着它越跑越远了/我只得燃起自己的火炬/凭借着自己的光明/摸索自己的路/在泥土上烙自己的脚印。"③ 从中不难看出诗人对生活中燃起的希望之火又被现实之冷水狠狠浇灭的痛苦。从整体来看，《行过之生命》虽在艺术水平上不及赴台后的诗作，但"第三种人"的文艺观为路易士今后的文学创作树立了自由的基调。

路易士以"第三种人"立场抒发小我情感的倾向不同于左翼诗歌的大众化方向，这与20世纪30年代现代派的影响密不可分。实际上，戴望舒、施蛰存、杜衡等人早期的文学活动在借鉴西方现代主义的同时也具有浓厚的左倾色彩，如其创办的《文学工场》《无轨列车》和《新文艺》等杂志。后来，由于革命失败的惨痛教训及对涉足政治的恐惧，他们逐渐转变了自己的文学立场。戴望舒、施蛰存等企图使文学脱离政治而获得安全发展的境地，于是在"为艺术而艺术"的象牙塔中寻求精神寄托，如施蛰存所言："在政治立场上，我们是 Left Wing（左翼——引者），我们都是共产主义青年团的成员。可是文艺上，我们不跟他们走。"④ 如此一来，脱离政治形态而寻求自由文艺的现代派使得中国新诗朝着多元化方向发展——开创了现代主义诗歌的发展之路，初入文坛的路易士则随着戴望舒、施蛰存和杜衡等人沿着这条道路一直走了下去。路易士"第三种人"的文艺观始于《现代》，成熟于与杜衡并肩的各类文艺活动中。在日后的文学创作中，他始终秉承"为艺术而艺术"的自由文学观。

---

① 纪弦：《纪弦回忆录第一部：二分明月下》，台湾联合文学出版社2001年版，第83页。
② 路易士：《行过之生命》，未名书屋1935年版，第334页。
③ 路易士：《行过之生命》，未名书屋1935年版，第88页。
④ 陈旭光：《中西诗学的会通·20世纪中国现代主义诗学研究》，北京大学出版社2002年版，第169页。

三、接触西方现代主义

　　如前文所述，路易士在早期因受左翼诗风影响而创作过几首描写社会现实的诗作，但在20世纪30年代加入现代派后便转为现代主义诗风。现代主义诗风在路易士经历了短暂的赴日之旅后表现得更为浓厚，其首要表现为象征主义。象征主义手法给路易士直白通俗的诗风增加了一层朦胧之美，尽管其艺术水准还不甚成熟，却是路易士创作现代主义诗歌和建构现代主义诗学的肇始。路易士对象征主义的介入产生于李金发、戴望舒等人对西方象征主义诗学的引进，发展于对艾略特、波特莱尔、梵乐希等诗人的象征主义手法的直接解读。

　　1935年下半年，路易士为赴日留学于上海学习日文。1936年4月东渡日本，打算投考美术专科学校学习绘画。在日本的两个月间（两个月后路易士因生病和思乡而回国），路易士的日文有了很大进步，他还广泛接触了西方现代主义的艺术流派，如未来派、立体派、后期印象派、野兽派、达达派、超现实派等，这对其后来的诗歌创作产生了很大影响。那时路易士白天补习日文，晚上到一个叫"本乡画会"的画室里去学习人体素描。此外，路易士常常利用闲暇时间去逛书店，他对西方象征主义诗学的深入了解就源于当时阅读法国译诗，尤其深受法国象征派诗人梵乐希的影响。回国后，路易士本想写一部《诗的法兰西》来介绍法国诗派和诗人，但写完《加特力教诗人保尔·克劳代尔——"诗的法兰西"》第一章第三节后，因从大陆赴台而搁笔。从纪弦1948年发表于《创进》第1卷第5期的《象征派的特色——"诗的法兰西"第一章第一节》和发表于《创进》第1卷第7期的《沉默之声：保尔·梵乐希——"诗的法兰西"》第一章第二节中足以看出纪弦对象征主义的重视。纪弦将象征解释为"基于想象的隐喻之连续，或比喻之扩大"①，并称"象征派于音乐、色彩、形态、情调等现象中发现了共通的，呼应的，调和的特殊类似关系之存在"②，反映出他对象征主义的两点强调——意象的隐喻与多方感官的互相应和。另外纪弦在《沉默之声：保尔·梵乐希——"诗的法兰西"》第一章第二节中介绍诗人梵乐希时称："他以'知性'为艺术创造之原动力……于是乎，发现了艺术普遍

---

① 纪弦：《象征派的特色——"诗的法兰西"》第一章第一节，《创进》1948年第5期。
② 纪弦：《象征派的特色——"诗的法兰西"》第一章第一节，《创进》1948年第5期。

性与永恒的法则。"① 纪弦认识到了知性的客观性对诗的主观情感的约束力，并发现了哲思对知性特征的重要性，于是在赴台后将知性论作为建构现代主义诗学的重要内容，并使其不断发展和完善。

在日本之行期间，路易士不仅对法国象征主义有了独特的见解，同时在学习西方美术的过程中受到超现实主义的熏陶，开始尝试创作超现实主义诗歌。路易士学习过西方绘画，对西方绘画流派有一定的了解，而20世纪初期立体派和超现实主义的绘画都为他所喜爱，因此其诗歌创作与绘画有直接关系。在诗学理论方面，路易士吸收了绘画之长，印象派、未来主义和超现实主义等画派都对路易士后来的诗作产生了一定的影响。超现实主义是路易士东渡日本后更加亲近的，这源于他对超现实主义绘画的接触。如路易士谈过，西班牙画家达利的那幅《记忆的永恒》（又叫《柔软的时钟》），受弗洛伊德启发，画家以画笔征服时间，在一种现实不可能存在的环境中表达痛苦和无奈的生命现实。受超现实主义绘画的启发，路易士将超现实主义手法运用到了诗作中，《致或人》是路易士自认为在日本留学期间创作得比较成功的超现实主义诗歌，其中一段写道："……到没有魔术，也没有上帝的时候，当一切天体变成了扁平的，一切标本鱼游起来，哦，或人，我们将有一个欣喜的重逢，在表状行星之危险的边陲。"② "魔术""天体""标本鱼"等具有梦幻色彩的意象呈现于一起，与达利的《记忆的永恒》不免具有相似的超现实倾向。"或人"究竟是谁，无从得知，或许是诗人的臆想，或许是诗人的梦境。超现实主义的创作手法是追求自由之遐想，在似幻似梦的境遇中寻觅自我，陷于潜意识的混乱，未经理性之梳理便将思想抽象地表现出来。表面上看起来杂乱的思绪实际上有迹可循，诗中的"欣喜的重逢""我们跑""划着未来派的16 垠"等，呈现的是作者的思乡之情和对未知世界的憧憬。路易士在20 世纪三四十年代创作的很多诗如《吠月的犬》《梦回》《未济之一》《消息》《火灾的城》等都具有超现实主义的影子，这与他早期的诗风相比确有明显不同。早期的诗歌更直白晓畅，而超现实主义的诗歌因展现诗人复杂的联想和内心世界而变得抽象。不得不说，此时路易士诗歌的现代主义特征渐趋明朗。

除了象征主义和超现实主义，路易士亲近的还有美国意象主义，因此他偶尔也写一点纯正的意象诗。如全诗仅有一句的《月光曲》："升起于键

---

① 纪弦：《沉默之声：保尔·梵乐希——"诗的法兰西"第一章第二节》，《创进》1948 年第7 期。

② 路易士：《三十前集》，诗领土社1945 年版，第122 页。

盘上的月亮/做了暗室里的灯。"① 它的灵感来自纪弦的故友姚应才弹奏的《月光曲》。诗人由"键盘"联想到"暗室",由"月亮"联想到"灯",以暗喻手法和纯粹的意象拓展了诗的意境,给读者一种简洁明快的审美体验。《月光曲》虽仅有一句,但可以说是路易士少有的几首意象派诗歌中最具代表性的一首。路易士对意象派诗歌的涉足仍是受到 20 世纪 30 年代的现代派的影响。《现代》第 1 卷第 2 期上推出意象抒情组诗:《桥洞》《银鱼》《祝英台》《卫生》;施蛰存在《现代》第 1 卷第 3 期上译介意象派诗《美国三女流诗抄》;徐迟在《现代》第 4 卷第 6 卷刊登《意象派的七个诗人》。20 世纪 30 年代的现代派普遍对美国意象派诗歌投出关注与青睐的目光,路易士则是在此过程逐渐认识美国意象派诗歌的。如徐迟在《意象派的七个诗人》中所言,"把新的声音、新的颜色、新的嗅觉、新的感触、新的辨味,渗入了诗,这是意象派诗的任务,也同时是意象派诗的目的"②。具有生物特性的客观物象在融合了带有主观色彩的意识和情感后形成诗人独特的意象,这与中国古典诗中的意象美异曲同工。实际上,20 世纪的美国意象派正是吸收了中国古典诗中含蓄蕴藉的意象之美而兴起的,发展起来的美国意象派诗歌反过来又影响了中国新诗的发展,这种有趣的文化错位现象就是这么产生的。初入文坛的路易士虽在年少时培养了优秀的国文素养,但前文有提到,其在步入诗坛之前无论是对中国古典诗的研究还是对五四以来新诗的掌握并不专业,他的诗学造诣是从两个方面发展起来的,即对 20 世纪 30 年代现代派的参与和对西方现代各文学流派的接触。因此,路易士的意象派诗更多的是在现代派的影响下吸收了西方养分而发展起来的,这也符合路易士整体的诗学发展规律,为其赴台后将"横的移植"作为现代主义诗学的发展主线奠定了基础。

1945 年,路逾将笔名由"路易士"改为"纪弦"。1948 年,纪弦从大陆赴台,开始其人生中的第二个时期:台湾时期。"路易士"时期是纪弦的大陆时期,是其诗坛生涯的发端时期,是其诗观、诗风的萌芽期,也是为其赴台后的现代主义诗学奠定基础的重要时期。纪弦在大陆生活了 36 年,17 岁时写下第一首懵懂的爱情诗,开启了他的诗坛生涯。"路易士"时期是与 20 世纪 30 年代的现代派并肩同行的时期,戴望舒、施蛰存、杜衡等人对纪弦赴台后的现代主义诗学建构产生了深刻的影响。大陆时期的纪弦(路易士)出版《易士诗集》和《行过之生命》后,又先后出版了诗集《火灾的城》《烦哀的日子》《爱云的奇人》《不朽的肖像》《出发》《夏天》《三

---

① 纪弦:《纪弦回忆录第一部:二分明月下》,台湾联合文学出版社 2001 年版,第 100 页。
② 徐迟:《意象派的七个诗人》,《现代》1934 年第 6 期。

十前集》，并先后与他人合力创办"菜花诗社""新诗社""诗领土社"。从1933年首次以"路易士"为笔名出版的第一部诗集《易士诗集》到1945年出版的最后一部诗集《三十前集》，纪弦在"路易士"时期的10余年间诗作产量颇丰，其诗学理论和诗歌创作不断发展并渐趋成熟。

纪弦与台湾现代诗的发展

李 艳

台湾现代诗的发展可追溯至 1952 年纪弦创办的《诗志》，这是台湾第一份以杂志形式出现的诗刊。虽然《诗志》只创办一期便停刊，但纪弦并未停止勾画其现代诗之蓝图。1953 年，纪弦独资创办《现代诗》季刊，提出"向世界诗坛看齐"之使命，正式树立现代主义的大旗，为台湾诗坛，更为中国诗坛注入一剂新鲜血液。从该刊创办直至纪弦 1976 年离台赴美，20 余年间，纪弦对台湾诗坛产生的影响可谓首屈一指。在大陆诗坛集中创作政治抒情诗的 20 世纪 50 年代，台湾诗坛在纪弦等人的策划下，接过现代主义的火把，开始了轰轰烈烈的现代派运动，弥补了现代主义在大陆诗坛的断层，开创了中国诗坛上一个标志性的阶段。现代诗在台湾地区的发轫和繁荣与以纪弦为首的台湾现代派诗人群密不可分，要考察台湾现代诗的发展脉络，当先考察纪弦在台湾诗坛之活动。前人对纪弦和台湾现代诗的研究一般多围绕现代派的成立、现代派六大信条的释义及现代主义论战等角度，这无疑对后来的纪弦与台湾现代诗研究提供了重要的依据；但立足史料基础、以纪弦在台的文化活动为中心来考察台湾现代诗的发展脉络，更能客观、清晰地展示纪弦在现代诗坛的活动，这对分析其诗作的风格走向和以后对纪弦的研究具有一定的借鉴意义。

一、纪弦赴台前的台湾诗坛

1895 年甲午战败后，清政府同日本签订了严重不平等的《马关条约》，并割让台湾给日本，自此台湾开始了长达 50 年的日本殖民时期。此间台湾人民的祖国意识和"弃儿"意识一直在历史的发展中此起彼伏，但总体来讲祖国意识是主旋律。台湾民众一方面感到被大陆"抛弃"，一方面受日本的殖民统治，双重的身份焦虑让台湾民众无从归属。面对日本殖民当局的压力,台湾文人尝试奋起抵抗。1919年,大陆发起的五四运动让台湾文人看到了希望,其随之开展了反殖、反帝的新文学运动。1920年9月12日的《台湾青年》创刊号卷头语以日文声明:"排斥利己的、排他的、独尊的、之野兽生活,而谋共存的、牺牲的、互让的、之文化运动——是这样的醒来了",台湾新文学运动由此发轫。但因日本殖民当局极力限制台湾群众使用汉语,当时的台湾文坛呈现出汉文、日文、台湾方言共存的现象,其中日文创作占多数。在这种情况下,台湾诗坛的发展也举步维艰。

在台湾新文学运动中,诗歌的发展以批判旧诗体、提倡新诗体为首要任务。"在大力揭露和批判旧诗体弊端的同时,《台湾民报》1926年第三卷发表蔡孝乾的《中国新文学概观》,在新诗方面引用了刘半农、胡适、俞平伯、冰心等人的佳作。"[1] 受大陆胡适等人推行白话文的影响,新诗之"新",首要的标准即使用白话文,文白之争成为台湾新文学运动的开端。台湾新文学运动不仅是要推动文学改革,台湾文人在祖国意识的主引下,以反抗日本殖民统治、回归祖国怀抱为目的,认为只有建立与大陆统一的国语文学,才能击垮旧文学,与大陆互相交流。但因当时的台湾民众多为来自闽粤一带的移民,日常用语以闽南话和客家话为主,文言文的大旗被打倒后,白话文写作在台湾仍难以流行。1930年8月,黄石辉发表《怎样提倡乡土文学》一文,要求用"台湾话"做文学,随即引起台湾乡土文学的建设问题。这样一来,台湾新诗便在文言、白话、闽南语的博弈中艰难发展。1937年7月7日,日本发动全面侵华战争,日本殖民当局担心台湾民众会起来反抗殖民统治,便采取强制镇压政策,开展"皇民化运动",企图从思想上摒除台湾民众的祖国意识,强化其"日本臣民"思想。日本殖民当局在"皇民化运动"中实行的主要措施包括设"国语(日语)讲习所"、禁止报刊使用汉文、学校废止汉文课并奖励说"国语"。台湾刚萌芽的白话新诗被日本殖民当局摧毁,且这种重压政策对传统文化造成严重破坏,并在当时培养了一批以日文写作的文人,这造成了日后台湾新诗发展的断层。

1945年抗日战争胜利,台湾回归祖国,新的历史阶段给台湾文学抛出了新的问题。台湾本土作家长久习惯日文写作,此时突然改用汉文写作确实存在一定困难,这在一定程度上制约了台湾文学的发展。战后国民党概念化、公式化的文艺政策继日本殖民者文化专制后对台湾传统文学再次产生创伤。"1946年10月25日,长官公署下令废除报纸、杂志的日文版,并禁止台籍作家用日文写作"[2],同时国民党当局查禁五四文学作品,新一代

---

[1] 张光正:《从白话新诗的崛起看台湾新文学运动》,《台湾研究集刊》1988年第9期。
[2] 柴高洁:《20世纪50—70年代台湾现代诗潮转向研究》,南开大学2013年博士论文。

台湾作家缺乏"纵的继承",无法从大陆文学中汲取养分,只好将发展之眼光投向西方文学。在国民党的文艺政策的控制下,台湾文学的发展陷入双重断裂的局面:一方面,台湾文学与大陆文学失联;另一方面,习惯了用日文写作的本土作家因一时无法适应国民党的文艺政策而逐渐销声匿迹。在这种情况下,发展台湾文学的重任便落在了1945年后赴台的大陆作家身上。

至于台湾诗坛,在这种大势下,一方面,诗歌创作转而从西方汲取养分,使得台湾现代诗开始萌芽;另一方面,国民党禁止左翼文学,这也为追求艺术自由的现代诗之发展创造了一定的条件。这时由大陆赴台的诗人纪弦带着来自西方波特莱尔等人的现代主义文艺观,在台湾展开了现代诗发展之蓝图。

二、现代主义火种的接力

1948年纪弦赴台,一同赴台的还有他的现代诗。纪弦在大陆时期的诗歌创作颇丰,先后出版《易士诗集》《行过之生命》《火灾的城》等。赴台后,纪弦将大陆时期的诗作整理在《摘星的少年》和《饮者诗抄》两部诗集中出版。在大陆时期,一方面,纪弦受李金发、戴望舒、施蛰存等人的影响,对法国象征主义和美国意象主义很是亲近,而且纪弦在留学日本期间接触了立体派绘画和超现实主义等理念,多种流派跨艺术互交的影响塑造了纪弦独特的诗歌风格;另一方面,纪弦曾跟随杜衡参加了众多文学活动,受杜衡"第三种人"文艺观的影响,遂始终坚持为艺术而艺术、追求艺术自由的反左翼文学的创作理念。纪弦在大陆时期的诗歌创作和诗学理论为台湾现代诗的发展奠定了重要基础。20世纪30年代,现代诗在大陆刚刚萌芽,就被政治抒情诗淹没了。谈起现代诗的萌芽不得不提及戴望舒,他与施蛰存创办《现代》,追求"纯粹的现代诗"。他们在反思五四文学浪漫主义的直白和象征主义的晦涩以及新诗与古典诗歌的隔膜后,将新诗发展的希望转向西方文学,在西方文学中寻求新诗发展的出路,遂酝酿了20世纪30年代现代派诗潮的产生。纪弦的诗也在这场诗潮中逐渐成熟。但由于现代诗坚持为艺术而艺术的观念和在创作上与政治的隔离,它很快受到左翼文学家的批判而走向低谷。在纪弦将现代诗带入台湾的20世纪40年代末50年代初,大陆诗坛正是处于现代诗没落、政治抒情诗迅速崛起的时期,导致现代诗发展出现断层,但随着纪弦等一批大陆诗人赴台,现代诗的火种在台湾得以保留并日趋旺盛。

1948年,纪弦在上海组织"异端社",创办诗刊《异端》,主张"一切文学、一切艺术的纯粹化""特别要把诗从政治解放出来""坚决反对拿诗去服役于任何政治上的目的或是理念"。① 这就是纪弦带到台湾的诗之"异端精神"。然而,纪弦的诗歌理论和创作之间存在冲突,纪弦一方面反对诗歌与政治勾连,另一方面又不乏政治抒情诗之作,如《在飞扬的时代》《台湾万岁》等诗,他名义上标榜自己不站在任何一个党派立场,但实际上一直以"爱国反共"为噱头进行诗歌创作,这或许是出于当时"白色恐怖"的压力而为之。他提倡以抛去旧诗的韵文之工具、使用新诗的散文之工具为现代诗之创作手法,在脱节的大陆文学和台湾文学间搭起一座连接的桥梁,接过大陆现代诗的火种,在台湾紧张的"白色恐怖"中开始了现代诗的萌芽。自1948年11月赴台到1956年创办现代派的这段时期,是纪弦的现代诗在台湾的初步发展阶段。由于刚到台湾生活不稳定,1949年纪弦只写了4首诗。但随着生活逐渐安定下来,纪弦诗作的产量迅速上升。1949年后的三年中收入诗集的诗作数量分别为10首、25首、33首,有的诗作激情饱满、抒发美好情思,有的则低沉隐晦、陈述黑暗。前者适合朗诵,如《槟榔树:我的同类》:"槟榔树啊,你姿态美好地站立着/在生长你的土地上,终年不动/而我却终年奔波复奔波,流浪复流浪/拖着个修长的影子,沉重的影子/从一个城市到一个城市,永无休止。"② 这首《槟榔树》与徐志摩的《再别康桥》似有相通之处,一首写漂泊,一首写离别,同样以舒缓的节奏和大自然的意象来抒发情感;但与《再别康桥》的虚无缥缈相比,《槟榔树》虽用比喻手法,但更趋向散文化的直白,这也是纪弦一直以来强调的现代诗的创作理念。纪弦写诗初期确实受过以徐志摩等人为代表的新月派影响,但接触过其他文学流派后,纪弦摒弃了新月派格律化的创作手法,转而追求自由的散文化。相对于《槟榔树》这类抒发美好情思的诗,陈述死亡或黑暗的诗作是不宜朗诵的,如纪弦所言的《死树》:"死树/张着苍白、枯槁、修长的两臂/仰视青天/那些飘逝的云/如他腹部的菌/有其色彩的肖似,形状的肖似/而那被虫蛀食着的树皮/是正在用了世界上最轻微的声音/一小块一小块地落下来。"③ 诸如此类的诗还有《蝇死》等,它们描写死亡和衰落,灰白的色调和低沉的呼喊只适宜读者默读而不宜朗诵。

1951年,纪弦与钟鼎文、葛贤宁一同借《自立晚报》副刊出《新诗》

---

① 纪弦:《纪弦回忆录第一部:二分明月下》,台湾联合文学出版社2001年版,第147页。
② 纪弦:《纪弦诗选集》,江苏文艺出版社2018年版,第110页。
③ 纪弦:《纪弦精品》,人民文学出版社1995年版,第90页。

周刊,纪弦主笔发刊辞,标榜其为"自由中国写诗的一群",主张"为文学而文学,为艺术而艺术",每周一出刊。"作为战后台湾新诗发展的重要刊物,《新诗》周刊标志了战后来台诗人和台籍诗人的汇合,也开启了其后台湾新诗场域的分流和歧出。"① 1925 年 5 月 12 日,覃子豪接编《新诗》周刊,发行至 1953 年 9 月 14 日第 94 期后停刊。这份诗刊是战后台湾第一份新诗诗刊,其重要性不必多说,1982 年,诗人麦穗于《自立晚报·自立副刊》发表《现代诗的传薪者——〈新诗〉周刊》一文,从史料考察上说明了《新诗》周刊对于台湾现代诗发展的重要性。1952 年,纪弦与潘垒合作成立"暴风雨出版社",并将之前在大陆出版的《三十前集》分为《纪弦诗甲集》与《纪弦诗乙集》两部诗集出版发行,从而逐渐扩大了纪弦在台湾诗坛的知名度和影响力。该年 8 月,纪弦与潘垒合作创办《诗志》杂志,这是台湾第一份以杂志形式出现的诗刊,但仅出版一期便停刊了。

而台湾现代诗运动的真正开端当属《现代诗》的创办。1953 年,纪弦独资创办《现代诗》季刊,提出"向世界诗坛看齐"和"国家兴亡,诗人有责"两大使命,使之成为台湾现代诗运动的主要阵地,直接领导了台湾现代诗的发展。《现代诗》的征稿、编辑、校对、发行皆由纪弦独立完成,在纪弦的筹办和坚持下,《现代诗》首版春季号于 2 月 1 日顺利发行。以往纪弦创办的诗刊都交由书报社发行,这次与以往不同,由纪弦亲自将刊物送往订户家中。新的"企业化"的发行方式使订户日渐增多。《现代诗》对诗稿的征用如纪弦在回忆录中所言:"只要诗写得好,我就用过,写得不好,我就不用,无论他是一个上校或一个文书士,无论他是一个大学教授或一个中学生,无论他是一个名家或是一个无名作家。"正是这样的征稿理念,使《现代诗》作者们的身份参差不齐,大多数人只是初出茅庐;也正是作者的参差不齐,使得日后现代诗的发展同样出现了水平不一的现象。

三、熊熊燃烧的现代派烈火

1956 年 1 月 15 日,以纪弦为代表的现代派诗人在台北民众团体中心召开了第一届年会,宣布现代派正式成立;2 月 1 日出版的《现代诗》第 13 期对台湾现代诗的发展具有历史性的意义,其提出现代派"六大信条",台

---

① 王列耀:《世界华文文学评论》第 2 辑,暨南大学出版社 2016 年版,第 85 页。

湾新诗革命由此发端。直至1962年《现代诗》春季号宣布"现代派"解散，此间为现代诗运动的顶点和高峰期，台湾诗坛燃烧起现代派的熊熊烈火。20世纪50年代的台湾现代派承继30年代大陆现代派的遗风，推陈出新，追求诗的"横的移植""知性之强调"和"诗的纯粹性"。1956年，纪弦有13首诗收入《槟榔树乙集》，其中《存在主义》为其得意之作："圆案似的/标本似的/一蜥蜴/夜夜，预约了一般地/出现，预约了一般地/当我为了明天的面包以及/昨日的债务而在辛劳地/辛劳地工作着的时候/平贴在我的窗的毛玻璃的那边……"① 全诗竖排版共40行，在排版形式和标点使用以及表达手法上皆有创新之处，纪弦称之为"一首成功的现代诗"。

1957年，覃子豪在《蓝星诗选·狮子星座号》发表《新诗向何处去》一文；同年8月，纪弦在《现代诗》第9期以《从现代主义到新现代主义》一文回应覃子豪，揭开了台湾现代诗第一次论战的序幕。本次论战主要围绕三点展开：一是现代诗在中国发展之可能性，二是对诗的"横的移植"的争论，三是现代诗难懂的问题。针对第一点，覃子豪认为现代主义精神是反传统的工业文明，现代主义在工业文明高度发达的欧美尚不能成功，在半工半农的中国更不可能成功，诗不可能超越社会生活之现实，且史班德在论文中已经说明了西方现代主义的失败。针对这一问题，纪弦在《从现代主义到新现代主义》一文中点明覃子豪的看法是对史班德的原意的曲解，史班德只是为现代主义的没落而感到惋惜，并不是借此宣布现代主义的死亡。针对第二点，覃子豪提出批判，反对以世界诗坛方向为中国新诗方向，若中国新诗全部以西洋诗为方向，那么自身传统将无处安放。针对覃子豪的批判，纪弦表示自己提倡现代诗，主张向西方诗坛看齐，不是要追随西方诗坛，而是为了取长补短以扩大中国现代诗在世界之影响。针对第三点，覃子豪提出："现在中国正有少数作者仅为取悦自己，拒绝读者进入他们的信念以为乐，也实在有些诗根本无实质无信念可寻，仅以暧昧游移的词句作出一副高不可攀的姿态，愚弄读者来取悦自己，这倾向实在是一个错误。"② 对此，纪弦认为诗本来就属于少数人的文学，是不可能普及和大众化的。在本次论战中，覃纪二人还讨论了有关自由诗中的"自由"是否代表放纵、现代诗的知性与抒情等问题。这是现代主义论战的第一回合，第二回合则发展为纪弦与整个蓝星诗社的交锋。

与此次现代诗论战相关的文章主要有：

---

① 纪弦：《纪弦自选集》，台湾黎明事业文化有限公司1978年版，第24页。
② 冯牧：《中国新文学大系1976—2000第二集：文学理论卷2》，上海文艺出版社2009年版，第573页。

(1) 覃子豪《新诗向何处去》(《蓝星诗选》第 1 辑, 1957 年 8 月);

(2) 纪弦《从现代主义到新现代主义》(《现代诗》第 19 期, 1957 年 8 月);

(3) 纪弦《对于所谓六原则之评论》(《现代诗》第 20 期, 1957 年 12 月);

(4) 黄用《从现代主义到新现代主义》(《蓝星诗选》第 2 辑, 1957 年 10 月);

(5) 覃子豪《关于"新现代主义"》(《笔汇》第 21 期, 1958 年 4 月);

(6) 纪弦《两个事实》(《现代诗》第 21 期, 1958 年 3 月);

(7) 纪弦《多余的困惑及其他》(《现代诗》第 21 期, 1958 年 3 月);

(8) 纪弦《六点答复》(《笔汇》第 24 期, 1958 年 6 月, 答覃 5);

(9) 余光中《两点矛盾》(《蓝星周刊》第 207、208 期, 1958 年);

(10) 纪弦《一个陈腐的问题》(《现代诗》第 22 期, 1958 年 12 月)。①

在本次对现代诗的学术讨论后,现代诗的创作冲出现代派的阵营,进入以覃子豪、余光中等人为首的蓝星诗社中,两派诗人均从事现代诗创作了,台湾现代诗的发展进入新的阶段。但很快,现代诗又出现新的争论,1959 年 7 月,苏雪林发表《新诗坛象征派创始者李金发》一文,批评以象征派为源头的诗歌创作。如果说前一次论战是现代主义内部的论争的话,那么这次便是现代主义一致对外的论争。覃子豪先后发表《论象征派与中国新诗》予以回击,苏雪林继而发表《为象征诗体的争论答覃子豪先生》,覃子豪复发表《简论马拉美、徐志摩、李金发及其他——再致苏雪林先生》。而后论争扩大至台湾《中央日报》副刊,双方围绕"传统与现代"的问题展开了激烈争论,这场论争的结果就是现代诗回归传统,也即现代诗出现古典化倾向。

四、现代主义的式微

现代派的式微不仅体现为《现代诗》创办的曲折,还体现为现代主义诗潮的式微。由于忙于现代主义的论战,纪弦在 1958 年和 1959 年两年间作

---

① 吕正惠:《战后台湾文学经验》,生活·读书·新知三联书店 2010 年版,第 31 页。

诗不及20首；另外由于资金问题，《现代诗》从第22期开始交由黄荷生主编，纪弦则到处兼职、奔波生计。1959年3月20日，黄荷生主编的《现代诗》在第23期出版后再次由于资金问题停刊。1960年纪弦重振《现代诗》，出版了两期后又渐入正轨。1962年，纪弦在《现代诗》春季号社论《工业社会的诗》中表示诗坛流行的伪现代诗之虚无、纵欲、诲淫及形式主义为其所不能容忍，遂在本期刊登启事，宣布"现代派"之解散。"现代派"自成立至解散的六年间，纪弦领导台湾现代诗运动，一举击败死板的格律诗而使散文化的自由诗跃居首位。1964年，《现代诗》在第45期出版后彻底停刊。

"现代派"解散后，纪弦将大陆时期的作品整理为《摘星的少年》和《饮者诗抄》两部诗集，分别于1963年4月和10月出版。《摘星的少年》收录了1929—1942年的182首诗，《饮者诗抄》收录了1943—1948年的162首诗。这两部诗集代表了纪弦的大陆时期创作。自《现代诗》停刊至纪弦离台赴美，纪弦先后出版了《槟榔树甲集》《槟榔树乙集》《槟榔树丙集》《槟榔树丁集》《槟榔树戊集》等多部诗集及《终南山下》《小园小品》《园丁之歌》等散文集，这些诗集和文集收录了纪弦在台湾时期的大部分作品，其中也有一些具有政治色彩的诗作。也曾有学者批判纪弦一面反对政治抒情诗，一面又创作政治抒情诗的做法，对此纪弦回应称这只是一种宣传手段，但苍白无力的回应仍掩盖不了纪弦在诗论和诗作上的矛盾。

虽然现代诗在20世纪60年代的台湾诗坛已渐趋衰落，但经过现代诗运动的发扬，现代主义思潮已深入到诗人的创作当中。《现代诗》完成了新诗革命的前两个阶段，即反格律的诗形革命和反传统的诗质、诗法革命。20世纪60年代，纪弦领导的新诗革命迎来最后一个阶段——现代诗的古典化。"所谓现代诗的古典化，就是说，我们所写的现代诗，应该成为古典。我们应该有这抱负，追求不朽。我们必须使我们的现代诗成为永久的东西，而不可止于是一种流行而已。"[①] 1961年8月，纪弦在《现代诗》第35期发表《从自由诗的现代化到现代诗的古典化》，主张新诗的再革命，将现代诗经典化。之所以提倡现代诗向传统回归，是因为一批虚无、纵欲、形式主义的"伪现代诗"的出现扰乱了现代诗的发展方向。20世纪60年代现代诗的衰落与前期革命的不彻底有关，纪弦前期的贡献主要在艺术领域，但在提升诗歌的思想深度上并无太大造诣，以致有学者评价纪弦的诗"在内容上既缺乏真情实感，又回避生活的激流，在形式上对西洋现代作品东施之

---

① 纪弦：《纪弦回忆录第二部：在顶点与高潮》，台湾联合文学出版社2001年版，第135页。

效颦，结果是二十年间造出许多虚假无聊的诗"①。前期革命不彻底，又发起第三次革命即现代诗的古典化，就更不可行了。最终，随着1964年《现代诗》的停刊，"古典化运动"无疾而终。

台湾诗坛上西化与传统的纠葛并未随着《现代诗》的停刊而消失。由于现代诗虚无、纵欲等弊病的泛滥，20世纪70年代的台湾诗坛开始回归传统，纪弦在诗论上也改变了以往"主知性，反抒情"的观念而开始"重抒情"。随着20世纪70年代传统诗潮的涌现，现代诗的浪潮逐渐退去，纪弦领导的盛极一时的现代诗运动接近尾声。如纪弦作于1973年的《一朵石竹》："居然如此之殷红啊/你这小小的石竹/初开之花，绒子般的/而又闪耀着绸缎的光辉/居然如此之殷红啊/你这小小的石竹/约一打浅灰色的雄蕊/还带有几分天蓝的倾向/居然如此之殷红啊/你这小小的石竹/啊啊！我要流我的血/去灌溉那春天的大地。"② 排比的结构形式和温婉的抒情小调将一朵小小石竹描绘得美丽又可爱，渐次升华的情感基调最终化为对春天的赞美。无论在诗的形式还是情感抒发上，这首诗都与纪弦前期诗论所强调的散文化模式和超现实主义的倾向不大相同，似乎又回到了象征主义的时代，借一朵小小石竹来歌咏自然的美丽与生机。这首诗恰恰反映了以纪弦为代表的现代诗在经历了20世纪五六十年代的高峰期后向传统的回归。

五、小结

从1948年纪弦赴台至1956年现代派成立，从现代派成立至1964年《现代诗》停刊，再至1976年纪弦离台赴美，这三个阶段可以说是现代诗在台的发轫、繁荣、式微的过程。在此过程中，台湾新诗完成了由格律化到散文化的革命。虽然台湾新诗革命并不彻底且遗留一些问题，但现代诗对台湾诗坛乃至中国诗坛的贡献与影响是毋庸置疑的，纪弦被称为"台湾现代诗学的点火人"也是当之无愧。台湾现代诗的发展弥补了现代诗在大陆地区的断层，这在中国百年新诗史上是不容忽视的。同时也正是新诗革命的遗留问题促进了20世纪70年代台湾新诗向传统化和本土化的回归，从而开启了新诗发展的新阶段。

---

① 流沙河：《台湾诗人十二家》，重庆出版社1983年版，第4页。
② 纪弦：《纪弦精品》，人民文学出版社1995年版，第164页。

诗人纪弦的意识流创作浅析

李 艳

台湾诗人纪弦是中国百年新诗史上少有的百岁诗人,也是少有的高产作家,从可考资料来看,其出版的诗集就有 20 多部,可以说这是中国新诗史的一笔宝贵财富。自纪弦在台湾创立现代派以来,诗人们不断探索、不断进步,逐渐摒弃格律诗而转向自由诗的创作,向现代主义发展,开启了中国新诗发展的新阶段。纪弦的诗讲求散文的自由创作手法,受象征主义、未来主义、超现实主义等流派的影响,多数诗作都具有浓重的意识流色彩。"意识流"一词由美国机能主义心理学家詹姆斯提出,用来表示意识的流动性、不间断性,也表示意识的超时间性和超时空性。1918 年,梅·辛克莱在评论英国陶罗赛·瑞恰生的小说《旅程》时将"意识流"引入文学界,引起了日后的意识流文学热。意识流技巧最初主要运用于西方现代主义小说中,以内心独白、自由联想为手段,围绕人的意识活动展开叙述,使故事情节淡化甚至消失,从而给读者以梦幻和陌生的阅读体验。随着意识流技巧在西方小说中的广泛应用,诗歌领域也引入意识流手法,产生了一批具有意识流色彩的现代诗。阅读纪弦诗歌,不难发现意识流技巧广泛应用其中。以往对纪弦现代诗的研究主要围绕纪弦的诗路历程、现代诗的发展和现代诗观,但在纪弦的创作技巧方面,特别是其意识流创作,还有待深入和挖掘。对纪弦意识流创作的分析也将为该领域的研究提供一定的借鉴意义。

一、意识暗喻

意识流强调人的思维的流动性和不间断性,它将表面上看起来毫无逻辑的意识思维串联在一起,立体地展示思维的潜在意蕴。现代派诗人戴望舒的成名作《雨巷》就带有明显的意识流色彩,以寂寥的雨巷比喻黑暗的社会现实，以丁香般的姑娘比喻美好理想，诗人以灰色为基调在虚实结合的意识流中游刃自如。而纪弦的诗风正是受了戴望舒的影响。20世纪30年代，戴望舒第二本诗集《望舒草》出版，纪弦在接触《望舒草》后深受启发，并一改以往格律诗的风格而走上自由诗的创作之路，如其所言："要不是读了他的《望舒草》，相信我还不会那么快的抛弃'韵文'之羊肠小径，而在'散文'之康庄大道上大踏步地前进。"① 相比韵文而言，诗歌散文化更能贴近诗人内心，这就为诗人展示丰富的内心活动提供了便利。而意识流正是表现人物复杂的思维活动的绝佳手法，所以在诗作中常常可以发现意识流的踪迹。意识流被引进中国文学后，在继承其西方基础的同时也添加了东方特色。西方意识流产生之时，社会现实使文人们生活在压抑和苦闷中，找不到人生的出路。在这种境遇下，意识流发展起来，作家们用意识流手法来疏通内心情感，追寻主体精神。"西方的意识流理论深受弗洛伊德的性本能学说和反理性主义哲学流派的影响，竭力强调非理性、超理性，着重反映的是潜意识、下意识、直觉、幻觉。"② 在这种影响之下，西方意识流讲求的是完全脱离社会现实，超越社会现实的。而在中国文学中，意识流恰恰是来自社会现实的，是与生活密切相关的。从纪弦的诗作来看，诗中富有意识流色彩，这种意识就来源于真切的生活。如《过程》一诗：

> 狼一般细的腿，投瘦瘦，长长的阴影，在龟裂的大地。
> 荒原上
> 不是连几株仙人掌、几株野草也不生的；
> 但都干枯得、憔悴得不成其为植物之一种了。
> 据说，千年前，这儿本是一片沃土；
> 但久旱，灭绝了人烟。
> 他徘徊复徘徊，在这古帝国之废墟，
> 捧吻一小块地碎瓦，然后，黯然离去。
> 他从何处来？
> 他是何许人？
> 怕谁也不能给以正确的答案吧？
> 不过，垂死的仙人掌们和野草们
> 倒是确实见证了的；
> 多少年来，

---

① 纪弦：《纪弦回忆录第一部：二分明月下》，台湾联合文学出版社2001年版，第75页。
② 叶玉芳：《东方意识流》，《福州大学学报》2005年第4期。

> 这古怪的家伙，是唯一的过客；
> 他扬者手杖，缓缓地走向血红的落日，
> 而消失于有暮霭冉冉升起的弧形地平线，
> 那不在回顾的独步之姿，
> 是多么的矜持。①

纪弦一向以狼自喻，在这首诗中亦是如此。《过程》一诗作于1966年，此时现代派已解散四年，《现代诗》也停刊两年。因现代派作者创作水平参差不齐，再加上当时现代诗出现了一些虚无、纵欲的倾向，台湾现代诗的发展已进入衰微阶段。在此境遇中的纪弦不免失落苦闷，又难以言说，转而将压抑的情感诉诸诗作之中。诗的开头，作者自喻为荒原上的一匹狼，曾是一片沃土的荒原如今久旱干枯，灭绝了人烟。狼是草原的领袖和霸主，这正是纪弦在现代诗坛中的映像。面对如此破败的景象，荒原之狼只得"捧吻一小块的碎瓦，然后，黯然离开"，从中可见纪弦对曾繁荣一时的现代诗坛的不舍，亦可见纪弦对当时现代诗坛弊病的无奈。诗的前半部分侧重"过程"的描写，诗的后半部分则是对"过程"之后的"结果"的发问。20世纪60年代末70年代初，台湾现代诗在经历了狂飙突进的繁荣后，逐渐被新晋的乡土文学代替，于是现代诗也走上回归传统的道路。从现代诗之路走过来的纪弦，在诗中放声发问："他从何处来？他是何许人？怕谁也不能给以正确的答案吧？"表面看似是荒原之狼的发问，实则是诗人内心落寞的呼喊，曾经的繁荣也只有曾和自己并肩作战的"仙人掌们""野草们"见证过了。发问过后是诗人落日余晖下渐渐远去的骄傲又孤寂的身影，"他扬着手杖，缓缓地走向血红的落日，而消失于有暮霭冉冉升起的弧形地平线"，意境之苍凉不言而喻。

可见《过程》这首诗具有明显的意识流色彩，且诗中的意识流来源于社会现实。若抛开当时的社会现实和诗人境遇，对诗中的"狼""荒原""仙人掌""野草""落日"等意象的理解就会浮于泛泛，更不必说把握诗的思想了。

纪弦将间断的、看起来无关联的意象串联起来，把每一种意象都赋予了一种现实意义，并将其组成了一个整体。把这个整体有机地联系在一起的正是意识流，意识流技巧推动了这个过程的产生和发展。自古至今，诗中的意象从来不是意象本身，而是受诗人自身意识影响而附有情感的表现，

---

① 纪弦：《纪弦精品》，人民文学出版社1995年版，第145－146页。

恰如黑格尔所言："诗所特有的对象或题材不是太阳、森林、山水风景或是人的外表形状如血液、脉络、筋肉之类，而是精神方面的旨趣。"① 诗如果脱离人的意识，去描述对象的客观生物性，也就不能称之为诗了。在纪弦的《过程》一诗中，意识的流动清晰可见，从开始以狼自喻暗示现代诗的发展过程，到对如荒原般死寂的现代诗坛的发问，再至最后纪弦看清时局，回归现实的落寞，意识流有迹可循。纪弦的其他诗如《寒夜》《四行诗》《世故》《新秋之歌》等均有意识隐喻手法。

二、感官印象

"感官印象再现的是谨慎的作家有时或全部省去或通过内心分析间接地表现出来的那种意识。"② 西方意识流小说常常运用感官印象来捕捉人物一瞬间的意识流动，没有故事情节和叙述性的语言，往往采用诗的表达来完成这一创作。"为了接近感觉，语言必须依靠从未有过的词形和用法表达出来，这正好是多数好诗的作法。"③ 感官印象与内心独白相似，但内心独白包含人的全部意识，感官印象只包含一部分意识。因为感官印象所表现的是一个对象给人以感官刺激后产生的一瞬间的意识，这种意识可以说是潜意识或下意识，是脱离人的意识注意力的，即未经过内心分析就表现出来的意识。感官印象与印象派绘画大致相同，常常被运用到现代诗的创作当中。纪弦早年学习西方绘画，或受印象派影响，弃画写诗后，在诗作中就常常发现有绘画的痕迹。如《预感》一诗：

  大风砂之日，这都市有毁灭的预感。
  嚣骚的街，滚滚的流。
  每一张涂抹着深重的忧郁的脸。
  黑的漩涡。
  歇斯底里的日子。

---

① 黑格尔著，朱光潜译：《美学》第 3 卷下册，重庆出版社 2018 年版，第 17 页。
② 弗里德曼著，申丽平等译：《意识流：文学手法研究》，华东师范大学出版社 1992 年版，第 5—6 页。
③ 弗里德曼著，申丽平等译：《意识流：文学手法研究》，华东师范大学出版社 1992 年版，第 5 页。

而且又是在狂犬病和脑膜炎流行的季节！
恐怖，不安，晦暗的天空
惨然悬着苍白的，自杀了的太阳
一轮。①

  人对某一对象的感官印象或来自主观情思，或来自生活经验，在纪弦的诗中，"为主观情思寻找客观对应物"是其常用的现代诗创作手法。②《预感》描绘了一幅黑色基调的街道之景，街上风沙呼啸，与来往行人相融合，似一股"滚滚的流"。每一个对象经过感官刺激后不自觉地向意识靠近，于是在纪弦的感官印象中，人们忧郁的脸是这股流中"黑色的漩涡"。而一向被人们看作是光明的象征的太阳却被写成是"惨然""苍白的"，甚至是"自杀了的"，这种描写是反常态的、陌生的，甚至是有些魔幻的，但这正是忠于感官印象的表现。这类作品往往很难找到一个准确的主题和思想中心，虽然感官印象离不开作者意识的干预，但它是距离意识中心最远的。《预感》正是纪弦在经过了潜意识的干预后展示出来的感官印象。再如《火葬》一诗：

  如一张写满了的信笺，
  躺在一只牛皮纸的信封里，
  人们把他钉入一具薄皮纸棺材；
  复如一封信的投入邮筒，人们把他塞进火葬场的炉门。
  ……总之，像一封信，
  贴了邮票，
  盖了邮戳，
  寄到很远很远的国度去了。③

  这首《火葬》是纪弦在目睹离世的友人杨唤被火葬的场景后所作的。若抛去题目"火葬"二字，单看诗的内容，除了"把他塞进火葬场的炉门"有点题之外，其余主要在写一封信的邮寄过程。人的火葬如信的邮寄，若不是感官印象的作用，怎么会产生这样的联想？况且诗中对信的邮寄细节的描写与人的火葬的细节一一对应，与其说是联想，不如说是纪弦在目睹

---

① 纪弦：《纪弦精品》，人民文学出版社 1995 年版，第 51 页。
② 潘颂德：《论纪弦大陆时期的诗歌创作》，《海南师范学院学报》2001 年第 6 期。
③ 纪弦：《纪弦精品》，人民文学出版社 1995 年版，第 111 页。

了火葬的真实场面而产生的感官印象来得确切一些。火葬的是纪弦的友人，因意外事故离世，年仅 24 岁的杨唤，是当时现代派诗人的一分子，其诗作颇得纪弦等人的赏识，"写满了的信笺"隐喻的正是杨唤一生的诗作成果和对现代诗的贡献。面对友人的离世，纪弦自是悲痛万分，但在诗中很难发现情感宣泄的痕迹，这就是感官印象的作用。文学中的感观印象不用作情感的载体，只展示作者当时纯粹的感觉意识，并忠实于这种意识将其诉诸笔端。这是纪弦第一次看见人的火葬，加之悲痛的心情，不免产生强烈的感官刺激，于是整个过程如寄信般的火葬印象便产生了。与一般悼念友人的诗作不同，纪弦并没有表达对友人的怀念和失去友人的痛苦，而是压制情感，以平静的笔法描述了火葬这件事。

"随着文学艺术的发展，中国当代学者也在逐步重视感性素材在文学创作中的作用，认识由感觉带来的想象与思索内涵对于深化文学创作的意义。"① 正是感官印象使纪弦的诗具有了现代诗坛上独特的意味，这是现代诗的进步，也是中国文学艺术的进步。感官印象在意识流文学中应用广泛，就纪弦诗作而言，不仅《预感》和《火葬》两首诗具有这种意识流色彩，在《五月》《印象》《新秋之歌》等诗中亦可发现感官印象的痕迹。

三、时空跳跃

西方现代诗中的意象派诗歌"在以传统的叙事诗为目标时，意象派诗牢牢抓住叙述文学形式与诗日益分离，并且即以小说等纯叙事体裁而言，也开始厌倦句法交代过于清晰的'顺时序'方式这一社会文化现象，强调诗应该是诗，他应该以诗人的意识来表达生活而不是以生理意义上的印象来表达"②。表面看来，意识的流动往往无头绪、无逻辑，这是因为时空跳跃是意识流文学常用的创作手法之一。场景和时间围绕作者的意识流动而随意且频繁地切换，很难让人从中找到一个确切的主题思想。这种创作手法更能忠实作者本人的意识而摆脱常规写作的束缚，但对读者来说可能会难以理解。纪弦的现代诗常常带有时空跳跃的意识流色彩，如《散步的鱼》一诗：

---

① 金红：《意识流小说实践：当代作家接受了什么？》，《苏州科技学院学报》2013 年第 7 期。
② 陈振濂：《空间诗学导论》，上海文艺出版社 1989 年版，第 304 页。

>拿手杖的鱼，
>吃板烟的鱼。
>不可思议的大游船
>驶向何处去？
>那些雾，雾的海。
>没有天空，也没有地平线。
>馥郁的是远方和明日；
>散步的鱼，歌唱。①

纪弦写鱼散步，实际上在写自己，因为拿手杖和吃板烟都是他自己在生活中的写照。诗的开头并不符合生活真实，却是纪弦生活的真实写照。他以鱼自喻，展开一连串的联想，因此诗便随着意识的流动而产生了。由自身联想到鱼，由鱼联想到游船与海，再联想到天空和地平线，诗中没有情感线索和连接性的语言，空间在寥寥几行诗中频繁转换，这在给读者一种陌生化的阅读体验的同时也别有一番美感。这种联想"有相当大的随意性和跳跃性，强调表现人物意识流动的各种感受，是一种杂乱的心灵真实"②。然而细读便可发现，纪弦以一条鱼的视角抒发了对未来的迷惘和美好的希冀。一条终日生活在大海里的鱼，看见驶来的游船不免发问：它来自哪里，要驶向何处？远方的世界是怎样的？远方又在哪里？而远方被雾遮挡，这条鱼看不见天空也看不见地平线。即使如此，它仍然期待馥郁的远方和明日。想到美好的希望，这条散步的鱼便唱起歌来了。这便是在空间转换的创造手法下，隐藏其中的纪弦的意识流动。

"意识流小说以流动性的'意识'挣脱时间顺序，由主观的、不确定的，甚至是不知所谓的意识流动来推动情节进程。作者将时间和事件置于人物的内心活动中，将发生在不同空间的事件通过蒙太奇的剪辑手法，并置于同一个时间点，使得时间的过去、现在和未来处于同一平面上。"③ 在纪弦的意识流诗作中，时间的转换与西方意识流小说相似，诗人往往受某个时间点（过去、现在或未来）的事物启发，产生意识流，意识流动忽而过去、忽而现在、忽而未来，便形成了时空的跳跃，诗的创作路径也随着意识的流动而前进。纪弦的此类诗如《四月之月》：

---

① 纪弦：《纪弦精品》，人民文学出版社 1995 年版，第 46 页。
② 金红：《意识流艺术在中国新时期小说中的流变》，兰州大学 2006 年博士论文。
③ 王茵：《意识流小说叙事的"空间形式"研究》，南京师范大学 2014 年博士论文。

> 四月之月是淡淡的柠檬黄色的。
> 不晓得阿姆斯壮那永恒的脚印消失了没有?
> 什么时候让我到木星上去玩他一趟才好。
> 可是四十年后光速的宇宙船都不停小站的。
> 那就买他一张仙女座大星云的来回票怎样?
> 从一个银河系到一个银河系——
> 冰冻了的百龄老人还有的是游兴哩。
> 而今天,我满六十岁,皎皎的月光下,
> 让我放一个誓言在高脚杯中:我要飞!①

　　这首诗完全是纪弦的自由联想,在联想中,时间和空间随着意识的流动而不停地转换。四月是春暖花开的季节,把四月形容为"柠檬黄色的",在体现四月自然之生机的同时也充满了活力与俏皮。诗人的思维在柠檬黄色的四月的启发下活跃起来,一会儿联想到月球上阿姆斯壮的脚印,一会儿联想到去木星游玩,一会儿又想买一张去仙女座大星云的来回票。诗人从现在联想到未来,联想到 40 年后的自己——那时纪弦已是百岁,但仍要放一个誓言:我要飞!在诗人活跃的联想中,时间与空间任意转换,看起来似杂乱无章,实则是诗人意识流动的表现。纪弦的意识流动在《四月之月》中较为明显,从空间的转换到时间的跨越都在表现 60 岁的纪弦的生命活力和勃勃朝气。意识流创作的优势便是可以毫无束缚地展现作者的内心活动,尽管会出现看起来杂乱无章的思维跳跃和时空转换,但作者可以轻松地按照自己意识流动的轨迹来进行创作。《四月之月》可以说是纪弦的一首意识流之歌,表现的完全是诗人内心的意识流动而没有描写现实中的一草一木。

　　毫无征兆的时空转化是意识流文学中常常出现的创作手法,在纪弦的诗作如《一间小屋》《梦回》《梦见蒲葵》《将起舞》等都有体现。诗人对空间和时间的转换往往很少会提前给出提示,读者初读时不免因突兀之感而摸不着头脑,但细细品读就会发现这是诗人意识流动的表现。

---

① 纪弦:《纪弦精品》,人民文学出版社 1995 年版,第 165 页。

四、色彩渲染

　　色彩对人的心理暗示以及其本身的情感象征决定了它在意识流文学中的重要地位，色彩渲染是意识流文学中常用的创作手法之一。"色彩是最易进入感官的内容，尤其是对于眼睛，具有某种吸引力，起着'诱饵'的作用，较之线条更能引起人的注意。"① 在诗歌创作中，色彩描绘是诗人传情达意的重要媒介，也是启发诗人展开自由联想的支点，它在给人以视觉美的同时也传达了情感的倾向。在纪弦的现代诗作中，色彩渲染是出现频率较高的创作手法。纪弦讲求诗的散文化和形式的自由化，主张情绪的克制。色彩描绘一方面成为情感表达的载体，另一方面也给读者提供了充分的想象空间。色彩的堆砌，不是单纯的客观描述，而是诗人在想象空间中的意识流动。如纪弦的《笔触》一诗：

安得抹他几笔金黄，橙红，
或是石榴的明艳，
在这中年了的画布——
灰色的，灰色的一片！
便是几个土黄的笔触，
棕的笔触，赭的笔触，
甚至黑的笔触也好啊。
不可虚无。不可虚无！②

　　纪弦曾在私立武昌美术专科学校和苏州美术专科学校学习西方绘画，他对色彩是比较敏感的。这首《笔触》寥寥几行就出现了 8 种颜色。"色彩本是客观事物的外在表现形态，但由于色彩的移情作用使得人们也用它来表达视觉不可见的那些抽象的内容。"③ 金黄、橙红和石榴的明艳是暖色调和亮色，往往代表活力与朝气等具有积极意义的事物；灰色与黑色为暗色调，往往代表消极意义的事物；土黄色、棕色、赭色等中性色彩常起着调

---

① 吴晓：《色彩的表现与诗歌审美意识的深化》，《浙江社会科学》2002 年第 7 期。
② 纪弦：《纪弦精品》，人民文学出版社 1995 年版，第 63 页。
③ 吴晓：《色彩的表现与诗歌审美意识的深化》，《浙江社会科学》2002 年第 7 期。

和亮色与暗色的作用。这诸多色彩融合进一首诗中，可以看出每一种色彩在纪弦的意识里都具有一种象征意义。《笔触》这首诗作于1945年，14年抗日战争以日本投降告终，但战争的创伤仍在腐蚀着人们的生活。此时的纪弦一方面受战争之苦，一方面受家庭之累而忙于奔波生计，因此他对于文学事业心有余而力不足。在这种情况下，纪弦想要有所成就，但又分身乏术，遂深感生命之虚无。诗中说"在这中年了的画布——灰色的，灰色的一片！"，实际上当时纪弦只有33岁，正是施展才华的好年纪，但受生活所迫和当时社会环境的限制，他空有一腔抱负而无处施展，直到1948年赴台后，才开始了轰轰烈烈的现代诗运动。纪弦在《笔触》中运用色彩渲染的手法，将自己内心的情感隐藏于各种色彩之中，随着情感的变化和意识的流动而不断转换颜色，内心的苦闷便随着意识的流动一涌而出。这便是色彩的移情作用在纪弦的意识流创作中的应用。

黑格尔有言："颜色感应该是艺术家所特有的一种品质，是他们所特有的掌握色调和就色调构思的一种能力，所以也是再现的想象力和创造力的一个基本因素。"[①] 纪弦常将色彩用在想象力的创造空间中，相比于色彩带来的视觉冲击，色彩的情感象征是纪弦意识流诗作中的一大特色。诗人利用色彩本身的象征意蕴，将自身情感融入其中并在意识流动中表达出来。如《黑色之我》一诗：

> 我的形式是黑色的，
> 我的内容也是黑色的。
> 人们避开我，如避开
> 寒冷的气候和不幸。
> 但我是不可思议地
> 黑色了的，所以我骄傲。
> 我把我的黑色的灵魂
> 裹在黑色的大衣里。[②]

"一般而言，任何颜色，例如黑色和粉红色本身，并不包含可以确指的内容，但他们的光波，各以其不同的波长，唤起我们各种不同的感受。粉红色给我们以爱慕、温柔、朦朦胧胧的幸福感。黑色给我们以严肃、沉重，

---

① 刘正国：《诗歌色彩的美学特征》，《武汉教育学院学报》1998年第4期。
② 纪弦：《纪弦精品》，人民文学出版社1995年版，第38页。

甚至恐怖感。所以在特殊情况里，颜色也是一种象征。"① 在这首《黑色之我》中，"黑色"反复出现，首先给读者一种低沉的情感基调。《黑色之我》作于1938年，那时战争还没有结束，人们的生计难以维持，纪弦一家也是如此。在这一年里，纪弦携家人一路流亡至香港，途中历经艰苦，所以纪弦在这一年里很少作诗，《黑色之我》中反复渲染的"黑色"正体现了纪弦当时的境遇。诗中写到"我的"形式和内容都是黑色的，但"我"仍是骄傲的，"我"把黑色的灵魂裹进了大衣里。从中不难读出那种落魄文人的高洁。意识流文学的情感主旨本身就比其他流派的文学更难去把握，但一千个读者有一千个哈姆雷特，诗歌中的色彩渲染给了读者很大的想象空间。

　　纪弦一生著作等身，其对现代诗的探索与发展做出了巨大的贡献。意识流色彩是其诗作的重要特征，也是台湾现代诗对大陆新诗的继承与发展。纪弦的意识流诗作远不止表现在意识暗喻、感官印象、时空跳跃和色彩渲染四方面，很多文学的创作手法之间都是相辅相成的，如自由联想、内心独白、图画建构、情绪书写等创作手法亦与意识流创作相通，这都是值得继续深入探讨的。

---

　　① 刘正国：《诗歌色彩的美学特征》，《武汉教育学院学报》1998年第4期。

论纪弦的现代诗美学

李 艳

文学作为一种艺术门类,是美学具体研究学科的一个分支;诗作为文学的一种具体表现形式,则有其独特的美学特点。在现代诗的发展中,闻一多曾从美学思想提出了诗的音乐美、绘画美、建筑美的"三美"理论。随着新诗的发展,美学思想也不断创新。纪弦开启台湾现代诗之先河,在诗美学方面有了新的见解,这对其现代诗的创作与发展有着重要的影响。一方面,纪弦认为现代诗要用散文之工具,但又要写散文所不能写,重诗想而轻诗情是实现这一点的重要方法;另一方面,纪弦认为要使现代诗真正成为现代的诗就要表现新时代的新内容,也就是要有新的诗素。虽然纪弦声称现代诗是"横的移植",但纵观诗的发展,可以发现纪弦的诗仍有传统古典诗的影子——"诗趣"。"诗想、诗情、诗素、诗趣"是纪弦的现代诗中融合的美学观,但这种美学观也招致了一些批判的声音。

一、与散文美学的不同——重诗想,轻诗情

在现代诗的观念中,人们往往把诗与散文混为一谈,诗的散文化或散文诗化的现象广泛存在,于是出现了"散文诗"和"诗散文"的叫法,或者人们常常称诗为诗歌。纪弦曾说:"作为一个现代主义者,我和我的学生们,朋友们,一向不用'诗歌'一词。"① 在纪弦看来,二者一为文学,一为音乐,诗即诗,歌即歌,诗歌非诗。诗与散文有相通之处,但诗的美学是散文不能取代的。散文重叙述且篇幅较长,诗重抒情且篇幅凝练,这是诗与散文众所周知的区别。传统诗的形式为韵文,现代诗的形式为散文,如何区分两种文体的美学原则是文人学者们一直探讨的话题。在此基础上,

---

① 纪弦:《诗论四题》,《香港文学》1994 年第 115 期。

纪弦提出了区别现代诗与散文的一个美学概念——"诗想"。"诗想"含有深邃的思想与精致的表达技巧两部分内容，它是"在片段的体验经验和意识活动中，用悟化了的思绪，包笼积淀中成熟的哲理或者通过形象感性的整体'熬炼'而成，或者由形象感性本身直接出示"[1]。诗与散文作为两种兼容并包的文体，都具有抒情的功能，即都可表现各自的"诗情"，但"诗想"是现代诗特有的美学内涵。纪弦在其回忆录中谈道："现代诗的本质，不是散文所也能表现的'诗情'，而是散文所不能表现的'诗想'。"[2] 顾名思义，"诗情"即诗所抒发的情感，属于感性的内容；"诗想"则偏指诗的创作技巧，归属于理性。在现代主义诗人的创作中，"诗情"和"诗想"是相互制约的两面，当诗人的情感过于浓烈而无节制地喷涌时，"诗想"发挥其理性的一面，用象征、暗示或潜意识等手法将直陈的情感上升到哲思的高度，从而制约"诗情"的表达，避免浪漫主义式的情感之告白。

　　纪弦将"横的移植"作为新诗发展的主要信条，因此西方现代主义的基本精神——"反传统与反浪漫主义"[3] 就成为纪弦建构现代主义诗学的重要向标。"诗想"是反浪漫主义的表现，反传统的一面则体现在对现代诗散文形式的强调。在纪弦的现代主义诗学中，"用散文的形式作诗"和"作散文诗"是两个不同的概念，前者指作诗不讲求韵律和韵脚，用绘画美或情感的跌宕来体现诗情的律动，作出来的诗不一定是散文诗，自由诗体也属于"散"的形式；后者则指真正的"散文诗"的概念。在"现代派六大信条"中，纪弦提出现代诗要有新的内容、新的形式、新的工具和新的手法。其中的新工具便指散文，即用散文的形式作诗，这是较之传统诗的韵文之工具而言的，纪弦将此称为"'新传统'的创造"[4]，以期把现代诗与押韵的传统诗划清界限而将散文诗的形式发扬光大。1933年，纪弦以"路易士"为笔名出版第一本诗集《易士诗集》，受早期新月派诗歌的影响，其中收录的诗多为押韵的格律诗。同年，戴望舒出版诗集《望舒草》，纪弦读后深受启发，一改往日的格律诗为自由诗体。纪弦有言，押韵与否并非诗的精神之所寄，自由诗体在节奏的控制和安排上比格律诗来得更活泼和富于变化些。自由诗体即诗的散文化，散文形式的自由变化产生的灵动美是格律诗没有的。韵文的表达手法确实展现了一定的音韵美，但往往会使作者的思

---

[1] 陈仲义：《智力的结构与智慧的"诗想"——智性诗学》，《辽宁教育学院学报》1996年第2期。
[2] 纪弦：《纪弦回忆录第二部：在顶点与高潮》，台湾联合文学出版社2001年版，第88页。
[3] 杜国清：《诗情与诗论》，花城出版社1993年版，第186页。
[4] 纪弦：《新美学》，《诗双月刊》1992年第3版第6期。

维和表达受到束缚，散文的形式可使作者有更广阔的表达空间。基于散文和诗的掌握方式的不同，两者有一定的区别，纪弦强调的"诗想"是一方面。

若将诗的创作分为前、中、后三个阶段，"诗想"则属于创作中的一环，诗人是在"想"的过程中完成诗的创作的。通过"诗想"呈现出来的现代诗比散文直陈式的表达多了一份抽象与朦胧，故纪弦称："散文的本质是直指的，诗的本质是暗示的。"① 由于篇幅的包容性，散文可以在铺陈详述中交代"诗情"的来龙去脉，而现代诗要想在有限的篇幅中精当合理地表现"诗情"，必须做到凝练，这就需要现代诗独有的审美原则。在诗的创作上，现代主义不像浪漫主义那样着重追求"诗情"的感染力，而是或者将对生活经验一般规律的思考融进"诗情"当中，或者用对客观外物的组织描绘应和诗人内心的情感脉络，即或以理性规约感性，或以客观展现主观，从而形成现代主义诗特有的诗质——知性。"诗想"是增添现代诗知性色彩的重要审美原则。在"诗想"原则中，因诗人忠于自身想象的无规律性和情感的流动性而出现的意象或意境的转换、意识的跳跃、陌生化的词汇等现象在给予读者阅读新体验的同时也加大了理解的难度，加之纪弦作诗常常注重个人意识而疏远社会现实，因此便出现了批判他的声音。如诗人流沙河在《台湾诗人十二家》中评价以纪弦为首的现代诗派"在内容上既缺乏真情实感，又回避生活的激流，在形式上对西洋现代作品东施之效颦，结果是二十年间造出许多虚假无聊的诗"②。纪弦在现代主义诗学的建构中确实因偏重追求现代诗形式技巧的实验而忽略了思想内容的厚度，这一点将在本文中详述。不可否认的是，纪弦"诗想"原则的提出打破了中国传统诗美学中主客合一的感性模式，赋予了现代诗新的美学特征。

这种新美学特征即诗的知性（或称之为"智性"）色彩。纪弦在其回忆录中常说作诗要规避情感的激流，浪漫主义不应成为现代诗的主调。经过时间积淀后作出来的诗才是知性诗，而由情绪控制的诗会退回到浪漫主义的路径上去。因此纪弦认为诗的情感表达应该间接寄托于外物，而非直接喷涌，但这一理论主张与纪弦早期的实际创作存在较大的出入。纪弦本业为西方绘画，写诗是爱情滋养的结果，如其所言，"写诗与初恋是同时开始了的"③。纪弦写诗的初衷是对爱情、对艺术、对自然的沉醉与热爱，而且当时初入诗坛的纪弦在诗歌理论上处于探索阶段，还未确立成熟的现代主

---

① 沈奇、王荣编选：《台湾诗论精华》，陕西人民教育出版社1995年版，第18页。
② 流沙河：《台湾诗人十二家》，重庆出版社1983年版，第4页。
③ 纪弦：《纪弦回忆录第一部：二分明月下》，台湾联合文学出版社2011年版，第32页。

义诗歌观念，因此《易士诗集》中的诗多为直白通俗、直抒胸臆并带有罗曼蒂克色彩的情诗。

纪弦在东渡日本留学归来后，因受多种艺术流派的影响，开始反对情感的直接喷涌，主张情感的克制，此时其诗风才渐渐有了抽象的特点。但知性的手法并非压抑情感，而是将平面的、抽象的情感用立体的、客观的外物暗示出来，从而起到规避情感的作用。从美学的角度来看，诗人情感世界的反映是诗美学的主要内容，诗是客观世界与诗人的精神世界共同作用达至和谐统一后的产物。诗人的"这一个精神世界"是特殊的，受众因体验"这一个精神世界"而产生的"另一个精神世界"具有普遍性，由特殊反映到一般是审美体验的过程与结果。纪弦认为现代诗要达到主客观的高度统一必须经过时间和阅历的积淀，急于求成可能会降低主观与客观和谐统一的程度而使诗的艺术水准大打折扣。如纪弦作于1955年的《火葬》一诗："如一张写满了的信笺，躺在一只牛皮纸的信封里，人们把他钉入一具薄皮棺材；复如一封信地投入邮筒，人们把他塞进火葬场的炉门。总之，像一封信，贴了邮票，盖了邮戳，寄到很远很远的国度去了。"① 这首诗为纪弦目睹离世的友人杨唤被火化的场景后所作，诗的创作时间与杨唤逝世相隔一年之久。杨唤逝世，纪弦自然悲痛万分，但若纪弦当时急于抒发失去好友的悲痛之情，那么这首《火葬》可能就成为一首充斥着浓郁的悲伤色彩的悼亡诗了。

知性之诗质需要时间的积淀，但并不意味着一蹴而就的诗都不是好诗。诗的审美与散文、小说等文学体裁相比更为复杂，其审美体验与审美主体、审美对象、审美机制有密切的联系。但到底什么样的诗才算知性诗，纪弦未给出明确的限定，倒是在《我的现代诗观》中说过："只要它是一首主知的诗，使用噪音，无法朗诵，不给人以听觉上的满足，也还是不失其为现代诗的，何必一定要在诗的外貌上标新立异呢？"② 朗朗上口的韵律美来自感官体验，知性色彩的感知则来自精神世界，两者一表一里，各有不同。纪弦本人虽常写一些情感积极向上的、读来朗朗上口的诗参加朗诵活动，但这些诗仍是不用韵律而是用散文的形式作出来的自由诗。另外，纪弦那些描写死亡、丑恶的诗是只适合读者默读的，如《死树》："死树/张着苍白枯槁，修长的两臂，仰视青天。那些飘逝的云/如他腹部的菌，有其色彩的肖似，形状的肖似。而那些被虫类蛀食着的树皮/是正在用了世界上最轻微

---

① 纪弦：《纪弦精品》，人民文学出版社1995年版，第111页。
② 须文蔚编：《台湾现当代作家研究汇编·纪弦》，台湾文学馆2011年版，第109－110页。

的声音/一小块一小块地落下来。"① 纪弦将对死亡的无奈和感叹隐藏在对死树的描述中，即将"诗情"隐藏于"诗想"中，用"诗想"规避了"诗情"的激荡，体现了重"诗想"而轻"诗情"的美学原则，这类诗更适合读者去细细体味和慢慢感知。

二、客观外物的审美观照——新诗素

一种艺术有一种艺术的审美表达手法，戏台虽小能容千军万马，诗词寥寥几行也可道尽悲欢离合。无论古今，诗一直都是诗人反映人生和寄托情感的归所，当然，基于审美主体的审美机制的不同，不同的诗人表达同一种情感的结果也不同，这都离不开诗人的主观精神世界对客观世界的观照。"诗的首要任务就在于使人认识到精神生活中各种力量，这就是凡是在人类情绪和情感中回旋动荡的或是平静地掠过眼前的那些东西，例如人类思想、事迹、情节和命运的广大领域，尘世中纷繁扰攘的事务以及神在世界中的统治。"② 诗人观照的这些客观事物被纪弦称之为"诗素"，"诗素"属于作诗前的一环，是对"诗想"的准备，它指引起诗人精神世界产生精神力量从而将抽象的情感融于客观外物的内容，诸如花草树木及生活中可见的其他一切外物。在纪弦看来，时代不同，"诗素"自然有所差异，而现代诗应有的"诗素"正是20世纪的诗精神之昂扬。工业和科技的发展使人的世界观和人生观发生了翻天覆地的变化，新诗除了要有新的散文化的形式外，在内容上也要表现新时代的新事物。因此纪弦从工业和科技迅速发展的现代社会生活着眼，汲取西方文学营养，赋予了新诗发展的新思想和新内容。如作于1973年的《四月之月》就写到了阿姆斯壮探月事件，这种在旧诗中不可能有的内容，给了读者新的阅读体验。

纪弦所说的"诗素"首先指新时代的新事物，现代诗用现代的"诗素"表现现代诗人的精神世界是较之传统诗的内容而言的。纪弦的诗作中一类描写宇宙和科技的诗如《在地球上散步》《我·宇宙》《失去的望远镜》《致PROXIMA》《致彗星KOHOUTEK》便是新时代的新"诗素"的表现。"诗素"由客观外物而来，化客观为主观是"诗素"的价值所在，这种转化的过程即审美机制发生作用的过程和灵感积蓄的过程。纪弦称现代诗是诗

---

① 纪弦：《纪弦精品》，人民文学出版社1995年版，第90页。
② 黑格尔：《美学》，重庆出版社2018年版，第18页。

人"一瞬间的'洞察'之录影,一霎那的'顿悟'之录音"①,其中"瞬间之录影"就是对"诗素"的洞察。纪弦反对用旧"诗素"写新诗,并且以古诗中的"月如钩"为例进行了说明:写成现代诗为"月亮像钩子一样",其"诗素"仍是旧的,而写成"肺病之月"则具有不同的审美效果。"因为新诗追求新的表现,是以新的'诗素'之认识、发掘与把握为其必然之根据的"②,所以新"诗素"是新诗的新内容,新内容要有新的表现形式——散文,纪弦将此称为"内容决定形式"③。纪弦对新诗内容和形式的改革开辟了新诗发展的道路,但也带来了反对的声音。覃子豪、余光中等人反对纪弦切断纵向继承而寻求横向发展的态度,他们认为新诗应从传统中寻找与现代的接洽点,在汲取传统之精髓的基础上融进西洋之佐料才是现代诗健康发展的路径。纪弦则一切求新,希望通过"横的移植"实现中国现代诗走在世界前列的宏伟蓝图。1957年8月,覃子豪在《蓝星诗选·狮子星座号》发表《新诗向何处去》一文质疑纪弦的现代诗观;同月,纪弦在《现代诗》第9期以《从现代主义到新现代主义》一文回应覃子豪,从而揭开了20世纪50年代台湾关于现代诗的论战。历经几轮笔战后,激进一方的纪弦和保守一方的覃子豪各自修正了自己的不足,促进了新诗的发展。

纪弦强调新诗要反映现代生活,但古诗中有些意象(如上文中提到的"月如钩")同样存在于现代人的生活当中,那么如何将旧意象写出新意就成为"诗素"美学的另一方面内容。意象即被诗人赋予了主观情感的客观物象,"诗素"是诗人心灵的反映,因此"诗素"与中国古诗中的意象性质相似。其不同之处在于,纪弦的诗素偏重于意象之"象"的范畴,意象之"意"的表达往往隐藏在对"象"的刻画上,很少会出现直接的情感流露,这也是纪弦重"诗想"、轻"诗情"的结果。由于古今意识形态的不同和诗人主观审美的差异,被弱化的意象之"意"在纪弦的诗中常极具个性化和生活化的内涵。与现代主义诗学重视诗人内心世界的原则相契合,意象的新意来自诗人独一无二的自我体验。了解纪弦诗作后会发现其诗中的意象具有强烈的自我意识,多数为自我形象和心境的反映。如纪弦作于1939年的《云》一诗:"那些絮状的云,纤维状的云,昼,夜,四季,自在地散着步,复化雨,化雪,作为对辛劳的大地的亲切的拜访。吸烟的男子的口中的喷出物;那些幻异的羊群,青空的浮岛。"④ 将云暗喻为烟雾、羊群和浮

---

① 纪弦:《诗眼》,《香港作家》1995年第80期。
② 路易士:《从废名的〈街头〉说起》,《文艺世纪》1944年第11期。
③ 路易士:《从废名的〈街头〉说起》,《文艺世纪》1944年第11期。
④ 纪弦:《纪弦精品》,人民文学出版社1995年版,第39页。

岛是纪弦想象的结果,这种想象包含了纪弦本身的审美情趣和生活体验。"云"的意象在古代诗文中或用来表达愁绪和离别之思,或用来衬托建筑、山峰之高耸,或表示权势地位之显赫,又或用以描写自然气象之变化。纪弦笔下的"云",情感的表达似乎淡了一些,审美的意味多了一点。"絮状""纤维状""吸烟男子的口中喷出物""羊群""浮岛"等都是对"云"外形的描写,这使"云"作为一种意象偏向了"象"的范畴,"云"的意象之"意"则通过拟人化的、生活化的描述,给读者一种享受生活、悠然自得的感觉。

总体来讲,"诗素"之新体现在纪弦作诗手法的新、形式技巧的新给读者带来的新的审美体验。从"诗素"角度讲,纪弦作诗常通过诗人敏锐的观察力和丰富的想象力发掘出实际所见之外的"诗素",多个诗素组合在一起产生奇妙、神秘的审美效果,超现实主义诗歌在这方面具有代表性。超现实主义诗作多为纪弦在现代主义诗学上的实验品,虽未能达到西方那样高的艺术成就,但为新诗增添了新的审美技巧。超现实主义几乎融合了象征、暗示、隐喻等多种手法,以至于读者有时分不清诗人写的究竟是现实还是梦境。不可否认的是,超现实主义诗作源于诗人的潜意识,呈现的是意识的真实,这也是现代主义诗作的本质。"西方超现实主义者在疯子身上找到了对传统准则的大胆蔑视和精神潜能的解放。他们认为精神病患者常常不由自主地进行思想的探索。"① 由于思想探索的意识流色彩,超现实主义诗作中的诗素成分复杂,包括真实存在的诗素、现实之外的诗素和被诗人虚构的、抽象化的诗素。如纪弦超现实主义的代表作《火灾的城》一诗:"从你的灵魂的窗子望进去,在那最深邃最黑暗的地方,我看见了无消防队的火灾的城……而当我轻轻地答应着说'唉,我在此'时,我也成为一个可怕的火灾的城了。"② 其中的"灵魂的窗子""最深邃最黑暗的地方""火灾的城"等诗素都具有抽象和神秘色彩。因为要忠实于潜意识,"诗素"的成分往往虚大于实,而一旦忽略了精神内容和思想情感的补给就会显得虚无,因此就连纪弦本人也称这些超现实主义诗作"不是无病呻吟,就是文字游戏,大大失败了"③。从中可窥见纪弦作诗时对情感的克制和对形式实际的偏爱。

超现实主义难以在做到忠实意识真实的同时兼顾现实真实。现实主义文学以写实手法进行创作,更遵循客观的审美原则,其中的"诗素"多为

---

① 柴高洁:《物象的内心灵视:战后台湾现代诗的超现实经验》,《文学与文化》2017年第11期。
② 黄梵:《来相爱吧,为了这迷死人的爱情》,江苏文艺出版社2015年版,第51页。
③ 纪弦:《纪弦回忆录第一部二分明月下》,台湾联合文学出版社2011年版,第114页。

诗人真真切切看到的实物而非凭空想象出来的,其创作手法也很少会用到暗示、象征等,整体风格为客观写实和直接抒情。从表面来讲,现实主义诗歌中"诗素"的成分是实大于虚,这也决定了现实主义诗歌的本质在于反映社会和干预现实,而不像现代主义诗歌那样成为反映诗人内心世界的一面镜子。如纪弦早期因受左翼文学影响而写过的现实主义诗《贫民窟的颂歌》:"黑而臭的苏州河,流着流着注入浑浊而汹涌的黄浦江了。啊!好大的风,刮起了一地的垃圾;谁吐的甘蔗渣,落在我身上。无数的穷人!无数的穷人!无数的穷人!"① 诗中的"诗素"——"苏州河""黄浦江""甘蔗渣"等是诗人生活中真实所见的意象,没有抽象和虚构的成分,也没有像超现实主义诗歌那样朦胧晦涩的诗风。从美学的角度来看,超现实主义的确更接近诗美学的本质,它在"诗素"的审美原则和创作手法上是对现实主义诗歌的补充和进化。从本质来看,超现实主义并非对现实的逃避和远离,而是从人的内心和潜意识反映现实世界,现实主义诗歌与超现实主义是互为表里的关系。

三、言意之外的美感——重兴趣与理趣

傅璇琮先生在《中国诗学大辞典》中将"诗趣"解释为"作诗的兴致和灵趣"②,所谓"灵趣"是由"兴致"引发的一种言有尽而意无穷的审美感受。"诗趣"美学在中国古典诗中具有重要地位,包含了"理趣、意趣、机趣、天趣、奇趣、静趣、动趣"③ 等多种趣味。从傅璇琮先生对"诗趣"的解释看,"诗趣"的要义在于"兴"与"趣","兴"是动态的审美机制和审美过程,"趣"则重在表现审美结果和审美体验。因此从广义的审美原则讲,可将"兴趣"视为"诗趣"的一种更加专业的表述;但从狭义上讲,"兴趣"与各种细分的"诗趣"既有联系又有区别。在纪弦的现代主义诗作中,兴趣与理趣是出现最为频繁的两种作诗趣味,兴趣的一面展现了中国传统诗学对纪弦的现代诗的影响,理趣的一面则更多体现为纪弦对西方现代主义美学的借鉴和模仿。诗作为寄托人类情思的重要文体,无论古今中西,都具有"诗趣"的美学共性,又因民族和时代的不同而具有独特的个

---

① 纪弦:《纪弦精品》,人民文学出版社1995年版,第73页。
② 傅璇琮:《中国诗学大辞典》,浙江教育出版社1999年版,第1214页。
③ 金振邦:《文章技法辞典》,东北师范大学出版社1991年版,第390页。

性。站在20世纪十字路口的纪弦，在吸纳古今中外各类"诗趣"风格的过程中形成了兼容并蓄的"诗趣"美学，充实了其现代主义诗作的内涵。

"兴"作为诗之六义之一由来已久，"从钟嵘言'兴'、沈约倡'兴会标举'逐渐引申出'兴致''兴象'等词汇"①。纪弦在回忆录中曾提到现代诗轻赋而重比、兴。他早年写过一些兴象诗，这类诗更倾向于纯意象的含蓄美，更接近古诗的诗情画意。如作于1936年的《江南》："江南的水乡多窈窕之姿，一街吴女如细腰蜂，营营然踏着暮色归去，馥郁的影子飘过银窗。"②纪弦早期还未形成成熟的现代主义诗观，这首《江南》仍然属于传统的抒情诗。诗中描写江南女子的柔美，"暮色""银窗"多有古典之美，用细腰蜂形容女子的窈窕之姿，使女子的纤纤细腰映入读者眼帘，一幅诗情画意的江南水乡图给读者以含蓄隽永的审美享受，也即这首诗的兴趣所在。纪弦后期很少有纯意象的诗，《杜鹃》可看作其中的一首："她占领了整个的春天，用她的红；一种不可抗拒的红，一种铿铿的红。"③作于1960年的《杜鹃》与1936年的《江南》相比，在诗趣的美学表现上有了明显的不同。如果说前者是对古典诗的模仿，那么后者就是古典向现代的成熟转变。首先，《杜鹃》诗中强烈的色彩渲染让人身临其境，色彩的视觉冲击使读者对杜鹃花美的印象一涌而出，不可抗拒；其次，拟人化的手法让读者眼前仿佛出现一位无可媲美的美人，对色彩的渲染在展现杜鹃花旺盛的生命力的同时给人一种生命之美的体验，"诗意"和"诗趣"包含其中。

兴象是由诗人加工而成的一种韵味深长的审美意象，其根本是"语言的视觉化和图像化"④；兴趣则是在兴象的基础上饱含了诗人的思想情感而成，所谓先言他物（兴象）以引起所咏之辞。兴趣之"趣"，一则来自兴象给予读者的感官上的享受，如花的颜色、花的形状、花的芬芳；二则来自诗人通过情景交融或托物言志手法寄托其中的思想情感，如通过拟人手法将杜鹃花比作一位女子，展现她的自信、优雅和魅力，通过花的美体悟到生命的顽强和美好。这与古典诗中常常出现的梅、兰、竹、菊同理，诗人往往托物言志来表达一种积极向上的人格品质，也即其"诗趣"所在。兴象和兴趣似一种抛砖引玉的关系，诗人将眼前或想象中的客观物象以"兴"的手法使其脱离客观生物性而成为感兴之"象"，再从兴象引渡出诗人的议论或情感，从而产生兴趣。兴象和兴趣在概念上相互区分又在审美功能上

---

① 陈芳：《〈沧浪诗话〉明代接受研究》，复旦大学2013年博士学位论文。
② 纪弦：《纪弦精品》，人民文学出版社1995年版，第26页。
③ 纪弦：《纪弦精品》，人民文学出版社1995年版，第125页。
④ 王明辉：《兴象在中国诗学中的发展流变》，《学术研究》2018年第12期。

相互融合，诗人感兴之至时将心中情结诉诸笔端，其中可意会而不可言传的韵味是兴象和兴趣给读者的审美体验。如李白那句"相看两不厌，只有敬亭山"（《独坐敬亭山》），言意之外是一种山有情而人无情的无奈和孤独之感。同样是"相看"主题，现代诗中卞之琳的《断章》则通过"看风景的你"和"楼上的看风景人"两者主客体的转换使读者在两幅不同的画面中体悟出万物息息相关的哲学趣味。《断章》中的"桥""明月""窗子"等意象与纪弦那首作于1985年的《观照》相比仍有一丝传统意象的古典韵味，而同为"相看"主题的《观照》似乎多了一种逻辑混乱的意识流色彩。《观照》一诗的开篇以写"我"与南山在各种场景中相看为引子，引出中间部分的"我"与南山的一段对话："我们都很欣赏你的表演：那的确是天下第一流的。棒极了！哪里，哪里？别过奖了，先生！会的，会的。你那看风景的姿态，那神往，那陶醉，那表情，不就是一幅最美妙的世界名画吗？"① 诗末以一句"看风景者，人恒看之"点明"诗趣"所在。

　　如果说李白的《独坐敬亭山》饱含浓浓兴趣，那么《断章》的作诗趣味就多了一重理趣，纪弦的《观照》则在《断章》的理趣上增加了现代主义文学的意识流手法。从兴趣到理趣，不变的是诗人以物起兴的作诗手法，变的是诗人以理入诗的作诗趣味。"'理趣'一词首先由宋代理学家提出，后经清代正统儒家诗论倡扬而进入诗学品鉴范畴"②，"'理'意为道理、规律、法则、伦理"③。与兴趣美学的感兴手法所引起的含蓄蕴藉的审美体验不同，理趣调和了诗的感性色彩。纪弦现代主义诗作中的理趣之"理"主要体现为哲理，这与纪弦受西方现代主义诗学的影响有关。如纪弦的一部分关于"上帝造物"的诗《苍蝇》《萤的启示》《玫瑰与甲虫》《致毛毛虫》等，都表现出一种存在即合理的哲思。纪弦在《玫瑰与甲壳虫》中写道："我是上帝造的。玫瑰也是上帝造的。哎呀！甲虫不也是上帝造的吗？上帝造美，也造了丑；造善，造真，也造了恶，造了伪。故所以，玫瑰与甲虫，是都有其'存在之理由'的。"④ 玫瑰花与甲虫一为美一为恶，但作为自然界的一种客观存在是没有贵贱之分的，它们被上帝创造出来自有其存在的意义，存在即合理。受中华理趣美学的浸润和西方现代主义哲学思想的影响，纪弦的现代主义诗作尝试在两者之间寻求契合点，却因中外诗学的个性而产生了不相容的矛盾，即纪弦尝试将西方现代主义诗作中的哲思引进

---

① 纪弦：《纪弦精品》，人民文学出版社1995年版，第194页。
② 孟登迎：《理趣说及其诗学意义》，《东方丛刊》2000年第4期。
③ 朱立元：《美学大辞典（修订本）》，上海辞书出版社2014年版，第160页。
④ 纪弦：《纪弦精品》，人民文学出版社1995年版，第186页。

自身诗作中,又因中外哲学思维的不同使纪弦的现代主义诗作缺少了西方现代主义诗那样的厚度。

理趣在西方诗学中蕴含着西方哲学色彩,在中国诗学中则多体现为对人生、自然、宇宙规律的思考。如享有"孤篇盖全唐"之誉的《春江花月夜》,其中名句"人生代代无穷已,江月年年只相似"表达了人生如流水而万物依如故的人生感慨和宇宙意识。这种对人生、自然及宇宙规律的认识也常出现在纪弦的诗作中,但纪弦以新"诗素"入诗后的审美体验与古诗中的理趣感受迥然不同。纪弦曾称现代诗是"代数学、物理学和相对论的表现手法的实验",这是纪弦的理趣区别于其他诗作理趣的重要特征。如其诗作《直线与双曲线》中写道:"是的,时间走双曲线,描着不规则的圆弧,描着,描着,复相交着,乃构成许多的'点'。"① 这只是诗中的一小段内容,读过全诗就会明白,纪弦将陈子昂、三闾大夫、曹植等人的古典诗比作直线,而将自己和同时代诗人洛夫的诗比作双曲线,以此说明古典诗因袭传统纵向发展的路径,而他们的现代诗则是通古今之精髓、纳西洋之养分,是双向发展的。纪弦用数学概念的特点来表达现代诗与古典诗的不同,不仅给读者一种陌生化的阅读体验,更使诗多了一种深涩的诗趣。此类诗又如纪弦的《二十一世纪诗三首》(《ET》《野蛮》《圆舞》),诗中展现的20世纪的宇宙观和世界观也是理趣的一种表现。

在纪弦看来,重"诗想"而轻"诗情"是规避情感激流的手段,也是诗美学与散文美学的不同之处;引起诗人主观观照的客观外物即"诗素",现代诗要有新的"诗素",就要展现20世纪的新面貌;"诗趣"是体现诗质的重要内容,他在现代主义诗学中特别注重对兴趣和理趣的运用。不论是对"诗情"的弱化、对"诗想"的重视、对"诗素"之新的强调,还是对"诗趣"的探究,都是纪弦站在20世纪的时代背景下探索出的新诗美学,虽因其激进的步调招致了一些学者的批判,但这些新观点的提出和运用无疑对中国现代诗的发展贡献了一份力量。从文学史的意义看,纪弦的现代诗和他领导的现代派运动是中国百年新诗史上重要的一环,也是弥补大陆现代诗断层的一环。他探索了现代诗发展的路径,推动了台湾现代诗的发展。

---

① 纪弦:《纪弦精品》,人民文学出版社1995年版,第260–261页。

第二辑

年表编撰

林语堂集外拾遗简编

程桂婷

　　林语堂是现代著名作家,学贯中西、著述浩繁,其生前已结集出版过的中英文著作多不胜数。在林语堂生前或身后,除各种文集单行本外,以大型丛书形式问世的选集、文集乃至全集亦有多种,如 1969 年台北读书出版社出版的《林语堂选集》10 卷、1978 年台北开明书店出版的《林语堂文集》4 卷、1986 年台北金兰文化出版社出版的《林语堂经典名著》35 卷、1994 年东北师范大学出版社出版的《林语堂名著全集》30 卷、1995 年作家出版社出版的《林语堂文集》10 卷、2002 年至 2007 年陕西师范大学出版社出版的《林语堂文集》22 卷以及《林语堂散文精品文库》5 卷。此外,朱立文先生在 1995 年初编、2002 年续编、2007 年增订的《林语堂著译及其研究资料系年目录》,对林语堂的中英文著译作品都做了较为细致的编年整理。还有陈子善先生在 1998 年由浙江人民出版社出版的《林语堂书话》,对林语堂的书话类作品进行了辑录。但也正如陈子善先生在此书序中所言:"编订一部搜寻齐全的林语堂全集(含全部中文、英文著作和英文著作的可靠中译)还有待海内外林语堂研究者的共同努力。"

　　可喜的是,对林语堂的研究日益受到海内外学者的关注。2019 年 1 月,英国纽卡斯尔大学教授钱锁桥在广西师范大学出版社出版的《林语堂传:中国文化重生之道》可谓林语堂研究的最新成果。钱锁桥教授致力于林语堂研究已有 20 余年,之前曾写有专著 *Liberal Cosmopolitan*:*Lin Yutang and Middling Chinese Modernity*(《自由普世之困:林语堂与中国现代性中道》),并编有论文集 *The Cross-cultural Legacy of Lin Yutang*:*Critical Perspectives*(《林语堂的跨文化遗产:批判性视角》)。在新出版的《林语堂传》中附录有《林语堂全集书目》。钱锁桥教授认为:"真正的《林语堂全集》应该如本编目所示,包括林语堂原著(中、英、德文)以及他自己所作的译文(英译中、中译英、德译中)。"笔者以为,这种编辑理念对改变目前所见《林语堂全集》多被林语堂英文原著的他人汉译之作充斥的现象不无裨益。较之于朱立文先生所编目录,钱锁桥教授所编书目在林语堂英文原著方面有更为详尽的梳理。但遗憾的是，这部全集在林语堂的中文原著的整理方面仍有不少遗漏。

笔者历经多年的搜寻，发现了林语堂尚未被编入以上选集、文集或全集的百余篇佚文，特编撰此《林语堂集外拾遗简编》。

应予以说明的几点：第一，陈子善先生在《林语堂书话》中已辑录的《谈画报》《〈水浒〉西评》《关于〈京话〉》《〈人间杂记〉序》《林如斯译〈唐选诗译〉序》《谈郑译〈瞬息京华〉》六篇佚文不再列出。第二，如《论汉字索引制及西洋文学》《对于译名划一的一个紧要提议》等文章在朱立文先生所编《林语堂著译及其研究资料系年目录》或钱锁桥教授所编《林语堂全集书目》中有编目，但具体文章并未见于以上选集、文集或全集，为便于日后编撰"林语堂集外佚文拾遗"之类书籍起见，仍在此列出，并另加脚注说明。第三，下列编目文章发表时凡署名"林语堂"的均不再标注，其他署名的则加以注明。第四，另有一些林语堂英文原作经由他人汉译的文章，未见有研究者提及，亦附录在后。

（一）林语堂中文著作类（55篇）

（1）1911年，《汉字索引制（附表）》（署名林玉堂）发表于《清华学报》第3卷第2期。

（2）1916年4月，《班长权议》（署名林玉堂）发表于《约翰声》第27卷第3期。

（3）1917年10月，《创设汉字索引制议（附表）》[1]（署名林玉堂）发表于《科学》第3卷第10期。

（4）1918年4月15日，与钱玄同的通信《论汉字索引制及西洋文学》[2]（署名林玉堂）发表于《新青年》第4卷第4期。

（5）1923年12月1日，《科学与经书》[3]（署名林玉堂）发表于《晨报五周年纪念增刊》。

（6）1924年4月4日，《对于译名划一的一个紧要提议》[4]（署名林玉堂）发表于《晨报副刊》。

---

[1] 此文在钱锁桥编《林语堂全集书目》中有编目。
[2] 此文在钱锁桥编《林语堂全集书目》中有编目。
[3] 此文在朱立文编《林语堂著译及其研究资料系年目录》、钱锁桥编《林语堂全集书目》中均有编目。
[4] 此文在朱立文编《林语堂著译及其研究资料系年目录》、钱锁桥编《林语堂全集书目》中均有编目，但题名均被误录为《对于译名划一的一个紧急提议》，"急"应为"要"。

（7）1924年4月6日，董作宾《为方言进一解》文后有《附记》①（署名林玉堂），发表于《歌谣周刊》第49期。

（8）1924年5月23日，《征译散文并提倡"幽默"》②（署名林玉堂）发表于《晨报副刊》，1935年10月1日又发表于《论语》半月刊第73期。

（9）1924年6月9日，《幽默杂话》③（署名林玉堂）载于《晨报副刊》，又1935年10月1日发表于《论语》半月刊第73期。

（10）1924年8月20日，《赵式罗马字改良刍议》（署名林玉堂）发表于《国语月刊》第2卷第1期。

（11）1924年9月24日，《一个驴夫的故事》④（署名林玉堂）发表于《晨报副刊》。

（12）1924年12月1日，《论士气与思想界之关系》⑤（署名林玉堂）发表于《语丝》第3期。

（13）1925年3月1日，《论识字之危》（署名林玉堂）发表于《京报副刊》第75期。

（14）1925年3月29日，《征求关于方言的文章》⑥（署名林玉堂）发表于《歌谣周刊》第84期。

（15）1925年4月3日，《孙中山》（署名林玉堂）发表于《猛进》第5期。

（16）1925年10月10日，《泣告名流》（署名林玉堂）发表于《京报副刊》第294期"国庆特号"。

（17）1927年1月12日，《平闽十八洞所载的古迹》⑦ 发表于《厦门大学国学研究院周刊》第1卷第2期，又发表于1928年《民俗》第34期。

（18）1928年3月15日，复信李建新《吃"上帝"的与吃"耶酥"

---

① 此文在钱锁桥编《林语堂全集书目》中有编目。
② 此文在朱立文编《林语堂著译及其研究资料系年目录》、钱锁桥编《林语堂全集书目》中均有编目。
③ 此文在朱立文编《林语堂著译及其研究资料系年目录》、钱锁桥编《林语堂全集书目》中均有编目。
④ 此文在朱立文编《林语堂著译及其研究资料系年目录》、钱锁桥编《林语堂全集书目》中均有编目。
⑤ 此文在朱立文编《林语堂著译及其研究资料系年目录》、钱锁桥编《林语堂全集书目》中均有编目。
⑥ 此文在朱立文编《林语堂著译及其研究资料系年目录》、钱锁桥编《林语堂全集书目》中均有编目。
⑦ 此文在朱立文编《林语堂著译及其研究资料系年目录》、钱锁桥编《林语堂全集书目》中均有编目。

的》发表于《贡献》第 2 卷第 2 期。

（19）1930 年 12 月 16 日，演说《英语发音学要点》发表于《寰球中国学生会周刊》第 383 期。

（20）1933 年 2 月 9 日，致胡适函，见于梁锡华选注《胡适秘藏书信选》，台北风云时代出版公司 1990 年版。

（21）1933 年 2 月 13 日，致胡适函（与蔡元培合作），见于梁锡华选注《胡适秘藏书信选》，台北风云时代出版公司 1990 年版。

（22）1933 年 9 月 1 日，《科学与小孩》发表于《科学画报》第 1 卷第 3 期。

（23）1933 年 10 月 1 日，《世界标准英汉辞典样本一页》发表于《图书评论》第 2 卷第 2 期。

（24）1933 年 12 月 15 日，《林语堂致沈兼士书》发表于《磐石杂志》第 1 卷第 4 期。

（25）1934 年 4 月 5 日，《和京兆布衣八道湾居士岂明老人五秩诗原韵》[①] 发表于《人间世》第 1 期，又发表于 1935 年《崇实季刊》第 19 期。

（26）1934 年 4 月 30 日，复郭明云翼先生函，发表于《申报·自由谈》。

（27）1934 年 6 月 15 日，《说骂》发表于上海《社会月报》创刊号。

（28）1934 年 6 月 20 日，《愚园路中所见之万象》发表于《万象》第 2 期。

（29）1934 年 8 月 15 日，《林语堂先生的复信（关于大众语问题）》及《北方学者对于大众语各问题的意见》中林语堂的发言记录，发表于《社会月报》第 1 卷第 3 期。

（30）1935 年 4 月 20 日，《林语堂启事》（"鄙人与曹聚仁先生向无深交……"）发表于《芒种》半月刊第 4 期。

（31）1935 年 10 月 22 日，《要看"中报"》发表于《立报·言林》。

（32）1936 年 1 月 5 日，《新年试笔》发表于《立报·言林》。

（33）1936 年 2 月 9 日，致史天行函（手札，信末日期为"廿五年正月十七"）。

（34）1936 年 2 月 10 日，书评《梅花草堂笔谈》发表于《书报展望》第 1 卷第 4 期。

（35）1936 年 3 月 16 日，《林语堂先生近影及其手札》发表于《人间

---

① 此文在朱立文编《林语堂著译及其研究资料系年目录》、钱锁桥编《林语堂全集书目》中均有编目。

世》（武汉）第 1 期。

（36）1936 年 4 月 16 日，《孔子颂》发表于《立报·言林》。

（37）1936 年 5 月 23 日，《和〈读报〉》发表于《立报·言林》。

（38）1936 年 10 月 25 日，《与友人书（十五通）》[①] 发表于《谈风》第 1 期。

（39）1937 年 8 月 1 日，《孔子看见也要生气》发表于《国际言论》第 1 期。

（40）1939 年 9 月 5 日，致谢冰莹函，见于谢冰莹发表于 1978 年台湾《传记文学》第 32 卷第 1 期的《忆林语堂先生》。

（41）1940 年 7 月 23 日，《回国试笔：说外交大事》发表于《大公报》（重庆）第 3 版，后于 7 月 25 日发表于《救亡日报》第 2 版，同年又发表于《党军半月刊》（瑞金）第 6 期。

（42）1940 年 10 月 1 日，《谈西洋杂志》[②] 发表于《西洋文学》第 2 期。

（43）1940 年 10 月 15 日，演说《从现代欧美思想上来谈谈佛教》（白慧记录）发表于《海潮音》第 21 卷第 10 期，同年又发表于《觉音》第 18 期。

（44）1941 年 2 月 1 日，《林语堂启事》（"近有香港光华出版社……"）发表于《天下事》（上海）第 2 卷第 4 期。

（45）1941 年 2 月 24 日，《美国通信》（第一封）发表于《大公报》（重庆）第 3 版。

（46）1941 年 3 月 8 日，《美国通信（第二封）：日本之赌博》发表于《大公报》（重庆）第 3 版；3 月 12 日又发表于《大公报》（香港）第 3 版；3 月 18 日又以《美国与太平洋》为题发表于《大公报》（桂林）第 2 版。

（47）1941 年 4 月 14 日，《美国通信（其三）》发表于《大公报》（重庆）第 2 版；4 月 17 日又以《德国攻英与义日》为题发表于《大公报》（桂林）第 2 版；4 月 18 日以《美国通信（第三封）》为题发表于《大公报》（香港）第 3 版。

（48）1941 年 5 月 9 日，《美国通信（第四封）》发表于《大公报》（重庆）第 2 版；5 月 16 日又发表于《大公报》（香港）第 3 版；5 月 20 日发

[①] 此文在朱立文编《林语堂著译及其研究资料系年目录》、钱锁桥编《林语堂全集书目》中均有编目。

[②] 此文在朱立文编《林语堂著译及其研究资料系年目录》、钱锁桥编《林语堂全集书目》中均有编目。

表于《大公报》（桂林）第2版。

（49）1941年6月12日，《美国通信（第五函）》发表于《大公报》（重庆）第2版；6月15日又发表于《大公报》（香港）第3版；6月17日发表于《大公报》（桂林）第2版。

（50）1941年7月11日，《美国通信（第六封）》发表于《大公报》（香港）第4版，7月12日又发表于《大公报》（桂林）第2版。

（51）1941年11月29日，《美国通信（第七封）》发表于《大公报》（重庆）第3版；12月3日又发表于《大公报》（香港）第3版；12月2日又以《美国不能再喂饿狗》为题发表于《大公报》（桂林）第1版。

（52）1941年12月3日，《美国通信（第八函）》发表于《大公报》（重庆）第3版；12月6日又以《华盛顿的呼声（十一月十二日自纽约寄）》发表于《大公报》（桂林）第3版。

（53）1943年4月10日，《替亚洲呼吁》发表于《民族》周刊，又在5月19日与21日连载于《大公报》（桂林）；6月16日发表于《前线日报》；又发表于同年《改进》第7卷第4期。

（54）1944年6月1日，《中国戏和外国戏：对夏声剧校学生演讲词》（周福康记）发表于《国风》（重庆）第36期。

（55）1967年8月25日，致谢冰莹函，见于谢冰莹发表于1978年台湾《传记文学》第32卷第1期的《忆林语堂先生》。

（二）林语堂汉译著作类（46篇）

（1）1914年11月，《卜舫济先生论欧战之影响于中国》（署名林玉堂）发表于《约翰声》第25卷第8期。

（2）1923年11月23日，《海呐选译》①（《给CS的十四行诗第七》，署名林玉堂）发表于《晨报副刊》。

（3）1923年11月30日，《海呐选译》（《归家集》第十，署名林玉堂）发表于《晨报副刊》。

（4）1923年12月5日，《海呐选译》（《哀歌续言》《世态》，署名林玉堂）发表于《晨报副刊》。

（5）1923年12月8日，《海呐选译》（《春醒集》第十五，署名林玉堂）发表于《晨报副刊》。

---

① 此文在钱锁桥所编《林语堂全集书目》中有编目。

（6）1923年12月14日，《海呐选译》（《游鼠歌》，署名林玉堂）发表于《晨报副刊》。

（7）1923年12月15日，《海呐选译》（《春醒集》第七、第十、第五十七，署名林玉堂）发表于《晨报副刊》。

（8）1923年12月16日，《海呐选译》（《归家集》第二十八，署名林玉堂）发表于《晨报副刊》。

（9）1923年12月18日，《海呐选译》（《客夫拉城进香》，署名林玉堂）发表于《晨报副刊》。

（10）1923年12月19日，《海呐选译》（《客夫拉城进香》续，署名林玉堂）发表于《晨报副刊》。

（11）1923年12月26日，《海呐选译》（《春醒集》第四十七，署名林玉堂）发表于《晨报副刊》。

（12）1923年12月27日，《海呐选译》（《春醒集》第八，署名林玉堂）发表于《晨报副刊》。

（13）1923年12月31日，《海呐歌谣第二》[①]（署名林玉堂）发表于《晨报副刊》。

（14）1924年2月2日，《海呐选译》[②]（《西拉飞恩》第十四、《春醒集》第十三，署名林玉堂）发表于《晨报副刊》。

（15）1924年2月3日，《海呐选译》[③]（《窗前故事》，署名林玉堂）发表于《晨报副刊》。

（16）1924年4月9日，《译德文〈古诗无名氏〉一首》[④]（译者署名林玉堂）发表于《晨报副刊》。

（17）1924年4月24日，《戏论伯拉多式的恋爱》[⑤]（海呐诗，署名林玉堂）发表于《晨报副刊》。

（18）1924年4月25日，《海呐春醒集第十七》[⑥]（署名林玉堂）发表于《晨报副刊》。

（19）1924年6月2日，《春醒集第三十六》[⑦]（署名林玉堂）发表于《晨报副刊》。

---

① 此文在钱锁桥编《林语堂全集书目》中有编目。
② 此文在钱锁桥编《林语堂全集书目》中有编目。
③ 此文在钱锁桥编《林语堂全集书目》中有编目。
④ 此文在钱锁桥编《林语堂全集书目》中有编目。
⑤ 此文在钱锁桥编《林语堂全集书目》中有编目。
⑥ 此文在钱锁桥编《林语堂全集书目》中有编目。
⑦ 此文在钱锁桥编《林语堂全集书目》中有编目。

（20）1929 年 3 月 7 日，《冲淡胸怀》（匈沛妥斐①作，译者署名语堂）发表于《朝花》周刊第 10 期。

（21）1933 年 7 月 15 日，《两封关于文化合作的信》②（蔡元培致班纳函与麦雷致蔡元培函，林语堂译）发表于《申报月刊》第 2 卷第 7 期。

（22）1933 年 9 月 1 日，《散文与诗》③（莫利安作，译者署名宰予）发表于《论语》第 24 期。

（23）1940 年 6 月 15 日，《民主与独裁之不同》（Edwin L. James 原著，译者署名予宰）发表于《天下事》（上海）第 1 卷第 10 期。

（24）1940 年 7 月 15 日，《左右为难之罗马尼亚》（Basil Davidson 原著，译者署名予宰）发表于《天下事》（上海）第 1 卷第 12 期。

（25）1940 年 8 月 1 日，《生命之火焰的测量》（Kar Siebert 原著，署名予宰译）发表于《世界杂志精华》第 1 期。

（26）1940 年 8 月 15 日，《一个改造家的画像：希特勒之心理的研究》（Otto D. Tolischus 原著，译者署名予宰）发表于《天下事》（上海）第 1 卷第 14 期。

（27）1940 年 9 月 1 日，《挪威沦亡目击记》（Leland Stowe 原著，译者署名予宰）发表于《天下事》（上海）第 1 卷第 15 期。

（28）1940 年 9 月 16 日，《托洛斯基》（Lawrence Martin 原著，译者署名予宰）发表于《天下事》（上海）第 1 卷第 16 期。

（29）1940 年 10 月 15 日，《德国七年备战记详》（Otto D. Tolischus 原著，译者署名予宰）发表于《天下事》（上海）第 1 卷第 18 期。

（30）1940 年 11 月 1 日，《荷印阿乐尔岛人的还债方法》（Cora Du Bois 原著，译者署名予宰）发表于《天下事》（上海）第 2 卷第 1 期。

（31）1940 年 12 月 1 日，《高等难民》（L. H. Robbins 原著，译者署名予宰）发表于《天下事》（上海）第 2 卷第 2 期。

（32）1941 年 1 月，《卓别林访问记》（Robert van Gelder 原著，译者署名予宰）发表于《天下事》（上海）第 2 卷第 3 期（新年特大号）。

（33）1941 年 3 月，《轴心之弱点》（Edwin L. James 原著，译者署名予宰）发表于《天下事》（上海）第 2 卷第 5 期。

（34）1941 年 5 月，《法国之中流砥柱》（G. H. Archambault 原著，译者

---

① 即裴多菲。
② 此文在朱立文编《林语堂著译及其研究资料系年目录》、钱锁桥编《林语堂全集书目》中均有编目。
③ 此文在朱立文编《林语堂著译及其研究资料系年目录》中有编目。

署名予宰）发表于《天下事》（上海）第 2 卷第 7 期。

（35）1941 年 6 月，《阿比西尼亚》（译者署名予宰）发表于《天下事》（上海）第 2 卷第 8 期。

（36）1941 年 7 月 16 日，《关于侦探小说》（L. H. Robbins 原著，译者名予宰）、《人物与身材》（Basler Nachrichten 原著，译者署名予宰）发表于《宇宙风：乙刊》第 48 期。

（37）1941 年 8 月，《闪电战之运筹帷幄者》（Hanson W. Baldwin 原著，译者署名予宰）、《纽约之平民居住问题》（James Ford 原著，译者署名予宰）发表于《天下事》（上海）第 2 卷第 10 期。

（38）1941 年 8 月 1 日，《时装百年史》（Elizabeth R. Valentine 原著，译者署名予宰）发表于《宇宙风：乙刊》第 49 期。

（39）1941 年 8 月 10 日，《华盛顿的外交团》（Igor Cassini' & Eugene Narner 原著，译者署名予宰）发表于《国际间》第 4 卷第 3 期。

（40）1941 年 8 月 25 日，《赫斯之英德平分世界计划》（Johannes steel 原著，译者署名予宰）发表于《国际间》第 4 卷第 4 期。

（41）1941 年 9 月 1 日，《美国之代价券》（J. H. Pollock 原著，译者署名予宰）发表于《宇宙风：乙刊》第 51 期。

（42）1941 年 9 月，《美国学生界对于战争之态度》（Willard Thorp 原著，译者署名予宰）、《巴拿马之新防御设备》（Harold Callende 原著，译者署名予宰）发表于《天下事》（上海）第 2 卷第 11 期。

（43）1941 年 10 月，《不列颠之吉普西人》（Edward Harvey 原著，译者署名予宰）发表于《天下事》（上海）第 2 卷第 12 期。

（44）1941 年 10 月，《继续奋斗的挪威》（Trygve Lie 原著，译者署名予宰）发表于《天下事》（上海）第 2 卷第 12 期。

（45）1941 年 11 月 25 日，《如果美日开战》（Clark Beach 原著，译者署名予宰）发表于《国际间》第 4 卷第 10 期。

（46）1941 年 11 月，《德国的战略祖师：舒里芬生平及其计划》（Tom Mahoney 原著，译者署名予宰）发表于《天下事》（上海）第 3 卷第 1 期。

（三）林语堂英文原作经他人汉译类（24 篇）

（1）1929 年 1 月 1 日，《鲁迅》（原载 *China Critic*，1928 年 12 月，署名林玉堂，光洛译）发表于《北新》第 3 卷第 1 期。

（2）1931 年 5 月 19 日，《何谓面子？》（子寒译）发表于《南开大学周刊》第 110 期；同月又发表于《中国学生》（1929 年上海创刊）第 3 卷第 5 号。

（3）1932 年 2 月 27 日，演说《言语和中国文字二者起源的比较》（作铭译）发表于《清华周刊》第 37 卷第 1 期。

（4）1936 年 1 月 16 日，《我想到阿比西利亚去》（卧龙译）发表于《实报半月刊》第 7 期；2 月 3 日，《我要到阿比西尼亚去》（陈宗仁译）发表于《为小善周刊》第 5 卷第 5 期。

（5）1936 年 7 月，《中国现代定期刊物的文学》（李国凯译）发表于《铃铛》第 5 期下卷。

（6）1937 年 1 月 1 日至 6 月 1 日，《英语表现法》（张沛霖译）分六次连载于《中学生》第 71—76 期。

（7）1937 年 5 月 1 日，《白日梦》（周汝昌译）发表于《南开高中》第 2 卷第 4 期。

（8）1937 年 8 月 1 日，《中国与电影事业》（康悲歌译）发表于《联华画报》半月刊第 9 卷第 6 期。

（9）1940 年 2 月 1 日，《战争与文明》（王季深译）发表于《长风月刊》第 1 卷第 2 期。

（10）1940 年 3 月 31 日，《为何美应对日禁运（上）》（赵自强译）发表于《大公报》（香港）第 3 版。

（11）1940 年 4 月 1 日，《为何美应对日禁运（下）》（赵自强译）发表于《大公报》（香港）第 4 版。

（12）1940 年 5 月 15 日，《关于美国对日禁运问题》（章松生译）发表于《人世间》第 7 期。

（13）1940 年 5 月 21 日，演说《林语堂谈中国抗战》（原为英文演说，经人译录）发表于《大公报》（香港）第 5 版。

（14）1940 年 12 月 4 日，《美国与中国的合作（一）》（劲风译）发表于《大公报》（香港）第 4 版。

（15）1940 年 12 月 5 日，《美国与中国的合作（二）》（劲风译）发表于《大公报》（香港）第 4 版。

（16）1941 年 4 月 2 日，书评《〈蒋委员长传记〉》（黄德禄译）发表于《三民主义周刊》第 1 卷第 12 期。

（17）1941 年 10 月 1 日，《中国必胜论》（姜美蓉译）发表于《天下事》港刊创刊号。

（18）1942 年 10 月 3 日，《中国的歌手》（星火译）发表于《昆明周报》第 7 期。

（19）1943 年 11 月 25 日，《替老百姓辩护》（陈先泽译）发表于《改进》第 8 卷第 3 期。

（20）1944 年 11 月，《日本俘虏访问记》（英文原文）发表于《亚美杂志》11 月号；后经罗书肆译成中文，发表于 1945 年 1 月 1 日《时与潮》第 22 卷第 6 期。

（21）1945 年 3 月 1 日，《我飞越喜马拉雅山》（郭根译）发表于《光》半月刊第 5 期。

（22）1946 年 2 月 1 日，《枕戈待旦序》（林友兰译）发表于《宇宙风》第 141 期。

（23）1946 年 12 月 20 日，《一篇在婚礼上对新人的忠告：怎样过婚姻生活》（白西译）发表于《书报精神》第 24 期。

（24）1947 年 4 月，《我的二姊》（黄嘉德译）发表于《西风》（上海）第 93 期。

梁实秋集外拾遗简编

程桂婷

梁实秋是现代著名文学家，不仅有散文集《雅舍小品》名扬天下，他在翻译方面的造诣也为人称道。近些年来，学界对梁实秋的研究也日益丰富，虽然尚未有《梁实秋全集》出版，但在梁实秋著译作品的搜集整理方面已有不少值得一提的重要成果。陈子善、余光中等编的《雅舍轶文》[1]稽考、辑校了近百篇梁实秋以笔名发表的散文、诗歌与小说，以及20余封给友人的书信，堪称是梁实秋佚作搜寻稽考的集大成者。之后，杨迅文主编的《梁实秋文集》15卷[2]对梁实秋作品的辑录可算是国内目前为止最为详尽的版本。在年表编撰方面，台湾学者陈信元编选的梁实秋《文学年表》[3]较为翔实可信，还有白立平编撰的《梁实秋翻译年表》[4]对译作的爬梳也甚为细致。此外，解志熙、宫立等研究者还先后撰文考论过梁实秋的一些佚文佚信。

笔者历经多年，上下求索，找到梁实秋集外佚作数十篇。现将这些佚作一并整理编目，以便日后对《梁实秋全集》的出版有所裨益。有两点需要说明：第一，凡是发表时署名"梁实秋"者不再标注，署其他名者则予以注明；第二，散见于其他学者撰文考论的佚作，尚未结集出版者，仍在此列出，但会另加脚注予以说明。

（1）1915年1月15日，《读薛煊〈猫说〉书后》（署名梁治华）发表于《京师教育报》第12期。

（2）1915年7月15日，学生成绩4则《诸生于高等小学毕业后，或考中学及师范学校，或入军界及实业界，境遇不同，趋向自异，试各言其志》《阿非利加洲滨临何洋以何海何河与亚欧两洲为界》《中日之战割地偿费以和，当是时列强对于中国曾有若何行动，试详陈之》《试述水之浮力》（署

---

[1] 陈子善、余光中等编：《雅舍轶文》，山东画报出版社2009年版。
[2] 杨迅文主编：《梁实秋文集》15卷本，鹭江出版社2002年版。
[3] 见陈信元编《台湾现当代作家研究资料汇编·梁实秋》，台湾文学馆2011年版。
[4] 见白立平《翻译家梁实秋》，商务印书馆2016年版。

名梁治华）发表于《京师教育报》第 18 期。

（3）1915 年 8 月 15 日，《京师公立第三初高等小学校初高等毕业：学生答词》（署名梁治华）发表于《京师教育报》第 19 期。

（4）1919 年 6 月，小说《胸战》、谐铎《驱蚊檄》、琐谈《戏墨斋丛话》、笔记 8 则《学生妙语》《或问》《名言》《钱牧斋之门联》《"南无""子曰"》《嘲麻子》《某塾师》《江艮廷》①（署名梁治华）发表于《癸亥级刊》。

（5）1920 年 6 月，翻译小说《药商的妻》②（俄国柴霍甫③著，译者署名梁治华）发表于《清华周刊》增刊第 6 期。

（6）1920 年 10 月 25 日，翻译小说《顽童》④（俄国柴霍甫著，译者署名梁治华）发表于《小说月报》第 11 卷第 10 期。

（7）1920 年 12 月 25 日，翻译小说《执旗的兵》（法国宝德著）发表于《小说月报》第 11 卷第 12 期。

（8）1921 年 3 月 18 日，翻译小说《一个乞丐》（俄国柴霍甫著）发表于《清华周刊》212 期。

（9）1921 年 7 月 7 日，《这是青年的烦闷?》（署名实秋）发表于《晨报》第 882 号第 7 版。

（10）1921 年 8 月 21 日，译诗《安娜白丽》（美国诗人埃德加·爱伦·坡作，译者署名实秋）发表于《晨报》第 927 号第 7 版。

（11）1921 年 8 月 25 日，译诗《黎明》（美国诗人亨利·沃兹沃斯·朗费罗作，译者署名实秋）发表于《晨报》第 931 号第 7 版。

（12）1922 年 4 月 21 日，译诗《野花之歌》（爱尔兰诗人勃雷克作，译者署名实秋）发表于《清华周刊》第 245 期。

（13）1922 年 9 月 23 日、9 月 30 日、10 月 7 日，3 篇短文《一周之回顾》（一篇署名华，另外两篇署名秋）发表于《清华周刊》第 251、252、253 期。

---

① 此期《癸亥级刊》上所载梁实秋佚文，见解志熙《从"戏墨斋"少作到"雅舍"小品——梁实秋的几篇佚文及现代散文的知性问题》，《新文学史料》2005 年第 2 期。
② 此译作在白立平的《翻译家梁实秋》一书中有提及。此文被认为是梁实秋的第一篇译作，在不少梁实秋简介中都会提到，如黄钧达《简明台湾人物辞典》（重庆出版社 1994 年版）、平保兴《五四译坛与俄罗斯文学》（青海人民出版社 2004 年版）、黄开发主编《中国散文通史》（安徽教育出版社 2013 年版），等等，但不知为何大都将刊发时间误记为 1920 年 9 月，而这第 6 期增刊的封面上清清楚楚地印着是"民国九年六月"。
③ 即契诃夫。
④ 此译作未见于白立平编撰的《梁实秋翻译年表》，而其他译作大多在其年表中有编目，不再另作说明。

（14）1923 年 8 月 5 日，译诗《在蛮夷的中国诗人》（美国诗人约翰·古尔德·弗莱彻作）发表于《无锡新报》（星期增刊）第 7 版。

（15）1923 年 12 月 21 日，通讯《珂乐拉度大学情形》（署名梁治华）发表于《清华周刊》第 299 期。

（16）1925 年 1 月 2 日，《大波斯顿清华同学重聚会纪》（与顾一樵合作）发表于《清华周刊》第 333 期。

（17）1926 年 2 月 6 日，《留美学生与兄弟会》发表于《醒狮》第 70 期第 1 版。

（18）1927 年 12 月 5 日，致《复旦旬刊》编辑函①，发表于《复旦旬刊》第 4 期。

（19）1928 年 11 月 10 日，译作《莎士比亚时代之英国与伦敦》发表于《新月》第 1 卷第 9 期。

（20）1929 年 1 月 10 日，译作《资产与法律》发表于《新月》第 2 卷第 5 期。

（21）1929 年 1 月 15 日，《怎样研究西洋文学批评》发表于《我们的园地》创刊号，此文是为复旦文科学会作。

（22）1929 年 9 月 10 日，译诗《汤姆欧珊特》（英国诗人罗伯特·彭斯作）发表于《新月》第 2 卷第 6、7 期合刊。

（23）1929 年 10 月 10 日，《文学与道德》与《译 Burns 诗四首》（《一株山菊》《一瓶酒和一个朋友》《写在一张钞票上》《蠹鱼》）发表于《新月》第 2 卷第 8 期。

（24）1929 年 12 月 10 日，译作《莎士比亚的观众》（A. H. Thorndike 原著）发表于《新月》第 2 卷第 10 期。

（25）1930 年 5 月 10 日，《主与奴》发表于《新月》第 3 卷第 3 期。

（26）1931 年 11 月 15 日，致毓田先生函，发表于《综合》第 1 卷第 7、8 期合刊。

（27）1931 年 12 月 20 日，致世庄先生函（《关于哀悼志摩的通讯》之一）发表于《北晨学园哀悼志摩专号》。

（28）1932 年 4 月 11 日，《出版委员会第四次会议记录（四月八日）》发表于《国立青岛大学周刊》第 50 期。

（29）1932 年 4 月 25 日，《出版委员会第五次会议记录（四月二十二日）》发表于《国立青岛大学周刊》第 51、52 期合刊。

---

① 此函见于宫立《梁实秋佚简三通释读》，《新文学史料》2018 年第 2 期。

（30）1932 年 5 月 20 日、6 月 20 日，译作《甘地》（法国作家罗曼·罗兰著）分两章发表于《再生》杂志创刊号第 1 卷第 1 期、第 2 期。

（31）1932 年 6 月 6 日，《出版委员会第六次会议记录（六月三日）》发表于《国立青岛大学周刊》第 58 期 。

（32）1932 年 7 月 20 日，译作《英国文学中之国民爱国精神》发表于《再生》杂志第 3 期。

（33）1932 年 8 月 1 日，译作《艺术与宗教仪式》发表于《新月》第 4 卷第 1 期。

（34）1933 年 12 日 1 日，致刘英士函①，发表于《图书评论》第 2 卷第 4 期。

（35）1934 年 1 月 1 日，《文学与社会科学》发表于《文艺月刊》第 7 卷第 1 期。

（36）1934 年 5 月 1 日，译作《阿迪生论幽默》发表于《刁斗》第 1 卷第 2 期，《"马克白"的意义》发表于《文艺月刊》第 5 卷第 5 期。

（37）1934 年 5 月，Literary Criticism of Edgar Allan Poe（梁实秋英文原著）发表于《山东大学文史丛刊》第 1 期。

（38）1934 年 6 月 1 日，译作《莎士比亚论金钱》发表于《学文月刊》第 1 卷第 2 期。

（39）1934 年 12 月，在《武训先生九十七诞辰纪念册》上发表纪念词"尝闻美国哈佛大学之创始……"

（40）1935 年 3 月 30 日，读者来信《关于青年思想问题》发表于《华年》第 4 卷第 12 期。

（41）1936 年 8 月 1 日、8 月 8 日、8 月 15 日、8 月 22 日，《怎样研究西洋文学》（中英文对照，由沈同洽翻译为英文）连载于《高级中华英文周报》第 30 卷第 751—754 期；又于 10 月 24 日、10 月 31 日分上下两期发表于《商务印书馆出版周刊》第 204 与 205 期。

（42）1936 年 10 月 25 日，《学生组织与民主精神》发表于《学生与国家》第 1 卷第 2 期。

（43）1936 年 12 月 16 日，《谈上海查禁杂志事件》②发表于《学生与国家》第 1 卷第 5 期。

（44）1937 年 7 月 24 日，演讲《中国译事与中国文化》（六月十八

---

① 此函见于宫立《梁实秋佚简三通释读》,《新文学史料》2018 年第 2 期。
② 此文见于刘丽华《从新发现的三篇佚文看梁实秋对"普罗文学"的态度》,《鲁迅研究动态》1989 年 6 月 30 日。

在中央广播电台播讲稿，昌铭记）发表于《广播周报》第 147 期。

（45）1937 年 8 月 1 日，《莎士比亚的戏剧艺术》发表于《戏剧时代》第 1 卷第 3 期。

（46）1938 年 9 月 25 日，《"九一八"感言》发表于《春云》第 4 卷第 4、5 期合刊。

（47）1939 年 2 月 7 日，《对于参政会第三次会的期望》发表于《再生》杂志第 14 期。

（48）1939 年 3 月 19 日，《拥护国民精神总动员法》发表于《再生》杂志第 18 期。

（49）1940 年 6 月 25 日，《对青年谈思想自由问题》发表于《学生之友》创刊号。

（50）1941 年 1 月 1 日，《个性与纪律》发表于《学生之友》第 2 卷第 1 期。

（51）1941 年 12 月 4 日，《建设的两大途径》发表于《中央周刊》第 4 卷第 17 期。

（52）1942 年 2 月 1 日，《〈道教徒的诗人李白及其痛苦〉（李长之著）》发表于《读书通讯》第 35 期。

（53）1942 年 3 月 12 日，《民主政治的将来》发表于《中央周刊》第 4 卷第 31 期。

（54）1942 年 4 月 9 日，《今日之印度问题》发表于《中央周刊》第 4 卷第 34 期。

（55）1942 年 4 月 30 日，《学生与政治》发表于《中央周刊》第 4 卷第 38 期。

（56）1942 年 8 月 13 日，《话剧的新趋向》发表于《中央周刊》第 5 卷第 1 期。

（57）1942 年 11 月 5 日、11 月 12 日，《略论中西文学之比较——质钱穆先生》分两次发表于《中央周刊》第 5 卷第 13、14 期。

（58）1944 年 1 月 1 日，《一点感想》发表于《时与潮副刊》第 3 卷第 6 期。

（59）1944 年 10 月，演讲《宗教僧侣与世界文化》[①]（弘悲记）收录于《世界佛学苑汉藏教理院特刊》出版。

（60）1944 年 12 月，《莎士比亚：三十三年十一月在中央大学演讲稿》

[①] 此文见于金星《宗教僧侣与世界文化——梁实秋在汉藏教理院演讲佚文考释》，《齐鲁学刊》2015 年第 4 期。

发表于《文史杂志》第 4 卷第 11、12 期合刊。

（61）1945 年 1 月 21 日,《中国的出路》发表于《自由论坛》第 16 期。

（62）1946 年 1 月 15 日,《我怎样学习作文》发表于《学生杂志》第 23 卷第 1 期；又发表于 12 月 8 日《现代周刊》（槟榔屿）复版第 29 期。

（63）1946 年 4 月 1 日,致赵清阁函①,发表于《文选》第 2 期。

（64）1947 年 4 月 5 日,《文学与现实》发表于《期待》第 1 卷第 2 期。

（65）1947 年 6 月 7 日,《孚尔斯塔夫》发表于《华北日报·文学副刊》第 26 期第 6 版。

（66）1960 年 9 月 8 日、1961 年 1 月 23 日、1968 年 2 月 16 日、1973 年 4 月 15 日、1975 年 5 月 15 日,梁实秋致王敬羲函各 1 封,总计 5 封②。

---

① 此函见于宫立《梁实秋佚简三通释读》,《新文学史料》2018 年第 2 期。
② 此五函见于陈子善《尺牍短,寸心长——梁实秋致王敬羲佚简浅说》,《长城》2001 年第 2 期。

覃子豪文学年表

程桂婷

1912 年

1月12日，出生于四川省广汉县连山镇覃家沟。谱名天才，学名覃基，后改名为覃子豪。

1914 年

丧母。由继母张爱媛抚养长大。幼时即喜读《唐诗三百首》和《千家诗》，崇拜李白。

1926 年

就读于广汉县立初级中学，开始阅读新诗，喜欢郭沫若、闻一多、王独清等诗人的新诗，也欣赏拜伦、雪莱、叶芝、歌德和海涅等外国诗人的诗歌。

初露诗才，以《旅人》一诗深得师友赞赏。擅长绘画与刻印，主编壁报，并设计刊头和插画。

1928 年

就读于成都成城中学，开始向各报刊投稿。

1930 年

秋，作诗《古意》于锦城（成都）。

1932 年

夏，毕业于成城中学。

本年，进入北平中法大学孔德学院高中部二年级预科班学习法语，后正式考入中法大学孔德学院。

开始接触法国 19 世纪浪漫派诗人雨果，象征派诗人凡尔哈伦、波特莱尔、马拉美、兰波等诗人的诗歌。加入了夏奇峰、蒋代燕组织的"读书会"。

1933 年

2 月 3 日，作诗《像》。
12 月，作诗《驼铃》。

1934 年

7 月，作诗《黑夜颂》。
8 月 8 日，作诗《竖琴弛了弦》于青岛。
8 月 19 日，作诗《恋之梦》于青岛。
8 月 23 日，作诗《别青岛》。
9 月 14 日，诗歌《竖琴弛了弦》发表于《华北日报》第 8 版。
9 月 21 日，诗歌《恋之梦》发表于《华北日报》第 8 版。
10 月 21 日，诗歌《迟暮》发表于《华北日报》第 8 版。
11 月 1 日，诗歌《寄小芹》发表于《华北日报》第 8 版。
12 月 3 日，诗歌《别青岛》发表于《华北日报》第 8 版。

本年，与朱颜、贾芝、沈毅、周麟 5 人组成诗社"泉社"，并合著诗集《剪影集》。该集收录 5 人诗歌各 2 首共 10 首，覃子豪的《竹林之歌》《我的梦》被排于卷首，后面依次是朱颜的《昔年春梦》《夜曲》，周麟的《白色的梦》《湖景》，贾芝的《塞上曲》《雨天游湖》，沈毅的《沉默》《别》。

1935 年

年初，毕业于中法大学孔德学院。

3月，与诗友李华飞等人抵日本东京，就读于东京神保町的东亚日语补习学校，为考大学做准备。半年后考入日本东京中央大学，攻读政治经济学。课余时间读诗、写诗、译诗，与留日的中国学生广泛交游。

6月12日，写作短篇小说《饿》。

7月15日，短篇小说《饿》发表于《国闻周报》第12卷第27期。

8月5日，诗歌《码头》发表于日本东京《诗歌》第1卷第3期。

8月9日，写作短篇小说《伙伴》。

10月10日，诗歌《歌者》发表于《诗歌》第1卷第4期。

10月25日，通讯《进入水深火热之中》发表于福建漳州《南声》旬刊第22期。

1936 年

1月11日，作诗《惊破牢狱的门》。

2月7日，诗歌《惊破牢狱的门》发表于《留东新闻》第1版。

3月5日，诗歌《大地在动》发表于青岛《诗歌生活》创刊号。

3月25日，诗歌《葬仪》、译诗《磨》（凡尔哈仑作）发表于上海《东方文艺》创刊号。

5月25日，诗歌《古意》《驼铃》《黑夜颂》发表于《东方文艺》第1卷第2期。

6月25日，诗歌《拨动生命的弦》发表于《东方文艺》第1卷第3期。

7月1日，诗歌《追念》《像》发表于汉口《西北风》半月刊第5期。

7月20日，诗歌《三月》发表于上海《今代文艺》创刊特大号，又于1937年2月以《三月的阳光》为题发表于上海《中华职业学校职业市市刊》半月刊第6期，后收入诗集《生命的弦》时题名为《三月》。

7月25日，诗歌《星（我忍受着精神上的桎梏）》发表于《东方文艺》第1卷第4期。

8月1日，诗歌《无题（我不愿停留）》发表于《西北风》半月刊第8期。

8月15日，与贾植芳、李春潮等人组成"文海社"，创办文艺刊物《文海》，由上海太平洋印刷公司印制，上海联合出版社销售。诗歌《献词：我们是一群战斗的海燕》《祈祷在亚波罗面前》及译诗《播种之夕》（雨果作）发表于《文海》第1期。《文海》仅出版1期即被日本警察查封，并遭到东京警视厅的刑事监视。译诗《播种之夕》收入台湾版3卷本《覃子豪全集》时题为《播种之季，黄昏》。

秋，与李华飞、朱寒衣一起到东京市近郊千叶县访郭沫若。

10月20日，诗歌《少年行军进行曲》发表于上海《诗歌生活》第2期。

10月22日，作评介文章《匈牙利争自由的诗人裴多菲》，后收入译诗集《裴多菲诗》。收入台湾版3卷本《覃子豪全集》时题为《匈牙利爱国诗人裴多菲》。

10月28日、29日，小说《伙伴》连载于《西京日报》。

11月16日，译诗《战歌》（裴多菲作）发表于天津《大公报·文艺副刊》，后收入译诗集《裴多菲集》。

本年，着手翻译法国诗人雨果的《惩罚集》，并自日文转译匈牙利诗人裴多菲的诗集。与林林、柳倩、雷石榆、王亚平等友人从事新诗与政治运动，和秋田雨雀等日本左翼文人往来。

1937年

1月，译诗《从窗外窥看》（裴多菲作）发表于《草原月刊》革新号第2卷第1期，又于同年6月1日发表于《春云》第1卷第6期，后收入译诗集《裴多菲集》。

2月2日，作诗《和平神像》。

2月19日，诗歌《独唱》发表于《申报·文艺专刊》。

3月1日，译诗《我的平原》（裴多菲作）发表于天津《海风》第5、6期合刊，后收入译诗集《裴多菲集》。

4月2日，译诗《我离开了空色的露西亚》（叶赛宁作）发表于《申报·文艺专刊》第71期。

4月25日，诗歌《黑暗的六日》发表于上海《光明》第2卷第10期。

5月1日，诗歌《再生》发表于重庆《春云》第1卷第5期。

5月，译诗《乞丐之墓》（裴多菲作）发表于上海《诗歌杂志》第3期，后收入译诗集《裴多菲集》。由日本返国，到上海。

7月，积极参加抗战活动，参加第一期"留日学生训练班"，先到南京报到接受集中训练，后迁武汉，再迁江陵，后又返回武汉。

8月1日，译诗《没有结果的计划》（裴多菲作）发表于《春云》第2卷第2期，后收入译诗集《裴多菲集》，台湾版3卷本《覃子豪全集》收录此诗时题为《还家》。

8月25日，诗歌《给一个放逐者》发表于上海《高射炮》创刊号，后收入诗集《自由的旗》。

8月26日，作诗《我不曾受伤》。

9月9日，诗歌《难民救亡曲》发表于《立报》第2版。后于1939年，以此诗为词，丁蓝作曲，谱成歌曲《难民救亡曲》，发表于绍兴《战歌》第1期。

9月14日，作诗《伟大的响应》于上海。

9月26日，诗歌《伟大的响应》发表于《救亡日报》上海版副刊《文化岗位》，该诗还在同年12月16日发表于重庆《诗报》试刊号，后收入诗集《自由的旗》。

10月4日，诗歌《我不曾受伤》发表于《社会日报》第3版。

10月21日，《诗人的动员令》发表于上海《文化战线》旬刊第6期，后收入诗集《自由的旗》。

1938年

3月15日，诗歌《和平神像》发表于《春云》第3卷第3期。

3月，加入中国全国文艺界抗敌协会，陆续在该会会刊《抗战文艺》上发表抗战诗篇。

4月13日，为准备出版的诗集《自由的旗》写作《前记》。

4月26日，诗歌《战争的春天》发表于《救亡日报》广州版副刊《文化岗位》。

5月，诗歌《渡漳河》发表于《五月》诗歌综合丛刊。

6月5日，诗歌《废墟之外》发表于汉口《抗战文艺》第1卷第7期。

6月15日，译诗《起来吧！马加尔人哟》（裴多菲作）发表于重庆《文艺月刊·战时特刊》第1卷第11期。

6月20日，《只有默默地战斗》发表于汉口《自由中国》第3期。

6月25日，《两个掷弹兵》发表于《春云》第3卷第6期。

6月，诗歌《火炬的行列》发表于《中国诗坛》第2卷第5、6期合刊。

7月2日，诗歌《水雷》发表于《抗战文艺》第1卷第11期。

7月16日，《从彭泽归来的人》发表于《抗战文艺》第2卷第1期。

7月17日，诗歌《战争中的歌人——纪念聂耳》发表于《新华日报》第4版"聂耳先生逝世三周年纪念特刊"。

6月，任浙江永嘉县政府科员。

8月16日,译诗《生呢?死呢?》(裴多菲作)发表于重庆《文艺月刊·战时特刊》第2卷第1期,后收入译诗集《裴多菲集》。

9月25日,诗歌《牧羊人》发表于《春云》第4卷第4、5期合刊。

9月,参与筹组"诗时代社",到东南前线江西上饶《前线日报》主编《诗时代》半月刊,时间长达3年多,共出版100多期,并辟有新诗创作批改及解说专栏。诗歌《炸弹的碎片》(含《棺材》《母和子底死》《守着父亲哭泣》《死不瞑目》4首)发表于武汉《诗时代》创刊号。

10月11日,诗歌《致奥国一士兵》发表于《救亡日报》广州版副刊《文化岗位》。

秋,任浙江前线《扫荡简报》编辑。创办小型画报《东方周刊》,积极宣传抗战,倡导诗歌运动。

11月16日,诗歌《伤兵的灰军胆和手杖》发表于《文艺月刊·战时特刊》第2卷第7期。

12月1日,诗歌《机关枪手的遗嘱》发表于《文艺月刊·战时特刊》第2卷第8期。

12月7日,作诗《土壤》于武昌,后收入诗集《自由的旗》。

本年,诗歌《归来》发表于安徽屯溪《抗建青年》第2期。

1939 年

1月20日,诗歌《伟大的响应》发表于《青年大众》第1卷第5期。

2月13日,诗歌《年轻的母亲》发表于江西上饶《前线日报》,后收入诗集《自由的旗》。

3月29日,《纪念七十二烈士》发表于《救亡日报》桂林版。

4月6日,《中国胜利的基石台儿庄》发表于《救亡日报》桂林版。

4月13日,诗歌《失明的灯》发表于《救亡日报》桂林版。

4月16日,散文《东京的"五月"》发表于《文艺月刊》第3卷第3、4期合刊。

5月13日,诗歌《捷克悲痛的孩子》发表于《华美》第2卷第3期。

5月,诗集《自由的旗》由浙江金华诗时代社出版,收录诗歌25首,分别是《北方的军号》《伟大的响应》《给我一杆来福枪》《战士的梦》《水雷》《失明的灯》《废墟之外》《战争的春天》《只有默默地战斗》《北国》《欢迎中国的友人》《捷克的和平纪念日》《战争中的歌人》《土壤》《水手兄弟》《给奥国一士兵》《捷克:悲痛的孩子》《波希米亚高原上的妇人》

《九月之晨》《归来》《战争的消息在催促我》《和平神像》《给一个放逐者》《年轻的母亲》《在大别山底峰顶上》，诗集前有覃子豪本人所作《前言》，集后附有文章《诗人的动员令》。

7月，入中央训练团新闻研究班第一期，在重庆沙坪坝受训。

8月16日，诗歌《空军的勇士啊，奋飞吧!》发表于《文艺月刊·战时特刊》第3卷第9期。

9月10日，调到浙江陆军第86军，任国民政府军事委员会政治部扫荡简报班第14班少校主任。

9月16日，散文《钱塘江上》发表于《文艺月刊·战时特刊》第3卷第10、11期合刊。

11月10日，诗歌《吉尔吉兹》、书信《书简一束》发表于《西部文艺》第1卷第3期。

12月4日，译诗《我愿意死在沙场上》（裴多菲作）发表于《前线日报·战地》，后收入译诗集《裴多菲集》。

12月6日，译诗《我在特普列晴市内的冬期》（裴多菲作）发表于《前线日报·战地》，后收入译诗集《裴多菲集》。

12月13日，译诗《从窗外窥看》（裴多菲作）发表于《阵中日报（曲江）》第4版，后收入译诗集《裴多菲集》。

12月14日，译诗《恋人吗》《我的死》《雪上的橇》（裴多菲作）发表于《前线日报·战地》，后收入译诗集《裴多菲集》。

12月15日，译诗《冬天的草原》（裴多菲作）发表于《前线日报·战地》，后收入译诗集《裴多菲集》。

12月16日，译诗《村庄附近的酒店》（裴多菲作）发表于《前线日报·战地》，后收入译诗集《裴多菲集》。台湾版3卷本《覃子豪全集》收录此诗时题为《村尽头的酒店》。

12月28日，散文《再出夔门》发表于《前线日报·战地》。

12月30日，译诗《交换》《希望》《笑成为什么》（裴多菲作）发表于《前线日报·战地》，后收入译诗集《裴多菲集》。

1940年

1月1日，诗歌《欢迎黎明》发表于《前线日报·战地》。

1月3日，译诗《黄昏》《如果你是花朵》（裴多菲作）发表于《前线日报·战地》，后收入译诗集《裴多菲诗》。《如果你是花朵》收入译诗集

《裴多菲诗》时改题为《我们在一起融和》，台湾版 3 卷本《覃子豪全集》收录此诗时标题仍为《如果你是花朵》。

1 月 4 日，译诗《乘驴的牧羊人》（裴多菲作）发表于《前线日报·战地》，后收入译诗集《裴多菲诗》。

1 月 10 日，散文《不识字的文字检查者》发表于《前线日报·战地》。

1 月 17 日，译诗《生呢，死呢》（裴多菲作）发表于《前线日报·战地》，后收入译诗集《裴多菲诗》。

2 月 22 日，译诗《啊！这是愚蠢的幸福》《风雨之国》（叶赛宁作）发表于《前线日报·战地》。译诗《啊！这是愚蠢的幸福》后又于同年 7 月 23 日发表于浙江於潜《民族》第 20 期。

3 月 1 日，译诗《乞丐之墓》（裴多菲作）发表于江西上饶《东线文艺》创刊号，后收入译诗集《裴多菲诗》。

5 月 7 日，诗歌《战争给我以爱情》发表于《总汇报》第 4 版；又于同年 9 月 10 日发表于《文艺月刊》第 5 卷第 1 期。

5 月 10 日，译诗《饮吧》（裴多菲作）发表于《救亡日报》桂林版，后收入译诗集《裴多菲诗》。

5 月 24 日，译诗《薄暮的小径》（叶赛宁作）发表于《救亡日报》桂林版。

5 月 28 日，为即将出版的译诗集《裴多菲诗》作《后记》。诗歌《喜剧的节目——火的跳舞之一》发表于《前线日报·战地》。

5 月 30 日，诗歌《高空前奏曲——火的跳舞之二》发表于《前线日报·战地》

5 月 31 日，诗歌《化身恶魔——火的跳舞之三》发表于《前线日报·战地》。

5 月，赴桂林参加新闻工作训练。译诗集《裴多菲诗》由浙江金华诗时代社出版，该诗集收录覃子豪在东京时所译裴多菲诗作 25 首，依次是《生呢？死呢》①《起来吧！马扎儿人哟！》②《战歌》《我愿意死在沙场上》《军队生活》《从窗外窥看》《我的平原》《奇莎河》《冬天的草原》《乞丐之墓》《村庄附近的酒店》《没有结果的计划》《饮吧》《笑成为什么》《黄昏》《我在特普列晴市内的冬期》《希望》《恋人吗》《我的死》《乘驴的牧羊人》《我们在一起融合》《雪上的橘》《交换》《好酒屋主》《九月之末》，

---

① 与 1938 年 8 月 16 日发表的《生呢？死呢？》及 1940 年 1 月 17 日发表的《生呢，死呢》为同一首诗，只是个别标点有不同。

② 与 1938 年 6 月 15 日发表的《起来吧！马加尔人哟！》为同一首诗。

诗集前有评介《匈牙利争自由的诗人裴多菲》，后附《后记》。

6月1日，诗歌《灾难的繁殖——火的跳舞之四》发表于《前线日报·战地》；译诗《军队生活》（裴多菲作）发表于广州《中国诗坛》新第4期。

6月3日，诗歌《斗兽场的绝技——火的跳舞之五》发表于《前线日报·战地》。

6月4日，诗歌《举行水葬典礼——火的跳舞之六》发表于《前线日报·战地》。

6月12日，诗歌《光辉的雕像——火的跳舞之七》发表于《前线日报·战地》。

6月24日，诗歌《毕苏斯尔基的女儿——赠波兰MY Rodenith》发表于《前线日报·战地》。

7月5日，诗歌《牧羊人》发表于《前线日报·战地》。

7月7日，译诗《星》（雨果作）发表于浙江於潜《民族》第19期，又于同年9月1日，发表于广西桂林《诗》第2卷第1期。

7月26日，《匈牙利争自由的诗人——裴多菲》发表于《力报》第4版。

8月7日，译诗《恋人哟！一起来坐着吧》（叶赛宁作）发表于《前线日报·战地》。

8月10日，《关于两幅版画》发表于《前线日报·战地》。

9月7日，诗歌《没有遗言的死》发表于《前线日报·战地》。

9月18日，译诗《尼罗王纵乐之歌》发表于《前线日报·战地》。

10月2日，《关于〈给我一杆来福枪〉及其他》发表于《前线日报·战地》。

10月5日，译诗《温暖的池沼哟》（叶赛宁作）发表于江西赣州《文化服务》第1卷第3期。

10月7日，诗歌《我觉得我已经死了》发表于《前线日报·战地》。

10月14日，诗歌《我没有美丽的童年》发表于《前线日报·战地》。

10月16日，译诗《可爱的国家哟》（叶赛宁作）发表于《前线日报·战地》。

11月13日，诗歌《给达郎诃特式的批评家》、译诗《初雪风景》（叶赛宁作）发表于《前线日报·战地》。

12月1日，译诗《俄罗斯》（尼克拉索夫作）发表于江西泰和《诗歌与木刻》创刊号。

12月4日,《建立诗歌的据点》发表于《前线日报》副刊《诗时代》第9期。

本年,诗歌《走马塘的歌人》发表于桂林《新文化月刊》第1卷第2期。

1941 年

1月8日,译诗《在俄国谁能生活得很好》(尼克拉索夫作)发表于《前线日报》。

2月15日,译诗《在战争恐怖的中心》发表于《文化服务》第1卷第5、6期合刊。

3月12日,译诗《滑铁卢》(雨果作)发表于《前线日报》副刊《诗时代》。

4月23日,书信《代邮一束:汪番虎先生等》发表于《前线日报》。

4月24日,译诗《自由》(尼克拉索夫作)发表于《宁夏民国日报》第2版。

4月30日,诗歌《采石者》发表于江西泰和《诗歌与木刻》月刊第3期。

5月1日,译诗《马惹巴》(雨果作)发表于重庆《中国青年》第4卷第5期,又发表于同年6月11日的《前线日报》。

5月28日,译诗《波斯王》(雨果作)发表于《前线日报》副刊《诗时代》。

6月10日,译诗《回忆》(普式庚①作)发表于《江南文艺》第1期。

7月2日,书信《代邮:于人兄等》发表于《前线日报》。

7月16日,《加强诗底批评》发表于《前线日报》副刊《诗时代》第23期。

7月,译诗《卓雅》发表于江西上饶《东南青年》第1卷第2期。

8月1日,译诗《诗人》(普式庚作)发表于《新青年》第5卷第9、10期合刊。

8月3日,作《论诗的长成——读〈诗·新诗与叙事诗〉后致曹聚仁》,批评曹聚仁《诗·新诗与叙事诗》一文中对抗战时期新诗创作的观点,8月13日发表于《前线日报》副刊《诗时代》。

---

① 即普希金。

8月17日，诗歌《太阳的余晖》发表于《东南日报》金华版副刊《笔垒》第858期；又发表于同年9月12日的桂林《阵中日报》第4版。

8月31日，《读〈昨日的行脚〉》发表于《前线日报》副刊《诗时代》第27期。

9月18日，给即将出版的译诗集《复仇的女神》作《题记》。

9月28日，《〈复仇的女神〉题记》发表于《前线日报》。

10月12日，书信《代邮：健行兄》发表于《前线日报》。

10月26日，书信《代邮：鲁阳兄》发表于《前线日报》。

10月27日，与冯玉祥、田汉、郭沫若等人在《新华日报》第2版联名发表《中国诗歌界致苏联诗人与苏联人民书》。

11月15日，译诗《给茅娜》（普式庚作）发表于《东南青年》第1卷第5期。

12月7日，书信《代邮：毛志云、翁怀麟先生》发表于《前线日报》。

1942年

3月15日，诗歌《春天来了》与书信《代邮之一：廖祖达先生》《代邮之二：程力夫先生等》发表于《前线日报》。

3月29日，译诗《啊！回忆，春天，黎明》（雨果作）、书信《代邮一束：章小桐先生等》发表于《前线日报》。

4月20日，译诗集《复仇的女神》作为诗歌与木刻社主编的"诗木丛书"之一，由江西泰和尖兵书店出版，集中收录有覃子豪或从法译本或从日译本转译来的尼克拉索夫、普式庚和叶赛宁三位俄国诗人的部分诗作，具体目次尚无可稽考。

4月26日，书信《关于"见习吹号手"：天岚兄》、译诗《鼓手的未婚妻》（雨果作）、书信《代邮：汪益元先生》发表于《前线日报》副刊《诗时代》第44期。

8月16日，《论诗人与政治》发表于《前线日报》副刊《诗时代》。

10月11日，诗歌《老万到游击队去》发表于《阵中周报》第6期。

11月8日，《童游诗抄》发表于《前线日报》副刊《诗时代》，包含诗歌《卖国花的女孩》《沙龙》《患病者》《街》《在桥上睡眠的人》5首。

11月5日，《病中》发表于《东南日报》南平版副刊《笔垒》第1168期。

12月14日，常任侠编选的诗集《中国的故乡》出版，该诗集选取了艾青、徐迟、袁水拍、覃子豪等 36 位诗人抗战全面爆发以来的 48 首诗作，其中覃子豪的两首诗歌是《波希米亚高原上的妇人》和《九月之晨》。

本年，与邵秀峰女士结婚。任第三战区司令长官司令部政治部设计委员，兼任陆军第 86 军《八六》简报社社长。

1943 年

8 月 26 日，《与象征主义有关》发表于《东南日报》南平版副刊《笔垒》第 1417 期。

10 月 26 日，诗歌《码头黄昏》发表于《东南日报》南平版副刊《笔垒》第 1469 期。

11 月 10 日，诗歌《十月》发表于《东南日报》南平版副刊《笔垒》第 1482 期。

11 月 28 日，《论诗的重译》发表于《东南日报》南平版副刊《笔垒》第 1497 期。

本年，脱离军职。长女覃海茵出生于福建漳州。

1944 年

2 月 5 日，诗歌《北风》发表于福建永安《联合周报》第 1 卷第 1 期。

2 月 26 日，诗歌《老牛·水磨》发表于《联合周报》第 1 卷第 4 期。

3 月 25 日，《诗与标点》发表于《联合周报》第 1 卷第 8 期。

4 月 15 日，《诗作者对于外国文的修养》发表于南平《新青年》半月刊第 9 卷第 4 期。

4 月 22 日，《怎样写诗》发表于《联合周报》第 1 卷第 12 期。

4 月 23 日，《我怎样写〈永安劫后〉》发表于福建永安《中央日报》第 4 版 "中央副刊·艺文版" 的 "永安劫后诗画合展专辑"。

4 月 29 日，《诗接近大众的新途径：论诗画合展底意义》与诗歌《血滴在路上》发表于《联合周报》第 1 卷第 13 期。

4 月，在福建永安朋友家见到画家萨一佛的《永安劫后》素描画展目录，有感于这些描绘日军轰炸后的永安的画作，在一周内为每幅画作配诗一首，共作诗 45 首。后与萨一佛在福建永安举办《永安劫后》诗画合展，并到漳州、晋江等地展出。《真实是诗的战斗力量》发表于《文艺月报》第 2 卷第 4 期。

5月10日，散文《"三顾茅庐"——东京回忆散记之一》发表于福建永安《公余生活》月刊第2卷第2期。此文发表时分"一""二""三"3个部分，后改题为《不速之客》《两个恐怖的使者》《回国之前》3篇文章，收入散文集《东京回忆散记》，文中词句略有改动。

6月10日，散文《郭沫若先生——东京回忆散记之二》发表于《公余生活》月刊第2卷第3期。

7月10日，散文《三上谦——东京回忆散记之三》发表于《公余生活》月刊第2卷第4期。

8月10日，散文《我的房东——东京回忆散记之四》发表于《公余生活》月刊第2卷第5期。

9月始，《诗创作论》（1—7）连载于《文艺创作》，从第53期起，直至1945年3月第59期续完。

10月1日，诗歌《十月》发表于赣南《民国日报》第4版。

10月7日，散文《买旧书》发表于《联合周报》第2卷第7期。

10月10日，散文《记蒲风》发表于福建永安《福建青年》复刊号新第1卷第1期。

11月中旬，访问7名日本俘虏，写作通讯《他们受了军阀的催眠——俘虏倭飞行员海野勇等七人访问记》。

本年，任福建漳州《闽南新报》主笔兼编副刊《海防》。

1945年

1月5日，《他们受了军阀的催眠——俘虏倭飞行员海野勇等七人访问记（上）》发表于《前线日报》。

1月6日，《他们受了军阀的催眠——俘虏倭飞行员海野勇等七人访问记（中）》发表于《前线日报》。

1月7日，《他们受了军阀的催眠——俘虏倭飞行员海野勇等七人访问记（下）》发表于《前线日报》。

1月28日，在福建漳州创办"南风文艺社"。

4月，主编福建龙溪《警报》副刊《钟声》。

5月，散文集《东京回忆散记》由福建漳州南风出版社出版。集中收录覃子豪去年在永安时写就的对东京留学生活的回忆文章15篇，依次是《东京第一个印象》《三上谦》《我的房东》《不速之客》《我的贫困》《买旧书》《两个恐怖的使者》《郭沫若先生》《陈洪被捕》《记蒲风》《凤子在东京》《朝鲜青年的琴声》《无聊的赌赛》《记李华飞的放逐》《回国之前》，集前有《自序》。台湾3卷本《覃子豪全集》收录有此散文集，但删去了《郭沫若先生》《记蒲风》与《记李华飞的放逐》3篇。

6月，诗集《永安劫后》由福建漳州南风出版社出版。集中收入诗歌44首：《土地的烙印》《警报声中的浮桥》《日暗风悲》《烟幕》《激动的夜》《毒火》《火的跳舞》《血滴在路上》《红十字队》《今夜宿谁家》《骨灰》《在省立医院门口》《悲泣》《凶手的铁证》《没有人认识的尸体》《飞尸》《丈夫之棺》《新孤孀》《还家》《月光下的幽冥》《无家的一群》《彷徨忧闷的人》《伤悼》《幽泣》《棺材》《碎裂的屋子》《存骨坛》《孤梁》《清土》《仍然屹立的烟囱》《废墟》《埋下的是种子》《仇恨的花朵》《发掘》《颓垣》《关岳庙》《残照》《从同胞手里得到了温暖》《恢复永安的听觉》《奸商》《慰问》《市井人家》《古炮无恙》《永安是炸不毁的》。集前有代序两篇，分别是姚隼的《论〈永安劫后〉诗画展》和王石林的《〈永安劫后〉诗画合展》，还有覃子豪所作《自序》；集后附有文章《我怎样写〈永安劫后〉？》和《诗接近大众的新途径》，两篇均为覃子豪所作。

9月12日，《评西崖的"火与力"（上）》发表于《前线日报·战地》。

9月13日，《评西崖的"火与力"（下）》发表于《前线日报·战地》。

9月28日，积极筹办的晚报《太平洋报》在厦门中山路125号正式出版，该报是厦门光复后的第一家晚报。抗战胜利后，覃子豪原想在厦门创办《太平洋日报》，但因经济条件不允许，仅办成《太平洋晚报》，并为报纸写作诗歌与政论文章。

12月7日，搭乘台湾抗日领袖李友邦率台湾义勇队总队开往台湾的汽船离开厦门，当晚寄泊于澎湖，次日傍晚安抵高雄港。准备去台湾创办一个《太平洋报》台湾分版，去台湾开创新闻事业。

1946 年

5月，在香港，作诗《倚桅人》。

12月，在厦门，作诗《向往》。

本年，在台湾处处碰壁，谋职不顺，办报无门。10月，离开台湾，到上海寻找出路。在上海，经章伯钧介绍加入中国民主同盟，与章伯钧、蔡力行一起创办《现代新闻》月刊。次女覃露露出生。

1947 年

2月1日,《消灭歇斯特里的情绪》完稿于湖州。

2月9日,《消灭歇斯特里的情绪》发表于《文汇报》第7版。

2月12日,诗歌《沉默》发表于《新民晚报》第2版。

2月13日,诗歌《白洛的葬歌——为纪念MT而作》发表于《大公报·文艺副刊》第111期。

2月18日,《我还活着——致怀念我的友人们(上)》发表于《大公报·文艺副刊》第113期。

3月3日,诗歌《符号》发表于《新民晚报》第2版。

3月10日,诗歌《雾河》发表于《联合日报晚刊》第2版。

3月12日,诗歌《夜的水城》发表于《新民晚报》第2版,诗歌《雨天的村庄》发表于《联合日报晚刊》第2版。

3月16日,《动荡中的台湾——台湾印象回忆》发表于《联合日报晚刊》第3版。

3月18日,诗歌《湖的支流》发表于《新民晚报》第2版。

3月20日,《文化统制在台湾》发表于《联合日报晚刊》第3版。

4月15日,诗歌《长人与侏儒》发表于《新诗歌》第3期。

4月,因《现代新闻》思想进步,才出版两期,蔡力行即被国民党当局逮捕,传闻覃子豪也上了特务的黑名单。覃子豪情急之下,再次赴台,并启用本名"覃基"。

5月10日,《揭示了历史的真》发表于上海《现代新闻》周刊第1卷第1期。

6月1日,诗歌《运木人》发表于《创世纪》第1期。

12月,作诗《向往》。经第一任台湾省政府主席魏道明夫人郑毓秀介绍,担任台湾省物资调节委员会专员。夫人邵秀峰及次女覃露露抵台。

1948 年

冬,因长女覃海茵患病,夫人邵秀峰携次女离开台湾回到大陆。覃子豪从此与家人两地相隔,音讯全无。

1949 年

1 月，《从实例论因袭与独创》发表于台湾《文星》第 5 卷第 3 期。

11 月，任台湾省物资调节委员会台中办事处第二课课长。

本年，散文《怀念波兰罗德薇》发表于《台旅月刊》第 1 卷第 2 期。

1950 年

8 月，出差至花莲，作诗《追求》，后收入诗集《海洋诗抄》。

1951 年

6 月，作诗《骊歌》《书简》《梦的海港》《旗》，后收入诗集《海洋诗抄》。

7 月，作诗《梦话》《你的家乡》《虹》《群岛》于大陈岛，后收入诗集《海洋诗抄》。

8 月，作诗《闻歌》《雨夜》于高雄，后收入诗集《海洋诗抄》。

11 月 19 日，诗歌《北斗、灯塔——北斗·灯塔是慰藉底象征》发表于《自立晚报·新诗周刊》第 4 期。

12 月 10 日，《海洋诗抄——〈码头〉〈追求〉〈别后〉〈海滨夜景〉》发表于《自立晚报·新诗周刊》第 6 期。

12 月 31 日，诗歌《约》《船》发表于《自立晚报·新诗周刊》第 9 期。

1952 年

1 月 14 日，诗歌《贝壳》发表于《自立晚报·新诗周刊》第 11 期。

1 月，作诗《贝壳》《岩石》，后收入诗集《海洋诗抄》。《诗创作的途径》连载于台湾《文坛》第 214、215、217 期。

2 月，作诗《在苹果花开的岛上》，后收入诗集《海洋诗抄》。

3 月，作诗《蚌》《乌贼》《海狗》《鳄鱼》《海的来历》，后收入诗集《海洋诗抄》。

4 月，作诗《兀鹰与苍龙》，后收入诗集《海洋诗抄》。

5月18日，接手主编由葛贤宁、钟鼎文、纪弦三人创办的《新诗周刊》，作为《自立晚报》的副刊每周刊出。后因《自立晚报》改版，《新诗周刊》于1954年4月出版至第94期后停刊。

5月，作诗《雾灯》《不逝的春》，后收入诗集《海洋诗抄》。

6月，作诗《槟榔树的叹息》《独语》《临海的别墅》，后收入诗集《海洋诗抄》。

7月，作诗《晨风》《晚潮》《陨星》《银河》，后收入诗集《海洋诗抄》。

9月，作诗《海的时间》，后收入诗集《海洋诗抄》。

10月，作诗《沙滩上的睡眠》，后收入诗集《海洋诗抄》。

11月，作诗《雾港》《绝壁》《老渔人与海》，后收入诗集《海洋诗抄》。

1953 年

3月29日，为即将出版的诗集《海洋诗抄》写作《题记》。

4月，诗集《海洋诗抄》由台北新诗周刊社出版，是覃子豪在台出版的第一部诗集。集中共收录诗歌43首：《倚桅人》《向往》《自由》《追求》《默契》《骊歌》《书简》《梦的海港》《旗》《梦话》《你的家乡》《虹》《群岛》《闻歌》《当潮来的时候》《忆》《贝壳》《在苹果花开的岛上》《岩石》《我是一个水手》《蚌》《乌贼》《海狗》《鳄鱼》《海的来历》《兀鹰与苍龙》《海恋》《雨的哀歌》《雾灯》《乡愁》《不逝的春》《槟榔树的叹息》《独语》《临海的别墅》《晨风》《晚潮》《陨星》《银河》《海的时间》《沙滩上的睡眠》《雾港》《绝壁》《老渔人与海》。集中配有覃子豪自画插画10页。集前有覃子豪所作《题记》。

10月，应"中华文艺函授学校"创办人李辰冬之邀，担任该校诗歌班主任。痖弦、小民、向明、麦穗、柴栖鸳等人均为其当时的学生。

1954 年

3月，诗歌《日比谷公园的喷泉》发表于《幼狮文艺》第1卷第1期。与诗友钟鼎文、余光中、邓禹平及夏菁等人共同发起创设一诗社。是年夏天，经常在中山堂的露天茶座聚会，一面饮茶，一面谈诗，并传阅彼此新作。某日，众人苦思社名不得，子豪忽然说："就叫'蓝星'如何？"蓝星诗社因此定名。

5月,《诗与标点》发表于《文坛》第2卷第8期。

6月17日,新诗刊物《蓝星周刊》创刊,作为《公论报》副刊每周刊出,覃子豪担任主编(第1—160期)。其间发表诗歌《孤独的树》《旗的奇迹》《午寐》等20余首以及文章《真实是诗的战斗力量》等数篇。第161期起由余光中接编,直至1958年8月停刊,总计刊出211期。

6月,诗歌《盲义士》发表于《幼狮文艺》第1卷第3期。

9月9日,《论杨唤的诗》发表于台湾《公论报·蓝星周刊》第12期。

9月,在杨唤丧礼后,与纪弦、李莎、方思、叶泥、归人、力群组成编辑委员会,编纂杨唤诗集《风景》,由台北现代诗社出版。

1955 年

1月,译诗《给一颗星》(法缪塞作)发表于《幼狮文艺》第2卷第1期。

9月,诗歌《列岛行》发表于《幼狮文艺》第3卷第3期。诗集《向日葵》由台北蓝星诗社出版。

10月,诗歌《爱海的盲人》发表于《幼狮文艺》第3卷第4期。

1956 年

1月,《书廊诗草》发表于《文学杂志》第1期。

2月26日,《覃子豪致〈创世纪〉诗刊张默的信》发表于《创世纪》第6期(创刊30周年纪念特大号)。

5月,诗歌《构成》发表于《文学杂志》第5期。

6月,诗歌《夜在呢喃》发表于《文学杂志》第6期。

8月21日,《谈译诗》发表于《联合报》第6版"联合副刊·文艺天地"。

10月,译诗《塞德尔之旅行》(波特莱尔作)发表于《幼狮文艺》第5卷第3期。

本年,《现代中国新诗的特质》发表于《文学杂志》第7卷第2期。

1957 年

1 月，担任《蓝星》宜兰分版主编，每月出刊，发行 7 期后停刊。其间致力于《法兰西诗选》的译介，发表译诗《钟表匠》《歌》《春》等 10 余首。

3 月 21 日，《〈中国诗选〉读后》发表于《联合报》副刊。

8 月 20 日，主编《蓝星诗选》丛刊。《新诗向何处去?》发表于《蓝星诗选》第 1 辑"狮子星座号"，提出"六原则"回应现代派公布的"六大信条"，对纪弦等人的论点予以修正，揭开"现代诗论战"的序幕。

10 月 25 日，《记匈牙利诗人卜纳德》发表于《蓝星诗选》"天鹅星座号"。

11 月，担任《文坛》杂志设立的"文坛函授学校"教授。

1958 年

1 月 17 日，《〈新诗解剖〉序》发表于《公论报·蓝星周刊》第 183 期。

1 月，《诗的解剖》由台北蓝星诗社出版。

3 月 25 日，诗歌《画廊诗草——〈画廊〉〈拾梦〉》发表于《文学杂志》第 4 卷第 1 期。

3 月，《福洛斯特之颜——观 Robert Frost〈白桦树旁的全面像〉所感》发表于《创世纪》第 10 期。译诗集《法兰西诗选》第一集，廖未林设计封面，由高雄大业书店出版。

4 月 16 日，《关于新现代主义》发表于《笔汇》第 21 期，以此回应纪弦的《从现代主义到新现代主义——对覃子豪先生〈新诗向何处去〉一文之答复》。

4 月起，《法兰西诗选绪论》在《公论报·蓝星周刊》上连载，从第 195 期到第 199 期，间断两期后，在第 202 期续完。

7 月 1 日，于中山堂举行《蓝星周刊》出版 200 期庆祝活动，颁发"蓝星诗奖"予吴望尧、黄用、痖弦及罗门 4 人。诗奖雕塑由杨英风设计。颁奖典礼，由覃子豪担任主席，梁实秋主持颁奖，余光中代表致颂辞。

9 月 4 日，诗歌《金色面具》发表于《联合报》副刊。

9 月 11 日，晚上 8 时，与邓昌国、何铁华、李淑芬、张英等在台北市信义路 2 段 135 号树人幼稚园为即将应召入营的青年作曲家林二举行欢送晚会。

10 月 14 日，覃子豪与梁实秋、夏菁、吴望尧、罗门等人到机场送别赴美国艾奥瓦大学进修的诗人余光中。

11 月 14 日，诗歌《烈屿一少女》发表于《联合报》"联合副刊·万象"。

12 月 10 日，译诗《高克多诗二首——〈鸟〉〈太阳〉》发表于《蓝星诗页》创刊号。

1959 年

1 月，《实验与创造》发表于《蓝星诗页》第 4 期。

2 月 20 日，诗歌《夜在呢喃》发表于《文学杂志》第 5 卷第 6 期。

6 月 10 日，诗歌《奥义》发表于《蓝星诗页》第 7 期。

7 月 10 日，《二十年来的新诗——四十八年诗人大会报告》发表于《蓝星诗页》第 8 期。

7 月 20 日，诗歌《构成》发表于《文学杂志》第 6 卷第 5 期。

8 月，《论象征派与中国新诗》发表于《自由青年》第 22 卷第 3 期，以此回应苏雪林《新诗坛象征派创始者李金发》一文，与苏雪林展开论战。

9 月，《法国沙曼诗抄》发表于《创世纪》第 7 期。

10 月 1 日，《论新诗的创作与欣赏》发表于《自由青年》第 22 卷第 7 期。

10 月 20 日，《现代中国新诗的特质》发表于《文学杂志》第 7 卷第 2 期。

10 月，《简论马拉美、徐志摩、李金发及其他》发表于《自由青年》第 22 卷第 5 期，以此回复苏雪林的文章《为象征诗体的争论敬答覃子豪先生》。

11 月 10 日，接手主编《蓝星诗页》（12—16 期）。

12 月，《诗的象征和意味》发表于《幼狮文艺》第 11 卷第 6 期。

1960 年

1 月 1 日，《从实例论因袭与独创》发表于《文星》第 5 卷第 3 期。

9 月 1 日，译诗《亨利·米修诗选——〈回忆〉〈字母〉〈在不幸中休息〉〈刀斩的和平〉》发表于《笔汇》月刊革新号第2卷第2期"诗特辑"。

11月10日,《〈论现代诗〉序》发表于《蓝星诗页》第24期。

11月,诗论集《论现代诗》由台北蓝星诗社出版。

12月5日,《论诗的批评》发表于《笔汇》月刊革新号第2卷第5期"批评特辑"。

1961年

6月15日,《蓝星》季刊第1期出版。该季刊由覃子豪创办并担任主编,共计出版4期,至次年11月停刊。其间发表《与菲人论诗》《牧羊神的早晨》等诗歌和译诗。

9月10日,诗歌《室内》发表于《蓝星诗页》第34期。

12月,《水上的笑声》发表于《幼狮文艺》第15卷第6期。

1962年

2月23日,诗歌《音乐岛》发表于《联合报》联合副刊。

3月4日,《胡适之与新诗》发表于《联合报》联合副刊。

4月16日,诗歌《贝壳》发表于《联合报》联合副刊。

4月24日,从台北飞往马尼拉,为菲律宾华侨青年暑期文艺讲习班主持诗歌课程,为时5周,于5月31日结业,讲座主题分别为"诗的艺术""诗的发展""诗选""诗的创作方法""习作解剖"。

4月,诗集《画廊》由台北蓝星诗社出版。

6月,结束菲律宾讲学之行返台。

7月15日,译诗《茵理丝湖岛》(叶慈作)发表于《葡萄园》诗刊第1期。

8月3日,诗歌《塔阿尔湖》发表于《联合报》联合副刊。

10月1日,《我在马尼拉如何讲授现代诗》发表于《自由青年》第28卷第7期。

10月10日,《〈金色面具〉之自剖》发表于《葡萄园》诗刊第2期。

12月7日,晚上7时半,参加由台湾师范大学英语学会主办的"现代诗朗诵会"。

1963 年

1月15日,《关于新诗的文言化》发表于《葡萄园》诗刊第3期。
3月31日,入台湾大学医院104病房,最初诊断患黄疸病。
4月22日,施行手术,经切片检查,断定为胆道癌,群医束手无策。
5月,从104头等病房转入729公教病房。
10月10日,0时20分,因癌症逝世于台湾大学医院,年仅52岁。遗孀及两个女儿均在大陆。
10月15日,上午10时,于台北市极乐殡仪馆上天厅举行"追思诗人覃子豪先生遗作朗诵";11时,火化遗体。

1964 年

1月,《覃子豪遗嘱》发表于《创世纪》第19期。

1965 年

6月,覃子豪生前好友叶泥、钟鼎文、彭邦桢、纪弦、痖弦、辛郁、楚戈、商禽、西蒙等组织"覃子豪全集出版委员会",搜集整理覃子豪作品,编印出版《覃子豪全集Ⅰ》。

1967 年

10月,诗论集《诗的表现方法》由台中普天出版社出版,选收了覃子豪在"中华文艺函授学校"的讲义内容。

1968 年

6月,《覃子豪全集Ⅱ》由覃子豪全集出版委员会出版。

1973 年

10月8日,覃子豪全集出版委员会等4个团体联合举办"诗人覃子豪逝世十周年纪念追思会"。

1974 年

10 月 10 日，即诗人逝世 11 周年纪念日，《覃子豪全集Ⅲ》由覃子豪全集出版委员会出版。

王平陵文学年表

范桂真

1898 年

5月20日（阴历四月初一），出生于江苏溧阳县樊川镇。

1918 年

6月中旬，李叔同将好友夏丏尊以及学生丰子恺、刘质平、王平陵等请到他的房间，宣布他出家的决定，并将清点好的东西一一分赠给他们。给夏丏尊的是他历年所藏的书法、往年所写的折扇和金表。给丰子恺的是他所有的画谱和他自己的画作，给刘质平的是他所有的乐谱及音乐著作，给王平陵的是他所有的戏剧书籍及南社文集。

1920 年

1月12日，《逻辑漫谈》发表于《时事新报》副刊《学灯》。

1月13日，《逻辑漫谈（续）》发表于《时事新报》副刊《学灯》。

1月18日，《冰雪底终局》发表于《星期评论》（1919年上海创刊）第33期。

10月9日，第一篇小说《雷峰塔下》发表于《时事新报》副刊《学灯》。

10月12日，《雷峰塔下（续）》发表于《时事新报》副刊《学灯》。

11月8日，《哲学底要旨和论据》（Lerusslem 著，王平陵译）发表于《时事新报》副刊《学灯》。

11月10日至13日，《哲学底要旨和论据（续）》（Lerusslem 著，王平陵译）发表于《时事新报》副刊《学灯》。

1921 年

3月6日至11日,《道德批评底对象》(J. H. Muirhead 著,王平陵译)发表于《时事新报》副刊《学灯》。

4月12、13日,《唯物论者底论据与驳辨》发表于《时事新报》副刊《学灯》;又于4月17、19日发表于《京报》第504号第6版、第506号第6版。

6月5日,《社会改造运动中底学生》发表于《学生杂志》第8卷第6期。《自然主义与教育》发表于《时事新报》副刊《学灯》。

6月23、24日,《谈谈新唯实主义》发表于《时事新报》副刊《学灯》。

7月11日,《恋爱(三):不灭没的恋爱》(署名西泠)发表于《民国日报》副刊《觉悟》第7卷第11期。

7月14日,《恋爱谈(四):恋爱底"自由"》(署名西泠)发表于《民国日报》副刊《觉悟》第7卷第14期。

7月17日,《我底恋爱观》(署名西泠)发表于《民国日报》副刊《觉悟》第7卷第17期。

8月12日,陈定谟演讲,王平陵、史寿昌、周志瀛记录的《社会进化底原理》发表于《时事新报》副刊《学灯》,8月13、15、17、18、19、21日连载。

8月21日至24日,《社会进化底原理(续)》(陈定谟演讲,王平陵、史寿昌、周志瀛记录)发表于《大公报》(长沙)。

8月29日至9月1日,王平陵、史寿昌、周志瀛记录的《欧洲思想底起源与组织》(一)(二)(三)(四)分别发表于《晨报》第935号第5版、第936号第7版、第937号第7版、第938号第7版。

8月31日,《恋爱热与社交公开》(署名西泠)发表于《民国日报·妇女评论》第5期。

9月9、11日,陈定谟演讲,王平陵、史寿昌、周志瀛记录的《心理学底派别及趋势》发表于《时事新报》副刊《学灯》。

10月1日,《新妇女的人格问题》发表于《妇女杂志》(上海)第7卷第10期。

10月5日,《农村社会改造谈》发表于《时事新报》副刊《学灯》。

1922 年

1月2日,《读了〈论散文诗〉以后》完成于溧阳女校,并于本月11日发表于《时事新报·文学旬刊》第25期。该文主要观点:"由韵文诗而进为散文诗,是诗体的解放,也就是诗学的进化。"

1月3、4日,《从历史上观察近代妇人运动底历程》发表于《时事新报》副刊《学灯》第1、2版。

3月8日,《西湖之雪》发表于《时事新报》副刊《学灯》。

5月12日,《申报》记载:"溧阳五九日之宣讲,溧阳此届国耻纪念日,除学界方面辍课一日游行演讲外,该邑通俗教育馆潘主任亦请沈润洲、王平陵二君在县署前演讲。沈君讲题为'国耻与教育',语颇恳挚。王君讲题为'国耻纪念日与今后根本的救国方略',大致谓今后雪耻方法只有从改造农村入手,竭力发挥农村改造的意见,听众数百人莫不大为动容。"

6月22日,《异性社交的态度问题》(署名西冷)发表于《民国日报》副刊《觉悟》。

6月28日,致陈望道信《一位女校教员报告夸大狂(通信)》发表于《民国日报》副刊《妇女评论》第47期。

7月1日,《读了〈研究学问的方法〉以后》完成于溧阳女校,7月10日发表于《民国日报》副刊《觉悟》第7卷第10期。

7月29日,王平陵致章锡琛信《恋爱问题的讨论》。

8月30日,与章锡琛通信《讨论恋爱的两封信》发表于《民国日报》副刊《妇女评论》第56期第1、2版。

9月1日,致章锡琛信《恋爱问题的讨论》发表于《妇女杂志》(上海)第8卷第9号。

9月5日,《现代心理学底派别及其研究法》完成于溧阳女子中学,10月10日发表于《东方杂志》第19卷第19号。

10月1日,致章锡琛信《关于恋爱问题的讨论》发表于《妇女杂志》(上海)第8卷第10号。《东方妇人在法律上的地位》发表于《妇女杂志》(上海)第8卷第10期。

本年,由溧阳转到南京美术专科学校教书,同时在震旦大学南京分校攻读法文。《美学纲要》(威廉·杰勒赛莱著,王平陵译),由泰东印书局出版。

1923 年

3月9日,《叔本华新理想主义的哲学》完成于溧阳女中学,本月19日发表于《时事新报》副刊《学灯》第5卷第3册第15号。

7月19、20日,《"科哲之战"的尾声》发表于《时事新报》副刊《学灯》。

1924 年

2月24日(阴历),与吕瑛女士在家乡结婚。

4月,编著的《西洋哲学概论》由上海泰东图书局出版。

5月31日,《送泰戈尔先生》发表于《时事新报》副刊《学灯》第6卷第5册第1号。

6月20日,《社会演化之历史的观察》(上)发表于《时事新报》副刊《学灯》第6卷第6册第20号。

6月21日,《社会演化之历史的观察》(下)发表于《时事新报》副刊《学灯》第6卷第6册第21号。

7月31日,《人群的构造及分布》(上)(Giddings 教授著,王平陵译)发表于《时事新报》副刊《学灯》第6卷第7册第31号。

8月1日,《人群的构造及分布》(下)(Giddings 教授著,王平陵译)发表于《时事新报》副刊《学灯》第6卷第8册第1号。

8月2日,《合作的意义》发表于《时事新报》副刊《学灯》第6卷第8册第2号。

8月9、12日,《社会实际的活动》(上)(下)发表于《时事新报》副刊《学灯》第6卷第8册第9、12号。

8月13、14日,《假期中的青年生活》发表于《时事新报》副刊《学灯》第6卷第8册第13、14号。

8月26日,潘汉年在《时事新报》副刊《学灯》第6卷第8册第26号发表《到乡间去——为暑期学校问题,敬和王平陵君讨论》,8月27日续刊。

11月28日,《康德哲学的要点》发表于《时事新报》副刊《学灯》第6卷第11册第28号。

12月10、11日,《倭伊铿研究》发表于《时事新报》副刊《学灯》第

6卷第12册第10、11号。

12月24日,《实证主义浅说》发表于《时事新报》副刊《学灯》第6卷第12册第24号。

12月25、26日,《罗素研究》发表于《时事新报》副刊《学灯》第6卷第12册第25、26号。

本年,于震旦大学南京分校毕业后,到上海主编《时事新报》副刊《学灯》,为《东方杂志》等刊物撰稿。

1925 年

1月7日,《国民会议之前途》发表于《兴华》第22卷第2期。

1月16日,《申报》中《南京美术专科学校之新计划》记载:"现关于管理及舍务,已聘有专员,责成其事;教授方面,国画科仍由萧俊贤、梁公约、谢公展推任;理论教授为陈钟凡、胡筱石、吕秋逸;西画科由吴人文、万建吾,及新聘之留法学生李君,及留日学生蔡君,分任教科;又关于组织方面,特设编辑部主任为王平陵君,所编辑之季刊,内容注重介绍,约明年阴正可以出版。"

11月1日,《如何解决中国的内乱》发表于《国闻周报》第2卷第42期。

11月5日,在上海为《中国妇女的恋爱观》作序。

1926 年

4月5日,《介绍王平陵先生之〈中国妇女的恋爱观〉》发表于《民国日报》。

4月,《中国妇女的恋爱观》由上海光华书局再版。

1927 年

3月27日,《读"中国新经济政策"后一个片段的意见》(署名秋涛)发表于《国文周报》第4卷第11期。

3月,北伐军进驻溧阳,在叶楚伧的提议下,王平陵被委派办党报。

7月1日,《现代妇女对于审美观念的误解》发表于《妇女杂志》(上海)第13卷第7期。

7月,《中国妇女的恋爱观》由上海光华书局出版,全书共分"恋爱之伟大""恋爱之起源""恋爱之要素"等14小节。

8月5日,译作《爱之玄妙》(雪莱著)发表于《民国日报》第4064号第5张第1版。

8月6日,译作《甜蜜的悲哀》(佛来秋著)发表于《民国日报》第4065号第5张第2版。

8月9日,《塞上吟》发表于《民国日报》第4068号第5张第2版。

1928年

6月4日,《舞场中零碎的回想》(署名西冷)发表于《上海生活》第6期。

6月,《社会学大纲》由上海泰东书局出版,全书共分13章。

7月1日,《日本的殖民政策》(署名秋涛)发表于《新生命》第1卷第7期。

12月19日,《对于试编中国文学史的一个小建议》发表于《新闻报》第11版。

12月20日,《与王平陵兄论剧》发表于《民国日报》第4569号第6张第2版。

本年,在上海暨南大学中文系任教授,和文艺界人士广泛接触,并致力于文学创作和研究。

1929年

1月5日,《我也来谈谈湖上的悲剧》发表于《民国日报》第4573号第6张第2版。

2月21日,《中央日报》在南京恢复发行,序号与上海相接,社长由国民党中宣部部长叶楚伧兼任,严慎予任总编辑,王平陵任副刊编辑。

2月,王平陵主编的《大道》《青白》在南京创刊,发行机构均为《中央日报》副刊。

3月,《中央日报》正式出刊时,就开辟了《大道》和《青白》两个副刊,主要由王平陵、葛建时、傅况麟、李作人、王捷三等人编辑。

4月21日,《蹈进"革命文艺"的园地》发表于《中央日报》第349号第11版。

4月27日,《革命文艺》发表于《中央日报》第355号第11版。

4月28日，《跑龙套的》发表于《中央日报》第356号第11版。

4月29日，《副产品》发表于《中央日报》第357号第11版。

4月30日，《"多"与"少"》发表于《中央日报》第358号第11版。

5月1日，《回国以后》（滑稽独幕剧）发表于《妇女杂志》（上海）第15卷第5期。

5月5日，《相对律》发表于《中央日报》第362号第12版。

5月11日，《人生观与人死观》发表于《中央日报》第368号第12版。

5月12日，《结婚是爱情的坟墓》发表于《中央日报》副刊《青白》第63号。《悲观主义者》（署名秋涛）发表于《中央日报》副刊《大道》第61号。

5月15日，《目疾》发表于《中央日报》第372号第12版。

5月16日，《走南国传来的佳音》发表于《中央日报》副刊《青白》第65号。

5月18日，《戏剧与观众》发表于《中央日报》副刊《青白》第66号。

5月19日，《病榻呻吟忆尼采》发表于《中央日报》第376号第12版。

5月21、22日，《我们的戏剧》发表于《中央日报》第370号第12版、第371号第12版。

5月22日，《他们的戏剧》发表于《中央日报》副刊《青白》第68号。

5月26日，《在半途》发表于《中央日报》第375号第12版。

5月27日，芳信、徐庶仁、黄文农、王平陵诸君加入南国社。《缺憾》发表于《中央日报》第376号第12版。

5月30日，《皈依》发表于《中央日报》第379号第12版。

6月1日，《献花》发表于《中央日报》第381号第12版。王平陵在《中央日报》副刊《青白》的一则通讯显示：南国社这次入京公演得到了南京文艺界，尤其是官方文人的大力支持，一切"设备"等由王平陵负责张罗，陶知行、赵光涛、唐三、吴作人、吕霞光、刘毅参与了这次演出的筹划事务。

6月3日，《首都的影戏院》发表于《中央日报》第382号第12版。

6月6日，《回来罢！同伴的》发表于《中央日报》副刊《青白》第75号。

6月8日，《添煤》发表于《中央日报》副刊《青白》第76号。

6月10日，《国民剧场》发表于《中央日报》副刊《青白·戏剧特刊》。

6月11日,《回归线》发表于《中央日报》副刊《青白》第78号。

6月17日,《"降到低地去"》发表于《中央日报》副刊《青白》第81号。

6月18日,《已而!已而!》发表于《中央日报》副刊《青白·戏剧专号》。

6月22日,第二次进京公演。《青白》文艺副刊不但在"戏剧专号"宣传和介绍南国社,而且为此专门出版整个版(平时占半个版面)的三期"南国特刊"。除发表王平陵、葛建时、萧卓麟等人的欢迎辞和介绍南国社的宣传文字外,还发表南国社田汉、洪深等人的文章。

6月29日,《浪费的悲哀》发表于《中央日报》副刊《青白》第83号。

6月30日,《欢迎南国》发表于《青白·戏剧专号》。

7月2日,《南国的使命》发表于《中央日报》副刊《青白》第84号"南国特刊"。

7月6日,《艺术与政治》发表于《青白·南国特刊》第1期。

7月8日,《介绍王尔德》发表于《中央日报》副刊《青白》第86号。

7月9日,《编完以后》发表于《青白·南国特刊》第2期。

7月12、14日,《中国戏剧运动的启蒙时代》(笔名西冷)发表于《青白·南国特刊》第3、4期。

7月14日,《中国剧运的启蒙时代》完成于南京秦淮河畔民众茶社。

7月16日,《傀儡戏》发表于《中央日报》副刊《青白》第89号。

7月18日,《预定的菜单》发表于《中央日报》副刊《青白》第90号。

7月20日,《中国剧运的启蒙时代》发表于《摩登》第1卷第2期。《不是别人的事呵》发表于《中央日报》副刊《青白》第91号。

7月21日,《炎热之夏天》发表于《中央日报》副刊《青白》第92号。

7月23日,《小绅士的鬼气》发表于《中央日报》。

7月24日,《苏俄向东方侵略之野心》(署名秋涛)发表于《中央日报》副刊《青白》对俄专题讨论特刊第二号。

7月27日,《也给你们上一次当》(署名西冷)发表于《中央日报》副刊《青白》第94号。

7月28日,《中国剧运的启蒙期》发表于《摩登月刊》第2期。

7月30日,《不快之感》发表于《中央日报》。

8月1日,王平陵在与陈大悲的"通讯"中,借机谈到了《青白》的发展方向,他说:"自一号八月一号起,我想把《青白》的地皮,专在艺术上努力,暂定为诗歌、小说、剧本、绘画、雕刻、音乐、舞蹈、影戏等八种,倘偶有多种同性质的佳稿,则临时发行特刊。此外,更设随笔、散文通讯等栏,则专在宣泄编者和读者片断的感想。以上各类,望吾兄常常赐稿。"《多事之夏》发表于《中央日报》副刊《青白》第96号。

8月2日,《月夜忆寿昌》发表于《中央日报》副刊《青白》第97号。

8月4日,《被捕之夜》发表于《中央日报》副刊《青白》第98号。

8月7日,《再来刮一阵狂风》发表于《中央日报》副刊《青白》第100号。

8月17日,《回故乡去》发表于《中央日报》第457号第9版。

8月20日,《卫身棍与哭丧棒》发表于《中央日报》副刊《青白》第111号。

8月21日,《捣鬼》发表于《中央日报》第461号第9版。

8月24日,《起码工作》发表于《中央日报》第464号第9版。

8月27日,《我们的伴侣》(署名疾风)发表于《中央日报》副刊《青白》第118号。

8月31日,《贵族生活》发表于《中央日报》第471号第9版。

9月2日,《射击》发表于《中央日报·每周评论》第18号。

9月4日,《悼国立音乐院》发表于《中央日报》第475号第9版。

9月5日,《评"思想统一"》发表于《中央日报》第476号第9版。

9月13、14日,《谈诗》(一)(二)发表于《中央日报》第484号第9版、第485号第9版。

9月19日,《今后的中大》(署名秋涛)发表于《中央日报》副刊《青白》第136号。

9月20日,《美国社会学家抵平》发表于《中央日报》第491号第11版。

9月21日,《沉寂的思想界》(署名秋涛)发表于《中央日报》副刊《大道》第138号。

9月24日,《江苏的教育厅》发表于《中央日报》副刊《大道》第140号。

9月28日,《整饬县治问题》发表于《中央日报》第499号第11版。

10月1日,致信田汉:"《南国周刊》能事扩充,非常喜悦。予倩在广东,近来消息也极好,这都是南国前途的佳兆。"(发表于《南国周刊》第9期)。

10月2日,《夜雨孤灯忆予倩》发表于《中央日报》第503号第9版。

10月3日,《悲哀的空白(一)》发表于《中央日报》第504号第9版。

10月10日,《国庆献语(一)开场白》发表于《中央日报·双十节特刊》。

10月19日,《在办公厅里》(署名秋涛)发表于《中央日报》副刊《青白》第159号;次年8月28日发表于《京报》第8版。

10月20日,《现实生活》(署名秋涛)发表于《中央日报》副刊《大道》第161号。

10月24日,《再谈"县志问题"》发表于《中央日报》第524号第11版。

10月29日,《田汉致王平陵信》谈道:"南国在十月十日本想演一次戏,但现在又得失约了。这因为一来第三次公演的剧本没有写完,二来月刊迟了三期,当赶紧编满,三来当先弄清理论,再事其他,总理所谓知之维艰,行之非艰也。"(《田汉全集》第20卷)。

10月31日,《青白第一百六十九号新省会拜访记》发表于《中央日报》第531号第9版。

11月2日,《在病榻上》发表于《中央日报》副刊《青白》第171号。

11月3日,《到下层去》发表于《中央日报》副刊《大道》第173号。

11月7日,《建设positive的文学》发表于《中央日报》第538号第9版。

11月8日,《中大将出版大批丛书》发表于《中央日报》副刊《大道》第177号。

11月12日,《总理诞生纪念》发表于《中央日报》副刊《大道》第180号。

11月14日,《大扫除》发表于《中央日报》副刊《大道》第182号。

11月16日,《我爱的死》发表于《中央日报》第546号第9版。

11月17日,《出路》(署名西泠)发表于《青年之友》第1卷第24期。

11月18日,《庄严热烈之前方将士慰劳会》发表于《中央日报·每周评论》第29号。

11月19日,《今后的"青运"》发表于《中央日报》第549号第

11 版。

11 月 22 日，《教师与学生》发表于《中央日报》第 552 号第 11 版。

11 月 23 日，《肃清匪类》发表于《中央日报》第 553 号第 11 版。

11 月 24 日，《欢迎江苏民众的剧社》发表于《中央日报》第 554 号第 9 版。

11 月 29 日，南国社在南京举行支部筹备大会，会议由田汉主持，会上推王平陵、吴作人、廖沫沙负责起草组织大纲，并推举赵光涛、吴作人、王平陵为临时干事。

12 月 5 日，《夜之崇拜》发表于《中央日报》副刊《青白》第 198 号。《阎司令出兵了》（署名秋涛）发表于《中央日报》副刊《大道》。

12 月 13 日，《范朋克来了》发表于《中央日报》副刊《青白》第 206 号。

12 月 15 日，《白鹅潭的潮汛》（通讯）、《老母与新都》（通讯）发表于《南国周刊》（上海）第 9 至 12 期。

12 月 18 日，《创造与占有》发表于《中央日报》副刊《大道》。

12 月 20 日，《现象与真相》发表于《中央日报》第 580 号第 11 版。

12 月 22 日，《治乱的关键》发表于《中央日报》第 582 号第 11 版。

12 月 25 日，《叛乱扫清以后》发表于《中央日报》第 585 号第 11 版。

1930 年

1 月 1 日，《学术建国与人才集中》发表于《中央日报》第 592 号第 11 版。

1 月 23 日，《恳求中国的美人儿救救中国吧》发表于《中央日报》副刊《青白》第 238 号。

2 月 1 日，《从废历末日说起》发表于第 622 号第 12 版。

2 月 4 日，《海啸》发表于《中央日报》副刊《青白》第 246 号。

2 月 5 日，《争权夺利》（署名秋涛）发表于《中央日报》副刊《青白》第 247 号。

2 月 8 日，《一物的两面》（署名秋涛）发表于《中央日报》副刊《青白》第 249 号。

2 月 9 日，《真实与空虚》发表于《中央日报》副刊《青白》第 250 号。

2 月 14 日，《辣味》发表于《中央日报》副刊《青白》第 254 号。

2月27日，散文《慰问洪深兄》发表于《中央日报》副刊《青白》第262号。

3月8日，《中国妇女们应如何纪念三八节》发表于《中央日报》副刊《大道》第255号。

3月23日，《党治下的艺术运动》发表于《中央日报》副刊《青白》第279号。

4月2日，《清切的梦呓》发表于《中央日报》副刊《青白》第285号。

4月4日，《对全国运动会的感想》发表于《中央日报》副刊《青白》第287号。

4月6日，《艺术的使命》发表于《中央日报》副刊《青白》第289号。

4月8日，《归宿》发表于《中央日报》副刊《青白》第291号。

4月9日，《人才与天才》发表于《中央日报》副刊《青白》第292号。

4月13日，《纤弱的呼声》发表于《中央日报》副刊《青白》第296号。

4月15日，《一个不成文的建设》发表于《中央日报·全教特刊》第4号。

4月16日，《不要忘了革命的艺术教育》发表于《中央日报·全教特刊》第5号。《英勇的南斯拉夫》写作完成。

4月23日，社评《全教会议闭幕感言》发表于《中央日报》第701号第3版。

4月29日，《澄清吏治问题》发表于《中央日报》副刊《青白》。

5月5日，《五五纪念》发表于《中央日报》副刊《青白》。

5月9日，《莫忘了民族间的奇耻大辱》发表于《中央日报》副刊《青白》。同日，王平陵停止了《青白》的编辑工作。

5月18日，《Aurel Stein 与敦煌古物》发表于《中央日报》副刊《大道》。

5月20日，《京剧的今后》发表于《中央日报》副刊《青白》。

5月28日，《戏剧杂谈》发表于《中央日报》副刊《青白》。

6月，王平陵、钟天心、左恭等人在国民党中宣部策划下，在南京成立中国文艺社，由叶楚伧任社长，张道藩、王平陵、范争波、朱应鹏、徐仲年、华林等为理事。活动内容有专题演讲、文艺讨论、招待交际、外出旅行和话剧演出等，另外出版有《文艺月刊》和《文艺周刊》两种刊物。

6月1日，前锋社成立于上海。主要成员为王平陵、傅彦长、朱应鹏、范争波等。出版《前锋月刊》《前锋周刊》。同日，王平陵与潘公展、朱应鹏、范争波等发表《民族主义文艺运动宣言》，并提倡"民族主义电影"。《献花》发表于《中央日报》副刊《青白》。

6月3日，《拒毒与纵毒》《欢迎梅博士》发表于《中央日报》副刊《青白》。

6月28日，《我斜倚在古旧的墓旁》（署名西泠）发表于《草野》第2卷第13期。

6月29日，王平陵参与起草的《民族主义文艺运动宣言》最先刊登在《前锋周报》第2期。《病榻呻吟忆尼采》发表于《京报》第2823号第8版。

7月4日，王平陵主编的《中央日报》副刊《大道》全文刊登了前锋社的《民族主义文艺运动宣言》。

7月5日，《寄菲丽》（署名西泠）发表于《草野》第2卷第14期。

7月6日，王平陵参与起草的《民族主义文艺运动宣言》刊登在《前锋周报》第3期。

7月15日，《民族主义文艺运动宣言》被《湖北教育厅公报》第1卷第6期刊载。

7月23日，《小绅士的鬼气》发表于《中央日报》副刊《青白》。

7月27日，《汪精卫的出处问题》（署名秋涛）发表于《中央日报》副刊《青白》。

7月30日，《不快之感》发表于《中央日报》副刊《青白》。

8月8日，《民族主义文艺运动宣言》刊登在《开展》月刊创刊号上。

8月15日，王平陵、徐仲年主编《文艺月刊》创刊，发行机构为中国文艺社。《会见谢寿康先生的一点钟》发行于《文艺月刊》创刊号。

8月24日，《起码工作》发表于《中央日报》副刊《青白》。

8月27日，《我们的伴侣》（署名疾风）发表于《中央日报》副刊《青白》。

9月3日，《不要借口军事而一事不作》（署名秋涛）发表于《中央日报·社评》。

9月5日，《悲哀的空白（一）》发表于《京报》第2889号第8版。

9月15日，《捣鬼》《添煤》《缺憾》《副产品》《跑龙套的》《他们的戏剧》（署名秋涛）发行于《文艺月刊》第1卷第2期。

9月18日,《这世界如果是他们的》(署名秋涛)发表于《中央日报·文艺周刊》第2号。

9月20日起,中国经济学社第七届年会在无锡举行,王平陵担任宣传委员。

9月,王平陵、缪崇群主编的《文艺周刊》创刊,发行机构为《中央日报》副刊,共56期。

10月10日,王平陵创刊的《前锋月刊》的创刊号上,刊登了《民族主义文艺运动宣言》。《阎冯肃清以后》发表于《中央日报》第874号第16版。

10月16日,《本社第一次谈话会记录》《答胡梦华兄》发表于《中央日报·文艺周刊》第4号。

10月17日,《再悼谭先生》发表于《中央日报·社评》第880号第3版。

10月22日,《欢迎蒋先生暨前敌凯旋归来的将士们》发表于《中央日报·社评》第885号第3版。

10月31日,《新省会拜访记》发表于《中央日报》副刊《青白》。

本月,在《电影》10月号上,王平陵、黄震遐、傅彦长等发表《民族主义电影运动》专辑。

11月11日,《整理中国的田赋问题》发表于《中央日报·社评》第904号第3版。

11月21日,散文《在栖霞山中》《红叶残了》(署名秋涛)发表于《中央日报》副刊《青白》。

12月4日,《自我的忘却》(署名秋涛)发表于《中央日报》副刊《青白》。

12月9日,《发刊旨趣》《今后的大道》发表于《中央日报》副刊《大道》第397号。

12月10日,《创业的精神》《请区长老爷再读几年书》(署名西冷)发表于《中央日报》副刊《大道》第398号。

12月12日,《大学校长问题》发表于《中央日报》副刊《大道》第399号。

12月17日,《造成严肃的学风》发表于《中央日报》副刊《大道》第401号。

12月19日,《孤军奋斗》发表于《中央日报》副刊《大道》第401号。

12月21日，《年终总结》发表于《中央日报》。

12月23日，《谈所谓法治的精神》（署名西冷）发表于《中央日报》副刊《大道》。

12月26日，《医生与律师》发表于《中央日报》第948号第9版。

12月31日，《年终结账》发表于《中央日报》第953号第9版。

1931年

1月1日，《揭开第一页一张预算表》发表于《中央日报》第954号第9版。

1月15日，《叶楚伧先生的"艺术论"》发表于《中央日报》第963号第9版。

1月22日，《欢迎我们的同路人》发表于《中央日报》第970号第9版。

1月23日，《为绥靖江苏与父老商榷》发表于《中央日报》第971号第9版。

1月28日，《长袍与西装》发表于《中央日报》第976号第9版。

1月30日，《服装问题》发表于《中央日报》第978号第9版。

2月4日，《人性与兽性》发表于《中央日报》第983号第9版。

2月6日，《传说与时尚》发表于《中央日报》第985号第9版。

2月12日，《留别海滨女郎》（署名秋涛）发表于《中央日报·文艺周刊》第18号。

2月13日，《求真》发表于《中央日报》第992号第9版。

2月18日，《在火炉旁》发表于《中央日报》第997号第9版。

2月26日，《慢慢地喝完最后的一杯酒》（署名秋涛）发表于《中央日报·文艺周刊》第20号。

3月15日，《铁练》发表于《社会杂志》（上海）第1卷第3期。

3月19日，《到镇江去》发表于《中央日报》第1024号第9版。

3月26日，《江上的晚风》《吊今战场》发表于《中央日报》第1031号第9版。

4月1日，《造成折节读书的风气》发表于《读书月刊》第2卷第1期。

4月9日，《从摇篮到坟墓》（署名秋涛）发表于《中央日报·文艺周刊》第25号。

4月15日，《繁荣农村》发表于《中央日报》第1050号第9版。

4月17日，《拯心人》发表于《中央日报》第1052号第9版。

4月28、30日，《铁练》发表于《申报》。

5月12、13、15日，《中国教育的罪言》（上）（中）（下）分别发表于《中央日报》第1076号第9版、第1077号第9版、第1079号第9版。

5月28日，《自玄武湖夜归》（署名秋涛）发表于《中央日报·文艺周刊》第32号。

5月，王平陵主编的《青白》停刊。

6月11日，《送赫德里区进坟墓》写作完成。

6月13日，《从多方面着想》发表于《中央日报》第1107号第9版。

6月14日，《扩大中国戏剧运动》发表于《中央日报》第1108号第9版。

6月22日，《"何不来军前一视"？》《蒋光鼐的快举》《土地革命》《造谣艺术》（署名疾风）发表于《奋斗》第1期。

7月1日，《绝路（未完）》（署名疾风）发表于《光明之路》第1卷第9期。

8月1日，《绝路（续完）》（署名疾风）发表于《光明之路》第1卷第11期。

8月7日，《读陈布雷先生〈教育的理论与实际〉以后》发表于《中央日报》第1161号第9版。

8月14日，《评石友三之败》发表于《中央日报》第1168号第9版。

8月25日，《唤醒沉睡着的"国魂"》发表于《中央日报》第1179号第9版。

秋，潘子农联合刘祖澄、翟开明、蒋山青、王平陵、卜少夫、洪正伦、赵光涛、阎哲吾、庄心在等10余人组建一个出版合作性质的组织，但因缺乏资金，一直拖延到1932年春末，才在潘子农的同乡、中统头目徐恩曾的帮助下，正式成立了矛盾出版社。编者有王平陵、黄震遐、杨昌溪、万国安、汪倜然、邵冠华、向培良、崔万秋、杨邨人等文人。

9月11日，《施行工贩的具体办法》发表于《中央日报》副刊《大道》第221号。

9月15日，《水灾中想起的几件事》发表于《中央日报》副刊《大道》第222号。

9月18日，《对人与对事》发表于《中央日报》副刊《大道》第224号。

9月22日，《日本首先破坏世界和平》发表于《中央日报》第1206号第 9 版。

9 月 23 日,《共赴国难》发表于《中央日报》副刊《大道》第 226 号。

9 月 25 日,《确定国难时期》发表于《中央日报》副刊《大道》第 227 号。

9 月 29 日,《撤兵不是条件》(署名西冷) 发表于《中央日报》副刊《大道》第 228 号。

10 月 1 日,《二道沟的血迹》发表于《中央日报·文艺周刊》第 48 号。

10 月 3 日,《病中欣逢湘北再度大捷》写作完成。

10 月 6 日,《扎硬寨方能打死仗》(署名西冷) 发表于《中央日报》副刊《大道》第 230 号。

10 月 7 日,《报告已经五分钟了》(署名西冷) 发表于《中央日报》副刊《大道》第 231 号。

10 月 20 日,《秋意 (随笔)》发表于《现代文学评论》第 2 卷第 3 期。

10 月 21 日,《胡先生苦矣》发表于《中央日报》副刊《大道》第 236 号。

10 月 23 日,《请看德国》发表于《中央日报》副刊《大道》第 237 号。

10 月 26 日,《和平统一会议》《发明家爱迪生逝世》(署名疾风) 发表于《奋斗》第 16 期。

12 月 11 日,《文学的时代性与武器文学》(署名秋涛) 发表于《中央日报》副刊《大道》第 258、259 号。

12 月,王平陵主编的《大道》停刊。另外,他与缪崇群主编的《文艺周刊》停刊。

1932 年

1 月 1 日,《从虚处到实处》发表于《中央日报》第 1307 号第 9 版"救亡问题专号"。

1 月 27 日,《一个人的春愁》(署名西冷) 发表于《南宁民国日报》第 8 版。

1 月 29 日,《再遇》(署名西冷) 发表于《南宁民国日报》第 8 版。

2 月 12 日,《零感》(署名秋涛) 发表于《京报》第 9 版。

2 月 28 日,《薄板的木榡》(署名秋涛) 发行于《文艺月刊》第 3 卷第 2 期。

5月4日，中国文艺社改组，推出老牌文化人叶楚伧为社长，张道藩、王平陵、黄震遐、范争波、朱应鹏、徐仲年为理事，华林任总干事。

5月20日，《偶像问题》发表于《再生》第1卷第1期。

6月16日，诗歌《力的生命》发表于《南华文艺》第1卷第11、12期。

7月1日，诗歌《沙场夜景》《我怀念着出征的弟兄们》和《吴国材之死》发表于《南华文艺》第1卷第13期。

7月8日，中国教育电影协会成立，推选郭有守、王平陵、彭百川等近20人为筹备委员拟定协会成立缘起、会章草案等。

7月20日，《再与〈再生〉记者讨论偶像问题（通讯二）》发表于《再生》第1卷第3期。

10月1日，《卓别麟创造的英雄——夏洛外传》（Phillipe Soupault作，译者署名疾风）发表于《艺术旬刊》第1卷第4期。

10月3日，主编的期刊《黄钟》创刊，发行在"黄钟文学周刊社"。

10月5日，诗歌《擦亮你们的枪杆》与《黄浦江边的血潮》发表于《橄榄月刊》第25期。

10月21日，《卓别麟创造的英雄——夏洛外传》（Phillipe Soupault作，译者署名疾风）发表于《艺术旬刊》第1卷第6期。

11月1日，《卓别麟创造的英雄——夏洛外传》（Phillipe Soupault作，译者署名疾风）发表于《艺术旬刊》第1卷第7期。《苦斗（四幕剧）》（与欧阳予倩合著）发表于《大陆杂志》第1卷第5期。

11月5日，诗歌《站在帕米尔高原上放歌》发表于《橄榄月刊》第26期。

11月11、21日，《卓别麟创造的英雄——夏洛外传》（Phillipe Soupault作，译者署名疾风）发表于《艺术旬刊》第1卷第8、9期。

11月28日，《新时代的Fashion Model》发表于《黄钟》第1卷第9期。

12月1日，王平陵、欧阳予倩《苦斗（四幕剧）（续）》发表于《大陆杂志》第1卷第6期。《卓别麟创造的英雄——夏洛外传》（Phillipe Soupault作，译者署名疾风）发表于《艺术旬刊》第1卷第10期。

12月5日，诗歌《甘地！印度的圣者》发表于《橄榄月刊》第27期。《中国文艺思潮的没落与复兴》以及《矛盾阵营十三"手民之误"?》《矛盾阵营十四：党纪与官箴》《矛盾阵营十五：读论语》（署名秋涛）发表于《矛盾月刊》第3、4期合刊。

12月10日，《每日电影》开始连载陈立夫讲述、王平陵记述的《中国电影事业的新路线——中国教育电影协会应负的使命》，至12月29日结束。

12月11、21日，《卓别麟创造的英雄——夏洛外传》（Phillipe Soupault 作，译者署名疾风译）发表于《艺术旬刊》第1卷第11、12期。

12月22日，由陈立夫讲述、王平陵记述的《中国电影事业的新路线》在上海《晨报》上发表。

12月26日，《京沪道上》发表于《黄钟》第1卷第13期。

12月31日，《名流大师之新花样》（署名疾风）发表于《学校生活》第12期。

本年，担任正中书局出版委员会委员的王平陵，主编了"大时代文丛"和"新生活丛书"。

1933 年

1月1日，《苦斗（四幕剧）（续完）》（与欧阳予倩合著）发表于《大陆杂志》第1卷第7期。《"自由人"的讨论》发表于《文艺月刊》第3卷第7期。

1月5日，《沉醉着的春风》发表于《橄榄月刊》第28期新年号。

1月12日，《我怀念着出征的弟兄们》发表于《益世报》第5993号。

1月14日，杂评《老爷太太们大看梅兰芳》（署名疾风）发表于《学校生活》第14期。

1月21日，《北平市民请停发教育费》（署名疾风）发表于《学校生活》第15期。

1月31日，《南京"文艺茶话"的追记》发表于《文艺茶话》第1卷第6期。

1月，《夏洛外传：非时间，亦非空间》（Phillipe Soupault 作，译者署名疾风）发表于《艺术》第1期。

2月1日，译文《落寞》（Lamertine 著）发行于《文艺月刊》第3卷第8期。

2月4日，小评《冯玉祥放空炮》（署名疾风）发表于《学校生活》第17期。

2月19日，《惟妙惟肖》（署名西冷）发表于《益世报》（天津）第6029号。

2月20日，《一幕喜剧》（署名西冷）发表于《益世报》（天津）第6230号。《"最通的"文艺》发表于《武汉日报·文艺周刊》。

2月21日，《论道德胜利》（署名西冷）发表于《益世报》（天津）。

2月，《夏洛外传：爱情与黄金》（Phillipe Soupault 作，译者署名疾风）发表于《艺术》第2期。

3月1日，《救国会议》发行于南京《文艺月刊》第3卷第9期。

3月5日，《南国社的昨日与今日》发表于《矛盾月刊》第1卷第5、6期合刊，对田汉年代的戏剧活动和南国社的戏剧演出做出了充分的评价。

3月11日，杂评《两法校之腐败》（署名疾风）发表于《学校生活》第22期。

3月14日，《益世报》（天津）第6052号第8版载："抗日协会发起人为王平陵"。

3月15日，《一针见血》（署名西冷）发表于《益世报》（天津）第6053号。

3月24日，《一孔之见》（署名西冷）发表于《益世报》（天津）第6062号。

3月28日，教育电影协会在教育部举行第三次执委会议，同时举行郭有守考察欧洲教育返国欢迎会，出席委员有褚民谊、段锡朋、张君劢、顾树森、李昌熙、郭有守、陈泮藻、钟灵秀、谢寿康（郭有守代）、孙铭修（中央组织指导员）、吴研因、宗白华、陈石珍、方治、高荫祖、王平陵、彭百川等10余人。

4月1日，杂评《李烈钧主张开放政权》（署名疾风）发表于《学校生活》第25期。

4月20日，《酒禁与烟禁》（署名西冷）发表于《益世报》（天津）第6088号。

4月29日，《逃出迷途的国家主义青年》（署名疾风）发表于《学校生活》第29期。

5月1日，译诗《苦像 Le Crucifix》（Lamertine 著）发表于《文艺月刊》第3卷第11期。

5月5日下午，中国教育电影协会在教育部开第二届年会。

5月17日，《失踪》（一）（署名西冷）发表于《益世报》（天津）第6115号。至5月31日刊载完毕。

5月，中国教育电影协会第二届执行委员和监察委员经充实调整后产生，执行和候补执行委员：郭有守、陈立夫、彭百川、吴研因、段锡朋、褚民谊、罗家伦、方治、徐悲鸿、张道藩、洪深、欧阳予倩、罗明佑、王平陵、钟灵秀、曾仲鸣、钱昌照、谢寿康、田汉、陈石珍、安石如、孙瑜、陈洋藻、李昌熙、杨栓。

6月1日，散文《静静的玄武湖》发表于《文艺月刊》第3卷第12期。《地上的界限》（署名秋涛）发表于《文艺月刊》第3卷第12期。

7月1日，《父与子》（署名秋涛）发表于《文艺月刊》第4卷第1期。

7月6日，《评洪深的〈五奎桥〉》发表于《中央日报》副刊《中央公园》革新号。

7月7日，《人生的边岸》发表于《中央日报》副刊《中央公园》第1866期第8版。

7月12日，《"翻新哪"》发表于《中央日报》副刊《中央公园》第1872期第8版。

7月15日，《谈"幽默"》（署名秋涛）发表于《中央公园》第1875期第8版。

7月，完成了《烟》的写作。

8月5日，《国难起家》（署名秋涛）发表于《中央日报》副刊《中央公园》第1896期第8版。

8月11日，《国难已过》（署名秋涛）发表于《中央日报》副刊《中央公园》第1902期第8版。

8月26日，《隔三年再会》（署名秋涛）发表于《中央日报》副刊《中央公园》第1917期第8版。

8月28日，《拜读了〈创作的经验〉以后》（署名秋涛）发表于《中央日报》副刊《中央公园》第1919期第8版。

8月30日，《是与非》（署名秋涛）发表于《中央日报》副刊《中央公园》第1921期第8版。

8月，《狮吼集》由南京书店再版发行。据《大公报》11月20日所载方玮德的评论，"这册诗里一共有五十五首诗，全是关于上海抗日战争的写实"，"作者也幸免了一种民族主义的呐喊。作者更给这次抗日战争的意识扩大。《给奴隶们》《淞沪道上》《我们与你们》，作者分明指出我们战争的对象是无分内外的"。

9月5日，《见萧与见休士》（署名秋涛）发表于《中央日报》副刊《中央公园》第1927期第8版。

9月9日下午3时至7时，中国教育电影协会常务委员会在教育部开第三次会议。出席的有常务委员陈立夫、郭有守、吴研因、彭百川、褚民谊（由该会设计组副主任戴策代表）及该会编辑组副主任王平陵与被邀列席之电影检查委员会常委厉家祥等。

9月11日,《劣根性》发表于《中央日报》副刊《中央公园》第1933号第8版。

9月18日,《今天的感想》发表于《中央日报》副刊《中央公园》第1940号第8版。

10月1日,中篇小说《期待》(署名秋涛)发表于《文艺月刊》第4卷第4期。《考试权的威严何在》(署名秋涛)发表于《人民评论旬刊》第1卷第19期。

10月4日下午5时至9时,中国电影年鉴目录编纂委员会在教育部开会。到会者有:委员陈立夫、王平陵、李泌、厉家祥、戴策及中国教育电影协会委员郭有守、彭百川等,由陈立夫主席、戴策记录。

10月9日,《漫谈悲秋》(署名西冷)发表于《益世报》(天津)第6260号。

10月13日,《民族健康与男性美》发表于《中央日报》副刊《中央公园》第1963号第5版。

10月17日,《修陵与剿匪》(署名西冷)发表于《益世报》(天津)第6268号。

10月28日,《拯救世界者谁?》(署名西冷)发表于《益世报》(天津)第6279号。

10月30日,《火药与香槟》(署名西冷)发表于《益世报》(天津)第6281号。

11月1日,《期待》(署名秋涛)发表于《文艺月刊》第4卷第5期。

11月4日,《文学的价值几钱一斤?》(署名西冷)发表于《益世报》(天津)第6286号。

11月11日,《五色化的中国(前言)》(署名西冷)发表于《益世报》(天津)第6293号。

11月13日,《五色化的中国》(署名西冷)发表于《益世报》(天津)第6295号。

11月17日,《搽粉哲学》(署名西冷)发表于《益世报》(天津)第6299号。

11月22日,《从"统治文化"说到"再造五四运动"》(署名西冷)发表于《益世报》(天津)第6304号。

11月26日,《儒冠与学士帽》(署名西冷)发表于《益世报》(天津)第6308号。

12月1日,《期待》(署名秋涛)发表于《文艺月刊》第4卷第6期。

12月2日下午3时，郭有守、王平陵等发起，在徐悲鸿画室举行南京文艺界欢迎法国著名作家兼记者德哥派拉茶话会。

12月11日，《看了小剧院第五届公演以后》（署名西泠）发表于《益世报》（天津）第6323号。

12月29日，《骂人与自供》发表于《中央日报》副刊《中央公园》第2040号第8版。

12月30日，《骂人与自供》发表于上海《大美晚报》副刊《火树》。《"开倒车"》发表于《中央日报》副刊《中央公园》第2041号第8版。

本年，中国教育电影协会第二届年会上，举办了第一届国产影片比赛，王平陵、郭有守、彭百川、戴策等人组成评选委员会。参赛影片分为2种，有声片和无声片。

中国教育电影协会二届四次常委会议通过了由时任协会主席蔡元培口述、王平陵记述的《电影事业之出路》。蔡元培、王平陵《电影事业之出路》发表于《中国教育电影协会》。中国教育电影协会特聘请陈立夫、王平陵、戴策、潘公展、厉家祥、李景泌、卢莳白等组织《中国电影年鉴》编纂委员会，制定编纂《中国电影年鉴》办法5项，开始编写《中国电影年鉴》。

1934年

1月1日，《岁朝笔记》（署名西泠）发表于《益世报》（天津）第6344号。《新岁自省》发表于《中央日报》副刊《中央公园》"新岁特号"。《烟》发表于《文艺月刊》第5卷第1期。

1月15日，完成《十月之夜》（虞赛作）翻译。

2月1日，《文昌星》发表于《文艺月刊》第5卷第2期。翻译作品《十月之夜》（虞赛作）发表于《矛盾月刊》第2卷第6期。

2月19日，中国教育电影协会之中国电影年鉴编纂委员会，在教育部举行编纂委员会议，出席委员有陈立夫、卢莳白（戴策代）、戴策、厉家祥、王平陵、潘公展（王平陵代）。

3月2日，中国教育电影协会二届七次常务委员会于下午4时在教育部开会，王平陵、戴策等列席，由郭有守主持、王湛记录。

4月3日，《客家情歌》（署名秋涛）发表于《申报》。

4月29日，《中国戏剧协会第一次公演的意义》发表于《中央日报》副刊《中央公园》第2160号第12版。

4月，王平陵主编的《读书顾问》季刊创刊并为之写前言，1935年1月停刊。《再来一次"狂飙运动"》（署名秋涛）、《中国有希望的几个银幕人》（署名秋涛）、《评时报》（署名西冷）、《"第一种人"的着急》（署名疾风）、《评申报》《荒芜时期的中国诗坛》《评"当代国文"》《艺术的使命》《是非之争》《盛郎西等编：当代国文》发表于《读书顾问》创刊号。

5月1日，《重婚（电影本事）》发表于《文艺月刊》第5卷第5期。《颤动的一瞥》（署名西冷）发表于《大道旬刊》第12期。

5月2日，中国教育电影协会第二届第八次常务委员会在教育部举行。到会委员有郭有守、陈立夫、褚民谊、吴研因，列席者为李景泌、王平陵、戴策等。

5月4日，褚民谊、郭有守、陈立夫、李景泌、戴策、王平陵和吴研因曾提出过一项题为"拟请教育部令饬国立北平艺术专科学校筹备处、筹设电影艺术之专门学系"的议案，并且获得通过。详见《教育电影协会举行二次国产影片比赛》，刊登于《中央日报》。

5月5日上午9时，中国教育电影协会第三届年会在本埠贵州路湖社大礼堂举行，王平陵到会。

5月15日，《慰》（王平陵译诗，赵清阁作曲）发表于《女子月刊》第2卷第4期。

5月21日下午，南京电：中国教育电影协会第三届第一次理事会在教育部开会。到会理事13人，陈剑翛代表罗家伦出席，决议定于5月26日在南京举行国产影片比赛，推褚民谊、王平陵、鲁觉吾、戴策、李景泌5人组织评选委员会。

5月26日晚，《文艺家的新生活》脱稿于南京，并于本月由正中书局出版。

6月7日，《中国戏剧协会第二次公演》（署名西冷）发表于《中央日报》副刊《中央公园》第2199号第8版。

6月14日，《成名的捷径》（署名西冷）发表于《一周间》（1934年上海创刊）第1卷第5期。

6月，南京新街口明瓦廊21号旧宅院里，姚蓬子夫妇在张罗着给爱子姚文元过3岁生日，唐槐秋、王平陵、曾虚白、马星野等都赶来捧场。

7月13日，中国教育电影协会在教育部举行第三届第一次常务理事会议，出席常务理事陈立夫、褚民谊、张道藩、郭有守、吴研因，列席主任王平陵、鲁觉吾等。

7月15日，《陆陵桃》（署名西冷）发表于《申报》。

7月20日，短论《悼刘半农先生》（署名西冷）、《评大公报》（署名秋涛）发表于《读书顾问》第1卷第2期。

7月，短篇小说集《期待》由南京正中书局初次出版，收入《期待》《父与子》《文昌星》《救国会议》《铁练》《烟》短篇小说6篇。

8月1日，《人生的凝视》发表于《美术生活》第5期。

8月5日，《论徐志摩的诗》发表于《创作与批评》第1卷第2期。

8月6日，《论徐志摩的诗（作家论）》发表于《申报》。

8月11日，《无聊和有聊辩》发表于《人言周刊》第1卷第26期。

8月20日下午2时半，徐悲鸿及其夫人由沪抵京（南京）。到站欢迎者有褚民谊、张道藩夫妇、方治、王平陵及中大艺术科师生等共100余人。

9月15日，中国教育电影协会在京召开第三届二次常会，出席者有陈立夫、吴研因、郭有守、王平陵、鲁觉吾等。

9月29日，《电影剧本的重要性》（署名西冷）发表于《中央日报·电影副刊创刊号》，本年12月29日，发表于《西北文化日报》第8版。

10月3日，《论提倡科工》发表于《申报》。

10月6日，下午4时半，中国教育电影协会第三届第三次常务理事会在南京开会，到会的有常务理事与组主任及年鉴编委员陈立夫、郭有守、吴研因、戴策、王平陵、鲁觉吾、李景泌加上列席者杨敏时（上海分会理事）共8人。会议由吴研因主持。报告事件：（一）杭州分会呈报正式成立经过。（二）奉教育部令核议墨西哥文化社函知制有历史考古人种等类影片一案，本会呈复之经过情形。（三）王平陵君报告接洽电影年鉴经过各种事项。

10月7日，《论科工》发表于《汉口市民日报》第8版。

10月30日，《失踪》《漫谈悲秋》发表于《先路》第1期。

10月，短论《所谓自传也者》（署名秋涛）、《看货色》《读了"一十宣言"以后》《胡适将胡适？》发表于《读书顾问》第3期。

11月3日，《谈文学批评》发表于《人言周刊》第1卷第38期。

11月10日，《旧事重提说尊孔》（署名西冷）发表于《先路》第2期。

11月26日，《忙中余墨》（署名秋涛）发表于《南京日报》副刊《南园》。

11月，在《时代电影》发文，为《重婚》做宣传。《〈重婚〉剧作者言》发表于《时代电影》（上海）第6期。

12月1日，《为什么要写〈重婚〉》发表于《美术生活》第9期。

12月9日上午10时，王平陵编剧、吴村导演的电影《重婚》在中央大戏院试映。

12月20日,《各界人士意见特辑:三》发表于《外交评论》第3卷第11、12期。

12月,《国剧中的"男扮女"问题》发表于《剧学月刊》第3卷第12期。

12月22日,《愚蠢的合作》发表于《中央日报·电影副刊》第2396号第11版。

本年,《中国电影剧本的编制问题》发表于《中国电影年鉴》。王平陵等人编的《中国电影年鉴》由南京正中书局出版。中国教育电影协会竞赛评选委员会名单有褚民谊、方治、王平陵、鲁觉吾、戴策。陈立夫讲述、王平陵笔记《中国电影事业的新路线》发表于《中国电影年鉴》。

1935年

1月1日,《1935年的愿望——聊当祝词》发表于《南京日报》副刊《南园》新年专号。诗词《送别》《咏梅》《即事》(署名西泠)发表于《詹詹》创刊号。

1月7日,《就算启事吧》(署名秋涛)发表于《南京日报》副刊《南园》。

1月9日,《公务人员保障法》(署名秋涛)发表于《南京日报》副刊《南园》。

1月13日,《取缔卷烟附赠奖品展期》(署名秋涛)发表于《南京日报》副刊《南园》。

1月23日,《永劳永逸》发表于《申报》。

1月,《复杂的标语》(署名西泠)、《造饭与抢饭》(署名疾风)、《性的问题》(署名西泠)、《竖子成名》(署名秋涛)、《保存国粹》(署名疾风)、*Waiting and See*、《书的销路问题》、《不谈本行》发表于《读书顾问》季刊第1卷第4期。

2月1日,《示威》发表于《文艺月刊》第7卷2期。

2月2日,《我〈与文艺月刊〉》发表于《人言周刊》第2卷第1期。

2月8日,《永劳永逸》发表于《京沪杭沪甬铁路日刊》第1198期。

2月19日,中国教育电影协会在四牌楼会所举行第三届第二次全体理事会,出席的理事有陈立夫、张道藩、魏学仁、王平陵等人。

3月1日,《杭游散记》刊于《文艺月刊》第7卷第3期。

3月14日，《书的销路问题》发表于《中央日报·每日专论》第2478号第11版。

3月15日，《政治的三种主张与经济的三条路》（署名西冷）发表于《政治月刊》（南京）第2卷第6期；《书的销路问题（下）》发表于《中央日报》副刊《每日专论》第2479号第11版。

3月16日，梁实秋写信给王平陵，委托他向正中书局介绍出版《学文季刊》。

3月23日，《〈北极探险遇难记〉看后感》发表于《中央日报·电影副刊》第2487号第12版。

3月31日，《客气的匡谬》（署名西冷）发表于《中央日报·戏剧副刊》第38期。

4月1日，小说《俘虏》发表于《文艺月刊》第7卷第4期。

4月15日，《中国出版事业的惨败》（完成于南京）发表于《江苏教育》（1932年苏州创刊）第4卷第4期。

5月1日，小说《房客太太》发表于《文艺月刊》第7卷5期。

5月5日上午9时，中国教育电影协会第四届年会在杭州市大学路省立图书馆开幕，到会人员有潘公展、张道藩、陈立夫、周象贤、陶百川、王平陵、张冲、罗刚、罗明佑、黎民伟、郭任远、林楚楚等人。王平陵任大会秘书并负责监票。

5月14日，由叶楚伧、陈立夫、张道藩出面，王平陵、华林、徐仲年筹备，邀请了一批大学教授和南京的作家们，在南京市鸡鸣寺开了一天的聚餐会。这次聚餐会决定复兴中国文艺社，扩大其组织，模仿法国流行的"沙龙"，增设"文艺俱乐部"，以联络情谊、发展文艺事业为宗旨，凡对于文艺有一艺之长者，都可以成为会员。

6月1日，《过文德里故居》发表于《文艺月刊》第7卷第6期。在南京，王平陵主持的《文艺月刊》第7卷第6号刊出"纪念诗人方玮德特辑"。刊登了方令孺、林徽因、谢寿康、曹葆华、常任侠、王平陵、宗白华、黎宪初等人的悼念诗文。

7月2日，《"女性爱"与文化》发表于《中央日报·每日专论》2587号第11版。

7月15日，陈立夫、褚民谊、郭有守、方治、罗刚、程沧波、余仲英、王平陵、吴佑人、张道藩、周佛海、孙德中、张冲、戴策、陈铭德、鲁觉吾、王公弢、黄天佐、孙桂籍等47人联名在《申报》发起举行茶会邀请，以欢迎周剑云先生伉俪暨胡蝶女士从欧返国。茶会定于7月16日在逸园舞厅（上海法租界辣斐德路亚尔培路口）举行。

8月28日，《申报》载，《苏教厅二次征求教育电影剧本》"统赛结果，其最后锦标为文艺月刊总编辑王平陵君所撰之《慈母心》所得"。

10月1日，中国文艺社借华侨招待所举行中国文艺社改组大会，王平陵到会，与会人员共有120余人。

10月10日，《热闹场中的"零余者"》发表于《中央日报·每日专论》第2685号第11版。

本年，王平陵任"全国报纸副刊及社论指导室"主任和电影剧本评审委员会委员。

1936 年

1月1日，《中国新文学的诞生》发表于《文艺月刊》第8卷第1期。

1月6日，《文艺月刊启事》（发表于《申报》）："本刊现已改组，聘请中央大学教授汪辟疆，范存忠，徐仲年，及原任编辑王平陵，诸先生组织编辑委员会，大事整顿，从八卷一期起，定于每月一日出版。"

1月15日，《评〈仲夏夜之梦〉》发表于《中央日报·每日专论》第2780号第11版。

1月17日，《论学而优则仕》发表于《自由评论》（北平）第9期。

1月，《青年与考试》（署名疾风）发表于《浙江青年》第2卷第3期。

2月1日，《孤城落日》（电影剧本）发表于《文艺月刊》第8卷第2期。

2月16日，诗歌《咏"春之华"》发表于《明星半月刊》（上海）第4卷第3期。

3月16日，《从近畿归来》发表于《中央日报·每日专论》第2841号第11版。

3月23日下午3时，中国教育电影协会在京会所举行第二次理事会议。出席人员有张北海（国民党中宣部出席指导者）、郭有守、鲁觉吾、彭百川（郭有守代）、王平陵、褚民谊（戴策代）、戴策、吴研因、方治、罗刚、陈剑翛、范德盛等。

4月1日，《离散》发表于《时事月报》第14卷第4期。

4月7日，《成名篇》发表于《中央日报·每日专论》第2863号第11版。

4月15日，《德国废约对于我国之影响》（署名秋涛）发表于《政治旬刊》第 1 卷第 19 期。

4 月 20 日,《国防教育电影的建设》发表于《教育与民众》教育电影特刊。

4 月 21 日,包括王平陵在内的"春季旅行团"转道苏州住了 1 天 1 夜。

4 月 22 日晚,中国文艺社旅行团员汪辟疆、徐悲鸿、方治、唐学咏、王平陵、吴漱予、邵华等 25 人由苏来沪,寓新亚、沧洲、国际等饭店。

4 月 25 日下午 5 时,旅行团在沧洲饭店举行茶会,答谢上海各界,由华林、王平陵、谢寿康等分别招待。

4 月 26 日晨,"春季旅行团"离沪。

5 月 3 日,中国教育电影协会在本邑社桥头省教育院举行第五届年会,出席会员百余人等。陈立夫、张道藩、方治、郭有守、潘公展、洪深、彭百川、褚民谊、陈剑翛、罗刚、戴策、吴研因、杨敏时、王平陵、鲁觉吾、周剑云、陈布雷、罗家伦、徐悲鸿、段锡朋、卢芴白 21 人被选为理监事。

6 月 4 日,《介绍〈早餐之前〉由白杨女士主演》发表于《中央日报·贡献》。

6 月 11 日下午,中国教育电影协会第五届第一次理事会在京会所开会,会议通过王平陵、陈礼江任编辑组副主任。

7 月 1 日,散文《缺憾及其他》发表于《文艺月刊》第 9 卷第 1 期。《最伟大艺术作品》(署名西冷)发表于《特写》第 5 期;《阿房宫的夜宴》发表于《东方杂志》第 33 卷第 13 号。

7 月 16 日,《水利与文化》发表于《中兴》半月刊第 1 卷第 4 期。

8 月初,徐仲年与王平陵、侯佩尹合译《虞赛的情诗》(Alfred de Musset)由上海商务印书馆出版。

8 月 1 日,诗歌《杨柳岸》《月夜》《落寞》《摇篮里的声音》发表于《文艺月刊》第 9 卷第 2 期。

8 月 15 日,《沪西游踪》(署名疾风)发表于《浙江青年》(杭州)第 2 卷第 10 期。

8 月 22 日,《上海之电影业》记载:"中央剧本审查委员会,现任委员是陈剑翛、杜庭修、孙德中、王平陵、张冲五人。"

8 月,《虞赛的情诗》由商务印书馆出版。

9 月 1 日,《中国现阶段的文艺运动》(署名史痕),发表于《文艺月刊》第 9 卷第 3 期。

9 月 15 日,《六月新娘》《黑恋》《艺术批评家与鉴赏家》(均是署名西冷)发表于《特写》第 7 期。

10月10日,《我们的十月》发表于《中央日报》第2989号第12版。

10月15日,《初会对话》(署名西冷)发表于《特写》第8期。

11月8日,《要立刻做!——鲁迅先生的名言》(署名史痕)发表于《中央日报·贡献》。

11月24日,《申报》记载:"苏教厅征求电影剧本,《孤城落日》(王平陵、王梦鸥合写)当选。"

12月1日,《夸张及其他》发表于《文艺月刊》第9卷第6期。

12月15日,《双喜临门》(署名西冷)发表于《特写》第10期。

本年,受陈立夫委派,为中国电影协会主编500万字的《电影年鉴》。《咏春之华——呈吴村兄一粲》发表于《明星》第4卷第3期。

1937 年

1月1日,《送礼》发表于《东方杂志》第34卷第1号。《清算中国的文坛》发表于《文艺月刊》第10卷第1期。《关于文化建设的一个最低限度的希望》发表于《中央日报·贡献》190期。

2月1日,译作《慈母的坟茔》(A. de Lamratine 作)发表于《文艺月刊》第10卷第2期。

2月15日,王平陵主编的期刊《黄钟》停刊。《看"密电码"试片后》发表于《时报》第8版。

2月16日,《〈密电码〉试映后》发表于《益世报》(天津)第7462号第14版。

3月1日,《生意经(电影剧本)》发表于《文艺月刊》第10卷第3期。《中国艺人的使命》(署名史痕)、《友情》(署名秋涛)发表于《文艺月刊》第10卷第3期。《文艺家的集团生活》发表于《火炬》第1卷第3期。

3月6日,《血浪与艺光的辉映》(署名秋涛)发表于《中央日报·抗绥艺展特刊》。《绿竹之韵》发表于《中央日报》第3136号第12版。

3月24日,《人海独语》(署名秋涛)发表于《中央日报·贡献》第241期。

3月26日,《〈日出〉观后感》(署名史痕)发表于《中央日报·贡献》第243期。

4月1日,《新生活与文艺运动》发表于《火炬》第1卷第6期。

4月2日,《教育部征求教电剧本揭晓》记载:"王平陵与王梦鸥合写之

《生命线》获得第二名。"

4月14日,《关于纪德的〈从苏联转来〉》(署名秋涛)发表于《中央日报·贡献》第257期。

4月22日,《诱惑的艺术》(署名秋涛)发表于《中央日报·贡献》第263期。

4月29日,《坟墓里的智慧》(署名秋涛)发表于《中央日报·贡献》第269期。

5月1日,《介绍梁译莎翁名剧》(署名秋涛)、《评"春风秋雨"》(署名草莱)、《戏剧批评者的责任》发表于《文艺月刊》第10卷第4、5期合刊。

5月3日,王平陵等招待组成员在南京下火车。

5月4日上午9时,中国教育电影协会第六届年会第一次大会在中山文化教育馆礼堂举行,王平陵在内的184人到会。《介绍梁译莎翁名剧》发表于《华北日报》第8版。

5月5日,中国教育电影协会第六届年会第二次大会在京公队联欢社中正堂举行,陈立夫、张道藩、方治、潘公展、郭有守、褚民谊、罗刚、彭百川、陈布雷、戴策、王平陵、陈剑翛、吴研因、周剑云、罗家伦、邵力子、洪深、鲁觉吾、洪兰友、张北海、杨敏时21人当选为理事。

5月12日,《什么是民族文艺》发表于《火炬》第1卷第10期。

5月27日,中国教育电影协会在南京召开第六届首次理事会,陈礼江、王平陵为编辑组副主任。

6月1日,《生意经(续)(电影剧本)》发表于《文艺月刊》第10卷第6期。《中国文艺往何处去?》发表于《火炬》第2卷第1期。《介绍梁译莎翁名剧》(署名秋涛)发表于《文艺月刊》第10卷第6期。

6月11日,《〈黄心大师〉与〈破车上〉》(署名史痕)发表于《中央日报》第297期。

6月12日,《开展国片市场》发表于《中央日报》第3234号第12版。

7月1日,《生意经(续完)(电影剧本)》发表于《文艺月刊》第11卷第1期。《浮尸》发表于《东方杂志》第34卷第13号。

7月17日,《电影专门学校的师资问题》发表于《中央日报》第3268号第11版。《中央日报》刊登了《南京文化界商御侮方针》,这是一次南京文化界和文艺界的大聚会,由《时事日报》的副总编辑方秋苇、《中央日报》副刊的重要编辑王平陵等人联名发起。

8月,《田园风景线》发表于《时事月报》第17卷第2期。王平陵、叶溯中合编《民族解放的号角》由南京正中书局出版。

9月1日,《忠勇的飞将军》(署名史痕)、《南口的血壕》(署名秋涛)、《农民文艺再认识》、《大时代进行曲》发表于《文艺月刊》第11卷第3期"全民族抗战文艺专号"。

9月14、16、17、21、23日,《战地农村行脚记》(一)(二)(四)(五)(九)分别发表于《中央日报》第3327号第4版、第3329号第4版、第3330号第4版、第3334号第4版、第3336号第4版。

9月,王平陵、徐仲年主编《文艺月刊》出至第11卷第3期停刊,共出74期。

10月15、19、22、25、26、28、29日,报告文学《狗圈》分别发表于《中央日报》第3358号第4版、第3362号第4版、第3365号第4版、第3368号第4版、第3369号第4版、第3371号第4版、第3372号第4版。

10月21日起,《文艺月刊》改为《文艺月刊·战时特刊》出版,为32开不定期刊,主编为徐仲年,编委有王平陵、汪辟疆、宗白华、商章孙等,实际负责人是王平陵。《焦土的抗战与坚壁清野》《怎样发动抗战戏剧》发表于《文艺月刊·战时特刊》第1卷第1期。

11月1日,《深入田间宣传的艺术》发表于《文艺月刊·战时特刊》第1卷第2期。

11月11日,《不堪回首月明中》(署名西冷)、《汉奸来源的分析》、诗歌《咏闸北八百壮士》发表于《文艺月刊·战时特刊》第1卷第3期。

11月12日夜,王平陵抵达溧阳。

11月21日,《难民何处去?》《觅尸》(署名西冷)发表于《文艺月刊·战时特刊》第1卷第4期。

11月25日,《从东战场来》写于杨子舟中。

12月11日,诗歌《扬子江上》发表于《文艺战线》(武昌)第1卷第4、5期。

12月15日,《敬告全国有为的青年》发表于《青年月刊》(南京)第5卷第3期。

12月20日,《大时代进行曲》发表于《妙中月刊》第16期。

12月26日,由阳翰笙、王平陵发起,经张道藩、洪深、田汉、马彦祥、应云卫附议,推举洪深、田汉、阳翰笙、宋之的、熊佛西、唐槐秋、马彦祥、王莹、朱双云、余上沅、张道藩、王平陵等30人组成中华全国戏剧界抗敌协会(以下简称"剧协")筹备委员会。

12月28日,晚上6时,在抗日民族统一战线的影响下,为了中华全国戏剧界大联合，由阳翰笙、王平陵发起，洪深、田汉、张道藩、马彦祥、应云卫附议，在汉口普海春酒家举行了筹备会议，通过了剧协的会章、宣言、工作方案，通过了91人的理事名单，决定了成立日期；推举洪深、田汉、张道藩、熊佛西、熊式一、余上沅、王平陵、赵丹、郑君里、马彦祥、宋之的、章泯、阿英、凌鹤、王莹、陈波儿、万家宝、李健吾、万籁天、郑用之、唐槐秋、应云卫、朱双云、王泊生、陈治策、顾仲彝、向培良、陈白尘等91人为剧协理事，由筹备会向大会推荐。

12月31日，《中华全国戏剧界抗敌协会成立经过》（署名秋涛）发表于《武汉日报》第4版。

12月，从南京来到武汉，将《文艺月刊》改名为《文艺月刊·战时特刊》，在汉复办，并为全国文艺界的大团结摇旗呐喊，四处奔波。

本年，《新妇女的人格问题》被编入《中国妇女问题讨论集》第5册，由上海书店出版；《在抗敌战线的文艺家》发表于《民意周刊》第2期。

1938年

1月1日，王平陵、王亚明、史东山《来到武汉以后》发表于《抗战漫画》第1期。《战时中国文艺运动》发表于《文艺月刊·战时特刊》第1卷第5期。《中华全国戏剧界抗敌协会成立过程》（署名秋涛）发表于《抗战戏剧》第1卷第4期。《战时的报告文学》（署名草莱）、《战时的中国文艺运动》发表于《文艺月刊·战时特刊》第1卷第5期。《文艺》（中国文艺社所办刊物，在南京时原为《文艺周刊》）在武汉复刊，由徐仲年、王平陵、徐蔚南共同负责编务，同年10月迁重庆出版。

1月2日，武汉文化界抗敌协会召开首次常务理事会议，决议由老舍与胡风、冯乃超、王平陵、叶圣陶、萧军、艾青、孔罗荪、姚蓬子、苏雪林、胡绍轩、高兰、田间、白朗等36人组成文艺工作委员会。

1月9日，《从东战场来》发表于《战地通信》第10期。

1月上旬，阳翰笙借座汉口蜀珍酒家，邀集穆木天、端木蕻良、聂绀弩、王平陵等人为筹备组织中华全国文艺界抗敌协会（以下简称"文协"）再一次交换意见。

1月17日，阳翰笙自己掏钱请客，邀集王平陵在内的部分文艺作家以聚餐会的形式交换意见，达成了尽快成立文协的共识。

1月20日，《敬告全国贤明的母亲》发表于《妇女共鸣》第7卷第1期。

1月21日，下午2时，电影戏剧界百余人在汉口普海春餐厅出席抗战电影社的茶话会，当场推举了田汉、阳翰笙、陈波儿、洪深、孙师毅、罗刚、张道藩、郑用之、罗静予、唐纳、王瑞麟、安娥、史东山、沙梅、王平陵、汪洋、郑君里、应云卫、叶浅予、袁牧之、万籁天、刘雪庵、刘念渠、马彦祥、金山、张冲、袁从美、洪伟烈等43人为筹备委员，负责筹备成立中华全国电影界抗敌协会的有关事宜，深夜，王平陵在汉口为《战时文学论》作序。《雨夜抢江舟：逃难中最悲惨的一幕》（署名西冷）、《战时的高等教育》发表于《文艺月刊·战时特刊》第1卷第6期。

1月24日，中国文艺社邀集留在武汉的作家进行第二次聚餐，增加了老舍、老向、胡秋原、姚蓬子、安娥、彭慧等十几位作家参加，继续讨论组织文协的有关事宜。这次聚餐会的实际成果是成立了一个由14人组成的临时筹备会，开始了文协的筹备工作。据王平陵在文协成立时的报告，这14个人是茅盾、老舍、王平陵、胡风、楼适夷、马彦祥、陈纪滢、沙雁、穆木天、冯乃超、安娥、叶以群、吴奚如、彭芳草，王平陵为临时筹备会总书记，冯乃超、胡风为书记。

1月25日，《战时电影事业的总动员》发表于《创导半月刊》第2卷第6期。

1月，《战时作品的题材与技巧》发表于《创导半月刊》第2卷第5期。

2月2日，《从日本文学作品来观察：残酷卑劣的日本民族性》发表于《民意》（汉口）第8期。

2月4日下午6时，王平陵召集临时筹备会召开工作会议，会上，推定老舍与楼适夷、王平陵、冯乃超等11人起草会章，调查国内外文艺作家，从事组织全国文艺作家抗敌协会。

2月5日，《致全国青年的姊妹们》发表于《妇女共鸣》第7卷2期。

2月15日，《写战时文学论的动机》发表于《文艺战线》（武昌）第1卷第7期。

2月16日，文协的最后一次临时筹备会通过了4个文件：楼适夷起草的抗敌协会发起旨趣、冯乃超起草的协会简章草案、王平陵拟定的全国作家调查表、老舍和王平陵起草的公函，并以正式筹备会名义发给各地文艺界负责人。并推选张道藩、老舍、胡风、楼适夷、王平陵、胡绍轩、沙雁等，组织正式筹备会。经过一个多月的筹商，文协的正式筹备会才宣告成立。

2月20日，《写给堕落的灵魂》发表于《妇女共鸣》第7卷第3期。

2月21日，《配合游击战的宣传技术》发表于《文艺月刊·战时特刊》

第 1 卷第 7 期。

2 月 24 日，文协举行临时筹备大会，到会者 67 人。会上，推举老舍、冯乃超、曾虚白、胡风、王平陵、崔万秋、陈西滢、凌叔华、老向、穆木天、马彦祥、楼适夷、沙雁、陈纪滢等 21 位先生为正式筹备委员。

2 月 25 日，在《庄严热烈的文艺阵——记全国文艺界抗敌协会筹备大会》（发表于《新华日报》）上发表关于文协的言论："从极端困难中产生，也即是从极端慎重中产生。"

2 月 28 日，文协筹备会在中国文艺社举行第一次正式筹备会，由老舍担任主席。据《文艺界抗敌会开首次筹备会》记载：筹备委员王向辰、王平陵、舒舍予、冯乃超、吴组缃等 16 人，由舒舍予主持，王平陵记录，通过各项文件：推胡风、王平陵等五人寄发各地作家，俟调查报到，即开成立大会；推茅盾起草对国际文艺界宣言，译成英、法、德、俄及世界语 5 种文字，发表于世界各大报刊；推老舍、吴组缃等 5 人起草大会成立宣言；胡风起草致日本被压迫作家之公开信等。

2 月，胡绍轩为了组稿，曾在武昌粮道街一家酒楼订了两桌酒席，宴请十余位作家和诗人，其中有老舍、王平陵、穆木天、甘运衡、郁达夫、赵清阁等。

3 月 2 日，《战时小说的创制》发表于《民意》（汉口）第 12 期。

3 月 5 日，《战时妇女的特殊任务——应学习女间谍的知识及技巧》发表于《妇女共鸣》第 7 卷第 4 期。《我怎样离开南京》发表于《新阵地》第 1 期。

3 月 10 日，《救护战区的儿童》发表于《新华日报》第 59 号第 4 版。

3 月 15 日，《最后的敬礼》发表于《弹花》创刊号。

3 月 16 日，《战时的区、乡、保长》（署名草莱）、《战时的下层政治机构》（署名疾风）、《歌中国飞将军》（署名秋涛）、《春天带来的希望》（署名西冷）发表于《文艺月刊·战时特刊》第 1 卷第 8 期。

3 月 20 日，《战时知识妇女的主要任务》发表于《妇女共鸣》第 7 卷第 5 期。

3 月 23 日，文协召开第五次筹备会，王平陵等被推为大会秘书。

3 月 25 日，《战时文学论》由上海杂志公司出版，全书共分 12 章。

3 月 26 日，《严整我们的笔阵》发表于《文艺战线》（武昌）第 2 卷第 1 期。

3 月 27 日上午 9 点半，文协在汉口总商会（今中山大道 949 号武汉市工商业联合会）召开成立大会，到会的会员与来宾共计 500 多人。主席台前悬挂着两行大幅标语："拿笔杆当枪杆，争取民族之独立；寓文略于战略，发扬人道的光辉。"会议选出王平陵、郭沫若、茅盾、胡风、老舍、巴金、郑振铎、朱自清、郁达夫等45人为理事，其中王平陵任常务理事和组织部主任，周恩来、孙科、陈立夫等为名誉理事。《参加筹备以来（中华全国文艺界抗敌协会）》发表于《新华日报》第76号第4版。

4月1日，《文艺月刊·战时特刊》第1卷第9期发表了文协专辑，包括署名"发起人"（茅盾、田汉、阳翰笙、王平陵、王向辰、孙陵、老舍、吴奚如、冯乃超、孔罗荪等）的《中华全国文艺界抗敌协会发起旨趣》、署名"中华全国文艺界抗敌协会"的《告全世界的文艺家》《中华全国文艺界抗敌协会宣言》《中华全国文艺界抗敌协会简章》、王平陵的《中华全国文艺界抗敌协会筹备经过》及《中国文艺工作者的责任》、吴漱予的《对中华全国文艺界抗敌协会的希望》、老舍的《入会誓词》等。《民族团结的基本要素》发表于《东方杂志》第35卷第7号。

4月4日，文协在武昌福音堂冯玉祥家中召开第一次理事会，推举出如下15名常务理事：胡风、郁达夫、王平陵、楼适夷、姚蓬子、老向、华林、老舍、胡秋原、冯乃超、胡绍轩、穆木天、沙雁、盛成、吴组缃，并推老舍、华林为总务部正副主任，王平陵、楼适夷为组织部正副主任，姚蓬子、老向为出版部正副主任，郁达夫、胡风为研究部正副主任。

4月5日，《大时代的儿女们——中国妇女终于不能参加实际的斗争吗?》发表于《妇女共鸣》第7卷第6期。

4月6日，《我的母亲》发表于《民意》（汉口）第17期。

4月7日，《光荣的台儿庄大战》发表于《新华日报》第87号第4版。文协编的《武汉各界第二期抗战扩大宣传周特刊》在《新华日报》刊出，郭沫若、孟庆树、王平陵、孔罗荪等人撰写了文章。

4月10日，《为抗战而写作》发表于《弹花》第1卷第2期。

4月15日，《怎样激发青年的爱国情绪》发表于《青年月刊》（南京）第5卷第5期。

4月16日，《台儿庄》（署名西冷）、《编制士兵读物的我见》发表于《文艺月刊·战时特刊》第1卷第10期。

4月20日，《抗战时期的妇女劳动训练》发表于《妇女共鸣》第7卷第7期。

4月28日，《在黄鹤楼上》发表于《弹花》第3期。

5月4日，文协会刊《抗战文艺》创刊，老舍与王平陵、田汉、安娥、朱自清、朱光潜、成仿吾、老向、吴组缃、宋云彬、周文、郁达夫、胡风、胡秋原、茅盾、徐炳超、姚蓬子、冯乃超、夏衍、陈西滢、张天翼、舒群、阳翰笙、叶以群、叶绍钧、适夷、郑伯奇、郑振铎、穆木天、锡金、钟天心、丰子恺、孔罗荪33人组成会刊编委会。《发刊词》肯定了文艺的社会作用，号召团结，强调大众化，要"配布于枪的行列，浩浩荡荡地奔赴前敌而去"。

5月5日，《发挥文学的战斗性》发表于《民心》第7期。《从炮火中锻铸中国新女性》发表于《妇女共鸣》第7卷第8期。

5月10日，《在抗战中建立文艺的基础》发表于《抗战文艺》第1卷第3期。

5月14日，《给周作人的一封公开信》于《抗战文艺》第1卷第4期封面的显著位置上公开发表，在信上签名的有茅盾、郁达夫、老舍、冯乃超、王平陵、胡风、胡秋原、张天翼、丁玲、舒群、奚如、夏衍、郑伯奇、邵冠华、孔罗荪、锡金、以群、适夷共18人。《抗战文艺》第1卷第4期载：中国文艺社与戏剧协会广州分会，因夏衍来汉之便，即由王平陵、楼适夷负责和他接洽。

5月15日，《论战时的通俗文学》发表于《文艺》（武昌）第5卷第4期。

5月16日，《我们写些什么：给流寓武汉的朋友们》发表于《文艺月刊·战时特刊》第1卷第11期。

5月18日，《血祭天长节》发表于《民意》（汉口）第23期。

5月21日，溧阳通讯《最悲惨的一幕》（署名秋涛）发表于《抗战文艺》第1卷第5期。

5月27日，文协召开第三次常务理事会，王平陵在内的常务理事均参加了此次会议。

5月28日，《觉醒吧！出卖祖国的奴役！》发表于《抗战文艺》诗歌编目第1卷第6期。

5月，《电影文学论》由商务印书馆出版，全书共分15章，论述电影艺术的发明成长、电影与文学的关系。老舍、锡金、徐炳昶、万振武、王平陵等19人举行了通俗读物座谈会，讨论了士兵与民众所需要的读物为什么要通俗化和如何通俗化的问题。《光荣的剧人》发表于《戏剧新闻》。

6月1日，《朝鲜人》（署名草莱）、《文学的提高与普及》发表于《文艺月刊·战时特刊》第1卷第12期。《新贵人》发表于《东方杂志》第35卷第11号。

6月4日，在武汉以《东方的坦伦堡》一书纪念死难的同胞。

6月12日，全国音协、影协、剧协、美协、文协等筹组联合会（即"艺联"），协议由各协会派3位代表为联合会理事，文协派楼适夷、王平陵、老舍参加艺联工作。

6月12日，文协专门召开临时理事会，决定由胡风和老舍负责到政治部接洽，姚蓬子、王平陵、沙雁、老舍去找时任教育部次长的张道藩。

6月15日晚，根据文协的安排，王平陵为文协的迁移和重庆分会的筹建离开武汉，奔赴重庆。

6月25日，《弃儿的幸运》（署名秋涛）发表于《妇女共鸣》慰劳专刊第7卷第9、10期合刊。

7月1日，《最后的忏悔》发表于《东方杂志》第35卷第13号；《乱山中一片落叶》发表于《文艺》（武昌）第5卷第5期。

7月4日，周文致胡风的信中曾谈道："王平陵到重庆指导重庆分会成立，已动身否？我们这里，是就请王平陵顺便来一下，还是派别人来好？请帮忙向总会负责人商量一下。这事太迫切了，请你帮助吧！无论如何请你回我一个信。我迫切地等着。"同日，王平陵到达重庆。

7月5日，《重庆——美丽的山城》写作完成。

7月23日，《重庆——美丽的山城（通讯）》发表于《抗战文艺》第2卷第2期。

7月28日，《大和魂》发表于《大公报·战线》（汉口）165号。

8月16日，《中国文艺界的幸运》发表于《文艺月刊·战时特刊》第2卷第1期。

9月1日，《后防的文艺运动》发表于《文艺月刊·战时特刊》第2卷第2期。

9月8日，文协举行茶话会，40余人参加；老舍、姚蓬子、王平陵分别报告了总务部、出版部、组织部过去的工作和将来的计划。

9月16日，《迷途的灵魂》（署名秋涛）、《忆辽宁》（署名西冷）发表于《文艺月刊·战时特刊》第2卷第3期。

10月1日，编辑《扫荡报》。

10月10日，在重庆举行的首届戏剧节纪念活动，把这时期的抗日文化宣传活动推到了高峰，王平陵参加了组织筹备。

10月15日，《增进战时的政治效率问题》发表于《中国社会》第5卷第1期。

10月16日，《全国音乐家动员起来！》（署名史痕）、《怎样写抗战剧本》发表于《文艺月刊·战时特刊》第2卷第5期。

10月，短篇小说集《东方的坦伦堡》由重庆艺文研究会出版、独立出版社发行，收入《委任状》《东方的坦伦堡》《国贼的母亲》《血祭》《母与子》《荒野的号哭》6篇小说。

11月1日，《中国到自由之路》发表于《文艺月刊·战时特刊》第2卷第6期。

11月4日下午3时，文协为了展开沦陷区域的文艺宣传，举行了一次临时座谈会，讨论题目为"如何建立沦陷区域的抗战文艺工作"。参加者有姚蓬子、黄芝冈、魏猛克、华林、方殷、老舍、金满成、陈凤兮、宋之的、葛一虹、梅林、王平陵、端木蕻良、戈宝权、胡绍轩、向林冰16人。

11月16日，《展开沦陷区域的文艺宣传》发表于《文艺月刊·战时特刊》第2卷第7期。

12月1日，《再论展开沦陷区域的文艺宣传》发表于《文艺月刊·战时特刊》第2卷第8期。

12月4日，《孔子的革命精神》发表于《中央日报》（重庆）第3740号第7版。

12月15日，《创作抗战军歌的要点》发表于《大公报》（重庆）第12671号第4版。

12月25日，《故乡的烽火》发表于《中山半月刊》第1卷第4期。

12月，教育部制定《征求抗战剧本办法》，旋即组成评委会，委员有余上沅、万家宝、黄佐临、赵太侔、洪深、阳翰笙、王平陵、王泊生、朱双云、舒舍予、卢冀野（后4人为歌剧评委）。

本年，张君劢在给王平陵的一封信中说过："若谓今后全部文化之基础，可取之于古昔典籍之中，则吾人期期以为不可。自孔孟以至宋明儒者所提倡者，皆偏于道德论言乎今日之政治以民主为精神，非求之古代典籍中也；言乎学术，则有演绎归纳之法，非可取之古代典籍中也。与其今后徘徊于古人之墓前，反不如坦白承认今后文化之应出于创新。"（张君劢：《立国之道》，桂林商务印书馆1938年版，第131页。）《宣传与艺术的应用》发表于《民意周刊》第54期。《战时的移动演剧》分别发表于《抗战戏剧》第1卷第5期、《战时论坛》第1卷第3期。《战时文学家的责任》发表于《民意周刊》第4期。《战时的小说创制》发表于《民意周刊》第12期。《战时青年怎样学习写作》发表于《青年月刊》第5卷第4期。《三八节与中国妇女运动》发表于《妇女文化》周年纪念刊。《战时的农民文学》发表于《创导半月刊》第2卷第9期。《弃儿的幸运》（署名秋涛）发表于《妇女共鸣》第7卷。

1939 年

1月1日，《荒村之火》发表于《文艺月刊·战时特刊》第2卷第9、10期合刊。《迎接胜利的明天》发表于《国民公报元旦增刊》。

1月15日，《文艺与政治》发表于《中国社会》第5卷第2期。

1月25日，文协举行茶会，40余人到会。会上，阳翰笙报告了华南及上海文艺界的动态，王礼锡报告了欧洲文艺界对中国抗战的赞佩与同情，郑伯奇报告了西北文艺界近况，老舍报告了成都分会成立经过，王平陵报告了各地组织分会情况。

1月28日，《撒旦的世界》发表于《抗战文艺》第3卷第7期。《"同情"是血换来的良心》发表于《中央日报》第3795号第6版。

2月2日，文协国际宣传委员会举行首次座谈会，到会的有王礼锡、王平陵、戈宝权、郑伯奇、安娥等人，决定致函世界各国文学团体、文学杂志，致谢世界对中国抗战表示同情的诸作家，并计划系统地向国外介绍中国抗战文艺运动及作品。

2月6日，文协举行第五次诗歌座谈会，王平陵、程铮、安娥、孟克、老舍等出席会议，这次会议主要是讨论决定出版诗刊，以及诗刊的编辑出版方针。

2月16日，《王平陵先生来信》发表于《文艺阵地》第2卷第9期。

2月19日，《通俗文学的理论与实际》发表于《时事新报·学灯》（重庆）第38期，宗白华为此文配发"编辑后语"，论述了第一流文艺杰作与通俗文学的关系。

2月28日，诗歌《撒旦的世界》发表于《抗战文艺》第3卷第9、10期合刊。

2月，文协成立小说座谈会并举行首次座谈，决定了本座谈会的工作方针，王平陵、谢冰莹、欧阳山、宋之的、胡风等人出席。《第一次征求抗战军歌的经历和感想》发表于《文艺月刊·战时特刊》第2卷第11、12期合刊。

3月16日，《望江南》（署名西泠）、《战时作品的现实性》发表于《文艺月刊·战时特刊》第3卷第1、2期合刊。

3月22日，剧协于上午9时在环球戏院举行年会，到会者400余人，王平陵参会，年会发表了剧协宣言。

3月26日，《组织笔部队》完成于中央大学，于4月1日发表于《抗战文艺》第 4 卷第 1 期。

3 月 30 日，诗歌《哀捷克》发表于《大公报》（重庆）第 12776 号第 4 版。

4 月 9 日，文协在重庆召开首届年会，选出了第二届理事会。理事名单如下：冯玉祥、叶楚伧、邵力子、张道藩、郭沫若、舒舍予、王平陵、胡风、华林、郑伯奇、阳翰笙、王向辰、安娥、孔罗荪、宋之的、姚蓬子、洪深、田汉、沈起予、戈宝权、曹禺、潘梓年、冯乃超、王礼锡、靳以、宗白华、曹靖华、谢冰莹、吴组缃、茅盾、郁达夫、丁玲、巴金、张天翼、黎烈文、叶圣陶、周文、许地山、郑振铎、穆木天、楼适夷、谢六逸、成仿吾、朱自清、马宗融。

4 月 10 日，《组织笔部队》发表于《抗战文艺》第 4 卷第 1 期。

4 月 15 日，文协第二届理事会首次开会，选出了第二届常务理事及各部负责人。据《新华日报》报道，叶楚伧、邵力子、张道藩、郭沫若、老舍、郑伯奇、胡风、姚蓬子、华林、王平陵、阳翰笙、宋之的、安娥、老向、孔罗荪 15 人当选常务理事；公推老舍、华林为总务部正副主任，王平陵、老向为组织部正副主任，姚蓬子、孔罗荪为出版部正副主任，胡风、郑伯奇为研究部正副主任。

4 月 15 日，短评《打"落水狗"》（署名秋涛）发表于《职业生活》第 1 期。

4 月 16 日，《新兵队的艺术生活》发表于《文艺月刊·战时特刊》第 3 卷第 3、4 合期。

4 月 18 日，文协召开常务理事会，决定了"关于人事的""关于分会的""关于研究部的""关于总务部的"提案多项，尽快组织作家战地访问团去战地以及派老舍、胡风、姚蓬子、王平陵参加慰劳总会均包括在其中。

4 月 29 日，《中国戏剧协会第一次公演的意义》发表于《中央公园》。短评《不能已于言者》（署名秋涛）发表于《职业生活》第 3 期。

5 月 7 日，《敌机狂炸下的重庆》完成于重庆航信，并于 5 月 19、21 日发表于《大公报》（香港）第 3 版。

5 月 21 日，文协理事会决定派人参加全国慰劳总会南北路慰劳团到前线劳军。据《"文协"五年来工作志略》记载："5 月 21 日开理事会，决定由老舍、胡风、王平陵、姚蓬子参加慰劳总会慰劳团前往南北两路劳军。"

5 月 25 日，《无机之谈》（署名疾风）发表于《正义》（宁波）第 1 卷第 5 期。

6 月 16 日，诗歌《感谢》发表于《流火》诗专号第 7、8 期合刊。《在抗战中我们怎样纪念高尔基》发表于《中苏文化杂志》第 3 卷第 12 期。小说《女优之死》《文艺的"孤城战"》（署名草莱）发表于《文艺月刊·战时特刊》第 3 卷第 5、6 期合刊。

6 月 17 日，王平陵与留在重庆的文协理事、会员在城郊附近的生生花园举行盛大的园会，欢迎即将踏上征程的作家访问团。

6 月 18 日清晨，作家战地访问团离开细雨迷蒙的重庆，开始他们为时半年的战地生活，老舍、王平陵、沙雁等许多朋友到车站送行。

6 月 24 日，《他在埋头苦干中》（署名秋涛）发表于《职业生活》第 1 卷第 11 期。

6 月 28 日至 12 月 9 日，老舍、王平陵、胡风、姚蓬子等代表文协参加全国慰劳总会慰问团到前线慰问。164 天的行程共 18500 里，横跨 8 省，足迹遍及第一、二、五、八、十战区。

7 月 4 日，《外科手术》（署名西冷）发表于《西安晚报》第 2 版。

7 月 9 日，《作家访问团出发》发表于《星岛周报》（香港版）第 9 期。

7 月 16 日，《女优之死（续）》、短评《作家的访问》（署名史痕）发表于《文艺月刊·战时特刊》第 3 卷第 7 期。

7 月 26 日，《怎样解救当前一个严重问题》（署名秋涛）发表于《职业生活》第 1 卷第 15 期。

8 月 13 日，《神圣的"八一三"》发表于《中央日报》第 3991 号第 4 版。

8 月 16 日，《女优之死（二续）》、短评《后方文艺》（署名西冷）发表于《文艺月刊·战时特刊》第 3 卷第 8、9 期合刊。

9 月 1 日，《苏联的电影戏剧在五年计划中的应用》发表于《中苏文化杂志》第 4 卷第 2 期。

9 月 7 日，《悼诗人王礼锡——并介绍其近作〈去国草〉》发表于抗战时期重庆版《大公报·战线》第 12837 号第 4 版。

9 月 16 日，《女优之死（三续）》发表于《文艺月刊·战时特刊》第 3 卷第 10、11 期。

9 月 23 日，《日苏签订诺蒙亨停战协定》（署名秋涛）发表于《职业生活》第 1 卷第 23 期。

10 月 10 日，《旧世纪的化石（下期续完）》发表于《时代精神》第 1 卷第 3 期。

10 月 16 日，《在收容所里》发表于《东方杂志》第 36 卷第 20 号。

10 月 19 日，在重庆一家戏园剧场举行了鲁迅先生逝世三周年纪念会，

《新华日报》以《战时首都千余群众纪念民族战士鲁迅先生》为题报道了这次纪念活动。邵力子首先讲话，王平陵报告了会议筹备经过，胡风介绍了鲁迅的生平，罗果夫介绍了鲁迅在国外的影响。

11月8日，《希腊颂》写作完成。

11月10日，《旧世纪的化石（续完）》发表于《时代精神》第1卷第4期。

11月22日，《主题人物的表现和创造》完成于重庆，于次年12月16日发表于《读书通讯》第16期。

冬，任桂南战地记者，亲赴前线，撰写了中国军队光复昆仑关的综合报道，鼓舞了军民士气，对全国的抗战产生了积极重大影响。

12月1日，《女优之死（四续）》发表于《文艺月刊·战时特刊》第3卷第12期。

12月9日，《远足趣味》（署名西冷）发表于《大公报》（香港）第2858号。

12月10日，《印度圣雄甘地的生活》（署名疾风）发表于《健康生活》第18卷第5期。

12月，《冰（短剧）》发表于《阵中文艺》第1卷第2、3期合刊。

本年，梁实秋在国立戏剧学校的演讲词，由王平陵先生笔录，见于梁实秋《莎士比亚的戏剧艺术》（发表于《戏剧时代》第1卷第3期）。日寇占领信阳，王平陵目睹此情此景，奋笔写出了长篇新闻特写《泌阳之捷》，于当年仲冬在国际友人斯诺任编辑的上海英文报刊《密勒氏评论周报》（*The China Weekly Review*）上发表，并配发时任泌阳县长陈浴春的照片及传略。

1940年

1月3日，《希腊颂》发表于《大公报·战线》（重庆）第705号。

1月9日，《狐群狗党》后记完成于重庆。《拙劣的驴技》发表于《新蜀报》副刊《蜀道》第9期。

1月16日，《大时代的儿女们》发表于《文艺月刊·战时特刊》第4卷第1期。

1月24日，文学月报社在国泰饭店招待在渝作家，出席的有老舍、胡风、宋之的、王平陵等60余人。

1月27日，晚上7时半，文协在汇利饭店举行《蜀道》首次座谈会，主题是探讨"如何保障作家战时生活",出席者有方殷、陈晓南、胡风、赵铭彝、周钦岳、华林、陈纪滢、光未然、赵清阁、长虹、姚蓬子、葛一虹、高澜、王平陵、凤子、陆晶清、罗荪、沙雁、侍桁、阳翰笙、梅林、王亚平、臧云远、老舍、陈白尘、徐仲年。

2月3日,《保障作家生活的意义》发表于《新蜀报》副刊《蜀道》第34期。《沉思》发表于《中央日报·平明》第4166号第4版。

2月15日,《第一次征求军歌的经过》发表于《新蜀报》副刊《蜀道》第45期。

2月26日,《从松井出家说起》发表于《新蜀报》副刊《蜀道》第56期。

3月1日,《沉思》《留别"火焰山"》《月夜送》(署名秋涛)发表于《弹花》第3卷第4期。《哀日本反战同盟员之死》发表于《大公报》(重庆)第495号。

3月2日,《古董与"今"董》发表于《新蜀报》副刊《蜀道》第61期。《再来一次狂飙运动》发表于《中央日报·平明》第4194号第4版。

3月10日,《敌后方的文艺宣传》发表于《中央日报·平明》第4202号第4版。

3月21日下午6时半,中国教育电影协会举行常务理事会议,到会的常务理事有陈立夫、张道藩、郭有守,在渝理事洪深、潘公展(罗学廉代)、张北海、洪兰友(王建凡代)、罗刚、王平陵、鲁觉吾、余仲英、魏学仁、陈鹤琴等10余人,会议推魏学仁、罗刚、王平陵拟订相关计划。

3月,《狐群狗党》多幕剧由重庆中国戏曲编刊社初次出版。

4月1日,《劳军美展启幕的前奏——谨以此悼念蔡子民先生》发表于《中央日报·教育与文化》第4224号第7版。

4月13日,《春天带来的希望》(署名西冷)、《怎样支配文艺奖助金》发表于《革命日报》第4版。

4月16日,短讯《伟大的?渺小的?》(署名史痕)发表于《文艺月刊·战时特刊》第4卷第3、4期合刊。

4月24日,国民党中央社会部与国民党中央各机关组织的文艺奖助金管理委员会召开第一次会议,决定将文艺界委员名额增加到11～15人,老舍与张道藩、郭沫若、程沧波、王芸生、林风眠、王平陵、华林、胡风、姚蓬子、李抱忱11人被聘为委员。《迎五月》(署名秋涛)发表于《职业生活》第2卷第25、26期合刊。

4月27日,《夺回我们的"耶路撒冷"》及《贼寇的病菌——从松井出家说起》(署名史痕)发表于《革命日报》第4版。

4月28日,《战时学术界的责任》发表于《中央日报·教育与文化》第4251号第5版。

5月5日,《五四运动与新文艺》发表于《中苏文化》第6卷第3期。

5月13日,《口号文学论》发表于《革命日报》第4版。

5月16日,晚上8时,中国教育电影协会在教育部会议室举行第七届第二次理事会议,会上推选各组正副主任案决议,王平陵、潘子农被推选为编辑组副主任。

5月30日,《文艺家与正义感》发表于《革命日报》第4版。

6月4日,文艺奖助金管理委员会在中央社会部举行第三次会议,到会有谷正纲、郭沫若、陈礼江、程沧波、王芸生、林风眠、王平陵、姚蓬子等十余人。

6月10日,《中国剧运的新阶段》发表于《新演剧》复刊号第1期。

6月15日,《日寇要向南洋开火吗?》(署名疾风)发表于《新华南》第2卷第7期。

6月18日,《高尔基对我国民革命的同情》发表于《中苏文化杂志》第6卷第5期。

7月7日,《敌后的文艺战》发表于《民族》(浙江於潜)第19期。

7月24日,《不死的生命》发表于《中央日报·平明》第4338号第4版。

7月31日,《文坛上流行的误解》发表于《大公报》(重庆)第599号。

8月15日,《雨》(署名疾风)发表于《战国策》第10期。

8月16日,《登场》发表于《文艺月刊·战时特刊》第4卷第5、6期合刊。

8月18日,《奔波》发表于《黄埔》(重庆)第4卷第24期。

8月20日,《火葬》发表于《时代精神》第3卷第1期。

9月13日,《枉法与徇情》发表于《新蜀报》副刊《蜀道》第228期。

9月20日,《夜奔》发表于《欧亚文化:中国留法比瑞同学会会刊》第3卷第2期。

10月5日,晚上7时,中国电影出版社在重庆中国电影制片厂的花园茶座主办了关于"中国电影的路线问题"的讨论,这是一次有关抗战电影何去何从的发展方向的讨论。与会者多达46人,其中有孙师毅、史东山、沈西苓、杨邨人、宋之的、郑君里、陈鲤庭、凤子、刘念渠、孟君谋、戈宝权、王瑞麟、包时、白杨、顾而已、郑用之、金擎宇、王平陵、何非光、葛一虹、罗静予等，几乎包括了当时重庆电影界两个党派和各方面的主要人士。

10月10日，《从苏联电影谈到中国电影》发表于《中苏文化》第7卷第4期。

10月23日，文艺奖助金管理委员会第七次会议于中国文艺社客厅举行，到会人员有张道藩、黄伯度、吴云峰、林风眠、王平陵等12人。

11月10日，文协在重庆举行第一次戏剧晚会，出席人员有老舍、胡风、章泯、黄芝冈、葛一虹、应云卫、王平陵等60余人，与会者围绕"怎样表现主题与怎样创造人物"这一议题进行了热烈的讨论。

11月21日，晚上7时，在中苏文化协会会议室内，潘孑农、梅林、沙汀、梅丽莎、王语今、任钧、陈北鸥、老舍、胡风、张西曼、莲子、卢鸿基、黄芝冈、何容、叶以群、欧阳山、葛一虹、海尼、罗荪、华林、阳翰笙、王平陵、冶秋、王朝闻、常任侠、戈宝权等30余位会员参加鲁迅逝世四周年纪念晚会。

11月23日，郭沫若、王平陵、黄芝冈、田汉、叶以群、宋之的、艾青、老舍、蓬子、冯乃超、欧阳山、葛一虹、罗荪等人出席文协举行的"一九四一年文学趋向的展望"座谈会。

11月24日，文协在黄家垭口附近的中苏文化协会二楼会议室举办第二次"诗歌晚会"，由艾青主持会议，到会的文协会员及非会员共70余人，讨论的题目是"诗与语言"，王平陵做了发言。

12月7日，文协在中法比瑞文化协会举行茶会，到会者有阳翰笙和老舍、郭沫若、吴文藻、田汉、张西曼、冯乃超、靳以、白薇、葛一虹、向林冰、姚蓬子、华林、王平陵等70余人，周恩来同志亦参加。茶会气氛融洽热烈，作家们一致表示愿在抗日旗帜下为抗战胜利而努力工作。

12月21日，文协举行第三次诗歌晚会，50余人出席会议，由黄芝冈主持会议。诗歌晚会讨论的题目为"我怎样写诗"，由老舍、力扬、王平陵、艾青和任钧等做报告，畅谈诗歌的创作经验，光未然、郑挹英、李嘉、方殷朗诵了自己的诗歌。

本年，《日寇败灭的因素》发表于《黄埔》第5卷第11期。《下月十五号》发表于《海风》第1卷第1期。

1941 年

1月1日，在《中国电影的路线问题》座谈会中的发言发表于《中国电影》（重庆）第1卷第1期。郭沫若、老舍、艾青、黄芝冈、蓬子、田汉、宋之的、阳翰笙、葛一虹、冯乃超、王平陵、以群、欧阳山、罗荪等著《一九四一年文学趋向的展望》发表于《抗战文艺》第7卷第1期。《希腊颂》发表于《抗战文艺》第7卷第1期，又于2月22日发表于《革命日报》第4版。

1月21日，《读者议院》发表于《电影日报》（1940—1941年）第4版。

1月，《艺术家在大时代中应尽的责任》发表于《中华全国美术会会刊》第4期。

2月1日，《战时电影编剧论》发表于《中国电影》（重庆）第1卷第2期。

2月3日，沈从文致施蛰存的信中谈道："与梁实秋、熊佛西诸老友办一杂志……杂志中不外梁莎氏评论、文，苏雪林、王平陵小说，老舍长诗……"

2月7日，下午3时，国民党中央宣传部文化运动委员会在美术专科学校校礼堂举行成立大会，老舍、郭沫若、冰心、宋之的、王平陵等140人为委员，张道藩为主任委员。

2月9日，《山野话》写作完成。

3月11日，《陪都艺坛一月》（署名史痕）发表于《革命日报》第3版。

3月15日，文协第三届理事选举开票，计选出在渝理事包括叶楚伧、冯玉祥、郭沫若、张道藩、老舍、茅盾、田汉、谢冰心、姚蓬子、王平陵、郑伯奇、巴金、胡风、洪深、曹靖华、孙伏园、华林、徐仲年、何容、老向、陈望道、阳翰笙、孔罗荪、冯乃超、宋之的25人。

3月24日，《山野话》发表于《大公报》（重庆）第13401号第4版。

3月30日下午，文协第三届理事会选举常务理事，当选者有叶楚伧、郭沫若、张道藩、阳翰笙、老舍、华林、胡风、郑伯奇、王平陵、黄芝冈、何容、孔罗荪、马宗融、姚蓬子等15人；再由常务理事中推定各部主任：总务部为老舍、华林，组织部为王平陵、黄芝冈，研究部为胡风、郑伯奇，出版部为姚蓬子、孔罗荪，至晚7时许始散会。

3月,《战时教育电影的编制和放映》发表于《时代精神》第4卷第3期。短篇小说集《夜奔》由长沙商务印书馆初次出版,收入《下月十五号》《暗礁》《火葬》《夜奔》《新贵人》《登场》《凤凰墩》《黄昏星》8篇短篇小说。

4月1日,《中国文艺界的新任务:为生产而写作》发表于《文艺青年》(重庆)第1卷第2期。

4月2日,《期待着南斯拉夫》发表于《新蜀报·蜀道》副刊第393期;《山野话》发表于《大公报》(桂林)。

4月9日,《一月来的陪都艺坛》(署名史痕)发表于《革命日报》第3版。

4月22日,《寓团结于生产》发表于《新蜀报》副刊《蜀道》副刊第412期。

4月30日,《写作难:我的写作经验》发表于《黄埔》(重庆)第6卷第5、6期。

5月4日,《实施军队艺术教育的我见》发表于《军事杂志》(南京)第133期。

5月16日,《文艺与生产建国运动》发表于《文艺月刊·战时特刊》第11卷第5期。学术论著《论报告文学》发表于《读书通讯》第25期。

5月18日,《纪念国父歌》发表于《国防周报》第1卷第3期,又于6月26日发表于《西安晚报》第2版。

6月10日,《战时教育电影的编制与放映》发表于《时代精神》第4卷第3期。

6月16日,杂文《响应"人权运动"》(署名疾风)发表于《时代批评》第4卷第73、74期合刊。

6月22日,《战时教育电影的编制与放映》发表于《国民公报》。

7月6日,《拥护领袖歌》发表于《国防周报》第1卷第10期"七七四周年纪念特辑"。

7月12日,《粉碎轴心小伙伴》发表于《新蜀报》副刊《蜀道》第441期。

7月25日,《几个主题》发表于《大公报·战线》(重庆)799期。

8月1日,《拥护领袖歌》发表于《乐风》新1卷第7、8期。

8月5日,《月下追韩信》发表于《新蜀报》副刊《蜀道》第462期。

8月16日,《抗战四年来的小说》发表于《文艺月刊·战时特刊》第11卷第8期。

8月24日，《剧作者的责任观念》发表于《大公报》（香港）第13472期第8版。

9月17日，《包剿与围猎》发表于《中央日报》第4758号第3版。

9月18日，《"人之初"观后》（署名疾风）发表于《申报》。

10月10日，《提高演剧的水准》发表于《文艺月刊·战时特刊》第11卷第10期。

10月17日，《祝湘北再度大捷》发表于《新蜀报》副刊《蜀道》第511期。

10月，《不重贞操的奇俗》（署名秋涛）发表于《家庭》（上海）第14卷第2期。

11月1日，王平陵、徐仲年主编《文艺月刊·战时特刊》停刊。

11月14日，《战斗性的教育政策（一）抓住施教的要点》发表于《中央日报·中央副刊》第4816号第4版。

11月15日，《战斗性的教育政策（续）扩展职业性的技术教育》发表于《中央日报·中央副刊》第4817号第4版。

11月20日，《人才的陶冶问题》完成于南岸，于次年6月1日发表于《读书通讯》第67期。

11月23日，文协组织座谈会，以"一九四一年文学取向的展望"为题展开讨论，郭沫若、王平陵、黄芝冈等14人出席。

12月1日，《情人》发表于《文艺青年》（重庆）第2卷第4、5期合刊。

12月3日，《建立严正的文艺批评》完成于南岸，于次年1月1日发表于《文艺青年》第3卷第1期。

12月10日《打洞》发表于《中国劳动》第1卷第2期。

12月20日，诗歌《祝反攻胜利年：黑星期永远消逝了》完成于重庆，于次年1月5日发表于《国防周报》第4卷第5、6期合刊。

12月25日，《我们的新战线》发表于《中央日报·中央副刊》第4857号第4版。

12月，《先严亦镜年表》（署名秋涛）发表于《真光杂志》第40卷第12期。

本年，王平陵的发言见于《1941年文学趋势的展望》（发表于重庆《抗战文艺》第1期）。《文艺写作的准备》发表于《今日青年》第10期。小说《复仇》发表于《民意周刊》第15卷第181、182期。《论"旧瓶装新酒"》发表于《国防周报》第8期。《通俗文艺商兑》发表于《文化先锋》

第1卷第14期。

1942年

1月9日，《咏万家冢》写作完成。

1月15日，《敬向美利坚控诉》写作完成。

1月27日，《敬向美利坚控诉》发表于《大公报》（重庆）第13710号第4版。

2月1日，《作家的写作态度》发表于《国防周报》第4卷第10期。

2月7日，老舍、常任侠、王平陵、方殷、安娥、姚蓬子等进行诗歌文艺广播。

2月10日，《汨罗血战悼诗魂》发表于《中国劳动》第1卷第4期。

2月22日，《略论文学与民族性》发表于《国防周报》第5卷第3期。

2月25日，《大时代的艺术家》发表于《扫荡报》第4版。

2月28日，《陈之佛先生的作风》发表于《新蜀报》副刊《蜀道》第686期。

3月20日，《消弭国民性的弱点》发表于《国防周报》第5卷第6期。

3月24日，《两位拿破仑作者的战争观》发表于《扫荡报》。

3月27日，阳翰笙在《抗战文艺·文协成立五周年纪念特刊》上发表《文协诞生之前》一文。文章说："'剧协'成立那天，会场中一种空前热烈的情绪激动了我，我忽然'灵机一动'，心想：在抗战的旗帜下，戏剧界都能精诚团结，我们作家之间怎会不能团结呢？便立刻在会场中找到在中国文艺社负责的王平陵，把我的意思告诉了他。他很高兴的回答我'赞成！赞成！兄弟非常之赞成！'便决定他去请示邵力子，我到作家之间去奔走。从此我向田汉、胡风、乃超、蓬子、罗荪、适夷及许多人征求意见，都很赞成。我几次同平陵、华林碰头后，得知邵亦赞成，并愿给予协助。很凑巧当时我得到一笔《八百壮士》的电影编剧费，便借请客的机会，在席间把我的建议与奔走结果予以说明，并非正式地推出了华林、平陵、蓬子、胡风、乃超、适夷……同我进行文协的筹备工作，碰头的地点多在汉口永康里廿号中国文艺社。这时政治部新成立，郭沫若先生来自南方。被陈辞修将军坚请去主持三厅，我也被郭先生找去协助他筹组三厅工作。因此'文协'的筹备工作我只好告退，大小工作都由老舍、华林、胡风、乃超、平陵……负责办理去了。"

4月1日，《人类的过去，现在与将来》（署名疾风）发表于《新青年》

第 7 卷第 1 期。

5 月 16 日，"图审会"主任委员潘公展于冠生园餐厅召开了一个由各剧团负责人和主要演员参加的茶话会，到会者近百人。有陈白尘、应云卫、辛汉文、贺孟斧、秦怡、沈浮、张骏祥、白杨、舒绣文、顾而已、陶金、卢冀野、易君左、王平陵等人。

5 月，《维他命（五幕剧）》由北京青年出版社出版。《创作》（署名西泠）发表于《兴亚月刊》第 5 期。

6 月 5 日，《论"数典忘祖"》发表于《中央日报·艺林》。

6 月 16 日，《祝望下届雾季的戏剧运动》发表于《中央日报·艺林》。

6 月 20 日，《兑现主义的文艺宣传》发表于《现实评论》第 1 卷第 7、8 期合刊。

6 月 29 日，《送赫德里区进坟墓》发表于《大公报》（重庆）第 13863 号第 4 版。

6 月 30 日，《作家的生活与修养》发表于《宁夏民国日报》第 2 版。

7 月 7 日，于重庆黄桷垭完成《关于写小说》。《全国文艺界总动员》发表于《新蜀报》副刊《蜀道》第 750 期。

7 月 11 日，《唐若青的赌劲!》（署名疾风）发表于《万象》旬刊第 8 期。

7 月 20 日，《关于写小说》发表于《文学修养》第二期，8 月 18 日发表于《宁夏民国日报》第 8 版。

7 月 22 日，《读老舍的〈哀莫大于心死〉》发表于《扫荡报》第 3507 号。

7 月，《俘虏》由国民图书出版社出版。

8 月 20 日，《小说新语（一）》发表于《现实评论》第 1 卷第 11、12 期。

8 月 23 日，《现阶段的正论——〈新人生观〉》发表于《中央日报·正论》。

8 月 30 日，《推进社会教育的管见——还有一个最迫切的要求》发表于《扫荡报》第 3545 号。

9 月初，《泌阳之捷》发表于《时代文艺选集》（由曲江中心出版社出版）。

9 月 4 日，《论文艺的不朽性》发表于《中央日报·艺林》第 6 版。

9 月 5 日，与洪波所谱歌曲《欢呼歌（男女声二部）》（署名史痕）发表于《青年音乐》第 2 卷第 1 期。

9月9日，《写剧论》发表于《中央日报·艺林》。

9月15日，全国慰劳总会会刊《好男儿》杂志创刊，老舍与王平陵、方秋苇、老向、任钧、蓬子、陆晶清等15人被聘为特约编撰委员。

9月22日，书评《〈蜕变〉读后感》发表于《文化先锋》第1卷第4期。

10月1日，《苦痛的收获，严重的教训!》发表于《三民主义半月刊》第1卷第7期。

10月10日，《救治革命文学的贫血症》发表于《文艺先锋》第1卷第1期。《彻底摧毁希魔的狂暴主义》发表于《新蜀报》副刊《蜀道》第811期。《伟大的钢城》发表于《大公报》（重庆）第13966号第5版。

10月25日，公孟《评〈送礼〉》（《送礼》为王平陵所作）发表于《文艺先锋》第1卷第2期。《展开军中的文艺工作》发表于《扫荡报》第3601号第7版。

10月，国民党军事委员会政治部编印的《抗战五年》一书，推出了王平陵题为《展望烽火中的文学园地》的文章。国民党社会部与有关机关联合组织"文艺奖助金管理委员会"，阳翰笙和郭沫若、谷正纲、陈礼江、程沧波、王芸生、洪为华、王平陵、姚蓬子等被聘为委员。

11月10日，《进城》发表于《文艺先锋》第1卷第3期。

11月23日，《一个旧课题的新发现》发表于《扫荡报》第3630号第6版。

11月26日，《评"我们所需要的文艺政策"》发表于《中央周刊》第5卷第16期。

12月1日，《通俗文学再商兑》发表于《文化先锋》第1卷第14期。

12月21日，剧协第三届理事会改选结果揭晓，老舍、张道藩、田汉、阳翰笙、王瑞麟、马彦祥、宋之的、郭沫若、王平陵、应云卫、洪深、欧阳予倩、史东山、富少舫等31人当选为理事。《编制战时电影剧本的商讨》写于南岸。

12月，短篇小说集《送礼》由重庆商务印书馆初次出版，收入《大地震》《国贼的母亲》《救国会议》等短篇小说11篇。

本年，国民党社会部与有关机关联合组织文艺奖助金管理委员会，聘请郭沫若、谷正纲、陈礼江、程沧波、王芸生、阳翰笙、洪为华、王平陵、姚蓬子等为委员。《现实性的文艺论》发表于《现实评论》第1卷第3期。

1943 年

1月1日，独幕喜剧《自作孽》发表于《川康建设》第1卷第1期。

1月20日，《情盲（四幕剧）》完成于南山。

1月23日，《寸铁》（署名疾风）发表于《读者导报》第2期。

1月31日，《大风暴（独幕剧）》发表于《时代精神》第7卷第4期。

1月，《做戏》发表于《妇女共鸣月刊》第12卷第1期。

2月1日，《陵园明月夜》发表于《经纬》第1卷第9期。《包头的风光》（署名西冷）发表于《吾友》第3卷第5期。

2月11日，《下届》发表于《中央日报·艺林》。

2月13日，《寸铁》（署名疾风）发表于《读者导报》第5期。

2月20日，《文化人与教书匠》发表于《中央日报·艺林》。

2月24日，《创造民众的艺术》发表于《扫荡报》第3721号第6版。

2月26日，《"一人一命"主义》发表于《联合画报》第16期，又于12月4日发表于《西康国民日报》第4版。

3月15日，《文艺作者的新任务》发表于《东方杂志》第39卷第1号。

3月27日，文协举行第四届年会并改选理事监事，选出在渝理事21名：老舍、茅盾、郭沫若、姚蓬子、张道藩、王平陵、邵力子、胡风、夏衍、孙伏园、宋之的、阳翰笙、徐霞村、姚雪垠、叶以群、曹禺、陈纪滢、冯乃超、马宗融、李辰冬、梅林，外埠理事5名：巴金、张天翼、洪深、朱光潜、沙汀，候补理事12名：臧克家、戈宝权、孔罗荪、徐盈、陈白尘、黄芝冈、陆晶清、王亚平、黎烈文、曹聚仁、张骏祥、葛一虹。监事9名：冯玉祥、叶楚伧、华林、郑伯奇、曹靖华、潘梓年、谢冰心、张西曼、顾一樵，候补监事4名：马彦祥、徐仲年、崔万秋、张恨水。《一人一命一主义》发表于《前锋副刊》第69期。

3月30日，《雨重庆之夜》发表于《东方杂志》第39卷第2号。

4月1日，《编制战时电影剧本的商讨》发表于《经纬》第1卷第10期。文协召开第四届首次理事会，推老舍、徐霞村、姚蓬子、胡风、王平陵为常务理事，并由老舍、徐霞村兼总务组正副主任，王平陵、陈纪滢为组织组正副主任，姚蓬子、叶以群为出版组正副主任，胡风、姚雪垠为研究组正副主任，推梅林为秘书。

4月4日，《读徐悲鸿之画》发表于《大公报》第14139号第5版。

4月15日，《"滚钉板"主义》发表于《天下文章》第2期。

4月28日，《女优之死》小序《几点废墨》完成于重庆。

5月14日，《精神总动员》发表于《联合画报》第27期。

5月15日，《卖瓜者言（上）（独幕剧）》发表于《中国青年》（重庆）第8卷第5期。

6月15日，《卖瓜者言（中）（独幕剧）》发表于《中国青年》（重庆）第8卷第6期。

6月30日，《东方杂志》第39卷第8号出版，刊有王平陵的文章《几个旧课题的发现》，指责暴露黑暗的作家作品，框定作家写诸如"削平价米"一类的题材。

6月，短篇小说集《夜奔》由商务印书馆出版。

7月15日，《卖瓜者言（下）（独幕剧）》发表于《中国青年》（重庆）第9卷第1期。

7月20日，《晚风夕阳里》发表于《文艺先锋》第3卷第1期。

7月30日，《夸张与真实》发表在《东方杂志》第39卷第10号。

7月，《不死药（未完）》发表于《妇女月刊》第3卷第1期。小说《女优之死》由重庆现实出版社初次出版，收入《几点废墨（小序）》《女优之死》《活跃的火花》等文章。

8月30日，《中外春秋》创刊，主编是王平陵、徐叔明。这是一个译介外国文化的大型综合性刊物，内容包括政情、战况、战时生活、文化动态、书刊批评、敌国种种、法律、卫生、生产、文艺等。

8月，《伟大作品的标准》发表于《妇女共鸣》第12卷第7、8期合刊。

9月15日，《扪虱谈雕虫》发表于《中国青年》（重庆）第9卷第3期。

9月18日，《关于〈抢救国文〉》发表于《大公报·战线》（重庆）第990号。

10月1日，《学术上的超功利主义》发表于《中外春秋》第1卷第2期。

10月15日，《今年雾季的戏剧运动》发表于《东方杂志》第39卷第15号。

10月，由王平陵主编、汪子美绘图的《我教你描画》由重庆文风书局出版，该书是"新少年文库"第一集，是为少年儿童撰写的如何欣赏和绘画的读物。《怎样读历史（序）》写作完成。

11月1日，《工业化的前提》（署名草莱）、《我控诉》（署名史痕）、《政风与学风》（署名秋涛）、《伟大的战争与和平》（署名西冷）发表于

《中外春秋》第 1 卷第 3 期。小说《中野正纲之死》发表于《中外春秋》第 1 卷第 3 期。

11 月 11 日,《发展社教最好的教科书》发表于《文化先锋》第 2 卷第 24 期。

12 月 1 日,《工作与乐观》(署名史痕)发表于《中外春秋》第 1 卷第 4 期。

本年,王平陵以重庆奸商导演米慌惨剧为题材,写了五幕剧《维他命》,揭露奸商丑恶嘴脸。他以三国两晋的热情战斗文学为楷模,倡议"新狂飙运动"。又为商务印书馆主编"大时代文艺丛书"20 册。《三代以下》发表于《东方杂志》第 3 卷第 39 号。小说《心理的安慰》发表于《经纬月刊》第 2 卷第 1 期。

教育部主持的戏剧奖 1943 年度(1—10 月)获奖剧目公布,王平陵《情盲》获奖。

1944 年

2 月 19 日,《生活艺术化》发表于《中央日报》第 5637 号第 4 版。

2 月 29 日,《艺术有用论》发表于《东方杂志》第 40 卷第 4 号。

2 月,《新亭泪》发表于《中外春秋》第 3 卷第 1 期。

3 月 4 日,《民族文艺的内涵》发表于《中央日报》第 5651 号第 4 版。

3 月 24 日,文协召开理事会,决定于 4 月 16 日举行成立六周年纪念大会,并推茅盾、胡风、李辰冬、王平陵起草年会论文。

3 月,《新狂飙时代》由商务印书馆出版,此书分为 3 辑,共收录了作者的 28 篇文章,大部分是关于战时文艺建设的相关论述。四幕剧《情盲》由商务印书馆出版。

4 月 4 日,《儿童最需要的礼物》发表于《中央日报》第 5682 号第 3 版。

4 月 15 日,文协举行座谈会,到胡风、茅盾、老舍、马宗融、姚蓬子、王平陵等数十人,讨论主题为"文艺与社会风气"。《出版物的行销问题》发表于《东方杂志》第 40 卷第 7 号。

4 月 16 日,文协举行成立六周年纪念会,到会的有老舍、茅盾、胡风、曹禺、夏衍、张道藩、潘公展、王平陵等 150 余人。老舍报告了会务,胡风宣读了论文《文艺工作底发展及其努力方向》。

4 月 20 日,《漂亮的脸谱》发表于《川康建设》第 1 卷第 4 期。

5月20日，《新时代的儿童文学》发表于《文艺先锋》第4卷第5期。

5月31日，在《中央日报》中发表《悼念唐氏兄弟》（唐义精、唐一禾）的纪念文章。

6月1日，散文《生命的琴弦》发表于《国是》月刊第2期。

6月9日，师范学校为公演献马募捐，在汉文会公演王平陵所著五幕话剧《维他命》，这是师范学校学生首次演出话剧，在克服诸多困难之后成功上演。

8月，《常胜将军——蒙哥马利》（署名史痕）、《美军总司令——布莱德雷将军》（署名西冷）、《第二战场的各面观》发表于《中外春秋》第2卷第5期。

9月30日，《推进教育的具体方案》发表于《中外春秋》第2卷第6期。

10月1日，《薛小姐的国际路线》发表于《经纬副刊》第1卷第1期。

10月15日，《文艺复兴》发表于《中国青年》（重庆）第11卷第4期。

10月20日，文协召开常务理事会，商讨关于援助贫病作家和展开文艺工作等问题，并通过了紧急援助和通常援助等许多办法。会上决定，文协总分会所经收的捐款，一律归基金保管委员会保管。保管委员会除原有委员老舍、孙伏园和华林之外，再增加茅盾、胡风、姚蓬子、梅林、叶以群和王平陵等6人为委员。

10月28日，为《最后一电》作编后记。

10月，王平陵主编的《新少年文库》由重庆文风书局出版。

11月1日，《最后一电》发表于《民治》第1卷第1期。

11月13日，《青年从军歌》发表于《革命日报》第4版。

11月，远在重庆的王平陵看到《新疆日报》关于《维他命》成功演出的报道后，特写信回应。此信于1945年3月6日刊登在《新疆日报》的《作家书简》。

12月，短篇小说集《晚风夕阳里》由重庆国民图书出版社初次出版。收入《晚风夕阳里》《休矣！十二时！》《做戏》《进城》《血祭》《陵园明月夜》等短篇小说，诗歌《出发》发表于《妇女共鸣》第13卷第6期。《秋天的季节》发表于《川康建设》第1卷第5、6期合刊。

本年，短篇小说集《送礼》由重庆商务印书馆出版。《生活艺术化》发表于《新运导报》第11卷第2期。与王梦鸥合著的电影剧本《孤城落日》由重庆国民图书出版社出版，《评〈我们所需要的文艺政策〉》收入张道藩编写的《文艺论战》，由重庆正中书局出版。

1945 年

1月，《三年来美国的建军运动》（署名史痕）以及以"西冷"署名与雪松合作的四幕剧《风与浪》发表于《川康建设》第 2 卷第 1 期。

2月，《从军新乐府》发表于《中外春秋》第 3 卷第 1 期。

3月 6 日，《作家书简》发表于《新疆日报》第 4 版。

3月 10 日，小说《李小姐的商人路线》发表于《经纬副刊》第 1 卷第 5 期。

3月 29 日，《不知从何说起——为纪念青年节而写》发表于《中央日报》第 6032 号第 4 版。

4月 15 日，《为争胜利敬告国人——教育文化界联合声明》发表于《中央日报》。这个声明的签名者达 750 余人，包括正在重庆召开的全国大学校长和教授会的众多代表，以及蒋碧薇、王平陵、华林、梁实秋、朱光潜等。

5月 1 日，《永久消弭世界的战祸》发表于《中外春秋》第 3 卷第 2、3 期合刊。

5月 4 日，文协总会举行第七届理事会选举，选出在渝理事 21 名：老舍、茅盾、胡风、郭沫若、巴金、夏衍、姚蓬子、孙伏园、邵力子、冯乃超、曹禺、梅林、洪深、叶以群、阳翰笙、马宗融、冯雪峰、靳以、曹靖华、艾芜、王平陵，各地（无分会地址者）理事 2 名：朱光潜、沙汀，成都分会理事 2 名：叶圣陶、李劼人，台湾分会理事 1 名：陆侃如，昆明分会理事 2 名：李何林、闻一多，延安分会理事 2 名：丁玲、周扬，贵阳分会理事 1 名：谢六逸，候补理事 13 名：张天翼、宋之的、徐盈、吴组缃、邵荃麟、葛一虹、徐迟、戈宝权、臧克家、王亚军、马彦祥、郑伯奇、张骏祥，选出监事 9 名：冯玉祥、于右任、柳亚子、谢冰心、潘梓年、张恨水、华林、张道藩、黄芝冈，候补监事 4 名：陈望道、史东山、聂绀弩、张西曼。

5月 10 日，文协开第一次理监事联席会，推老舍、孙伏园、胡风、姚蓬子、王平陵为常务理事，张道藩、华林、黄芝冈为常务监事，并推老舍、孙伏园为总务组正副主任，胡风、叶以群为研究组正副主任，王平陵、冯乃超为组织组正副主任，姚蓬子、巴金为出版组正副主任，冯雪峰负责会刊《抗战文艺》编务，梅林为理事会秘书。

6月 1 日，《战后的出版事业》（署名史痕）、《东方的滑稽国》（署名秋涛）、《可怜的德国艺术》（署名草莱）、《苏联战后的文化设施》（署名西冷)、《法国民主思潮的前驱》(署名疾风)发表于《中外春秋》第3卷第4、5期合刊。

6月15日，《友情》发表于《东方杂志》第41卷第11期。

6月26日，《唐诗人的势力》发表于《中央日报·中央副刊》第6121号第6版。

6月，诗文合集《副产品》由重庆商务印书馆初次出版，全书共分3辑，收入《希腊颂》《英勇的南斯拉夫》《敬向美利坚控诉》《送赫德里区进坟墓》《太平洋暴风雨》《病中欣逢湘北再度大捷》《咏万家冢》《半路》《冬夜》等34篇文章。《月下渡江》载于商务印书馆《副产品》初次出版本。

7月1日，《圣战进行曲（未完）》发表于《新中国月刊》第3期。

7月7日，《论"官僚主义"》发表于《中央日报·中央副刊》第6132号第6版。

7月17日，《深山月夜访悲鸿（上）》发表于《中央日报》第6142号第4版。

7月31日，独幕剧《妇女夜》发表于《女青年》（南京）第2卷第1期。

7月，《小楼一角》发表于《南风》（重庆）第1卷第4、5期合刊。

8月，《圣战进行曲（续）》发表于《新中国月刊》第4期。《送别》（署名秋涛）发表于《川康建设》第2卷第2期。

10月8日，《还乡运动的具体计划》发表于《中央日报·中央副刊》第6224号第6版。

10月14日，文协召开理监事联席会，商讨协会易名问题，到会者有冯玉祥、邵力子、郭沫若、老舍、茅盾、叶圣陶、胡风、阳翰笙、曹靖华、姚蓬子、巴金、曹禺、靳以、李劫人、王平陵、华林、冯雪峰、黄芝冈、叶以群、梅林等20余人。会上一致议决，自本年"双十节"起，正式改称"中华全国文艺界协会"，简称仍为"文协"。

10月，《到天空去》由国民图书出版社出版。

11月12日，《罗斯福的名字》发表于《和平日报·和平副刊》第1卷第4版。其系列文章在《和平日报·和平副刊》刊载至1946年7月22日。

11月15日，《归舟返旧京》发表于《和平日报·和平副刊》第1卷第4版。。

12月10日，《艺苑新辉》发表于《中央日报·集纳版》。

12月14日，《文协分会即可成立》载："《和平日报》渝版副刊改由王平陵编辑，沪版亦内定封禾子（凤子）合汉版谢冰莹，阵容颇强。"

12月21日，《"滚钉板"主义》（署名草莱）发表于《和平日报·和平副刊》第1卷第4版。

12月22日，《嗜痂之癖》（署名史痕）发表于《和平日报·和平副刊》第1卷第4版。

12月25日，《劳苦而功不高》（署名西冷）发表于《和平日报·和平副刊》第1卷第4版。

12月28日，《调和五味》（署名史痕）发表于《和平日报·和平副刊》第1卷第4版。

12月30日，《胜利后的中国》（署名秋涛）发表于《和平日报·和平副刊》第1卷第4版。

12月31日，《正在想，再想想！》（署名史痕）发表于《和平日报·和平副刊》第1卷第4版。

12月，《重庆的一角》发表于《新中国月刊》第8期。

本年，《怎样写小说》由天地出版社出版。《迎接胜利的明天》发表于《新中国月刊》第4期。《持螯篇》（署名西冷）发表于《海风》（1945年上海创刊）第2期。散文《祖国的黎明》由重庆国民图书出版社出版。

日本投降后，应《扫荡报》副刊刘同绎（刘以鬯）之邀，写一部反映由于抗日战争胜利的来临，各方面都有骤然的转变和出现新现象的作品。这个长篇以杜甫的诗句"归舟返旧京"为题，计60万言，原拟交刘同绎在上海主持的怀正文化社出版，后因时局混乱和恶性通货膨胀爆发，出版社业务受到严重打击，故刘同绎预告了要出版的这部长篇小说只好胎死腹中。

1946年

1月1日，《我为什么要写〈归舟返旧京〉?》发表于《和平日报·和平副刊》第1卷第4版。

1月12日，《大扫除》（署名西冷）发表于《和平日报·和平副刊》第1卷第4版。

1月15日，《磕头的艺术》（署名秋涛）发表于《和平日报·和平副刊》第1卷第4版。

1月17日，《开风气，开路》（署名草莱）发表于《和平日报·和平副刊》第1卷第4版。

1月18日，《杨朱的哲学》（署名疾风）发表于《和平日报·和平副刊》第 1 卷第 4 版。

1 月 20 日晚，文协举行酒会，为即将赴美讲学的老舍、曹禺钱行，茅盾、巴金、胡风、阳翰笙、王平陵、潘梓年、黄芝冈、张西曼、冯乃超、杨晦等 50 余人出席。

1 月 24 日，《友情的肥料》（署名秋涛）发表于《和平日报·和平副刊》第 1 卷第 4 版。

1 月 25 日，《反社会性》（署名草莱）发表于《和平日报·和平副刊》第 1 卷第 4 版。

1 月 26 日，中华全国文艺作家协会在重庆文化会堂正式宣告成立，并选举张道藩、王平陵、徐仲年、朱光潜、李辰冬、谢冰莹、胡一贯、易君左、丁伯骝、陈纪滢、吕斯百、王进珊、张骏祥、焦菊隐、秦宣夫、郭有守、陆侃如、邵询美、林桂圃、鲁觉吾、杨群奋、冯沅君、田禽、陈之佛、钱歌川、尹雪曼、张煌、赵友培、华林为理事。

1 月 29 日，《文盲与识盲》（署名史痕）发表于《和平日报·和平副刊》第 1 卷第 4 版。

1 月，《国宝》发表于《文艺先锋》第 8 卷第 1 期。

2 月 1 日，《幸福的女郎》发表于《通讯半月刊》第 2 卷第 1 期。

2 月 2 日，《摆台》（署名秋涛）发表于《和平日报·和平副刊》第 1 卷第 4 版。

2 月 7 日，《"脸谱"的作用》（署名史痕）发表于《和平日报·和平副刊》第 1 卷第 4 版。

2 月 8 日，下午 5 时，张治中部长在中国电影制片厂礼堂举行文化界春节联欢晚会，招待政治协商会议各代表，王平陵到会。《"班底"主义》（署名草莱）发表于《和平日报·和平副刊》第 1 卷第 4 版。

2 月 9 日，《关于"嗜好"》（署名秋涛）、《各有千秋》（署名疾风）发表于《和平日报·和平副刊》第 1 卷第 4 版。

2 月 10 日，《化戾气为和祥》（署名西冷）发表于《和平日报·和平副刊》第 1 卷第 4 版。

2 月 11 日，《建设新农村》（署名史痕）发表于《和平日报·和平副刊》第 1 卷第 4 版。

2 月 12 日，《生活与游戏》（署名疾风）发表于《和平日报·和平副刊》第 1 卷第 4 版。

2 月 15 日，《人性的复员》（署名西冷）发表于《和平日报·和平副刊》第 1 卷第 4 版。

2月19日,《幽默感与民主》(署名史痕)发表于《和平日报·和平副刊》第1卷第4版。

2月22日,《麻雀与虫豸》(署名疾风)发表于《和平日报·和平副刊》第1卷第4版。

2月28日,《太阳会起来的!》(署名秋涛)发表于《和平日报·和平副刊》第1卷第4版。

2月28日,《开会(独幕剧)》发表于《文艺先锋》第8卷第2期。

3月13日,《弥缝与补洞》(署名史痕)发表于《和平日报·和平副刊》第1卷第4版。

3月14日,《看货色!》(署名草莱)发表于《和平日报·和平副刊》第1卷第4版。

3月23日,《文艺的时间性与永久性》(署名西冷)、《从黄忠挂帅说起》(署名史痕)发表于《和平日报·和平副刊》第2卷第4版。

3月26日,《也谈"抢救教授"》(署名草莱)、《文艺与政治》(署名西冷)发表于《和平日报·和平副刊》第2卷第4版。

3月28日,《生产文艺论》(署名西冷)发表于《和平日报·和平副刊》第2卷第4版。

3月30日,《所忙何事?》(署名疾风)、《文艺与科学》(署名西冷)发表于《和平日报·和平副刊》第2卷第4版。

3月31日,《七月以来》(署名史痕)发表于《和平日报·和平副刊》第2卷第4版。

4月6日,《赤子之心》(署名秋涛)发表于《和平日报·和平副刊》第2卷第4版。

4月11日,《老百姓的愿望》(署名疾风)发表于《和平日报·和平副刊》第2卷第4版。

4月12日,《空谷的共鸣》(署名史痕)发表于《和平日报·和平副刊》第2卷第4版。

4月18日,《天作之合》(署名史痕)、《送马兵兄飞沪》发表于《和平日报·和平副刊》第2卷第4版。

4月19日,《谁之咎?》发表于《和平日报·和平副刊》第2卷第4版。

4月20日,《蛙鼓与黄钟》(署名西冷)发表于《和平日报·和平副刊》第2卷第4版。

4月30日,《名利双辉的捷径》(署名秋涛)发表于《和平日报·和平副刊》第2卷第4版。

5月1日至1949年1月25日,《文潮》共出6卷39期,王平陵为该刊写稿。

5月2日,《要送义民难童回去!》(署名史痕)发表于《和平日报·和平副刊》第2卷第4版。

5月3日,《播种精神食粮》(署名草莱)发表于《和平日报·和平副刊》第2卷第4版。

5月4日,《纪念文艺节》(署名西泠)发表于《和平日报·和平副刊》第2卷第4版。

5月6日,《惜别重庆》(署名史痕)发表于《和平日报·和平副刊》第2卷第4版。

5月8日,《古老的广告术》(署名草莱)发表于《和平日报·和平副刊》第2卷第4版。

5月9日,《制度与法纪》(署名疾风)发表于《和平日报·和平副刊》第2卷第4版。

5月10日,《从南京禁舞说起》(署名西泠)发表于《和平日报·和平副刊》第2卷第4版。

5月11日,《海阔天空》(署名秋涛)发表于《和平日报·和平副刊》第2卷第4版。

5月14日,《送公务员还乡》(署名史痕)发表于《和平日报·和平副刊》第2卷第4版。

5月15日,《从大处落墨》(署名西泠)发表于《和平日报·和平副刊》第2卷第4版。

5月16日,《天下未治蜀先治》(署名史痕)发表于《和平日报·和平副刊》第2卷第4版。

5月17日,《弱大民族》(署名秋涛)发表于《和平日报·和平副刊》第2卷第4版。

5月18日,《表现主义》(署名秋涛)发表于《和平日报·和平副刊》第2卷第4版。

5月19日,《政风与学风》(署名秋涛)发表于《和平日报·和平副刊》第2卷第4版。

5月21日,《证古酌今》(署名史痕)发表于《和平日报·和平副刊》第2卷第4版。

5月22日,《大国之风》(署名史痕)发表于《和平日报·和平副刊》第2卷第4版。

5月25日，《人格的重量》（署名史痕）发表于《和平日报·和平副刊》第2卷第4版。

5月27日，诗歌《拥护领袖歌》发表于《日月潭》第9期。

5月28日，《开发西昌》（署名西冷）发表于《和平日报·和平副刊》第2卷第4版。

5月29日，《来路与去路》（署名史痕）发表于《和平日报·和平副刊》第2卷第4版。

5月30日，《公务员的来路》（署名史痕）发表于《和平日报·和平副刊》第2卷第4版。

5月，《七年来的中国抗战文学》被编入正中书局出版的《中国战时学术》一书。

6月1日，《吴稚晖在重庆（上）》（署名仰嵩）发表于《和平日报·和平副刊》第2卷第4版。

6月2日，《公务员的去路》（署名史痕）发表于《和平日报·和平副刊》第2卷第4版。

6月3日，《推行新农业政策》（署名史痕）发表于《和平日报·和平副刊》第2卷第4版。

6月4日，《服务与就业》（署名史痕）发表于《和平日报·和平副刊》第2卷第4版。

6月4日，《海门在挺进中》（署名疾风）发表于《申报》。

6月5日，《工业化的前提》（署名史痕）发表于《和平日报·和平副刊》第2卷第4版。

6月7日，《重读循史传》（署名史痕）发表于《和平日报·和平副刊》第2卷第4版。

6月8日，《吴稚晖在重庆（下）》（署名仰嵩）、《评"新民族观"》（署名草莱）发表于《和平日报·和平副刊》第2卷第4版。

6月9日，《要钱与怕死》（署名秋涛）发表于《和平日报·和平副刊》第2卷第4版。

6月11日，《棺材与房子》（署名秋涛）发表于《和平日报·和平副刊》第2卷第4版。

6月14日，《我们要冷静一些》（署名草莱）发表于《和平日报·和平副刊》第2卷第4版。

6月15日，《词曲大师吴瞿安》（署名仰嵩）发表于《和平日报·和平副刊》第2卷第4版。

6月17日，《黄埔精神》（署名史痕）发表于《和平日报·和平副刊》第2卷第4版。《路明谈火中蛇》发表于《香海画报》第14期。

6月18日，《再论黄埔精神》（署名秋涛）发表于《和平日报·和平副刊》第2卷第4版。

6月19日，《三论黄埔精神》（署名史痕）发表于《和平日报·和平副刊》第2卷第4版。

6月20日，《肃清臭虫》（署名草莱）发表于《和平日报·和平副刊》第2卷第4版。

6月21日，《万般皆下品?》（署名西泠）发表于《和平日报·和平副刊》第2卷第4版。

6月24日，《忧心忡忡》（署名秋涛）发表于《和平日报·和平副刊》第2卷第4版。《生产文艺论》发表于《天津民国日报·文艺副刊》第32期。

6月26日，《文艺的时间性与永久性》发表于《天津民国日报·文艺副刊》第33期。《送莘莘学子》（署名史痕）发表于《和平日报·和平副刊》第2卷第4版。

6月28日，《打风起兮拳飞扬》（署名秋涛）发表于《和平日报·和平副刊》第2卷第4版。

6月29日，《王云五的跑劲》（署名仰嵩）发表于《和平日报·和平副刊》第2卷第4版。

6月30日，《慷人民之慨》（署名草莱）发表于《和平日报·和平副刊》第2卷第4版。

7月1日，《努力建设四川》（署名西泠）、《艺术的低级趣味》（署名秋涛）发表于《和平日报·和平副刊》第2卷第4版。

7月2日，《冷静的反省》（署名西泠）、《艺术的夸张性》（署名秋涛）发表于《和平日报·和平副刊》第2卷第4版。

7月3日，《聪明的傻瓜》（署名疾风）发表于《和平日报·和平副刊》第2卷第4版。

7月6日，《美髯公二三事》（署名仰嵩）、《蜀道难，奈何天!》（署名疾风）发表于《和平日报·和平副刊》第2卷第4版。《创造战后的新学风》发表于《甘肃民国日报》第3版。

7月7日，《和平的战争——为纪念七七而作》发表于《和平日报·和平副刊》第2卷第4版。

7月8日，《文艺与政治》发表于《天津民国日报·文艺副刊》第34

期。《清查接收工作》（署名史痕）发表于《和平日报·和平副刊》第 2 卷第 4 版。

7 月 11 日，《清查大员》（署名草莱）发表于《和平日报·和平副刊》第 2 卷第 4 版。

7 月 13 日，《胡博士别传》（署名仰嵩）、《从生活的角度上看上海，南京，重庆——你想要离开重庆吗?》（署名疾风）发表于《和平日报·和平副刊》第 2 卷第 4 版。

7 月 13 至 16 日，《作家的生活与作品》发表于《天津民国日报·民国副刊》。

7 月 17 日，《心理病态》（署名西冷）发表于《和平日报·和平副刊》第 2 卷第 4 版。

7 月 18 日，《天下无难事》（署名西冷）发表于《和平日报·和平副刊》第 2 卷第 4 版。

7 月 19 日，《文化建设》（署名西冷）发表于《和平日报·和平副刊》第 2 卷第 4 版。

7 月 20 日，《俞大维是个研究哲学的人，却做了兵工专家》（署名仰嵩）、《重庆"舞"的命运——并记重庆舞风》（署名疾风）发表于《和平日报·和平副刊》第 2 卷第 4 版。

7 月 21 日，《穷开心》（署名秋涛）发表于《和平日报·和平副刊》第 2 卷第 4 版。

7 月 22 日，《好消息》（署名史痕）发表于《和平日报·和平副刊》第 2 卷第 4 版。《文艺的深度与宽度》发表于《天津民国日报·文艺副刊》第 36 期。

7 月 27 日，《邵力子与赛金花》（署名仰嵩）发表于《和平日报·和平副刊》第 2 卷第 4 版。

7 月，中篇小说《娇喘》由上海亚洲图书社初次出版、上海新新出版社出版。

8 月 1 日，《发泄与摩擦》发表于《和平日报·和平副刊》第 3 卷第 4 版。

8 月 2、3 日，《今后的出版事业》发表于《申报》。

8 月 3 日，《徐悲鸿受骗记》（署名仰嵩）发表于《和平日报·和平副刊》第 3 卷第 4 版。

8 月 3、4 日，《创造战后的新学风》（上）（下）发表于《天津民国日报民国副刊》。

8月4日，文艺短篇《论抢救"国文"》发表于《和平日报·和平副刊》第3卷第4版。

8月5、6日，《老人之心》（上）（下）发表于《申报》。

8月6日，《忙煞中国人》发表于《和平日报·和平副刊》第3卷第4版。

8月8日，副评《五杀碑》（署名草莱）发表于《和平日报·和平副刊》第3卷第4版。

8月10日，《重庆苦热图》（署名疾风）、《寂寞的吕秋逸》发表于《和平日报·和平副刊》第3卷第4版。

8月23日，小说名著《战地春色（附图）》发表于《中外春秋》新第1期。《小楼一角》发表于《和平日报·和平副刊》第3卷第4版。

8月24日，《重庆的"打风"》（署名疾风）、《重大校长张洪沅》（署名仰嵩）发表于《和平日报·和平副刊》第3卷第4版。

8月30日，《贪》（署名史痕）、《夜之韵律》发表于《和平日报·和平副刊》第3卷第4版。

8月31日，小说名著《战地春色》发表于《中外春秋》新第2期。《季节感在重庆》（署名疾风）、《蒋梦麟谈戏剧》发表于《和平日报·和平副刊》第3卷第4版。

8月，在"广泛传播三民主义"这一主题下，三民主义青年团中央干事会文化建设运动委员会《征印三民主义百万册运动报告书》记载："除了各机关团体认印外，三青团又请社会各界捐印。中央青年剧社捐印2251册，国民党驻苏联大使馆捐印165册，政治部实验剧宣传队30册。此外，还有个人捐印的，如王平陵、胡去非等人各捐10册。这些捐印的书，分别赠送重庆各乡镇公所国民学校及公共场所，供民众阅览。"

9月2日，《弊》（署名秋涛）发表于《和平日报·和平副刊》第3卷第4版。《小说的本质》发表于《天津民国日报·文艺副刊》第42期。

9月3日，《沉重的心情》发表于《和平日报·胜利日特刊》第3卷第4版。

9月5日，《雾》（署名草莱）发表于《和平日报·和平副刊》第3卷第4版。

9月6日，《变》发表于《和平日报·和平副刊》第3卷第4版。

9月8日，《冯将军门下的食客》（署名仰嵩）、《一年容易又中秋》（署名疾风）发表于《和平日报·和平副刊》第3卷第4版。

9月13日，《要钱与怕死》（署名秋涛）发表于《和平日报·和平副刊》第 3 卷第 4 版。

9 月 14 日，《论嗜好》发表于《天津民国日报·民国副刊》。小说《新旧同学（一）》发表于《中外春秋》新第 4 期。

9 月 16 日，《给有志于新诗者》发表于《建国青年》第 3 卷第 1 期。

9 月 21 日，小说《新旧同学（二）》发表于《中外春秋》新第 5 期。

9 月 28 日，《东北保安长官杜聿明》（署名疾风）发表于《和平日报·和平副刊》第 3 卷第 4 版。

9 月，《冬夜》发表于《副产品》（上海商务印书馆出版）。

10 月 2 日，《发泄》（署名草莱）发表于《和平日报·和平副刊》第 3 卷第 4 版。

10 月 2 日，《吴铁城先生》（署名疾风）发表于《申报》。

10 月 3 日，《性格的创造》发表于《申报》。

10 月 3 日至 13 日，历史小说《北都之陷》连载于《天津民国日报·民国副刊》。

10 月 4 日，《作品的催生婆》（署名西冷）发表于《和平日报·和平副刊》第 3 卷第 4 版。

10 月 5 日，《悔不当初》发表于《中外春秋》新第 7 期。

10 月 5 日，《重庆生活侧写》（署名秋涛）发表于《和平日报·和平副刊》第 3 卷第 4 版。

10 月 6 日，《冷落的诗坛》（署名西冷）发表于《和平日报·和平副刊》第 3 卷第 4 版。

10 月 7 日，《机器》（署名史痕）发表于《和平日报·和平副刊》第 3 卷第 4 版。

10 月 8 日，短篇连载《少年立志（一）》（署名秋涛）、《天寒了!》（署名史痕）发表于《和平日报·和平副刊》第 3 卷第 4 版。

10 月 9 日，短篇连载《少年立志（二）》（署名秋涛）、《残酷》（署名史痕）发表于《和平日报·和平副刊》第 3 卷第 4 版；《少年立志》于 10 月 15 日连载完毕。

10 月 10 日，《祝中华诞生》（署名西冷）发表于《和平日报·和平副刊》第 3 卷第 4 版。

10 月 12 日，《今之李牧傅宜生》（署名仰嵩）发表于《和平日报·和平副刊》第 3 卷第 4 版。

10 月 13 日，《疑云密雨》（署名史痕）发表于《和平日报·和平副刊》第 3 卷第 4 版。

10月14日，《制造饭碗》（署名西冷）发表于《和平日报·和平副刊》第3卷第4版。

10月15日，《蒋梦麟》发表于《海潮》半月刊第10期。

10月16日，《小说的戏剧性》发表于《申报》。

10月18日，《生产与文艺》（署名草莱）发表于《和平日报·和平副刊》第3卷第4版。

10月19日，《漫步陪都娱乐场》（署名疾风）发表于《和平日报·和平副刊》第3卷第4版。

10月20日，《谁是新英雄》（署名草莱）发表于《和平日报·和平副刊》第3卷第4版。

10月23日，《清歌妙舞》（署名西冷）发表于《和平日报·和平副刊》第3卷第4版。

10月23、24日，《风趣的吴稚老》（上）（下）（署名疾风）连载于《申报》。

10月26日，《百万人口赖以维持交通——重庆的公共汽车》（署名疾风）发表于《和平日报·和平副刊》第3卷第4版。

10月31日，《元首生平》（署名疾风）发表于《申报》。

11月1日，《批评家的任务》发表于《建国青年》第3卷第4期。

11月4日，《人心的堕落》发表于《和平日报·和平副刊》第3卷第4版。

11月4日，《论友情》发表于《天津民国日报·文艺副刊》第50期。

11月6日，《复兴农村》（署名西冷）发表于《和平日报·和平副刊》第3卷第4版。

11月9日，《罗家伦两三事》（署名仰嵩）发表于《和平日报·和平副刊》第3卷第4版。

11月14日，《拥护领袖歌》（署名西冷）、《一发千钧》发表于《和平日报·和平副刊》第3卷第4版。

11月16日，《重心人物张若劢》（署名仰嵩）、《重庆初冬即景之一——严寒苦雨图》（署名疾风）发表于《和平日报·和平副刊》第3卷第4版。

11月19日，《祈祷和平》（署名西冷）发表于《和平日报·和平副刊》第3卷第4版。

11月21日，《吃饭第一》（署名草莱）发表于《和平日报·和平副刊》第3卷第4版。《华侨巨子胡文虎》（署名疾风）发表于《申报》。

11月22日,《好儿子》发表于《和平日报·和平副刊》第3卷第4版。

11月23日,《重心人物孙哲生》(署名仰蒿)发表于《和平日报·和平副刊》第3卷第4版。

11月24日,《天下纷纷》(署名西泠)发表于《和平日报·和平副刊》第3卷第4版。

11月25日,《职业教育》(署名草莱)发表于《和平日报·和平副刊》第3卷第4版。

11月26日,《上当以后》(署名西泠)、《常识补充》(署名秋涛)、《小说的戏剧性》发表于《和平日报·和平副刊》第3卷第4版。

11月28日,《迁都问题》(署名草莱)、《常识补充》(署名秋涛)发表于《和平日报·和平副刊》第3卷第4版。

11月29日,《转机》(署名西泠)发表于《和平日报·和平副刊》第3卷第4版。《文艺的使命》发表于《申报》。

11月30日,《今后的出版事业》发表于《天津民国日报》第8版。《事业家潘仰山》(署名仰蒿)、《寒风冷雨逼山城——冬天的阴影》(署名疾风)发表于《和平日报·和平副刊》第3卷第4版。

12月1日,《展开建设巩固和平》发表于《华声》半月刊第1卷第3期。《向日寇算总账》(署名西泠)发表于《和平日报·和平副刊》第4卷第4版。

12月5日,《事业家的伟大》(署名西泠)发表于《和平日报·和平副刊》第4卷第4版。

12月6日,《观瞻问题》(署名秋涛)发表于《和平日报·和平副刊》第4卷第4版。

12月7日,《仆仆京沪的雷震》(署名仰蒿)发表于《和平日报·和平副刊》第4卷第4版。

12月8日,《争权夺利》(署名西泠)发表于《和平日报·和平副刊》第4卷第4版。《今天的大学教育》发表于《甘肃民国日报》第2版。

12月9日,《科学之光》(署名秋涛)发表于《和平日报·和平副刊》第4卷第4版。

12月10日,《同归于尽》(署名草莱)发表于《和平日报·和平副刊》第4卷第4版。

12月14日,《北温泉之冬》(署名疾风)、《宪法学者王亮畴》(署名仰蒿)发表于《和平日报·和平副刊》第4卷第4版。

12月16日,《靠山》(署名西泠)发表于《和平日报·和平副刊》第4

卷第 4 版。

12 月 20 日,《枝节末叶》(署名草莱)发表于《和平日报·和平副刊》第 4 卷第 4 版。

12 月 22 日,《关于禁舞》发表于《和平日报·和平副刊》第 4 卷第 4 版。

12 月 23 日,《给青年》(署名西冷)发表于《和平日报·和平副刊》第 4 卷第 4 版。

12 月 24 日,《人性的兽》(署名西冷)发表于《和平日报·和平副刊》第 4 卷第 4 版。

12 月 26 日,《咒骂与赞美》(署名草莱)发表于《和平日报·和平副刊》第 4 卷第 4 版。

12 月 27 日,长篇小说《国宝》开始在《天津民国日报·民国副刊》连载,全文共 30 多万字,连载 9 个月。

12 月 28 日,《山城年景》(署名疾风)发表于《和平日报·和平副刊》第 4 卷第 4 版。

12 月 29 日,《提醒读者们》(署名草莱)发表于《和平日报·和平副刊》第 4 卷第 4 版。

12 月 31 日,《年终结账》(署名秋涛)发表于《和平日报·和平副刊》第 4 卷第 4 版。

本年,诗集《狮子吼》由南京书局出版,此书系为纪念淞沪会战而写的。短篇小说集《娇喘》由南京百新书店出版。《出路》发表于《建国青年》第 1 卷第 5 期。《狂欢之夜》发表于《建国青年》第 2 卷第 5 期。《由出版事业的低气压说起》发表于《读者》第 1 卷第 1 期。《重庆帮投机掩护破案》发表于《海风》(1945 年上海创刊)第 18 期。

1947 年

1 月 1 日,《月夜荡舟游北泉》发表于《旅行杂志》第 21 卷第 1 期。《新年的新生》发表于《天津民国日报》。

1 月 3 日,《岁序更新》(署名史痕)发表于《和平日报·和平副刊》第 4 卷第 4 版。

1 月 4 日,《山城百万人　愉快度新年》(署名疾风)发表于《和平日报·和平副刊》第 4 卷第 4 版。

1 月 5 日,《官吏第一课》(署名草莱)发表于《和平日报·和平副刊》

第 4 卷第 4 版。

1 月 6 日，《青年第一课》（署名草莱）发表于《和平日报·和平副刊》第 4 卷第 4 版。《科学的文艺论》发表于《申报》。

1 月 9 日，《敬祝健康》（署名史痕）发表于《和平日报·和平副刊》第 4 卷第 4 版。《闲话邹鲁》（署名疾风）发表于《申报》。

1 月 19 日，《美丽的山城》发表于《申报》发表。

1 月 21 日，《风度》（署名西冷）发表于《和平日报·和平副刊》第 4 卷第 4 版。

1 月 26 日，《游宴笙歌度旧年——春节在重庆》（署名史痕）发表于《和平日报·和平副刊》第 4 卷第 4 版。

1 月 30 日，《新重庆》发表于《新重庆》第 1 卷第 1 期。

2 月 4 日，《吃讲茶》（署名西冷）发表于《和平日报·和平副刊》第 4 卷第 4 版。

2 月 10 日，《吞金自杀》（署名秋涛）发表于《和平日报·和平副刊》第 4 卷第 4 版。

2 月 11 日，《愚蠢》（署名史痕）发表于《和平日报·和平副刊》第 4 卷第 4 版。

2 月 13 日，《从最坏处看》（署名史痕）发表于《和平日报·和平副刊》第 4 卷第 4 版。

2 月 14 日，《投机与机投》（署名史痕）发表于《和平日报·和平副刊》第 4 卷第 4 版。

2 月 15 日，《青梅如豆柳如眉——山城春到人间》（署名西冷）发表于《和平日报·和平副刊》第 4 卷第 4 版。

2 月 18 日，《公道是非》（署名草莱）发表于《和平日报·和平副刊》第 4 卷第 4 版。

2 月 20 日，《从好处做》（署名史痕）发表于《和平日报·和平副刊》第 4 卷第 4 版。

2 月 21 日，《消灭黑市》（署名史痕）发表于《和平日报·和平副刊》第 4 卷第 4 版。

2 月 22 日，《残雾中晨曦渲染——南岸的春天》（署名秋涛）、《重庆小酌》（署名西冷）发表于《和平日报·和平副刊》第 4 卷第 4 版。

2 月 23 日，《生活难》（署名草莱）发表于《和平日报·和平副刊》第 4 卷第 4 版。

2 月，《隐秘的爱》发表于《学生杂志》第 24 卷第 1、2 期合刊。

3月7日,《今日文坛》(署名史痕)发表于《和平日报·和平副刊》第4卷第4版。

3月14日,《学术独立》(署名西冷)发表于《和平日报·和平副刊》第4卷第4版。

3月15日,《重庆的"四夜"》(署名秋涛)发表于《和平日报·和平副刊》第4卷第4版。《火案中颇露锋芒的小姐》发表于《远东周报》第1期。

3月16日,《题材的现实性》(署名秋涛)发表于《和平日报·和平副刊》第4卷第4版。

3月19日,歌曲《祖国的黎明》(闻蔚曲,王平陵词)发表于《士兵周刊》第28期。

3月22日,《充满诗意柔情——重庆的"四夜"》(署名秋涛)发表于《和平日报·和平副刊》第4卷第4版。

3月24日,《人民的热望》(署名草莱)发表于《和平日报·和平副刊》第4卷第4版。

3月25日,《奇丽的威尼斯》发表于《幸福世界》第1卷第7期。

4月29日,《人民的期望》(署名草莱)发表于《和平日报·和平副刊》第4卷第4版。

5月3日,《闲来无事路过两位老作家的旧居》发表于《和平日报·和平副刊》第5卷第4版。

5月4日,中华全国文艺作家协会的部分作家在上海建立了上海文艺作家协会。成立大会上,徐蔚南致开会辞,王进珊报告筹备经过,列席来宾简短致辞。该会的理事长为潘公展,常务理事有鲁莽、王进珊、徐蔚南等人,理事包括陆丹林、严独鹤、徐訏、华林、张道藩、赵景深、胡山源、顾颉刚、曹聚仁等,候补监事有朱应鹏、熊佛西、戴望舒等。另有许多上海作家出现在该会中,如郑逸梅、李健吾、赵清阁、孙福熙、张契渠、姚苏凤、施蛰存、毛子佩、陈蝶衣、平襟亚、周瘦鹃、程小青、范烟桥、王平陵、谢冰莹、施济美、张爱玲、顾冷观、苏雪林、邵洵美、鲁莽、王进珊、徐蔚南等人。

5月5日,《知识分子何处去?》(署名西冷)发表于《和平日报·和平副刊》第5卷第4版。

5月6日,《莫做清一色》(署名西冷)发表于《和平日报·和平副刊》第5卷第4版。

5月9日,《正视实际的问题》发表于《甘肃民国日报》第1版。

5月12日,《今年的香客》(署名草莱)发表于《和平日报·和平副刊》第5卷第4版。

5月,短篇小说集《湖滨秋色》由商务印书馆出版,收入《重庆的一角》《新亭泪》《国士无双》《陵园明月夜》《休矣!十二时!》《进城》《湖滨秋色》《做戏》《期待》等文章。

6月10日,《且看这一次》(署名草莱)发表于《和平日报·和平副刊》第5卷第4版。

6月26日,《可笑的矛盾》(署名秋涛)发表于《和平日报·和平副刊》第5卷第4版。

6月,短篇小说集《期待》由上海正中书局出版第8版。

7月4日,《十升换不出一斗》(署名西冷)发表于《冀中导报》第3版。

7月8日,《向将士们敬礼》(署名秋涛)、《打完最后一仗》(署名草莱)发表于《和平日报·和平副刊》第5卷第4版。

7月12日,《重庆夏夜曲》(署名西冷)发表于《和平日报·和平副刊》第5卷第4版。

7月14日,《四九自述》发表于《申报》。

7月15日,历史小说《李闯王(下)》发表于《曙光》第1卷第4期。

7月23日,《文艺与政治》发表于《申报》。《编后》发表于《和平日报·和平副刊》第5卷第4版。

7月28日,《崇尚学术》(署名西冷)发表于《和平日报·和平副刊》第5卷第4版。

7月29日,《瓜园会(梆子)》(署名西冷)发表于《冀中导报》第3版。

7月30日,《均等的牺牲》发表于《申报》。

7月31日,《文艺的时间性》发表于《和平日报·和平副刊》第5卷第4版。

8月1日,《月下追韩信》发表于《巨型》第2期。

8月4日,《正人心》(署名西冷)发表于《和平日报·和平副刊》第5卷第4版。

8月5日,《播种精神食粮》(署名西冷)发表于《和平日报·和平副刊》第5卷第4版。

8月9日,《记王平陵》发表于《礼拜六》第87期。

8月11日,《伟大作品的标准》发表于《和平日报·和平副刊》第5卷第 4 版。

8 月 22 日,《美丽的回想》发表于《和平日报·和平副刊》第 5 卷第 4 版。

8 月 23 日,《到好莱坞去——影城特写》(署名秋涛)发表于《和平日报·和平副刊》第 5 卷第 4 版。

8 月 26 日,长篇小说《国宝》在《天津民国日报》刊载完 5 章。

9 月 14 日,《猎人》(署名西冷)发表于《中央日报周刊》第 1 卷第 7 期。

9 月 15 日,《政治家的品格》发表于《曙光》新 1 卷第 8 期。

9 月 22 日,《舞弊的技术》(署名西冷)发表于《和平日报·和平副刊》第 6 卷第 4 版。

9 月 29 日,《中秋月》(署名西冷)发表于《和平日报·和平副刊》第 6 卷第 4 版。

9 月,于重庆完成《今天我们写些什么?》,并稍后发表于《现实与理想》第 1 卷第 3 期。

10 月 13 日,《父与子》(署名秋涛)发表于《和平日报·和平副刊》第 6 卷第 4 版。

10 月 16 日,《老大与老二》(署名史痕)发表于《和平日报·和平副刊》第 6 卷第 4 版。

10 月 17 日,《直线与曲线》发表于《申报》。

10 月 22 日,《扒粪篇》完成于重庆,于 12 月 16 日发表于《论语》第 143 期。《磕头的艺术》发表于《天津民国日报·民国副刊》。

10 月 24 日,《心理因素》(署名史痕)发表于《和平日报·和平副刊》第 6 卷第 4 版。

10 月 25 日,《重庆的暮秋》发表于《和平日报·和平副刊》第 4 版。

10 月 26 日,《与数目字赛跑》(署名史痕)发表于《和平日报·和平副刊》第 6 卷第 4 版。

10 月 31 日,《为上帝服务》发表于《和平日报·和平副刊》第 6 卷第 4 版。

10 月,《陪都的文化运动》发表于《新重庆》月刊第 1 卷第 4 期。

11 月 1 日,《渐趋最高点的重庆竞选潮》(署名秋涛)发表于《和平日报·和平副刊》第 6 卷第 4 版。

11 月 9 日,《问题的回答》发表于《申报》。

11 月 15 日,《重庆街头即景》(署名西冷)发表于《和平日报·和平副刊》第 6 卷第 4 版。

11月16日，《脸谱的妙用》发表于《申报》。

11月16日，《痛哭流涕长叹息》发表于《论语》第141期。

11月22日，《艺坛的沉闷》发表于《申报》。《大选期间空气紧张——大人物都还乡竞选》发表于《和平日报·和平副刊》第6卷第4版。

11月29日，《我抱着庄严郑重的心情走目圣洁的学圃（上）》发表于《和平日报·和平副刊》第6卷第4版。

11月30日，《谈幽默感》发表于《文艺先锋》第11卷第3、4期。《名将成名年龄》（署名秋涛）发表于《宇宙文摘》第1卷第9期。

12月4日，《微妙的契机》发表于《天津民国日报·民国副刊》。

12月6日，《我抱着庄严郑重的心情走目圣洁的学圃（下）》发表于《和平日报·和平副刊》第6卷第4版。

12月8日，《从侧面看》发表于《申报》，又于次年6月9日发表于《平民日报》第3版。

12月13日，《剧运又活跃起来——名剧人接二连三的献杰作》（署名西冷）发表于《和平日报·和平副刊》第6卷第4版。

12月20日，《三十六年度的结算——重庆十大新闻》发表于《和平日报·和平副刊》第6卷第4版。

12月25日，《开拓生路》发表于《申报》。

12月27日，《忆银色的北国看重庆十二月之夜》（署名秋涛）发表于《和平日报·和平副刊》第6卷第4版。

本年，《论语》复刊。第一年的主要撰稿人中既有京派文人沈从文、俞平伯，海派作家施蛰存、徐訏，还有王平陵、丰子恺、赵景深、许钦文等，刊物为持各种文学观念的作者提供了发表园地。

1948 年

1月1日，《山穷水尽疑无路》发表于《论语》新年号144期。《新年与游戏》发表于《天津民国日报·民国副刊》。《中国的新生》发表于《和平日报》元旦增刊第9版，《重庆的四夜》发表于《旅行杂志》第22卷第1期。

1月10日，《陪都的精神食粮》（署名西冷）发表于《和平日报·和平副刊》第7卷第4版。

1月11日，《纪念司法节》（署名史痕）发表于《和平日报·和平副刊》第7卷第4版。

1月17日,《立委竞选别记》(署名秋涛)发表于《和平日报·和平副刊》第7卷第4版。

1月24日,《陪都周末何处去》(署名秋涛)发表于《和平日报·和平副刊》第7卷第4版。

1月31日,《竞选余音——开票时的一幕》发表于《和平日报·和平副刊》第7卷第4版。《重庆的四夜》发表于《现实文摘》第1卷第10期。

2月5日,《纪念农民节》(署名西冷)发表于《和平日报·和平副刊》第7卷第4版。

2月20日,全国文艺作家协会举行第二届年会,除听取各地文艺动态之报告,及选举理监事外,通过王平陵之提案一件,王平陵提议:"凡艺术团体及艺术家个人之公演。经中央及各地文运会负责证明,确系纯艺术之表现,绝非职业性娱乐者,应请政府豁免税捐,以示政府爱护艺人,提倡艺术之至意。"《宽度与深度》发表于《中央日报》第7079号第6版。

2月21日,《春染山城迎元宵》(署名秋涛)发表于《和平日报·和平副刊》第7卷第4版。

2月28日,《来苏堂内送元宵——记江苏同乡迎春一盛会》(署名秋涛)发表于《和平日报·和平副刊》第7卷第4版。

3月1日,《漂亮的人》发表于《文潮月刊》第4卷第5期。

3月3日,《创刊话》(署名史痕)发表于《和平日报·和平副刊》第7卷第4版。

3月9日,《湖滨秋色》(梦生评,王平陵著)发表于《和平日报·和平副刊》第7卷第4版。

3月13日,《发掘陪都富源》(署名秋涛)发表于《和平日报·和平副刊》第7卷第4版。

3月15日,《情感的启发与蒸滤》发表于《和平日报·和平副刊》第7卷第4版。

3月22日,《我们的路程》发表于《和平日报》副刊《青年文艺》第7卷第4版。

3月29日,通俗小说《三堂会审记》(署名史痕)发表于《和平日报·和平副刊》第7卷第4版。

4月3日,《站在桥的尽头看国大》发表于《和平日报·和平副刊》第7卷第4版。

4月5日,《寂寞的文坛》发表于《和平日报》副刊《青年文艺》第7卷第4版。

4月6日，《感化与献媚》发表于《申报》，并于4月9日载于《和平日报·和平副刊》第7卷第4版。

4月10日，《春满山城》（署名秋涛）发表于《和平日报·和平副刊》第7卷第4版；《深宫长恨》发表于《中流》（上海）第1卷第1期。

4月12日，《文艺的素材》发表于《和平日报》副刊《青年文艺》第7卷第4版。

4月24日，《行宪第一章——百万市民欢欣闹山城》（署名史痕）发表于《和平日报·和平副刊》第7卷第4版。

5月1日，《陪都剧人看国大政治舞台上的戏剧性》（署名草莱）发表于《和平日报·和平副刊》第7卷第4版。

5月4日，《燃烧热情之火——为纪念五四文艺而作》发表于《和平日报》副刊《青年文艺》第7卷第4版。

5月20日，《深宫长恨（续）》发表于《中流》（上海）第1卷第2期。

5月22日，《听"西南之莺"试歌喉——记陪都电台广播音乐会》（署名秋涛）发表于《和平日报·和平副刊》第7卷第4版。

5月25日，历史小说《长孙无忌》发表于《春秋》（上海）第5卷第2期。

5月29日，《翁院长两三事》（署名西冷）发表于《和平日报·和平副刊》第7卷第4版。

6月2日，《人之大德曰睡》完成于重庆，于本月16日发表于《论语》第155期。

6月5日，《翁阁的面面观》（署名秋涛）发表于《和平日报·和平副刊》第8卷第4版。

6月7日，《李逵的性格》发表于《和平日报》副刊《青年文艺》第8卷第4版。

6月19日，《端阳节后给我们带来些什么》（署名史痕）发表于《和平日报·和平副刊》第8卷第4版。

6月28日，《论叙事诗》（署名秋涛）发表于《和平日报》副刊《青年文艺》第8卷第4版。

7月5日，《文艺家的理想》发表于《和平日报》副刊《青年文艺》第8卷第4版。

7月10日，《天气与人生》（署名西冷）发表于《和平日报·和平副刊》第8卷第4版。

7月24日，《山城夏夜何处去》发表于《和平日报·和平副刊》第8卷第 4 版。

7 月 26 日，《中国剧运的凋零》发表于《和平日报》副刊《青年文艺》第 8 卷第 4 版。

7 月 31 日，《陪都的仲夏夜之梦》（署名西冷）发表于《和平日报·和平副刊》第 8 卷第 4 版。

8 月 1 日，《谈包工制度》发表于《论语》第 158 期。

8 月 7 日，《恭喜莘莘学子跨过第一重考关》（署名秋涛）发表于《和平日报·和平副刊》第 8 卷第 4 版。

8 月 14 日，《悼朱自清先生》写作完成，并于本月 16 日发表于《和平日报》副刊《青年文艺》第 8 卷第 4 版。

8 月 28 日，《周末座谈会主题：我与金圆的关系》（记录者署名西冷）发表于《和平日报·和平副刊》第 8 卷第 4 版。

9 月 1 日，《艺术欣赏与人生》发表于《时论通讯》第 2 期。

9 月 15 日，历史小说《明末的周奎》发表于《现实与理想》第 2 卷第 1 期。

9 月 30 日，《奈何桥》《完成新时代的一切》发表于《中流》（上海）第 1 卷第 3、4 期合刊。

10 月 10 日，《不知从何说起》《国庆日追念黄复生》（署名史痕）发表于《和平日报·和平副刊》第 8 卷第 4 版。

11 月 1 日，《揩油篇》发表于《论语》第 164 期。

11 月 30 日，《奈何桥（续）》发表于《中流》（1948 年上海创刊）第 1 卷第 5、6 期合刊。

本年，担任重庆文化运动委员会委员的王平陵，奉张道藩之命积极推动重庆的右翼文艺运动。《秋星》（署名疾风）由浙江宁波春风社出版。《感化与献媚（续完）》发表于《一四七画报》第 20 卷第 7—9 期。

1948—1949 年冬，担任重庆文化运动委员会委员的王平陵除积极推动重庆的国民党文艺运动外，为了养家糊口，还在重庆巴蜀中学兼课。

1949 年

1 月 1 日，《扬子江上的倦游者》发表于《旅行杂志》第 23 卷第 1 期。

4 月 1 日，《微妙的契机》发表于《论语》第 174 期。

5 月 2 日，《家》（署名疾风）发表于《和平日报》第 10 卷第 4 版。

11 月 26 日，在老友倪炯声的安排下，带着长子允昌，于重庆解放前一天登上最后一架飞往台湾的班机，离开大陆。

1950 年

春，同学唐贤龙创办《中国新闻》周刊，因所载文稿有泄漏军事机密之嫌，被罚停刊查办，王平陵偕唐贤龙往访有关单位首长邵百昌，陈述经过详情，力证唐君所述确实。

3月23日，《新生报》副刊在台北中山堂举办盛况空前的文艺作家座谈会，王平陵到会，会议内容是讨论"战斗文艺"的开展和成立一个文艺团体。

4月，与太太吕瑛、女儿晶心、次子允汶在台团聚。

5月19日起，在程大城创办的《半月文艺》任专稿撰述委员。

1951 年

2月1日，《残酷的爱》由台北正中书局初次出版。

5月4日，《文艺创作》杂志正式问世，宣称："本会所采用之作品，将一律予以刊出。"该刊先后由葛贤宁、胡一贯、王平陵、虞君质等主编，一时成为"反共文艺"作品汇聚的核心刊物，并由文艺创作出版社推出"文奖会丛书"。

8月，《怎样编副刊》发表于《报学》第1卷第1期。

1952 年

3月，任《中国文艺》月刊主编。《中国文艺》是其友人唐贤龙"以赔本的决心"全力倾资创办的，创办后也一直以民营的方式运作。

4月起，王平陵任《中国语文》编委。

本年，《苏雪林自传》中提到："轮船到了香港，我上岸暂寓舍堂妹家，写信告诉王世杰请他寄来入境证，即搭小轮赴台北，时为'民国四十一年夏'，文艺界许多人闻我至，都来拜访，如王平陵等，个个赤诚相待，如接待亲人一般。"

1953 年

夏，率领"幼狮文艺作家团"环岛"劳军"。

8月2日，青年写作协会成立于台北，由王平陵、刘心皇、高明、冯放民等发起。

本年，《茫茫夜》由台湾华国出版社出版。

1954 年

2月16日至19日，第一届"民族舞蹈比赛大会"开始，比赛会场设于三军球场，王平陵被聘为评判委员。

5月4日，"文化清洁运动专门研究小组"成立，成员有陈纪滢、王平陵、罗家伦、任卓宣、苏雪林、谢冰莹、李辰冬、赵友培、何容、王蓝、耿修业、王集丛、宋膺等人。

本年，《漩涡》由香港自由出版社出版。

1955 年

5月5日至8日，第二届"全省舞蹈赛大会"开始举办，会场设于台北市三军球场，王平陵为名誉评判委员。

本年，《归来》由台北中华书局出版；《火种》由台湾"中央文化供应社"出版；《雕虫集》由香港自由出版社出版。

1956 年

赴泰国任曼谷《世界日报》总编辑，并积极鼓吹当地侨胞从事文艺。

1957 年

8月10日，《〈孽海花〉的写作艺术》发表于《中央日报》。

本年，短篇小说集《游奔自由》由台湾"中央文化供应社"出版。

1958 年

2月20日，王平陵夫妇于景美寓所合影。
8月20日，王平陵夫妇在寓所大门合影。

1959 年

夏，与亲友于景美家中客厅合影。应马尼拉华校师专之聘赴菲律宾讲学，并为马尼拉《大中华日报》撰写文艺专栏。

7月，应聘为"政工干校"专任教授，开的课有中国通史、国文、名著欣赏、名剧选读。

本年，获得台湾当局教育部门颁发的戏剧奖。剧本《锦上添花》《台北夜话》《自由魂》由香港亚洲出版社出版。王平陵夫妇与女作家谢冰莹、作家冯放民合影于台中教师会馆。

1960 年

3月8日，上午，王平陵在马尼拉等待途经此地的爱女晶心，并与其在马尼拉第九号码头"越南"号邮轮旁合影。

11月1日，三幕一景话剧《幸福的泉源》由台北正中书局出版。

1961 年

5月，王平陵、钟雷、上官予、墨人、葛贤宁、纪弦等9人合集《我们狂欢的日子》，由台北改造出版社出版。

7月，应聘为"政工干校"专任教授，开的课有中国通史、国文、名著欣赏、名剧选读。

1962 年

6月1日，独幕话剧《夜》由正中书局出版。

暑假，从菲律宾返回台湾。

仲秋，《追怀弘一大师》写作完成，7月30日载于菲律宾佛教印经委员会印行的《（华严集联三百）书后》。

本年，剧本《夜》由正中书局出版。与女作家卢月化、作家公孙嬿、诗人亚薇合影于马尼拉"中正侨校"。

1963 年

春，致信雪曼，向他约稿。

6月，在台湾"暑期文艺讲习班"任班主任及授课。

8月初，应允为张放的《海洋生活》写稿。

8月8日，从新店寓所寄信函给陈新涛，内容主要是为《海洋生活》写稿事宜。

8月12日，写信给陈新涛。

8月13日，寄文稿与陈新涛。

10月中旬，杨兆青到景美拜见王平陵。

12月19日下午，台湾"青年写作协会"新选出的理监事在一起开会，王平陵发表了一篇演说。

12月21日，赴"干校"上课，会见梁树国副校长，两人谈到高启圭及"干校"状况。

12月24日深夜，致信高启圭。

12月30日，致信江石江，希望将友人陈一萍夫人高凤英的评论文《七仙女》发表于《自立晚报》副刊《影剧》。在给女儿晶心的信中写道："你一定要在学业完成后，才肯谈婚姻大事，我很赞同，否则，你活一天将后悔一天……"此信是父女俩最后一次通信。

12月，与侄王文杰畅谈文艺。

1964 年

1月5日，上午10时，刘心皇路过王平陵寓所，两人交谈了三件事：一是王平陵再奋斗两年，女儿晶心和儿子允昌都可以在西班牙获得博士学位；二是《爱情与自由》长篇小说快出版了，需刘心皇写一篇评介；三是要拜读刘心皇的新书。晚上8时半，王平陵在寓所正赶写《爱情与自由》序言，因劳累过度突发脑出血。

1月12日，下午2时42分，经医治无效，病逝于台湾大学医院，享年67岁。

1月27日，戏剧遗作《锦上添花》在台北的台湾艺术馆上演。

本年，《爱情与自由》由正中书局出版。

1965 年

《三十年文坛沧桑录》由台北"中国文艺社"初次出版。

1969 年

10月1日,《幸福的泉源》由台北正中书局出版。
11月,《残酷的爱》由台北正中书局出版。

1975 年

8月1日,《写作艺术论》由台北正中书局出版,全书共分7大章,包括前言、散文写作艺术、小说写作艺术、戏剧与电影写作艺术、报告文学写作艺术、诗写作艺术、其他。

谢冰莹文学年表

朱晓莲

1906 年

10月22日，生于湖南省新化县古梅山腹地谢铎山（今冷水江市铎山镇龙潭村），乳名凤英，学名谢鸣岗，又名谢彬。

其父谢玉芝，字锡林，号石邻，晚岁自号"守拙老人"，曾在张之洞办的两湖书院读书，参加过乡试，中光绪辛卯副贡（举人），博闻强记，热心研究宋儒之学，国学底蕴深厚，被誉为"康熙字典""辞源""书箱"，一生致力于发展地方教育事业，不愿与政治发生牵连。其母刘喜贵，坚强勤劳、乐善好施，受封建礼教影响较深。大哥谢承邕，大姐谢隆德，二哥谢承章，三哥谢国馨。

1908 年

被父母许配给友人之子萧明。

1910 年

开始识字，其母口授《女儿经》《教女遗规》《二十四孝》《烈女传》等。

1913 年

已能背诵《唐诗三百首》《随园女弟子诗》大半篇章。始读《水浒传》，并向小朋友和大人讲其中的章节。这是谢冰莹与文学结缘的开始。常和男孩子一起做泥菩萨、抛石子，还把孩子编成军队进行操练，自称"司令"。其后，被母亲强行缠足、穿耳。

1916 年

冬，大哥自长沙给母亲来信，建议谢冰莹离家读书，信中写道："凤妹天资异人，深堪造就，明年春可送其赴大同女校求学，以为将来考女子师范之准备。近年来女禁开放，学校林立，吾家素以书香传世，谅慈母不以妹为女子而见拒也。"

本年，用绝食 3 日的办法向母亲争取读书识字的机会，最终经其母同意进入私塾读书。读了女子国文 8 本，偷读了半册《幼学》《琼林》和《论语》。

1917 年

入大同女校，在甲班就读。背着母亲放脚。为反对学校的封建管理第一次参与闹学潮。

秋，改入县立高等女子小学，开始读《少年杂志》《小朋友》，最喜欢看富有冒险性的侦探小说。读二哥从山西寄来的胡适的《新讲演集》和《世界短篇小说集》。

1918 年

乘船至益阳，到城南门五马坊由挪威人爱娜办的教会学校——信义女子中学读书。后因参加"五七"国耻纪念日游行，被校方开除。

1919 年

开始写日记，几无一日间断。

1920 年

夏，父亲亲自送其至长沙，即考取湖南省立第一女子师范学校（俗称稻田师范）。

1921 年

处女作《刹那印象》以笔名"闲事"载于《大公报》副刊,由此渐露文学锋芒。

1922 年

于湖南省立第一女子师范学校就读期间,作文写得很出色,如散文《小鸽子之死》(未发表),常常受到老师的褒奖,文章经常被当作范文张贴于墙。求学几年间,文章散见于校报及其三哥编辑的《通俗报》。

1924 年

秋,作万字小说《初恋》,描写一个中学女生和一个大学男生的心理矛盾、感情与理智的冲突。因国文教员李青崖不看她的《初恋》,她一学期不交作文,故期末作文被打零分。

本年,被同学选为学术骨干兼图书管理员,其间广泛阅读中外名著,例如《少年维特之烦恼》《茶花女》《断鸿零雁记》《断肠词》等,崇拜莫泊桑、左拉、托尔斯泰、陀思妥耶夫斯基、小仲马,喜欢王尔德和爱罗先珂的童话,也读中国的古典名著,但不喜欢《红楼梦》等偏向于哀伤悲凄的小说。提倡白话文的国文教员周东园、李青崖对她影响很大。

1925 年

秋,给《通俗报》送去自己所写的几则随感。结识二哥的好朋友徐名鸿(系北师大才子),对徐一见钟情。

1926 年

夏末,陪二哥在岳麓山道乡祠养肺病。二哥批评她不该总读些《牡丹亭》《西厢记》《琵琶记》之类的千篇一律的才子佳人的故事,鼓励她多读新文学的作品。作《爱晚亭》,发表于程少怀主编的《火花》。在为自己的创作产生了影响而高兴时,收到母亲的来信,要其做好出嫁的准备,毕业后与萧明结婚。

9月7日，作日记《相思》。

9月15日，作日记《心事》。

9月，决心逃脱包办婚姻，报名从军，解放自己，锻炼自己。随200多名青年男女在大雨中从长沙出发到武汉，因带头反对湘生复试而被开除。后在二哥的帮助下，改名谢冰莹，换籍北平，顺利考入设在两湖书院的中央军事政治学校第六期女生队。

11月25日，入校，开始的艰苦入伍训练。在军校结识符号、谷万川、魏中天、莫林等人。

1927 年

1月，剧本《误会》发表于《小朋友》第287期。

3月，结束军事训练，初识林语堂、孙伏园、路晶清。

5月，随中央独立师叶挺副师长率领的讨伐杨森、夏斗寅的革命军西征。出发前作《给女同学》的信，载于《革命日报》；《出发前给三哥的信》，载于《通俗日报》。一个多月的前线战斗生活，给她和符号（本名符业奇）提供了接触的机会，两人彼此钦慕；并结识赵一曼、周铁忠、魏中天等人。

行军中，随身撰写日记，不曾间断。因保存不易，将日记、书信寄给武汉《中央日报》主笔兼副刊主编孙伏园代为保管。

5月14日，《从军日记》以笔名"冰莹"连载于武汉《中央日报》副刊，至6月22日止。林语堂后将其译为英文发表于《中央日报》英文版副刊。

7月，由于国民革命的失败，中央军事政治学校武汉分校女生部解散，于是返回故乡。由于向父母提出与萧家解除婚约的要求，被母亲软禁家中。

7月13、14日，《可怜的她》连载于《现代青年》（广州）第147、148期。

10月18日，为摆脱媒妁婚约而逃奔，在渡船口被母亲拦下。

1928 年

1月，经过三次逃婚失败后，与萧明成婚。

春，以应聘担任母校大同女校六年级老师为由，逃离萧家。之后持续以通信的方式说服萧明解除婚约，经其同意后登报宣布离婚。担任湖南省立第五中学附小国文老师。

2月，《国王的游戏》发表于《小朋友》第295期。

7月，从湖南省立五中附小辞职，与爱珍相约，逃往上海。投靠上海主编《贡献》综合月刊的孙伏园先生，请他帮忙，实现自己上大学的愿望。

到上海的第十天，误住绑匪家，被当作绑匪抓进了监狱，获孙伏园营救。后在上海哈同路民厚南里嘤嘤书屋认识了孙伏园的弟弟——画家、作家孙伏熙，孙氏兄弟请谢冰莹喝酒、吃螃蟹，为她获释祝贺。

秋，上海春潮书局有意出版她的《从军日记》，获林语堂作序，丰子恺作封面画。后来她说："我要特别感谢孙伏园先生，是他领导我走上了文学之路，《从军日记》如果不是孙伏园和林语堂先生两位做主，我是绝对没有勇气出版的；可是另一方面我也要怪他，当初我要是不走这条文学之路，也许没有现在的穷，没有现在的苦恼。"

冬，考入上海艺术大学中国文学系二年级，与王克勤（即女电影明星、作家王莹）同学，过着穷困的生活。

本年，于《时事新报》和《申报·自由谈》发表多篇短篇小说、散文。

1929 年

1月，上海艺术大学解散。收到三哥的来信，建议其去北平补习功课，预备暑期投考女师大，提供读书费用。

3月，《从军日记》由上海春潮书局出版。《从军日记》刚刚出版不久，在上海一次作家的聚会上认识了郁达夫，通过他又认识了张资平。她说："对这位以描写三角恋爱和多角恋爱的作家，我是不敢恭维的。"

4月14日，鲁迅得其信（见《鲁迅日记》）。

4月18日，鲁迅复其信（见《鲁迅日记》）。

5月30日，离开上海，与符号北上天津，短暂逗留后，转到北平，与路晶清轮流主编《民国日报》副刊。因言论激烈，两个月后报纸停办，回到河北省妇女协会，预备功课。

5月24日，《这几日来为何消息沉寂》发表于《河北民国日报》副刊第124期。

6月10日，《几句贡献给做妇运工作同志的话》发表于《河北民国日报》副刊第135期。

7月13日，作《〈从军日记〉再版的几句话》。

9月，《从军日记》由上海春潮书局再版。正文与1929年3月春潮版同，正文前新增谢冰莹《再版的几句话》，另新增附录谢冰莹《出发前给三哥的信》《给女同学》《革命化的恋爱》。

秋，考入北京女子师范大学，师从黎锦熙。以文会友，认识了一大批作家学者，例如孙席珍、庐隐、潘漠华、李俊民、段雪笙、杨刚等人以及后来的丈夫贾伊箴（山东人，基督教家庭出身，燕京大学化学系毕业后留学英国，回国后从事化学研究和教学工作）。其间一面读书，一面写文章，一面在大中中学教书，生活艰苦。

本年，与符号结婚。

1930年

1月，因徐名鸿探望，与符号感情破裂。

6月4日，符冰出生，小名小号兵。此时住西单小口袋胡同。

6月28日，符号遇上警察到北方书店搜捕，被捕入狱，"共产党女英雄"诗传《铁大姐》成了符号的罪证。谢冰莹身陷囹圄，这期间的文章大多为针砭时弊、鞭挞丑恶，散见于北平小报，笔名有紫英、乡巴佬、格雷、林娜、芷英、英子、兰如、南芷、刘滢、无畏、碧云、小兵、英英等。

8月，《从军日记》（汪德耀译）法文版由巴黎瓦卢瓦书局出版。

9月10日，《生之热烈》（署名英子）发表于《京报》。

9月18日，与段学笙、潘漠华、台静农、刘尊棋、杨刚、孙席珍等人发起"北方左翼作家联盟"。

10月，北方左翼作家联盟于北平正式成立。

冬，谢冰莹被迫南下，匆匆离开北平。在北师大任教的孙席珍夫妇当掉棉衣和戒指为她筹集旅费，并送行。她说："孙老师常常鼓励我们写作，他说：'一个富于热情的人，最好把生命寄托在文学上，因为它会给你许多想象不到的安慰和鼓励。'"这几句话也成了她日后经常鼓励学生的话。回到湖北武汉符号老家后，在宋泰生主编的《武汉日报》副刊《鹦鹉洲》上投稿。两周后，回到湖南长沙岳麓山，夜以继日地写作，后因其父七十大寿回到新化。（谢冰莹离开北平，还有一个政治上的原因。她不仅是北方左联的骨干成员，还是中共地下党活动的积极骨干，她一直接济支持周铁忠的地下活动，并参加了非常委员会领导下的北平新市委筹备处，结果被开除出党。这个打击刺伤了她的自尊心，影响了她的一生。）

本年，《从军日记》（林语堂译）英文版由上海开明书店出版。

1931 年

2月，经长沙到武汉，吻别女儿后，乘上了开往上海的轮船。到上海后，活跃于上海左翼作家中：给鲁迅写信寄稿，做客郁达夫家，结识柳亚子，并于本年8月获柳亚子赠诗《新文坛杂咏》。得林庚白援助，居于法租界霞飞路33号。

3月1日，《理智的胜利》发表于《读书月刊》第1卷第6期。

4月10日，《我的读书经验》发表于《读书月刊》第2卷第1期。

5月，《我的粉笔生涯回顾》发表于《新学生》第1卷第5期。

5月13日，鲁迅得其信（见《鲁迅日记》）。

6月10日，《读〈恋爱与新道德〉》《我幼时的学校生活》载于《读书月刊》第2卷第3期。

7月11日，撰写《清算》。

夏，在江湾艰苦写作，完成《青年王国才》（第一次用第三人称写的长篇小说）和《青年书信》，后由上海北新书局出版发行。《青年王国才》被认为"是三十年代左翼文学中一部反映青年生活的较好的作品"。她在这篇小说的结尾写道："我们不能像绵羊般驯服，忍受帝国主义给予我们的压迫，我们是革命的先锋，因此我们出路只有一条，就是走进群众的队伍，和他们同生共死……"谢冰莹将这两部长篇寄给鲁迅，并给他写信，请他批评；其后，鲁迅把她的两部书稿给了上海专门出版新文艺著作的北新书局老板李小峰。长稿完成后，由柳亚子证婚，与顾凤城结婚。

8月28日，作《〈从军日记〉的自我批判》。

9月20日，赴日本留学。留学期间深入研究日本文学，参加日本普罗文学的文学活动，主编妇女刊物《妇女世界》，与胡风、任钧、以群一同加入了中国左翼作家联盟东京支盟，另有作品《感想》由日本普罗作家翻译成日文发表于《普罗诗刊》。

9月，参加东京"中华留学生抗日救国会"发起的"追悼东北死难同胞大会"。《从军日记》由上海光明书局出版，正文与1929年3月春潮版同，正文前新增作家照片一幅，林语堂及汪德耀英、法两段译文。

11月，《东京消息》发表于《社会与教育》第3卷第1期。

11月10日，《清算》发表于《小说月报》第22卷第11期。

11月20日，《东京通讯》发表于《文坛》（上海）第2期。

12月10日，《一封最初亦即最后的信》发表于《小说月报》第22卷第

12期。

冬，因与同学组织抗日救国会，遭遭送回国。

1932年

1月28日，完成小说《抛弃》。1月，得柳亚子7日信（见《现代作家书简》）。参加左翼组织的"上海著作者抗敌协会"，与鲁迅、茅盾等43名左翼作家发表《上海文化界告世界书》，呼吁国际社会支持中国抗战。

2月，"一·二八"淞沪抗战爆发后，加入上海著作者抗敌协会，主编周刊《妇女之光》；兼任战地记者，为《大公报》《救亡日报》发送战地报告；参加宝隆医院组织的救护队，推动中国妇女共同参与前线救护工作。

3月，沪战结束，因思想观念不合，结束了与顾凤城短暂的婚姻。《妇女之光》也被迫停刊。

4月，长篇小说《中学生小说》由上海中学生书局出版。

5月30日，《周作人印象记》（署名碧云）、《致青年书》、《妇女世界的发端》发表于《读书月刊》第3卷1、2期合刊。

5月，得柳亚子5月11日信（见于《现代作家书简》）。

夏，应徐名鸿之邀来到闽西龙岩，在平权女校任教一学期。当时，十九路军总指挥部秘书长徐名鸿任善后委员会秘书长，谢冰莹担任过闽西十九路军善后委员会的宣传委员，辅助徐名鸿做些教育方面的工作，编辑起草小学各年级教科书课本。编排了独幕剧《姐弟情深》（谢冰莹演姐姐，同科青年雪林演弟弟），这时期的文章多见于上海《申报》副刊《自由谈》。

6月10日，《抛弃》载于《文学月报》第1卷第1期。

6月17日，作《关于〈麓山集〉的话》。

6月，得柳亚子6月17日信（见于《现代作家书简》）。

9月16日，《家信》发表于《论语》第1期。

9月29日，《妹妹的日记》（署名小兵）发表于《南宁民国日报》。

9月30日，《妹妹的日记（续）》（署名小兵）发表于《南宁民国日报》。

9月，《前路》小说集由上海光明书局出版发行。

10月5日，《无聊人》（署名小兵）发表于《南宁民国日报》。

10月6日，《无锡给我的印象》发表于《大华晚报》。

10月9日，《醒来时》（署名小兵）发表于《南宁民国日报》。

10月12日，《也是世故》（署名小兵）发表于《南宁民国日报》。

10月22日,《朋友的商榷,也算是"爱"的信条》(署名小兵)发表于《南宁民国日报》。

10月,13日、14日、16日、17日、18日、19日得柳亚子信,15日、21日寄信柳亚子(见《现代作家书稿》)。《麓山集》由上海光明书局出版,本书集结作者1926—1931年的散文作品《爱晚亭》《不自由,毋宁死!》等14篇,内容以抒情为主,正文前有谢冰莹《关于〈麓山集〉的话》。

11月2日,《成功与失败——我的摄影经过》发表于《大晚报》。

11月6日、10日、15日、17日,寄信柳亚子(见《现代作家书简》)。

11月30日,鲁迅得其信(见《鲁迅日记》)。

秋,离开平权女校,赴厦门中学任教。在厦门,编排过田汉的独幕话剧《乱钟》,帮助学生为《厦门日报》编辑《曙光》文艺周刊,写了许多小说和散文,还曾去集美学校讲演,结识诗人方玮德、游介眉,过从甚密。

12月2日,《是非日记》(署名小兵)发表于《南宁民国日报》。

12月15日,《彷徨日记》(署名小兵)发表于《南宁民国日报》。

12月16日,《预操记》(署名小兵)发表于《论语》第7期。

12月20日,《我的少年时代生活的断片》发表于《读书月报》。

冬,与郭莽西、谢文炳、方玮德、游介眉合办当时厦门唯一的文艺刊物《灯塔》(仅出两期)。

本年,《中学生文学辞典》由中学生书局出版。

1933年

1月20日,《病》发表于《申报·自由谈》。

1月,《期待》发表于《中华日报》新年特刊。

2月1日,柳亚子在《新时代》月刊2月号上发表《寿冰莹——浪淘沙》词2首。

2月9日,《恋爱与结婚,是快乐还是痛苦?》(署名芷英)发表于《京报》第10期。

2月16日,《夫子之"盗"》发表于《论语》第11期。

2月,书信集《青年书信》由上海北新书局出版;长篇小说《青年王国才》(原《中学生小说》)由上海开华书店出版。

3月,《我的中学生生活》发表于《现代学生》(上海)第2卷第6期。

4月7日,《寄给海上的薇》发表于《大晚报》。

4月8日,《动乱中之闽西》发表于《大声》第1卷第2期。

4月13日，《享乐与颓废》（署名小兵）发表于《南宁民国日报》。

5月13日，作《小土豪》。

5月25日，《小土豪》发表于《申报·自由谈》，至26日止。

5月26日，《黄金的儿童时代》（署名林娜）发表于《西京日报》。

6月10日，《枇杷》发表于《大声》第1卷第11期。

6月17日，《关于女权》发表于《大声》第1卷第12期。

6月27号，《暴风雨后的黄昏》发表于《申报》（上海）第21625号。《过路人（上）》（署名小兵）发表于《南宁民国日报》。

6月28日，《过路人（下）》（署名小兵）发表于《南宁民国日报》。

7月1日，《通信：瑞民》发表于《出版消息》第15期。《由头痛说起》发表于《申报》（上海）第21629号。

8月19日，《别矣，可爱的孩子们！》发表于《大声》第1卷第21期。

9月13日，《秋天的落叶》发表于《大晚报》。

9月21—23日，《刺激》连载于《申报》（上海）第21713—21715号。

9月23日，《夜深沉》（署名小兵）发表于《南宁民国日报》。

9月27日，《在海洋中》（署名小兵）发表于《南宁民国日报》。

9月28日，《我们的桂林》（署名小兵）发表于《南宁民国日报》。

9月，至福州会汪德耀先生。

10月1日，《献给失掉自由的铁》发表于《文学》月刊第1卷第4期。

10月3日，《海的幻像》（署名英子）发表于《京报》。

10月13日，《有趣的离婚》发表于《申报》（上海）第21732号。

10月14日，《挑煤炭的女苦力》发表于《申报》（上海）第21733号。

10月16日，《招揽生意》发表于《论语》第27期。

11月7日，《秋之晨》发表于《申报》（上海）第21757号。

11月15日，《前哨》（署名小兵）发表于《南宁民国日报》。

11月16日，《动乱中的闽西》发表于上海《时代画报》第5卷第2期。

本年，《梦想的中国》发表于《东方杂志》第30卷第1号。散文集《我的学生生活》、短篇小说集《血流》和《伟大的女性》由上海光华书局出版。

1934年

年初，因"闽变"被通缉，从厦门逃往上海，后由上海至长沙。彼时，徐名鸿在广州被枪毙。回长沙后，与黄维特居于岳麓山的妙高峰青山祠一年多，潜心写作《一个女兵的自传》。

1月，《独秀峰》发表于《中华日报》新年特刊。

2月17日，《一九三四年的前奏曲》发表于《申报·自由谈》。

2月24日，《心底的谴责》发表于《申报·自由谈》。

6月4、5日，《悼庐隐》（署名兰如）发表于《申报·自由谈》。

6月，《泪的代价》（署名英子）发表于《小说月刊》。

10月5日，《寂寞的花》（署名英子）发表于《汉口市民日报》。

10月8日，《秋天》（署名英子）发表于《申报·自由谈》。

12月14日，《创作经验谈》（署名英子）发表于《西北文化日报》。

12月20日，《小鸭之死》（署名兰如）发表于《人间世》第18期。

12月21日始，《从火山归来》（署名兰如）连载于《申报·自由谈》，至12月29日止。

12月23日，《创作经验谈（续）》（署名英子）发表于《西北文化日报》。

本年，《一个乡下女人》发表于《现代》（上海）第5卷第4期。《〈毁灭〉连续图书续》发表于《京报》副刊《熔炉》第6期。

1935年

1月15日，《玫瑰色的衣裳》（署名兰如）发表于《人间世》。

1月，《我认为满意的短篇小说：自我批判》发表于《文艺电影》第2期。《红楼生活的一断片》发表于《青年界》第7卷第1期。

1月至2月，《被母亲关起来！》连载于《人间世》第20—22期。

2月10日，《老画师》（署名英子）发表于《水星》第1卷第5期。

3月5日，《梅窗散记》（署名英子）发表于《文饭小品》第2期。

3月20日，《逃亡》发表于《人间世》第24期。

3月，《老女作家》发表于《大晚报》。《母性与职业》（署名碧云）发表于《现代》。《过着》《囚徒》《因为这也是人》《像猪般给抬着走》《失眠之夜》（署名林娜）发表于《小说月刊》。

4月15日，《两个逃亡底女性》《回乡日记》发表于《现代文学》（上海）第1期。

4月，《女兵十年》由北新书局出版。

5月5日，《第二次逃奔》发表于《人间世》第27期。

5月20日，《第三次逃奔》发表于《人间世》第28期。

5月30日，《东京随笔》（署名冰莹）发表于《文饭小品》第1卷第4期。

5月，再渡扶桑，到早稻田大学文学研究院，师从日本作家实藤惠秀、本间久雄教授等学习西洋文学，并改名谢彬。在东京学习期间，受到日本作家、中国文学研究家竹内好和武田泰淳、冈崎俊夫（他们是中国文学研究会的发起人、组织者）等人的欢迎，参加过座谈会，其间还结识了富有正义感的《朝日新闻》记者竹中繁子和《妇女文艺》主编神近市子等。《在电车上》发表于《文饭小品》第4期。

6月，《还乡日记》发表于《现代文学》（上海）第2期。《戏社》（署名英子）发表于《文饭小品》第5期。

9月16日，《起渡》（署名林娜）发表于《文学季刊》（北平）第2卷第3期。

9月，《独秀峰》发表于《中华》（上海）第38期。

10月3日，《广西妇女给我的印象》发表于《南宁民国日报》。

10月16日，《龙隐岩》发表于《宇宙风》第3期。

10月29日，《各家列传续》发表于《时代日报》。

10月30日，《女作家列传续》发表于《时代日报》。

10月31日，《各家列传续（二）》发表于《时代日报》。

11月1日，《云端里的朝云洞》发表于《宇宙风》第4期。

11月13日，《悲鸿的画》发表于《南宁民国日报》。

11月10日，结伴游三原山，观光活火山，后作《三原山游记》。

12月16日，《芜院杂记》（署名英子）、《海的故事》（署名林娜）发表于《文学季刊》第2卷第4期。

12月，《病房日记》发表于《女子月刊》第3卷第12期。

1936年

1月16日，《广西的农村妇女》发表于《妇女生活》（上海）第2卷第1期。

1月17日，作《大众的艺术》。

2月16日，《离别之夜》发表于《人间世》第2期。

2月24日，《纪念鲁迅先生》发表于《中流》第1卷第7期。

3月9日，《赴战前的一封信》（署名小兵）发表于《西北文化日报》。

3月16日，《最后的一呼》（署名小兵）发表于《西北文化日报》。

4月1日，《三个老囚犯》发表于《妇女生活》（上海）第2卷第4期。《自传之一章》发表于《宇宙风》第14期。

4月14日，因没去欢迎伪"满洲国""皇帝"溥仪，并持"抗日反满"立场，被日本当局捕获，扣上了"共产国际嫌疑人"的罪名，入狱三个星期，遭受电击、打头部、夹手指、泼冷水等酷刑和侮辱，后经柳亚子拍电报至中国驻日大使馆才得到营救。

4月16日，《一个女兵的自传》（续《自传之一章》）发表于《宇宙风》第15期。

4月20日，《夜间行军》发表于《逸经》第4期。

5月1日，《一个女兵的自传（三）》发表于《宇宙风》第16期。《几个不守纪律的男女兵》发表于《天地人》（上海）第5期。

5月15日，《鹰》发表于《作家》。

5月16日，《回忆中的铁笼生活》发表于《天地人》（上海）第6期。《当兵去》发表于《宇宙风》第17期。

5月，《炉边日记》发表于《青年界》第9卷第5期。《湖南的风》由上海北新书局出版，本书集结作者1927—1935年的散文余稿，包括《女苦力》《有趣的离婚》《挑煤炭的小姑娘》等24篇，正文后有黄维特《编后》。

6月8日，《救亡中我们的任务和使命》（署名小兵）发表于《西北文化日报》。

6月10日，《献给榴火》发表于《榴火文艺》创刊号。

6月16日，《樱花开的时候》发表于《天地人》（上海）第8期。

6月29日，《女招待在南京》（署名英子）发表于《琼崖民国日报》。

6月，作《我所认识的柳亚子先生》。接受广西南宁高中的聘约，担任第十五班、第十六班的国文老师，兼编《广西妇女》。闲余时间在《宇宙风》《作家》《青年界》等刊发表了许多散文。

7月10日，《土地》（署名林娜）发表于《文学界》第1卷第2期。

7月25日，《壮丁》（署名林娜）发表于《光明》第1卷第4期。

7月，《一个女兵的自传》由上海良友图书公司出版。本书作者以写实笔调，自述其幼年求学、从军、任教的曲折经历，具有时代特色。全书有"幼年时代""小学时代""中学时代""从军时代""家庭生活"等章节，正文有谢冰莹《写在前面》及作者近照、手稿各一张。

8月10日，《国防与国防文学》（署名林娜）发表于《文学界》第1卷第3期。

8月12日,《如何消灭汉奸势力?》(署名小兵)发表于《南宁民国日报》。

9月1日,《伏老在长沙》发表于《宇宙风》第24期。

9月10日,《向他们说些什么》(署名林娜)发表于《光明》第1卷第7期。

9月,《通信：芳兰女士》发表于《潇湘涟漪》第2卷第6期。《三十分钟的会见》发表于《力报》副刊创刊号。此期间在严怪愚主办的《力报》、《市民日报》发表大量文章。

10月1日,《我们为你而歌》(署名英英)发表于《诗歌杂志》第1期。

10月10日,《呆狗》(署名林娜)发表于《光明》第1卷第9期。

10月16日,《补袜子》发表于《宇宙风》。

10月20日,《光阴的礼赞》(署名英英)发表于《诗歌生活》第2期。

10月24日,病中作《纪念鲁迅先生》。

10月,《西瓜皮》发表于《潇湘涟漪》第2卷第7期。

12月5日,《纪念鲁迅先生》发表于《中流》第1卷第7期。

12月25日,《到上海去!》发表于《谈风》第5期。

冬,因母亲离世,回湖南新化。

本年,《战!》发表于《一三杂志》第3卷第1期。散文、小说合集《谢冰莹创作选》由上海仿古书店出版。《生日》由上海北新书局出版。

1937年

1月1日,《由被侮辱说起》发表于《女子月刊》第5卷第1期。

1月10日,《老向会见记》发表于《谈风》第6期。《入籍》(署名林娜)发表于《光明》第2卷第3期。

1月20日,《"世界变了"两则》发表于《逸经》第22期。

2月1日,《我们决不投降你们》(署名英英)发表于《诗歌杂志》第2期。

3月16日,《在日本狱中生活》发表于《宇宙风》第37期。

春,在南岳衡山半山亭疗养。

4月14日,《关于"大地"：答一个不认识的友人》发表于《中流》(上海)第2卷第2期。

6月16日,《在日本狱中：板壁上的标语》发表于《宇宙风》第43期。

6月,《夫子之"盗"》发表于《知行月刊》第 2 卷第 6 期。《湖南的风》(第 2 版)由上海北新书局出版。

7月 1 日,《痛心的回忆——悼立枕》发表于《妇女生活》第 4 卷第 12 期。

7月 6 日,《粉红色的梦——学校生活片段》发表于《南报》第 3 期。

7月 15 日,《一个殉难者的妻》《邻家》(署名林娜)发表于《中国文艺》第 1 卷第 3 期。《关于目前剧运的二三事》(署名林娜)发表于《新演剧》第 1 卷第 3 期。

7月,《公寓的管理人》发表于《西风》(上海)第 7—12 期合刊。抗日战争全面爆发,辞别病中父亲,前往长沙发起组织"湖南妇女战地服务团"。

9月 14 日,凌晨 2 点,率团跟随吴奇伟将军的第四军从长沙前往嘉定前线,参加上海保卫战,为负伤将士服务。作《到前线去》《重上征途》。

9月 15 日,在南京作《重临故地》。

9月 16 日,在镇江作《南京一瞥》。

9月 19 日,抵达安亭,作《战地中秋》。

9月 20 日,作《你是哪国人?》。

9月 21 日,作《桥上的伤兵》。

9月 23 日,作《战士的血,染红了我们的手》《美丽的村姑》。

9月 24 日,作《我们是死不完的》。

9月 25 日,作《怕飞机》。

9月 26 日,作《战地炮声》。

9月 27 日,作《两个无知的老百姓》。

9月 28 日,作《嘉定巡礼》。

9月 30 日,作《中国人不打中国人》《往哪里逃》。《乱离通讯(四)》发表于《宇宙风·逸经·西风》第 4 期。

10月,《出发前的日记》发表于《潇湘涟漪》第 3 卷第 4 期。

10月 1 日,作《恐怖的一日》。

10月 2 日,作《到上海去》。此日,谢冰莹前往上海向文化救亡团体征求救亡书报,向妇女慰劳会求捐药品、纱布、棉花,并为服务团募捐棉被。午饭与范长江、叶灵凤、杜重远在锦江饭店小聚,吃过饭,先到《救亡日报》社接洽,作《不愿做俘虏的战士》,后到《大公报》社,作《在火线上》交给他们。

10月 3 日,《前方的汉奸》发表于《救亡日报》。当晚,谢冰莹带着一车妇慰会送的背心、纱布、棉花、药品、被子，以及许多抗战杂志和报纸启程。柳亚子为她送行，赠诗《送冰莹上前线》。晚上 11 点抵达嘉定。

10 月 4 日，作《找不到自己的家了》。开全团会议，报告上海救亡团体活动的情况，并传达了何香凝先生的几点希望。

10 月 5 日，作《战地情书》。

10 月 6 日，在金家宅作《上海劳动妇女战地服务团》。

10 月 7 日，在金家宅作《敌人的秘密》。

10 月 8 日，作《在战地过生日》。《来到上海》发表于《民族呼声》第 2 期。

10 月 9 日，在顾家宅作《太寂寞了，到火线上去》。

10 月 10 日，在太仓陆家宅作《回到太仓》。《火线上的东北问题》发表于《国闻周报》第 14 卷第 39 期。

10 月 11 日，作《苏州的警报》。

10 月 12 日，在陆家宅作《欢迎新同志》。

10 月 13 日，作《军民合作》。

10 月 14 日，作《浏河的弹痕》《血战三日记》。

10 月 15 日，作《再渡浏河》《血战三日记》。

10 月 16 日，作《帮房东打豆子》。《随军杂记（一）》发表于《宇宙风》第 49 期。

10 月 17 日，作《三渡浏河》。

10 月 18 日，作《审问汉奸》。《血的故事》发表于《大公报》（上海版）。

10 月 19 日晚，在陆渡桥作《看炸弹》。

10 月 20 日，作《战地之夜》《征募慰劳品》。《阵地巡礼》发表于《半月文摘（汉口）》第 1 卷第 1 期。

10 月 21 日，在上海作《大场之夜》。与柳亚子一起去看望田汉夫妇，后又与田汉、范长江、刘保罗、胡萍同去大场访问宋希濂将军。

10 月 22 日，在上海又见何香凝，与胡兰畦、胡愈之、蒋先启一同进餐。作《女人的确不如男人》。

10 月 23 日，在太仓作《真的病了》。《血战日记——某副师长谈抗敌经过》发表于《救亡日报》。

10 月 24 日，在太仓作《四渡浏河》。

10 月 25 日，在嘉定作《荣誉奖章》。

10 月 26 日，在嘉定作《俘虏》。

10月27日，在嘉定作《改选副团长》。

10月28日，到苏州治病。

10月29日，会见画家叶浅予与《阵中日报》的张佛千。作《丘八作家》。

10月，《来到上海》发表于《战时文摘》第2期。《中国人不打中国人》《代表前方受伤将士向后方的同胞们呼吁》发表于《抗战情报》创刊号。

11月1日，作《安静的生活》《肚子打穿了的伤兵》。《随笔杂记（二）》发表于《宇宙风》第50期。

11月2日，作《文学家排长》《神圣的工作》《地狱中的天堂》。

11月3日，作《少爷兵》。

11月4日，于苏州作《地狱中的天堂》。

11月5日，《血的故事》发表于《半月文摘》（汉口）第1卷第2期。

11月6日，在嘉定作《战地是我的家》。

11月7日，在陆家宅作《一个热烈的集会》。

11月8日，与胡兰畦同住东赵家村。草拟"建立士兵写作指导委员会"的提案，作《做客》。

11月9日，与胡兰畦到钱家宅。作《他中了汉奸的毒》《怎样教育那些不守纪律的士兵》。

11月10日，邀胡兰畦给战地妇女服务团讲话。作《谜一般的电话》。《血的故事》发表于《救亡文辑》第4期。

11月12日，在苏州作《撤退》《一个的悲惨的印象》《苏州乱钟》。

11月13日，在苏州作《散兵》《苏州城里的焰火》。

11月14日，在苏州作《长了蛆虫的伤口》。

11月15日，作《船老板逃了》。

11月16日，在无锡作《荒凉的无锡》和《刮刮叫》。

11月18日，在常州作《掳船》。

11月19日，在无锡作《在暴风雨中的无锡》

11月20日，作《惠山的风光》《在水田里打滚》。《血战三日记》发表于《半月文摘》（汉口）第1卷第3期。

11月21日，《随军杂记（三）》发表于《宇宙风》第52期。

11月22日，在常州作《酒与炸弹》。

11月23日，在镇江作《抛锚的汽车》。

11月24日，在镇江作《寄包裹的士兵》。

11月25日，在驶往汉口的"江安"轮上，作《关于上海的消息》。

11月26日，作《挤上了差船》。

11月27日，作《萧条的首都》。

11月28日，作《意外的享受》。

11月29日，作《绿色的笔》。

11月30日，在汉口作《我们在前线再见吧》。

11月，《前方的汉奸》发表于《抗战情报》第2期。《俘虏审问记》发表于《中华》（上海）第59期。在中华大学做题为《前线归来》的公开演讲。

12月1日，在汉口作《苏州城的焰火》。

12月2日，《笔》发表于《大公报》（汉口）第65期。

12月3日，《笔（二）》发表于《大公报》（汉口）第66期。

12月5日，《湖南妇女服务团战地的一周间（10月20日—11月5日）》发表于《抗战》（汉口）第1卷第13期。

12月11日，《一个悲惨的印象》发表于《抗战》（汉口）第1卷第14期。

12月16日，在汉口作《忆太仓》。赴重庆编辑《新民报》副刊《血潮》。

12月20日，《战地血痕》发表于《半月文摘》（汉口）第1卷第5期。

12月，《哀痛的开始》发表于《青年界》第12卷第1期。上海时代史料保存社出版冰莹等人著散文集《闸北的血史》。

本年，《血的故事》发表于《抗战半月刊》（广州）第1卷第5期。《神圣的工作》发表于《抗战半月刊》第1卷第6期。《中国人不打中国人》发表于《抗战月刊》第1卷第4期。《军中随笔》由抗战出版社出版。散文集《湖南的风》由上海北新书局出版。《抗战女兵手记》由上海光明书局出版。

1938 年

1月1日，《忆太仓》发表于《抗到底》（汉口）第1期。

1月23日，《战地血痕》发表于《抗敌周刊》第11期。《白崇禧将军印象记》发表于《文集旬刊》第1卷第5期。

2月10日，《三个老太婆》发表于《时事类编》特刊第9期。

2月21日，《大学生活的一断片》发表于《宇宙风》第61期。

2月，《白将军印象记》发表于《中山周刊》第12期。《在火线上》由汉口生活书店重印出版。

3月10日，《三个老太婆》发表于《半月文摘》（汉口）第2卷第2期。

3月15日，《一封信》发表于《春云》第3卷第3期。

3月25日，作《汉奸的儿子》。

3月，重赴前线，到徐州李宗仁任司令的第五战区司令部任秘书。《两个小兵》发表于《少年先锋》第3期。

4月1日，《火线上的伤兵问题》发表于《时事类编》特刊第12期。

4月10日，作《来到了潢州——第五战区抗敌青年军团巡礼》。

4月18日，作《新从军日记序》。

4月20日，在徐州作《广西健儿在淮上》。《找不到自己的家了》发表于《联合旬刊》第1卷第4期。

4月23日，《白崇禧将军访问记》发表于《华美》第1卷第8期。

4月24日，作《敌人的秘密》和《李品仙将军畅谈淮南胜利的经过》。

4月25日，到山东采访，作《踏进了伟大的战壕——台儿庄》。《整天的轰炸》发表于《大风》（香港）第6期。

4月26日，作《津浦线上的血痕》，后收录于散文集《第五战区巡礼》。

4月30日，在山东曹县参加各界第2期抗战扩大宣传会，作《动员民众抗战到底》。《夜战中秋节》发表于《流声机》第5期。

4月，《新从军日记》由天马书店出版发行。本书为作者记录其于1937年间组成湖南妇女战地服务团，随军至前线服务的所见所闻。全书收录《重上征途》《在车厢里》《南京一瞥》《恐怖的力量》等86篇。正文前有作者身影照片、谢冰莹《自序》、黄维特《写在前面》。

5月1日，在曹县作《山东在怒吼了》。《四渡浏河》发表于《战时艺术》第5期。

5月4日，在六安作《曹县给我的印象》。

5月7日，《活埋的悲剧》发表于《流声机》第7期。

5月9日，《白崇禧将军印象记》发表于《抗战》（上海）第70期。

5月10日，《一个热烈的集会》发表于《自由中国》第1卷第2号。

5月14日，在六安作《敌机轰炸下的六安》。

5月16日，在六安作《动员工作在六安》。

5月23日，《整天的轰炸》发表于《文集旬刊》第1卷第3期。

5月24日，《嘉定城巡礼》发表于《宇宙风》第67期。

5月26日，《沙漠中的甘露》发表于《抗战》（上海）第75期。

5月，生热病，回长沙湘雅医院治疗半个多月。

6月1日，《会见池师长》发表于《文艺月刊》第1卷第12期。

6月8日，《踏进了伟大的战场——台儿庄》发表于《宇宙风》第69期。

6月27日，作《几个为国牺牲的无名女英雄》。

7月13日，途经汉口，获黄炎培先生赠诗两首。

7月16日，《冰莹答季寒筠函》《一年来的妇女救亡工作》发表于《宇宙风》第71期。

7月20日，《几个为国牺牲的无名女英雄》发表于《妇女生活》（上海）第6卷第6期。

8月1日，《来到了曹县（续完）》发表于《时事类编》特刊第18、19期合刊。

8月，担任长沙湘雅医院杨济时组织的战地服务向导到浠水，写作《浠水之行》。先后在广济和黄梅工作。

9月1日，《浠水的汉奸》发表于《时事类编》特刊第21期。

9月16日，《浠水之行》发表于《宇宙风》第75期。

9月16日，《悼咏芬》发表于《时事类编》特刊第22期。

9月18日，在重庆张家园作《亳州王太婆》。

9月21日，《忆正阳关的难童》发表于《中央日报》第4版。

9月25日，《纪念"九一八"与动员民众》发表于《春云》第4卷第4、5期合刊。

9月，于重庆市立医院做慢性鼻炎手术。出院后，编辑《新民报》副刊《血潮》，担任教育部特约编辑，写了好几部抗战通俗小说，如《苗可秀》《毛知事从军》。作《第五战区巡礼》后记。报告文学《第五战区巡礼》（谢冰莹、黄维特著）由桂林生路书店出版。

10月2日，《浠水一瞥》发表于《黄埔》（重庆）第1卷第3期。

10月8日，《亳州王太婆》发表于《抗战文艺》第2卷第5期。

10月9日，《针线救国》发表于《全民抗战》第29期。

10月16日，《在敌人铁蹄下的东北妇女》发表于《时事类编》特刊第24期。

10月20日，《"中国妇女给我的印象"：何登夫人谈话记之一》发表于《全民抗战》第31期。

10月25日,《西班牙的妇女:何登夫人谈话记之二》发表于《全民抗战》第32期。

12月,《傀儡"朝"日与留日学生》发表于《西风》(上海)第13—18期。《关于赵老太太》(谢冰莹、陶行知合著)由东北救亡总会宣传部出版。

本年,《军中随笔》由离骚出版社出版。《第五战区巡礼》(谢冰莹、黄维特著)由生路书店出版。

1939年

1月1日,《钟进士杀鬼》发表于《文艺月刊》第2卷9、10期合刊。《珍贵的同情》发表于《时事类编》特刊第29期。《倭寇的暴行》发表于《弹花》第2卷第3期。

1月14日,《从十碗小毛谈到教育难童的方法》发表于《教育通讯》(汉口)第2卷第3期。

1月15日,《东北义勇军英雄苗可秀》发表于《大风》(香港)第26期。

2月15日,《一个女兵的自传》发表于《大风》(香港)第57期。

2月27日,《会见赵侗将军》发表于《大公报》(香港)。

2月,在重庆出席中华全国文艺界抗敌协会(以下简称"文协")举办的文艺创作座谈会。

3月16日,《野战医院》发表于《弹花》第2卷第5期。

3月24日,获爱国将领陈铭枢赠诗《赠冰莹》。

3月,任重庆伤兵招待所妇女主任,带12名女生到宜昌参加培训,遇贾伊箴。

4月1日,《野战医院》发表于《宇宙风:乙刊》第3期。《捉汉奸的小战士》发表于《抗战画刊》第25期。

4月4日,《炮火中锻炼出来的孩子》发表于《今日儿童》创刊号。

4月5日,《汉奸的儿子——纪念一个英勇孩子的死》发表于《中央日报》第4版。

4月7日,《女战士关秀英》发表于《少年时事读本》第1卷第29期。

4月16日,《战士的手》《两点意见》发表于《文艺月刊》第3卷第3、4期合刊。

4月,《会见赵侗将军》发表于《改进》第1卷第1期。任文协第二届重庆本埠理事。带领重庆妇女战地服务队，随军转入武汉会战前线的汉口、宜昌、当阳等地，开办前线救护人员训练班，沿公路设 12 处伤兵招待服务所，慰问张自忠第 33 集团军将士，为湘雅医院战地服务队当向导，到湖北浠水、广济、黄梅等地救援。后转战到老河口前线，被国民政府军事委员会授予少将军衔（当时授勋女将军 7 名，其中宋美龄等中将 3 名、少将 4 名）。

5 月 1 日，《红萝葡和黄萝葡》发表于《宇宙风：乙刊》第 5 期。

5 月，《游击队里的女英雄赵侗将军会见记》发表于《妇女文献》第 2 期。

6 月 15 日，《从火焰中归来：敌机狂炸下的宜昌巡礼》发表于《大风》（香港）第 40 期。

6 月 16 日，《活跃的训练团》发表于《宇宙风：乙刊》第 8 期。

6 月 25 日，《宜昌妇女训练团》发表于《上海妇女》第 3 卷第 4 期。

6 月，《一个女兵的自传》日文版由东京青年书房出版。

7 月 1 日，《长坂坡》发表于《宇宙风》第 81 期。

7 月 5 日，《前方的紧张工作》发表于《大风》（香港）第 42 期。

7 月 25 日，《敌军在鄂东沦陷区域的暴行》发表于《时事类编》特刊第 38 期。

7 月 27 日，在老河口参加了文协襄樊分会，同时参加了前线出版社，是前线出版社 5 位主持之一。谢冰莹主持第三次文艺座谈会，与会人员有臧克家、姚雪垠、世勤、元尘等文艺社成员，还有中方军人和 6 名日本战俘，会上讨论了营妓和日本妇女在前线工作的情况。

7 月 29 日，《战地情书》发表于《民意》（汉口）第 85 期。

8 月 5、15 日，《变了匪区的武汉》连载于《大风》（香港）第 44、45 期。

8 月 16 日，《战地情书断片》发表于《文艺月刊》第 3 卷第 8、9 期合刊。

8 月底，回到重庆，在海棠溪第九重伤医院做了盲肠切除手术。出院后与贾伊箴回到宜昌，继续办救护训练班。

9 月 2 日，《武汉在魔爪下》发表于《西安晚报》。

9 月 20 日，《把笔尖枪杆一齐朝向那方》（署名林娜）发表于《今代文艺》第 1 卷第 3 期。

9 月，《一个女兵的自传》（赵家璧编）由良友复兴图书印刷公司出版。

10 月 16 日，《我们是怎样消耗敌人子弹的》发表于《宇宙风》第

83 期。

10月25日,《精诚团结,抗战到底》发表于《抗战文艺》第4卷第1期。

11月5日,《火葬日本兵》发表于《通俗文艺》第15期。

11月14日,《从十碗小毛谈到教育难童的方法》发表于《教育通讯》(汉口)第2卷第3期。

11月20日,《俘虏在第五战区》连载于《时事类编》特刊第44期。

12月5日,《敌人的秘密》发表于《征训》半月刊第1卷第4期。

12月10日,《俘虏在第五战区(续完)》发表于《时事类编》特刊第45期。

12月15日,《第四次逃奔(上)》发表于《大风》(香港)第57期。

12月25日,《第四次逃奔(下)》发表于《大风》(香港)第58期。

12月,《长坂坡前(附图)》发表于《阵中文艺》第1卷第2、3期合刊。

1940年

1月10日,《悲欢的新年》发表于《职业生活》第2卷第12期。

1月15日,《一个女兵的自传(中卷)》发表于《宇宙风乙刊》第20期。

1月20日,《新从军日记》发表于《战时中学生》第2卷第1期。

1月,谢冰莹抵达西安。某日大雪笼罩西安,江南才子卢翼野由张佛千引路到《黄河》编辑部拜访正在发稿的谢冰莹。晚上,卢翼野与谢冰莹及其兄弟3人豪饮,并为谢冰莹题诗1首。

2月30日,《裸体杀敌的战士》载于《黄河》月刊创刊号。《黄河》月刊创刊号由西安新中国文化出版社出版发行,至1944年4月休刊(历时4年又2个月)。《黄河》的固定栏目中,除了论文、小说、戏剧、诗歌、散文,还设有战地通讯、文艺通讯、读者园地、黄河信箱(从第1卷第4期增设,主要解答读者来信中具有普遍性的问题)和编后,不时还推出专辑和特刊。为响应"把戏剧送上前线"的号召,《黄河》除了每期都刊发戏剧作品,还出过戏剧专刊。专号出过《七七专号》《日本反战同志文艺专号》。为了让广大读者了解最新文艺动态,每期都刊有抗战中各地的文坛状况,并为之设了许多栏目,如文化点滴、文坛广播、文坛简讯等。这些条目留下了许多抗战时期文艺活动珍贵的历史资料。

2月，报告文学集《新从军日记》日文版（中山樵夫译）由东京三省堂出版。

3月5日，《一个女兵自传：穷困的大学生活》发表于《大风》（香港）第63期。

3月20日，《一个女兵的自传：亭子间的悲剧（续）》发表于《大风》（香港）第64期。

3月25日，《建立生产文学》《敌人是怎样虐待"俘虏"的》发表于《黄河》（西安）第2期。

3月，与贾伊箴结婚。《敌人是这样虐待"俘虏"的》发表于《黄河》（西安）第2期。

4月25日，《论反侵略剧团》（署名南芷）、《关于"保障作家生活"》发表于《黄河》（西安）第3期。

5月25日，《壮烈的五月》发表于《黄河》（西安）第4期。

5月，《长板坡》发表于《艺风》第1期。

6月1日，《我的母亲》发表于《宇宙风》第100期纪念号。

6月25日，《短简之二》发表于《黄河》（西安）第5期。

7月，《从沦陷区归来》发表于《秦岭》第3卷第3期。

8月，《女兵自传》的英译本 *Girl Rebel* 由美国纽约书局出版；*A Chinese Amazon* 由英国伦敦书局出版。儿子降生，取名贾文湘。

10月1日，《"八·一三"的回忆》《作家与生活》（署名南芷）发表于《黄河》（西安）第7期。

11月1日，《山居杂记》发表于《宇宙风》第121期。

11月11日，《再论作家与生活》（署名南芷）、《一个痛心的回忆》发表于《黄河》（西安）第8期。

12月1日，《我的创作经验》发表于《黄河》（西安）第9期。

12月15日，《关于战剧团的演出》《关于作家的故事》（署名南芷）发表于《黄河》（西安）第10期。《骊山一日》发表于《西北角》第3卷第3期。

12月，《女叛徒》（林如斯、林无双译）由桂林民光书局出版。

1941年

1月1日，《抗战以来我最爱读的书》（署名英子）、《一九四一年文艺工作者应有之努力》（署名南芷）、《新年献辞》发表于《黄河》（西安）第

11 期。

1 月，《聋子在前线》发表于《舆论》第 2 卷第 1、2 期合刊。

2 月 8 日，《妇女论谈》发表于《战时妇女》（西安）第 10 期。

2 月 18 日，《本刊的过去与将来》发表于《黄河》（西安）第 2 卷第 1 期。

2 月，《聋子女兵在前线》发表于《兵役月刊》第 3 卷第 2 期。《伙夫的泪》发表于《大路》（泰和）第 4 卷第 5 期。《一个女兵的自传》（甲坂德子译）由东京大东出版社出版，正文略有删节，正文前删去谢冰莹《写在前面》、作者近照及手稿各一张，新增林语堂《序》。

3 月 31 日，《编辑室日记》发表于《黄河》（西安）第 2 卷第 2 期。

4 月 30 日，《我的创作经验》发表于《黄河》（西安）第 2 卷第 3 期，《我怎样写第一部小说》发表于《黄埔》（重庆）第 6 卷第 5、6 期合刊。

4 月 27 日，《看了〈中国万岁〉以后》发表于《西北文化日报》。

4 月，《写给与火线上的朋友》发表于《兴亚月刊》第 4 期。报告文学《战士的手》由重庆独立出版社出版。

5 月 15 日，《毛知事从军》发表于《西北角》第 4 卷第 1、2 期合刊。

5 月 21 日，《五月的重庆》（署名英子）发表于《革命日报》。

5 月 30 日，《俘虏收容所参观记》发表于《黄河》（西安）第 2 卷第 4 期。

6 月，《梅子姑娘》由西安新中国文化出版社出版，全书收录《毛知事从军》《晚间的来客》《伙夫的泪》《三个女性》《苗可秀》《梅子姑娘》《银座之夜》《夜半的哭声》8 篇。

7 月 30 日，《华山游记》《纪念"七七"》《编后》发表于《黄河》（西安）第 2 卷第 5、6 期合刊。

8 月 2 日，《〈梅子姑娘〉序言》发表于《中央日报》第 4 版。

8 月，《冰莹日记》由香港人文出版社出版。《重上征程》由中社出版社出版。西安建国出版社出版散文集《冰莹抗战文选集》，内收《抗战期中的妇女问题》《叶县之夜》《野战医院》等 32 篇。

9 月 30 日，《一个女兵的自传（中卷）》发表于《黄河》（西安）第 2 卷第 7 期。《写给青年作家的信（续）》发表于《黄河》（西安）第 2 卷第 7 期（连载至第 2 卷第 10 期）。

9 月，《"并不是牢骚"》发表于《江河月刊》第 1 卷第 8 期。

10 月 5 日，《毛女洞游记》发表于《大风》（香港）第 99 期。

10 月，《毛女洞游记》发表于《北战场》第 4 卷第 1、2 期合刊。《抗战文选集》由西安建国出版社出版。

11月1日,《山居杂记》发表于《宇宙风》第125期。

11月20日,《灵感的故事》发表于《战时文艺》第1卷第1期。

11月30日,《一个女兵的自传(续)》发表于《黄河》(西安)第2卷第9期。

11月,《在日本牢狱中(续)》发表于《力行》(西安)第4卷第5期。

12月15日,《我怎样写〈抛弃〉》发表于《战时艺术》第1卷第2期。

12月20日,《一封战地的情书》(署名英子)发表于《清乡日报》。

本年,《宝鸡三日》发表于《西北研究》(西安)第3卷第10期。《游城隍庙》发表于《西北研究》(西安)第3卷第7期。长篇传记《一个女性的奋斗》由香港世界文化出版社出版。《冰莹日记》由香港人文出版社出版。《战士的手》由重庆独立书局出版。短篇小说集《姊姊》由西安建国出版社出版。书信集《写给青年作家的信》由西安大东书局出版。

1942年

1月15日,《迎接我们的胜利年》《姊姊》(署名南芷)发表于《黄河》(西安)第2卷第10期。

2月1日,《穷与爱的悲剧》发表于《创作月刊》第1卷第1期。

2月,《长湖一日》发表于《河南青年》第2卷第1期。

3月,《在日本狱中(续)》发表于《力行》(西安)第5卷第3期。

4月25日,《悼》发表于《创作月刊》第1卷第2期。

5月,《在日本牢狱中》发表于《力行》(西安)第5卷第5期。

6月,《写给青年作家的信》由西安大东书局出版。

7月12日,《下弦月——兼寄友薇》(署名南芷)发表于《西京日报》。

7月30日,《开展西北文化运动》《一个女兵的自传(续)》发表于《黄河》(西安)第3卷第1期。

8月13日,《华山记游》发表于《西京日报》。

8月,《出狱以后:搬家(续)》发表于《河南青年》第2卷第4期。《在日本狱中(续)》发表于《力行》(西安)第6卷第2期。《在日本狱中》由上海耕耘出版社出版。

9月6日,《猪八戒——民族英雄故事之一》(署名南芷)发表于《西京日报》。

10月20日,《一个女兵的自传(中卷)》发表于《黄河》(西安)第3

卷第 2 期。

10 月 25 日，《女客》发表于《文艺先锋》第 1 卷第 2 期。

10 月，《出狱以后：逃》发表于《河南青年》第 2 卷第 5 期。接到了三哥写于 9 月 30 日的信和大哥报告父亲去世的消息。

11 月 25 日，《炭矿夫》发表于《文艺先锋》第 1 卷第 4 期。

12 月 15 日，《还俗》发表于《文艺青年》（重庆）第 19 期。

12 月，《在海轮上》发表于《河南青年》第 2 卷第 6 期。

本年，《梅子姑娘》由陕西广化出版社出版。《姊姊》由西安建国出版社出版，全书收录《姊姊》《炭矿夫》《一个殉难者的妻》《还俗》《女客》《两个小鬼》《李妈》共 7 篇，正文前有谢冰莹《前言》。

1943 年

1 月 13 日，《文化劳军是什么?》发表于《黄河》（西安）第 4 卷第 1 期。

1 月，《秋在成都》发表于《半月文萃》第 2 卷第 6 期。《回到祖国的怀抱》发表于《河南青年》第 3 卷第 1 期。《在日本狱中》由西安华北新闻社出版部出版。

2 月，《编后》发表于《黄河》（西安）。

3 月 10 日，《山居杂记》发表于《宇宙风》第 121、126 期合刊。

3 月 16 日，《寄毕业同学》发表于《王曲》第 9 卷第 6 期。

5 月，《遥寄〈黄河〉读者》发表于《黄河》（西安）第 4 卷第 5 期。生下女儿贾文蓉，乳名莉莉。成都生活期间，生活上受贫困摧残，身体上受头疼症和鼻炎的折磨。

6 月，《雨天的苦闷》发表于《文艺先锋》第 3 卷第 3 期。短篇小说集《冰莹近作自选集》由湖南蓝田书报合作社出版，全书收《两个小鬼》《一个殉难者的妻》等 7 篇。

7 月 15 日，《乌江阻车记》连载于《旅行便览》第 3 期、第 4 期。

8 月 1 日，《嘉陵江和北温泉》发表于《川康建设》第 1 卷第 2、3 期合刊。

8 月 20 日，《雾里过花秋坪》发表于《文艺先锋》第 3 卷第 2 期。

9 月 15 日，《雨天的苦闷》发表于《文艺先锋》第 3 卷第 3 期。《悼念憾庐》发表于《宇宙风》第 133 期。

11 月 3 日，《华山游记之一页》发表于《旅行杂志》第 17 卷第 11 期。

11月,《从贵阳到重庆》连载于《公路月报》第2、3期。

12月31日,《华山游记的一页(续)》发表于《旅游杂志》第17卷第12期。

12月,短篇小说集《姊姊》由西安建国出版社再版。

本年,《抗战文学与生产文学》发表于《长郡青年》第2卷第1期。《她们的生活》由宇宙风社出版。《一个女兵的自传》由上海良友复兴图书印刷公司出版。《一个女兵的自传》英文版 Autobiography of a Chinese Girl (Tsui Chi 译),由伦敦乔治·艾伦与昂温出版有限公司(George Allen & Unwin Ltd.)出版。《女叛徒》英汉对照版(林如斯、林无双译)由上海民光书局出版。

1944年

3月25日,《忆芳子》发表于《燕京新闻》第10卷第20期。

3月,《误会》发表于《新艺》第1卷第3、4期合刊。

4月,《现代女作家书简》发表于《风雨谈》载于第11期。

5月15日,《南归散记》发表于《文学创作》第3卷第1期。

7月29日,《献给一位未来的女战士》发表于《四川青年》第1卷第3、4期合刊。

8月5日,《苗女印象》发表于《联合周报》第27期。

9月,《一颗石子》发表于《文境丛刊》第1期。

9月29日,作《穷与病》。

12月22日,《井村芳子——女俘虏访问记之一》发表于《新疆日报》。

本年,《范筑先夫人会见追记》发表于《妇女共鸣》第13卷第1期。

1945年

1月,《投入了抗战的怀抱》发表于《流星月刊》第1卷第1期。

3月,《意外的情书》发表于《南风》(重庆)第1卷第2期。

4月,《女作家自传选集》由耕耘出版社出版,内收谢冰莹之《平凡的半生》。

7月,《公开的秘密》发表于《南风》(重庆)第1卷第4、5期合刊。

8月4日,《隐痛》发表于《万象周刊》第111期。

8月,在朋友建议下离开成都到重庆,作《再见吧!成都》。在重庆待了 12 天，会见了老舍、赵清阁、王平陵、沙雁等文友，还遇到许地山夫人，许夫人将许先生的遗稿交托给了她。谢冰莹向她表示："只要我在什么地方编刊物或主编什么报纸的副刊，一定首先发表许先生的遗著，并且把稿费提前寄给你。"后以《时事新报》记者的名义，搭乘运送部队去汉口的"江顺"轮出川。

9 月 23 日，向赵清阁辞行，清阁邀聚文友为其饯行。

9 月 24 日，作《在惊涛骇浪中前进》。

9 月 25、26 日，谢冰莹乘"江顺"轮要在宜昌装运部队耽搁两天之机，走访了最早抵达宜昌的《武汉日报》，了解到敌人撤退时候的情形；采访了战后的宜昌城，了解到敌人在占领期间的许多残酷暴行。在轮船驶往汉口的途中，她写了《凄风苦雨话宜昌》。

9 月，书信集《写给青年作家的信》由重庆大中国书局出版。

10 月 3 日，"江顺"轮抵达汉口。后在汉口被聘主编两个大报——一个是由《扫荡报》改名的《和平日报》，另一个是袁雍先生办的《华中日报》——的副刊。

10 月 4 日，渡江去武昌，作《旧地重游》，后发表于《武汉日报》。

11 月 10 日，《新生的汉口》发表于《西京日报》。

11 月 15 日，《惨痛的回忆》发表于《读者》第 4 期。

11 月，任中苏出版社之《中苏月刊》主编。

12 月 3 日，《扬子江中流的今天》发表于《申报》（上海）第 24349 号。

12 月 18 日，赴武汉任《和平日报》与《中华日报》副刊主编。

本年，自费出版《女兵自传》（中卷）。

1946 年

1 月，《忆骊山》发表于《新中国月报》第 1 期。《女叛徒》由上海国际书局出版。

2 月，《故都之秋》《天下第一关》发表于《新中国月报》第 1 卷第 2 期。

3 月 1 日，《一些不同的意见》发表于《读者》第 1 卷第 2、3 期合刊。

4 月 1 日，《妇女问题漫谈》发表于《当代》（汉口）创刊号。

4 月，《女兵十年》于汉口自印出版。

5 月 15 日，《稿约》发表于《文艺春秋》第 2 卷第 5 期。

6月,《生日》由上海北新书局出版,全书收录《狂欢之夜》《再会吧,成都!》《伟大的行列》等17篇,正文前有谢冰莹《序》,正文后附录谢冰莹《我的战时生活》《我是怎样写〈女兵自传〉的》。

8月,《女兵十年》由重庆红蓝出版社出版。

8月1日,《笔》发表于《文潮月刊》第1卷第4期。

8月11日,《回忆王莹初识时》发表于《经纬》第3期。

8月23日,《故都之恋》发表于《华北日报》。

8月,《咏芬的死》发表于《文艺时代》第1卷第3期。受北平师范大学国文系主任黎锦熙先生之聘,任教北师大。其间,除讲授新文艺写作课、指导学生写作外,还为《黄河》复刊奔走筹划,同时为《北平日报》主编副刊,为《沈阳日报》编《文艺周刊》。

9月7日—11月27日,《在烽火中》连载于《一四七画报》第6卷第11期至第8卷第11期,共25期。

9月14日,《怀念一个敌国的友人》发表于《中外春秋》第4期。

9月23号,《天下第一关》发表于《申报》(上海)第24643号。

9月,《"夏声"给我的印象》发表于《夏声戏剧学校公演特刊》。

10月6日,《"夏声"给我的印象》发表于《中央日报》第9版。

10月10日,《颐和园记游》发表于《新自由》第1卷第1期。

11月1日,《晚间的来客》发表于《文艺时代》第1卷第6期。

11月15日,《一个女游击队员》发表于《文艺时代》第1卷第4期。

11月,《一个女兵的自传》发表于《新学生》(台北)第1卷第3期。

12月1日,《天下第一关》发表于《雍华图文杂志》第1期。

本年,《"生日"小序》发表于《经纬》第5期。《我的希望》发表于《文艺先锋》第11卷第3、4期合刊。《山海关之一夜》发表于《一四七画报》第6卷第1期。《利瞎子》发表于《新思潮》第1卷第3期。《冰莹创作选》由上海新象书局出版。中篇小说《离婚》由上海光明书局出版。《一个女兵的自传(中卷)》由汉口友益出版社出版。

1947年

1月1日,《岁末书感》发表于《文潮月刊》第2卷第3期。《我对一九四七年的新希望》《妇女与团结》发表于《妇声》第1卷第7期。

1月,《心惊胆战过秦岭》发表于《旅行杂志》第21卷第1期。《厨房与编辑室》发表于《妇女月刊》第5卷第4期。《女兵十年》由上海北新书局出版。

2月1日,《恋爱与结婚》发表于《妇声》第1卷第9期;《文学与自然》发表于《文艺与生活》第4卷第1期。

2月16日,《三个没有母亲的孩子》发表于《社会评论(长沙)》第36期。

2月,中、短篇小说集《谢冰莹佳作选》(巴雷、朱绍之编)由上海新象书店出版,全书收录《抛弃》《给S妹的信》,正文前有《谢冰莹小传》。

3月,《三个没有母亲的孩子》发表于《新自由》第1卷第4期。

4月1日,《谈"通"与"好"》发表于《文艺与生活》第4卷第2、3期合刊。《怎样修改自己的作品》发表于《青年界》第2期。

4月9日,作《不堪回首回忆红楼》。

5月15日,《关于"离婚"》发表于《新自由》第2卷第1期。

5月24日,《这不是春天》发表于《自由谈》第1卷第1期。

6月1日,《不堪回首忆红楼》发表于《文潮月刊》第3卷第2期。《凄风苦雨话宜昌》发表于《生活》(上海)创刊号。

6月3日,《我们要怎样纪念"六三"呢?》(署名英子)发表于《琼崖民国日报》。

7月1日,《怎样写作?》发表于《北方杂志》第2卷第1期。

7月4日,《我所认识的王长喜》发表于《华北日报》。

7月8日,《书的厄运》发表于《华北日报》。

7月15日,《我是怎样写〈离婚〉的?》发表于《自由谈》第1卷第3期;《感情的野马》发表于《小象》第1卷第1期。

7月25日,《作家小简》发表于《书简杂志》第13期。

8月3日,《声明》发表于《时报》副刊。

8月12日,《声明》发表于《申报》(上海)第24961号。

9月1日,《窝窝头和二米饭》发表于《文潮月刊》第3卷第5期。

9月18日,《忆香米园》发表于《自由谈》第1卷第4、5期合刊。

9月20日,《我怀念东北》发表于《生活文摘》第1卷第2期。

9月25日,《书的毁灭》发表于《文艺垦地》创刊号。

9月,《恋爱的故事》发表于《妇女月刊》第6卷第3期。

10月1日,《生之挣扎》发表于《北方杂志》第4期。

11月1日,《独眼日记(节录)》发表于《正论》(北平)第9期。

11月30日,《我的希望》发表于《文艺先锋》第11卷第3、4期合刊。

本年,《书的毁灭》发表于《北方杂志》第5期。《女兵十年》由北平红蓝出版社出版。

1948 年

3月1日,《小猫与剑》发表于《正论》(北平)第3期。

3月5日,《感情的野马》发表于《黄河》(西安)复刊第1期。

3月24日,作《庐隐的小爱人》。

3月,《女兵自传》由上海晨光出版公司出版。

4月1日,《庐隐的小爱人》发表于《正论》(北平)第4期。《第一根白发》发表于《黄河》(西安)复刊第2期。《别离之夜》发表于《文潮月刊》第4卷第6期。

5月1日,《目前文艺的危机》发表于《黄河》(西安)复刊第3期。

5月20日,《记陈钟凡先生》发表于《中流》(上海)第1卷第2期。

5月29日,《颐和园记游》发表于《建中周报》第1卷第3期。

6月1日,《臧克家的诗》发表于《黄河》(西安)复刊第4期;《产婆》发表于《助产学报》第1卷第2期。

6月23日,《由杨妹想起的》发表于《申报》(上海)第25270号。

6月25日,《生命的痕迹》发表于《新艺术》第1期。

6月,《在日本狱中》(浦家麟编)由上海远东图书公司出版,铁风出版社发行。

7月1日,《道是无情却有情》发表于《黄河》(西安)复刊第5期。

夏,受中国电影制片厂导演徐昂千鼓励,尝试写电影脚本《踩出来的路》。

8月1日,《触电记》发表于《文潮月刊》第5卷第4期。

8月15日,《误会》发表于《黄河》(西安)复刊第6期。

8月22日,《朱自清先生之死》发表于《申报》(上海)第25330号。

8月,《忆战地之战》发表于《青年杂志》(南京)第1卷第1期。月初,两次看望生病住院的朱自清。后应台湾师范学院之聘,赴台湾任教,《黄河》随即停刊。

9月15日,《动与静》发表于《新自由》第2卷第3期。

9月30日,《忆马仲殊先生》发表于《中流》(上海)第1卷第3、4期合刊。

9月,受聘于台湾师范学院教授国文与新文艺写作。与作家、诗人钟鼎文、葛贤宁、覃子豪、钟雷等人过从甚密。

10月1日，《自清先生二三事》发表于《文潮月刊》第5卷第6期。

10月25日，《赵老太太在北平》发表于《公平报》第4卷第1期。

10月，《顽固的林老头》发表于《青年界》第2期。作《雨港基隆》。

11月，《记吴宓》发表于《中国舆论》第1卷第6期。

本年，《由杨妹引起的回忆》发表于《海棠》第36期。《关于投稿》载于《文艺先锋》第12卷第6期。《女兵自传》由上海晨光出版公司出版，本书为作者整理修订自《一个女兵的自传》《女兵十年》，详述其从军、北伐、抗战20多年来的生活情况，字里间透露出生命韧性与热情。本书不仅描写其个人故事经历，亦反映当时女性从军、自我意识的问题及时代精神。全书计有"幼年时代""小学时代""中学时代""从军时代""家庭监狱"等16章，正文前有谢冰莹《〈女兵自传〉新序》。另外，《女兵自传》日译本《一个女性的自白》（鱼返善雄译）由东京岩波书局出版。

1949年

1月，《踩出来的路》连载于《中央日报》副刊。《女兵自传》由上海晨光出版公司出版。

2月，《作家书简：真迹影印》（平衡编）由上海万象图书馆出版，内收冰莹致赵景深书简一通。

3月，贾伊箴赴台。

7月24日，《离婚以后怎么办？——潜斋书简之一》发表于《中央日报》第5版。

7月26日，《原子笔上当记》发表于《中央日报》第6版。

7月31日，《升学与就业——潜斋书简之二》发表于《中央日报》第5版。

8月21日，《妇女与儿童文学——潜斋书简之三》发表于《中央日报》第6版。

9月11日，《在艰苦中奋斗——潜斋书简之四》发表于《中央日报》第7版第26期。

10月2日，《失恋之后——潜斋书简之五》发表于《中央日报》第7版。

10月29日，《产婆》发表于《中央日报》第7版。

12月，赴台。

本年，《从北平到台湾（一）》发表于《台旅月刊》创刊号。《从天津到台湾》发表于《台旅月刊》第 1 卷第 2 期。

1950 年

1 月 5 日,《高鸿缙先生的字》发表于《中央日报》第 6 版。

2 月 16 日,《追念罗曼·罗兰》发表于《畅流》第 1 卷第 1 期。

2 月 25 日,《我看〈阿里山风云〉》发表于《中央日报》第 6 版。

3 月 1 日,《由活动房子想起》发表于《畅流》第 1 卷第 2 期。

4 月 16 日,《乌来鸟》发表于《畅流》第 1 卷第 5 期。

5 月 1 日,《海滨拾贝壳》发表于《畅流》第 1 卷第 6 期。

5 月 16 日,《忆爱晚亭》发表于《畅流》第 1 卷第 7 期。

6 月 1 日,《倩英》发表于《畅流》第 1 卷第 8 期。

6 月 5 日,《下女》发表于《中国日报》第 7 版。

8 月 16 日—9 月 16 日,短篇小说《爱与恨》连载于《畅流》第 2 卷第 1—3 期。

10 月 16 日,《寂寞》发表于《畅流》第 2 卷第 5 期。

10 月 23 日,《悼念郝瑞桓先生》发表于《中央日报》第 6 版。

12 月 16 日,《金城江失稿记》发表于《畅流》第 2 卷第 9 期。

1951 年

1 月 1 日,《新年处处》发表于《畅流》第 2 卷第 10 期。

2 月 28 日,《忍耐是成功之母——潜斋书简之六》发表于《中央日报》第 6 版。

3 月 22 日,《婆婆经——潜斋书简之七》发表于《中央日报》第 5 版。

3 月 29 日,《看美展归来》发表于《中央日报》第 6 版。

4 月 5 日,《我怎样利用时间写作——潜斋书简之八》发表于《中央日报》第 5 版。

4 月 18 日,《〈征人之家〉的故事》(萧傅文著)发表于《中央日报》第 6 版。

5 月 23 日,《和女孩们谈写作——潜斋书简之九》发表于《中央日报》第 6 版。

6 月 6 日,《女人读书有什么用?——潜斋书简之十》发表于《中央日报》第 6 版。

11月21日,《略论散文》发表于《大道》一周年纪念特刊《大道文艺》。

11月25日,《阅读与写作》《怎样搜集材料》《关于十个写作问题的答案》发表于《火炬》第6期。

12月19日,于台湾省立基隆中学、基隆女中及市立基中三校做专题演讲,讲题为《阅读与写作》。

12月30日,《谈谈"五四"时代的新诗》发表于《中央日报》副刊。

12月31日,《钱杏邨和他的辞典》发表于《中国一周》第88期。

本年,担任"文艺讲座"主持人,演讲主题:小说的取材。

1952年

1月1日,《梦》发表于《畅流》第4卷第10期。

3月1日起,《圣洁的灵魂》连载于《中国文艺》第1卷第1—4期。

3月10日,《咪咪的儿子》发表于《台湾儿童》第23、24期合刊。

4月4日,《怎样搜集作文材料?》发表于《台湾儿童》第25期。

4月9日,《论作家的修养》发表于《公论报》第6版。

4月,开始于《中国语文》发表作品,计有《修改作文的苦乐》《关于文字的洗练问题》《断指记》等多篇。

6月5日,《伟大的母亲》发表于《文坛》第1卷第1期。

6月7日,执笔林语堂在美国纽约创办综合性之《天风》月刊。

6月14日,《绘书与文艺——记张性荃先生的书》发表于《中央日报》第6版。

6月20日,《一个女孩子的故事》发表于《台湾儿童》第27期。

6月,于台中主办海岛文化出版社,出版第一辑文艺丛书《书里的春天》,其中包括诗歌、散文、小说等40余篇。

7月15日,《怎样写游记》发表于《读书》第1卷第1期。

7月19日,执笔《海岛文艺》月刊。

8月1日,《怎样写国文的初步进修》发表于《读书》第1卷第2期。

8月15日,《怎样写小品文》《怎样读古文?——请读者仔细研究》《文艺书籍太多应该读哪一类》发表于《读书》第1卷第3期。

8月19日,《关于读书笔记》发表于《中华日报》第6版。

8月,《编剧浅说》发表于《海岛文艺》第1卷第6期。

9月25日,《海上黎明》发表于《军中文摘》第43期。

10月1日,《孟妈》发表于《畅流》第6卷第4期。

10月16日,《国文考题试释》发表于《读书》第1卷第7期。

10月31日,《秋恋》发表于《国风半月刊》第1期。

10月,《猫》发表于《新文艺》创刊号。《爱的幻灭》连载于《中国文艺》第1卷第8—11期,至1953年1月止。

11月1日,《怎样用标点符号》发表于《读书》第1卷第8期。

11月16日,《几个研究学问问题敬奉答刘在恕先生》发表于《读书》第1卷第9期。

12月1日,《红豆戒指》发表于《国风半月刊》第3期。《写国文笔记的方法》发表于《读书》第1卷。

1953 年

1月1日,《眼前万里江山》发表于《读书》第1卷第11期。

1月15日,中篇小说《红豆》连载于《读书》第2卷第1期,至第3卷第6期止。

1月,开始于《幼师》发表作品,计有《李老太太》《由"百家争鸣"谈到"迫害青年"》《关于人物的描写》等多篇。

2月1日,《故乡的春天》发表于《国风半月刊》第6期。

2月10日,《新春试笔》发表于《文坛》第1卷第4、5期合刊。

2月16日,《小黑蒂》发表于《畅流》第7卷第1期。《神秘的女人》发表于《国风》半月刊第7期。《木兰辞里的"唧唧复唧唧"》(与方妙才合撰)、《几个有关写作的方法》发表于《读书》第2卷第3期。

3月1日,《种相思树记》发表于《晨光》第1卷第1期。

3月16日—5月1日,《什么是新诗?新诗怎样写?》连载于《读书》第2卷第5—8期。

4月1日,《春日访友》发表于《晨光》第1卷第2期。

4月16日,《新诗和打油诗怎样写怎样看?》发表于《读书》第2卷第7期。

4月,短篇小说《红鼻子》连载于《中国文艺》第2卷第3、4期,至6月止。

7月4日,《我读国文的经验》发表于《正气中华》第2版。

7月16日,《当我回到故乡的时候》发表于《读书》第3卷第1期。

8月1日,《台风之夜》发表于《晨光》第1卷第6期。

8月，《茵萝湖》发表于《自由青年》第9卷第4、5期合刊。在台北女师（今台北市立大学）演讲，主题：怎样写小说。

9月，短篇小说《王博士的魔术》发表于《中国文艺》第2卷第7期。

11月16日，《成都杂忆》发表于《畅流》第8卷第7期。

11月，短篇小说《慈母泪》发表于《中国文艺》第2卷第9期。

12月28日，《我的新希望》发表于《联合报》第6版。

1954 年

1月16日，《妙妈妈》发表于《畅流》第8卷第11期。

2月18日，为完成长篇小说《红豆》，至汐止静修院闭关写作，由此与佛教结缘。

2月，短篇小说集《圣洁的灵魂》由香港亚洲出版社出版，本书内容皆取材真人真事，描写生活周遭小人物们于动荡时代下的境遇与抉择。全书收录《姊姊》《咏芬》《一个韩国的女战士》《圣洁的灵魂》《英子的困惑》《感情的野马》《爱的幻灭》《断指记》《神秘的房子》《烟囱》《红鼻子》《王博士的魔术》共12篇。《女兵十年》日译本（共田晏平、竹中伸译）由东京河出书房出版。

3月，长篇小说《红豆》由台北虹桥书店出版，本书以战后的台湾为背景，描写一对因省籍问题而感情受阻的儿女经历重重阻碍后终成佳偶的故事，正文前有谢冰莹《自序》。

4月6日，《我读〈演说十讲〉》（《演说十讲》为王寿康所著）发表于《联合报》第6版。

4月11日，《〈坦白与说谎〉读后》（《坦白与说谎》为梁容若所著）发表于《中央日报》第6版。

4月，《爱晚亭》由台北畅流月刊社出版，本书中的《两块不平凡的刺绣》《爱晚亭》《卢沟桥的狮子》《台湾素描》《雨港基隆》《故乡的烤红薯》6篇文章曾被选为台湾中学语文课文。

5月1日，《观音山游记》发表于《畅流》第9卷第6期。

5月16日，短篇小说《阿婆》发表于《中国劳工》第85期。

5月25日，《我所知的林芙美子》发表于《联合报》第6版。

5月，《我是怎样写〈红豆〉的?》发表于《中华文艺》创刊号。

7月16日，《陌克》发表于《自由青年》第12卷第2期。

8月25日，《三十年前话〈女兵〉》发表于《军中文艺》第8期。

9月1日,《衡山忆游》发表于《畅流》第10卷第2期。

9月13日,《虎跑泉的龙井》发表于《正气中华》第3版。

9月至10月,短篇小说《疑云》连载于《中国文艺》第3卷第7、8期。

11月1日,《怎样讲儿童故事》发表于《广播杂志》第86期。

11月16日,《标点符号?用法及例证》发表于《读书》第5卷第7期。

12月10日,短篇小说《当》发表于《文艺月报》第1卷第12期。出席"军中文艺座谈会",应邀出席的文艺界名人还有王平陵、陶希圣、陈纪滢、王蓝、纪弦、任卓宣、王聿均、刘枋、李中和、王均宇等数十人。

12月15日,开始于《海洋生活》发表作品,计有《怎样搜集资料》《遥寄海军战士》《海上生活琐忆》等多篇。

12月16日,《聋子》发表于《畅流》第10卷第9期。

本年,《冰莹游记》由台北胜利出版社出版,本书集结作者至北京、花莲、东京等地方的记游文章。全书收录《北平之恋》《故宫巡礼》《颐和园揽胜》等27篇,正文前有作者游踪照片、谢冰莹《锦绣江山忆旧游》。

1955年

1月1日,短篇小说《夜半的哭声》发表于《中国文艺》第3卷第10期。

1月6日,与苏雪林、李曼瑰、徐钟佩、张雪茵等32人联名发起组织台湾省妇女写作协会。

1月31日,应台湾青年服务社青年写作指导研究会之邀,主讲《漫谈小品文》。

1月,儿童文学《爱的故事》由台北正中书局出版。

4月,短篇小说集《雾》由台南大方书局出版,本书各篇小说主角多为女性,叙写战争中小人物们的血泪故事。全书收录《雾》《夜半的哭声》《李老太太》《血的故事》《当》《慈母的泪》《疑云》《利瞎子》《倩英》《一个女游击队员》《聋子》《梅子姑娘》《晚间的来客》《毛知事从军》《苗可秀》共15篇,正文后有谢冰莹《后记》。

5月1日,《三点小小的意见》发表于《文坛》第3卷第8期。

5月5日,台湾省妇女写作协会正式成立,并于台北济南路社会服务处召开会员大会,担任监事。

7月13日,《国文走上了末路吗?》发表于《联合报》第6版。

7月21日,《送行》发表于《联合报》第6版。

8月1日,《麓山掇拾》发表于《畅流》第11卷第12期。

8月30日,《忆香米园》发表于《中国文艺》第4卷第5期。

8月,儿童文学《太子历险记》由台北正中书局出版。

10月,书信集《绿窗寄语》由作者自印出版。短篇小说集《圣洁的灵魂》由香港亚洲出版社出版。

11月15日,短篇小说《伙伴李林》载《文艺月报》第2卷第11期。

11月19日,《病》发表于《联合报》第6版。

11月,儿童文学《我的少年时代》由台北正中书局出版。

12月20日,《红豆》发表于《联合报》第6版。

1956年

1月1日,《莫泊桑的写作生涯》发表于《海风》第1卷第2期。

1月10日,《县长和花匠》发表于《妇友》第16期。

1月,《游记文章怎么写》发表于《读书》第5卷第11期。

4月8日,《我爱作文》发表于《联合报》第6版。

4月28日,《写在〈女兵自传〉的前面》发表于《联合报》第6版。

4月,短篇小说《有毒的玫瑰》发表于《中国文艺》第4卷第11期。

5月30日—7月9日,《访菲散记》连载于《联合报》第6版。

7月5日,《我是怎样搜集材料的?》发表于《自由青年》第16卷第1期。

7月6日,《简介师大华业书展》发表于《联合报》第6版。

7月29日,作《与脂粉无缘》。

9月22日,作《平生无大志》。

9月28日,《孔子的精神》发表于《联合报》第6版。

秋,拜汐止秀峰上弥勒内院院长慈航法师为师,皈依佛门,法名"慈莹"。此后,以佛教故事为素材,写了许多散文和小说,结集出版了《仁慈的鹿王》《善光公主》《卜太太的烦恼》。

12月19日,《也谈开会》发表于《联合报》第6版。

本年,《碧瑶之恋》《菲岛游记》由台北力行书局出版。《冰莹游记》由台北上海书局出版。《女兵自传》由台北力行书局出版为在台发行首版,正文前删去1948年晨光版各章章名,内容略有增删:正文前删去谢冰莹《〈女兵自传〉新序》,新增谢冰莹《〈女兵自传〉台版序》。

1957 年

1月10日,《我的希望》发表于《妇友》第28期。

2月1日,《无病呻吟》发表于《文坛》特大号。

2月,长篇小说《碧瑶之恋》由台北力行书局出版。

3月1日,《写作·教书·家事》发表于《自由青年》第17卷第5期。短篇小说《文竹》发表于《海风》第2卷第3期。

3月6日,《台南访友》发表于《联合报》第6版。

3月16日,《鹅銮鼻、四重溪、大贝湖游记》发表于《畅流》第15卷第3期。《我怎样整理〈女兵自传〉》发表于《笔汇》第1期。

4月,《菲岛游记》由台湾力行书局出版发行,本书为作者1956年至菲律宾游历的记录,除记游外,也对外国的文化、生活有所描绘。全书收录《第一次乘军船》《海上看日出》《海上明月共潮生》等26篇,正文前有作者游玩照片、谢冰莹《我是怎样收集资料的?》。

6月17日,《母亲的菜——猪肝面》发表于《联合报》第2版。

8月16日,《小箱子》发表于《畅流》第16卷第1期。

8月,受聘于马来亚霹雳州太平洋侨校联华高级中学教授国文,任教3年。

10月16日,《〈松窗忆语〉序》(《松窗忆语》为萧绿石所著)发表于《畅流》第16卷第5期。

11月16日,《曼谷剪影》发表于《畅流》第16卷第7期。

12月16日,《春庄之夜》发表于《畅流》第16卷第9期。

本年,《圣洁的灵魂》由亚洲出版社有限公司出版。《故乡》由台北力行书局出版。

1958 年

2月16日,《美丽的胡姬》发表于《畅流》第17卷第1期。

2月21日,《南游寄语》发表于《联合报》第3版。

4月1日,《马来亚侨胞的口语》发表于《畅流》第17卷第4期。

4月,《我怎样教学生作文》发表于《教育文摘》第3卷第5期。

7月17日,《读〈心祭〉》(王琰如著)发表于《中央日报》第6版。

9月8日,《故乡》发表于《联合报》第7版。

10月,《故乡》由台北力行书局出版,本书内容以抒情、阅读心得为主,题名"故乡"不仅指作者幼年居住的湖南新化谢铎山,亦指台湾。全书分抒情、人物、山水、生活写意、阅读、写作6辑,收录《母亲的生日》《故乡》《含泪的微笑》《祖国之恋》等39篇,正文前有谢冰莹《写在前面》。

1959 年

1月30日,《年在马来亚》发表于《联合报》第7版。

3月,儿童文学《动物的故事》由台北正中书局出版。

5月,《冰莹游记》由台北神州出版社出版。

10月,短篇小说集《雾》由台北力行书局出版。

1960 年

3月,开始于《作品》发表作品,计有《罗宝夫妇》《我们在海上》《我国初期的白话诗》等多篇。

5月1日,《访问沙盖族》发表于《畅流》第21卷第6期。

8月29日,自马来亚返台,重回台湾省立师范大学(今台湾师范大学)任教。

10月1日,《我的中学生活》发表于《中央日报》第3版。

10月22日,《榴莲和山竹》发表于《联合报》第7版。

本月,《马来亚的中国文艺》发表于《亚洲文学》第13期。《为死人申冤》发表于《幼师文艺》第13卷第4期。《国度的怀念》发表于《革命文艺》第55期。

11月20日,《花莲夜话——与青年谈写作》发表于《亚洲文学》第14期。

12月1日,《追念朱湘》发表于《畅流》第22卷第8期。《马来亚的侨生》发表于《自由青年》的第24卷第11期。

12月8日,《从太平到槟城——马来亚游记》发表于《徽信新闻报》第7版。

12月12日,《我与图书馆》发表于《亚洲文学》第15期。

12月15日,《马来亚的中国学校》发表于《徽信新闻报》第7版。

本年,《爱与恨》由吉隆坡香蕉风出版社出版。

1961 年

1月,《冰莹游记》由台北新隆书局出版。同月,《马来亚游记》由台北海潮音月刊社出版,为谢冰莹旅居马来亚三年多的见闻阅历,除介绍大马风光、古迹名胜外,也描写当地人情风俗、教育文化等情形。全书收录《出国前夕》《曼谷剪影》《春庄之夜》《太平湖四景》等30篇、正文前有马来亚相关照片、谢冰莹《自序》。

2月3日,由胡颂平陪同,拜访胡适。胡适送谢冰莹一张他23岁时的照片,并在冰莹的纪念册上题写旧作留念。

2月5日,在日记上记载了与胡适会见经过及对胡适的看法:"他是个非常有信用,丝毫不苟,认真负责的人。每天手不释卷,他说读书才是休息,真是令人钦佩,我要学他。"

2月7日至8日,与青年写作协会成员风兮(冯放民)、高阳(许晏骈)、墨人(张万熙)、章军役(张国钧)、余光中、王鼎钧等同赴金门,进行一连串的访问行程。

3月,《我的少年时代》由中正书局出版。

5月17日,与苏雪林同去南港台湾"中央研究院"会见病中的胡适。胡适宴请他们,席间谈到五四时期的新文艺运动。

5月,论文《我国初期的白话诗》发表于台湾《作品》。

6月28日,《菲律宾民间故事之二——马大郎与依能》发表于《民声日报》第5版。

6月,《悼念郁达夫先生》发表于《亚洲文学》第19期。

8月16日,《福建才子林庚白》发表于《畅流》第24卷第1期。

8月,《诗人王独清》发表于台湾《作品》。

9月1日,《艰苦奋斗的冷波》发表于《文坛》第15期。《多产作家沈从文》发表于《晨光》第9卷第7期。

9月10日,短篇小说《玲玲的困扰》发表于《妇友》第84期。

9月16日,《评〈劫火〉》(《劫火》为江流所著)发表于《自由青年》第26卷第6期。

9月,《记朱自清先生》发表于《亚洲文学》第20、21期合刊本。

10月,《〈冬夜〉作者俞平伯》发表于台湾《作品》。论文集《我怎样写作》由台北学生书局出版;本书漫谈文学与写作,探究写作理念、创作方法等主题。全书收录《一个青年作家的梦》《文学浅论》《青年作家的修养》等24篇，正文前有谢冰莹《自序》，正文后有谢冰莹《后记》《本书作者在台出版书目》。

11月，《薄命诗人方玮德》发表于台湾《作品》。

12月5日，与苏雪林去台湾大学医院特一号病房看望病中的胡适。

本年，《马来亚游记》由台北力行书局出版。

1962 年

1月，《论眼高手低》发表于《幼狮文艺》第16卷第1期。

2月5日，《还乡梦》发表于《徵信新闻报》第2版。

2月25日，在马祖岛南竿中兴招待所小住，得知胡适于2月24日在南港举行的酒会上晕倒后逝世。

3月1日，送胡适祭幛"痛失导师"。

3月2日，作《追念适之先生》。

3月，自印出版《我怎样写作》。

4月，《追悼适之先生》发表于台湾《民主宪政》。

5月1日，《蓝色的手套》发表于《畅流》第25卷第6期。

夏，与苏雪林、孙多慈（韵君）同游日月潭，并小住一段时期。

8月1日，《游击队之母——记赵老太太》发表于《畅流》第25卷第12期。

8月23日，《我读李升如之〈征尘〉》发表于《中央日报》副刊第6版。

9月，《一个家庭教师的日记》发表于《孔孟月刊》第1卷第1期。

10月1日，《马来亚谚语》发表于《畅流》第24卷第4期。

本年，《罗曼·罗兰》发表于《野风》第168期。

1963 年

2月18日，《我怎样写〈从军日记〉和〈女兵自传〉》发表于《中华日报》第7版。

4月16日，《我读〈蔷薇颊〉》发表于《中央日报》第6版。

5月1日，《给郭良蕙女士的一封公开信》发表于《自由青年》第29卷第9期。

5月8日，应邀前往菲律宾首都马尼拉，为当地华侨图书馆之小说研习班讲课。

5月9日，短篇小说《金门之鹰》连载于《正气中华日报》第3期。

5月，《记庐冀野先生》发表于《传记文学》第12期。

8月1日，《青年作家的修养》发表于《野风》第177期。

8月，自印出版《我怎么写作》。

9月1日，《菲华青年的文艺热》发表于《野风》第178期。

9月，短篇小说《马尼拉动物园记游》发表于《幼狮文艺》第19卷第3期。短篇小说集《空谷幽兰》、儿童文学《给小读者》由台北广文书局出版。

10月31日，《两个金门》发表于《妇友》第110期。

11月1日，《祝福》发表于《野风》第180期。

本年，儿童文学《仁慈的鹿王》由台中慈明杂志社出版。开始执笔《慈航季刊》专栏，为青年读者解答各式疑惑。

1964 年

1月1日，《我所知道的苏雪林——答王忠仁同学》发表于《文坛》第43期。

1月18日，《王平陵先生之死》发表于《中华日报》第8版。

1月，儿童文学《南京与北平》由台北财团法人全知少年文库董事会出版。

2月1日，《小说的背景》发表于《野风》第182期。

5月《野餐〈旅菲散记〉》发表于《现代学苑》第1卷第2期。

8月10日起，《菲马游踪》连载于《中国一周》第746—753期。

10月27日，《我读〈微晨〉》发表于《中央日报》第6版。

1965 年

1月10日，《诉》发表于《妇友》第124期。

1月，《沙漠的绿洲：澎湖》发表于《幼师文艺》第22卷第1期。

4月12日，《救救孩子》发表于《中国一周》第781期。

4月16日，《一朵国书的奇葩——李奉魁书展印象记》发表于《畅流》第31卷第5期。

5月9日至18日，应韩国《女苑》杂志社之邀，与蓉子、琦君赴韩国访问。

5月18日，获赠韩国广熙大学文学奖章。

7月10日，《韩国访女兵》发表于《妇友》第130期。

7月19日，《韩国的生活水平》发表于《徽信新闻报》第7版。

9月13日，《历史悠久的韩国成均馆大学校》发表于《中国一周》第803期。

9月，《小品与散文有什么不同》《心静自然凉》发表于《亚洲文学》第60、61期合刊。

10月1日，《国文程度为什么会低落?》发表于《自由青年》第34卷第7期。

10月，《韩国的华侨教育》发表于《台湾教育辅导月刊》第15卷第10期。韩国女流文学会会长、国际笔会会员、元老女作家朴花城和崔贞熙、金淑经访问台湾，整整10天由谢冰莹全程陪同。

11月10日，《女兵第一课》发表于《妇友》第134期。

11月，《创作与准备》发表于《国教世纪》第1卷第2期。

1966年

1月1日，《访韩国国乐院》发表于《畅流》第32卷第10期。

1月10日，《鸡蛋的故事——战时生活回忆》发表于《亚洲文学》第65期。

1月31日，《文学浅论》发表于《中国一周》第823期。

2月，《故乡的过年风俗》发表于台湾《民主宪政》。

3月14日，《怎么欣赏世界名著》发表于《中国一周》第829期。

4月11日，《怎样写短篇小说》发表于《中国一周》第833期。

5月，《冰莹游记》由台北新陆书局出版。

7月11日，《谈小说的写作技巧》发表于《中国一周》第846期。

8月，《忆二哥》发表于《传记文学》第51期。

9月，儿童文学《林琳》由台湾省教育厅出版。与刘正浩、邱燮友编译的《新译四书读本》，由台北三民书局出版。

10月1日，《三升黄豆的故事》发表于《徽信周刊》第8版。

10月7日，《老舍和他的作品》发表于《中央日报》第6版。

10月8日，《平凡的半生》发表于《书和人》第42期。

10月20日，《在火车上》发表于《亚洲文学》第73期。

11月7日，《〈半个地球〉序》发表于《中国一周》第863期。

11月，儿童文学《小东流浪记》由台北国语日报社出版。

12月1日，《悼赵君豪先生》发表于《自由谈》第17卷第12期。

12月10日，《韩国的元老女作家——朴花城》发表于《妇友》第147期。

本年，长篇儿童小说《小冬流浪记》由台北国语日报社出版。

1967 年

1月5日，《我为什么写〈作家印象记〉》发表于《中央日报》第6版。

1月，《作家印象记》由台北三民书局出版，本书为作者记录与王平陵、朱自清、李青崖等多位作家的交游往事。全书收录《王平陵》《王独清》《方玮德》等29篇，正文前有三民书局编辑委员会《三民文库编刊序言》、谢冰莹《前言》。

3月10日，短篇小说《美容》发表于《妇友》第150期。

4月，《我的青年时代》发表于《中外杂志》第2期。

7月，《梦里的微笑》由台中光启出版社出版，本书为作者纪念花甲之作，有游记、书信、评论、随笔等内容。全书分"锦绣山河""青年书信""抒情小品""阅读心得""生活杂感"五辑，收录《马祖风光》《澎湖七小时》等43篇，正文前有谢冰莹《自序》。

9月1日，《虎豹别墅》发表于《畅流》第36卷第2期。

9月20日，《台中给我的印象》发表于《亚洲文学》第81、82期合刊本。

9月，《我的回忆》由台北三民书局出版，本书为作者自述其饱经风霜的人生，自青年求学、从军到来台，为其一生经历的缩影。全书收录《平凡的半生》《我的青年时代》《过年》等19篇，正文前有三民书局编辑委员会《三民文库编刊序言》。

11月，主编《青青文集》并为其撰序，由台北文源书局出版。

12月，《妈祖散记》发表于《幼狮文艺》第27卷第6期。

1968 年

1月8日，《怀念几位日本友人》发表于《中国一周》第924期。

1月，短篇小说《九色鹿感动了国王》发表于《海潮音月刊》第49

卷。自印出版《海天漫游》。本书为作者游历新加坡、菲律宾、韩国等地的游玩心得。全书分为"星马之部""菲律宾之部""韩国之部"3 个部分，收录《虎豹别墅》《水族馆》《鬼城忆游》《正气千秋》等 53 篇，正文前有作者游历照片、谢冰莹《自序》。

5 月 1 日，《生命力》发表于《自由青年》第 39 卷第 9 期。

6 月，首次赴美，停留三个月。

7 月，中、短篇小说集《在烽火中》由台北中华文化复兴出版社出版。

9 月 29 日，《在洛杉矶听京战》发表于《中央日报》第 9 版。

11 月 10 日，《美国的家庭妇女》发表于《妇友》第 170 期。

11 月，《梦里的天使》发表于《文坛》第 101 期。

12 月，开始于《中央月刊》发表作品，计有《旅美散记》《美国的儿童图书馆》《婆媳之间》等多篇。《记孙伏园》发表于《纯文学》第 24 期。儿童文学《善光公主》由台北慈航杂志社出版。

本年，《在烽火中》由台湾中华文化复兴出版社出版，全书收录《在烽火中》《伙夫李林》《怪医生》《道是无情却有情》《诉》《美容》《一个家庭教师的日记》《金门之莺》《翠谷常春》共 9 篇，正文前有谢冰莹《自序》。

1969 年

1 月 1 日，《孙老太太》发表于《海潮音月刊》第 50 卷。

1 月 10 日，《写稿？离婚》发表于《妇友》第 172 期。

4 月 1 日，《我最敬爱的太虚大师》发表于《海潮音月刊》第 50 卷 3、4 月号合刊。

4 月 10 日，《家书》发表于《妇友》第 175 期。

4 月 12 日，《〈汉武帝〉重看记》发表于《中央日报》第 9 版。

6 月 10 日，《怎样欣赏小说》发表于《妇友》第 177 期。

6 月 24 日，《我读〈我在利比亚〉》发表于《中央日报》第 9 版。

7 月，《我读〈红葡萄〉》（李望如著）发表于《文艺月刊》第 1 期。

8 月，《文坛回顾——四十年前我的暑假生活》发表于《幼狮文艺》第 188 期。

9 月 10 日，《从〈爱晚亭〉谈起》发表于《亚洲文学》第 100、101 期合刊本。

9 月，《爱晚亭》由台北三民书局出版。

12月,《漫谈白话诗歌——献给初学写诗的青年朋友》连载于《中华文化复兴月刊》第2卷第12期至第3卷第3期。《三十年代文学对我国的影响》发表于《文艺月刊》第6期。

本年,儿童文学《善光公主》由台湾慈航杂志社出版。

1970 年

1月8日,《参观牙刻书展记》发表于《中央日报》第9版。

5月10日,《母亲节,想妈妈》发表于《中国时报》第9版。

7月,《漫谈儿童文学》发表于《国教月刊》第17卷第6、7期合刊。

1971 年

1月10日,《故乡,我想念你!》发表于《妇友》第196期。

1月31日,《美丽的回忆——新岁忆旧》发表于《中国时报》第3版。

2月1日,《从纽约到华盛顿》发表于《畅流》第42卷第12期。《怀念农历年》发表于《自由谈》第22卷第2期。

2月18日,《以文会友》发表于《中央日报》第9版。

2月,《我与飞蚊症》发表于《妇友》第197期。

3月16日,《壮烈牺牲的林觉民》发表于《畅流》第43卷第3期。

3月26日,《我为什么要翻译〈古文观止〉?》发表于《中央日报》第9版。

4月1日,《爱迪生的避寒山庄》发表于《自由谈》第22卷第4期。

4月,与邱燮友、林明波、左松超编译的《新译古文观止》由台北三民书局出版。

初夏,赴美参加儿子的婚礼,在海轮上腿部摔伤。写作《芝加哥游记》《华盛顿散记》《华盛顿D. C. 的气候》。

5月16日,《在美国看电影》发表于《畅流》第43卷第7期。

5月,《〈妇友〉两百期志庆——祝福与希望》发表于《妇友》第200期。

6月1日,《〈文坛〉坚强地站起来》发表于《文坛》第132期。

6月,《悼念如斯》发表于《传记文学》第109期。

7月,随陈纪滢前往韩国汉城(今首尔),参加"国际书会"第37届年会。《冰莹游记》由台北云天出版社出版。

9月1日,《诗叶》发表于《畅流》第44卷第2期。

11月10日,《忆两位作家》发表于《中国时报》第9版。

11月,书信集《绿窗寄语》由台北三民书局出版。

12月,《生命的光辉》由台北三民书局出版,本书集结作者写于1950—1970年的散文,内容以怀旧忆往为主。全书收录《国度的怀念》《美丽的回忆》《林语堂先生谈语文问题》等31篇,正文前有三民书局编辑委员会《三民文库编刊序言》、谢冰莹《序》。

本年,《女兵自传》韩文版(李益成译)由首尔学园社出版,正文新增《我的回忆》部分内容、短篇小说《一个韩国的女战士》《文竹》,正文后新增李益成"解说"。

1972年

2月,《追念高鸿缙先生》发表于《传记文学》第117期。

3月14日,《从〈我在美国〉看海外国人的生活》(《我在美国》为杨弘农所著)发表于《中央日报》第9版。

5月1日,《夏威夷的中国佛教》发表于《海潮音月刊》第53卷5月号。

5月10日,《旧金山的雾》发表于《中央日报》第9版。

5月,儿童文学《给小读者》由台北兰台书局出版。

6月1日,《大千居士与梅花》发表于《畅流》第45卷第8期。《夏威夷的天堂公园》发表于《自由谈》第23卷第6期。

6月5日,《乌龙院是怎样演出的?》发表于《中国时报》第9版。

7月1日,《看海豚和鲸鱼跳舞》发表于《自由谈》第23卷第7期。

7月16日,《访南湾老人院》发表于《畅流》第45卷第11期。

11月,开始执笔"海外寄小读者"专栏,每月寄回一篇文章在《小读者》月刊上发表,至1973年11月止。

1973年

4月1日,《周作人先生印象记》发表于《畅流》第47卷第4期。

4月,《女兵自传》由台北力行书局出版。

7月1日,《闭关日记——一个梦的实现》发表于《畅流》第47卷第10期。

9月16日，《红学专家吴宓》发表于《畅流》第48卷第3期。

10月，回台治理腿疾。

本年，自台湾师范大学退休。

1974 年

3月30日，《送雪林告别杏坛》发表于《书和人》第233期。

3月，《梦回台北》发表于《妇友》第234期。

4月至6月，《不幸的昭昭》连载于《妇友》第235—237期。《旧金山的雾》由台北三民书局出版，本书为作者1968年与1971年8月两度赴美的见闻记录，除写景外，亦记叙文化差异。全书分为上、下两卷，收录《西雅图之夜》《旧金山之旅》《美国的大学生》《美国学生与恋爱》等34篇，正文前有三民书局编辑委员会《三民文库编刊序言》、谢冰莹《自序》。

7月1日，《我写日记五三年》发表于《文坛》第169期。

7月16日，《旧金山漫游》发表于《畅流》第49卷第11期。

7月，《拔牙记》发表于《妇友》第238期。

8月1日，《华盛顿游记》发表于《畅流》第49卷第12期。

8月，《玻璃花》发表于《妇友》第239期。月初，同丈夫贾伊箴一同飞往美国，定居旧金山圣母大厦老年公寓302室。侨居美国后，对亲人思念更深，写了《祖母的拐杖》《父亲的遗嘱》《伟大的母亲》《忆大哥》；还写了大量的回忆作家朋友的文字，如孙伏园、李青崖、柳亚子、白薇、庐隐、沈从文、周作人，等等。

9月1日，《芝加哥给我的印象》发表于《畅流》第50卷第2期。

9月9日，作《遥远的祝福》恭贺林语堂先生八十寿辰。

9月16日，《夏威夷世外桃源》发表于《畅流》第50卷第3期。

10月，《我怎样写作》由台北学生书局出版。

11月1日，《纽约游记》发表于《畅流》第50卷第6期。

11月16日，《纽奥良一日游》发表于《畅流》第50卷第7期。

本年，开始执笔《世界日报》"儿童世界"版"贾奶奶信箱"专栏，不定期为青少年解答文学创作相关问题。《旧金山的雾》由台北三民书局出版。

1975 年

1月，《关于〈女兵日记〉》发表于《妇友》第244期。

4月,《旧金山的中国城》发表于《妇友》第247期。

5月1日,《尼亚加拉瀑布》发表于《畅流》第51卷第6期。

8月1日,《马克吐温和他的作品》发表于《文坛》第182期。

8月,《为爱牺牲的石评梅》发表于《传记文学》第159期。

9月,书信集《冰莹书柬》由台北力行书局出版。

12月1日,《凄风苦雨哭多慈》发表于《畅流》第52卷第8期。

本年,《作家印象记》由台北三民书局出版。《女兵自传》被改编成电影《女兵日记》,由汪莹执导,凌波、唐宝云、归亚蕾主演,获第十二届金马奖"最佳剧情片"等奖项。

1976 年

3月,《曼瑰!我望你回来》发表于《妇友》第258期。

5月,《论积极培养佛教人才》发表于《内明》第50期。

6月,《观音莲》由南投玄奘寺出版,本书集结作者发表于杂志的与佛教有关的文章,包括《论积极培养佛教人才》《慈航法师——我的师父》《伟大的鉴真和尚》等26篇,正文前有谢冰莹《自序》。

7月,《冯君传语报平安》发表于《妇友》262期。

9月,长篇小说《红豆》由台北时代书局出版。

1977 年

1月,开始执笔《明道文艺》"海外寄英英"专栏,至1984年7月止。

1月,《伟大的鉴真和尚》发表于《内明》第58期。

2月,《文学欣赏》(谢冰莹、左松超著)由台北三民书局出版。

5月1日,《环球影城游记》发表于《畅流》第55卷第6期。

6月1日,《〈文坛〉万岁!——给中南老弟的信》发表于《文坛》第204期。

8月,《清脆的风铃声》发表于《妇友》第275期。与邱燮友、刘正浩合编《中华文化基本教材》,由台北三民书局出版。

本年,再度与文友陆晶清、赵清阁等取得联系。

1978 年

1月,《忆林语堂先生》发表于《传记文学》第188期。

2月3日,《致悼马寿华先生》发表于《中央日报》第10版;《我读〈烟村梦晓〉》(《烟村梦晓》为日照法师所著)发表于《内明》第7期;《〈圣僧玄奘大师传〉读后感》(《圣僧玄奘大师传》为圆香居士所著)发表于《菩提树》第303、304期合刊。

2月,《谢冰莹选集》由香港文学研究社出版。

3月1日,《〈与国情深〉序》(《与国情深》为杨弘农所著)发表于《文坛》第213期。

4月16日,《我爱〈中国城〉》发表于《畅流》第57卷第5期。《〈百喻新译〉序跋》发表于《菩提树》第305期。

4月,《谢冰莹选集》由香港文学研究社出版。

5月,《女兵自传》由台北力行书局出版,正文删去1948年晨光版各章章名,内容略有增删,删去谢冰莹《〈女兵自传〉新序》,新增谢冰莹《关于〈女兵自传〉与〈女兵日记〉》、谢冰莹《〈女兵自传〉台版序》。

8月11日,《敬悼曾宝荪乡长》发表于《中央日报》第10版。

8月,自美返台,在台湾逗留5个月,其间参加"军校六期同学理监事联谊会"和聚餐会。

9月,《父亲的花园》发表于《妇友》第288期。

10月,《散布中国文化的种子——杨弘农的〈我在海外教中国书法〉》发表于《妇友》第289期。

11月1日,《美国第一大城纽约》发表于《畅流》第58卷第6期。《游子思故乡》发表于《妇友》第290期。

12月8日,《勇敢的台湾前线的巾帼英雄》发表于《妇友》第291期。

12月8日至9日,《谈小说主题》连载于《青年战士报》第11版。

12月,《作家印象记》由台北三民书局出版。

本年,《观音莲》《冰莹书柬》由台北力行书局出版。

1979年

7月1日,《遥悼聂治安先生》发表于《畅流》第59卷第10期。

8月13日,《工作·写作·生活》发表于《联合报》第8版。

9月11日,《朱光潜的"无言之美"》发表于《联合报》第8版。

11月,《〈百喻新译〉中集序》发表于《菩提树》第324期。《怎样才能写好作文》发表于《幼狮少年》第25期。

1980 年

1月1日,《纽奥良忆游》发表于《畅流》第60卷第10期。

1月起,中篇小说《新生》连载于《内明》第94—108期,至隔年3月止。

2月8日,《大地的桂冠——〈移山记〉的主题与写作技巧》(《移山记》为涂翔宇所著)发表于《联合报》第8版。

3月1日,《为〈畅流〉祝福》发表于《畅流》第61卷第2期。《忆柳亚子先生》发表于《传记文学》第214期。

5月,《谢冰莹自选集》由台北黎明文化事业公司出版。

6月12日,《看〈清宫残梦〉后的感想》发表于《中央日报》第12版。

9月7日,《我读〈寂寞的三十七岁〉》(《寂寞的三十七岁》为鲁肇煌所著)发表于《中央日报》第12版。

9月15日,《李莎的诗》发表于《文坛》第243期。

本年,被聘为美国孔子基金会顾问,又被选为美国华文作家协会名誉会长。《谢冰莹自选集(中国新文学丛刊)》由台北黎明文化事业公司出版。《女兵自传》由台北东大图书公司出版。

1981 年

1月16日,《我读〈稼青游记〉》(《稼青游记》为伍稼青所著)发表于《畅流》第62卷第11期。

4月,儿童文学《旧金山的四宝》由台北国语日报社附设出版部出版。

5月,《半世纪前的一封信》发表于《妇友》第320期。

6月,《抗战日记》(庄刚彰编,包括上集《抗战日记》、中集《在火线上》、下集《第五战区巡礼》)由台北东大图书公司出版发行。

7月7日,《血肉铺成胜利路——抗战时的我》发表于《联合报》第8版。

7月,长篇小说《红豆》由台南信宏出版社出版。

9月14日,《为联副祝福》发表于《联合报》第8版,此文以"联副与我"为主题,与梁实秋、钟肇政、陈若曦、思果、萧飒、郑清文等联合发表。

9月,《牛鼻子(黄尧)其人其书》发表于《新文艺》第306期。

10月24日,《满园锦绣》发表于《联合报》第8版。

12月,《七十国度在金山》发表于《妇友》第327期。

1982年

1月15日,《我读〈重逢〉》(《重逢》为汪滨所著)发表于《文坛》第259期。

3月26日,《哀一面之缘》发表于《联合报》第8版。

4月15日,《有中国人的地方就有中国文化!》发表于《中央日报》第10版。

7月15日,《国破山河在——读〈八千里路云和月〉有感》(《八千里路云和月》为庄因所著)发表于《联合报》第8版。

8月,《凄风苦雨吊月卿》发表于《妇友》第335期。《谢冰莹散文集》(李德安主编),由台北金文图书公司出版。

本年,《写给青年朋友的信》(上、下)由台北东大图书公司出版。

1983年

3月,散文、小说、日记合集《新生集》由北投普济寺出版。

5月2日,《〈法海点滴〉书后》(《法海点滴》为释惟明所著)发表于《中央日报》第10版。

5月,《谢冰莹散文选》(何紫主编)由香港山边社出版。

6月13日,《生命的船舱——忆王统照》发表于《联合报》第8版。

10月4日,《忆许钦文》发表于《联合报》第8版。

本年,《红豆》由台南信宏出版社出版;《我的回忆》由台北三民书局出版。

1984年

1月至4月,中篇小说《巾帼英雄秦良玉》连载于《妇友》第352—355期。

2月,《我战时的文艺生活及其他》发表于《文讯》第7、8期合刊。

4月9日,《文学的清教徒——忆李长之》发表于《联合报》第8版。

5月16日,《王莹之死——从我们初识开始》发表于《联合报》第

8 版。

9 月,《语体文大乘本心地观经序》发表于《狮子吼》第 23 卷第 9 期。《我在日本》由台北东大图书公司出版。

10 月,《为〈妇友〉祝福——怀念编辑会议》发表于《妇友》第 361 期。

11 月,儿童文学《小读者与我》由香港文化互助社出版。

本年,《爱晚亭》由台北三民书局出版。

1985 年

3 月,《女兵自传》(徐靖编)由四川文艺出版社出版,四川新华书店发行。这是谢冰莹去台后,大陆的出版社为其出版的第一本书。

4 月,《先父谢玉芝先生传记》发表于《湖南文献季刊》第 50 期。

5 月 4 日,台湾艺术界、文协为其颁发文艺奖章、奖状,奖励其在小说上的贡献。

6 月,《观音莲》由台北大乘精舍印经会出版。《女兵自传》(熊融编)由百花文艺出版社出版,新华书店天津发行所发行。

9 月,《谢冰莹作品选》(刘加谷编)由湖南人民出版社出版。

12 月,《先父谢玉芝先生传略》发表于《冷水江市文史资料》第一辑。

本年,《中国文化基本教材(第 4 版)》(谢冰莹编译)由台北三民书局出版。

1986 年

7 月 31 日,《美人名马·佳话留痕——〈花落春犹在〉读后》(《花落春犹在》为诸问娟所著)发表于《中央日报》第 12 版。

9 月 24 日,《无声的老师——〈大辞典〉》发表于《中央日报》第 12 版。

9 月,《如饮蒲桃浆:读〈璎珞集〉》(《璎珞集》为李瑞爽所著)发表于《菩提树》第 406 期。

本年,《给青年朋友的信》(上、下)由台北东大图书公司出版。

1987 年

2 月,书信集《冰莹书柬》由台北东大图书公司出版。

4月27日,《我为什么要写作》发表于《联合报》第8版。

10月28日,《广结墨缘一艺僧》发表于《中央日报》第10版。

10月,《投考军校的回忆》《六十年前的往事——当兵的回忆》发表于《冷水江市文史资料》第2辑。

12月7日,《可怜的小脚姑娘》发表于《联合报》第8版。

1988年

2月14日,《无尽的哀思》发表于《中央日报》第6版。

4月,《投考军校的回忆》发表于《文史资料选辑——港澳台及海外来稿专辑》第14辑。

7月28日,丈夫贾伊箴因心脏病猝发,病逝于美国旧金山,享寿84岁。

7月,儿童文学《太子历险记》由台北正中书局出版。

本年,《圣洁的灵魂》发表于《华夏》第1、2期合刊。

1989年

6月,《观音莲》由台北慈心佛经流通处出版。

1990年

11月21日,返台,接受国民党文工会颁赠实践奖章及证书。

12月2日,由王蓝、邱七七、邱秀芷等文友陪同至成功大学探视12年未见的好友苏雪林。

12月3日,参观凤山"陆军军官学校",拜访胡家麟校长,胡校长影印其在黄埔军校武汉分校第六期女生队之毕业证书相赠。

12月,《父亲的遗嘱》《故乡的过年风俗》发表于《冷水江市文史资料》第3辑。

1991年

4月8日,《九五岁月百万言——为雪林姊祝福》发表于《中央日报》第16版。

4月15日，为悼念亡夫，撰《最后的遗言》。

5月，《旧金山的雾》《作家与作品》《冰莹游记》《冰莹忆往》《冰莹怀旧》《冰莹书信》由台北三民书局出版。《冰莹游记》为谢冰莹游历美国的心得记录，全书收录《芝加哥游记》《华盛顿散记》等23篇。《冰莹忆往》收录谢冰莹从少年到晚年致富经历的文章38篇，包括《中学生活的回忆》《投考军校的回忆》《北伐时代的女兵生活》等。

1992 年

9月3日，《小桥·流水·人家》发表于《联合报》第25版。

本年，《新译古文观止》由台北三民书局出版。《谢冰莹散文选集》（傅德岷编）由百花文艺出版社出版，本书选收作者不同时期的散文，呈现出多样风貌。全书收录《爱晚亭》《当兵去》《从军日记》《寄自嘉鱼》等47篇，正文前有《编辑例言》、傅德岷《序言》。

1993 年

9月，《谢冰莹散文》（范桥、王才路、夏小飞编）由中国广播电视出版社出版。本书分为上、下两集：上集分为"从军日记""麓山集""湖南的风""生日""爱晚亭""绿窗寄语""作家印象记""生命的光辉""菲岛记游""旧金山的雾"10部分，收录《从军日记》《从军日记三节》《寄自嘉鱼》《说不尽的话留待下次写》《从峰口至新堤》等74篇文章，正文前有作家素描画像及手稿、编者《序》；下集分为"女兵自传""战士的手""在日本狱中""抗战日记"4部分，收录《关于〈女兵自传〉》《祖母告诉我的故事》《我的家庭》《黄金的儿童时代》《采茶女》等113篇文章。

本年，《新译四书读本》由台北三民书局出版。

1994 年

3月7日，"美国华文文艺协会"于美国旧金山成立，谢冰莹被推举为名誉会长。

5月，《爱晚亭》（荣挺进选编）由北京广播学院出版社出版。

6月，应聘为美国旧金山中美文化交流协会第二届理事会顾问。

9月，《女兵自传》（"中国现代作家自述文丛"，陈漱渝、刘天华主编）

由中国华侨出版社出版。

1997 年

5 月,《谢冰莹集》(陈漱渝编)由知识出版社出版。

1998 年

2 月,李家平选编散文、小说合集《解除婚约》,由燕山出版社出版。

5 月,《冰莹书信》《冰莹怀旧》《作家与作品》由台北三民书局出版。

10 月,《爱晚亭》由新世纪出版社出版。

1999 年

10 月,《谢冰莹代表作》(陈丹编选)由华夏出版社出版。

本年,《谢冰莹》(上、中、下)(艾以、曹度编)由安徽文艺出版社出版。《红豆戒指》由内蒙古人民出版社出版。

2000 年

1 月 5 日,病逝于美国旧金山,享年 94 岁。亲友依遗愿将其骨灰撒于太平洋,由海水将骨灰带回故乡。

3 月 6 日,《关于〈小冬流浪记〉》发表于《国语日报》第 6 版。

12 月,《永恒的友谊——谢冰莹致魏中天书信集》(钦鸿编)由中国三峡出版社出版。

纪弦文学年表

李 艳

一、大陆时期

1913 年

4月27日正午,出生于直隶省清苑县,取名路逾,字越公,乳名保生,昵称小保。出世不久,从父前往南京。

父亲路孝忱,字丹甫,生于1888年,卒于1932年,早年留学日本,加入同盟会,后追随孙中山先生参加革命。祖父路岯,字山夫,号笑逢,生于道光十九年(1839),卒于光绪二十八年(1902),当过知县,加四品衔,诰授中宪大夫;著有《苇西草堂诗草》2卷。曾祖父慎庄,字子瑞,曾任淮扬河漕监驿兵备道,后代称之为淮扬公,著作颇丰,尤擅工笔花鸟。高祖父路德,字闰生,曾任翰林院庶吉士户部湖广司主事军机章京,著有《柽华馆集》10卷。

1924 年

定居扬州,租住在"宫太傅第",考入当地第五师范附属小学读三年级。此前,曾在北京请过一位前清秀才启蒙,后在上海就读于衖堂小学,又在广州就读于岭南大学附属中学之附属小学。

1928 年

1月,小学毕业于扬州中学实验小学(因原江苏省立第五师范学校改名为江苏省立扬州中学,五师附小遂变为扬中实小)。以刘乐渔、龚夔石两位先生为恩师。深受音乐老师储三籁先生的影响。

春,考入县立初中(春季班),第二学期因给女生写情书被人发现,怕受处分而自动退学。转入震旦大学扬州附中学习法文。结识胡传钰、胡传铥兄弟及其妹胡蕙珠。对胡蕙珠一见倾心,努力追求。

1929 年

夏,迁居武汉。

本年,写下处女作《五言诗》:"此时夜正深,何处是我魂?魂已遥飞去,常随我爱人。"考入私立武昌美术专科学校学习绘画,在读期间阅读了《老残游记》《广陵潮》《红楼梦》《水浒传》《三国演义》《西游记》《封神榜》《七侠五义》《聊斋志异》等,一学期后退学。作诗《我描了一幅画》(又名《画幅上》,两首诗在内容上略有不同)、《生之箭》。

1930 年

1月23日,与妻子胡明(即胡蕙珠)于扬州完婚,婚后转学苏州美术专科学校就读绘画系西洋画组一年级,与内兄胡传钰同班,以校长颜文樑先生为最后一位恩师。父亲为其订阅商务印书馆发行的《美育》杂志,《美育》上常有李金发的诗和画,因而受到李金发的影响。

1931 年

春,大儿路学舒出生。

5月15日,小说《金得利》(署名路逾)发表于《读书俱乐部》半月刊第3、4期合刊。

1932 年

4月2日,父亲因心脏病加脑出血复发去世。因料理父亲丧事、处理家务,请了长假,故由苏州美术专科学校一九三二级留级到一九三三级。爱给同学们取洋名字的同学林家旅给路逾取名"路易士"。

1933 年

春，二儿路学恂出生。与王家绳、胡传钰组成"磨风艺社"。

7月，毕业于苏州美术专科学校。

8月21日，磨风艺社在南京秦淮河畔的民众教育馆举办首次画展，展期5天。该画展举办得较为成功，得到著名画家潘玉良女士的嘉许，有3幅画被南京国民政府主席林森选购。

1934 年

1月，作《路易士诗集自序》。

3月15日，第一本诗集《易士诗集》在中和印刷公司出版。路易士自行设计封面，扉页也是自己的木刻作品《自画像》，有《自序》和《绿堡的序》各1篇。64开，横排，70多页。收录1929年—1934年的诗作67首，依次如下：《初恋》（1930年）；《五言诗》（1929年）；《短四句》《姑娘再来一个》《夜》《相思》《苏州行》（1931年）、《诅咒》《六行诗》《踏海》《我描了一幅画》《晚步》《恋南风》《祈祷》《妥协后》《我们歌》《雨天》《赴战》《小诗一束》《炒白果的担子》《空虚》《如今你》《秋夜不眠》（1932年）；《初春两首》（《雨》《太阳》）；《夜旅》《电杆木之春》《鸡雏之死》《春思》《苏州公园之夜》《心脏病底患者》《殡舍中底少妇》《相思》《无题》《旅》《别苏州》《八月的诗》《秋游》《自剖》《男女》《家居》《郊行》《失恋之诗》《想找一片红叶》《对镜》《少年》《桐枝上歇着一只苍蝇》《站在十字街头的歌》《给幸运的儿》《拉车的话》《冬》《小诗两首》《回家》《栽秧号子》《喂，伙计》《农民放火队》《儿你别笑啊》《我也搭乘二等车》《当我感到冷时》《从前我真傻》《更夫》《给卖淫妇》《巴天亮》《从象牙之塔到十字街头》《拉锯》及《栽秧号子》（易士作曲）（1933年）；《醒醒吧，朋友们》（1934年）。

5月1日，首次投稿，诗歌《给音乐家》发表于上海《现代》第5卷第1期。结识徐迟和杜衡等作家。

7月，三子路学濂出生。

8月，与胡传钰举办第二次画展，油画《光明的追求》展出。此次画展失败，此后未再办画展。

9月1日，诗歌《时候》发表于《现代》第5卷第5期。任江苏省立大港乡村教育实验区安平施教所干事，后因疾患辞职。

9月，某周六下午回家，妻不在家，怅然如无所归，写诗《蓝色之衣》，自认是婚后为妻所写情诗中最美的一首。

10月，因患恶性疟疾辞职回扬州。

11月，病愈。

12月，于上海独资创办的《火山》杂志创刊号出版。杂志封面由路易士设计，内刊路易士图画《瓶花》2帧，系磨风艺社于1933年7月在南京举行首次画展时的作品，原作已被南京国民政府主席林森购去珍藏于其邸宅中。《火山》创刊号总计刊有诗歌30首，其中路易士的诗歌10首：《蓝》《梧桐树》《发》《颜面》《黄昏》《黎明》《乌鸦》《墙》《碟》《钟》，另有老迈的诗歌10首、水域的诗歌4首、丁辛的诗歌3首、夜莺的诗歌2首、苋生的诗歌1首。

1935年

1月20日，《火山》第1卷第2期出版。杂志封面由路易士设计，刊有路易士画作《施蛰存像》《一九三四自写》及水彩2幅，另有胡金人画作2幅。刊有路易士诗歌10首：《诗释义》《烦忧》《我的梦想》《热水瓶》《小皮箱》《都市的口味》《杰作之毁灭》《忘怀之冠》《我的悲哀》《钱》，另有夜莺的诗歌5首、老迈的诗歌5首、丁辛的诗歌3首、刘宛萍的诗歌3首、水域的诗歌3首、马蹄的诗歌2首，以及锡金、侯承志、毛觉人、郑康伯、许午言、绿珠、陈白鸥、蔡毓华的诗歌各1首；后有路易士《编余琐话》。《火山》杂志仅出版2期即停刊。结识给《火山》投稿的刘宛萍、蒋锡金。同日，接到内弟胡传铉于下乡扫墓途中不幸被土匪杀死的噩耗，为之痛哭，写挽诗焚化以表哀悼。

5月10日，诗歌《亭子间》发表于《文艺大路》创刊号。

春夏之交，由杜衡陪同，与戴望舒在上海江湾公园坊第一次见面。

8月10日，诗歌《太息》发表于《文艺大路》第1卷第4期。

8月20日，诗歌《幻像》发表于上海《星火》第1卷第4期。

9月10日，诗歌《青春逝》发表于《文艺大路》第1卷第5期。

10月10日，诗歌《光明》发表于《文艺大路》第1卷第6期。

10月12日，短文《家》发表于《甘肃民国日报》第8版，文中描述了路易士在上海创办《火山》诗刊时困顿的生活状况。

10月，诗抄7首《没有诗的日子》《我的冷漠》《脚步的感触》《小唱》

《海的意志》《初夏》《脱袜吟》发表于《现代诗风》1935年第1期。因《脱袜吟》中有诗句"何其臭的袜子，何其臭的脚，这是流浪人的袜子，流浪人的脚"，遂以"臭袜子诗人"享誉当时文坛。

11月1日，诗3首《窗》《相思》《胡须》发表于《星火》（上海）第2卷第2期。

11月，诗歌《鸽》发表于《青年界》第8卷第4期。

12月1日，诗歌《祝一个园子的主人》、画作《巷》两幅发表于武昌《文艺》第2卷第3期；诗歌《六行诗（三章）》(《午夜吹箫人》《卖报声》《秋夜吟》)发表于《红豆》月刊第3卷第5期。

12月25日，诗歌《黄昏即景》及《六行诗（三首）》(《路上小吟》《虚无人》《牢骚小唱》)发表于《诗经》第1卷第5期。

12月，诗集《行过之生命》以"未名文苑第二种"由上海未名书屋发行。杜衡作序，施蛰存作跋，附有后记。共收录了161首诗，包括从开始创作到1933年间的10首诗：《六行诗》《踏海》《画》《南风歌》《心脏病的患者》《八月的诗》《秋之礼赞》《对镜》《将进酒》《无题》；从1934年3月到1934年年终的92首诗：《慰》《风后》《花》《死之夏》《诀》《辽远的心》《死》《啜泣》《黄昏》《光明》《待我归去》《神经过敏》《四行小唱》《太阳病的患者》《初夏》《其二》《午后》《人生之路》《夜风》《月夜》《我家的人》《时候》《彗星》《记一个青年》《灯》《浪》《古巷》《秋之诗》《人间》《古城》《六行小唱》《一片黑》《生命之消逝》《蓝色之衣》《江滩秋唱》（又名《扬子江之秋》）、《忧郁》《初痊》《致蚊虫》《病中》《病后》《追求》《夜》《蓝》《我的梦想》《寂寞的日子》《梧桐树》《养疴》《颜面》《神秘的人》《发》《钟音》《青色的纸》《如果你问我》《我也是你们之一》《有一天》《自由之星》《热水瓶》《小皮箱》《劫数》《命运》《黄昏》《这回》《十一月的诗》《烦忧》《青灯》《初恋之梦》《忘怀之冠》《圣杯的守护者》《没有诗的日子》《三千个世纪》《心之意象》《墙》《乌鸦》《粗暴烦躁》《哭》《而今》《被揶揄的人》《十一行吟》《不同的理想》《都市之生客》《生活》《为爱者而歌》《夜归》《脚步的感触》《叫卖声》《悲歌》《罪人之歌》《脱袜吟》《我的悲哀》《我的冷漠》《钱》《虚无者之歌》；从1935年1月到8月间的59首诗：《生命的白蜡》《雨》《亭子间之诗》《我不知》《我的无情》《夜机械》《流浪人》《古话》《生了锈的曲》《挽歌》《寂寞的生》《一月之诗》《杰作之毁灭》《二月天》《时间赞》《青春挽》《廿世纪之烦歌》《至善的人》《幽灵之生涯》《死之讴赞》《人间的话》《十行小唱》《竞技者》《我们的行程》《太息》《六行小唱》《人间之幻想》

《死之城》《阴天的诗》《船》《四行小唱》《幻像》《怀想病》《爱云的奇人》《生命之找寻》《七月的幻想》《心》《牢骚小唱》《七月鸣蝉》《抑郁症》《别扬州》《夜听二胡》《看日子》《数不清》《家室之累》《生命之哀歌》《八行吟》《中伤以后》《摧残》《傻子》《终有一天》《灰色吟》《狼与针》《八月吟》《其二》《有所问》《流浪小吟》《秋雨》《都市里的新秋》。

本年，与杜衡等人组织"星火文艺社"，创办《星火》半月刊。联合扬州、镇江一带组成"星火文艺社江苏分社"，借《苏报》副刊出《星火》周刊。与戴杜衡从事"第三种人"文艺活动，走红上海文坛。在上海学日文，为赴日留学做准备。作诗《竞走的低能儿》，后收录于诗集《摘星的少年》和《纪弦诗选》。

1936 年

1月15日，诗歌《迟暮小吟》《我愿意上天做月亮》《黑色的诗》《虚无人》《牢骚小唱》《静夜》《十二月曲》发表于《红豆》第4卷第1期。诗3首《生》《眼》《偏见》发表于《绸缪月刊》第2卷第5期。

1月，诗歌《漠地之歌》发表于《青年界》第9卷第1期。

3月1日，《诗论小辑》及《诗四篇》(《在夜的霞飞路上》《都市》《罪》《别上海》)发表于《红豆》第4卷第2期。诗歌《赤子之歌》发表于《文艺》(武昌)第2卷第5、6期合刊。

3月15日，诗歌《初到舞场》发表于上海《六艺》第1卷第2期。

3月，诗3首《十二月的都市》《流浪去吧》《闻歌》发表于《文学导报》第1卷第1期。

4月15日，《都市流浪诗(六首)》(《都市之夜》《都市十二月》《秋都市》《归思》《年红光之幻想》《街头吟》)发表于《红豆》第4卷第3期。诗歌《三月之病》发表于《六艺》(上海)第1卷第3期。

4月，与一起学习日语的同学陈荣瑾一同搭乘日本邮船"秩父丸"东渡日本。在上海候船时写下《在都市里》；途中作诗《出国》(原题《海行》)、《小小的波涛》(原题《海的恋者》)。到日本后与陈荣瑾住在一家名叫"日出之馆"的公寓里。白天补习日文，晚上到一个名叫"本乡画会"的画室里去画人体素描。经日本诗人的译诗集接触到法国诗坛，深受阿保里奈尔(Guillaume Apollinaire)的影响。广泛接触到西方20世纪初期的各流派，如立体派的绘画、超现实派的诗、达达派的音乐与戏剧等，开始写超现实主义的诗，以《致或人》为得意之作。在日本与覃子豪、李华飞等中国留学生交好。诗歌《二十世纪的跋涉》发表于《青年界》第 9 卷第 4 期。

6 月 1 日，《散文诗四首》（《遗言》《忧郁病患者》《飞去了的半个梦》《苍蝇赞》）发表于《红豆》第 4 卷第 4 期。诗歌《酒》《没有太阳的下午》《诗的宇宙》发表于《诗林》双月刊第 1 卷第 1 期。

6 月，因在日本生病思乡而归国，归途中作诗《舷边吟》，与《出国》《小小的波涛》合成一辑题为"海之歌"。归国至家后作诗《傍晚的家》。

7 月 15 日，《诗坛随想》与《诗四首》（《吃茶店小坐》《二月之窗》《四月的忧郁》《伤风》）发表于《红豆》第 4 卷第 5 期。

7 月 20 日，诗歌《恋爱至上主义者》《沉重的日子》发表于《今代文艺》创刊特大号。

7 月，往北京接母亲、妹妹、小弟前来，在北京与吴奔星、李章伯初次相见。举家迁至苏州五卅路同益里二号的江南新居。在去北京途中写下《北国之行》。

8 月 1 日，诗歌《寂寞的日子》发表于《诗之叶》第 3 卷第 1 期。

8 月 15 日，《雨天的诗》两首（《梅雨天的诗》《夜雨》）发表于《红豆》第 4 卷第 6 期。

8 月，诗歌《十行小唱》《对于机械的诅咒》发表于《诗林》双月刊第 1 卷第 2 期。

9 月 20 日，诗歌《古城七月》发表于《今代文艺》第 1 卷第 3 期。与韩北屏合编的《菜花诗刊》创刊号出版，刊有路易士诗歌《缥缈之歌外二首》及《人间行》，还刊有韩北屏、常白、史卫斯、吴奔星、刘宛萍、锡金、周白鸿、赵景深等的诗作，以及路易士译诗两首。

10 月 10 日，与徐迟各出资 50 元、戴望舒出资 100 元创办的《新诗》月刊创刊号出版。《新诗》由戴望舒主编，卞之琳、孙大雨、梁宗岱、冯至任编委。创刊号发表有路易士《海之歌》3 首（《海行》《海的恋者》《舷边吟》）。诗歌《初到舞场》发表于上海《好文章》创刊号。

10 月，诗两首《在苏州的街上走着》《致黄蜂》发表于《诗林》双月刊第 1 卷第 3 期。

11 月 5 日，与韩北屏合编《诗志》双月刊第 1 期出版，32 开本，60 页；刊有路易士的诗歌 5 首：《烦歌抄》4 首（《X 之消逝》《X 之行程》《问题来了》《一切的离》）及《狗》；另刊有邵冠华、徐迟、吴奔星、鸥外鸥、韩北屏、锡金、常白、李心若、李章伯、侯汝华、林英强、史卫斯、林丁、刘宛萍、沙蕾、金克木的诗歌，以及戴望舒、李子温的译诗。

11月10日,《新诗》第2期出版,发表路易士诗4首:《窗下》《你常说》《在都市里》《鸽子》。

12月10日,《新诗》第3期出版,刊有路易士诗歌《云》《伤风》《有赠》。

本年,诗歌《礼》发表于上海《星火》第2卷第4期。作诗《致或人》《烦歌》《火灾的城》《等待》,后收录于《摘星的少年》与《纪弦诗选》。

1937 年

1月1日,《小唱三章》(《慢行列车》《江南的水城》《旅》)发表于《诗林双月刊》第2卷第1期。

1月5日,《诗志》第2期出版,刊有路易士《小烦歌抄》(《吸铁石与钉》《疯人之成长》《非战主义者之歌》《给一个"批评家"》《蓝色的听风者》);另刊有鸥外鸥、吴奔星、李白凤、侯汝华、南星、许久、禾金、李心若、李章伯、韩北屏、常白、沈洛、林丁、林英强、沈圣时、周白鸿、郑康伯、蒋有林、文怀期的诗作以及戴望舒的译诗;还载有路易士诗集《没有诗的日子》出版预告。

1月10日,《新诗》第4期出版,发表有路易士《时间之歌》两首:《时间之乐队女》《时间的骑兵队》。

2月10日,《新诗》第5期出版,发表有路易士诗两首:《烦哀的日子》《早晨我想》。

3月5日,《诗志》第3期出版,发表有路易士诗歌《火灾的城》《浩劫》《生之烦流》,另刊有禾金、番草、沈洛、常白、韩北屏、欧外鸥等人的诗作。

3月10日,《新诗》第6期出版,发表有路易士诗作4首:《无题》《等待》《失眠》《午夜》。

春,执教于上海闸北安徽会馆内的安徽中学,美术教员。担任该校训导主任王萍草、教务主任吕耶草均是星火文艺社成员。

4月10日,《新诗》第2卷第1期(总第7期)出版,发表有路易士诗歌《黑色赞美》《声音》。

5月10日,《新诗》第2卷第2期(总第8期)出版,发表有路易士诗3首:《时间之雾》《影子和雾》《毁灭的愿望》;还刊有路易士与韩北屏联合发表的《〈诗志〉双月刊停刊启事》(《诗志》仅出3期)。

6月,《日记钞》发表于《青年界》第12卷第1期。

7月1日，诗集《火灾的城》作为"新诗社"丛书之四出版，收录了作于1936年的57首诗。

7月10日，《新诗》第2卷第3、4期合刊（总第9—10期）出版，这是此刊最后一期，发表有路易士诗作3首：《血》《为自由而歌》《远方谣》。诗歌《歌者》发表于上海《好文章》第10期。

8月1日，诗歌《不朽的肖像》发表于上海《文学杂志》第1卷第4期。

11月21日，诗歌《八月十三日在苏州》发表于武昌《文艺战线》第3期。

12月25日，诗歌《初到舞场》发表于《舞生活周刊》第1期。

本年，"八一三"淞沪会战爆发，安徽中学与新诗社特约印刷所皆毁于战火，《新诗》停刊，即将出版的新诗社丛书包括徐迟的《明丽之歌》、李白凤的《凤之歌》也在炮火中化为灰烬。上海诸多文艺社团全都解散，亲戚朋友纷纷逃难。路易士携家眷溯长江而西上，流亡至武汉，而后长沙，又经由西南公路前往贵阳。在贵阳小住数月，又到昆明。其时施蛰存任教于西南联大，但也无法帮助其找到工作。在昆明短暂逗留后，乘滇越铁路的火车，经河内而海防，再搭轮船前往香港。作诗《雾》《不朽的肖像》《独行者》《寒夜》《在地球上散步》《恋人之目》《光》《奇迹》，后收录于诗集《纪弦精品》。作诗《黑色赞美》，后收录于《摘星的少年》与《纪弦诗选》。

1938 年

3月15日，《诗话钞》发表于《纯文艺》旬刊创刊号。诗歌《家在江南》发表于《弹花》第1期。

3月26日，诗歌《后方感觉》以及与韩北屏的通信以《两地书》为题发表于武昌《文艺战线》第2卷第1期。

5月15日，散文《儿童节写给孩子们》发表于《文艺》（武昌）第5卷第4期。

本年，流亡到香港，与杜衡、戴望舒、徐迟等友人重逢。给戴望舒主编的《星岛日报》副刊《星座》和杜衡主编的《国民日报》副刊《新垒》撰稿。后接替杜衡主编《国民日报》副刊《新垒》，借《新垒》的篇幅，出《文粹》旬刊。经杜衡介绍与胡兰成相识。作诗《黑色之我》，后收录于《纪弦精品》。

1939 年

3月5日，诗歌《航》发表于《文艺新潮》第1卷第6期。

4月5日，诗两首《May Blossom》《寒夜》发表于《文艺新潮》第1卷第7期。

7月15日，《二十五年前的"张伯伦"（上）》发表于《更生》（上海）第2卷第4期。

7月22日，《二十五年前的"张伯伦"（下）》发表于《更生》（上海）第2卷第5期。

本年，因《国民日报》换了社长，遂辞去副刊《新垒》的主编职务。返往上海出版诗集《烦哀的日子》《爱云的奇人》《不朽的肖像》。作诗《云》，后收录于《纪弦精品》。

1940 年

11月6日，《北鲜的工业化（上）》（野村贞夫著、路易士译）发表于《国际通讯》第22期。

11月27日，《战争与石油》（神原泰著、路易士译）发表于《国际通讯》第25期。

本年，返回香港，经杜衡介绍，到陶希圣主持的"国际通讯社"任社外特约译员，专译日文，不用上班，每周交一篇指定的译稿即可。作诗《烟草礼赞》，后收录于《纪弦精品》。作诗《冬之妻》《春天·紫罗兰色》，后收录于《纪弦诗选》与《摘星的少年》。

1941 年

1月15日，《三国同盟与日美通商》（山田文雄著、路易士译）发表于《国际通讯》第32期。

1月22日，《苏联的战时劳动政策》（路易士译）发表于《国际通讯》第33期。

2月12日，《再度上升之日本最近物价》（路易士译）发表于《国际通讯》第35期。

2月19日，《值得重视的特殊钢》（路易士译）发表于《国际通讯》第

36期。

3月5日,《正视美国海军》(伊藤正德著,路易士译)发表于《国际通讯》第38期。

4月16日,《美国的扩军》(圆城寺著,路易士译)发表于《国际通讯》第44期。

4月30日,《武装了的阿拉斯加》(武田稔著,路易士译)发表于《国际通讯》第46期。

5月21日,《日本在沦陷区的国策会社(上)》(路易士译)发表于《国际通讯》第49期。

5月28日,《日本在沦陷区的国策会社(下)》(路易士译)发表于《国际通讯》第50期。

7月9日,《美国对日本的真实态度》(路易士译)发表于《国际通讯》第56期。

8月21日,《关于新加坡军港》(伊藤正德著,路易士译)发表于《中央周刊》第4卷第2期。

8月27日,《苏联集体农场与农民生活(上)》(路易士译)发表于《国际通讯》第63期。

9月17日,《一个日本人和一个美国人的对话》(路易士译)发表于《国际通讯》第66期。

9月25日,《英美日三国的代表主力舰》(路易士译)发表于香港《时事解剖》半月刊第1卷第9期。

10月10日,《加扎克共和国素描》(路易士译)发表于《国际通讯》第6卷第1期。

10月16日,《德法意苏的代表主力舰》(路易士译)发表于《时事解剖》第1卷第10期。

本年,香港战事平息后,创办小型日语学校以维持生活。

1942年

2月,诗歌《幻像》《致爱者》发表于《上海艺术月刊》第4期。

6月,诗歌《归思》发表于《上海艺术月刊》第7、8期合刊。

9月,诗4首《青色的纸》《竞技者》《忘怀之冠》《慧星》① 发表于

---

① 后来出版的诗集收录该诗时标题为《彗星》。

《上海艺术月刊》第 9 期。

11 月,《艳诗钞》3 首(《我的爱情除以三》《二月的小夜曲》《冬之妻》)发表于《上海艺术月刊》第 11 期。

12 月,散文《生命的一部分》与《选诗小记》发表于《上海艺术月刊》第 12 期。《生命的一部分》写的是路易士对烟草的嗜好。

本年,离港返沪。时任"汪派"报纸《中华日报》副刊主编的杨之华在二弟路迈的陪同下前来拜访,请路易士为副刊写稿,所作纪实散文《迄于香港陷落》于该副刊发表。一家五口生活困难,时常受到胡兰成和戴天锡、端木寿龄(后二人为其妻的同学好友)的接济。

1943 年

1 月 1 日,文论《艺术的苦闷》发表于《中国与东亚》第 1 卷第 1 期。

1 月,《元旦日记》《诗与科学》发表于《上海艺术月刊》第 2 卷第 1 期。

2 月 1 日,诗歌《无人岛》发表于《一般》(上海)第 1 卷第 1 期。

2 月,诗歌《触礁船》发表于《新东方杂志》第 7 卷第 2 期。

4 月 10 日,散文《向南京告别》发表于《新流》第 1 卷第 1 期。

4 月 15 日,诗歌《雾》《文化街散步》《春天·紫罗兰色》发表于《人间》第 1 卷第 1 期。

4 月 27 日,于苏北泰县(今姜堰市)过 30 岁生日。

5 月 1 日,《文化类型学》(高山岩男著,路易士译)发表于《大道月刊》第 1 卷第 5 期。

5 月 15 日,诗歌《暮春风》《黄昏》《四月的忧郁》《四月雨》发表于《文友》第 1 卷第 1 期。

5 月,诗歌《我之出现》发表于《风雨谈》第 1 期。

7 月 1 日,诗歌《窗下》发表于《文友》第 1 卷第 4 期。

7 月 15 日,《二月诗钞》(《7 与 6》《我之遭难信号》)发表于南京《作品》第 1 卷第 1 期。

8 月 15 日,诗 7 首《都市的幽灵》《亭子间之夜》《昆明之歌》《时常我想》《述怀》《我:磁性的音响》《再出发之中央 C》发表于南京《作品》第 1 卷第 2 期。诗歌《牧者》发表于上海《文友》第 1 卷第 7 期。

9 月 5 日,诗歌《原上之歌》发表于上海《文友》第 1 卷第 9 期。

11 月 1 日,诗歌《北国之行》发表于上海《文友》第 1 卷第 12 期。

11月15日，诗歌《马鹿野郎》发表于南京《作品》第1卷第5期。

11月20日，《稿酬今昔观》发表于《平铎月刊》第4卷第1期。

12月1日，诗歌《泥鼠》（堀口大学作、路易士译）发表于《中华画报》第1卷第5期。

1944 年

1月1日，诗歌《迎一九四四年》发表于《中华画报》第1卷第6期。《日本文化之类型》发表于《中华月报》第7卷第1期。散文《纪念鲁迅》载于杨之华主编的《文坛史料》。

3月15日，诗歌《节日的街》发表于《一般》（上海）第1卷第2期。诗歌《城的脸谱》与断章《排击！扫荡！》发表于《新东方杂志》第9卷第3期。

3月，与南星、石夫、田尾、叶帆、董纯瑜、陈孝耕合力创办的《诗领土》第一号出版；32开，厚仅8张16页，"诗领土"三个美术字体出自画家赵璇手笔；发表有路易士诗歌《出发》、杂感《无诗学时代》及文论《论诗之存在的理由》；封面有社论《反感与抗议》，对某些文艺杂志在目次编排时将诗题与诗人署名的字体排得比小说题名与小说家署名要小表示抗议，最后有《编辑后记》。

3月，《林房雄论》（伊藤信吉著，路易士译）发表于《风雨谈》第10期。

4月25日，《诗领土》第2期（4月）出版，发表有路易士社论3篇《谬论一扫》《展开反官僚市侩文化运动》《何谓新诗的厄运》，诗歌《近作抄》3首（《严冬之歌》《夜行篇》《烟斗》）及译诗《望乡》（黑木清次著）、《乘脚踏车者》（伊房·高尔著），还有1篇随笔《社中记事》。

5月1日，《诗是什么：诗原理概说》（路易士译）发表于《中华月报》第7卷第5期。

5月15日，诗歌《夏天》发表于《新东方杂志》第9卷第4、5期合刊。

5月，诗集《出发》由太平书局出版，包含创作于1943年6月到1944年4月的诗，共38首：《止水》《旋律》《向文学告别》《消息》《无人岛》《潮》《相见欢》《埋葬》《逃避论》《静安寺路款步》《散步的鱼》《出发》《城的脸谱》《节日的街》《所见》《吻》《说我的坏话》《守护》《无题十七行》《三人之溜冰者》《严冬之歌》《某地》《物价巨人》《我活着》《夜行》

《窗》《烟斗》《预感》《月夜》《三十代》《投影》《致董纯瑜》《未题》《播种者》《致二十代的群》《即兴诗》《云歌》《诗人的武士道》。

6月15日，诗两首《隼之歌》《进化论》发表于《新东方杂志》第9卷第6期。

6月25日，《诗领土》第3期（5、6月合刊）出版，发表有路易士社论两篇《一面创造一面战斗》《吾人建设彼等破坏》、诗歌《五月诗抄》两首（《黄昏》《五月为诸亡友而作》）、译诗《草野诗抄》两首（《睡着》《关于：在天空之上的……》）、译诗《防空装》（池田克己著），以及一篇随笔《社中记事》。

7月31日，作《夏天自序》。

8月，四子路学山出生，因其最喜看火，路易士为此作诗《火与婴孩》。

9月15日，与杨之华、南星合编的季刊《文艺世纪》创刊号出版，这一期主要由杨之华主编，路易士发表有诗歌两首《失去的望远镜》《夏季恶感》。创刊号还刊有周作人、杨丙辰、朱肇洛等人的文论，以及南星、戴望舒、李霁野等人的诗歌，最后有杨桦执笔的《编辑后记》。其中一页载有题名为《文艺世纪社丛书》的预告，预告3种书已经编好即将出版，包括路易士著的文论集《艺术的苦闷》。同日，《诗领土》第4期（7—9月合刊）出版，发表有路易士的诗论《五四以来的新诗》。《严冬之歌：呈何若兄》发表于《文运》第1卷第2期。

9月，《草野心平诗钞》（《睡着》《关于》路易士译）发表于《风雨谈》第14期。

秋，作《三十自述》。

10月10日，《〈诗一束〉读后：呈亢咏兄》发表于上海《家庭》第11卷第5期。

10月20日，诗歌《被谋害了日子的少女们》发表于《新生命》第1卷第6期。

10月，诗4首《大世界前》《不唱的歌》《真理》《看云篇》发表于《苦竹》第1期。诗歌《宣言》发表于《新东方杂志》第10卷第1、2期合刊。七行诗两首《青天》《诗人》发表于《风雨谈》第15期。

11月1日，《诗三章》（其一：院子里，凤仙的初花，……；其二：孤独的飞行机，是秋空的抒情诗的作者，……；其三：风吹着，雨打着，……）发表于上海《新东亚》第3卷第1期。

11月，诗歌《七月》发表于北京《中国文学》第1卷第11期。《十一月作品抄》5首（《黄浦江小夜曲》《地球的皮肤病》《生活》《岩石之歌》

《九点缝》）发表于《新东方杂志》第10卷第3、4期合刊。诗歌《写字间》发表于南京《作家》季刊第3期。

12月25日，《新诗之诸问题（上）》发表于上海《语林》第1卷第1期。

12月31日，编辑出版《诗领土》第5期（10—12月合刊），发表有路易士《抗议特戈尔军毁灭文化书》、社论3题《新诗的反对者和拥护者》《伪自由诗及其他反动分子之放逐》《什么是全新的立场》、诗3首《太阳与诗人》《重阳雨》《月夜归》，以及诗评3篇《上海杂草原》（池田克己著，东京八云书林版）、《中华民国居留》（池田克己著，上海太平出版公司版）、《诗一束》（俞亢咏著，上海诗潮社版）。《诗领土》出至第5期停刊。

本年，作诗《严冬之歌》《某地》《夜行》《预感》《月夜》《三十代》《远方有七个海笑着》《黄昏》《失去的望远镜》《梦回》《真理》《不唱的歌》《大地》《昔日之歌》《火与婴孩》，后收录于《纪弦精品》。作诗《窗之构图》《夏天》《日子的少女们》《海盗》《太阳与诗人》《黄浦江小夜曲》《五月为诸亡友而作》。

1945 年

1月1日，《诗集〈出发〉》发表于《天地》第15、16期合刊。诗歌《炸吧，炸吧》发表于上海《文友》第4卷第4期。

1月10日，诗歌《孔雀与狗》发表于《北辰》新1卷第2期。

1月15日，诗歌《昔日之歌》发表于上海《女声》第3卷第9期。

1月20日，《我是外行（附照片）》及影评《银幕上的史诗》发表于《新影坛》第3卷第5期。

1月25日，《新诗之诸问题（中）》发表于《语林》第1卷第2期。

2月1日，与杨桦合编的《文艺世纪》季刊第1卷第2期出版，本期由路易士主编，发表有路易士《拾月诗钞》两首（《大地》《海盗》）和文论《从废名的"街头"说起》，另刊有张资平、许衡、沈宝基等的文论，傅彦长的随笔，东野平的小说，艾辰的散文等，最后有路易士执笔的《编辑后记》。《批评论》发表于《读书杂志》第1卷第1期。

2月，诗集《夏天》由诗领土社出版。有路易士《自序》和《后记》，30开本，内含1944年5月至7月作的62首诗：《孔雀与狗》《七行之夜》《夏天》《远方有七个海笑着》《进化论》《五月，为赞亡友而作》《黄昏》《隼之歌》《草野心平之蛙》《失去的望远镜》《夏季恶感》《看云篇》《读废名》《靖节先生》《桑园街》《晚上》《题暂缺篇》《屈原》《梦回》《蚕》《观画吟》《十二三》《陋室之窗》《火柴篇》《长歌行》《红茶》《蝉》《无线电》《诗人》《七月》《青天》《诗论家》《窗外》《孤独论》《写字间》《向日葵》《下午》《大世界前》《真理》《不唱的歌》《秋三章》《被谋害了的日子的少女》《宣言》《大地》《海盗》《太阳与诗人》《重阳雨》《月夜归》《黄浦江小夜曲》《地球的皮肤病》《生活》《九点钟》《岩石之歌》《十一月廿一日 No.1》《十一月廿二日 No.2》《昔日之歌》《火》《悲歌三节》《地球赞歌》《太阳赞歌》《苏州河风景》《人间有美》。

4月1日，散文《夜语》发表于《文帖》第1卷第1期。《新诗之诸问题（下）》发表于《语林》第1卷第3期。《年来的读与写》发表于《读书杂志》第1卷第3期。

4月，诗集《三十前集》由诗领土社出版，30开本，书名制字出自画家赵璇手笔，扉页插图是路易士三十岁自画像，前有路易士《自序》，后有路易士《三十自述》。包含作于1931年至1943年4月的212首诗：《六行诗 No.1》《六行诗 No.2》《六行诗 No.3》《六行诗 No.4》《心脏病的患者》《八行小唱》《雨点》《风后》《死》《诱惑》《光明》《太阳的恋者》《初夏》《火》《院子里》《人生之路》《四行小唱》《时候篇》《海的意志》《古巷 No.1》《古巷 No.2》《十二行诗》《古城》《如今》《消逝》《蓝色之衣》《秋歌》《无因的忧郁》《病中》《蜂》《病后》《夜》《致秋空》《养疴》《发》《钟音》《如果你问我》《有一天》《彗星》《这回》《上一月》《烦忧》《青灯》《忘怀之冠》《圣杯》《没有诗的日子》《恶魔》《乌鸦》《动乱》《申诉》《禁果》《十一行诗》《理想》《夜归》《脱袜吟》《虚无之生》《都市的幽灵》《亭子间之夜》《挽歌》《寂寞的生》《二月大》《幽灵》《死之赞》《四月雨》《暮春风》《太阳西沉》《竞技者》《人间》《五月风》《今天》《幻像》《怀乡病》《爱云的奇人》《抑郁病》《十行吟》《哀歌》《摸索》《北国之行》《江上吟》《秋雨》《致爱者》《竞走的低能儿》《沉重的日子》《归思》《我愿意上天做月亮》《忧郁病患者》《人类与苍蝇》《月》《跋涉》《明亮的歌》《航海去吧》《牧者》《二月之窗》《初到舞场》《三月之病 No.1》《三月之病 No.2》《时计与家》《窗下吟》《你常说》《刮风天》《在都市里》《出国》《四月》《小小的波涛》《致或人》《吃茶店》《舷边吟》《傍晚的家》《狂人之歌》《苍蝇》《致情敌》《雨夜》《夏尽》《小病》《失眠》《否定之否定》《批评家》《听风者》《黄昏》《鸽子》《烦歌》《风景》《影》《赠徐迟》《云》《火灾的城》《江南的水城》《烦哀的日子》《时间之歌 No.1》《时间之歌 No.2》《待》《消息》《时常我想》《雾》《不朽的肖像》《独行者》《May Blossom》《黑色赞美》《寒夜》《在地球上散步》《恋人之目》《法律》《赠李白凤》《光》《诗人》《奇迹》《七月的楼》《后方感觉》《未题》《疲乏之来》《失业者》《十一月的雨》《贵州小唱》《心病》《黑色之我》《失去的手杖》《沉默》《辐射体》《寄李白凤》《最后的都市》《海行断句》《我之塔形计划》《海行》《常缘的海，恋的海》《触礁船》《酒》《雯》《鱼》《末趟巴士》《散步，十字路口的厄运》《Poetereaus》《圣诞前夜》《冬之妻》《春天，紫罗兰色》《二月的小夜曲》《烟草礼赞 No. 1》《烟草礼赞 No. 2》《述怀篇》《从上海来的》《灯》《桥》《再出发之中央 C》《我：磁性的音响》《自画像》《被谋害的名字》《失眠的世纪》《什么奸细老跟在我后面》《蓝色的歌》《文化的雨季》《都市的魔术》《我的爱情除以三》《革命》《幼小的鱼》《战时下的爱烟家》《弄堂里》《三十岁》《偶成》《巨人之死》《像赞》《为肯乐而歌》《我如是回答》《三十岁的小舟》《怀杜衡》《讨你一点欢心》《吠月的犬》《摘星的少年》《我之出现》《无可奈何之歌》《不朽的鱼》《乱梦》《7 与 6》《我之遭难信号》。

5月1日，散文《春夜》发表于《文帖》第1卷第2期。

6月1日，《释诗及其它》发表于《文帖》第1卷第3期。《记炎樱》发表于《语林》第1卷第5期。

7月1日，散文《在友人 Y 的家里》发表于《文帖》第1卷第4期。《胡兰成及其他》发表于《读书杂志》第1卷第6期。

7月5日，诗歌《黑色的大谱表》发表于《新世纪》第1卷第4期。

7月15日，《季感诗抄》（《冬天的窗》《春歌》）发表于《光化》第1卷第5期。

8月，抗日战争胜利，开始使用笔名"纪弦"。

本年，《夏日随笔》发表于《风雨谈》第20期。诗歌《声音：三十四年二月作品》发表于《长江画刊》第4卷第2期。为了维持生活，经朋友介绍到一家航运公司去当事务长。作诗《笔触》，后收录于《纪弦精品》。作诗《我的声音和我的存在》《黑色的大谱表》《门》《中国的云》《生命如果是酒》。

1946 年

1月1日，长诗《民众的歌》发表于《中坚》创刊号。

8月16日，《一九四五年九月诗一辑》（《声音》《笔触》《云雾》《胜利》）发表于《中坚》第2卷第2期。

9月18日,《希腊神话之特性》发表于《侨声报》第6版。

10月5日,《诗三章》(《阴影》《绝望》《狂想》)发表于《人间》(上海)第1卷第2期。

秋,辞去航运公司职务。

11月5日,《法国短诗抄》[《捕虫网》《偶像崇拜》《DOMINO》《窗玻璃》《屏风》《军帽》《石榴水》(莱蒙·拉季盖作,纪弦译)、《海蜇》《回忆》(阿保里奈尔作,纪弦译)、《小曲》(奥利浦·夏伐奈作、纪弦译)、《昨天的生命》(裘里盎·保康司作,纪弦译)]发表于《人间》(上海)第1卷第3期。

12月5日,《风雨诗抄》(《门》《许多的风》《场面》)发表于《人间》(上海)第1卷第4期。

冬,在陶百川主持的大东书局担任编译工作,同时为老友徐淦主编的《和平日报》(原名《扫荡报》)副刊写稿。

本年,作诗《画室》《扬子江之晨》《出帆》《面具》。

1947 年

1月20日,散文《二重人格之歌》发表于《中坚》第3卷第1期。

1月28日,《白雪》(高穆·阿保里奈尔作,纪弦译)发表于《和平日报》第6版。

2月3日,《秋》(高穆·阿保里奈尔作,纪弦译)发表于《和平日报》第5版。

2月4日,《二元论》(保尔·季拉尔底作,纪弦译)、《人生万岁》(暨克·巴龙作,纪弦译)发表于《和平日报》第6版。

2月13日,《作品》发表于《和平日报》第6版。

2月19日,《弦乐器》发表于《金融日报》第8版。

2月20日,诗歌《喊我们自己的名字》发表于《中坚》第3卷第3期。《给儿子们》《原野》《无言的冬季》发表于《和平日报》第6版。

2月25日,《春天》发表于《金融日报》第8版。

2月26日,《在小酒店》发表于《和平日报》第6版。

3月2日,《没有大衣》发表于《金融日报》第8版。

3月5日《夕暮的门》(夏勒·盖朗作,纪弦译)、《我听着那些风》发表于《和平日报》第8版。

3月10日,《他拿起听筒来》发表于《和平日报》第6版。

3月13日,《乘客》(伊房·高尔作,纪弦译)发表于《和平日报》第8版。《在航线上》发表于《和平日报》第6版。

3月16日,《在月下》《诉诸情绪》发表于《和平日报》第6版。

3月18日,《出帆》发表于《和平日报》第6版。

3月19日,《意志的歌》《歌唱在扬子江上》发表于《和平日报》第6版。

3月27日,《四行诗抄》(《饮者》《弦乐器》《给一个市侩》《给许多的市侩》)发表于《中坚》第3卷第5期。

5月6日,《出发》(阿保里奈尔作,纪弦译)发表于《和平日报》第6版。

5月8日,《雨中得故人书报之以诗》发表于《和平日报》第6版。

5月10日,《二行》(阿保里奈尔作,纪弦译)发表于《和平日报》第7版。

5月14日,《孔雀》(阿保里奈尔作,纪弦译)发表于《和平日报》第6版。

5月15日,《失去的韵致》(阿保里奈尔作,纪弦译)发表于《和平日报》第6版。

5月17日,《69》(纪弦译)发表于《和平日报》第6版。

5月20日,《五月》发表于《和平日报》第6版。

5月29日,《拟散文诗一帖》发表于《和平日报》第6版。

5月30日,《犬在近处吠着》(法·高克多著,纪弦译)发表于《和平日报》第6版。

春夏之交,经朋友介绍到明星花露香水公司做秘书,作诗《在商业的王国》。暑假后,于圣芳济中学担任高中文史教员一职。

6月5日,《在雨天》发表于《和平日报》第6版。

6月19日,《村姑》(阿保里奈尔著,纪弦译)发表于《和平日报》第6版。

6月26日,《白塔山》发表于《和平日报》第6版。

6月27日,《病了的秋》(阿保里奈尔作,纪弦译)发表于《和平日报》第6版。

7月1日,诗作《执着的歌》发表于《中坚》第3卷第8期。

7月2日,《狱中歌》(阿保里奈尔作,纪弦译)、《生疥疮的小腹》发表于《和平日报》第6版。

7月3日,《未来》(阿保里奈尔作,纪弦译)发表于《和平日报》第6版。

7月5日，《露营的灯火》（阿保里奈尔作，纪弦译）发表于《和平日报》第6版。

7月8日，《寂寞的歌》（蒋·拉奥尔著，纪弦译）发表于《和平日报》第6版。

7月9日，《午后之月》（［法］费尔南·格雷著，纪弦译）发表于《和平日报》第6版。

7月10日，《音乐》（安德烈·弥勒作，纪弦译）、《格律的形而上的抄三首》发表于《和平日报》第6版。

7月12日，《碑铭》（夏鲁·阿德罗夫康塔丘善作，纪弦译）、《猫》发表于《和平日报》第6版。

7月16日，诗作《上海之忧郁》（《给一个市侩》《给许多的市侩》《给上海》）发表于《中坚》第3卷第9期。

7月17日，《法兰西》（保罗·福尔作，纪弦译）发表于《和平日报》第6版。

7月23日，《刺客》发表于《和平日报》第6版。

8月15日，《美酒抄》发表于《和平日报》第6版。

8月16日，《在浴室里》发表于《和平日报》第6版。

9月12日，《无题十三行》发表于《和平日报》第6版。

本年，作诗《饮者不朽》《致PROXIMA》《三岁》《记一个酒保》《美酒颂》《微醺》《半醉》《酒店万岁》，后收录于《纪弦精品》。作诗《饮者之相对论》《天后宫桥》《雪降着雪融着》《在公园》《一九四七年在上海》《诗的灭亡》《酒店万岁》《火焰与音响》《偶遇》。

1948年

2月，诗歌《我的沉默》发表于《创进》第1卷第1期。

4月27日，于35岁生辰晚宴后作诗《致诗人》。

6月5日，诗歌《异端的旗》发表于《中坚》第5卷第2期。

7月17日，诗歌《我的沉默》发表于《创进》周刊1948年第1卷第1期。

8月14日，文论《象征派的特色》（《诗的法兰西》第一章第一节）发表于《创进》第1卷第5期。

8月28日，《沉默之声：保尔·梵乐希》（《诗的法兰西》第一章第二节）发表于《创进》第1卷第7期。

9月11日,《加特力教诗人保尔·克劳代尔》(《诗的法兰西》第一章第三节)发表于《创进》第1卷第9期。

10月初,与蓝本、仁予、鱼贝(路迈)等组成"异端社",创办诗刊《异端》。

10月10日,诗刊《异端》的出发号问世。16开本,12页,刊有纪弦执笔的"异端社"宣言,发表有纪弦组诗《一九四五诗抄》(《流星与窗》《我的声音和我的存在》《生命如果是酒》《雪夜》《自由》《蛰居》《春歌》《黑色的大谱表》)和《纪弦诗论》。

11月10日,《异端》第2号出版,刊有纪弦组诗《一九四五诗抄》(《许多的风》《狂想诗》《我不知道》《猫》《胜利》《门》《绝望》《笔触》《声音》《阴影》《云雾》)、译诗《阿保里奈尔抄》(《被杀死了的鸽子与喷泉》《米拉堡桥》《一九〇九年》)以及评论《关于阿保里奈尔》。

11月29日,与杜衡一家抵达基隆,由老友穆中南接到桃园农校的宿舍暂住。

12月,接替徐淦主编《平言日报》副刊《热风》。

本年,作诗《手杖》《贫民窟的颂歌》《穷人的女儿》《赠仁予》,后收录于《纪弦精品》。作诗《寒流下》《最后的纪念塔》《致诗人》《全世界全人类》,后收录于《饮者诗抄》。

二、台湾时期

1949年

3月3日,长女路姗姗出生。

暑假,《平言日报》停刊。

本年,在成功中学教历史、高中语文、美术。作诗《一女侍》《蚕》《命运交响乐》,后收录于《槟榔树甲集》。作诗《一个自由的追求者的画像》。

1950年

7月,以《怒吼吧!台湾》获第一届"五四奖金"第五奖。

本年，作诗《雕刻家》《四行诗》《构图》《台北万岁》《一印象》。

1951 年

5月，诗集《在飞扬的时代》由台北宝岛文艺出版社出版。

11月，与钟鼎文、葛贤宁借《自立晚报》副刊出《新诗周刊》，是台湾第一部以报纸副刊形式出现的新诗刊物，纪弦主笔发刊辞。

12月24日，诗作《单调的音阶》发表于《新诗周刊》第8期。

本年，作诗《榕树·我·大寂寞》《三色旗》《十月·在升旗典礼中流了眼泪》《死树》《午夜的壁画》《槟榔树：我的同类》《白色的小马》。

1952 年

5月，《新诗周刊》交由覃子豪、李莎主编。

8月，主编《诗志》，出版创刊号，是台湾第一份以杂志形式出现的诗刊。

本年，作诗《古池》《你的名字》《母·妻·女》《蝇死》《画幅》《四月的雨降着》《黑绒衫》《现实》《邻女之窗》《祭黑猫诗》《飞》《五月》《个性》《哀槟榔树》《晨步》《二号画笔》《十一月的怀乡病》。与潘垒合作组织"暴风文艺社"出版丛书，将《三十前集》分为《纪弦诗甲集》与《纪弦诗乙集》出版。

1953 年

1月，《祖国万岁诗万岁》发表于《文艺列车》第1卷第1期。

2月1日，纪弦独资创办《现代诗》季刊，出版创刊号。发表《祭黑猫诗》《向史达林宣战》于《现代诗》创刊号。

4月，出版诗集《在飞扬的时代》增订本。

5月，《四十一年余稿》（《锁着的门》《二号画笔》《致金星》《十一月之歌》）发表于《创世纪》第2期。

7月，诗集《纪弦诗乙集》由台北暴风雨社出版。

8月，诗作《诗的复活》《铜像》《窗》《流行》《构图》《致天狼星》《宇宙》《最后的一根火柴》发表于《现代诗》第3期。

10月，诗作《父与子》，收录于诗集《青春之歌》。

12月，诗作《恋爱》《吃板烟的精神分析学》《沙漠故事》《标本复活》《崩溃》《秋蛾》，发表于《现代诗》第4期。以《革命革命》获第四届"五四奖"短诗第三奖。

本年，作诗《台北之夜》，后收录于《纪弦精品》。作诗《未完成的杰作》《无诗神的诗人》，后收录于《纪弦诗选》与《槟榔树甲集》。

1954 年

2月20日，《四十二年余稿》(《大屯山》《发光体》《花莲港狂想曲》)发表于《现代诗》第5期。

3月，诗人杨唤逝世，纪弦前往参加葬礼，并写下《祭诗人杨唤文》一文，该文后收录于散文集《终南山下》。

5月，出版诗集《摘星的少年》。《容子——其人及其作品》发表于《现代诗》第6期。

春，任《民友报》编辑，第5期推出杨唤纪念特辑。

7月，由台湾现代诗社出版《纪弦现代诗论》。

9月，与覃子豪、李莎等人为搜集杨唤生前作品，出版杨唤诗集《风景》。

秋，诗作《我要到南部区》、《卅二年诗抄（一）》(《我宇宙》《乱梦》《七与六》《我之遭难信号》《狗和香水瓶》)发表于《现代诗》第7期。

本年，诗论集《纪弦诗论》由台湾现代诗社出版。诗作《爬虫篇四首》、《卅二年诗抄（二）》(《旋律》《向文学告别》《关于波特莱尔及其他》)发表于《现代诗》第8期。以诗作《饮酒诗》获第五届"五四奖金"短诗第二奖。作诗《光明的追求者》《夜蛾》《距离》《铜像》《世故》，后收录于《纪弦精品》。作诗《四十岁狂徒》《飞的意志》《一片槐树叶》，后收录于《纪弦诗选》与《槟榔树乙集》。

1955 年

1月，《从废名的〈街头〉说到新诗之所以为新诗》发表于《中兴评论》第2卷第1期。

春，诗作《卅二年诗抄（三）》(《消息》《无人岛》《潮》《散步的鱼》《出发》)发表于《现代诗》第9期。

夏，《〈无人岛〉自序》发表于《现代诗》第10期。

秋，诗作《环岛诗抄》[《宜兰线上》《无题》《苏花公路》《赠诗人楚卿》《美仑小景》《纯粹的旅行》《尾声》《方思和他的诗（上）》] 发表于《现代诗》第 11 期。

冬，诗作《致诗神七首》与《方思和他的诗（下）》发表于《现代诗》第 12 期。

本年，作诗《火葬》《金门高粱》《画者的梦》《色彩之歌》《蟑螂》《船》《十一月的新抒情主义》，后收录于《槟榔树乙集》。作诗《榕树》，后收录于《纪弦诗选》与《槟榔树乙集》。

1956 年

1 月 15 日，组织召开"现代派诗人第一届年会"，宣告现代派正式成立。

2 月 1 日，《现代诗》（本期改为双月刊）第 13 期提出"领导新诗的再运动，推行新诗的现代化"的口号，并发表《现代派六大信条》。

2 月 18 日，纪弦与叶泥南游。

2 月 26 日，归台，后作诗辑《二月之旅》（《彰化篇》《高雄篇》《嘉义篇》《归途篇》），陆续发表于嘉义《商工日报》和纯文艺旬刊《南北笛》。

3 月 7 日，现代诗社与"中国文艺协会"、蓝星诗社举办杨唤追思会。

3 月，《新诗论集》收入《今日文丛》第 3 辑，由高雄大业书店出版。

4 月 1 日，《绿三章》《与林亨泰的诗》发表于《现代诗》第 14 期。

5 月，诗集《无人岛》由台北现代诗刊社出版。

8 月 1 日，译诗《米拉桥堡·疯了的秋》发表于《文艺新潮》第 1 卷第 4 期。

8 月，《朱永镇先生文》发表于《教育与文化》第 12 卷第 12 期。

11 月 25 日，《近作三首：〈煤灯下〉〈C 弦〉〈阴影·悲剧·噩梦〉》发表于《文艺新潮》第 1 卷第 7 期。

10 月，《现代诗的特色》发表于《现代诗》第 15 期。

本年，由于经费问题，《现代诗》只出版了 13 期、14 期、15 期 3 期。作诗《诗法》《我爱树》《存在主义》，后收录于《槟榔树乙集》。作诗《阴影·悲剧·噩梦》，后收录于《纪弦精品》。作诗《绿三章》《大提琴》，后收录于《纪弦诗选》与《槟榔树乙集》。

1957 年

春，在左曙萍创办的"今日文化企业公司"任副社长，与左曙萍、钟雷等编辑出版《今日新诗》月刊，创刊号出版于元旦，出版10期后停刊。

1月13日，现代派诗人第二届年会在"台湾省杂志事业协会"交谊厅举行。

1月，连载专栏《三三诗抄》，发表诗作《三人之溜冰者》《严冬之歌》《某地》《夜行》《预感》《月夜》《窗》于《现代诗》第16期。

3月1日，《三三诗抄》(《三十代》《投影》《七行之歌》《夏天》《远方有七个海笑着》)及《〈中国诗选〉评介》发表于《现代诗》第17期。为纪念杨唤逝世三周年，现代诗社联合蓝星诗社在成功中学大礼堂举行诗人杨唤作品朗诵会。

6月，诗作《树及春之舞——外带一个后记》《诗坛的团结和我们的立场》发表于《现代诗》第18期。

9月，回应覃子豪《新诗向何处去》的《从现代主义到新现代主义——对覃子豪先生〈新诗向何处去〉一文之答复（一）》发表于《现代诗》第19期，揭开台湾战后第一场现代诗论战，同期还发表《诗人卢戈之死》。

11月，诗作《致诗人》发表于《现代诗》第20期。

12月，《对于所谓六原则之批判——对覃子豪先生〈新诗向何处去〉一文之答复（二）》发表于《现代诗》第20期。

本年，作诗《诗人之分类》，后收录于《纪弦精品》。作诗《历史》《春之舞》《阿富罗底之死》《我来自桥那边》，后收录于《纪弦诗选》与《槟榔树乙集》。作诗《教师之梦》。

1958 年

1月10日，《美学（二章）》(《阿富罗底之死》《S'EN ALLER》)发表于《文艺新潮》第2卷第2期。

3月，《两个事实》(回应覃子豪的《关于新现代主义》)和《多余的困惑》(回应黄用的《从现代主义到新现代主义》)发表于《现代诗》第21期。

6月1日，《六点答复》发表于《笔汇》第24期。

11月，诗作《劳工们的欢呼》发表于《中国劳工》第192期。

12月14日，赴金门，完成诗作《陈帅的笑》《金门之虎》。

本年，作诗《大头针》，后收录于《纪弦精品》。作诗《萧萧之歌》《香蕉崇拜》，后收录于《纪弦诗选》与《槟榔树乙集》。由于经费问题，《现代诗》本年只出版了第21期和第22期，从第22期开始，《现代诗》交由黄荷生主编，纪弦则到处兼职，奔波生计，后来在"空军广播电台"主持新诗节目，该节目每周二晚9时20分播出。

1959 年

3月20日，《现代诗》出版第23期（本年只出版了这一期），纪弦在该期上发表了《三三诗抄》(《五月为诸亡友而作》《黄昏》《失去的望远镜》《看云篇》《晚上》《梦回》《不是感言——为本刊六周年纪念而写》)。

本年，作诗《一歌女》，后收录于《槟榔树丙集》与《纪弦诗选》。

1960 年

6月，《现代诗》出版第24—26期合刊，纪弦在该期上发表《本刊的再出版·新诗的保卫战》《向石俦先生进一言》《就教于赵友培·张席珍二先生者》《饮酒诗》《小小的柠檬树》《无感不觉外一章》、译诗《十三岁》及《一切》（译诗）、诗论《新现代主义之全貌》。

8月，《现代诗的评价》发表于《幼狮月刊》第12卷第2期。

10月，《佳节酒话》发表于《幼狮文艺》第13卷第4期。

11月，《现代诗》出版第27—32期合刊，纪弦在该期上发表《朗诵诗之正名及其他》、《给绥靖主义者》、《三三诗抄》(《桑园街》《蚕》《火柴》《红茶》《蝉》《七月》《青天》《写字间》《下午》《大世界前》《真理》《不唱的歌》《凤仙花》《秋歌》《日子的少女们》《大地海盗》《太阳与诗人》《黄浦江小夜曲》《九点钟》《岩石之歌》《十一月廿一日 No.1》《十一月廿一日 No.2》《昔日之歌》《火与婴孩》《太阳》《三三诗抄自序》)。

本年，作诗《悼某资深教员》《主题之春》《吃烟者》《杜鹃》，后收录于《纪弦精品》。作诗《猫》《无感不觉》《野蛮时代》，后收录于《槟榔树丙集》与《纪弦诗选》。作诗《现实》。

1961 年

1月，诗作《三岁》《语法》《三方绊脚石》发表于《幼狮文艺》第13

期第 1 卷。

2 月，诗作《野蛮时代》《写在第九年的开始》发表于《现代诗》第 33 期。

2 月 7 日，诗作《银桂》发表于《香港时报·浅水湾》第 3 张第 10 版。

3 月 26 日，诗作《春之什·榕树·郊游所见——记一个小女孩》发表于《香港时报·浅水湾》第 3 张第 10 版。

5 月，诗作《〈第六诗集〉——三四十年之部》（《流星与窗》《我的声音和我的存在》《生命如果是酒》《雪夜》《蛰居》《春歌》《黑色的大谱表》《狂想诗》《我不知道》《猫》《绝望》《阴影》《声音》《笔触》《云雾》《胜利》《门》《中国的云》《致 S. N》《在失业中》《捞鱼苗》《〈第六诗集〉自序》《关于抄袭》）发表于《现代诗》第 34 期。

6 月，《现代诗之精神》发表于《幼狮月刊》第 11 卷第 5、6 期合刊。诗作《偶感》《致 PROXIMA》《我的扬州时代》发表于《幼狮文艺》第 14 卷第 6 期。

7 月 12 日，诗作《盐》发表于《香港时报·浅水湾》第 3 张第 10 版。

7 月 13 日，诗作《尤加利》发表于《香港时报·浅水湾》第 3 张第 10 版。

7 月 15 日，与诗友前往八里海湾游玩，完成诗作《八里之夜》。诗作《B 型之血》发表于《香港时报·浅水湾》第 3 张第 10 版。

7 月，诗作《零件》发表于《诗散文木刻》第 1 期。

8 月 3 日，《袖珍诗两题》（《二十世纪与十九世纪》《成人的诗与小童的诗》）发表于《香港时报·浅水湾》第 3 张第 10 版。

8 月 4 日，《偶作》发表于《香港时报·浅水湾》第 5 张第 19 版。

8 月，《〈饮者〉连载》（《饮者不朽》《向太座致敬》《父与子》《给一个暴发户》《日子的土匪们》《天后宫桥》《雪降着雪融着》《从自由诗的现代化到现代诗的古典化》）发表于《现代诗》第 35 期。发表《宫太傅第》于《幼狮文艺》第 15 卷第 2 期。

9 月 24 日，《袖珍诗论（续两题）·三·噪音与乐音·四·自由诗的问题》发表于《香港时报·浅水湾》第 3 张第 10 版。

9 月，诗作《与我同高》发表于《幼狮文艺》第 15 卷第 3 期。

10 月 2 日，《袖珍诗篇（续两题）·五·现代诗的定义·六·现代诗的偏差》发表于《香港时报·浅水湾》第 3 张第 10 版。

10 月 8 日，《袖珍诗论（续两题）·七·现代诗的纯粹性·八·作为一个工业社会诗人)》发表于《香港时报·浅水湾》第 3 张第 10 版。

10 月 13 日，诗作《番石榴的世界》发表于《香港时报·浅水湾》第 3

张第 10 版。

10 月 19 日，《袖珍诗论·九·一切文学是人生的批评·十·现代诗的批评精神》发表于《香港文学·浅水湾》第 3 张第 10 版。

10 月 20 日，诗作《影子》发表于《香港时报·浅水湾》第 3 张第 10 版。

11 月 27 日，《诗的本质与特质——袖珍诗论之十一（上）》发表于《香港时报·浅水湾》第 3 张第 10 版。

11 月 28 日，《诗的本质与特质——袖珍诗论之十一（下）》发表于《香港时报·浅水湾》第 3 张第 10 版。

11 月，《〈饮者〉连载》（《喊我们的名字》《在公园》《作品》《虚无主义》《致原野》《奇迹》《关于古典化运动之展开》）发表于《现代诗》第 36 期。

12 月，为许世旭主办"韩国晚会"，完成诗作《为韩国而歌》。

本年，作诗《苍蝇与茉莉》《银桂》《番石榴的秩序》，后收录于《槟榔树丙集》和《纪弦诗选》。作诗《B 型之血》。

1962 年

春，赴马祖访问，写下诗作《马祖大曲》。

2 月，《饮者》（《二月》《惊蛰》《饮者》《声音和距离》《我听着那些风》《春之一》《春之二》《他拿起听筒来》《停止吧一切》《工业社会的诗》）发表于《现代诗》第 37 期。

5 月，《饮者》（《五月》《在商业的王国》《回去吧》《诗的灭亡》《致 PROXIMA》《三岁》《记一个酒保》《火焰与音乐》《单调的独白》《偶感》《邻人》《语法》《百宝箱》《上海礼赞》《狩猎》《美酒颂》《云霞》《鹰隼》《七月》《在密集的都市》《武装的笔》《微醺》《半醉》《问答》《孤独》《四行之秋》《酒店万岁》《初戴眼镜》《永远的怀念》《鱼目与真珠不是没有分别的》）发表于《现代诗》第 38 期。

7 月，翻译阿保里奈尔诗作《白雪》与《回到自由诗的安全地带来吧》发表于《葡萄园》季刊第 1 期。

8 月，《一九四八诗抄》（《寒流下》《市长的烟斗》《冬日》《如果生了翅膀》《我的沉默》《最后的纪念塔》《致诗人》《手杖》《异端的旗》《勋章》《绝交的通知书》《全世界全人类》《速写》《贫民窟的颂歌》《穷人的女儿》《大上海的末日》《赠仁予》《题未定》《告别式》《向诗坛进一言》）

发表于《现代诗》第 39 期。

10 月，诗作《双木梓诗》发表于《幼狮文艺》第 17 期第 4 卷。

11 月，诗作《五月雨》发表于《现代诗》第 40 期。

本年，出版诗集《无人岛》。作诗《春寒》《新秋之歌》《椅子》《诗人与饮者》，后收录于《纪弦精品》。作诗《平交道》《如梦令》《一封信》，后收录于《槟榔树丙集》和《纪弦诗选》。作诗《上帝之光复》《四月的沉醉》。于《现代诗》春季号宣布现代派解散。

1963 年

2 月，《噪音与音乐·丑小鸭与天鹅》发表于《现代诗》第 41 期。

4 月，诗集《摘星的少年》由台北现代诗刊社出版，收录了 1929—1942 年的 182 首诗作。

5 月 1 日，赴菲讲学，担任"菲华文教研习会"文艺写作组新诗讲座讲师，后完成诗作《旅费诗草》一辑 4 首。诗作《一片槐树叶》与《〈摘星的少年〉自序》发表于《现代诗》第 42 期。

8 月，诗作《菲华诗坛散步》发表于《现代诗》第 43 期。

10 月，诗集《饮者诗抄》由台湾现代诗刊社出版，收录了 1943—1948 年的 162 首诗作。

11 月，《〈饮者〉诗抄自序》《田园诗的极致》发表于《现代诗》第 44 期。追念逝世诗人覃子豪的诗作《休止符号》发表于《文坛》第 41 期。《祭诗人覃子豪文》发表于《创世纪》第 19 期。

本年，作诗《致阴阳山》，后收录于《纪弦精品》。作诗《梦终南山》，后收录于《槟榔树丙集》与《纪弦诗选》。

1964 年

1 月 13 日，《从诗的灭亡到诗的复活》发表于《中国一周》第 716 期。

6 月 26 日，《阿富罗底之死》发表于《中国学生周报》第 623 期。

8 月 24 日，诗作《痊愈》发表于《中国一周》第 748 期。诗作《杨唤逝世十周年祭》《论移植之花》发表于《现代诗》第 45 期。《现代诗》于本期停刊。

本年，左腿感染丹毒，险被截肢。作诗《雨天》《春日》，后收录于《纪弦精品》。作诗《番石榴树下的祈祷》《等级》《狼之独步》，后收录于

《槟榔树丁集》和《纪弦诗选》。作文《哀林颖生女史》《二三十怀杜衡》。

1965 年

4月，诗作《旗一般地微笑》发表于《幼狮文艺》第22卷第4期。

11月，诗集《纪弦诗选》由台中光启出版社出版。

12月，《戴杜衡对文艺自由的信念》发表于《文星》第16卷第8期。

本年，作诗《迎春曲》，后收录于《纪弦精品》。作诗《人间》，后收录于《槟榔树丁集》和《纪弦诗选》。

1966 年

春，作诗《番石榴树之死》、《死树》（又名《死树之望》，与收录于《槟榔树甲集》的同名诗《死树》不同），与本年诗作《过程》后同收录于《槟榔树丁集》《纪弦精品》。

8月，诗作《诗散文——M之回味》发表于《幼狮文艺》第25卷第2期。

10月，《谈现代化与反传统》发表于《现代诗》第6期。

本年，作诗《稀金属》《为蜥蜴喝采》，后收录于《纪弦诗选》。

1967 年

3月，诗作《过程》发表于《南北笛》创刊号。

5月，散文集《小园小品》由台湾商务印书馆出版。

6月，诗集《槟榔树甲集》由台北现代诗刊社出版。《杨唤论》发表于《南北笛》第2期。

7月，诗作《光再从东方来》发表于《东方杂志》第1卷第1期。

8月，诗集《槟榔树乙集》由台北现代诗刊社出版。下旬，以"国军新文艺运动辅导委员会"第四辅导小组组员身份前往嘉南，与军中作家举行座谈会和专题演讲。

9月，以第四辅导小组组员身份前往金门，完成诗作《金门放歌》一辑4首。

10月，诗集《槟榔树丙集》由台北现代诗刊社出版。

11月，《纪弦诗话（一）》发表于《南北笛》第3期。

本年，作诗《冬天的诗》《酒德颂》《倘若我是》，后收录于《槟榔树丁集》和《纪弦诗选》。

1968 年

5月，《纪弦诗话（二）》发表于《南北笛》第4、5期合刊。

6月，醉酒后不慎从楼梯滑落，险些丧命。

10月，诗作《战门篇》发表于《幼狮文艺》第29卷第4期。《中国新诗论》发表于《中国文化复兴月刊》第2卷第1期。

本年，作诗《上帝造人人造酒》《祝福者》，后收录于《纪弦精品》。作诗《火焰之歌》《演奏者》《三月》《玫瑰篇》《看风景的》《棕榈科》《在盛夏》《赞美与诅咒》《祝福者》《华沙之火》《玩具枪》《布拉格的怒吼》，后收录于《槟榔树丁集》。

1969 年

4月，诗集《槟榔树丁集》由台北现代诗刊社出版。

5月，散文集《终南山下》由台湾商务印书馆出版。诗作《云和月》发表于《中央月刊》第1卷第7期。

6月，诗作《作家的脸》发表于《幼狮文艺》第30卷第6期。

7月，《爱犬"披头"》发表于《中央月刊》第1卷第9期。

8月，赴菲律宾马尼拉出席第一届"世界诗人大会"，获菲律宾总统马科斯颁发金牌。

暑假，应痖弦之请，任铭传商专举办的文艺营诗组与散文组讲师。

11月，《九月诗坛一瞥》发表于《文坛》第113期。

12月，诗作《济南路德落日》发表于《幼狮文艺》第31卷第6期。

本年，由中山学术文化基金董事会辅助出版诗集《向邪恶宣战》。作诗《一元论》《法海寺》《五亭桥》《梦中大陆》《巴拉克》《三月的东欧》《悲歌一九六九》《墙上的小公主》《云和月》《活水》，后收录于《槟榔树戊集》。作诗《海豹》《伤蝶》，后收录于《纪弦精品》。

1970 年

1月，《纪弦论现代诗》由台中蓝灯文化公司出版。《猫狗篇》发表于

《幼狮文艺》第 32 卷第 1 期。诗作《春天的凯旋式》发表于《中央月刊》第 2 卷第 3 期。

3 月 14 日,《七十年代的第一个春天》发表于《文坛》第 117 期。

5 月,诗作《苗苗条条的二三月》发表于《文坛》第 119 期。

6 月,诗作《瘦西湖之变奏》发表于《中央月刊》第 2 卷第 8 期。应许世旭邀请,以观察员身份出席韩国召开的"第三十七届国际笔会"。

7 月,发表旅韩诗作《韩国初履》1 辑,共 6 首:《汉城》《仁川》《白杨》《釜山》《庆州》《OB》。

8 月,《钟鼎文和我》发表于《纯文学》第 41 期。

9 月,作诗《我是无罪的》。诗作《韩国之履》发表于《中央月刊》第 2 卷第 11 期。

本年,作诗《诗神与美酒》《连题目都没有》《酩酊论》,后收录于《纪弦精品》。作诗《第一春》《生之喜悦》《致春山》《大磁场之瓦解》。

1971 年

1 月,作诗《元旦开笔》。

7 月,诗集《五月诗草》由台北现代诗刊社出版。

8 月,《明灯辞》发表于《中央月刊》第 2 卷第 11 期。

9 月,《〈五月诗草〉自序》发表于《文坛》第 135 期。

11 月,患颜面神经局部麻痹,遵医嘱禁酒。创作《在禁酒的日子》。

本年,作诗《酒人之祷(其二)》,后收录于《槟榔树戊集》和《纪弦诗选》。作诗《无题之哭》《请缨诗》。

1972 年

10 月 2 日,出席第二届"世界诗人大会"第一次筹备会议。

10 月 17 日,第二次筹备会议召开,纪弦担任主席,并被推选为副主委。

本年,作诗《向日葵》《总有一天》,后收录于《纪弦精品》。作诗《春天的脚步声》,后收录于《槟榔树戊集》和《纪弦诗选》。作诗《种子篇》。

1973 年

4月，罗行、羊令野等人举办酒会，为纪弦庆祝60大寿。

7月，为妻子花甲之庆创作《黄金的四行诗》，并于生日寿宴上朗诵。

9月，诗作《春天的教室》发表于《中央日报》。

11月11日至15日，第二届"世界诗人大会"在台北中山堂召开，其间，结识美国女诗人玛莉·纳恩（Dr. Marie L. Nunn）和魏金苏（Dr. Rosemary C. Wilkinson）；与诗人吴望尧（巴雷）等人成立"中国现代诗奖基金会"，由张默任负责人，纪弦、余光中、林亨泰、洛夫等12人担任评委。

本年，作诗《凤凰木狂想曲》《一小杯的快乐》《春天的教室》，后收录于《槟榔树戊集》和《纪弦诗选》。作诗《我的梦》《一朵石竹》《四月之月》《致中国立葵》《南部》《星期二的预感》《致彗星KOHOUTEK》，后收录于《纪弦精品》。

1974 年

1月，诗作《致彗星KOHOUTEK》发表于《秋水诗刊》创刊号。

2月，因患脑血管循环不良和高血压，从成功高中退休。

3月，《〈槟榔树戊集〉自序》发表于《文坛》第165期。

5月，作诗《又见观音》。

6月23日，获"第一届中国现代诗奖"之特别奖，诗作《水晶瓶》《窗》《一片槐树叶》《存在主义》《春之舞》《跟你们一样》《未济之一》《零件》《狼之独步》《过程》《致阿保里奈尔》与获奖感言《四十五年如一日》收录于由现代诗奖基金会出版的"第一届中国现代诗奖纪念特辑"《飞跃与超越》。

8月，获邀出席在高雄凤鸣电台举办的"槟榔树之夜"个人朗诵会，并现场朗诵诗作28首。

9月，散文集《园丁之歌》由台北华欣文化事业中心出版。

本年，作诗《年初四的祝福》《买豆腐的女人》《星际之舞》，后收录于《纪弦精品》。作诗《又见观音》《梦游垦丁》《三级跳的选手》《CASANOVA》《纯粹的旅行》《我的爱》《十一月小夜曲》《四根火柴》《新春之歌》，后收录于诗集《晚景》和《纪弦诗选》。作诗《死之蓝图》

《乡愁》。

1975 年

1 月,《给〈秋水〉的朋友们》发表于《秋水诗刊》第 5 期。

2 月 25 日,诗作《存在主义(外一帖):ETC》发表于《文艺新潮》第 1 卷第 9 期。

2 月,作诗《二月之飞》。

4 月,蒋介石逝世,创作长诗《北极星沉》以表追思。

6 月,带领"成功中学诗朗诵队"于"诗人节纪念大会"在中山堂朗诵《北极星沉》。

9 月,诗作《师恩》发表于《中央月刊》第 1 卷第 2 期。

10 月,母亲因心脏衰竭逝世。

本年,作诗《春雨》《济南路之春》《海之歌》《一间小屋》《重阳雨》,后收录于《纪弦精品》。作诗《早樱》《我从小就像飞》《师恩》,后收录于《晚景》和《纪弦诗选》。

1976 年

3 月,《现代派廿周年之感言》发表于《创世纪》第 43 期。作诗《赠诗人普拉瑟》。

6 月,诗作《为蜥蜴喝采》《过程》《冬天的诗》《酒德颂》《火焰之歌》《看风景的》《将进酒》《一元论》收录于由羊令野、洛夫、痖弦等人编选的《八十年代诗选》,由台北濂美出版社出版。

7 月,在彭邦桢夫妇洗尘宴上朗诵《赠梅茵彭》。

8 月,诗作《父与子》发表于《幼狮文艺》第 44 卷第 2 期。

12 月,移民美国加利福尼亚州圣马太奥(San Mateo),居于三子路学濂处。

本年,作诗《再出发之歌》《梧桐树》,后收录于《纪弦精品》。作诗《太鲁阁》《关于猫的相对论》《怀乡病》,后收录于《晚景》和《纪弦诗选》。

三、美西时期

1977 年

1月1日，诗作《给古丁的一封公开信》发表于《秋水诗刊》第13期。

1月29日，迁往女儿路姗姗新居。

3月，迁居旧金山。

7月，作品《脱袜吟》《时间之歌 No.1》《时间之歌 No.2》《吠月的犬》《五月为诸网友而作》《黄昏》《中国的云》《窗》《饮酒诗》《一片槐树叶》《存在主义》《春之舞》《阿富罗底之死》《休止符号》《狼之独步》《过程》《致阿保里奈尔》《济南路的落日》《四月之月》收录于张默、张汉良编选的《中国当代十大诗人选集》，由台北源成文化公司出版。

10月，痖弦夫妇归台途径旧金山，与纪弦会晤聚餐，席中得知吴望尧已从越南动乱中平安返台，创作《迎巴雷》以贺之，后发表于1978年1月的《幼狮文艺》第47卷第1期。

本年，作诗《告别台北》《读旧日友人书》《勇者的画像》《境界》。

1978 年

1月8日，第一次返台（停留近两个月），为四子路学山筹备婚礼。

1月18日，参加在台北木栅举行的"国军文艺大会"。

4月，作诗《西望篇》，发表于王传璞主编的《新文艺》第269期。

12月，台北黎明文化事业公司出版《纪弦自选集》，收录的诗有《生之箭》《八行小唱》《风后》《初夏》《火》《四行小唱》《时候篇》《消逝》《蓝色之衣》《蜂》《致秋空》《养疴》《发》《如果你问我》《乌鸦》《动乱》《理想》《脱袜吟》《竞技者》《爱云的奇人》《今天》《竞走的低能儿》《归思》《人类与苍蝇》《北国之行》《二月之窗》《三月之 No.1》《三月之病 No.2》《小小的波涛》《致或人》《舷边吟》《傍晚的家》《狂人之歌》《苍蝇》《致情敌》《听风者》《烦歌》《影》《火灾的城》《江南》《时间之歌 No.1》《时间之歌 No.2》《待》《时常我想》《雾》《不朽的肖像》《独行者》《黑色赞美》《寒夜》《在地球上散步》《恋人之目》《奇迹》《疲乏之来》《我之塔形计划》《灯》《阴谋的眼》《我的爱情除以三》《革命》《幼小的鱼》《吠月的犬》《摘星的少年》《乱梦》《七与六》《我之遭难信号》《足部运动》《无人岛》《散步的鱼》《吻》《说我的坏话》《某地》《窗》《三十代》《夏天》《远方有七个海笑着》《失去的望远镜》《梦回》《火柴篇》《大地》《黄浦江小夜曲》《火与婴孩》《我的声音和我的存在》《阴影》《画室》《面具》《天后宫桥》《在公园》《作品》《惊蛰》《饮者》《三岁》《偶感》《酒店万岁》《致诗人》《一女侍》《雕刻家》《构图》《台北万岁》《三色旗》《美酒颂》《榕树我大寂寞》《死树》《午夜的壁画》《槟榔树：我的同类》《案头》《对于大屯山的呼唤》《白色的小马》《母妻女》《蝇尸》《古池》《锁着的门》《地上之星》《你的名字》《现实》《其二》《邻女之窗》《晨步》《未完成的杰作》《水晶瓶》《窗》《诗的复活》《致天狼星》《在边缘》《沙漠故事》《标本复活》《发光体》《新栽的树》《光明的追求者》《四十岁的狂徒》《飞的意志》《如果》《夜蛾》《距离》《一片槐树叶》《爬虫篇》《火葬》《奋斗》《金门高粱》《色彩之歌》《蟑螂》《船》《十一月的新抒情主义》《榕树》《诗法》《我爱树》《存在主义》《教师之梦》《春之舞》《阿富罗底之死》《S'EN ALLER》《我来自桥那边》《大头针》《萧萧之歌》《香蕉崇拜》《未济之一》《加花边的》《舞女 Fifi》《自序传之一章》《悼某资深教员》《主题之春》《猫》《银桂》《零件》《苍蝇与茉莉》《B 型之血》《偶作》《番石榴的秩序》《影子》《四月的沉醉》《上帝之光复》《勋章》《一封信》《新秋之歌》《回声》《树》《番石榴树下的祈祷》《恒星》《原则》《等级》《狼之独步》《人间》《番石榴树之死》《M 之回味》《稀金属》《死树》《为蜥蜴喝彩》《过程》《冬天的诗》《倘若我是》《火焰之歌》《玫瑰篇》《看风景的》《上帝造人人造酒》《祝福者》《墙上的小公主》《一元论》《观感》《黑猫》《法海寺》《五亭桥》《济南路的落日》《活水》《梦中大陆》《致春山》《等于零的过瘾》《连题目都没有》《徐州路德黄昏》《酩酊醉》《酒人之祷》《其二》《在禁酒的日子》《春天的脚步声》《六十自寿》《夜记》《总有一天》《我的梦》《春天的检阅式》《凤凰木的狂想曲》《南部》《一小杯的快乐》《黄精的四行诗》。

本年，作诗《不再唱的歌》《唐人街散步》《归来吟》。

1979 年

7月，钟鼎文来美，邀纪弦一同拜访美国女诗人魏金荪，就第五届"世界诗人大会"的举办交换意见。

12月，诗作《七家诗展》发表于《幼狮文艺》第50卷第6期。

本年，作诗《月光下玫瑰前》。

1980 年

1月，办酒席庆祝与妻子的金婚。

4月，诗作《摘星的少年》收录于文晓村编著的《新诗评析一百首》（台北布谷出版社出版）。下旬，同家人赴洛杉矶旅行。

本年，作诗《约翰走路》《玫瑰与甲虫》，后收录于《纪弦精品》。作诗《茫茫之歌》，发表于《台港文学选刊》第6期。

1981 年

2月，韩国诗人许世旭来美，纪弦与谢冰莹、陈伯豪为其接风。

7月，参加第五届"世界诗人大会"，获世界艺术文化学院赠予荣誉文学博士学位。

本年，作诗《上帝创造春天》《致上帝》《上帝的朋友》，后收录于《纪弦精品》。作诗《铜像篇》，后收录于《晚景》和《纪弦诗选》。纪弦好友吴庆学发现一封作家三毛寄给纪弦的信，三毛在信中表达了对纪弦赠她诗集的感谢和对其诗歌的敬仰之情，原文刊登于2013年7月27日《扬州晚报》第A06版。

1982 年

9月，魏伟琪访问纪弦，访谈录于《文学时代双月丛刊》第14期发表，题为《台湾现代诗的传播者——纪弦访问记》。

本年，作诗《七十自寿》《与猫为伍》，后收录于《晚景》和《纪弦诗选》。

1983 年

2月10日，诗作《铜像篇》收录于李魁贤编选的《1982台湾诗选》（台北前卫出版社出版）。

4月，通过美国公民考试。

5月，考入旧金山市立大学（City College of San Francisco），修习 ESL（English as a Second Language）课程。

本年，作诗《海滨漫步》《鸟之变奏》《形象论》《相对论》，后收录于《晚景》和《纪弦诗选》。

1984 年

2月，《从一九七三年说起：纪弦回忆录片段之一》发表于《文讯》第7、8期合刊。

本年，应美国女诗人魏金荪邀请，前往其住宅 Burlingame 一游，作诗《小城初履》。出席旧金山举办的"华美经济及科技发展协会"，参加由林海音、痖弦等组成的文学组讨论。作诗《禅》。

1985 年

5月，隐地年初至美观光，拜访纪弦，纪弦将 1974—1984 年的诗作整理成第八本诗集，名为《晚景》，交隐地出版。《晚景》收录的诗作有《哀七十年代人》《玫瑰与蔷薇》《年初四的祝福》《MORTEL》《死之蓝图》《致阿保里奈尔》《又见观音（观音山组曲之一）》《向观自在祈祷（观音山组曲之二）》《明日之风景线》《买豆腐的女人》《梦游垦丁》《候鸟篇》《孔子颂》《康康曲》《三级跳的选手》《CASANOVA》《有情世界》《赠诗人叶珊》《纯粹的旅行》《我的爱》《十一月小夜曲》《安心蒂之发》《四根火柴》《星际之舞》《乡愁》《新春之歌》《春寒》《春雨》《早樱》《蓝宝石婚》《二月之飞》《四四之歌》《雨中吟》《济南路之春》《北极星沉》《骨牌理论》《我从小就像飞》《海之歌》《一间小屋》《师恩》《黄昏小景》《重阳雨》《东北季风》《再出发之歌》《赠诗人普拉瑟》《太鲁阁》《关于猫的相对论（三首）》《片刻》《怀乡病》《梧桐树》《告别台北》《迎巴雷》《读旧日友人书》《勇者的画像》《境界》《不再唱的歌》《归来吟》《唐人街散步》《顽童与老人》《美国论》《月光下玫瑰前》《约翰走路》《玫瑰与甲虫》《茫茫之歌》《在异邦的大街上走着》《上帝创造春天》《铜像篇》《致上帝》《上帝的朋友》《十点半》《七十自寿》《与猫为伍》《海滨散步》《鸟之变奏》《相对论》《形象论》《禅》《小城初夏》。受邀出席"华美经济及科技发展协会"，参加由余光中、郑愁予等人组成的文学组讨论。

11月，完成英文诗处女作 Foggy San Francisco。

本年，作诗《宇宙论》《观照》《多雾的旧金山》，后收录于《纪弦精品》。作诗《蒲公英》《树》《泥土不朽》《空间》《不唱的歌》。

1986 年

2月，《初到台湾：纪弦回忆录片段之一》发表于《联合文学》第2卷第4期。

4月，诗作《宇宙论》收录于李瑞腾主编的《七十四年诗选》，台北尔雅出版社出版。

8月，受邀担任夏祖焯主持的"华美经济及科技发展协会"主讲，讲题为"现代诗在台湾"，纪弦演讲词收录于《纪弦回忆录第三部半岛春秋》。加入"世界诗社"，陆续在诗刊 Poet 发表诗作。作诗《在太平洋遥远的那一边》《梦见蒲葵》《难得微醺》《重逢》，后收录于《纪弦精品》。

本年，作诗《方舟》。

1987 年

4月，拜访女诗人玛莉·纳恩，完成诗作《早安公主》《三人行》。

5月，作诗《致泰南德》。

本年，与李芳兰等人创办"北美中华新文艺学会"，并任监事长。作诗《半岛之歌》《将起舞》《虚无曲》《号角》《战马》，后收录于《纪弦精品》。作诗《别辞》《致百灵鸟》《一小片的柠檬》《一诗人之素描》《旧金山的组曲》《太平洋组曲》。《友善与冷淡——我对日本和苏联的印象》，发表于《海外文摘》第7期。

1988 年

2月，作诗《星分之类》。

3月，作诗《在绿色的日子》《致蜜儿不来》及《致毛毛虫》（后收录于《纪弦精品》）。

4月，作诗《寄诗人李华飞》（后收录于《纪弦精品》）。

5月，作诗《星期二》。

6月，作诗《给菲菲》《变与不变》《三个故乡》《归主之歌》。

7月，作诗《俳句三帖》。

9月，作诗《有赠》《境界》。

11月，作诗《俳句抄》《小城之秋》。

12月，作诗《去国十余年》《悲天悯人篇》，后收录于《纪弦精品》。

本年，《祭诗人覃子豪》收录于《德阳市文史资料选辑》第7辑及《广汉文史资料选辑》第10辑《覃子豪纪念馆落成专辑》。

1989年

4月2日，受邀出席由"华侨文教服务中心"于南湾桑尼维尔（Sunnyvale）举办的"海华文艺季"系列活动：中国现代文学座谈，主讲"何为现代诗"。

6月，偕妻子与女儿女婿一家前往夏威夷旅行，完成诗作《火奴鲁鲁初履》。

本年，作诗《春天的俳句》《对于山的怀念》《有一天》《给后裔》，后收录于《纪弦精品》。因至次年与妻子结婚六十周年，作诗《钻石婚》。作诗《背影二首》。

1990年

1月28日，参加"北美中华新文艺学会"理监事联席会议。

3月15日，"北美中华新文艺学会"理事长胡会俊逝世，后完成诗作《梅花辞》以表哀悼。

4月27日，作文《戴望舒二三事》（《第一次和望舒见面》《〈现代〉停刊以后》《中国新诗的收获季》《关于诗人之死》）发表于《香港文学》第67期。

5月，赴纽约回见方思夫妇，完成诗作《赠方思诗四首》。

7月5日，《戴望舒二三事》发表于《香港文学》第67期。

9月，诗集《台湾三家诗精品》（与席慕蓉、余光中合著）由安徽文艺出版社出版。

11月5日，散文《何谓现代诗》发表于《香港文学》第71期。

11月13日，《镜缘诗（12首）——铜像篇》发表于《台港文学选刊》第11期。

11月17日，散文《我的故乡》发表于《星岛晚报·大会堂》。

本年，作诗《象形文字》《梦想》《心灵之舞》《二十一世纪诗三首》（《ET》《圆舞》《野蛮》），后收录于《纪弦精品》。诗作《树和星》收录于《海外华人朦胧诗精选》（王葆娟编）。作诗《安魂曲二首》（子题为《戴望舒逝世四十周年祭》）。

1991 年

1月，作文《袖珍诗论（三题）》（《为谁写诗》《诗是少数人的文学》《诗人是一种专家》）发表于《香港文学》第76期。

2月9日，散文《我的笔名》发表于《星岛晚报·大会堂》。

5月5日，散文《我的书斋》发表于《香港文学》第77期。

6月5日，诗作《沙漠消息》发表于《香港文学》第78期。

8月5日，诗作《玄孙狂想曲》发表于《香港文学》第80期。

10月5日，组诗《巴巴亚组曲》（《酋长的儿子》《巴巴亚的歌声》《巴巴亚的眼泪》《再见巴巴亚》）发表于《香港文学》第82期。

10月9日，作文《我的写作习惯》，发表于《香港文学》第85期。

10月12日，《落叶乔木——呈诗人李丽中》发表于《香港文学报》第15期。

本年，作诗《无题之飞》《寄老友蔡章献》《读寒山诗》《梦观音山》《致终南山》《赠内诗》《山水篇》《十点半》《是谁是谁》，后收录于《纪弦精品》。作诗《空间论》《中国人的杰作》《忆南港》《怀扬州》《落叶乔木》。

1992 年

2月5日，散文《钻石婚》发表于《香港文学》第86期。

3月5日，组诗《诗四首》（《红衣女郎》《山下吟》《在巴士上》《诗与画——寄老友秦松》）发表于《香港文学》第87期。

4月5日，散文《小品三题》（《大画家与名伶》《绿帽》《倚闾而望》）发表于香港文学第88期。

5月18日，诗作《新美学（附后记）》发表于《诗双月刊》第3卷第6期（总第18、19期）。

6月5日，诗作《复仇记》发表于《香港文学》第90期。

6月22日，至卓戈云家做访谈，访谈录题为《与纪弦先生漫谈现代诗》，发表于《香港文学》，后收录于卓戈云评论集《文坛是非多》。

6月，完成《袖珍诗篇（五题）》(《诗要写得自然一点》《可以求工最要不得》《切勿留下斧凿痕迹》《不可故意逃避情绪》《不可故意切断联想》)。

7月29日，作文《我之诗律》，发表于《香港文学》第93期。

9月12日，作诗《为小婉祝福》，发表于《香港文学》第95期。

11月7日，二弟路迈（笔名鱼贝）过世，纪弦将其作品交由北京徐淦编选出版为《鱼贝短篇小说集》，并为其撰写《我弟鱼贝》作为序文。

12月4日，作文《贺辞及其他》，发表于1993年1月5日的《香港文学》第97期。

本年，作诗《复仇记》《预立遗嘱》《籍贯论》，后收录于《纪弦精品》。作诗《俳句无题》。

1993年

2月5日，诗作《微醺辞》（手稿）发表于《香港文学》第98期。

3月5日，洛夫夫妇、管向明夫妇来美为纪弦庆祝80大寿。诗作《预立遗嘱》发表于《香港文学》第99期。

3月9日，应"太平洋传播公司"以80大寿为由的邀请，接受记者杨盛昱访问及录影，后于节目《面对面》中播放。

3月28日，由诗人陈大哲发起，邀请旧金山文艺界人士于"金宝酒家"为纪弦庆生，共50多人出席。

3月，《纪弦诗选》出版，由蓝棣之主编，收录的诗有《画幅上》《火》《理想》《竞走的低能儿》《致或人》《舷边吟》《傍晚的家》《烦歌》《火灾的城》《等待》《黑色赞美》《我之塔形计划》《触礁船》《冬之妻》《春天·紫罗兰色》《灯》《我的爱情除以三》《幼小的鱼》《讨你一点欢心》《吠月的犬》《摘星的少年》《7与6》《潮》《说我的坏话》《窗的构图》《夏天》《五月为诸亡友而作》《太阳与诗人》《生命如果是酒》《黑色的大谱表》《画室》《面具》《天后宫桥》《雪降着雪融着》《饮者》《在商业的王国》《诗的灭亡》《偶感》《致诗人》《一女侍》《雕刻家》《美酒颂》《榕树·我·大寂寞》《槟榔树：我的同类》《白色的小马》《蝇尸》《画幅》《古池》《你的名字》《邻女之窗》《十一月的怀乡病》《未完成的杰作》《无诗神的诗人》《诗的复活》《致天狼星》《在边缘》《吃板烟的精神分析学》《沙漠故事》《发光体》《四十岁的狂徒》《飞的意志》《一片槐树叶》

《爬虫篇》《致诗神》《画者的梦》《榕树》《苏花公路》《十一月的新抒情主义》《绿三章》《大提琴》《存在主义》《历史》《春之舞》《阿富罗底之死》《我来自桥那边》《萧萧之歌》《香蕉崇拜》《一歌女》《猫》《无感不觉》《野蛮时代》《银桂》《零件》《苍蝇与茉莉》《番石榴的秩序》《平交道》《四月的沉醉》《如梦令》《上帝之光复》《一封信》《梦终南山》《番石榴树下的祈祷》《等级》《浪之独步》《人间》《M之回味》《稀金属》《为蜥蜴喝彩》《冬天的诗》《酒德颂》《倘若我是》《火焰之歌》《演奏者》《三月》《玫瑰篇》《看风景的》《墙上的小公主》《一元论》《云和月》《活水》《致春山》《酒人之祷》《其二》《春天的脚步》《凤凰木狂想曲》《一小杯的快乐》《黄金的四行诗》《春天的教室》《又见观音》《梦游垦丁》《三级跳的选手》《CASANOVA》《我的爱》《十一月的小夜曲》《四根火柴》《新春之歌》《早樱》《我从小就想飞》《师恩》《太鲁阁》《关于猫的相对论》《怀想病》《读旧友人之书》《勇者的画像》《不再唱的歌》《归来吟》《月光下玫瑰前》《茫茫之歌》《铜像篇》《七十自寿》《与猫为伍》《海滨漫步》《鸟之变奏》《相对论》《小城初履》。

6月1日，散文《随笔二题》（《文化的相对论》《Japanese Plum》）发表于《香港文学》第102期。

7月1日，《望远镜前（外一首〈神的世界〉）》发表于《香港文学》第103期。

8月，诗集《半岛之歌》由台北现代诗刊社出版。

9月1日，组诗《剧作三首》（《给M》《给J》《给X》）发表于《香港文学》第105期。

10月23日，作文《〈恋人之目〉及其他——谈谈我的几首情诗》，翌年发表于《诗探索》。

11月1日，《谈好诗与坏诗》发表于《香港文学》第107期。

11月，诗作《诵诗》《酒与方框》《玉腿》《钻石婚宴》收录于《异国的粽子》（刘荒田著，安徽文艺出版社出版）。

12月1日，散文《哭顾城》发表于《香港文学》第108期。

本年，作诗《八十自寿》《我之投影》《如果我的诗》《小草的话》《人类的二分法》《年老的大象》《输家》《直线与双曲线》，后收录于《纪弦精品》。作诗《春日怀友》《宇宙诞生》《笑不得记》。

1994年

1月1日，散文《我与〈香港文学〉》发表于《香港文学》第109期。

3月,担任"美国华文文艺界协会"第一届会长。组诗《宇宙与上帝组曲》(《宇宙诗一首诗》《感谢上帝》《如果我是上帝》)发表于《香港文学》第 111 期。

5月1日,诗作《我爱半岛》发表于《诗双月刊》第 5 卷第 5、6 期(总第 29、30 期)合刊。

5月4日,《诗论四题》(《何为"诗"》《"诗"非"歌"》《现代诗"反传统"》《无所谓"后现代"》)发表于《香港文学》第 115 期。

8月1日,《诗两首》(《物质与反物质》《笑不得记》)发表于《香港文学》第 116 期。

9月1日,《纪弦精品自序》发表于《香港文学》第 117 期。

本年,作诗《动词的相对论》。《童年琐忆》收录于《同舟共进》第 9 期。《纪弦精品自序》发表于《诗刊》第 2 期。

1995 年

1月1日,《诗话三则》(《南北极》《关于金星》《定稿与初稿》)发表于《香港文学》第 121 期。

1月28日,《现代诗论二题》(《何为现代诗》《如何反传统》)发表于《四海港台海外华文文学》1995 第 1 期(总第 31 期)。

3月1日,诗作《动词的相对论》发表于《香港文学》第 123 期。

4月26日,作《二三事怀鸥外》(《大西洋与太平洋》《诗坛双怪》《关于烟斗和烟丝》)发表于《香港文学》第 127 期。

5月1日,组诗《诗三首》(《关于兴趣》《望九之歌》《未完成篇》)发表于《香港文学》第 125 期。

5月,诗集《纪弦精品》由人民文学出版社出版,收录的诗:《生之箭》《八行小唱》《风后》《初夏》《四行小唱》《消逝》《蓝色之衣》《蜂》《致秋空》《养疴》《如果你问我》《脱袜吟》《竞技者》《今天》《爱云的奇人》《归思》《出国》《小小的波涛》《狂人之歌》《苍蝇》《致情敌》《影》《赠诗人徐迟》《江南》《时间之歌 No.1》《时间之歌 No.2》《时常我想》《雾》《不朽的肖像》《独行者》《寒夜》《在地球上散步》《恋人之目》《光》《奇迹》《黑色之我》《云》《烟草礼赞》《我·宇宙》《足部运动》《无人岛》《散步的鱼》《吻》《严冬之歌》《某地》《夜行》《预感》《月夜》《三十代》《远方有七个海笑着》《黄昏》《失去的望远镜》《梦回》《真理》《不唱的歌》《大地》《昔日之歌》《火与婴孩》《笔触》《饮者不朽》《致

PROXIMA》《三岁》《记一个酒保》《美酒颂》《微醺》《半醉》《酒店万岁》《手杖》《贫民窟的颂歌》《穷人的女儿》《赠仁予》《萤的启示》《命运交响曲》《四行诗》《构图》《我的沉默》《死树》《午夜的壁画》《眺望》《案头》《飞》《五月》《个性》《现实》《哀槟榔树》《晨步》《二号画笔》《台北之夜》《标本复活》《崩溃》《光明的追求者》《夜蛾》《距离》《铜像》《世故》《火葬》《三代》《奋斗》《树中之树》《色彩之歌》《船》《诗法》《我爱树》《阴影·悲剧·噩梦》《诗人之分类》《大头针》《悼谋资深教员》《主题之船春》《杜鹃》《吃烟者》《与我同高》《八里之夜》《影子》《春寒》《新秋之歌》《椅子》《诗人与饮者》《致阳明山》《休止符号》《雨天》《春日》《痊愈》《迎春曲》《番石榴树之死》《死树之望》《过程》《上帝造人人造酒》《祝福者》《海豹》《伤蝶》《法海寺》《五亭桥》《诗神与美酒》《生之喜悦》《连题目都没有》《酩酊论》《向日葵》《总有一天》《我的梦》《一朵石竹》《四月之月》《致中国立葵》《南部》《星期二的预感》《致彗星 KOHOUTEK》《年初四的祝福》《买豆腐的女人》《春雨》《济南路之春》《海之歌》《一间小屋》《重阳雨》《再出发之歌》《梧桐树》《约翰走路》《玫瑰与甲虫》《上帝创造春天》《致上帝》《上帝的朋友》《形象论》《宇宙论》《观照》《多雾的旧金山》《在太平洋遥远的那一边》《梦见蒲葵》《难得微醺》《重逢》《半岛之歌》《将起舞》《虚无曲》《号角》《战马》《致毛毛虫》《寄诗人李华飞》《去国十余年》《悲天悯人篇》《春天的绯句》《对于山的怀念》《有一天》《给后裔》《象形文字》《梦想》《心灵之舞》《二十一世纪诗三首》（《ET》《野蛮》《圆舞》）、《无题之飞》《玄孙狂想曲》《等老友蔡章献》《读寒山诗》《赠内诗》《山水篇》《十点半》《是谁是谁》《复仇记》《预立遗嘱》《为小婉祝福》《籍贯论》《八十自寿》《我之投影》《如果我的诗》《小草的话》《人类的二分法》《年老的大象》《输家》《直线与双曲线》。

6月15日，文章《诗眼》发表于《香港作家》改版号第57期（总第80期）。

6月，《梅新的〈家乡的女人〉》发表于《联合文学》第11卷第18期。

8月1日，诗作《玩芭比的女孩》发表于《香港文学》第128期。

8月11日，出席湾区中文学校教师夏令营的文学座谈会并演说，演说题为《新诗之所以新》。

9月，前往洛杉矶参加诗人张错主持的"以诗迎月"朗诵会。

10月1日，诗作《四度空间狂想曲》发表于《香港文学》第130期。

本年，作诗《物质不灭》《恒星无常》《早安哈伯》《致木星女人》《四度空间漫游记》《四度空间狂想曲》。《我的少年时代》收录于《同舟共进》第 4 期。

1996 年

1 月 1 日，诗作《上海上海》发表于《香港文学》第 133 期。

2 月 1 日，《散文三篇》(《新世界》《摘星的少年》《我的皈依》) 发表于《香港文学》第 134 期。

3 月 1 日，诗作《将赴宴》发表于《香港文学》第 135 期。

4 月 4 日，《短篇诗论三篇》(《诗与学问》《诗与科学》《懂与不懂》) 发表于《香港文学》第 136 期。

5 月 1 日，诗作《致木星女人》发表于《香港文学》第 137 期。

5 月 4 日，主办朗诵会，邀请旅美诗人秀陶、陈铭华、陈雪丹、刘荒田等登台朗诵。

6 月 2 日，应梅新之请返台参加"百年来中国文学学术研讨会"，《中国时报》《中央日报》《民生报》均有报道。

6 月 6 日，返美。

8 月，诗集《第十诗集》由台北九歌出版社出版。诗作《归来吟》《记一个演员》《失去的灵感》发表于《幼狮文艺》第 83 卷第 8 期。

8 月 15 日，《早安哈伯》《读〈时间的落英〉》发表于《诗世界》第二期和《香港文学》第 122 期。

9 月 1 日，诗作《致水星》发表于《香港文学》第 141 期。

11 月 1 日，诗作《爻辞第六十五——八八六十四卦，始乾而终未济》发表于《香港文学》第 143 期。

12 月，《千金之旅——纪弦半岛文存》由台北文史哲出版社出版，收录作品：《诗人与松鼠——谈刘荒田的诗》《初试毛笔——为痖弦和陈雪写字》《波特莱尔的狗和我的猫》《戴望舒二三事》《与杨唤论生死》《哭顾城》《怀楚卿》《我弟鱼贝》《致诗人羊令野》《二三事怀鸥外》《幽默小品三则》《我所最开心的一个人——兼谈〈康康曲〉产生之背景》《小坪顶之春》《一只给鸽子》《我与玫瑰》《关于感冒的相对论》《我爱圣·马泰奥》《龙女苏珊》《新居散记》《半岛生涯》《错把李花当樱花》《酒德颂》《我的书斋》《我的写作习惯》《随笔五题》《贺辞及其他》《我与〈香港文学〉》《有诗为证》《钻石婚》《现代诗在台湾》《何为现代诗》《新诗之所以新》《关于台湾的现代诗》《序〈密码灯语〉》《序〈春天的游戏〉》《跋〈旧金山抒情诗〉》《〈纪弦精品〉自序》《〈第十诗集〉自序》《我之诗律》《关于我的〈少作〉》《覃思阁主人论诗》《袖珍诗论十二题》《读〈时间的落英〉》《读非马的〈鸟笼〉》《一篮子的莲雾》《谈梅新的〈风景〉》《关于梅新的〈家乡的女人〉》《童年琐忆》《少年趣事》《三十年代的路易士》。

12月1日，诗作《绿衣女》发表于《香港文学》第144期。

本年，作诗《蟑螂恐龙与人类》《记一个演员》《致水星》《四大自由之追求者》《羚羊人》《早安天堂鸟花》《哭老友徐迟》。

1997年

3月1日，诗作《早安天堂鸟花》发表于《香港文学》第147期。

4月1日，诗作《完成篇》发表于《香港文学》第148期。

6月1日，组诗《诗话三题》（《关于雾》《关于月亮》《关于绯句》）发表于《香港文学》第150期。

8月1日，诗作《没有酒的日子》发表于《香港文学》第152期。

10月1日，诗作《黑洞论》发表于《香港文学》第154期。

11月，《从现代主义到新现代主义》收录于《中国新文学大系卷二》（冯牧编，上海文艺出版社出版）。

本年，作诗《磨剑吟》《上帝说的》《废读之检阅式》《宇宙公民》《跳舞与竞技》《黑洞论》《关于飞》。

1998年

2月1日，诗作《空间之花》发表于《香港文学》第158期。诗作《寄诗人卞之琳》发表于《诗双月刊》第38期。

5月1日，组诗《半岛素描集》（《第四街》《红木城》《半月湾》《中央公园》《圣马太奥》《CALTRAIN》）发表于《香港文学》第161期。

7月1日，诗作《个性》发表于《香港文学》第163期。

8月1日，诗作《橘子与蜗牛》发表于《香港文学》第164期。

10月1日，诗作《关于乡愁的绯句钞》发表于《香港文学》第166期。

本年，作诗《跳出阴影》《一跃之姿》《橘子与蜗牛》《滴血者》《无人地带》《诗人们的籍贯》《詹姆士和吉米的故事》《晨祷》。

1999 年

1月1日，诗作《给后世》发表于《香港文学》第169期。

2月1日，诗作《晨祷》发表于《香港文学》第170期。

4月1日，诗作《诗人们的籍贯》发表于《香港文学》第172期。

5月20日，作《第二自然之创造者》，发表于《香港文学》第176期。

6月1日，诗作《四度空间之梦》发表于《香港文学》第174期。

6月3日，至加拿大旅游，后完成《温哥华日记》，发表于《中外论坛》第54期。

7月1日，诗作《群岛——呈老友吴庆学》发表于《香港文学》第175期。

8月，诗作《给屈原》收录于《微型诗500首点评》（穆仁主编）。

9月，诗作《火葬》收录于痖弦主编《天下诗选：1923—1999 台湾》，台北天下远见出版公司出版。

10月1日，诗作《拉斯维加斯抒情诗》发表于《香港文学》第178期。

10月，因至次年与妻子结婚七十周年，作诗《月岩婚进行曲》。

11月1日，诗作《人类的二分法》发表于《香港文学》第179期。

12月1日，诗作《半岛之春》发表于《香港文学》第180期，又发表于2000年8月28日的《诗世界》第3期。

12月6日，接受《世界日报》记者蓝功中访问，访问实录《诗人纪弦伉俪千禧庆结缡七十年——妇唱夫随近四分之三世纪》后刊登于《世界日报》。

12月30日，作诗《何谓时代》，发表于2000年3月1日的《香港文学》第183期。

本年，作诗《水火篇》（原题名《死之设计》）、《在异邦》《不哭就没有诗了》《创造篇》《诗龄七十》《禁区》《祝福新世纪》。诗作《登陆木星》发表于《诗刊》第9期。

2000 年

1月23日，与妻子结婚七十周年，《联合报》以《纪弦庆月岩婚，邀台湾诗友聚首》为题发文庆祝，并于副刊刊登纪弦诗作《在异邦》《不必加后记的》《恋人之目》。

4月1日，诗作《半岛之春》发表于《香港文学》第184期。

4月12日，作《月岩婚记》，发表于《香港文学》第186期。

4月，诗作《三级跳的选手》《雨中吟》《读旧日友人书》《鸟之变奏》收录于陈义芝编写的《尔雅诗选：尔雅创刊二十五年诗菁华》（台北尔雅出版社出版）。

5月20日，出席宋楚瑜晚宴，朗诵为宋楚瑜写的新诗《等于三》。

5月21日，诗人王传璞为纪弦录影，纪弦谈其诗路历程。

6月1日，韩国诗人许世旭来美会晤，为纪弦写下诗作《八月廿四日》。

7月，"中华艺术学会会员作品展"展出纪弦两幅画作，一幅为油画静物，一幅为水彩风景。诗作《圆与椭圆——呈诗人陈汉平》发表于《香港文学》第187、188期合刊。

9月，《谈非马的新书〈没有非结不可的果〉》发表于《创世纪》第128期。

12月26日，诗作《狂妄一点是好的》发表于《联合报》副刊。

12月，诗集《宇宙诗抄》由台北书林出版公司出版。纪弦为诗人邱平的诗集作的序《序（密码灯语）》收录于《邱平诗钞 中英对照》（邱平著，杨虚译，中国致公出版社出版）。

本年，作诗《圆与椭圆》《诸神之足球赛》《记一个广场》《山水花鸟》《人树基因交换论》《关于决门》《旧照片》《旧金山湾》《安娜和玛丽》。

2001年

2月12日，《如果有客来自扬州》发表于《联合报》副刊。

2月，诗作《懂得看风景的眼睛——呈诗人柳易冰与许世旭》发表于《新大陆》双月刊第62期。

3月9日，诗作《玩芭比的小女孩外一首》发表于《联合报》副刊。

4月，诗作《田园交响曲》收录于萧萧主编的《八十九年诗选》，由台北台湾诗学季刊杂志社出版。

4月27日，诗作《米寿自寿》发表于《联合报》副刊。

5月，诗论《内在的风景》收录于《新诗界》（李青松主编，文化艺术出版社出版）。

6月27日，诗作《我与风景》发表于《联合报》副刊。

8月，诗作《火灾的城》《致或人》《时间之歌 No.2》《我之塔形计划》《摘星的少年》《吠月的犬》《7与6》《窗之构图》《我的声音和我的存在》

《画室》《饮者》《吃板烟的精神分析学》《未完成的杰作》《阿富罗底之死》《未济之一》《B型之血》《鸟之变奏》收录于马悦然、奚密、向阳主编的《二十世纪台湾诗选》(台北城邦文化公司出版)。

9月15日,《八月六日记事》发表于《联合报》副刊。

12月,诗作《蟑螂见证——它已经做过一次,希望她别再做了》发表于《创世纪》第129期。《纪弦回忆录》(全3部)由台北联合文学出版社出版。《纪弦回忆录第一部:二分明月下》:第一章《我乃汉代大儒路温舒之后》、第二章《定居扬州决定了我一生》、第三章《写诗和初恋是同时开始了的》、第四章《苏州美术专科学校时代》、第五章《失怙·留级·搬家》、第六章《开第一次画展·出第一本诗集》、第七章《文坛生涯正式开始》、第八章《独资创办〈火山〉》、第九章《诗集〈行过之生命〉的出版》、第十章《〈现代〉停刊以后》、第十一章《东渡与南迁》、第十二章《中国新诗的收获季》、第十三章《流亡到了香港》、第十四章《重返沦陷区的上海》、第十五章《创办〈诗领土〉及其他》、第十六章《抗战胜利后离港赴台前》。《纪弦回忆录第二部:在顶点与高潮》:第一章《初到台湾》、第二章《开始文艺活动》、第三章《创办〈现代诗〉》、第四章《三年有成》、第五章《组织"现代派"》、第六章《现代主义论战》、第七章《第二个回合和论战的结果》、第八章《第一次去金门》、第九章《团结诗坛·保卫新诗》、第十章《八里之游·福隆初旅》、第十一章《马祖行》、第十二章《开始学习"蛙式"》、第十三章《第一次赴菲:讲学》、第十四章《〈现代诗〉停刊》、第十五章《我做了爷爷》、第十六章《龙江街时代》、第十七章《第二次去金门》、第十八章《第二次赴菲:开会》、第十九章《韩国初履》、第二十章《第二届"世界诗人大会"》、第二十一章《第一届"中国现代诗奖"》、第二十二章《掌珠于归及其他》、第二十三章《向台北说再见》。《纪弦回忆录第三部》:第一章《我做了外公》、第二章《第一次回台北》、第三章《初到洛杉矶》、第四章《第五届"世界诗人大会"》、第五章《终于成功·考上市大》、第六章《诗集〈晚景〉的出版》、第七章《一次很成功的专题演讲》、第八章《"北美中华新文艺学会"成立》、第九章《乔迁之喜》、第十章《夏威夷之旅》、第十一章《我闯了个大祸》、第十二章《钻石婚及其他》、第十三章《最大的孙女学成·最小的孙女诞生》、第十四章《噩耗频传的一年》、第十五章《我满八十岁》、第十六章《一九九四九五这两年》、第十七章《第二次回台北》、第十八章《移民来美二十年了》、第十九章《痔疮痊愈·无病即仙》、第二十章《我成为曾祖父·温哥华同学会》、第二十一章《庆祝月岩婚·告别廿世纪》。

本年，由台北书林出版有限公司出版《书林诗集 宇宙诗钞》。

2002 年

2月5日，诗作《家书与泪腺》发表于《联合报》副刊。

3月7日，诗作《三月七号，杨唤逝世四十八年祭》发表于《联合报》副刊。

5月2日，诗作《上帝造了撒旦》发表于《联合报》副刊。

6月6日，作《关于痖弦的三首诗》，发表于2011年10月1日的《香港文学》第322期。

8月，诗集《纪弦诗拔萃》由台北九歌出版社出版，收录的诗作：《八行小唱》《致秋空》《脱袜吟》《傍晚的家》《火灾的城》《在地球上散步》《恋人之目》《奇迹》《我之塔形计划》《吠月的犬》《摘星的少年》《七与六》《三十代》《夏天》《火与婴孩》《在公园》《饮者》《诗的灭亡》《三岁》《最后的纪念塔》《致诗人》《雕刻家》《美酒颂》《槟榔树：我的同类》《你的名字》《邻女之窗》《诗的复活》《致天狼星》《沙漠故事》《一片槐树叶》《火葬》《我爱树》《存在主义》《春之舞》《我来自桥那边》《杜鹃》《猫》《苍蝇与茉莉》《B型之血》《击鼓的少女》《狼之独步》《稀金属》《为蜥蜴喝彩》《过程》《大麦曲》《上帝造人人造酒》《一元论》《云和月》《法海寺》《五亭桥》《在禁酒的日子》《总有一天》《凤凰木狂想曲》《又见观音山》《三级跳的选手》《CASANOVA》《我从小就想飞》《师恩》《读旧日友人书》《玫瑰与甲虫》《茫茫之歌》《宇宙论》《树》《虚无曲》《号角》《战马》《致毛毛虫》《山水篇》《复仇记》《预立遗嘱》《如果我的诗》《宇宙诞生》《感谢上帝》《舞者与选手》《动词相对论》《物质不灭》《恒星无常》《早安哈伯》《乡愁五节》《关于哭》《蟑螂恐龙与人类》《记一个演员》《关于笑》《羚羊人》《废读之检阅式》《橘子与蜗牛》《滴血者》《一九九九年在加州》《月光曲》《在异邦》《圆与椭圆》《诸神之足球赛》《玩芭比的小女孩》。诗作《恋人之目》《黄金的四行诗——为纪弦夫人满六十岁的生日而歌》以手稿形式收录于侯吉谅主编的《情诗手稿》，由台北未来书城出版。诗作《7与6》《阿富罗底之死》《狼之独步》收录于萧萧白云主编的《台湾现代文学教程：新诗读本》，由台北二鱼文化公司出版。

10月20日，诗作《重返地球》发表于《联合报》副刊。

10月31日，《年轻宿酒老来醉》发表于《联合报》副刊。

10月，诗作《山水篇》《蝇死》《梦终南山》《竞走的低能儿》《傍晚的家》《赞美者》收录于心笛、秀陶等人编选的《世纪在漂泊》，由台北汉艺色研文化公司出版。

11月28日，诗作《有缘无缘》发表于《联合报》副刊。

12月，《关于痖弦的三首诗》发表于《创世纪》第133期。

2003年

2月1日，诗作《画室里的故事》发表于《联合报》副刊。

4月27日，诗作《九十自寿》发表于《联合报》副刊。

5月，《啊，夏夜的梦》收录于《新概念小学语文读本6》（骆骁戈主编，湖南少年儿童出版社出版）。

6月5日，诗作《火葬》《狼之独步》《勋章》《过程》收录于张默主编的《现代百家诗选·新编，一九五二——二〇〇三》（台北尔雅出版社出版）。

8月，诗作《跟你们一样》收录于《让诗飞扬起来》，由台北幼狮文化公司出版。

10月30日，作文《从一张照片唤起的记忆》，发表于《文学世纪》第4卷第1期（总第34期）。

10月，诗作《动词的相对论》《记一个演员》《月光曲》《在异邦》收录于余光中主编《中华现代文学大系（贰）·台湾一九八九——二〇〇三诗卷》第1册（台北九歌出版社出版）。诗作《窗之构图》《B型之血》《鸟之变奏》《关于猫的相对论三)》收录于陈辛蕙主编的《小诗森林：现代小诗选》（台北幼狮文化出版公司出版）。

11月19日，诗作《扬州上海与台湾》发表于《联合报》副刊。

11月26日，受陈祖君采访，写成访谈录《在此世，我活着，好辛苦》，发表于2005年3月1日的《香港文学》第243期。

2004年

1月12日，诗作《上帝说光是好的》发表于《联合报》副刊。

2月29日，诗作《太阳致辞》（手稿）发表于《诗网络》第13期。

4月，诗作《在宇宙之边陲》发表于《文学世纪》第4卷第4期（总第37期）。

7月，诗作《金像奖的得主》发表于《文学世纪》第 4 卷第 7 期（总第 40 卷）。

8月3日，诗作《年老的大象》发表于《联合报》副刊。

8月，诗作《阿富罗底之死》收录于方群、孟樊、须文蔚编著的《现代新诗读本》，由台北杨智文化公司出版。

10月，作《和撒但干杯（外一首：MIXTURE）》，发表于《文学世纪》第 4 卷第 11 期（总第 44 期）。

10月31日，在圣马太奥作《致诗人吴奔星（附后记）》悼念吴奔星逝世，翌年发表于《山西文学》第 6 期。

2005 年

2月，诗作《火葬》《狼之独步》《去国十余年》收录于林瑞明编选的《国民文选·现代诗卷1》（台北玉山社出版公司出版）。诗作《你的名字》收录于尉天骢等编著的《是梦也是追寻》（台北圆神出版社出版）。

6月6日，诗作《致天狼星》发表于《联合报》副刊。

6月，诗作《狼之独步》《雕刻家》收录于向阳编著的《台湾现代文选新诗卷》（台北三民书局出版）。诗作《狼之独步》《面具》《饮者》收录于宋雅姿主编的《作家心影：11 位作家作品精选》（台北麦田出版公司出版）。

7月1日，诗作《二〇〇五年新作三首：我的诗圆舞曲上帝说》发表于《香港文学》第 247 期。

7月20日，诗作《告别台北》《七十自寿》收录于隐地编著的《诗集尔雅：尔雅三十年庆诗选》（台北尔雅出版社出版）。

9月，中风，因身体精神状况不佳，暂时搁笔。

2006 年

1月13日，诗作《珍珠项链》发表于《东方烟草报》。

1月28日，诗作《与达尔文同浴》发表于《联合报》副刊。

1月，诗作《人间》《八里之夜》收录于陈明台主编的《美丽的世界》（台北五南出版社出版）。

2月，诗作《狼之长嗥》收录于萧萧主编《2005 台湾诗选》（台北二鱼文化公司出版）。

6月29日，诗作《不哭就没有诗了》发表于《联合报》第37期。

6月，诗作《雕刻家》收录于萧萧主编《挥动想象翅膀：一本专为初中生打造的现代诗选》（台北联合文学出版社出版）。诗作《火灾的城》收录于陈义芝主编的《为了测量爱：现代爱情诗选》，台北联合文学出版社出版。

7月28日，诗作《记一个广场》发表于《联合报》第37期。

2007 年

1月28日，诗作《阿富罗底之死》收录于汪文顶主编的《现代文学经典 1917—2000（四）》（北京大学出版社出版）。

2月，吟作非现代诗一首来形容春夏秋冬："春：三人同日去看花。夏，从早到晚不回家。秋，禾火二人相对坐。冬，夕阳西下一对瓜。"

2008 年

6月，《文学丛刊 年方九十》由台北文史哲出版社出版。

9月，再度中风，后获台北文史哲出版社发行人彭正雄赠药，身体有所好转。

12月，诗作《鸟之变奏》收录于向阳主编《青少年台湾文库Ⅱ——新诗读本1：春天在我血管里唱歌》（台北五南图书出版公司出版）。诗作《火葬》收录于李敏勇主编的《青少年台湾文库Ⅱ——新诗读本3：天门开的时候》（台北五南图书出版公司出版）。

2010 年

9月17日，庆贺与妻子结婚满八十周年，完成诗作《火星石婚》。

2011 年

1月9日，妻子胡明逝世，享年99岁。

2013 年

1月，诗作《蝶》收录于《百年新诗·人生卷（上）》（谢冕主编，罗振亚本卷主编，百花文艺出版社出版）。

3月，诗作《人类人类满天飞》收录于《中国新诗百年大典·第九卷》（洪子诚、程光炜主编，唐捐本卷主编，长江文艺出版社出版）。

7月22日，逝世，享年100岁。

本年，《老来学吹葫芦丝》收录于《开心老年》第12期。

2014 年

8月，《读莫文征的诗集〈时间的落英〉》收录于《甘苦寸心知》（莫文征编，中国文联出版社出版）。

2016 年

诗作《帽子的戴法》收录于《新世纪诗典第四季》（伊莎编选，浙江人民出版社出版），表达了纪弦对五四诗歌传统的叛逆态度和对台湾现代诗的不变立场。